CHOQUE DE REYES

Gigamesh Omnium

GEORGE R. R. MARTIN

Choque de reyes

Canción de hielo y fuego / 2

GIGAMESH

Título original:
A Clash of Kings

Primera edición: noviembre del 2003
Primera edición en esta colección: julio del 2013

Mapas: James Sinclair
Símbolos heráldicos: Virginia Norey

Traducción del inglés:

Nihil obstat:

Ilustración de cubierta:

Ediciones Gigamesh
C/ Aribau, 26, entlo. 1.ª
08011 Barcelona

Fotomecánica e impresión:
Novoprint, S. A.
C/ Energia, 53
08740 Sant Andreu de la Barca (Barcelona)

ISBN: 978-84-96208-68-1
ISBN obra completa: 978-84-96208-83-4
Depósito legal: B-15264-2013

FSC MIXTO Papel FSC® C105280

ISO 9706

Printed in Spain
Impreso en España

Printed on acid-free paper
Impreso en papel libre de ácido

ÍNDICE

A John y Gail, por toda la comida
y el hidromiel que compartimos.

El Norte
Costa Helada
Colmillos Helados
Bosque Encantado
El Muro
Torre Sombría
Castillo Negro
Guardiaoriente del Mar
Bahía de las Focas
Skagos
Bahía de Hielo
Isla del Oso
Río Último
Punta Dragón Marino
Bosquespeso
Bastión Kar
Bosque de los Lobos
Fuerte Terror
N
Invernalia
Ciudadela de Torrhen
Costa Pedregosa
Camino Real
Cuchillo Blanco
Los Túmulos
Los Riachuelos
Puerto Blanco
Atalaya de la Viuda
Lanza de Sal
Foso Cailin
Bahía Aguarresplandeciente
El Cuello
Mordisco
Dedo de Pedernal
Cabo Kraken
Acantilados de Pedernal
Atalaya de Aguasgrises
Tres Hermanas
Los Dedos
Los Gemelos
Islas del Hierro
Viejo Wyk
Cabo de Águilas
Varamar
El Nido de Águilas
Bahía del Hierro
Forca Verde
Puerta de la Sangre
Pyke
Forca Azul
Valle de Arryn
Gran Wyk
Mapa: James Sinclair
Aguasdulces
Forca Roja

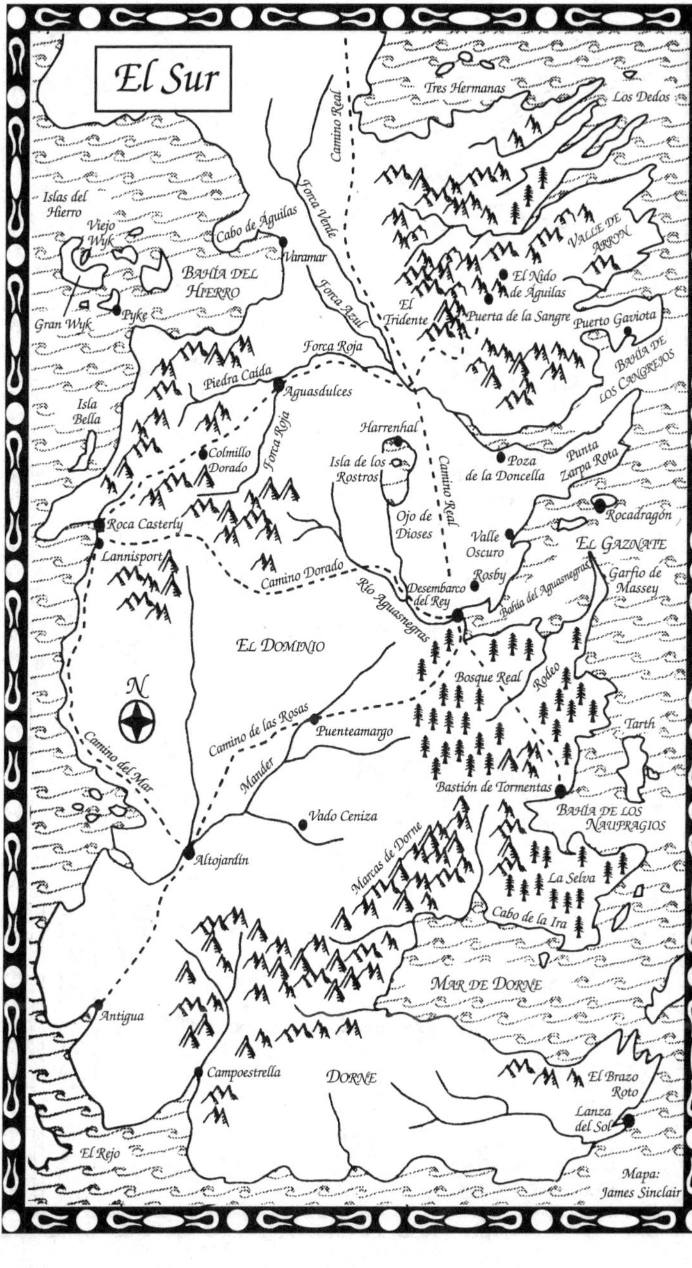
El Sur
Tres Hermanas
Los Dedos
Camino Real
Forca Verde
Islas del Hierro
Viejo Wyk
Cabo de Águilas
Varamar
Valle de Arryn
Bahía del Hierro
El Nido de Águilas
Forca Azul
El Tridente
Puerta de la Sangre
Gran Wyk
Pyke
Puerto Gaviota
Forca Roja
Bahía de los Cangrejos
Piedra Caída
Aguasdulces
Isla Bella
Harrenhal
Colmillo Dorado
Forca Roja
Isla de los Rostros
Poza de la Doncella
Punta Zarpa Rota
Camino Real
Rocadragón
Ojo de Dioses
Roca Casterly
Valle Oscuro
El Gaznate
Lannisport
Rosby
Garfio de Massey
Camino Dorado
Río Aguasnegras
Desembarco del Rey
Bahía del Aguasnegras
El Dominio
Bosque Real
Rodeo
N
Tarth
Camino de las Rosas
Puenteamargo
Camino del Mar
Mander
Bastión de Tormentas
Bahía de los Naufragios
Vado Ceniza
Marcas de Dorne
Altojardín
La Selva
Cabo de la Ira
Mar de Dorne
Antigua
Campoestrella
Dorne
El Brazo Roto
Lanza del Sol
El Rejo
Mapa: James Sinclair

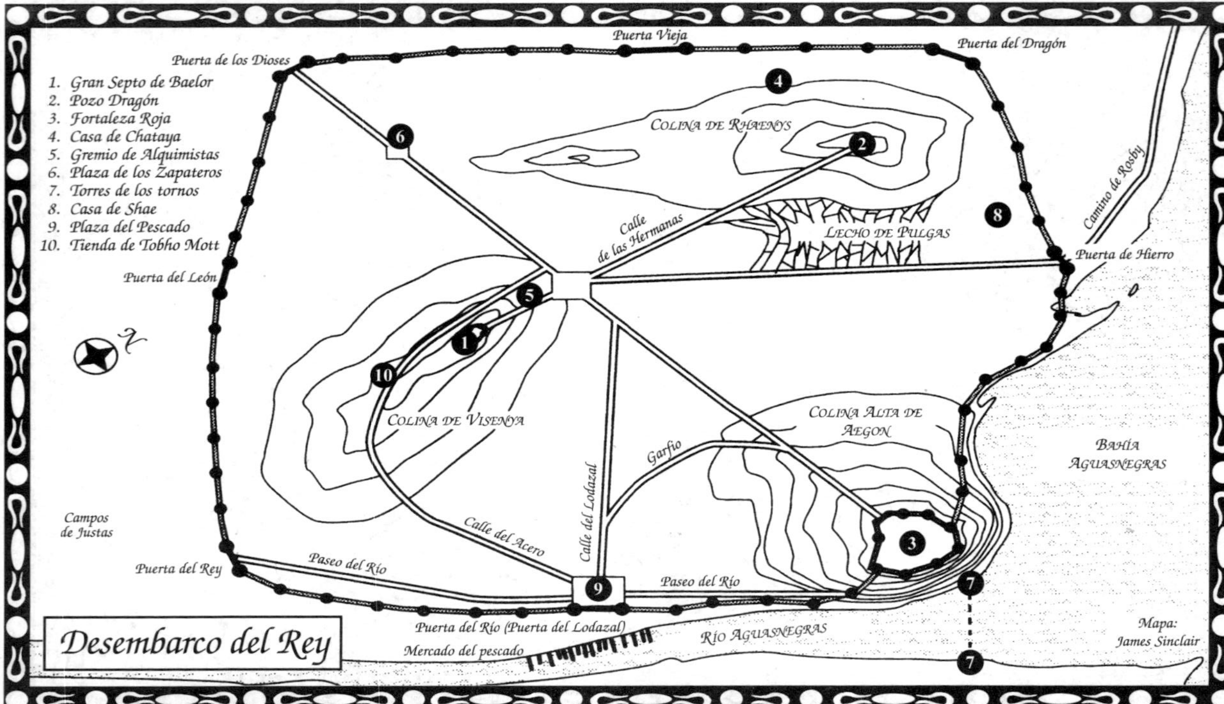
Desembarco del Rey
1. Gran Septo de Baelor
2. Pozo Dragón
3. Fortaleza Roja
4. Casa de Chataya
5. Gremio de Alquimistas
6. Plaza de los Zapateros
7. Torres de los tornos
8. Casa de Shae
9. Plaza del Pescado
10. Tienda de Tobho Mott
Puerta de los Dioses
Puerta Vieja
Puerta del Dragón
Camino de Rosby
Puerta de Hierro
Puerta del León
Puerta del Rey
Colina de Rhaenys
Lecho de Pulgas
Calle de las Hermanas
Colina de Visenya
Colina Alta de Aegon
Garfio
Calle del Lodazal
Calle del Acero
Paseo del Río
Paseo del Río
Campos de Justas
Bahía Aguasnegras
Puerta del Río (Puerta del Lodazal)
Mercado del pescado
Río Aguasnegras
Mapa: James Sinclair

Más detalles, más demonios.

En esta ocasión, los ángeles que me ayudaron a acabar con ellos han sido, entre otros: Walter Jon Williams, Sage Walker, Melinda Snodgrass y Carl Keim.

Gracias también a mis pacientes correctores y editores: Anne Groell, Nita Taublib, Joy Chamberlain, Jane Johnson y Malcolm Edwards.

Y por último, me quito el yelmo ante Parris por su Café Mágico, el combustible que ha alimentado los Siete Reinos.

PRÓLOGO

La cola del cometa rasgaba el amanecer; era una brecha roja que sangraba sobre los riscos de Rocadragón como una herida en el cielo rosado y violáceo.

El maestre estaba de pie en el balcón de sus aposentos, azotado por el viento. Allí era adonde llegaban los cuervos tras un largo vuelo. Sus excrementos salpicaban las gárgolas de tres varas que se alzaban a ambos lados del hombre, un sabueso infernal y un guiverno, dos entre varios millares que vigilaban desde los muros de la antigua fortaleza. Cuando llegó a Rocadragón, el ejército de seres de piedra lo ponía nervioso, pero con los años se había acostumbrado a él. En aquel momento los consideraba viejos amigos. Los tres juntos observaron el cielo como si fuera un mal presagio.

El maestre no creía en las profecías. Aun así, pese a su avanzada edad, Cressen nunca había visto un cometa ni la mitad de brillante que aquel, ni de aquel color, aquel color espantoso: el color de la sangre, las llamas, los ocasos... Se preguntó si sus gárgolas habrían visto alguna vez uno semejante. Llevaban allí mucho más tiempo que él, y allí seguirían mucho después de que muriera. Si las lenguas de piedra pudieran hablar...

«Qué tontería. —Se apoyó en la barandilla, vio el mar batir abajo y sintió la piedra negra, dura y áspera bajo los dedos—. Gárgolas que hablan y profecías en el cielo. Soy un viejo idiota que empieza a pensar como un niño.» ¿Acaso toda la sabiduría adquirida con tanto trabajo a lo largo de una vida lo estaba abandonando, igual que la salud y las fuerzas? Era un maestre; había aprendido en la gran Ciudadela de Antigua; allí había obtenido su cadena. ¿A qué se vería reducido si las supersticiones lo dominaban como a cualquier campesino ignorante?

Aun así... aun así... El cometa se divisaba ya incluso durante el día, mientras de las fumarolas de Montedragón, tras el castillo, se alzaban columnas de vapor color gris claro, y el día anterior, un cuervo blanco había llegado de la Ciudadela con un mensaje, una noticia ya anticipada pero no por ello menos temible: el anuncio del fin del verano. Presagios; todo eran presagios. Demasiados para negarlos. «¿Qué significa todo esto?», habría querido gritar.

—Maestre Cressen, tenemos visita. —Pylos hablaba en voz baja, como si no quisiera molestar a Cressen en su solemne meditación. Si supiera las tonterías que poblaban la cabeza del maestre, habría hablado a gritos—. La princesa quiere ver el cuervo blanco. —Pylos, correcto como siempre, la llamaba *princesa,* ahora que su señor padre era rey. Rey de una roca humeante en medio del gran mar salado, pero rey al fin y al cabo—. Insiste en ver el cuervo. La acompaña su bufón.

El anciano apartó la vista del amanecer y dio media vuelta, apoyándose con una mano sobre su guiverno.

—Acompáñame a mi silla y hazlos pasar.

Pylos lo tomó por un brazo y lo ayudó a volver al interior. En su juventud, Cressen había caminado con paso vivo, pero ya no faltaba mucho para su octogésimo día del nombre, y tenía las piernas frágiles e inseguras. Dos años atrás se había roto la cadera en una caída, y los huesos no se habían soldado bien. Hacía un año, cuando cayó enfermo, la Ciudadela envió a Pylos desde Antigua, apenas días antes de que lord Stannis cerrase la isla. Decían que lo enviaban para ayudarlo en su trabajo, pero Cressen sabía que no era así. Pylos estaba allí para reemplazarlo cuando muriera. No le importaba. Alguien tenía que ocupar su lugar, y sería antes de lo que le gustaría...

Dejó que el joven lo acomodara tras los montones de libros y papeles.

—Hazla pasar. No está bien hacer esperar a una dama.

Hizo con la mano un gesto débil para indicarle que se apresurara; él, que ya no podía darse prisa en nada. Tenía la piel arrugada y llena de manchas, fina como el papel, tanto que se veían el entramado de venas y la forma de los huesos. Y cómo temblaban aquellas manos suyas, que otrora fueron tan firmes y hábiles...

Pylos regresó con la niña, tan tímida como siempre. Tras ella, con su característico andar, arrastrando los pies y dando saltitos, iba su bufón. Llevaba cencerros colgados, y en la cabeza, un cubo viejo de latón a modo de yelmo, con unas astas de ciervo pegadas. Los cencerros resonaban a cada paso, todos con sonidos diferentes: *clang-a-dang, bong-dong, ring-a-ling, clong, clong, clong.*

—¿Quién nos visita tan temprano, Pylos? —preguntó Cressen.

—Somos Manchas y yo, maestre. —Los candorosos ojos azules se clavaron en él. Por desgracia, el rostro en el que brillaban no era precisamente hermoso. La niña había heredado la mandíbula cuadrada y prominente de su padre, y las desafortunadas orejas de su madre; además contaba con una desfiguración propia, legado del brote de psoriagrís que casi se la había llevado a la tumba cuando aún no era más que un bebé. La mitad de una mejilla y buena parte del cuello eran de carne rígida y muerta, con la piel agrietada y escamosa, moteada de negro y gris, con tacto como de piedra—. Pylos dice que podemos ver el cuervo blanco.

—Por supuesto, por supuesto —respondió Cressen. Nunca había podido negarle nada. Ya se le habían negado demasiadas cosas en su breve vida. Se llamaba Shireen. Cumpliría diez años en su siguiente día del nombre, y era la niña más triste que el maestre Cressen había conocido jamás. «Su tristeza es mi vergüenza —pensó el anciano—, otra prueba de mi fracaso»—. Maestre Pylos, hazme el favor de traer esa ave de la pajarera para que la vea lady Shireen.

—Será para mí un placer.

Pylos era un joven muy educado; no tendría más allá de veinticinco años, pero su solemnidad correspondía más bien a un hombre de sesenta. Solo le faltaba tener más humor, más vida. Eran lo que más escaseaba en aquel lugar. En los lugares sombríos se necesita un toque de ligereza, no de solemnidad, y Rocadragón era uno de los lugares más sombríos que nadie pudiera imaginar, una ciudadela solitaria en un desierto de agua, azotada por las tormentas y la sal, con la sombra humeante de la montaña a su espalda. Un maestre tiene que ir allí adonde lo envían, de manera que Cressen había llegado allí, con su señor, hacía ya doce años. Lo había servido bien, pero jamás había sentido que aquel sitio fuera su hogar. En los últimos tiempos, cuando despertaba de algún sueño inquieto en el que siempre estaba presente la mujer roja, le costaba recordar dónde se encontraba.

El bufón volvió la cabeza a manchas para ver como Pylos subía por las escaleras de hierro que llevaban a la pajarera. Los cencerros sonaron al ritmo del movimiento.

—En el fondo del mar, los pájaros tienen escamas en vez de plumas —dijo. *Clang, clang*—. Lo sé, lo sé, je, je, je.

Caramanchada resultaba lastimero hasta para ser un bufón. Quizá en algún tiempo fue capaz de provocar carcajadas con una réplica ingeniosa, pero el mar le había arrebatado aquel poder, junto con la mitad de los sesos y todos los recuerdos. Era blando y obeso, padecía estremecimientos y temblores, y a menudo era incoherente. La niña era la única que seguía riendo con sus bromas, la única a la que le importaba.

«Una niña fea, un bufón triste y un maestre... Eso sí que es una historia para llorar.»

—Siéntate conmigo, pequeña. —Cressen le hizo un gesto para que se acercara—. Es muy temprano para hacer visitas; acaba de amanecer. Deberías estar abrigadita en la cama.

—He tenido sueños malos —respondió Shireen—. Eran sobre los dragones. Venían a comerme.

—Este tema ya lo hemos hablado —le dijo con voz amable el maestre Cressen; no recordaba un tiempo en que la niña no hubiera sufrido pesadillas—. Los dragones no pueden cobrar vida. Están tallados en piedra, pequeña. En tiempos ya muy lejanos, nuestra isla era el fortín más occidental del gran Feudo Franco de Valyria. Los valyrios erigieron esta ciudadela, y conocían formas de tallar la piedra que nosotros ya hemos olvidado. Todo castillo debe tener una torre allí donde se encuentran dos muros; es necesario para defenderlo. Los valyrios les dieron forma de dragones a esas torres para que la fortaleza pareciera aún más temible, y también por eso coronaron los muros con un millar de gárgolas, y no con simples almenas. —Tomó una manita rosada entre las suyas, frágiles y llenas de manchas, y la apretó con cariño—. Así que ya ves: no hay nada que temer.

—Y la cosa del cielo, ¿qué? —Shireen no estaba nada convencida—. Dalla y Matrice estaban hablando junto al pozo, y Dalla ha dicho que la mujer roja le había dicho a mi madre que eso era aliento de dragón. Si los dragones tienen aliento, ¿no es porque están cobrando vida?

«La mujer roja —pensó el maestre Cressen con amargura—. Por si no fuera bastante malo que haya llenado de locuras la cabeza de la madre, ahora está envenenando los sueños de la hija.» Tendría que hablar seriamente con Dalla para que no fuera difundiendo semejantes tonterías.

—Eso del cielo, pequeña, es un cometa. Una estrella con cola que se ha perdido. Pronto desaparecerá, y no volveremos a verla. Te lo prometo.

Shireen asintió con valentía.

—Mi madre dice que el cuervo blanco significa que ya no es verano.

—Eso es cierto, mi señora. Los cuervos blancos vienen solo de la Ciudadela. —Cressen se llevó los dedos a la cadena que lucía en torno al cuello. Cada uno de los eslabones estaba forjado en un metal distinto, para simbolizar el dominio de las diferentes ramas del saber. El collar del maestre, el símbolo de su orden. En el orgullo de la juventud lo había llevado con facilidad, pero ya le parecía pesado, y sentía el metal frío contra la piel—. Son más grandes que los otros cuervos, y más listos; los crían para llevar los mensajes más importantes. Este lo enviaron para decirnos que el Cónclave se ha reunido, ha estudiado los informes y mediciones que han hecho maestres de todo el reino, y ha declarado que este largo verano termina ya. Ha durado diez años, dos ciclos y dieciséis días; ha sido el verano más largo que se recuerda.

—¿Y ahora hará frío? —Shireen era una niña del verano; nunca había conocido el auténtico frío.

—A su debido tiempo —respondió Cressen—. Si los dioses son bondadosos, nos otorgarán un otoño cálido y buenas cosechas, y así podremos prepararnos para el invierno que se avecina.

La gente sencilla decía que un verano largo siempre iba seguido de un invierno más largo aún, pero al maestre no le pareció oportuno asustar a la niña con cuentos como aquellos.

—En el fondo del mar siempre es verano —canturreó Caramanchada haciendo sonar sus cencerros—. Las señoras sirenas llevan «anenimonas» en el pelo, y tejen túnicas con algas de plata. Lo sé, lo sé, je, je, je.

—Me gustaría tener una túnica de algas de plata —dijo Shireen dejando escapar una risita.

—En el fondo del mar, nieva hacia arriba —dijo el bufón—, y la lluvia es seca como un hueso viejo. Lo sé, lo sé, je, je, je.

—¿Es verdad que nevará? —preguntó la niña.

—Sí —asintió Cressen. «Pero espero que no sea hasta dentro de unos años y que la nieve no dure demasiado tiempo»—. Ah, ahí viene Pylos con el pájaro.

Shireen lanzó una exclamación de alegría. Hasta Cressen tuvo que reconocer que aquella ave resultaba impresionante. Era blanca como la nieve, más grande que un halcón, con los brillantes ojos negros que indicaban que no era un simple cuervo albino, sino un auténtico cuervo blanco, de pura raza de la Ciudadela.

—Ven —llamó.

El cuervo extendió las alas, emprendió el vuelo y surcó la habitación con sonoros aleteos para ir a posarse en la mesa, junto a él.

—Iré a traer vuestro desayuno —anunció Pylos.

Cressen asintió.

—Te presento a lady Shireen —le dijo al cuervo.

El pájaro movió arriba y abajo la cabeza blanca, como si asintiera.

—Lady —graznó—. Lady.

La niña se quedó boquiabierta.

—¡Sabe hablar!

—Sí, sabe unas cuantas palabras. Ya te lo he dicho: son unos pájaros muy listos.

—Pájaro listo, hombre listo, bufón muy muy listo —dijo Caramanchada al tiempo que hacía sonar los cencerros. Empezó a canturrear—: Las sombras vienen a bailar, mi señor; bailar, mi señor; bailar, mi señor —entonó saltando a la pata coja, primero con un pie, luego con otro—. Las sombras se van a quedar, mi señor; quedar, mi señor; quedar, mi señor. —Con cada palabra sacudía la cabeza, y los cencerros de las astas resonaban con estrépito.

El cuervo blanco graznó, alzó el vuelo y revoloteó para ir a posarse en la barandilla de hierro de las escaleras que llevaban a la pajarera. Shireen pareció encogerse.

—No para de cantar eso. Le he dicho que lo deje, pero no me hace caso. Me da miedo. Dile que no lo cante.

«¿Y cómo voy a convencerlo? —se preguntó el anciano—. Hace unos años podría haberlo hecho callar para siempre, pero ahora...»

Habían acogido a Caramanchada cuando este era apenas un muchachito. El recordado lord Steffon lo había encontrado en Volantis, al otro lado del mar Angosto. El rey (el viejo rey, Aerys II Targaryen, que en aquellos tiempos no estaba aún tan loco) lo había enviado a buscar una novia para el príncipe Rhaegar, que no tenía hermanas con las que pudiera contraer matrimonio. «Hemos visto a un bufón espléndido —le escribió a Cressen, quince días antes de la fecha prevista para su regreso de la infructífera misión—. No es más que un niño, pero es ágil como un mono y tan ingenioso como una docena de cortesanos. Sabe hacer juegos malabares, acertijos y trucos mágicos, y canta maravillosamente en cuatro idiomas. Hemos comprado su libertad y esperamos llevarlo a casa con nosotros. A Robert le encantará, y quizá hasta enseñe a reír a Stannis.»

Cressen se entristecía cada vez que recordaba aquella carta. Nadie enseñó nunca a Stannis a reír, y desde luego, no el pequeño Caramanchada. La tormenta se desencadenó de repente, con un viento huracanado, y la bahía de los Naufragios hizo honor a su nombre. La galera de dos mástiles del señor, la *Orgullo del Viento,* se hundió a la vista del castillo. Desde las almenas, los dos hijos mayores observaron como el barco de su padre se destrozaba contra las rocas antes de que lo engulleran las olas. Un centenar de remeros y marineros se hundieron con lord Steffon Baratheon y su señora esposa, y durante días, cada marea dejaba una nueva cosecha de cadáveres hinchados en la costa, bajo Bastión de Tormentas.

El chico llegó a la orilla el tercer día. El maestre Cressen había bajado con los demás para ayudar a identificar los cadáveres. Encontraron al bufón desnudo, con la piel blanca, arrugada y cubierta de arena húmeda. Cressen habría jurado que estaba muerto, pero cuando Jommy lo agarró por los tobillos para arrastrarlo hasta el carro funerario, el niño empezó a toser, escupió agua y se sentó. Hasta el día en que murió, Jommy siguió diciendo que la carne de Caramanchada estaba fría y viscosa.

Nadie pudo explicar jamás los dos días que el bufón había pasado perdido en el mar. Los pescadores decían que, a cambio de su semilla, una sirena lo había enseñado a respirar agua. Caramanchada nunca dijo nada. El muchacho listo e ingenioso del que lord Steffon había hablado en su carta no llegó a Bastión de Tormentas; el niño que encontraron apenas si podía hablar, y lo que decía carecía por completo de ingenio. Pero el rostro del bufón no permitía albergar dudas sobre su identidad. En la Ciudad Libre de Volantis tenían la costumbre de tatuarles el rostro a los esclavos y criados, y la piel del cuello y el cuero cabelludo del niño lucían el dibujo imborrable de cuadrados rojos y verdes.

—Ese desdichado está loco, sufre y no le sirve de nada a nadie, ni siquiera a sí mismo —declaró el viejo ser Harbert, castellano de Bastión de Tormentas en aquellos tiempos—. Lo más misericordioso sería llenarle la copa con la leche de la amapola. Todo acabaría con un sueño sin dolor. Si él tuviera cerebro, os daría las gracias.

Pero Cressen se había negado a hacerlo, y al final su opinión prevaleció. Pese a los años transcurridos, nunca había llegado a saber si su victoria había supuesto una victoria también para Caramanchada.

—Las sombras vienen a bailar, mi señor; bailar, mi señor; bailar, mi señor —siguió cantando el bufón, al tiempo que movía la cabeza y hacía sonar los cencerros: *bong dong, ring-a-ling, bong dong.*

—Señor —chilló el cuervo blanco—. Señor, señor, señor.

—Los bufones cantan lo que quieren —le dijo el maestre a su nerviosa princesa—. No te tomes en serio lo que dice. Puede que mañana se acuerde de otra canción y no vuelvas a oír esta nunca más. —«Canta maravillosamente en cuatro idiomas», había escrito lord Steffon...

—Maestre, con permiso —dijo Pylos, que acababa de regresar a la estancia.

—Te has olvidado de las gachas —señaló Cressen con una sonrisa. Aquello era impropio de Pylos.

—Maestre, ser Davos regresó anoche. Lo estaban comentando en la cocina. He pensado que querríais saberlo lo antes posible.

—Davos... ¿anoche? ¿Y dónde está?

—Con el rey. Se han pasado hablando buena parte de la noche.

En otros tiempos, lord Stannis lo habría despertado, fuera la hora que fuera, para pedirle consejo.

—Deberían habérmelo dicho —se quejó Cressen—. Deberían haberme despertado. —Desentrelazó sus dedos de los de Shireen—. Perdóname, mi señora, pero tengo que ir a hablar con tu señor padre.

Pylos, deja que me apoye en tu brazo. En este castillo hay demasiados escalones. Me parece que cada noche ponen unos pocos más solo para fastidiarme.

Shireen y Caramanchada salieron con ellos, pero la niña no tardó en cansarse del paso lento del anciano y lo adelantó. El bufón la siguió, sacudiendo los cencerros que resonaban como locos.

Cressen era muy consciente de que un castillo no era el lugar más adecuado para una persona frágil, y lo fue más todavía al bajar por la escalera circular de la Torre del Dragón Marino. Lord Stannis estaría sin duda en la Cámara de la Mesa Pintada, en la parte más alta del Tambor de Piedra, el torreón central de Rocadragón, llamado así porque sus muros milenarios rugían y retumbaban durante las tormentas. Para llegar allí tenían que cruzar la galería, atravesar la muralla intermedia y la interior con sus gárgolas guardianas y sus puertas de hierro negro, y subir tantas escaleras que Cressen prefería no pensar en ello. Los jóvenes subían los peldaños de dos en dos; para los ancianos con caderas lastimadas, cada uno representaba una tortura. Pero a lord Stannis jamás se le ocurriría ir a verlo, de manera que el maestre se resignó a padecer aquel tormento. Al menos contaba con la ayuda de Pylos, cosa por la que se sentía muy agradecido.

Atravesaron la galería a paso cansino, pasando ante una hilera de ventanales altos en forma de arco, desde los que se divisaba el imponente panorama de la muralla defensiva, la muralla exterior y la aldea de pescadores que había más allá. En el patio, los arqueros practicaban al grito de «tensar, apuntar, disparar». El sonido de las flechas era como el de una bandada de pájaros que emprendieran el vuelo. Los guardias patrullaban por los adarves y vigilaban entre las gárgolas a las huestes acampadas en el exterior. El humo de las hogueras poblaba el aire de la mañana; tres mil hombres se aprestaban a desayunar sentados bajo los estandartes de sus señores. Más allá, el fondeadero estaba abarrotado de barcos. En los seis últimos meses no se había permitido partir a ninguna nave que se hubiera acercado a Rocadragón. La *Furia* de lord Stannis, una galera de tres cubiertas y trescientos remos, casi parecía pequeña al lado de las panzudas carracas y cocas que la rodeaban.

Los hombres que montaban guardia en el exterior del Tambor de Piedra conocían de vista a los maestres y los dejaron pasar.

—Espera aquí —dijo Cressen a Pylos una vez en el interior—. Lo mejor será que vaya a verlo yo solo.

—Maestre, hay muchas escaleras.

—No creas que no lo sé. —Cressen sonrió—. He subido por estos peldaños tantas veces que conozco cada uno por su nombre.

Pero a medio camino ya lamentaba la decisión. Se había detenido para recuperar el aliento y calmar el dolor de la cadera cuando oyó el sonido de unas botas contra la piedra, y se encontró cara a cara con ser Davos Seaworth, que bajaba en aquel momento.

Davos era un hombre menudo, que llevaba la baja estirpe escrita claramente en el rostro. Se cubría los hombros con una capa verde muy usada, manchada de salitre y descolorida por el sol, y llevaba un jubón y unos calzones color marrón, a juego con su pelo y sus ojos castaños. Tenía la barbita corta salpicada de hebras blancas, y ocultaba la mano izquierda mutilada con un guante de cuero. Se detuvo al ver a Cressen.

—Ser Davos, ¿cuándo habéis vuelto? —saludó el maestre.

—En lo más oscuro de la noche. Mi hora favorita.

Se decía que nadie jamás había pilotado un barco de noche ni la mitad de bien que Davos Manicorto. Antes de que lord Stannis lo nombrara caballero, había sido el contrabandista más famoso y escurridizo de los Siete Reinos.

—¿Noticias?

—Ha sido tal como vos le dijisteis —contestó el caballero meneando la cabeza—. No se alzarán por su causa, maestre. No sienten ningún afecto por él.

«No —pensó Cressen—. Ni lo sentirán jamás. Es fuerte, competente, justo... Sí, y sabio quizá en exceso..., pero con eso no basta. Con eso no ha bastado nunca.»

—¿Hablasteis con todos?

—¿Con todos? No. Solo con los que quisieron recibirme. Por mí tampoco sienten afecto esos nobles. Para ellos siempre seré el Caballero de la Cebolla. —Apretó la mano izquierda, cerrando los muñones de los dedos en un puño. Stannis le había hecho cortar la última articulación de todos excepto del pulgar—. Comí con Gulian Swann y con el viejo Penrose, y los Tarth accedieron a reunirse conmigo a medianoche en un bosque. Los demás... Bueno, Beric Dondarrion ha desaparecido, se dice que ha muerto, y lord Caron está con Renly. Ahora es Bryce el Naranja, de la Guardia Arcoíris.

—¿La Guardia Arcoíris?

—Renly ha creado una Guardia Real —explicó el antiguo contrabandista—, pero sus siete hombres no van de blanco. Cada uno tiene un color. Loras Tyrell es el lord comandante.

Aquello era muy propio de Renly Baratheon, muy acorde con sus gustos: una nueva orden de caballeros, espléndida, con ropajes nuevos que todo el mundo admiraría. Ya de niño le habían gustado los colores vivos y los tejidos de calidad, tanto como los juegos. «¡Miradme todos! —gritaba mientras corría, riendo, por los pasillos de Bastión de Tormentas—. ¡Miradme todos, soy un dragón!», o bien: «¡Miradme todos, soy un mago!», o bien: «¡Miradme, miradme, soy el dios de la lluvia!».

El muchachito osado de pelo negro indómito y ojos llenos de alegría era ya un hombre adulto de veintiún años, y aún seguía jugando. «"¡Miradme todos, soy un rey!" —pensó Cressen con tristeza—. Oh, Renly, Renly, mi niño querido, ¿sabes qué estás haciendo? Y si lo sabes, ¿te importa? ¿Es que soy el único que se preocupa por él?»

—¿Qué razones os dieron los señores para sus negativas? —preguntó a ser Davos.

—Algunos, buenas palabras; otros, palabras rudas; unos me dieron excusas, otros hicieron promesas y unos cuantos se limitaron a mentir. —Se encogió de hombros—. Al final, todo son palabras, y las palabras se las lleva el viento.

—¿No habéis podido ofrecerle ninguna esperanza?

—Sería falsa, y yo no hago esas cosas —replicó Davos—. Le he dicho la verdad.

El maestre Cressen recordó el día en que Davos fue nombrado caballero, tras el asedio de Bastión de Tormentas. Lord Stannis había defendido el castillo durante casi un año con una reducida guarnición contra las numerosas huestes de lord Tyrell y lord Redwyne. Hasta el mar les estaba vedado, vigilado día y noche por las galeras de Redwyne, con los estandartes color borgoña del Rejo. En el interior de Bastión de Tormentas hacía ya tiempo que se habían comido los caballos, no quedaban gatos ni perros, y la guarnición solo podía comer raíces y ratas. Entonces llegó una noche de luna nueva, en la que las nubes ocultaron las estrellas. Al abrigo de la oscuridad, Davos el contrabandista burló el cordón de Redwyne y las rocas de la bahía de los Naufragios. Su pequeño barco tenía casco negro, velas negras, remos negros, y la bodega abarrotada de cebollas y pescado en salazón. No era gran cosa, pero sí lo suficiente para mantener con vida a la guarnición el tiempo necesario para que Eddard Stark llegara a Bastión de Tormentas y rompiera el sitio.

Lord Stannis recompensó a Davos con las mejores tierras del cabo de la Ira, un pequeño fuerte y el rango de caballero... pero también decretó que le cortaran la última falange de cuatro dedos de la mano izquierda, como castigo por sus años de contrabando. Davos lo aceptó con la condición de que fuera el propio Stannis quien esgrimiera el cuchillo. El señor utilizó un hachuela de carnicero para que el corte fuera rápido y limpio. Después de aquello, Davos eligió para su casa el nombre de Seaworth, y como blasón, un barco negro sobre campo gris claro... con una cebolla en las velas. El antiguo contrabandista solía decir que lord Stannis le había hecho un favor, ya que tenía que limpiarse y cortarse cuatro uñas menos.

«No —pensó Cressen—; un hombre como aquel no daría falsas esperanzas, ni suavizaría una dura verdad.»

—La verdad puede ser un trago amargo hasta para alguien como lord Stannis, ser Davos. Solo piensa en volver a Desembarco del Rey en la plenitud de su poder, para acabar con sus enemigos y recuperar lo que le corresponde por derecho. En cambio, ahora...

—Si lleva un ejército tan escaso como este a Desembarco del Rey, será para morir. No tiene suficientes hombres. Es lo que le he dicho, pero ya sabéis cómo es de orgulloso. —Davos alzó la mano enguantada—. Antes de que le entre en la cabeza un poco de sentido común, a mí me crecerán otra vez los dedos.

—Habéis hecho todo lo posible. —El anciano suspiró—. Ahora me corresponde a mí sumar mi voz a la vuestra. —Reanudó fatigosamente el ascenso.

El refugio de lord Stannis Baratheon era una gran habitación redonda con muros desnudos de piedra negra y cuatro ventanas altas y estrechas, cada una en dirección a uno de los puntos cardinales. En el centro de la cámara había una gran mesa que le daba su nombre, una inmensa tabla de madera tallada por orden de Aegon Targaryen en los días anteriores a la Conquista. La Mesa Pintada tenía más de veinte varas de largo y aproximadamente la mitad en su extremo más ancho, pero apenas unos codos en el más estrecho. Los carpinteros de Aegon le habían dado la forma de la tierra de Poniente, trazando con las sierras todas las bahías y penínsulas, de manera que la mesa no tenía ni un borde liso. En la superficie, oscurecida por casi trescientos años de barnices, estaban pintados los Siete Reinos tal como eran en tiempos de Aegon: ríos y montañas, castillos y ciudades, lagos y bosques...

En toda la estancia no había más que una silla, situada con precisión en el punto exacto que ocupaba Rocadragón ante la costa de Poniente, y elevada sobre una plataforma con peldaños para proporcionar una buena vista de toda la superficie de la mesa. La silla la ocupaba un hombre vestido con un chaleco de cuero ajustado y calzones de lana marrón. Al oír entrar al maestre Cressen alzó la vista.

—Sabía que vendríais, anciano, tanto si os llamaba como si no. —Su voz estaba desprovista de toda calidez. Como de costumbre.

Stannis Baratheon, señor de Rocadragón y, por la gracia de los dioses, heredero legítimo del Trono de Hierro de los Siete Reinos de Poniente, tenía hombros anchos y miembros nervudos, y carnes y rostro tan tensos que parecían de cuero secado al sol hasta endurecerse como el acero. La palabra que más se utilizaba para definir a Stannis era *duro,* y duro era, ciertamente. Aún no había cumplido treinta y cinco años, pero solo le quedaba una franja estrecha de fino pelo negro que le pasaba por detrás de las orejas, como la sombra de una corona. Su hermano, el difunto rey Robert, se había dejado crecer la barba en sus últimos años de vida. El maestre Cressen no lo había visto, pero se decía que era una barba salvaje, espesa, fiera. Casi como respuesta, Stannis mantenía las patillas y los bigotes bien cortos. Eran como una sombra de un color negro azulado que le cruzaba la mandíbula cuadrada y las hondonadas huesudas de las mejillas. Sus ojos eran como heridas abiertas bajo unas cejas gruesas, tan azules y oscuros como el mar en la noche. Su boca habría sido la desesperación del más gracioso de los bufones; era una boca creada para los bufidos, las reprimendas y las órdenes cortantes, de labios finos y músculos tensos, una boca que había olvidado cómo sonreír y nunca había sabido abrirse en una carcajada. En ocasiones, cuando todo estaba tranquilo y silencioso en medio de la noche, al maestre Cressen le parecía que podía oír a lord Stannis rechinando los dientes al otro lado del castillo.

—En otros tiempos me habríais despertado —dijo el anciano.

—En otros tiempos erais joven. Ahora sois viejo, estáis enfermo y os hace falta dormir. —Stannis jamás había aprendido a suavizar las palabras para fingir o adular. Decía lo que pensaba, sin que le importara lo más mínimo cómo afectaba aquello a los demás—. Sabía que os enteraríais pronto del mensaje de Davos. Como de costumbre, ¿no?

—De lo contrario, no os sería de ninguna ayuda —respondió Cressen—. Me he encontrado a Davos en la escalera.

—Y supongo que os lo habrá contado todo. Tendría que haberle cortado la lengua, además de los dedos.

—Entonces no os habría sido muy útil como mensajero.

—Con lengua tampoco me ha sido útil como mensajero. Los señores de la tormenta no se alzarán por mí. Por lo visto no les gusto, y el hecho de que mi causa sea justa no significa nada para ellos. Los más cobardes se quedarán sentados tras sus murallas, a la espera de ver hacia dónde soplan los vientos y quién obtiene la próxima victoria. Los valientes se han aliado con Renly. ¡Con Renly! —Escupió el nombre como si fuera un veneno para la lengua.

—Vuestro hermano es el señor de Bastión de Tormentas desde hace trece años. Esos señores son sus vasallos juramentados...

—Sus vasallos —lo interrumpió Stannis—, cuando por derecho deberían ser los míos. Nunca pedí Rocadragón. Nunca lo quise. Lo tomé porque los enemigos de Robert estaban aquí y él me ordenó erradicarlos. Construí su flota, hice su trabajo, obediente como debía ser un hermano pequeño con su hermano mayor, como debería ser Renly conmigo. ¿Y cómo me lo agradece Robert? Me nombra señor de Rocadragón, y le entrega Bastión de Tormentas y todas sus rentas a Renly. Bastión de Tormentas perteneció a la casa Baratheon durante trescientos años. Debería haber pasado a mí por derecho cuando Robert subió al Trono de Hierro.

Era una afrenta antigua y dolorosa, en aquel momento más que nunca. Aquel era el punto débil de su señor. Porque, aunque Rocadragón era antiguo y fuerte, solo contaba con la lealtad de unos cuantos señores menores, cuyas fortalezas en islas pedregosas no tenían suficiente población para crear el ejército que Stannis necesitaba. Ni siquiera los mercenarios que había llevado de la otra orilla del mar Angosto, de las Ciudades Libres de Myr y Lys, bastaban para que el ejército acampado al otro lado de los muros fuera suficiente para acabar con el poder de la casa Lannister.

—Robert cometió una injusticia con vos —dijo el maestre Cressen con cautela—, pero tenía buenas razones. Rocadragón perteneció durante mucho tiempo a la casa Targaryen. Le hacía falta un hombre fuerte que gobernara aquí, y Renly no era más que un niño.

—Sigue siendo un niño. —La furia de Stannis resonaba en la estancia vacía—. Un niño ladrón que quiere robarme la corona. ¿Qué ha hecho Renly en su vida para ganarse un trono? Se sienta en el Consejo y bromea con Meñique, y en los torneos luce una armadura espléndida y deja que cualquiera más fuerte lo derribe del caballo. A eso se reduce mi hermano Renly, que se cree digno de ser rey. ¿Por qué me castigaron los dioses con estos hermanos?

—No puedo explicar los motivos de los dioses.

—Últimamente no podéis explicar muchas cosas. ¿Quién es el maestre de Renly? Debería hacerlo llamar; quizá sus consejos me fueran más útiles que los vuestros. ¿Qué creéis que le dijo ese maestre a mi hermano cuando decidió robarme mi corona? ¿Qué consejo le habrá ofrecido vuestro colega a ese traidor?

—Me extrañaría mucho que lord Renly le hubiera pedido consejo a nadie, alteza.

El menor de los tres hijos de lord Steffon se había convertido en un hombre osado, pero incauto, que actuaba por impulso, sin planes previos. En aquello, como en tantas otras cosas, Renly se parecía a su hermano Robert y era muy diferente de Stannis.

—Alteza —repitió Stannis con amargura—. Os burláis de mí dándome trato de rey, pero ¿de qué soy rey? Rocadragón y unas cuantas piedras en el mar Angosto: ese es mi reino. —Bajó de la plataforma de la silla y se quedó junto a la mesa. Su sombra se proyectaba sobre la desembocadura del río Aguasnegras y sobre el bosque pintado donde se encontraba Desembarco del Rey. Aquel era el reino que exigía; lo tenía al alcance de la mano, y sin embargo estaba tan lejos...—. Esta noche voy a cenar con mis señores vasallos, con los pocos que tengo. Celtigar, Velaryon, Bar Emmon y los demás. Un grupo patético, la verdad sea dicha, pero son lo único que me han dejado mis hermanos. Ese pirata lyseno de Salladhor Saan vendrá con la última lista de todo lo que le debo, y Morosh de Myr me recomendará precaución por culpa de las mareas y los temporales de otoño; mientras que lord Sunglass, siempre tan pío, no dejará de hablar de la voluntad de los Siete. Celtigar me preguntará qué señores de la tormenta se van a unir a nosotros. Velaryon amenazará con retirar sus fuerzas a menos que ataquemos pronto. ¿Qué les voy a decir? ¿Qué debo hacer?

—Vuestros verdaderos enemigos son los Lannister, mi señor —respondió el maestre Cressen—. Si vuestro hermano y vos hicierais causa común contra ellos...

—No haré tratos con Renly —replicó Stannis en un tono que no admitía discusión—. Al menos, mientras siga afirmando que es el rey.

—Entonces, no tratéis con Renly —cedió el maestre. Su señor era orgulloso y testarudo. Cuando tomaba una decisión, no había manera de hacerlo cambiar de idea—. Hay otros que también se pueden adecuar a vuestras necesidades. El hijo de Eddard Stark ha sido proclamado Rey en el Norte, y tiene el apoyo de todas las fuerzas de Invernalia y Aguasdulces.

—Es un niño —dijo Stannis—. Y otro falso rey. ¿Acaso tengo que aceptar un reino desmembrado?

—Medio reino es mejor que nada —insistió Cressen—. Y si ayudáis al chico a vengar la muerte de su padre...

—¿Por qué voy a vengar a Eddard Stark? Para mí no significaba nada. Oh, cierto, Robert lo adoraba. Lo quería como a un hermano, ¡cuántas veces se lo oí decir! Yo era su hermano, no Ned Stark, pero por cómo me trataba, nadie lo habría dicho. Defendí Bastión de Tormentas en su nombre, vi morir de hambre a muchos hombres valientes mientras Mace Tyrell y Paxter Redwyne celebraban banquetes a la vista de mis murallas. ¿Me dio las gracias Robert? No. Le dio las gracias a Stark, por romper el sitio cuando ya únicamente teníamos rábanos y ratas para comer. Construí una flota por orden de Robert y capturé Rocadragón para él. ¿Acaso me tomó la mano y me dijo: «Bravo, hermano, no sé qué habría hecho sin ti»? No, me echó la culpa de que Willem Darry pudiera escapar con Viserys y con la cría, como si hubiera estado en mi mano impedirlo. Ocupé un puesto en su Consejo durante quince años; ayudé a Jon Arryn a dirigir el reino mientras Robert se emborrachaba y se iba de putas, pero cuando Jon murió, ¿acaso me nombró mano? No, corrió en busca de su querido amigo Ned Stark y le ofreció a él ese honor. Pues mira, para lo que les ha servido a los dos...

—Así han sido las cosas, mi señor —dijo el maestre Cressen con voz amable—. Se han cometido muchas injusticias con vos, pero el pasado no es ya más que un recuerdo. El futuro aún puede ser vuestro si os unís a los Stark. También hay otros que pueden conveniros. ¿Qué os parece lady Arryn? Si la reina asesinó a su esposo, no cabe duda de que querrá hacerle justicia. Tiene un hijo pequeño, el heredero de Jon Arryn. Tal vez, si prometierais a Shireen con él...

—Es un crío débil y enfermizo —se opuso lord Stannis—. Hasta su padre se daba cuenta: me pidió que lo acogiera como pupilo en Rocadragón. Le habría sentado bien servir como paje, pero la maldita Lannister envenenó a lord Arryn antes de que lleváramos a cabo el plan, y ahora, Lysa lo tiene escondido en el Nido de Águilas. Podéis estar seguro de que no se separará de él.

—Entonces habrá que enviar a Shireen al Nido de Águilas —insistió el maestre—. Rocadragón es un hogar triste para cualquier niño. Y que la acompañe su bufón; así tendrá cerca un rostro conocido.

—Conocido y repugnante. —Stannis frunció el ceño, pensativo—. Pero... puede que valga la pena intentarlo...

—¿Acaso el legítimo señor de los Siete Reinos tiene que suplicar ayuda a viudas y usurpadores? —preguntó bruscamente una voz de mujer.

—Mi señora —dijo el maestre Cressen, volviéndose e inclinando la cabeza, molesto por no haberla oído entrar.

—Yo no suplico —soltó Stannis con un bufido—. A nadie. Más te vale tenerlo presente, mujer.

—Me complace oírlo, mi señor. —Lady Selyse era tan alta como su esposo, de cuerpo flaco y rostro delgado, orejas prominentes, nariz afilada y una sombra de bigote en el labio superior. Se lo quitaba con las pinzas todos los días y lo maldecía constantemente, pero siempre volvía a crecerle. Sus ojos eran claros; su boca, firme; y su voz, como un látigo. En aquel momento lo hizo restallar—. Lady Arryn te debe lealtad, al igual que los Stark, tu hermano Renly y todos los demás. Eres su rey legítimo. No sería correcto que suplicaras y negociaras por lo que te corresponde por la gracia de dios.

Había dicho «dios», no «dioses». La mujer roja se la había ganado en cuerpo y alma, la había hecho apartarse de los dioses de los Siete Reinos, tanto de los nuevos como de los antiguos, para adorar al que llamaban Señor de Luz.

—Tu dios se puede guardar su gracia —replicó lord Stannis, que no compartía la devoción de su esposa por la nueva fe—. Lo que necesito son espadas, no bendiciones. ¿Acaso tienes escondido un ejército del que aún no me has hablado?

En la voz de Stannis no había afecto alguno. Siempre se había sentido incómodo en compañía de las mujeres, incluso de su esposa. Cuando fue a Desembarco del Rey para ocupar un puesto en el Consejo de Robert, dejó a Selyse y a su hija en Rocadragón. Escribió pocas cartas e hizo aún menos visitas. Cumplía con sus deberes en el lecho conyugal una o dos veces al año, pero aquello no le proporcionaba placer, y los hijos varones que tanto esperaba nunca llegaron.

—Mis hermanos, tíos y primos tienen ejércitos —replicó ella—. La casa Florent servirá bajo tu estandarte.

—La casa Florent apenas puede reunir dos mil espadas. —Se decía que Stannis conocía las fuerzas de cada una de las casas de los Siete Reinos—. Y tienes mucha más fe que yo en tus hermanos y tíos, mi señora. Las tierras de Florent están demasiado cercanas a Altojardín para que tu señor tío se arriesgue a incurrir en la ira de Mace Tyrell.

—Hay otra posibilidad. —Lady Selyse se acercó—. Mira por las ventanas, mi señor. Ahí está la señal que aguardabas, grabada en el cielo. Es roja, del rojo de las llamas, roja como el corazón ardiente del dios verdadero. Es su estandarte... ¡y también el tuyo! Mira: surca los cielos como el aliento llameante de un dragón. Y tú eres el señor de Rocadragón. Significa que ha llegado tu momento, alteza. Es tal como te digo. Significa que debes zarpar de esta roca desolada, como hizo en su momento Aegon el Conquistador, para arrasarlo todo a tu paso, igual que él. Solo tienes que dar la orden y abrazar el poder del Señor de Luz.

—¿Cuántas espadas pondrá en mi mano el Señor de Luz? —exigió Stannis de nuevo.

—Tantas como necesites —le prometió su esposa—. Para empezar, las espadas de Bastión de Tormentas y las de Altojardín, y las de todos sus señores vasallos.

—Davos no opina lo mismo —replicó Stannis—. Esas espadas le han jurado lealtad a Renly. Adoran a mi hermano pequeño, con todo su encanto, igual que adoraban a Robert... y como nunca me adorarán a mí.

—Sí —dijo ella—. Pero si Renly muriera...

Stannis miró a su esposa con los ojos entrecerrados durante largo rato, hasta que Cressen no pudo guardar silencio.

—Eso no hay ni que pensarlo, alteza. Pese a las tonterías que ha hecho Renly...

—¿Tonterías? ¡Traiciones! —Stannis le dio la espalda a su esposa—. Mi hermano es joven y fuerte; cuenta con el apoyo de un gran ejército y con esa Guardia Arcoíris que ha creado.

—Melisandre ha mirado en las llamas y lo ha visto muerto.

—Un fratricidio... —Cressen estaba horrorizado—. Mi señor, eso es una maldad, impensable... Por favor, escuchadme...

—¿Y qué le diréis, maestre? —Lady Selyse le dirigió una mirada calculadora—. ¿Que puede conseguir medio reino si se arrodilla ante los Stark y le vende nuestra hija a Lysa Arryn?

—Ya he escuchado vuestro consejo, Cressen —dijo lord Stannis—. Ahora quiero oír el suyo. Podéis retiraros.

El maestre Cressen dobló una rodilla entumecida. Mientras recorría trabajosamente la estancia en dirección a la salida, sentía los ojos de lady Selyse clavados en la espalda. Cuando llegó al pie de las escaleras, apenas podía mantenerse erguido.

—Ayúdame —le pidió a Pylos.

Una vez en sus aposentos, Cressen ordenó salir al joven y cojeó otra vez hacia el balcón para estar entre sus gárgolas mientras contemplaba el mar. Uno de los navíos de guerra de Salladhor Saan navegaba por las aguas que rodeaban el castillo; su alegre casco con rayas pintadas cortaba las aguas verde grisáceo a medida que los remos se alzaban y volvían a hundirse en ellas. Lo estuvo observando hasta que lo perdió de vista tras un cabo.

«Ojalá mis temores pudieran desaparecer con tanta facilidad.» ¿Había vivido tanto tiempo solo para ver aquello?

Cuando un maestre se ponía su collar, renunciaba a tener hijos, pero Cressen se había sentido padre de todos modos. Robert, Stannis, Renly... Tres hijos a los que había criado después de que la furia del mar se cobrara la vida de lord Steffon. ¿Lo había hecho tan mal como para que uno de ellos acabara matando a otro? No podía permitirlo. No iba a permitirlo.

La mujer estaba en el núcleo de todo aquello. Lady Selyse no; la otra. La mujer roja, como la llamaban los criados, que tenían miedo de decir su nombre en voz alta.

—Yo pronunciaré su nombre —le dijo Cressen a su sabueso infernal de piedra—. Melisandre. Ella.

Melisandre de Asshai, hechicera, portadora de sombras y sacerdotisa de R'hllor, el Señor de Luz, el Corazón de Fuego, el Dios de la Llama y la Sombra. Melisandre, cuya locura no debía extenderse más allá de Rocadragón. No lo podía permitir.

Sus ojos, acostumbrados a la luz de la mañana, tardaron en habituarse a la penumbra de la estancia. El anciano encendió una vela con manos temblorosas y la llevó al taller que había bajo las escaleras de la pajarera, donde tenía los ungüentos, pócimas y medicinas bien ordenados en estantes. En el más bajo, entre una hilera de remedios en frascos cuadrados de barro, encontró una pequeña redoma de cristal color índigo, no más grande que su dedo meñique. El contenido resonó cuando la agitó. Cressen sopló para quitar una espesa capa de polvo y se la llevó a la mesa. Se dejó caer en la silla, quitó el tapón y vertió el contenido de la redoma. Una docena de cristales del tamaño de semillas cayó sobre el pergamino que había estado leyendo. A la luz de la vela, brillaban como piedras preciosas, de un morado tan intenso que el maestre pensó que jamás había visto nada igual.

La cadena que llevaba en torno al cuello le parecía muy pesada. Rozó uno de los cristales con la punta del dedo meñique. «Que una cosa tan diminuta contenga el poder de la vida y la muerte...» Estaban hechos a partir de una planta que solo crecía en las islas del mar de Jade, a medio mundo de distancia. Había que dejar secar las hojas y macerarlas en agua de limas, azúcar y unas raras especias de las islas del Verano. Luego se tiraban, y la poción se espesaba con ceniza y se dejaba reposar hasta que cristalizaba. El proceso era lento y dificultoso, y los ingredientes, caros y casi imposibles de encontrar. Pero los alquimistas de Lys conocían sus secretos, así como los Hombres sin Rostro de Braavos... y los maestres de su orden, aunque no era cosa que se comentara más allá de los muros de la Ciudadela. Todo el mundo sabía que un maestre forjaba su eslabón de plata cuando aprendía el arte de la curación... pero prefería olvidar que un hombre que sabe curar también sabe matar.

Cressen no recordaba ya el nombre que le daban los de Asshai a la hoja, ni cómo llamaban los envenenadores lysenos al cristal. En la Ciudadela lo llamaban sencillamente *estrangulador*. Se disolvía en vino y hacía que los músculos de la garganta se apretaran como un puño, cerrando la tráquea. Según se contaba, el rostro de la víctima se ponía tan morado como la pequeña semilla de cristal de la que nacía su muerte, pero lo mismo le pasaba a quien se ahogaba con un bocado de comida.

Aquella misma noche, lord Stannis agasajaría a sus vasallos con un banquete, y en él estarían su señora esposa... y la mujer roja, Melisandre de Asshai.

«Tengo que descansar —se dijo el maestre Cressen—. He de conservar todas mis fuerzas para cuando oscurezca. No me deben temblar las manos, ni debe flaquear mi valor. Lo que voy a hacer es espantoso, pero alguien ha de hacerlo. Si hay dioses, sin duda sabrán perdonarme.»

Hacía tiempo que dormía muy mal. Una cabezada haría que estuviera más fresco para la dura prueba que lo aguardaba. Se dirigió hacia la cama; estaba cansado. Pero cuando cerró los ojos, siguió viendo la luz del cometa, roja, llameante, viva entre la oscuridad de sus sueños.

«Puede que sea mi cometa —pensó entre neblinas, justo antes de quedar dormido—. Un presagio de sangre que augura un asesinato... Sí...»

Cuando despertó ya había caído la noche; la estancia estaba a oscuras, y le dolían todas las articulaciones. Cressen se incorporó, con un martilleo en la cabeza. Cogió el bastón y se puso en pie, inseguro. «Es muy tarde —pensó—. No me han llamado.» Siempre lo llamaban para los banquetes; tenía un lugar asignado próximo a la sal, cerca de lord Stannis. Se le apareció el rostro de su señor, no el hombre que era ya, sino el niño que había sido, siempre entre las sombras mientras el sol brillaba sobre su hermano mayor. Hiciera lo que hiciera, Robert lo había hecho antes, y mejor. Pobre muchacho... por él, por su bien, tenía que darse prisa.

El maestre recogió los cristales del pergamino donde los había dejado. Cressen no tenía anillos huecos, como los que se decía que llevaban los envenenadores de Lys, sino incontables bolsillos grandes y pequeños, cosidos en el interior de las amplias mangas de su túnica. Ocultó en uno de ellos los cristales estranguladores y abrió la puerta.

—¡Pylos! ¿Dónde estás? —llamó. No recibió respuesta, así que volvió a llamarlo de nuevo, más alto—. ¡Pylos, te necesito!

Siguió sin obtener contestación. Era muy extraño; la celda del joven maestre estaba solamente medio tramo de peldaños más abajo, y siempre lo oía cuando lo necesitaba. Al final, Cressen tuvo que llamar a los criados.

—Deprisa —les dijo—. He dormido demasiado. Ya habrá empezado el banquete... Ya estarán bebiendo... Tendrían que haberme despertado.

¿Qué le habría pasado al maestre Pylos? No comprendía nada.

Tuvo que cruzar una vez más la larga galería. El viento nocturno soplaba a través de los grandes ventanales, impregnado de olor a mar. Las llamas de las antorchas se agitaban a lo largo de los muros de Rocadragón, y en el campamento, al otro lado de las murallas, se divisaban cientos de hogueras para cocinar, como si un manto de estrellas hubiera caído sobre la tierra. En el cielo, el cometa brillaba, rojo, malévolo.

«Soy demasiado viejo y sabio para tener miedo de semejantes cosas», se dijo el maestre.

Las puertas del salón principal estaban situadas en la boca de un dragón de piedra. Cuando estuvo ante ellas, les ordenó a los criados que se fueran. Sería mejor que entrara solo; no quería parecer débil. Cressen se apoyó en el bastón, subió los últimos peldaños y caminó con dificultad para pasar bajo los dientes del arco. Un par de guardias abrieron ante él las pesadas puertas rojas, dejando salir una ráfaga de luz y ruido. Cressen entró en las fauces del dragón.

—Bailar, mi señor; bailar, mi señor... —La cancioncilla de Caramanchada, al ritmo del sonido de los cencerros, se oía por encima del tintineo de cuchillos y platos, y el murmullo bajo de las conversaciones. La misma tonadilla espantosa que había cantado aquella mañana—. Las sombras se van a quedar, mi señor; quedar, mi señor; quedar, mi señor.

Las mesas más bajas estaban abarrotadas de caballeros, arqueros y capitanes de los mercenarios, que partían con las manos las grandes hogazas de pan negro para mojar los trozos en el guiso de pescado. Allí no se oían carcajadas estrepitosas, ni los gritos broncos que enturbiaban la dignidad de los festines de otros señores. Lord Stannis jamás permitiría semejante cosa.

Cressen se dirigió hacia la plataforma elevada en la que estaban sentados los señores y el rey. Tuvo que dar un rodeo para esquivar a Caramanchada. El bufón estaba bailando y sacudiendo los cencerros, y no lo vio ni oyó como se acercaba. Saltó sobre una pierna, cambió el peso hacia la otra, y sin querer derribó el bastón de Cressen. Cayeron al suelo en un revoltijo de brazos y piernas, al tiempo que una carcajada recorría la sala en torno a ellos. Sin duda, ofrecían un espectáculo muy cómico.

Caramanchada estaba despatarrado sobre él; el rostro pintarrajeado del bufón presionaba el del anciano. Se le había caído el yelmo de hojalata, con las astas y los cencerros.

—En el fondo del mar, la gente cae hacia arriba —declaró—. Lo sé, lo sé, je, je, je. —El bufón dejó escapar una risita, rodó a un lado, se puso en pie de un salto y empezó a bailar.

El maestre trató de salvar la dignidad; sonrió débilmente e intentó incorporarse, pero la cadera le dolía tanto que durante un momento tuvo miedo de habérsela roto de nuevo. Sintió como unas manos fuertes lo agarraban por debajo de los brazos y lo ponían en pie.

—Gracias —murmuró, al tiempo que se volvía para ver qué caballero había acudido en su ayuda...

—Maestre —respondió lady Melisandre. En su voz grave resonaba la música del mar de Jade—. Deberíais tener más cuidado.

Como de costumbre, iba vestida de rojo de los pies a la cabeza, con una túnica larga y suelta de seda brillante como el fuego, mangas acampanadas y cortes en el corpiño bajo los que se veía tejido de un color rojo más oscuro. Llevaba en torno al cuello una gargantilla de oro rojo, más apretada que el collar de ningún maestre, adornada con un rubí de buen tamaño. Su cabello no era anaranjado, ni color fresa, como suele ser en el caso de las personas pelirrojas, sino de un tono de cobre bruñido que brillaba a la luz de las antorchas. Hasta tenía los ojos rojos. En cambio, su piel era suave y clara, sin mácula, blanca como la leche. Y era una mujer esbelta, grácil, más alta que la mayoría de los caballeros, con pechos abundantes, cintura fina y rostro en forma de corazón. Los hombres que la veían no apartaban la vista con rapidez, ni siquiera los maestres. Muchos consideraban que era hermosa. No era hermosa. Era roja; terrible y roja.

—Os... os lo agradezco, mi señora —dijo Cressen. «Ella sabe qué augura el cometa. Es más sabia que tú, viejo», le susurró su miedo.

—Un hombre de vuestra edad debería vigilar mejor por dónde pisa —dijo Melisandre, cortés—. La noche es oscura y alberga horrores.

El maestre conocía la frase; era una oración de la fe de la mujer. «No importa, yo también tengo mi fe.»

—Solo los niños temen a la oscuridad —le dijo.

Pero de fondo, mientras lo decía, se oía a Caramanchada otra vez con su cancioncilla.

—Las sombras vienen a bailar, mi señor —entonaba—; bailar, mi señor; bailar, mi señor...

—Si tenéis intención de haceros a la mar, es imprescindible que hagáis causa común con lord Stark y lady Arryn...

—No voy a hacer causa común con nadie —replicó Stannis Baratheon.

—Igual que la luz no hace causa común con la oscuridad —añadió lady Selyse tomándole la mano.

Stannis asintió.

—Los Stark quieren robarme la mitad de mi reino, igual que los Lannister me han robado el trono y mi querido hermano me ha robado las espadas y las fortalezas que me corresponden por derecho. Todos son usurpadores; todos son mis enemigos.

«Lo he perdido», pensó Cressen, desesperado. Si pudiera acercarse a Melisandre sin que lo advirtieran... Lo único que necesitaba era estar un instante al lado de su copa.

—Sois el heredero legítimo de vuestro hermano Robert —dijo a la desesperada—, el verdadero señor de los Siete Reinos y rey de los ándalos, los rhoynar y los primeros hombres, pero no podréis triunfar si no contáis con aliados.

—Tiene un aliado —dijo lady Selyse—. R'hllor, el Señor de Luz, el Corazón de Fuego, el Dios de la Llama y la Sombra.

—Los dioses no son aliados de confianza —insistió el anciano—, y ese en concreto no tiene ningún poder aquí.

—¿Eso creéis? —El rubí del cuello de Melisandre reflejó la luz cuando volvió la cabeza hacia Cressen y, durante un instante, al anciano le pareció que brillaba tanto como el cometa—. Si pensáis seguir diciendo tonterías, deberíais poneros de nuevo vuestra corona, maestre.

—Sí —asintió lady Selyse—. El yelmo de Manchas. Os sienta bien, viejo. Ponéoslo de nuevo; yo os lo ordeno.

—En el fondo del mar, nadie lleva sombrero —dijo Caramanchada—. Lo sé, lo sé, je, je, je.

Los ojos de lord Stannis eran agujeros sombríos bajo el espeso ceño, mientras movía la mandíbula en silencio. Siempre rechinaba los dientes cuando se enfadaba.

—Bufón —gruñó al final—, mi señora esposa lo ordena. Dale tu yelmo a Cressen.

«No —pensó el anciano maestre—, este no eres tú, tú no eres así, siempre fuiste justo; duro, pero no cruel, jamás, no entendías las burlas, igual que no entendías la risa.»

Caramanchada se acercó bailoteando, haciendo resonar los cencerros. El maestre se quedó sentado, en silencio, mientras el bufón le ponía el cubo astado. Cressen inclinó la cabeza bajo el peso. Los cencerros sonaron.

—De ahora en adelante deberíais dar los consejos cantando —dijo lady Selyse.

—Estás yendo demasiado lejos, mujer —replicó lord Stannis—. Es un anciano, y me ha servido bien.

«Y te serviré hasta el final, mi buen señor, mi pobre hijo solitario», pensó Cressen, porque de repente había visto la manera de hacerlo. La copa de ser Davos estaba ante él, todavía medio llena de tinto agrio. Cogió un copo de cristal de su manga, lo apretó entre el índice y el pulgar y extendió la mano hacia la copa. «Con movimientos suaves, con destreza, no puedo temblar», rezó, y los dioses fueron bondadosos con él. En un abrir y cerrar de ojos ya no tenía nada entre los dedos. Hacía años que sus manos no eran tan firmes, ni sus movimientos tan fluidos. Davos lo había visto, pero nadie más, de aquello estaba seguro. Se levantó con la copa en la mano.

—Puede que sí haya sido un estúpido. Lady Melisandre, ¿queréis compartir conmigo una copa de vino? En honor a vuestro dios, vuestro Señor de Luz. Un brindis por su poder.

—Como queráis —dijo la mujer roja, mirándolo atentamente.

Sentía que todos estaban pendientes de ellos. Davos lo intentó detener cuando se alejaba del banco; le agarró la manga con los dedos que lord Stannis le había mutilado.

—¿Qué estáis haciendo? —susurró.

—Lo que debo hacer —respondió el maestre Cressen—. Por el bien del reino, y por el alma de mi señor. —Se liberó de la mano de Davos, no sin derramar una gota de vino sobre la alfombra.

La mujer se reunió con él al pie de la mesa elevada. Todos los ojos estaban clavados en ellos, pero Cressen solamente veía los suyos. Seda roja, ojos rojos, el rubí rojo de su garganta, labios rojos curvados en una sombra de sonrisa cuando puso la mano sobre la suya, en torno a la copa. Tenía la piel caliente, febril.

—No es tarde, maestre, aún podéis derramar el vino.

—No —susurró él, ronco—. No.

—Como queráis. —Melisandre de Asshai le cogió la copa de las manos y bebió un largo trago. Cuando se la devolvió, apenas quedaba un trago de vino—. Y ahora, vos.

Le temblaban las manos, pero se obligó a ser fuerte. Un maestre de la Ciudadela no debía tener miedo. Sintió el sabor agrio del vino en la lengua. La copa vacía se le escurrió de entre las manos y se hizo añicos contra el suelo.

—Sí tiene poder aquí, mi señor —dijo la mujer—. Y el fuego purifica.

El rubí de su garganta brillaba, rojo.

Cressen trató de responder, pero las palabras se le atravesaron en la garganta. Se oyó un silbido agudo, espantoso, cuando intentó tomar aire. Unos dedos de hierro se le cerraron en torno al cuello. Mientras caía de rodillas, sacudió la cabeza una vez más: la negaba a ella, negaba su poder, negaba su magia, negaba a su dios. Los cencerros de sus astas tintineaban y parecían decir: «bufón, bufón, bufón», mientras la mujer roja lo miraba desde arriba con conmiseración, y las llamas de las velas danzaban en sus ojos rojos rojos rojos.

ARYA

En Invernalia la habían llamado Arya Caracaballo, y en aquellos tiempos pensaba que no había nada peor, pero aquello era antes de que el huérfano Lommy Manosverdes le pusiera el mote de Chichones.

La verdad era que, al tocarse la cabeza, se la notaba llena de bultos. Cuando Yoren la había arrastrado a aquel callejón, pensó que iba a matarla, pero el agrio anciano se limitó a agarrarla con fuerza mientras le cortaba con el puñal los mechones de cabellos revueltos y apelmazados. Recordaba como la brisa se había llevado los puñados de pelo castaño sucio, rodando por las piedras del pavimento, hacia el septo donde acababa de morir su padre.

—Voy a llevarme a unos cuantos hombres y muchachos de la ciudad —gruñó Yoren mientras el acero afilado le arañaba la cabeza—. No te muevas, chico.

Cuando terminó, a Arya apenas le quedaban unos mechones desiguales en el cuero cabelludo.

Le dijo que, desde aquel momento y hasta que llegara a Invernalia, iba a ser Arry, un muchacho huérfano.

—No costará mucho salir por la puerta de la ciudad, pero el camino será otra cosa. El trayecto es largo, y la compañía, poco grata. Esta vez tengo a treinta hombres y chicos; todos van destinados al Muro, y no creas que se parecen en nada a tu hermano bastardo. —La sacudió por los hombros—. Lord Eddard me dejó elegir lo que quisiera de las mazmorras, y no encontré ningún joven señor. De este grupo, la mitad te entregaría a la reina en menos de lo que se tarda en escupir, a cambio del indulto y tal vez unas monedas de plata. La otra mitad haría lo mismo, solo que antes te violaría. Así que no hables con nadie, y mea siempre entre los árboles, cuando estés a solas. Eso va a ser lo más difícil, lo de mear, así que bebe lo imprescindible.

Tal como había dicho, no les costó nada salir de Desembarco del Rey. Los guardias Lannister que vigilaban la puerta detenían a todo el mundo, pero Yoren llamó a uno por su nombre y les hicieron gestos para que pasaran con sus carromatos. Nadie se fijó en Arya. Estaban buscando a una niña noble, hija de la mano del rey, no a un muchachito flaco con el pelo a trasquilones. Arya no volvió la vista atrás. Deseaba con todas sus fuerzas que el Aguasnegras subiera y barriera toda la ciudad, desde el

Lecho de Pulgas hasta la Fortaleza Roja y el Gran Septo, todo, y también a todos, sobre todo al príncipe Joffrey y a su madre. Pero sabía que no sería así, y además, Sansa seguía dentro de la ciudad, y también la barrería a ella. Al recordarla, Arya se lo pensó mejor y cambió su deseo por el de llegar a Invernalia.

Yoren se había equivocado en cuanto a lo de mear. Aquello no era lo más difícil. Lo más difícil eran Lommy Manosverdes y Pastel Caliente, los dos huérfanos. Yoren los había captado en las calles, prometiéndoles comida para las barrigas y zapatos para los pies. A los demás los había sacado de las mazmorras.

—La Guardia necesita hombres buenos —les dijo mientras salían—, pero tendrá que conformarse con vosotros.

Yoren también había recogido hombres adultos de las mazmorras: ladrones, cazadores furtivos, violadores y tipos así. Los peores eran los tres que había encontrado en las celdas negras. Le debían de dar miedo incluso a él, porque los tenía en la parte de atrás de un carromato, con grilletes en las manos y en los pies, y juraba que irían así hasta el Muro. Uno de ellos no tenía nariz, solo un agujero en la cara, porque se la habían cortado, y el gordo calvo de los dientes puntiagudos y las llagas supurantes en las mejillas tenía unos ojos que no parecían humanos.

Cuando salieron de Desembarco del Rey llevaban cinco carromatos, cargados con suministros para el Muro: pieles y hatos de ropa, lingotes de hierro sin refinar, una jaula de cuervos, libros, papel y tinta, un fardo de hojamarga, tinajas de aceite, y cofrecitos de medicinas y especias. De los carros tiraban dos yuntas de caballos de tiro, y Yoren había comprado dos corceles y media docena de asnos para los chicos. A Arya le habría gustado más un caballo de verdad, pero ir a lomos de un asno era preferible a viajar en un carromato.

Los hombres no le prestaban atención. En cambio, con los chicos no tenía tanta suerte. Era dos años menor que el huérfano más joven, y encima, mucho más menuda y delgada. Lommy y Pastel Caliente interpretaron su silencio como señal de que tenía miedo, o era estúpida o sorda.

—Mira qué espada tiene Chichones —dijo Lommy una mañana, durante la lenta marcha entre bosquecillos y trigales. Había sido aprendiz de tintorero antes de que lo atraparan robando, y tenía los brazos manchados de verde hasta el codo. Cuando se reía, rebuznaba como los asnos que los transportaban—. ¿De dónde habrá sacado una espada una rata de estercolero como Chichones?

Arya se mordió un labio, hosca. Veía la parte trasera de la descolorida capa de Yoren ante los carromatos, pero estaba decidida a no pedirle ayuda.

—A lo mejor es un pequeño escudero —señaló Pastel Caliente. Su madre había sido panadera antes de morir, y el chico empujaba el carrito por las calles todo el día, gritando: «¡Pasteles calientes! ¡Pasteles calientes!»—. Eso: debe de ser el escudero de algún señor, seguro.

—Qué va a ser un escudero; fíjate bien. Y seguro que la espada no es de verdad. Debe de ser de juguete, de latón.

—Es acero forjado en castillo, imbéciles —les espetó Arya al tiempo que se volvía en la silla para mirarlos. Se indignaba cada vez que alguien se burlaba de *Aguja*—. Y más os vale cerrar la boca.

Los dos huérfanos se desternillaron de risa.

—¿Y de dónde has sacado semejante espada, Chicharrones? —quiso saber Pastel Caliente.

—Chichones —lo corrigió Lommy—. Seguro que la ha robado.

—¡Es mentira! —gritó ella. *Aguja* había sido un regalo de Jon Nieve. Tenía que aguantar que la llamaran Chichones, pero no permitiría que dijeran que Jon era un ladrón.

—Pues si la ha robado, nosotros se la podemos quitar —dijo Pastel Caliente—. Como no es suya... A mí me iría muy bien una espada así.

—Venga —lo alentó Lommy—. Quítasela, ¿a que no te atreves?

—Chicharrones, dame esa espada. —dijo Pastel Caliente, clavando los talones a su asno para acercarse más. Tenía el pelo color paja, y el rostro regordete, quemado por el sol y despellejado—. Tú no sabes manejarla.

«Sí que sé —podría haberle respondido Arya—. Maté a un chico, un chico gordo igual que tú: le clavé la espada en la barriga y se murió, y a ti también te voy a matar como no me dejes en paz.» Pero no se atrevió. Yoren no sabía lo del mozo de cuadras, y tenía miedo de que se enterase; no sabía cómo reaccionaría. Estaba segura de que algunos de los otros hombres también eran asesinos; los tres que iban cargados de cadenas, sin duda, pero a ellos no los perseguía la reina, así que no era lo mismo.

—Mira qué cara pone —rebuznó Lommy Manosverdes—. Se va a echar a llorar. ¿Vas a llorar, Chichones?

La noche anterior había llorado en sueños, pensando en su padre. Por la mañana se había despertado con los ojos enrojecidos y secos. No habría podido derramar una lágrima más aunque le fuera la vida en ello.

—Se va a mear en los pantalones —dijo Pastel Caliente.

—Dejadlo en paz —dijo el muchacho del pelo negro enmarañado que cabalgaba tras ellos.

Lommy lo había apodado el Toro por el yelmo con cuernos que tenía y pulía constantemente, aunque nunca llegaba a ponérselo. Del Toro no se atrevía a burlarse. Era mayor, corpulento para su edad, con pecho amplio y brazos musculosos.

—Más te valdría darle la espada a Pastel Caliente, Arry —dijo Lommy—. Le tiene muchas ganas. ¿Sabías que mató a un chico a patadas? Pues a ti te puede hacer lo mismo.

—Lo tiré al suelo y le di de patadas en los huevos, y seguí dándole de patadas hasta que lo maté —se vanaglorió Pastel Caliente—. Lo hice migas. Tenía los huevos destrozados, llenos de sangre, y la polla toda negra. Así que dame la espada.

—Te puedo dar esta —dijo Arya, por no pelear, sacando del cinturón la espada de entrenamiento.

—Eso no es más que un palo —dijo Pastel Caliente. Se acercó a lomos del asno y tendió la mano hacia la empuñadura de *Aguja.*

La espada de madera de Arya silbó en el aire y fue a estrellarse contra los cuartos traseros del asno del muchacho. El animal rebuznó y corcoveó, tirando a Pastel Caliente al suelo. Ella se bajó de un salto de su montura y lo pinchó en el abdomen cuando intentaba levantarse, con lo que volvió a caer sentado, con un gruñido. El siguiente golpe fue de plano, a la cara, y su nariz crujió como una rama que se rompiera. Le empezó a sangrar. Pastel Caliente chilló, y Arya se volvió hacia Lommy Manosverdes, que seguía a lomos de su asno, boquiabierto.

—¿Tú también quieres probar la espada? —le gritó.

Por lo visto no quería, porque se puso las manos teñidas de verde ante la cara y le gritó que lo dejara en paz.

—¡Detrás de ti! —gritó el Toro.

Arya se volvió. Pastel Caliente estaba de rodillas, con una piedra grande en la mano. Dejó que se la tirase y apartó la cabeza para que pasara de largo. Después, cayó sobre él. El muchacho alzó una mano, y ella se la golpeó; luego, lo golpeó en la mejilla y en la rodilla. Intentó agarrarla, pero Arya danzó hacia un lado y le asestó un golpe en la nuca. El muchacho cayó, se levantó y se abalanzó hacia ella a trompicones, con la cara rojiza llena de tierra y de sangre. Arya adoptó una posición de danzarina del agua y esperó. Cuando lo tuvo a la distancia adecuada, le lanzó una estocada entre las piernas, con tanta fuerza que si la espada de madera hubiera tenido punta, le habría salido por las nalgas.

Cuando Yoren consiguió apartarla del muchacho, Pastel Caliente estaba despatarrado en el suelo, con los calzones sucios y hediondos, sollozando, mientras Arya lo golpeaba una y otra vez.

—¡Basta! —rugió el hermano negro al tiempo que le arrancaba la espada de madera de entre los dedos—. ¿Es que quieres matar a este imbécil? —Lommy y algunos de los otros empezaron a chillar, y el viejo se volvió también hacia ellos—. Si no cerráis la boca, os la cerraré yo. Como esto se repita, os ataré a la parte de atrás de los carromatos y os llevaré al Muro a rastras. —Escupió al suelo—. Eso va sobre todo por ti, Arry. Ven conmigo, chico. Ahora mismo.

Todos la estaban mirando, hasta los tres que iban esposados y encadenados en el carromato. El gordo rechinó los dientes puntiagudos y siseó en dirección a ella, pero Arya no le hizo caso.

El viejo la arrastró lejos del camino, hasta un grupo de árboles, sin dejar de murmurar y maldecir entre dientes.

—Si tuviera un ápice de sentido común, te habría dejado en Desembarco del Rey. ¿Me oyes, chico? —Aquella palabra siempre la pronunciaba como un ladrido, como un latigazo, tal vez para estar seguro de que la oía bien—. Desátate los calzones y bájatelos. Venga; aquí no te ve nadie. —Arya obedeció de mala gana—. Ponte ahí, contra ese roble. Eso, así. —Se abrazó al tronco y apretó la cara contra la madera áspera—. Ahora vas a gritar. Y mucho.

«No gritaré», pensó Arya, testaruda. Pero cuando la espada de madera, en manos de Yoren, se estrelló contra la parte trasera de sus muslos desnudos, no pudo contener un aullido.

—¿Crees que eso te ha dolido? —dijo él—. Pues verás esto. —La madera silbó de nuevo. Arya volvió a gritar y tuvo que aferrarse al árbol para no caer—. Uno más. —Se agarró con fuerza; se mordió el labio; entrecerró los ojos al oír el silbido. El golpe la hizo saltar y gritar. «No voy a llorar —pensó—. No lloraré. Soy una Stark de Invernalia; nuestro blasón es el lobo huargo; los lobos huargo no lloran.» Sintió que un hilillo de sangre le corría por la pierna izquierda. Notaba las nalgas y los muslos ardiendo—. ¿Puedo contar con que ahora me prestarás atención? —preguntó Yoren—. La próxima vez que golpees con ese palo a uno de tus hermanos, recibirás el doble de lo que des, ¿entendido? Venga, vístete.

«No son mis hermanos», pensó Arya al tiempo que se subía los calzones. Pero sabía que no debía decirlo en voz alta. Consiguió atarse la lazada y abrocharse el cinturón.

—¿Te duele? —Yoren la miraba atentamente.

«Tranquila como las aguas en calma», se dijo, tal como le había enseñado Syrio Forel.

—Un poco.

—Al chico de los pasteles le duele mucho más. —Él escupió al suelo—. No fue él quien mató a tu padre, niña, ni tampoco Lommy, ese ladronzuelo. Por mucho que los golpees no le devolverás la vida.

—Lo sé —murmuró Arya, hosca.

—Pues te voy a decir algo que no sabes. Las cosas no tenían que haber sido como fueron. Yo iba a marcharme ya, había comprado los carromatos y los tenía cargados, cuando un hombre vino a traerme un chico, una bolsa de monedas y un mensaje. No importa de quién era el mensaje. Me dijo que lord Eddard iba a vestir el negro, que esperase, que iba a venir conmigo. ¿Por qué te crees que estaba en la plaza? Pero algo se torció.

—Joffrey —masculló Arya—. ¡Alguien debería matarlo a él!

—Alguien lo matará, pero no seré yo, ni tú tampoco. —Yoren le devolvió la espada de madera—. En los carromatos hay algo de hojamarga —le dijo mientras volvían hacia el camino—. Mastica un poco; te aliviará el escozor.

La alivió un poco, aunque tenía un sabor repugnante y hacía que su saliva pareciera sangre. Aun así, tuvo que ir caminando el resto del día, y también el día siguiente y al otro; los muslos en carne viva le impedían montar. Pastel Caliente estaba bastante peor. Yoren tuvo que mover unos barriles para que pudiera ir tumbado en la parte trasera de un carromato, sobre unos sacos de centeno. Gimoteaba cada vez que las ruedas pasaban sobre una piedra. Lommy Manosverdes no estaba herido, pero procuraba mantener la máxima distancia posible entre Arya y él.

—Cada vez que lo miras le dan retortijones —le dijo el Toro, cuando Arya pasó caminando junto a su asno.

Ella no respondió. Le parecía más seguro no hablar con nadie.

Aquella noche, tumbada en su fina manta sobre el suelo duro, contempló el gran cometa rojo. Era espléndido y aterrador a la vez. El Toro lo llamaba la Espada Roja, decía que parecía una espada recién salida de la forja, con la hoja todavía al rojo vivo. Si entrecerraba los ojos, a Arya también le parecía una espada, pero no una espada nueva: era *Hielo,* el mandoble de su padre, de ondulante acero valyrio, y el color rojo se lo daba la sangre de lord Eddard después de que ser Ilyn, la justicia del rey, le cortara la cabeza. Yoren le había hecho apartar la vista en el momento preciso, pero tenía la certeza de que *Hielo* había tenido el mismo aspecto que el cometa.

Cuando por fin consiguió dormirse, soñó con su hogar. El camino Real pasaba cerca de Invernalia antes de proseguir hacia el Muro, y Yoren había prometido que la dejaría allí, sin que el resto del grupo se enterase nunca de quién era. Anhelaba volver a ver a su madre, a Robb, a Bran, a Rickon... Pero en quien más pensaba era en Jon Nieve. Le habría gustado que el Muro estuviera antes que Invernalia, para que Jon le revolviera el pelo y la llamara «hermanita». Ella le diría: «Te echaba de menos», y él también, al mismo tiempo, igual que antes, cuando siempre decían las cosas a la vez. Le habría gustado mucho. Le habría gustado más que nada en el mundo.

SANSA

El día del nombre del rey Joffrey amaneció claro y ventoso; la larga cola del gran cometa se veía perfectamente entre las nubes pasajeras. Sansa lo estaba observando desde la ventana de su torre cuando ser Arys Oakheart llegó para acompañarla adonde iba a tener lugar el torneo.

—¿Qué creéis que significa? —le preguntó.

—Gloria a vuestro prometido —respondió ser Arys al instante—. Ved cómo sus llamas surcan el cielo hoy, en el día del nombre de su alteza, como si los propios dioses alzaran un estandarte en su honor. El pueblo ya lo ha denominado el Cometa del Rey Joffrey.

No le cabía duda de que aquello era lo que le habían dicho a Joffrey; Sansa no estaba tan segura.

—He oído hablar a los criados; lo llaman la Cola del Dragón.

—El rey Joffrey se sienta en el trono que fue de Aegon el Dragón, en el castillo que construyó su hijo —dijo ser Arys—. Es el heredero del dragón, y el escarlata es el color de la casa Lannister; ahí tenéis otra señal. Este cometa nos ha sido enviado como heraldo del ascenso de Joffrey al trono. Significa que triunfará sobre sus enemigos.

«¿Será verdad? —se preguntó—. ¿Pueden los dioses ser tan crueles?» Su madre era una de los enemigos de Joffrey, y su hermano Robb, otro. Su padre había muerto por orden del rey. ¿Acaso Robb y su señora madre iban a morir también? El cometa era rojo, cierto, pero Joffrey era tan Baratheon como Lannister, y el blasón de los Baratheon era un venado negro sobre campo de oro. ¿No deberían los dioses haber enviado a Joff un cometa dorado?

Sansa cerró los postigos y se apartó bruscamente de la ventana.

—Hoy estáis muy hermosa, mi señora —dijo ser Arys.

—Gracias, ser Arys.

Sabía que Joffrey ordenaría que asistiera al torneo que se celebraba en su honor, de modo que había puesto especial cuidado a la hora de vestirse y maquillarse. Llevaba una túnica de seda color violeta claro, y en el pelo, una redecilla de adularias que le había regalado Joffrey. La túnica tenía las mangas largas para ocultar los moretones de sus brazos. También eran regalo de Joffrey. Cuando le dijeron que Robb había sido proclamado Rey en el Norte, le dio un ataque de ira y envió a ser Boros para que la golpeara.

—¿Estáis preparada?

Ser Arys le ofreció el brazo, y salieron de la habitación. Ya que tenía que soportar que uno de los hombres de la Guardia Real la siguiera a todas partes, Sansa prefería que se tratara de él. Ser Boros tenía mal genio; ser Meryn era frío, y los extraños ojos muertos de ser Mandon la ponían nerviosa, mientras que ser Preston la trataba como a una niña idiota. Arys Oakheart era cortés, y cuando hablaba con ella lo hacía con cordialidad. Una vez incluso había puesto objeciones cuando Joffrey le ordenó que la golpeara. Al final lo hizo, pero no con tanta fuerza como habrían empleado ser Meryn o ser Boros, y al menos había mostrado desacuerdo. Los demás obedecían sin titubear... excepto el Perro, pero Joff nunca le pedía al Perro que la castigara. Para aquello tenía a los otros cinco.

Ser Arys tenía el cabello castaño claro y un rostro en cierto modo agraciado. Aquel día estaba impresionante, con la capa de seda blanca sujeta en el hombro por un broche en forma de hoja dorada, y una hoja de roble bordada en brillante hilo de oro sobre la pechera de su túnica.

—¿Quién creéis que será el vencedor? —preguntó Sansa mientras bajaban por las escaleras cogidos del brazo

—Yo —respondió ser Arys con una sonrisa—. Pero será una victoria insípida. Va a ser un torneo pequeño y sin importancia. Apenas habrá cuarenta participantes en las lides, contando escuderos y jinetes libres. No es ningún honor descabalgar a muchachos inexpertos.

Sansa pensó que el anterior torneo había sido muy diferente. Lo había organizado el rey Robert en honor a su padre. De todo el reino acudieron grandes señores y campeones legendarios para competir, y la ciudad entera se había echado a la calle para presenciarlo. Recordó las imágenes esplendorosas: la inabarcable extensión de tiendas multicolores a lo largo del río, cada una con el escudo de un caballero colgado ante la puerta; las largas hileras de gallardetes de seda ondeando al viento; el resplandor del sol en el acero brillante y las espuelas doradas... Los días se habían llenado con el sonido de las trompetas y los cascos de los caballos, y las noches habían estado llenas de banquetes y canciones. Fueron los días más mágicos de su vida, pero ya le parecían un recuerdo de otra era. Robert Baratheon estaba muerto, y también su padre, decapitado por traidor en las escaleras del Gran Septo de Baelor. Había tres reyes; la guerra se recrudecía más allá del Tridente y la ciudad se llenaba de hombres desesperados. No era de extrañar que el torneo de Joff tuviera que celebrarse tras los gruesos muros de piedra de la Fortaleza Roja.

—¿Sabéis si asistirá la reina? —Sansa siempre estaba más tranquila si Cersei se encontraba presente y controlaba a su hijo.

—Mucho me temo que no, mi señora. El Consejo está reunido; es un asunto urgente. —Ser Arys bajó la voz—. Lord Tywin se ha dirigido hacia Harrenhal, en vez de volver a la ciudad con su ejército, como ordenó la reina. Su alteza está muy enojada.

Se calló cuando una columna de guardias de los Lannister pasó junto a ellos, todos con sus capas rojas y sus yelmos con penacho de león. A ser Arys le gustaban los cotilleos, pero solo si estaba seguro de que nadie lo escuchaba.

Los carpinteros habían erigido gradas y lizas en el patio exterior, y el escaso gentío que se había congregado apenas si ocupaba la mitad de los asientos. Casi todos los espectadores eran hombres que vestían las capas doradas de la Guardia de la Ciudad o las rojas de la casa Lannister. Apenas había damas y grandes señores; solo los pocos que quedaban en la corte. Lord Gyles Rosby, con su rostro macilento, tosía tapándose la boca con un pañuelito de seda rosa. Lady Tanda estaba sentada entre sus dos hijas: la plácida Lollys y la viperina Falyse. Jalabhar Xho, con su piel color ébano, era un exiliado que no tenía otro refugio, y lady Ermesande era apenas un bebé que se sentaba en el regazo de su aya. Se decía que pronto la casarían con uno de los primos de la reina, para que los Lannister pudieran apoderarse de sus tierras.

El rey se encontraba a la sombra de un baldaquín color carmesí, con una pierna sobre el brazo de madera tallada de su sillón, en gesto descuidado. Tras él estaban sentados la princesa Myrcella y el príncipe Tommen. Al fondo del palco real, Sandor Clegane montaba guardia en pie, con las manos apoyadas en el cinturón del que pendía su espada. La capa blanca de la Guardia Real le cubría los hombros, sujeta con un broche enjoyado, y el níveo tejido contrastaba en extremo con su basta túnica marrón y el jubón de cuero con remaches.

—Lady Sansa —anunció en tono brusco el Perro al verla llegar. Tenía la voz tan áspera como el sonido de una sierra en el bosque. Las cicatrices de quemaduras en el rostro y en el cuello hacían que torciera la boca al hablar.

La princesa Myrcella saludó con un tímido movimiento de la cabeza al oír el nombre de Sansa, pero el regordete príncipe Tommen se puso en pie de un salto.

—¿Te has enterado, Sansa? Hoy montaré para participar en el torneo. Mi madre me ha dado permiso.

Tommen tenía ocho años. Le recordaba en cierto modo a su hermano Bran. Eran de la misma edad. Bran estaba en casa, en Invernalia, tullido pero a salvo. Sansa habría dado cualquier cosa por encontrarse junto a él.

—Temo por la vida de tus adversarios —le dijo a Tommen con tono solemne.

—Sus adversarios estarán rellenos de paja —dijo Joff al tiempo que se ponía en pie. El rey lucía una coraza dorada con un león rugiente grabado en el pecho, como si pensara que la guerra podía llegar allí en cualquier momento. Aquel día cumplía trece años; era alto para su edad, y tenía los ojos verdes y el cabello dorado de los Lannister.

—Alteza —dijo Sansa con una reverencia.

—Disculpadme, alteza. —Ser Arys también se inclinó—. Tengo que prepararme para las lides.

Joffrey lo despidió con un gesto seco, mientras examinaba a Sansa de los pies a la cabeza.

—Me complace que te hayas puesto mi regalo.

De manera que el rey había decidido mostrarse galante aquel día. Sansa se sintió aliviada.

—Os doy las gracias por él... y por vuestras gentiles palabras. Os deseo un feliz día del nombre, alteza.

—Siéntate —ordenó, señalándole un asiento desocupado junto al suyo—. ¿Te has enterado? El Rey Mendigo ha muerto.

—¿Quién? —Sansa temió por un instante que se refiriese a Robb.

—Viserys. El último hijo de Aerys, el Rey Loco. Llevaba en las Ciudades Libres desde antes de que yo naciera, haciéndose llamar rey. Pues mi madre dice que los dothrakis lo coronaron por fin. Con oro fundido. —Soltó una carcajada—. Tiene gracia, ¿no? Su emblema era un dragón. Es casi como si a tu hermano traidor lo matara un lobo. Puede que se lo eche a los lobos cuando lo atrapemos. ¿Te he dicho ya que voy a desafiarlo a un combate, solo él y yo?

—Será un placer presenciarlo, alteza. —«Más de lo que te imaginas.» Sansa mantenía un tono de voz educado y sin emociones, pero aun así, Joffrey entrecerró los ojos, sin saber si se estaba burlando de él—. ¿Vais a participar en las lides? —preguntó Sansa a toda prisa.

—Mi señora madre dice que no sería correcto —contestó el rey con el ceño fruncido—, ya que el torneo se celebra en mi honor. Pero si participara sería el ganador. ¿Verdad, Perro?

—¿Contra esa gentuza? —El Perro torció la boca—. ¿Por qué no?

Él había ganado en el torneo de su padre; Sansa lo recordaba bien.

—¿No vais a combatir hoy, mi señor? —le preguntó.

—No vale la pena ni el esfuerzo de ponerme la armadura. —La voz de Clegane estaba cargada de desprecio—. Esto es un torneo de pulgas.

El rey se echó a reír.

—Mi perro tiene un ladrido feroz. Puede que le ordene que se enfrente al vencedor del torneo. En lucha a muerte. —A Joffrey le encantaba hacer que la gente luchara a muerte.

—Perderíais un caballero. —El Perro nunca había prestado juramento como caballero. Su hermano era caballero, y él lo detestaba.

Las trompetas resonaron. El rey se arrellanó en su asiento y cogió la mano de Sansa. En otros tiempos, aquello habría hecho que se le acelerase el corazón, pero todo había cambiado después de que él respondiera a sus súplicas de misericordia mostrándole la cabeza de su padre. Ahora, el mero roce le provocaba repulsión, pero no era tan estúpida como para demostrarlo. Se forzó a permanecer sentada y muy quieta.

—¡Ser Meryn Trant de la Guardia Real! —anunció un heraldo.

Ser Meryn se aproximó desde el oeste, con una deslumbrante coraza blanca con adornos dorados, a lomos de un corcel blanco como la leche y con largas crines grises al viento. La capa le ondeaba a la espalda como un campo nevado. Llevaba una lanza de cuatro varas y media.

—¡Ser Hobber de la casa Redwyne, del Rejo! —entonó el heraldo.

Ser Hobber entró al trote procedente del este, montando un garañón negro con gualdrapa borgoña y azul. Su lanza lucía franjas de los mismos colores, y en su escudo se veía el racimo de uvas que era el blasón de su casa. Los gemelos Redwyne eran huéspedes involuntarios de la reina, tanto como Sansa. Se preguntó a quién se le habría ocurrido que participaran en el torneo de Joffrey. A ellos no, seguro.

Tras una señal del maestro de ceremonias, los combatientes esgrimieron las lanzas y picaron espuelas. Se oyeron gritos procedentes de los guardias, y también de las damas y señores de las gradas. Los caballeros se encontraron en el centro del patio, con un estrépito de madera y acero. La lanza blanca y la rayada se hicieron astillas casi a la vez. Hobber Redwyne se tambaleó por el impacto, pero consiguió mantenerse sobre la silla. Los dos caballeros se dirigieron hacia extremos opuestos del campo de justas, tiraron las lanzas destrozadas y cogieron las nuevas que les tendieron los escuderos. Ser Horas Redwyne, el gemelo de ser Hobber, le lanzó un grito de ánimo a su hermano.

Pero en la segunda vuelta, ser Meryn golpeó a ser Hobber en el pecho con la punta de la lanza y lo descabalgó. Cayó a tierra con gran estrépito. Ser Horas lanzó una maldición y corrió para ayudar a su magullado hermano a salir de la liza.

—Mal jinete —sentenció el rey Joffrey.

—¡Ser Balon Swann, de Timón de Piedra en la Atalaya Roja! —les llegó el anuncio del heraldo. El yelmo de ser Balon lucía un par de anchas alas blancas, y en su escudo peleaban un cisne blanco y uno negro—. ¡Morros de la casa Slynt, heredero de lord Janos de Harrenhal!

—¡Mirad, un burro a caballo! —aulló Joff, en voz suficientemente alta para que lo oyera la mitad de los espectadores.

A Morros, un simple escudero, y encima recién nombrado, le costaba dominar la lanza y el escudo. Sansa sabía que la lanza era arma de caballeros, y los Slynt eran de baja extracción. Lord Janos no era más que el comandante de la Guardia de la Ciudad hasta que Joffrey le otorgó Harrenhal y un puesto en el Consejo.

«Ojalá se caiga y todo el mundo se burle de él —pensó con amargura—. Ojalá ser Balon lo mate.» Cuando Joffrey proclamó la muerte de su padre, fue Janos Slynt quien cogió por el pelo la cabeza cortada de lord Eddard y la alzó para que el rey y la multitud la contemplaran, mientras Sansa lloraba y gritaba.

Morros vestía una capa a cuadros negros y dorados sobre una armadura negra con incrustaciones doradas en forma de volutas. Lucía en el escudo la lanza ensangrentada que su padre había elegido como blasón para la casa recién fundada. Pero por lo visto no sabía qué hacer con aquel escudo mientras espoleaba a su caballo, y la punta de la lanza de ser Balon lo acertó de lleno en el blasón. Morros soltó la lanza, trató de recuperar el equilibrio y no lo consiguió. Al caer se le quedó un pie enganchado en el estribo, y el corcel desbocado arrastró al muchacho hasta el principio de las lizas, golpeándole la cabeza una y otra vez contra el suelo. Joff lanzó un alarido de risa. Sansa se quedó espantada, pensando si los dioses no habrían prestado oído a su plegaria vengativa. Pero, cuando consiguieron soltar a Morros Slynt de su caballo, el muchacho se incorporó, ensangrentado, pero vivo.

—Nos hemos equivocado al elegirte rival, Tommen —le dijo el rey a su hermano—. El caballero de paja será mejor que ese en la justa.

Le llegó el turno a ser Horas Redwyne. Lo hizo mucho mejor que su hermano gemelo, y derribó a un caballero de edad avanzada cuya montura estaba engalanada con grifos de plata sobre un campo de barras azules y blancas. El anciano tenía un aspecto espléndido, pero no fue un rival digno. Joffrey frunció los labios.

—Es un espectáculo deplorable.

—Ya os lo dije —replicó el Perro—. Pulgas.

El rey empezaba a aburrirse, y Sansa se puso nerviosa. Bajó la vista y decidió permanecer en silencio, pasara lo que pasara. Cuando Joffrey Baratheon estaba de mal humor, cualquier palabra podía provocar un ataque de ira.

—¡Lothor Brune, jinete libre al servicio de lord Baelish! —gritó el heraldo—. ¡Ser Dontos el Tinto de la casa Hollard!

El jinete libre, un hombre menudo con coraza abollada y sin blasones, apareció en el extremo oeste del patio, pero de su rival no había ni rastro. Por último salió un garañón bayo con gualdrapa de seda carmesí y escarlata. Sin jinete. Ser Dontos llegó un instante después, tambaleándose y maldiciendo, vestido con la coraza, el yelmo emplumado y nada más. Tenía las piernas blancas y flacas, y el miembro se le sacudía de manera obscena al perseguir a su caballo. Los espectadores rugieron y empezaron a gritarle insultos. El caballero agarró las riendas y trató de montar, pero el animal no se estaba quieto, y ser Dontos parecía demasiado borracho para acertar en el estribo con el pie descalzo.

La multitud aullaba de risa... Todos menos el rey. Joffrey tenía en el rostro una expresión que Sansa recordaba bien, la misma que en el Gran Septo de Baelor, cuando sentenció a muerte a lord Eddard Stark. Por último, ser Dontos el Tinto se dio por vencido, se sentó en el suelo de tierra y se quitó el yelmo emplumado.

—¡He perdido! —gritó—. Que me traigan un poco de vino.

—¡Un barril, de las bodegas! —dijo el rey levantándose—. Quiero ver cómo se ahoga dentro.

Sansa dejó escapar un grito.

—¡No podéis hacer eso!

—¿Qué has dicho? —Joffrey giró la cabeza.

Sansa no podía creerse que aquellas palabras hubieran salido de su boca. ¿Se había vuelto loca? ¿Le había dicho aquello delante de la mitad de la corte? No había querido decir nada, pero... Ser Dontos era un borracho, estúpido e inútil, pero no hacía daño a nadie.

—¿Has dicho que no puedo? ¿Que no puedo hacer algo?

—Por favor —suplicó Sansa—. Quería decir... que os traerá mala suerte, alteza... Trae mala suerte matar a alguien en el día del nombre.

—Mientes —replicó Joffrey—. Si tanto te importa, debería ahogarte con él.

—No, alteza, no me importa. —Las palabras le salían a la desesperada—. Ahogadlo o cortadle la cabeza, pero..., pero que sea mañana, por favor, matadlo mañana... Hoy no; es vuestro día del nombre. No soportaría que tuvierais mala suerte... una suerte espantosa, les pasa hasta a los reyes, es lo que dicen los bardos...

Joffrey frunció el ceño. Sabía que estaba mintiendo, Sansa lo veía en sus ojos. Se lo haría pagar muy caro.

—Lo que dice la niña es cierto —bufó el Perro—. Lo que se siembra el día del nombre se cosecha durante todo el año.

Su voz era apática, como si no le importara si el rey lo creía o no. ¿Acaso sería verdad? Sansa no lo sabía. Solo había dicho aquello en un arranque de desesperación, para evitar que la castigara.

Joffrey, molesto, se acomodó en el asiento e hizo un gesto con la mano en dirección a ser Dontos.

—Lleváoslo. Mañana haré que maten a ese bufón.

—¡Es verdad! —dijo Sansa—. Es un bufón. Sois muy inteligente y os habéis dado cuenta. Tiene más aspecto de bufón que de caballero. Deberíais vestirlo con prendas de colores para que os divirtiera. No se merece una muerte rápida; sería demasiado misericordioso.

—Puede que no seas tan estúpida como dice mi madre —dijo el rey después de mirarla fijamente durante un momento. Alzó la voz—. ¿Has oído lo que dice mi dama, Dontos? A partir de ahora eres mi nuevo bufón. Dormirás con el Chico Luna y vestirás igual que él.

Ser Dontos, repentinamente sobrio por el roce de la muerte, se arrastró para ponerse de rodillas.

—Gracias, alteza. Y gracias a vos, mi señora. Gracias.

Dos guardias Lannister se lo llevaron de la liza, y el maestro de ceremonias se acercó al palco.

—Alteza —dijo—, ¿llamo a otro rival para Brune, o pasamos a la siguiente contienda?

—Ni una cosa ni otra. Esto no son caballeros, sino pulgas. Si no fuera mi día del nombre, ordenaría que los mataran a todos. Se acabó el torneo; que se quiten de mi vista.

El maestro de ceremonias hizo una reverencia, pero el príncipe Tommen no era tan obediente.

—¡Yo quiero montar contra el hombre de paja!

—Hoy no.

—¡Pero yo quiero montar!

—¿Y a mí qué me importa?

—¡Madre dijo que podía montar!

—Es verdad —corroboró la princesa Myrcella.

—«Madre dijo, madre dijo» —se burló el rey—. Qué niñería.

—Somos niños —declaró Myrcella con altanería—. Hacemos niñerías.

—Os ha pescado. —El Perro se echó a reír.

—De acuerdo. —Joffrey se dio por vencido—. Ni mi hermano lo puede hacer peor que esos otros. Maestre, que saquen el monigote, Tommen quiere ser una pulga.

Tommen lanzó un grito de alegría y corrió a que lo vistieran, moviendo a toda velocidad las piernecillas regordetas.

—Suerte —le deseó Sansa.

Instalaron el estafermo al final de las lizas, al tiempo que ensillaban el poni del príncipe. El rival de Tommen era un guerrero de cuero del tamaño de un niño, relleno de paja y montado en un pivote, con un escudo en una mano y una maza acolchada en la otra. Le habían atado unas astas a la cabeza. Sansa recordaba que el padre de Joffrey, el rey Robert, había llevado un yelmo con astas... pero también su tío lord Renly, el hermano de Robert, que se había convertido en traidor al coronarse rey.

Unos escuderos abrocharon las hebillas de la ornamentada armadura roja y plata del príncipe. Tenía el yelmo coronado por un surtidor de plumas rojas, y en su escudo retozaban juntos el león de los Lannister y el venado coronado de los Baratheon. Los escuderos lo ayudaron a montar, y ser Aron Santagar, el maestro de armas de la Fortaleza Roja, se adelantó para entregarle a Tommen una espada larga de plata con la hoja ahusada y el filo embotado, diseñada para la mano de un niño de ocho años. Tommen alzó la espada.

—¡Roca Casterly! —gritó con voz aguda e infantil al tiempo que picaba espuelas hacia el estafermo.

El poni emprendió la marcha por la tierra prensada, en dirección al monigote. Lady Tanda y lord Gyles lanzaron gritos de ánimo, y Sansa se unió a ellos. El rey cavilaba, malhumorado.

Tommen hizo trotar al poni, blandió la espada con energía y asestó un fuerte golpe contra el escudo del caballero al pasar junto a él. El estafermo giró, y la maza acolchada acertó al príncipe en la nuca. Tommen cayó de la silla, y su armadura nueva matraqueó como un montón de cacerolas viejas al chocar contra el suelo. La espada salió volando de su mano, el poni se alejó al trote por el patio y las carcajadas retumbaron entre los muros. El rey Joffrey fue el que más se rio.

—¡Oh! —exclamó la princesa Myrcella. Salió del palco y corrió hacia su hermanito. Sansa sintió que la embargaba un extraño valor mezclado con locura.

—Deberíais ir con ella —le dijo al rey—. Quizá vuestro hermano esté herido.

—¿Y qué? —Joffrey se encogió de hombros.

—Deberíais ayudarlo y decirle que ha montado muy bien. —Sansa era incapaz de detenerse.

—El estafermo lo ha derribado del caballo —señaló el rey—. Eso no es montar bien.

—Mirad —interrumpió el Perro—. El chico es valiente. Va a intentarlo otra vez.

Estaban ayudando al príncipe Tommen a montar su poni.

«Ojalá Tommen fuera el mayor, y no Joffrey —pensó Sansa—. No me importaría casarme con Tommen.»

Los ruidos procedentes del puesto de guardia los tomaron por sorpresa. Las cadenas tintinearon a medida que el rastrillo se alzaba, y las grandes puertas se abrieron con un chirrido de las bisagras de hierro.

—¿Quién ha ordenado que abrieran las puertas? —exigió saber Joffrey. A causa de los problemas que había en la ciudad, las puertas de la Fortaleza Roja llevaban días cerradas.

Una columna de jinetes emergió por debajo del rastrillo, entre el tintinear del acero y el retumbar de los cascos de los caballos. Clegane se acercó al rey, con una mano en el puño de su espada. Los recién llegados parecían heridos, demacrados y polvorientos, pero su estandarte era el león de los Lannister, dorado sobre campo de gules. Unos cuantos de ellos lucían las capas rojas y las cotas de malla de los hombres de los Lannister, pero todos los demás eran jinetes libres y mercenarios, con armaduras de los orígenes más diversos, acero afilado por doquier... Y también estaban los otros, salvajes monstruosos salidos de alguno de los cuentos de la Vieja Tata, los cuentos de miedo que tanto le gustaban a Bran. Vestían pieles andrajosas y prendas de cuero endurecido, con cabelleras largas y barbas de aspecto fiero. Algunos llevaban vendajes ensangrentados en la frente o en las manos, y a otros les faltaban ojos, orejas o dedos.

En medio de ellos, a lomos de un caballo alazán y con una silla alta muy extraña que lo hacía mecerse de adelante atrás, iba el hermano enano de la reina, Tyrion Lannister, al que llamaban el Gnomo. Se había dejado crecer la barba para ocultar el rostro; era una pelambre hirsuta, rubia y negra, basta como el alambre. Se cubría los hombros con una capa de piel de gatosombra, negra con rayas blancas. Sujetaba las riendas con la mano izquierda, porque llevaba el brazo derecho en un cabestrillo de seda blanca, pero por lo demás seguía teniendo el mismo aspecto grotesco que Sansa recordaba de su visita a Invernalia. Con el ceño sobresaliente y los ojos de colores dispares, era todavía el hombre más feo que había visto en su vida.

Pero Tommen picó espuelas a su poni y galopó hacia él desde el otro lado del patio, entre gritos de alegría. Uno de los salvajes, un hombretón que caminaba arrastrando los pies, tan velludo que el rostro casi no se le veía bajo los bigotes y las patillas, alzó al chico de la silla, armadura y todo, y lo depositó en el suelo junto a su tío. La risa jadeante de Tommen resonó entre los muros cuando Tyrion le dio unas palmaditas en la coraza, y Sansa se sobresaltó al advertir que ambos eran de estaturas similares. Myrcella llegó corriendo tras su hermano, y el enano la alzó por la cintura y la hizo girar en círculo entre gritos de placer.

Por último, el hombrecillo la dejó de nuevo en el suelo, le dio un beso en la frente y cruzó el patio anadeando en dirección a Joffrey. Dos de sus hombres lo siguieron de cerca: un mercenario de pelo y ojos negros que se movía como un felino al acecho, y un joven flaco al que le faltaba un ojo. Tommen y Myrcella fueron tras ellos.

—Alteza —dijo el enano, hincando una rodilla en tierra ante el rey.

—Eres tú —dijo Joffrey.

—Soy yo —reconoció el Gnomo—, aunque lo apropiado habría sido una bienvenida más cordial, ya que soy una persona mayor, y tu tío para más señas.

—Nos dijeron que habías muerto —intervino el Perro.

—Estoy hablando con el rey —replicó el hombrecillo mirando al hombretón. Uno de sus ojos era verde; el otro, negro, y ambos, gélidos—, no con su mascota.

—Yo me alegro de que no estés muerto —dijo la princesa Myrcella.

—En eso estamos de acuerdo, pequeña. —Tyrion se volvió hacia Sansa—. Lamento la tragedia que se ha cernido sobre vuestra familia, mi señora. Sin duda, los dioses son crueles.

A Sansa no se le ocurrió qué responderle. ¿Cómo podía lamentar su tragedia? ¿Acaso se burlaba de ella? Y los crueles no habían sido los dioses, sino Joffrey.

—También lamento tu pérdida, Joffrey —siguió el enano.

—¿Qué pérdida?

—La de tu regio padre. Haz memoria: un hombre alto con barba negra. El que era el rey antes que tú.

—Ah, eso. Sí, fue una pena. Lo mató un jabalí.

—¿Eso fue lo que te dijeron, alteza?

Joffrey frunció el ceño. Sansa tuvo la sensación de que debía intervenir. ¿Qué le decía siempre la septa Mordane? «La cortesía es la armadura de las damas.» Se puso su armadura.

—Yo lamento que mi señora madre os tomara prisionero, mi señor.

—Hay mucha gente que lo lamenta —replicó Tyrion—, y más lo lamentará antes de que esto acabe. Pero os lo agradezco. Joffrey, ¿dónde está tu madre?

—Reunida con el Consejo —respondió el rey—. Tu hermano Jaime no hace más que perder batallas. —Le lanzó una mirada furiosa a Sansa, como si fuera por su culpa—. Los Stark lo han cogido prisionero y hemos perdido Aguasdulces, y ahora el estúpido del hermano de esta se ha proclamado rey.

—Parece que últimamente cualquiera se proclama rey. —El enano le dedicó una sonrisa retorcida.

—Sí. —Joffrey no supo qué pensar; parecía desconfiado y desanimado—. Bueno. Me alegra que no hayas muerto, tío. ¿Me has traído algún regalo por mi día del nombre?

—Sí. Mi cerebro.

—Habría preferido la cabeza de Robb Stark —dijo Joff, mirando a Sansa de reojo—. Tommen, Myrcella, nos vamos.

Sandor Clegane se demoró un instante.

—Yo que tú mediría mis palabras, hombrecillo —le advirtió, antes de seguir a su señor a zancadas.

Sansa se encontró a solas con el enano y sus monstruos. No sabía qué más decir.

—Tenéis una herida en el brazo —señaló al final.

—Uno de vuestros norteños me acertó con su mangual durante la batalla en el Forca Verde. Logré escapar cayendo hábilmente de mi caballo. —Su sonrisa se endulzó un poco al examinar su expresión—. ¿Es la pena por la pérdida de vuestro señor padre lo que os pone tan triste?

—Mi padre era un traidor —respondió Sansa al momento—. Mi hermano y mi señora madre también son traidores. —Era un reflejo que había aprendido muy deprisa—. Yo soy leal a mi amado Joffrey.

—No me cabe duda. Tan leal como un ciervo rodeado de lobos.

—Leones —susurró ella sin pensar. Miró a su alrededor, nerviosa, pero no había nadie cerca que pudiera haberla oído. Lannister le tomó la mano y se la apretó.

—Yo no soy más que un león pequeño, niña; os juro que mis garras no os harán daño. —Hizo una reverencia—. Disculpadme, por favor. Tengo que tratar un asunto de la máxima urgencia con la reina y con su Consejo.

Sansa lo vio alejarse, meciendo el cuerpo con cada paso: un espectáculo grotesco.

«Me habla con más dulzura que Joffrey —pensó—, pero la reina también era amable antes. Es un Lannister, hermano de la reina y tío de Joff. No es un amigo.» Antes amaba al príncipe Joffrey con todo su corazón; admiraba a su madre, la reina, y confiaba en ella. Le habían pagado tanto amor y confianza con la cabeza de su padre. Sansa no volvería a cometer el mismo error.

TYRION

Con el gélido atuendo blanco de la Guardia Real, ser Mandon Moore parecía un cadáver amortajado.

—Su alteza ha dado órdenes muy concretas: el Consejo está reunido y nadie debe molestar.

—Yo supondré una molestia muy pequeña, ser Mandon. —Tyrion se sacó el pergamino de la manga—. Traigo una carta de mi padre, lord Tywin Lannister, la mano del rey. Aquí está su sello.

—Nadie debe molestar a su alteza —repitió ser Mandon muy despacio, como si Tyrion fuera idiota y no lo hubiera oído la primera vez.

En cierta ocasión, Jaime le había dicho que Moore era el miembro más peligroso de la Guardia Real, exceptuándolo a él, claro, porque su rostro nunca dejaba entrever lo que haría a continuación. En aquel momento, a Tyrion le habría ido muy bien tener alguna pista. Bronn y Timett podrían matar al caballero si había que llegar a las espadas, pero asesinar a uno de los protectores de Joffrey no era un buen comienzo. Aunque, si permitía que aquel hombre lo despreciara, ¿qué sería de su autoridad? Se obligó a sonreír.

—Aún no os he presentado a mis compañeros, ser Mandon. Este es Timett, hijo de Timett, un mano roja de los hombres quemados. Y este es Bronn. ¿Os acordáis de ser Vardis Egen, el capitán de la guardia de lord Arryn?

—Sí, lo conozco. —Los ojos de ser Mandon eran de un color gris claro, extrañamente inexpresivos y carentes de vida.

—Lo conocíais —corrigió Bronn con una sonrisa tensa.

Ser Mandon no se dignó dar señal de que lo había oído.

—En fin —siguió Tyrion con tono alegre—, necesito ver a mi hermana y entregarle esta carta. ¿Tenéis la amabilidad de abrirnos la puerta?

El caballero blanco no respondió. Tyrion estaba ya a punto de abrirse paso por la fuerza cuando ser Mandon se apartó a un lado con un movimiento brusco.

—Podéis pasar. Ellos, no.

«Un pequeño triunfo —pensó—. Pero es dulce.» Había aprobado el primer examen. Tyrion Lannister casi se sentía alto al cruzar la puerta. Cinco miembros del Consejo Privado del Rey interrumpieron de repente su conversación.

—Eres tú —dijo su hermana Cersei, en un tono a medio camino entre la incredulidad y el asco.

—Ya sé de quién ha aprendido modales Joffrey. —Tyrion se detuvo un instante para admirar la pareja de esfinges valyrias que flanqueaba la puerta, adoptando una pose de tranquila seguridad. Cersei era capaz de oler la debilidad igual que un perro olía el miedo.

—¿Qué haces aquí? —Los hermosos ojos verdes de su hermana lo examinaban sin el menor rastro de afecto.

—Te traigo una carta de nuestro señor padre.

Se acercó con aire despreocupado hasta la mesa y puso entre ellos el rollo prieto de pergamino. El eunuco Varys cogió la carta con sus manos, delicadamente empolvadas, y le dio la vuelta.

—Lord Tywin es muy amable. Y el lacre de su sello tiene un precioso tono dorado. —Varys examinó el sello con atención—. Tiene todo el aspecto de ser auténtico.

—Claro que es auténtico.

Cersei se lo arrebató de las manos. Rompió el sello y desenrolló el pergamino. Tyrion observó su rostro mientras leía. Su hermana se había instalado en el sillón del rey, dado que Joffrey no se molestaba en asistir a las reuniones del Consejo, igual que hiciera Robert. Por tanto, él se subió a la silla de la mano. Le pareció de lo más apropiado.

—Qué tontería —dijo por fin la reina—. Mi señor padre envía a mi hermano para que ocupe su lugar en el Consejo. Nos ruega que aceptemos a Tyrion como mano del rey, hasta que llegue el momento en que él pueda reunirse con nosotros.

El gran maestre Pycelle se acarició la larga barba blanca y asintió con gesto sopesado.

—En ese caso, se impone una bienvenida en toda regla.

—Desde luego. —Janos Slynt, con su papada y su calvicie, parecía una rana, una rana presumida y muy por encima del lugar que le correspondía—. En estos momentos os necesitamos, mi señor. Las rebeliones estallan por doquier, ese presagio sombrío surca el cielo, hay disturbios en las calles de la ciudad...

—¿Y quién tiene la culpa de eso, lord Janos? —restalló la voz de Cersei—. Vuestros capas doradas deberían mantener el orden. Y en lo que a ti respecta, Tyrion, nos serías más útil en el campo de batalla.

—No, gracias —contestó entre risas—; ya he tenido suficientes batallas. Prefiero una silla con patas a la silla de un caballo, y me gusta más tener en la mano una copa de vino que un hacha de combate. Todo eso del retumbar de los tambores, el reflejo del sol sobre las armaduras, el resoplar y corcovear de los corceles... Te voy a ser sincero: a mí los tambores me dan dolor de cabeza, el sol sobre la armadura me cocía como un ganso el día del banquete de la cosecha, y esos magníficos corceles no hacen más que cagar por todas partes. No es que me queje. En comparación con la hospitalidad que recibí durante mi estancia en el Valle de Arryn, los tambores, la mierda de caballo y las moscas son una maravilla.

Meñique soltó una carcajada.

—Así se habla, Lannister. Lo mismo pienso yo.

Tyrion le sonrió, al tiempo que se acordaba de cierto puñal con el puño de huesodragón y la hoja de acero valyrio.

«Vamos a tener una pequeña charla respecto a ese tema, y pronto.» Se preguntó si lord Petyr lo consideraría igual de divertido.

—Por favor —les dijo—, permitidme serviros de otra manera, por insignificante que sea.

—¿Cuántos hombres has traído? —preguntó Cersei después de releer la carta.

—Unos cientos. En su mayoría son hombres míos. A nuestro padre no le convenía prescindir de ninguno de los suyos. Al fin y al cabo, está combatiendo en una guerra.

—¿Y de qué nos servirán unos cientos de hombres si Renly ataca la ciudad, o si los barcos de Stannis llegan de Rocadragón? Pido un ejército y mi padre me envía un enano. Es el rey quien nombra a la mano, con la aprobación del Consejo. Joffrey nombró a nuestro señor padre.

—Y nuestro señor padre me ha nombrado a mí.

—No puede. Necesita la aprobación de Joff.

—No querría que olvidaras un pequeño detalle —respondió Tyrion con toda cortesía—, y es que lord Tywin está en Harrenhal con su ejército. Mis señores, con vuestro permiso, me gustaría hablar un momento a solas con mi hermana.

—Cuánto debéis de haber extrañado el sonido de la voz de vuestra querida hermana. —Varys se puso en pie como una serpiente, al tiempo que le dedicaba su sonrisa empalagosa—. Mis señores, por favor, dejémoslos a solas unos instantes. Los infortunios de nuestro desdichado reino pueden esperar.

Janos Slynt se levantó titubeante, y el gran maestre Pycelle, con gesto sopesado, pero se levantaron. El último fue Meñique.

—¿Le ordeno al mayordomo que os disponga habitaciones en el Torreón de Maegor?

—Os lo agradezco, lord Petyr, pero voy a ocupar las que fueron de lord Stark, en la Torre de la Mano.

Meñique se echó a reír.

—Sois más valiente que yo, Lannister. ¿Estáis al tanto del destino que corrieron nuestras dos últimas manos?

—¿Las dos últimas? Si queréis meterme miedo, ¿por qué no decís las cuatro?

—¿Cuatro? —Meñique arqueó una ceja—. ¿Las manos anteriores a lord Arryn tuvieron algún destino negro en la torre? Lo siento; era demasiado joven y no me fijaba en esas cosas.

—La última mano de Aerys Targaryen murió durante el saqueo de Desembarco del Rey, aunque no creo que le diera tiempo a instalarse en la Torre. Solo fue mano durante quince días. Su predecesor ardió en una hoguera. Y los dos anteriores fallecieron en el exilio, sin tierras ni bienes, pero aun así se pudieron considerar afortunados. Creo que mi señor padre ha sido la última mano que ha salido de Desembarco del Rey conservando su buen nombre, sus propiedades y todos sus miembros.

—Fascinante —dijo Meñique—. Y razón de más para que yo prefiriera dormir en una mazmorra.

«Y puede que así sea», pensó Tyrion.

—Se dice que el valor y la locura son primos hermanos —dijo en vez de aquello—. Sea cual sea la maldición que pesa sobre la Torre de la Mano, puede que no se fije en mí, dada mi estatura.

Janos Slynt soltó una risotada, Meñique sonrió, y el gran maestre Pycelle los siguió fuera de la estancia, tras hacer una grave reverencia.

—Espero que nuestro padre no te haya enviado para que nos molestes con lecciones de historia —le dijo su hermana en cuanto estuvieron a solas.

—Cuánto he extrañado el sonido de tu querida voz —suspiró Tyrion.

—Cuánto he extrañado yo una ocasión para arrancarle la lengua a ese eunuco con unas tenazas al rojo —replicó Cersei—. ¿Acaso nuestro padre se ha vuelto loco? ¿O has falsificado la carta? —La leyó una vez más, con enfado creciente—. ¿Por qué me castiga con tu presencia? Yo quería que viniera él en persona. —Arrugó la carta de lord Tywin—. Soy la regente de Joffrey, ¡le envié un mandato real!

—Del que no ha hecho el menor caso —señaló Tyrion—. Tiene un ejército muy grande; se lo puede permitir. Y tampoco es el primero, ¿no?

Cersei apretó los labios. Se le enrojecieron las mejillas.

—Si digo que esta carta es una falsificación y que te encierren en una mazmorra, me harán caso: te lo garantizo.

—Desde luego —asintió Tyrion. Sabía que caminaba sobre hielo frágil. Un paso en falso y se hundiría—, y el que más caso te hará será nuestro padre. Ya sabes, el del ejército grande. Pero, mi querida hermana, ¿por qué ibas a encerrarme en una mazmorra, cuando he venido desde tan lejos solo para ayudarte?

—No solicité tu ayuda. Ordené que viniera nuestro padre.

—Sí —replicó con voz serena—. Pero a quien quieres es a Jaime.

Su hermana se consideraba una mujer sutil, pero Tyrion había crecido a su lado. Podía leer su rostro como si fuera uno de sus libros favoritos, y en aquel momento leyó emociones de rabia, miedo y desesperación.

—Jaime...

—... es tan hermano mío como tuyo —la interrumpió Tyrion—. Si me das tu apoyo, te prometo que conseguiremos que quede libre y vuelva con nosotros sano y salvo.

—¿Cómo? —exigió saber Cersei—. El joven Stark y su madre no se olvidarán fácilmente de que decapitamos a lord Eddard.

—Cierto —asintió Tyrion—, pero sus hijas están en tu poder, ¿verdad? He visto a la mayor en el patio con Joffrey.

—Sansa —dijo la reina—. He hecho correr la voz de que tenemos también a la mocosa menor, pero es mentira. Cuando murió Robert, envié a Meryn Trant a hacerla prisionera, pero ese maldito maestro de danza que tenía se entrometió, y la cría consiguió escapar. Desde entonces, nadie ha vuelto a verla. Lo más probable es que esté muerta. Aquel día murió mucha gente.

Tyrion había albergado la esperanza de contar con las dos Stark, pero tendría que arreglárselas con una.

—Dime lo que sepas sobre nuestros amigos del Consejo.

—¿Qué pasa con ellos? —Su hermana echó un vistazo de soslayo hacia la puerta.

—A nuestro padre no le gustan. La última vez que lo vi se estaba preguntando qué tal quedarían sus cabezas en el muro, al lado de la de lord Stark. —Se inclinó sobre la mesa para acercarse más a ella—. ¿Seguro que son leales? ¿Confías en ellos?

—Yo no confío en nadie —replicó Cersei—. Los necesito. ¿Cree nuestro padre que traman algo?

—Más bien lo sospecha.

—¿Por qué? ¿Qué sabe?

Tyrion se encogió de hombros.

—Sabe que el breve reinado de tu hijo ha sido una larga sucesión de estupideces y desastres. Eso indica que alguien está aconsejando muy mal a Joffrey.

—A Joff no le faltan buenos consejos. —Cersei lo escudriñó con la mirada—. Pero siempre ha sido muy testarudo. Ahora que es el rey, cree que puede hacer lo que se le antoje, no lo que se le aconseje.

—Las coronas afectan de manera extraña a las cabezas que ciñen —asintió Tyrion—. ¿Lo de lord Stark fue cosa de Joffrey?

La reina hizo una mueca.

—Tenía instrucciones de perdonar a Stark y permitirle que vistiera el negro. Nos lo habríamos quitado de en medio para siempre, y también firmaríamos la paz con su hijo, pero Joff decidió ofrecer un espectáculo mejor al populacho. ¿Qué podía hacer yo? Exigió la cabeza de lord Eddard delante de media ciudad. ¡Y Janos Slynt y ser Ilyn lo obedecieron tan contentos, sin que yo diera ninguna orden! —Apretó la mano en un puño cerrado—. El septón supremo dice que profanamos con sangre el Septo de Baelor, después de mentirle acerca de nuestras intenciones.

—Y no le falta razón —dijo Tyrion—. Así que este tal lord Slynt tomó parte en el asunto, ¿no? Dime, ¿de quién fue la gran idea de concederle Harrenhal y un puesto en el Consejo?

—Meñique se encargó de todo. Necesitábamos a los capas doradas de Slynt. Eddard Stark estaba conspirando con Renly y le había escrito una carta a lord Stannis ofreciéndole el trono. Estábamos en un tris de perderlo todo. Y faltó poco. Si Sansa no hubiera acudido a mí para hablarme de los planes de su padre...

—¿De verdad? —Tyrion se quedó boquiabierto—. ¿Su hija? —Sansa siempre le había parecido una chiquilla dulce, amable y cortés.

—Esa cría estaba loquita de amor. Habría hecho cualquier cosa por Joffrey, hasta que le cortó la cabeza a su padre y le dijo que había sido un acto misericordioso. Ahí se acabó todo.

—Su alteza tiene una manera muy peculiar de ganarse el corazón de sus súbditos —dijo Tyrion con una sonrisa torcida—. ¿Fue también Joffrey el que echó a ser Barristan Selmy de la Guardia Real?

Cersei suspiró.

—Joff quería culpar a alguien de la muerte de Robert. Varys propuso que fuera ser Barristan. ¿Por qué no? Así, el mando de la Guardia Real quedaba en manos de Jaime, así como un puesto en el Consejo Privado, y además, Joff tenía ocasión de echarle un hueso a su perro. Le tiene mucho afecto a Sandor Clegane. Estábamos dispuestos a ofrecerle a Selmy algunas tierras y una torre, que es más de lo que ese viejo inútil se merecía.

—Tengo entendido que ese viejo inútil mató a dos capas doradas de Slynt cuando intentaron aprehenderlo en la puerta del Lodazal.

—Janos debió enviar más hombres. —Su hermana no parecía nada satisfecha—. No es tan competente como cabría esperar.

—Ser Barristan era el lord comandante de la Guardia Real de Robert Baratheon —apuntó Tyrion a modo de recordatorio—. Jaime y él eran los únicos supervivientes de los siete de Aerys Targaryen. El pueblo habla de él igual que de Serwyn del Escudo Espejo, o del príncipe Aemon, el Caballero Dragón. ¿Qué crees que van a decir cuando vean a Barristan el Bravo cabalgando al lado de Robb Stark o de Stannis Baratheon?

—No lo había pensado. —Cersei apartó la vista.

—Nuestro padre, sí —dijo Tyrion—. Por eso me envió. Para acabar con esta serie de locuras y poner firme a tu hijo.

—Si se trata de controlar a Joff, no vas a tener mucha más suerte que yo.

—Puede que sí.

—¿Por qué?

—Porque sabe que tú jamás le harías daño.

—Si crees que voy a permitir que le causes algún mal a mi hijo —dijo Cersei con los ojos entrecerrados—, es que las fiebres te han vuelto loco.

—Joffrey está tan a salvo conmigo como contigo —le aseguró Tyrion con un suspiro. Su hermana no lo entendía, como de costumbre—, pero mientras se sienta amenazado, escuchará lo que se le diga. —Le cogió la mano—. Soy tu hermano; recuérdalo. Tanto si lo quieres reconocer como si no, me necesitas. Y tu hijo me necesita, si es que quiere conservar ese horrible sillón de hierro.

—Siempre has sido astuto. —Cersei parecía conmocionada por el hecho de que se atreviera a tocarla.

—A mi pequeña manera... —Sonrió.

—Vale la pena intentarlo. Pero no te equivoques, Tyrion. Si accedo, serás la mano del rey, pero solo de nombre; en realidad serás mi mano. Antes de hacer nada, consultarás todos tus planes e intenciones conmigo, y no emprenderás ninguna acción sin mi consentimiento. ¿Comprendes?

—Cómo no.

—¿Y estás de acuerdo?

—No te quepa duda —mintió—. Soy todo tuyo, hermana. —«Mientras me convenga»—. Bien, ahora que compartimos el mismo objetivo, no debe haber más secretos entre nosotros. Me has dicho que Joffrey ordenó matar a lord Eddard, que Varys echó a ser Barristan y que Meñique nos obsequió con la presencia de lord Slynt. ¿Quién mató a Jon Arryn?

—¿Cómo quieres que lo sepa? —Cersei retiró la mano con un gesto brusco.

—La acongojada viuda del Nido de Águilas cree que fui yo. ¿De dónde ha sacado esa idea?

—Lo ignoro. El imbécil de Eddard Stark me acusó de lo mismo. Me dio a entender que lord Arryn sospechaba, o... bueno, que creía...

—¿Qué te estabas follando a nuestro querido Jaime?

Ella lo abofeteó.

—¿Te crees que estoy tan ciego como nuestro padre? —Tyrion se frotó la mejilla—. No me importa con quién te acuestes..., aunque me parece una injusticia que te abras de piernas para un hermano y no para el otro.

Ella lo abofeteó.

—Vamos, Cersei, si solo es una broma. Si quieres que te diga la verdad, prefiero a una buena puta. Nunca comprendí qué veía Jaime en ti, aparte de su propio reflejo.

Ella lo abofeteó.

—Como sigas haciendo eso me voy a enfadar. —Tyrion tenía las mejillas enrojecidas y ardiendo, pero sonreía.

—¿Y a mí qué me importa que te enfades? —Aquello había detenido la mano de su hermana.

—Tengo nuevos amigos —le confesó—. No te van a gustar nada de nada. ¿Cómo mataste a Robert?

—Se mató él solo. Nosotros nos limitamos a ayudarlo. Lancel vio que Robert iba a por el jabalí y le dio un vino muy fuerte. Su favorito, un tinto amargo, pero más cargado, tres veces más contundente que de costumbre. Y a ese imbécil hediondo le encantó. Podría haber dejado de beberlo en cualquier momento, pero no: vació un pellejo entero y mandó a Lancel a buscar otro. El jabalí se encargó de lo demás. Lástima que no estuvieras en el banquete, Tyrion. Nunca había probado un jabalí tan delicioso. Lo cocinaron con setas y manzanas, y tenía sabor a triunfo.

—No cabe duda de que naciste para viuda, hermana. —Pese a ser un zoquete y un fanfarrón, Robert Baratheon le había caído bien... sobre todo porque su hermana no podía soportarlo—. En fin, si no quieres darme más bofetadas, tengo que irme ya. —Retorció las piernas y se bajó del sillón con torpeza. Cersei frunció el ceño.

—No te he dado permiso para retirarte. Quiero saber cómo piensas liberar a Jaime.

—Te lo diré cuando lo sepa. Los planes son como la fruta; tienen que madurar. Lo que voy a hacer ahora mismo es recorrer a caballo las calles, para ver cómo está la ciudad. —Tyrion puso la mano sobre la cabeza de la esfinge que había junto a la puerta—. Una última petición. Ten la bondad de asegurarte de que a Sansa Stark no le sucede nada malo. No nos convendría perder a las dos hijas.

Al salir de la sala del Consejo, Tyrion saludó a ser Mandon con una inclinación de la cabeza y recorrió el largo pasillo abovedado. Bronn se unió a él. De Timett, hijo de Timett, no había ni rastro.

—¿Dónde está nuestro mano roja? —preguntó.

—Le han entrado ganas de explorar un poco. No es el tipo de hombre al que le gusta aguardar en un pasillo.

—Espero que no mate a nadie importante. —Los hombres de los clanes que habían acompañado a Tyrion desde sus fortalezas de las montañas eran leales a su manera, pero también orgullosos y pendencieros, siempre dispuestos a responder con el acero a cualquier insulto, real o imaginario—. Búscalo. Y ya que estás, encárgate de que se les proporcione alojamiento y comida a los demás. Quiero que se instalen en los cuarteles al pie de la Torre de la Mano, pero que el mayordomo no ponga a los grajos de piedra cerca de los hermanos de la luna, y dile que los hombres quemados necesitan una sala privada para ellos.

—¿Dónde estarás tú?

—Volveré al Yunque Roto.

—¿Necesitas escolta? —Bronn le dedicó una sonrisa insolente—. Se dice que hay peligro en las calles.

—Hablaré con el capitán de la guardia de mi hermana y le recordaré que soy tan Lannister como ella. Parece que se le ha olvidado que juró fidelidad a Roca Casterly, no a Cersei ni a Joffrey.

Una hora después, Tyrion partía a caballo de la Fortaleza Roja, acompañado por una docena de guardias de los Lannister con sus capas rojas y sus yelmos adornados con leones. Al pasar bajo el rastrillo se fijó en las cabezas que decoraban los muros. La putrefacción y la brea las habían teñido de negro, y hacía mucho que los rasgos eran irreconocibles.

—Capitán Vylarr —llamó—, quiero que mañana mismo retiren eso. Entregadlas a las hermanas silenciosas para que las limpien.

Imaginaba que iba a ser muy difícil emparejarlas con sus cuerpos correspondientes, pero había que hacerlo. Ciertas muestras de decoro se debían respetar incluso en tiempos de guerra. Vylarr no parecía tan seguro.

—Su alteza el rey nos dijo que quería que las cabezas de los traidores permanecieran en los muros hasta que ocupara las tres estacas vacías, las del extremo.

—A ver si adivino. Una es para Robb Stark, y las otras, para lord Stannis y lord Renly. ¿He dado en el clavo?

—Sí, mi señor.

—Mi sobrino cumple trece años hoy, Vylarr. Procurad no olvidarlo. Si mañana no han desaparecido esas cabezas, una de las estacas vacías se encontrará con un ocupante diferente al previsto. ¿Comprendéis lo que quiero decir?

—Me encargaré personalmente de que las retiren, mi señor.

—Muy bien. —Tyrion picó espuelas y se alejó al trote. Los capas rojas lo siguieron como pudieron.

Le había dicho a Cersei que quería ver cómo estaban las calles de la ciudad. No era del todo mentira. Tyrion Lannister no se quedó nada satisfecho con lo que encontró. Las calles de Desembarco del Rey siempre habían sido populosas, ruidosas y duras, pero en aquellos momentos rezumaban peligro de una manera que no había visto en sus paseos anteriores. Había un cadáver desnudo tirado en el arroyo cercano a la calle de los Telares; una jauría de perros salvajes lo estaba despedazando, y al parecer, a nadie le importaba. Había guardias por todas partes: iban en parejas por los callejones con sus capas doradas y sus cotas de malla negras, las porras de hierro siempre al alcance de las manos. Los mercados estaban llenos de hombres desastrados que vendían sus propiedades a cualquier precio... Pero no había granjeros que pregonaran sus productos. El precio de los pocos alimentos que vio era el triple que el año anterior.

—¡Ratas frescas! —anunciaba a gritos un vendedor ambulante que ofrecía ratas asadas en un espetón—. ¡Ratas frescas!

Sin duda, eran mejores que las ratas viejas y medio podridas. Pero lo más aterrador era que las ratas asadas tenían un aspecto más apetitoso que la mercancía que vendían los carniceros. En la calle de la Harina vio guardias ante una de cada dos tiendas. Pensó que, en tiempos de escasez, hasta a los panaderos les resultaban más baratos los mercenarios que el pan.

—No están entrando alimentos, ¿verdad? —le dijo a Vylarr.

—Pocos —reconoció el capitán—. Hay guerra en la zona de los ríos, y lord Renly está reuniendo a los rebeldes en Altojardín, de manera que los caminos hacia el sur y hacia el oeste están cerrados.

—¿Y qué ha hecho mi querida hermana para remediarlo?

—Está tomando las medidas necesarias para restablecer la paz del rey —le aseguró Vylarr—. Lord Slynt ha triplicado las fuerzas de la Guardia de la Ciudad, y la reina ha encargado a un millar de obreros que refuercen las defensas. Los albañiles están fortificando los muros; los carpinteros construyen cientos de escorpiones y catapultas; los flecheros hacen flechas; los herreros forjan espadas, y el Gremio de Alquimistas ha prometido diez mil frascos de fuego valyrio.

Tyrion cambió de postura en la silla, algo inquieto. Le gustaba el hecho de que Cersei no hubiera estado cruzada de brazos, pero el fuego valyrio era muy traicionero, y diez mil frascos bastaban para convertir en cenizas todo Desembarco del Rey.

—¿De dónde ha sacado dinero mi hermana para pagar todo eso? —No era ningún secreto que el rey Robert había dejado la corona muy endeudada, y los alquimistas no se caracterizaban precisamente por su altruismo.

—Lord Meñique siempre encuentra la manera de conseguir efectivo, mi señor. Ha creado un impuesto para los que quieren entrar en la ciudad.

—Muy eficaz —dijo Tyrion. «Astuto. Astuto y cruel», pensó. Decenas de miles de personas huían en busca de la supuesta seguridad de Desembarco del Rey. Las había visto en el camino Real: eran grupos de madres, niños y padres ansiosos que miraban sus caballos y carretas con ojos llenos de codicia. Una vez llegaran a la ciudad, pagarían todo lo que tenían con tal de poner entre ellos y la guerra aquellos muros tranquilizadores..., aunque quizá se lo pensaran dos veces si se enteraban de lo del fuego valyrio.

Desde la posada situada bajo el cartel de un yunque roto se divisaban aquellas murallas, en las cercanías de la puerta de los Dioses, por donde habían entrado aquella mañana. Al llegar al patio, un chico salió corriendo para ayudar a Tyrion a bajarse del caballo.

—Volved al castillo con vuestros hombres —dijo a Vylarr—. Pasaré la noche aquí.

—¿Estaréis a salvo, mi señor? —El capitán titubeaba.

—Qué queréis que os diga, capitán; cuando he salido de la posada esta mañana, estaba llena de orejas negras. Si Chella, hija de Cheyk, anda cerca, uno nunca está del todo seguro. —Tyrion anadeó hacia la puerta, mientras el desconcertado Vylarr trataba de entender qué le había dicho.

Una ráfaga de alegría le dio la bienvenida al entrar en la sala común de la posada. Reconoció la carcajada gutural de Chella y también la risa musical de Shae. La muchacha estaba sentada cerca de la chimenea, junto a la mesa redonda de madera, bebiendo vino en compañía de los tres orejas negras que había dejado para protegerla. Los acompañaba un hombre gordo que le daba la espalda. Supuso que sería el posadero... hasta que Shae llamó a Tyrion por su nombre, y el intruso se levantó.

—Mi buen señor, qué inmenso placer es veros —dijo con una blanda sonrisa de eunuco en el rostro empolvado.

—Lord Varys. —Tyrion se tambaleó—. No esperaba veros aquí —«Los Otros se lo lleven; ¿cómo se las ha arreglado para encontrarlos tan deprisa?»

—Disculpad mi intromisión —siguió Varys—. De pronto he sentido el deseo incontenible de conocer a vuestra joven dama.

—Joven dama —repitió Shae como si saboreara las palabras—. Tenéis razón en parte, mi señor. Soy joven.

«Dieciocho años —pensó Tyrion—. Solo tiene dieciocho años y ya es prostituta; pero de ingenio agudo, ágil como una gata entre las sábanas, con ojos grandes y oscuros, hermoso cabello negro y una boquita dulce, suave, hambrienta... ¡y mía! Maldito seas, eunuco.»

—Me temo que quien interrumpe soy yo, lord Varys —dijo con cortesía forzada—. Al entrar me ha parecido que os estabais divirtiendo mucho.

—Mi señor Varys le ha dedicado un cumplido a Chella por sus orejas, y le ha dicho que debía de haber matado a muchos hombres para tener un collar tan impresionante —le explicó Shae. Le molestaba su manera de llamar *mi señor* a Varys. Era lo mismo que le decía a él durante sus juegos de cama—. Y Chella le ha dicho que solo un cobarde mata a los enemigos vencidos.

—Los valientes los dejan vivos; así tienen la posibilidad de lavar su vergüenza recuperando la oreja —explicó Chella, una mujer menuda y morena, de cuyo cuello colgaba una espantosa ristra de cuarenta y seis orejas secas y arrugadas. Tyrion se había tomado la molestia de contarlas—. Solo así se puede demostrar que no se teme a los enemigos.

Shae se echó a reír a carcajadas.

—Y luego, mi señor ha dicho que si él fuera un oreja negra no podría dormir: sus sueños estarían plagados de hombres con una oreja.

—Es un problema al que yo jamás tendré que enfrentarme —dijo Tyrion—. Mis enemigos me inspiran terror, así que los mato a todos.

Varys rio entre dientes.

—¿Queréis tomar una copa de vino con nosotros, mi señor?

—Tomaré una copa de vino.

Tyrion se sentó al lado de Shae. Comprendía demasiado bien qué sucedía allí, aunque Chella y la muchacha no eran conscientes. Varys le estaba enviando un mensaje. Al decir: «de pronto sentí el deseo incontenible de conocer a vuestra joven dama», en realidad estaba diciendo: «quisiste ocultarla, pero yo averigüé dónde estaba y quién era, y aquí me tienes». Le habría gustado saber quién lo había traicionado. ¿El posadero, el mozo de cuadras, un guardia de la puerta... o alguno de sus hombres?

—A mí me encanta entrar en la ciudad por la puerta de los Dioses —le dijo Varys a Shae, al tiempo que llenaba las copas de vino—. Las figuras labradas del puesto de guardia son exquisitas; siempre que las veo me entran ganas de llorar. Tienen unos ojos... muy expresivos, ¿verdad? Casi parece que lo siguen a uno cuando entra a caballo por debajo del rastrillo.

—Pues no me había fijado, mi señor —replicó Shae—. Si eso os complace, mañana las miraré bien.

«No te molestes, pequeña —pensó Tyrion mientras daba vueltas al vino en la copa—. Le importan un rábano las tallas. Los ojos de los que alardea son los suyos. Está diciendo que nos vigila, que sabía dónde estábamos desde el momento en que cruzamos las puertas.»

—Debéis tener mucho cuidado, niña —recomendó Varys—. Desembarco del Rey no es lugar seguro en los tiempos que corren. Conozco bien sus calles, y aun así, casi me ha dado miedo venir aquí, solo y desarmado. Son tiempos difíciles; por todas partes rondan hombres fuera de la ley. Hombres de acero frío y corazón más frío aún.

O sea: «Aquí, yo puedo llegar solo y desarmado, y de la misma manera pueden llegar otros con espadas desenvainadas».

—Si se meten conmigo —dijo Shae entre risas—, tendrán que escapar de Chella, solo con una oreja.

Varys soltó una carcajada, como si fuera el chiste más divertido que había escuchado en su vida. Pero los ojos que clavó en Tyrion no reían.

—Vuestra joven dama es deliciosa. Si yo estuviera en vuestro lugar, la cuidaría muy bien.

—Eso hago. Si alguien intenta hacerle daño... En fin, soy demasiado pequeño para que me admitan en los orejas negras y nunca he presumido de valor.

«¿Lo ves? Hablamos el mismo idioma, eunuco. Si le haces daño, te mato.»

—Tengo que marcharme. —Varys se levantó—. Me imagino que debéis de estar muy cansados. Solo quería daros la bienvenida, mi señor, y deciros cuánto me complace que hayáis venido. En el Consejo os necesitamos. ¿Habéis visto el cometa?

—Soy pequeño, no ciego —respondió Tyrion. En el camino Real, el cometa parecía cubrir la mitad del cielo; ganaba en brillo a la luna creciente.

—La gente lo llama el Mensajero Rojo —dijo Varys—. Dicen que es el heraldo que precede a un rey, para advertirnos de que va a haber fuego y sangre. —El eunuco se frotó las manos empolvadas—. ¿Os dejo con un acertijo, lord Tyrion? —No esperó la respuesta—. En una habitación hay tres hombres de gran importancia: un rey, un sacerdote y un hombre rico con su oro. Frente a ellos se encuentra de pie un sicario, un hombre sin importancia de baja cuna y mente poco aguda. Cada uno de los grandes quiere que mate a los demás.

»—Mátalos —dice el rey—, porque soy tu legítimo gobernante.

»—Mátalos —dice el sacerdote—: te lo ordeno en nombre de los dioses.

»—Mátalos —dice el rico—, y todo este oro será tuyo.

»Y decidme... ¿quién vive y quién muere?

El eunuco hizo una profunda reverencia y salió de la sala común arrastrando los pies calzados con zapatillas blandas.

Chella dejó escapar un bufido, y el hermoso rostro de Shae se frunció en una mueca.

—El que vive es el rico, ¿verdad?

—Puede que sí. —Tyrion, pensativo, bebió un trago de vino—. O puede que no. Creo que depende del sicario. —Dejó la copa en la mesa—. Vamos arriba.

Shae tuvo que esperarlo en la cima de las escaleras, porque tenía piernas ágiles y flexibles, mientras que las suyas eran cortas y estaban doloridas. Pero sonreía cuando llegó junto a ella.

—¿Me habéis echado de menos? —bromeó al tiempo que le cogía la mano.

—Con todo mi ser —reconoció Tyrion. Shae medía alrededor de tres codos y un palmo, e incluso así tenía que alzar la vista para mirarla... pero en su caso no le importaba. Era una delicia alzar la vista y verla a ella.

—Me vais a echar de menos en esa Fortaleza Roja —le dijo la chica al tiempo que lo guiaba hacia su habitación—. Estaréis tan solo en esa fría cama de la Torre de la Mano...

—Y que lo digas. —Tyrion habría preferido que lo acompañara, pero su señor padre lo había prohibido. «No te lleves a la puta a la corte», fue la orden expresa de lord Tywin. La había llevado a la ciudad; no se atrevía a ir más lejos en su desacato. Toda la autoridad que tenía derivaba de su padre, y la muchacha debía entenderlo—. Estarás cerca de mí —le prometió—. Tendrás una casa con guardias y criados, e iré a verte siempre que pueda.

Shae cerró la puerta de una patada. A través de los cristales empañados de la estrecha ventana se divisaba el Gran Septo de Baelon, en la cima de la colina de Visenya, pero Tyrion estaba distraído con un paisaje muy diferente. Shae se inclinó, se cogió el vestido por el dobladillo, se lo quitó por la cabeza y lo tiró a un lado. No era aficionada a la ropa interior.

—No podréis descansar tranquilo —le dijo, desnuda ante él, rosada y hermosa, con una mano en la cadera—. Pensaréis en mí cada vez que os acostéis. Se os pondrá dura, no habrá nadie que os ayude y no podréis dormir a menos que... —Le dedicó su sonrisa traviesa, que tanto le gustaba a Tyrion—. ¿Por eso llaman a ese sitio la Torre de la Mano, mi señor?

—Cállate y bésame —ordenó. Percibió el sabor del vino en sus labios y sintió los pechos pequeños y firmes contra él, mientras le desataba con dedos ágiles las lazadas de los calzones.

—Mi león —susurró cuando se separó un instante de ella para desnudarse—. Mi dulce señor, mi gigante de Lannister.

Tyrion la empujó hacia la cama. Cuando la penetró, la chica gritó como para despertar en su tumba a Baelor el Santo, y le clavó las uñas en la espalda. Él jamás había sentido un dolor tan placentero.

«Idiota —se dijo después, mientras yacían sobre el colchón hundido, entre las sábanas arrugadas—. ¿Es que no vas a aprender nunca, enano? Maldición, es una puta; lo que le gusta es tu dinero, no tu polla. ¿Te acuerdas de Tysha?» Pero cuando le acarició un pecho con los dedos, el pezón se endureció y allí estaba la marca del mordisco que le había dado en medio de la pasión.

—Y ahora que sois la mano del rey, mi señor, ¿qué vais a hacer? —le preguntó Shae mientras él cubría con los dedos la carne cálida y tierna.

—Algo que Cersei no se imaginaría jamás —murmuró Tyrion contra su esbelto cuello—. Voy a hacer... justicia.

BRAN

Bran prefería la piedra dura del asiento de la ventana a la comodidad del colchón de plumas y las mantas. Cuando estaba en la cama, sentía como si las paredes se le vinieran encima y el techo pesara sobre él. Cuando estaba en la cama, la habitación era su celda e Invernalia, su prisión. Pero, al otro lado de la ventana, el ancho mundo aún lo llamaba.

No podía caminar, ni trepar, ni cazar, ni pelear con una espada de madera como hacía antes, pero aún podía mirar. Le gustaba ver como las ventanas de Invernalia se iban iluminando a medida que tras sus cristales romboidales se encendían velas y chimeneas, y le encantaba escuchar como los lobos huargo cantaban a las estrellas.

En los últimos tiempos soñaba a menudo con lobos. «Me hablan, de hermano a hermano», se dijo cuando los lobos empezaron a aullar. Casi los comprendía... No del todo, pero casi... como si cantaran en un idioma que había dominado en el pasado, y que luego había olvidado. A los Walders les daban miedo, pero por las venas de los Stark corría sangre de lobos. Se lo había dicho la Vieja Tata. «Aunque en unos es más fuerte que en otros», le advirtió.

El aullido de Verano era largo y triste, lleno de pena y añoranza. El de Peludo era más incontrolado. Sus voces resonaron en los patios y en las salas hasta que el castillo entero pareció invadido por una manada de huargos, como si hubiera más de dos... dos, donde en el pasado hubo seis. «¿Estarán llamando a Viento Gris, a Fantasma, a Nymeria, y al espíritu de Dama? ¿Querrán que regresen para volver a ser una manada?»

—Nadie sabe qué pasa por la mente de un lobo —le dijo ser Rodrik Cassel cuando Bran le preguntó por qué aullaban.

La señora madre de Bran lo había nombrado castellano de Invernalia durante su ausencia, y sus obligaciones no le dejaban mucho tiempo para preguntas tontas.

—Están pidiendo libertad —le aseguró Farlen, que era el encargado de las perreras; los lobos huargo le gustaban tan poco como a sus sabuesos—. No les agrada estar entre muros, y es comprensible. Los animales salvajes deberían estar libres, no encerrados en castillos.

—Quieren cazar —corroboró Gage, el cocinero, mientras echaba dados de sebo a un caldero de guiso—. Los lobos tienen mejor olfato que ningún hombre. Seguro que les ha llegado el olor de una presa.

El maestre Luwin no estaba de acuerdo.

—Los lobos suelen aullar a la luna. Estos aúllan al cometa. ¿Ves cómo brilla, Bran? A lo mejor creen que es la luna.

Cuando Bran se lo contó a Osha, esta se echó a reír.

—Tus lobos tienen más cerebro que el maestre —dijo la salvaje—. Saben cosas que el hombre ya ha olvidado. —Su manera de decirlo le provocó escalofríos, y le preguntó qué significaba el cometa—. Sangre y fuego, chico. Nada bueno.

Bran preguntó al septón Chayle acerca del cometa mientras clasificaban algunos pergaminos rescatados del incendio en la biblioteca.

—Es la espada que mata la estación —le dijo, y poco después llegó de Antigua el cuervo blanco que anunciaba el otoño, de modo que no había duda de que tenía razón.

Pero la Vieja Tata no pensaba lo mismo, y había vivido más tiempo que nadie en el castillo.

—Dragones —dijo, al tiempo que alzaba la cabeza y olisqueaba el aire. Estaba casi ciega y no veía el cometa, pero aseguraba que lo podía oler—. Son dragones, chico.

La Tata no llamaba *príncipe* a Bran. No lo había hecho hasta entonces, y no lo haría nunca.

—Hodor —se limitó a decir Hodor.

Siempre decía lo mismo.

Pero los lobos huargo seguían aullando. Los guardias de las murallas los maldecían entre dientes, los sabuesos de las perreras ladraban furiosos, los caballos corcoveaban en los establos, los Walders se estremecían ante la chimenea y hasta el maestre Luwin se quejaba de noches en vela. El único al que no le importaba era Bran. Ser Rodrik había confinado los lobos al bosque de dioses después de que Peludo mordiera a Walder el Pequeño, pero las piedras de Invernalia jugaban malas pasadas con los sonidos, y a veces parecía como si se encontraran en el patio, al pie de la ventana de Bran. En otras ocasiones habría jurado que se encontraban en la cima de las murallas, recorriéndolas como centinelas. Habría dado cualquier cosa por verlos.

Lo que sí veía era el cometa, suspendido sobre la sala de la guardia y la Torre de la Campana, y también el Primer Torreón, redondo y chato, con gárgolas que eran como formas negras ante el desgarrado cielo púrpura del ocaso. En otros tiempos, Bran había descubierto hasta la última piedra de aquellos edificios, por dentro y por fuera; había trepado por todas ellas; subía por las paredes con la misma facilidad con que otros niños bajaban por las escaleras. Los tejados habían sido sus escondites secretos, y los cuervos que anidaban en la cima de la torre rota, sus amigos más especiales.

Pero se había caído.

Bran no recordaba haberse caído, pero era lo que le decían que había pasado, así que debía de ser verdad. Estuvo al borde de la muerte. Al ver las erosionadas gárgolas del Primer Torreón, donde había sucedido aquello, sintió un extraño nudo en la garganta. Y ya no podía trepar, ni caminar, ni correr, ni luchar con la espada... y todos sus sueños de ser un caballero se le pudrían en la cabeza.

El día de su caída, Verano no dejó de aullar, y siguió aullando todo el tiempo que estuvo postrado en la cama; se lo había contado Robb antes de partir a la guerra. Verano había llorado por él, y Peludo y Viento Gris compartían su dolor. Y la noche en que el cuervo había llegado con la noticia de la muerte de su padre, los lobos también lo supieron. Bran se encontraba con Rickon en la torrecilla del maestre Luwin, que les hablaba de los hijos del bosque, cuando los aullidos de los lobos ahogaron su voz.

«¿Por quién lloran ahora?» ¿Acaso algún enemigo había matado al Rey en el Norte, el que fuera su hermano Robb? ¿Se había caído del Muro Jon Nieve, su hermano bastardo? ¿Había muerto su madre, o alguna de sus hermanas? ¿O se trataba de otra cosa, como parecían creer el maestre, el septón y la Vieja Tata?

«Si fuera un verdadero lobo huargo, entendería su canción», pensó con tristeza. En sus sueños de lobo podía correr por las laderas de las montañas, subir a cumbres escabrosas más altas que ninguna torre y detenerse en la cima bajo la luna llena, con el mundo entero a sus pies, tal como había sido antes de la caída.

—Auuu —gritó Bran con indecisión. Se puso las manos en torno a la boca y alzó la cabeza hacia el cometa—. Auuuuuuuuuuuuuuuuu, auuuuuuuuuuu —aulló.

Le salió un sonido estúpido, agudo y trémulo; era el aullido de un niño, no el de un lobo. Pero Verano le respondió; su voz grave ahogó la vocecita de Bran, y Peludo lo siguió. Bran aulló de nuevo. Aullaron juntos; eran los últimos de su manada.

El ruido hizo que un guardia se asomara a su puerta. Era Pelopaja, el de la verruga en la nariz. Enseguida vio a Bran, que aullaba asomado a la ventana.

—¿Qué sucede, mi príncipe?

Bran seguía sin acostumbrarse a que lo llamaran príncipe, aunque sabía que era el heredero de Robb, y Robb era entonces el Rey en el Norte. Giró la cabeza para aullar al guardia.

—Auuuuuuuu, uuuuuuuuuuu.

—Dejad de hacer eso —dijo Pelopaja con una mueca.

—Auuuuuuuu, auauauuuuuuuuuuu.

El guardia se retiró. Cuando volvió a aparecer, lo acompañaba el maestre Luwin, gris de los pies a la cabeza, con la prieta cadena en torno al cuello.

—Bran, esas bestias ya hacen suficiente ruido sin que tú las ayudes. —Cruzó la estancia y le puso la mano en la frente—. Es muy tarde; deberías estar durmiendo.

—Estoy hablando con los lobos —replicó Bran, apartándole la mano.

—¿Le digo a Pelopaja que te lleve a la cama?

—Puedo acostarme yo solo.

Mikken había clavado una hilera de barrotes de hierro en la pared, de manera que Bran podía desplazarse por la habitación impulsándose con los brazos. Era un proceso lento y dificultoso, y le dolían los hombros, pero no soportaba que lo llevaran en brazos.

—Además, si no quiero acostarme, no me podéis obligar.

—Todos los hombres necesitan dormir, Bran. Los príncipes también.

—Cuando duermo me convierto en lobo. —Bran giró la cabeza y escudriñó la noche—. ¿Los lobos tienen sueños?

—Creo que todas las criaturas sueñan, pero no igual que los hombres.

—¿Y los muertos sueñan? —preguntó Bran.

Estaba pensando en su padre. Abajo, en las oscuras criptas subterráneas de Invernalia, un escultor tallaba en granito la imagen de Eddard Stark.

—Hay quien dice que sí y hay quien dice que no —respondió el maestre—. Los muertos nunca han dicho nada al respecto.

—¿Y los árboles sueñan?

—¿Los árboles? No...

—Sí que sueñan —replicó Bran, muy seguro de repente—. Sueñan con sueños de árboles. Yo a veces también sueño con un árbol. Un arciano, como el del bosque de dioses. Me llama. Los sueños de lobos son mejores. Huelo cosas, y a veces me sabe la boca a sangre.

—Si pasaras más tiempo con el resto de los niños... —El maestre Luwin se tironeó de la cadena que le ceñía el cuello.

—No me gustan. —Bran se refería a los Walders—. Te ordené que los echaras.

—Los Frey son pupilos de tu señora madre. —Luwin se puso serio—. Si están aquí, es porque ella lo ordenó de manera expresa. No tienes autoridad para expulsarlos; además, tampoco estaría bien. Si los echáramos, ¿adónde irían?

—A su casa. Por su culpa me habéis quitado a Verano.

—El pequeño Frey no pidió que lo mordieran —replicó el maestre—. Yo tampoco, por cierto.

—Pero fue Peludo. —El gran lobo negro de Rickon estaba tan descontrolado que el propio Bran le tenía miedo a veces—. Verano nunca ha mordido a nadie.

—Verano le arrancó la garganta a un hombre en este mismo dormitorio, ¿no te acuerdas? Lo cierto es que aquellos adorables cachorritos que tus hermanos y tú encontrasteis en la nieve han crecido, y ahora son fieras peligrosas. Los Frey hacen bien en tenerles miedo.

—Deberíamos meter a los Walders en el bosque de dioses, y que jueguen allí al señor del cruce todo lo que quieran. Así, Verano volvería a dormir conmigo. Si soy el príncipe, ¿por qué no me obedeces? Quiero montar en Bailarina, pero Barrigón no me deja salir de Invernalia.

—Y hace muy bien. En el bosque de los Lobos acechan muchos peligros. ¿Acaso no lo aprendiste en tu última salida? ¿Qué quieres? ¿Que algún forajido te tome prisionero y te venda a los Lannister?

—Verano me salvaría —insistió Bran, testarudo—. A los príncipes los tendrían que dejar navegar por el mar, cazar jabalíes en el bosque de los Lobos y justar con lanzas.

—Bran, pequeño, ¿por qué te atormentas así? Quizá algún día puedas hacer todas esas cosas que dices, pero por ahora no eres más que un niño de ocho años.

—Preferiría ser un lobo. Así podría vivir en el bosque y dormir cuando quisiera, y también encontraría a Arya y a Sansa. Las olería y correría a salvarlas, y cuando Robb fuera a la batalla pelearía a su lado igual que Viento Gris. Le destrozaría la garganta al Matarreyes con los colmillos, y así se terminaría la guerra y todos volverían a Invernalia. Si yo fuera un lobo... —Echó la cabeza hacia atrás y aulló—. Auuuuuuuu.

Luwin levantó la voz.

—Un verdadero príncipe daría gracias por...

—¡Auuuuuuuu! —aulló Bran, todavía más alto—. ¡Auuuuuuuu!

—Como quieras, niño. —El maestre se dio por vencido. Salió de la habitación, con una expresión a medio camino entre la pena y la indignación dibujada en el rostro.

Una vez a solas, Bran perdió el gusto por los aullidos, y al cabo de un rato se quedó en silencio.

«Yo les di la bienvenida —se dijo con resentimiento—. Yo era el señor de Invernalia, un señor de verdad, y el maestre lo sabe.» Cuando los Walders llegaron procedentes de Los Gemelos, Rickon no había querido que se quedaran. No era más que un niño de cuatro años, y había chillado que él quería a su madre, a su padre, a Robb... no a aquellos desconocidos. A Bran le correspondió la tarea de tranquilizarlo y darles la bienvenida a los Frey. Les había ofrecido carne, hidromiel y un asiento junto al fuego, y hasta el maestre Luwin le dijo más tarde que lo había hecho muy bien

Pero todo eso fue antes del juego.

Se jugaba con un leño, un cayado, agua y muchos gritos. Lo más importante era el agua, o aquello le dijeron Walder y Walder a Bran. Se podía utilizar un tablón, o incluso una serie de piedras, y en vez de cayado, una rama. No era necesario gritar, pero sin agua no había juego. El maestre Luwin y ser Rodrik no tenían la menor intención de permitir que los niños vagaran por el bosque de los Lobos en busca de algún arroyo, así que tuvieron que conformarse con uno de los charcos enlodados del bosque de dioses. Walder y Walder no habían visto nunca cómo salía agua caliente burbujeando del suelo, pero estuvieron de acuerdo en que eso hacía el juego aún más interesante.

Los dos se llamaban Walder Frey. Walder el Mayor les dijo que en Los Gemelos había Walders a montones; todos se llamaban así en honor al abuelo de los chicos, lord Walder Frey.

—Pues en Invernalia cada uno tiene un nombre —comentó Rickon con altivez.

El juego consistía en tender un tronco a través del agua. Uno de los jugadores se ponía en medio con el palo en la mano. Era el señor del cruce, y cuando los otros jugadores se acercaban, tenía que decirles: «Soy el señor del cruce, ¿quién va?». Entonces, el otro jugador se tenía que inventar un discurso para explicar quiénes eran y por qué debía permitirles el paso. El señor podía obligarlos a hacer juramentos y a responder preguntas. No era obligatorio decir la verdad, pero sí cumplir los juramentos, a menos que dijeran «Quizá», de manera que la gracia estaba en decir «Quizá» sin que el señor del cruce se diera cuenta. Luego tenían que intentar derribar al señor para que cayera al agua, y quien lo consiguiera se convertía en señor del cruce, pero solo si había dicho «Quizá». De lo contrario, quedaba eliminado del juego. El señor podía golpear a los que estuvieran en el agua siempre que le viniera en gana, y además era el único que podía pegar con el palo.

En la práctica, el juego se reducía a una serie de empujones, golpes y chapuzones, junto con muchas discusiones acerca de si alguien había dicho «Quizá» o no. Walder el Pequeño ocupaba el puesto de señor del cruce más a menudo que nadie.

Lo llamaban Walder el Pequeño, aunque era alto y recio, con el rostro rubicundo y barriga prominente. Walder el Mayor era flaco y de rostro enjuto, y un palmo más bajo.

—Nació cincuenta y dos días antes que yo —explicó Walder el Pequeño—, así que al principio era más grande. Pero yo crecí más deprisa.

—No somos hermanos; somos primos —añadió Walder el Mayor, el pequeño—. Yo soy Walder, hijo de Jammos. Mi padre fue hijo de lord Walder con su cuarta esposa. Él es Walder, hijo de Merrett. Su abuela fue la tercera esposa de lord Walder de la casa Crakehall. Así que está por delante de mí en la línea de sucesión, aunque yo sea mayor.

—Solo por cincuenta y dos días —objetó Walder el Pequeño—. Y Los Gemelos no va a ser para ninguno de nosotros, idiota.

—No sé por qué no —replicó Walder—. Y tampoco somos los únicos Walders. Ser Stevron tiene un nieto, Walder el Negro, que es el cuarto en la línea de sucesión, y también están Walder el Rojo, hijo de ser Emmon, y Walder el Bastardo, que no está en la línea de sucesión. Se llama Walder Ríos, no Walder Frey. Y luego están las chicas, que se llaman Walda.

—Y Tyr. Siempre te olvidas de Tyr.

—Porque se llama Waltyr, no Walder —replicó Walder el Mayor alegremente—. Y va detrás de nosotros, así que no importa. Además, me cae mal.

Ser Rodrik había dictaminado que debían compartir el antiguo dormitorio de Jon Nieve, porque Jon estaba en la Guardia de la Noche y no iba a volver nunca más. Aquello no le había gustado nada a Bran. Era como si los Frey estuvieran robándole el sitio a Jon.

Los había observado melancólico mientras competían con Nabo, el hijo del cocinero, y con Bandy y Shyra, las hijas de Joseth. Los Walders le dijeron que él sería el árbitro, el que decidiría si los participantes habían dicho «Quizá» o no, pero en cuanto empezaron a jugar se olvidaron de él.

Los gritos y los chapuzones no tardaron en atraer a más niños: Palla, la chiquilla de las perreras; Calon, el hijo de Cayn; Tom También, el hijo de Tom el Gordo, que había muerto con el padre de Bran en Desembarco del Rey... Pronto estuvieron todos empapados y cubiertos de barro. Palla estaba enlodada de los pies a la cabeza, con el pelo lleno de musgo y jadeante de risa. Bran no había oído tantas carcajadas desde la noche en que llegó el cuervo ensangrentado.

«Si aún tuviera piernas, los tiraría a todos al agua —pensó con amargura—. Yo sería el único señor del cruce, ninguno me ganaría.»

Por último llegó Rickon. Llegó corriendo al bosque de dioses, y Peludo lo seguía de cerca. Vio como Nabo y Walder el Pequeño peleaban por el palo hasta que Nabo perdió pie, agitó los brazos en el aire y acabó en el agua con un buen chapuzón.

—¡Ahora yo, ahora yo! —chilló Rickon.

Walder el Pequeño le hizo señas para que empezara, y Peludo lo intentó seguir.

—No, Pelos —le ordenó Rickon—. Los lobos no juegan a esto. Tú te quedas con Bran.

Y el animal obedeció... hasta que Walder el Pequeño le asestó un fuerte golpe a Rickon con el palo en el abdomen. Antes de que Bran pudiera mover un dedo, el lobo negro volaba sobre el tablón, el agua se teñía de sangre, los Walders gritaban como locos, Rickon reía sentado en el barro y Hodor se acercaba a zancadas sin dejar de gritar: «¡Hodor! ¡Hodor! ¡Hodor!».

Después de aquello, cosa extraña, a Rickon le empezaron a caer bien los Walders. No volvieron a jugar al señor del cruce, pero sí a otros juegos: a los monstruos y doncellas, a los gatos y los ratones, al ven a mi castillo y a mil cosas más. Acompañados por Rickon, los Walders saquearon la cocina en busca de pasteles y panales de miel, corrieron por la cima de la muralla, les tiraron huesos a los cachorros de las perreras y practicaron con espadas de madera bajo la mirada atenta de ser Rodrik. Rickon llegó incluso a llevarlos a las criptas subterráneas, donde el escultor estaba dando forma a la tumba de su padre.

—¡No tenías derecho! —le gritó Bran a su hermano cuando se enteró—. ¡Ese sitio es nuestro, es solo para los Stark!

Pero aquello a Rickon no le importaba.

La puerta de su dormitorio se abrió. El maestre Luwin entró con un tarro verde, acompañado por Osha y Pelopaja.

—Te he preparado una bebida para dormir, Bran.

Osha lo cogió entre sus brazos huesudos. Para ser mujer era muy alta, nervuda y fuerte. Lo transportó hasta la cama sin esfuerzo.

—Con esto dormirás sin soñar —dijo el maestre Luwin al tiempo que quitaba la tapa del tarro—. Felices no sueños.

—¿De verdad? —preguntó Bran, deseando creerlo.

—Sí. Bebe. —Bran bebió. La poción era espesa y gredosa, pero llevaba miel, así que pasaba con gusto—. Ya verás como por la mañana te encuentras mejor. —Luwin sonrió a Bran, le dio una palmadita, y se marchó. Osha se demoró un instante con él.

—¿Otra vez los sueños de lobo? —Bran asintió—. Te resistes demasiado, chico. Te he visto hablar con el árbol corazón. A lo mejor, los dioses están intentando responderte.

—¿Los dioses? —murmuró, ya adormilado. El rostro de Osha se fue haciendo más difuso y gris. «Felices no sueños», pensó Bran.

Pero cuando la oscuridad se cerró sobre él, se encontró en el bosque de dioses, avanzando con sigilo bajo los centinelas color gris verdoso y los nudosos robles, viejos como el tiempo. «Puedo caminar», pensó exultante. Una parte de él sabía que no era más que un sueño, pero hasta el sueño de caminar era mejor que la realidad de su alcoba, toda paredes, techo y puerta.

Entre los árboles, todo estaba oscuro, pero el cometa le iluminaba el camino, y caminaba con pasos seguros. Avanzaba con cuatro patas sanas, fuertes, rápidas; sentía el suelo bajo ellas, oía el crujido suave de las hojas caídas y notaba las raíces gruesas, las piedras duras y las densas capas de mantillo. Era una sensación maravillosa.

Los olores le llenaban la cabeza, vívidos y embriagadores: el hedor verde y fangoso de las charcas calientes, el perfume intenso de la tierra abonada bajo las patas, las ardillas de los robles... El olor a ardilla le hizo recordar el sabor de la sangre caliente y el crujido de los huesos entre los dientes. Empezó a salivar. Hacía solo medio día que había comido, pero la carne muerta no le proporcionaba placer, ni siquiera la de ciervo. Oía el correteo de las ardillas que saltaban de rama en rama sobre su cabeza, a salvo entre las hojas, demasiado listas para bajar allí, mientras su hermano y él merodeaban.

También le llegaba el olor de su hermano, un aroma familiar, fuerte y terroso, tan negro como su pelaje. Su hermano corría en torno a las murallas, lleno de rabia. Daba vueltas y más vueltas, noche tras noche, incansable, siempre buscando... Buscando una presa, buscando una salida, buscando a su madre, a sus hermanos de camada, su manada... buscando, buscando, sin encontrar jamás.

Más allá de los árboles se alzaban los muros, montones y montones de hombres-roca muertos que rodeaban sin misericordia aquel pedacito de bosque viviente. Eran paredes salpicadas de gris y musgo, pero tan gruesas, tan fuertes y tan altas que ningún lobo soñaría con saltarlas. Los únicos agujeros entre las piedras que los cercaban estaban cerrados por hierro frío y madera astillada. Su hermano se detenía ante cada uno de los agujeros y mostraba los colmillos, rabioso, pero las salidas seguían cerradas.

Él había hecho lo mismo la primera noche, pero descubrió que no servía de nada. Allí, los gruñidos no abrían caminos. Por mucho que recorriera los muros, no los alejaba. Levantar una pata y marcar los árboles no mantenía a distancia a los hombres. El mundo se estrechaba a su alrededor, pero más allá del bosque amurallado seguían estando las grandes cuevas grises del hombre-roca. «Invernalia», recordó. El sonido le llegó de repente. Más allá de los precipicios-hombre altos como el cielo, el mundo real lo llamaba, y sabía que debía responder o morir.

ARYA

Caminaban sin cesar del amanecer al ocaso; atravesaban bosques, huertos y campos bien cuidados; cruzaban aldeas diminutas, populosas plazas de mercado y pueblos fortificados. Al caer la noche acampaban y cenaban bajo la luz de la Espada Roja. Los hombres se turnaban para montar guardia. A través de los árboles, Arya divisaba las hogueras de los campamentos de otros viajeros. El número de campamentos se incrementaba noche tras noche, y durante el día había cada vez más tráfico en el camino Real.

Circulaban mañana, tarde y noche, ancianos con niños, hombres corpulentos y menudos, chiquillas descalzas y mujeres con niños de pecho. Algunos granjeros conducían carros, o traqueteaban montados en carromatos tirados por bueyes. Otros, muchos, iban a lomos de monturas dispares: caballos de tiro, ponis, asnos, mulos... cualquier cosa que pudiera caminar, galopar o rodar. Una mujer tiraba de una vaca lechera con una niña montada en la grupa. Arya vio a un herrero que empujaba una carretilla en la que llevaba todas sus herramientas: martillos, tenazas, hasta un yunque, y poco más tarde vio a otro hombre, con otra carretilla, solo que este transportaba a dos bebés envueltos en una manta. Los viajeros iban a pie en su mayoría, cargados con sus posesiones, y con el cansancio y el recelo dibujados en el rostro. Iban hacia el sur, hacia la ciudad, en dirección a Desembarco del Rey, y apenas uno de cada centenar se molestaba en intercambiar un saludo con Yoren y sus protegidos, que avanzaban hacia el norte. Arya no sabía por qué eran los únicos que seguían aquella dirección.

Muchos de los viajeros iban armados; Arya vio puñales, dagas, hachas y guadañas, y de cuando en cuando, alguna que otra espada. Algunos se habían hecho garrotes con ramas de árbol o llevaban cayados nudosos. Lanzaban miradas anhelantes a sus carromatos y acariciaban sus armas, pero siempre dejaban que la columna se alejara. Llevaran lo que llevaran en los carromatos, treinta hombres eran demasiados.

«Mira con los ojos —le había dicho Syrio—. Escucha con los oídos.»

Cierto día, una loca empezó a gritarles desde la vera del camino.

—¡Idiotas! ¡Os van a matar, idiotas! —Estaba flaca como un espantapájaros; tenía los ojos hundidos y los pies ensangrentados.

A la mañana siguiente, un acicalado comerciante tiró de las riendas de su yegua gris para detenerla junto a Yoren, y se ofreció a comprarle los carromatos y su contenido por una cuarta parte de su valor.

—Estamos en guerra y os quitarán lo que quieran; haríais mejor en vendérmelo a mí, amigo mío.

Yoren encogió los hombros encorvados con un gesto despectivo y escupió.

Aquel mismo día, Arya vio la primera tumba; era un montículo pequeño, en el margen del camino, que se había excavado para un niño. Habían clavado un cristal en la tierra blanda, y Lommy quiso apoderarse de él, pero el Toro le dijo que dejara en paz a los muertos. Pocas leguas más adelante, Praed señaló otra serie de tumbas, una hilera, todas recién excavadas. Después fue raro que pasara un día sin que divisaran alguna.

En cierta ocasión, Arya se despertó en la oscuridad, sobresaltada sin motivo aparente. Sobre ella, la Espada Roja hendía el cielo estrellado. La noche le pareció demasiado callada, extrañamente tranquila, aunque alcanzaba a oír los ronquidos quedos de Yoren, el chisporroteo del fuego y hasta a los asnos, que se movían a cierta distancia. Pero sentía como si el mundo estuviera conteniendo el aliento, y el silencio hizo que se estremeciera. Volvió a dormirse, empuñando a *Aguja* con fuerza.

Cuando llegó la mañana y Praed no despertó, Arya se dio cuenta de que lo que le había faltado era el sonido de su tos. Ellos también excavaron una tumba y enterraron al mercenario en el mismo lugar donde se había quedado dormido. Antes de que lo cubrieran de tierra, Yoren lo despojó de todo lo que fuera de valor. Uno de los hombres quiso sus botas; otro, su puñal. Empaquetaron la cota de malla y el yelmo. Yoren le entregó a Toro la espada larga.

—Con esos brazos que tienes, igual aprendes a usarla —le dijo.

Uno de los chicos, un tal Tarber, echó un puñado de bellotas sobre el cadáver de Praed, para que creciera un roble que marcara aquel lugar.

Aquella misma noche se detuvieron en un poblado, en una posada con muros cubiertos de hiedra. Yoren contó las monedas que llevaba en la bolsa y decidió que tenían suficientes para una cena caliente.

—Dormiremos al aire libre, como siempre, pero hay unos baños, por si a alguno le apetece un poco de agua caliente y jabón.

Arya no se atrevió a aprovechar la oferta, aunque a aquellas alturas ya olía tan mal como Yoren, con un hedor acre y penetrante. Algunas de las criaturas que habitaban su ropa la habían acompañado desde el Lecho de Pulgas. No le parecía justo ahogarlas. Tarber, Pastel Caliente y el Toro se unieron a la cola de hombres que querían bañarse. Otros se acomodaron ante los baños. El resto se apelotonó en la sala común. Yoren incluso mandó a Lommy con picheles de cerveza para los tres de los grilletes, que habían dejado encadenados en su carromato.

Tanto los que se habían bañado como los que no cenaron empanadas calientes de cerdo y manzanas asadas. El posadero los invitó a una ronda de cerveza.

—Un hermano mío vistió el negro, hace ya años. Trabajaba de criado, y era muy listo, pero un día lo vieron coger un pellizco de pimienta de la mesa de su señor. Le gustaba la pimienta, nada más. Y solo fue un pellizco, pero ser Malcolm era intransigente. ¿Hay pimienta en el Muro? —Yoren hizo un gesto de negación, y el hombre suspiró—. Qué pena. A Lync le encantaba la pimienta.

Arya bebió con precaución pequeños tragos de su pichel, intercalándolos con bocados de la empanada recién salida del horno. Recordó que, a veces, su padre les dejaba beber un vasito de cerveza. Sansa hacía muecas; no le gustaba el sabor y decía que el vino era mucho más delicado, pero a Arya le agradaba. Al pensar en Sansa y en su padre se puso triste.

La posada estaba atestada de gente que viajaba hacia el sur, y la sala entera prorrumpió en gritos despectivos cuando Yoren dijo que ellos iban en dirección contraria.

—Ya veréis como volvéis pronto —le aseguró el posadero—. Al norte no hay nada. Los campos están quemados, y la poca gente que queda se ha encerrado en las fortalezas. No dejan de pasar hombres armados.

—Eso no tiene nada que ver con nosotros. No hacemos diferencia entre los Tully y los Lannister. La Guardia no toma partido.

«Lord Tully es mi abuelo», pensó Arya. Aquello tenía mucho que ver con ella, pero se mordió el labio, guardó silencio y siguió escuchando.

—No son solo los Tully y los Lannister —insistió el posadero—. Los salvajes de las montañas de la Luna han bajado; a ver cómo les explicáis a ellos que no tomáis partido. Y los Stark también están en danza; ha bajado el joven señor, el hijo de la mano que murió...

Arya se irguió como un resorte y prestó toda su atención. ¿Acaso hablaba de Robb?

—Me han dicho que ese chico entra en combate montado a lomos de un lobo —dijo un hombre de pelo color pajizo con un pichel en la mano.

—Patrañas —escupió Yoren.

—Pues el tipo que me lo contó lo había visto con sus propios ojos. Me juró que era un lobo grande como un caballo.

—Por mucho que se jure algo, no pasa a ser verdad, Hod —dijo el posadero—. Sin ir más lejos, no dejas de jurar que me vas a pagar lo que me debes, y aún no he visto ni una moneda.

La sala estalló en carcajadas, y el hombre del pelo pajizo se puso rojo.

—Ha sido un mal año de lobos —dijo un viajero cetrino, con una capa verde manchada por el polvo del camino—. En las cercanías del Ojo de Dioses, las manadas son cada vez más atrevidas, más de lo que nadie recuerda. Matan ovejas, vacas, perros... Les da igual, y no temen a los hombres. El que se adentra en esos bosques de noche pone en peligro su vida.

—Bah, también son patrañas, y no más ciertas que la otra.

—Mi prima me contó lo mismo, y no es de las que mienten —intervino una anciana—. Dice que hay una manada inmensa, cientos de lobos asesinos. Los guía una loba enorme, un ser del séptimo infierno.

¿Una loba? Arya bebió un trago de cerveza. Tal vez... ¿Estaría el Ojo de Dioses cerca del Tridente? Habría dado cualquier cosa por tener un mapa. Cerca del Tridente era donde había dejado a Nymeria. Ella no quería, pero Jory le dijo que no tenía elección, que si regresaban con la loba, la matarían porque había mordido a Joffrey, aunque se lo tenía bien merecido. Tuvieron que gritar, espantarla y tirarle piedras, pero hasta que le acertaron unas cuantas de las que lanzó Arya no dejó de seguirlos.

«Seguro que a estas alturas ya ni me conoce —pensó la niña—. Y si me conoce, me odia.»

—Me contaron que esa loba del infierno entró un día en una aldea —siguió el de la capa verde—. Era día de mercado, había gente por todas partes, y la loba entró como si nada, sin el menor temor, y arrancó a un niño de los brazos de su madre. Cuando se lo dijeron a lord Mooton, sus hijos y él juraron que acabarían con ella. Le siguieron el rastro hasta su guarida con una manada de sabuesos, y salvaron el pellejo de milagro. Pero de los perros no volvió ni uno. Ni uno.

—Eso son cuentos —le espetó Arya sin poder contenerse—. Los lobos no comen bebés.

—¿Y tú qué sabes de eso, muchacho? —quiso saber el hombre de la capa verde.

—No le hagas caso —dijo Yoren, agarrándola por el brazo antes de que se le ocurriera qué responder—, al chico le ha sentado mal la cerveza, está mareado.

—No es verdad. No comen bebés...

—Afuera, chico... y no vuelvas hasta que aprendas a tener la boca cerrada mientras hablan los hombres. —La empujó sin miramientos hacia la puerta lateral que daba a los establos—. Largo. Ve a ver si el mozo de cuadras les ha dado de beber a los caballos.

—No comen bebés —murmuró Arya indignada, entre dientes, al salir. Le dio una patada a una piedra, que rodó hasta detenerse debajo de los carromatos.

—Chico —lo llamó desde dentro una voz amistosa—. Chico guapo.

Uno de los hombres encadenados hablaba con ella. Arya se acercó con precaución, con la mano en la empuñadura de *Aguja.*

El prisionero alzó la mano en la que tenía el pichel. Sus cadenas tintinearon.

—A uno le gustaría otro trago de cerveza. A uno le entra sed, de tanto llevar estos grilletes tan pesados. —Era el más joven de los tres, esbelto, de rasgos delicados, siempre sonriente. Tenía el cabello rojo por un lado y blanco por el otro, lleno de la suciedad de la jaula y del viaje—. A uno le iría bien un baño, también —siguió al ver que Arya lo miraba—. Y el chico se ganaría un amigo.

—Ya tengo amigos —replicó Arya.

—¿Dónde están? —dijo el que no tenía nariz. Era recio y rechoncho, con manos enormes. Un espeso vello negro le cubría los brazos, las piernas y el pecho, incluso la espalda. A Arya le recordó un dibujo que había visto en un libro, la imagen de un simio de las islas del Verano. Con aquella oquedad en la cara costaba trabajo mirarlo mucho rato seguido.

El calvo abrió la boca y siseó como si fuera un inmenso lagarto blanco. Cuando Arya retrocedió un paso, sobresaltada, abrió la boca y agitó la lengua en dirección a ella. Pero no era una lengua, sino un muñón.

—No hagas eso —barboteó Arya.

—En las celdas negras, uno no puede elegir a sus compañeros —dijo el atractivo, el del pelo blanco y rojo. Su manera de hablar tenía algo que le recordaba a Syrio; era semejante y muy diferente al mismo tiempo—. Estos dos carecen de todo sentido de la cortesía. Uno tiene que pedir disculpas. Te llamas Arry, ¿verdad?

—Chichones —dijo el que no tenía nariz—. Chichones Carasucia Espadapalo. Ten cuidado, Lorath, que te pega con el palo.

—Uno se avergüenza de los que lo acompañan, Arry —siguió el atractivo—. Uno tiene el honor de ser Jaqen H'ghar, otrora de la Ciudad Libre de Lorath. Y desearía estar allí. Los descorteses compañeros de cautiverio de uno son Rorge... —Hizo un gesto con el pichel en dirección al hombre sin nariz—. Y Mordedor. —Mordedor siseó de nuevo en dirección a ella, mostrando los dientes amarillentos y limados en punta—. Todo el mundo debe tener un nombre, ¿no? Mordedor no habla y Mordedor no escribe, pero tiene los dientes muy afilados, así que uno lo llama Mordedor, y él sonríe. ¿Estás fascinado?

—No. —Arya retrocedió para alejarse del carromato. «No me pueden hacer daño —se dijo—. Están encadenados.»

—Uno está a punto de llorar —dijo el hombre poniendo boca abajo su pichel.

Rorge, el que carecía de nariz, soltó una maldición y le tiró su jarra. Los grilletes le entorpecían los movimientos, pero aun así le habría estrellado el pesado pichel de peltre contra la cabeza si Arya no se hubiera apartado de un salto.

—¡Tráenos más cerveza, grano de pus! ¡Venga!

—¡Cierra el pico!

Arya trató de imaginar qué habría hecho Syrio. Desenvainó su espada de madera, la de entrenamiento.

—Acércate más —dijo Rorge—, ¡te voy a meter ese palo por el culo hasta el cuello!

«El miedo hiere más que las espadas —pensó Arya, y se obligó a acercarse al carromato. Cada paso le costaba más que el anterior—. Fiera como un carcayú, tranquila como las aguas en calma.» Las palabras cantaban en su mente. Syrio no habría tenido miedo. Ya estaba tan cerca como para tocar la rueda cuando Mordedor se puso en pie y trató de agarrarla entre el tintineo de las cadenas. Los grilletes detuvieron sus manos a menos de un palmo de la cabeza de Arya. El hombre siseó.

Arya lo golpeó. Con fuerza, justo entre los ojos diminutos.

Mordedor retrocedió entre gritos y luego se lanzó hacia ella con todo su peso, tirando de las cadenas. Los eslabones se deslizaron y se tensaron, y Arya oyó el crujido de la madera vieja y seca cuando las grandes argollas de hierro estuvieron a punto de saltar de los tablones del carromato. Unas enormes manos blancuzcas sacudieron el aire en dirección a ella, y las venas se hincharon a lo largo de los brazos de Mordedor, pero las cadenas aguantaron, y por fin, el hombre se derrumbó hacia atrás. La sangre le manaba de las llagas de las mejillas.

—Un chico con más valor que sentido común —observó el que había dicho llamarse Jaqen H'ghar.

Arya se alejó del carromato, sin darle la espalda. Al notar una mano en el hombro, se giró de un salto blandiendo de nuevo la espada de madera, pero no era más que el Toro.

—¿Qué haces? —El muchacho había alzado las manos en gesto defensivo—. Yoren dijo que no nos acercáramos a esos tres.

—A mí no me dan miedo —dijo Arya.

—Será porque eres idiota. A mí sí me dan miedo. —El Toro puso la mano en el puño de su espada, y Rorge se echó a reír—. Vámonos lejos de ellos.

Arya arrastró los pies por el suelo, pero siguió al Toro. Dieron la vuelta al edificio hasta llegar a la fachada de la posada, seguidos por las carcajadas de Rorge y los siseos de Mordedor.

—¿Quieres pelear? —le preguntó al Toro. Tenía ganas de propinar golpes.

El muchacho la miró y parpadeó, sobresaltado. Los mechones de espeso cabello negro, todavía mojados tras el baño, le caían sobre los ojos azules.

—Te puedo hacer daño.

—No me harás daño.

—No sabes lo fuerte que soy.

—Y tú no sabes lo veloz que soy yo.

—Tú te lo has buscado, Arry. —Desenvainó la espada larga de Praed—. Es de acero barato, pero acero real.

—Esta es de buen acero —dijo Arya mientras sacaba a *Aguja* de su funda—, así que es más real que la tuya.

El Toro sacudió la cabeza.

—¿Me prometes que no llorarás si te corto?

—Lo prometo si tú lo prometes. —Giró de lado para adoptar su postura de danzarina del agua, pero el Toro no se movió. Tenía los ojos clavados en un punto, detrás de ella—. ¿Qué pasa?

—Capas doradas.

Su rostro se tensó.

«No es posible», pensó Arya, pero al dar la vuelta los vio cabalgando por el camino Real; eran seis hombres con las cotas de malla negras y las capas doradas de la Guardia de la Ciudad. Uno de ellos tenía rango de oficial. Llevaba una coraza negra esmaltada, adornada con cuatro discos dorados. Se detuvieron delante de la posada. «Mira con los ojos», le susurró la voz de Syrio. Sus ojos vieron espuma blanca bajo las sillas; aquellos caballos habían galopado un largo trecho. Tranquila como las aguas en calma, cogió al Toro por el brazo y lo arrastró detrás de un seto en flor.

—¿Qué pasa? —le preguntó el muchacho—. ¿Qué estás haciendo? Suéltame.

—Silencioso como una sombra —susurró ella al tiempo que lo obligaba a agacharse.

Otros pupilos de Yoren estaban sentados ante la casa de baños, a la espera de que les llegara el turno.

—¡Eh, vosotros! —les gritó uno de los capas doradas—. ¿Sois los que partisteis para vestir el negro?

—Es posible —fue la cauta respuesta.

—Preferiríamos estar con vosotros —dijo el viejo Reysen—. Se dice que en el Muro hace frío del de verdad.

—Tengo una orden de detención contra un muchacho... —empezó el oficial de los capas doradas mientras desmontaba.

—¿Y quién busca a ese muchacho? —Yoren salió de la posada, pasándose los dedos por la enmarañada barba negra.

Los otros capas doradas habían desmontado y permanecían junto a sus caballos.

—¿Por qué nos escondemos? —preguntó el Toro en un susurro.

—Vienen a por mí —respondió también en susurros. La oreja del chico olía a jabón—. No hagas ruido.

—Son órdenes de la reina, anciano; nada que te concierna —dijo el oficial al tiempo que se sacaba un documento del cinturón—. Aquí tienes: la orden con el sello de su alteza.

Detrás del seto, el Toro sacudió la cabeza en gesto dubitativo.

—¿Por qué te iba a buscar a ti la reina, Arry?

—¡Que no hagas ruido! —Arya le dio un puñetazo en el hombro.

Yoren pasó el dedo por la orden y por el círculo de lacre dorado.

—Muy bonito. —Escupió al suelo—. Lo malo es que el chico está ahora en la Guardia de la Noche. Lo que hiciera en la ciudad me importa una mierda.

—A la reina no le interesa tu opinión, anciano —replicó el oficial—, y a mí tampoco. Me voy a llevar al chico.

Arya pensó en escapar, pero sabía que no llegaría lejos a lomos de su burro mientras los capas doradas iban a caballo. Y estaba cansada de escapar. Había escapado cuando ser Meryn fue a por ella, y volvió a escapar cuando mataron a su padre. Si fuera una verdadera danzarina del agua, saltaría allí mismo con *Aguja* en la mano, los mataría a todos y no volvería a escapar de nadie.

—No te vas a llevar a nadie —dijo Yoren, testarudo—. La ley lo dice.

—Esta es la ley —dijo el capa dorada desenvainando una espada corta.

—Eso no es la ley. —Yoren miró el arma—. No es más que una espada. Y da la casualidad de que yo también tengo una.

—Viejo idiota, ¡he venido con cinco hombres! —El oficial sonrió.

—Da la casualidad de que yo tengo treinta. —Yoren escupió.

Los capas doradas estallaron en carcajadas.

—¿Esa pandilla? —dijo un patán corpulento con la nariz rota—. ¿Cuál va primero? —gritó al tiempo que mostraba su acero.

—Yo —contestó Tarber después de arrancar una horca de una paca de heno.

—No, yo —exigió Cutjack, el albañil regordete, sacándose el martillo del delantal de cuero que llevaba siempre.

—Yo. —Kurz se levantó del suelo, con su cuchillo de desollar en la mano.

—Este y yo. —Koss echó mano de su arco.

—Todos nosotros —dijo Reysen, agarrando el largo cayado de madera que llevaba.

Dobber salió de los baños, desnudo y con su ropa hecha un fardo, vio lo que estaba sucediendo y lo soltó todo menos el puñal.

—¿Hay una pelea? —preguntó.

—Parece que sí —respondió Pastel Caliente, que estaba a cuatro patas y buscaba una piedra grande que tirarles.

Arya no daba crédito a lo que veían sus ojos. ¡Pero si detestaba a Pastel Caliente! ¿Por qué se arriesgaba por ella?

Al de la nariz rota, la situación le seguía pareciendo muy graciosa.

—Vamos, nenitas, soltad los palos y las piedras, o tendremos que daros una azotaina. ¡Pero si no sabéis ni por dónde se coge una espada!

—¡Yo sí! —No iba a permitir que murieran por ella, igual que Syrio. ¡No, no lo toleraría! Atravesó el seto con *Aguja* en la mano y adoptó su postura de danzarina del agua.

Nariz Rota soltó una risotada. El oficial la miró de arriba abajo.

—Baja esa espada, nenita; no te vamos a hacer daño.

—¡No soy una nenita! —chilló, furiosa. ¿Qué les pasaba? Habían recorrido un largo trecho para atraparla pero se quedaban allí, sonrientes, mirándola—. ¡Habéis venido a buscarme a mí!

—Hemos venido a buscarlo a él. —El oficial señaló con su espada corta en dirección al Toro, que se había situado junto a ella, con el acero barato de Praed en la mano.

Pero cometió el error de apartar los ojos de Yoren, aunque fuera solo durante un momento. De repente, se encontró con la punta de la espada del hermano negro en la garganta.

—No te vas a llevar a ninguno de los dos, a menos que quieras que te casque esta nuez. Y si te hacen falta más argumentos, tengo a diez o quince hermanos más dentro de la posada. Yo que tú soltaría ese cuchillito, pondría las nalgas sobre el caballo y galoparía de vuelta a la ciudad. —Escupió al suelo e incrementó la presión de su espada—. Vamos. —El oficial abrió los dedos. La espada cayó al suelo—. Nos la quedamos —añadió Yoren—. En el Muro siempre va bien un buen acero.

—Como quieras. Por ahora. Vamos. —Los capas doradas envainaron las armas y montaron—. Más vale que corras hacia tu Muro, anciano. La próxima vez que te alcance, me llevaré tu cabeza junto con la del bastardo.

—No serás el primero que lo intenta. —Yoren dio un golpe de plano con la espada en la grupa de la montura del oficial, y el animal salió al galope por el camino Real. Sus hombres lo siguieron.

Pastel Caliente empezó a lanzar aullidos de alegría en cuanto se perdieron de vista, pero Yoren parecía más airado que nunca.

—¡Idiota! ¿Te parece que esto ha terminado? La próxima vez no perderá tiempo con bravuconadas ni con órdenes de detención. Sacad a los demás de los baños; tenemos que partir ya. Viajaremos toda la noche; puede que así los mantengamos a distancia. —Recogió la espada corta que el oficial había dejado caer—. ¿Quién quiere esto?

—¡Yo! —gritó Pastel Caliente.

—No se la claves a Arry. —Le tendió la espada con el puño por delante y se dirigió hacia Arya. Pero con quien habló fue con el Toro—. La reina tiene muchas ganas de atraparte, chico.

—Pero ¿por qué lo busca a él? —Arya no entendía nada.

—¿Y por qué te iba a querer a ti? —le preguntó el Toro con el ceño fruncido—. ¡Si no eres más que una rata de alcantarilla!

—¡Y tú no eres más que un bastardo! —«¿O tal vez fingía que solo era un bastardo?»—. ¿Cómo te llamas de verdad?

—Gendry —replicó él, aunque no parecía muy seguro.

—No veo por qué os tendrían que buscar a ninguno de los dos —dijo Yoren—, pero da igual: el caso es que no os pueden coger. A partir de ahora iréis en los dos caballos. Al menor atisbo de una capa dorada, galopad hacia el Muro como si un dragón os estuviera pisando los talones. Los demás no les importamos una mierda.

—Tú sí —señaló Arya—. Ese hombre ha dicho que se iba a llevar tu cabeza.

—Bueno... —dijo Yoren—, si me la puede quitar del cuello, que se la quede.

JON

—¿Sam? —llamó Jon con voz queda.

El aire olía a papel, a polvo y a siglos. Ante él se alzaban estanterías de madera cuyas cimas se perdían en la penumbra, abarrotadas de volúmenes encuadernados en cuero y antiguos pergaminos. A través de los estantes le llegaba un brillo tenue, procedente de una lámpara oculta. Jon sopló para apagar la vela que llevaba; no quería arriesgarse a transportar una llama al descubierto entre tanto papel viejo. Siguió el rastro de la luz, zigzagueando por los estrechos pasillos, entre las estanterías, bajo el techo abovedado. Vestía de negro de pies a cabeza; era una sombra entre las sombras: cabello negro, rostro alargado, ojos grises... Se cubría las manos con guantes de piel de topo: la derecha, porque la tenía quemada, y la izquierda, porque se sentía ridículo con un solo guante.

Samwell Tarly estaba inclinado sobre una mesa, en un nicho excavado en la piedra del muro. El brillo procedía de la lámpara que pendía sobre su cabeza. Al oír las pisadas de Jon, alzó la vista.

—¿Te has pasado aquí la noche?

—¿De verdad? —Sam pareció sobresaltado.

—No has desayunado con nosotros, y tu cama está sin deshacer.

Rast había dejado caer que tal vez Sam hubiera desertado, pero Jon no se lo creyó ni por un momento. La deserción exigía cierto tipo de valor, y en aquel aspecto, Sam tenía graves carencias.

—¿Ya es de día? Aquí abajo, uno no se da cuenta.

—Eres un encanto de idiota, Sam —dijo Jon—. Te aseguro que, cuando estemos durmiendo sobre el suelo frío y duro, vas a echar de menos esa cama.

Sam bostezó.

—El maestre Aemon me envió a buscar unos mapas para el lord comandante. En la vida me habría imaginado... ¡cuántos libros, Jon! ¿Habías visto algo así alguna vez? ¡Los hay a miles!

—En la biblioteca de Invernalia hay más de ciento. —Jon miró a su alrededor—. ¿Has encontrado los mapas?

—Sí, sí. —Sam hizo un gesto con la mano de dedos gordos como salchichas para señalar el revoltijo de libros y rollos que tenía delante—. Al menos una docena. —Desenrolló uno de los pergaminos—. El dibujo está un poco desvaído, pero aún se ven los puntos en los que el cartógrafo señaló las aldeas de los salvajes, y hay otro libro... ¿Dónde lo he puesto? Lo estaba leyendo hace nada. —Apartó a un lado unos cuantos rollos para dejar al descubierto un volumen polvoriento, encuadernado en cuero podrido—. Esto —dijo con tono reverente— es el relato de un viaje desde la Torre Sombría hasta Punta Lorn, en la Costa Helada. Lo escribió un explorador llamado Redwyn. No está fechado, pero dice que el Rey en el Norte era Dorren Stark, así que debe de ser de antes de la Conquista. ¡Lucharon contra gigantes, Jon! Redwyn incluso llegó a comerciar con los hijos del bosque; aquí lo cuenta todo. —Pasó las páginas con un dedo, con una delicadeza increíble—. También dibujó mapas, mira...

—Igual tú puedes escribir un relato de nuestra expedición, Sam. —Su intención era darle ánimos, pero se equivocó. Lo que menos necesitaba Sam era que le recordaran aquello a lo que tendrían que enfrentarse al día siguiente. Sam movió los rollos de aquí para allá.

—Hay más mapas. Si tuviera tiempo para investigar... Esto es un caos. Pero yo podría poner orden, estoy seguro, aunque claro, me llevaría un tiempo... Bueno, la verdad es que me llevaría años.

—Mormont necesita esos mapas un poco antes. —Jon sacó un pergamino de un cubo y sopló para quitarle la mayor parte del polvo. Al desenrollarlo, una esquina se le quebró entre los dedos—. Mira, este se está deshaciendo —dijo, entrecerrando los ojos para descifrar las letras descoloridas.

—Ten cuidado. —Sam rodeó la mesa y le cogió el pergamino de la mano, con tanto cuidado como si se tratara de un animal herido—. Antes, los libros importantes se copiaban cada vez que hacía falta. Seguro que los más antiguos se han copiado medio centenar de veces.

—Este no hace falta que se molesten en copiarlo. Veintitrés barriles de bacalao en escabeche, dieciocho jarras de aceite de pescado, un tonel de sal...

—Un inventario —señaló Sam—. O tal vez una factura de compra.

—¿A quién le importa cuánto bacalao en escabeche se comía hace seiscientos años? —preguntó Jon.

—A mí. —Con todo cuidado, Sam volvió a poner en el cubo el pergamino que Jon había cogido—. De este tipo de documentos contables se puede aprender mucho, en serio: cuántos hombres había entonces en la Guardia de la Noche, cómo vivían, qué comían...

—Comían comida —dijo Jon—. Y vivían como nosotros.

—A lo mejor te llevabas una sorpresa. Esta cripta es un tesoro, Jon.

—Si tú lo dices... —Jon no estaba tan seguro. El concepto de tesoro implicaba oro, plata y joyas; no polvo, arañas y cuero podrido.

—Te lo digo yo —farfulló el muchacho gordo. Era mayor que Jon, según la ley un hombre adulto, pero costaba no verlo como un chico—. He encontrado dibujos de rostros en los árboles, y un libro acerca del idioma de los hijos del bosque... Son obras que no tienen ni en la Ciudadela, pergaminos de la antigua Valyria, reseñas de las estaciones escritas por maestres que murieron hace un millar de años...

—Los libros no se van a mover de aquí; ya los leerás cuando volvamos.

—Si es que volvemos...

—El Viejo Oso se lleva a doscientos hombres expertos; de ellos, tres cuartas partes son exploradores. Qhorin Mediamano vendrá con otros cien hermanos de la Torre Sombría. Estarás tan a salvo como en el castillo de tu padre en Colina Cuerno.

—En el castillo de mi padre tampoco estaba a salvo. —Samwell Tarly se obligó a esbozar una sonrisa triste.

«Los dioses gastan bromas crueles», pensó Jon. Pyp y Sapo, que se morían por tomar parte en la gran expedición, iban a tener que quedarse en el Castillo Negro. En cambio, Samwell Tarly, el cobarde según su propia definición, exageradamente gordo, apocado, casi tan poco diestro cabalgando como con la espada, tenía que enfrentarse al bosque Encantado. El Viejo Oso pensaba llevar consigo dos jaulas de cuervos para poder enviar noticias a medida que avanzaban. El maestre Aemon estaba ciego y demasiado débil para cabalgar con ellos, así que su mayordomo debía ir en su lugar.

—Te necesitamos para que te encargues de los cuervos, Sam. Y alguien tiene que ayudarme a mantener a Grenn en su sitio.

—Tú mismo podrías hacerte cargo de los cuervos... —Las múltiples papadas de Sam temblaban—. O Grenn, o cualquiera —añadió con un matiz agudo de desesperación en la voz—. Yo te enseñaría. Y conoces el abecedario; también podrías escribir los mensajes de lord Mormont.

—Yo soy el mayordomo del Viejo Oso; tendré que cuidar de él y de su caballo, y montarle la tienda... No me daría tiempo a encargarme también de los pájaros. Sam, pronunciaste el juramento. Ahora eres un hermano de la Guardia de la Noche.

—Un hermano de la Guardia de la Noche no tendría tanto miedo.

—Todos tenemos miedo. De lo contrario, seríamos idiotas.

En los dos últimos años habían desaparecido demasiados exploradores, entre ellos Benjen Stark, el tío de Jon. Dos de los hombres de su tío habían aparecido muertos en el bosque, pero los cadáveres se levantaron en medio de la noche gélida. Los dedos quemados de Jon se estremecieron al recordarlo. El espectro aún se le aparecía en sueños: era Othor, muerto, con los ojos de un azul ardiente y las manos heladas y negras, pero era lo que menos falta le hacía recordar a Sam.

—El miedo no debe avergonzarnos; me lo dijo mi padre. Lo importante es cómo nos enfrentamos a él. Venga, te ayudo a recoger los mapas.

Sam asintió con gesto triste. Las estanterías estaban tan apretadas entre sí que tuvieron que salir en fila. La cripta daba a uno de los túneles que los hermanos denominaban *gusaneras,* serpenteantes pasadizos subterráneos que unían por el subsuelo las torres y fortines del Castillo Negro. En verano, las gusaneras casi no las utilizaban más que las ratas y otras alimañas, pero en invierno la cosa cambiaba. Cuando la nieve se acumulaba hasta veinte o veinticinco codos de altura, y los vientos gélidos llegaban aullantes del norte, los túneles eran lo único que mantenía unido el Castillo Negro.

«Y será pronto», pensó Jon mientras ascendían. Había visto el mensajero que recibió el maestre Aemon con la noticia del fin del verano, el gran cuervo procedente de la Ciudadela, blanco y silencioso como Fantasma. Él había vivido un invierno cuando era muy pequeño, pero según decía todo el mundo, había sido muy corto y benigno. El que se avecinaba iba a ser diferente. Lo notaba en los huesos.

Los empinados peldaños de piedra hicieron que, cuando llegaron a la superficie, Sam resoplara como el fuelle de un herrero. Los recibió un viento penetrante que hizo ondear la capa de Jon. Fantasma estaba dormido, tendido ante el muro del granero, pero despertó en cuanto Jon llegó, y trotó hacia ellos con la peluda cola blanca muy rígida.

Sam entrecerró los ojos para alzar la vista hacia el Muro. Se elevaba ante ellos como un acantilado de hielo de más de trescientas varas de altura. A veces, a Jon le parecía casi como si fuera un ser vivo, con diferentes estados de ánimo. El color del hielo cambiaba con cada matiz de la luz. A veces tenía el azul intenso de los ríos helados; otras, el blanco sucio de la nieve pisoteada, y cuando una nube pasaba ante el sol, se oscurecía con el gris claro del granito. El Muro se prolongaba de este a oeste, hasta donde alcanzaba la vista, tan inmenso que a su lado las fortalezas de madera y los torreones de piedra del castillo resultaban insignificantes. Era el fin del mundo.

«Y nosotros vamos a ir más allá.»

En el cielo de la mañana aparecían finos jirones de nubes grises, pero la línea color rojo claro se veía tras ellos. Los hermanos negros le habían adjudicado el nombre de Antorcha de Mormont, comentando, solo en broma a medias, que los dioses debían de haberlo enviado para iluminar el camino del anciano a través del bosque Encantado.

—El cometa es tan brillante que ya se ve hasta de día —dijo Sam, que se había puesto unos libros sobre los ojos a modo de visera.

—Déjate de cometas; lo que quiere el Viejo Oso son mapas.

Fantasma corría a zancadas ante ellos. Todo parecía desierto aquella mañana, porque muchos exploradores estaban en el burdel de Villa Topo, buscando tesoros enterrados y bebiendo hasta quedar inconscientes. Grenn se había ido con ellos. Pyp, Halder y Sapo le habían dicho que iban a pagarle su primera vez con una mujer para celebrar su también primera vez en una expedición. Invitaron a Jon y a Sam, pero Sam les tenía tanto miedo a las prostitutas como al bosque Encantado, y Jon no quería ni oír hablar del tema.

—Haced lo que queráis —le dijo a Sapo—. Yo respetaré mi juramento.

Al pasar cerca del septo, oyó voces que entonaban un cántico. «En la víspera de la batalla, algunos hombres quieren mujeres y otros quieren dioses.» Jon se preguntó cuáles se sentirían mejor después. El septo no lo tentaba más que el burdel; sus dioses moraban en templos situados en lugares salvajes, donde los arcianos extendían sus ramas blancas como huesos. «Los Siete no tienen poder al otro lado del Muro —pensó—, pero mis dioses me estarán esperando.»

Ser Endrew Tarth estaba trabajando con unos reclutas nuevos delante de la armería. Habían llegado la noche anterior con Conwy, uno de los cuervos errantes que recorrían los Siete Reinos en busca de hombres para el Muro. La nueva cosecha estaba compuesta por un anciano de barba canosa que se apoyaba en un bastón, dos muchachos rubios que parecían hermanos, un joven emperifollado vestido con prendas de seda muy sucias, un hombre andrajoso con un pie zambo y un orate sonriente que se creía un guerrero. Ser Endrew le demostraba en aquel momento cuán equivocado estaba. Era un maestro de armas más amable de lo que había sido ser Alliser Thorne; pese a todo, sus lecciones producían magulladuras. Sam se estremecía con cada golpe, pero Jon Nieve contempló la pelea a espada con atención.

—¿Qué te parecen, Nieve? —Donal Noye estaba en la puerta de su armería, con el pecho desnudo bajo el delantal de cuero y el muñón del brazo izquierdo por una vez descubierto. Con una barriga inmensa y un torso de barril, no era una visión atractiva, pero sí más que bienvenida. El armero había demostrado ser un buen amigo.

—Huelen a verano —dijo Jon mientras ser Endrew acosaba a su rival y lo derribaba por tierra—. ¿De dónde los ha sacado Conwy?

—De las mazmorras de un señor, cerca de Puerto Gaviota. Un bandido, un barbero, un mendigo, dos huérfanos y un muchacho que se dedicaba a la prostitución. Con estos elementos tenemos que defender los reinos de los hombres.

—Saldrán adelante. —Jon le dirigió a Sam una sonrisa discreta—. Nosotros lo logramos.

—¿Te has enterado de la noticia sobre tu hermano? —preguntó Noye indicándole que se acercara.

—Sí, anoche. —Conwy y sus protegidos habían llevado las nuevas al Norte, y en la sala común no se había hablado de otra cosa. Jon aún no habría sabido decir qué sensación le producían. Robb... ¿rey? ¿El mismo hermano con el que había jugado, con el que había peleado, con el que había compartido el primer vaso de vino?

«Pero no la leche materna, eso no. De manera que Robb beberá vino veraniego en copas adornadas con piedras preciosas, mientras que yo me arrodillaré junto a los arroyos para beber con las manos agua de nieve fundida.»

—Robb será un gran rey —dijo con lealtad.

—¿De veras? —El herrero lo miró con franqueza—. Eso espero, muchacho, pero hubo un tiempo en que yo habría dicho lo mismo de Robert.

—Se dice que tú le forjaste su martillo de guerra.

—Así fue. Yo trabajaba para los Baratheon; era herrero y armero en Bastión de Tormentas, hasta que perdí el brazo. Tengo tantos años que llegué a conocer a lord Steffon antes de que el mar se lo llevara, y también conocí a sus tres hijos cuando aún no les habían puesto nombre. Y te voy a decir una cosa: desde que se ciñó esa corona, Robert no volvió a ser el mismo. Hay hombres que son como las espadas: nacen para luchar. Si los dejas inactivos, se oxidan.

—¿Y sus hermanos?

—Robert era el auténtico acero —contestó el armero después de meditar un instante—. Stannis es hierro puro: negro, fuerte y duro, sí, pero también quebradizo, como el propio hierro. No se dobla nunca; antes se rompe. Y en cuanto a Renly... Ay, Renly es cobre: pulido y brillante, muy bonito, pero a la larga no vale gran cosa.

«¿Y qué metal es Robb?» Jon no quiso preguntarlo. Noye era de los Baratheon; seguramente consideraba que Joffrey era el rey legítimo y Robb un traidor. En la hermandad de la Guardia de la Noche había un pacto implícito: nadie ahondaba demasiado en aquellos temas. Al Muro llegaban hombres procedentes de todos los rincones de los Siete Reinos, y por muchos juramentos que se hicieran, costaba olvidar los antiguos amores y lealtades... como el propio Jon sabía demasiado bien. Hasta en el caso de Sam sucedía lo mismo, ya que la casa de su padre rendía vasallaje a Altojardín, cuyo señor, lord Tyrell, apoyaba al rey Renly. Era mejor no hablar de aquellos temas. La Guardia de la Noche no tomaba partido.

—Lord Mormont nos está esperando —dijo Jon.

—Si vas a reunirte con el Viejo Oso, no te entretengo más. —Noye le dio una palmadita en el hombro y sonrió—. Que los dioses te acompañen mañana, Nieve. Y haced el favor de traernos de vuelta a tu tío, ¿eh?

—Eso haremos —prometió Jon.

El lord comandante Mormont había instalado su residencia en la Torre del Rey después de que el fuego consumiera la suya. Jon dejó a Fantasma con los guardias ante la puerta.

—Más escaleras —suspiró Sam con tristeza cuando empezaron a subir—. Odio las escaleras.

—Pues mira, de eso no hay en el bosque.

Cuando entraron en la estancia, el cuervo los divisó al instante.

—¡Nieve! —graznó el pájaro.

Mormont interrumpió su conversación.

—Has tardado lo tuyo en encontrar esos mapas. —Apartó a un lado los restos de su desayuno para hacer sitio en la mesa—. Déjalos aquí; luego les echaré un vistazo.

Thoren Smallwood, un explorador nervudo de mentón débil y boca más débil todavía, ambos ocultos bajo una barbita desaseada, les lanzó una mirada gélida a Jon y a Sam. Había sido uno de los hombres de confianza de Alliser Thorne, y no les tenía la menor simpatía.

—El lugar del lord comandante está en el Castillo Negro, ejerciendo de lord y de comandante —dijo a Mormont, sin hacer caso de los recién llegados—. Es lo que opino yo.

—Yo, yo, yo —graznó el cuervo batiendo las grandes alas negras.

—Si alguna vez llegas a lord comandante, podrás actuar como te parezca —replicó Mormont al explorador—, pero tengo la sensación de que todavía no he muerto y de que los hermanos no te han nombrado para ocupar mi lugar.

—Ahora que Ben Stark ha desaparecido y ser Jaremy ha muerto, yo soy el capitán de los exploradores —insistió Smallwood, testarudo—. Yo debería ir al mando.

Mormont no tenía intención de tolerar aquello.

—Yo fui quien envió a Ben Stark, y antes que a él, a ser Waymar. No pienso quedarme aquí sentado, pensando cuánto he de esperar antes de darte a ti también por desaparecido. —Lo señaló con el dedo—. Y Stark sigue siendo el capitán de los exploradores hasta que tengamos la certeza de que ha muerto. Si llegara ese día, sería yo quien nombrase a su sucesor, no tú. No me hagas perder más tiempo. Partiremos al amanecer, ¿o se te había olvidado?

—Como ordene mi señor —dijo Smallwood, poniéndose en pie. Al salir, miró a Jon con el ceño fruncido, como si aquello fuera culpa suya.

—¡Capitán de los exploradores! —Los ojos del Viejo Oso se iluminaron al mirar a Sam—. Antes te nombraría capitán a ti. Ha tenido el descaro de decirme a la cara que soy demasiado viejo para cabalgar a su lado. ¿Te parezco viejo, chico? —El pelo que faltaba en la cabeza manchada de Mormont se le había reagrupado bajo la barbilla, formando una barba blanca enmarañada que le cubría buena parte del pecho. Se la tironeó con energía—. ¿Te parezco frágil?

Sam abrió la boca, pero solo le salió un graznido agudo. El Viejo Oso le inspiraba pavor.

—No, mi señor —intervino Jon a toda prisa—. Parecéis tan fuerte como un... como un...

—No me adules, Nieve; sabes que no lo soporto. A ver esos mapas. —Mormont los examinó con brusquedad, dedicando a cada uno poco más que una mirada y un gruñido—. ¿No has encontrado nada más?

—Yo... m-m-mi señor... —tartamudeó Sam—, había... había más, p-p-pero... está todo de-desordenado...

—Estos mapas son viejos —se quejó Mormont.

—Viejos, viejos —coreó su cuervo con un graznido agudo.

—Los pueblos aparecen y desaparecen —señaló Jon—, pero las colinas y los arroyos seguirán en el mismo sitio.

—Eso es cierto. ¿Has elegido ya los cuervos, Tarly?

—El m-m-maestre Aemon los va a seleccionar c-c-cuando anochezca, después de darles de c-comer.

—Quiero que escoja los mejores. Pájaros listos y fuertes.

—¡Fuertes! —repitió su cuervo mientras se acicalaba las plumas con el pico—. ¡Fuertes, fuertes!

—Si nos masacran a todos ahí fuera, quiero que mi sucesor sepa dónde y cómo morimos. —Oír hablar de masacres dejaba sin palabras a Samwell Tarly. Mormont se inclinó hacia delante—. Tarly, cuando no tenía ni la mitad de tu edad, mi señora madre me dijo que si iba por ahí con la boca abierta seguro que alguna comadreja la confundía con su madriguera y se me metía por la garganta. Si quieres decir algo, dilo. Y si no, cuidado con las comadrejas. —Le hizo un gesto brusco para que se retirase—. Lárgate; estoy muy ocupado y no tengo tiempo para tonterías. Seguro que el maestre tiene algún trabajito para ti.

Sam tragó saliva, dio un paso atrás y se marchó tan deprisa que a punto estuvo de tropezar y caer al suelo.

—¿Ese chico es tan tonto como parece? —preguntó el lord comandante cuando se perdió de vista.

—¡Tonto! —protestó el cuervo.

—Su señor padre ocupa un alto cargo entre los consejeros del rey Renly —siguió Mormont sin aguardar la respuesta de Jon—; había pensado en enviarlo como mensajero... pero mejor no. No creo que Renly hiciera mucho caso de un gordito tartamudo. Enviaré a ser Arnell. Es muy seguro, y su madre fue una de las Fossoway de la manzana verde.

—Si a mi señor no le importa que se lo pregunte, ¿qué interés tenéis en el rey Renly?

—El mismo que en todos ellos, chico. Quiero hombres, caballos, espadas, armaduras, cereales, queso, vino, lana, clavos... En la Guardia de la Noche no somos orgullosos; aceptamos lo que nos den. —Tamborileó con los dedos sobre los toscos tablones de la mesa—. Si los vientos han sido favorables, ser Alliser debería llegar a Desembarco del Rey cuando cambie la luna, pero no sé si ese muchacho, Joffrey, le prestará la menor atención. La casa Lannister nunca ha simpatizado con la Guardia.

—Thorne lleva la mano del espectro para enseñársela. —Era una cosa macabra y blancuzca con dedos negros, que se retorcía y se estremecía dentro de un frasco como si aún estuviera viva.

—Ojalá tuviéramos otra mano para mandársela a Renly.

—Dywen dice que al otro lado del Muro hay de todo.

—Sí, eso dice Dywen. Y la última vez que salió de exploración vio un oso de quince codos de altura. También lo dice. —Mormont soltó un resoplido—. Se dice que mi hermana tiene un oso como amante. Eso me lo creo más que lo del de quince codos. Aunque, en un mundo en el que los muertos caminan... Bah, aun así, hay que dar crédito a lo que se ve. Yo he visto caminar a los muertos. Y no he visto ningún oso gigante. —Escrutó a Jon con la mirada, detenidamente—. Ya que hablamos de manos, ¿qué tal va la tuya?

—Está mejor. —Jon se quitó el guante de topo y se la mostró. Tenía cicatrices hasta la mitad del brazo; sentía tensas y sensibles las zonas de carne rosada, pero se le estaba curando—. Aunque me pica. El maestre Aemon dice que es buena señal. Me ha dado un ungüento para que me lo ponga durante la expedición.

—¿Puedes esgrimir a *Garra* pese al dolor?

—Bastante bien. —Jon flexionó los dedos, abriendo y cerrando el puño tal como le había enseñado el maestre—. Tengo que hacer ejercicio con los dedos todos los días para que no pierdan agilidad; me lo ha dicho el maestre Aemon.

—Puede que Aemon esté ciego, pero sabe lo que hace. Ruego a los dioses que lo dejen permanecer entre nosotros otros veinte años. ¿Sabías que pudo haber sido rey?

Aquello cogió a Jon por sorpresa.

—Me dijo que su padre era rey, pero no... Pensé que quizá fuera uno de los hijos menores.

—Y así es. El padre de su padre fue Daeron Targaryen, el segundo de su nombre, que incorporó Dorne al reino. Parte del pacto fue que contrajera matrimonio con una princesa dorniense. Ella le dio cuatro hijos. Maekar, el padre de Aemon, fue el más joven, y Aemon fue el tercer hijo de este. Claro que todo esto sucedió antes de que yo naciera, por viejo que me quiera considerar Smallwood.

—¿Al maestre Aemon le pusieron ese nombre en honor al Caballero Dragón?

—Exacto. Hay quien dice que el príncipe Aemon era el verdadero padre del rey Daeron, y no Aegon el Indigno. En cualquier caso, nuestro Aemon carecía de la naturaleza marcial del Caballero Dragón. A él le gusta decir que era de espada lenta, pero de ingenio rápido. No es de extrañar que su abuelo lo enviara a la Ciudadela con viento fresco. Por aquel entonces, calculo, tendría nueve o diez años... y era el noveno o el décimo en la línea sucesoria.

Jon sabía que el maestre Aemon había vivido más de cien días del nombre. Al verlo tan frágil, encogido, marchito y ciego, costaba imaginarlo como un niño de la edad de Arya.

—Aemon se dedicaba al estudio cuando el mayor de sus tíos, el heredero en potencia, murió en un desafortunado lance de un torneo. Dejó dos hijos varones, pero no tardaron en seguirlo a la tumba durante la Gran Epidemia Primaveral. El rey Daeron murió de lo mismo, de manera que la corona pasó a su segundo hijo, Aerys.

—¿El Rey Loco? —Jon estaba algo confuso. Aerys había sido rey justo antes que Robert, y de aquello no hacía tanto tiempo.

—No; este fue Aerys I. El que Robert depuso fue el segundo de su nombre.

—¿Cuánto hace de todo eso?

—Ochenta años, o casi —respondió el Viejo Oso—. Y no, yo aún no había nacido, aunque para entonces, Aemon ya había forjado media docena de los eslabones de su cadena de maestre. Aerys se casó con su hermana, tal como acostumbraban hacer los Targaryen, y reinó durante diez o doce años. Aemon pronunció sus juramentos y salió de la Ciudadela para servir en la corte de algún señor menor... hasta que su real tío murió sin descendencia. El Trono de Hierro pasó al último de los cuatro hijos del rey Daeron, que era Maekar, el padre de Aemon. El nuevo rey mandó llamar a la corte a todos sus hijos, y habría incluido a Aemon en su Consejo, pero él se negó, diciendo que así usurparía el lugar que por derecho le correspondía al gran maestre. Sin embargo, sirvió en la fortaleza de su hermano mayor, también llamado Daeron. Pues bien: también este murió, dejando como heredera única a una hija corta de luces. Creo que fue de sífilis, que le pegó una prostituta. El siguiente hermano fue Aerion.

—¿Aerion el Monstruoso? —Jon conocía bien aquel nombre. «El príncipe que se creía un dragón» era uno de los cuentos más horripilantes de la Vieja Tata. A su hermanito Bran le encantaba.

—El mismo, aunque él se hacía llamar Aerion Llamabrillante. Una noche, muy ebrio, se bebió una jarra de fuego valyrio tras decirles a sus amigos que así se transformaría en dragón, pero los dioses fueron misericordiosos y se transformó en cadáver. No había pasado ni un año cuando el rey Maekar murió en combate contra un señor que se había rebelado.

—Eso fue en el año del Gran Consejo —dijo Jon, que no ignoraba del todo la historia del reino; su maestre se había encargado de ello—. Los señores pasaron por encima del hijo del príncipe Aerion, que era un bebé, y de la hija del príncipe Daeron, y le entregaron la corona a Aegon.

—Sí y no. Antes, con mucha discreción, se la ofrecieron a Aemon. Y él, con la misma discreción, la rechazó. Les dijo que los dioses lo habían destinado a servir, no a gobernar. Había hecho un juramento, y no lo rompería aunque el septón supremo en persona le prometiera la absolución. Bueno, nadie en su sano juicio quería en el trono a alguien de la sangre de Aerion, y la hija de Daeron era corta de inteligencia, además de mujer, de manera que no tuvieron más remedio que elegir al hermano menor de Aemon: Aegon, el quinto de su nombre. Lo llamaban Aegon el Improbable, porque era el cuarto hijo del cuarto hijo. Aemon sabía muy bien que, si permanecía en la corte, cualquiera que estuviese en desacuerdo con el gobierno de su hermano querría utilizarlo, así que vino al Muro. Y aquí ha permanecido, mientras su hermano, el hijo de su hermano y el hijo de este reinaban y morían, hasta que Jaime Lannister puso fin a la dinastía de los reyes dragón.

—Rey —graznó el cuervo. Revoloteó por la estancia para ir a posarse en el hombro de Mormont—. Rey —repitió, pavoneándose de adelante atrás.

—Parece que le gusta esa palabra —sonrió Jon.

—Es una palabra que se dice con facilidad. Y gusta con facilidad.

—Rey —repitió el cuervo.

—Creo que quiere que vos tengáis una corona, mi señor.

—En el reino hay ya tres reyes, o sea, dos más de lo que me gustaría. —Mormont acarició al cuervo bajo el pico con un dedo, pero ni por un momento apartó los ojos de Jon Nieve. Aquello lo hizo sentir incómodo.

—Mi señor, ¿por qué me habéis contado todo esto sobre el maestre Aemon?

—¿Acaso necesito un motivo? —Mormont cambió de postura en su asiento y frunció el ceño—. Tu hermano Robb ha sido nombrado Rey en el Norte. Eso es lo que tenéis en común Aemon y tú. Un hermano rey.

—Y otra cosa —dijo Jon—. Un juramento.

El Viejo Oso soltó un sonoro bufido de desprecio, y el cuervo echó a volar en círculos por la habitación.

—Si me dieran un hombre por cada juramento roto que he visto, al Muro nunca le faltarían defensores.

—Yo siempre he sabido que Robb sería el señor de Invernalia.

Mormont silbó. El pájaro voló de nuevo hacia él y se le posó en el brazo.

—Un señor es una cosa, y un rey, otra muy diferente. —Se sacó un puñado de maíz del bolsillo y se lo dio al cuervo—. A tu hermano Robb lo vestirán con sedas, satenes y terciopelos de cien colores, mientras tú vives y mueres con una cota de malla negra. Se casará con alguna hermosa princesa y tendrá hijos con ella. Tú no tendrás esposa, ni podrás sostener en tus brazos a un niño de tu sangre. Robb reinará; tú servirás. Los hombres te llamarán cuervo; a él lo llamarán alteza. Los bardos cantarán hasta el menor de sus hechos, mientras que tus mayores hazañas pasarán desapercibidas. Dime que nada de eso te preocupa, Jon... y te diré que eres un mentiroso, con la seguridad de tener razón.

—Aunque eso me preocupara, ¿qué podría hacer, siendo como soy un bastardo? —Jon estaba tenso como la cuerda de un arco.

—¿Qué vas a hacer? —preguntó Mormont—. ¿Siendo como eres un bastardo?

—Preocuparme —replicó Jon—. Y cumplir mi juramento.

CATELYN

La corona de su hijo estaba recién salida de la forja, y a Catelyn Stark le pareció que era un gran peso sobre la cabeza de Robb.

La antigua corona de los Reyes del Invierno se había perdido hacía ya tres siglos, cuando Torrhen Stark se arrodilló en gesto de sumisión ante Aegon el Conquistador. Nadie sabía qué había hecho Aegon con ella, pero el herrero de lord Hoster era un buen artesano, y la corona de Robb se asemejaba mucho al aspecto que, según las leyendas, tenía la que había ceñido las frentes de los antiguos Stark: un aro abierto de cobre batido, con incisiones en forma de las runas de los primeros hombres, y por encima, nueve púas de hierro negro labradas en forma de espadas. Nada de oro, plata ni piedras preciosas; los metales del invierno eran el bronce y el hierro, oscuros y fuertes para combatir el frío.

En la gran sala de Aguasdulces, mientras esperaban a que el prisionero compareciera ante ellos, vio como Robb se echaba la corona hacia atrás de manera que reposara sobre su espeso cabello castaño rojizo; a los pocos momentos se la volvió a mover hacia delante; más tarde le dio un cuarto de vuelta, como si así la fuera a sentir más cómoda en la frente.

«No es fácil llevar una corona —pensó Catelyn mientras lo contemplaba—. Y menos para un niño de quince años.»

Cuando los guardias llevaron al cautivo a su presencia, Robb pidió su espada. Olyvar Frey se la ofreció con el puño por delante, y su hijo la desenvainó y se la puso cruzada sobre las rodillas, a modo de amenaza evidente para todos.

—Alteza, aquí está el hombre que habéis ordenado traer —anunció ser Robin Ryger, capitán de la guardia de la casa Tully.

—¡Arrodíllate ante el rey, Lannister! —gritó Theon Greyjoy.

Ser Robin obligó al prisionero a ponerse de rodillas.

Catelyn pensó que no tenía aspecto de león. El tal ser Cleos Frey era hijo de lady Genna, hermana de lord Tywin Lannister, pero carecía de la legendaria belleza de los Lannister, del cabello rubio y de los ojos verdes. En lugar de aquellos rasgos había heredado los escasos rizos castaños, el mentón huidizo y el rostro enjuto de su padre, ser Emmon Frey, el segundo hijo del viejo lord Walder. Tenía unos ojos claros y acuosos, y por lo visto era incapaz de no parpadear constantemente, aunque quizá se tratara solo de la luz. Las celdas que había bajo Aguasdulces eran oscuras, húmedas... y en los últimos días, estaban muy abarrotadas.

—En pie, ser Cleos.

La voz de su hijo no era tan gélida como lo habría sido la de su padre, pero tampoco parecía un chico de quince años. La guerra lo había convertido en hombre antes de tiempo. La luz de la mañana arrancaba tenues destellos del filo del acero que tenía sobre las rodillas.

Pero lo que ponía nervioso a ser Cleos Frey no era la espada, sino la fiera. Viento Gris, como lo llamaba su hijo. Un lobo huargo más grande que ningún otro cánido, esbelto, color humo oscuro, con ojos que eran como oro fundido. Cuando la bestia se adelantó para olfatear al caballero cautivo, todos los presentes captaron el olor del miedo. Ser Cleos había caído prisionero durante la batalla del bosque Susurrante, en la que Viento Gris había destrozado la garganta de media docena de hombres.

El caballero se puso en pie a toda prisa y se apartó con tal presteza que algunos de los presentes soltaron una carcajada.

—Muchas gracias, mi señor.

—Alteza —rugió lord Umber, el Gran Jon, como siempre el más vociferante de los vasallos norteños de Robb... y también el más fiel y sincero, como él mismo aseguraba. Había sido el primero en proclamarlo Rey en el Norte, y no toleraba que se hiciera el menor desaire al honor de su novísimo soberano.

—Alteza —se apresuró a corregirse ser Cleos—. Disculpadme.

«Este hombre no es valiente», pensó Catelyn. Sin duda, tenía más de Frey que de Lannister. Su primo, el Matarreyes, se habría comportado de manera muy diferente. De los labios perfectos de ser Jaime Lannister jamás habrían conseguido arrancar el título honorífico.

—Te he sacado de tu celda para que le lleves un mensaje a tu prima Cersei Lannister, en Desembarco del Rey. Viajarás amparado bajo un estandarte de paz, y treinta de mis mejores hombres te darán escolta.

—Será para mí un honor llevarle a la reina el mensaje de vuestra alteza. —El alivio de ser Cleos era evidente.

—Quede claro que no te dejo libre —siguió Robb—. Tu abuelo, lord Walder, me ha dado su apoyo y el de la casa Frey. Muchos de tus tíos y primos cabalgaron con nosotros en el bosque Susurrante, pero en cambio, tú optaste por luchar bajo el estandarte del león. Eso te convierte en un Lannister, no en un Frey. Quiero que jures por tu honor de caballero que, tras entregar el mensaje, volverás con la respuesta de la reina y seguirás siendo nuestro cautivo.

—Lo juro —se apresuró a responder ser Cleos.

—Todos los presentes te han oído —le advirtió ser Edmure Tully, hermano de Catelyn, que representaba a Aguasdulces y a los señores del Tridente en lugar de su padre moribundo—. Si no regresas, el reino entero sabrá que eres un perjuro.

—Seré fiel a mi palabra —replicó ser Cleos, rígido—. ¿Qué mensaje debo transmitir?

—Una oferta de paz. —Robb se levantó con la espada en la mano. Viento Gris se situó a su lado. El silencio se hizo en la sala—. Dile a la reina regente que, si se aviene a mis condiciones, envainaré esta espada y pondré fin a la guerra que nos enfrenta.

Catelyn se fijó en una figura alta y esbelta, al fondo de la sala; era lord Rickard Karstark, que se abría camino entre los guardias para salir por la puerta. Nadie más se movió. Robb hizo caso omiso de la interrupción.

—Olyvar, el papel —ordenó. El escudero se hizo cargo de su espada y le tendió un pergamino enrollado. Robb lo desenrolló—. En primer lugar, la reina deberá liberar a mis hermanas y proporcionarles un medio de transporte por mar desde Desembarco del Rey hasta Puerto Blanco. Quede claro que el compromiso entre Sansa y Joffrey Baratheon se cancela. Cuando mi castellano me haga saber que mis hermanas han vuelto sanas y salvas a Invernalia, liberaré a los primos de la reina, al escudero Willem Lannister y a tu hermano Tion Frey, y les proporcionaré escolta hasta Roca Casterly o hasta el lugar que ella indique.

Catelyn Stark habría dado lo que fuera por poder leer los pensamientos que se ocultaban tras cada rostro, tras cada ceño fruncido, tras cada par de labios apretados.

—En segundo lugar, nos serán devueltos los huesos de mi padre, para que descanse en paz junto a sus hermanos en las criptas de Invernalia, tal como él habría deseado. También nos serán devueltos los restos de los hombres de su guardia que murieron a su servicio en Desembarco del Rey.

Al sur habían viajado hombres vivos, y regresarían huesos fríos.

«Ned tenía razón —pensó—. Su lugar estaba en Invernalia; él me lo dijo, pero ¿le hice caso? No. "Ve —le dije—, tienes que aceptar el cargo de mano de Robert, hazlo por el bien de nuestra casa, por el bien de nuestros hijos..." Es culpa mía, mía y de nadie más...»

—En tercer lugar, *Hielo,* el mandoble de mi padre, me será devuelto aquí, en Aguasdulces.

Catelyn miró a su hermano, ser Edmure Tully, que estaba de pie, con los pulgares enganchados del cinto del que le colgaba la espada, y el rostro inexpresivo como la piedra.

—En cuarto lugar, la reina le ordenará a su padre, lord Tywin, que libere a mis caballeros y señores vasallos que fueron hechos prisioneros durante la batalla del Forca Verde en el Tridente. Una vez lo haga, yo liberaré a los prisioneros que tomamos en el bosque Susurrante y en la batalla de los Campamentos, con excepción de Jaime Lannister, que permanecerá como rehén para garantizar el buen comportamiento de su padre.

Estudió la sonrisa astuta de Theon Greyjoy, sin saber qué deducir de ella. Aquel joven tenía una expresión extraña, como si supiera un chiste que solo él entendiera; a Catelyn nunca le había caído bien.

—Y por último, el rey Joffrey y la reina regente renunciarán a todo derecho sobre el Norte. Desde este momento y hasta el fin de los tiempos, no somos parte de su reino, sino un reino libre e independiente, como antaño. Nuestros dominios comprenderán todas las tierras de los Stark al norte del Cuello, y las tierras regadas por el río Tridente y sus afluentes, delimitadas por el Colmillo Dorado al oeste y por las montañas de la Luna al este.

—¡El Rey en el Norte! —rugió Jon Umber, agitando en el aire un puño del tamaño de un jamón—. ¡Stark! ¡Stark! ¡El Rey en el Norte!

—El maestre Vyman ha dibujado un mapa en el que están marcadas las fronteras que exigimos —dijo Robb mientras volvía a enrollar el pergamino—. Se te entregará una copia para la reina. Lord Tywin deberá retirarse al otro lado de estas fronteras y detener de inmediato sus actividades de saqueo, incendio y pillaje. La reina regente y su hijo no podrán recaudar impuestos ni solicitar servicios de mi pueblo, y liberarán a mis señores y caballeros de cualquier juramento de lealtad, deuda, promesa u obligación con el Trono de Hierro y las casas Baratheon y Lannister. Además, como prenda de paz, los Lannister entregarán a diez rehenes de alta cuna, que se designarán de mutuo acuerdo. Los trataré como huéspedes de honor, tal como corresponde a su condición. Mientras se respete lo establecido en este pacto, liberaré cada año a dos rehenes y los devolveré sanos y salvos a sus familias. —Robb tiró el pergamino enrollado a los pies del caballero—. Estas son las condiciones. Si la reina se aviene a ellas, habrá paz. De lo contrario... —Silbó, y Viento Gris se adelantó con un gruñido—. Le daré otro bosque Susurrante.

—¡Stark! —rugió de nuevo el Gran Jon, y en aquella ocasión se sumaron más voces al grito—. ¡Stark, Stark, Rey en el Norte!

El lobo huargo echó la cabeza hacia atrás y aulló.

—La reina recibirá vuestro mensaje, mi se... alteza. —El rostro de ser Cleos se había puesto del color de la leche cortada.

—Muy bien —asintió Robb—. Ser Robin, encargaos de que le den bien de comer y se le proporcione ropa limpia. Deberá partir con la primera luz del alba.

—Como ordene vuestra alteza —respondió ser Robin Ryger.

—En ese caso, hemos terminado.

Los caballeros y vasallos reunidos en la estancia hincaron una rodilla en tierra cuando Robb se volvió para marcharse, seguido de cerca por Viento Gris. Olyvar Frey se levantó para abrirle la puerta. Catelyn y su hermano lo siguieron.

—Lo has hecho muy bien —comentó a su hijo en el pasillo que salía de la parte trasera de la sala—, aunque ese montaje con el lobo ha sido una baladronada, más propia de un muchacho que de un rey.

—¿Has visto la cara que ha puesto, madre? —preguntó Robb con una sonrisa mientras rascaba a Viento Gris detrás de la oreja.

—Lo que he visto es que lord Karstark abandonaba la sala.

—Yo también. —Robb se quitó la corona con ambas manos y se la entregó a Olyvar—. Llévala a mis habitaciones.

—Al momento, alteza. —El escudero se alejó para cumplir el encargo.

—Apostaría cualquier cosa a que hay otros que opinan lo mismo que lord Karstark —declaró su hermano Edmure—. ¿Cómo podemos hablar de paz, mientras los Lannister se propagan como la peste por los dominios de mi padre, robando sus cosechas y masacrando a su pueblo? Insisto en que deberíamos marchar contra Harrenhal.

—Carecemos de las fuerzas necesarias —dijo Robb, aunque con tristeza.

—¿Y vamos a hacernos más fuertes aquí, sentados? —insistió Edmure—. Nuestro ejército mengua día a día.

—¿Y quién tiene la culpa de eso? —le espetó Catelyn a su hermano.

Edmure le había pedido a Robb una y otra vez que les diera permiso a los señores del río para que partieran después de su coronación, y fuera cada uno a defender sus tierras. Ser Marq Piper y lord Karyl Vance habían sido los primeros en marcharse. Tras ellos se fue lord Jonos Bracken, para recuperar los restos quemados de su castillo y enterrar a sus muertos, y lord Jason Mallister acababa de anunciar su intención de regresar a Varamar, adonde, por suerte, la guerra no había llegado todavía.

—No puedes pedirles a mis señores del río que se queden aquí, mano sobre mano, mientras el enemigo saquea sus campos y pasa por la espada a sus vasallos —dijo Edmure—. Pero lord Karstark es un norteño. Sería mala cosa que nos dejara.

—Hablaré con él —dijo Robb—. Perdió dos hijos en el bosque Susurrante. No es de extrañar que no quiera la paz con sus asesinos... con los asesinos de mi padre...

—El derramamiento de sangre no nos devolverá a tu padre —dijo Catelyn—, ni tampoco a los hijos de lord Rickard. Había que hacer una oferta de paz... aunque la sabiduría habría exigido formularla con palabras más dulces.

—Un poco más de dulzura y habría vomitado.

Su hijo se había dejado crecer la barba, más rojiza incluso que el cabello. Por lo visto, Robb pensaba que le daba un aspecto más fiero, más regio..., más maduro. Pero, con barba o sin ella, seguía siendo un joven de quince años, y deseaba la venganza tanto o más que Rickard Karstark. No había resultado sencillo convencerlo de que hiciera aquella oferta, por escasa que fuera.

—Cersei Lannister jamás accederá a cambiar a tus hermanas por un par de primos. Al que quiere es a su hermano; lo sabes muy bien.

Ya se lo había dicho antes, pero Catelyn había descubierto que los reyes no escuchan con tanta atención como los hijos.

—No podría liberar al Matarreyes ni aunque quisiera. Mis señores no me lo permitirían.

—Tus señores te nombraron rey.

—Y del mismo modo pueden retirarme su apoyo.

—Si esa corona es el precio que hay que pagar por recuperar a Arya y a Sansa sanas y salvas, deberíamos pagarlo de buena gana. A la mitad de tus señores le gustaría asesinar a Lannister en la celda. Si muere siendo tu prisionero, se dirá...

—... que lo tenía bien merecido —terminó Robb.

—¿Y tus hermanas? —preguntó Catelyn bruscamente—. ¿También se tendrán bien merecida la muerte? Te garantizo que, si a su hermano le pasa algo, Cersei nos lo cobrará, sangre por sangre...

—Lannister no morirá —replicó Robb—. Nadie puede siquiera hablar con él sin mi permiso. Tiene comida, agua y paja limpia; más comodidades de las que merece. Pero no lo voy a liberar, ni siquiera a cambio de Arya y Sansa.

Catelyn se dio cuenta de que su hijo la estaba mirando desde arriba. «¿Ha sido la guerra lo que lo ha hecho crecer tan deprisa? —se preguntó—. ¿O tal vez esa corona que le han puesto en la cabeza?»

—¿Qué pasa, te da miedo volver a enfrentarte a Jaime Lannister en el campo de batalla?

Viento Gris gruñó como si percibiera la ira de Robb, y Edmure Tully puso una mano fraternal en el hombro de Catelyn.

—No seas así, Cat. El chico tiene razón.

—A mí no me llames así. —Robb se revolvió contra su tío, derramando toda su rabia sobre el pobre Edmure, que solo había intentado apoyarlo—. Soy casi un adulto, y soy el rey... tu rey. Y no tengo miedo de Jaime Lannister. Lo derroté una vez, y si hiciera falta, volvería a derrotarlo, pero... —Se apartó el pelo de los ojos y sacudió la cabeza en gesto de negación—. Habría podido cambiar al Matarreyes por mi padre, pero...

—¿Pero no por las chicas? —La voz de Catelyn era tranquila, gélida—. Las chicas no son tan importantes, ¿verdad?

Robb no respondió, pero el dolor se reflejó en sus ojos. Ojos azules, ojos Tully, ojos que ella le había dado. Le había hecho daño, pero el muchacho se parecía demasiado a su padre para reconocerlo.

«Eso ha sido indigno de mí —se dijo—. Por los dioses, ¿en qué me estoy convirtiendo? Él hace lo que puede, se está esforzando al máximo, y lo sé, lo percibo, pero aun así... He perdido a mi Ned, la roca sobre la que se asentaba mi vida; no soportaría perder también a las niñas...»

—Haré todo lo que pueda por mis hermanas —dijo Robb—. Si la reina tiene un ápice de sentido común, aceptará mis condiciones. Si no, haré que lamente haberlas rechazado. —Era evidente que no quería seguir hablando del tema—. Madre, ¿seguro que no quieres ir a Los Gemelos? Allí estarías más lejos de la guerra; podrías conocer a las hijas de lord Frey, para ayudarme a elegir a mi prometida cuando esto termine.

«Quiere poner distancia entre nosotros —pensó Catelyn, cansada—. Por lo visto, los reyes no deben tener madre, y además yo le digo cosas que no quiere oír.»

—Tienes edad suficiente para elegir a cuál de las hijas de lord Walder prefieres sin la ayuda de tu madre, Robb.

—En ese caso, vete con Theon. Partirá por la mañana. Va a ayudar a los Mallister a escoltar a un grupo de cautivos hasta Varamar; luego tomará un barco en dirección a las islas del Hierro. Tú también podrías buscar un barco, y si los vientos te son favorables, habrás vuelto a Invernalia antes de que cambie la luna. Bran y Rickon te necesitan.

«Y tú no; es lo que me estás diciendo, ¿verdad?»

—A mi señor padre le queda poco tiempo. Mientras tu abuelo siga con vida, mi lugar está aquí, en Aguasdulces, con él.

—Debería ordenarte que te fueras. Como rey, puedo hacerlo.

Catelyn hizo caso omiso.

—Te repito lo que te he dicho antes: preferiría que enviaras a algún otro a Pyke y que conservaras a Theon a tu lado.

—¿Quién mejor para tratar con Balon Greyjoy que su hijo?

—Jason Mallister —sugirió Catelyn—. Tytos Blackwood. Stevron Frey. Cualquiera... menos Theon.

Su hijo se acuclilló al lado de Viento Gris para acariciar el pelaje del lobo y, de paso, para no mirarla a los ojos.

—Theon luchó con valor por nosotros. Ya te conté que salvó a Bran de aquellos salvajes en el bosque de los Lobos. Si los Lannister se niegan a firmar la paz, necesitaré la flota de lord Greyjoy.

—Antes te la dará si tienes a su hijo como rehén.

—Ha sido nuestro rehén durante la mitad de su vida.

—Y con razón —dijo Catelyn—. Balon Greyjoy no es de confianza. Recuerda que él también ciñó una corona, aunque fuera solo durante una estación. Quizá aspire a ceñirla de nuevo.

—No se lo reprocharía. —Robb se levantó—. Yo soy el Rey en el Norte; que él sea el Rey de las Islas del Hierro, si tanto lo desea. De buena gana le otorgaré una corona con tal de que nos ayude a acabar con los Lannister.

—Robb...

—Voy a enviar a Theon. Buenos días, madre. Vamos, Viento Gris. —Robb se alejó a paso vivo, escoltado por su lobo huargo.

Catelyn no pudo hacer nada más que mirar mientras se alejaba. Su hijo... y también su rey. Qué situación tan extraña. En Foso Cailin le había ordenado que reinara. Y aquello era lo que estaba haciendo.

—Voy a visitar a padre —anunció Catelyn en tono brusco—. Ven conmigo, Edmure.

—Tengo que hablar con los nuevos arqueros que ser Desmond está entrenando. Iré a verlo más tarde.

«Si es que sigue con vida», pensó Catelyn. Pero no dijo nada. Su hermano prefería enfrentarse a una batalla que a la habitación de aquel enfermo.

El camino más corto para llegar a la torre central, donde su padre yacía agonizante, discurría a través del bosque de dioses, con su hierba, sus flores silvestres y los espesos bosquecillos de olmos y secuoyas. Las ramas de los árboles seguían pobladas de hojas susurrantes, como si desconocieran el mensaje que había llevado a Aguasdulces el cuervo blanco hacía ya quince días. El otoño había llegado, decía el Cónclave, pero los dioses no habían considerado oportuno informar aún a los vientos y a los bosques, circunstancia por la que Catelyn estaba más que agradecida. El otoño era siempre temible, y tras él acechaba el espectro del invierno. Ni los más sabios podían decir si la siguiente cosecha sería la última.

Hoster Tully, señor de Aguasdulces, yacía en sus habitaciones, desde las que se divisaba hacia el este el punto donde se encontraban los ríos Piedra Caída y Forca Roja, más allá de los muros de su castillo. Cuando Catelyn entró estaba durmiendo; tenía la barba y el cabello tan blancos como la almohada de plumas; la muerte que crecía en su interior había hecho menuda y frágil su figura otrora imponente.

Sentado junto a la cama, vestido aún con la cota de malla y la capa manchada del viaje, se encontraba el hermano de su padre, el Pez Negro. Tenía las botas polvorientas y manchadas de barro seco.

—¿Sabe Robb que has regresado, tío?

Ser Brynden Tully era los ojos y oídos de Robb, el comandante de sus exploradores y oteadores.

—No. He venido directamente de los establos, porque me han dicho que el rey estaba reunido con la corte. Creo que su alteza preferirá que le dé primero mis informes en privado. —El Pez Negro era un hombre alto y esbelto, de cabello canoso y movimientos precisos, con el rostro bien afeitado lleno de arrugas y curtido por el viento—. ¿Cómo se encuentra? —preguntó.

—Igual. —Catelyn había comprendido que no se refería a Robb—. El maestre le da vino del sueño y la leche de la amapola para aliviarle el dolor, así que se pasa la mayor parte del tiempo durmiendo y come demasiado poco. Cada día que pasa está un poco más débil.

—¿Habla todavía?

—Sí..., pero lo que dice tiene cada vez menos sentido. Habla de las cosas que lamenta, de labores inconclusas, de personas que hace tiempo que murieron y de cosas que hace tiempo que sucedieron. A veces no sabe en qué estación estamos, ni quién soy yo. En una ocasión me ha llegado a confundir con mi madre.

—Todavía la echa de menos —respondió ser Brynden—. Tienes su misma cara. La veo en tus pómulos, en tu mentón...

—Te acuerdas de ella mejor que yo. Han pasado muchos años. —Se sentó en la cama y apartó un mechón de fino pelo blanco del rostro de su padre.

—Cada vez que salgo a caballo me pregunto si a mi regreso lo encontraré vivo o muerto.

Pese a las constantes disputas, existía un lazo muy fuerte entre su padre y el hermano al que este había desheredado.

—Al menos has podido hacer las paces con él.

Se quedaron sentados un rato en silencio. Al final, Catelyn alzó la cabeza.

—Has dicho que traías noticias para Robb.

Lord Hoster gimió y rodó sobre un costado, casi como si la hubiera oído. Brynden se levantó.

—Vamos afuera. Será mejor que no lo despertemos.

Siguió a su tío hasta el balcón de piedra, que sobresalía de la estancia como la proa de una nave. Él miró hacia arriba con el ceño fruncido.

—Ya se ve hasta de día. Mis hombres lo llaman el Mensajero Rojo... pero ¿qué mensaje trae?

Catelyn alzó la vista hacia la tenue línea roja que trazaba el cometa, un sendero en el azul intenso del cielo, como una cicatriz en el rostro de un dios.

—El Gran Jon le dijo a Robb que los antiguos dioses han desplegado una bandera roja de venganza por Ned. Edmure cree que es un presagio de victoria para Aguasdulces... Ve un pez con una larga cola, con los colores de los Tully, el rojo sobre azul. —Suspiró—. Daría cualquier cosa por tener tanta confianza como él. El escarlata es el color de los Lannister.

—Eso no es escarlata —replicó ser Brynden—. Y tampoco es rojo Tully, el rojo del lodo del río. Lo que vemos en el cielo es una mancha de sangre, pequeña.

—¿Nuestra sangre o la suya?

—¿Ha habido jamás alguna guerra en la que solo sangrara un bando? —Su tío sacudió la cabeza en gesto grave—. Por todo el Ojo de Dioses, las riberas están bañadas en sangre y llamas. Los combates se han extendido hacia el sur, hasta el Aguasnegras, y hacia el norte, a través del Tridente, casi hasta Los Gemelos. Marq Piper y Karyl Vance han logrado algunas victorias sin importancia, y Beric Dondarrion, un señor menor del sur, ha estado acosando a los exploradores de lord Tywin: se dedica a caer sobre sus partidas de aprovisionamiento y luego desaparece en los bosques. Se dice que ser Burton Crakehall alardeaba de haber matado a Dondarrion, hasta que guio a su columna a una de las trampas de lord Beric y murieron todos sus hombres.

—Algunos de los hombres de la guardia de Ned en Desembarco del Rey están con ese tal lord Beric —recordó Catelyn—. Los dioses los guarden.

—Si lo que se comenta por ahí es verdad —dijo su tío—, Dondarrion y el sacerdote rojo que cabalga con él son suficientemente inteligentes para guardarse solos, sin necesidad de los dioses, pero los vasallos de tu padre cuentan historias menos optimistas. Robb no debería haberlos dejado marchar. Se han dispersado como codornices; cada uno intenta solo protegerse a sí mismo y a los suyos, y eso es una locura, Cat, una verdadera locura. Jonos Bracken resultó herido en una lucha, en las ruinas de su castillo, y su sobrino Hendry murió. Tytos Blackwood expulsó a los Lannister de sus tierras, pero se llevaron hasta la última vaca, hasta el último cerdo; no le han dejado nada que defender, excepto el castillo del Árbol de los Cuervos y un desierto abrasado. Los hombres de Darry reconquistaron la fortaleza de su señor, pero no pudieron defenderla más de dos semanas, hasta que Gregor Clegane cayó sobre ellos y pasó por la espada a toda la guarnición, su señor incluido.

—Darry no era más que un niño. —Catelyn estaba espantada.

—Sí, y el último de su estirpe. Se habría pagado un buen rescate por él, pero ¿qué significa el oro para un perro rabioso como Gregor Clegane? Te juro que la cabeza de ese animal sería un hermoso regalo para todo el reino.

Catelyn conocía bien la triste reputación de ser Gregor; aun así...

—No me hables de cabezas, tío. Cersei puso la de Ned en una pica, en las murallas de la Fortaleza Roja, para que las moscas y los cuervos la devorasen. —Incluso entonces le costaba creer que lo había perdido para siempre. Algunas noches despertaba en la oscuridad, todavía somnolienta, y durante un momento esperaba encontrarlo allí, a su lado—. Clegane no es más que la zarpa de lord Tywin.

Porque, para Catelyn, Tywin Lannister, señor de Roca Casterly, Guardián del Occidente, padre de la reina Cersei, de ser Jaime el Matarreyes y de Tyrion el Gnomo, y abuelo de Joffrey Baratheon, el niño rey recién coronado, era el auténtico peligro.

—Muy cierto —convino ser Brynden—. Y Tywin Lannister no es ningún idiota. Está a salvo tras los muros de Harrenhal; alimenta a su ejército con nuestras cosechas, y lo que no se lleva, lo quema. Gregor no es el único perro que ha dejado suelto. Ser Amory Lorch también está en los campos de batalla, así como un mercenario de Qohor que prefiere lisiar a sus enemigos en vez de matarlos. He visto qué dejan a su paso. Pueblos enteros quemados, mujeres violadas y mutiladas, niños asesinados sin enterrar, para que los lobos y los perros salvajes se ceben en ellos... Hasta los muertos vomitarían.

—Cuando Edmure lo sepa, montará en cólera.

—Eso es justo lo que quiere lord Tywin. Incluso el terror tiene un objetivo, Cat. Lannister quiere provocarnos para que entremos en combate.

—Y es probable que Robb lo complazca —dijo Catelyn, atemorizada—. La inactividad lo está poniendo nervioso, y Edmure, el Gran Jon y los demás no dejan de acuciarlo.

Su hijo había conseguido dos victorias importantes, al derrotar a Jaime Lannister en el bosque Susurrante y al expulsar a su ejército sin líder más allá de las murallas de Aguasdulces en la batalla de los Campamentos, pero sus vasallos hablaban de él como si fuera un nuevo Aegon el Conquistador.

—Menudos estúpidos —dijo Brynden el Pez Negro arqueando una de las pobladas cejas entrecanas—. Mi primera norma en la guerra es no hacer jamás lo que quiere el enemigo, Cat. Lord Tywin quiere combatir en el campo que él elija. Quiere que marchemos contra Harrenhal.

—Harrenhal.

Hasta el último de los niños del Tridente había oído contar historias sobre Harrenhal, la vasta fortaleza que el rey Harren el Negro había erigido más allá de las aguas del Ojo de Dioses hacía trescientos años, cuando los Siete Reinos eran en verdad siete reinos, y las riberas las gobernaban hombres del hierro procedentes de las islas. En su orgullo, Harren había querido construir la fortaleza más grande y las torres más altas de todo Poniente. Le había llevado cuarenta años; la construcción había crecido como una gigantesca sombra a orillas del lago, mientras los ejércitos de Harren saqueaban toda la zona para conseguir piedra, madera, oro y trabajadores. En sus canteras murieron miles de cautivos, encadenados a sus almádenas o trabajando en las cinco torres colosales. Los hombres se helaban en invierno y se derretían en verano. Para hacer las vigas talaron arcianos que llevaban tres mil años en pie. Para ornar su sueño, Harren empobreció las tierras de los ríos y las islas del Hierro. Y cuando Harrenhal estuvo por fin terminado, el mismo día en que el rey Harren lo convirtió en su residencia, Aegon el Conquistador tomó tierra en Desembarco del Rey.

Catelyn recordaba la historia que la Vieja Tata les había contado a sus hijos en Invernalia. «Y el rey Harren descubrió que los muros más gruesos y las torres más altas no sirven de nada contra los dragones —terminaba diciendo—. Porque los dragones vuelan.» Harren y toda su estirpe habían perecido entre las llamas que consumieron su monstruosa fortaleza, y desde entonces, todas las casas que habían ocupado Harrenhal habían acabado sucumbiendo a la desgracia. Era un lugar fuerte, pero también oscuro y maldito.

—No quiero que Robb luche a la sombra de esa fortaleza —reconoció—. Pero tenemos que hacer algo, tío.

—Y cuanto antes —asintió Brynden—. Aún no te he contado lo peor, pequeña. Los hombres que envié hacia occidente volvieron con noticias: en Roca Casterly se está reuniendo una nueva hueste.

«Otro ejército Lannister.» La sola idea la ponía enferma.

—Hay que decírselo a Robb de inmediato. ¿Quién estará al mando?

—Según se dice, ser Stafford Lannister. —El hombre clavó la mirada en los ríos, mientras la brisa agitaba su capa roja y azul.

—¿Otro sobrino? —Los Lannister de Roca Casterly eran una casa asquerosamente numerosa y fértil.

—Un primo —la corrigió ser Brynden—. Hermano de la difunta esposa de lord Tywin, así que es pariente por partida doble. Es un hombre viejo y algo idiota, pero tiene un hijo, ser Daven, mucho más temible.

—En ese caso, esperemos que sea el padre el que lleve ese ejército a la batalla, y no el hijo.

—Aún nos queda algo de tiempo antes de que tengamos que enfrentarnos a ellos. Será un ejército de mercenarios, jinetes libres y muchachos inexpertos salidos de los arrabales de Lannisport. Ser Stafford tendrá que encargarse de armarlos y entrenarlos antes de correr el riesgo de llevarlos a la batalla. Y no te equivoques: Lord Tywin no es el Matarreyes. No se precipitará. Aguardará con paciencia a que ser Stafford se ponga en marcha antes de moverse de los muros de Harrenhal.

—A menos que... —empezó Catelyn.

—Sigue —pidió ser Brynden.

—A menos que tenga que salir de Harrenhal —dijo—, para hacer frente a alguna otra amenaza.

Su tío la miró, pensativo.

—Lord Renly.

—El rey Renly. —Si quería pedirle ayuda, tendría que tratarlo según el título que él mismo se había adjudicado.

—Es posible. —La sonrisa del Pez Negro era peligrosa—. Pero querrá algo a cambio.

—Querrá lo que quieren todos los reyes —replicó Catelyn—. Pleitesía.

TYRION

Janos Slynt era hijo de un carnicero, y se reía como si estuviera cortando carne.

—¿Más vino? —le preguntó Tyrion.

—No voy a decir que no —respondió lord Janos al tiempo que tendía la copa. Tenía la constitución de un barril y una capacidad semejante—. Desde luego que no voy a decir que no. Buen tinto. ¿Es del Rejo?

—De Dorne. —Tyrion hizo un gesto, y su criado sirvió el vino. A excepción de los sirvientes, lord Janos y él eran los únicos presentes en la sala menor, sentados a una mesa iluminada con velas y rodeada por la oscuridad—. Un verdadero hallazgo. Los vinos de Dorne no suelen ser tan deliciosos.

—Delicioso —repitió el hombretón con rostro de rana, y bebió un generoso trago. Janos Slynt no era persona que bebiera poco a poco. Tyrion lo había advertido enseguida—. Sí, delicioso, esa es la palabra que estaba buscando, esa misma. Os lo digo de corazón, lord Tyrion: se os dan bien las palabras. Y contáis historias desternillantes. Desternillantes, sí.

—Me alegro de que os gusten... pero dejemos lo de *lord;* eso es para caballeros como vos. Llamadme Tyrion, lord Janos.

—Como queráis. —Bebió otro trago y se salpicó de vino la pechera del jubón de seda negra. Llevaba una capa corta de hilo de oro, sujeta con un broche en forma de lanza con la punta esmaltada en rojo oscuro. Y estaba borracho como una cuba.

Tyrion se tapó la boca con una mano y eructó con discreción. A diferencia de lord Janos, había vigilado cuánto bebía, pero estaba muy lleno. Lo primero que había hecho tras aposentarse en la Torre de la Mano había sido averiguar cuál era la mejor cocinera de la ciudad y tomarla a su servicio. Aquella noche habían cenado sopa de rabo de toro, verduras veraniegas salteadas con nueces, uvas, hinojo rojo, queso desmenuzado, empanada caliente de cangrejo, calabaza especiada y codornices con abundante salsa de mantequilla. Cada plato con su correspondiente vino. Lord Janos tuvo que reconocer que en su vida había comido tan bien.

—No me cabe duda de que eso cambiará cuando os asentéis en Harrenhal —comentó Tyrion.

—Podéis estar seguro. Me gustaría pedirle a vuestra cocinera que entrara a mi servicio, ¿qué os parece?

—Que por menos se han declarado guerras —replicó, y ambos soltaron una carcajada—. Sois osado al asentaros en Harrenhal. Es un lugar tan sombrío y tan grande... Tendrá un mantenimiento muy costoso. Y además, hay quien dice que está encantado.

—¿Acaso debo tener miedo de un montón de piedras? —La sola idea lo hizo reír—. Decís que soy osado. Hay que ser osado para ascender. Como he ascendido yo. Hasta Harrenhal, sí. ¿Y por qué no? Lo sabéis bien. Vos también sois osado en cierto modo. Pequeño, pero osado.

—Sois demasiado amable. ¿Más vino?

—No. No, de veras, no... Bah, por los dioses, sí, ¿por qué no? ¡Un hombre osado bebe hasta hartarse!

—Cierto. —Tyrion llenó hasta el mismísimo borde la copa de lord Slynt—. He echado un vistazo a los nombres que habéis propuesto para ocupar vuestro lugar como comandante de la Guardia de la Ciudad.

—Buenos hombres. De lo mejor. Cualquiera de los seis lo haría bien, pero yo elegiría a Allar Deem. Mi brazo derecho. Un buen hombre, sí. Leal. Elegidlo; no lo lamentaréis. Si al rey le parece bien.

—Claro. —Tyrion bebió un traguito de su copa—. Yo había pensado más bien en ser Jacelyn Bywater. Hace tres años que es capitán de la puerta del Lodazal, y sirvió con gran valor durante la rebelión de Balon Greyjoy. El rey Robert lo nombró caballero en Pyke. Pero su nombre no aparece en vuestra lista.

Lord Janos Slynt se llenó la boca de vino y le dio unas vueltas antes de tragarlo.

—Bywater. Bueno. Es valiente, claro, pero... es muy rígido; ese tipo es muy rígido. Y muy raro. A los hombres no les cae bien. Y encima está tullido: perdió la mano en Pyke, por eso lo nombraron caballero. Mal negocio, en mi opinión, una mano por un título. —Se echó a reír—. Ser Jacelyn tiene una opinión demasiado elevada de sí mismo y de su honor, os lo digo yo. A ese, mejor lo dejáis donde está, mi se... Tyrion. El hombre idóneo es Allar Deem.

—Según me han dicho, el pueblo no quiere demasiado a Deem.

—Le tiene miedo, que es mejor.

—¿Qué otra cosa me han contado de él? No sé qué de problemas en un burdel...

—Ah, eso. No fue culpa suya, mi se... Tyrion. En absoluto. No tenía intención de matar a la mujer; ella tuvo la culpa. Deem le dijo que se apartara y lo dejara cumplir con su deber.

—Ya, pero... una madre... Tendría que haberse imaginado que intentaría salvar a su bebé. —Tyrion sonrió—. Probad este queso; va de maravilla con el vino. Y decidme, ¿por qué elegisteis a Deem para tan ingrata tarea?

—Un buen comandante conoce a sus hombres, Tyrion. Unos valen para unas cosas, y otros, para otras. Para cargarse a una cría de teta hace falta un hombre muy concreto, no cualquiera. Aunque se trate solo de una puta y su mocosa.

—Claro, ya me imagino —dijo Tyrion, que al oír lo de «solo una puta» no podía dejar de pensar en Shae, en Tysha y en todas las otras mujeres que habían recibido su dinero y su semilla a lo largo de los años.

—Así es Deem —siguió hablando Slynt sin darse cuenta—, un hombre duro para un trabajo duro. Hace lo que se le dice y no vuelve a mencionarlo. —Se cortó una loncha de queso—. Está muy bueno. Es fuerte. Yo, con un cuchillo afilado y un queso fuerte soy feliz.

—Disfrutad mientras podáis —dijo Tyrion encogiéndose de hombros—. Las tierras de los ríos se encuentran en llamas, y Renly se ha proclamado rey en Altojardín, así que pronto será difícil conseguir buen queso. Y decidme, ¿quién os ordenó acabar con la bastarda de la prostituta?

Lord Janos miró a Tyrion con desconfianza, se echó a reír y lo señaló con su trozo de queso.

—Sois astuto, Tyrion. Creíais que me ibais a engañar, ¿eh? Hace falta algo más que vino y queso para tirarle de la lengua a Janos Slynt. Me enorgullezco de eso. Nunca cuestiono una orden, ni hablo de ello después. Así soy yo.

—Y Deem es igual.

—Igual. Nombradlo comandante cuando me vaya a Harrenhal y no lo lamentaréis.

Tyrion cogió un trocito de queso. Desde luego, era fuerte, muy curado, con vetas de vino. Un gran queso.

—No sé a quién nombrará el rey, pero le va a costar estar a vuestra altura, eso seguro. Lord Mormont tiene el mismo problema.

—¿No era una mujer? —Lord Janos lo miraba asombrado—. Lady Mormont. La que se acuesta con osos, ¿no?

—Yo me refería a su hermano, Jeor Mormont, el lord comandante de la Guardia de la Noche. Hablé con él en el Muro, y me comentó que estaba muy preocupado porque no encontraba a nadie que pudiera ocupar su lugar. Pocos son los hombres de valía que llegan a la Guardia en estos tiempos que corren. —Tyrion sonrió—. Seguro que dormiría más tranquilo si contara con un hombre como vos. O como el valiente Allar Deem.

—¡Pues seguirá durmiendo mal! —soltó lord Janos con una risotada.

—Eso parecería a primera vista —asintió Tyrion—. Pero la vida da muchas vueltas. Como le pasó a Eddard Stark. ¿Recordáis, mi señor? Seguro que nunca pensó que su vida terminaría en los peldaños del Septo de Baelor.

—Pocos lo pensaban —concordó lord Janos con una risita. Tyrion rio también.

—Lástima; me habría gustado verlo. Dicen que hasta Varys se llevó una buena sorpresa.

—La Araña —dijo lord Janos, que se reía con tantas ganas que se le sacudía la barriga—. Se rumorea que lo sabe todo. Bueno, pues eso no lo sabía.

—¿Cómo iba a saberlo? —Tyrion permitió que su voz transmitiera el primer atisbo de frialdad—. Había contribuido a convencer a mi hermana de que perdonara a Stark, con tal de que vistiera el negro.

—¿Eh? —Janos Slynt miró a Tyrion, y parpadeó.

—Mi hermana, Cersei —repitió Tyrion en voz un poco más fuerte, por si a aquel imbécil le quedaba alguna duda acerca de a quién se refería—. La reina regente.

—Sí. —Slynt bebió un trago—. En cuanto a eso, bueno... Lo ordenó el rey, mi señor. El rey en persona.

—El rey tiene trece años —le recordó Tyrion.

—Ya. Pero sigue siendo el rey. —Slynt frunció el ceño, y sus mofletes temblaron—. El señor de los Siete Reinos.

—Bueno, al menos de uno o dos —dijo Tyrion con una sonrisa amarga—. ¿Me dejáis que le eche un vistazo a vuestra lanza?

—¿Mi lanza? —Lord Janos parpadeó, confuso.

—El broche con el que os sujetáis la capa —señaló Tyrion. Titubeante, lord Janos se quitó el adorno y se lo entregó—. Los orfebres que tenemos en Lannisport hacen trabajos de mayor calidad —opinó—. Si me perdonáis que os lo diga, la sangre de esmalte rojo es un poco excesiva. Decidme, mi señor, ¿fuisteis vos mismo el que le clavó la lanza por la espalda, o solo disteis la orden?

—Di la orden, y volvería a darla. Lord Stark era un traidor. —La calva de la coronilla de Slynt se había puesto de un tono rojo remolacha, y la capa de hilo de oro se le había resbalado de los hombros para caer al suelo—. Ese hombre intentó comprarme.

—Sin saber que ya estabais vendido.

—¿Estáis borracho? —Slynt dejó de golpe la copa de vino—. Si creéis que me voy a quedar aquí sentado mientras cuestionáis mi honor...

—¿Qué honor? Aunque tengo que reconocer que hicisteis mejor trato que ser Jacelyn. El título de lord y un castillo a cambio de una lanzada por la espalda, y ni siquiera tuvisteis que clavar la lanza en persona. —Tiró el adorno de oro a Janos Slynt. El broche le rebotó contra el pecho y cayó al suelo tintineando, mientras él se levantaba.

—No me gusta vuestro tono, mi se... Gnomo. Soy el señor de Harrenhal y miembro del Consejo del Rey; ¿quién sois vos para reprenderme de esa manera?

—Demasiado bien sabéis quién soy. —Tyrion inclinó la cabeza hacia un lado—. ¿Cuántos hijos tenéis?

—¿Qué te importan a ti mis hijos, enano?

—¿Enano? —La rabia lo invadió—. No deberías haber pasado de Gnomo. Soy Tyrion de la casa Lannister, y algún día, si tienes tanto sentido común como los dioses hayan concedido a una babosa marina, caerás de rodillas para dar gracias por habértelas visto conmigo, y no con mi señor padre. ¡Te he preguntado que cuántos hijos tienes!

—T-tres, mi señor. —De repente, los ojos de Janos Slynt se habían llenado de miedo—. Y una hija. Por favor, mi señor...

—No hace falta que supliques. —Se bajó de la silla—. Tienes mi palabra de que no les pasará nada malo. Los chicos pequeños irán a diferentes casas como pupilos y escuderos. Si sirven bien y con lealtad, puede que con el tiempo lleguen a caballeros. No se dirá que la casa Lannister no recompensa a los que la sirven. Tu hijo mayor heredará el título de lord Slynt y este blasón tan llamativo que has elegido. —Dio una patada a la lancita de oro, que salió rebotando por el suelo—. Le adjudicaremos unas tierras para que se construya un asentamiento. No será Harrenhal, pero le bastará. Él tendrá que encargarse de casar a la chica.

—¿Q-qué... qué vais a hacer...? —El rostro de Janos Slynt había pasado del rojo al blanco, y los mofletes le temblaban como montones de sebo.

—¿Que qué voy a hacer contigo? —Tyrion dejó que aquel zoquete se estremeciera un momento antes de responder—. La carraca *Sueño de Verano* zarpará al amanecer. Su capitán me ha dicho que hará escalas en Puerto Gaviota, las Tres Hermanas, la isla de Skagos y Guardiaoriente del Mar. Cuando veas al lord comandante Mormont, quiero que le des recuerdos de mi parte, y que le digas que no he olvidado las necesidades de la Guardia de la Noche. Os deseo una larga vida y un buen servicio en la Guardia, mi señor.

En cuanto Janos Slynt se dio cuenta de que no iba a ser víctima de una ejecución sumaria, el color le volvió a las mejillas. Apretó la mandíbula.

—Ya veremos, Gnomo. Enano. A lo mejor eres tú el que va en ese barco, ¿qué te parece? A lo mejor eres tú el que acaba en el Muro. —Soltó una risotada ansiosa—. Tú y tus amenazas, eso, ya veremos. Soy amigo del rey, ¿te enteras? A ver qué dice Joffrey de esto. Y Meñique, y la reina, sí, claro. Janos Slynt tiene amigos muy importantes. Ya veremos quién se hace a la mar, te lo digo yo. Ya lo veremos.

Slynt giró en redondo como el guardia que había sido y recorrió a zancadas la sala menor. Sus botas resonaban contra la piedra del suelo. Subió por los peldaños, abrió la puerta de golpe... y se encontró frente a frente con un hombre alto, de mandíbula cuadrada, vestido con coraza negra y capa dorada. Llevaba una mano de hierro atada al muñón de la muñeca derecha.

—Janos —dijo. Tenía un brillo especial en los ojos hundidos, bajo el ceño prominente y la mata de pelo negro salpicado de canas. Seis capas doradas entraron en silencio en la sala menor tras él, al tiempo que Janos Slynt retrocedía.

—Lord Slynt —lo llamó Tyrion—, creo que ya conocéis a ser Jacelyn Bywater, el nuevo comandante de la Guardia de la Ciudad.

—Os espera una litera, mi señor —dijo ser Jacelyn a Slynt—. Los muelles son oscuros y están lejos, y por la noche, las calles no son seguras. Adelante.

Mientras los capas doradas se llevaban al que fuera su comandante, Tyrion llamó a ser Jacelyn y le entregó un pergamino enrollado.

—Es un viaje largo; a lord Slynt le gustará tener compañía. Encargaos de que estos seis se reúnan con él en la *Sueño de Verano.*

Bywater echó una ojeada a los nombres y sonrió.

—A la orden.

—Uno de ellos, ese tal Deem... —añadió Tyrion con voz queda—. Dile al capitán que si se lo lleva un golpe de mar antes de llegar a Guardiaoriente, nadie lo echará de menos.

—Me han dicho que en esas aguas del norte las tormentas son terribles, mi señor.

Jacelyn se inclinó, pidió permiso para retirarse y salió con la capa ondeando a su espalda. Por el camino pisoteó la capa de hilo de oro de Slynt.

Tyrion se quedó a solas, sentado, saboreando lo que quedaba del excelente vino dulce de Dorne. Los sirvientes entraron y salieron para retirar los platos de la mesa. Les ordenó que dejaran el vino. Cuando hubieron terminado, Varys entró en la estancia arrastrando los pies al andar. Vestía una amplia túnica color lavanda, a juego con su olor.

—Muy bien, mi señor, muy bien hecho: una actuación maravillosa.

—Entonces, ¿por qué tengo este regusto amargo en la boca? —Se presionó las sienes con los dedos—. Les he dicho que tirasen por la borda a Allar Deem. Ganas me dan de hacer lo mismo con vos.

—Puede que el resultado os decepcionase —replicó Varys—. Las tormentas llegan y pasan; las olas rompen; el pez grande se come al chico... y yo sigo remando. ¿Sería mucha molestia si os pido un trago de ese vino que tanto estaba disfrutando lord Slynt?

Tyrion le señaló la jarra, con el ceño fruncido. Varys se sirvió una copa.

—Ah. Dulce como el verano. —Tomó otro trago—. Oigo cómo las uvas cantan en mi lengua.

—Ya decía yo que se oía un ruido raro. Decidles a las uvas que se callen; la cabeza me va a estallar. Fue mi hermana. Eso ha sido lo que el muy leal lord Janos se ha negado a decirme. Cersei envió a los capas doradas a ese burdel. —Varys disimuló una risita nerviosa. De manera que lo sabía desde el principio—. Eso no me lo dijisteis —lo acusó Tyrion.

—Se trataba de vuestra dulce hermana —respondió Varys, tan dolido que parecía a punto de llorar—. No es fácil dar esas noticias, mi señor. Tenía miedo de vuestra reacción. ¿Podréis perdonarme?

—No —restalló Tyrion—. Maldito seáis. Y maldita sea ella. —Sabía que no podía ponerle un dedo encima a Cersei. Aún no, ni aunque quisiera, y desde luego, no estaba seguro de querer hacerlo. Pero le dolía ejercer aquella farsa de justicia, castigar a seres lamentables como Janos Slynt y Allar Deem, mientras su hermana seguía llevando a cabo sus crueles planes—. De ahora en adelante, me contaréis todo lo que sepáis, lord Varys. Todo.

—Eso me tomará mucho tiempo, mi buen señor. —La sonrisa del eunuco era ladina—. Sé muchas cosas.

—Por lo visto, no las suficientes para salvar a aquella niña.

—No, por desgracia no. Había otro bastardo, un chico, mayor. Tomé las medidas necesarias para ponerlo a salvo..., pero confieso que jamás se me pasó por la cabeza que la pequeña corriera peligro. Una niña, plebeya, de menos de un año, hija de una prostituta... No representaba ninguna amenaza.

—Era hija de Robert —replicó Tyrion con amargura—. Por lo visto, para Cersei eso era suficiente.

—Sí. Fue muy doloroso, muy triste. Me culpo por la muerte de la dulce pequeña y por la de su madre, que era tan joven y amaba tanto al rey...

—¿De veras? —Tyrion no había visto jamás el rostro de la chica muerta, pero en su imaginación era Shae y Tysha a la vez—. Me pregunto si una prostituta puede amar de verdad. No, no respondas, hay cosas que prefiero no saber.

Había dejado establecida a Shae en una amplia casona de piedra y madera que contaba con un pozo, un establo y un jardín; le había proporcionado criados que atendieran todas sus necesidades, un pájaro blanco de las islas del Verano para que le hiciera compañía, sedas, plata y gemas para adornarse, y guardias para protegerla. Pero ella seguía inquieta. Quería estar más tiempo con él, le dijo; quería servirlo y ayudarlo. «Como mejor me ayudas es aquí, entre las sábanas», le había dicho él una noche, después de hacer el amor, tendido junto a ella, con la cabeza reposada entre sus senos y un dulce escozor en la entrepierna. Shae no respondió nada, pero la contestación estaba en sus ojos, y en ellos pudo leer que no había dicho lo que quería oír.

Tyrion suspiró y tendió la mano hacia el vino, pero se acordó de lord Janos y apartó la jarra.

—Al parecer, mi hermana decía la verdad en lo relativo a la muerte de Stark. Esa estupidez se la debemos solo a mi sobrino.

—El rey Joffrey dio la orden. Janos Slynt y ser Ilyn Payne la llevaron a cabo de inmediato, sin titubear...

—Casi como si la estuvieran esperando. Sí, eso ya lo hemos tratado, sin llegar a ninguna conclusión. Fue una locura.

—Ahora controláis la Guardia de la Ciudad, mi señor, y estáis en una situación inmejorable para impedir que su alteza cometa más... ¿locuras? Aunque claro, también hay que tener en cuenta a la guardia de la casa de la reina...

—¿Los capas rojas? —Tyrion se encogió de hombros—. Vylarr juró lealtad a Roca Casterly. Sabe que he venido con la autoridad de mi padre. A Cersei le costaría mucho utilizar a sus hombres contra mí. Además, son únicamente un centenar. Yo tengo ciento cincuenta hombres. Y seiscientos capas doradas, si Bywater es tal como me habéis dicho.

—Pronto veréis que ser Jacelyn es hombre valiente, honorable, obediente... y muy agradecido.

—Me gustaría saber a quién le guarda gratitud. —Tyrion no confiaba en Varys, aunque su valía era innegable. Desde luego, sabía muchas cosas—. ¿Por qué me ayudáis tanto, mi señor Varys? —preguntó, escudriñando las manos fofas del eunuco, su rostro empolvado, su calva, su sonrisa untuosa...

—Vos sois la mano. Yo sirvo al reino, al rey y a vos.

—¿También servisteis a Jon Arryn y a Eddard Stark?

—Serví a lord Arryn y a lord Stark lo mejor que pude. Sus prematuras muertes me entristecieron y me horrorizaron.

—Pues imaginaos cómo me siento yo, que seguramente seré el próximo.

—No lo creo —respondió Varys al tiempo que hacía girar el vino en su copa—. El poder es una cosa muy curiosa, mi señor. Decidme, ¿habéis tenido tiempo de meditar sobre el acertijo que os planteé hace unos días en la posada?

—Le he dado algunas vueltas —reconoció Tyrion—. El rey, el sacerdote, el hombre rico... ¿Quién vive y quién muere? ¿A quién obedecerá el hombre de la espada? Es un acertijo sin respuesta; mejor dicho, con demasiadas respuestas. Todo depende de cómo sea ese hombre.

—Pero, en realidad, el hombre de la espada no es nadie —señaló Varys—. No tiene corona, ni oro, ni el favor de los dioses, solo un trozo de acero afilado.

—Ese trozo de acero es el poder de la vida y la muerte.

—Exacto. Pero, si quien nos gobierna en realidad es el sicario, ¿por qué fingimos que son nuestros reyes los que tienen el poder? ¿Por qué un hombre fuerte con una espada se plantearía jamás obedecer a un niño rey como Joffrey, o a un idiota borracho como su padre?

—Porque esos niños reyes y esos idiotas borrachos pueden llamar a otros hombres fuertes, con otras espadas.

—Entonces serían esos otros guerreros los que en realidad tendrían el poder. ¿O no? ¿De dónde salen sus espadas? ¿Por qué obedecen? —Varys sonrió—. Hay quien dice que el conocimiento es poder. Hay quien dice que el poder deriva de los dioses. Otros dicen que el poder lo da la ley. Pero aquel día, en los peldaños del Septo de Baelor, nuestro piadoso septón supremo, la legítima reina regente y vuestro seguro servidor, con todos sus conocimientos, estuvieron tan impotentes como cualquier zapatero remendón de la multitud. ¿Quién mató en realidad a Eddard Stark? ¿Vos qué pensáis? ¿Joffrey, que dio la orden? ¿Ser Ilyn Payne, que blandió la espada? ¿O bien... otra persona?

—¿Vais a decirme la respuesta del maldito acertijo o solo queréis empeorarme esta jaqueca? —Tyrion inclinó la cabeza hacia un lado.

—De acuerdo —dijo Varys sonriendo de nuevo—, ahí va: el poder reside donde los hombres creen que reside. Ni más ni menos.

—Entonces, ¿el poder es una farsa?

—Una sombra en la pared —murmuró Varys—. Pero las sombras pueden matar. Y a veces, un hombre muy pequeño puede proyectar una sombra muy grande.

—Lord Varys, por extraño que parezca os estoy tomando cariño. —Tyrion sonrió—. Aún es posible que os mate, pero lo lamentaré de verdad.

—Consideraré eso como un cumplido.

—¿Qué sois, Varys? —Para su asombro, Tyrion deseaba saberlo realmente—. Dicen que sois una araña.

—Las arañas y los informadores no suelen ser muy queridos, mi señor. Soy un leal sirviente del reino.

—Y un eunuco. No lo olvidemos.

—Me cuesta olvidarlo.

—A mí también me llaman Mediohombre, pero creo que los dioses han sido más bondadosos conmigo. Soy pequeño, tengo las piernas torcidas, las mujeres no me miran con deseo... Pero sigo siendo un hombre. Shae no es la primera que honra mi lecho, y algún día tomaré esposa y tendré un hijo. Si los dioses siguen siendo generosos, tendrá el aspecto de su tío y el cerebro de su padre. Vos no tenéis una esperanza así que os sustente. Los enanos somos una burla de los dioses... pero son los hombres quienes hacen a los eunucos. ¿Quién os mutiló, Varys? ¿Cuándo, y por qué? ¿Quién sois en realidad?

La sonrisa del eunuco nunca vacilaba, pero sus ojos brillaron con algo que no era risa.

—Sois muy amable al interesaros, mi señor, pero mi historia es larga y triste, y ahora tenemos que hablar de traiciones. —Se sacó un pergamino de la manga de la túnica—. El capitán de la galera real *Venado Blanco* planea levar anclas dentro de tres días para poner su espada y su nave al servicio de lord Stannis.

—Y supongo que habrá que dar una sangrienta lección con este hombre. —Tyrion suspiró.

—Ser Jacelyn podría hacerlo desaparecer, pero un juicio ante el rey contribuiría a garantizar la lealtad de otros capitanes.

«Y mantendría ocupado a mi regio sobrino.»

—Como digáis. Que reciba una dosis de la justicia de Joffrey.

Varys hizo una marca en el pergamino.

—Ser Horas y ser Hobber Redwyne han sobornado a un guardia para que los deje salir por una poterna pasado mañana por la noche. Ya lo tienen todo preparado para embarcar en una galera de Pentos, la *Luna Veloz,* disfrazados de remeros.

—Podríamos mantenerlos a los remos unos cuantos años, a ver si les gusta, ¿no? —Sonrió—. No, mi hermana lamentaría la pérdida de tan valiosos invitados. Informad a ser Jacelyn. Coged al hombre al que sobornaron y explicadle que servir en la Guardia de la Noche es un gran honor. Y vigilad la *Luna Veloz,* por si los Redwyne encuentran a otro guardia necesitado de dinero.

—Como digáis. —Otra marca en el pergamino—. Uno de vuestros hombres, Timett, ha matado esta noche al hijo de un vinatero en un garito de la calle de la Plata. Lo acusaba de hacer trampas en el juego.

—¿Y era cierto?

—Sin la menor duda.

—En ese caso, los hombres honrados de esta ciudad están en deuda con Timett. Me encargaré de que el rey le dé las gracias.

El eunuco dejó escapar una risita nerviosa e hizo otra marca.

—También tenemos una repentina plaga de santones. Al parecer, el cometa ha atraído a todo tipo de sacerdotes, predicadores y profetas. Mendigan en las tabernas y en los tenderetes de los calderos, y van por ahí prediciendo muerte y destrucción a todo el que se pare a escucharlos.

—Está próximo el tercer centenario del Desembarco de Aegon; estas cosas son de esperar. —Tyrion se encogió de hombros—. Que hablen lo que quieran.

—Están sembrando el pánico, mi señor.

—Creía que esa era vuestra misión.

—Ay. —Varys se cubrió la boca con la mano—. Qué cruel sois, qué cosas decís. Una última cosa. Anoche, lady Tanda dio una cena para unos cuantos amigos. Os he traído el menú y la lista de invitados. Cuando se sirvió el vino, lord Gyles se levantó para brindar por el rey, y se oyó decir a ser Balon Swann: «Para eso hacen falta tres copas». Muchos rieron...

—Basta —Tyrion alzó una mano—. Ser Balon hizo un chiste. No me interesan las traiciones en forma de charla de sobremesa.

—Sois tan sabio como bondadoso, mi señor. —El pergamino volvió a desaparecer en el interior de la manga del eunuco—. A ambos nos aguardan muchas tareas. Os dejo.

Tras la salida de Varys, Tyrion permaneció sentado largo rato, observando la vela. Se preguntaba cómo se tomaría su hermana la destitución de Janos Slynt. La conocía lo suficiente para saber que no estaría nada satisfecha, pero no se imaginaba qué otra cosa podría hacer, aparte de enviarle una nota airada a lord Tywin, a Harrenhal. Tyrion contaba ya con la Guardia de la Ciudad, y también con ciento cincuenta hombres de los clanes y un creciente ejército de mercenarios reclutados por Bronn. Al parecer estaba bien protegido.

«No me cabe duda de que Eddard Stark pensaba lo mismo.»

La Fortaleza Roja estaba oscura y silenciosa cuando Tyrion salió de la sala menor. Bronn lo esperaba en sus habitaciones.

—¿Slynt? —preguntó.

—Lord Janos zarpará con la marea de la mañana en dirección al Muro. Varys quiere que crea que he reemplazado a un hombre de Joffrey por uno mío. Lo más seguro es que haya reemplazado a un hombre de Meñique por uno de Varys, pero sea.

—Más vale que lo sepas: Timett ha matado a un hombre...

—Me lo ha dicho Varys.

El mercenario no pareció sorprendido.

—El muy idiota creía que sería más fácil hacerle trampas a un tuerto. Timett le ha clavado la muñeca a la mesa con el puñal y le ha abierto la garganta con las manos. Tiene un truco muy bueno: pone rígidos los dedos y...

—No me interesan los detalles macabros —lo interrumpió Tyrion—; tengo la cena en equilibrio inestable en el estómago. ¿Qué tal va el reclutamiento?

—Bastante bien. Esta noche, tres hombres más.

—¿Cómo sabes a cuáles debes contratar?

—Les echo un vistazo. Los interrogo, averiguo dónde han combatido y qué tal mienten. —Bronn sonrió—. Y luego les doy una oportunidad de matarme, mientras yo trato de matarlos a ellos.

—¿Te has cargado a alguno?

—A ninguno que pudiera habernos sido útil.

—¿Y si alguno te mata a ti?

—Contrátalo sin falta.

—Dime una cosa, Bronn... —Tyrion estaba un poco ebrio y muy cansado—. Si te ordenara matar a un bebé... a una niña de pecho..., ¿lo harías? ¿Sin preguntas?

—¿Sin preguntas? No. —El mercenario frotó las yemas del pulgar y el corazón—. Preguntaría cuánto.

«¿Lo ves, lord Slynt? No necesito a tu Allar Deem —pensó Tyrion—. Ya tengo a cien como él.» Tenía ganas de reír. Tenía ganas de llorar. Sobre todo, tenía ganas de estar con Shae.

ARYA

El camino era poco más que dos surcos entre las hierbas crecidas.

Por un lado, aquello era bueno, había tan poco tráfico de viajeros que nadie podría señalar en qué dirección se habían ido. Allí, la marea humana que recorría el camino Real no era más que un reguerillo.

Lo malo era que el camino resultaba sinuoso como una serpiente, trazaba curvas y más curvas, se enredaba con otros senderos secundarios y en ocasiones parecía esfumarse por completo, para reaparecer media legua más adelante, justo cuando ya habían perdido la esperanza. Arya lo detestaba a muerte. El terreno no era duro; las colinas eran onduladas, y los campos sembrados se intercalaban entre prados, bosquecillos y valles surcados por arroyuelos de aguas tranquilas bordeados de sauces. Pero, pese a todo, el camino era tan estrecho y retorcido que tenían que avanzar a paso de tortuga.

Lo que más ralentizaba su marcha eran los carromatos, que avanzaban a duras penas. Los ejes crujían bajo el peso de la carga. Tenían que detenerse una docena de veces al día para desatascar las ruedas, que se quedaban trabadas en los surcos, o doblar las yuntas para ascender por una ladera embarrada. En cierta ocasión, en medio de un bosquecillo de robles, se toparon de frente con tres hombres que llevaban un cargamento de leña en un carro tirado por un buey. No había lugar para que se cruzaran, de manera que no pudieron hacer otra cosa que esperar mientras los leñadores desaparejaban el buey, lo guiaban entre los árboles, daban la vuelta al carro, volvían a uncir al buey y regresaban por donde habían llegado. El buey era aún más lento que los carromatos, así que aquel día apenas avanzaron nada.

Arya no podía contenerse y, a menudo, volvía la cabeza para mirar atrás, siempre temiendo que los capas doradas les dieran alcance. Por la noche, cualquier ruido la despertaba, y empuñaba a *Aguja* de manera instintiva. No habían vuelto a acampar sin poner centinelas, pero Arya no se fiaba de ellos, y menos cuando eran los chicos huérfanos. En los callejones de Desembarco del Rey se las habían apañado muy bien, pero allí fuera se encontraban perdidos. Cuando era silenciosa como una sombra podía pasar ante ellos sin que se dieran cuenta; se movía con rapidez a la luz de las estrellas para orinar en el bosque, donde nadie pudiera verla. En cierta ocasión, mientras Lommy Manosverdes estaba de guardia, trepó a un roble, y saltó de rama en rama y de árbol en árbol hasta acabar justo sobre su cabeza, sin que él se diera cuenta. Podría haberse dejado caer sobre él, pero sabía que sus gritos despertarían a todo el campamento, y Yoren la castigaría de nuevo con el palo.

Lommy y el resto de los huérfanos le daban un trato especial al Toro ahora que estaban enterados de que la reina quería su cabeza, pero el muchacho se desentendía.

—Yo no le he hecho nada a ninguna reina —decía, furioso—. Hacía mi trabajo y nada más. Fuelles, tenazas, recoger, entregar. Iba para armero, y de pronto el maestro Mott va un día y me dice que me tengo que unir a la Guardia de la Noche; yo no sé nada más.

Y se iba a sacarle lustre a su yelmo. Era un yelmo muy hermoso, curvado, con un visor en forma de rejilla y dos grandes cuernos de toro metálicos. Arya lo veía pulir el metal con un paño encerado hasta que brillaba tanto que se reflejaban las llamas de la hoguera en el acero. Pero nunca había visto que se lo pusiera.

—Me juego lo que sea a que es hijo de aquel traidor —comentó Lommy una noche, en voz baja, para que Gendry no lo oyera—. El del lobo, ese al que le cortaron el pelo en las escaleras de Baelor.

—Pues no —replicó Arya.

«Mi padre tuvo un solo bastardo, y fue Jon.» Se refugió entre los árboles, deseando con todas sus fuerzas ensillar su caballo y galopar hasta casa. Era una buena montura, una yegua parda con una mancha blanca en la testuz. Y Arya siempre había sido buena amazona. Podía alejarse al galope y no volvería a verlos nunca, a menos que se dejara alcanzar. Pero entonces no tendría a nadie que fuera en avanzadilla ante ella, ni que le cuidara las espaldas, ni que montara guardia mientras dormitaba, y cuando la alcanzaran los capas doradas, estaría sola. Lo más seguro era quedarse con Yoren y con los demás.

—No estamos lejos del Ojo de Dioses —dijo el hermano negro una mañana—. El camino Real no será seguro mientras no crucemos el Tridente. Así que subiremos rodeando el lago por la orilla occidental; no creo que nos busquen por allí.

Cuando llegaron a un punto en que dos pares de surcos se cruzaban, giraron hacia el oeste.

En aquella zona, los campos cultivados dejaban paso a los bosques; los pueblos y aldeas eran más pequeños y distantes; las colinas, más altas, y los valles, más profundos. Cada vez les costaba más encontrar alimentos. En la ciudad, Yoren había cargado los carromatos de pescado en salazón, pan duro, manteca, nabos, sacos de alubias y centeno, y enormes quesos amarillos, pero ya se lo habían comido todo. Se veían obligados a vivir de lo que la tierra les proporcionaba, de manera que Yoren recurrió a Koss y a Kurz, que habían sido condenados por cazadores furtivos. Los hacía avanzar por delante de la columna, por los bosques, y al caer la noche regresaban con un ciervo que cargaban entre los dos con una pértiga, o con un hato de perdices colgado del cinturón. Los chicos más jóvenes eran los encargados de recoger moras por el camino, o de saltar una valla para llenar un saco de manzanas si daban con algún huerto.

Arya era la que mejor trepaba, y también la más rápida, y prefería hacerlo a solas. Un día se tropezó por casualidad con un conejo. Era gordo, de pelo pardo, con orejas largas y naricilla inquieta. Los conejos corrían más deprisa que los gatos, pero no podían subirse a los árboles. Le dio un buen golpe con el palo y lo agarró por las orejas. Yoren lo guisó con setas y cebollas silvestres. A Arya le dieron una pata entera, porque el conejo era suyo. La compartió con Gendry. A los demás les correspondió un cacillo por cabeza, incluso a los tres hombres encadenados. Jaqen H'ghar le agradeció con suma cortesía aquel manjar, y Mordedor se lamió la grasa de los dedos sucios con una expresión de éxtasis en el rostro, pero Rorge, el que no tenía nariz, se echó a reír.

—Este sí que caza bien —dijo—. Chichones Carasucia Mataconejos.

Al pasar por una aldea llamada Brezo Blanco, unos campesinos los rodearon en un maizal y les exigieron que pagaran las mazorcas que habían cogido. Yoren echó un vistazo a sus guadañas y les arrojó unas pocas monedas de cobre.

—Hubo un tiempo en que a los hombres de negro se los agasajaba con festines desde Dorne hasta Invernalia —dijo con amargura—, y los más altos señores consideraban un honor acogerlos bajo sus techos. Ahora, unos cobardes como vosotros exigen dinero contante y sonante a cambio de un mordisco de manzana agusanada. —Escupió al suelo.

—Es maíz, y mejor de lo que merece un cuervo hediondo como tú —le replicó uno de ellos con grosería—. Sal de nuestros campos y llévate a esos criminales, o te clavaremos a una estaca entre el maíz para que espantes a los otros cuervos.

Aquella noche asaron las mazorcas ensartadas en palos y se las comieron a mordiscos. A Arya le supieron de maravilla, pero Yoren estaba tan enfadado que no quiso comer. Parecía como si sobre él pendiera una nube, tan negra y desastrada como su capa. Recorría el campamento a zancadas, inquieto, sin dejar de murmurar entre dientes.

Al día siguiente, Koss regresó corriendo desde su puesto de avanzadilla para avisar a Yoren de que habían visto un campamento.

—Son veinte o treinta hombres —dijo—, con cotas de malla y yelmos. Algunos están malheridos, y uno parece moribundo, por lo que grita. Hacía tanto ruido que he podido acercarme bastante. Tienen lanzas y escudos, pero solo un caballo, y está cojo. Su campamento huele a rayos; deben de llevar ahí bastante tiempo.

—¿Has visto algún estandarte?

—Un gato arbóreo moteado, amarillo y negro, sobre campo marrón.

—No sé quiénes son —reconoció Yoren. Dobló una hojamarga, se la metió en la boca y la masticó—. Puede que estén con un bando o con el otro. Pero si andan tan desesperados, eso no importa: seguro que querrán quitarnos los caballos. Quizá más que eso. Será mejor dar un rodeo.

Tuvieron que apartarse varias leguas de su camino, y perdieron al menos dos días, pero el viejo dijo que no era un precio demasiado caro.

—Vais a pasar mucho tiempo en el Muro. El resto de vuestra vida. No hay prisa por llegar.

Cuando retomaron el rumbo hacia el norte, la presencia de hombres que vigilaban los campos se hizo cada vez más frecuente. Arya los veía a menudo de pie junto al camino, mirando en silencio con ojos gélidos a los viajeros. En otras ocasiones patrullaban a caballo a lo largo de las vallas, con hachas colgadas de los cinturones. Cierta vez vio a un hombre sentado entre las ramas de un árbol seco, con un arco en la mano y un carcaj colgado a su lado. En cuanto los vio, puso una flecha en el arco y no apartó la vista de ellos hasta que el último carromato desapareció en la distancia. Yoren no dejaba de mascullar maldiciones.

—Eso, que se quede en el árbol, a ver de qué le sirve cuando los Otros vengan a por él. Entonces sí que llamará a gritos a la Guardia, vaya si nos llamará.

Un día más tarde, Dobber divisó un brillo rojo contra el cielo del anochecer.

—O el camino se ha desviado, o el sol se está poniendo por el norte.

—Es fuego —anunció Yoren, que se había subido a una loma para ver mejor. Se chupó el pulgar y lo alzó—. El viento lo alejará de nosotros. Pero más vale estar alerta.

Y alerta estuvieron. A medida que la oscuridad se imponía, el fuego parecía brillar más y más, hasta que tuvieron la sensación de que todo el norte estaba en llamas. En ocasiones les llegaba el olor del humo, pero el viento siguió soplando en la misma dirección, y las llamas no se acercaron a ellos. Al amanecer, el incendio se había consumido, pero aquella noche ninguno pudo dormir bien.

Ya era mediodía cuando llegaron al lugar donde había estado el pueblo. En más de una legua a la redonda, los campos eran un erial abrasado, y de las casas no quedaban más que restos calcinados. Por todas partes había cadáveres quemados de animales, cubiertos por mantas vivientes de cuervos carroñeros, que alzaron el vuelo y graznaron furiosos ante su presencia. Del interior del torreón seguía saliendo humo. La empalizada de madera parecía resistente desde lejos, pero en la práctica no lo había sido.

Arya, que iba a caballo por delante de los carromatos, vio cadáveres quemados empalados en estacas afiladas a lo largo de las paredes, con las manos ante el rostro, como si hubieran tratado de luchar contra las llamas que los consumieron. Yoren dio orden de detenerse cuando aún estaban a cierta distancia, y les dijo a Arya y a los otros muchachos que vigilaran los carromatos mientras él se adelantaba a pie junto con Murch y Cutjack. Cuando saltaron la verja rota, una bandada de cuervos levantó el vuelo, y las aves que llevaban en las jaulas respondieron a sus graznidos.

—¿No deberíamos ir a buscarlos? —le preguntó Arya a Gendry cuando pasó un largo rato sin que Yoren y los demás regresaran.

—Nos ha dicho que esperásemos.

La voz de Gendry sonaba cavernosa. Arya se volvió para mirarlo, y vio que se había puesto el brillante yelmo de acero con los cuernos curvos.

Cuando por fin regresaron, Yoren llevaba en brazos a una niñita, y Murch y Cutjack transportaban a una mujer en una camilla improvisada a partir de una manta vieja. La niña no tendría más de dos años y lloraba sin cesar, con un llanto gimoteante que sonaba como si se le hubiera atravesado algo en la garganta. Tal vez aún no sabía hablar, o tal vez se le había olvidado. El brazo derecho de la mujer terminaba en un muñón ensangrentado a la altura del codo, y sus ojos parecían no ver ni siquiera lo que tenía delante. Hablaba, pero solo decía una cosa:

—Por favor —gemía una y otra vez—. Por favor. Por favor.

A Rorge le hizo mucha gracia, y se rio a través del agujero del rostro donde había tenido la nariz. Mordedor se empezó a reír también, hasta que Murch los llenó de improperios y les ordenó que se callaran.

Yoren les hizo preparar un lugar para la mujer en la parte trasera de uno de los carromatos.

—Y daos prisa —dijo—. Cuando oscurezca, esto se va a llenar de lobos. Y de cosas peores.

—Tengo miedo —murmuró Pastel Caliente al ver como la mujer manca se agitaba en el carromato.

—Yo también —confesó Arya.

—No es verdad que matara a un chico a patadas, Arry. —El muchacho le dio un apretón en el hombro—. Lo único que hacía era vender los pasteles de mi madre, en serio.

Arya se adelantó a caballo para alejarse lo máximo posible de los carromatos, y así no oír los gimoteos de la niña, ni los «Por favor» susurrados de la mujer. Recordó una historia de las que contaba la Vieja Tata: hablaba de un hombre prisionero en un oscuro castillo, vigilado por gigantes malvados. Era muy valiente y muy astuto, así que engañó a los gigantes y consiguió escapar... pero, nada más salir del castillo, los Otros se lo llevaron y se bebieron su sangre roja y caliente. En aquellos momentos comprendía cómo se debió de sentir aquel hombre.

La mujer manca murió al anochecer. Gendry y Cutjack la enterraron en una colina, bajo un sauce llorón. Cuando el viento sopló, a Arya casi le pareció oír un susurro entre las largas ramas colgantes. «Por favor. Por favor. Por favor.» Se le erizó el vello de la nuca y estuvo a punto de salir corriendo para alejarse de la tumba.

—Esta noche, nada de hoguera —les dijo Yoren.

La cena consistió en un puñado de rábanos silvestres que Koss había encontrado, un tazón de alubias secas y agua de un arroyo cercano. El agua tenía un sabor raro, y Lommy dijo que era porque corriente arriba había cadáveres pudriéndose. Pastel Caliente le habría dado una paliza si el viejo Reysen no los hubiera separado.

Arya bebió mucha agua para llenarse el estómago con algo. Pensaba que no podría conciliar el sueño, pero al final se durmió. Cuando despertó, la oscuridad era absoluta, y tenía la vejiga llena a reventar. Los durmientes se amontonaban en torno a ella, envueltos en capas y mantas. Cogió a *Aguja,* se levantó y escuchó con atención. Oyó las pisadas suaves de un centinela, a los hombres moviéndose en medio de sueños inquietos, los ronquidos traqueteantes de Rorge y el extraño siseo que emitía Mordedor al dormir. De otro carromato le llegó el sonido rítmico del acero contra la piedra. Yoren mascaba hojamarga al tiempo que afilaba su puñal.

Pastel Caliente era uno de los chicos que montaban guardia.

—¿Adónde vas? —le preguntó a Arya, al ver que se dirigía hacia los árboles. Arya hizo un gesto vago en dirección al bosque—. Ni hablar —dijo Pastel Caliente. Desde que tenía una espada colgada del cinto había recuperado el valor, aunque no fuera más que una espada corta y él la manejara como si fuera un cuchillo de cocina—. El viejo ha dicho que esta noche no nos apartemos.

—Tengo que orinar —explicó Arya.

—Pues ponte contra aquel árbol. —Le señaló uno—. No sabes qué puede haber por ahí, Arry. Antes he oído aullidos de lobos.

A Yoren no le gustaría que se peleara con el chico. Trató de poner cara de miedo.

—¿Lobos? ¿De verdad?

—Que sí, que los he oído yo.

—Se me han quitado las ganas.

Volvió a su manta y fingió dormir hasta que oyó como se alejaban las pisadas de Pastel Caliente. Rodó sobre sí misma y se escabulló hacia el bosque por el otro lado del campamento, silenciosa como una sombra. Allí también había centinelas, pero no le costó ningún trabajo esquivarlos. De todos modos, para no correr riesgos, se alejó el doble de lo habitual. Cuando se aseguró de que estaba sola, se bajó los calzones.

Estaba orinando en cuclillas, con la ropa enredada en los tobillos, cuando oyó un crujido entre los árboles.

«Es Pastel Caliente —pensó aterrada—, me ha seguido.» Fue entonces cuando vio los ojos que brillaban en el bosque, iluminados con el reflejo de la luna. Se le hizo un nudo en la garganta y agarró a *Aguja,* sin preocuparse por si se meaba en la ropa. Contó los ojos: dos, cuatro, ocho, doce... Toda una manada.

Uno de ellos salió de entre los árboles y se le acercó. La miró y le enseñó los dientes, y Arya solo pudo pensar en lo idiota que había sido y en lo que iba a regodearse Pastel Caliente al día siguiente cuando encontraran su cadáver a medio devorar. Pero el lobo dio la vuelta y regresó a la oscuridad, y en un instante, los ojos desaparecieron. Temblorosa, se limpió, se ató los calzones y siguió el sonido de la piedra de afilar para volver al campamento y a Yoren. Cuando se subió a su carromato, tenía el rostro desencajado.

—Lobos —susurró—. En el bosque.

—Sí, no me extraña. —Ni siquiera alzó la vista para mirarla.

—Me han asustado.

—¿De veras? —Escupió hacia un lado—. Yo creía que en tu familia os gustaban los lobos.

—Nymeria era una loba huargo. —Arya se cruzó los brazos sobre el pecho, estremecida—. No es lo mismo. Además, ya no la tengo. Jory y yo le tiramos piedras para que se marchara; si no, la reina la habría matado. —Se ponía triste siempre que hablaba de aquello—. Seguro que, si hubiera estado en la ciudad, no habría permitido que le cortaran la cabeza a mi padre.

—Los chicos huérfanos no tienen padre —replicó Yoren—. ¿O se te ha olvidado? —La hojamarga le teñía la saliva de rojo, de manera que parecía como si tuviera la boca ensangrentada—. Los únicos lobos que deberían darnos miedo son los que van disfrazados de hombres, como los que acabaron con aquella aldea.

—Quiero irme a casa —dijo, abatida. Trataba con todas sus fuerzas de ser fiera como un carcayú y todo lo demás, pero a veces se sentía como si, al fin y al cabo, no fuera más que una niñita.

El hermano negro sacó otra hojamarga del fardo que llevaban en el carromato y se la metió en la boca.

—Quizá debí dejarte donde te encontré, chico. Debí dejaros a todos. Por lo visto, en la ciudad estabais más seguros.

—No me importa. Quiero irme a casa.

—Hace casi treinta años que me dedico a llevar hombres al Muro. —La espuma brillaba entre los labios de Yoren como burbujas de sangre—. En todo ese tiempo solo he perdido a tres. Un viejo murió de fiebres, a un muchacho lo mordió una serpiente mientras cagaba y un imbécil trató de matarme cuando estaba dormido. Le proporcioné una segunda sonrisa bien roja para compensarlo por sus molestias. —Hizo el gesto de pasarse el puñal por el cuello para que Arya se hiciera una idea—. Tres en treinta años. —Escupió la hojamarga que había estado mascando—. Habría sido más sensato tomar un barco. Así no hay posibilidad de encontrar más hombres por el camino, pero de todos modos... Cualquiera más inteligente habría tomado un barco; en cambio, yo... llevo treinta años recorriendo este camino Real. —Se enfundó el puñal—. Vete a dormir, chico. ¿Entendido?

Arya lo intentó. Pero, mientras yacía bajo la fina manta, seguía oyendo el aullido de los lobos... y algo más, otro sonido más tenue, poco más que un susurro al viento, que tal vez fueran gritos.

DAVOS

El humo de los dioses que ardían oscurecía el aire de la mañana.

Estaban todos en llamas: la Doncella y la Madre, el Guerrero y el Herrero, la Vieja de los ojos color perla y el Padre con su barba dorada. Hasta el Desconocido, tallado para darle un aspecto más animal que humano. La madera seca y vieja y las incontables capas de pintura y barniz ardían con una luz fiera y hambrienta. El calor hacía vibrar el aire gélido; detrás, las gárgolas y dragones de piedra de los muros del castillo parecían borrosos, como si Davos los estuviera viendo a través de un velo de lágrimas.

«O como si las bestias temblaran, se estremecieran...»

—Mala cosa —señaló Allard, aunque al menos tuvo la sensatez de decirlo en voz baja.

Dale murmuró algo en tono de asentimiento.

—Silencio —ordenó Davos—. Recordad dónde estáis.

Sus hijos eran hombres buenos, pero jóvenes, y Allard, sobre todo, era muy impulsivo.

«Si yo hubiera seguido dedicado al contrabando, Allard habría acabado en el Muro. Stannis lo salvó de ese destino: una cosa más que le debo...»

Cientos de personas se habían congregado ante el castillo para presenciar la quema de los Siete. El aire tenía un olor hediondo. Incluso a los soldados les costaba permanecer impasibles ante aquella afrenta a los dioses que muchos de ellos habían adorado toda la vida.

La mujer roja dio tres vueltas a la hoguera, recitando oraciones: una vez en la lengua de Asshai, otra en alto valyrio y otra en la lengua común. Davos solo comprendió la última.

—R'hllor, ven a nosotros en nuestra oscuridad —decía—. Señor de Luz, te ofrecemos en sacrificio a estos falsos dioses, a estos siete que son uno, uno mismo, el enemigo. Llévatelos y arroja tu luz sobre nosotros, pues la noche es oscura y alberga horrores.

La reina Selyse repetía cada una de las palabras. Junto a ella, Stannis observaba impasible la escena, con la mandíbula rígida como la piedra bajo la sombra negra azulada de una barba muy corta. Se había ataviado con prendas mucho más lujosas que las habituales, como para ir al septo.

El septo de Rocadragón se había alzado en el lugar donde Aegon el Conquistador se arrodilló para rezar la noche anterior a hacerse a la mar. Aquello no lo había salvado de los hombres de la reina, que volcaron los altares, derribaron las estatuas y destrozaron con sus martillos de guerra las vidrieras de colores. El septón Barre no pudo hacer más que maldecirlos, pero ser Hubard Rambton llevó a sus tres hijos al septo para defender a sus dioses. Los Rambton mataron a cuatro hombres de la reina antes de que los demás los redujeran. Después de aquello, Guncer Sunglass, el más plácido y religioso de los señores vasallos, le dijo a Stannis que no podía seguir apoyando su causa. En aquellos momentos compartía una celda sofocante con el septón y los dos hijos supervivientes de ser Hubard. Todos los demás señores aprendieron muy deprisa la lección.

Para Davos el contrabandista, los dioses nunca habían significado gran cosa, aunque al igual que muchos hombres solía hacer ofrendas al Guerrero antes de la batalla, al Herrero cuando botaba un barco y a la Madre siempre que su esposa gestaba un bebé. Al verlos arder sintió náuseas, y no fue solo por el humo.

«El maestre Cressen habría impedido esto.» El anciano había osado desafiar al Señor de Luz, y por su blasfemia había muerto, o aquello decían los rumores. Davos conocía la verdad. Había visto al maestre echar algo en la copa de vino. «Veneno. ¿Qué si no? Bebió una copa de muerte para liberar a Stannis de Melisandre, pero a ella, su dios la protegió.» De buena gana habría matado a la mujer roja solo por aquello, pero ¿qué posibilidades de éxito tenía allí donde un maestre de la Ciudadela había fracasado? Él no era más que un contrabandista encumbrado, Davos del Lecho de Pulgas, el Caballero de la Cebolla.

Mientras ardían, los dioses proyectaban una luz muy bonita, con sus túnicas de llamas palpitantes, rojas, naranjas y amarillas. En cierta ocasión, el septón Barre le había dicho a Davos que estaban tallados en la madera de los mástiles de los barcos en los que habían llegado los primeros Targaryen de Valyria. A lo largo de los siglos los habían pintado, repintado, sobredorado, chapado en plata y cubierto de incrustaciones y joyas.

—Su belleza los hará más gratos a los ojos de R'hllor —señaló Melisandre tras decirle a Stannis que los derribaran y los sacaran por las puertas del castillo.

La Doncella yacía cruzada sobre el Guerrero, con los brazos extendidos como si quisiera abrazarlo. La Madre casi parecía estremecerse a medida que las llamas ascendían para lamerle el rostro. Alguien le había clavado una espada en el corazón, y la empuñadura de cuero estaba ardiendo. El Padre, el primero en caer, estaba debajo de todos. Davos vio como la mano del Desconocido se arrugaba y curvaba a medida que los dedos se ennegrecían y caían uno a uno, reducidos a carbones ardientes. Cerca de él, lord Celtigar tenía accesos de tos y se cubría el rostro arrugado con un pañuelo de lino con cangrejos rojos bordados. Los myrienses intercambiaban chistes y disfrutaban con el calor del fuego, pero el joven lord Bar Emmon tenía el rostro ceniciento, y lord Velaryon pasaba más tiempo mirando al rey que a las llamas.

Davos habría pagado por saber en qué pensaba, pero alguien como Velaryon jamás confiaría en él. Por las venas del Señor de las Mareas corría sangre de la antigua Valyria, y de su casa habían salido tres esposas para príncipes Targaryen. Davos Seaworth olía a pescado y a cebolla. Con otros señores menores pasaba lo mismo. No podía confiar en ninguno de ellos, y ellos no lo invitaban a sus reuniones privadas. También despreciaban a sus hijos.

«Pero mis nietos justarán con los suyos, y algún día, su sangre se mezclará con la mía en matrimonio. Con el tiempo, mi barco negro ondeará tan alto como el caballito de mar de Velaryon o los cangrejos rojos de Celtigar.»

Si Stannis conseguía el trono, claro. Pero si era derrotado...

«Todo lo que soy se lo debo a él.» Stannis lo había enaltecido nombrándolo caballero. Le había otorgado un lugar de honor en su mesa y una galera de combate en la que navegar para sustituir su esquife de contrabandista. Dale y Allard también capitaneaban galeras; Maric era el remero jefe de la *Furia;* Matthos estaba a las órdenes de su padre, en la *Betha Negra,* y el rey había aceptado a Devan como escudero real. Algún día sería caballero, al igual que los dos pequeños. Marya era señora de una pequeña fortaleza, en el cabo de la Ira, con criados que la trataban como a una gran dama, y Davos podía cazar ciervos en bosques que le pertenecían. Todo aquello le había dado Stannis Baratheon, a cambio de parte de unos pocos dedos.

«Lo que me hizo fue justo. Me pasé la vida violando las leyes del rey. Se ha ganado mi lealtad. —Davos se tocó la bolsita que llevaba colgada del cuello. Sus dedos le daban suerte, y en aquel momento la necesitaba—. Igual que todos. Pero lord Stannis, más que nadie.»

Las llamas amarillentas lamían el cielo gris. El humo negruzco se alzaba serpenteante. Cuando el viento lo impulsaba hacia ellos, los hombres parpadeaban y se frotaban los ojos. Allard apartó la vista entre toses y maldiciones.

«Es una dosis de lo que está por venir», pensó Davos. Muchos arderían antes de que acabara aquella guerra.

Melisandre vestía de seda escarlata y terciopelo color sangre, con ojos tan rojos como el gran rubí que lucía en el cuello, como si también ardieran.

—Está escrito en los antiguos libros de Asshai que llegará un día, tras un largo verano, en que las estrellas sangrarán y el aliento gélido de la oscuridad descenderá sobre el mundo. En esa hora espantosa, un guerrero sacará del fuego una espada llameante. Y esa espada será *Dueña de Luz,* la Espada Roja de los Héroes, y el que la esgrima será Azor Ahai renacido, y la oscuridad huirá a su paso. —Alzó la voz para que sus palabras llegaran a todos los congregados—. ¡Azor Ahai, amado de R'hllor! ¡El Guerrero de la Luz, el Hijo del Fuego! ¡Adelántate; tu espada te aguarda! ¡Adelántate y tómala en tu mano!

Stannis Baratheon avanzó como un soldado que fuera a la batalla. Sus escuderos se aprestaron a ayudarlo. Davos vio como su hijo Devan ponía en la mano del rey un guante largo acolchado. El muchacho vestía un jubón color crema con un corazón en llamas bordado en el pecho. Bryen Farring lucía un atuendo similar, y en aquellos momentos ataba una rígida capa de cuero en torno al cuello de su alteza. Detrás de ellos se oía un ligero entrechocar y tintinear de campanillas.

—En el fondo del mar —canturreaba Caramanchada a lo lejos—, el humo sube en burbujas, las llamas arden verdes y azules y negras. Lo sé, lo sé, je, je, je.

El rey avanzó hacia el fuego con los dientes apretados, siempre manteniendo la capa de cuero ante sí para que las llamas no lo quemaran. Caminó directamente hacia la Madre, agarró la espada con la mano enguantada y la arrancó de la madera ardiente con un tirón seco. Retrocedió con la espada en alto; las llamas color verde jade se arremolinaban a lo largo del acero rojo. Los guardias corrieron a apagar las pavesas que se habían adherido a la ropa del rey.

—¡Una espada de fuego! —gritó la reina Selyse. Ser Axell Florent y el resto de los hombres de la reina se unieron a ella en el grito—. ¡Una espada de fuego! ¡Arde! ¡Arde! ¡Una espada de fuego!

—¡Contemplad! —Melisandre alzó las manos por encima de la cabeza—. ¡Se nos prometió una señal, y ahora está ante nuestros ojos! ¡Contemplad a *Dueña de Luz*! ¡Azor Ahai ha retornado a nosotros! ¡Salve, Guerrero de la Luz! ¡Salve, Hijo del Fuego!

La respuesta fue una deshilvanada salva de gritos, justo en el momento en que el guante de Stannis empezaba a humear. El rey soltó una maldición, clavó la espada en la tierra mojada y se palmeó la mano contra la pierna para apagar las llamas.

—¡Señor, arroja tu luz sobre nosotros! —entonó Melisandre.

—Pues la noche es oscura y alberga horrores —respondieron Selyse y los hombres de la reina.

«¿Debería recitar las oraciones yo también? —se preguntó Davos—. ¿Tanto le debo a Stannis? Y este dios llameante, ¿es su dios?» Apretó los muñones de los dedos.

Stannis se quitó el guante y lo dejó caer al suelo. Los dioses de la pira apenas si resultaban ya reconocibles. La cabeza del Herrero se desprendió con una nube de cenizas y brasas. Melisandre cantaba en la lengua de Asshai; su voz subía y bajaba como las mareas. Stannis se desató la capa de cuero chamuscada y escuchó en silencio. *Dueña de Luz,* clavada en el suelo, todavía brillaba al rojo, pero las llamas estaban menguando y muriendo.

Cuando terminó el cántico, de los dioses no quedaba más que madera carbonizada, y al rey se le había agotado la paciencia. Cogió a la reina por el codo y la acompañó de vuelta a Rocadragón, sin recoger a *Dueña de Luz.* La mujer roja se detuvo un instante para observar como Devan y Byren Farring se arrodillaban y envolvían la espada quemada y ennegrecida en la capa de cuero del rey.

«La Espada Roja de los Héroes tiene pinta de chatarra», pensó Davos.

Un grupo de señores se quedó hablando en voz baja, apartado del calor del fuego. Al percatarse que Davos los observaba se quedaron en silencio.

«Si Stannis cayera, acabarían conmigo en un momento.» Tampoco estaba entre los hombres de la reina, el grupo de caballeros y señores menores llenos de ambición que se habían entregado a ese Señor de Luz para ganarse el favor y la protección de lady Selyse...

«No, de la reina Selyse, ¿recuerdas?»

Cuando Melisandre y los escuderos se marcharon con la preciada espada, el fuego estaba ya agonizando. Davos y sus hijos se unieron a la multitud que se dirigía hacia abajo, hacia la playa y los barcos que aguardaban.

—Devan lo ha hecho muy bien —dijo mientras caminaban.

—Sí, ha cogido el guante sin que se le cayera —respondió Dale. Allard asintió—. Ese dibujo que llevaba Devan en el jubón, el corazón llameante..., ¿qué era? El blasón de los Baratheon es un venado coronado.

—Un señor puede tener más de un blasón —dijo Davos.

—¿Un barco negro y una cebolla, padre? —sonrió Dale.

Allard le dio una patada a una piedra.

—Los Otros se lleven nuestra cebolla... y también ese corazón llameante. No ha estado bien quemar a los Siete.

—¿Desde cuándo eres tan devoto? —preguntó Davos—. ¿Qué sabe de dioses el hijo de un contrabandista?

—Soy hijo de un caballero, padre. Si tú no lo recuerdas, ¿cómo lo van a recordar los demás?

—Eres hijo de un caballero, pero no eres un caballero —replicó Davos—. Y nunca llegarás a serlo si te entrometes en asuntos que no son de tu incumbencia. Stannis es el soberano legítimo; no nos corresponde a nosotros cuestionar lo que haga. Nosotros dirigimos sus naves y cumplimos sus órdenes. Y nada más.

—Ya que hablamos de eso, padre —dijo Dale—, no me gustan los toneles de agua que me han dado para la *Espectro.* Son de pino verde. A poco largo que sea un viaje, el agua se estropea.

—Igual que los que me han dado para la *Lady Marya* —dijo Allard—. Los hombres de la reina se han quedado con toda la madera curada.

—Se lo diré al rey —prometió Davos.

Era preferible que la noticia le llegara a través de él y no de Allard. Sus hijos eran buenos guerreros y mejores marineros, pero no sabían hablar con los señores.

«Son de baja cuna, igual que yo, pero ellos no lo quieren recordar. Cuando miran nuestro blasón ven solo un barco negro con las velas al viento. Cierran los ojos para no ver la cebolla.»

Davos nunca había visto el puerto más abarrotado que entonces. Cada uno de los muelles estaba lleno de marineros que cargaban provisiones, y en todas las posadas había soldados bebiendo, jugando a los dados o buscando prostitutas... en vano, ya que Stannis no permitía que trabajaran en su isla. A lo largo de la costa se alineaban las naves: galeras de combate y barcos de pesca, robustas carracas y cocas panzudas. Los mejores atracaderos los ocupaban los navíos más grandes: la nave insignia de Stannis, la *Furia,* que se mecía entre la *Lord Steffon* y la *Venado del Mar;* la embarcación con casco plateado de lord Velaryon, llamada *Orgullo de Marcaderiva,* y sus tres hermanas, la ornamentada *Zarpa Roja* de lord Celtigar y la enorme *Pez Espada,* con su largo espolón de hierro. Anclada más lejos de la orilla se encontraba la gran *Valyria* de Salladhor Saan, entre los cascos a franjas de dos docenas de galeras lysenas más pequeñas.

Había una pequeña posada maltratada por los años y los vientos al final del muelle de piedra donde la *Betha Negra,* la *Espectro* y la *Lady Marya* compartían espacio de amarre con otra media docena de galeras, de cien remos o menos. Davos tenía sed. Se despidió de sus hijos y se encaminó hacia la posada. En la entrada había una gárgola en posición acuclillada, que le llegaba por la cintura. Estaba tan erosionada por la lluvia y la sal que de sus rasgos apenas si quedaba rastro. Pero era vieja amiga de Davos. Al pasar, dio una palmadita en la cabeza de piedra.

—Suerte —murmuró.

Al otro lado de la bulliciosa sala común se encontraba sentado Salladhor Saan, que comía uvas de un cuenco de madera. Al ver a Davos le hizo gestos para que se acercara.

—Venid a sentaros conmigo, ser Caballero. Tomad una uva. Tomad dos. Su dulzura es increíble.

El lyseno era un hombre esbelto y sonriente, de una extravagancia en el vestir que era legendaria a ambos lados del mar Angosto. Aquel día, su vestimenta era de hilo de plata, con mangas acampanadas tan largas que los extremos se arrastraban por el suelo. Los botones eran monos tallados en jade, y sobre los escasos rizos platino del cabello lucía una alegre gorra verde decorada con un abanico de plumas de pavo real.

Davos rodeó varias mesas para llegar hasta la suya, y ocupó una silla. Antes de ser caballero había comprado a menudo cargamentos a Salladhor Saan. El lyseno también se dedicaba al contrabando, aunque al mismo tiempo era comerciante, banquero y pirata notorio, y se había nombrado príncipe del mar Angosto.

«Cuando un pirata se enriquece mucho, lo nombran príncipe.» Había sido el propio Davos quien viajó a Lys para reclutar al viejo granuja para la causa de lord Stannis.

—¿No habéis ido a ver cómo quemaban a los dioses, mi señor? —preguntó.

—Los sacerdotes rojos tienen un templo muy grande en Lys. Siempre están quemando esto o quemando lo otro, y llamando a gritos a su R'hllor. Me tienen aburrido con tanto incendio. Y cabe esperar que el rey Stannis también se aburra pronto de ellos. —Por lo visto, no le importaba que alguien pudiera oírlo. Seguía comiendo uvas; se sacaba las pepitas hasta el labio con la lengua y se las quitaba con los dedos—. Mi *Ave de Mil Colores* llegó ayer, buen señor. No es una nave de guerra, nada de eso: es una nave mercante, e hizo escala en Desembarco del Rey. ¿Seguro que no queréis una uva? Se dice que, en la ciudad, los niños están pasando hambre.

Movió las uvas ante Davos y sonrió.

—Lo que necesito es cerveza. Y noticias.

—Los hombres de Poniente, siempre con tantas prisas... —se quejó Salladhor Saan—. ¿Y qué ganáis?, digo yo. El que corre por la vida corre hacia la muerte. —Eructó—. El señor de Roca Casterly ha enviado a su hijo enano para que se encargue de Desembarco del Rey. A lo mejor piensa que con lo feo que es espantará a los atacantes, ¿eh? O que nos moriremos de risa cuando el Gnomo empiece a dar volteretas en las almenas, yo qué sé. El enano se ha librado del patán que mandaba en los capas doradas, y en su lugar ha puesto a un caballero con una mano de hierro.

Cogió una uva y la apretó entre el índice y el pulgar hasta que la piel reventó. El zumo le corrió por los dedos.

Una sirvienta se dirigió hacia ellos por entre las mesas, apartando a manotazos las caricias de otros clientes. Davos pidió una jarra de cerveza y se volvió de nuevo hacia Saan.

—¿Cómo son las defensas de la ciudad?

—Los muros son altos y fuertes, pero ¿con qué hombres los van a proteger? —El lyseno se encogió de hombros—. Están construyendo escorpiones y bombardas, sí, pero los hombres de las capas doradas son pocos y novatos, y no hay más soldados. Un ataque rápido, como un halcón que bajara en picado sobre una liebre, y la gran ciudad sería nuestra. Basta con que tengamos buenos vientos que nos hinchen las velas para que vuestro rey se pueda sentar mañana por la noche en su Trono de Hierro. Podremos vestir al enano con un traje de colorines y pincharle las nalgas con las lanzas para que baile ante nosotros. Y vuestro piadoso rey me podría regalar a la hermosa reina Cersei para que me calentara la cama una noche. Hace mucho que estoy lejos de mis esposas, y todo por servirlo.

—Pirata —replicó Davos—, no tenéis esposas, solo concubinas, y se os ha pagado bien por cada día y cada barco.

—Solo con promesas —se quejó Salladhor Saan—. Mi buen señor, lo que quiero es oro, no palabras sobre el papel. —Se metió una uva en la boca.

—Tendréis el oro que os corresponde cuando nos apoderemos del tesoro de Desembarco del Rey. No hay hombre en los Siete Reinos más honrado que Stannis Baratheon. Cumplirá su palabra.

«El mundo está loco sin remedio —pensó para sus adentros mientras hablaba—. Ahora, los contrabandistas plebeyos tienen que refrendar el honor de los reyes.»

—Eso me ha dicho, una y otra vez. Y ahora yo digo: hagámoslo. Ni estas uvas podrían estar más maduras que esa ciudad, mi viejo amigo.

La sirvienta regresó con la cerveza. Davos le dio una moneda de cobre.

—Puede que consiguiéramos tomar Desembarco del Rey, como decís —acordó al tiempo que alzaba la jarra—. Pero ¿cuánto tiempo podríamos defenderla? Sabemos que Tywin Lannister está en Harrenhal con un gran ejército, y lord Renly...

—Ah, sí, el hermano pequeño —dijo Salladhor Saan—. Eso no pinta tan bien, amigo mío. El rey Renly se mueve rápido. Oh, perdón, aquí hay que llamarlo lord Renly. Con tantos reyes como hay ahora, se me escapa la palabra sin querer. El hermano Renly ha salido de Altojardín con su joven y hermosa reina, sus señores cubiertos de flores, sus brillantes caballeros y un poderoso ejército a pie. Avanza por vuestro camino de las Rosas hacia la misma ciudad de la que estábamos hablando.

—¿Y se ha llevado a su prometida?

—No me dijo por qué. —El pirata se encogió de hombros—. Puede que no quiera alejarse de la cálida madriguera que hay entre sus muslos ni una noche. O puede que esté muy seguro de la victoria.

—Hay que informar al rey.

—Ya me he encargado de eso, buen señor. Aunque su alteza frunce tanto el ceño cuando me ve que me da pavor presentarme ante él. ¿Creéis que le gustaría más si llevara el jubón de pelo y no sonriera nunca? Pues no pienso hacerlo. Soy una persona honrada; tendrá que aguantarme con mis sedas y brocados. O me llevaré mis barcos a otro lugar donde me aprecien más. La espada no era *Dueña de Luz,* amigo mío.

—¿La espada? —Aquel repentino viraje en la conversación inquietó a Davos.

—La que salió del fuego, sí. La gente siempre me cuenta cosas; debe de ser por mi sonrisa encantadora. ¿De qué le va a servir a Stannis una espada quemada?

—Una espada ardiente —lo corrigió Davos.

—Quemada —insistió Salladhor Saan—, y ya podéis dar gracias, amigo mío. ¿Conocéis la leyenda de la forja de *Dueña de Luz*? Os la contaré. Hubo un tiempo en que la oscuridad cubría el mundo con un manto pesado. Para enfrentarse a ella, el héroe necesitaba una espada de héroe, sí, una hoja como no se había visto jamás. Así que durante treinta días y treinta noches, Azor Ahai trabajó en el templo sin descanso, forjando una espada en los fuegos sagrados. Calentaba, martilleaba, plegaba, calentaba, martilleaba, plegaba... y así hasta que tuvo la espada. Pero, cuando la metió en agua para templar el acero, saltó en pedazos.

»Como era un héroe y todo eso, no podía encogerse de hombros y marcharse a comerse unas uvas tan deliciosas como estas, de modo que empezó de nuevo. La segunda vez tardó cincuenta días y cincuenta noches, y la espada parecía aún mejor que la primera. Azor Ahai capturó un león para templar la hoja clavándola en el corazón rojo de la fiera, pero una vez más, el acero se quebró. Grande fue su pesar y mayor aún su pena, porque comprendió lo que debía hacer.

»Cien días y cien noches trabajó en la tercera espada, y brillaba al rojo blanco en los fuegos sagrados cuando llamó a su esposa. "Nissa Nissa —gritó, porque tal era su nombre—, desnuda tu pecho y recuerda que te amo por encima de todo lo que hay en este mundo." Ella obedeció, no sabría deciros por qué, y Azor Ahai le clavó en el corazón palpitante la espada al rojo. Se dice que el grito de aflicción y éxtasis de Nissa Nissa abrió una grieta en la faz de la luna, pero su alma, su fuerza y su valor pasaron al acero. Tal es la historia de la forja de *Dueña de Luz,* la Espada Roja de los Héroes.

»¿Entendéis ya qué quiero decir? Dad gracias por que lo que su alteza sacó del fuego no fuera más que una espada quemada. Un exceso de luz daña los ojos, amigo mío, y el fuego quema. —Salladhor Saan se comió la última uva y chasqueó los labios—. ¿Cuándo creéis que nos ordenará el rey hacernos a la mar, buen señor?

—Creo que pronto —dijo Davos—. Si es la voluntad de su dios.

—¿Su dios, amigo? ¿No el vuestro? ¿Dónde está el dios de ser Davos Seaworth, caballero del navío de la cebolla?

Davos bebió un trago de cerveza para ganar unos momentos y poder pensar.

«La posada está abarrotada, y tú no eres Salladhor Saan —se recordó—. Ten cuidado con la respuesta.»

—Mi dios es el rey Stannis. Él me hizo y me bendice con su confianza.

—Lo tendré en cuenta. —Salladhor Saan se puso en pie—. Con vuestro permiso. Las uvas me han abierto el apetito, y la cena me espera en mi *Valyria.* Carne de cordero picada con pimientos, y gaviota asada rellena de setas, hinojo y cebolla. Pronto comeremos juntos en Desembarco del Rey, ¿de acuerdo? En la Fortaleza Roja, mientras el enano nos canta canciones divertidas. Si no os importa, cuando habléis con el rey Stannis, recordadle que me deberá otros treinta mil dragones cuando la luna se torne negra. Me debería haber dado a mí esos dioses. Eran demasiado hermosos para quemarlos; les habría sacado un buen precio en Pentos o en Myr. En fin; si me deja a la reina Cersei una noche, lo perdonaré.

El lyseno le dio una palmada en la espalda a Davos y cruzó la posada contoneándose como si fuera el propietario.

Ser Davos Seaworth se quedó un largo rato más en la posada, con la jarra delante, pensando. Hacía año y medio había estado con Stannis en Desembarco del Rey, con motivo del torneo que organizó el rey Robert para celebrar el día del nombre del príncipe Joffrey. Se acordaba del sacerdote rojo Thoros de Myr, y de la espada llameante que había blandido en el combate cuerpo a cuerpo. Había ofrecido un espectáculo muy pintoresco, con la túnica roja al viento mientras su espada brillaba con llamas verdosas, pero todo el mundo sabía que no era magia real: al final, el fuego se le había apagado, y Yohn Bronce lo había derribado con un golpe en la cabeza, asestado por una vulgar maza.

«Pero una verdadera espada de fuego sería una cosa maravillosa. Aunque, a semejante precio... —Al pensar en Nissa Nissa la vio como a su Marya, una mujer regordeta y afable, de grandes pechos y sonrisa bondadosa, la mejor esposa del mundo. Trató de imaginarse clavándole una espada y se estremeció—. No tengo madera de héroe», decidió. Si aquel era el precio de una espada mágica, suponía más de lo que quería pagar.

Davos se terminó la cerveza, dejó la jarra y salió de la posada. Antes de alejarse dio una palmadita en la cabeza de la gárgola.

—Suerte —murmuró. A todos les iba a hacer mucha falta.

Ya hacía rato que había oscurecido cuando Devan bajó a la *Betha Negra,* tirando de las riendas de un palafrén blanco como la nieve.

—Mi señor padre —anunció—, su alteza te ordena que comparezcas ante él en la Cámara de la Mesa Pintada. Debes montar este caballo y acudir de inmediato.

Le gustó ver a Devan tan elegante con su atuendo de escudero, pero la llamada lo intranquilizó.

«¿Nos dará la orden de zarpar? —se preguntó. Salladhor Saan no era el único capitán que pensaba que era el momento ideal para lanzar un ataque contra Desembarco del Rey, pero un contrabandista debía aprender el arte de la paciencia—. No tenemos la menor esperanza de victoria. Se lo dije al maestre Cressen el día que volví a Rocadragón, y desde entonces no ha cambiado nada. Somos muy pocos, y nuestros enemigos, muy numerosos. Si metemos los remos en el agua, moriremos.» Pese a todo, subió a lomos del caballo.

Davos llegó al Tambor de Piedra en el momento en que salía una docena de caballeros y vasallos de alta cuna. Lord Celtigar y lord Velaryon le dedicaron un seco gesto de saludo antes de alejarse, y los demás hicieron caso omiso de su presencia, excepto ser Axell Florent, que se detuvo a hablar con él un momento.

El tío de la reina Selyse era un hombre de brazos gruesos y patizambo. Tenía las orejas prominentes de los Florent, aún más grandes que las de su sobrina. El vello hirsuto que le salía de los oídos no le impedía oír la mayor parte de lo que pasaba en el castillo. Ser Axell ocupó durante diez años el cargo de castellano de Rocadragón mientras Stannis formaba parte del Consejo de Robert, en Desembarco del Rey, pero en los últimos tiempos se había convertido en el más destacado de los hombres de la reina.

—Siempre es un placer veros, ser Davos —dijo.

—El placer es mutuo, mi señor.

—Esta mañana me he fijado en vos. Los falsos dioses ardían con una luz muy alegre, ¿no os ha dado la misma impresión?

—Ardían con una luz muy brillante. —Pese a su alarde de cortesía, Davos no confiaba en aquel hombre. La casa Florent había tomado partido por Renly.

—Lady Melisandre nos dice que, a veces, R'hllor permite que sus servidores más fieles vean el futuro en las llamas. Esta mañana, mientras miraba el fuego, me ha parecido ver a una docena de bailarinas muy hermosas, doce doncellas ataviadas con sedas amarillas que danzaban ante un gran rey. Creo que ha sido una visión verdadera. Un atisbo de la gloria que aguarda a su alteza cuando tomemos Desembarco del Rey y ocupe el trono que le corresponde por derecho.

«A Stannis no le gustan esos bailes», pensó Davos, pero no se atrevió a ofender al tío de la reina.

—Yo no he visto más que llamas —dijo—, pero el humo hacía que me llorasen los ojos. Tendréis que disculparme, ser; el rey me espera.

Siguió su camino, preguntándose por qué ser Axell se habría tomado la molestia de hablar con él. «Es un hombre de la reina, y yo, del rey.»

Stannis estaba sentado a la Mesa Pintada. El maestre Pylos se hallaba de pie junto a él, y ante ellos había un montón desordenado de papeles.

—Echa un vistazo a esta carta —dijo el rey al ver a Davos.

—Parece muy bonita, alteza. —Davos, obediente, había elegido un papel al azar—. Pero no la entiendo. —Era capaz de interpretar mapas y cartas de navegación, pero las palabras escritas lo superaban. «Pero mi Devan sabe de letras, y también los pequeños Steffon y Stannis.»

—Se me olvidaba. —El rey frunció el ceño, irritado—. Léesela, Pylos.

—Alteza. —El maestre cogió uno de los pergaminos y carraspeó—. «Todos me conocen como hijo legítimo de Steffon Baratheon, señor de Bastión de Tormentas, y de su esposa, Cassana de la casa Estermont. Por el honor de mi casa, declaro que mi amado hermano Robert, nuestro difunto rey, murió sin dejar herederos legítimos. El niño Joffrey, el niño Tommen y la niña Myrcella son abominaciones nacidas del incesto entre Cersei Lannister y su hermano Jaime el Matarreyes. Por derecho de cuna y sangre, reclamo para mí el Trono de Hierro de los Siete Reinos de Poniente. Que todos los hombres honrados me declaren su lealtad. Escrito a la Luz del Señor, bajo el signo y sello de Stannis de la casa Baratheon, el primero de su nombre, rey de los ándalos, los rhoynar y los primeros hombres, y señor de los Siete Reinos.»

El pergamino crujió con suavidad cuando Pylos lo dejó sobre la mesa.

—Mejor pon «ser Jaime el Matarreyes» —dijo Stannis con el ceño fruncido—. Pese a todo, sigue siendo un caballero. Y tampoco creo que debamos decir que Robert era mi «amado» hermano. El amor que sentía por mí era escaso, y yo lo correspondía en la misma medida.

—Es una expresión cortés inofensiva, alteza —dijo Pylos.

—Es una mentira. Bórrala. —Stannis se volvió hacia Davos—. Me dice el maestre que tenemos ciento diecisiete cuervos ya preparados. Voy a utilizarlos todos. Ciento diecisiete cuervos llevarán ciento diecisiete copias de mi carta a todos los rincones del reino, desde el Rejo hasta el Muro. Puede que un centenar sobreviva a las tormentas, los halcones y las flechas. Si es así, un centenar de maestres leerá mis palabras a otros tantos señores en otros tantos salones y dormitorios... y luego lo más probable es que tiren las cartas al fuego y juren guardar silencio. Esos grandes señores aman a Joffrey, o a Renly, o a Robb Stark. Yo soy su rey legítimo, pero si pueden, no me aceptarán. De manera que te necesito.

—Estoy a vuestras órdenes, mi rey. Como siempre.

Stannis asintió.

—Quiero que zarpes en la *Betha Negra* hacia el norte: Puerto Gaviota, los Dedos, las Tres Hermanas, incluso Puerto Blanco. Tu hijo Dale se dirigirá hacia el sur en la *Espectro,* más allá del cabo de la Ira y del Brazo Roto, a lo largo de la costa de Dorne y hasta el Rejo. Cada uno de vosotros llevará un cofre de cartas, y entregaréis una en cada puerto, cada poblado y cada aldea de pescadores. Clavadlas en las puertas de los septos y las posadas, para que las lean todos los que sepan leer.

—Van a ser muy pocos —señaló Davos.

—Ser Davos tiene razón, alteza —dijo el maestre Pylos—. Sería mejor que las cartas se leyeran en voz alta.

—Mejor, pero más peligroso —dijo Stannis—. Lo que dicen no será bien recibido.

—Proporcionadme caballeros para que las lean —dijo Davos—. Eso les dará más peso que cualquier cosa que pudiera decir yo.

—Te daré los hombres que pides, sí. —La idea pareció satisfacer a Stannis—. Tengo un centenar de caballeros que preferirían leer a luchar. Sé franco cuando puedas y cauto cuando debas. Utiliza todos tus trucos de contrabandista: las velas negras, las calas ocultas... Lo que haga falta. Si ves que te quedas sin cartas, captura a unos cuantos septones para que te hagan más copias. También tengo intención de utilizar a tu segundo hijo. Quiero que cruce el mar Angosto en la *Lady Marya* hasta Braavos y el resto de las Ciudades Libres, y entregue cartas iguales a los hombres que gobiernan allí. Así, el mundo entero conocerá mi demanda y la infamia de Cersei.

«Puedes decírselo —pensó Davos—, pero ¿te creerán?» Miró al maestre Pylos, pensativo. El rey se dio cuenta.

—Maestre, será mejor que sigáis escribiendo. Vamos a necesitar muchas cartas, y pronto.

—Como ordenéis. —Pylos hizo una reverencia y salió. El rey aguardó hasta que se hubo marchado.

—¿Qué es eso que no quieres decir en presencia de mi maestre, Davos?

—Pylos es un hombre agradable, mi señor, pero no puedo ver esa cadena que lleva al cuello sin sentir pena por la muerte del maestre Cressen.

—¿Acaso fue culpa de Pylos? —Stannis clavó la vista en el fuego—. Nunca quise que Cressen asistiera a aquel festín. Me había irritado, sí, y me había dado malos consejos, pero no deseaba su muerte. Tenía la esperanza de que viviera unos pocos años más, tranquilo y rodeado de comodidades. Era lo mínimo que se había ganado, pero... —Apretó los dientes—. Pero murió. Y Pylos me sirve con eficacia.

—Pylos es el menor de los problemas. En cuanto a esa carta... ¿Qué opinan de ella vuestros señores?

Stannis soltó un bufido.

—Celtigar declaró que le parecía admirable. Si le enseñara el contenido de mi retrete, también le parecería admirable. Los otros asentían como si fueran una bandada de gansos. Todos menos Velaryon, que me dijo que este asunto se decidiría con acero, no con palabras ni pergaminos. Como si no lo supiera yo. Los Otros se lleven a mis señores; quiero saber qué opinas tú.

—La carta es contundente y brusca.

—Y cierta.

—Y cierta. Pero no tenéis pruebas. De lo del incesto. Estáis igual que hace un año.

—Hay una prueba, más o menos, en Bastión de Tormentas. El bastardo de Robert, el que engendró en mi noche de bodas, en la mismísima cama que habían preparado para mi prometida y para mí. Delena era una Florent, y doncella, de manera que Robert reconoció al bebé. Lo llamaron Edric Tormenta. Dicen que es la viva imagen de mi hermano. Si lo vieran y mirasen de nuevo a Joffrey y a Tommen, seguro que se harían preguntas.

—¿Y cómo lo van a ver, si está en Bastión de Tormentas?

—He ahí una dificultad. —Stannis tamborileó con los dedos sobre la Mesa Pintada—. Una de muchas. —Alzó la vista—. Tienes algo más que decir acerca de la carta. Venga, adelante. No te nombré caballero para que aprendieras a expresarte con frases corteses y vacuas. Para eso ya tengo a mis señores. Di lo que quieras, Davos.

—Hay una frase, al final. —Davos bajó la cabeza—. ¿Cómo era? «Escrito a la Luz del Señor...»

—Sí. —El rey tenía las mandíbulas apretadas.

—A vuestro pueblo no le gustarán esas palabras.

—¿Igual que no te gustan a ti?

—Si en lugar de eso dijerais: «Escrito ante los ojos de los dioses y los hombres», o bien: «Por la gracia de los dioses antiguos y nuevos»...

—¿Te has vuelto devoto de repente, contrabandista?

—Eso debería preguntároslo yo a vos, mi señor.

—¿Qué sucede? Por lo visto, sientes tan poco afecto por mi nuevo dios como por mi nuevo maestre.

—A este Señor de Luz no lo conozco —concedió Davos—, pero sí conocía a los dioses que ardieron esta mañana. El Herrero siempre cuidó de mis barcos, y la Madre me ha dado siete hijos varones y fuertes.

—Tu esposa te ha dado siete hijos varones y fuertes. ¿Acaso le rezas a ella? Lo que hemos quemado esta mañana no era más que madera.

—Es posible —dijo Davos—. Pero, cuando yo era niño en el Lecho de Pulgas y mendigaba una moneda de cobre, a veces los septones me daban de comer.

—Ahora soy yo quien te da de comer.

—Vos me dais un lugar de honor en vuestra mesa. Y, a cambio, yo os doy la verdad. Vuestro pueblo no os amará si le arrebatáis los dioses que ha adorado desde siempre, y a cambio le dais a este, cuyo nombre casi ni puede pronunciar.

—R'hllor. —Stannis se levantó bruscamente—. ¿Por qué les parece tan difícil? ¿Dices que no me amarán? ¿Y cuándo me han amado? ¿Cómo puedo perder algo que nunca he tenido? —Se dirigió hacia la ventana sur para contemplar el mar iluminado por la luna—. El día que vi cómo se hundía la *Orgullo del Viento* a la entrada de la bahía dejé de creer en los dioses. Juré que nunca adoraría a ningún dios tan monstruoso como para ahogar a mis padres. En Desembarco del Rey, el septón supremo hablaba y hablaba de cómo toda justicia y bondad emana de los Siete, pero siempre que vi justicia y bondad fue en hombres.

—Si no creéis en ningún dios...

—¿... por qué me molesto con este nuevo? —Stannis terminó la frase por él—. Yo también me lo he estado preguntando. Sé poco acerca de los dioses, y me interesan aún menos, pero la sacerdotisa roja tiene poder.

«Sí, pero ¿qué clase de poder?»

—Cressen tenía sabiduría.

—Confié en su sabiduría y en tus artimañas, contrabandista, ¿y de qué me sirvieron? Los señores de la tormenta te devolvieron con las manos vacías. Acudí a ellos suplicando y se burlaron de mí. Pues se acabaron las súplicas y también las burlas. El Trono de Hierro me corresponde por derecho, pero ¿cómo lo voy a tomar? Hay cuatro reyes en el reino, y tres de ellos tienen más hombres y más oro que yo. Yo, en cambio, tengo naves... y la tengo a ella. A la mujer roja. ¿Sabías que muchos de mis caballeros tienen miedo hasta de pronunciar su nombre? Aunque no pudiera hacer otra cosa, no se puede desdeñar a una hechicera capaz de inspirar semejante temor en los hombres. Un hombre asustado es un hombre vencido. Y quizá pueda hacer más cosas. Pienso averiguarlo.

»Cuando era niño, encontré una hembra de azor; estaba herida. La cuidé hasta que se recuperó y la llamé Ala Altiva. Se posaba sobre mi hombro, revoloteaba por las habitaciones siempre detrás de mí y comía de mi mano, pero no remontaba el vuelo. La llevé de caza una y mil veces, pero jamás voló más arriba de las copas de los árboles. Robert la llamaba Ala Blanda. Él tenía un gerifalte llamado Trueno, que no perdía la presa jamás. Un día, nuestro tío abuelo, ser Harbert, me dijo que probara con otra ave. Que con Ala Altiva me estaba poniendo en ridículo. Y tenía razón. —Stannis Baratheon se apartó de la ventana y de los fantasmas que poblaban aquel mar—. Los Siete nunca me han traído ni un gorrión como presa. Es hora de que pruebe con otro halcón, Davos. Un halcón rojo.

THEON

En Pyke no había ningún fondeadero seguro, pero Theon Greyjoy quería ver el castillo de su padre desde el mar, igual que lo había visto por última vez hacía ya diez años, cuando la galera de combate de Robert Baratheon se lo había llevado para ponerlo bajo la tutela de Eddard Stark. Aquel día se había quedado de pie junto a la baranda, escuchando los golpes de los remos contra el agua y el sonido rítmico del tambor del cómitre, mientras veía como Pyke se perdía en la distancia. Y lo que deseaba en aquel momento era ver como iba creciendo, como surgía del mar ante él.

La *Myraham,* obediente a sus deseos, pasó de largo el cabo con sus velas restallando y su capitán maldiciendo el viento, la tripulación y los caprichos de jovencitos de alta cuna. Theon se echó hacia delante la capucha de la capa para protegerse de las salpicaduras de las olas y buscó su hogar.

La orilla era una serie de rocas abruptas y acantilados amenazadores, y el castillo parecía fundirse con su entorno, con torres, muros y puentes excavados en la misma piedra gris negruzca; humedecido por las mismas olas saladas, festoneado con los mismos manchones de líquenes color verde oscuro, salpicado por los excrementos de las mismas aves marinas. El cabo en el que los Greyjoy habían erigido su fortaleza fue en un tiempo como una espada que se adentrara en las entrañas del océano, pero las olas lo habían golpeado día y noche hasta que la tierra se quebró en pedazos, hacía ya un millar de años. Solo quedaban tres islas peladas y yermas, y una docena de imponentes pilares rocosos que se alzaban de las aguas como si fueran las columnas del templo de algún dios marino, a las que las olas furiosas golpeaban y salpicaban de espuma.

Pyke se alzaba sobre aquellas islas y columnas como si formara parte de ellas, temible, oscuro, imponente. Sus muros circundaban el cabo al pie del gran puente de piedra que iba desde la cima del acantilado hasta el más grande de los islotes, dominado por la mole inmensa del Gran Torreón. Más allá estaban el torreón de la cocina y el Torreón Sangriento, cada uno en su isla. Las torres y dependencias exteriores se arracimaban contra los pilares, unidos por arcos cubiertos allí donde las columnas estaban próximas, o por largos puentes cimbreantes de madera y cuerda cuando estaban más alejadas.

La Torre del Mar sobresalía en la isla más lejana, en la punta de la espada rota; era la parte más vieja del castillo, alta y redonda. El escarpado pilar que era su base parecía medio devorado por el interminable asedio de las olas; estaba blanquecino tras siglos de espuma salada, mientras que los pisos superiores aparecían cubiertos por una espesa capa de líquenes, y la cima dentada, ennegrecida por el hollín de las hogueras nocturnas de los vigías.

En lo alto de la Torre del Mar ondeaba el estandarte de su padre. La *Myraham* estaba demasiado lejos para que Theon alcanzara a ver algo más que la tela, pero sabía cómo era el dibujo: el kraken dorado de la casa Greyjoy, con los tentáculos agitándose al aire sobre fondo sable. El asta del estandarte era un mástil de hierro que temblaba y se mecía con las ráfagas de viento, igual que un pájaro que luchara por emprender el vuelo. Y al menos allí no estaba el lobo huargo de los Stark, proyectando su sombra desde arriba sobre el kraken de los Greyjoy.

Theon no había presenciado nunca nada que lo conmoviera más. En el cielo, más allá del castillo, se veía la cola roja del cometa a través de algunos jirones de nubes dispersas. Los Mallister se habían pasado todo el viaje, desde Aguasdulces hasta Varamar, discutiendo sobre su significado.

«Es mi cometa», se dijo Theon. Deslizó la mano bajo su capa ribeteada en piel para tocar el bolsillo de tela encerada donde llevaba la carta que le había dado Robb Stark. Un papel que valía una corona.

—¿Es el castillo tal como lo recordabais, mi señor? —le preguntó la hija del capitán, apretándose contra su brazo.

—Me parece más pequeño —confesó Theon—, aunque puede que sea por la distancia.

La *Myraham* era una nave mercante sureña, panzuda, procedente de Antigua, que llevaba un cargamento de vino, paños y semillas, para intercambiarlo por mena de hierro. Su capitán era un mercader también sureño y panzudo, y el mar de piedra que batía a los pies del castillo hacía que le temblaran los labios regordetes, de manera que se mantenía bien apartado, mucho más de lo que habría querido Theon. Un capitán hijo del hierro con un barcoluengo los habría llevado entre los acantilados y por debajo del elevado puente que conectaba el puesto de guardia con el Gran Torreón, pero aquel antigüeño no tenía habilidad, tripulación ni valor para intentarlo. De manera que pasaron de largo a una distancia prudencial, y Theon tuvo que conformarse con ver Pyke desde lejos. Incluso así, la *Myraham* tuvo que luchar duramente para no chocar contra aquellas rocas.

—Ahí debe de hacer mucho viento —señaló la hija del capitán.

—Viento, frío y humedad. —Theon se echó a reír—. Lo cierto es que es un lugar mísero y duro... pero, como me dijo mi padre en cierta ocasión, en los lugares duros se crían hombres duros, y los hombres duros dominan el mundo.

El rostro del capitán estaba tan verdoso como el mar cuando se acercó a Theon y le hizo una reverencia.

—¿Nos dirigimos ya al puerto, mi señor?

—Sí —respondió Theon con una leve sonrisa bailándole en los labios.

La promesa del oro había convertido al antigüeño en un lameculos sin pudor. El viaje habría sido muy diferente si hubiera tenido esperándolo en Varamar un barcoluengo de las islas, tal como él había deseado. Los capitanes hijos del hierro eran orgullosos y testarudos, y no reverenciaban a hombre alguno. Las islas eran demasiado pequeñas para andar reverenciando a nadie; y los barcos, más pequeños todavía. Si, como se solía decir, cada capitán era el rey de su barco, no era de extrañar que las islas recibieran el nombre de *tierra de los diez mil reyes*. Y cuando uno ha visto a sus reyes cagar por encima de la baranda del barco o ponerse verdes durante una tormenta, le cuesta mucho doblar la rodilla y comportarse como si fueran dioses. «El Dios Ahogado hace a los hombres —había dicho el viejo rey Urron Manorroja hacía ya miles de años—, pero son los hombres los que hacen las coronas.»

Por añadidura, un barcoluengo habría hecho la travesía en la mitad de tiempo. La *Myraham* era una bañera flotante, y no le gustaría estar a bordo durante una tormenta. Pero Theon no podía quejarse demasiado. Estaba allí, no se había ahogado, y durante el viaje había contado con ciertas diversiones. Rodeó con el brazo a la hija del capitán.

—Avisadme cuando lleguemos a Puerto Noble —le dijo a su padre—. Estaremos abajo, en mi camarote. —Se llevó a la chica hacia popa, mientras el padre, sin decir nada, los miraba hoscamente.

En realidad, el camarote era el del capitán, pero este se lo había cedido para que lo utilizara cuando zarparon de Varamar. A su hija no se la había cedido para que la usara, pero ella había acudido a su lecho por su voluntad. Solo habían hecho falta una copa de vino y unas palabras susurradas al oído. Era un poco regordeta para su gusto, y tenía la piel llena de manchas y granos, pero sus pechos le llenaban las manos, y la primera vez que la tomó era doncella. A su edad era sorprendente, pero a Theon le pareció muy divertido. No creía que el capitán aprobara aquello, lo que resultaba más divertido todavía, sobre todo cuando lo veía tragarse el ultraje y mostrarse zalamero con el gran señor, siempre pensando en la bolsa de oro que se le había prometido.

—Debéis de estar muy contento de volver a ver vuestro hogar, mi señor —dijo la chica mientras Theon se quitaba la capa mojada—. ¿Cuánto hace que estabais fuera?

—Diez años, o casi —respondió—. Acababa de cumplir los diez cuando me llevaron a Invernalia como pupilo de Eddard Stark. —Pupilo teóricamente; en realidad había sido un rehén. La mitad de su vida la había pasado como rehén... pero ya no lo era. Su vida volvía a pertenecerle, y ya no había ningún Stark a la vista. Atrajo hacia sí a la hija del capitán y le besó una oreja—. Quítate esa capa.

La muchacha bajó la vista en un repentino acceso de timidez, pero hizo lo que le decía. Cuando la pesada prenda, empapada de agua de mar, cayó de sus hombros al suelo, hizo una pequeña reverencia y sonrió, nerviosa. A decir verdad, cuando sonreía parecía un poco idiota, pero la inteligencia no era uno de sus requisitos cuando se trataba de mujeres.

—Ven aquí —le dijo.

—Nunca he visto las islas del Hierro —dijo mientras obedecía.

—Date por satisfecha. —Theon le acarició el cabello. Lo tenía fino y oscuro, aunque el viento se lo había enmarañado—. Las islas son duras y pedregosas, con pocas comodidades y menos esperanzas. La muerte siempre ronda, y la vida es cruel y exigua. Los hombres se pasan las noches bebiendo cerveza y discutiendo sobre quién lo tiene peor, si los pescadores que pelean contra el mar o los granjeros que tratan de arrancar una cosecha a un suelo escaso y pobre. A decir verdad, los que peor lo llevan son los mineros, que se rompen las espaldas en la oscuridad, ¿y para qué? Hierro, plomo, estaño: esos son nuestros tesoros. No es de extrañar que los hombres del hierro de antaño se dedicaran al saqueo.

—Podría desembarcar con vos —dijo aquella estúpida, que no parecía prestarle atención—. Si queréis...

—Podrías desembarcar —asintió Theon al tiempo que le oprimía un seno—. Pero no conmigo, lo siento.

—Trabajaría en vuestro castillo, mi señor. Sé limpiar pescado, hornear pan y hacer mantequilla. Mi padre dice que mi cangrejo a la pimienta es el mejor que ha probado. Si me dejáis un sitio en vuestras cocinas, os prepararé cangrejo a la pimienta.

—¿Y me calentarás la cama por las noches? —Empezó a desatarle los lazos del corpiño con dedos hábiles y entrenados—. En el pasado te podría haber llevado a casa como botín, y serías mi esposa quisieras o no. Los antiguos hombres del hierro hacían cosas como esas. Cada hombre tenía su esposa de roca, su verdadera mujer, hija del hierro igual que él, pero también tenía esposas de sal, mujeres capturadas en sus saqueos.

La chica abrió los ojos de par en par, y no porque le hubiera desnudado los pechos.

—Yo sería vuestra esposa de sal, mi señor.

—Por desgracia, los tiempos han cambiado. —El dedo de Theon dibujó círculos en uno de los pesados senos, avanzando en espiral hacia el pezón castaño—. Ya no podemos cabalgar los vientos con fuego y espada, ni coger lo que se nos antoja. Ahora arañamos el suelo y lanzamos sedales al mar, igual que los demás hombres, y tenemos que considerarnos afortunados si conseguimos suficientes bacalao salado y gachas para sobrevivir al invierno. —Se llevó el pezón a la boca y lo mordió hasta que a la chica se le escapó un gemido.

—Podéis ponerme eso dentro otra vez, si os place —le susurró al oído mientras la lamía.

Theon alzó la cabeza de su pecho. La piel estaba de color rojo oscuro allí donde la había marcado con los dientes.

—Lo que me placería es enseñarte una cosa nueva. Desátame los calzones y dame placer con la boca.

—¿Con la boca?

—Para eso se hicieron estos labios, pequeña —dijo mientras le pasaba un pulgar con suavidad por ellos—. Si fueras mi esposa de sal, harías lo que te ordenara.

Al principio se mostró tímida, pero para ser tan estúpida aprendió muy deprisa, para satisfacción de Theon. Tenía la boca tan húmeda y dulce como el coño, y de aquella manera no se veía obligado a soportar su charla sin sentido.

«En los viejos tiempos me la habría quedado como esposa de sal —se dijo mientras le pasaba los dedos por el cabello enmarañado—. En los viejos tiempos. Cuando manteníamos las antiguas costumbres, vivíamos del hacha, no de la pesca, y nos apoderábamos de lo que queríamos, ya fueran riquezas, mujeres o gloria.» En aquellos tiempos, los hijos del hierro no trabajaban en las minas; aquello se quedaba para los cautivos que tomaban en sus expediciones, así como otros trabajos lamentables, como el cultivo de los campos y el cuidado de las cabras y las ovejas. El único trabajo apto para un hombre del hierro era la guerra. El Dios Ahogado los había creado para saquear y violar, para labrar reinos y escribir sus nombres en fuego, sangre y canciones.

Aegon el Dragón había acabado con las antiguas costumbres al quemar a Harren el Negro, devolverles el reino de Harren a los débiles hombres del río y reducir las islas del Hierro a un rincón insignificante de un reino mucho más grande. Pero las viejas historias de sangre se seguían contando en todas las islas, en torno a hogueras alimentadas con restos de barcos naufragados y junto a fogones humeantes, incluso tras los altos muros de piedra de Pyke. Entre los numerosos títulos del padre de Theon estaba el de Lord Segador, y en su lema, los Greyjoy alardeaban de que «Nosotros no Sembramos».

Si lord Balon había puesto en marcha su gran rebelión, no había sido por la vanidad huera de una corona, sino para reinstaurar las antiguas costumbres. Robert Baratheon había puesto un sangriento final a aquella esperanza, con la ayuda de su amigo Eddard Stark, pero los dos estaban ya muertos. En sus respectivos lugares gobernaban simples chiquillos, y el reino forjado por Aegon el Conquistador se estaba desmembrando.

«Esta es la estación —pensó Theon mientras los labios de la hija del capitán subían y bajaban—, la estación, el año y el día, y yo soy el hombre.» Sonrió torvamente al pensar en qué diría su padre cuando le dijera que él, Theon, el benjamín, el pequeño y el rehén, él había conseguido lo que no lograra el propio lord Balon.

El clímax llegó repentino como una tormenta, y llenó la boca de la muchacha con su semilla. Ella se sobresaltó y trató de apartarse, pero Theon la sujetó con fuerza por el pelo. Tras unos instantes, consiguió sentarse junto a él.

—¿He complacido a mi señor?

—Bastante —respondió.

—Sabía salado —murmuró la chica.

—¿Como el mar?

Ella asintió.

—Siempre me ha gustado el mar, mi señor.

—Igual que a mí —dijo al tiempo que le frotaba un pezón entre dos dedos.

Y era verdad. Para los hombres de las islas del Hierro, el mar significaba la libertad. Lo había olvidado hasta que la *Myraham* desplegó las velas en Varamar. Los sonidos le hicieron recordar sensaciones olvidadas: el crujido de la madera y las sogas, las órdenes a gritos del capitán, el restallido de las velas cuando el viento las hinchaba... Todos tan familiares como el palpitar de su corazón, e igual de reconfortantes.

«No volveré a olvidarlo nunca —se prometió Theon—. No volveré a alejarme del mar.»

—Llevadme con vos, mi señor —suplicó la hija del capitán—. No hace falta que sea a vuestro castillo. Puedo quedarme en cualquier pueblo y ser vuestra esposa de sal.

Extendió una mano para acariciarle la mejilla. Theon Greyjoy se la apartó a un lado y se levantó del catre.

—Mi lugar está en Pyke, y el tuyo, en este barco.

—Ya no puedo quedarme aquí.

—¿Por qué no? —preguntó mientras se abrochaba los calzones.

—Por mi padre —le dijo—. En cuanto os vayáis me castigará, mi señor. Me insultará y me pegará.

—Así son los padres —reconoció Theon al tiempo que descolgaba la capa. Se la echó sobre los hombros y cerró los pliegues con un broche de plata—. Dile que debería darse por satisfecho. Con la cantidad de veces que te he follado, lo más seguro es que estés preñada. No todos los hombres tienen el honor de criar al bastardo de un rey.

La chica lo miró con un gesto tan estúpido que Theon se marchó, dejándola allí.

La *Myraham* rodeaba en aquel momento una punta boscosa. Bajo los riscos en los que crecían pinos, una docena de botes pesqueros recogían las redes. El barco se mantuvo a buena distancia de ellos mientras maniobraba. Theon se dirigió hacia proa para ver mejor. Lo primero que divisó fue el castillo, la fortaleza de los Botley. En su infancia era de madera y cáñamo, pero Robert Baratheon la había arrasado hasta los cimientos. Lord Sawane la había reconstruido en piedra, así que un pequeño torreón cuadrado coronaba la colina. De las torres achatadas de las esquinas pendían banderas color verde claro, todas con la imagen de un banco de peces plateados.

Bajo la escasa protección que ofrecía el pequeño castillo de los peces, se extendía el pueblo de Puerto Noble, con un puerto rebosante de barcos. La última vez que vio Puerto Noble era una ruina humeante, donde los esqueletos de los barcoluengos quemados y las galeras destrozadas salpicaban la orilla rocosa como los huesos de leviatanes muertos, y de las casas no quedaban más que muros semiderruidos y cenizas frías. Habían pasado diez años, y apenas se veían rastros de la guerra. Los hombres habían construido chozas nuevas con las piedras de las antiguas, y habían puesto hierba fresca para hacer los tejados. Cerca del embarcadero se alzaba una posada nueva, el doble de grande que la anterior, con el piso bajo de piedra y los dos superiores de madera. En cambio, el septo no se llegó a reconstruir nunca, y del antiguo solo quedaban los cimientos de siete lados en el lugar donde se había alzado. Al parecer, la furia de Robert Baratheon les había quitado a los hombres del hierro todo gusto por los nuevos dioses.

A Theon le interesaban más los barcos que los dioses. Entre los mástiles de incontables botes de pesca divisó una galera mercante de Tyrosh, descargando mercancía junto a una pesada coca ibbenesa de negro casco alquitranado. También había gran número de barcoluengos, al menos cincuenta o sesenta, anclados en el mar o varados en la pedregosa orilla norte. En algunas velas se veían las divisas de las otras islas: la luna ensangrentada de Wynch, el cuerno de guerra con franjas negras de lord Goodbrother, la guadaña plateada de Harlaw... Theon buscó con la mirada el *Silencio* de su tío Euron. No vio rastro de aquel navío rojo, esbelto y terrible, pero allí estaba el *Gran Kraken* de su padre, que lucía en la proa un espolón de hierro con la forma de la criatura que le daba nombre.

¿Acaso se le había anticipado su padre y había convocado a los vasallos de los Greyjoy? Volvió a llevarse la mano al interior de la capa, al bolsillo de tela encerada. Aparte de Robb Stark, nadie sabía nada de aquella carta; no eran tan idiotas como para confiarle sus secretos a un pájaro. Pero lord Balon tampoco era ningún idiota. Podía haber intuido por qué su hijo volvía a casa después de tanto tiempo, y haber actuado en consecuencia.

La idea no le hacía la menor gracia. La guerra de su padre había terminado hacía mucho, y la perdió. Aquella era la hora de Theon. Su hora, su plan, su gloria y, con el tiempo, su corona.

«Pero si la flota está reunida...»

Bien pensado, quizá no fuera más que una medida de precaución. Una maniobra defensiva, por si la guerra se extendía al otro lado del mar. Los viejos eran cautelosos por naturaleza. Su padre ya era viejo, al igual que su tío Victarion, que dirigía la Flota de Hierro. Desde luego, el caso de su tío Euron era muy diferente, pero el *Silencio* no estaba en aquel puerto.

«Es lo mejor —se dijo Theon—. Así podré asestar el golpe mucho más deprisa.»

Mientras la *Myraham* avanzaba hacia tierra, Theon se dedicó a pasear por la cubierta, inquieto, sin dejar de escudriñar la orilla. No había esperado que lord Balon en persona acudiera a recibirlo al muelle, pero sin duda habría enviado a alguien. El mayordomo Sylas Bocamarga, lord Botley o tal vez incluso a Dagmer Barbarrota. Tenía muchas ganas de ver de nuevo el rostro espantoso del anciano Dagmer. Sabían de sobra que iba a llegar. Robb había enviado cuervos desde Aguasdulces, y al ver que no había ningún barco esperándolos en Varamar, Jason Mallister envió sus pájaros a Pyke, por si acaso los de Robb se habían extraviado.

Pero no vio ningún rostro conocido, ninguna guardia de honor que lo esperase para escoltarlo de Puerto Noble a Pyke; solo trabajadores dedicados a sus oficios. Los estibadores bajaban rodando barriles de vino del mercante de Tyrosh; los pescadores pregonaban la captura del día, y los niños corrían y jugaban. Un sacerdote con la túnica color aguamarina del Dios Ahogado llevaba un par de caballos de las riendas por la orilla pedregosa, mientras sobre él, una mujer desaliñada, asomada a una ventana de la posada, llamaba a gritos a unos marineros ibbeneses que pasaban por la calle.

Un grupo de comerciantes de Puerto Noble se había reunido para esperar al barco. Mientras la *Myraham* echaba amarras, no dejaban de lanzar preguntas a gritos.

—Venimos de Antigua —les gritó en respuesta el capitán—. Traemos manzanas y naranjas, vinos del Rejo, plumas de las islas del Verano. Tengo pimienta, cueros trenzados, un rollo de encaje de Myr, espejos para las damas y un par de arpas de Antigua, que son lo más melodioso que hayáis oído jamás. —La pasarela descendió con un crujido y un sonoro golpe—. Y os he traído a vuestro heredero.

Los hombres de Puerto Noble miraron a Theon con expresiones vacías y bovinas en los ojos, y comprendió que no sabían quién era. Aquello lo puso de mal humor. Depositó un dragón de oro en la mano del capitán.

—Diles a tus hombres que lleven mis bártulos. —Sin aguardar la respuesta, recorrió la pasarela a zancadas—. Posadero —rugió—, quiero un caballo.

—Como mandéis, mi señor —respondió el hombre sin hacerle ni un atisbo de reverencia. Se le había olvidado lo atrevidos que podían llegar a ser los hijos del hierro—. Da la casualidad de que tengo uno que os servirá. ¿Adónde iréis, mi señor?

—A Pyke. —El muy idiota seguía sin reconocerlo. Debería haberse puesto el jubón bueno, el del kraken bordado en el pecho.

—Pues os interesa partir enseguida si queréis llegar antes de que oscurezca —siguió el posadero—. Mi hijo os acompañará para mostraros el camino.

—No necesitará de los servicios de tu hijo —intervino una voz grave—. Ni de tu caballo. Yo llevaré a mi sobrino hasta la casa de su padre.

El que hablaba era el sacerdote al que había visto llevar a los caballos por la orilla. Al verlo acercarse, los trabajadores hincaron una rodilla en tierra. «Pelomojado», le oyó murmurar Theon al posadero.

El sacerdote era alto y flaco, con nariz ganchuda y ojos torvos, y llevaba una túnica jaspeada verde, gris y azul, el remolino de colores del Dios Ahogado. Llevaba debajo del brazo un pellejo para agua colgado de una tira de cuero, y en el pelo largo hasta la cintura y en la larga barba se había trenzado algas secas.

Un recuerdo acudió a la mente de Theon. En una de sus escasas cartas, lord Balon le había mencionado que el barco de su hermano pequeño se había hundido durante una tormenta; cuando el mar lo depositó sano y salvo en la orilla, decidió entregarse a la religión.

—¿Tío Aeron? —preguntó, dubitativo.

—Sobrino Theon —replicó el sacerdote—. Tu señor padre me envía a recogerte. Vamos.

—Enseguida, tío. —Se volvió hacia la *Myraham*—. Traed mis cosas —le ordenó al capitán.

Un marinero le tendió desde el barco su arco largo de madera de tejo y el carcaj de flechas, pero fue la hija del capitán quien le llevó el bulto con su ropa buena.

—Mi señor...

Tenía los ojos enrojecidos. Cuando él cogió el bulto, hizo ademán de ir a abrazarlo, delante de su padre, de su tío el sacerdote y de media isla. Theon se apartó a un lado.

—Gracias.

—Por favor —suplicó la chica—. Os amo, mi señor.

—Tengo que irme. —Echó a correr detrás de su tío, que ya se alejaba por el muelle. Lo alcanzó con una docena de zancadas largas—. No esperaba verte a ti, tío. Han pasado diez años; creí que mi señor padre y mi señora madre vendrían a recibirme, o que enviarían a Dagmer con una guardia de honor.

—No te corresponde a ti cuestionar las órdenes del Lord Segador de Pyke. —El tono del sacerdote era gélido; en nada recordaba al hombre que Theon había conocido en su infancia. Aeron Greyjoy había sido el más afable de sus tíos, débil de carácter, siempre presto a la risa, aficionado a las canciones, a la cerveza y a las mujeres—. En cuanto a Dagmer Barbarrota, ha ido a Viejo Wyk por orden de tu padre, para convocar a los Stonehouse y a los Drumm.

—¿Con qué objetivo? ¿Por qué se ha reunido una flota de barcoluengos?

—¿Por qué se reúnen siempre las flotas? —Su tío había dejado los caballos atados delante de la posada portuaria. Cuando llegaron junto a ellos se volvió hacia Theon—. Dime la verdad, sobrino. ¿Ahora rezas a los dioses lobos?

Theon rara vez rezaba, pero no era cosa que uno confesara a un sacerdote, ni aunque fuera el hermano del propio padre.

—Ned Stark rezaba a un árbol. No, no tengo nada que ver con los dioses de los Stark.

—Bien. Arrodíllate.

—Tío, no sé... —El suelo estaba lleno de piedras y barro.

—Que te arrodilles. ¿O resulta que ahora eres demasiado orgulloso? ¿Nos han devuelto a un señorito de las tierras verdes?

Theon se arrodilló. Su presencia allí tenía un propósito, y quizá para lograrlo necesitara de la ayuda de Aeron. En fin; una corona bien valía un poco de barro y mierda de caballo en los calzones.

—Agacha la cabeza. —Su tío alzó el pellejo, le quitó el corcho y regó con un hilillo de agua de mar la cabeza de Theon. El agua le empapó el pelo, le corrió por la frente y se le metió en los ojos. Le bajó por las mejillas, y un reguero se le metió por debajo de la capa y del jubón. Le corrió por la espalda como un regato helado que le pasara por la columna vertebral. La sal hizo que le escocieran los ojos, y tuvo que contenerse para no llorar. Notó en los labios el sabor del océano—. Haz que tu siervo Theon vuelva a nacer del mar, como tú naciste —entonó Aeron Greyjoy—. Bendícelo con la sal, bendícelo con la piedra, bendícelo con el acero. ¿Todavía recuerdas qué había que decir, sobrino?

—Lo que está muerto no puede morir —rememoró Theon.

—Lo que está muerto no puede morir —repitió su tío—, sino que se alza de nuevo, más duro, más fuerte. Levántate.

Theon se levantó y parpadeó para contener las lágrimas que le había provocado la sal en los ojos. Sin añadir palabra, su tío puso el corcho al pellejo de agua, desató su caballo y montó. Theon hizo lo mismo. Juntos emprendieron la marcha, dejando atrás la posada, y más allá, el castillo de lord Botley, en las colinas pedregosas. El sacerdote no dijo ni una palabra más en todo el trayecto.

—He estado la mitad de mi vida lejos de casa —dijo al final Theon—. ¿Notaré cambiadas las islas?

—Los hombres pescan en el mar, excavan en la tierra y mueren. Las mujeres paren niños con sangre y dolor, y mueren. La noche sigue al día. Los vientos y las mareas permanecen. Las islas son como las hizo nuestro dios.

«Dioses, qué sombrío se ha vuelto», pensó Theon.

—¿Veré a mi hermana y a mi señora madre en Pyke?

—No. Tu madre vive ahora en Harlaw, con su hermana. Allí el clima es menos malo, y no sufre tantos accesos de tos. Tu hermana ha llevado el *Viento Negro* a Gran Wyk, para transmitir mensajes de tu señor padre. No tardará en regresar, te lo aseguro.

No hacía falta que nadie le dijera a Theon que el *Viento Negro* era el barcoluengo de Asha. Hacía diez años que no veía a su hermana, pero al menos, aquello sí lo sabía. Era extraño que le hubiera puesto semejante nombre, teniendo en cuenta que el lobo de Robb Stark se llamaba *Viento Gris.*

—El de Stark es gris y el de Greyjoy es negro —murmuró con una sonrisa—. Pero los dos son vientos. —El sacerdote no dijo nada—. ¿Y qué me dices de ti, tío? —preguntó Theon—. Cuando se me llevaron de Pyke no eras sacerdote. Te recuerdo cantando las viejas canciones de saqueo, de pie en la mesa y con un cuerno de cerveza en una mano.

—Era joven, vacuo y vanidoso —respondió Aeron Greyjoy—. Pero el mar lavó mi locura y se llevó mi vanidad. El hombre se ahogó, sobrino. Sus pulmones se llenaron de agua marina, y los peces se comieron las escamas que le cubrían los ojos. Cuando me levanté de nuevo, lo vi todo con claridad.

«Está tan loco como amargado.» El recuerdo que Theon había tenido del viejo Aeron Greyjoy era agradable.

—Tío, ¿por qué ha convocado mi padre sus espadas y sus velas?

—Te lo dirá cuando llegues a Pyke; no me cabe duda.

—Preferiría conocer ya sus planes.

—No será de mis labios. Tenemos orden de no hablar de esto con nadie.

—¿Ni siquiera conmigo? —Theon estaba rabioso. Había guiado a hombres a la guerra; había cazado con un rey; había conseguido honores en torneos; había cabalgado con Brynden el Pez Negro y con el Gran Jon; había luchado en el bosque Susurrante; se había acostado con tantas chicas que apenas recordaba sus nombres, y pese a todo, aquel tío suyo lo trataba como si siguiera teniendo diez años—. Si mi padre está haciendo planes de guerra, debo conocerlos. No soy cualquiera. ¡Soy el heredero de Pyke y de las islas del Hierro!

—Eso ya lo veremos.

Aquellas palabras fueron como una bofetada en el rostro.

—¿Que ya lo veremos? Mis dos hermanos han muerto. Soy el único hijo vivo de mi padre.

—Tu hermana también vive.

«Asha», pensó, confuso. Era tres años mayor que Theon, pero...

—Las mujeres solo pueden heredar si no hay varones en la línea directa —insistió, casi gritando—. No dejaré que me arrebaten lo que me corresponde por derecho, te lo advierto.

—¿Te atreves a hablar de esa forma a un siervo del Dios Ahogado, chico? —gruñó su tío—. Has olvidado más cosas de las que crees. Y debes de ser muy idiota si piensas que tu señor padre le entregará estas islas sagradas a un Stark. Cállate de una vez; el viaje ya se hace largo sin tener que aguantar tu cháchara de cotorra.

Theon cerró la boca, aunque le costó un auténtico esfuerzo.

«De modo que así están las cosas», pensó. Como si diez años en Invernalia hubieran bastado para convertirlo en un Stark. Lord Eddard lo había criado entre sus hijos, pero Theon nunca fue uno de ellos. Todo el castillo, desde lady Stark hasta el último pinche de cocina, sabía que era un rehén para garantizar el buen comportamiento de su padre, y lo trataba en consecuencia. Hasta al bastardo Jon Nieve se le dispensaban más honores que a él.

De cuando en cuando, a lord Eddard le había dado por representar el papel de padre, pero para Theon siempre fue el hombre que arrasó Pyke a sangre y fuego, y lo arrancó de su hogar. De niño siempre tuvo miedo del rostro severo y la gran espada oscura de Stark. Y su señora esposa era todavía más distante y desconfiada.

En cuanto a los niños, durante la mayor parte de los años que pasó en Invernalia, los pequeños no eran más que bebés llorones. Únicamente Robb y su hermanastro bastardo, Jon Nieve, tenían edad suficiente para que se fijara en ellos. El bastardo era un chico hosco, al que no pasaba desapercibido el menor desprecio, y estaba celoso de la alta cuna de Theon, así como del aprecio que le mostraba Robb. Theon sentía cierto afecto por Robb, como si se tratase de un hermano menor... pero más le valdría no mencionarlo. Al parecer, en Pyke no habían terminado las viejas guerras. Aquello no debería sorprenderlo. Las islas del Hierro vivían en el pasado; el presente era tan duro y amargo que les resultaba intolerable. Además, su padre y sus tíos eran viejos, y los viejos se comportaban así; se llevaban a la tumba sus polvorientas querellas, no olvidaban nada, y menos todavía perdonaban.

Con los Mallister, sus compañeros de viaje de Aguasdulces a Varamar, pasaba lo mismo. Patrek Mallister no era mal tipo. Compartía su gusto por las mujeres, el vino y la cetrería. Pero cuando lord Jason vio que su heredero pasaba cada vez más tiempo en compañía de Theon, se llevó a Patrek aparte para recordarle que Varamar se erigió para defender la costa de los saqueadores de las islas del Hierro, sobre todo de los Greyjoy de Pyke. La Torre Retumbante recibía su nombre por la inmensa campana de bronce que, desde los tiempos más antiguos, se hacía sonar para llamar a los ciudadanos y a los campesinos al castillo siempre que se avistaban barcoluengos en el horizonte occidental.

—No le importa que la campana no haya sonado más que una vez en trescientos años —le comentó Patrek a Theon al día siguiente, mientras compartía con él las advertencias de su padre y una jarra de vino de manzanas verdes.

—Cuando mi hermano intentó tomar Varamar por asalto —asintió Theon. Lord Jason había matado a Rodrik Greyjoy ante los muros de su castillo y había expulsado a los hombres del hierro de vuelta hacia la bahía—. Si tu padre cree que le guardo rencor por aquello, es porque no llegó a conocer a Rodrik.

Los dos rieron mientras se dirigían hacia una joven molinera, casada pero muy cariñosa, conocida de Patrek.

«Ojalá Patrek estuviera aquí ahora, conmigo.» Mallister o no, era un compañero de viaje mucho más agradable que el viejo sacerdote amargado en el que se había transformado su tío Aeron.

El sendero por el que cabalgaban ascendía serpenteante por colinas yermas y pedregosas. No tardaron en perder de vista el mar, aunque el olor de la sal impregnaba, penetrante, el aire húmedo. Iban a un paso lento, pero constante. Pasaron junto a un pastizal cercado para ovejas, y luego, junto a la entrada de una mina abandonada. Aquel nuevo Aeron Greyjoy era poco dado a la conversación, de manera que viajaban en sombrío silencio. Al final, Theon no lo pudo soportar más.

—Ahora, Robb Stark es el señor de Invernalia —dijo.

Aeron siguió cabalgando.

—Todos los lobos son iguales.

—Robb ha roto el juramento de lealtad al Trono de Hierro y se ha coronado Rey en el Norte. Está en guerra.

—Los cuervos de los maestres vuelan sobre la sal tan bien como sobre la roca. Esa noticia es vieja.

—Significa que amanece un nuevo día, tío.

—Cada madrugada amanece un nuevo día, y es igual que el anterior.

—En Aguasdulces no opinan lo mismo. Dicen que el cometa rojo es el heraldo de una nueva era. Un mensajero de los dioses.

—Es una señal, sí —asintió el sacerdote—. Pero de nuestro dios, no del suyo. Se trata de una marca ardiente, como las que llevaban antaño nuestros hombres. Es la llama del Dios Ahogado, salida del mar, que proclama la subida de la marea. Es hora de izar las velas y asolar el mundo con el fuego y con la espada, como siempre hicimos.

—Completamente de acuerdo —dijo Theon con una sonrisa.

—Un hombre está de acuerdo con dios igual que una gota de lluvia con la tormenta.

«Esta gota de lluvia reinará algún día, anciano.» Theon ya estaba harto del talante sombrío de su tío. Picó espuelas y se adelantó al trote sin perder la sonrisa.

El sol estaba ya a punto de ponerse cuando llegaron a los muros de Pyke, un arco de piedra oscura que iba de un acantilado al otro, con el puesto de guardia en el centro y tres torres cuadradas a cada lado. Theon alcanzó a ver las cicatrices que las catapultas de Robert Baratheon habían dejado en las piedras. Se había alzado una nueva torre sur sobre las ruinas de la antigua; era de un gris un poco más claro, y los líquenes todavía no la habían atacado. Por allí era por donde había entrado Robert, como una tromba, saltando cascotes y cadáveres, con el martillo en la mano y Ned Stark a su lado. Theon lo había visto todo a salvo en la Torre del Mar; de cuando en cuando, las antorchas se le volvían a aparecer en sueños, y oía el retumbar de las piedras al ceder.

Las puertas estaban abiertas ante él, y el oxidado rastrillo, alzado. Los guardias situados sobre las almenas observaron con ojos desconocidos al Theon Greyjoy que, por fin, regresaba a su hogar.

Tras la muralla que rodeaba el cabo había cincuenta fanegas de tierra, entre el cielo y el mar. Allí estaban los establos, las perreras y un puñado de edificaciones. Las ovejas y los cerdos se amontonaban en sus rediles, mientras que los perros del castillo correteaban en libertad. Hacia el sur quedaban los acantilados, y el ancho puente de piedra que llevaba al Gran Torreón. Mientras se bajaba del caballo, Theon alcanzó a oír el romper de las olas. Un mozo de cuadras se acercó para ocuparse de su caballo. Un par de críos flacos y unos cuantos siervos lo observaban con ojos apagados, pero de su señor padre no había ni rastro, ni tampoco de nadie a quien recordara de su infancia.

«Una bienvenida desolada y amarga», pensó.

El sacerdote no había descabalgado.

—¿No te quedarás esta noche para compartir la carne y el hidromiel, tío?

—Me dijeron que te trajera, y te he traído. Ahora regreso al servicio de nuestro dios. —Aeron Greyjoy hizo dar la vuelta al caballo y pasó de nuevo, sin prisa, bajo las púas enlodadas del rastrillo.

Una vieja de espalda encorvada, enfundada en un sencillo vestido gris, se aproximó a él con paso cauto.

—Mi señor, me ordenan que os acompañe a vuestras habitaciones.

—¿Quién lo ordena?

—Vuestro señor padre.

—Así que tú sabes quién soy. —Theon se quitó los guantes—. ¿Por qué no ha venido mi padre a recibirme?

—Os espera en la Torre del Mar, mi señor. Cuando hayáis descansado de vuestro viaje.

«Y yo pensaba que Ned Stark era frío.»

—¿Y tú quién eres?

—Helya; llevo el castillo en nombre de vuestro señor padre.

—Antes, el mayordomo era Sylas. Lo llamaban Bocamarga. —Theon todavía era capaz de recordar con viveza el hedor a vino del aliento del anciano.

—Murió hace cinco años, mi señor.

—¿Y el maestre Qalen? ¿Dónde está?

—Duerme en el mar. Actualmente, el encargado de los cuervos es Wendamyr.

«Es como si fuera un forastero aquí —pensó Theon—. No ha cambiado nada, pero ha cambiado todo.»

—Llévame a mis habitaciones, mujer —ordenó.

La anciana hizo una reverencia rígida y echó a andar delante de él por la punta de tierra que llevaba al puente. Al menos aquello sí era tal como lo recordaba: las viejas piedras resbaladizas por las salpicaduras del mar y con manchas de líquenes, la espuma de las olas bajo sus pies como si fuera una bestia salvaje, y el viento salado agitándole la ropa.

Siempre que había soñado con el regreso a casa se había visto en su confortable dormitorio de la Torre del Mar, donde había dormido de niño. Pero la anciana lo guiaba hacia el Torreón Sangriento. Allí, las estancias eran más grandes y estaban mejor amuebladas, aunque resultaban igual de frías y húmedas. Le asignaron a Theon unas habitaciones gélidas, de techos tan altos que se perdían en la penumbra. Aquello lo habría impresionado si no supiera que eran precisamente las habitaciones que daban su nombre al Torreón Sangriento. Hacía ya mil años, los hijos del Rey del Río fueron asesinados allí mismo, en sus camas, donde luego despedazaron sus cadáveres para podérselos enviar a su padre, en el continente.

Pero los Greyjoy no morían asesinados en Pyke; solo muy de cuando en cuando se mataban entre hermanos, y los dos suyos habían muerto. Si miró a su alrededor con aversión, no fue por miedo a los fantasmas. Los tapices de las paredes estaban cubiertos de moho verdoso; el colchón estaba combado y tenía un olor rancio, y las alfombras eran viejas y quebradizas. Habían pasado años desde la última vez que se ventilaron aquellas estancias. La humedad se metía en los huesos.

—Necesitaré una palangana de agua caliente y que enciendan el fuego en esa chimenea —dijo a la vieja—. Encárgate de que enciendan braseros en las otras habitaciones para caldearlas un poco. Y por los dioses, manda a alguien que cambie esas alfombras.

—Sí, mi señor. Como ordenéis. —Y se marchó.

No tardaron en llevarle el agua caliente que había pedido. En realidad estaba tibia, y no tardó en enfriarse, por no mencionar además que era agua de mar, pero le bastó para lavarse de la cara, el pelo y las manos el polvo del largo recorrido a caballo. Mientras un par de siervos encendían los braseros, Theon se quitó la ropa sucia del viaje y se vistió para reunirse con su padre. Eligió un par de botas de cuero negro muy flexible, calzones de suave lana de cordero color gris plateado y un jubón de terciopelo negro con el kraken dorado de los Greyjoy bordado en el pecho. Se puso al cuello una fina cadena de oro y, sobre la ropa, un cinturón de cuero blanco. Por último, se colgó un puñal a un lado de la cadera y una espada larga al otro, ambas armas en fundas negras y doradas. Sacó el puñal, comprobó el filo con la yema del pulgar, extrajo una piedra de amolar del bolsillo que le colgaba del cinturón y le dio un par de pasadas. Se enorgullecía de tener sus armas siempre afiladas.

—Cuando vuelva quiero encontrarme la habitación caliente y alfombras limpias —les advirtió a los siervos al tiempo que sacaba un par de guantes negros de seda, adornados con unas delicadas volutas en hilo de oro.

Theon regresó al Gran Torreón cruzando un pasaje de piedra cubierto; el eco de sus pisadas se mezclaba con el incesante retumbar del mar, mucho más abajo. Para llegar a la Torre del Mar, en su pilar retorcido, tuvo que cruzar otros tres puentes, cada uno más angosto que el anterior. El último era de madera y cuerdas, y el húmedo viento cargado de sal hacía que se meciera como un ser vivo bajo sus pies. Theon no había recorrido ni la mitad cuando ya tenía el corazón en la garganta. Abajo, muy lejos, las olas estallaban en altas columnas de espuma al romper contra la roca. De niño solía cruzar aquel puente corriendo, incluso de noche cerrada.

«Los niños creen que nada les puede hacer daño —le susurraron al oído sus temores—. Los adultos saben que sí.»

La puerta era de madera gris con tachonaduras de hierro, y Theon se encontró con que estaba atrancada desde dentro. La golpeó con el puño, y soltó una maldición cuando una astilla le perforó el tejido del guante. La madera estaba húmeda y enmohecida, y los tachones, oxidados.

Pasó un momento antes de que abriera la puerta un guardia con coraza de hierro y un yelmo del mismo metal, que le cubría todo el rostro.

—¿Eres el hijo?

—Apártate de mi camino o verás quién soy.

El hombre se hizo a un lado. Theon subió por los peldaños serpenteantes que llevaban a las habitaciones privadas de su padre. Lo encontró sentado ante un brasero, bajo un manto de pieles enmohecidas de foca que lo cubrían desde la barbilla hasta los pies. Al oír el sonido de sus botas contra la piedra, el señor de las islas del Hierro alzó la vista para mirar a su único hijo superviviente. Era más menudo de lo que Theon recordaba, y estaba tan demacrado... Balon Greyjoy siempre había sido delgado, pero en aquel momento parecía como si los dioses lo hubieran metido en un caldero y lo hubieran hervido hasta fundir toda su carne, de manera que solo quedaran el cabello y la piel. Estaba flaco como un hueso, y a la vez, duro como el mismo hueso, con un rostro que daba la sensación de estar tallado en pedernal. Sus ojos eran también como el pedernal, negros y duros, pero los años y los vientos marinos le habían dado a su cabello el color gris del mar en invierno, salpicado de gaviotas blancas. Si se lo soltara, le llegaría por debajo de la cintura.

—Han pasado nueve años, ¿no? —dijo por fin lord Balon.

—Diez —replicó Theon al tiempo que se quitaba los guantes rotos.

—Se llevaron a un niño —dijo su padre—. ¿Qué eres ahora?

—Un hombre —respondió Theon—. Tu sangre y tu heredero.

—Ya lo veremos —gruñó lord Balon.

—Lo verás —le prometió Theon.

—Diez años, dices. Stark te tuvo tanto tiempo como yo. Y ahora vienes como enviado suyo.

—Suyo, no. Lord Eddard está muerto; la reina Lannister lo decapitó.

—Los dos están muertos. Stark y Robert, que derribó mis muros con sus piedras. Juré que viviría lo suficiente para verlos a los dos en sus tumbas, y lo he logrado. —Hizo una mueca—. Pero el frío y la humedad siguen haciendo que me duelan las articulaciones, igual que cuando estaban vivos. De modo que ¿de qué ha servido?

—De mucho. —Theon se acercó—. Traigo una carta...

—¿Ned Stark te vestía así? —lo interrumpió su padre, mirándolo desde abajo con los ojos entrecerrados—. ¿Se divertía poniéndote terciopelos y sedas, para convertirte en su querida hijita?

—No soy la hijita de nadie. —Theon sintió que la sangre se le acumulaba en las mejillas—. Si no te gusta mi ropa, me cambiaré.

—Desde luego. —Lord Balon echó las pieles a un lado y se levantó. No era tan alto como Theon recordaba—. Esa baratija que llevas al cuello, ¿la pagaste con oro o con hierro?

Theon se tocó la cadena de oro. Lo había olvidado. «Ha pasado tanto tiempo...» Según las antiguas costumbres, las mujeres podían adornarse con joyas pagadas con oro, pero un guerrero solamente podía usar las que arrancara de los cadáveres de enemigos muertos por su mano. Aquello se denominaba *pagar el precio del hierro.*

—Te ruborizas como una doncella, Theon. Te he hecho una pregunta. ¿Pagaste el precio del oro o el del hierro?

—El del oro —reconoció Theon.

Su padre metió los dedos bajo el collar, y le dio un tirón tan fuerte que le habría arrancado la cabeza a Theon si la cadena no hubiera cedido antes.

—Mi hija tiene como amante un hacha de guerra —dijo lord Balon—. No permitiré que mi hijo se engalane como una prostituta. —Tiró la cadena al brasero, donde se deslizó entre los carbones—. Justo lo que me temía. Las tierras verdes te han hecho blando, y los Stark te han hecho suyo.

—Te equivocas. Ned Stark era mi carcelero, pero mi sangre sigue siendo de sal y de hierro.

—Pero el mocoso Stark te envía a mí como un cuervo bien adiestrado —dijo lord Balon mientras se volvía para calentarse las manos huesudas sobre el brasero—, con su mensaje insignificante entre las garras.

—La carta que te traigo no es insignificante —dijo Theon—. Y la oferta que te hace es la que yo le sugerí.

—Así que el rey lobo escucha cuando le das consejo, ¿eh? —Por lo visto, la sola idea parecía divertir mucho a lord Balon.

—Sí, me hace caso. He cazado con él; me he entrenado con él; he compartido con él la carne y el hidromiel. Me he ganado su confianza. Me ve como a un hermano mayor, me...

—No. —Su padre le agitó un dedo ante la cara—. Aquí no, en Pyke no, no cuando yo esté presente. Jamás lo llames hermano; es el hijo del hombre que pasó por la espada a tus verdaderos hermanos. ¿O te has olvidado de Rodrik y Maron, que eran sangre de tu sangre?

—No he olvidado nada. —En realidad, Ned Stark no había asesinado a ninguno de sus hermanos. A Rodrik lo mató lord Jason Mallister en Varamar, y Maron murió aplastado en el derrumbamiento de la antigua torre sur... pero Stark los habría liquidado sin problemas si las circunstancias de la batalla los hubieran enfrentado a él—. Recuerdo muy bien a mis hermanos —insistió Theon. Recordaba sobre todo las bofetadas ebrias de Rodrik, y las bromas crueles de Maron y sus mentiras sin fin—. También me acuerdo de cuando mi padre era rey. —Sacó la carta de Robb y se la tendió—. Leed esto..., alteza.

Lord Balon rompió el sello y desdobló el pergamino. Lo recorrió una y otra vez con sus ojos negros.

—Así que el chico me dará una corona —dijo—. Solo tengo que acabar con sus enemigos. —Sus labios delgados se fruncieron en una sonrisa.

—A estas alturas, Robb debe de estar ya en el Colmillo Dorado —dijo Theon—. Cuando el Colmillo caiga, solo tardará un día en cruzar las colinas. Las huestes de lord Tywin están en Harrenhal, aisladas por el oeste. El Matarreyes se encuentra prisionero en Aguasdulces. Para enfrentarse a Robb en el oeste solo queda ser Stafford Lannister, con la leva de críos que ha estado reclutando. Ser Stafford se situará entre el ejército de Robb y Lannisport, lo que significa que la ciudad estará sin defensas cuando caigamos sobre ella por mar. Si los dioses nos acompañan, la mismísima Roca Casterly podría caer antes de que los Lannister se dieran cuenta de que estamos interviniendo.

—Roca Casterly jamás ha caído —gruñó lord Balon.

—Hasta ahora —sonrió Theon.

«Y será un momento tan, tan dulce...»

Su padre no le devolvió la sonrisa.

—¿Y por eso Robb Stark te envía de vuelta a mí después de tantos años? ¿Para que consigas que le dé mi aprobación a su plan?

—El plan es mío, no de Robb —dijo Theon con orgullo. «Mío, igual que será mía la victoria, y con el tiempo, la corona»—. Yo dirigiré la ofensiva, con tu beneplácito. Como recompensa, quiero Roca Casterly como asentamiento cuando se la arrebatemos a los Lannister. —Una vez en posesión de la Roca, tendría también Lannisport y las tierras doradas del oeste. Riquezas y poder como la casa Greyjoy no había conocido jamás.

—Te concedes una recompensa muy alta a cambio de una idea y unas pocas líneas. —Volvió a leer la carta—. El mocoso no dice nada de recompensas. Solo que hablas en su nombre, que te debo escuchar, que le entregue mis velas y mis espadas, y que a cambio me dará una corona. —Sus ojos de pedernal se alzaron hacia los de su hijo—. Que él me dará una corona —repitió con voz cada vez más tensa.

—Se ha expresado mal; lo que quería decir es...

—Lo que quería decir es lo que ha dicho. El chico me dará una corona. Y lo que se da se puede quitar. —Lord Balon tiró la carta al brasero, al mismo brasero de la cadena. El pergamino se curvó, se ennegreció y empezó a arder. Theon se quedó consternado.

—¿Te has vuelto loco?

Su padre le dio un bofetón de revés.

—Cuidado con lo que dices. Ya no estás en Invernalia, y yo no soy Robb el Mocoso; no puedes hablarme así. Soy Greyjoy, el Lord Segador de Pyke, Rey de la Sal y de la Roca, Hijo del Viento Marino, y a mí nadie me da una corona. Yo pago el precio del hierro. Cogeré mi corona, igual que hizo Urron Manorroja hace cinco mil años.

Theon retrocedió un paso para alejarse de la repentina ira que llameaba en la voz de su padre.

—Pues cógela —escupió mientras se le enrojecía la mejilla—. Hazte llamar Rey de las Islas del Hierro; a nadie le va a importar... hasta que terminen las guerras, y el vencedor mire a su alrededor y divise a un viejo idiota aferrado a su orilla, con una corona de hierro en la cabeza.

Lord Balon soltó una carcajada.

—Vaya, al menos no eres ningún cobarde. Igual que yo no soy ningún imbécil. ¿Crees que he mandado reunir mis barcos para ver como se mecen anclados? No, pienso labrarme un reino por el fuego y la espada. Pero no en el oeste, y no porque me lo conceda el rey Robb el Mocoso. Roca Casterly es demasiado fuerte, y lord Tywin, demasiado astuto. Sí, podríamos tomar Lannisport, pero no defenderla. No. La fruta que quiero coger es otra... No tan dulce y jugosa, claro, pero ahí está, indefensa.

«¿Dónde?», habría podido preguntar Theon. Pero ya lo sabía.

DAENERYS

Los dothrakis llamaban al cometa *shierak qiya,* que significaba «estrella sangrante». Los ancianos murmuraban que era un mal presagio, pero Daenerys Targaryen lo había visto por primera vez la noche en que quemó el cadáver de Khal Drogo en la pira, la noche en que sus dragones despertaron. «Es el heraldo de mi llegada —se dijo al tiempo que alzaba la vista hacia el cielo nocturno, con el corazón lleno de asombro ante aquel portento—. Los dioses lo han enviado para mostrarme el camino.» Pero cuando expresó aquella idea en voz alta, su doncella Doreah la desanimó.

—En esa dirección están las tierras rojas, *khaleesi.* Los jinetes dicen que se trata de un lugar sombrío, terrible.

—Debemos ir hacia donde señala el cometa —insistió Dany..., aunque lo cierto era que no le quedaba otro camino posible.

No se atrevía a poner rumbo al norte hacia el vasto océano de hierba que todos conocían como el mar dothraki. El primer *khalasar* con el que se tropezaran engulliría a su desastrado grupo, mataría a los guerreros y se llevaría a los demás como esclavos. Las tierras de los hombres cordero, al sur del río, también les estaban vedadas. Eran demasiado pocos para defenderse hasta de ese pueblo tan poco belicoso, y los lhazareenos tenían motivos para guardarles rencor. Podría haber avanzado río abajo, en dirección a los puertos de Meereen, Yunkai y Astapor, pero Rakharo le había advertido que el *khalasar* de Pono había tomado aquel camino, llevando un grupo de miles de cautivos que vendería en los mercados de carne que plagaban como pústulas abiertas toda la bahía de los Esclavos.

—¿Por qué voy a temer a Pono? —repuso Dany—. Fue el *ko* de Drogo y siempre me trató bien.

—Ko Pono os trató bien —dijo ser Jorah Mormont—. Khal Pono os matará. Fue el primero en abandonar a Drogo, y lo siguieron diez mil guerreros. Vos solo tenéis un centenar.

«No —pensó Dany—. Tengo cuatro. Los demás son mujeres, ancianos enfermos y niños que todavía no se han trenzado el pelo.»

—Tengo a los dragones —señaló.

—Están recién salidos del cascarón —dijo ser Jorah—. Bastaría un tajo de *arakh* para acabar con ellos, aunque lo más probable es que Pono se los quedara. Los huevos de dragón eran más valiosos que rubíes; un dragón vivo no tiene precio. Solo hay tres en todo el mundo. Cada hombre que los vea querrá ser su dueño, mi reina.

—Son míos —replicó ella con rabia. Habían nacido de su fe y de su necesidad; la muerte de su esposo, de su hijo nonato y de la *maegi* Mirri Maz Duur les había dado la vida. Dany había entrado en el fuego cuando salieron del cascarón, y habían bebido leche de sus pechos hinchados—. Nadie me los arrebatará mientras viva.

—No viviréis mucho tiempo si os tropezáis con Khal Pono. O con Khal Jhaqo, o con cualquiera de los otros. Tenéis que ir hacia donde ellos no estén.

Dany lo había nombrado jefe de su Guardia de la Reina... y vio claro el camino cuando los sombríos consejos de Mormont y los presagios se mostraron coincidentes. Convocó a los suyos y montó a lomos de su yegua plata. Su cabellera se había quemado en la pira de Drogo, de manera que sus doncellas la vistieron con la piel del *hrakkar,* el león blanco del mar dothraki, que Drogo había matado. La temible cabeza de la fiera era la capucha que cubría su cráneo desnudo, y la piel era una capa que le caía sobre los hombros y por la espalda. El dragón color crema clavó las afiladas garras negras en la melena del león y enroscó la cola en torno al brazo de Dany, mientras que Ser Jorah ocupó el lugar habitual a su lado.

—Seguiremos al cometa —dijo Dany a su *khalasar.*

No hubo nadie que alzara la voz para protestar. Habían sido el pueblo de Drogo, pero ahora eran el suyo. La llamaban La que no Arde, la Madre de Dragones. Su palabra era ley.

Viajaban de noche, y durante el día se refugiaban del sol en sus tiendas. Dany no tardó en comprender hasta qué punto había tenido razón Doreah. Aquella tierra no era generosa. Por el camino iban dejando un rastro de caballos muertos y moribundos, porque Pono, Jhaqo y los otros se habían apoderado de los mejores animales de Drogo, dejando a Dany tan solo los viejos y flacos, los enfermos y tullidos, los acabados y los indómitos. Igual que con las personas.

«No son fuertes —se dijo—, así que yo tengo que ser su fuerza. No puedo mostrar temor, ni debilidad, ni un asomo de duda. Por mucho miedo que haya en mi corazón, en mi rostro solo deben ver a la reina de Drogo.» Se sentía mucho mayor de lo que correspondía a sus catorce años. Si alguna vez había sido niña de verdad, aquel tiempo había quedado atrás.

El primer hombre murió a los tres días de marcha. Era un anciano desdentado y con los ojos nublados, que cayó exhausto de la silla de montar y no pudo volver a levantarse. Expiró en menos de una hora. Las moscas de sangre formaban enjambres sobre su cadáver, y transmitían su mala suerte a los vivos.

—Había llegado su hora —dijo su doncella Irri—. Ningún hombre debería vivir más que sus dientes.

Los demás se mostraron de acuerdo. Dany ordenó que mataran al más débil de los caballos moribundos, de manera que el fallecido pudiera entrar cabalgando en las tierras de la noche.

Dos noches después, la que pereció fue una niña, casi un bebé. Los aullidos angustiados de su madre se prolongaron durante todo el día, pero no se pudo hacer nada. La pobre chiquilla había sido demasiado pequeña para cabalgar. No serían para ella las interminables praderas negras de las tierras de la noche; tendría que nacer de nuevo.

En el erial rojo había poco forraje, y el agua escaseaba aún más. Era una tierra marchita y desolada, de colinas bajas y llanuras yermas azotadas por los vientos. Los ríos que cruzaron estaban tan secos como los huesos de los muertos. Sus monturas subsistían a base de la escasa gramilla reseca que crecía al pie de las rocas y de los árboles muertos. Dany envió jinetes que fueran por delante de la columna, pero no encontraron pozos ni arroyos, solo charcas de agua estancada y putrefacta que se evaporaba bajo el sol ardiente. Cuanto más se adentraban en el erial, más pequeñas se hacían las charcas y más distancia había entre ellas. Si en aquel desierto de piedra, arena y barro rojo sin caminos había dioses, eran dioses duros y secos, sordos a cualquier plegaria que suplicara lluvia.

Lo primero en acabarse fue el vino, y poco después, la leche cuajada de yegua que a los señores de los caballos les gustaba más que el hidromiel. Luego se agotaron sus provisiones de pan ácimo y carne seca. Los cazadores no encontraban presas, y solo se podían llenar los estómagos con la carne de sus caballos caídos. Se produjo una muerte tras otra. Los débiles, los niños, las ancianas arrugadas, los enfermos, los estúpidos, los incautos... La tierra cruel se los llevaba a todos. Doreah fue perdiendo peso, y los ojos se le hundieron en la cara, mientras su suave cabellera rubia se tornaba quebradiza como la paja.

Dany pasó hambre y sed con todos los demás. La leche de sus pechos se secó; los pezones se le agrietaron y le sangraron, y día tras día adelgazaba hasta que quedó descarnada y dura como un palo. Pero si tenía miedo era por sus dragones. Su padre murió violentamente antes de que ella naciera, así como su maravilloso hermano Rhaegar. Su madre murió al alumbrarla, mientras en el exterior rugía la tormenta. Al bondadoso ser Willem Darry, que a su modo debía de haberla querido, se lo llevó una enfermedad devastadora cuando ella era muy pequeña. Su hermano Viserys; Khal Drogo, que era su sol y estrellas; hasta su hijo nonato... Los dioses se los habían llevado a todos.

«Pero no me quitarán a mis dragones —juró Dany—. No me los quitarán.»

Los dragones no eran más grandes que los gatos flacos que había visto una vez moviéndose furtivos a lo largo de los muros de la mansión del magíster Illyrio en Pentos... hasta que desplegaban sus alas, aquellos delicados abanicos de piel translúcida de colores maravillosos tensada sobre una estructura de largos huesos finos. Bien mirados, los dragones eran en su mayor parte cuello, cola y alas. «Son tan pequeños...», pensó mientras les daba de comer. Mejor dicho, mientras intentaba darles de comer, porque los dragones se negaban. Siseaban y escupían ante cada trocito de sanguinolenta carne de caballo, y lanzaban vapor por las fosas nasales, pero no aceptaban el alimento... hasta que Dany recordó algo que Viserys le había contado cuando eran niños.

«Los únicos seres que comen la carne cocinada son los dragones y los hombres», fueron sus palabras.

Cuando hizo que sus doncellas asaran la carne de caballo hasta casi carbonizarla, los dragones la devoraron con avidez, proyectando hacia delante las cabezas como si fueran serpientes. Los dragones comían al día varias veces su peso, siempre que la carne estuviera muy tostada, y por fin empezaron a crecer y a fortalecerse. Dany se maravillaba ante la suavidad de sus escamas y el calor que transmitían, tan palpable que durante las noches frías sus cuerpos parecían emitir vapor.

Cada anochecer, cuando el *khalasar* se ponía en marcha, elegía un dragón para que viajara sobre su hombro. Irri y Jhiqui llevaban a los otros en una jaula de madera, colgada de un palo que iba cruzado sobre sus monturas. Cabalgaban justo tras ella, de manera que los dragones no la perdieran nunca de vista. Era la única forma de que estuvieran tranquilos.

—Los dragones de Aegon tenían nombres de dioses de la antigua Valyria —les dijo a sus jinetes de sangre una mañana, tras una larga noche de viaje—. El dragón de Visenya se llamaba Vhagar, Rhaenys tenía a Meraxes y Aegon cabalgaba a lomos de Balerion, el Terror Negro. Se decía que el aliento de Vhagar era tan ardiente que podía derretir la armadura de un caballero y cocinar al hombre que la llevaba; que Meraxes devoraba caballos enteros, y en cuanto a Balerion..., su fuego era tan negro como sus escamas, y sus alas, tan inmensas que su sombra cubría ciudades enteras cuando pasaba sobre ellas.

Los dothrakis miraron a las crías de dragón con cierta inquietud. El más grande de las tres era de un negro lustroso, con brillantes vetas color escarlata entre las escamas, igual que en las alas y en los cuernos.

—*Khaleesi,* ese es Balerion —murmuró Aggo—, ha vuelto a nacer.

—Tal vez sea así, sangre de mi sangre —respondió Dany con seriedad—, pero en esta vida tendrá un nuevo nombre. Les pondré los nombres de aquellos a los que los dioses se han llevado. El verde se llamará Rhaegal, en recuerdo de mi valiente hermano, que murió en las verdes orillas del Tridente. El crema y oro será Viserion. Viserys era cruel, débil y cobarde, pero también era mi hermano. Su dragón hará lo que él no pudo hacer.

—¿Y la bestia negra? —quiso saber ser Jorah Mormont.

—El negro —dijo ella— es Drogon.

Pero, al mismo tiempo que los dragones se desarrollaban, su *khalasar* se marchitaba y moría. La tierra que los rodeaba era cada vez más desolada. Hasta la gramilla escaseaba más y más. Los caballos se derrumbaban; les quedaban tan pocos que algunos hombres se veían obligados a ir a pie. Doreah contrajo unas fiebres y fue empeorando con cada legua. Los labios y las manos se le llenaron de ampollas sanguinolentas; el pelo se le caía a mechones, y una noche no tuvo fuerzas para montar a lomos de su caballo. Jhogo dijo que deberían dejarla allí o atarla a la silla, pero Dany recordaba una noche, en el mar dothraki, cuando la joven lysena le había enseñado secretos para que Drogo la amara más. Le dio a Doreah agua de su pellejo, le refrescó la frente con un paño húmedo y sostuvo su mano hasta que murió entre escalofríos. Entonces consintió que el *khalasar* prosiguiera la marcha.

No vieron rastro alguno de otros viajeros. Los dothrakis, temerosos, empezaron a murmurar que el cometa los había guiado hacia una especie de infierno. Una mañana, mientras acampaban entre grandes piedras negras erosionadas por el viento, Dany acudió a ser Jorah.

—¿Nos hemos perdido? —le preguntó—. ¿Acaso este erial no tiene fin?

—Tiene fin —respondió él, fatigado—. He visto los mapas que dibujan los mercaderes, mi reina. Cierto: por aquí pasan pocas caravanas, pero al este hay grandes reinos y ciudades repletas de maravillas. Yi Ti, Qarth, Asshai de la Sombra…

—¿Viviremos para verlas?

—No os voy a mentir. El camino es más duro de lo que me temía. —El rostro del caballero estaba grisáceo y demacrado. La herida que recibió en la cadera la noche que luchó contra los jinetes de sangre de Khal Drogo no había llegado a curarse del todo; Dany veía su expresión de dolor cuando montaba a caballo, y parecía ir casi derrumbado en la silla—. Puede que, si seguimos adelante, estemos perdidos... pero si retrocedemos, estaremos perdidos sin duda alguna.

Dany le dio un beso en la mejilla. Se animó al verlo sonreír. «También tengo que ser fuerte por él —pensó sombría—. Es un caballero, sí, pero yo soy de la sangre del dragón.»

La siguiente charca que encontraron estaba casi hirviendo y apestaba a azufre, pero tenían los pellejos prácticamente vacíos. Los dothrakis enfriaron el agua en jarras y la bebieron tibia. El sabor era repugnante, pero era agua, y todos estaban sedientos. Dany contempló el horizonte con desesperación. Había perdido a un tercio de su pueblo, y la llanura que se extendía ante ellos era aún desértica, roja e interminable.

«El cometa se burla de mis esperanzas —pensó al tiempo que alzaba los ojos hacia el lugar donde hendía el cielo—. ¿Acaso he cruzado medio mundo y he visto nacer dragones solo para morir en este desierto de fuego?» No podía creerlo.

Al día siguiente, el amanecer los encontró mientras cruzaban una llanura cuarteada de dura tierra rojiza. Dany estaba a punto de dar la orden de acampar cuando los exploradores regresaron al galope.

—¡Una ciudad, *khaleesi*! —gritaron—. Una ciudad blanca como la luna y hermosa como una doncella. A una hora de marcha, no más.

—Mostrádmela —dijo. Cuando la ciudad apareció ante ella, con murallas y torres de un blanco deslumbrante tras el velo de calor, le pareció tan bella que estuvo segura de que se trataba de un espejismo.

—¿Sabéis qué lugar es ese? —le preguntó a ser Jorah.

—No, mi reina —contestó el caballero exiliado haciendo un gesto de negación—. Nunca me había aventurado tanto hacia el este.

Las lejanas murallas blancas eran una promesa de descanso y seguridad, una oportunidad para curarse y recuperar fuerzas. Dany habría querido correr hacia ellas, pero lo que hizo fue volverse hacia sus jinetes de sangre.

—Sangre de mi sangre, id delante de nosotros y averiguad el nombre de esa ciudad. Averiguad también qué clase de recibimiento nos dispensarán.

—*Ai, khaleesi* dijo Aggo.

Los jinetes no tardaron en regresar. Rakharo bajó del caballo de un salto. De su cinturón de medallones colgaba el gran *arakh* curvo que Dany le había otorgado cuando lo nombró jinete de sangre.

—Esta ciudad está muerta, *khaleesi*. No tiene nombre ni dioses; las puertas están caídas, y por sus calles únicamente se mueven el viento y las moscas.

Jhiqui se estremeció.

—Cuando los dioses se van, los espíritus del mal celebran banquetes durante la noche —dijo—. Los lugares así es mejor evitarlos. Lo sabe todo el mundo.

—Lo sabe todo el mundo —asintió Irri.

—Pues yo no lo sé. —Dany picó espuelas a su yegua y abrió la marcha. Pasó al trote bajo los restos del arco, lo que quedaba de una antigua puerta, y recorrió una calle silenciosa. Ser Jorah y sus jinetes de sangre la siguieron, y después, más despacio, el resto de los dothrakis.

No había manera de saber cuánto tiempo llevaba desierta la ciudad, pero las murallas blancas, que tan hermosas parecían vistas desde lejos, estaban llenas de grietas y a punto de derrumbarse. Encerraban un laberinto de callejones estrechos y retorcidos. Los edificios estaban muy juntos, con fachadas níveas como la tiza, sin ventanas. Todo era blanco, como si los que habitaron allí no hubieran conocido el color. Pasaron a caballo junto a montones de cascotes blanqueados por el sol, allí donde las casas se habían derrumbado, y por todas partes se veían las cicatrices del fuego. En un lugar donde se encontraban seis callejones, Dany vio una peana de mármol. Al parecer, los dothrakis habían pasado por allí. Quizá la estatua que faltaba se encontrara en aquel momento en Vaes Dothrak, junto con las de tantos otros dioses robados. Tal vez había pasado junto a ella cien veces sin saberlo. Viserion, en su hombro, siseó.

Acamparon junto a los restos de un palacio, en una plaza barrida por el viento donde la gramilla crecía entre las piedras del pavimento. Dany envió a varios hombres a investigar entre las ruinas. Algunos obedecieron de mala gana, pero obedecieron... y un anciano cubierto de cicatrices regresó al poco rato, sonriente y casi saltando, con las manos llenas de higos. Eran pequeños y arrugados, pero su pueblo se abalanzó sobre ellos con ansia; se empujaron y pelearon entre ellos para meterse la fruta en la boca y masticarla con verdadera dicha. Otros volvieron hablando de frutales ocultos tras puertas cerradas, en jardines secretos. Aggo la guio hasta un patio lleno de parras con pequeñas uvas verdes, y Jhogo descubrió un pozo de agua limpia y fresca. Pero también encontraron huesos, los cráneos de los muertos que nadie se había molestado en enterrar, rotos y blanqueados por el sol.

—Espíritus —murmuró Irri—. Espíritus espantosos. No debemos quedarnos aquí, *khaleesi;* este lugar les pertenece.

—No temo a los espíritus. Los dragones son más poderosos que los espíritus. —«Y los higos son más importantes»—. Ve con Jhiqui a buscarme arena limpia para darme un baño y no me vuelvas a molestar con esas tonterías.

En el frescor de su tienda, Dany chamuscó carne de caballo sobre la llama de un brasero mientras meditaba sobre las diferentes posibilidades. Allí había suficiente agua y alimentos para darles sustento, y también hierba para que los caballos recuperasen las fuerzas. ¡Qué agradable sería despertar todos los días en el mismo lugar, pasear por los jardines sombreados y beber tanta agua fresca como quisiera!

Cuando Irri y Jhiqui regresaron con vasijas de arena blanca, Dany se desnudó y dejó que la frotaran para limpiarla.

—Te vuelve a salir el pelo, *khaleesi* —comentó Jhiqui al tiempo que le quitaba la arena de la espalda.

Dany se pasó una mano por la cabeza para palparlo. Los hombres dothraki llevaban el pelo largo, en largas trenzas aceitadas, y solo se lo cortaban cuando eran derrotados. «Puede que yo deba hacer lo mismo —pensó—. Así recordarán que la fuerza de Drogo habita ahora en mí.» Khal Drogo había muerto sin cortarse el pelo jamás, hazaña de la que muy pocos hombres podían alardear.

Al otro lado de la tienda, Rhaegal desplegó las alas verdes, aleteó y consiguió remontarse un palmo antes de volver a caer a la alfombra. Sacudió la cola como un látigo, furioso, y alzó la cabeza en un rugido chillón.

«Si yo tuviera alas, también querría volar —pensó Dany. Los Targaryen de antaño iban a la guerra a lomos de dragones. Trató de imaginarse cómo se sentiría a horcajadas del cuello de un dragón, elevándose por el aire—. Sería como estar en la cima de una montaña, pero mejor. Vería el mundo entero debajo de mí. Si volara muy alto, hasta podría ver los Siete Reinos, y tocar el cometa con las manos.»

Irri interrumpió sus ensoñaciones para decirle que ser Jorah Mormont estaba fuera, y aguardaba a que ella tuviera a bien recibirlo.

—Hazlo pasar —dijo Dany. La piel frotada por la arena le cosquilleaba. Se envolvió en la capa de león. El *hrakkar* había sido mucho más grande que Dany, de manera que le cubría todo lo que ella quería cubrir.

—Os he traído un melocotón —dijo ser Jorah Mormont después de entrar y clavar una rodilla en el suelo.

Era tan pequeño que a Dany casi le cabía en el puño cerrado, y estaba demasiado maduro, pero cuando le dio el primer mordisco, la pulpa era tan dulce que estuvo a punto de echarse a llorar. Lo comió muy despacio para saborear cada bocado, mientras ser Jorah le hablaba del árbol del que lo había cogido, en un jardín cercano a la muralla oeste.

—Fruta, agua y sombra —dijo Dany, con las mejillas pegajosas por el zumo del melocotón—. Los dioses han sido bondadosos al traernos aquí.

—Deberíamos descansar hasta que recuperemos las fuerzas —insistió el caballero—. Las tierras rojas son crueles con los débiles.

—Mis doncellas dicen que aquí hay espíritus.

—Hay espíritus en todas partes —dijo ser Jorah con voz amable—. Los llevamos con nosotros adonde quiera que vamos.

«Sí —pensó ella—. Viserys, Khal Drogo, mi hijo Rhaego... siempre están conmigo.»

—Decidme cómo se llama vuestro espíritu, ser Jorah. A los míos ya los conocéis.

—Se llamaba Lynesse. —El rostro del caballero se había tornado impenetrable.

—¿Vuestra esposa?

—Mi segunda esposa.

«Le duele hablar de ella», advirtió Dany. Pero quería saber la verdad.

—¿Eso es todo lo que me vais a decir de ella? —La piel de león se le resbaló por un hombro, y volvió a ponérsela en su sitio—. ¿Era hermosa?

—Muy hermosa. —Ser Jorah apartó los ojos de su hombro para mirarla a la cara—. La primera vez que la vi me pareció una diosa que hubiera descendido a la tierra, como si la propia Doncella se hubiera hecho carne. Era de cuna mucho más elevada que yo, la hija pequeña de lord Leyton Hightower, de Antigua. El Toro Blanco, que comandaba la Guardia Real de vuestro padre, era su tío abuelo. Los Hightower son una familia antigua, muy rica y orgullosa.

—Y leal —dijo Dany—. Recuerdo que Viserys me contó que los Hightower fueron de los pocos que permanecieron fieles a mi padre.

—Así fue —asintió él.

—¿Vuestros padres arreglaron el compromiso?

—No. Nuestro matrimonio... Bueno, es una historia muy larga y aburrida, alteza. No quisiera importunaros con ella.

—No voy a ninguna parte —dijo Dany—. Por favor.

—Como ordene mi reina. —Ser Jorah frunció el ceño—. Mi hogar... Para comprender el resto tengo que explicaros cómo es. La isla del Oso es muy bella, pero aislada. Imaginad un paisaje de robles nudosos y pinos altos, espinos en flor, piedras grises cubiertas de musgo y arroyuelos de aguas heladas que se despeñan por las laderas de las montañas. Nuestra casa era de grandes troncos, y estaba rodeada por una empalizada de barro. Aparte de unos cuantos aparceros, los míos vivían en el litoral y se dedicaban a la pesca. La isla está muy al norte, y nuestros inviernos son mucho más terribles de lo que podáis imaginar, *khaleesi*.

»Pero la isla era suficiente para mí, y nunca me faltaron mujeres. Tuve a muchas hijas de pescadores y aparceros, antes y después de casarme. Contraje matrimonio muy joven, con la esposa que eligió mi padre, una Glover de Bosquespeso. Estuvimos casados diez años, más o menos. Era una mujer de rostro vulgar, pero buena. En cierto modo llegué a quererla, aunque nuestras relaciones eran más deferentes que apasionadas. Tuvo tres abortos mientras trataba de darme un heredero. No llegó a recuperarse del último, y poco después falleció.

—Lo siento mucho —dijo Dany mientras ponía una mano sobre la del hombre y se la apretaba.

Ser Jorah asintió.

—Para entonces, mi padre ya había vestido el negro, así que yo era señor de la isla del Oso por derecho propio. No me faltaron ofertas de matrimonio, pero antes de que pudiera tomar una decisión, lord Balon Greyjoy se rebeló contra el Usurpador, y Ned Stark convocó a sus vasallos para acudir en ayuda de su amigo Robert. La batalla definitiva se libró en Pyke. Cuando las catapultas de Robert abrieron una brecha en los muros del rey Balon, el primero en irrumpir fue un sacerdote de Myr, pero yo lo seguía de cerca. Así me gané el rango de caballero.

»Para celebrar la victoria, Robert ordenó que se organizara un torneo en las afueras de Lannisport. Allí fue donde vi a Lynesse, una doncella que tenía la mitad de mis años. Había llegado de Antigua con su padre para ver a sus hermanos en las justas. No pude apartar los ojos de ella. En un ataque de locura, le pedí una prenda para llevarla durante el torneo, sin atreverme a soñar que me la concedería. Pero lo hizo.

»Soy un buen luchador, *khaleesi,* aunque los torneos no son lo mío. Sin embargo, con la prenda de Lynesse atada al brazo, me transmuté. Gané justa tras justa. Lord Jason Mallister cayó ante mí, así como Yohn Royce, el caballero conocido como Yohn Bronce. Ser Ryman Frey, su hermano ser Hosteen, lord Whent, el Jabalí, hasta el propio ser Boros Blount de la Guardia Real. Los desmonté a todos. En el último encuentro rompí nueve lanzas contra Jaime Lannister, sin resultado. El rey Robert me otorgó a mí el laurel del vencedor. Coroné a Lynesse reina del amor y la belleza, y aquella misma noche fui a hablar con su padre para pedirle su mano. Estaba ebrio de vino y de gloria. Por lógica debería haberme respondido con desprecio, pero lord Leyton aceptó mi oferta. Nos casamos allí mismo, en Lannisport, y durante dos semanas fui el hombre más feliz del mundo.

—¿Solo dos semanas? —se asombró Dany. «Hasta yo tuve más felicidad con Drogo, que era mi sol y estrellas.»

—Dos semanas fueron lo que tardamos en hacer el viaje de vuelta en barco de Lannisport a la isla del Oso. Mi hogar supuso una terrible decepción para Lynesse. Era demasiado frío, demasiado húmedo, demasiado lejano, y mi castillo no era más que un salón de madera. No teníamos titiriteros, ni bailes de ningún tipo, ni ferias. Podían pasar estaciones enteras sin que viniera un bardo a tocar para nosotros, y en la isla no hay ni siquiera un joyero. Hasta las comidas supusieron un problema. Mi cocinero no sabía hacer gran cosa, aparte de guisos y asados, y Lynesse no tardó en hartarse de pescado y venado.

»Yo vivía solamente por sus sonrisas, de manera que envié a buscar un nuevo cocinero a Antigua y un arpista de Lannisport. Orfebres, joyeros, modistas... Todo lo que ella quería, yo se lo conseguía, pero nunca era suficiente. La isla del Oso es rica en osos y en árboles, y pobre en todo lo demás. Le hice construir un hermoso barco, y viajamos a Lannisport y a Antigua para asistir a ferias y festivales; incluso llegamos a Braavos, donde me endeudé con los prestamistas. Había conseguido su mano al ganar un torneo, así que por ella participé en otros muchos, pero ya no había magia. Nunca volví a vencer, y cada derrota implicaba la pérdida de otro caballo y otra armadura de justas, que había que rescatar a buen precio, o bien sustituir. No había manera de soportar tantos gastos. Por fin, insistí en que regresáramos a casa, pero las cosas no hicieron más que empeorar. Ya no podía pagar al cocinero y al arpista, y Lynesse se puso como loca cuando le mencioné la posibilidad de empeñar sus joyas.

»En cuanto a lo que siguió... hice cosas que me avergüenza recordar. A cambio de oro. Para que Lynesse conservara sus joyas, su arpista y su cocinero. Al final fui yo quien lo perdió todo. Cuando supe que Eddard Stark se encaminaba hacia la isla del Oso, ni siquiera me quedaba honor suficiente para permanecer allí y enfrentarme a su juicio, de modo que la arrastré conmigo al exilio. No importaba nada, solo nuestro amor: no paraba de repetirme aquello. Huimos a Lys, donde vendí mi barco a cambio de oro con el que mantenernos.

El dolor hacía que la voz se le cortara. Dany no quería seguir presionándolo, pero tenía que saber cómo terminaba la historia.

—¿Ella murió en Lys? —le preguntó con dulzura.

—Solo para mí —dijo—. Antes de medio año el oro se había agotado, y tuve que venderme como mercenario. Mientras luchaba contra los braavosis, en el Rhoyne, Lynesse se fue a vivir a la mansión de un príncipe mercader llamado Tregar Ormollen. Me han dicho que ahora es la primera de sus concubinas, y que hasta su esposa la teme.

—¿Y vos la odiáis? —Dany estaba horrorizada.

—Casi tanto como la amo —respondió ser Jorah—. Os ruego que me disculpéis, mi reina. Me encuentro muy cansado.

Le dio permiso para retirarse, pero cuando estaba levantando el alerón de la tienda para salir, no pudo contenerse y le hizo una última pregunta.

—¿Cómo era de aspecto vuestra lady Lynesse?

—Pues... —Ser Jorah sonrió con tristeza—. Se parecía un poco a vos, Daenerys. —Hizo una profunda reverencia—. Que durmáis bien, mi reina.

Dany se estremeció y se arrebujó en la piel de león. «Se parecía a mí.» Aquello explicaba muchas cosas que hasta entonces no había comprendido.

«Me quiere —se dijo—. Me ama como la amaba a ella, no como un caballero ama a su reina, sino como un hombre ama a una mujer.» Trató de imaginarse en brazos de ser Jorah, besándolo, dándole placer, permitiendo que entrara en ella. Fue inútil. En cuanto cerraba los ojos, su rostro se transformaba en el de Drogo.

Khal Drogo había sido su sol y estrellas, el primero, y tal vez debiera ser el último. La *maegi* Mirri Maz Duur había jurado que jamás daría a luz a un niño vivo, ¿y qué hombre querría una esposa estéril? ¿Y qué hombre soñaría con rivalizar con Drogo, que había muerto sin cortarse jamás el pelo y cabalgaba por las tierras de la noche, seguido por un *khalasar* de estrellas?

Había notado la añoranza en la voz de ser Jorah cuando hablaba de su isla del Oso. «A mí no podrá tenerme, pero algún día le devolveré su hogar y su honor. Eso sí se lo puedo dar.»

No hubo espíritus que turbaran su descanso aquella noche. Soñó con Drogo y con la primera vez que habían montado a caballo juntos, la noche en que se casaron. Solo que en el sueño no iban a lomos de caballos, sino de dragones.

A la mañana siguiente hizo llamar a sus jinetes de sangre.

—Sangre de mi sangre —les dijo a los tres—. Necesito de vosotros. Escoged cada uno tres caballos, los más sanos y fuertes de los que nos quedan. Cargad con tanta agua y alimentos como podáis llevar en vuestras monturas, y partid en mi nombre. Aggo irá hacia el sudoeste, y Rakharo, hacia el sur. Jhogo, tú seguirás al *shierak qiya* hacia el sudeste.

—¿Qué deseas que busquemos, *khaleesi*? —preguntó Jhogo.

—Lo que haya —respondió Dany—. Buscad otras ciudades, vivas o muertas. Buscad caravanas, personas. Buscad ríos, lagos y el gran mar de sal. Averiguad cuánto erial nos queda por delante y qué hay al otro lado. Cuando partamos de aquí no quiero ir a ciegas de nuevo. Sabré hacia dónde vamos y cómo será el camino.

De modo que partieron entre el suave tintineo de las campanillas de sus cabelleras, mientras Dany se establecía junto con su pequeño grupo de supervivientes en el lugar que dieron en llamar Vaes Tolorro, la Ciudad de los Huesos. Amaneció un día, y otro, y otro. Las mujeres recogían frutas en los jardines de los muertos. Los hombres se ocupaban de sus monturas; arreglaban las sillas, los estribos, las herraduras. Los niños correteaban por los callejones tortuosos y encontraban antiguas monedas de bronce, trocitos de cristal morado y vasijas de piedra con asas en forma de serpientes. Una mujer sufrió la picadura de un escorpión, pero solo ella murió. Los caballos empezaron a engordar. Dany se ocupó en persona de la herida de ser Jorah, que así comenzó a curarse.

El primero en regresar fue Rakharo. Dijo que, hacia el sur, el erial rojo se extendía hasta terminar en una orilla yerma, junto al agua envenenada. Hasta llegar allí no había visto más que arena, rocas erosionadas por el viento y plantas erizadas de agudas espinas. Juraba que había visto la osamenta de un dragón, tan inmensa que pudo pasar a caballo a través de las enormes mandíbulas negras. Aparte de aquello, nada.

Dany lo puso al mando de una docena de los hombres más fuertes y les encargó que levantaran la plaza hasta llegar a la tierra que había abajo. Si entre las piedras del pavimento podía crecer la gramilla, también crecerían otras hierbas si retiraban la piedra. Había pozos suficientes; no les faltaba agua. Con semillas, podrían hacer florecer toda la plaza.

Aggo fue el siguiente. Aseguraba que el sudoeste era un erial. Había encontrado las ruinas de otras dos ciudades, más pequeñas que Vaes Tolorro, pero por lo demás muy semejantes. Una estaba guardada por un cerco de cráneos clavados en lanzas de hierro oxidadas, de modo que no se atrevió a entrar, pero exploró la segunda tanto como pudo. Le mostró a Dany un brazalete de hierro que había encontrado, adornado con un ópalo sin tallar del tamaño del pulgar de la muchacha. También había visto pergaminos, pero estaban secos y quebradizos, y Aggo no los cogió.

Dany le dio las gracias y le encomendó la misión de reparar las puertas. Si, en el pasado, el enemigo había cruzado el desierto para destruir aquellas ciudades, podía volver de nuevo.

—Y si es así, quiero que estemos preparados —declaró.

Jhogo estuvo ausente tanto tiempo que Dany temió que hubiera muerto, pero por fin, cuando casi había perdido la esperanza, llegó cabalgando procedente del sudeste. Uno de los guardias que Aggo había apostado fue el primero en avistarlo, y Dany corrió a la muralla para verlo. Era verdad. Jhogo se acercaba, pero no viajaba solo. Tras él iban tres desconocidos de atuendo extravagante, a lomos de unas feas criaturas gibosas más grandes que ningún caballo.

Tiraron de las riendas al llegar ante las puertas de la ciudad y alzaron la vista hacia Dany, en la muralla.

—¡Sangre de mi sangre! —gritó Jhogo—. He estado en la gran ciudad de Qarth, y he vuelto con tres hombres que querían verte con sus propios ojos.

—Aquí estoy. —Dany escudriñó a los desconocidos—. Miradme, si es lo que queréis..., pero antes decidme vuestros nombres.

—Soy Pyat Pree, el gran brujo —dijo el hombre pálido de los labios azules en un dothraki gutural.

—Soy Xaro Xhoan Daxos de los Trece, príncipe mercader de Qarth —dijo el hombre calvo con la nariz enjoyada en el valyrio de las Ciudades Libres.

—Soy Quaithe de la Sombra —dijo la mujer de la máscara lacada en la lengua común de los Siete Reinos—. Hemos venido en busca de dragones.

—No busquéis más —les respondió Daenerys Targaryen—. Los habéis encontrado.

JON

Según los viejos mapas de Sam, la aldea se llamaba Arbolblanco. A Jon no le parecía ni que fuera una aldea. Cuatro casas ruinosas de una estancia cada una, edificadas con piedras sin cementar, y al lado un redil vacío y un pozo. El tejado de las casas era de hierba, y en vez de postigos en las ventanas había pieles andrajosas. Y sobre ellas se cernían las ramas blancas y las hojas color rojo oscuro de un arciano de proporciones monstruosas.

Era el árbol más grande que Jon Nieve había visto jamás: el tronco tenía más de tres varas de anchura, y las ramas eran tan largas y abundantes que la aldea entera quedaba a su sombra. Pero el tamaño no era tan inquietante como la cara... sobre todo la boca, que no era un simple tajo, sino un hueco mellado en el que habría cabido una oveja.

«Pero esos huesos no son de oveja. Y lo que hay entre las cenizas no es un cráneo de oveja.»

—Un árbol muy viejo —comentó Mormont desde su caballo, con el ceño fruncido.

—Viejo —asintió el cuervo posado en su hombro—. Viejo, viejo, viejo.

—Y poderoso. —Jon percibía claramente su poder.

Thoren Smallwood, con su negra coraza y su cota oscura de malla, descabalgó junto al árbol.

—Mirad qué cara. No me extraña que los hombres le tuvieran miedo cuando llegaron a Poniente. Me encantaría clavarle una buena hacha.

—Mi señor padre decía que delante de un árbol corazón no es posible mentir —dijo Jon—. Los antiguos dioses saben cuándo mienten los hombres.

—Lo mismo creía mi padre —dijo el Viejo Oso—. Quiero ver de cerca ese cráneo.

Jon desmontó. Llevaba cruzada a la espalda la funda de cuero negro de *Garra,* la espada de doble filo que el Viejo Oso le había entregado cuando le salvó la vida. Era de mano y media: se podía blandir con una mano o con las dos, y en algunos sitios llamaban a aquellas armas *espadas bastardas.* «Una espada bastarda para un bastardo», bromeaban sus compañeros. El puño se lo habían hecho nuevo para él, con un pomo en forma de cabeza de lobo de piedra blanca, pero la hoja era de acero valyrio, antigua, ligera y con un filo letal.

Se arrodilló e introdujo la mano enguantada en las fauces. El interior del hueco estaba rojo de savia seca y ennegrecido por el fuego. Debajo del cráneo vio otro más pequeño, sin mandíbula. Estaba medio enterrado en cenizas y fragmentos de hueso.

Le llevó el cráneo a Mormont, y el Viejo Oso lo cogió entre ambas manos y examinó las cuencas vacías.

—Los salvajes queman a sus muertos. Eso siempre lo hemos sabido. Ojalá les hubiéramos preguntado por qué cuando aún había a quién preguntárselo.

Jon Nieve recordó al espectro que se había levantado, con los ojos de un azul brillante en el rostro blanco y muerto. Él sabía por qué; no le cabía duda.

—Ojalá los huesos hablaran —gruñó el Viejo Oso—. Cuántas cosas podría contarnos este tipo. Cómo murió. Quién lo quemó y por qué. Adónde se han ido los salvajes. —Suspiró—. Se dice que los hijos del bosque podían hablar con los muertos. Pero yo no. —Tiró el cráneo a la boca del árbol, donde cayó levantando una nube de cenizas finas—. Registrad todas esas casas. Gigante, tú súbete a este árbol, a ver qué ves. Haré que traigan a los perros. Con un poco de suerte, esta vez, el rastro será más fresco. —Por su tono de voz no tenía muchas esperanzas al respecto.

Cada casa la revisaron dos hombres, para asegurarse de que no se pasaba nada por alto. A Jon le tocó ir con el adusto Eddison Tollett, un escudero de pelo blanco, flaco como una lanza, al que los demás hermanos llamaban Edd el Penas.

—Por si fuera poco que los muertos se levantaran y caminaran —comentó a Jon mientras atravesaban la aldea—, ahora el Viejo Oso quiere que también hablen. De eso no puede salir nada bueno, te lo digo yo. Además, ¿quién te dice que los huesos no mentirían? ¿Acaso la muerte hace que un hombre sea más sincero, o siquiera más listo? Seguro que los muertos son muy aburridos, siempre quejándose de tonterías... Que si el suelo está muy duro, que si me merecía una lápida más grande, que por qué ese tiene más gusanos que yo...

Jon tuvo que agacharse para cruzar una puerta baja. Dentro, el suelo era de tierra. No había muebles, ni ningún otro rastro de que allí hubiera vivido alguien, aparte de unas cenizas situadas bajo el agujero para el humo del techo.

—Como vivienda es deprimente —dijo.

—La casa donde nací se parecía mucho a esta —declaró Edd el Penas—. Y aquellos fueron mis mejores años; luego llegaron tiempos difíciles. —En un rincón de la casa había un montón de paja sucia que parecía un lecho. Edd lo miró con nostalgia—. Daría todo el oro de Roca Casterly por volver a dormir en una cama.

—¿Eso te parece una cama?

—Si es más blanda que el suelo y tiene un techo encima, me parece una cama. —Edd el Penas olisqueó el aire—. Huele a excrementos.

—A excrementos viejos —dijo Jon. El olor era muy tenue. Parecía que la casa llevaba abandonada bastante tiempo. Se arrodilló y rebuscó con las manos entre la paja por si había algo escondido en ella, y luego revisó a conciencia las paredes. No tardó demasiado—. Aquí no hay nada.

Nada era tal como él había esperado; Arbolblanco era la cuarta aldea por la que pasaban, y en todas se repetía la misma situación. Los habitantes se habían marchado, habían desaparecido con sus escasas pertenencias y los pocos animales que tuvieran. En ninguno de los pueblos encontraron señales de que hubiera habido un ataque. Estaban, sencillamente... desiertos.

—¿Tú qué crees que les pasó? —preguntó Jon.

—Algo peor de lo que podamos imaginar —sugirió Edd el Penas—. Bueno, quizá yo sí podría imaginarlo, pero no me apetece. Ya es bastante malo saber que uno se encamina hacia un final espantoso, no hace falta pasarse el tiempo pensando en ello.

Cuando salieron había dos perros olisqueando en torno a la puerta. Otros corrían por el pueblo. Chett los maldecía a gritos, con esa rabia que nunca parecía abandonarlo. La luz que se filtraba entre el follaje rojizo del arciano hacía que los forúnculos de su rostro parecieran más inflamados que de costumbre. Al ver a Jon entrecerró los ojos; no había afecto entre ellos.

La revisión del resto de las casas tampoco había dado ningún fruto.

—Nadie —graznó el cuervo de Mormont, que revoloteó entre las ramas del arciano para ir a posarse sobre ellos—. Nadie, nadie, nadie.

—Hace apenas un año había salvajes en Arbolblanco. —Thoren Smallwood, ataviado con la brillante cota de malla negra y la coraza repujada de ser Jaremy Rykker, tenía más aspecto de señor que Mormont. Llevaba una gruesa capa con ribetes de marta cibelina, cerrada con un broche de plata con la forma de los martillos cruzados de los Rykker. La capa también había sido de ser Jaremy... pero el espectro había acabado con él, y la Guardia de la Noche no desperdiciaba nada.

—Hace apenas un año, Robert era el rey, y el reino estaba en paz —señaló Jarman Buckwell, el recio e impasible jefe de los exploradores—. En un año pueden cambiar muchas cosas.

—Una cosa sí que no cambia —declaró ser Mallador Locke—. Si hay menos salvajes, hay menos problemas. No sé qué les habrá pasado, pero no pienso llorar por ellos. Son una panda de ladrones y asesinos, del primero al último.

Jon oyó un crujido entre las hojas del arciano. Dos ramas se separaron, y divisó a un hombrecillo que se movía entre ellas con la agilidad de una ardilla. Bedwyck medía poco más de tres codos y medio, pero los mechones canosos de su cabello delataban su verdadera edad. Los demás exploradores lo llamaban Gigante. Se sentó en una rama sobre ellos.

—Hay agua al norte —les dijo—. Puede que sea un lago. Al oeste se ven unas colinas de sílex; no son muy altas. No se ve nada más, mis señores.

—Podríamos acampar aquí esta noche —sugirió Smallwood.

El Viejo Oso alzó la vista, buscando un atisbo de cielo entre las ramas blancas y las hojas rojas del arciano.

—No —replicó—. ¿Cuánto tiempo de luz nos queda, Gigante?

—Tres horas, mi señor.

—Seguiremos hacia el norte —decidió Mormont—. Si llegamos a ese lago, podremos acampar junto a la orilla, y tal vez pesquemos unos cuantos peces para cenar. Jon, tráeme papel; ya va siendo hora de que le escriba al maestre Aemon.

Jon sacó de su alforja pergamino, pluma y tinta, y se lo llevó todo al lord comandante. «En Arbolblanco —garabateó Mormont—. La cuarta aldea. Todas desiertas. Los salvajes han desaparecido.»

—Busca a Tarly; que se encargue de que esto salga cuanto antes —dijo al tiempo que le tendía el mensaje a Jon.

Silbó, y su cuervo descendió revoloteando para posarse en la cabeza de su caballo.

—Maíz —sugirió el ave, meciendo la cabeza.

El caballo relinchó.

Jon montó a lomos de su caballo, un animal pequeño y resistente, le hizo dar la vuelta y se alejó al trote. Más allá de la sombra del gran arciano estaban los hombres de la Guardia de la Noche, bajo las ramas de árboles más pequeños, cuidando de sus caballos, mascando tiras de carne en salazón, meando, rascándose y charlando. Cuando se dio la orden de emprender la marcha de nuevo, las conversaciones cesaron, y todos montaron de nuevo. Los exploradores de Jarman Buckwell iban adelantados, y la vanguardia comandada por Thoren Smallwood encabezaba la columna. Luego iban el Viejo Oso con el grueso de las fuerzas, ser Mallador Locke con el convoy de equipaje y suministros, y por fin, ser Ottyn Wythers al mando de la retaguardia. En total, doscientos hombres y trescientas monturas.

Durante el día seguían los senderos de los animales y los lechos de los arroyos, los «caminos de exploradores» que los adentraban cada vez más en la espesura de hojas y raíces. Por la noche acampaban bajo el cielo estrellado y contemplaban el cometa. Los hermanos negros habían partido del Castillo Negro con un excelente estado de ánimo, intercambiando chistes y anécdotas, pero en los últimos días, el silencio amenazador del bosque los había ensombrecido a todos. Las bromas escaseaban cada vez más, y los nervios estaban a flor de piel. Ninguno habría reconocido que tenía miedo, al fin y al cabo eran hombres de la Guardia de la Noche, pero a Jon le resultaba evidente que estaban inquietos. Cuatro aldeas desiertas y ni rastro de los salvajes; hasta los animales habían escapado. Incluso los exploradores más veteranos estaban de acuerdo en que el bosque Encantado nunca había parecido más encantado.

Mientras cabalgaba, Jon se quitó el guante para que le diera el aire en los dedos quemados. «Están horribles.» De repente lo asaltó el recuerdo de cómo solía revolverle el pelo a Arya. Su flaca hermanita. Se preguntaba cómo estaría la niña, y lo invadió la tristeza al pensar que tal vez no volviera a revolverle el pelo. Flexionó la mano, abriendo y cerrando los dedos. Sabía muy bien que si dejaba que la mano de la espada se le pusiera rígida y torpe, podía suponer su final. Al otro lado del Muro hacía falta una espada.

Encontró a Samwell Tarly con los otros mayordomos, abrevando a las monturas. Tenía tres a su cargo: la suya y dos caballos de carga, cada uno de los cuales llevaba una gran jaula de mimbre y alambre llena de cuervos. Al sentir que Jon se aproximaba, los pájaros batieron las alas y empezaron a chillar. Algunos de los graznidos se parecían sospechosamente a palabras.

—¿Los has estado enseñando a hablar? —preguntó a Sam.

—Un poco. Hay tres que ya saben decir «nieve».

—Ya me parecía demasiado que hubiera uno que graznara mi nombre —replicó Jon—. Y la nieve no es lo mejor que se puede encontrar un hermano negro.

En el norte, la nieve y la muerte a menudo llegaban juntas.

—¿Había algo en Arbolblanco?

—Huesos, cenizas y casas vacías. —Jon le tendió a Sam el rollo de pergamino—. El Viejo Oso quiere enviarle un mensaje a Aemon.

Sam sacó un pájaro de una de las jaulas, le acarició las plumas y le ató el mensaje.

—Vuela a casa, valiente —le dijo—. A casa. —El cuervo le graznó algo ininteligible, y Sam lo lanzó al aire. El pájaro batió las alas y se perdió entre los árboles—. Ojalá pudiera llevarme a mí.

—¿Todavía...?

—Bueno —suspiró Sam—, sí, pero no tengo tanto miedo como al principio, de verdad. La primera noche, cada vez que alguien se levantaba a orinar pensaba que eran los salvajes, que venían a cortarme la garganta. Me daba pánico cerrar los ojos por si no volvía a abrirlos. Pero bueno... Al final llegó el amanecer. —Consiguió esbozar una sonrisa desvaída—. Soy cobarde, pero no idiota. Estoy magullado; me duele la espalda de tanto cabalgar y de dormir en el suelo, pero ya casi no tengo miedo. Mira. —Extendió una mano para que Jon viera que no le temblaba—. He estado trabajando en mis mapas.

«Qué extraño es el mundo», pensó Jon. Del Muro habían partido doscientos valientes, y el único que no tenía cada vez más miedo era Sam, el cobarde confeso.

—A este paso aún vamos a hacer de ti un explorador —bromeó—. No, si al final querrás ser oteador, como Grenn. ¿Quieres que se lo diga al Viejo Oso?

—¡Ni se te ocurra! —Sam se subió la capucha de la enorme capa negra y montó torpemente a lomos de su caballo. Era de labranza, grandote, lento y torpe, pero podía cargar con su peso mejor que las monturas más pequeñas de los exploradores—. Tenía la esperanza de que nos quedáramos a pasar la noche en la aldea. Habría estado bien volver a dormir a cubierto.

—Pocos techos para tantos hombres. —Jon montó de nuevo, sonrió a Sam en gesto de despedida y se alejó a caballo. La columna ya se había puesto en marcha, de modo que rodeó la aldea para evitar el atasco. Ya estaba harto de Arbolblanco.

Fantasma apareció entre los arbustos de manera tan repentina que su caballo se asustó y se encabritó. El lobo blanco se alejaba mucho de la columna para cazar, pero no parecía tener más suerte que los cazadores que Smallwood enviaba en busca de piezas. Los bosques estaban tan desiertos como las aldeas, según le había comentado Dywen una noche, junto a la hoguera.

—Somos un grupo muy grande —había señalado Jon—. Seguro que hemos asustado a los animales con todo el ruido que hacemos.

—De que se han asustado de algo, no me cabe duda —había contestado Dywen.

Una vez el caballo se calmó, Fantasma trotó a su lado sin problemas. Jon alcanzó a Mormont mientras rodeaba un arbusto espinoso.

—¿Ha enviado el pájaro? —preguntó el Viejo Oso.

—Sí, mi señor. Sam los está enseñando a hablar.

—Ya se arrepentirá. —El Viejo Oso soltó una carcajada burlona—. Los condenados bichos hacen mucho ruido y no dicen nada que valga la pena.

Cabalgaron en silencio. Al final, Jon lo rompió.

—Si mi tío descubrió que todas estas aldeas estaban desiertas...

— Habría querido averiguar por qué —terminó lord Mormont en su lugar—. Y puede que algo o alguien no quisiera que lo averiguase. Bueno, cuando Qhorin se reúna con nosotros, seremos trescientos. Si algún enemigo nos espera, no le resultará fácil enfrentarse a nosotros. Los encontraremos, Jon, te lo prometo.

«O ellos nos encontrarán a nosotros», pensó Jon.

ARYA

El río era una cinta verde azulada que brillaba bajo el sol de la mañana. En las aguas bajas de las orillas crecían juncos abundantes, y Arya vio una culebra de agua que zigzagueaba bajo la superficie, dejando a su paso una estela de ondas. Sobre ellos, un halcón volaba trazando lentos círculos.

Parecía un lugar muy tranquilo... hasta que Koss divisó el cadáver.

—Ahí, entre los juncos.

Señaló con el dedo, y Arya lo vio. Era el cuerpo de un soldado, informe e hinchado. La embarrada capa verde se le había quedado enganchada a un tronco podrido, y un banco de pececillos plateados le estaba mordisqueando el rostro.

—Ya os dije que había muertos —proclamó Lommy—. Se notaba el sabor en el agua.

Al ver el cadáver, Yoren escupió.

—Dobber, ve a ver si lleva algo que valga la pena. La cota de malla, el cuchillo, alguna moneda, lo que sea. —Picó espuelas a su montura para adentrarse en el río, pero el caballo se debatía contra el lodazal, y más allá de los juncos, las aguas eran más profundas. Furioso, con el caballo cubierto de limo hasta las rodillas, Yoren tuvo que retroceder—. Por aquí no se puede cruzar. Koss, vendrás conmigo río arriba, vamos a buscar un vado. Gerren, tú ve río abajo. Los demás, esperadnos aquí. Poned un guardia.

Dobber encontró una bolsita de cuero colgada del cinturón del cadáver. Dentro había cuatro monedas de cobre y un mechón de cabello rubio atado con una cinta roja. Lommy y Tarber se desnudaron y chapotearon en el agua. Lommy cogió puñados de lodo y se los tiró a Pastel Caliente al grito de «¡Pastel de Barro! ¡Pastel de Barro!». En la parte trasera de su carromato, Rorge les lanzaba maldiciones y amenazas, y les ordenaba que lo desencadenaran ya que no estaba Yoren, pero nadic lc prestó atención. Kurz atrapó un pez con las manos. Arya se fijó en cómo lo hacía: se situaba en aguas bajas, tranquilo como las aguas en calma, y movía la mano, rápida como una serpiente, cuando se le acercaba un pez. No parecía tan difícil como atrapar gatos. Los peces no tenían zarpas.

Ya era mediodía cuando regresaron los demás. Woth informó sobre un puente de madera, unos ochocientos pasos río abajo, pero lo habían quemado. Yoren sacó una hojamarga del fardo.

—Con suerte podríamos hacer nadar a los caballos, tal vez hasta a los burros, pero no hay manera de cruzar con los carromatos. Y al norte y al oeste hay humo, más incendios; quizá nos interese seguir a este lado del río. —Cogió un palo y dibujó en el barro un círculo del que salía una línea—. Esto es el Ojo de Dioses, con el río que corre hacia el sur. Nosotros estamos aquí. —Hizo un agujero junto a la línea del río, bajo el círculo—. No podemos dar un rodeo por la orilla oeste del lago, como había pensado. Por el este volveríamos al camino Real. —Movió el palo hasta el punto donde la línea cortaba el círculo—. Por lo que recuerdo, aquí hay una ciudad. La fortaleza es de piedra, el asentamiento de un señor menor. Apenas un torreón, pero tendrán un guardia, y quizá uno o dos caballeros. Si seguimos el río hacia el norte, llegaremos antes de que anochezca. Tendrán barcos, así que venderé todo lo que tengamos para contratar uno. —Recorrió con el palo el círculo que representaba el lago, de arriba abajo—. Con la ayuda de los dioses, tendremos vientos favorables y cruzaremos el Ojo de Dioses hasta Villa Harren. —Clavó la punta en la parte superior del círculo—. Aquí podremos comprar nuevas monturas, o refugiarnos en Harrenhal. Son los dominios de lady Whent, que siempre ha sido amiga de la Guardia.

—Pero en Harrenhal hay fantasmas... —dijo Pastel Caliente con los ojos abiertos de par en par.

Yoren escupió.

—Eso para tus fantasmas. —Tiró el palo al barro—. Todos a caballo.

Arya recordaba las historias que solía contarles la Vieja Tata sobre Harrenhal. El malvado rey Harren se había hecho fuerte entre sus muros, de manera que Aegon atacó con sus dragones y transformó el castillo entero en una pira. Según la Tata, los espíritus en llamas seguían hechizando los torreones ennegrecidos. Algunas veces, los hombres se acostaban en sus lechos, y por la mañana los encontraban muertos, quemados. En realidad, Arya no se creía nada de aquello, y además eran cosas que habían pasado hacía mucho tiempo. Pastel Caliente era tonto: en Harrenhal no habría fantasmas: habría caballeros. Arya podría decirle a lady Whent quién era de verdad, y los caballeros la llevarían a su casa y cuidarían de ella. Para eso estaban los caballeros, para cuidar de la gente, sobre todo de las mujeres. A lo mejor, lady Whent ayudaba también a la niña llorona.

El sendero del río no era el camino Real, pero no estaba tan mal, y para variar, los carromatos podían rodar sin problemas. Divisaron la primera casa una hora antes del ocaso. Era una edificación pequeña, acogedora, con techo de paja y rodeada de trigales. Yoren se adelantó y saludó a gritos, pero no obtuvo respuesta.

—Puede que estén muertos. O que se escondan. Dobber, Reysen, venid conmigo. —Los tres hombres entraron en la casa—. Se han llevado todos los cacharros; no hay ni una moneda —murmuró Yoren cuando volvieron—. Tampoco hay animales; seguro que se han escapado. Quizá nos los encontráramos en el camino Real.

Al menos, la casa y los campos no estaban quemados, y no había cadáveres. Tarber encontró en la parte de atrás un huerto; recogieron rábanos y cebollas, y llenaron un saco con coles antes de partir.

Un poco más adelante vieron la cabaña de un guardabosques, rodeada de árboles viejos y troncos en montones ordenados preparados para hacerlos leña, y poco más allá, una choza desvencijada en el río, elevada sobre soportes de madera. Ambas estaban desiertas. Pasaron junto a más campos sembrados, en los que el trigo, el maíz y la cebada maduraban al sol, pero no había hombres apostados en los árboles, ni vigilando los linderos armados con guadañas. Por último avistaron la ciudad: consistía en un puñado de casas blancas que se alzaban en torno a los muros de la fortaleza, un gran septo con tejado de madera, el torreón del señor sobre un pequeño altozano al oeste... y ni rastro de seres humanos.

Yoren, a caballo, miraba aquello con el ceño fruncido.

—Esto no me gusta —dijo—. Pero aquí estamos. Iremos a echar un vistazo. Con mucho cuidado. Puede que los habitantes estén escondidos. O quizá se dejaran atrás algún barco, o armas que nos podrían ser útiles.

El hermano negro eligió a diez para que se quedaran guardando los carromatos y a la niña llorona, y dividió a los demás en cuatro grupos de cinco miembros cada uno, para registrar la ciudad.

—Estad bien atentos —les advirtió antes de dirigirse hacia la torre para ver si había algún rastro del señor o de sus guardias.

Arya formaba equipo con Gendry, Pastel Caliente y Lommy. Woth, achaparrado y barrigón, había trabajado una vez de remero en una galera, así que era lo más parecido a un marinero que tenían. Por tanto, Yoren les encargó bajar con él hasta el lago para ver si encontraban algún barco. Mientras cabalgaban entre las silenciosas casas blancas, a Arya se le puso la piel de gallina en los brazos. Aquella ciudad desierta la asustaba casi más que la fortaleza quemada donde habían encontrado a la niña llorosa y a la mujer manca. ¿Por qué había huido la gente, dejando atrás sus hogares y sus campos? ¿Qué la había asustado tanto?

El sol se estaba poniendo por el oeste, y las casas proyectaban largas sombras oscuras. Un ruido repentino hizo que Arya hiciera ademán de desenvainar a *Aguja,* pero solo era un postigo que el viento sacudía. Tras viajar por los espacios abiertos del río, el confinamiento de la ciudad le ponía los nervios de punta.

Cuando divisó el lago, más allá de las casas y los árboles, Arya azuzó al caballo con las rodillas y pasó al galope junto a Woth y a Gendry. Salió a la extensión de hierba que había junto a la orilla pedregosa. El sol poniente hacía que la superficie tranquila de las aguas brillara como una lámina de cobre batido. Era el lago más grande que había visto en su vida; no se divisaba la otra orilla. A la izquierda había una posada de forma irregular, edificada en el mismo lago sobre grandes pilares de madera. A su derecha, un largo atracadero se adentraba en el lago, y más hacia el este se veían otros muelles, como si la ciudad extendiera sus dedos de madera. Pero el único barco a la vista era un bote de remos volcado en las rocas, bajo la posada, con el fondo completamente podrido

—Se los han llevado —dijo Arya, desmoralizada. ¿Qué iban a hacer?

—Hay una posada —les dijo Lommy a los demás cuando los alcanzaron—. ¿Creéis que habrán dejado algo de comida? ¿O cerveza?

—Vamos a ver —sugirió Pastel Caliente.

—Dejaos de posadas —gruñó Woth—. Yoren nos ha dicho que buscáramos un barco.

—Se han llevado los barcos.

Arya estaba segura, sin saber bien por qué; aunque registraran la ciudad de arriba abajo, no encontrarían más que el bote volcado. Abatida, descabalgó y se arrodilló junto al lago. El agua le lamió las piernas. Había unas cuantas luciérnagas de lucecillas parpadeantes. Las aguas verdes eran cálidas como lágrimas, pero no sabían a sal. Sabían a verano, a barro y a cosas que crecían. Arya metió la cabeza para lavarse el polvo, la suciedad y el sudor del viaje. Cuando la levantó de nuevo, le corrieron regueros por el cuello y por la espalda. Fue agradable. Le habría gustado poder quitarse la ropa y nadar en las aguas cálidas, como una nutria. Quizá podría llegar nadando a Invernalia.

Woth la estaba llamando a gritos para que colaborase en la búsqueda, de manera que obedeció y registró los cobertizos para guardar los botes mientras su caballo pastaba en la orilla. Encontraron unas cuantas velas, algunos clavos, cubos de brea endurecida y una gata con una camada de gatitos recién nacidos. Pero ni rastro de embarcaciones.

Cuando Yoren y los demás reaparecieron, la ciudad estaba ya tan oscura como un bosque cualquiera.

—La torre está desierta —dijo—. El señor se ha marchado, puede que a luchar, o tal vez a poner a salvo a los suyos, quién sabe. No hay ni un caballo ni un cerdo en toda la ciudad, pero algo comeremos. He visto un ganso suelto y unos cuantos pollos, y en el Ojo de Dioses hay pescado abundante.

—También se llevaron las embarcaciones —informó Arya.

—Podríamos arreglar el fondo de aquel bote de remos —dijo Koss.

—Solo cabríamos cuatro —dijo Yoren.

—Hay clavos —señaló Lommy—. Y árboles por todas partes. Podríamos construir barcos.

—¿Y tú sabes construir barcos, hijo de tintorero? —Yoren escupió.

Lommy lo miró sin expresión.

—Pues una balsa —sugirió Gendry—. Una balsa la construye cualquiera, y buscaríamos pértigas para guiarla.

—El lago es demasiado profundo para atravesarlo con pértigas —dijo Yoren después de quedarse un rato pensativo—, pero si nos quedáramos en las aguas bajas de la orilla... Aunque tendríamos que abandonar los carromatos. Puede que fuera lo mejor. Lo pensaré esta noche.

—¿Podemos dormir en la posada? —preguntó Lommy.

—No —replicó el anciano—, dormiremos en la fortaleza, con las puertas atrancadas—. Cuando duermo me gusta tener alrededor paredes bien sólidas.

—No deberíamos quedarnos aquí —barbotó Arya sin poder contenerse—. Los habitantes se marcharon. Huyeron todos, incluido su señor.

—Arry tiene miedo —anunció Lommy entre rebuznos de risa.

—No tengo miedo —replicó ella—. Pero es verdad, se marcharon.

—Chico listo —dijo Yoren—. Lo que importa es que los que vivían aquí estaban en guerra, les gustara o no. Nosotros no. La Guardia de la Noche no toma partido, así que nadie es nuestro enemigo.

«Ni nuestro amigo», pensó Arya, aunque en aquella ocasión consiguió controlarse y no decirlo en voz alta. Lommy y los demás la estaban mirando, y no quería parecerles cobarde.

Las puertas de la fortaleza estaban tachonadas con clavos de hierro. Dentro encontraron un par de barras de hierro del tamaño de árboles pequeños. Había agujeros en el suelo y abrazaderas metálicas en la puerta. Cuando pasaron las barras por las abrazaderas, quedaron formando una gran equis. Una vez exploraron la fortaleza de arriba abajo, Yoren anunció que no era precisamente la Fortaleza Roja, pero sí mejor que la mayoría, y les serviría perfectamente para una noche. Los muros eran de piedra basta sin mortero, de casi cinco varas de altura, con una pasarela de madera entre las almenas. Había una poterna al norte, y Gerren descubrió una trampilla bajo la paja de un viejo cobertizo de madera, que cubría un túnel largo y serpenteante. Lo siguió un buen trecho bajo tierra y fue a salir al lago. Yoren los hizo empujar un carromato para situarlo sobre la trampilla, de manera que nadie pudiera entrar por allí y sorprenderlos. Los dividió en tres grupos para montar las guardias, y envió a Tarber, a Kurz y a Cutjack a la torre abandonada para vigilar desde lo alto. Kurz tenía un cuerno de caza, y lo haría sonar en caso de que los amenazara algún peligro.

Metieron en la fortaleza los carromatos y los caballos, y atrancaron las puertas. El granero era una edificación destartalada en la que habría cabido la mitad de los animales de la ciudad. El refugio, donde los habitantes se metían en momentos de peligro, era un edificio aún más grande, de piedra, bajo y alargado con tejado de paja. Koss salió por la poterna y regresó con el ganso y dos pollos, y Yoren dio permiso para que se encendiera una hoguera. Dentro de la fortaleza había una gran cocina, aunque se habían llevado todas las cazuelas y calderos. Les tocó cocinar a Gendry, Dobber y Arya. Dobber le ordenó a Arya que desplumara las aves mientras Gendry cortaba leña.

—¿Por qué no puedo cortar leña yo? —preguntó. Pero nadie le hizo caso. Con gesto hosco, se sentó a desplumar un pollo, mientras Yoren afilaba el puñal con una piedra de amolar.

Cuando la cena estuvo lista, Arya comió un muslo de pollo y un trozo de cebolla. Nadie tenía ganas de hablar, ni siquiera Lommy. Después, Gendry se apartó del resto para sacarle brillo a su yelmo. Por la expresión de su rostro, era como si ni siquiera estuviera allí. La niña llorona gemía y sollozaba, pero cuando Pastel Caliente le dio un trocito de ganso, lo devoró y se quedó esperando más.

A Arya le había correspondido la segunda guardia, de manera que se buscó un colchón de paja en el refugio. Le costaba dormirse, así que le pidió prestada la piedra de amolar a Yoren para afilar a *Aguja.* Syrio Forel le había dicho que una espada roma era como un caballo cojo. Pastel Caliente se acuclilló junto a su colchón y la observó trabajar.

—¿De dónde has sacado una espada tan buena como esa? —preguntó. Al ver la mirada que le lanzó Arya, alzó las manos en gesto defensivo—. No he dicho que la robaras; solo quería saber de dónde la has sacado, nada más.

—Me la regaló mi hermano —murmuró.

—No sabía que tuvieras un hermano.

Arya dejó de afilar la espada un instante para rascarse por debajo de la camisa. En la paja había pulgas, aunque no había motivo para que se preocupase por unas pocas más.

—Tengo muchos hermanos.

—¿De verdad? ¿Son mayores que tú, o más pequeños?

«No debería hablar de esto. Yoren me dijo que tuviera la boca cerrada.»

—Mayores —mintió—. Y ellos también tienen espadas, espadas enormes, y me enseñaron a matar a los que me molestaban.

—Estaba hablando contigo, no molestándote.

Pastel Caliente se alejó, y Arya se acurrucó en la paja. Desde el otro lado del refugio le llegaban los gimoteos de la niña llorona. «¿Por qué no se calla? ¿Por qué se pasa el día llorando?»

Debió de quedarse dormida, aunque no recordaba haber cerrado los ojos. Soñó con un lobo que aullaba, y el sonido era tan espantoso que se despertó de repente. Se sentó en la paja, con el corazón latiéndole a toda velocidad.

—Pastel, despierta. —Se puso en pie y empezó a calzarse—. Woth, Gendry, ¿no lo habéis oído?

A su alrededor, los hombres y los muchachos se movieron y se incorporaron en sus lechos de paja.

—¿Qué pasa? —preguntó Pastel Caliente.

—Que si hemos oído, ¿qué? —quiso saber Gendry.

—Arry ha tenido una pesadilla —dijo alguno.

—No, de verdad, lo he oído —insistió—. Era un lobo.

—Arry tiene lobos en la cabeza —se burló Lommy.

—Que aúllen lo que quieran —le dijo Gerren—. Están fuera, y nosotros, dentro.

—Nunca se ha sabido de un lobo que pudiera asaltar una fortaleza —acordó Woth.

—Pues yo no he oído nada —insistió Pastel Caliente.

—¡Era un lobo! —les gritó al tiempo que se ponía la segunda bota—. ¡Pasa algo, viene alguien, levantaos!

Antes de que tuvieran ocasión de abuchearla de nuevo, el sonido les llegó a todos, vibrando en la noche. Pero no era el aullido de un lobo, sino el cuerno de caza de Kurz que daba la señal de peligro. En un instante, todos estuvieron de pie, vistiéndose y echando mano de las armas que poseían. Arya corrió hacia la puerta en el momento en que el cuerno sonaba de nuevo. Al pasar junto al granero, Mordedor tironeó de sus cadenas con rabia, y Jaqen H'ghar la llamó desde la parte trasera de su carromato.

—¡Chico! ¡Chico guapo! ¿Es guerra, guerra roja? Suéltanos, chico. Uno puede luchar. ¡Chico!

Arya no le hizo caso y siguió corriendo. Para entonces ya oía el piafar de los caballos, y los gritos al otro lado del muro.

Subió a trompicones a la pasarela. Las almenas eran demasiado altas, o Arya, demasiado baja; tuvo que meter los dedos de los pies entre las piedras para poder ver por encima. Por un momento le pareció que la ciudad se había llenado de luciérnagas. Luego se dio cuenta de que eran hombres con antorchas, que galopaban entre las casas. Vio como prendían fuego a un tejado de paja, y las llamas lamían el vientre de la noche con lenguas anaranjadas. Luego hubo otro incendio, y otro más, y pronto hubo fuego por todas partes.

—¿Cuántos? —preguntó Gendry al llegar junto a ella con el yelmo puesto.

Arya trató de contarlos, pero cabalgaban demasiado deprisa, y las antorchas giraban en el aire cuando las lanzaban a las casas.

—Cien —dijo—. O doscientos, no sé. —Alcanzó a oír los gritos por encima del rugido de las llamas—. No tardarán en venir a por nosotros.

—Mira —señaló Gendry. Una columna de jinetes avanzaba entre los edificios en llamas hacia la fortaleza. El fuego arrancaba destellos de los yelmos de metal, y salpicaba las corazas y cotas de malla con reflejos amarillos y anaranjados. Uno llevaba un estandarte en lo alto de una lanza larga. A Arya le pareció rojo, pero no habría podido asegurarlo en la oscuridad, entre tantos fuegos. Todo parecía rojo, negro o naranja.

El fuego pasaba de una casa a otra. Arya vio como consumía un árbol, como las llamas se propagaban por las ramas hasta que pareció cubierto por una túnica viva de color naranja. Todos estaban ya despiertos y en las almenas, o tratando de controlar a los caballos aterrados. Oyó a Yoren gritar órdenes. Algo le dio en una pierna, y al bajar la vista vio que la niña llorona se le había aferrado al tobillo.

—¡Lárgate! —Sacudió la pierna para liberarse—. ¿Qué haces aquí arriba? ¡Ve a esconderte, idiota! —Empujó a la niña para que se fuera.

Los jinetes se detuvieron ante las puertas de la fortaleza.

—¡Eh, los de dentro! —gritó un caballero que llevaba un yelmo alto acabado en una púa—. ¡Abrid en nombre del rey!

—¿De qué rey? —le gritó el viejo Reysen antes de que Woth pudiera taparle la boca.

Yoren subió a las almenas junto a la puerta, con la descolorida capa negra atada a un bastón de madera.

—¡Eh, los de abajo! —gritó—. ¡Los de la ciudad se han marchado!

—¿Y tú quién eres, viejo? ¿Uno de los cobardes de lord Beric? —replicó el caballero del yelmo rematado en una púa—. ¡Si ese gordo idiota de Thoros está contigo, pregúntale si le gustan estos fuegos!

—Aquí no hay nadie que se llame así —respondió Yoren, siempre a gritos—. Solo unos cuantos chicos para la Guardia. No tenemos nada que ver con vuestra guerra. —Alzó el cayado para que todos vieran el color de la capa—. Mirad esto. Es negro, el negro de la Guardia de la Noche.

—O el negro de la casa Dondarrion —dijo el hombre que llevaba el estandarte enemigo; los colores se veían mejor en aquel momento, a la luz de la ciudad en llamas: un león de oro sobre campo de gules—. El blasón de lord Beric es un rayo de púrpura sobre campo de sable.

De pronto, Arya recordó la mañana en que le había tirado una naranja a Sansa a la cara, y le había manchado de zumo el estúpido vestido de seda color marfil. En el torneo había un señor menor procedente del sur; la estúpida de Jeyne, la amiga de su hermana, se había enamorado de él. Llevaba un rayo pintado en el escudo, y su señor padre le había encomendado la misión de decapitar al hermano del Perro. Parecía que había sucedido hacía mil años, y a otra persona diferente, con una vida diferente... A Arya Stark, la hija de la mano, no a Arry, el huérfano. ¿Cómo iba a conocer Arry a aquellos señores?

—¿Acaso estás ciego? —Yoren agitó su cayado de manera que la capa ondeara—. ¿Ves algún rayo de mierda?

—De noche, todos los blasones parecen negros —señaló el caballero del yelmo de la púa—. Abrid si no queréis que os consideremos forajidos aliados con los enemigos del rey.

Yoren escupió.

—¿Quién es tu comandante?

—Yo. —Los reflejos de las casas en llamas iluminaron la armadura de su caballo de guerra cuando los demás se apartaron para dejarle paso. Era un hombre fornido, con una mantícora pintada en el escudo y un adorno de volutas en la coraza. Lo miró a través del visor abierto del yelmo. Tenía el rostro blanco y porcino—. Ser Amory Lorch, vasallo de lord Tywin Lannister de Roca Casterly, la mano del rey. De Joffrey, el verdadero rey. —Tenía una voz aguda y chillona—. Te ordeno en su nombre que abras estas puertas.

La ciudad ardía en torno a ellos. El aire nocturno estaba lleno de humo, y las brasas rojas arrastradas por el viento eran más numerosas que las estrellas. Yoren frunció el ceño.

—No veo la razón. Haz lo que quieras con la ciudad, eso a mí no me importa, pero déjanos en paz. No somos tus enemigos.

«Mira con los ojos», le habría querido gritar Arya al hombre de abajo.

—¿No ven que no somos señores ni caballeros? —susurró.

—No creo que eso les importe, Arry —susurró Gendry a sus espaldas.

Entonces observó el rostro de ser Amory tal como Syrio la había enseñado a observar, y comprendió que tenía razón.

—Si no sois traidores, abrid las puertas —gritó ser Amory—. Comprobaremos que decís la verdad y seguiremos nuestro camino.

Yoren no dejaba de masticar hojamarga.

—Ya os lo he dicho: aquí no hay nadie más que nosotros. Os doy mi palabra.

—El cuervo nos da su palabra. —El caballero del yelmo con la púa soltó una carcajada.

—¿Te has perdido, viejo? —se burló uno de los lanceros—. El Muro está mucho más al norte.

—En nombre del rey Joffrey, te ordeno una vez más que abras las puertas para demostrar que le profesas lealtad —ordenó ser Amory.

Yoren meditó durante un largo momento, sin dejar de masticar. Luego escupió.

—No.

—Como queráis. Desacatáis una orden del rey, de manera que os proclamáis rebeldes, con capas negras o sin ellas.

—Aquí solo tengo a unos muchachos —le gritó Yoren.

—Los muchachos y los ancianos mueren de la misma manera. —Ser Amory alzó un puño con gesto lánguido, y una lanza salió volando desde las sombras iluminadas por los incendios, a su espalda. El objetivo debía de ser Yoren, pero fue a clavarse en Woth, que estaba detrás de él. La punta de la lanza le penetró por la garganta y le salió por la nuca, oscura y húmeda. Woth agarró el asta con ambas manos y cayó inerte de la pasarela.

—Asaltad los muros y matadlos a todos —dijo ser Amory con hastío.

Volaron más lanzas. Arya tironeó de la túnica de Pastel Caliente hasta que consiguió que se agachara.

Desde el exterior le llegó el sonido metálico de las armaduras, el roce de las espadas al salir de las vainas, los golpes de las lanzas contra los escudos, mezclados con maldiciones y con el retumbar de los cascos de los caballos al galope. Una antorcha describió una parábola sobre sus cabezas y cayó al suelo de tierra del patio dejando un rastro de lenguas de fuego.

—¡Espadas! —gritó Yoren—. Dispersaos, defended el muro, que no entren. Koss, Urreg, id a defender la poterna. Lommy, sácale esa lanza a Woth y ponte donde estaba él.

A Pastel Caliente se le cayó la espada corta cuando la desenvainaba; Arya la recogió y se la puso en la mano.

—No sé pelear con esto —dijo el muchacho, con los ojos desmesuradamente abiertos.

—Es muy fácil —dijo Arya, pero la mentira murió en su garganta cuando una mano apareció por encima del parapeto.

La vio a la luz de la ciudad en llamas, tan clara que fue como si el tiempo se detuviera. Los dedos eran cortos, encallecidos, con pelos negros como alambres debajo de los nudillos; la uña del pulgar estaba muy sucia. «El miedo hiere más que las espadas», recordó al ver aparecer tras la mano la parte superior de un yelmo.

Descargó un golpe con todas sus fuerzas, y *Aguja,* acero forjado en castillo, mordió los dedos a la altura de los nudillos.

—¡Invernalia! —gritó. La sangre brotó, los dedos volaron, y el rostro cubierto por el yelmo desapareció tan deprisa como había aparecido.

—¡Detrás de ti! —chilló Pastel Caliente.

Arya se volvió. El segundo hombre era un barbudo sin casco; llevaba el puñal entre los dientes para poder trepar con las dos manos. En el momento en que levantaba la pierna para saltar el parapeto, la niña le lanzó una estocada a los ojos. *Aguja* no llegó a tocarlo: se tambaleó hacia atrás y cayó.

«Ojalá aterrice de bruces y se corte la lengua.»

—¡Míralos a ellos, no a mí! —gritó a Pastel Caliente.

La siguiente vez que un hombre intentó entrar por su parte del muro, el chico le lanzó tajos a las manos con su espada corta hasta que cayó.

Ser Amory no disponía de escaleras, pero las murallas eran de piedra basta sin mortero, fáciles de escalar, y los enemigos parecían no tener fin. Por cada uno que recibía los tajos, estocadas o empujones de Arya, otro aparecía por encima del muro. El caballero del yelmo acabado en punta llegó al baluarte, pero Yoren le echó el estandarte negro sobre la cabeza y, mientras su adversario trataba de liberarse del trapo, le clavó el puñal a través de la armadura. Cada vez que Arya alzaba la vista, veía más antorchas surcar el cielo, dejando a su paso largas estelas de llamas que persistían en el fondo de sus ojos por mucho que parpadeara. Vio un estandarte rojo con un león dorado y se acordó de Joffrey. Habría dado cualquier cosa por tenerlo delante para clavarle a *Aguja* en el rostro burlón.

Cuatro hombres atacaron la puerta con sus hachas, y Koss los abatió uno a uno con sus flechas. Dobber luchó con otro en la pasarela hasta que lo derribó, y Lommy le aplastó la cabeza con una piedra antes de que pudiera levantarse. Celebró la victoria con aullidos de alegría, hasta que vio el cuchillo clavado en el vientre de Dobber y comprendió que él tampoco se volvería a levantar. Arya saltó sobre el cadáver de un muchacho que no sería mayor que Jon, al que habían cortado un brazo. Creía que no había sido ella, pero no estaba segura. Oyó como Qyle suplicaba clemencia justo antes de que un caballero con una avispa en el escudo le destrozara el rostro con una maza de púas. El olor a sangre y a humo lo impregnaba todo, mezclado con el del hierro y la orina, pero al cabo de un rato se fundían en un hedor único. No vio al hombre flaco que consiguió salvar el muro, pero cuando fue consciente de su presencia, cayó sobre él junto con Gendry y Pastel Caliente. La espada de Gendry le destrozó el yelmo y se lo arrancó. Era calvo y con cara de miedo; le faltaban algunos dientes y tenía hebras blancas en la barba, pero al mismo tiempo que sentía pena por él lo estaba matando al grito de«¡Invernalia! ¡Invernalia!», mientras Pastel Caliente gritaba «¡Pastel Caliente!» junto a ella y lanzaba tajos al cuello huesudo del caído.

Cuando el hombre flaco estuvo muerto, Gendry le quitó la espada y saltó al patio en busca de más rivales. Arya lo siguió con la mirada, y vio por doquier sombras de acero, mientras las llamas arrancaban destellos de las espadas y las cotas de malla; entonces se dio cuenta de que habían superado el muro o cruzado alguna porterna inadvertidamente. Saltó junto a Gendry y cayó tal como Syrio le había enseñado. La noche resonaba con el choque del acero contra el acero, y los gritos de los heridos y los moribundos. Arya titubeó un momento, sin saber hacia dónde dirigirse. La muerte la rodeaba por todas partes.

Y en aquel momento, Yoren apareció junto a ella y la sacudió por los hombros.

—¡Chico! —le gritó a la cara, igual que gritaba siempre—. ¡Lárgate de aquí, se acabó, hemos perdido! Recoged todo lo que podáis, vosotros dos, y sacad a los otros chicos de aquí. ¡Venga!

—¿Cómo? —preguntó Arya.

—La trampilla —gritó Yoren—. Debajo del granero.

Y sin más, se alejó, espada en mano, para seguir luchando. Arya agarró a Gendry por el brazo.

—Ha dicho que nos marchemos —le gritó—. Por el granero.

Los ojos del Toro reflejaban las llamas a través de las rendijas del yelmo. Asintió. Llamaron a gritos a Pastel Caliente para que bajara de la muralla, y encontraron a Lommy Manosverdes, tendido en el suelo y sangrando por una herida de lanza en la pantorrilla. También encontraron a Gerren, pero estaba muy malherido y no se podía mover. Corrieron hacia el granero, y en aquel momento, Arya vio a la niña llorona, en medio del caos, rodeada de humo y muerte. La agarró de la mano y la obligó a ponerse en pie mientras los demás se adelantaban. La niña no quería andar, ni siquiera cuando la abofeteó, de manera que Arya la tuvo que arrastrar con la mano derecha mientras esgrimía a *Aguja* con la izquierda. Ante ella, la noche se había teñido de un rojo sombrío. «El granero está ardiendo», pensó. Una antorcha había caído sobre la paja; las llamas lamían las paredes, y se oían los gritos de los animales atrapados en el interior. Pastel Caliente se asomó por la puerta.

—¡Corre, Arry! ¡Lommy ya ha salido, si la cría no quiere venir, déjala!

Arya, testaruda, la arrastró con más fuerza. Pastel Caliente desapareció de nuevo hacia el interior, dejándolas abandonadas..., pero Gendry corrió hacia ellas. El fuego arrancaba destellos del yelmo, tan pulido que los cuernos parecían tener un aura color naranja brillante. Se echó a la niña sollozante al hombro.

—¡Corre!

Entrar en el granero era como adentrarse en un horno. El aire estaba lleno de humo, y la pared posterior era una cortina de fuego del suelo al techo. Los caballos y los burros coceaban, relinchaban y se encabritaban. «Pobres animales», pensó Arya. En aquel momento vio el carromato y a los tres hombres encadenados en el interior. Mordedor se debatía contra las cadenas; los grilletes se le habían clavado en las muñecas y la sangre le corría por los brazos. Rorge maldecía a gritos y pateaba la madera.

—¡Chico! —la llamó Jaqen H'ghar—. ¡Chico guapo!

La trampilla abierta estaba apenas a uno o dos codos, pero el fuego se extendía con rapidez; consumía la madera vieja y la paja seca a una velocidad que parecía increíble. Arya recordó el espantoso rostro quemado del Perro.

—El túnel es estrecho —gritó Gendry—. ¿Cómo la vamos a sacar?

—A tirones —respondió Arya—. A empujones.

—Chicos buenos, chicos guapos —los llamó Jaqen H'ghar entre toses.

—¡Quitadme estas putas cadenas! —gritó Rorge.

—Pasa tú primero —dijo Gendry sin hacerles caso—, luego la niña y después yo. Date prisa, hay un trecho largo.

Arya recordó algo.

—Después de cortar la leña, ¿dónde dejaste el hacha?

—Fuera, junto al refugio. —Les echó un vistazo a los hombres encadenados—. Antes salvaría a los burros. No tenemos tiempo.

—¡Llévatela! —le gritó—. ¡Sácala de aquí! ¡Corre! —El fuego le golpeó la espalda con alas al rojo vivo cuando salió corriendo del granero. En el exterior, la temperatura fresca era una bendición, pero a su alrededor morían hombres y más hombres. Vio como Koss bajaba la espada en gesto de rendición, y vio como lo mataban allí mismo. Había humo por todas partes. De Yoren no se veía ni rastro, pero el hacha estaba donde Gendry la había dejando, junto al montón de leña que había al lado del refugio. Mientras la arrancaba del tronco al que estaba clavada, una mano enfundada en un guante de malla la agarró por el brazo. Arya se giró y asestó un hachazo contra las piernas de su atacante. No llegó a verle la cara; solo la sangre oscura que manaba entre los eslabones de su loriga.

Volver a entrar en el granero fue lo más difícil que había hecho en su vida. El humo salía por la puerta abierta como una serpiente negra, y se oían los gritos de los pobres animales atrapados en el interior: burros, caballos y hombres. Se mordió el labio y cruzó la puerta a toda velocidad, encorvada para respirar mejor donde el humo no era tan denso.

Había un burro atrapado en un círculo de fuego; el animal lanzaba rebuznos angustiados de pánico y de dolor. Le llegó el hedor del pelo al quemarse. El techo había desaparecido, y todavía caían trozos de madera en llamas, junto con briznas de paja y heno. Arya se cubrió la nariz y la boca con una mano. El humo le impedía ver el carromato, pero aún oía los gritos de Mordedor. Avanzó agachada hacia el sonido.

Y de pronto se encontró delante de la enorme rueda. El carromato saltó literalmente; se movió un palmo cuando Mordedor volvió a tirar de las cadenas con fuerza brutal. Jaqen la vio, pero costaba mucho respirar, y aún más hablar. Lanzó el hacha al interior del carromato. Rorge la cogió y la alzó sobre su cabeza, mientras por el rostro sin nariz le corrían regueros de sudor negro. Arya echó a correr entre toses. Oyó el ruido del acero contra la madera vieja del carromato, una vez, y otra, y otra, hasta que la base se soltó con una explosión de astillas.

Arya se lanzó al túnel de cabeza y cayó dos varas. Se le llenó la boca de tierra, pero no le importó; hasta le supo bien. Era un sabor a barro, a gusanos, a vida. Bajo la tierra, el aire era fresco, y reinaba la oscuridad. Arriba no había más que sangre, llamas rojas, humo asfixiante, y relinchos de caballos moribundos. Se movió el cinturón para que *Aguja* no la entorpeciera y empezó a reptar. Apenas había recorrido una docena de codos de túnel cuando oyó un sonido a sus espaldas, como el rugido de una bestia monstruosa, y una nube de humo caliente y polvo negro le llegó con olor a infierno. Arya contuvo el aliento, se tiró de bruces al suelo del túnel y lloró. No habría sabido decir por quién.

TYRION

La reina no tenía la menor intención de esperar a Varys.

—La traición ya es un crimen —declaró, furiosa—, pero esto es una verdadera villanía, y no necesito que ese eunuco remilgado me diga qué hay que hacer con los villanos.

Tyrion cogió las cartas que su hermana tenía en la mano, las puso juntas y las comparó. Eran dos copias: la redacción era idéntica, aunque la caligrafía fuera diferente.

—El maestre Frenken recibió la primera carta en el castillo de Stokeworth —explicó el gran maestre Pycelle—. La segunda copia llegó a través de lord Gyles.

—Si Stannis se ha molestado en enviárselas a esos dos —dijo Meñique pasándose un dedo por la barba—, es más que seguro que los demás señores de los Siete Reinos también habrán recibido una copia.

—Quiero que se quemen esas cartas —exigió Cersei—, de la primera a la última. Ni mi hijo ni mi padre deben oír el menor rumor sobre ellas.

—Sospecho que, a estas alturas, a nuestro padre le habrá llegado bastante más que un rumor —replicó Tyrion con tono seco—. Seguro que Stannis envió un pájaro a Roca Casterly y otro a Harrenhal. En cuanto a lo de quemar las cartas, no serviría de nada. La canción se ha cantado, el vino se ha derramado, la puta se ha quedado preñada. Y en realidad no es tan espantoso como parece.

—¿Has perdido la cabeza? —Cersei clavó en él unos ojos verdes llenos de ira—. ¿No has leído lo que dice ahí? ¡«El niño Joffrey», dice! ¡Y tiene la osadía de acusarme de incesto, adulterio y traición!

«Solo porque es verdad. —Era increíble lo airada que se podía mostrar Cersei por unas acusaciones que sabía que eran ciertas—. Si perdemos la guerra, puede dedicarse al teatro. Tiene talento.»

—Stannis necesita algún pretexto para justificar su rebelión —dijo cuando su hermana hubo terminado—. ¿Qué querías que dijera? ¿«Joffrey es el hijo y heredero legítimo de mi hermano, pero a mí qué, pienso arrebatarle el trono»?

—¡No toleraré que diga que soy una prostituta!

«Vamos, hermana, en ningún momento ha insinuado que Jaime te pagara.» Tyrion repasó el texto de nuevo. Había una minucia que le llamaba la atención...

—«Escrito a la Luz del Señor» —leyó en voz alta—. Extraña formulación, ¿verdad?

Pycelle carraspeó antes de hablar.

—Es una frase que aparece a menudo en cartas y documentos procedentes de las Ciudades Libres. No significa nada más que «escrito ante los ojos del dios», por ejemplo. El dios de los sacerdotes rojos. Tengo entendido que es una convención.

—Varys nos dijo hace unos años que lady Selyse tenía en gran estima a un sacerdote rojo —les recordó Meñique.

—Pues por lo visto se lo ha contagiado a su señor esposo. —Tyrion dio unos golpecitos al papel con el dedo—. Es una circunstancia que podemos utilizar contra él. Que el septón supremo proclame cómo Stannis se ha vuelto contra los dioses, igual que contra su legítimo rey...

—Sí, sí —se impacientó Cersei—. Pero antes tenemos que impedir que esta basura se siga extendiendo. El Consejo debe promulgar un edicto. A cualquiera que hable de incesto o diga que Joff es un bastardo, se le cortará la lengua.

—Una medida muy prudente —dijo el gran maestre Pycelle; los eslabones de la cadena tintinearon cuando asintió.

—Una estupidez —suspiró Tyrion—. Si le cortas la lengua a un hombre, no demuestras que estuviera mintiendo: demuestras que no quieres que el mundo oiga lo que pueda decir.

—¿Y qué sugieres que hagamos? —exigió saber su hermana.

—Bien poca cosa. Deja que hablen lo que quieran; no tardarán en aburrirse. Cualquiera que tenga una pizca de sentido común se dará cuenta de que no es más que un torpe intento de justificar su intención de usurpar la corona. ¿Acaso presenta Stannis alguna prueba? —Tyrion le dedicó a su hermana la más dulce de las sonrisas—. ¿Cómo podría, si todo es mentira?

—Cierto —tuvo que decir ella—. Pero aun así...

—Alteza, vuestro hermano tiene razón. —Petyr Baelish juntó las yemas de los dedos—. Si tratamos de acallar esos rumores, no haremos más que reforzarlos. Es mejor tratarlos con desprecio, como la mentira patética que son. Y, entretanto, combatir el fuego con fuego.

—¿Qué tipo de fuego? —Cersei lo miró con atención.

—Tal vez una historia de la misma naturaleza. Pero más fácil de creer. Lord Stannis ha pasado la mayor parte de su matrimonio alejado de su esposa. No se lo critico; si yo estuviera casado con lady Selyse, haría lo mismo. No obstante, si hacemos correr el rumor de que su hija es bastarda y Stannis no es más que un cornudo... Bueno, el pueblo siempre está dispuesto a pensar lo peor de sus señores, sobre todo si son tan estrictos, amargados y antipáticos como Stannis Baratheon.

—Eso es verdad: no lo aprecian mucho. —Cersei meditó un instante—. Así que le pagamos con su misma moneda. Sí, me parece muy bien. ¿A quién podríamos señalar como amante de lady Selyse? Creo recordar que tiene dos hermanos. Y uno de sus tíos la ha acompañado en todo momento en Rocadragón...

—Su castellano es ser Axell Florent. —Tyrion detestaba tener que reconocerlo, pero el plan de Meñique era prometedor. Stannis nunca había estado enamorado de su esposa, pero en lo que a su honor respectaba parecía un erizo, y era por naturaleza ansioso y desconfiado. Si conseguían sembrar la discordia entre sus seguidores y él, saldrían beneficiados—. Me han dicho que la niña tiene las orejas de los Florent.

Meñique asintió con gesto lánguido.

—Un mercader de Lys me dijo en cierta ocasión que lord Stannis debía de querer mucho a su hija, ya que había ordenado que se erigieran cientos de estatuas de ella a lo largo de los muros de Rocadragón. Tuve que explicarle que eran gárgolas. —Soltó una risita—. Ser Axell no estaría mal como padre de Shireen, pero cuanto más estrafalaria y extravagante sea una historia, más probable es que la gente la repita una y otra vez; lo digo por experiencia. Stannis tiene un bufón muy grotesco, un retrasado mental con tatuajes en la cara.

—¡No pretenderéis sugerir que lady Selyse se ha acostado con un idiota! —El gran maestre Pycelle lo miraba pasmado.

—Para acostarse con Selyse Florent hay que ser un idiota; sin duda, Caramanchada le recuerda a Stannis —señaló Meñique—. Y las mejores mentiras son las que contienen una chispa de verdad, la justa para que los que las oigan se paren a pensar un momento. Da la casualidad de que ese bufón adora a la niña y la sigue a todas partes. Hasta tienen cierto parecido físico. Shireen también tiene el rostro marcado y medio paralizado.

—Pero eso es por la psoriagrís que casi acabó con la pobrecilla cuando no era más que un bebé. —Pycelle seguía sin comprender.

—Yo prefiero mi versión —dijo Meñique—. Y lo mismo le pasará al pueblo. Muchos creen que si una mujer embarazada come conejo, el niño nacerá con orejas largas y caídas.

—Lord Petyr, sois un verdadero infame. —Cersei sonrió con una sonrisa que solía reservar para Jaime.

—Gracias, alteza.

—Y un excelente mentiroso —añadió Tyrion en tono mucho menos cálido. «Este es más peligroso de lo que imaginaba», pensó.

Los ojos verdes de Meñique sostuvieron la mirada del enano sin el menor atisbo de incomodidad. Ni siquiera parecía afectarle que fueran cada uno de un color.

—Cada uno tiene su talento, mi señor.

La reina estaba demasiado concentrada en su venganza para percibir el enfrentamiento.

—¡Cornudo por obra y gracia de un bufón subnormal! Stannis será motivo de burla en todas las tabernas, a este lado del mar Angosto.

—La historia no debe partir de nosotros —señaló Tyrion—, o la gente la considerará una mentira inventada para beneficiarnos.

«O sea, exactamente lo que es.»

Una vez más fue Meñique quien aportó la solución.

—Las prostitutas son muy dadas a los chismorreos, y da la casualidad de que poseo dos o tres burdeles. Y no me cabe duda de Varys puede esparcirlos por las tabernas y los tenderetes de calderos.

—Varys. —Cersei frunció el ceño—. ¿Dónde estará?

—Eso mismo me preguntaba yo, alteza.

—La Araña teje sus redes secretas día y noche —dijo el gran maestre Pycelle con tono ominoso—. Mis señores, yo no confío en él.

—Con lo bien que habla él siempre de vos. —Tyrion se bajó con dificultades de la silla. Sabía qué estaba haciendo el eunuco, pero no consideró necesario compartir aquella información con el resto de los consejeros—. Disculpadme, mis señores. Tengo otros asuntos pendientes.

—¿Asuntos del rey? —Cersei lo miró con desconfianza.

—Nada que deba preocuparte.

—Eso lo decidiré yo.

—¿Qué quieres? ¿Estropearme la sorpresa? —dijo Tyrion—. Estoy encargando un regalo para Joffrey. Una cadenita.

—¿Para qué quiere otra cadena? Ya tiene cadenas de oro y plata, tantas que no se las puede poner todas. Si crees que puedes comprar con regalos el amor de Joffrey...

—¿Qué dices? Si ya tengo el amor de Joffrey, igual que él tiene el mío. En cuanto a esta cadena, confía en mí: algún día la valorará más que todas las otras juntas. —El hombrecillo hizo una reverencia y anadeó hacia la salida.

Bronn lo esperaba en el exterior de la sala del Consejo para escoltarlo de vuelta a la Torre de la Mano.

—Los herreros están en tu sala de audiencias, esperando tu venia —le dijo mientras cruzaban la gran sala.

—Esperando mi venia. Me gusta cómo suena eso, Bronn. Casi te expresas como un cortesano. Antes de que te des cuenta estarás hincando una rodilla en tierra para hablarme.

—Anda y que te jodan, enano.

—Eso es cosa de Shae. —Tyrion oyó que lady Tanda lo llamaba con voz alegre desde la parte superior de la gran escalinata. Fingió que no la oía y aceleró el paso—. Encárgate de que me tengan preparada la litera; en cuanto acabe me iré del castillo.

Dos de los hermanos de la luna montaban guardia ante la puerta. Tyrion los saludó con cortesía e hizo una mueca al empezar a subir las escaleras. El tramo que había hasta su alcoba hacía que le dolieran las piernas.

En la estancia se encontró con un chico de doce años que le estaba haciendo la cama. Era su escudero, Podrick Payne, un muchacho tan tímido que parecía sospechoso. Tyrion seguía con la sensación de que su padre lo había puesto a sus órdenes para reírse de él.

—Vuestra ropa, mi señor —musitó el chico mientras se miraba las botas. Pod nunca juntaba valor suficiente para mirar a los ojos, ni siquiera cuando se animaba a hablar en voz alta—. Para la audiencia. Y vuestra cadena. La cadena de la mano.

—Muy bien. Ayúdame a vestirme.

El jubón era de terciopelo negro cubierto de botones dorados en forma de cabezas de león. Los eslabones de la cadena eran manos de oro macizo cuyos dedos agarraban la muñeca de la mano siguiente. Pod le entregó una capa de seda escarlata con ribetes de oro, cortada para adecuarla a su estatura. En un hombre normal no sería más que media capa.

La sala privada de audiencias de la mano no era tan grande como la del rey, y resultaba mucho más pequeña que la inmensa sala del trono, pero a Tyrion le gustaban aquellas alfombras de Myr, los tapices y la sensación de intimidad.

—¡Tyrion Lannister, mano del rey! —gritó su mayordomo cuando entró.

Aquello también le gustaba. Los herreros, armeros y comerciantes de hierro que Bronn había reunido hincaron la rodilla en el suelo.

Se encaramó a la silla alta que había bajo una ventana redonda dorada, y dio permiso para que se levantaran.

—Señores, sé que todos estáis muy ocupados, así que seré breve. Pod, por favor. —El muchacho le tendió una saca de lona. Tyrion desató el cordel y la volcó. El contenido cayó sobre la alfombra con un sonido sordo de metal contra lana—. Encargué que hicieran estos en la fragua del castillo. Necesito mil más iguales.

Uno de los herreros se arrodilló para examinar el objeto: eran tres inmensos eslabones de acero entrelazados.

—Una cadena muy fuerte.

—Fuerte, pero pequeña —replicó el enano—. Más o menos como yo. La quiero mucho, mucho más larga. ¿Cuál es tu nombre?

—Me llaman Panza de Hierro, mi señor.

El herrero era achaparrado, ancho de espaldas, con prendas sencillas de lana y cuero, pero tenía los brazos gruesos como el cuello de un toro.

—Quiero que todas las fraguas de Desembarco del Rey se dediquen a hacer estos eslabones y a entrelazarlos. Que dejen de lado los otros encargos. Que se dedique a esta tarea hasta el último de los hombres que sepa trabajar el metal, ya sea maestro, jornalero o aprendiz. Cuando pase a caballo por la calle del Acero quiero oír martillos, día y noche. Y necesito un hombre, un hombre fuerte, que se encargue de todo eso. ¿Eres tú ese hombre, maestro Panza de Hierro?

—Es posible, mi señor. Pero ¿qué pasa con las espadas y las armaduras que está esperando la reina?

—Su alteza nos hizo un encargo —intervino otro herrero—. Nos ordenó fabricar cotas de malla, armaduras, espadas, puñales y hachas, en grandes cantidades. Son para armar a sus nuevos capas doradas, mi señor.

—Eso tendrá que esperar —dijo Tyrion—. La cadena es lo primero.

—Perdonad, mi señor, pero es que su alteza dijo que a los que no cumpliéramos su encargo nos haría aplastar las manos —insistió el herrero ansioso—. Que nos las aplastarían en nuestros yunques, mi señor. Eso mismo dijo.

«La adorable Cersei, siempre afanosa por conseguir que el pueblo nos quiera.»

—Nadie aplastará ninguna mano. Os doy mi palabra.

—El hierro se ha puesto muy caro —declaró Panza de Hierro—. Y para esta cadena vamos a necesitar mucho, así como carbón para los fuegos.

—Lord Baelish se encargará de que dispongáis del dinero que haga falta —prometió Tyrion. Esperaba poder contar con Meñique al menos para aquello—. Ordenaré que la Guardia de la Ciudad os ayude a conseguir hierro. Si es necesario, fundid hasta la última herradura de la ciudad.

Un hombre de cierta edad dio un paso adelante. Iba ricamente ataviado con una túnica adamascada, botonadura de plata y una capa ribeteada con pieles de zorro. Se arrodilló para examinar los gigantescos eslabones de acero que Tyrion había tirado al suelo.

—Mi señor —anunció con tono grave—, esto es un trabajo tosco. No hay atisbo de arte. Sin duda es un encargo apropiado para los herreros vulgares, para hombres que se dedican a doblar herraduras y a martillar cazuelas, pero yo soy un maestro armero, con el permiso de mi señor. Este no es un trabajo apropiado para mí, ni para el resto de los maestros. Nosotros hacemos espadas afiladas como canciones, armaduras que hasta un dios se podría poner. No esto.

—¿Cuál es tu nombre, maestro armero? —preguntó Tyrion, inclinando la cabeza hacia un lado y clavando en el hombre sus ojos dispares.

—Salloreon, con el permiso de mi señor. Si la mano del rey me lo permite, sería para mí un honor forjarle una armadura apropiada para su casa y su alto cargo. —Dos de los otros disimularon risitas, pero Salloreon fingió no oír nada y siguió hablando—. De lamas y escamas. Escamas doradas, brillantes como el sol, y lamas esmaltadas con el escarlata de los Lannister. Como yelmo os sugeriría una cabeza de demonio, coronada con unos largos cuernos de oro. Cuando entréis en combate, los hombres huirán atemorizados.

«Una cabeza de demonio —pensó Tyrion con tristeza—. ¿Qué viene a decir eso de mí?»

—Maestro Salloreon, mi intención es combatir las batallas que me quedan desde esta silla. Lo que necesito son eslabones, no cuernos de demonio. Así que intentaré explicártelo de manera que te quede bien claro: puedes hacer cadenas o llevarlas puestas. Tú eliges. —Se levantó y salió de la sala sin siquiera volver la vista atrás.

Bronn lo esperaba junto al portón con su litera y una escolta de orejas negras a caballo.

—Ya sabes adónde vamos —le dijo Tyrion.

Aceptó la mano que lo ayudó a subir a la litera. Había hecho todo lo posible para alimentar a la ciudad hambrienta: encargó a cientos de carpinteros que construyeran botes de pesca en lugar de catapultas; abrió el bosque del rey a la caza para cualquiera que se atreviera a cruzar el río; incluso envió capas doradas hacia el sur y hacia el este para conseguir provisiones. Pero, pese a todo, siempre que cabalgaba veía a su alrededor miradas acusadoras. Las cortinas de la litera lo escudaban de ellas, y además le daban tiempo para pensar.

Mientras bajaban a paso lento por el tortuoso callejón Sombranegra hacia el pie de la Colina Alta de Aegon, Tyrion reflexionó sobre lo que había sucedido aquella mañana. La ira de su hermana le había hecho pasar por alto el verdadero significado de la carta de Stannis Baratheon. Sin pruebas, sus acusaciones no servían de nada; lo importante era que se había nombrado rey. «¿Qué va a pensar Renly de eso?» Los dos no podían sentarse en el Trono de Hierro.

Apartó unos dedos las cortinas para observar las calles, sin mucho interés. A ambos lados de su litera cabalgaban orejas negras, con sus macabros collares, mientras que Bronn iba por delante para despejar el camino. Se fijó en los transeúntes que lo miraban, y se embarcó en el pequeño juego mental de tratar de distinguir a los informadores de los demás.

«Seguro que los más sospechosos son inocentes —decidió—. Tengo que cuidarme de los que parecen inofensivos.»

Su destino se encontraba detrás de la colina de Rhaenys, y las calles estaban abarrotadas. Tuvo que transcurrir casi una hora hasta que la litera se detuvo. Tyrion estaba adormilado, pero despertó de repente cuando cesó el movimiento. Se frotó los ojos y aceptó la mano que le tendía Bronn para ayudarlo a descender.

La casa era de dos pisos, el inferior de piedra y el superior de madera. En una esquina se alzaba una torrecilla redonda. Muchas de las ventanas estaban emplomadas. Sobre la puerta pendía un farolillo muy ornamentado, un globo de metal dorado con cristales color escarlata.

—Un burdel —dijo Bronn—. ¿Qué vienes a hacer aquí?

—¿Qué se suele hacer en un burdel?

—¿No te basta con Shae? —dijo el mercenario echándose a reír.

—No estaba mal para puta de campamento, pero ya no estoy en un campamento. Los hombres pequeños tenemos grandes apetitos, y me han dicho que las chicas de aquí son dignas de un rey.

—¿El chico ya tiene edad?

—Joffrey no. Robert. Esta casa era de sus favoritas. —«Aunque puede que Joffrey ya tenga edad suficiente. Interesante idea»—. Si los orejas negras y tú queréis divertiros, adelante, pero las chicas de Chataya son caras. A lo largo de la calle hay casas más baratas. Deja aquí a un hombre que sepa dónde están los demás, para cuando yo acabe y quiera volver.

—Como digas —asintió Bronn, mientras los orejas negras que los rodeaban sonreían abiertamente.

Al otro lado de la puerta lo aguardaba una mujer alta envuelta en sedas vaporosas. Tenía la piel color ébano y ojos como el sándalo.

—Soy Chataya —dijo con una profunda reverencia—. Y vos sois...

—No caigamos en el vicio de los nombres. Los nombres son peligrosos. —El aire estaba impregnado del aroma a alguna especia exótica, y en el suelo que pisaba había un mosaico que representaba a dos mujeres entrelazadas en el acto amoroso—. Tienes un local muy agradable.

—He trabajado mucho para que así sea. Si la mano de rey está satisfecho, yo también. —Su voz era ámbar líquido, con el acento de las islas del Verano.

—Los títulos pueden ser tan peligrosos como los nombres —le advirtió Tyrion—. Muéstrame a algunas de tus chicas.

—Será para mí un inmenso placer. No tardaréis en descubrir que son tan dulces como hermosas, y diestras en todas las artes del amor.

Dio media vuelta y echó a andar con elegancia infinita, mientras que Tyrion anadeaba tras ella lo mejor que podía con unas piernas que no eran ni la mitad de largas que las de la mujer.

Desde detrás de un adornado biombo de Myr con tallas de flores, ornamentos y doncellas soñadoras, espiaron una sala en la que un anciano tocaba al caramillo una alegre melodía. En un nicho lleno de cojines, un tyroshi borracho de barba violácea mecía sobre la rodilla a una joven de carnes prietas. Le había desatado el corpiño, y en aquel momento le echaba sobre los pechos un hilillo de vino para después lamerlo. Otras dos chicas jugaban sentadas en las baldosas ante un ventanal de cristal emplomado. La pecosa llevaba una guirnalda de flores azules en el pelo color miel. La otra tenía una piel tan suave y negra como el azabache pulido, enormes ojos oscuros y pechos pequeños y puntiagudos. Todas vestían prendas vaporosas de seda, ceñidas a la cintura con cinturones de cuentas. La luz que penetraba por los cristales coloreados perfilaba sus hermosos cuerpos juveniles a través de la fina tela de los vestidos, y Tyrion sintió una agitación en el bajo vientre.

—Con todo mi respeto, me atrevería a recomendaros a la muchacha de piel oscura —dijo Chataya.

—Es joven.

—Tiene dieciséis años, mi señor.

«Buena edad para Joffrey», pensó al recordar lo que Bronn había comentado. Su primera vez había sido cuando era todavía más joven. Tyrion rememoró lo tímida que le había parecido cuando le quitó el vestido por la cabeza. Tenía el pelo largo y oscuro, y unos ojos en los que habría podido ahogarse. Hacía tanto, tanto tiempo... «Enano, eres un idiota sin remedio.»

—¿Esa chica viene de tu tierra natal?

—Su sangre es la sangre del verano, mi señor, pero mi hija nació aquí, en Desembarco del Rey. —La sorpresa debió de dibujarse en su rostro, porque Chataya siguió hablando—. Mi pueblo no cree que haya ninguna deshonra en estar en la casa de las almohadas. En las islas del Verano se tiene en muy alta consideración a los que son diestros en el arte de dar placer. Muchos jóvenes y doncellas de alta cuna, cuando florecen, sirven unos años en casas como esta para honrar a los dioses.

—¿Qué tienen que ver los dioses con esto?

—Los dioses hicieron nuestros cuerpos, así como nuestras almas, ¿no es verdad? Nos dieron voces para que los pudiéramos adorar con cánticos. Nos dieron manos para que pudiéramos construirles templos. Y nos dieron el deseo, para que copuláramos y los adorásemos de esa manera.

—Tengo que acordarme de comentárselo al septón supremo —dijo Tyrion—. Si me dejaran rezar con la polla, sería mucho más religioso. —Hizo un gesto con la mano—. Acepto encantado tu sugerencia.

—Llamaré a mi hija. Venid.

La chica se reunió con él al pie de las escaleras. Era más alta que Shae, aunque no tanto como su madre, y tuvo que arrodillarse para que Tyrion la besara.

—Me llamo Alayaya —dijo con apenas un atisbo del acento de su madre—. Venid, mi señor.

Lo tomó de la mano y lo guio a lo largo de dos tramos de escaleras y un largo pasillo. Detrás de una de las puertas cerradas se oían gemidos y gritos de placer, y detrás de otra, risitas y susurros. El miembro de Tyrion le presionaba las ataduras de los calzones.

«Esto puede resultar de lo más humillante», pensó al tiempo que seguía a Alayaya por otro tramo de peldaños, hasta la habitación de la torrecilla. Solo había una puerta. La chica esperó a que la cruzara y la cerró tras ellos. En la habitación había una gran cama con dosel, un armario alto decorado con tallas eróticas y una ventana estrecha con una vidriera en forma de rombos rojos y amarillos.

—Eres muy hermosa, Alayaya —le dijo Tyrion cuando estuvieron a solas—. Cada parte de ti es bella, de la cabeza a los pies. Pero en este momento, lo que más me interesa de tu cuerpo es la lengua.

—Mi señor verá pronto que tengo una lengua muy educada. Desde que era niña aprendí cuándo usarla y cuándo no.

—Eso está muy bien —sonrió Tyrion—. ¿Qué hacemos ahora? ¿Alguna sugerencia?

—Sí —respondió la muchacha—. Si mi señor abre el armario, encontrará lo que busca.

Tyrion le besó la mano y se metió en el armario vacío. Alayaya lo cerró desde la habitación. Tanteó el panel de la parte trasera, sintió que se deslizaba bajo sus dedos y lo corrió hacia un lado. En el espacio que había detrás reinaba la oscuridad más absoluta, pero siguió palpando hasta que dio con algo metálico. Su mano se cerró en torno al peldaño de una escalerilla. Localizó otro peldaño con el pie y empezó a descender. Muy por debajo del nivel de la calle, el pozo se abría para formar un túnel de tierra en pendiente. Allí lo esperaba Varys, con una vela en la mano.

Varys estaba desconocido. Bajo el casco de acero rematado en punta se veía un rostro lleno de cicatrices y con barba oscura de varios días. Llevaba una cota de malla sobre la coraza, y del cinturón le colgaban un puñal y una espada corta.

—¿Ha sido Chataya de vuestro gusto, mi señor?

—Casi demasiado —reconoció Tyrion—. ¿Estáis seguro de que se puede confiar en esa mujer?

—En este mundo tornadizo y traicionero, yo no estoy seguro de nada, mi señor. Pero Chataya no siente cariño por la reina, y por buenos motivos. Además, sabe que si se ha librado de Allar Deem, os lo debe a vos. ¿Vamos?

Echó a andar túnel abajo. «Hasta su manera de caminar es diferente», observó Tyrion. Varys olía a vino agrio y a ajo, en vez de a lavanda.

—Me gusta vuestro nuevo atuendo —dijo mientras andaban.

—Mi trabajo no me permite recorrer las calles escoltado por una columna de caballeros. Así que, cuando salgo del castillo, adopto atuendos más adecuados, que me permiten seguir vivo para serviros durante más tiempo.

—El cuero os sienta bien. ¿Por qué no vais así a la próxima reunión del Consejo?

—Vuestra hermana no lo aprobaría, mi señor.

—Mi hermana se mearía encima. —Sonrió en la oscuridad—. No he visto que me siguiera ninguno de sus espías.

—Me alegra saberlo, señor. Algunos secuaces de vuestra hermana también lo son míos, aunque ella lo ignora. No me gustaría que fueran tan torpes como para que los hubierais visto.

—Pues a mí no me gustaría haber estado entrando en armarios y soportando el aguijón de la lujuria frustrada a cambio de nada.

—No será a cambio de nada —lo tranquilizó Varys—. Saben que estáis aquí. Desconozco si alguno tendrá valor para entrar en la casa de Chataya disfrazado de cliente, pero prefiero errar por exceso de precaución.

—¿Cómo es que un burdel tiene una entrada secreta?

—El túnel se excavó para cierta mano del rey cuyo honor no le permitía entrar abiertamente en una casa así. Desde entonces, Chataya ha guardado celosamente el secreto de su existencia.

—Pero vos lo conocíais.

—Los pajaritos vuelan por muchos túneles oscuros. Cuidado: las escaleras son empinadas.

Salieron por una trampilla situada en la parte trasera de un establo. Habían recorrido una distancia equivalente a tres manzanas bajo la colina de Rhaenys. Un caballo relinchó sobresaltado cuando Tyrion cerró la puerta de golpe. Varys apagó la vela de un soplido y la puso sobre una viga. Tyrion miró a su alrededor. Había una mula y tres caballos. Anadeó hacia un picazo castrado y le examinó la dentadura.

—Es viejo —dijo—. Y no parece que tenga mucho fuelle.

—Cierto, no se trata de un caballo para ir a la batalla —replicó Varys—. Pero será suficiente y no llamará la atención. Igual que los otros. Y los mozos de cuadras solo tienen ojos y oídos para los animales. —El eunuco cogió una capa que estaba colgada de un gancho. Era de tela basta, descolorida y deshilachada, pero de corte muy amplio—. Con vuestro permiso. —La echó sobre los hombros de Tyrion, y la capa lo cubrió de la cabeza a los pies. Tenía una capucha que se podía echar hacia delante para ocultar su rostro entre las sombras—. Los hombres ven lo que esperan ver —dijo Varys mientras se la arreglaba—. Los enanos no son tan habituales como los niños, de manera que verán a un niño. Un niño con una capa vieja, en el caballo de su padre, haciéndole los recados. Aunque lo mejor sería si pudierais venir solamente por la noche.

—Eso es lo que pienso hacer... a partir de hoy. Shae me está esperando.

La había dejado establecida en una casa de la zona noreste de Desembarco del Rey, no lejos del mar, pero no se había atrevido a visitarla por miedo a que lo siguieran.

—¿Qué caballo os vais a llevar?

—Este mismo. —Tyrion se encogió de hombros.

—Os lo ensillaré. —Varys descolgó los arreos y la silla de montar, mientras Tyrion se ajustaba la pesada capa y paseaba inquieto.

—Os habéis perdido una sesión del Consejo muy animada. Al parecer, Stannis se ha coronado rey.

—Lo sé.

—Acusa a mis hermanos de incesto. ¿Cómo se le habrá ocurrido semejante idea?

—Puede que leyera un libro y mirase el color de pelo de un bastardo, como hizo Ned Stark y como hizo también Jon Arryn. O puede que alguien se lo susurrase al oído. —La carcajada del eunuco no era su risita habitual, sino una risa más ronca, más grave.

—¿Alguien como vos, por ejemplo?

—¿Sospecháis de mí? No, no fui yo.

—Si hubierais sido vos, ¿lo reconoceríais?

—No. Pero ¿para qué iba yo a revelar un secreto que he guardado durante tanto tiempo? Engañar a un rey es una cosa, pero ocultarse de los grillos que hay entre los arbustos y del pajarito que entra por la chimenea es otra muy diferente. Además, los bastardos estaban a la vista de cualquiera.

—¿Los bastardos de Robert? ¿Qué tienen que ver con esto?

—Que yo sepa, tuvo ocho —dijo Varys mientras se debatía con la silla—. Sus madres eran de todos los colores: cobre y miel, avellana y mantequilla, pero los bebés nacieron con pelo negro como alas de cuervo... como un mal presagio. De manera que cuando Joffrey, Myrcella y Tommen salieron de entre las piernas de vuestra hermana, todos ellos dorados como el sol, no fue difícil imaginar la verdad.

Tyrion sacudió la cabeza. «Si hubiera dado a luz aunque fuera un hijo de su esposo, habría bastado para acallar las sospechas..., pero claro, eso no habría sido propio de Cersei.»

—Si vos no dijisteis nada, ¿quién lo hizo?

—Algún traidor, sin duda. —Varys apretó la cincha.

—¿Meñique?

—Yo no he mencionado nombres.

Tyrion permitió que el eunuco lo ayudara a montar.

—Lord Varys —le dijo ya desde la silla—, a veces me da la sensación de que sois el mejor amigo que tengo en Desembarco del Rey, y a veces, de que sois mi peor enemigo.

—Qué curioso. A mí me pasa lo mismo con vos.

BRAN

Bran tenía los ojos bien abiertos mucho antes de que los dedos pálidos del amanecer empezaran a filtrarse por las hendiduras de los postigos.

Había visitas en Invernalia; los invitados habían llegado para el festín de la cosecha. Aquella mañana justarían contra el estafermo del patio. En el pasado, la perspectiva lo habría llenado de emoción. En el pasado.

Ya no. Serían los Walders quienes cruzarían lanzas con los escuderos de la escolta de lord Manderly, y Bran no podría tomar parte. Tenía que hacer de príncipe en las estancias de su padre.

—Escucha con atención y puede que aprendas lo que de verdad significa ser un señor —le había dicho el maestre Luwin.

Bran no había pedido que lo nombraran príncipe. Su sueño había sido siempre convertirse en un caballero: armadura brillante, estandartes al viento, una lanza, una espada, un caballo de combate entre las piernas... ¿Por qué tenía que perder el tiempo escuchando a unos viejos hablar de cosas que solo entendía a medias?

«Porque estás roto», le recordó una voz en su interior. Un señor solo tenía que permanecer sentado entre cojines; podía estar tullido. Los Walders le habían contado que su abuelo estaba tan débil que había que llevarlo a todas partes en una litera. Pero a un caballero no; un caballero debía ir a lomos de un gran caballo. Además, era su deber.

—Eres el heredero de tu hermano y el Stark de Invernalia —le dijo ser Rodrik, para después recordarle cómo Robb se sentaba junto a su señor padre cuando iban a verlo sus vasallos.

Lord Wyman Manderly había llegado de Puerto Blanco hacía dos días. Se desplazaba en barcaza y litera, ya que estaba demasiado gordo para montar a caballo. Lo acompañaba un numeroso grupo de seguidores: caballeros, escuderos, damas y señores de menor importancia, heraldos, músicos, y hasta un malabarista, todos deslumbrantes con estandartes y jubones que parecían de mil colores. Bran les había dado la bienvenida a Invernalia desde el alto trono de piedra de su padre, que tenía lobos huargo tallados en los brazos; luego, ser Rodrik le había dicho que se había comportado muy bien. Si la cosa hubiera terminado allí, no le habría importado. Pero aquello no era más que el comienzo.

—El banquete no es más que un pretexto agradable —le explicó ser Rodrik—, pero nadie viaja cien leguas por una tajada de pato y un trago de vino. Los únicos que se desplazan son los que tienen asuntos de importancia que tratar con nosotros.

Bran clavó la vista en el tosco techo de piedra. Sabía que Robb le diría que no se comportara como un crío. Casi le parecía oír su voz, y también la de su señor padre.

«Se acerca el invierno, y ya eres casi un hombre, Bran. Cumple con tu deber.»

Cuando Hodor entró en la habitación, sonriente y tatareando una cancioncilla sin melodía, se encontró con el niño resignado a su destino. Lo ayudó a lavarse y a cepillarse el pelo.

—Hoy, el jubón de lana blanca —ordenó Bran—. Y el broche de plata. Ser Rodrik querrá que parezca todo un señor. —Dentro de lo posible, Bran prefería vestirse solo, pero había cosas, como ponerse los calzones o atarse las botas, que le resultaban muy molestas. Con la ayuda de Hodor, todo era más rápido. Siempre que aprendía a hacer algo, se mostraba muy eficiente, y pese a su asombrosa fuerza tenía unas manos muy gentiles—. Seguro que tú también podrías haber sido caballero —le dijo Bran—. Si los dioses no te hubieran quitado el seso, habrías sido un gran caballero.

—¿Hodor? —Hodor parpadeó y lo miró con unos inocentes ojos castaños, desprovistos de todo entendimiento.

—Sí —dijo Bran—. Hodor.

Señaló la pared. Junto a la puerta había colgada una cesta muy resistente, de cuero y mimbre, con agujeros para las piernas de Bran. Hodor metió los brazos por debajo de las correas y se ciñó el cinturón al pecho antes de arrodillarse junto a la cama. Bran se ayudó de los barrotes clavados en la pared para dar impulso al peso muerto de sus piernas e introducirlas en la cesta a través de los agujeros.

—Hodor —dijo de nuevo Hodor al tiempo que se levantaba.

El mozo de cuadras medía alrededor de dos varas y media, y Bran, encaramado a su espalda, casi tocaba el techo con la cabeza. Se agachó para cruzar la puerta. En cierta ocasión, a Hodor le llegó el aroma del pan recién hecho y corrió a las cocinas; Bran se hizo una brecha tan grande que el maestre Luwin tuvo que coserle el cuero cabelludo. Mikken le había dado un yelmo viejo y oxidado, sin visor, que estaba tirado en la armería, pero Bran rara vez se molestaba en ponérselo. Los Walders se reían de él.

Mientras bajaban por la escalera de caracol puso las manos sobre los hombros de Hodor. En el exterior, los ruidos de los caballos y los de las espadas contra los escudos eran la más dulce de las músicas.

«Solo quiero echar un vistazo —pensó Bran—. Un vistazo rápido, nada más.»

Los señores menores de Puerto Blanco saldrían más avanzada la mañana, junto con sus caballeros y hombres de armas. Hasta entonces, el patio pertenecía a sus escuderos, cuyas edades oscilaban entre los diez y los cuarenta años. Bran deseó tanto ser uno de ellos que le empezó a doler el estómago.

En el patio habían montado dos estafermos, sendos postes recios con un palo transversal pivotante con un escudo en un extremo y una maza acolchada en el otro. Los escudos estaban pintados de rojo y dorado, aunque los leones de los Lannister resultaban bastante deformes, y los primeros chicos que los habían golpeado ya les habían dejado marcas.

El espectáculo que ofrecía Bran en su cesta atrajo unas cuantas miradas de los que no lo habían visto antes, pero él había aprendido a hacer caso omiso de ellas. Al menos tenía un punto de vista privilegiado: sobre la espalda de Hodor, era más alto que ninguno. Vio que los Walders estaban montando sus caballos. Habían llevado consigo de Los Gemelos unas hermosas armaduras, plateadas, brillantes, con dibujos en esmalte azul. La cimera de Walder el Mayor tenía forma de castillo, mientras que Walder el Pequeño prefería los gallardetes de seda azul y gris. También se diferenciaban por sus escudos y sus jubones. En el de Walder el Pequeño aparecían las torres gemelas de los Frey junto con el jabalí pinto de la casa de su abuela y el labrador de la de su madre, Crakehall y Darry respectivamente. En el de Walder el Mayor se veían el árbol y los cuervos de la casa Blackwood y las serpientes enroscadas de los Paege.

«Deben de estar muy necesitados de honor —pensó Bran mientras los observaba coger sus lanzas—. Lo único que le hace falta a un Stark es un lobo huargo.»

Sus corceles pintos eran rápidos y fuertes, y estaban bien entrenados. Cargaron juntos contra los estafermos. Ambos asestaron golpes limpios a los escudos y pasaron de largo mucho antes de que las mazas acolchadas giraran para golpearlos. Walder el Pequeño fue el que asestó el golpe más fuerte, pero a Bran le pareció que Walder el Mayor era el que mejor montaba. Habría dado sus dos inútiles piernas por la posibilidad de enfrentarse a cualquiera de los dos.

Walder el Pequeño tiró la lanza rota, divisó a Bran y se acercó a él.

—¡Pero qué caballo tan feo! —dijo señalando a Hodor.

—Hodor no es ningún caballo —replicó Bran.

—Hodor —dijo Hodor.

—Desde luego, no es tan listo como un caballo —dijo Walder el Mayor, que se había acercado al trote para unirse a su primo.

Unos cuantos muchachos de Puerto Blanco se dieron codazos y se echaron a reír.

—Hodor. —Ajeno a los insultos, Hodor miró a los Frey con una amplia sonrisa—. ¿Hodor, Hodor? —El caballo de Walder el Pequeño relinchó.

—Mira, si están hablando entre ellos. A lo mejor *hodor* significa «te quiero» en caballuno.

—Cállate, Frey. —Bran sintió que se le encendían las mejillas.

Walder el Pequeño picó espuelas para acercarse y le dio a Hodor un empujón que lo desplazó hacia atrás.

—¿Y si no me callo?

—Azuzará a su lobo para que te muerda, primo —le advirtió Walder el Mayor.

—Pues que lo azuce. Así me podré hacer una capa de piel de lobo.

—Verano te arrancaría esa cabeza gorda de un mordisco —dijo Bran.

Walder el Pequeño se dio unos golpes con el guantelete contra la coraza.

—¿Acaso tu lobo tiene dientes de acero y puede atravesar las armaduras y las cotas de malla?

—¡Ya basta! —La voz del maestre Luwin retumbó como un trueno en medio del fragor del patio. Bran no sabía cuánto había oído del enfrentamiento..., pero había sido suficiente para ponerlo furioso—. Esas amenazas son improcedentes; no quiero que se repitan. ¿Así te comportas en Los Gemelos, Walder Frey?

—Si me da la gana, sí. —Walder el Pequeño lanzó una mirada llameante a Luwin desde la cima de su corcel, como diciéndole: «No eres más que un maestre; ¿cómo te atreves a reprocharle nada a un Frey del Cruce?».

—Pues no es un comportamiento tolerable para un pupilo de lady Stark en Invernalia. ¿Cómo ha empezado esto? —El maestre los miró de uno en uno—. Como no me lo diga alguien, os juro que...

—Estábamos bromeando con Hodor —confesó Walder el Mayor—. Si hemos ofendido al príncipe Bran, lo siento mucho. Solo queríamos reírnos un rato.

Al menos tuvo la decencia de fingirse avergonzado. En cambio, Walder el Pequeño seguía con gesto terco.

—Yo también. Solo quería reírme un rato.

Bran vio que al maestre se le estaba poniendo roja la coronilla calva. Luwin estaba aún más furioso que antes.

—Un buen señor consuela y protege al débil y al indefenso —les dijo a los Frey—. No toleraré que Hodor sea el blanco de vuestras crueles bromas, ¿comprendido? Es un muchacho de buen corazón, trabajador y obediente, o sea, más de lo que se puede decir de vosotros dos. —El maestre señaló a Walder el Pequeño con el dedo—. En cuanto a ti, ni se te ocurra acercarte al bosque de dioses ni a los lobos, o lo pagarás caro. —Dio media vuelta bruscamente y echó a andar, pero se detuvo y volvió la vista—. Ven conmigo, Bran. Lord Wyman te está esperando.

—Ve con el maestre, Hodor —ordenó Bran.

—Hodor —dijo Hodor.

Con sus largas zancadas, no tardó en alcanzar al airado maestre en las escaleras del Gran Torreón. El maestre les abrió la puerta, y Bran se abrazó al cuello de Hodor y se agachó para entrar.

—Los Walders... —empezó.

—No quiero oír ni una palabra más de eso; tema zanjado. —El maestre parecía agotado e irritable—. Has hecho bien en defender a Hodor, pero no tenías por qué estar en el patio; ser Rodrik y lord Wyman ya han desayunado mientras te esperaban. ¿Voy a tener que ir yo mismo a buscarte, como si fueras un niño pequeño?

—No —dijo Bran, avergonzado—. Lo siento mucho. Solamente quería...

—Ya sé qué querías —lo interrumpió el maestre Luwin con voz más amable—. Y ojalá fuera posible, Bran. ¿Quieres hacerme alguna pregunta antes de que empiece la audiencia?

—¿Vamos a hablar de guerra?

—Tú no vas a hablar de nada. —El tono de Luwin volvía a ser seco—. No eres más que un niño de ocho años.

—¡Casi nueve!

—Ocho —repitió el maestre con firmeza—. No quiero que digas nada más que las frases corteses de rigor, a no ser que ser Rodrik o lord Wyman te planteen una pregunta.

—De acuerdo —asintió Bran.

—No le voy a contar a ser Rodrik lo que ha pasado entre los Frey y tú.

—Gracias.

Pusieron a Bran en la silla de roble de su padre, con sus cojines de terciopelo gris, ante una larga mesa que era una simple tabla sobre caballetes. Ser Rodrik se sentó a su derecha, y el maestre Luwin, a su izquierda, con un juego de plumas y tinteros, y un pergamino en blanco para tomar nota de todo lo que se dijera. Bran pasó una mano por la tosca superficie de la mesa y le pidió disculpas a lord Wyman por el retraso.

—Los príncipes nunca llegan tarde —dijo el señor de Puerto Blanco con tono cordial—. Si otros están antes que ellos, es porque han llegado demasiado pronto. —Wyman Manderly tenía una risa sonora. No era de extrañar que no pudiera montar a caballo; parecía que pesaba mucho más que la mayoría de los corceles. Y era tan hablador como inmenso era su corpachón. Empezó por pedir que Invernalia confirmara el nombramiento de los nuevos oficiales de aduanas que había elegido para Puerto Blanco. Los anteriores habían estado reteniendo el dinero para Desembarco del Rey, en vez de pagárselo al nuevo Rey en el Norte—. El rey Robb tiene que acuñar una moneda propia —declaró—. Y Puerto Blanco es el lugar idóneo.

Se ofreció para encargarse del asunto, si era la voluntad del rey, y pasó a detallar cómo había fortificado las defensas del puerto, con abundantes datos sobre los costes de cada mejora.

Además de la acuñación de moneda, lord Manderly le proponía a Robb que construyera una flota de guerra.

—No hemos tenido una verdadera armada desde hace cientos de años, cuando Brandon el Incendiario prendió fuego a las naves de su padre. Dadme el oro necesario, y os aseguro que antes de un año dispondréis de galeras suficientes para tomar tanto Rocadragón como Desembarco del Rey.

Al oír hablar de barcos de guerra, Bran se sintió más interesado. Nadie le preguntó su opinión, pero la idea de lord Wyman le parecía excelente. Ya se los podía imaginar. Se preguntó si un tullido habría estado alguna vez al mando de un barco de guerra. Pero ser Rodrik solo se comprometió a enviar la propuesta a Robb para que la estudiara, mientras que el maestre Luwin escribía en el pergamino.

El mediodía llegó y pasó. El maestre Luwin envió a Tym Carapicada a las cocinas, y comieron allí mismo a base de queso, capón y pan de avena. Mientras arrancaba la carne del ave con sus gruesos dedos, lord Wyman hizo unas cuantas indagaciones corteses referentes a lady Hornwood, que era su prima.

—Nació en la casa Manderly, ¿lo sabíais? Quizá, una vez supere el pesar, quiera volver a ser una Manderly, ¿eh? —Mordió un trozo de ala y sonrió—. Resulta que soy viudo desde hace ocho años. Ya va siendo hora de que me case de nuevo. ¿No os parece, mi señor? La soledad acaba por pesar mucho. —Tiró los huesos a un lado y cogió un muslo—. Y si la dama prefiere a un hombre más joven, da la casualidad de que mi hijo Wendel también está soltero. Ahora mismo se encuentra en el sur, escoltando a lady Catelyn, pero no me cabe duda de que, cuando regrese, querrá tomar esposa. Es un muchacho valiente y siempre luce una sonrisa. Justo el hombre que necesita la señora para volver a reír, ¿eh? —Se limpió la grasa de la barbilla con la manga de la túnica.

A través de las ventanas, Bran oía el entrechocar de las armas. El tema de los matrimonios no le interesaba lo más mínimo. «Ojalá pudiera estar en el patio.»

El señor aguardó a que retirasen los platos de la mesa antes de sacar a colación la carta que había recibido de Tywin Lannister, que tenía prisionero en el Forca Verde a su hijo mayor, ser Wylis.

—Me ofrece devolvérmelo sin pagar rescate, a condición de que retire a mis hombres del ejército de su alteza y jure no seguir combatiendo.

—Por supuesto, le habréis dicho que no —dijo ser Rodrik.

—Por ese lado no tenéis nada que temer —los tranquilizó el señor—. El rey Robb no tiene vasallo más leal que Wyman Manderly. Pero no querría que mi hijo languideciera en Harrenhal ni un instante más de lo necesario. Es un lugar espantoso. Dicen que está maldito. Yo no me trago esas historias, claro, pero ahí están. No hay más que ver qué le pasó a ese tal Janos Slynt. La reina lo nombró señor de Harrenhal, y su hermano lo hundió. Dicen que lo mandó en barco al Muro. Rezo por que pronto se pueda llevar a cabo un intercambio ecuánime de prisioneros. Sé que Wylis no querría quedar al margen durante el resto de la guerra. Mi hijo es un valiente, y tan fiero como un mastín.

Cuando terminó la audiencia, Bran tenía los hombros rígidos de tanto estar sentado en la misma postura. Y aquella noche, justo cuando se disponía a cenar, sonó el cuerno que anunciaba la llegada de otro invitado. Lady Donella Hornwood no acudía con una escolta de caballeros y criados, sino con tan solo seis hombres de armas muy cansados, con cabezas de alces en sus polvorientos jubones color naranja.

—Lamentamos profundamente todo lo que habéis sufrido, mi señora —le dijo Bran cuando entró a presentar sus respetos. Lord Hornwood había muerto en la batalla del Forca Verde, y su único hijo, en el bosque Susurrante—. Invernalia no lo olvidará.

—Me complace oírlo. —Era una mujer pálida y demacrada, con el dolor dibujado en cada una de las arrugas de su rostro—. Estoy agotada, mi señor. Os agradecería que me permitierais retirarme a descansar.

—Desde luego —dijo ser Rodrik—. Mañana habrá tiempo de sobra para hablar.

Al día siguiente dedicaron buena parte de la mañana a hablar de cereales, hortalizas y carne en salazón. Una vez los maestres de la Ciudadela anunciaban el comienzo del otoño, los hombres prudentes empezaban a guardar una parte de cada cosecha..., aunque la proporción que reservaban era, por lo visto, un asunto que requería de largas conversaciones. Lady Hornwood estaba guardando una quinta parte. A propuesta del maestre Luwin, prometió empezar a guardar un cuarto.

—El bastardo de Bolton está concentrando hombres en Fuerte Terror —les advirtió la dama—. Espero que tenga intención de enviarlos hacia el sur para apoyar a su padre en Los Gemelos, pero cuando le pregunté sobre sus planes me dijo que ninguna mujer podía cuestionar las acciones de un Bolton. Como si fuera un hijo legítimo y tuviera derecho a ese nombre.

—Que yo sepa, lord Bolton nunca ha reconocido al muchacho —dijo ser Rodrik—. He de decir que no me lo han presentado.

—No hay mucha gente que lo conozca —dijo ella—. Vivió con su madre hasta hace dos años, cuando murió el joven Domeric y Bolton quedó sin heredero. Entonces fue cuando llevó a su bastardo a Fuerte Terror. Es un muchacho muy, muy taimado, y tiene un criado casi tan cruel como él mismo. Lo llaman Hediondo; dicen que no se baña jamás. El bastardo y el tal Hediondo cazan juntos, y no precisamente ciervos. He oído rumores, historias que casi no puedo creer, ni siquiera de un Bolton. Y ahora que mi señor esposo y mi querido hijo han ido a reunirse con los dioses, el bastardo mira mis tierras con ojos hambrientos.

Bran habría querido darle a la dama un centenar de hombres que defendieran sus derechos, pero ser Rodrik se apresuró a intervenir.

—Puede mirarlas, pero si se atreviera a hacer algo más, os prometo que recibiría su castigo de inmediato. Estaréis a salvo, mi señora. Aunque quizá, con el tiempo, cuando el dolor sea menos intenso, sería prudente que contrajerais matrimonio de nuevo.

—Mis años de fecundidad ya pasaron —replicó ella con una sonrisa cansada—, y el tiempo se ha llevado la belleza que pude tener, pero ahora los hombres vienen a olisquearme como nunca hicieron cuando era doncella.

—¿Ninguno de esos pretendientes encuentra favor a vuestros ojos? —preguntó Luwin.

—Si su alteza lo ordena, me casaré de nuevo —dijo lady Hornwood—, pero Mors Carroña es un bestia borracho y más viejo que mi padre. En cuanto a mi noble primo de Manderly, el lecho de mi señor no es tan grande para un hombre tan majestuoso, y desde luego, yo soy demasiado menuda y frágil para yacer debajo de él.

Bran sabía que, cuando un hombre y una mujer compartían el lecho, él se tendía sobre ella. Dormir debajo de lord Manderly debía de ser como estar debajo de un caballo caído. Ser Rodrik hizo un gesto de asentimiento comprensivo en dirección a la viuda.

—Tendréis otros pretendientes, mi señora. Os buscaremos alguno que sea más de vuestro agrado.

—Quizá no tengáis que buscar muy lejos, ser Rodrik.

Cuando ella se hubo marchado, el maestre Luwin se permitió sonreír.

—Ser Rodrik, creo que la señora se ha fijado en vos.

Ser Rodrik carraspeó, incómodo.

—Estaba muy triste —comentó Bran.

—Triste y dulce —asintió ser Rodrik—, y no carece de atractivos, teniendo en cuenta su edad, pese a lo modesta que es. Pero representa un peligro para la paz en el reino de tu hermano.

—¿Ella? —se sorprendió Bran.

—No tiene heredero directo —le dijo el maestre Luwin—. No faltará quien quiera hacerse con las tierras de los Hornwood. Los Tallhart, los Flint y los Karstark tienen lazos de parentesco con la casa Hornwood por línea femenina, y los Glover tienen como pupilo al bastardo de lord Halys en Bosquespeso. Que yo sepa, Fuerte Terror no ha presentado ninguna reclamación, pero sus tierras son limítrofes, y Roose Bolton no es hombre que deje pasar una oportunidad como esa.

—En circunstancias así —dijo ser Rodrik retorciéndose los bigotes—, le corresponde a su legítimo señor encontrar un marido aceptable para ella.

—¿Por qué no os casáis vos con la dama? —preguntó Bran—. Decís que es atractiva, y así Beth tendría una madre.

—Es una idea muy generosa, mi príncipe. —El anciano caballero puso una mano en el brazo de Bran—. Pero yo no soy más que un caballero, y demasiado viejo. Podría defender las tierras de la dama unos cuantos años, pero en cuanto muriese, lady Hornwood volvería a encontrarse en las mismas circunstancias. Y la propia Beth correría peligro.

—Entonces, que lo herede todo el bastardo de lord Hornwood —dijo Bran, pensando en su hermanastro Jon.

—Sería una solución satisfactoria para los Glover, y quizá también para el espíritu de lord Hornwood, pero no creo que le gustara a lady Hornwood. No es de su sangre.

—Aun así, habrá que considerar esa posibilidad —observó el maestre Luwin—. Como ella misma ha dicho, lady Donella ya ha dejado atrás sus años de fecundidad. Si no la hereda el bastardo, ¿quién lo hará?

—¿Me disculpáis? —preguntó Bran. Estaba oyendo el sonido del acero contra el acero; los escuderos practicaban con las espadas en el patio.

—Por supuesto, mi príncipe —dijo ser Rodrik—. Lo habéis hecho muy bien.

Bran se sonrojó de satisfacción. Lo de ser el señor de Invernalia no le había resultado tan aburrido como temía, y la entrevista con lady Hornwood había sido mucho más breve que la de lord Manderly, así que aún le quedaban unas cuantas horas de luz para ir a ver a Verano. Siempre que ser Rodrik y el maestre se lo permitían, le gustaba pasar un rato con su lobo a diario.

En cuanto Hodor penetró en el bosque de dioses, Verano salió de debajo de un roble, casi como si supiera que iban a llegar. Bran divisó también una esbelta forma negra que los espiaba entre la maleza.

—Peludo —llamó—. Eh, Peludo, ven.

Pero el lobo de Rickon desapareció tan deprisa como había llegado.

Hodor sabía cuál era el lugar favorito de Bran, así que lo llevó al borde del estanque, a la sombra del árbol corazón donde lord Eddard solía arrodillarse para rezar. Cuando llegaron, la superficie del agua estaba agitada por ondas concéntricas, con lo que el reflejo del arciano temblaba y bailaba. Pero no había viento. Durante un instante, Bran se quedó desconcertado.

Y, en aquel momento, Osha salió a la superficie lanzando salpicaduras a su alrededor. Emergió de manera tan repentina que hasta Verano retrocedió mientras gruñía, y Hodor dio un salto hacia atrás.

—¡Hodor, Hodor! —gimoteó aterrado, hasta que Bran le dio unas palmaditas en el hombro para calmar sus temores.

—¿Cómo puedes nadar ahí? —le preguntó a Osha—. ¿No está muy fría?

—De niña mamaba carámbanos de hielo, chico. Me gusta el frío. —Osha nadó hasta las rocas y salió con gotas de agua deslizándose por su cuerpo. Estaba desnuda, y tenía la piel de gallina. Verano se le acercó con cautela y la olisqueó—. Quería tocar el fondo.

—No sabía que hubiera fondo.

—Puede que no lo haya. —Sonrió—. ¿Qué miras, chico? ¿Es que nunca habías visto a una mujer?

—Claro que sí. —Bran se había bañado cientos de veces con sus hermanas, y también había visto a las criadas en los estanques de agua caliente. Pero Osha era diferente: dura y angulosa, en vez de blanda y redondeada. Tenía las piernas nervudas, y los pechos, planos como dos bolsas vacías—. Tienes muchas cicatrices.

—Me las he ganado todas, de la primera a la última. —Cogió su vestido marrón, de corte recto, y se lo puso por la cabeza.

—¿Luchando contra gigantes? —Osha decía que al otro lado del Muro todavía había gigantes. «Tal vez algún día pueda ver a uno...»

—Luchando contra hombres. —Se ató un trozo de cuerda a modo de cinturón—. Cuervos negros, y muchos. Hasta maté a uno —dijo al tiempo que sacudía el cabello. Le había crecido desde que llegara a Invernalia; ya le cubría las orejas. Parecía menos dura que la mujer que había intentado robarle y asesinarlo en el bosque de los Lobos—. He oído chismorreos en la cocina acerca de lo que ha pasado hoy entre los Frey y tú.

—¿Quién? ¿Qué chismorreos?

—El niño que se burla de un gigante es un estúpido —replicó la mujer dirigiéndole una sonrisa amarga—, y el mundo en el que al gigante lo defiende un tullido es un mundo loco.

—Hodor no se dio cuenta de que se estaban burlando de él —dijo Bran—. Además, nunca se pelea con nadie. —Recordaba cierta ocasión, cuando era pequeño, en que fue a la plaza del mercado con su madre y con la septa Mordane. Hodor las acompañaba para llevarles los bultos, pero se alejó de ellas, y cuando lo encontraron, unos chicos lo habían arrinconado en un callejón sin salida y lo aguijoneaban con palos. El gigante no paraba de gritar «¡Hodor!», se encogía y se protegía, pero en ningún momento alzó la mano contra los que lo atormentaban—. El septón Chayle dice que tiene un corazón bondadoso.

—Sí —dijo ella—. Y unas manos con las que podría arrancarle la cabeza a cualquiera, si le diera la gana. De todos modos, más vale que se cuide las espaldas cuando ese Walder esté cerca. Y tú también. El grande, ese al que llaman pequeño. El nombre es adecuado. Grande por fuera, pequeño por dentro, y mezquino hasta los huesos.

—No se atrevería a hacerme daño. Diga lo que diga, le tiene miedo a Verano.

—Puede que no sea tan idiota como aparenta. —Osha siempre mostraba precaución cuando los lobos huargo rondaban por los alrededores. El día que la cogieron prisionera, Verano y Viento Gris despedazaron a otros tres salvajes—. O puede que sí. Y eso también podría resultar problemático. —Se recogió el pelo—. ¿Has vuelto a tener los sueños de lobo?

—No. —No le gustaba hablar de los sueños.

—Un príncipe debería aprender a mentir mejor. —Osha se echó a reír—. Bueno, tus sueños son asunto tuyo. Lo mío es la cocina; más vale que vuelva allí antes de que Gage empiece a gritar y a blandir su cucharón de madera. Permiso para retirarme, mi príncipe.

«No debería haberme recordado lo de los sueños de lobo», pensó Bran mientras Hodor lo subía por las escaleras que llevaban a su dormitorio. Luchó contra el sueño tanto como pudo, pero al final se apoderó de él, como siempre. Aquella noche soñó con el arciano. El árbol lo miraba con sus ojos color rojo oscuro, lo llamaba con su boca de madera, y de entre sus ramas blancas salió revoloteando el cuervo de tres ojos, para picotearle la cara y chillar su nombre con graznidos agudos como espadas.

Lo despertó el sonido de los cuernos. Bran dio media vuelta, agradecido por el alivio que suponía el fin del sueño. Oyó gritos vociferantes y cascos de caballos.

«Llegan más invitados, y encima parecen medio borrachos.» Se agarró a las barras para ayudarse, salió de la cama y se dejó caer en el asiento situado bajo la ventana. El estandarte de los recién llegados representaba un gigante con unas cadenas rotas, de manera que eran hombres de la casa Umber, de las tierras norteñas más allá del río Último.

Al día siguiente recibió en audiencia a dos de ellos: los tíos del Gran Jon, hombres tempestuosos ya en el invierno de sus vidas, con barbas tan blancas como las capas de piel de oso que vestían. En cierta ocasión, un cuervo había dado por muerto a Mors y le sacó un ojo, así que llevaba en su lugar un trozo de vidriagón. Según los cuentos de la Vieja Tata, había agarrado al cuervo y le había arrancado la cabeza de un mordisco, de manera que lo apodaban Carroña. En cambio, la Tata nunca le había dicho a Bran por qué el apodo de Hother, su huesudo hermano, era Mataputas.

No habían hecho más que sentarse cuando Mors pidió permiso para casarse con lady Hornwood.

—El Gran Jon es la mano derecha del Joven Lobo; eso lo saben todos. ¿Quién mejor para proteger las tierras de la viuda que un Umber, y qué Umber mejor que yo?

—Lady Donella todavía está llorando su pérdida —dijo el maestre Luwin.

—Yo llevo debajo de estas pieles la cura para sus lágrimas —rio Mors.

Ser Rodrik le dio las gracias con toda cortesía y le prometió que presentaría su solicitud a la consideración de la dama y del rey.

Hother quería barcos.

—Los salvajes bajan del norte a robar; son más de los que había visto nunca. Cruzan en sus botes la bahía de las Focas y llegan a nuestras orillas. Los cuervos de Guardiaoriente son pocos y no pueden detenerlos, y ellos son rápidos como comadrejas. Sí, lo que nos hacen falta son barcoluengos, y hombres fuertes para tripularlos. El Gran Jon se llevó a demasiados de los nuestros. La mitad de las cosechas se utilizará como simiente por falta de brazos que manejen las guadañas.

—Disponéis de buenos bosques de pino y roble antiguo. —Ser Rodrik se tironeó de los bigotes—. Lord Manderly tiene carpinteros de ribera y marineros en abundancia. Juntos podríais echar a la mar los barcos necesarios para proteger las costas de ambos.

—¿Manderly? —bufó Mors Umber—. ¿Ese saco de sebo? Hasta su pueblo se burla de él, lord Lamprea lo llaman. ¡Pero si no puede casi ni andar! Si le clavara una espada en la barriga saldrían reptando diez mil lampreas.

—Está gordo —reconoció ser Rodrik—. Pero no es ningún idiota. Trabajaréis con él, o tendréis que explicarle los motivos al rey.

Y, para asombro de Bran, los belicosos Umber accedieron a hacer lo que se les ordenaba, aunque no sin refunfuños.

Mientras estaban en la audiencia llegaron los Glover de Bosquespeso, y también el numeroso grupo de los Tallhart de la Ciudadela de Torrhen. Galbart y Robett Glover habían dejado Bosquespeso en manos de la esposa de Robett, pero el que acudió a Invernalia fue su mayordomo.

—Mi señora os ruega que disculpéis su ausencia. Sus hijos aún son demasiado pequeños para un viaje tan largo, y no ha querido separarse de ellos.

Bran no tardó en darse cuenta de que quien gobernaba de verdad en Bosquespeso era el mayordomo, no lady Glover. Reconoció ante ellos que en aquellos momentos únicamente estaba guardando una décima parte de las cosechas. Les aseguró que un mago errante le había dicho que habría un verano de las almas con cosechas abundantes antes de que llegara el invierno. El maestre Luwin habría podido explicarle una serie de cosas sobre los magos errantes. Ser Rodrik le ordenó que empezara a reservar un quinto de las cosechas, y luego lo interrogó a fondo acerca del bastardo de lord Hornwood, Larence Nieve. En el norte, todos los bastardos de alta cuna llevaban el apellido Nieve. Aquel muchacho tenía cerca de doce años, y el mayordomo alabó su inteligencia y su valor.

—Tu idea sobre el bastardo es interesante, Bran —le dijo más tarde el maestre Luwin—. Creo que algún día serás un buen señor de Invernalia.

—No, no quiero. —Bran sabía que no sería un señor jamás, igual que tampoco sería un caballero—. Me habéis dicho que Robb se va a casar con una chica de la casa Frey, y los Walders también me lo han dicho. Tendrá hijos, y ellos serán los señores de Invernalia después de Robb, no yo.

—Puede que así sea, Bran —intervino ser Rodrik—. Pero yo me casé tres veces, y mis esposas solo me dieron hijas. Ahora, la única que me queda es Beth. Mi hermano Martyn engendró cuatro hijos fuertes, pero solo Jory llegó a la edad adulta. Cuando lo mataron, con él murió la estirpe de Martyn. Si hablamos del mañana, nunca hay nada seguro.

A Leobald Tallhart le tocó el turno al día siguiente. Les habló de portentos del clima y de las supersticiones del pueblo llano, y les contó que su sobrino se moría por ir a la guerra.

—Benfred ha reunido una compañía de lanceros. Son críos; ninguno pasa de los diecinueve años, pero todos se creen jóvenes lobos. Cuando les dije que no eran más que jóvenes conejos, se rieron de mí. Ahora se hacen llamar Liebres Salvajes y se dedican a galopar con pieles de conejo atadas a las puntas de las lanzas, cantando canciones de caballería.

A Bran, aquello le sonó grandioso. Recordaba a Benfred Tallhart, un muchacho corpulento, fanfarrón y vocinglero que a menudo visitaba Invernalia con su padre, Ser Helman, y se había hecho amigo de Robb y de Theon Greyjoy. Pero la noticia no le gustó nada a ser Rodrik.

—Si el rey tiene necesidad de más hombres, enviará a buscarlos —dijo—. Dile a tu sobrino que debe permanecer en la Ciudadela de Torrhen, tal como ordenó su señor padre.

—Así lo haré, ser Rodrik —dijo Leobald. Fue entonces cuando sacó el tema de lady Hornwood. Pobrecilla, sin marido que defendiese sus tierras ni hijo que las heredase. Él estaba casado, como sin duda ya sabían, con una Hornwood, concretamente con la hermana del difunto lord Halys—. Los salones desiertos son muy tristes. Se me ha ocurrido que podía enviar a mi hijo menor con lady Donella, para que fuera su pupilo y lo criara. Beren tiene casi diez años; es un muchacho muy agradable, y además, sobrino de la dama. Estoy seguro de que la animaría, y hasta podría adoptar el nombre de Hornwood...

—¿Si fuera nombrado heredero? —sugirió el maestre Luwin.

—Para que no se perdiera el linaje de la casa —terminó Leobald.

Bran sabía qué tenía que decir.

—Gracias por la sugerencia, mi señor —intervino antes de que ser Rodrik pudiera decir nada—. Le presentaremos vuestra propuesta a mi hermano Robb. Y a lady Hornwood, claro está.

—Os lo agradezco, mi príncipe —dijo Leobald, que pareció sorprendido de oírlo hablar.

Pero Bran vio compasión en sus claros ojos azules, tal vez mezclada con un poco de alegría porque el tullido no fuera hijo suyo. Durante un instante, odió a muerte a aquel hombre. En cambio parecía que al maestre Luwin le caía bien.

—Puede que Beren Tallhart sea nuestra mejor opción —les comentó cuando Leobald hubo salido—. Su sangre es mitad Hornwood. Si adopta el nombre de su tío...

—Sigue siendo un chiquillo —dijo ser Rodrik—. No podrá defender sus tierras de gente como Mors Umber o ese bastardo de Roose Bolton. Tenemos que meditarlo con cautela. Robb necesitará nuestro mejor consejo antes de tomar una decisión.

—Puede que la decisión la marquen cuestiones puramente prácticas —dijo el maestre Luwin—. Como a qué señor tiene que agasajar en un momento determinado. Las tierras del río pertenecen a su reino; tal vez quiera cimentar la alianza casando a lady Hornwood con uno de los señores del Tridente. Un Blackwood, tal vez, o un Frey...

—Lady Hornwood puede quedarse con uno de nuestros Frey —dijo Bran—. Con los dos, si le apetece.

—No eres bondadoso, mi príncipe —lo amonestó ser Rodrik con cariño.

«Los Walders tampoco.» Bran frunció el ceño, clavó la vista en la mesa y no dijo nada.

En los días siguientes fueron llegando cuervos de otras casas, con mensajes en los que se disculpaban por no asistir. El bastardo de Fuerte Terror no iría a Invernalia; todos los Mormont y los Karstark habían ido hacia el sur con Robb; lord Locke era demasiado anciano para realizar el viaje; lady Flint se encontraba en avanzado estado de gestación, y en la Atalaya de la Viuda estaban enfermos. Por fin consideraron que ya habían tenido noticias de todas las principales casas vasallas de los Stark, a excepción de Howland Reed, el lacustre, que no salía de sus pantanos desde hacía muchos años, y los Cerwyn, cuyo castillo se encontraba a menos de medio día a caballo de Invernalia. Lord Cerwyn estaba prisionero de los Lannister, pero su hijo, un muchacho de catorce años, llegó una borrascosa mañana a la cabeza de dos docenas de lanceros. Bran estaba montando a Bailarina por el patio cuando cruzó la puerta de entrada. Trotó para ir a darles la bienvenida; Cley Cerwyn siempre había sido amigo de Bran y de sus hermanos.

—Buenos días, Bran —lo saludó Cley con tono alegre—. ¿O ahora te tengo que llamar príncipe Bran?

—Solo si te apetece.

—¿Por qué no? —Cley se echó a reír—. Últimamente, cualquiera es rey o príncipe. ¿Stannis también ha enviado una carta a Invernalia?

—¿Stannis? No lo sé.

—Pues ahora también él es rey —le confió Cley—. Dice que la reina Cersei se acostaba con su hermano, así que Joffrey es un bastardo.

—Joffrey el Malnacido —gruñó uno de los caballeros de los Cerwyn—. No me extraña que sea desleal, si su padre es el Matarreyes.

—Eso —asintió otro—. Los dioses aborrecen el incesto. Mira cómo hicieron caer a los Targaryen.

Durante un momento, Bran se quedó sin respiración. Una mano gigante le oprimía el pecho. Sintió como si estuviera cayendo, y se aferró a las riendas de Bailarina con desesperación. El terror debió de reflejarse en su rostro.

—¿Bran? —se preocupó Cley Cerwyn—. ¿Te encuentras mal? No es más que otro rey.

—Robb lo derrotará a él también. —Hizo dar la vuelta a Bailarina y la llevó hacia los establos sin prestar atención a las miradas asombradas de los hombres de la casa Cerwyn. La sangre le retumbaba en los oídos, y si no hubiera estado atado a la silla con cinturones, habría caído, sin duda.

Aquella noche, Bran rezó a los dioses de su padre, les rogó que le concedieran una noche sin pesadillas. Si los dioses lo oyeron, se burlaron de sus esperanzas, porque fueron peores que cualquiera de los sueños de lobo.

—¡Vuela o muere! —graznó el cuervo de tres ojos mientras lo picoteaba.

Él lloraba y suplicaba, pero el cuervo no tenía compasión. Le sacó el ojo izquierdo, luego el derecho, y cuando estuvo ciego y en la oscuridad, le picoteó la frente y le clavó aquel espantoso pico agudo en el cráneo. Bran gritó y gritó hasta que sintió que sus pulmones estaban a punto de reventar. El dolor era un hacha que le estaba abriendo la cabeza, pero cuando el cuervo retiró el pico, lleno de trocitos de hueso y cerebro, de nuevo pudo ver. Y lo que vio lo hizo boquear de miedo. Estaba aferrado a una torre, a leguas y leguas del suelo; los dedos le resbalaban, rascaba la piedra con las uñas, sus piernas tiraban de él hacia abajo, aquellas piernas inútiles.

—¡Socorro! —gritó.

Un hombre dorado apareció en el cielo sobre él y lo agarró.

—Qué cosas hago por amor —murmuró con voz suave antes de lanzarlo al vacío.

TYRION

—Ya no duermo como cuando era joven —le dijo el gran maestre Pycelle a modo de disculpa por aquella reunión al amanecer—. Prefiero levantarme, aunque el mundo esté a oscuras, antes que quedarme inquieto en la cama pensando en todo lo que queda por hacer —añadió, pese a que los párpados hinchados delataban que estaba medio dormido.

En las ventiladas cámaras que había debajo de las pajareras, su criada les ofreció huevos duros, ciruelas cocidas y gachas; los sermones corrían por cuenta de Pycelle.

—En estos tiempos tan tristes en que hay tantos hambrientos, considero mi deber que mi mesa también sea austera.

—Encomiable —admitió Tyrion al tiempo que cascaba un huevo moreno, que le recordaba muchísimo a la cabeza calva del gran maestre—. Mi punto de vista es diferente. Si hay comida, come; quizá mañana no haya. —Sonrió—. Decidme una cosa: ¿vuestros cuervos también madrugan?

—Desde luego. —Pycelle se acarició la barba blanca como la nieve que le caía sobre el pecho—. ¿Queréis que, cuando hayamos comido, pida que me traigan pluma y tintero?

—No será necesario. —Tyrion puso las cartas sobre la mesa, junto a su plato de gachas. Eran dos pergaminos idénticos, bien enrollados y sellados con lacre en ambos extremos—. Dadle permiso a la chica para que se retire; así podremos hablar.

—Déjanos a solas, niña —ordenó Pycelle. La criada se apresuró a salir de la habitación—. ¿Qué me decíais de estas cartas?

—Confidencial, para Doran Martell, príncipe de Dorne. —Tyrion le quitó unos trocitos de cáscara al huevo y le dio un mordisco. Le hacía falta sal—. Una carta con dos copias. Enviad a vuestros pájaros más veloces; se trata de un asunto de la mayor importancia.

—Las enviaré en cuanto terminemos de desayunar.

—Enviadlas ahora. Las ciruelas no corren peligro, y el reino, sí. Lord Renly viene con su ejército por el camino de las Rosas, y nadie sabe cuándo zarparán de Rocadragón los barcos de lord Stannis.

Pycelle parpadeó.

—Si así lo desea mi señor...

—Así lo desea.

—Mi misión es serviros. —El maestre se puso en pie trabajosamente. La cadena símbolo de su cargo tintineó. Era una joya pesada, consistente en una docena de collares de maestre entrelazados y adornados con gemas. A Tyrion le pareció que había muchos más eslabones de oro, plata y platino que de otros metales inferiores.

Pycelle se movía con tal lentitud que a Tyrion le dio tiempo de terminarse el huevo y probar las ciruelas (demasiado hechas y aguadas para su gusto) antes de que el sonido de unas alas lo hiciera levantarse. Divisó al cuervo negro contra el cielo del amanecer, y se dirigió rápidamente hacia el laberinto de estantes que había al otro lado de la habitación.

El maestre tenía una colección de medicamentos impresionante: docenas de vasijas selladas con cera, cientos de frascos con tapones, también cientos de botellitas de vidriolechoso, innumerables tarros de hierbas secas... y cada recipiente estaba bien etiquetado, con la caligrafía precisa de Pycelle. «Un cerebro muy organizado», reflexionó Tyrion. Y era cierto: en cuanto se descifraba el sistema de clasificación, era evidente que cada poción tenía un lugar adjudicado. «Y qué cosas tan interesantes tiene.» Vio dulcesueño y sombra nocturna, leche de la amapola, lágrimas de Lys, gorragrís en polvo, acónito y danza demoniaca, veneno de basilisco, ojociego, sangre de viuda...

Tuvo que ponerse de puntillas y estirarse, pero se las arregló para coger un frasquito polvoriento del estante superior. Leyó la etiqueta, sonrió y se lo guardó dentro de la manga.

Ya se había vuelto a sentar a la mesa y estaba pelando otro huevo cuando el gran maestre Pycelle bajó por las escaleras con paso pesado.

—Ya está, mi señor. —El anciano se sentó—. Estas cosas... es mejor hacerlas cuanto antes, por supuesto... ¿Decís que se trata de un asunto de la mayor importancia?

—Oh, sí.

Las gachas estaban demasiado espesas para el gusto de Tyrion, y le habría gustado añadirles mantequilla y miel. Cierto que, en Desembarco del Rey, la mantequilla y la miel no eran productos fáciles de conseguir en los últimos tiempos, pero lord Gyles mantenía el castillo bien abastecido. La mitad de los alimentos que consumían procedían de sus tierras o de las de lady Tanda. Rosby y Stokeworth estaban cerca de la ciudad, al norte, y la guerra no había llegado allí.

—El príncipe de Dorne, nada menos. ¿Puedo preguntaros...?

—Mejor no.

—Como queráis. —La curiosidad de Pycelle estaba tan madura que Tyrion casi percibía su sabor—. Puede que... el Consejo del Rey...

—La misión del Consejo es aconsejar al rey, maestre. —Tyrion dio unos golpecitos con la cuchara de madera en el borde del cuenco.

—Exacto —dijo Pycelle—. Y el rey…

—Es un niño de trece años. Yo hablo por él.

—Desde luego, desde luego. Sois la mano del rey. De todos modos..., vuestra gentil hermana, nuestra reina regente...

—Ya lleva un gran peso sobre sus preciosos hombros blancos. No quiero añadirle otra carga. ¿Y vos? —Tyrion inclinó la cabeza hacia un lado y miró inquisitivo al gran maestre.

Pycelle bajó la vista hacia su plato de comida. Los ojos dispares de Tyrion, uno verde y otro negro, tenían algo que le daba escalofríos. El enano lo sabía, y los utilizaba.

—Eh... —dijo el anciano dirigiéndose a sus ciruelas—. Sin duda tenéis razón, mi señor. Es muy considerado por vuestra parte... aliviarla de esa... carga.

—Así soy yo. —Tyrion volvió a concentrarse en las gachas que no le gustaban—. Considerado. Al fin y al cabo, Cersei es mi querida hermana.

—Y mujer, además —asintió Pycelle—. Una mujer fuera de lo común, pero aun así... No es poca cosa ocuparse de todos los asuntos del reino, pese a la fragilidad característica de su sexo.

«Oh, sí, es una frágil paloma; que te lo diga Eddard Stark.»

—Me alegra ver que compartís mi preocupación. Os agradezco la hospitalidad de vuestra mesa, pero me espera un día muy largo. —Se bajó de la silla—. Tened la bondad de informarme en cuanto recibamos una respuesta de Dorne.

—Como vos digáis, mi señor.

—Y solo a mí.

—Eh... desde luego.

Las manos llenas de manchas de Pycelle se aferraban a su barba, como un hombre que se ahoga se aferraría a una cuerda. El corazón de Tyrion se llenó de alegría.

«Uno», pensó.

Anadeó hacia el patio bajo, con las piernas atrofiadas quejándose en cada uno de los peldaños. El sol ya brillaba alto en el cielo, y el castillo había cobrado vida. Los guardias patrullaban sobre los muros, y los caballeros y guerreros se entrenaban con armas embotadas. Cerca de allí estaba Bronn, sentado en el borde de un pozo. Un par de sirvientas muy atractivas pasaron cerca de él, llevando entre las dos una cesta de mimbre, pero el mercenario ni siquiera las miró.

—Me doy por vencido, Bronn, no hay manera de educarte. —Tyrion señaló a las mujeres—. Tienes delante ese hermoso espectáculo, y tú solo te fijas en un montón de brutos armando jaleo con sus armas.

—En la ciudad hay cien prostíbulos donde podría comprar todos los coños que quisiera por una moneda de cobre cortada —replicó Bronn—, pero tal vez un día mi vida dependa de cuánto me haya fijado en esos brutos. —Se levantó—. ¿Quién es el chico del jubón de cuadros azules con tres ojos pintados en el escudo?

—Un caballero errante. Se hace llamar Tallad. ¿Por qué?

—Es el mejor de todos. —Bronn se apartó un mechón de pelo de los ojos—. Pero fíjate en él: entra en una rutina; siempre que ataca asesta los mismos golpes y en el mismo orden. —Sonrió—. El día que se enfrente a mí, eso será su muerte.

—Le ha jurado lealtad a Joffrey. No creo que se enfrente a ti.

Echaron a andar por el patio. Bronn acompasó sus largas zancadas a las cortas de Tyrion. Últimamente, el mercenario tenía un aspecto casi respetable. Se había lavado y cepillado el pelo negro, estaba recién afeitado y vestía la coraza negra de los oficiales de la Guardia de la Ciudad. Llevaba sobre los hombros una capa color escarlata Lannister, con dibujos de manos doradas. Tyrion se la había regalado tras nombrarlo capitán de su guardia personal.

—¿Cuántos peticionarios tenemos hoy? —preguntó.

—Treinta y tantos —respondió Bronn—. La mayoría, para presentar quejas o suplicar algo. Tu amiga ataca de nuevo.

—¿Lady Tanda? —Dejó escapar un gemido.

—Su paje. Te invita a cenar con ella otra vez. Dice que servirá una pierna de venado, y también gansos rellenos de moras y...

—Y a su hija —terminó Tyrion con amargura. Desde el momento en que había puesto los pies en la Fortaleza Roja, lady Tanda se había dedicado a perseguirlo, armada con un inagotable arsenal de empanadas de lamprea, jabalíes y sabrosos guisos. Por lo visto, estaba segura de que un señor menor, enano para más señas, sería el consorte ideal para su hija Lollys, una mujer corpulenta, blanda, algo retrasada, de la que se decía que seguía siendo doncella a los treinta y tres años—. Discúlpame con ella.

—¿No te gusta el ganso relleno? —Bronn sonrió, malévolo.

—Deberías ir tú a comerte el ganso y a casarte con la chica. O mejor aún, envía a Shagga.

—Shagga preferiría comerse a la chica y casarse con el ganso —señaló Bronn—. De todos modos, Lollys pesa más que él.

—Eso sí que es verdad —reconoció Tyrion mientras pasaban bajo la sombra de una galería en forma de arco que unía dos torres—. ¿Quién más me quiere ver?

—Hay un prestamista de Braavos que trae unos papeles muy complicados —contestó el mercenario poniéndose serio—. Pide ver al rey para tratar con él el pago de no sé qué préstamo.

—Como si Joff supiera contar más allá de veinte. Ponlo en contacto con Meñique, que se las arregle con él. ¿Más?

—Un señor menor del Tridente: dice que los hombres de tu padre quemaron su castillo, violaron a su esposa y mataron a todos sus campesinos.

—Tengo entendido que a eso lo llaman guerra. —Tyrion sospechaba que había sido cosa de Gregor Clegane, o de Amory Lorch, o tal vez de los perros de su padre, los qohorienses—. ¿Qué quiere de Joffrey?

—Campesinos para sus tierras —dijo Bronn—. Ha hecho todo ese viaje para demostrar su lealtad y suplicar una recompensa.

—Lo recibiré mañana. —Tanto si su lealtad era sincera como si simplemente era un hombre desesperado, un señor del río les podría ser útil—. Encárgate de que lo instalen en una habitación cómoda y le sirvan una comida caliente. Hazle llegar un par de botas nuevas, que sean buenas, cortesía del rey Joffrey.

Una muestra de generosidad nunca estaba de más. Bronn asintió.

—También hay una horda de panaderos, carniceros y verduleros que quieren hablar contigo.

—Ya se lo dije la última vez: no tengo nada que darles. —Los alimentos que llegaban a Desembarco del Rey eran escasos, y la mayoría se reservaba para el castillo y la guarnición. Los precios de las verduras, las frutas y los tubérculos habían subido de manera increíble, y Tyrion no quería ni imaginar qué clase de carne iba a parar a las ollas de los tenderetes del Lecho de Pulgas. Ojalá fuera pescado. Aún les quedaban el río y el mar... al menos hasta que llegaran las naves de lord Stannis.

—Quieren protección. Anoche, la muchedumbre asó a un panadero en su horno. Dicen que cobraba el pan demasiado caro.

—¿Y es verdad?

—Ya no está en condiciones de negarlo.

—No se lo comerían luego, supongo.

—Que yo sepa, no.

—Al próximo se lo comerán —dijo Tyrion, sombrío—. Les proporcionaré la protección que pueda. Los capas doradas...

—Dicen que entre los atacantes había capas doradas —lo interrumpió Bronn—. Quieren hablar con el rey en persona.

—Idiotas. —Tyrion los había despedido con su condolencia; su sobrino los despediría con látigos y lanzas. Casi se sintió tentado de permitirlo... Pero no, no debía. Más tarde o más temprano, algún enemigo atacaría Desembarco del Rey, y lo que menos falta le haría en aquel momento sería tener traidores bien dispuestos dentro de la ciudad—. Diles que el rey Joffrey comparte sus temores y hará todo lo que pueda por ellos.

—Quieren pan, no promesas.

—Si les doy pan hoy, mañana tendré el doble de personas a mis puertas. ¿Quién más?

—Un hermano negro que viene del Muro. El mayordomo dice que ha traído una especie de mano podrida en un frasco.

—Me extraña que nadie se la haya comido. —Tyrion sonrió, cansado—. En fin, lo tengo que recibir, claro. ¿No se tratará de Yoren, por casualidad?

—No, es un caballero. Thorne.

—¿Ser Alliser Thorne? —De todos los hermanos negros que había conocido en el Muro, ser Alliser Thorne era el que menos le había gustado. Era un hombre amargado, malévolo, con un concepto demasiado elevado de su valía—. Bien pensado, no me apetece ver a ser Alliser ahora mismo. Búscale una celda cómoda en la que no hayan cambiado la paja del colchón desde hace un año, y dejemos que su mano se pudra un poco más.

Bronn lanzó una carcajada y se alejó para cumplir las órdenes, mientras Tyrion subía trabajosamente por las escaleras. Cuando cruzaba cojeando el patio exterior, oyó que se alzaba el rastrillo. Su hermana, acompañada por un numeroso grupo, aguardaba ante la entrada principal.

A lomos de su palafrén blanco, Cersei se alzaba ante él, majestuosa, como una diosa vestida de verde.

—Hermano —saludó sin la menor calidez. La reina no estaba nada satisfecha con su manera de zanjar el asunto de Janos Slynt.

—Alteza. —Tyrion hizo una reverencia cortés—. Esta mañana estás muy hermosa. —Llevaba una corona de oro y una capa de armiño. Su séquito la seguía a caballo: ser Boros Blount, de la Guardia Real, con armadura blanca y su habitual semblante ceñudo; ser Balon Swann, con el arco colgado de la silla con incrustaciones de plata; lord Gyles Rosby, respirando con más dificultades que nunca; Hallyne el Piromante, del Gremio de Alquimistas, y el nuevo favorito de la reina, su primo ser Lancel Lannister, escudero de su difunto esposo y nombrado caballero por orden de la viuda. También la acompañaban Vylarr y veinte guardias—. ¿Adónde te diriges, hermana? —quiso saber Tyrion.

—Voy a hacer una ronda por las puertas, para inspeccionar los nuevos escorpiones y bombardas. No quiero que la gente piense que todos consideramos la defensa de la ciudad un asunto trivial, como tú. —Cersei clavó en él sus hermosos ojos color verde claro, bellos hasta cuando mostraban tanto desprecio—. Me han informado de que Renly Baratheon se ha puesto en marcha y ha salido de Altojardín. Avanza por el camino de las Rosas, junto con todo su ejército.

—Varys me transmitió el mismo informe.

—Puede llegar aquí con la luna llena.

—A ese ritmo tan pausado, no —la tranquilizó Tyrion—. Cada noche celebra un festín en un castillo diferente, y reúne a la corte en todas las encrucijadas por las que pasa.

—Y cada día se unen a él más hombres. Se dice que ya tiene más de cien mil.

—Parecen muchos.

—Cuenta con las fuerzas de Bastión de Tormentas y Altojardín, pequeño idiota —le espetó Cersei—. Y con todos los vasallos de Tyrell, excepto los Redwyne, cosa que me debes a mí. Mientras tenga en mis manos a sus gemelos marcados de viruelas, lord Paxter se quedará quietecito en el Rejo, y encima se considerará afortunado.

—Lástima que el Caballero de las Flores se escurriera entre tus preciosos dedos. De todos modos, no somos el único problema que tiene Renly. Nuestro padre en Harrenhal, Robb Stark en Aguasdulces... Si yo estuviera en su lugar, no haría lo que él hace. Avanzaría, mostraría mi poder ante todo el reino, aguardaría, vigilaría. Me tomaría tiempo y dejaría que mis rivales se enfrentaran entre ellos. Si Stark nos derrota, el sur caerá en manos de Renly como un regalo de los dioses, sin que tenga que perder ni a un hombre. Y si es al contrario, podrá caer sobre nosotros mientras nos estemos recuperando.

No consiguió calmar a Cersei.

—Quiero que le ordenes a nuestro padre que traiga su ejército a Desembarco del Rey.

«Eso solo serviría para hacerte sentir a salvo.»

—¿Desde cuándo puedo darle órdenes a nuestro padre?

—¿Y cuándo piensas liberar a Jaime? —Su hermana hizo caso omiso de la pregunta anterior—. Vale por cien como tú.

—Te ruego que no se lo digas a lady Stark. —Tyrion le dirigió una sonrisa torcida—. No tenemos a cien como yo para cambiarlos por Jaime.

—Nuestro padre debía de estar loco cuando te envió aquí. Eres peor que inútil. —La reina sacudió las riendas e hizo dar media vuelta a su palafrén. Salió por la puerta al trote, con la capa de armiño ondeando a sus espaldas. Su séquito se apresuró a seguirla.

Lo cierto era que Renly Baratheon no preocupaba a Tyrion ni la mitad que su hermano Stannis. El pueblo quería a Renly, pero jamás había guiado un ejército a la guerra. Stannis era diferente: duro, frío, inexorable. Si pudiera saber qué estaba sucediendo en Rocadragón... Pero ninguno de los pescadores a los que había pagado por espiar en la isla había regresado, y hasta los informadores que el eunuco aseguraba tener en la mismísima corte de Stannis habían guardado un silencio ominoso.

Pero se habían visto cerca de sus orillas los cascos listados de galeras lysenas de guerra, y Varys tenía informes de capitanes mercenarios de Myr que se habían puesto al servicio de Rocadragón.

«Si Stannis ataca por mar mientras su hermano Renly intenta derribar nuestras puertas, no tardarán en exhibir la cabeza de Joffrey en una pica. Y lo peor es que la mía estará al lado.» Era una idea deprimente. Tenía que hacer planes para poner a Shae a salvo fuera de la ciudad, por si acaso sucedía lo peor.

Podrick Payne estaba ante la puerta de sus estancias, con la vista clavada en el suelo.

—Está dentro —le anunció al cinturón de Tyrion—. Ahí dentro. Mi señor. Perdón.

—Mírame, Pod. —Tyrion suspiró—. Me pone enfermo que le hables a mi bragueta. Aunque me eches un vistazo a la cara, no te volverás enano; no es contagioso. A ver: ¿quién me espera dentro de mis estancias?

—Lord Meñique. —Podrick había conseguido mirarlo a la cara un instante, pero enseguida volvió a bajar la vista—. Quiero decir, lord Petyr. Lord Baelish. El consejero de la moneda.

—Tal como lo dices, parece que ahí dentro hubiera una multitud.

El chico se encogió como si le hubiera dado un palo. Tyrion se sintió culpable de una manera absurda.

Lord Petyr estaba sentado junto a su ventana, lánguido y elegante con su jubón afelpado color ciruela y su capa de seda amarilla, y con una mano enguantada apoyada en la rodilla.

—El rey está luchando contra las liebres con una ballesta —dijo—. Las liebres van ganando. Venid a ver.

Tyrion tuvo que ponerse de puntillas para asomarse. Abajo, una liebre yacía muerta; otra agonizaba, sacudiendo las largas orejas, con una saeta clavada en el costado. Por todas partes se veían más saetas, clavadas en la tierra como briznas de paja que una tormenta hubiera dispersado.

—¡Ahora! —gritó Joff.

El hombre soltó la liebre que sujetaba entre las manos, y el animal empezó a saltar. Joffrey tiró de la llave de la ballesta. La saeta falló por dos codos. La liebre se quedó quieta sobre las patas traseras, moviendo la naricilla como si olisqueara al rey. Joff soltó una maldición y empezó a tensar la ballesta de nuevo, pero mucho antes de que lo lograra, el animal ya había desaparecido.

—¡Otra! —El encargado de las liebres metió las manos en la conejera. El siguiente animal fue como una estela marrón sobre las piedras del patio, mientras que el disparo apresurado de Joffrey casi le acertó a ser Preston en la entrepierna.

—¿Te gusta la liebre a la cazuela, chico? —le preguntó Meñique a Podrick Payne, volviéndose hacia él.

—¿Para comer, mi señor? —Pod clavó la vista en las botas del visitante, un hermoso calzado de cuero teñido de rojo adornado con volutas negras.

—Invierte en cazuelas —le aconsejó Meñique—. Dentro de nada vamos a tener una invasión de liebres en el castillo. Vamos a comer liebre tres veces al día.

—Mejor eso que ratas al espetón —dijo Tyrion—. Puedes marcharte, Pod. A menos que lord Petyr quiera tomar algo...

—No, gracias. —Meñique sonrió burlón—. Se dice que quien bebe con el enano, despierta en el Muro. El negro no me favorece.

«No temáis, mi señor —pensó Tyrion—. No es precisamente el Muro lo que os reservo.» Se sentó en una silla alta con cojines.

—Estáis hoy muy elegante, mi señor.

—Me ofendéis. Procuro estar elegante siempre.

—¿Es nuevo ese jubón?

—Sí. Sois muy observador.

—Ciruela y amarillo. ¿Son los colores de vuestra casa?

—No. Pero uno se cansa de llevar siempre los mismos colores. Al menos, yo me canso.

—El cuchillo también es muy hermoso.

—¿Sí? —La mirada de Meñique era traviesa. Desenvainó el cuchillo y le echó una ojeada sin mucho interés, como si fuera la primera vez que lo veía—. Acero valyrio y mango de huesodragón. Aunque un poco vulgar. Si os gusta, ya es vuestro.

—¿Mío? —Tyrion le dirigió una larga mirada—. No. No es mío. Y nunca lo ha sido.

«Lo sabe, el muy insolente lo sabe. Y sabe que lo sé, y cree que no le puedo hacer nada.»

Si alguna vez un hombre se había hecho una armadura de oro, había sido Petyr Baelish, no Jaime Lannister. La famosa armadura de Jaime no era más que acero dorado; en cambio, Meñique... Tyrion había descubierto unas cuantas cosas sobre el encantador Petyr. Cosas inquietantes.

Hacía diez años, Jon Arryn le había otorgado una sinecura menor en las aduanas, donde lord Petyr pronto se distinguió al conseguir recaudar tres veces más que cualquier otro recaudador del rey. Robert gastaba a manos llenas. Un hombre como Petyr Baelish, capaz de frotar dos dragones de oro para que parieran un tercero, resultaba de un valor inmenso para la mano del rey. A los tres años de llegar a la corte, ya era consejero de la moneda y miembro del Consejo Privado. En la actualidad, los ingresos de la corona eran diez veces más elevados que en tiempos de su agobiado predecesor..., aunque las deudas de la corona también se habían incrementado. Petyr Baelish era un malabarista de primera.

Y también muy inteligente. No se limitaba a recaudar el oro y dejarlo en la cámara del tesoro, oh, no. Pagaba las deudas del rey con promesas, y ponía el oro del rey a que rindiera. Compraba carromatos, tiendas, naves, casas... Compraba cereales cuando había cosechas abundantes, y vendía pan cuando empezaba a escasear. Compraba lana en el norte, lino en el sur y encajes en Lys. Almacenaba las telas, las movía, las teñía y las vendía. Los dragones de oro se apareaban y se multiplicaban. Meñique los prestaba y los recuperaba junto con sus crías.

Y, mientras tanto, también fue situando a hombres que le eran leales. Los cuatro Guardianes de las Llaves eran suyos. Él mismo había nombrado al Contador Real y al Balanza Real, y también a los oficiales al mando de las tres cecas. Nueve de cada diez capitanes de puerto, recaudadores de impuestos, agentes de aduanas, agentes textiles, cobradores, fabricantes de vinos... eran leales a Meñique. Se trataba de hombres en su mayoría de extracción popular: hijos de comerciantes, de señores menores, a veces incluso extranjeros... Pero, a juzgar por los resultados que obtenían, mucho más capacitados que sus predecesores de alta cuna.

A nadie se le había ocurrido cuestionar los nombramientos; ¿para qué? Meñique no representaba una amenaza para nadie. Era un hombre avispado, sonriente, cordial, amigo de todos, siempre capaz de encontrar el oro que le pidieran el rey o su mano, y al mismo tiempo de linaje poco elevado, poco más que un caballero errante. No, no había nada que temer de él. No podía llamar a sus vasallos; no tenía un ejército ni una gran fortaleza; sus posesiones eran irrelevantes; no tenía un matrimonio importante en perspectiva.

«Y pese a todo, ¿me atrevo a tocarlo? —se preguntó Tyrion—. ¿Aunque resulte que es un traidor?» No estaba seguro de poder hacerlo, y menos en aquel momento, en medio de la guerra. Con tiempo podría sustituir a los hombres que tenía Meñique en posiciones clave por otros que fueran leales a él, pero...

Resonaron gritos en el patio.

—Vaya. Su alteza ha matado una liebre —observó lord Baelish.

—Una liebre muy lenta, sin duda —asintió Tyrion—. Mi señor, tengo entendido que, mientras estuvisteis como pupilo en Aguasdulces, teníais una relación muy cercana con los Tully.

—Se podría decir que sí. Sobre todo con las hijas.

—¿Como cuánto de cercana?

—Yo las desfloré. ¿Os parece suficientemente cercana?

Soltó la mentira (Tyrion estaba casi seguro de que era una mentira) con tal desparpajo que cualquiera se la habría creído. Tal vez la que mintió había sido Catelyn Stark, sobre cómo perdió la virginidad y sobre el asunto del puñal. Cuanto más envejecía, más consciente era Tyrion de que nada era sencillo, y pocas cosas eran ciertas.

—Las hijas de lord Hoster no sienten mucho afecto por mí —le confesó—. Dudo que prestaran oídos a ninguna propuesta que yo les presentara. En cambio, si las mismas palabras vinieran de vos, les sonarían más dulces.

—Eso dependería de las palabras. Si pensáis ofrecer a Sansa a cambio de vuestro hermano, no me hagáis perder el tiempo. Joffrey no va a prescindir de su juguete, y lady Catelyn no es tan estúpida como para cambiar al Matarreyes por una chiquilla.

—También pienso contar con Arya. Mis hombres la están buscando.

—Buscar no es lo mismo que encontrar.

—Lo tendré presente, mi señor. De todos modos, a quien esperaba que hicierais cambiar de opinión es a lady Lysa. Para ella tengo una oferta más jugosa.

—Lysa es más tratable que Catelyn, cierto..., pero también más miedosa, y tengo entendido que os detesta.

—Ella cree que tiene buenos motivos. Mientras fui su huésped en el Nido de Águilas, insistió en que yo había matado a su esposo, y no se mostró propensa a escuchar mis negativas. —Se inclinó hacia delante—. Pero si le entrego al verdadero asesino de Jon Arryn, tal vez cambie su opinión sobre mí.

—¿Al verdadero asesino? —Aquello hizo que Meñique se incorporase en su asiento—. Confieso que despertáis mi curiosidad. ¿A quién proponéis?

—Soy generoso con mis amigos, por voluntad propia. —Le tocó el turno de sonreír a Tyrion—. Lysa Arryn lo tiene que comprender.

—¿Qué queréis de ella? ¿Su amistad o sus espadas?

—Ambas cosas.

—Lysa tiene muchas preocupaciones —dijo Meñique mientras se acariciaba la pulcra barbita—. Los clanes están lanzando ataques en las montañas de la Luna; son más que nunca y están mejor armados.

—Sí, es preocupante —dijo Tyrion Lannister, que les había proporcionado las armas—. Yo podría ayudarla en ese sentido. Con una palabra mía...

—¿Y qué le costaría a ella?

—Quiero que lady Lysa y su hijo aclamen a Joffrey como rey, le juren lealtad y...

—¿Les declaren la guerra a los Stark y a los Tully? —Meñique sacudió la cabeza—. Tenéis una cucaracha en el flan, Lannister. Lysa jamás enviará a sus caballeros contra Aguasdulces.

—Ni yo se lo voy a pedir. No andamos escasos de enemigos. Utilizaría sus fuerzas contra lord Renly o contra lord Stannis, si es que sale de Rocadragón. A cambio tendrá justicia para Jon Arryn y paz en el valle. Hasta nombraré a su horroroso hijo Guardián del Oriente, como su padre. —«Quiero verlo volar», susurró una vocecita de niño en su memoria—. Y, para sellar el trato, le entregaré a mi sobrina. —Tuvo el placer de ver una expresión de sincera sorpresa en los ojos verde grisáceo de Petyr Baelish.

—¿A Myrcella?

—En cuanto llegue a la mayoría de edad, podrá casarse con el pequeño lord Robert. Hasta ese momento será la pupila de lady Lysa en el Nido de Águilas.

—¿Qué opina de este plan su alteza la reina? —Tyrion se encogió de hombros, y Meñique prorrumpió en carcajadas—. Ya me parecía a mí. Sois un hombrecillo muy peligroso, Lannister. Sí, le podría cantar esa canción a Lysa. —Otra vez la sonrisa taimada, la mirada astuta—. Si quisiera. —Tyrion asintió y aguardó. Sabía que Meñique no podía soportar un silencio prolongado—. Decidme —siguió lord Petyr, inmutable, tras una pausa—, ¿qué tenéis para mí?

—Harrenhal. —Resultó interesante observar la expresión de su rostro. El padre de lord Petyr había sido el menor de los señores menores, y su abuelo, un caballero errante sin tierras; por nacimiento no le correspondían más que unas pocas fanegas de tierra pedregosa barrida por el viento, en la orilla de los Dedos. Harrenhal era una de las ciruelas más apetitosas de los Siete Reinos, con tierras amplias, ricas y fértiles, y un gran castillo tan formidable como cualquiera del reino, mayor incluso que el de Aguasdulces, donde Petyr Baelish había sido acogido como pupilo, solo para verse expulsado cuando se atrevió a poner los ojos sobre la hija de lord Hoster.

Meñique se tomó un momento para colocarse los pliegues de la capa, pero Tyrion ya había visto el relámpago de codicia en aquellos astutos ojos de gato. «Ya es mío», pensó.

—Harrenhal está maldito —dijo lord Petyr al cabo de un instante, tratando de poner voz de aburrimiento.

—Pues derribadlo hasta los cimientos y construid otro castillo que os complazca más. No os faltará dinero. Pienso nombraros señor feudal del Tridente. Los señores del río han demostrado que no se puede confiar en ellos. Os tendrán que rendir pleitesía.

—¿Los Tully también?

—Si queda alguno vivo cuando esto termine... —Meñique era como un niño que acabara de morder un panal a escondidas. Trataba de ver dónde estaban las abejas, pero la miel era muy dulce.

—Harrenhal con todas sus tierras e ingresos —murmuró—. De un golpe me convertiríais en uno de los más grandes señores del reino. No es que sea ingrato, mi señor, pero... ¿por qué?

—Servisteis bien a mi hermana en el problema de la sucesión.

—Igual que Janos Slynt. A quien se le otorgó hace poco ese mismo castillo, Harrenhal..., y se le arrebató de inmediato cuando dejó de ser útil.

—Me habéis pillado, mi señor. —Tyrion se echó a reír—. ¿Qué queréis que os diga? Os necesito para convencer a lady Lysa. A Janos Slynt no lo necesitaba. —Se encogió de hombros—. Prefiero veros a vos en Harrenhal que a Renly sentado en el Trono de Hierro. ¿No es sencillo?

—Muy sencillo. ¿Os dais cuenta de que tal vez tenga que acostarme de nuevo con lady Lysa para que acepte ese matrimonio?

—No me cabe duda de que desempeñaréis la tarea con gran eficacia.

—En cierta ocasión le dije a Ned Stark que, cuando uno se encuentra desnudo con una mujer fea, lo único que puede hacer es cerrar los ojos y seguir adelante. —Meñique juntó las yemas de los dedos y clavó la vista en los ojos dispares de Tyrion—. Dadme quince días para zanjar algunos asuntos y preparar un barco que me lleve a Puerto Gaviota.

—Me parece muy bien.

—Ha sido una mañana muy agradable, Lannister —dijo su invitado mientras se levantaba—. Y provechosa... para los dos, espero. —Hizo una reverencia, dio la vuelta en un torbellino de seda amarilla y salió de la estancia.

«Dos», pensó Tyrion.

Subió a su dormitorio para esperar a Varys, que no tardaría en acudir. Seguramente al atardecer, o como muy tarde a primera hora de la noche, aunque esperaba que no. Tenía ganas de visitar a Shae.

Se llevó una agradable sorpresa cuando Galt, de los Grajos de Piedra, le dijo una hora más tarde que el hombre empolvado solicitaba verlo.

—Sois muy cruel —le reprochó el eunuco—; el gran maestre se está muriendo de curiosidad. No soporta los secretos.

—¿El cuervo llama negro al grajo? ¿O acaso vos preferís no saber qué le he propuesto a Doran Martell?

—Puede que mis pajaritos ya me lo hayan contado —Varys rio entre dientes.

—¿De veras? —Aquello sí que quería oírlo—. Contadme.

—Hasta ahora, los hombres de Dorne se han mantenido al margen de esta guerra. Doran Martell ha llamado a sus vasallos, pero nada más. Es de todos bien sabido que detesta a la casa Lannister, y la opinión general es que se unirá a lord Renly. Vos querríais disuadirlo...

—Todo eso es evidente —dijo Tyrion.

—Lo único que me intriga es qué podéis haberle ofrecido a cambio de su lealtad. El príncipe es un hombre muy sentimental, y todavía llora la pérdida de su hermana Elia y sus queridos hijitos.

—Mi padre me dijo en cierta ocasión que un señor jamás deja que los sentimientos se interpongan en el camino de su ambición... Y ahora que lord Janos ha vestido el negro, tenemos un asiento libre en el Consejo Privado.

—Un asiento en el Consejo no es cosa que se desprecie —reconoció Varys—, pero ¿bastará para que un hombre orgulloso olvide el asesinato de su hermana?

—¿Por qué habría de olvidarlo? —sonrió Tyrion—. Le he prometido entregarle a los asesinos de su hermana, vivos o muertos, como él prefiera. Cuando acabe la guerra, claro.

—Mis pajaritos me cuentan —dijo Varys, lanzándole una mirada astuta— que la princesa Elia gritó... cierto nombre... cuando fueron a por ella.

—Si lo sabe todo el mundo, ¿sigue siendo un secreto? —Nadie ignoraba que Gregor Clegane había matado a Elia y a su bebé. Se decía que había violado a la princesa con las manos todavía sucias de la sangre y los sesos de su hijo.

—Este secreto es el más fiel sirviente de vuestro padre.

—Mi padre sería el primero en deciros que cincuenta mil hombres de Dorne valen más que un perro rabioso.

—¿Y si el príncipe exige la sangre del señor que dio la orden —preguntó Varys mientras se acariciaba una mejilla empolvada—, además de la del que la llevó a cabo?

—La rebelión la lideraba Robert Baratheon. En última instancia, todas las órdenes procedían de él.

—Robert no estaba en Desembarco del Rey.

—Doran Martell tampoco.

—Ya veo. Sangre para su orgullo y un asiento para su ambición. Oro y tierras, por descontado. Una oferta muy dulce... pero los dulces pueden estar envenenados. Si yo fuera el príncipe, pediría algo más antes de coger este panal de miel. Alguna muestra de buena voluntad, una salvaguardia contra la traición. —Varys le dedicó su sonrisa más babosa—. ¿A cuál le enviaréis?

—Ya lo sabéis, ¿verdad? —Tyrion suspiró.

—Ya que así lo planteáis... sí. A Tommen. No podéis ofrecerle Myrcella a los dos, a Doran Martell y a Lysa Arryn.

—Recordadme que no juegue a las adivinanzas con vos. Hacéis trampas.

—El príncipe Tommen es un buen muchacho.

—Y si lo aparto de Cersei y de Joffrey ahora que todavía es pequeño, puede que llegue a ser un buen hombre.

—¿Y un buen rey?

—Joffrey es el rey.

—Y Tommen su heredero, si a su alteza le sucediera alguna desgracia. Tommen, de naturaleza tan dulce, y tan... manejable.

—Sois muy desconfiado, Varys.

—Lo tomo como un cumplido, mi señor. En cualquier caso, el príncipe Doran no será insensible al gran honor que le hacéis. Un movimiento muy hábil... Pero tiene un pequeño fallo.

—¿Ese fallo se llama Cersei? —El enano se echó a reír.

—¿De qué sirve el arte de la política si se enfrenta al amor que siente una madre por el dulce fruto de su vientre? Quizá por la gloria de su casa y la seguridad del reino, sería posible convencer a la reina para que se dejara arrebatar a Tommen o a Myrcella. Pero ¿a los dos? Imposible.

—Lo que Cersei no sepa, nunca me hará daño.

—¿Y si su alteza descubriera vuestras intenciones antes de que el plan esté maduro?

—En ese caso —dijo—, sabría que el hombre que se las hubiera contado es mi enemigo.

Y cuando Varys soltó una risita, Tyrion pensó: «Tres».

SANSA

Si queréis volver a casa, id esta noche al bosque de dioses.

El mensaje seguía siendo idéntico en la centésima lectura que en la primera, cuando Sansa había encontrado el pergamino doblado bajo su almohada. No sabía cómo había llegado allí, ni quién lo había enviado. La nota no tenía firma ni sello, y la caligrafía le resultaba desconocida. Lo arrugó y lo estrechó contra su pecho.

—Si queréis volver a casa, id esta noche al bosque de dioses —susurró en un hilo de voz.

¿Qué podía significar aquello? ¿No debería llevárselo a la reina, para demostrar que era buena? Se frotó el estómago, nerviosa. El cardenal amoratado que le había proporcionado ser Meryn era ya de un amarillo sucio, pero le seguía doliendo. Llevaba el guantelete de malla cuando la golpeó. Había sido culpa de ella, de Sansa. Tenía que aprender a ocultar mejor sus sentimientos, para no hacer enfadar a Joffrey. Cuando se enteró de que el Gnomo había enviado a lord Slynt al Muro, se olvidó de controlarse y exclamó: «¡Ojalá se lo lleven los Otros!». El rey no había estado nada satisfecho.

Si queréis volver a casa, id esta noche al bosque de dioses.

Sansa había rezado mucho. ¿Sería aquello la respuesta? ¿Acudiría a salvarla un caballero de verdad? Tal vez fuera uno de los gemelos Redwyne, o el valeroso ser Balon Swann... O incluso Beric Dondarrion, el joven señor del que se había enamorado su amiga Jeyne Poole, con su pelo dorado rojizo y la capa negra cubierta de estrellas.

Si queréis volver a casa, id esta noche al bosque de dioses.

¿Y si era una broma cruel de Joffrey, como el día en que la había llevado a las almenas para mostrarle la cabeza de su padre? ¿O una trampa sutil para demostrar que no era leal? Si acudía al bosque de dioses, tal vez se encontrara a ser Ilyn Payne esperándola sentado bajo el árbol corazón, con *Hielo* en la mano, atento a su llegada.

Si queréis volver a casa, id esta noche al bosque de dioses.

Cuando la puerta se abrió, se apresuró a esconder la nota bajo las sábanas y se sentó sobre ella. Era su doncella, la de aspecto ratonil con lacio pelo castaño.

—¿Qué quieres? —preguntó Sansa.

—¿Querrá la señora un baño esta noche?

—Mejor enciende el fuego. Tengo frío. —Y era verdad, estaba tiritando, aunque aquel día había hecho calor.

—Como ordenéis.

Sansa observó a la chica con desconfianza. ¿Habría visto la nota? ¿La habría puesto ella bajo la almohada? No era probable: parecía un poco estúpida; no era la clase de persona en la que alguien confiaría para entregar notas secretas. Aun así, Sansa no la conocía. La reina hacía que le cambiaran los criados cada dos semanas, para asegurarse de que no trabara amistad con ninguno.

Cuando el fuego empezó a chisporrotear en la chimenea, Sansa le dio las gracias a la doncella con tono seco y le ordenó que se retirase. La chica obedeció a toda prisa, como siempre, pero Sansa decidió que sus ojos tenían un brillo taimado. Sin duda, en aquel momento corría a informar a la reina, o tal vez a Varys. Estaba segura de que todas sus doncellas la espiaban.

En cuanto estuvo a solas, tiró la nota al fuego y se quedó mirando mientras el pergamino se curvaba y se ennegrecía.

Si queréis volver a casa, id esta noche al bosque de dioses.

Se dirigió hacia la ventana. Divisó abajo a un caballero de corta estatura con armadura blanca como la luna y una pesada capa blanca, que patrullaba el puente levadizo. Por su estatura solamente podía tratarse de ser Preston Greenfield. La reina le había dado libertad para moverse por el castillo, pero aun así, el caballero querría saber adónde iba si salía del Torreón de Maegor a aquellas horas de la noche. ¿Y qué le iba a decir? De repente se sintió muy aliviada de haber quemado la nota.

Se desató los lazos del camisón y se metió en la cama, pero no pudo dormir.

«¿Seguirá allí todavía? —se preguntó—. ¿Cuánto tiempo esperará?» Había sido una crueldad enviarle una nota en la que no le decía nada. Los pensamientos no hacían más que darle vueltas en la cabeza.

Ojalá tuviera a alguien que le dijera qué debía hacer. Echaba de menos a la septa Mordane, y todavía más a Jeyne Poole, su mejor amiga. A la septa le habían cortado la cabeza, igual que a todos los demás, por el crimen de servir a la casa Stark. Sansa no sabía qué le había pasado a Jeyne, que desapareció poco después de sus habitaciones, y nadie la volvió a nombrar. Trataba de no pensar en ellas muy a menudo, pero en ocasiones, los recuerdos la invadían, incontrolables, y entonces le costaba contener las lágrimas. De cuando en cuando hasta echaba de menos a su hermana. Pero en aquellos momentos, Arya estaría sana y salva en Invernalia, bailando y cosiendo, jugando con Bran y con el pequeño Rickon; hasta podría ir a caballo a Las Inviernas si quería. A Sansa le permitían montar a caballo, pero solo por el patio, e ir todo el día en círculos llegaba a ser aburrido.

Cuando empezaron los gritos estaba completamente despierta. Al principio eran lejanos; luego se fueron haciendo más altos. Muchas voces gritaban a la vez, pero no alcanzaba a distinguir las palabras. También se oían caballos, pisadas y órdenes vociferadas. Corrió a la ventana y vio a hombres que corrían por los muros con lanzas y antorchas.

«Vuelve a la cama —se dijo Sansa—, esto no es asunto tuyo, debe de haber más problemas en la ciudad. —Últimamente había oído constantemente rumores sobre el malestar en la ciudad. La gente se hacinaba, huyendo de la guerra, y muchos no tenían otro modo de vida que robar y matarse entre ellos—. Vuelve a la cama.»

Pero, cuando se fijó, el caballero blanco había desaparecido, y el puente que cruzaba el foso seco estaba sin vigilancia.

Sansa dio media vuelta sin pensar y corrió hacia el armario. «¿Qué estoy haciendo? —se preguntó mientras se vestía—. Esto es una locura.» Divisó las luces de muchas antorchas en la muralla exterior. ¿Habrían llegado Stannis y Renly a matar a Joffrey por fin, y a reclamar el trono de su hermano? Si así fuera, los guardias levantarían el puente levadizo y dejarían aislado el Torreón de Maegor. Sansa se echó sobre los hombros una sencilla capa gris, y cogió el cuchillo con el que cortaba la carne.

«Si se trata de una trampa, prefiero morir a dejar que me vuelvan a hacer daño», se dijo. Ocultó el arma bajo la capa.

Una columna de hombres de espada y capa roja pasó corriendo junto a ella cuando salió a la noche. Aguardó a que estuvieran bien lejos antes de cruzar el puente desierto a toda velocidad. En el patio, los hombres se ceñían las espadas y ensillaban los caballos. Vio a ser Preston cerca de los establos; estaba con otros tres miembros de la Guardia Real, todos con sus capas blancas y brillantes como la luna, ayudando a Joffrey a ponerse la armadura. Al ver al rey, se le cortó la respiración. Por suerte, él no la vio; estaba pidiendo a gritos su espada y su ballesta.

El ruido fue atenuándose a medida que se adentraba en el castillo, sin atreverse a mirar hacia atrás por temor a encontrarse con que Joffrey la miraba... o peor aún, que la seguía. La escalera de caracol se enroscaba ante ella, marcada por franjas de luz procedente de las ventanas estrechas que había por encima. Cuando llegó a la parte superior, Sansa estaba jadeante. Corrió hacia una columnata oculta entre las sombras y se pegó contra la pared para recuperar el aliento. Algo le rozó la pierna, y estuvo a punto de gritar del susto, pero no era más que un gato, un macho sarnoso con una oreja cortada. El animal bufó y se alejó de un salto.

En el bosque de dioses apenas se oían los ruidos; tan solo un sonido lejano de acero y gritos amortiguados. Sansa se arrebujó en su capa. El aire estaba impregnado con los aromas de la tierra y las hojas.

«Cuánto le habría gustado este sitio a Dama», pensó. Los bosques de dioses tenían una cualidad extraña. Incluso allí, en el corazón del castillo, en el corazón de la ciudad, uno sentía como los antiguos dioses lo miraban con un millar de ojos invisibles.

Sansa había preferido a los dioses de su madre; le gustaban más que los de su padre. Amaba las estatuas, las imágenes en las vidrieras, la fragancia del incienso al quemarse, los septones con sus túnicas y sus cristales, los mágicos dibujos del arcoíris sobre altares con incrustaciones de madreperla, ónice y lapislázuli. Pero no podía negar que el bosque de dioses también tenía cierto poder. Sobre todo de noche.

«Ayudadme —rezó—. Enviadme a un amigo, un verdadero caballero que sea mi campeón...»

Fue recorriendo los árboles de uno en uno, tocando la corteza rugosa con las yemas de los dedos. Las hojas le acariciaban las mejillas. ¿Se había decidido demasiado tarde? Su salvador no se habría marchado tan pronto, ¿verdad? O tal vez ni siquiera había acudido. ¿Podía correr el riesgo de llamarlo? Todo estaba tan silencioso...

—Ya pensaba que no ibais a venir, niña.

Sansa se volvió. Un hombre salió de entre las sombras. Era corpulento, de cuello grueso, y se tambaleaba. Llevaba una túnica gris oscuro con la capucha echada sobre el rostro, pero cuando un tenue rayo de luna le rozó la mejilla, reconoció al instante la piel manchada y la telaraña de venillas rotas.

—Ser Dontos —dijo, hundida—. ¿Erais vos?

—Sí, mi señora. —Se acercó a ella, y el aliento le apestaba a vino—. Yo.

Extendió una mano. Sansa dio un salto hacia atrás.

—¡No! —Se metió la mano bajo la capa, en busca del cuchillo escondido—. ¿Qué... qué queréis de mí?

—Ayudaros, nada más —dijo Dontos—. Igual que vos me ayudasteis a mí.

—Estáis ebrio, ¿verdad?

—Solo he tomado una copa de vino para darme valor. Si me atrapan ahora, me arrancarán la piel a tiras.

«Y a mí ¿qué me harán?» Sansa volvió a pensar en Dama. La loba podía oler la falsedad, sí, pero estaba muerta; su padre la había matado por culpa de Arya. Sacó el cuchillo y lo esgrimió con las dos manos.

—¿Me vais a apuñalar? —preguntó Dontos.

—Sí —dijo ella—. Decidme quién os envía.

—Nadie, hermosa dama. Os lo juro por mi honor de caballero.

—¿De caballero? —Joffrey había decretado que dejara de ser caballero, que pasara a ser un bufón, aún más humilde que el Chico Luna—. Les pedí a los dioses que enviaran un caballero para salvarme —siguió—. Recé, recé y recé. ¿Por qué me envían a un bufón borracho?

—Sé que merezco vuestras palabras... y es extraño, pero... durante todos los años que fui caballero, en realidad no era más que un bufón, pero ahora que soy un bufón, creo..., creo que en mi interior vuelvo a ser un caballero, hermosa dama. Y todo gracias a vos..., a vuestra donosura, a vuestro coraje. No solo me salvasteis de Joffrey, sino también de mí mismo. —Bajó la voz—. Los bardos dicen que hubo un bufón que fue el más grande de todos los caballeros...

—Florian —susurró Sansa, con un escalofrío.

—Yo seré vuestro Florian, hermosa dama —dijo Dontos con humildad al tiempo que se arrodillaba ante ella.

Sansa bajó el cuchillo muy despacio. Sentía la cabeza ligera, como si estuviera flotando.

«Esto es una locura, no puedo confiar en este borracho, pero si lo rechazo quizá no vuelva a tener otra oportunidad.»

—¿Cómo... cómo pensáis hacerlo? ¿Cómo me vais a sacar de aquí?

—Salir del castillo será lo más difícil —dijo ser Dontos alzando el rostro hacia ella—. Una vez fuera, hay barcos que podrían llevaros a casa. Solo tendría que conseguir dinero y hacer los arreglos necesarios.

—¿Podríamos irnos ahora? —preguntó, sin atreverse a albergar esperanzas.

—¿Esta misma noche? No, mi señora, lo siento. Antes debo encontrar una manera segura de sacaros del castillo cuando llegue el momento adecuado. No será fácil, ni pronto. A mí también me vigilan. —Se humedeció los labios, nervioso—. ¿Podéis guardar vuestro cuchillo?

—Levantaos, caballero. —Sansa se deslizó el arma bajo la capa.

—Gracias, hermosa dama. —Ser Dontos se puso en pie con torpeza, y se sacudió la tierra y las hojas de las rodillas—. Vuestro señor padre fue el hombre más leal que el reino ha conocido, pero no hice nada; dejé que lo mataran. No dije nada, no moví un dedo... y aun así, cuando Joffrey quiso matarme, vos hablasteis en mi favor. Nunca he sido un héroe, señora, como Ryam Redwyne o Barristan el Bravo. No he ganado torneos, ni honores en la guerra... pero fui un caballero, y vos me habéis ayudado a recordar lo que eso significaba. Mi vida no vale gran cosa, pero os pertenece. —Ser Dontos puso una mano en el tronco nudoso del árbol corazón. Sansa vio que estaba temblando—. Pongo a los dioses de vuestro padre por testigo de este juramento: os llevaré a vuestro hogar.

«Lo ha jurado. Un juramento solemne, ante los dioses.»

—En ese caso... me pongo en vuestras manos. Pero ¿cómo sabré que ha llegado el momento de partir? ¿Me haréis llegar otra nota?

—Es demasiado arriesgado. —Ser Dontos miró a su alrededor, nervioso—. Debéis venir aquí, al bosque de dioses. Tan a menudo como os sea posible. Es el lugar más seguro. El único lugar seguro. No hay otro. Ni vuestras habitaciones, ni las mías, ni las escaleras, ni el patio, aunque parezca que estamos a solas. En la Fortaleza Roja, las piedras tienen oídos; solo aquí podemos hablar con libertad.

—Solo aquí —dijo Sansa—. Lo tendré en cuenta.

—Y si os parezco cruel, burlón o indiferente cuando nos miran, perdonadme, niña. Tengo que representar un papel, y vos debéis hacer lo mismo. Un paso en falso y nuestras cabezas decorarán los muros, junto a la de vuestro padre.

—Lo comprendo —asintió Sansa.

—Tenéis que ser fuerte, valerosa... y paciente, sobre todo muy paciente.

—Lo seré —prometió—. Pero, por favor, preparadlo todo lo antes posible. Tengo miedo.

—Yo también —dijo ser Dontos con una sonrisa desganada—. Ahora marchaos, antes de que os echen de menos.

—¿No venís conmigo?

—Es mejor que no nos vean juntos.

Sansa asintió, se alejó un paso... y, nerviosa, se volvió con los ojos cerrados y depositó un beso en la mejilla del hombre.

—Mi Florian —susurró—. Los dioses han escuchado mis plegarias.

Corrió por el camino del río; pasó junto a la pequeña cocina y las pocilgas, donde los chillidos de los cerdos ahogaron el ruido de sus pisadas apresuradas.

«A casa —pensó—, a casa, me va a llevar a casa, me protegerá, mi Florian. —Las canciones sobre Florian y Jonquil eran sus favoritas—. Florian también era poco agraciado, aunque no tan viejo.»

Estaba bajando a toda prisa por la escalinata cuando un hombre salió por una puerta oculta. Sansa tropezó con él y perdió el equilibrio. Unos dedos de hierro la agarraron por la muñeca antes de que cayera.

—Es una caída muy larga, pajarito —le dijo una voz ronca—. ¿Qué quieres? ¿Que nos matemos los dos? —La risa era áspera como una sierra contra la piedra—. Puede que sí.

«El Perro.»

—No, mi señor, os pido perdón. Jamás haría semejante cosa. —Sansa apartó los ojos, pero era demasiado tarde: le había visto la cara. Trató de liberarse—. Por favor, me estáis haciendo daño.

—¿Se puede saber qué hace el pajarito de Joff corriendo por la escalinata a estas horas de la noche? —Al ver que no respondía, la sacudió y le gritó—: ¿Dónde estabas?

—En el b-b-bosque de dioses, mi señor —respondió, sin atreverse a mentir—. Rezando... rezando por mi padre... y... y por el rey, para que no resulte herido...

—¿Te crees que estoy tan borracho como para creerme eso? —Le soltó el brazo. Se tambaleaba un poco, y las franjas de luz y oscuridad hacían aún más espantoso su rostro quemado—. Pareces casi una mujer... Esa cara, esas tetas... y estás más alta, casi... Ah, pero aún eres un pajarito estúpido, ¿verdad? Cantas todas las canciones que te enseñaron... ¿Por qué no me cantas a mí una canción? Venga. Canta para mí. Una canción sobre caballeros y hermosas damas. Te gustan los caballeros, ¿no?

—Los v-verdaderos caballeros, mi señor. —La estaba asustando.

—Los verdaderos caballeros —se burló—. No soy un señor, igual que no soy un caballero. ¿Te lo tengo que enseñar a golpes? —Clegane se tambaleó y estuvo a punto de caer—. Dioses —maldijo—. Demasiado vino. ¿Te gusta el vino, pajarito? ¿El verdadero vino? Una jarra de tinto amargo, rojo como la sangre, es lo único que le hace falta a un hombre. O a una mujer. —Se rio y sacudió la cabeza—. Maldita sea, estoy borracho como un perro. Vamos. Tienes que volver a tu jaula, pajarito. Yo te llevaré. Te cuidaré en nombre del rey.

El Perro le dio un empujón extrañamente delicado y la siguió escaleras abajo. Cuando llegaron a la base de la escalinata, volvía a estar inmerso en un silencio hosco, como si se hubiera olvidado de ella.

Al llegar al Torreón de Maegor, se alarmó al ver que el puente lo vigilaba ser Boros Blount. Su blanco yelmo se giró con un movimiento rígido al oír sus pisadas. Sansa apartó la vista, asustada. Ser Boros era el peor miembro de la Guardia Real: feo, malhumorado, todo ceño y papada.

—No temas, niña. —El Perro le puso una pesada mano en el hombro—. Aunque le pinten rayas a un sapo, no se convierte en tigre.

—Caballero, ¿dónde...? —preguntó ser Boros levantándose el visor.

—Métete por el culo el título, Boros. El caballero eres tú, no yo. Yo soy el perro del rey, ¿recuerdas?

—El rey estaba buscando a su perro.

—El perro estaba bebiendo. Te correspondía a ti cuidar de él. A ti y al resto de mis hermanos.

Ser Boros se volvió hacia Sansa.

—¿Cómo es que no estabais en vuestras habitaciones a estas horas de la noche, señora?

—He ido al bosque de dioses, a rezar por el rey. —La mentira le sonó mejor en esta ocasión, como si fuera verdad.

—¿Crees que podía dormir con todo este ruido? —bufó Clegane—. ¿Qué ha pasado?

—Unos idiotas, en la puerta —explicó ser Boros—. Alguien se fue de la lengua; han corrido rumores sobre los preparativos para el banquete nupcial de Tyrek, y a esos miserables se les había metido en la cabeza que querían tomar parte. Su alteza se ha puesto al frente de una partida y los ha hecho huir.

—Valiente muchacho —dijo Clegane frunciendo los labios.

«Ya veremos cómo es de valiente cuando se enfrente a mi hermano», pensó Sansa. El Perro cruzó el puente levadizo con ella y la acompañó escaleras arriba.

—¿Por qué permitís que os llamen perro? —le preguntó—. No dejáis que nadie diga que sois un caballero.

—Los perros me gustan más que los caballeros. El padre de mi padre era el encargado de las perreras en la Roca. Una tarde de otoño, lord Tytos se interpuso entre una leona y su presa. A la leona le importaba una mierda que los Lannister la tuvieran a ella en el blasón. La muy puta destrozó el caballo de mi señor, y habría acabado también con mi señor si mi abuelo no hubiera aparecido de repente con los perros. Tres sabuesos murieron, pero la pusieron en fuga. Mi abuelo perdió una pierna, de manera que Lannister se la pagó con tierras y un torreón, y tomó a su hijo como escudero. Los tres perros de nuestro blasón son los tres que murieron sobre la hierba amarilla del otoño. Un perro morirá por ti y jamás te mentirá. Y te mirará directamente a la cara. —Le puso una mano bajo la mandíbula y la obligó a alzar el rostro. Sus dedos le hacían daño en la cara—. Es más de lo que se puede decir de los pajaritos, ¿no? No me has cantado nada.

—Sé... sé una canción, sobre Florian y Jonquil.

—¿Florian y Jonquil? Un bufón y una zorra. No, gracias. Pero algún día me cantarás, quieras o no.

—De buena gana cantaré para vos.

—Tan bonita, y tan mala mentirosa. —Sandor Clegane soltó un bufido—. Los perros olfatean las mentiras, ¿sabes? Mira a tu alrededor y olisquea bien. Esto está lleno de mentirosos... y todos son mejores que tú.

ARYA

Después de encaramarse a la rama más alta, Arya alcanzó a ver las chimeneas que sobresalían entre los árboles. Los tejados de paja se amontonaban a lo largo de la orilla del lago y del arroyuelo que desembocaba en él, y un muelle de madera se adentraba en el agua junto a un edificio bajo y alargado con tejado de pizarra.

Se asomó un poco más, hasta que la rama empezó a combarse bajo su peso. En el muelle no había botes amarrados, pero alcanzó a ver tenues zarcillos de humo que salían por algunas de las chimeneas, así como parte de un carromato oculto tras un establo.

«Ahí hay alguien.» Arya se mordió el labio. Los otros lugares que habían visto estaban desiertos y arrasados, ya fueran granjas, aldeas, castillos, septos o graneros. Si podía arder, los Lannister lo habían quemado; si podía morir, lo habían matado. Hasta habían prendido fuego a los bosques siempre que tuvieron ocasión, aunque las hojas eran todavía verdes y estaban húmedas tras las recientes lluvias, y los incendios no llegaron a extenderse.

—Si hubieran podido, habrían quemado el lago —llegó a decir Gendry.

Arya sabía que tenía razón. La noche que escaparon, las llamas de la ciudad incendiada se reflejaron en el agua con tal brillo que parecía como si el lago estuviera ardiendo.

Cuando por fin reunieron valor para regresar a las ruinas, a la noche siguiente, solo quedaban piedras ennegrecidas, los muros de algunas casas y cadáveres. En algunos puntos, de las cenizas salían aún jirones de humo. Pastel Caliente les suplicó que no volvieran, y Lommy los llamó idiotas y les aseguró que ser Amory los cogería y los mataría también a ellos, pero cuando llegaron al fuerte, hacía tiempo que Lorch y sus hombres se habían marchado. Se encontraron las puertas derribadas, los muros parcialmente demolidos y el interior plagado de cadáveres. A Gendry le bastó con un vistazo.

—Los han matado a todos —dijo—. Y luego llegaron los perros.

—O los lobos.

—Lobos, perros, qué más da. Aquí no hay nada que hacer.

Pero Arya se negó a marcharse mientras no encontraran a Yoren. Se dijo que a él no podían haberlo matado; era demasiado duro, y además se trataba de un hermano de la Guardia de la Noche. Se lo dijo a Gendry mientras buscaban entre los cadáveres.

El hachazo que lo había matado le había hendido el cráneo, pero la barba enmarañada era inconfundible, igual que la ropa, remendada, sucia y tan desteñida que era más gris que negra. Ser Amory Lorch había dedicado tan poco esfuerzo a enterrar a sus muertos como a los de sus enemigos, y había cuatro soldados Lannister caídos cerca de Yoren. Arya se preguntó cuántos hombres habían hecho falta para acabar con él.

«Me iba a llevar a casa —pensó mientras cavaba una tumba para el anciano. Había demasiados muertos para enterrarlos a todos, pero insistió en que al menos Yoren debía reposar con dignidad—. Me iba a llevar sana y salva a Invernalia; me lo prometió.» Una parte de ella quería llorar. La otra quería patear el cadáver.

Fue Gendry quien se acordó del torreón señorial y de los tres hombres que Yoren había enviado a defenderlo. También había sido atacado, pero la torre redonda no tenía más que una entrada, a la altura del segundo piso, a la que se llegaba por una escalera de mano. Cuando la recogieron desde dentro, los hombres de ser Amory no pudieron acceder. Los Lannister amontonaron leña en torno a la base de la torre, para prenderle fuego, pero la piedra no ardía, y Lorch no tenía paciencia para rendirlos por hambre. Cutjack abrió la puerta ante los gritos de Gendry, y cuando Kurz dijo que sería más seguro seguir hacia el norte en vez de volver atrás, Arya se aferró a aquella esperanza. Aún podría volver a Invernalia.

Aquella aldea no era Invernalia, pero los techos de paja eran una promesa de calor y refugio, tal vez incluso de comida, si tenían valor para acercarse.

«A menos que Lorch esté ahí. Tenía caballos; puede moverse más deprisa que nosotros.» Vigiló desde el árbol largo rato con la esperanza de ver algo más, un hombre, un caballo, un estandarte, cualquier cosa que le diera una pista. En varias ocasiones detectó movimientos, pero los edificios estaban tan distantes que no había manera de asegurarse. Una vez oyó claramente el relincho de un caballo.

Había muchas aves revoloteando, sobre todo cuervos. La distancia los hacía parecer pequeños como moscas mientras dibujaban círculos y volaban sobre los tejados de paja. Al este, el Ojo de Dioses era una hoja de azul martillado por el sol que llenaba la mitad del mundo. Algunos días, mientras avanzaban despacio por la orilla cenagosa (Gendry no quería ni oír hablar de caminos, y hasta Pastel Caliente y Lommy lo veían lógico), Arya sentía como si el lago la estuviera llamando. Habría querido sumergirse en aquellas plácidas aguas azules, volver a sentirse limpia, nadar, chapotear, tenderse al sol... Pero no se atrevía a quitarse la ropa cerca de los demás, ni siquiera para lavarla. Al atardecer solía sentarse en una roca y meter los pies en el agua fresca. Había terminado por tirar sus zapatos, rotos y medio podridos. Al principio le resultó difícil caminar descalza, pero las ampollas se reventaron, los cortes se curaron, y la planta de sus pies se hizo dura como el cuero. Era agradable sentir el barro entre los dedos, así como la tierra bajo los pies cuando caminaba.

Desde allí arriba alcanzaba a ver un islote boscoso, al noreste. Estaba a unas treinta varas de la orilla; tres cisnes negros se deslizaban sobre las aguas, tan serenos... Nadie les había explicado que estaban en guerra, y a ellos no les importaba que las ciudades ardieran y los hombres murieran. Los contempló con anhelo. Parte de ella quería ser un cisne. La otra parte quería comerse a los cisnes. Había desayunado unas bellotas machacadas y un puñado de insectos. Los insectos no estaban tan mal, cuando uno se acostumbraba. Los gusanos eran peores, pero no tan malos como el dolor en el vientre tras varios días sin comer. Encontrar insectos era sencillo: no había más que dar la vuelta a una piedra. Arya se había comido un bicho una vez, cuando era pequeña, para hacer chillar a Sansa, de manera que no le dio miedo comerse otro. A Comadreja tampoco le dio miedo, pero Pastel Caliente vomitó el escarabajo que intentó tragarse, y Lommy y Gendry ni siquiera lo intentaron. El día anterior, Gendry había cogido una rana y la compartió con Lommy, y pocos días antes, Pastel Caliente encontró zarzamoras y limpió el arbusto, pero sobre todo habían subsistido a base de agua y de bellotas. Kurz los había enseñado a machacar las bellotas con una piedra para hacer una especie de pasta. Tenía un sabor repugnante.

Ojalá no hubiera muerto el cazador furtivo. Sabía más que todos los demás juntos acerca de los bosques, pero recibió un flechazo en un hombro mientras metían la escalera de mano en el torreón. Tarber le tapó la herida con barro y musgo del lago, y durante un par de días, Kurz aseguraba que la herida no era nada, aunque la carne del cuello se le estaba poniendo negra, y le habían salido verdugones de color rojo rabioso en la mandíbula y en el pecho. Una mañana no tuvo fuerzas para levantarse, y a la siguiente ya estaba muerto.

Lo enterraron bajo un montón de piedras, y Cutjack se quedó con su espada y con el cuerno de caza, mientras que Tarber se apoderó del arco, las botas y el cuchillo.

Se lo llevaron todo cuando se marcharon. Al principio, los demás pensaron que habían ido a cazar, que no tardarían en volver con comida para todos. Pero aguardaron y aguardaron, hasta que Gendry ordenó que se pusieran en marcha. Seguramente, Tarber y Cutjack pensaron que tendrían más posibilidades de sobrevivir si no cargaban con una manada de huérfanos. Quizá fuera cierto, pero aquello no hacía que Arya los detestara menos por abandonarlos así.

Al pie del árbol, Pastel Caliente ladró como un perro. Kurz les había dicho que utilizaran sonidos de animales para comunicarse entre ellos. Les dijo que era un viejo truco de los cazadores furtivos, pero murió antes de enseñarlos a hacerlo bien. Las imitaciones de pájaros de Pastel Caliente eran horrorosas. Sus ladridos eran mejores, pero no mucho.

Arya saltó de la rama alta a otra más baja, extendiendo las manos para mantener el equilibrio. «Una danzarina del agua nunca se cae.» Ligera, aferrándose a la rama con los dedos de los pies, dio un par de pasos y saltó hacia una rama más grande que había abajo. Luego se fue dando impulso con las manos hasta llegar al tronco. Descendió muy deprisa, saltó cuando estaba a tres varas del suelo y cayó rodando.

—Has estado ahí arriba un buen rato. —Gendry le tendió una mano para ayudarla a levantarse—. ¿Qué has visto?

—Una aldea de pescadores. Muy pequeña, en la orilla, más al norte. He contado veintiséis tejados de paja y uno de pizarra. He visto parte de un carromato. Allí hay gente.

Al oír su voz, Comadreja salió arrastrándose de entre los arbustos. Lommy le había puesto aquel nombre porque decía que parecía una comadreja. No era cierto, pero no podían seguir llamándola niña llorona, ya que por fin había dejado de llorar. Tenía la boca sucia. Arya se temió que hubiera vuelto a comer barro.

—¿Has visto a alguien? —preguntó Gendry.

—Lo que he visto sobre todo son tejados —reconoció Arya—, pero de algunas chimeneas salía humo, y he oído un relincho de caballo.

Comadreja se aferró a una de sus piernas con fuerza. Le había dado por hacer aquello.

—Si hay gente, hay comida —dijo Pastel Caliente en voz demasiado alta. Gendry no paraba de decirle que tenía que hablar más bajo, pero no servía de nada—. Puede que nos den un poco.

—Y puede que nos maten —dijo Gendry.

—No si nos rendimos —sugirió Pastel Caliente.

—Hablas como Lommy.

Lommy Manosverdes estaba sentado entre dos raíces gruesas, al pie de un roble. Una lanza le había atravesado la pantorrilla izquierda la noche de la batalla. Al principio pudo caminar a la pata coja, apoyándose en Gendry, pero ya no podía hacer ni aquello. Habían cortado ramas de árboles para hacerle una camilla, así que su avance era mucho más lento, y cada vez que sacudían la camilla lanzaba gemidos.

—Tenemos que rendirnos —dijo—. Eso es lo que debió hacer Yoren. Debió abrir la puerta, como le ordenaron.

Arya estaba harta de oírle decir a Lommy que Yoren debería haberse rendido. Era lo único de lo que hablaba mientras lo llevaban en la camilla. De aquello, de su pierna y de su estómago vacío.

Pastel Caliente asintió.

—Le dijeron a Yoren que abriera las puertas; le dijeron que era en nombre del rey. Si te dicen una cosa en nombre del rey, tienes que obedecer. Todo fue por culpa de ese viejo asqueroso. Si se hubiera rendido, nos habrían dejado en paz.

—Los caballeros y los señores se toman prisioneros unos a otros y pagan rescates —dijo Gendry con el ceño fruncido—, pero no les importa si la gente como nosotros se rinde o no. —Se volvió hacia Arya—. ¿Qué más has visto?

—Es una aldea de pescadores —dijo Pastel Caliente—; seguro que nos venden pescado.

El lago estaba lleno de peces, pero no tenían con qué atraparlos. Arya había intentado cogerlos con las manos, como había visto hacer a Koss, pero los peces eran más rápidos que las palomas, y el agua le engañaba a la vista.

—No sé si nos venderán pescado. —Arya revolvió el pelo enredado de Comadreja y pensó que lo mejor sería cortárselo—. Hay muchos cuervos junto al agua. Debe de haber algo muerto.

—Peces. El agua los habrá echado a la orilla —dijo Pastel Caliente—. Si los cuervos se los pueden comer, nosotros también.

—Podríamos cazar unos cuantos cuervos y comérnoslos —dijo Lommy—. Podríamos hacer una hoguera y asarlos como pollos.

Cuando Gendry fruncía el ceño tenía un aspecto fiero. Le había crecido la barba, espesa y oscura como el brezo.

—He dicho que nada de fuegos.

—Lommy tiene hambre —lloriqueó Pastel Caliente—. Y yo también.

—Todos tenemos hambre —dijo Arya.

—No, tú no. —Lommy escupió hacia un lado—. Comegusanos.

—Te dije que te buscaría gusanos, si querías. —Arya sintió ganas de darle una patada en la herida.

—Si no fuera por lo de la pierna —replicó Lommy con cara de asco—, iría a cazar unos cuantos jabalíes.

—Unos cuantos jabalíes —se burló ella—. Para cazar jabalíes hacen falta lanzas especiales, caballos, perros y hombres que los hagan salir de sus guaridas.

Su padre había cazado jabalíes en el bosque de los Lobos con Robb y Jon. Una vez se llevó también a Bran, pero no a Arya, aunque ella era mayor. La septa Mordane le dijo que cazar jabalíes no era propio de una dama, y a su madre solo consiguió arrancarle la promesa de que, cuando cumpliera más años, podría tener un halcón. Ya había cumplido más años, pero si tuviera un halcón, se lo comería.

—¡Qué sabrás tú de cazar jabalíes! —dijo Pastel Caliente.

—Más que tú.

—Callaos los dos. —Gendry no estaba de humor para aquello—. Tengo que pensar. —Cuando pensaba, siempre ponía cara de sufrimiento, como si le doliera mucho.

—Tenemos que rendirnos —dijo Lommy.

—Te he dicho que te calles y que dejes eso de rendirnos. Ni siquiera sabemos quién hay ahí. Puede que podamos robar algo de comida.

—Si no fuera por lo de la pierna, Lommy podría robarla —dijo Pastel Caliente—. En la ciudad era ladrón.

—Un ladrón muy malo —señaló Arya—. O no lo habrían cogido.

—El ocaso será el mejor momento para entrar a escondidas. —Gendry entrecerró los ojos y miró en dirección al sol—. En cuanto oscurezca iré a explorar.

—No, iré yo —dijo Arya—. Tú eres muy escandaloso.

—Iremos los dos —dijo Gendry con firmeza.

—Debería ir Arry —dijo Lommy—. Es más sigiloso que tú.

—He dicho que iremos los dos.

—¿Y si no vuelves? Pastel Caliente no puede llevarme él solo, lo sabes de sobra...

—Y hay lobos —dijo Pastel Caliente—. Los oí anoche, cuando montaba guardia. Me pareció que estaban muy cerca.

Arya también los había oído. Estaba dormida entre las ramas de un olmo, pero los aullidos la despertaron. Se había quedado sentada durante una hora entera, escuchando, aunque de cuando en cuando un escalofrío le recorría la columna.

—Y tú ni siquiera nos dejas encender un fuego para espantarlos —se quejó Pastel Caliente—. No está bien, nos abandonas a los lobos.

—Nadie os abandona —replicó Gendry, asqueado—. Si vienen lobos, Lommy tiene su lanza, y tú estarás con él. Solo vamos a echar un vistazo, nada más. Volveremos.

—Sean quienes sean, deberíais rendiros —gimoteó Lommy—. Necesito alguna poción para la pierna, me duele mucho.

—Si vemos alguna poción para piernas te la traeremos —dijo Gendry—. Vamos, Arry. Quiero acercarme antes de que se ponga el sol. Pastel Caliente, quédate con Comadreja. No quiero que nos siga.

—La última vez me dio una patada.

—Yo sí que te daré una patada si no la vigilas bien. —Sin aguardar respuesta, Gendry se puso el yelmo de acero y echó a andar.

Arya tuvo que correr para mantener el paso. Gendry era cinco años mayor, le sacaba casi dos palmos y caminaba a zancadas largas. Durante un rato no dijo nada, se limitó a caminar entre los árboles con un gesto de enfado en el rostro. Hacía demasiado ruido, pero al final se detuvo.

—Creo que Lommy va a morir —dijo.

Arya no se sorprendió. Kurz había muerto a causa de la herida, y era mucho más fuerte que Lommy. Cuando le tocaba a ella ayudar a llevar la camilla, notaba que tenía la piel muy caliente, y que de su pierna salía un hedor repugnante.

—A lo mejor, si encontráramos a un maestre...

—Los maestres solo están en los castillos. —Gendry se agachó para esquivar una rama baja—. Y aunque encontráramos a uno, no se mancharía las manos con alguien como Lommy.

—Eso no es cierto. —El maestre Luwin ayudaría a cualquiera que lo necesitase; estaba segura.

—Va a morir, y cuanto antes muera, mejor para los demás. Deberíamos dejarlo, como dice él. Si los heridos fuéramos tú o yo, él nos abandonaría, bien lo sabes. —Bajaron por una vertiente abrupta de una hondonada y subieron por la otra, ayudándose de las raíces para trepar—. Estoy harto de llevarlo y estoy harto de oírlo hablar de rendición. Si pudiera ponerse en pie, le saltaría los dientes a puñetazos. Lommy no le sirve de nada a nadie. Y la niña llorona tampoco.

—Deja en paz a Comadreja. Lo que le pasa es que tiene miedo y hambre, nada más. —Miró hacia atrás, pero por una vez, la niña no la seguía. Pastel Caliente la debía de haber agarrado, tal como le dijo Gendry.

—No sirve de nada —repitió Gendry, testarudo—. Ella, Pastel Caliente y Lommy, lo único que hacen es retrasarnos, y al final conseguirán que nos maten. De todo el grupo, solo tú vales para algo. Y eso que eres una chica.

Arya se quedó clavada en el sitio.

—¡No soy una chica!

—Claro que sí. ¿Qué pasa? ¿Crees que soy tan idiota como los demás?

—No, eres más idiota. En la Guardia de la Noche no hay chicas, lo sabe todo el mundo.

—Es verdad. No sé por qué te llevaba Yoren, pero alguna razón tendría. Eres una chica.

—¡Mentira!

—Entonces sácate la picha y ponte a mear. Venga.

—No tengo ganas de hacer pis. Pero podría si quisiera.

—Mentirosa. No te puedes sacar la picha porque no tienes. No me había fijado al principio, cuando éramos treinta, pero siempre te metes en el bosque para mear. Pastel Caliente no hace eso, ni yo. Si no eres una chica, debes de ser un eunuco.

—Eunuco lo serás tú.

—Bien sabes que no. —Gendry sonrió—. ¿Quieres que me saque la picha para demostrarlo? No tengo nada que ocultar.

—Sí que ocultas algo —barbotó Arya, buscando a la desesperada evitar el tema de la picha que no tenía—. Esos capas doradas que nos detuvieron en la posada te buscaban a ti, y no quieres decirnos por qué motivo.

—Ojalá lo supiera. Yoren sí que lo sabía, creo, pero no me lo dijo. Por cierto, ¿por qué creíste que te buscaban a ti?

Arya se mordió el labio. Recordó lo que le había dicho Yoren el día que le cortó el pelo: «De este grupo, la mitad te entregaría a la reina en menos de lo que se tarda en escupir, a cambio del indulto y tal vez unas monedas de plata. La otra mitad haría lo mismo, solo que después de violarte». El único diferente era Gendry; la reina también lo buscaba a él.

—Te lo cuento si tú me cuentas lo tuyo —dijo con cautela.

—Ojalá lo supiera, Arry... ¿te llamas Arry de verdad, o tienes nombre de chica?

Arya contempló las raíces nudosas que había a sus pies. Sabía que se había acabado la hora de fingir. Gendry lo sabía todo, y ella no llevaba en los pantalones lo que necesitaba para convencerlo. Podía desenfundar a *Aguja* y matarlo allí mismo, o confiar en él. No estaba segura de poder matarlo, aunque quisiera: él también tenía espada, y era mucho más fuerte. Lo único que le quedaba era la verdad.

—Lommy y Pastel Caliente no deben enterarse —dijo.

—No lo sabrán por mí —juró Gendry.

—Arya. —Alzó la vista y clavó los ojos en los suyos—. Me llamo Arya. De la casa Stark.

—De la casa... —Tardó un momento en comprender—. La mano del rey se llamaba Stark. Lo mataron por traidor.

—Nunca fue un traidor. Era mi padre.

—Así que por esa razón creíste... —Gendry tenía los ojos muy abiertos.

—Yoren iba a llevarme a casa —explicó Arya después de asentir—, a Invernalia.

—Si... si eres de alta cuna, entonces... serás una dama...

Arya se contempló la ropa andrajosa y los pies descalzos, llenos de callos y heridas. Se fijó en la suciedad que tenía bajo las uñas, en las costras de los codos y los arañazos de las manos.

«La septa Mordane no me conocería, seguro. A lo mejor Sansa sí, pero fingiría no verme.»

—Mi madre es una dama, y mi hermana también, pero yo nunca lo he sido.

—Sí lo has sido. Eras hija de un señor y vivías en un castillo, ¿no? Y tú... ay, por los dioses, nunca me... —De repente Gendry parecía inseguro, casi asustado—. No debí decir todo eso de las pichas... y he estado meando delante de ti... digo de vos... os ruego vuestro perdón, mi señora...

—¡Para ya! —bufó Arya. ¿Se estaba burlando de ella?

—Sé comportarme, mi señora —siguió Gendry, testarudo como siempre—. Cuando entraba una chica noble en el taller con sus padres, mi maestro me enseñó a hincar una rodilla en tierra, a hablar solamente si me hablaban y a llamarla «mi señora».

—Si empiezas a llamarme «mi señora», hasta Pastel Caliente se va a dar cuenta. Y más vale que sigas meando como hasta ahora.

—Como ordene mi señora.

Arya le dio un empujón en el pecho con las dos manos. Gendry tropezó con una piedra y cayó sentado.

—Pero ¿qué clase de dama eres tú? —rio.

—De esta clase. —Le dio una patada en el costado, pero con aquello solo consiguió que se riera más—. Ríete cuanto quieras; yo voy a ver quién hay en el pueblo.

El sol ya se había puesto tras los árboles; no tardaría mucho en anochecer. Por una vez fue Gendry quien tuvo que apresurarse para alcanzarla.

—¿Hueles eso? —le preguntó Arya.

—¿Pescado podrido? —preguntó el muchacho después de olisquear el aire.

—Sabes muy bien que no es pescado.

—Más vale que tengamos cuidado. Yo iré por el oeste, a ver si hay algún camino. Si viste un carromato, es que debe de haberlo. Tú ve por la playa. Si necesitas ayuda, ladra como un perro.

—Qué tontería. Si necesito ayuda, gritaré «¡Ayuda!».

Echó a correr, sin hacer ruido con los pies descalzos sobre la hierba. Cuando se volvió para mirar vio que Gendry la seguía con la mirada y tenía cara de sufrimiento. Aquello significaba que estaba pensando. «Seguro que se está diciendo que no debería permitir que una "mi señora" fuera a robar comida.» Arya sabía que se iba a comportar como un idiota en adelante.

El olor se fue haciendo más fuerte a medida que se acercaba al pueblo. No era olor a pescado podrido. Era un hedor más rancio, más nauseabundo. Arrugó la nariz.

Cuando los árboles empezaron a escasear, fue deslizándose de arbusto en arbusto, silenciosa como una sombra. Cada pocos pasos se detenía a escuchar. La tercera vez oyó ruido de caballos y también la voz de un hombre. El olor era cada vez peor.

«Huele a hombres muertos, eso es.» Conocía aquel olor; era el que desprendían Yoren y los demás.

Al sur de la aldea crecía un denso zarzal. Cuando llegó junto a él, las largas sombras del ocaso empezaban a desaparecer, y salían las primeras luciérnagas. Por encima del zarzal se veían los tejados de paja. Reptó por el suelo hasta encontrar un hueco y se deslizó por él, arrastrándose sobre el vientre, bien oculta hasta que vio de dónde procedía el olor.

Junto a las tranquilas aguas del Ojo de Dioses se había alzado un largo patíbulo de madera verde, en el que estaban ahorcadas unas cosas que habían sido humanas, con los pies encadenados, mientras los cuervos picoteaban la carne y revoloteaban de cadáver en cadáver. Por cada cuervo había un centenar de moscas. Cuando el viento sopló procedente del lago, el cadáver más cercano pareció volverse hacia ella. Los cuervos le habían devorado la mayor parte del rostro, y otra alimaña también se había ocupado de él, otra mucho más grande. Tenía desgarrados el pecho y la garganta, y del vientre abierto brotaban entrañas de un verde brillante y jirones de carne. Le habían arrancado un brazo; Arya divisó los huesos mordidos y picoteados a unos pasos de distancia. No les quedaba nada de carne.

Se obligó a fijarse en el siguiente hombre, y luego en el siguiente, y en el siguiente, sin dejar de repetirse que era dura como una piedra. Eran cadáveres, tan destrozados y podridos que tardó unos instantes en darse cuenta de que los habían desnudado antes de colgarlos. No parecían personas desnudas; en realidad, casi no parecían personas. Los cuervos les habían devorado los ojos, a veces el rostro entero. Del sexto de la hilera solo quedaba una pierna, todavía sujeta por las cadenas, que se mecía con el viento.

«El miedo hiere más que las espadas.» Los muertos no podían hacerle daño, pero quien los había matado, sí. Más allá del patíbulo había dos hombres con cota de malla, apoyados en sus lanzas, ante el edificio alargado que había junto al agua, el del tejado de pizarra. Habían clavado en el suelo lodoso un par de pértigas largas, y de cada una colgaba un estandarte. Uno parecía rojo, y el otro, más claro, tal vez blanco o amarillo, pero colgaban inertes por la falta de viento, y con la oscuridad del crepúsculo no podía estar segura de que el rojo fuera escarlata Lannister. «No me hace falta ver el león; ya veo a los muertos. ¿Quiénes pueden ser, sino Lannister?»

Entonces se oyó un grito.

Los dos lanceros se volvieron, y apareció un tercero empujando a un cautivo. Ya estaba demasiado oscuro para distinguir los rostros, pero el prisionero llevaba un brillante yelmo de acero, y al ver los cuernos, Arya supo que se trataba de Gendry. «Idiota, idiota, idiota, ¡idiota!», pensó. Si lo hubiera tenido al lado, le habría pegado otra patada.

Los guardias hablaban en voz alta, pero estaba demasiado lejos para oír qué decían, y más aún con los graznidos y revoloteos de los cuervos. Uno de los lanceros le quitó el yelmo a Gendry y le hizo una pregunta, pero no debió de gustarle la respuesta, porque lo golpeó en el rostro con el asta de la lanza y lo derribó. El que lo había capturado le dio una patada, mientras el segundo lancero se probaba el yelmo en forma de cabeza de toro. Por último, lo pusieron de pie y lo empujaron hacia el almacén. Cuando abrieron las pesadas puertas de madera, un niñito salió a toda velocidad, pero uno de los guardias lo agarró por el brazo y lo obligó a entrar de nuevo. A Arya le llegaron sonidos de sollozos procedentes del interior, y luego un grito tan largo y lleno de dolor que tuvo que morderse los labios.

Los guardias empujaron a Gendry al interior junto con el niño y atrancaron las puertas. En aquel momento sopló una brisa procedente del lago, y los estandartes se agitaron y ondearon. El del asta más alta era, como había temido, el león dorado. En el otro, tres esbeltas formas negras corrían por un campo color amarillo mantequilla. Le pareció que eran perros. Arya había visto antes aquellos perros, pero ¿dónde?

Aquello no importaba. Lo único importante era que habían cogido a Gendry. Tenía que sacarlo de allí, aunque fuera un cabezota y un imbécil. Se preguntó si los soldados sabrían que la reina lo estaba buscando.

Uno de los guardias se quitó el yelmo y se puso el de Gendry. Arya se enfureció, pero sabía que no podía hacer nada para impedirlo. Le pareció oír más gritos procedentes del almacén sin ventanas, amortiguados por los muros de piedra, pero no estaba segura.

Permaneció allí el tiempo suficiente para ver el cambio de guardia, y luego, mucho más. Los hombres iban y venían. Llevaron a los caballos al arroyo para abrevarlos. Una partida de caza regresó del bosque, con un ciervo colgado de una pértiga. Los observó mientras lo limpiaban, le quitaban las entrañas y preparaban una hoguera al otro lado del arroyo, y el olor de la carne asada se unió al de la podredumbre de los cadáveres. El estómago vacío le rugía, y estuvo a punto de vomitar. La perspectiva de la cena hizo que otros hombres salieran de las casas; casi todos llevaban cotas de malla o petos de cuero. Cuando el ciervo estuvo bien asado, cortaron las mejores porciones y las llevaron a una de las casas.

Arya pensó que durante la noche podría acercarse a hurtadillas y liberar a Gendry, pero los guardias encendieron antorchas con las llamas de la hoguera. Un escudero les llevó carne y pan a los dos guardias que había ante el almacén, y más tarde se les unieron otros dos hombres. Empezaron a pasarse un pellejo de vino de mano en mano. Cuando se lo terminaron, los otros se fueron, pero los dos guardias del principio siguieron allí, apoyados en sus lanzas.

Cuando por fin se decidió a salir de debajo del matorral para internarse en la oscuridad del bosque, Arya tenía las piernas y los brazos entumecidos. Era una noche oscura, excepto en los momentos en que los tímidos rayos de luna se filtraban entre las nubes.

«Silenciosa como una sombra», se dijo mientras avanzaba entre los árboles. No se atrevía a correr en aquella oscuridad, por miedo a tropezar con alguna raíz, o a perderse. A su izquierda, el Ojo de Dioses lamía las orillas con olas sosegadas. A su derecha, la brisa susurraba entre las ramas, y las hojas crujían y se mecían. Y, a lo lejos, se oía el aullido de los lobos.

Lommy y Pastel Caliente estuvieron a punto de cagarse de miedo cuando salió de entre los árboles justo detrás de ellos.

—Silencio —les dijo al tiempo que rodeaba a Comadreja con un brazo, cuando la niñita corrió hacia ella.

—Pensábamos que nos habíais abandonado —dijo Pastel Caliente mirándola con los ojos muy abiertos. Llevaba en la mano la espada corta, la que Yoren le había quitado a un capa dorada—. Tenía miedo de que fueras un lobo.

—¿Dónde está el Toro? —preguntó Lommy.

—Lo han cogido —susurró Arya—. Tenemos que sacarlo de allí. Vas a tener que ayudarme, Pastel Caliente. Nos acercaremos a escondidas, mataremos a los guardias, y luego, yo abriré la puerta.

Pastel Caliente y Lommy se miraron.

—¿Cuántos son?

—No he podido contarlos —reconoció Arya—. Por lo menos veinte, pero ante la puerta solo hay dos.

—No podemos luchar contra veinte. —Pastel Caliente puso cara de estar a punto de llorar.

—Solo tienes que luchar contra uno. Yo me encargo del otro, sacamos a Gendry y nos largamos.

—Deberíamos rendirnos —dijo Lommy—. Vamos allí y nos rendimos.

Arya sacudió la cabeza, testaruda.

—Entonces olvídate de Gendry, Arry —suplicó Lommy—. No saben que estamos aquí; si nos escondemos, se irán, sabes que se irán. No es culpa nuestra que hayan cogido a Gendry.

—Eres idiota, Lommy —dijo Arya, furiosa—. Si no sacamos a Gendry, el que va a morir eres tú. ¿Quién te va a llevar si no?

—Pastel Caliente y tú.

—¿Todo el rato, sin ayuda de nadie? No lo lograremos. Gendry es el más fuerte. Además, me importa un rábano lo que digas: voy a volver a por él. —Miró a Pastel Caliente—. ¿Vienes conmigo?

Pastel Caliente miró a Lommy, a Arya y a Lommy otra vez.

—De acuerdo —dijo de mala gana—. Lommy, vigila bien a Comadreja.

—¿Y si vienen los lobos? —El muchacho agarró a la niñita de la mano y la atrajo hacia sí.

—Ríndete —sugirió Arya.

Les pareció que tardaron horas en encontrar el camino de vuelta a la aldea. Pastel Caliente no paraba de tropezar y de extraviarse, y Arya tenía que esperarlo a menudo; incluso se veía obligada a retroceder. Acabó por agarrarlo de la mano y guiarlo entre los árboles.

—Cállate y sígueme —le ordenó. No tardaron en divisar a lo lejos el brillo de las hogueras de la aldea contra el cielo—. Hay cadáveres colgados al otro lado del seto, pero no te asustes, recuerda que el miedo hiere más que las espadas. Tenemos que ser muy sigilosos; iremos muy despacio.

Pastel Caliente asintió. Arya fue la primera en entrar por debajo del zarzal y lo esperó al otro lado, acuclillada. Pastel Caliente salió muy pálido y jadeante, con la cara y los brazos llenos de arañazos sangrantes. Fue a decir algo, pero Arya le puso un dedo en los labios. Se arrastraron sobre las manos y las rodillas a lo largo del patíbulo, bajo los cadáveres que se mecían. El muchacho no alzó la vista en ningún momento ni hizo el menor ruido.

Hasta que un cuervo se le posó en la espalda, y dejó escapar un grito ahogado.

—¿Quién anda ahí? —retumbó una voz desde la oscuridad.

—¡Me rindo! —Pastel Caliente se puso en pie de un salto y, cuando tiró la espada, una docena de cuervos se alzaron de los cadáveres entre graznidos de protesta. Arya le agarró la pierna y trató de hacer que se agachara, pero el muchacho se liberó y echó a correr, agitando los brazos—. ¡Me rindo, me rindo!

Arya se puso en pie de un salto y echó mano de *Aguja,* pero estaba rodeada de hombres. Lanzó un tajo al más cercano, que lo paró con el avambrazo de acero; otro la derribó por tierra, y un tercero la obligó a soltar la espada. Cuando intentó morderlo, sus dientes tropezaron con una cota de malla fría y sucia.

—Vaya, qué salvaje —dijo el hombre entre risas. El golpe de su puño acorazado estuvo a punto de arrancarle la cabeza.

Se quedó tendida, en el suelo, mientras hablaban de ella, pero no alcanzaba a entender lo que decían. Le zumbaban los oídos. Cuando trató de arrastrarse, la tierra se movió bajo ella.

«Me han quitado a *Aguja.*» La vergüenza era peor que el dolor, y eso que el dolor era mucho. Jon le había regalado aquella espada. Syrio le había enseñado a utilizarla.

Por último, alguien la agarró por el justillo y la obligó a incorporarse hasta quedar de rodillas. Pastel Caliente también estaba de rodillas, ante el hombre más alto que Arya había visto jamás, un monstruo salido de las historias de la Vieja Tata. No vio de dónde había salido aquel gigante. En su jubón amarillento descolorido se veían tres perros negros a la carrera, y el rostro del hombre era tan duro como si lo hubieran tallado en piedra. De pronto, Arya recordó dónde había visto antes aquellos perros. La noche del torneo en Desembarco del Rey, todos los caballeros colgaron sus escudos en el exterior de sus pabellones.

—Ese es el del hermano del Perro —le había dicho Sansa cuando pasaron junto a los perros negros sobre campo amarillo—. Es aún más alto que Hodor, ya lo verás. Lo llaman la Montaña que Cabalga.

Arya agachó la cabeza, apenas consciente de lo que sucedía a su alrededor. Pastel Caliente se estaba rindiendo un poco más.

—Nos guiarás hasta esos otros —dijo la Montaña, antes de alejarse.

A continuación la obligaron a caminar más allá de los muertos del patíbulo, mientras Pastel Caliente les decía a sus captores que, si no le hacían daño, les prepararía pasteles y empanadas. Los acompañaban cuatro hombres: uno con una antorcha, otro con una espada larga y los dos restantes con lanzas.

Lommy estaba donde lo habían dejado, al pie del roble.

—¡Me rindo! —gritó en cuanto los vio. Tiró a un lado la lanza y levantó las manos, manchadas de verde por los viejos tintes—. Me rindo, por favor.

El hombre de la antorcha buscó entre los árboles.

—¿Tú eres el último? El panadero dijo que había también una niña.

—Ha salido corriendo al oíros llegar —dijo Lommy—. Hacíais mucho ruido.

«Corre, Comadreja —pensó Arya—. Corre mucho, vete lejos, no vuelvas jamás.»

—Dinos dónde está ese hijo de puta de Dondarrion y te ganarás una comida caliente.

—¿Quién? —preguntó Lommy, desconcertado.

—Ya te lo decía yo: estos no saben más que las zorras de la aldea. Joder, qué pérdida de tiempo.

—¿Te pasa algo en la pierna, muchacho? —preguntó uno de los lanceros acercándose a Lommy.

—Estoy herido.

—¿Puedes caminar? —El hombre parecía preocupado.

—No —dijo Lommy—. Tenéis que llevarme.

—¿De verdad? —Levantó la lanza como quien no quiere la cosa y atravesó el cuello del muchacho. Lommy ni siquiera tuvo tiempo de rendirse de nuevo. Se estremeció una vez y murió. Cuando el hombre sacó la lanza, la sangre brotó en un surtidor oscuro—. Que lo llevemos, dice —murmuró con una risita.

TYRION

Le habían advertido que se vistiera con prendas de abrigo. Tyrion Lannister obedeció. Llevaba unos calzones guateados y un jubón de lana, y se cubría con la capa de piel de gatosombra que había conseguido en las montañas de la Luna. La capa tenía un largo absurdo; era para un hombre que lo doblara en estatura. Cuando no iba a caballo, la única manera de llevarla consistía en envolverse en ella varias veces, con lo que parecía una bola de pelo a rayas.

Pese a todo, se alegraba de haber seguido el consejo. El frío húmedo de la larga cripta se metía hasta los huesos. Timett prefirió volver a subir al sótano en cuanto probó la temperatura que había abajo. Se encontraban en algún punto bajo la colina de Rhaenys, detrás del edificio del Gremio de Alquimistas. Los muros de piedra húmeda tenían manchones de salitre, y la única luz que les llegaba procedía de la lámpara de aceite sellada, de hierro y cristal, que con tanta cautela llevaba Hallyne el Piromante.

«Con cautela, desde luego... y con más cautela aún hay que manejar estos frascos.» Tyrion cogió uno para examinarlo. Era redondeado y rojizo, como un pomelo de barro. Para su mano resultaba un poco grande, pero sabía que en la de un hombre normal encajaría a la perfección. La cerámica era muy fina, tan frágil que lo habían avisado para que no apretara demasiado el frasco, ya que lo podía aplastar con el puño. Además eran rugosos. Hallyne le explicó que era intencionado.

—Un frasco liso resbala de los dedos con mayor facilidad.

Tyrion inclinó el frasco para ver su contenido, y el fuego valyrio fluyó hacia el borde. Sabía que debía de ser de un color verde lóbrego, pero con tan poca luz era imposible confirmarlo.

—Está muy espeso —señaló.

—Es por el frío, mi señor —dijo Hallyne, un hombre demacrado, de manos blandas y húmedas, y modales obsequiosos. Vestía una túnica a rayas negras y escarlatas con ribetes de marta, aunque la piel parecía bastante remendada y apolillada—. Cuando se calienta, la sustancia es más fluida, como el aceite de las lámparas.

Sustancia era el nombre que daban los piromantes al fuego valyrio. También se referían unos a otros por el título de sapiencia, cosa que a Tyrion le resultaba casi tan molesta como su costumbre de insinuar cuán vastos eran los conocimientos secretos que querían hacerle creer que tenían. En otros tiempos habían sido un gremio muy poderoso, pero en los últimos siglos, los maestres de la Ciudadela habían reemplazado a los alquimistas casi en todas partes. De la antigua orden solo quedaban unos pocos, y ya ni siquiera fingían ser capaces de transmutar metales...

Pero podían hacer fuego valyrio.

—Tengo entendido que el agua no lo apaga.

—Es verdad. Una vez se le prende fuego, la sustancia arde hasta que se agota. Más aún, se filtra en la ropa, la madera, el cuero y hasta el acero, y hace que también esos materiales ardan.

Tyrion recordó al sacerdote rojo Thoros de Myr, con su espada llameante. Hasta una fina película de fuego valyrio podía arder durante una hora. Después de cada combate cuerpo a cuerpo, a Thoros había que darle una espada nueva, pero Robert le tenía afecto y siempre se la proporcionaba de buena gana.

—¿Por qué no se filtra también a través de la arcilla?

—Sí que se filtra, mi señor —dijo Hallyne—. Bajo esta cripta hay otra donde almacenamos los frascos más antiguos. Los de tiempos del rey Aerys. Le gustaba que los hicieran con forma de frutas. Eran frutas muy peligrosas, mi señor Mano, y... hummm... están más maduras que nunca, no sé si me comprendéis. Las hemos sellado con cera y hemos inundado la cripta inferior, pero aun así... Lo normal habría sido que las hubiéramos destruido, pero durante el saqueo de Desembarco del Rey murieron muchos de nuestros maestros, y los pocos acólitos que quedaron no tenían nivel suficiente para acometer esa tarea. Además, buena parte de las existencias que se prepararon para Aerys se perdieron. Solo hace un año que encontramos doscientos frascos en un almacén situado bajo el Gran Septo de Baelor. Nadie recuerda cómo llegaron allí, pero no hace falta que os diga que el septón supremo estaba fuera de sí, presa del pánico. Yo mismo me encargué de que se transportaran con todas las precauciones. Llenamos un carro de arena que llevaron nuestros mejores discípulos. Trabajamos solo de noche, hicimos...

—Un trabajo excelente, no me cabe duda. —Tyrion volvió a dejar el frasco con los demás, que ocupaban toda la mesa en filas ordenadas, cuatro en fondo, desfilando hasta perderse en la penumbra subterránea. Y más allá había otras mesas, muchas—. Esas... eh... frutas del difunto rey Aerys, ¿aún se pueden utilizar?

—Oh, sí, desde luego. Pero con mucho cuidado, mi señor, con muchísimo cuidado. Con los años, la sustancia se va volviendo más... cómo diría yo, caprichosa. Arde con la menor chispa. Un exceso de calor, y los frascos se inflamarán. No deben exponerse a la luz del sol ni siquiera durante un breve espacio de tiempo. En cuanto se inflama el interior, el calor hace que la sustancia se dilate de manera muy violenta, y el frasco no tarda en saltar en mil pedazos. Si hubiera más frascos cerca, también estallarían.

—¿Cuántos frascos tenéis ahora mismo?

—Esta mañana, el sapiencia Munciter me ha dicho que disponíamos de siete mil ochocientos cuarenta. En esa cifra se incluyen los cuatro mil frascos de tiempos del rey Aerys, desde luego.

—¿Nuestras frutas demasiado maduras?

Hallyne asintió.

—El sapiencia Malliard cree que podremos proporcionaros los diez mil frascos que le prometimos a la reina. Yo opino lo mismo.

El piromante parecía tan satisfecho con la perspectiva que a Tyrion le pareció obsceno. «Si es que nuestros enemigos os dan tiempo.» Los piromantes mantenían en secreto absoluto su receta del fuego valyrio, pero sabía que se trataba de un proceso largo y peligroso. Había dado por supuesto que la promesa de diez mil frascos era una baladronada, como la del vasallo que jura reunir diez mil espadas para su señor y el día de la batalla se presenta con ciento dos.

«Si de verdad pudieran proporcionarnos diez mil...» No sabía si debía sentirse encantado o aterrado. «Puede que las dos cosas.»

—Espero que vuestros hermanos de gremio no se estén dando una prisa improcedente, sapiencia. No queremos diez mil frascos de fuego valyrio defectuoso. Ni siquiera uno. Y, desde luego, menos aún queremos que suceda una calamidad.

—No sucederá ninguna calamidad, mi señor. La sustancia la preparan acólitos en ciertas celdas de piedra sin ningún mobiliario. Luego, un aprendiz recoge los frascos uno por uno en cuanto están listos, y los baja aquí. Encima de cada celda de trabajo hay una habitación llena de arena. Se ha lanzado un hechizo protector sobre los suelos; es muy, hummm, poderoso. Al menor indicio de incendio en la celda de abajo, el suelo se desmorona y la arena lo apaga de inmediato.

—Así como al descuidado acólito. —Tyrion sabía que, donde había dicho «hechizo», debía entender «truco». Le habría gustado inspeccionar una de aquellas celdas de techo falso para ver en qué consistía, pero no era el momento oportuno. Tal vez más tarde, cuando ganaran la guerra.

—Mis hermanos nunca se descuidan —insistió Hallyne—. Si puedo ser... hummm... sincero...

—Por favor.

—La sustancia corre por mis venas; habita en el corazón de todo piromante. Respetamos su poder. Pero los soldados comunes... hummm... pongamos por ejemplo, los que manejan una de las bombardas de la reina, en el fragor inconsciente de la batalla... El más pequeño de los errores puede provocar una catástrofe. Hay que tenerlo muy en cuenta. Mi padre le dijo lo mismo al rey Aerys, igual que su padre se lo dijo al anciano rey Jaehaerys.

—Pues parece que les hicieron caso —dijo Tyrion—. Si hubieran quemado la ciudad, a estas alturas yo me habría enterado. De modo que me recomendáis que tengamos cuidado.

—Mucho cuidado —matizó Hallyne—. Muchísimo.

—En cuanto a esos frascos de arcilla... ¿Tenéis existencias abundantes?

—Pues sí, mi señor, gracias por vuestro interés.

—¿Os importaría si me llevo algunos? Unos miles.

—¿Unos miles?

—O tantos como podáis darme sin que eso afecte a la producción. Entended que os estoy pidiendo frascos vacíos. Hacédselos llegar a los capitanes de cada una de las puertas de la ciudad.

—Así lo haré, mi señor, pero ¿para qué...?

—Si me decís que me vista con prendas de abrigo, lo hago. —Tyrion alzó la vista y le sonrió—. Si me decís que tenga cuidado, pues... —Se encogió de hombros—. Ya he visto todo lo que necesitaba. ¿Tenéis la bondad de acompañarme a mi litera?

—Será un gran... hummm... placer para mí, mi señor. —Hallyne alzó la lámpara y encabezó la marcha de regreso hacia las escaleras—. Habéis sido muy amable al visitarnos. Nos hacéis un gran honor, hummm. Hacía mucho tiempo que la mano del rey no nos honraba con su presencia. El último fue lord Rossart, y porque pertenecía a nuestra orden. Eso fue en tiempos del rey Aerys. El rey Aerys estaba muy interesado en nuestro trabajo.

«El rey Aerys os utilizaba para asar vivos a sus enemigos.» Su hermano Jaime le había contado unas cuantas historias sobre el Rey Loco y sus amiguitos piromantes.

—Joffrey también estará muy interesado, no me cabe duda.

«Y precisamente por eso pienso mantenerlo bien alejado de vosotros.»

—Tenemos la esperanza de que, algún día, el rey visite en persona nuestro gremio. He hablado con vuestra regia hermana. Organizaríamos un gran banquete...

A medida que ascendían volvía a hacer calor.

—Su alteza ha prohibido todos los banquetes hasta que ganemos la guerra. —«Ante mi insistencia»—. El rey no considera apropiado que se organicen festines con platos exquisitos mientras su pueblo carece de pan.

—Un gesto muy, hummm, tierno, mi señor. En ese caso, tal vez deberíamos ir algunos de nosotros a visitar al rey en la Fortaleza Roja. Podemos hacer una pequeña demostración de nuestros poderes, para distraer a su alteza de sus muchas preocupaciones, aunque sea solo por una noche. El fuego valyrio no es más que uno de los temibles secretos que guarda nuestra antigua orden. Muchas y maravillosas son las cosas que podríamos mostraros.

—Se lo diré a mi hermana.

Tyrion no tenía nada en contra de unos cuantos trucos de magia, pero ya era demasiado problemática la afición de Joff a hacer que los hombres lucharan a muerte; no iba a permitir que probase las posibilidades de quemarlos vivos.

Cuando llegaron a la parte superior de las escaleras, Tyrion se quitó la capa de piel y se la colgó de un brazo. El Gremio de Alquimistas se reunía en un imponente edificio de piedra negra, de dimensiones increíbles, pero Hallyne lo guio por los pasillos laberínticos hasta que llegaron a la Galería de las Antorchas de Hierro, una cámara larga y retumbante en la que columnas de fuego verde danzaban en torno a columnas de metal negro de diez varas de altura. Las llamas espectrales se reflejaban contra el pulido mármol negro del suelo y las paredes, y bañaban la estancia con un resplandor esmeralda. Tyrion se habría sentido mucho más impresionado si no supiera que habían encendido las grandes antorchas de hierro aquella mañana en honor a su visita, y que las apagarían en cuanto las puertas se cerraran tras él. El fuego valyrio era demasiado costoso para despilfarrarlo.

Llegaron a la cima de las amplias escaleras curvas que salían a la calle de las Hermanas, casi al pie de la colina de Visenya. Se despidió de Hallyne y anadeó hasta donde lo esperaba Timett, hijo de Timett, con una escolta de hombres quemados. Teniendo en cuenta su objetivo de aquel día, le había parecido que semejante escolta era lo más apropiado. Además, sus cicatrices infundían terror en los corazones de la chusma. En los tiempos que corrían era algo muy necesario. Tan solo hacía tres noches que una turba se había congregado a las puertas de la Fortaleza Roja para pedir alimentos. Joff los recibió con una lluvia de flechas, y hubo cuatro muertos. Luego les gritó que tenían su permiso para comerse los cadáveres.

«Así nos ganamos más amigos.»

—¿Qué haces aquí? —Tyrion se sorprendió al ver también a Bronn junto a su litera.

—Llevar tus mensajes —respondió Bronn—. Mano de Hierro te requiere con urgencia en la puerta de los Dioses. No me ha dicho para qué. Y también te han convocado para que vayas a Maegor.

—¿Convocado? —Tyrion sabía que solo una persona se atrevería a utilizar semejante palabra—. ¿Qué quiere de mí Cersei?

Bronn se encogió de hombros.

—La reina ordena que vuelvas al castillo al momento y te reúnas con ella en sus habitaciones. El mensaje me lo ha dado ese mozalbete, vuestro primo. Tiene cuatro pelos encima del labio y ya se cree un hombre.

—Cuatro pelos y un título de caballero. No olvidemos que ahora es ser Lancel. —Tyrion sabía que ser Jacelyn no lo haría llamar si no se tratara de un asunto importante—. Más vale que vaya a ver qué quiere Bywater. Dile a mi hermana que me reuniré con ella cuando vuelva.

—No le va a hacer gracia —le advirtió Bronn.

—Mejor. Cuanto más haga esperar a Cersei, más furiosa se pondrá, y la furia la vuelve idiota. La prefiero furiosa e idiota a serena y astuta.

Tyrion tiró la capa doblada al interior de la litera y permitió que Timett lo ayudara a subir.

La plaza del mercado, situada tras la puerta de los Dioses, que en otros tiempos habría estado abarrotada de granjeros que vendían sus cosechas, estaba casi desierta cuando Tyrion la cruzó. Ser Jacelyn lo recibió junto a la puerta y alzó la mano de hierro a modo de brusco saludo.

—Mi señor. Ha llegado vuestro primo Cleos Frey; viene de Aguasdulces con un estandarte de paz. Trae una carta de Robb Stark.

—¿Una oferta de paz?

—Eso dice.

—Mi querido primo. Llevadme con él.

Los capas doradas habían confinado a ser Cleos en una habitación sin ventanas del puesto de guardia. Al verlo entrar se levantó.

—Tyrion, cuánto me alegro de verte.

—Eso no me lo dice mucha gente.

—¿Ha venido Cersei contigo?

—Mi hermana está ocupada con otros asuntos. ¿Esa es la carta de Stark? —La cogió de la mesa—. Podéis marcharos, ser Jacelyn.

Bywater hizo una reverencia y salió.

—Me dijeron que le entregara la oferta a la reina regente —dijo ser Cleos cuando se cerró la puerta.

—Yo mismo lo haré. —Tyrion le echó un vistazo al mapa que Robb Stark había enviado junto con la carta—. Todo a su debido tiempo, primo. Siéntate. Descansa. Estás muy delgado y ojeroso. —En realidad, su aspecto era aún mucho peor.

—Sí. —Ser Cleos se dejó caer en un banco—. Las cosas van mal en las tierras de los ríos, Tyrion. Sobre todo en torno al Ojo de Dioses y al camino Real. Los señores de los ríos están quemando sus cosechas para rendirnos por hambre, y los forrajeadores del ejército de tu padre les prenden fuego a todas las aldeas que toman, después de pasar por la espada a sus habitantes.

Así era la guerra. A los plebeyos los masacraban, mientras que a los de alta cuna los retenían para pedir rescate. «Tengo que acordarme de dar gracias a los dioses por haber nacido Lannister.»

—Pese al estandarte de paz, nos atacaron dos veces. —Ser Cleos se pasó una mano por el escaso cabello castaño—. Eran lobos vestidos con armaduras, ansiosos de atacar a cualquiera que pareciera más débil que ellos. Únicamente los dioses saben en qué bando estaban al empezar todo esto; ahora solo se defienden a sí mismos. Perdí a tres hombres y tengo el doble de heridos.

—¿Qué noticias hay de nuestro enemigo? —Tyrion volvió a concentrarse en las condiciones de la oferta de Stark. «El chico no pide gran cosa. Solo la mitad del reino, la liberación de nuestros cautivos, rehenes, la espada de su padre... Ah, sí, y a sus hermanas.»

—Está en Aguasdulces, sin hacer nada —dijo ser Cleos—. Creo que teme enfrentarse a tu padre en el campo de batalla. Pierde hombres con cada día que pasa. Los señores de los ríos se han marchado, cada uno a defender sus tierras.

«¿Sería eso lo que pretendía mi padre?» Tyrion volvió a enrollar el mapa de Stark.

—Estas condiciones son inaceptables.

—¿Consentirás al menos en intercambiar a las niñas Stark por Tion y por Willem? —preguntó ser Cleos, desesperado.

—No —dijo con tono amable Tyrion, que recordó que Tion Frey era el hermano menor de ser Cleos—. Pero propondremos otro intercambio. Deja que lo consulte con Cersei y con el Consejo. Te enviaremos de vuelta a Aguasdulces con nuestra oferta.

Era obvio que la perspectiva no le parecía nada satisfactoria.

—Mi señor, no creo que Robb Stark vaya a ceder. La que quiere la paz es lady Catelyn, no el muchacho.

—Lo que quiere lady Catelyn es recuperar a sus hijas. —Tyrion se bajó del banco, con la carta y el mapa en la mano—. Ser Jacelyn se encargará de que tengas comida y fuego. Necesitas un buen descanso, primo. Enviaré a buscarte en cuanto sepamos algo más.

Ser Jacelyn estaba en la muralla, vigilando el entrenamiento de varios cientos de nuevos reclutas. Eran muchos los que buscaban refugio en Desembarco del Rey, así que no faltaban hombres que quisieran unirse a la Guardia de la Ciudad a cambio de una barriga llena y un lecho de paja en los barracones, pero Tyrion no se hacía ilusiones acerca de cómo lucharían aquellos andrajosos si llegaba el momento de la batalla.

—Hicisteis bien en enviar a buscarme —dijo Tyrion—. Dejo a ser Cleos en vuestras manos. Quiero que sea tratado con toda hospitalidad.

—¿Y su escolta? —quiso saber el comandante.

—Dadles comida y ropa limpia, y enviad a un maestre para que cure sus heridas. Bajo ningún concepto deben entrar en la ciudad, ¿comprendido?

No le sería de ninguna utilidad que las noticias de las condiciones en que se encontraba Desembarco del Rey llegaran a oídos de Robb Stark, en Aguasdulces.

—Comprendido, mi señor.

—Ah, una cosa más. Los alquimistas van a enviar un buen número de frascos de barro a cada una de las puertas. Quiero que los utilicéis para entrenar a los hombres que vayan a manejar las bombardas. Llenad los frascos con pintura verde, y que practiquen cargándolos y disparándolos. Si alguno se mancha de pintura, sustituidlo de inmediato. Cuando dominen los frascos de pintura, llenadlos con aceite para lámparas, y que se entrenen para prenderles fuego y dispararlos mientras aún están encendidos. Cuando aprendan a hacerlo sin quemarse, estarán listos para el fuego valyrio.

—Son medidas muy prudentes. —Ser Jacelyn se rascó la mejilla con la mano de hierro—. Aunque no me gusta ese meado de alquimista.

—A mí tampoco, pero hago lo que puedo con lo que tengo.

Una vez subido en su litera, Tyrion Lannister echó las cortinas y ahuecó el almohadón que tenía bajo el codo. Cersei iba a disgustarse cuando se enterase de que había interceptado la carta de Stark, pero su padre lo había enviado allí a gobernar, no a complacer a su hermana.

En su opinión, Robb Stark les había dado una oportunidad de oro. Dejaría que el chico esperase en Aguasdulces, soñando con una paz fácil. Tyrion le enviaría la respuesta con sus condiciones, en la que le concedería al Rey en el Norte lo justo para mantenerlo esperanzado. Ser Cleos se iba a dejar el huesudo culo de Frey cabalgando ida y vuelta con ofertas y contraofertas. Y mientras, su tío ser Stafford entrenaría al nuevo ejército que había reunido en Roca Casterly. Una vez estuviera listo, entre lord Tywin y él podrían aplastar a los Tully y a los Stark.

«Ojalá los hermanos de Robert fueran igual de amables.» Pese a lo lento de su avance, Renly Baratheon seguía arrastrándose hacia el noreste con su ejército sureño, y no pasaba una noche sin que Tyrion se acostara con el temor de despertar y enterarse de que lord Stannis estaba subiendo por el Aguasnegras con toda su flota.

«Al parecer tengo una buena cantidad de fuego valyrio, pero aun así...»

El vocerío de la calle interrumpió sus reflexiones. Tyrion echó un vistazo cauteloso entre las cortinas. Estaban cruzando la plaza de los Zapateros, donde se había reunido una multitud bajo los toldos de cuero para escuchar el discurso rimbombante de un profeta. La túnica de lana sin teñir atada a la cintura con una cuerda de cáñamo lo identificaba como miembro de los hermanos mendicantes.

—¡Corrupción! —chillaba el hombre con tono agudo—. ¡Ahí tenéis la advertencia! ¡Contemplad el flagelo del Padre! —Señaló la herida roja que rasgaba el cielo. Se había situado de manera que la Colina Alta de Aegon quedara justo detrás de él, y el cometa parecía suspendido sobre sus torres como un mal presagio. «Ha elegido un buen escenario», reflexionó Tyrion—. Estamos hinchados, abotargados, podridos... La hermana yace con el hermano en el lecho de los reyes, y el fruto de su incesto hace cabriolas por el palacio al son de la música que toca un monito tarado y diabólico. ¡Las damas nobles fornican con bufones y engendran monstruos! ¡Hasta el septón supremo se ha olvidado de los dioses! Se baña en aguas perfumadas y engorda a base de alondras y lampreas mientras su pueblo se muere de hambre. El orgullo se antepone a la plegaria, los gusanos gobiernan nuestros castillos, el oro lo es todo... ¡pero eso se acabó! ¡El verano pútrido se acaba, y el Rey Putero ha caído! Cuando el jabalí lo destripó, un hedor espantoso ascendió hacia los cielos, y de su barriga salieron mil serpientes siseantes. —Señaló el cometa y el castillo con un dedo huesudo—. ¡Ahí tenéis el presagio! ¡Los dioses lo exigen a gritos; purificaos o seréis purificados! ¡Bañaos en el vino de la probidad o seréis bañados en fuego! ¡Fuego!

—¡Fuego! —repitieron otras voces.

Pero los gritos burlones casi las ahogaron por completo. Aquello alegró a Tyrion. Dio orden de seguir adelante, y la litera se meció como un barco en el mar agitado mientras los hombres quemados abrían camino. «Conque monito tarado y diabólico.» Pero aquel miserable tenía razón en lo del septón supremo. ¿Cómo le había dicho el Chico Luna hacía unos días? «Un hombre tan piadoso que adora a los Siete con fervor extremo; imaginad que siempre que se sienta a la mesa toma una comida en honor a cada uno de ellos.» El recuerdo de la burla del bufón hizo sonreír a Tyrion.

Se dio por satisfecho cuando consiguió llegar a la Fortaleza Roja sin más incidentes. Mientras subía por las escaleras hacia sus habitaciones, se sentía mucho más esperanzado que al amanecer.

«Tiempo: lo único que necesito es tiempo para encajar todas las piezas. Una vez tenga hecha la cadena...»

Abrió la puerta de la estancia.

Cersei se apartó de la ventana, con un airoso revoloteo de las faldas en torno a sus esbeltas caderas.

—¿Cómo te atreves a desobedecer mis órdenes?

—¿Quién te ha dado permiso para entrar en mi torre?

—¿Tu torre? ¡Es el castillo de mi hijo, el rey!

—Algo así me habían comentado. —Tyrion no estaba contento. Crawn lo iba a estar aún menos. Sus hermanos de la luna estaban de guardia aquel día—. Da la casualidad de que iba a ir a verte.

—¿De veras?

—¿Dudas de mí? —Tyrion cerró la puerta de golpe.

—Siempre, y con motivo.

—Qué lástima. —Anadeó hacia la alacena y se sirvió una copa de vino. Hablar con Cersei le provocaba sed—. Me gustaría saber en qué te he ofendido.

—Eres un gusano repugnante. Myrcella es mi única hija. ¿De verdad creías que te iba a permitir venderla como un saco de avena?

«Myrcella —pensó—. Vaya, vaya, el huevo se está incubando. A ver de qué color es el polluelo.»

—¿Cómo un saco de avena? Nada de eso. Myrcella es una princesa. Muchos te dirían que nació para esto. ¿O acaso tenías intención de casarla con Tommen?

La mano de Cersei fue como un látigo; le hizo soltar la copa de vino, que se derramó por el suelo.

—Seas mi hermano o no, haré que te arranquen la lengua. Yo soy la regente de Joffrey, no tú, y digo que Myrcella no será entregada a ese príncipe de Dorne, como fui entregada yo a Robert Baratheon.

—¿Por qué no? —Tyrion se sacudió el vino de los dedos y suspiró—. En Dorne estaría mucho más a salvo que aquí.

—¿Eres así de ignorante, o solo perverso? Demasiado bien sabes que los Martell no tienen motivos para querernos bien.

—Tienen todos los motivos del mundo para detestarnos. Pese a todo, creo que accederán. El rencor del príncipe Doran contra la casa Lannister solo se remonta a una generación, mientras que su pueblo ha estado en guerra contra Bastión de Tormentas y Altojardín desde hace mil años, y Renly ha dado por supuesta la fidelidad de Dorne. Myrcella tiene nueve años, y Trystane Martell, once. He propuesto que se casen cuando mi sobrina tenga catorce años. Hasta entonces, será invitada de honor en Lanza del Sol, bajo la protección del príncipe Doran.

—Será su rehén —dijo Cersei con los labios apretados.

—Será su invitada de honor —insistió Tyrion—, y sospecho que Martell tratará a Myrcella mucho mejor de lo que Joffrey ha tratado a Sansa Stark. Tengo intención de enviar con ella a ser Arys Oakheart. Tendrá como escudo juramentado a un miembro de la Guardia Real: así, nadie olvidará quién ni qué es Myrcella.

—De gran cosa le servirá ser Arys si Doran Martell decide que la muerte de mi hija es una venganza adecuada por la de su hermana.

—El honor de Martell no le permitiría matar a una niña de nueve años, y menos a una chiquilla tan dulce e inocente como Myrcella. Mientras esté en su poder, tendrá la seguridad de que mantendremos nuestro compromiso, y las condiciones son demasiado deseables para que las rechace. Myrcella no es más que una pequeña parte del trato. También le he ofrecido al asesino de su hermana, un asiento en el Consejo, unos castillos de las Marcas...

—Es demasiado. —Cersei paseó por la habitación como una leona inquieta, sus faldas ondulando con cada movimiento—. Has ofrecido demasiado, y sin mi autorización ni mi consentimiento.

—Estamos hablando del príncipe de Dorne. Si le hubiera ofrecido menos, me habría escupido a la cara.

—¡Es demasiado! —insistió Cersei, volviéndose de nuevo hacia él.

—¿Qué le habrías ofrecido tú? ¿El agujero que tienes entre las piernas? —preguntó Tyrion, también furioso. En aquella ocasión vio venir la bofetada. Fue tan violenta que le crujió el cuello—. Mi querida, queridísima hermana —dijo—, te prometo que ha sido la última vez que me golpeas.

—No me amenaces, hombrecillo —replicó su hermana riéndose—. ¿Crees que estás a salvo porque tienes una carta de nuestro padre? No es más que un trozo de pergamino. Eddard Stark también tenía uno, y mira de qué le sirvió.

«Eddard Stark no tenía a la Guardia de la Ciudad —pensó Tyrion—. Ni mis clanes, ni los mercenarios que ha contratado Bronn. Yo sí.» O aquello esperaba. Había confiado en Varys, en ser Jacelyn Bywater, en Bronn. Seguro que lord Stark también se había hecho ciertas ilusiones.

Pero no dijo nada. Un hombre inteligente no echa fuego valyrio a un brasero. De modo que se sirvió otra copa de vino.

—¿Crees que Myrcella estará muy segura aquí si cae Desembarco del Rey? Renly y Stannis clavarán su cabeza en una pica, al lado de la tuya.

Y entonces Cersei se echó a llorar.

Tyrion Lannister no se habría quedado más atónito si Aegon el Conquistador en persona hubiera irrumpido en la estancia en aquel momento, a lomos de un dragón y haciendo juegos malabares con tartas. No había visto llorar a su hermana desde los tiempos en que eran niños, en Roca Casterly. Dio un paso hacia ella, con torpeza. Si tu hermana llora, se supone que tienes que consolarla... ¡Pero era Cersei! Fue a ponerle la mano en el hombro, dubitativo.

—No me toques —siseó ella, apartándose. Aquello no debería haberle dolido, pero le dolió, y más que ninguna bofetada. Con el rostro congestionado, tan furiosa como triste, Cersei trató de recuperar el aliento—. No me mires..., no se te ocurra mirarme... Tú no.

—No pretendía asustarte. —Tyrion le dio la espalda con cortesía—. Te prometo que a Myrcella no le va a pasar nada malo.

—Mentiroso —dijo ella—. No soy una niña a la que se pueda tranquilizar con promesas vanas. También me dijiste que liberarías a Jaime. ¿Dónde está?

—Supongo que en Aguasdulces. A salvo y bien vigilado hasta que se me ocurra la manera de liberarlo.

—Yo tendría que haber nacido hombre. —Cersei sorbió por la nariz—. Así no necesitaría de ninguno de vosotros. No habría permitido que sucediera nada de todo esto. ¿Cómo es posible que Jaime se dejara capturar por ese chico? ¿Y nuestro padre? Confié en él, estúpida de mí, y ¿dónde está ahora que lo requiero? ¿Qué hace?

—La guerra.

—¿Desde detrás de los muros de Harrenhal? —bufó, despectiva—. Curiosa manera de luchar. Se parece mucho a esconderse.

—Las apariencias engañan.

—¿Cómo lo llamarías tú? Nuestro padre está sentado en un castillo, Robb Stark está sentado en otro, y ninguno de los dos hace nada.

—Hay maneras y maneras de estar sentado —señaló Tyrion—. Los dos esperan que el otro haga un movimiento, pero el león permanece inmóvil, en equilibrio, con la cola tensa, mientras que el cervatillo está paralizado por el miedo, con las entrañas hechas gelatina. Se mueva hacia donde se mueva, el león caerá sobre él, y lo sabe.

—¿Y estás seguro de que nuestro padre es el león?

—Lo pone en todos nuestros blasones —contestó Tyrion con una sonrisa.

—Si el prisionero fuera nuestro padre —dijo ella haciendo caso omiso de la broma—, Jaime no se habría quedado sentado sin hacer nada, eso te lo aseguro.

«En ese caso, Jaime estaría perdiendo su ejército contra los muros de Aguasdulces. Nunca ha tenido paciencia, igual que tú, mi querida hermana.»

—No todos somos tan osados como Jaime, pero hay otras maneras de ganar una guerra. Harrenhal es fuerte, y su situación es perfecta.

—Mientras que Desembarco del Rey no lo es; eso lo sabemos muy bien los dos. Mientras nuestro padre juega al león y al cervatillo con Stark, Renly marcha por el camino de las Rosas. ¡Puede llegar a nuestras puertas en cualquier momento!

—La ciudad no caerá en un día. Harrenhal no está lejos, y por el camino Real, la marcha sería rápida. Antes de que Renly terminara de preparar las máquinas de asedio, nuestro padre lo sorprendería por la retaguardia. Su ejército sería el martillo, y los muros de la ciudad, el yunque. Me parece una imagen preciosa.

Los ojos verdes de Cersei se clavaron en él, desconfiados, pero al mismo tiempo hambrientos de la seguridad con que la estaba alimentando.

—¿Y si Robb Stark se pusiera en marcha?

—Harrenhal está cerca de los vados del Tridente, de manera que Roose Bolton no podría llevar su ejército norteño a reunirse con el del Joven Lobo. Stark no puede marchar contra Desembarco del Rey sin antes tomar Harrenhal, y no tendría fuerzas para ello ni con la ayuda de Roose Bolton. —Tyrion ensayó su sonrisa más conquistadora—. Y mientras, nuestro padre se alimenta de las tierras del río, y nuestro tío consigue nuevas tropas en la Roca.

—¿Cómo sabes todo eso? —Cersei lo miró con desconfianza—. ¿Te reveló nuestro padre sus intenciones antes de enviarte aquí?

—No. He mirado un mapa.

—Así que todo lo que me has contado no es más que producto de tu grotesca cabeza, Gnomo. —Se volvió, desdeñosa.

—Mi querida hermana —replicó Tyrion—, si no estuviéramos en posición de vencer, ¿para qué nos iban a pedir la paz los Stark? —Le mostró la carta que había llevado ser Cleos Frey—. El Joven Lobo nos ha enviado sus condiciones. Son inaceptables, claro, pero por algo se empieza. ¿Quieres echarles un vistazo?

—Sí. —En un instante volvía a ser toda regia—. ¿Cómo es que tienes tú la carta? Deberían habérmela entregado a mí.

—¿Para qué sirve una mano, si no es para tenderte las cosas? —Tyrion le entregó la carta. Las uñas de Cersei le habían arañado el rostro, y le escocía la mejilla, pero no se podía decir que aquello desmejorase mucho su aspecto.

«Que me arranque media cara a zarpazos si quiere; será un precio bajo a cambio de que acceda al matrimonio con el de Dorne.» Lo tenía al alcance de la mano, lo presentía.

Y también cierto conocimiento sobre un informador... Pero bueno, aquello era la guinda del pastel.

Bailarina lucía guarniciones de lana color blanco níveo, adornadas con el lobo huargo gris de la casa Stark, mientras que Bran llevaba unos calzones grises y un jubón blanco con ribetes de vero en el cuello y las mangas. Sobre el corazón se había puesto su broche en forma de cabeza de lobo, de plata y jade pulido. Habría preferido mil veces tener a Verano en vez de un lobo de plata en el pecho, pero ser Rodrik se mostró inflexible.

Los bajos peldaños de piedra solo detuvieron a Bailarina durante un instante. Cuando Bran la apremió, los subió con facilidad. Al otro lado de las grandes puertas de roble y hierro, el salón principal de Invernalia estaba ocupado por ocho largas hileras de tablones montados sobre caballetes, cuatro a cada lado del pasillo central. Los hombres se apretujaban en los bancos. Se pusieron en pie cuando Bran pasó al trote.

—¡Stark! —gritaron—. ¡Invernalia, Invernalia!

Tenía edad suficiente para saber que no lo aclamaban a él. Se alegraban por la cosecha, por Robb y por sus victorias; honraban a su señor padre, a su abuelo y a todos los Stark desde hacía ocho mil años. Pese a todo, se sintió henchido de orgullo. Durante el tiempo que tardó en recorrer la longitud de la sala, se olvidó de que era un tullido. Pero cuando llegó al estrado, con todos los ojos clavados en él, Osha y Hodor le desabrocharon las cinchas, lo levantaron de lomos de Bailarina y lo transportaron al trono de sus antepasados.

Ser Rodrik estaba sentado a la izquierda de Bran, al lado de su hija Beth. Rickon estaba a su derecha, con el greñudo pelo castaño rojizo tan largo que le llegaba al manto de armiño. Desde la partida de su madre no había dejado que nadie se lo cortara. La última sirvienta que lo intentó se llevó un buen mordisco.

—Yo también quiero montar —dijo al ver que Hodor se llevaba a Bailarina—. Monto mejor que tú.

—Es mentira, así que cállate —le dijo a su hermano.

Ser Rodrik pidió silencio a los presentes. Bran alzó la voz. Les dio la bienvenida en nombre de su hermano, el Rey en el Norte, y les pidió que dieran gracias a los dioses antiguos y nuevos por las victorias de Robb y por la generosa cosecha.

—Que lleguen cien más —terminó al tiempo que alzaba la copa de plata de su padre.

—¡Cien más!

Los picheles de peltre entrechocaron con las copas de barro y los cuernos con argollas de hierro. El vino de Bran estaba endulzado con miel, y aromatizado con clavo y canela, pero aun así era más fuerte que el que solía beber. Sentía cómo le llenaba el pecho por dentro de dedos cálidos y serpenteantes. Cuando volvió a dejar la copa sobre la mesa, la cabeza le flotaba.

—Lo has hecho muy bien, Bran —le dijo ser Rodrik—. Lord Eddard habría estado muy orgulloso.

Al final de la mesa, el maestre Luwin hizo un gesto de asentimiento, mientras los criados empezaban a servir la comida.

Bran nunca había visto un banquete semejante. Se sirvieron platos, platos y más platos, tantos que apenas pudo probar uno o dos bocados de cada uno. Había grandes trozos de uro asado con puerros, empanadas de venado con zanahorias, panceta y setas, chuletas de cordero en salsa de clavo y miel, pato especiado, jabalí a la pimienta, ganso, espetones de pichones y capones, guiso de buey con avena y una sopa fría de fruta. Lord Wyman había llevado desde Puerto Blanco veinte toneles de pescado y marisco conservados en sal y algas: truchas, bígaros, centollos, mejillones, almejas, arenques, bacalao, salmón, langostas y lampreas. Había pan negro, pastelillos de miel y galletas de avena; había nabos, guisantes y remolachas, alubias y calabazas, y grandes cebollas moradas; había manzanas asadas, tartas de arándanos y peras al vino. En todas las mesas, fuera cual fuera el rango de los comensales, se sirvieron grandes piezas de queso blanco, jarras de vino caliente y especiado, y cerveza otoñal bien fría.

Los músicos de lord Wyman tocaron bien y con brío, pero pronto, los sonidos del arpa, el violín y el cuerno se vieron ahogados por las conversaciones a gritos y las risotadas, el ruido de las copas y los platos, y los gruñidos de los perros que se peleaban por las sobras. El bardo cantó canciones muy buenas: «Lanzas de hierro», «Los barcos quemados» y «El oso y la doncella», pero el único que parecía escucharlas era Hodor, que se había puesto junto al flautista y saltaba sobre un pie y luego sobre el otro.

El ruido fue subiendo de volumen hasta convertirse en un retumbar constante, un guiso de sonidos embriagador. Ser Rodrik hablaba con el maestre Luwin por encima de los rizos de Beth, mientras Rickon charlaba a gritos alegres con los Walders. Bran no había querido que los Frey se sentaran en la mesa principal, pero el maestre le recordó que pronto serían parientes. Robb iba a casarse con una de sus tías, y Arya, con uno de sus tíos.

—Ya veréis como no —dijo Bran—. ¿Arya? Imposible.

Pero el maestre Luwin se mostró inflexible, de manera que allí estaban, al lado de Rickon.

Los sirvientes llevaban todos los platos primero a Bran para que cogiera la tajada del señor si lo deseaba. Cuando llegó el pato, ya no le cabía un bocado más. Durante el resto de la cena se limitó a asentir en señal de aprobación ante cada fuente, y los despachaba con un ademán. Si el olor del plato le parecía especialmente apetecible, hacía que se lo llevaran a alguno de los señores del estrado, un gesto de amistad y deferencia que el maestre Luwin le había enseñado. Envió un poco de salmón a la pobre lady Hornwood, el jabalí a los vociferantes Umber, un plato de ganso con bayas a Cley Cerwyn, y una gran langosta a Joseth, el caballerizo mayor, que no era un gran señor ni uno de los invitados, pero se había encargado del entrenamiento de Bailarina y había hecho posible que Bran pudiera montar. También les envió dulces a Hodor y a la Vieja Tata, sin motivo alguno, solo porque los quería. Ser Rodrik le recordó que debía mandarles algo a los pupilos de su madre, de modo que hizo llegar unas remolachas cocidas a Walder el Pequeño, y unos nabos con mantequilla, a Walder el Mayor.

En los bancos de abajo, los hombres de Invernalia se mezclaban con los habitantes de la ciudad invernal, con amigos de pueblos cercanos y con los acompañantes de los invitados señoriales. Había rostros que Bran no había visto nunca, y otros que conocía tan bien como el suyo propio, pero en aquel momento, todos le parecían igual de extraños. Los veía como si estuvieran muy lejos, como si siguiera sentado junto a la ventana de su dormitorio mirando hacia el patio, viéndolo todo sin formar parte de nada.

Osha se movía entre las mesas sirviendo cerveza. Uno de los hombres de Leobald Tallhart le metió una mano bajo las faldas, y ella le rompió la jarra en la cabeza, lo que provocó un estallido de carcajadas. Pero Mikken tenía una mano bajo el corpiño de otra mujer, y por lo visto, a ella no le importaba. Bran observó como Farlen hacía que su perra le mendigara huesos, y sonrió a la Vieja Tata, que estaba partiendo una empanada caliente con los dedos arrugados. En el estrado, lord Wyman atacaba un humeante plato de lampreas como si fueran el ejército enemigo. Estaba tan gordo que ser Rodrik había ordenado que le construyeran una silla de tamaño especial para que se sentara, pero se reía mucho y en voz muy alta, y Bran sentía cierto afecto por él. La pobre lady Hornwood, tan demacrada, estaba sentada a su lado; su rostro parecía una máscara de piedra mientras picoteaba la comida sin interés. Al otro extremo de la mesa principal, Hothen y Mors competían en beber y entrechocaban sus cuernos tan fuertemente como dos caballeros las lanzas en una liza.

«Aquí hace demasiado calor y hay demasiado ruido, y todos se están emborrachando. —Las prendas grises y blancas de lana le causaban picazón, y de pronto deseó estar en cualquier lugar menos allí—. En el bosque de dioses hace fresco. De los estanques calientes sale humo, y las hojas rojas del arciano crujen. Los olores son más penetrantes que aquí; pronto saldrá la luna, y mi hermano y yo le cantaremos.»

—¿Bran? —dijo ser Rodrik—. No estás comiendo nada.

El sueño había sido tan vívido que, durante un instante, Bran olvidó dónde se encontraba.

—Ya comeré más tarde —dijo—. Ahora estoy lleno a reventar.

—Lo has hecho muy bien, Bran. —El bigote blanco del anciano caballero estaba teñido de rosa por el vino—. Aquí y durante las audiencias. Creo que algún día serás un buen señor.

«Yo quiero ser caballero.» Bran bebió otro trago de vino dulce especiado de la copa de su padre, satisfecho por tener algo a lo que aferrarse. La copa tenía un grabado que representaba la cabeza de un lobo huargo mostrando los dientes. Notó el relieve del morro de plata contra la palma de la mano y recordó la última vez que había visto a su señor padre beber de aquella copa.

Había sido la noche del banquete de bienvenida, cuando el rey Robert llegó con su corte a Invernalia. Entonces todavía era verano. Sus padres habían compartido el estrado con Robert y su reina, y sus hermanos se habían sentado junto a ella. También estuvo allí el tío Benjen, todo vestido de negro. Bran y sus hermanos se habían sentado con los hijos del rey: Joffrey, Tommen y la princesa Myrcella, que se había pasado toda la comida contemplando a Robb con ojos de adoración. Arya hacía muecas cada vez que creía que nadie la miraba, Sansa escuchaba arrobada al arpista del rey, que cantaba canciones de caballería, y Rickon no paraba de preguntar por qué Jon no estaba con ellos. «Porque es un bastardo», tuvo que susurrarle Bran al final. «Y ahora todos se han ido.» Era como si algún dios cruel los hubiera barrido de un manotazo gigantesco. Las chicas estaban prisioneras, Jon en el Muro, Robb y su madre en la guerra, el rey Robert y su padre muertos, quizá el tío Benjen también...

Asimismo, abajo, en los bancos, había rostros nuevos. Jory había muerto, igual que Tom el Gordo, Porther, Alyn, Desmond, Hullen, que había sido caballerizo mayor, su hijo Harwin... todos los que habían viajado hacia el sur con su padre, hasta la septa Mordane y Vayon Poole. Los demás se habían ido a la guerra con Robb, y quizá también morirían. Le gustaban Pelopaja, Tym Carapicada, Skittrick y los demás nuevos, pero echaba de menos a sus antiguos amigos.

Recorrió los bancos con la mirada, examinó los rostros alegres y los tristes, y se preguntó cuáles faltarían al año siguiente, y al otro, y al otro. De buena gana se habría echado a llorar, pero no podía. Era el Stark en Invernalia, hijo de su padre y heredero de su hermano, y ya casi un hombre.

Al fondo de la sala se abrieron las puertas, y la ráfaga de aire frío hizo que las antorchas brillaran más durante un instante. Barrigón dio paso a dos nuevos invitados al banquete.

—Lady Meera de la casa Reed —rugió el rotundo guardia para hacerse oír por encima del clamor—. Con su hermano, Jojen, de la Atalaya de Aguasgrises.

Todos alzaron la vista de sus copas y platos para mirar a los recién llegados. Bran pudo oír como Walder el Pequeño murmuraba «comerranas» a Walder el Mayor, sentado a su lado.

Ser Rodrik se puso en pie.

—Sed bienvenidos, amigos, y compartid con nosotros este festín.

Los sirvientes corrieron a prolongar la mesa del estrado con más tablones, caballetes y sillas.

—¿Quiénes son esos? —preguntó Rickon.

—Embarrados —comentó Walder el Pequeño con desdén—. Son ladrones y carroñeros; tienen los dientes verdes de tanto comer ranas.

El maestre Luwin se acuclilló al lado de Bran para susurrarle unos consejos al oído.

—Debes dispensarles un recibimiento cálido. No pensé que fueran a venir, pero... ¿sabes quiénes son?

—Lacustres —dijo Bran con un gesto de asentimiento—. Del Cuello.

—Howland Reed fue un buen amigo de tu padre —le dijo ser Rodrik—. Al parecer, estos son sus hijos.

Bran examinó a los recién llegados mientras estos recorrían la sala. La primera era una chica, aunque con aquella ropa nadie lo habría asegurado. Vestía calzones de piel de cordero, reblandecidos por el uso, y un jubón sin mangas, de escamas de bronce. Debía de tener la edad de Robb, aunque era delgada como un muchacho, con el largo pelo castaño atado en una coleta y apenas un atisbo de pechos. Llevaba una red colgada de un lado de las flacas caderas, y un largo cuchillo de bronce del otro; tenía debajo del brazo un viejo yelmo con manchas de óxido; de la espalda le colgaba una fisga y un escudo redondo de cuero.

Su hermano era varios años menor y no llevaba armas. Vestía de verde de los pies a la cabeza; hasta las botas de piel eran verdes, y cuando estuvo más cerca, Bran vio que tenía los ojos del color del musgo, aunque sus dientes parecían tan blancos como los de cualquiera. Los dos Reed eran de constitución esbelta, delgados como espadas, y poco más altos que el propio Bran. Una vez delante del estrado hincaron una rodilla en tierra.

—Mis señores de Stark —dijo la muchacha—. Han pasado los años a cientos y a miles desde que mi pueblo jurara lealtad por primera vez al Rey en el Norte. Mi señor padre nos ha enviado a recitar de nuevo el juramento, en nombre de todo nuestro pueblo.

«Me está mirando a mí», comprendió Bran. Tenía que responder algo.

—Mi hermano Robb está luchando en el sur —dijo—. Pero si queréis, podéis recitar el juramento ante mí.

—A Invernalia juramos la lealtad de Aguasgrises —dijeron al unísono—. Tierra, corazón y cosecha os entregamos, mi señor. A vuestras órdenes están nuestras espadas, lanzas y flechas. Apiadaos de nuestros enfermos, auxiliad a nuestros indefensos, impartid justicia para todos, y jamás os fallaremos.

—Lo juro por la tierra y por el agua —dijo el chico de verde.

—Lo juro por el bronce y por el hierro —dijo su hermana.

—Lo juramos por el hielo y por el fuego —terminaron a la vez.

Bran no supo qué decir. ¿Tenía que recitar algún juramento equivalente? No le habían enseñado cómo salir de aquella situación.

—Que vuestros inviernos sean cortos y vuestros veranos generosos —dijo; aquello solía dar resultado—. Levantaos. Soy Brandon Stark.

La chica llamada Meera se puso en pie y ayudó a su hermanito a levantarse. El chico no apartaba la vista de Bran.

—Te hemos traído obsequios: pescado, ranas y aves.

—Os lo agradezco. —Bran se preguntó si tendría que ser tan educado como para comerse una rana—. Os ofrezco la carne y el hidromiel de Invernalia.

Trató de recordar qué le habían enseñado acerca de los lacustres, que vivían entre los pantanos del Cuello y rara vez salían de los humedales. Eran un pueblo pobre de pescadores y cazadores de ranas, que vivían en casas de paja y juncos, en islas flotantes ocultas en las profundidades de los pantanos. Se decía de ellos que eran cobardes, que luchaban con armas envenenadas y preferían ocultarse de los enemigos en vez de enfrentarse abiertamente a ellos en la batalla. Y, pese a todo, Howland Reed había sido uno de los más leales compañeros de su padre durante la guerra en la que el rey Robert consiguió su corona, antes de que Bran naciera.

El chico, Jojen, miró toda la estancia con curiosidad al tiempo que se sentaba.

—¿Dónde están los lobos huargo?

—En el bosque de dioses —respondió Rickon—. Peludo se portó mal.

—A mi hermano le gustaría verlos —dijo la chica.

—Más vale que los lobos no lo vean a él —dijo Walder el Pequeño a gritos—, o se lo comerán de un bocado.

—Si voy con ellos, no lo morderán. —Bran estaba satisfecho de que quisieran ver a los lobos—. Bueno, Verano seguro que no, y él mantendrá a raya a Peludo.

Aquellos embarrados despertaban su curiosidad. No recordaba haber visto a ninguno. Su padre le enviaba cartas al señor de Aguasgrises todos los años, pero ningún lacustre llegó a visitar Invernalia. Le habría gustado seguir hablando con ellos, pero la sala principal era demasiado ruidosa, tanto que solamente se oía lo que decía quien estaba justo al lado.

Quien estaba justo al lado de Bran era ser Rodrik.

—¿Es verdad que comen ranas? —preguntó al anciano caballero.

—Sí —asintió ser Rodrik—. Ranas, pescado, lagartos león y todo tipo de aves.

«A lo mejor es porque no tienen ovejas ni vacas», pensó Bran. Les ordenó a los sirvientes que les llevaran chuletas de cordero y tajadas de uro, y que les llenaran los platos de guiso de buey con avena. Pareció que les gustaba mucho. La chica sorprendió su mirada y le sonrió. Bran se sonrojó y apartó la vista.

Mucho más tarde, después de que se sirvieran los dulces y se engulleran regados con galones de vino veraniego, retiraron los restos de comida de las mesas y las empujaron contra las paredes para que comenzara el baile.

La música se hizo más animada: entraron los tambores, y Hother Umber sacó un gran cuerno curvo de guerra con remaches de plata. Cuando el bardo, que estaba cantando «La noche que terminó», llegó a la parte donde la Guardia de la Noche cabalgaba para enfrentarse a los Otros en la batalla por el Amanecer, lo hizo sonar con un rugido que provocó los ladridos de todos los perros.

Dos hombres de Glover comenzaron a tocar una música estridente con una gaita y una lira. Mors Umber fue el primero en levantarse. Agarró por el brazo a una sirvienta que pasaba por allí, con lo que la chica soltó el jarro de vino, que fue a estrellarse contra el suelo. Entre las alfombras, los huesos y los trocitos de pan que había sobre la piedra, la obligó a dar vueltas, la hizo girar y la lanzó por los aires. La chica se reía a gritos y se puso tan colorada como las faldas que le giraban y se le levantaban con el baile.

No tardaron en unirse otros. Hodor empezó a bailar solo, mientras lord Wyman le pedía a la pequeña Beth Cassel que fuera su pareja. Pese a su inmenso tamaño se movía con elegancia. Cuando se cansó, Cley Cerwyn bailó con la chica. Ser Rodrik se acercó a lady Hornwood, pero ella se excusó y pidió permiso para retirarse. Bran se quedó el tiempo justo para no parecer maleducado, e hizo que llamaran a Hodor. Estaba acalorado y cansado; el vino le había arrebolado las mejillas, y ver bailar lo ponía triste. Era algo que él jamás podría hacer.

—Quiero irme.

—Hodor —gritó Hodor, al tiempo que se arrodillaba.

El maestre Luwin y Pelopaja lo alzaron para meterlo en la cesta. Los de Invernalia habían visto aquello cientos de veces, pero sin duda para los invitados era un espectáculo extraño, y algunos se mostraron más curiosos que educados. Bran sintió las miradas clavadas en él.

Salieron por atrás para no recorrer toda la longitud de la sala, y Bran tuvo que agachar la cabeza para cruzar la puerta. En la galería oscura que había tras la sala principal, se tropezaron con Joseth, el caballerizo mayor, montando de una manera diferente a la acostumbrada. Había empujado a una mujer que Bran no conocía contra la pared, y le había levantado las faldas hasta la cintura. La mujer se reía entre dientes hasta que Hodor se detuvo para mirar. Entonces, soltó un grito.

—Déjalos en paz, Hodor —tuvo que ordenarle Bran—. Llévame a mi dormitorio.

Hodor lo subió por la escalera de caracol hasta su torre y se arrodilló junto a una de las barras de hierro que Mikken había incrustado en la pared. Bran se apoyó en las barras para desplazarse hasta la cama, y Hodor le quitó las botas y los calzones.

—Ya puedes volver al banquete —dijo Bran—, pero no molestes a Joseth y a esa mujer.

—Hodor —respondió Hodor con un gesto de asentimiento.

Sopló para apagar la vela de su mesilla, y la oscuridad lo envolvió como una manta suave, familiar. El sonido distante de la música se colaba a través de los postigos de su ventana.

De pronto le acudió a la mente algo que su padre le había contado cuando era pequeño. Le había preguntado a lord Eddard si en la Guardia Real estaban de verdad los mejores caballeros de los Siete Reinos.

—Ya no —fue la respuesta—. Pero en el pasado fueron una maravilla, una brillante lección para todo el mundo.

—¿Y cuál era el mejor de todos?

—El mejor caballero que yo he visto jamás fue ser Arthur Dayne, que luchaba con una espada llamada *Albor,* forjada con el corazón de una estrella caída. Lo llamaban Espada del Amanecer, y de no ser por Howland Reed, me habría matado.

Entonces, su padre se había puesto triste y no quiso seguir hablando. Bran deseó con todas sus fuerzas haberle preguntado qué quería decir.

Cerró los ojos, con la cabeza llena de caballeros de brillante armadura, luchando con espadas que refulgían como fuego de estrellas, pero cuando se durmió volvió a encontrarse en el bosque de dioses. Los olores de la cocina y del salón principal eran tan intensos como si no hubiera abandonado el banquete. Merodeó por debajo de los árboles, seguido de cerca por su hermano. Los aullidos de la manada humana dedicada a sus juegos rasgaban la tranquilidad de la noche. Los sonidos lo inquietaban. Quería correr, cazar; quería...

El tintineo del hierro hizo que alzara las orejas. Su hermano también lo había oído. Corrieron entre la maleza en dirección al sonido. Cruzaron las aguas tranquilas al pie del viejo blanco, y entonces le llegó el olor de un desconocido, el olor a hombre mezclado con cuero, tierra, hierro.

Los intrusos se habían adentrado unos pasos en el bosque cuando llegó junto a ellos: una hembra y un macho joven, sin pizca de miedo, aunque les mostró los dientes. Su hermano gruñía desde lo más profundo de la garganta, pero los humanos no huyeron.

—Ahí vienen —dijo la hembra. «Meera», susurró una parte de él, un atisbo del niño dormido perdido en el sueño de lobo—. ¿Sabías que eran así de grandes?

—Y más grandes serán cuando crezcan del todo —dijo el macho joven, que los miraba con unos ojos grandes, verdes, desprovistos de todo temor—. El negro está lleno de miedo y rabia, pero el gris es fuerte... más fuerte de lo que él mismo sabe... ¿No lo sientes, hermana?

—No —dijo al tiempo que ponía una mano en el puño de su largo cuchillo marrón—. Ve con cuidado, Jojen.

—No me va a hacer daño. Hoy no es el día en que voy a morir.

El macho avanzó hacia ellos, sin miedo, y extendió la mano para tocarle el hocico con una caricia ligera como una brisa de verano. Pero, con el contacto de aquellos dedos, el bosque se disolvió y la tierra misma se tornó humo bajo sus pies, un humo que subía, girando, entre risas, y entonces empezó a caer, a caer, a caer...

CATELYN

Mientras dormía en las praderas onduladas, Catelyn soñó que Bran estaba sano otra vez, que Arya y Sansa se daban la mano, que Rickon era todavía un bebé que se alimentaba de su pecho. Robb, sin corona, jugaba con una espada de madera, y cuando todos se dormían encontraba a Ned en su lecho, sonriente.

Un sueño dulce, un sueño breve. Llegó el amanecer cruel con su daga de luz. Se despertó dolorida, sola y cansada; cansada de cabalgar, cansada de sufrir, cansada del deber.

«Quiero llorar —pensó—. Quiero que me consuelen. Estoy cansada de ser fuerte. Por una vez quiero actuar como una niña asustada. Solo durante un tiempo, nada más... un día... una hora.»

En el exterior de su tienda, los hombres se movían ya. Oyó relinchos de caballos, a Shadd quejándose de que tenía la espalda agarrotada, a ser Wendel pidiendo su arco a gritos. Catelyn deseó con todas sus fuerzas que desaparecieran. Eran hombres buenos, leales, pero estaba cansada de todos. Solo anhelaba ver a sus hijos. Se prometió que un día se quedaría en la cama, un día se permitiría el lujo de no ser fuerte.

Pero no podía ser aquel día.

Sintió los dedos más torpes que de costumbre; le costaba ponerse la ropa. Y aún tenía que dar gracias por poder utilizar las manos. El puñal era de acero valyrio, y el mordisco del acero valyrio era temible. Solo tenía que mirarse las cicatrices para recordarlo.

En el exterior, Shadd removía unas gachas en la cazuela, mientras ser Wendel Manderly tensaba su arco.

—Mi señora —dijo al ver salir a Catelyn—. En estas praderas hay aves. ¿Queréis desayunar una codorniz asada esta mañana?

—Tomaré pan y gachas como todos, gracias. Hoy hemos de cabalgar muchas leguas, ser Wendel.

—Como queráis, mi señora. —La decepción se dibujó en el rostro redondo del caballero; las puntas de sus bigotes de morsa parecieron caer un poco más—. Pan y gachas, no hay mejor desayuno.

Era uno de los hombres más gordos que Catelyn había visto jamás, pero por mucho que amara la comida, amaba su honor todavía más.

—He preparado una infusión de ortigas —anunció Shadd—. ¿Querrá mi señora una taza?

—Sí, os lo agradezco.

Acunó la taza entre sus manos marcadas y sopló para enfriar el líquido. Shadd era uno de los hombres de Invernalia. Robb había nombrado a veinte de los mejores para que la escoltaran sana y salva hasta Renly. También envió con ella a cinco señores menores, cuyos nombres y nobleza le darían peso y honor a su mensaje. Durante su camino hacia el sur, siempre lejos de las ciudades y aldeas, habían visto más de una vez bandas de hombres armados, y humo hacia el este, pero nadie se atrevió a molestarlos. Eran pocos para constituir una amenaza y demasiados para ser presa fácil. Una vez cruzaron el Aguasnegras, dejaron lo peor atrás. En los cuatro últimos días no habían visto ni rastro de la guerra.

Catelyn nunca había querido llegar a aquella situación. Se lo había dicho a Robb en Aguasdulces.

—La última vez que vi a Renly, era un niño; tenía la edad de Bran. No lo conozco. Envía a otro. Mi lugar está aquí, con mi padre, durante lo que le quede de vida.

—No tengo a nadie más, y no puedo ir yo. —Su hijo la miraba con tristeza—. Tu padre está demasiado enfermo. El Pez Negro es mis ojos y mis oídos; no puedo prescindir de él. A tu hermano lo necesito para defender Aguasdulces cuando avancemos.

—¿Cuando avancemos? —Nadie le había hablado de un posible avance.

—No puedo quedarme en Aguasdulces a la espera de la paz. Da la impresión de que tengo miedo de presentar batalla de nuevo. Los hombres, cuando no pelean, empiezan a pensar en sus hogares y cosechas: me lo dijo mi padre. Hasta mis norteños empiezan a estar inquietos.

«Mis norteños —pensó—. Incluso empieza a hablar como un rey.»

—Nadie ha muerto nunca de inquietud. En cambio, de precipitación, sí. Hemos plantado semillas; deja que broten.

Robb sacudió la cabeza con obstinación.

—No hemos hecho más que tirar unas semillas al viento. Si tu hermana Lysa fuera a acudir en nuestra ayuda, ya habríamos recibido la noticia. ¿Cuántos pájaros hemos enviado al Nido de Águilas? ¿Cuatro? Yo también quiero la paz, pero ¿por qué me van a dar nada los Lannister si lo único que hago es quedarme aquí quieto, mientras mi ejército se derrite a mi alrededor tan deprisa como la nieve de verano?

—Así que, en vez de parecer cobarde, quieres bailar al son que toque lord Tywin —le espetó ella—. Quiere que avances contra Harrenhal; pregúntale a tu tío Brynden si no me...

—Yo no he dicho nada de Harrenhal —replicó Robb—. En fin, ¿irás en mi nombre a entrevistarte con Renly, o tengo que enviar al Gran Jon?

El recuerdo la hizo sonreír. Era un truco muy evidente, pero inteligente para un chico de quince años. Robb sabía que Jon Umber era incapaz de negociar con un hombre como Renly Baratheon, y también sabía que ella lo sabía. No podía hacer otra cosa que acceder y rezar para que su padre siguiera con vida a su regreso. Si lord Hoster se hubiera encontrado bien, habría ido él en persona, estaba segura. Pese a todo, la partida fue dura, muy dura. El anciano ni siquiera la reconoció cuando entró a despedirse.

—Minisa —la llamó—, ¿dónde están las niñas? Mi pequeña Cat, mi dulce Lysa...

Catelyn le dio un beso en la frente, y le dijo que sus pequeñas estaban bien.

—Espérame, mi señor —le suplicó cuando volvió a cerrar los ojos—. Yo te esperé tantas, tantas veces... Ahora tú tienes que esperarme a mí.

«El destino me lleva cada vez más al sur —pensó Catelyn mientras bebía un trago de la amarga infusión—, cuando lo que debería hacer es ir al norte, a casa. —Había escrito a Bran y a Rickon la última noche en Aguasdulces—. No os olvido, mis pequeños, creedme. Pero vuestro hermano me necesita más que vosotros.»

—Hoy deberíamos llegar al alto Mander, mi señora —anunció ser Wendel mientras Shadd servía las gachas con un cucharón—. Si lo que se cuenta es verdad, lord Renly no estará lejos.

«Y cuando lo encuentre, ¿qué le digo? ¿Que mi hijo no considera que sea el rey legítimo?» No deseaba aquella reunión. Lo que les hacía falta eran amigos, no más enemigos, pero Robb jamás doblaría la rodilla ante un hombre cuyas aspiraciones al trono no consideraba legítimas.

Tenía el cuenco vacío, aunque no recordaba haber probado las gachas. Lo dejó a un lado.

—Ya tendríamos que habernos puesto en marcha.

Cuanto antes hablara con Renly, antes podría volver a casa. Fue la primera en montar, y marcó el paso de la columna. Hal Mollen cabalgaba junto a ella, portando el estandarte de la casa Stark, el lobo huargo gris sobre campo blanco hielo.

Aún estaban a medio día a caballo del campamento de Renly cuando los alcanzaron. Robin Flint se había adelantado como explorador, y volvió al galope con la noticia de que había un vigía en el tejado de un molino distante. Cuando el grupo de Catelyn llegó allí, hacía tiempo que el hombre había desaparecido. Apuraron la marcha, pero no llegaron a avanzar ni mil pasos antes de que los exploradores de Renly cayeran sobre ellos. Eran veinte hombres a caballo, con cotas de malla, y a la cabeza iba un gigantesco caballero de barba blanca con un jubón en el que se veían dibujos de grajos azules. Al ver su estandarte trotó solo hacia ella.

—Mi señora, soy ser Colen de Lagosverdes —dijo—, para serviros. Cruzáis tierras muy peligrosas.

—Tenemos asuntos muy urgentes que tratar —le respondió—. Vengo como enviada de mi hijo, Robb Stark, el Rey en el Norte, para pactar con Renly Baratheon, el Rey en el Sur.

—El rey Renly es el monarca coronado y ungido de todos los Siete Reinos, mi señora —respondió ser Colen, aunque con cortesía—. Su alteza ha acampado junto con su ejército cerca de Puenteamargo, donde el camino de las Rosas cruza el Mander. Me corresponde a mí el gran honor de escoltaros hasta él.

El caballero alzó una mano enfundada en un guantelete, y sus hombres formaron una doble columna para flanquear a Catelyn y a su guardia. Catelyn no sabía bien si la escoltaban o la habían hecho cautiva. No podía hacer otra cosa que confiar en el honor de ser Colen, y en el de lord Renly.

Aún les faltaba una hora para llegar al río cuando divisaron el humo de las hogueras del campamento. Luego les llegó el sonido a través de los campos sembrados y las praderas; era como el murmullo del mar a lo lejos, que fue haciéndose más alto a medida que se acercaban. Cuando vieron las aguas turbias del Mander brillar bajo el sol, ya distinguían las voces de los hombres, el clamor del acero y los relinchos de los caballos. Pero ni el ruido ni el humo los habían preparado para la visión del ejército en sí.

Miles de hogueras llenaban el aire con una neblina de humo claro. Las filas de caballos tenían varias leguas de longitud. Había hecho falta talar todo un bosque solo para hacer las largas astas de las que colgaban los estandartes. Enormes máquinas de asedio se distribuían ordenadas sobre la hierba, al borde del camino de las Rosas: maganeles, trabuquetes, arietes montados sobre ruedas más altas que un hombre a caballo... Las puntas de acero de las picas tenían un brillo rojo a la luz del sol, como si ya estuvieran cubiertas de sangre, y los pabellones de los caballeros y los grandes señores poblaban la hierba como setas de seda. Vio hombres con lanzas y hombres con espadas, hombres con cascos de acero y cotas de malla, prostitutas que mostraban sus encantos, arqueros emplumando flechas, cocheros que guiaban carromatos, porqueros que guiaban sus piaras, pajes corriendo para llevar mensajes, escuderos dedicados a afilar espadas, caballeros a lomos de palafrenes, y mozos de cuadras tirando de las riendas de corceles indómitos.

—Una cantidad de hombres temible —observó ser Wendel Manderly mientras cruzaban el antiguo arco de piedra del que Puenteamargo tomaba su nombre.

—Cierto —asintió Catelyn.

Al parecer, toda la caballería del sur había acudido a la llamada de Renly. La rosa dorada de Altojardín se veía por todas partes: bordada en el lado derecho del pecho de soldados y sirvientes; ondeando al viento en los estandartes de seda verde, adornando lanzas y picas; pintada en los escudos que colgaban ante los pabellones de los hijos, hermanos y primos de la casa Tyrell. Catelyn vio también el zorro y las flores de la casa Florent, las manzanas roja y verde de Fossoway, el cazador que andaba a zancadas de lord Tarly, las hojas de roble de Oakheart, las grullas de Crane y la nube de mariposas negras y naranja de los Mullendor.

Los señores de la tormenta habían alzado sus estandartes al otro lado del Mander. Eran los vasallos de Renly, que habían jurado lealtad a la casa Baratheon y a Bastión de Tormentas. Catelyn reconoció los ruiseñores de Bryce Caron, las plumas de Penrose y la tortuga marina de lord Estermont, verde sobre verde. Pero, por cada escudo que conocía, había una docena que jamás había visto; pertenecían a los señores menores leales a los vasallos, o a caballeros errantes y jinetes libres que habían acudido a cientos para hacer de Renly Baratheon un rey tanto de nombre como de hecho.

El estandarte de Renly colgaba por encima de los demás. En la cima de su torre de asedio más alta, una inmensidad de roble con ruedas cubierta de pieles, pendía el estandarte de guerra más grande que Catelyn había visto jamás, un paño de tal tamaño que podía alfombrar muchas salas, todo dorado, con la silueta negra del venado coronado de los Baratheon en medio, sobre las patas traseras, erguido, orgulloso.

—¿Oís ese ruido, mi señora? —preguntó Hallis Mollen, que se había acercado a ella al trote—. ¿De qué se trata?

Prestó atención. Gritos, relinchos de caballos, el clamor del acero y...

—Aplausos —dijo.

Habían estado cabalgando por una suave pendiente en dirección a unos pabellones de brillantes colores alzados en la cima. Al pasar entre ellos se encontraron con que había muchos más hombres, y con que los sonidos eran más fuertes. Y entonces lo vio todo.

Abajo, entre los muros de piedra y madera de un pequeño castillo, estaba teniendo lugar un torneo cuerpo a cuerpo.

Habían despejado un campo para justas, y había cercas, estrados y vallas basculantes. Los espectadores eran cientos, tal vez miles. Por el aspecto del lugar, arrasado, embarrado, lleno de restos de armaduras y trozos de lanzas, llevaban allí un día o más, pero al parecer se aproximaba el final. Solo quedaba una veintena de caballeros montados, que cargaban unos contra otros y se atacaban entre los aplausos y gritos de ánimo de los espectadores y los combatientes descabalgados. Catelyn vio como dos corceles con armaduras completas chocaban entre el estruendo del acero y la carne.

—Un torneo —señaló Hal Mollen. Tenía un don natural para anunciar lo evidente.

—Espléndido —dijo ser Wendel Manderly al ver a un caballero con capa arcoíris volviéndose para asestar un golpe de revés, que destrozó el escudo de su perseguidor y lo hizo caer de los estribos.

La multitud que tenían delante hacía imposible que siguieran avanzando.

—Lady Stark —dijo ser Colen—, si vuestros hombres tienen la bondad de aguardar aquí; iré a presentaros al rey.

—Como vos digáis.

Dio la orden de detenerse, aunque tuvo que alzar la voz para hacerse oír por encima del estrépito del torneo. Ser Colen hizo avanzar muy despacio a su caballo entre la multitud, abriendo un camino para Catelyn. El gentío rugió cuando un hombre de barba roja sin casco, con un grifo pintado en el escudo, cayó ante un corpulento caballero de armadura azul. Su acero era de color cobalto oscuro, hasta el mangual sin puntas que manejaba de manera tan mortífera, y su montura lucía los jaeces con el blasón cuarteado del sol y la luna, símbolo de la casa Tarth.

—Malditos sean los dioses; Ronnet el Rojo ha caído —renegó un hombre.

—Loras se encargará del de azul... —le respondió otro antes de que el rugido de la multitud ahogara el resto de sus palabras.

Había caído otro hombre, que quedó atrapado bajo su caballo herido, y ambos lanzaban alaridos de dolor. Los escuderos corrieron a prestarles auxilio.

«Esto es una locura —pensó Catelyn—. Renly tiene enemigos de verdad por todas partes; la mitad del reino está en llamas, y él aquí, jugando a la guerra como un niño con su primera espada de madera.»

Las damas y señores de las galerías estaban tan absortos en el combate cuerpo a cuerpo como los que observaban a nivel de suelo. Catelyn los conocía bien. Su padre había visitado a menudo a los señores sureños, y no pocos de ellos acudieron también como invitados a Aguasdulces. Reconoció a lord Mathis Rowan, más corpulento y sonrosado que nunca, con el árbol dorado de su casa bien visible en el jubón blanco. Más abajo estaba sentada lady Oakheart, menuda y delicada, y a su izquierda, lord Randyll Tarly de Colina Cuerno, con su famoso mandoble, *Veneno de Corazón,* apoyado contra el respaldo de su asiento. A otros los conocía solo por sus blasones, y unos pocos le resultaban del todo desconocidos.

Y en medio de todos ellos, contemplando el espectáculo y riendo al lado de su joven reina, había un fantasma con una corona de oro.

«No me extraña que los señores lo sigan con tal fervor —pensó—; es la viva imagen de Robert.» Renly era tan atractivo como lo había sido Robert, de miembros largos y hombros anchos, el mismo pelo negro como el carbón, fino y lacio, los mismos ojos de un azul intenso, la misma sonrisa alegre. El delicado aro que le ceñía la frente le sentaba bien. Era de oro pulido, un círculo de rosas exquisitamente forjadas; en la parte de delante se veía una cabeza de venado en jade verde oscuro, con los ojos dorados y las astas a juego.

El venado coronado decoraba también la túnica de terciopelo verde del rey, bordado en hilo de oro sobre su pecho: el blasón de los Baratheon con los colores de Altojardín. La muchacha que compartía con él la tarima también era de Altojardín: se trataba de su joven reina, Margaery, hija de lord Mace Tyrell. Catelyn sabía que su matrimonio era el cemento que mantenía unida la gran alianza sureña. Renly solo tenía veintiún años, y la chica no sería mayor que Robb, muy bonita, con tiernos ojos de gaçela y una melena de pelo castaño que le caía ondulante sobre los hombros. Su sonrisa era tímida y dulce.

En el campo de justas, el caballero de la capa con todos los colores del arcoíris derribó a otro hombre, y el rey lo aclamó junto con los demás.

—¡Loras! —lo oyó gritar—. ¡Altojardín!

La reina, muy contenta, también palmoteaba.

Catelyn se volvió para contemplar el final. Ya solo quedaban cuatro hombres en la contienda, y no cabía duda de quién era el favorito del rey y del gentío. No había llegado a conocer en persona a ser Loras Tyrell, pero hasta el lejano norte habían llegado las historias sobre las proezas del joven Caballero de las Flores. Ser Loras montaba a lomos de un gran semental con armadura plateada, y peleaba con un hacha de mango largo. Del centro de su yelmo brotaba un penacho de rosas doradas.

Dos de los hombres que aún quedaban en contienda habían hecho causa común. Espolearon a sus monturas en dirección al caballero de la armadura cobalto. En el momento en que se le acercaron, uno por cada lado, el caballero azul tiró de las riendas; golpeó de pleno a uno en la cara, con su escudo astillado, mientras su corcel negro se alzaba sobre los cuartos traseros y coceaba al otro. En un abrir y cerrar de ojos, uno de los combatientes quedó descabalgado, y el otro se tambaleaba. El caballero azul dejó caer el escudo roto para tener libre el brazo izquierdo, y en aquel momento, el Caballero de las Flores cayó sobre él. El peso del acero no parecía afectar a la elegancia y rapidez con que ser Loras se movía, con la capa arcoíris ondeando a su espalda.

El caballo negro y el blanco se movieron el uno en torno al otro como enamorados en el baile de la cosecha, pero los jinetes se lanzaban golpes de acero en lugar de besos. El hacha relampagueaba y el mangual giraba. La una carecía de filo y el otro no tenía puntas, pero el ruido que hacían era temible. El caballero azul, que no tenía escudo, se estaba llevando la peor parte. Ser Loras descargaba golpe tras golpe contra su cabeza y hombros, mientras la multitud rugía: «¡Altojardín!». El otro respondía con el mangual, pero ser Loras siempre conseguía detener la bola con su maltrecho escudo verde, en el que aún se veían tres rosas doradas. Cuando el hacha acertó al caballero azul en la mano con un movimiento de revés, y le hizo soltar la maza, el grito de la multitud fue como el bramido de una bestia. El Caballero de las Flores alzó el hacha para asestar el golpe definitivo.

El caballero azul cargó contra él. Los corceles chocaron, el hacha roma acertó contra la maltrecha coraza azul..., pero el caballero se las arregló para agarrar el mango largo con la mano enfundada en el guantelete de acero. La arrancó de manos de ser Loras, y de pronto los dos estuvieron enzarzados desde sus monturas... un instante antes de caer. Los caballos se alejaron, y los dos caballeros se estrellaron contra el suelo. Loras Tyrell, que había quedado abajo, se llevó lo peor del impacto. El caballero azul sacó un cuchillo largo y abrió el visor de Tyrell. El rugido de la multitud era tan ensordecedor que Catelyn no alcanzó a oír las palabras de ser Loras, pero leyó lo que decía en sus labios ensangrentados: «Me rindo».

El caballero azul se puso en pie, tambaleante, y alzó el cuchillo en dirección a Renly Baratheon, el saludo de un campeón a su rey. Los escuderos corrieron a la liza para ayudar a ponerse en pie al caballero derrotado. Cuando le quitaron el casco, Catelyn se sobresaltó al ver lo joven que era. No podía llevarle más de dos años a Robb. El muchacho debía de ser tan atractivo como su hermana, pero con el labio roto, los ojos desenfocados y la sangre que le empapaba el pelo, no había manera de asegurarlo.

—Acercaos —le indicó el rey Renly al vencedor.

El caballero cojeó hacia la galería. Vista desde cerca, la brillante armadura azul no resultaba tan espléndida: estaba llena de abolladuras y mellada por los golpes de espadas, mazas y martillos; la coraza esmaltada y el yelmo no estaban mucho mejor, y tenía la capa hecha jirones. Por su manera de caminar, el hombre que había dentro de la armadura también estaba muy magullado. Unas cuantas voces lo aclamaron al grito de «¡Tarth!», y otro extraño saludo, «¡Bella! ¡Bella!», pero la mayoría guardaba silencio. El caballero azul se arrodilló ante el rey.

—Alteza —dijo, con la voz distorsionada por el yelmo abollado.

—Sois tal como me dijo vuestro señor padre. —La voz de Renly recorrió todo el recinto—. He visto a ser Loras descabalgado un par de veces..., pero nunca de esa manera.

—No ha estado bien —se quejó un arquero borracho que llevaba la rosa de los Tyrell bordada en el justillo—. Ha sido un truco sucio; ha descabalgado al chico con malas mañas.

La multitud empezaba a despejarse.

—Ser Colen —le preguntó Catelyn a su acompañante—, ¿quién es ese hombre, y por qué no gusta a la gente?

—Porque no es un hombre, mi señora. —Ser Colen frunció el ceño—. Es Brienne de Tarth, hija de lord Selwyn, el Lucero de la Tarde.

—¿Hija? —Catelyn se había quedado horrorizada.

—La llaman Brienne la Bella... pero no a la cara, o tendrían que defender esas palabras con las armas.

Oyó como el rey Renly declaraba a lady Brienne de Tarth vencedora del gran combate cuerpo a cuerpo de Puenteamargo, la única que había quedado a caballo entre ciento dieciséis caballeros.

—Como ganadora, podéis pedirme el favor que deseéis. Si está en mi mano, es vuestro.

—Alteza —respondió Brienne—, os pido el honor de ocupar un lugar en vuestra Guardia Arcoíris. Sería uno de vuestros siete, consagraría mi vida a la vuestra, iría adonde fuerais, cabalgaría a vuestro lado y os mantendría a salvo de todo peligro y riesgo.

—Concedido —dijo él—. Levantaos y quitaos el yelmo.

Hizo lo que le ordenaban. Cuando le vio la cara, Catelyn comprendió las palabras de ser Colen.

La llamaban la Bella... en tono burlón. El cabello que había ocultado el yelmo era un nido de paja sucia, y su rostro... Brienne tenía unos ojos grandes y muy azules, los ojos de una niña, confiados e inocentes, pero por lo demás, sus rasgos eran bastos y desproporcionados: tenía los dientes prominentes y desiguales; la boca, demasiado ancha, y los labios, tan gruesos que parecían hinchados. Un millar de pecas le cubrían las mejillas y la frente, y le habían roto la nariz más de una vez. El corazón de Catelyn se llenó de compasión. «¿Hay en la tierra criatura tan desafortunada como una mujer fea?»

Y aun así, cuando Renly le quitó la capa desgarrada y le puso sobre los hombros otra con todos los colores del arcoíris, Brienne de Tarth no parecía sentirse desafortunada. Una sonrisa le iluminaba todo el rostro.

—Mi vida os pertenece, alteza —dijo con voz fuerte y orgullosa—. De ahora en adelante seré vuestro escudo: lo juro por los dioses, los antiguos y los nuevos.

La expresión con que miró al rey (desde arriba, ya que era un palmo más alta, aunque Renly tenía casi la misma estatura que su difunto hermano) hizo que a Catelyn se le rompiera el corazón.

—¡Alteza! —Ser Colen de Lagosverdes desmontó y se aproximó a la galería—. Con vuestro permiso. —Hincó una rodilla en tierra—. Tengo el honor de traer ante vos a lady Catelyn Stark, enviada por su hijo Robb, señor de Invernalia.

—Señor de Invernalia y Rey en el Norte —lo corrigió Catelyn al tiempo que desmontaba y se acercaba a ser Colen.

—¿Lady Catelyn? —El rey Renly pareció muy sorprendido—. Es un verdadero placer. —Se volvió hacia su joven reina—. Margaery, querida mía, te presento a lady Catelyn Stark de Invernalia.

—Recibid nuestra más cordial bienvenida, lady Stark —dijo la muchacha con suave cortesía—. Lamento mucho vuestra pérdida.

—Sois muy amable —dijo Catelyn.

—Mi señora, os juro que me encargaré de que los Lannister respondan por el asesinato de vuestro esposo —declaró Renly—. Cuando tome Desembarco del Rey, os haré llegar la cabeza de Cersei.

«¿Y con eso recuperaré a Ned?», pensó.

—Me bastará con saber que se ha hecho justicia, mi señor.

—Alteza —corrigió Brienne la Azul con tono brusco—. Y delante del rey deberíais arrodillaros.

—La distancia que hay entre *señor* y *alteza* es muy corta, mi señora —dijo Catelyn—. Lord Renly lleva una corona, igual que mi hijo. Si lo deseáis, podemos quedarnos aquí y discutir durante horas qué títulos y honores le corresponden a cada uno, pero creo que deberíamos tratar asuntos mucho más apremiantes.

Algunos señores de Renly fruncieron el ceño, pero el rey se echó a reír.

—Bien dicho, mi señora. Ya habrá tiempo suficiente para títulos cuando terminen estas guerras. Decidme, ¿cuándo piensa vuestro hijo marchar contra Harrenhal?

—No ocupo ningún asiento en los consejos de guerra de mi hijo, mi señor. —Catelyn no pensaba revelar ni una palabra de los planes de Robb mientras no supiera si aquel rey era amigo o enemigo.

—Mientras me deje a unos pocos Lannister para mí, no me voy a quejar. ¿Qué ha hecho con el Matarreyes?

—Jaime Lannister se encuentra prisionero en Aguasdulces.

—¿Todavía con vida? —Lord Mathis Rowan se mostró decepcionado.

—Parece que el lobo huargo es más gentil que el león —comentó Renly, divertido.

—Decir que alguien es más gentil que los Lannister es como decir que algo es más seco que el mar —murmuró lady Oakheart con una sonrisa amarga.

—Para mí que es débil. —Lord Randyll Tarly tenía una barbita canosa hirsuta y una merecida reputación por su brusquedad—. Sin ánimo de faltaros al respeto, lady Stark, habría sido más apropiado que lord Robb hubiera venido en persona para rendirle pleitesía al rey, en vez de esconderse tras las faldas de su madre.

—El rey Robb está luchando en una guerra, mi señor —replicó Catelyn con cortesía gélida—. No jugando a los torneos.

—Cuidado, lord Randyll —advirtió Renly con una sonrisa—, creo que la señora es mucho rival para vos. —Llamó a un mayordomo que vestía la librea de Bastión de Tormentas—. Alojad a los acompañantes de la señora; encargaos de que cuenten con todas las comodidades. Lady Catelyn se instalará en mi pabellón. Lord Caswell ha tenido la amabilidad de cederme su castillo, de modo que yo no lo necesito. Mi señora, cuando hayáis descansado, sería para mí un honor que compartierais con nosotros la carne y el hidromiel en el banquete que lord Caswell nos ofrecerá esta noche. Un banquete de despedida. Mucho me temo que está deseando ver partir a mis hambrientas hordas.

—Eso no es verdad, alteza —protestó un hombre flaco que debía de ser Caswell—. Todo lo mío os pertenece.

—Siempre que alguien le decía eso a mi hermano Robert, se lo tomaba al pie de la letra —comentó Renly—. ¿Tenéis hijas?

—Sí, alteza. Dos.

—Entonces, dad gracias a los dioses de que yo no sea Robert. Mi dulce reina es la única mujer que deseo. —Renly extendió la mano para ayudar a Margaery a ponerse en pie—. Hablaremos cuando hayáis tenido ocasión de descansar, lady Catelyn.

Renly y su esposa se dirigieron hacia el castillo, mientras su mayordomo guiaba a Catelyn hacia el pabellón de seda verde del rey.

—Si necesitáis cualquier cosa, solo tenéis que pedirla, mi señora.

A Catelyn no se le ocurría qué habría podido necesitar que no estuviera ya allí. El pabellón era más grande que los comedores de más de una posada, y contaba con todos los detalles para que resultara acogedor: cojines de plumas y mantas de piel, una bañera de madera y cobre tan grande que cabían dos personas, braseros para espantar el frío de la noche, sillas plegables de cuero, una mesa para escribir con plumas y un tintero, cuencos con melocotones, peras y ciruelas, una jarra de vino con un juego de copas de plata, arcones de roble que contenían la ropa de Renly, libros, mapas, juegos de mesa, un arpa, un arco largo y un carcaj de flechas, un par de halcones con colas rojas, y una auténtica armería con las armas más hermosas.

«Este Renly no se priva de nada —pensó al mirar a su alrededor—. No es de extrañar que su ejército avance tan despacio.»

Junto a la entrada montaba guardia la armadura del rey, color verde bosque, con los accesorios repujados en oro y el yelmo coronado por unas enormes astas doradas. El acero estaba tan pulido que veía su reflejo en la coraza, una imagen que le devolvía la mirada como si se estuviera contemplando en un profundo estanque de aguas verdes. «El rostro de una mujer ahogada —pensó Catelyn—. ¿Puede alguien ahogarse en el dolor?» Se volvió bruscamente, enfadada por su fragilidad. No tenía tiempo para permitirse el lujo de la autocompasión. Debía limpiarse el polvo del cabello y cambiarse la ropa por un atuendo más adecuado para un banquete real.

Ser Wendel Manderly, Lucas Blackwood, ser Perwyn Frey y el resto de sus acompañantes nobles fueron con ella al castillo. La gran sala de la fortaleza de lord Caswell solo era grande por pura cortesía, pero en los atestados bancos se hizo sitio, entre los caballeros del propio Renly, para los hombres de Catelyn. A ella se le asignó un lugar en el estrado, entre lord Mathis Rowan, con su rostro congestionado, y el campechano ser Jon Fossoway, de los Fossoway de la manzana verde. Ser Jon gastaba bromas todo el tiempo, mientras que lord Mathis le preguntó con cortesía por la salud de su padre, su hermano y sus hijos.

Brienne de Tarth había ocupado un asiento en uno de los extremos de la mesa. No se ataviaba como una dama, sino que había elegido prendas de caballero: un jubón de terciopelo rosa y azur, calzones, botas y un hermoso cinturón para la espada, y su nueva capa arcoíris cubriéndole la espalda. Pero ningún atuendo podía disimular su físico vulgar: las grandes manos pecosas, el rostro ancho y plano, los dientes salientes... Sin la armadura, hasta su cuerpo era feo, de caderas anchas y miembros gruesos, con hombros musculosos, pero sin pechos. Y en cada uno de sus gestos era obvio que Brienne lo sabía y sufría por ello. Solo hablaba si le hacían una pregunta, y rara vez levantaba la vista de la comida.

Porque comida había en abundancia. La guerra no había afectado a la legendaria generosidad de Altojardín. Mientras los bardos cantaban y los saltimbanquis hacían cabriolas, el banquete se abrió con unas peras al vino y prosiguió con rollitos crujientes de pescado a la sal, y capones rellenos de cebollas y setas. Había grandes hogazas de pan moreno, montañas de nabos, maíz y guisantes, jamones inmensos, gansos asados, y platos rebosantes de venado guisado con cerveza y centeno. A la hora del postre, los criados de lord Caswell sirvieron bandejas de dulces hechos en las cocinas del castillo, cisnes de crema y unicornios de azúcar, pastelillos de limón en forma de rosa, galletas de miel especiadas, tartas de moras, tartaletas de manzana y ruedas de queso cremoso.

Las comidas tan pesadas le daban náuseas a Catelyn, pero no iba a mostrar su fragilidad cuando había tantas cosas que dependían de su fortaleza. Comió con frugalidad, mientras observaba a aquel hombre que pretendía ser rey. Renly estaba entre su novia, a la izquierda, y el hermano de esta, a la derecha. Aparte del vendaje blanco de la frente, ser Loras no parecía tener lesiones tras el enfrentamiento de aquel día. Y desde luego era tan atractivo como Catelyn había imaginado. Cuando no estaba semiinconsciente, sus ojos eran vivaces e inteligentes, y su cabellera era una mata natural de bucles castaños que más de una doncella envidiaría. En vez de la capa desarrapada del torneo llevaba una nueva, la de seda brillante a franjas de colores propia de la Guardia Arcoíris de Renly, abrochada con la rosa dorada de Altojardín.

De cuando en cuando, el rey Renly le ofrecía a Margaery algún bocado exquisito con la punta de su puñal, o se inclinaba para depositarle sobre la mejilla un ligerísimo beso, pero era con ser Loras con quien compartía la mayor parte de las bromas y las confidencias. Era evidente que el rey disfrutaba con la comida y con la bebida, pero no parecía glotón ni borracho. Reía a menudo y de buena gana, y hablaba con tanta simpatía a los nobles como a las plebeyas.

Algunos de sus invitados no eran tan moderados. Para el gusto de Catelyn, bebían demasiado y se pavoneaban a gritos. Los hijos de lord Willum, Josua y Elyas, discutían acaloradamente sobre cuál de los dos sería el primero en traspasar las murallas de Desembarco del Rey. Lord Varner mecía sobre sus rodillas a una criada; tenía la nariz hundida en su cuello mientras exploraba por debajo de su corpiño con una mano. Guyard el Verde, que se creía buen cantante, tañía un arpa y los obsequió con unos versos acerca de leones y cómo hacer nudos con sus colas, algunos de los cuales hasta rimaban. Ser Mark Mullendore tenía un mono blanco y negro y le daba de comer de su plato. Por su parte, ser Tanton, de los Fossoway de la manzana roja, se subió a la mesa y juró que mataría a Sandor Clegane en combate singular. El juramento habría sido considerado más solemne si ser Tanton no hubiera tenido el pie dentro de una fuente de salsa mientras lo formulaba.

El momento cumbre de tanta estupidez llegó cuando apareció un bufón regordete haciendo cabriolas, vestido con hojalata dorada y una cabeza de león hecha de tela, y empezó a perseguir a un enano por las mesas al tiempo que le golpeaba la cabeza con una vejiga. Por fin, el rey Renly le preguntó por qué golpeaba a su hermano.

—¿No se nota, alteza? ¡Soy el Matapeques!

—¡Es el Matarreyes, bufón idiota! —exclamó Renly, y la sala entera prorrumpió en carcajadas.

—Qué jóvenes son todos —dijo lord Rowan. Sentado al lado de Catelyn, no participaba del regocijo general.

Y así era. El Caballero de las Flores no había llegado ni a su segundo día del nombre cuando Robert mató al príncipe Rhaegar en el Tridente. Pocos de los presentes le llevaban muchos años. No habían sido más que bebés durante el saqueo de Desembarco del Rey, y apenas niños cuando Balon Greyjoy inició la rebelión en las islas del Hierro.

«Aún no han visto sangre —pensó Catelyn, viendo como lord Bryce incitaba a ser Robar a que hiciera malabarismos con unos cuantos puñales—. Para ellos, esto no es más que un juego, un inmenso torneo; no ven más que la oportunidad de conseguir gloria, honores y botín. Son niños borrachos de canciones y leyendas, y como todos los niños, se creen inmortales.»

—La guerra los hará crecer —dijo Catelyn—. Como nos pasó a nosotros. —Ella también era una niña cuando Robert, Ned y Jon Arryn alzaron a sus vasallos contra Aerys Targaryen, y una mujer cuando la guerra terminó—. Los compadezco.

—¿Por qué? —le preguntó lord Rowan—. Miradlos bien. Son jóvenes y fuertes; están llenos de vida y risas. Y también de lujuria, claro; tanta que no saben qué hacer con ella. Esta noche se concebirá más de un bastardo, podéis estar segura. ¿Por qué los compadecéis?

—Porque esto no va a durar mucho —respondió Catelyn con tristeza—. Porque son caballeros del verano, y se acerca el invierno.

—Os equivocáis, lady Catelyn. —Brienne clavó en ella unos ojos tan azules como su armadura—. Para la gente como nosotros, el invierno no llega jamás. Si caemos en combate, se cantarán canciones sobre nosotros, y en las canciones siempre es verano. En las canciones, todos los caballeros son galantes, todas las doncellas son hermosas, y siempre brilla el sol.

«El invierno nos llega a todos —pensó Catelyn—. Para mí llegó el día en que murió Ned. También llegará para ti, pequeña, y antes de lo que querrías.» Pero no tuvo valor para decírselo en voz alta.

—Lady Catelyn —la llamó Renly salvándola—, me gustaría tomar un poco de aire. ¿Queréis pasear conmigo?

—Será un honor. —Catelyn se levantó al instante. Brienne se puso en pie también.

—Dadme un momento para ponerme la armadura, alteza. No debéis andar por ahí sin protección.

—Si no estoy a salvo en el corazón del castillo de lord Caswell —dijo el rey Renly con una sonrisa—, rodeado por mi ejército, una espada no me salvará... ni aunque sea la vuestra, Brienne. Sentaos y comed. Si os necesito, os haré llamar.

Aquellas palabras parecieron golpear a la muchacha con más fuerza que los mazazos que había recibido por la tarde.

—Como deseéis, alteza.

Brienne se sentó, con los ojos gachos. Renly tomó a Catelyn por el brazo y salió de la sala con ella, pasando junto a un guardia recostado contra la pared, que se incorporó tan deprisa que casi se le cayó la lanza. Renly le dio una palmadita en el hombro y le gastó una broma al respecto.

—Por aquí, mi señora. —El rey la llevó por una puerta baja, hacia las escaleras de una torre. Empezaron a subir—. Decidme, ¿por casualidad está ser Barristan Selmy con vuestro hijo en Aguasdulces?

—No —respondió ella, asombrada—. ¿Ya no está con Joffrey? Era el lord comandante de la Guardia Real.

Renly sacudió la cabeza.

—Los Lannister le dijeron que era demasiado viejo y le entregaron su capa al Perro. Según me cuentan, al marcharse de Desembarco del Rey juró que iría a servir al monarca legítimo. La capa que hoy ha pedido Brienne era la que guardaba para Selmy, con la esperanza de que quisiera poner su espada a mi servicio. Al ver que no se presentaba en Altojardín, pensé que tal vez hubiera ido a Aguasdulces.

—No hemos tenido noticias de él.

—Era viejo, sí, pero también un gran hombre. Ojalá no le haya pasado nada malo. Los Lannister son unos imbéciles. —Subieron unos cuantos peldaños más—. La noche en que murió Robert, le ofrecí a vuestro esposo cien espadas, y le rogué que se apoderase de Joffrey. Si me hubiera escuchado, hoy sería el regente, y yo no habría tenido que reclamar el trono.

—Ned os rechazó. —No le hacía falta que le dijeran lo que habría hecho su marido.

—Había jurado proteger a los hijos de Robert —dijo Renly—. Yo no tenía las fuerzas necesarias para actuar solo, de modo que cuando lord Eddard rechazó mi proposición no me quedó más remedio que huir. Si hubiera permanecido allí, la reina se habría encargado de evitar que sobreviviera mucho tiempo a mi hermano.

«Si os hubierais quedado para apoyar a Ned, tal vez seguiría vivo», pensó Catelyn con amargura.

—Me gustaba vuestro esposo, mi señora. Era un amigo leal de Robert, lo sé... pero se negaba a escuchar y a negociar. Venid; quiero mostraros una cosa.

Habían llegado a la parte superior de las escaleras. Renly abrió una puerta de madera y salieron al tejado.

El torreón central del castillo de lord Caswell era tan bajo que casi ni merecía semejante nombre, pero los alrededores eran llanos, y Catelyn vio el paisaje en leguas a la redonda. Mirase hacia donde mirase había hogueras. Cubrían la tierra como estrellas caídas, y como las estrellas, no tenían fin.

—Contadlas si queréis, mi señora —dijo Renly con voz tranquila—. Cuando el sol salga por el este, aún estaréis contando. Me pregunto cuántas hogueras arderán esta noche en torno a Aguasdulces.

Catelyn oía la música lejana que llegaba de la gran sala y se filtraba a la noche. No se atrevió a contar las estrellas.

—Me han dicho que vuestro hijo cruzó el Cuello con veinte mil espadas —siguió Renly—. Ahora que cuenta con los señores del Tridente, puede que tenga cuarenta mil.

«No —pensó ella—, ni mucho menos; hemos perdido hombres en la batalla, y otros se fueron para la cosecha.»

—Yo tengo el doble de ese número aquí —dijo Renly—, y solo es parte de mi ejército. Mace Tyrell está en Altojardín con otros diez mil, y he dejado una fuerte guarnición para proteger Bastión de Tormentas. Los hombres de Dorne no tardarán en unírsenos con todo su poder. Y no olvidemos a mi hermano Stannis, que defiende Rocadragón y lidera a todos los señores del mar Angosto.

—Al parecer sois vos quien se ha olvidado de Stannis —dijo Catelyn con voz más brusca de lo que habría querido.

—¿Os referís a sus aspiraciones al trono? —Renly se echó a reír—. Os hablaré con franqueza, mi señora. Stannis sería un rey espantoso. Aunque no tendrá la corona, claro. La gente respeta a Stannis, incluso lo teme, pero muy pocos lo han amado jamás.

—Aun así, es vuestro hermano mayor. Si alguno de los dos tiene derecho al Trono de Hierro, sería lord Stannis.

Renly se encogió de hombros.

—Decidme, ¿qué derecho tenía mi hermano Robert al Trono de Hierro? —No esperó la respuesta—. Sí, ya, se habló de lazos de sangre entre las casas de Baratheon y Targaryen, de bodas que hubo hace un centenar de años, de hijos segundos e hijas mayores. Eso no le importa a nadie, solo a los maestres. Robert consiguió el trono con su martillo. —Hizo un amplio gesto con la mano en dirección a las hogueras que ardían de horizonte a horizonte—. Pues ahí está mi derecho, tan legítimo como el de Robert. Si vuestro hijo me apoya, como su padre apoyó a Robert, descubrirá que soy generoso. Será un placer reafirmar sus derechos sobre sus tierras, títulos y honores. Podrá gobernar en Invernalia como le plazca; hasta puede hacerse llamar Rey en el Norte si le apetece, mientras hinque la rodilla ante mí y me jure lealtad. *Rey* no es más que una palabra... pero quiero su lealtad y fidelidad.

—¿Y si no os las entregara, mi señor?

—Voy a ser rey, mi señora, y no quiero un reino menguado. No lo puedo decir más claramente. Hace trescientos años, un Stark se arrodilló ante Aegon el Dragón, cuando vio que no podía vencer. Fue sabio. Vuestro hijo también debería serlo. Una vez se una a mí, habremos ganado esta guerra. Será... —Renly se interrumpió de pronto al oír algo—. ¿Qué es eso?

El traqueteo de las cadenas indicaba que estaban alzando el rastrillo. Abajo, en el patio, un jinete de yelmo alado cruzó bajo las púas. Su caballo echaba espuma por la boca.

—¡Llamad al rey! —gritó.

Renly se inclinó por encima de una almena.

—Aquí estoy.

—Alteza. —El jinete espoleó a su montura para acercarse más—. He venido tan deprisa como he podido. De Bastión de Tormentas. Estamos bajo asedio, alteza. Ser Cortnay defiende el lugar, pero aun así...

—Pero... No es posible. Si lord Tywin hubiera salido de Harrenhal, yo me habría enterado.

—No son los Lannister, mi señor. El que está ante vuestras puertas es lord Stannis. Aunque ahora se hace llamar rey Stannis.

JON

La lluvia azotaba el rostro de Jon mientras espoleaba a su caballo para cruzar el arroyo crecido. El lord comandante Mormont, a su lado, se tironeó de la capucha de la capa al tiempo que murmuraba pestes sobre aquel clima. Tenía su cuervo encima del hombro, con las plumas desgreñadas, tan empapado y refunfuñón como el Viejo Oso. Una ráfaga de viento hizo que las hojas mojadas revolotearan en torno a ellos como una bandada de pájaros muertos.

«El bosque Encantado —pensó Jon de mal humor—. El bosque ahogado, más bien.»

Deseaba que Sam aguantara al final de la columna. No era buen jinete ni siquiera con un clima razonable, y los seis días de lluvia habían hecho que el terreno fuera traicionero, todo barro y rocas ocultas. Cuando el viento soplaba, el agua les entraba en los ojos. El Muro se estaría derritiendo en el sur; el hielo fundido se mezclaría con la lluvia cálida en ríos y cascadas. Pyp y Sapo estarían junto al fuego en la sala común, bebiendo copas de vino especiado antes de la cena. Jon los envidiaba. La lana húmeda se le pegaba a la piel y le picaba; el peso de la cota de malla y la espada hacían que le dolieran a rabiar la espalda y el cuello, y estaba harto de bacalao en salazón, carne en salazón y queso duro.

Por delante de la columna resonó la nota trémula de un cuerno de caza, casi ahogada por el repiqueteo constante de la lluvia.

—El cuerno de Buckwell —anunció el Viejo Oso—. Los dioses son bondadosos; Craster sigue allí.

—Maíz —graznó su cuervo, batió una vez las grandes alas negras y volvió a erizar las plumas.

Jon había oído muchas veces a los hermanos negros contar historias sobre Craster y su torreón. En aquel momento iba a verlo con sus ojos. Tras pasar por siete aldeas desiertas, todos temían encontrarse la morada de Craster tan muerta y desolada como el resto, pero al parecer, la suerte volvía a sonreírles.

«Puede que el Viejo Oso consiga por fin unas cuantas respuestas —pensó—. Y como mínimo nos podremos refugiar de la lluvia.»

Thoren Smallwood aseguraba que, pese a su desabrida reputación, Craster era amigo de la Guardia.

—Está medio loco, eso no lo niego —había dicho al Viejo Oso—, pero cualquiera lo estaría si se pasara la vida en este bosque maldito. Pese a todo, nunca le ha negado a un explorador un lugar junto a su hoguera, y no siente ningún afecto hacia Mance Rayder. Nos dará buenos consejos.

«Yo me conformo con que nos dé una comida caliente y la ocasión de secarnos la ropa.» Dywen decía que Craster era un asesino, un mentiroso, un violador y un cobarde, y dio a entender que traficaba con esclavos y tenía tratos con los demonios.

—Y más todavía —añadía el viejo guardabosques, entrechocando los dientes de madera—. Ese tipo huele a frío, sí señor.

—Jon —ordenó lord Mormont—, recorre la columna para transmitir la noticia. Y recuérdales a los oficiales que no quiero problemas con las esposas de Craster. Que tengan las manos quietas y no hablen con ellas a menos que sea necesario.

—Sí, mi señor.

Jon hizo dar media vuelta al caballo para volver sobre sus pasos, contento de no tener la lluvia de cara, aunque fuera solo un rato. Todos los rostros que vio al pasar parecían llorosos. La columna se alargaba ochocientos pasos en medio de los bosques. Al pasar junto a la caravana, Jon vio a Samwell Tarly, encogido en su silla de montar bajo un sombrero de ala ancha. Iba a lomos de un caballo de tiro, guiando a los otros y los carromatos. El tamborileo de la lluvia contra las lonas que cubrían las jaulas hacía que los cuervos graznaran y revolotearan.

—¿Qué pasa? ¿Los has encerrado con un zorro? —gritó Jon.

—Ah, hola, Jon. —El agua corrió por el ala del sombrero de Sam cuando el muchacho alzó la cabeza—. No, es que no les gusta la lluvia. Les pasa lo que a nosotros.

—¿Cómo estás, Sam?

—Mojado. —El chico gordo consiguió esbozar una sonrisa—. Pero hasta ahora sigo vivo.

—Bien. El Torreón de Craster está cerca. Si los dioses son bondadosos, nos dejará dormir junto a su hoguera.

Sam no parecía tan seguro.

—Edd el Penas dice que Craster es un salvaje terrible. Se casa con sus hijas y no obedece más leyes que las suyas. Y Dywen le dijo a Grenn que por sus venas corre sangre negra. Su madre era una salvaje que se acostó con un explorador, así que es un bas... —Se detuvo bruscamente al comprender lo que había estado a punto de decir.

—Un bastardo —rio Jon—. Puedes decirlo, Sam; no es la primera vez que oigo esa palabra. —Picó espuelas a su caballo, un animal pequeño de paso seguro—. Tengo que ir a ver a ser Ottyn. Ten cuidado con las mujeres de Craster. —Como si a Samwell Tarly le hiciera falta alguna advertencia en aquel sentido—. Ya hablaremos más tarde, cuando acampemos.

Jon le llevó el mensaje a ser Ottyn Wythers, que iba a la cabeza de la retaguardia. Era un hombre menudo, de rostro arrugado, de la edad de Mormont. Siempre parecía cansado, hasta en el Castillo Negro, y la lluvia lo había maltratado sin piedad.

—Es una buena noticia —dijo—. La lluvia me ha empapado hasta los huesos, y hasta en las ampollas de las nalgas tengo ampollas de tanto montar.

En el camino de vuelta, Jon se apartó de la columna para tomar un atajo por la espesura del bosque. Los sonidos de hombres y caballos fueron enmudeciendo, ahogados por la humedad del follaje verde, y pronto pudo oír el repiqueteo rítmico de la lluvia contra las hojas, los árboles y las rocas. Era media tarde, pero el bosque estaba tan oscuro como si ya hubiera anochecido. Jon siguió un rumbo zigzagueante entre rocas y charcos; pasó junto a grandes robles, centinelas color gris verdoso y carpes de corteza negruzca. En algunos tramos, las ramas tejían un dosel sobre su cabeza, y podía descansar de la lluvia incesante. Al pasar junto a un castaño hendido por un rayo sobre el que crecían rosas blancas silvestres, oyó un crujido en la maleza.

—Fantasma —llamó—. Fantasma, conmigo.

Pero el que salió de entre el follaje fue Dywen, tirando de un caballo de hirsutas crines grises sobre el que iba montado Grenn. El Viejo Oso había enviado escoltas a ambos lados de la columna principal, para vigilar la marcha y alertarlos si se acercaba algún enemigo. Como no quería correr riesgos, enviaba a los hombres por parejas.

—Ah, si eres tú, lord Nieve. —Dywen le dedicó su sonrisa de roble; sus dientes eran de madera y le encajaban mal—. Pensaba que el chico y yo íbamos a tener que encargarnos de uno de esos Otros. ¿Qué pasa? ¿Has perdido a tu lobo?

—No, está cazando. —A Fantasma no le gustaba viajar con la columna, pero no estaría lejos. Cuando acamparan para pasar la noche, encontraría la tienda que Jon compartía con el lord comandante.

—Será pescando, con este tiempo... —dijo Dywen.

—Mi madre siempre dice que la lluvia es buena para la cosecha —aportó Grenn, esperanzado.

—Sí, buena para las cosechas de moho —dijo Dywen—. Lo único bueno que tiene esta lluvia es que así uno se ahorra bañarse.

Castañeteó los dientes de madera.

—Buckwell ha encontrado a Craster —les dijo Jon.

—¿Es que lo había perdido? —rio Dywen—. Eh, vosotros, los jovencitos, nada de rondar a las esposas de Craster, ¿entendido?

—¿Qué pasa, Dywen? ¿Las quieres todas para ti? —Jon sonrió.

—Puede, puede. —Dywen volvió a castañetear los dientes—. Craster tiene diez dedos y una polla, así que solo sabe contar hasta once. Si le desaparece un par de ellas, no las echará en falta.

—En serio, ¿cuántas esposas tiene? —quiso saber Grenn.

—Más de las que tendrás tú en toda tu vida, hermano. Tampoco es tan difícil: las cría él mismo. Ahí viene tu fiera, Nieve.

Fantasma estaba trotando al lado del caballo de Jon, con la cola alta y el pelaje erizado contra la lluvia. Era tan silencioso que Jon no habría sabido decir cuándo había aparecido. Su presencia encabritó al caballo de Grenn; había pasado más de un año, pero los caballos seguían inquietos cada vez que veían al lobo huargo.

—Fantasma, conmigo. —Jon picó espuelas en dirección al Torreón de Craster.

Jamás había pensado que encontraría un castillo de piedra al otro lado del Muro, pero al menos sí se había imaginado una edificación sobre un terreno elevado, algo con una muralla defensiva, aunque fuera de madera, y un torreón también de madera. Lo que encontraron fue un montón de basura, una pocilga, un aprisco vacío y una casa de adobe y cáñamo sin ventanas que prácticamente ni merecía aquel nombre. Era una construcción alargada y baja, con grietas tapadas con tablones y techo de hierba. Se encontraba en una elevación del terreno demasiado modesta para considerarla una colina, y estaba rodeada por un dique de tierra. Por la ladera bajaban regueros de lodo, allí donde la lluvia había abierto boquetes en las defensas, que iban a unirse a un arroyo crecido y turbulento de aguas sucias que describía una curva hacia el norte.

Al sudoeste dio con una puerta abierta, flanqueada por un par de palos coronados por cabezas de animales: un oso a un lado y un carnero al otro. Al pasar a caballo, Jon se fijó en que del cráneo del oso aún colgaban jirones de carne. Dentro, los exploradores de Jarmen Buckwell y los hombres del grupo de Thoren Smallwood estaban alineando a los caballos y plantando las tiendas con muchas dificultades. En la pocilga, un montón de lechones hozaban en torno a tres grandes cerdas. Cerca de allí, una niñita arrancaba zanahorias en un huerto, desnuda bajo la lluvia, mientras dos mujeres ataban un cerdo para sacrificarlo. Los chillidos del animal eran agudos y espantosos, de una angustia casi humana. Los perros de Chett ladraban como locos a modo de respuesta, gruñían y lanzaban dentelladas pese a las maldiciones de su cuidador; un par de los perros de Craster empezaron a ladrar también. Al ver a Fantasma, algunos de los perros huyeron, mientras que otros lanzaron aullidos y gruñidos bajos. El lobo huargo les hizo caso omiso, al igual que Jon.

«Bueno, al menos treinta de nosotros dormirán en un lugar caliente y seco —pensó Jon tras echar un vistazo a la edificación—. Cincuenta como mucho.» Era un lugar demasiado pequeño para albergar a doscientos hombres, así que la mayoría tendría que dormir fuera. ¿Y dónde? La lluvia había llenado todo el terreno de charcos en los que uno se hundía hasta el tobillo, y el resto era un cenagal. Les esperaba otra noche lúgubre.

El lord comandante le había confiado su caballo a Edd el Penas. Estaba limpiándole el barro de los cascos cuando Jon desmontó.

—Lord Mormont está dentro —anunció—. Ha dicho que entres. Más vale que dejes al lobo fuera; parece tan hambriento como para comerse a una de las hijas de Craster. La verdad sea dicha, hasta yo tengo tanta hambre como para comerme a una de las hijas de Craster, siempre que me la sirvan caliente. Venga, entra; yo me encargo de tu caballo. Si el interior está caliente y seco, no me lo digas. A mí no me han invitado. —Sacó un poco de barro húmedo de debajo de una herradura—. ¿A ti este barro no te parece mierda? A lo mejor, la colina entera está hecha de cagadas de Craster.

—Tengo entendido que lleva mucho tiempo aquí. —Jon sonrió.

—No me estás animando nada. Ve a ver al Viejo Oso.

—Quédate aquí, Fantasma —ordenó.

La puerta del Torreón de Craster no era más que dos cortinas de piel de ciervo. Jon se tuvo que inclinar para pasar entre ellas. Dos docenas de capitanes de exploradores lo habían precedido, y estaban de pie en torno a la hoguera para cocinar, en el centro del suelo de tierra, mientras en torno a sus botas se formaban charcos de agua. Allí olía a hollín, a estiércol y a perro mojado. El aire estaba muy cargado de humo, pero seguía siendo húmedo. La lluvia se colaba por el agujero del techo destinado a que saliera el humo de la hoguera. No había divisiones en la estancia, solo un altillo para dormir, al que se llegaba por un par de astilladas escaleras de mano.

Jon recordó cómo se había sentido el día que salieron del Muro: nervioso como una doncella, pero al mismo tiempo impaciente por ver los misterios y maravillas que aguardaban más allá de cada nuevo horizonte.

«Pues aquí tienes una de las maravillas —se dijo mientras contemplaba aquel lugar mugriento y maloliente. El humo acre hacía que le llorasen los ojos—. Lástima que Pyp y Sapo no puedan ver lo que se están perdiendo.»

Craster estaba sentado ante el fuego; era el único que disfrutaba de una silla propia. Hasta el lord comandante Mormont se había visto relegado al banco comunitario, con su cuervo protestón en el hombro. Jarman Buckwell estaba de pie tras él, y el agua le goteaba de la remendada armadura flexible y las pieles empapadas; a su lado se encontraba Thoren Smallwood, que llevaba la pesada coraza y la capa ribeteada con piel de marta del difunto ser Jaremy.

El jubón de piel de oveja de Craster, así como su capa de pieles cosidas, lo hacían parecer zarrapastroso en comparación, pero en torno a una de las gruesas muñecas llevaba un brazalete de aspecto pesado que tenía el brillo del oro. Su aspecto era el de un hombre poderoso, aunque ya bien adentrado en el invierno de sus días, con una melena de pelo gris tornándose blanco. La nariz plana y la boca curva lo hacían parecer cruel, y le faltaba una oreja.

«Así que este es un salvaje.» Jon recordó las historias de la Vieja Tata acerca de aquellos seres brutales que bebían sangre en cráneos humanos. Craster estaba bebiendo una cerveza ligera y amarillenta en una jarra de piedra descascarillada. Seguramente, no se había enterado de las historias.

—Hace tres años que no veo a Benjen Stark —le estaba diciendo a Mormont—. Y si queréis que os diga la verdad, no lo he echado de menos.

Había media docena de cachorrillos negros y algún lechón que otro metidos entre los bancos, mientras las mujeres, vestidas con desastradas pieles de ciervo, pasaban cuernos de cerveza, avivaban el fuego o cortaban zanahorias y cebollas para echarlas en un caldero.

—Tuvo que pasar por aquí hace un año —dijo Thoren Smallwood. Un perro se acercó para olfatearle la pierna. Le dio una patada, y el animal se alejó gimoteante.

—Ben salió en busca de ser Waymar Royce —siguió lord Mormont—, que había desaparecido junto con Gared y el joven Will.

—A esos tres sí los recuerdo, sí. El señor no tendría más edad que estos cachorros. Demasiado orgulloso para dormir bajo mi techo, el señor, con su capa de marta y su acero negro. Pero mis esposas no paraban de hacerle ojitos. —Entrecerró los ojos para mirar a la que tenía más cerca—. Gared me dijo que perseguían a unos saqueadores. Yo le dije que, con un comandante tan verde, más valía que no los encontraran. Gared no estaba mal para ser un cuervo. Je, tenía menos orejas que yo. El frío se las comió, igual que a mí. —Craster se echó a reír—. Me he enterado de que ahora tampoco tiene cabeza. Qué, ¿también se la comió el frío?

Jon recordó las salpicaduras de sangre roja sobre la nieve blanca, y como Theon Greyjoy había pateado la cabeza del cadáver. «Era un desertor.» En Invernalia, Jon y Robb habían echado una carrera, y encontraron seis cachorros de lobo huargo en la nieve. Hacía mil años.

—¿Hacia dónde se dirigió ser Waymar cuando salió de aquí?

—Da la casualidad —contestó Craster, encogiéndose de hombros— de que tengo mejores cosas que hacer que ocuparme de las idas y venidas de los cuervos. —Bebió un trago de cerveza y dejó la jarra a un lado—. Hace mucho que no hay por aquí un buen vino sureño. Me gustaría tener vino, y también un hacha nueva. La mía ya no tiene filo, eso es malo. Tengo que proteger a mis mujeres. —Echó un vistazo a sus afanadas esposas.

—Aquí sois pocos, y estáis aislados —dijo Mormont—. Si queréis, os asignaré a unos cuantos hombres para daros escolta hasta el Muro.

—Muro —graznó el cuervo, al que pareció gustarle la idea, y extendió las alas negras como un cuello alto detrás de la cabeza de Mormont.

—¿Y qué haríamos allí? ¿Serviros las comidas? —Su anfitrión les dedicó una sonrisa desagradable, con lo que mostró los dientes rotos y podridos—. Aquí somos libres. Craster no sirve a nadie.

—Son malos tiempos para estar solo en estos bosques. Se levantan vientos fríos.

—Pues que se levanten. Mis raíces son profundas. —Craster agarró por la muñeca a una mujer que pasó junto a él—. Díselo, esposa. Dile a lord Cuervo lo bien que estamos aquí.

—Este es nuestro hogar. —La mujer se lamió los labios finos—. Craster nos protege. Más vale morir libres que vivir como esclavos.

—Esclavos —repitió el cuervo.

—Todos los pueblos que hemos visto estaban abandonados. —Mormont se inclinó hacia delante—. Sois los primeros que encontramos con vida desde que salimos del Muro. No quedaba nadie. No sé si están muertos, si han huido o si se los han llevado. Y los animales igual. No queda nada. También encontramos a dos exploradores de Ben Stark, muertos, a pocas leguas del Muro. Estaban blancos y fríos, tenían las manos y los pies negros, y las heridas no habían sangrado. Pero cuando los llevamos al Castillo Negro, se levantaron durante la noche y empezaron a matar. Uno asesinó a ser Jaremy Rykker y el otro fue a por mí, lo que indica que recuerdan algo de lo que sabían cuando estaban vivos, pero no les quedaba ni un ápice de misericordia humana.

La mujer abrió la boca como una cueva húmeda y rosada, pero Craster se limitó a soltar un bufido.

—Aquí no hemos tenido esos problemas. Y os agradecería que no contarais esos cuentos bajo mi techo. Yo respeto a los dioses, y los dioses me protegen. Si se me acerca algún espectro, ya sé qué tengo que hacer para enviarlo de nuevo a su tumba. Aunque me iría bien un hacha nueva, afilada. —Le dio una palmada en la pierna a su esposa, que se levantó a toda prisa—. Trae más cerveza, y no te entretengas.

—Los muertos no dan problemas —dijo Jarmen Buckwell—. Pero ¿qué pasa con los vivos, mi señor? ¿Qué hay de vuestro rey?

—¡Rey! —graznó el cuervo de Mormont—. Rey, rey, rey.

—¿Ese Mance Rayder? —Craster escupió al fuego—. El Rey-más-allá-del-Muro. La gente libre no necesita reyes. —Clavo la vista en Mormont—. Si quisiera, os podría contar muchas cosas sobre Rayder y sus hazañas. Eso de que os hayáis encontrado pueblos desiertos es cosa suya. Tampoco aquí habría nadie si yo fuera de los que se acobardan. Me envía un jinete para decirme que tengo que dejar mi morada para ir a arrastrarme a sus pies. Al hombre lo envié de vuelta, pero me quedé su lengua. La tengo clavada en aquella pared. —Señaló—. Podría deciros dónde buscar a Mance Rayder. Si quisiera. —Otra vez la sonrisa podrida—. Pero ya habrá tiempo para eso. Seguro que tenéis ganas de dormir bajo mi techo, y de comeros todos mis cerdos.

—Nos gustaría mucho dormir a cubierto, mi señor —dijo Mormont—. Hemos cabalgado mucho y bajo demasiada lluvia.

—Pues seréis mis invitados durante una noche. No más: no les tengo tanto afecto a los cuervos. El altillo es para mí y para mi familia; vosotros dormiréis en el suelo. Tengo carne y cerveza para veinte, no más. El resto de vuestros cuervos negros, que se dedique a picotear maíz, como siempre.

—Traemos provisiones, mi señor —dijo el Viejo Oso—. Será un placer compartir nuestra comida y nuestro vino.

Craster se limpió la boca babeante con una mano peluda.

—Probaré vuestro vino, lord Cuervo, ya lo creo que sí. Una cosa más. El que le ponga la mano encima a una de mis esposas, la perderá.

—Vuestra casa, vuestras reglas —dijo Thoren Smallwood.

Lord Mormont asintió con gesto rígido, aunque no parecía nada satisfecho.

—Bien, todo arreglado —gruñó Craster—. ¿Alguno de vuestros hombres sabe dibujar mapas?

—Sam Tarly —sugirió Jon—. Le encantan los mapas.

Mormont le hizo un gesto para que se acercara a él.

—Dile que entre después de comer. Que traiga pluma y pergamino. Y busca también a Tollett. Dile que traiga mi hacha. Un regalo para nuestro anfitrión.

—Eh, ¿quién es este? —dijo Craster antes de que Jon pudiera salir para cumplir las órdenes—. Tiene cara de Stark.

—Es Jon Nieve, mi mayordomo y escudero.

—Un bastardo, ¿eh? —Craster miró a Jon de arriba abajo—. Si un hombre quiere llevarse a una mujer a la cama, debería casarse con ella. Es lo que hago yo. —Le hizo un gesto con la mano a Jon para que saliera—. Venga, bastardo, corre a hacer lo que te han dicho y encárgate de que el hacha sea buena y esté bien afilada; no quiero acero romo.

Jon Nieve hizo una reverencia rígida y salió justo en el momento en que entraba ser Ottyn Wythers, con lo que estuvieron a punto de tropezar en la puerta de pieles de ciervo. En el exterior, la lluvia había aminorado un poco. Había tiendas plantadas por todo el terreno, y también vio otras entre los árboles. Edd el Penas estaba echando de comer a los caballos.

—Claro, por qué no, le regalaremos un hacha al salvaje. —Señaló el arma de Mormont, un hacha de combate de mango corto con volutas de oro incrustadas en la hoja de acero negro—. Ya nos la devolverá. Probablemente clavada en el cráneo del Viejo Oso. ¿Por qué no le damos todas las hachas? Eso, y las espadas también. No me gusta el ruido que hacen cuando vamos a caballo. Sin armas viajaríamos más deprisa, directos hacia las puertas del infierno. ¿Tú crees que en el infierno llueve? Puede que Craster prefiera un buen sombrero.

—Quiere un hacha —dijo Jon sonriendo—. Y también vino.

—Vaya, el Viejo Oso es listo. Si emborracha a fondo al salvaje, puede que solo nos corte una oreja cuando intente matarnos a hachazos. Tengo dos orejas, pero solo una cabeza.

—Smallwood dice que Craster es amigo de la Guardia.

—¿Sabes cuál es la diferencia entre un salvaje amigo de la Guardia y otro que no lo es? —le preguntó el amargado escudero—. Los enemigos dejan nuestros cadáveres a merced de los cuervos y los lobos. Los amigos nos entierran en tumbas secretas. ¿Cuánto tiempo llevará ese oso clavado en la entrada, y qué tendría Craster ahí antes de oírnos llegar? —Edd miró el hacha con gesto dubitativo, mientras la lluvia le corría por la cara—. ¿Ahí dentro está seco?

—Más que aquí.

—Si me meto después, y no me acerco demasiado al fuego, seguro que nadie lo nota hasta el amanecer. Los que estén dentro serán los primeros en morir, pero al menos morirán secos.

Jon no pudo contener la carcajada.

—Craster no es más que uno; nosotros somos doscientos. Dudo mucho que mate a nadie.

—No sabes cuánto me animas —dijo Edd, sombrío—. Además, un hacha bien afilada tiene sus ventajas. No me gustaría que me mataran con una maza. Una vez vi a un hombre al que le habían dado con una maza en la frente. La piel apenas se dañó, pero la cabeza se le hizo pasta y se le hinchó como una calabaza, solo que color morado. Era un tipo guapo, pero cuando murió era bien feo. Menos mal que no le estamos regalando mazas.

Edd se alejó, sacudiendo la cabeza y con la capa negra chorreando. Jon se encargó de que los caballos terminaran de comer antes de ponerse a pensar en su cena. Se preguntaba dónde estaría Sam, cuando oyó un grito de pánico.

—¡Lobo!

Corrió hacia el lugar de donde procedía el grito, salpicando barro con las botas. Una de las esposas de Craster estaba contra una pared del torreón.

—¡No te acerques! —le estaba gritando a Fantasma—. ¡Vete! —El lobo huargo tenía un conejo en las fauces, y otro muerto y sangrante en el suelo, ante él—. Haced que se vaya, mi señor —suplicó al ver a Jon.

—No te hará daño. —Enseguida se dio cuenta de lo que había pasado; había una conejera de madera destrozada sobre la hierba húmeda—. Seguro que tenía hambre. Hemos visto poca caza.

Jon silbó. El lobo huargo engulló el conejo después de triturar los huesecillos con los dientes, y trotó hacia él. La mujer los miró con ojos nerviosos. Era más joven de lo que le había parecido a primera vista. Calculó que tendría quince o dieciséis años, con el pelo oscuro pegado por la lluvia a un rostro demacrado, descalza y hundida en el barro hasta los tobillos. El cuerpo que se adivinaba bajo las pieles cosidas mostraba las primeras señales del embarazo.

—¿Eres una de las hijas de Craster? —preguntó.

—Ahora soy su esposa —dijo la muchacha poniéndose una mano sobre el vientre. Se arrodilló junto a la conejera rota con tristeza—. Estamos criando conejos. Ya no quedan ovejas.

—La Guardia los pagará. —Jon no tenía dinero; de lo contrario se lo habría dado... aunque tampoco sabía de qué le iban a servir unas monedas de cobre, o incluso de plata, al otro lado del Muro—. Mañana por la mañana hablaré con lord Mormont.

—Mi señor. —La muchacha se limpió las manos con las faldas.

—No soy ningún señor.

Llegaron otros hermanos negros, atraídos por los gritos de la mujer y por el destrozo de la conejera.

—No le hagas caso, chica —gritó Lark de las Hermanas, uno de los exploradores más desagradables—. Estás hablando con lord Nieve en persona.

—Bastardo de Invernalia y hermano de reyes —se burló Chett, que había dejado a los perros para enterarse de lo que pasaba.

—Parece que ese lobo te mira con cara de hambre —dijo Lark—. A lo mejor lo que quiere es probar un bocado de esa barriguita tierna que tienes.

—La estáis asustando. —A Jon, aquello no le hacía ninguna gracia.

—Todo lo contrario, la estamos avisando. —La sonrisa de Chett era tan fea como los forúnculos que le cubrían casi toda la cara.

—No podemos hablar con vosotros —recordó la muchacha de repente.

—Espera —dijo Jon, demasiado tarde.

La chica dio media vuelta y echó a correr. Lark fue a coger el segundo conejo, pero Fantasma fue más rápido. Cuando le enseñó los dientes, el de las Hermanas resbaló en el lodo y cayó sentado sobre su huesudo trasero. Los demás se echaron a reír. El lobo huargo cogió el conejo con la boca y lo depositó ante su amo.

—No hacía falta asustar a la chica —les dijo Jon.

—No acepto reprimendas de ti, bastardo. —Chett culpaba a Jon de la pérdida de su cómodo puesto al lado del maestre Aemon, y no sin motivo. Si no hubiera ido a hablar a Aemon de Sam Tarly, Chett seguiría cuidando del anciano ciego, en vez de una manada de iracundos perros de caza—. Puede que seas el cachorrito del lord comandante, pero no eres el lord comandante, y si no tuvieras a esa fiera siempre cerca, no serías tan osado.

—No pelearé contra un hermano mientras estemos al otro lado del Muro —respondió Jon, con un tono más seco del que pretendía.

—Te tiene miedo, Chett. —Lark se incorporó sobre una rodilla—. En las Hermanas tenemos un nombre para la gente como él.

—Ya me sé todos los nombres; ahorra saliva.

Se alejó seguido de Fantasma. La lluvia ya no era más que una ligera llovizna cuando alcanzó la puerta de entrada. Pronto llegaría el ocaso, y después, otra noche oscura, húmeda, deprimente. Las nubes ocultarían la luna, las estrellas y la Antorcha de Mormont, y la oscuridad de los bosques sería impenetrable. Hasta mear se convertiría en una aventura, aunque no de las que Jon Nieve había imaginado.

Entre los árboles, algunos exploradores habían encontrado suficiente hojarasca y leña seca para encender una hoguera debajo de un saliente de piedra. Otros habían plantado tiendas o se habían preparado refugios rudimentarios extendiendo las capas sobre las ramas más bajas. Gigante se había metido en el tronco hueco de un roble muerto.

—¿Qué opinas de mi castillo, lord Nieve?

—Parece cómodo. ¿Sabes dónde está Sam?

—Sigue en esta misma dirección. Si llegas hasta el pabellón de ser Ottyn, es que te has pasado. —Gigante sonrió—. A no ser que Sam también haya encontrado un árbol. Menudo árbol tendría que ser.

Al final fue Fantasma el que encontró a Sam. El lobo huargo salió disparado como una saeta de la ballesta. Sam estaba alimentando a los cuervos bajo un saliente de roca que lo protegía en cierto modo de la lluvia. Se oía un chapoteo cada vez que se movía.

—Tengo los pies calados —dijo con tristeza—. Al bajarme del caballo, me he metido en un agujero hasta las rodillas.

—Quítate las botas y sécate los calcetines. Iré a buscar leña seca. Si la tierra no está mojada bajo la roca, a lo mejor podemos encender una hoguera. —Jon le enseñó el conejo—. Y nos daremos un banquete.

—¿No tienes que atender a lord Mormont en el Torreón?

—Yo no, pero tú sí. El Viejo Oso quiere que dibujes un mapa. Craster dice que nos va a señalar dónde está Mance Rayder.

—Ah. —Sam no parecía muy deseoso de conocer a Craster, aunque aquello implicara refugiarse de la lluvia junto a una hoguera.

—Pero ha dicho que antes podías cenar. Sécate los pies. —Jon fue a buscar leña. Escarbó entre las ramas caídas para aprovechar las que estaban abajo, más secas. También quitó capas de musgo mojado hasta encontrar otras que sirvieran de incendaja. Pese a todo, tardó siglos en conseguir que la chispa prendiera. Colgó la capa de la roca para que la lluvia no afectara a su hoguerita humeante, con lo que quedaron en el interior de un agradable refugio.

Se arrodilló para despellejar el conejo mientras Sam se quitaba las botas.

—Me parece que me está creciendo musgo entre los dedos —declaró con tristeza mientras los movía—. Seguro que el conejo está bueno. Ni siquiera me importa lo de la sangre y eso. —Apartó la vista—. Bueno, solo un poco.

Jon ensartó el conejo en un palo a modo de espetón, puso un par de piedras a ambos lados de la hoguera y colocó el palo sobre ellas. El conejo era un animal escuálido, pero mientras se asaba, olía como el banquete de un rey. Los otros exploradores les lanzaban miradas de envidia. Hasta Fantasma lo contemplaba con ojos hambrientos y olisqueaba el aire mientras las llamas se reflejaban en sus ojos rojos.

—Ya te has comido el tuyo —le recordó Jon.

—¿Ese Craster es tan salvaje como dicen los exploradores? —preguntó Sam. El conejo estaba poco hecho, pero sabía de maravilla—. ¿Cómo es su castillo?

—Un vertedero con techo y una hoguera para cocinar.

Jon le contó a Sam lo que había visto y oído en el Torreón de Craster. Cuando concluyó su narración, la oscuridad del exterior era ya absoluta, y Sam se estaba chupando los dedos.

—Estaba rico, pero ahora me gustaría comerme una pierna de cordero. Una pierna entera, solo para mí, con salsa de menta, miel y clavos. ¿Tenían corderos ahí?

—He visto un redil, pero no había ovejas.

—¿Y cómo alimenta a todos sus hombres?

—Tampoco he visto a ningún hombre. Solo a Craster, sus esposas y unas cuantas niñas. No sé cómo se las arregla para defender el Torreón, lo único que tiene es un dique de barro. Bueno, más vale que vayas a dibujar ese mapa. ¿Sabes por dónde es?

—Si no me caigo en el barro... —Sam se volvió a poner las botas, cogió pergamino y plumas, y salió a la noche, mientras la lluvia empezaba a repiquetear contra su capa y las alas de su sombrero.

Fantasma apoyó la cabeza sobre las patas y se quedó dormido junto a la hoguera. Jon se tendió junto a él, agradeciendo su calor. Tenía frío y se sentía mojado, pero no tanto como antes. «Puede que esta noche, el Viejo Oso se entere de algo que nos lleve hasta el tío Benjen.»

Cuando despertó, lo primero que vio fue su aliento, que se elevaba como una nube en el aire frío de la mañana. Le dolían los huesos al moverse. Fantasma se había marchado, y el fuego se había extinguido. Jon tendió la mano para coger la capa que había colgado sobre la roca, y se encontró con que estaba rígida, congelada. Salió y se incorporó en un bosque que se había tornado en cristal.

La clara luz rosada del amanecer arrancaba destellos de las ramas, las hojas y las piedras. Todas las briznas de hierba parecían talladas en esmeraldas; cada gota de agua se había transformado en un diamante. Las flores y las setas parecían recubiertas de cristal. Hasta los charcos de barro tenían un brillo castaño. Entre el follaje deslumbrante, las tiendas negras de sus hermanos también parecían envueltas en una fina película de hielo.

«Así que también hay magia más allá del Muro.» Se descubrió pensando en sus hermanas, quizá porque había soñado con ellas la noche anterior. Sansa diría que aquello era un encantamiento, y se le llenarían los ojos de lágrimas ante el maravilloso espectáculo, mientras que Arya saldría corriendo entre gritos y risas, y querría tocarlo todo.

—¿Lord Nieve? —oyó.

Era una voz suave y tímida. Se volvió.

Encima de la roca que le había dado refugio durante la noche estaba la cuidadora de los conejos, acuclillada, envuelta en una capa negra tan grande que se perdía en su interior. «La capa de Sam —comprendió Jon al instante—. ¿Por qué lleva la capa de Sam?»

—El gordo me ha dicho que os encontraría aquí, mi señor —siguió la chica.

—Si has venido a por el conejo, nos lo comimos. —Aquella confesión lo hizo sentir ridículamente culpable.

—El viejo lord Cuervo, el del pájaro que habla, le ha regalado a Craster una ballesta que vale cien conejos. —Cruzó los brazos sobre la hinchazón de su vientre—. ¿Es verdad, mi señor? ¿Sois hermano de un rey?

—Medio hermano —reconoció—. Soy el bastardo de Ned Stark. Mi hermano Robb es el Rey en el Norte. ¿Qué haces aquí?

—El gordo, Sam, me ha dicho que viniera a veros. Me ha dado su capa para que nadie se fijara en mí.

—¿Craster no se enfadará contigo?

—Mi padre bebió ayer mucho vino de lord Cuervo. Dormirá prácticamente todo el día. —Su aliento se condensaba en el aire en nubecillas nerviosas—. Dicen que el rey hace justicia y protege a los débiles. —Empezó a bajar de la roca con torpeza, porque el hielo la había vuelto resbaladiza, y patinó. Jon la agarró antes de que cayera y la bajó al suelo. La mujer se arrodilló en la tierra helada—. Os lo suplico, mi señor...

—No me supliques nada. Vuelve a tu casa; no deberías estar aquí. Nos han ordenado que no hablemos con las esposas de Craster.

—No tenéis que hablar conmigo, mi señor. Pero llevadme con vos cuando os vayáis, es lo único que os pido.

«Lo único que me pide —pensó—. Como si no fuera nada.»

—Si queréis, seré vuestra esposa. Mi padre tiene diecinueve, no le pasará nada por perder una.

—Los hermanos negros juran no tomar esposa, ¿no lo sabías? Además, somos invitados en la casa de tu padre.

—Vos no —dijo ella—. Os he observado. No habéis comido de su mesa, ni dormido junto a su hoguera. No os ha tratado como a un invitado, así que no le debéis nada. Tengo que irme, es por el bebé.

—Ni siquiera sé cómo te llamas.

—Él me llama Elí. Por la flor, el alhelí.

—Es muy bonito. —Se acordó de que Sansa le había dicho en cierta ocasión que debía contestar aquello cuando una dama le dijera su nombre. No podía ayudarla, pero quizá le agradase la cortesía—. ¿Quién te da miedo, Elí? ¿Craster?

—Es por el bebé, no por mí. Si fuera una niña no sería tan grave; la dejaría crecer unos años antes de casarse con ella. Pero Nella dice que va a ser niño, y ella ha tenido seis: entiende de estas cosas. Los niños se los entrega a los dioses cuando viene el frío blanco, y últimamente viene mucho. Por eso empezó a entregarles las ovejas, aunque a él le gusta el cordero. Pero ya no quedan ovejas, y luego serán los perros, y luego... —Bajó los ojos y se acarició el vientre.

Jon recordó que en el Torreón de Craster no había visto niños, ni tampoco hombres, aparte del propio Craster.

—¿Qué dioses?

—Los dioses fríos —dijo—. Los de la noche. Las sombras blancas.

Y de repente Jon volvió a encontrarse en la Torre del Lord Comandante. Una mano cortada le trepaba por la pantorrilla, y cuando la pinchó con la punta de su espada larga, cayó agitándose, abriendo y cerrando los dedos. El hombre muerto se puso en pie, con los ojos azules brillando en el rostro abotargado e hinchado. De la gran herida del vientre le colgaban jirones de carne desgarrada, pero no sangraba.

—¿De qué color tienen los ojos? —preguntó.

—Azules. Brillantes como estrellas azules, e igual de fríos.

«Los ha visto —pensó—. Craster mintió.»

—¿Me llevaréis con vos? Solo hasta el Muro...

—No vamos hacia el Muro. Vamos hacia el norte, en busca de Mance Rayder y esos Otros, esos espectros blancos. Los estamos buscando, Elí. Tu bebé no estaría a salvo con nosotros.

—Pero volveréis. —El miedo se reflejó en el rostro de la chica—. Cuando acabéis de hacer la guerra, volveréis a pasar por aquí.

—Es posible. —«Si es que queda alguno con vida»—. Eso lo tiene que decidir el Viejo Oso, el que tú llamas lord Cuervo. Yo no soy más que su escudero; no elijo qué ruta vamos a tomar.

—Entiendo. —Jon percibió el sentimiento de derrota en su voz—. Siento haberos molestado, mi señor. Solo quería... Dicen que los reyes cuidan de las personas, y pensé... —Salió corriendo, desesperada, con la capa de Sam ondulando a su espalda como unas enormes alas negras.

Jon la miró alejarse, perdida ya toda su admiración ante el amanecer cristalino. «Maldita sea —pensó con resentimiento—, y maldito sea Sam por enviármela. ¿Qué pensaba que podía hacer por ella? Estamos aquí para luchar contra los salvajes, no para salvarlos.»

Los hombres de la Guardia empezaban a salir de sus refugios, se desperezaban y bostezaban. La magia se había esfumado; el brillo del hielo volvía a ser rocío vulgar a la luz del sol naciente. Alguien había encendido una hoguera, y hasta él llegaba el olor de la leña ardiendo entre los árboles, junto con el aroma ahumado de la panceta. Jon cogió su capa y la estampó contra la roca para romper la fina capa de hielo que se había formado durante la noche. Luego se ciñó a *Garra.* Unos pasos más adelante meó contra un arbusto helado; su orina levantó una nube de vapor en el aire frío y derritió el hielo del suelo. Luego se anudó los calzones de lana negra y se guio por el olfato.

Grenn y Dywen estaban entre los hermanos que se habían reunido en torno a la hoguera. Hake le tendió a Jon un trozo de pan desmigado y relleno con panceta quemada y pescado salado calentado en la grasa de la panceta. Lo devoró mientras oía a Dywen alardear de que se había acostado con tres de las mujeres de Craster aquella noche.

—Eso es mentira —dijo Grenn con el ceño fruncido—. Yo lo habría visto.

—¿Tú? —Dywen le dio una colleja de revés—. ¿Ver algo tú? Si estás más ciego que el maestre Aemon. Ni siquiera viste al oso.

—¿Qué oso? ¿Hubo algún oso?

—Siempre hay un oso —declaró Edd el Penas en su habitual tono de resignación pesimista—. Cuando yo era pequeño, un oso mató a mi hermano. Más adelante, llevó sus dientes al cuello en una bolsita. Y eran buenos dientes, mejores que los míos. A mí, los dientes no me han dado más que problemas.

—¿Sam durmió en el Torreón anoche?

—Dormir, lo que se dice dormir... El suelo es duro, la paja huele mal, y mis hermanos roncan como animales. Ya que hablamos de osos, ninguno tiene un gruñido tan fiero como el de Bernarr el Moreno. Por la noche se me subieron encima varios perros. Ya tenía la capa casi seca cuando uno me meó encima. O quizá fue Bernarr el Moreno. ¿Te has fijado en que escampó en el momento en que tuve un techo sobre la cabeza? Ahora que vuelvo a estar fuera, empezará de nuevo. A los dioses y a los perros les encanta mearme encima.

—Más vale que vaya a ver a lord Mormont —dijo Jon.

La lluvia había cesado, sí, pero el lugar seguía siendo un cenagal de charcos poco profundos y barro resbaladizo. Los hermanos negros estaban recogiendo las tiendas, alimentando a los caballos y mascando tiras de carne seca. Los exploradores de Jarman Buckwell apretaban las cinchas de sus sillas de montar antes de ponerse en marcha.

—Jon —lo saludó Buckwell, ya a caballo—. Mantén bien afilada tu espada. Pronto nos hará falta.

El interior de la morada de Craster seguía en la penumbra. Las antorchas ya casi no ardían, y nadie habría dicho que había salido el sol. El cuervo de Mormont fue el primero en verlo entrar. Con tres batidas perezosas de las grandes alas negras, fue a posarse en la empuñadura de *Garra.* Picoteó un mechón de cabellos de Jon.

—¿Maíz?

—No le hagas caso a ese mendigo, Jon; se acaba de comer la mitad de mi panceta. —El Viejo Oso estaba sentado a la mesa de Craster, desayunando pan frito, panceta y salchichas de tripa de cordero junto con el resto de los oficiales. El hacha nueva de Craster estaba sobre la mesa; el oro incrustado centelleaba a la luz de las antorchas. Su dueño estaba inconsciente en el altillo para dormir, pero las mujeres se habían levantado para dedicarse a sus quehaceres y servir la mesa—. ¿Qué día tenemos?

—Frío, pero la lluvia ha cesado.

—Muy bien. Encárgate de que preparen mi caballo. Quiero que nos pongamos en marcha antes de una hora. ¿Has desayunado ya? La comida de Craster es sencilla, pero llena el estómago.

«No voy a probar la comida de Craster», decidió de repente.

—Ya he comido con los hombres, mi señor. —Jon espantó al cuervo del puño de *Garra*. El pájaro saltó al hombro de Mormont y empezó a cagar.

—Eso se lo podrías haber hecho a Nieve, en vez de reservarlo para mí —gruñó el Viejo Oso.

El cuervo graznó.

Sam estaba en la parte trasera de la casucha, junto a la conejera rota, al lado de Elí. La muchacha lo estaba ayudando a ponerse la capa, pero al ver a Jon salió corriendo. Sam le lanzó una mirada de reproche.

—Pensé que la ayudarías.

—¿Y cómo? —le espetó Jon en tono brusco—. ¿Crees que nos la podemos llevar envuelta en tu capa? Nos ordenaron que no...

—Lo sé —reconoció Sam, avergonzado—. Pero la chica tiene miedo. Yo sé qué es tener miedo. Le dije que... —Tragó saliva.

—¿Qué? ¿Que la íbamos a llevar con nosotros?

—Cuando volviéramos a casa. —Sam se había puesto muy rojo y no se atrevía a mirar a Jon a los ojos—. Va a tener un bebé.

—¿Te has vuelto loco del todo, Sam? Puede que ni siquiera regresemos por esta ruta. Y aunque así fuera, ¿crees que el Viejo Oso va a dejar que te lleves a una de las esposas de Craster?

—Pensé que para entonces igual se me había ocurrido una manera...

—No tengo tiempo para esto. Tengo que cepillar y ensillar los caballos.

Jon se alejó, tan confuso como furioso. Sam tenía un corazón tan grande como el resto de su cuerpo, pero pese a lo mucho que había leído, a veces se mostraba tan estúpido como Grenn. Lo que proponía era imposible, y además, una deshonra.

«Entonces, ¿por qué estoy tan avergonzado?»

Jon ocupó su puesto habitual al lado de Mormont cuando la Guardia de la Noche desfiló entre los cráneos de la puerta de Craster. Cabalgaron rumbo noroeste por un sendero de animales. El hielo que se fundía goteaba en torno a ellos; era como una lluvia más lenta que tuviera música propia. Al norte del Torreón de Craster, el arroyo bajaba muy crecido y arrastraba hojas y ramas, pero los exploradores habían encontrado un vado, y la columna lo pudo cruzar. El agua llegaba hasta el vientre de los caballos. Fantasma cruzó a nado y llegó a la orilla opuesta con el blanco pelaje cubierto de lodo marronáceo. Cuando se sacudió y lanzó gotas de agua y barro en todas direcciones Mormont no dijo nada, pero el cuervo graznó desde su hombro.

—Mi señor —dijo Jon en voz baja mientras el bosque volvía a cerrarse en torno a ellos—, Craster no tiene ovejas. Ni hijos varones. —Mormont no respondió—. En Invernalia, una de las sirvientas nos contaba historias —siguió Jon—. Decía que había mujeres salvajes que yacían con los Otros y daban a luz a niños medio humanos.

—Cuentos de viejas. ¿Acaso Craster no te parece humano?

«No, ni lo más mínimo.»

—Entrega a sus hijos varones al bosque.

—Sí —dijo al final de un largo silencio.

—Sí —graznó el cuervo—. Sí, sí, sí.

—¿Lo sabíais?

—Smallwood me lo dijo. Hace mucho tiempo. Todos los exploradores lo saben, aunque pocos quieren hablar de ello.

—¿Lo sabía mi tío?

—Todos los exploradores —repitió Mormont—. Y tú crees que debería impedírselo. Matarlo, si fuera necesario. —El Viejo Oso suspiró—. Si lo hiciera para librarse de unas cuantas bocas, de buena gana enviaría a Yoren o a Conwys para recoger a los niños. Los educaríamos para que vistieran el negro, y la Guardia sería más fuerte. Pero los salvajes sirven a dioses más crueles que los tuyos y los míos. Esos niños son las ofrendas de Craster. Sus plegarias.

«Seguro que sus mujeres rezan plegarias muy distintas a esas», pensó Jon.

—¿Cómo te has enterado? —le preguntó el Viejo Oso—. ¿Por alguna de las esposas de Craster?

—Sí, mi señor —confesó Jon—. Preferiría no deciros cuál. Estaba asustada y quería ayuda.

—El mundo está lleno de gente que quiere ayuda, Jon. Ojalá algunas de esas personas juntaran el valor necesario para ayudarse a sí mismas. Craster está ahora mismo inconsciente en su lecho, apestando a vino. En su mesa hay un hacha nueva bien afilada. Si se tratara de mí, la llamaría *Plegaria Escuchada* y pondría fin a todo.

«Sí.» Jon pensó en Elí. En ella y en sus hermanas. Eran diecinueve, y Craster solo uno, pero...

—Pero si Craster muriera, sería un día triste para la Guardia. Tu tío podría contarte cuántas veces su Torreón ha supuesto la diferencia entre la vida y la muerte para nuestros exploradores.

—Mi padre... —Se detuvo, titubeante.

—Sigue, Jon. ¿Qué ibas a decir?

—Mi padre me explicó una vez que no vale la pena tener a ciertos hombres —continuó el muchacho—. Un vasallo brutal o injusto deshonra a su señor tanto como a sí mismo.

—Pero Craster no nos ha hecho ningún juramento, ni se somete a nuestras leyes. Tienes un corazón noble, Jon, pero debes aprender una lección de esto. No podemos hacer justicia en todo el mundo. No es nuestro objetivo. Las guerras de la Guardia de la Noche son otras.

«Otras. Sí. No debo olvidarlo.»

—Jarman Buckwell dijo que quizá necesitara mi espada pronto.

—¿De veras? —Mormont no parecía satisfecho—. Lo mismo dijo Craster anoche, y confirmó mis temores hasta el punto de condenarme a una noche de insomnio en su suelo. Mance Rayder está reuniendo a los suyos en los Colmillos Helados. Por eso nos hemos encontrado desiertas las aldeas. Es lo mismo que le dijo a ser Denys Mallister el salvaje que sus hombres capturaron en la Garganta, pero Craster también nos ha aportado el *dónde,* y eso marca toda la diferencia del mundo.

—¿Está reuniendo gente para una ciudad, o para un ejército?

—Esa es la cuestión. ¿Cuántos salvajes hay? ¿Cuántos hombres en edad de luchar? Nadie lo sabe a ciencia cierta. Los Colmillos Helados son un lugar salvaje, cruel, inhóspito, todo piedra y escarcha. No hay nada allí que ofrezca sustento a un gran número de personas. Esa reunión solo puede tener un propósito. Mance Rayder va a lanzar un ataque hacia el sur, se va a adentrar en los Siete Reinos.

—No sería la primera vez que los salvajes invaden el reino. —Jon recordó las historias que la Vieja Tata y el maestre Luwin contaban en Invernalia—. Raymun Barbarroja encabezó una invasión en tiempos del abuelo de mi abuelo, y antes hubo otro rey al que llamaban Bael el Bardo.

—Sí, y en tiempos aún más antiguos estuvieron el Señor Astado y los reyes hermanos Gendel y Gorne, y aún antes, Joramun, que hizo sonar el Cuerno del Invierno y despertó a los gigantes de la tierra. Todos ellos se estrellaron contra el Muro, o fueron derrotados por el poder de Invernalia... Pero la Guardia de la Noche no es más que una sombra de lo que fue, ¿y quién queda para enfrentarse a los salvajes, aparte de nosotros? El señor de Invernalia ha muerto, y su heredero ha llevado su ejército hacia el sur para combatir a los Lannister. Puede que los salvajes no vuelvan a tener una ocasión como esta. Yo conocí a Mance Rayder, Jon. Es un perjuro, sí... pero tiene dos ojos en la cara, y nadie se atrevería a decir de él que sea un cobarde.

—¿Qué vamos a hacer? —preguntó Jon.

—Buscarlo —dijo Mormont—. Combatirlo. Detenerlo.

«Trescientos —pensó Jon—, contra la furia de lo indómito.» Abrió y cerró los dedos.

THEON

Era de una belleza innegable. «Pero la primera siempre es una belleza», pensó Theon Greyjoy.

—Hermoso espectáculo, ¿eh? —dijo una voz femenina detrás de él—. Al joven señor le gusta, ¿verdad?

Theon se volvió y la miró de arriba abajo. Le agradó lo que vio. Era hija del hierro; se notaba a primera vista: esbelta, de piernas largas, pelo negro y corto, piel curtida por el viento, manos fuertes y seguras, y un puñal al cinto. Tenía la nariz demasiado grande y afilada para su rostro delgado, pero la compensaba con una sonrisa preciosa. Calculó que tendría unos pocos años más que él, pero no pasaría de los veinticinco. Se movía como si estuviera acostumbrada a tener la cubierta de un barco bajo los pies.

—Sí, es una belleza —dijo—. Pero no tanto como tú.

—Vaya, vaya. —La joven sonrió—. Más me vale tener cuidado. El joven señor tiene la lengua de miel.

—Pruébala y lo sabrás.

—¿Así nos ponemos? —replicó, mirándolo directamente a los ojos. En las islas del Hierro había mujeres (no muchas, pero sí algunas) que tripulaban los barcoluengos junto con los hombres, y se decía que la sal y el mar las cambiaban, les daban los apetitos de un varón—. ¿Ha estado mucho tiempo en el mar el joven señor? ¿O es que en el lugar de donde vienes no había mujeres?

—Mujeres sí que había, pero ninguna como tú.

—¿Y qué sabrás tú cómo soy yo?

—Tengo ojos para verte la cara. Tengo orejas para oír tu risa. Y la polla se me ha puesto dura como un mástil.

La mujer se le acercó y le plantó la mano en la delantera de los calzones.

—Pues es verdad, no mientes —dijo, apretando a través de la tela—. ¿Duele mucho?

—Un horror.

—Pobre señor. —Lo soltó y dio un paso atrás—. Da la casualidad de que soy una mujer casada y estoy embarazada.

—Los dioses son bondadosos —dijo Theon—. Así no hay riesgo de que te haga un bastardo.

—Pese a todo, mi hombre no te estaría agradecido.

—No, pero a lo mejor tú sí.

—¿Y por qué? Ya me he acostado con señores. Y son iguales que el resto de los hombres.

—¿Te has acostado alguna vez con un príncipe? —preguntó él—. Cuando estés canosa y arrugada, y las tetas te cuelguen sobre la tripa, podrás contarles a los hijos de tus hijos que una vez amaste a un rey.

—Ah, ¿entonces estamos hablando de amor? Y yo que pensaba que se trataba de pollas y de coños.

—¿Es amor lo que quieres? —Acababa de decidir que le gustaba aquella mujer, fuera quien fuera. Su ingenio rápido era todo un alivio para la húmeda y triste Pyke—. ¿Quieres que le ponga tu nombre a mi barcoluengo, que toque el arpa para ti, que te encierre en una torre de mi castillo vestida únicamente con joyas, como la princesa de una canción?

—Deberías ponerle mi nombre a tu barco —señaló ella, haciendo caso omiso del resto—. Yo fui quien lo construyó.

—Lo construyó Sigrin, el jefe de astilleros de mi padre.

—Soy Esgred. Hija de Ambrode y esposa de Sigrin.

Theon no sabía que Ambrode tuviera una hija, ni Sigrin una esposa... pero solo había visto al joven carpintero una vez, y del viejo apenas se acordaba.

—Es un desperdicio que te entregaran a Sigrin.

—Vaya, vaya. Lo mismo dice Sigrin: que es un desperdicio que te entregaran a ti su querida nave.

—¿Sabes quién soy? —Theon se enojó.

—El príncipe Theon de la casa Greyjoy. ¿Quién si no? Dime la verdad, mi señor. ¿Te gusta tu nueva novia? Sigrin querrá saberlo.

El barcoluengo era tan nuevo que todavía olía a resina y a brea. Su tío Aeron lo bendeciría al día siguiente, pero Theon había bajado a caballo desde Pyke para echarle un vistazo antes de que lo botaran. No era tan grande como el *Gran Kraken* de lord Balon ni el *Victoria de Hierro* de su tío Victarion, pero era muy bello y parecía rápido, incluso allí, varado. Tenía un casco esbelto y negro de cuarenta varas, solo un mástil, cincuenta remos largos, una cubierta en la que cabían cien hombres... y en la proa, un espolón de hierro en forma de punta de flecha.

—Sigrin me ha prestado un servicio excelente —reconoció—. ¿Es una nave tan rápida como parece?

—Más... si el capitán sabe cómo gobernarla.

—Hace muchos años que no navego. —«Y jamás he sido capitán de una nave, la verdad sea dicha»—. Pero sigo siendo un Greyjoy, hijo del hierro. Llevo el mar en la sangre.

—Y tu sangre irá a parar al mar si navegas igual que te expresas —replicó ella.

—Jamás trataría mal a una doncella tan hermosa.

—¿Una doncella tan hermosa? —Se echó a reír—. No, esta nave es una zorra marina.

—Mira qué bien, ya le has puesto nombre. *Zorra Marina.* —Aquello pareció divertirla; vio como le chispeaban los ojos.

—Y eso que decías que le ibas a poner mi nombre —dijo con tono ofendido.

—Es lo que he hecho. —Le tomó la mano—. Ayúdame, mi señora. En las tierras verdes creen que una mujer embarazada le da suerte al hombre que se acuesta con ella.

—¿Y qué saben de naves en las tierras verdes? ¿O de mujeres, ya que estamos? Además, me parece que te lo acabas de inventar.

—Si confieso, ¿me seguirás amando?

—¿Seguiré? ¿Cuándo te he amado yo?

—Jamás —reconoció—, pero eso se puede reparar, mi dulce Esgred. El viento es frío. Sube a bordo de mi barco y deja que te dé calor. Mañana, mi tío Aeron verterá agua marina por la proa y musitará una plegaria al Dios Ahogado, pero yo prefiero bendecirla con la leche de mi entrepierna. Y de la tuya.

—Puede que el Dios Ahogado no se lo tome muy bien.

—A la mierda con el Dios Ahogado. Si se mete con nosotros, lo ahogaré de nuevo. Partiremos a la guerra antes de quince días. ¿Me enviarías a la batalla sin poder dormir de deseo?

—De buena gana.

—Ah, mujer cruel. Mi nave tiene el nombre que realmente merece. Si la estrello contra las rocas por estar distraído, únicamente tú tendrás la culpa.

—¿Piensas gobernarla con este timón? —Esgred le frotó una vez más la delantera de los calzones y sonrió al tiempo que, con el dedo, trazaba el perfil férreo de su miembro.

—Ven a Pyke conmigo —dijo de repente. «¿Qué dirá lord Balon? ¿Y a mí qué me importa? Ya soy un hombre; si quiero llevarme a una mujer a la cama, no es asunto de nadie.»

—¿Y qué haría yo en Pyke? —preguntó sin apartar la mano.

—Mi padre dará un banquete esta noche para sus capitanes. —En realidad lo daba todas las noches mientras esperaba la llegada de los más rezagados, pero no había por qué decírselo a la joven.

—¿Mi señor príncipe me nombrará su capitana por una noche?

Tenía la sonrisa más pícara que jamás había visto en una mujer.

—Es posible. Siempre que supiera que me llevarás a buen puerto.

—Bueno, sé qué parte del remo va al mar, y no hay nadie que maneje como yo los cabos y los nudos. —Le estaba desatando los calzones con una mano, pero retrocedió con paso ligero—. Lástima que sea una mujer casada y embarazada.

—Tengo que volver al castillo —dijo Theon, nervioso, mientras se ataba la ropa de nuevo—. Si no vienes conmigo, puede que el dolor haga que me extravíe, y será una gran pérdida para las islas.

—Eso no se puede consentir... pero el caso es que no tengo caballo.

—Puedes ir en el de mi escudero.

—¿Y dejar que vuestro pobre escudero vuelva andando a Pyke?

—Entonces comparte el mío.

—Eso te gustaría. —Otra vez la sonrisa—. A ver... ¿dónde me pondría yo? ¿Delante o detrás?

—Puedes ponerte donde quieras.

—Me gusta ponerme arriba.

«¿Dónde ha estado esta mujer toda mi vida?»

—Los salones de mi padre son sombríos y húmedos. Necesitan de una Esgred que avive los fuegos.

—El joven señor tiene la lengua de miel.

—¿No fue así como empezó todo?

—Y así es como termina. —La joven alzó los brazos—. Esgred es tuya, dulce príncipe. Llévame a tu castillo. Quiero ver como surgen del mar tus orgullosas torres.

—He dejado mi caballo en la posada. Ven.

Caminaron juntos por la costa, y cuando Theon la cogió por el brazo, ella no se apartó. Le gustaba su manera de andar; era osada, parecía como si se meciera, y sugería que entre las mantas sería igual de osada.

Puerto Noble estaba más concurrido que nunca; por doquier se veía a las tripulaciones de los barcoluengos que se alineaban ante la orilla de guijarros o estaban anclados más allá de la escollera. Los hijos del hierro no doblaban la rodilla con facilidad, pero Theon advirtió que los remeros y los ciudadanos por igual bajaban la voz al verlos pasar, y los saludaban con respetuosas inclinaciones de la cabeza.

«Por fin se han enterado de quién soy —pensó—. Ya era hora.»

Lord Goodbrother de Gran Wyk había llegado la noche anterior con el grueso de sus fuerzas, casi cuarenta barcoluengos. Sus hombres estaban por todas partes; llamaban la atención por sus fajines de lana de cabra a franjas. Se rumoreaba que muchachos imberbes con aquellos fajines estaban follándose a las putas de Otter Gimpknee en la posada hasta que no podían ni cerrar las piernas. Por lo que a Theon respectaba, se las podían quedar a todas. Eran una manada de guarras picadas de viruelas que no quería ni ver. Su actual acompañante era mucho más de su gusto. Y estaba casada con el jefe de astilleros de su padre, y encima embarazada, lo que la hacía más misteriosa y deseable.

—¿Mi señor príncipe ha empezado ya a elegir su tripulación? —preguntó Esgred mientras se dirigían hacia los establos—. ¡Hola, Dienteazul! —gritó al pasar junto a un marinero, un hombre alto con chaleco de piel de oso y yelmo adornado con alas—. ¿Cómo está tu mujer?

—Embarazada y bien gorda; dice que van a ser mellizos.

—¿Tan pronto? —Esgred le dirigió su sonrisa traviesa—. Sí que has tardado poco en meter el remo en el agua.

—Sí, y en remar, remar y remar —rugió el hombretón.

—Es muy fuerte —observó Theon—. ¿Dices que se llama Dienteazul? ¿Lo debería elegir para mi *Zorra Marina*?

—Solo si quieres insultarlo. Dienteazul tiene barco propio.

—He estado fuera durante mucho tiempo y no reconozco a los hombres —admitió Theon. Había buscado a los pocos amigos con los que jugara de niño, pero habían desaparecido; o estaban muertos o se habían transformado en desconocidos—. Mi tío Victarion me ha cedido a su timonel.

—¿Rymolf Bebetormentas? Es buen hombre, siempre que está sobrio. —Vio más rostros conocidos y saludó a un trío que pasó junto a ellos—. Uller, Qarl, Skyte. ¿Dónde está vuestro hermano?

—Me temo que el Dios Ahogado necesitaba un remero fuerte —respondió uno de ellos, un hombre achaparrado con un mechón blanco en la barba.

—Quiere decir que Eldiss bebió demasiado vino y le reventó la barriga —dijo el joven de mejillas rosadas que estaba junto a él.

—Lo que está muerto no puede morir —dijo Esgred.

—Lo que está muerto no puede morir. —Theon también murmuró las palabras—. Eres muy conocida —le dijo a la mujer cuando el trío pasó de largo.

—Todo el mundo aprecia a la mujer del jefe de astilleros. Más les vale, si no quieren que se les hundan los barcos. Si necesitas remeros, esos tres son de los buenos.

—En Puerto Noble no faltan brazos fuertes. —Theon había meditado mucho sobre aquel asunto. Lo que necesitaba eran luchadores, y hombres que fueran leales a él, no a su señor padre ni a sus tíos. Por el momento se comportaba como un príncipe obediente, mientras esperaba a que lord Balon revelara sus planes por completo. Pero si resultaba que no le gustaban aquellos planes, o el papel que le correspondía en ellos...

—Con la fuerza no basta. Los remos de un barcoluengo se tienen que mover al unísono para que alcance la máxima velocidad. Si eres listo, elegirás hombres que ya hayan remado juntos.

—Sabio consejo. Quizá tú puedas ayudarme a elegirlos. —«Que crea que necesito de su inteligencia; a las mujeres les gusta eso.»

—Quizá. Si me tratas bien.

—¿Cómo si no?

Theon aceleró el paso cuando se acercaron a la *Myraham,* que se mecía en el amarradero, ya sin carga. Su capitán había querido hacerse a la mar hacía ya dos semanas, pero lord Balon no lo consintió. No dejaba partir a ningún comerciante que hubiera atracado en Puerto Noble, para que las noticias no llegaran a tierra firme antes de que estuviera preparado para atacar.

—Mi señor —lo llamó una voz lastimera desde el castillo de proa. La hija del capitán lo miraba aferrada a la baranda. Su padre le había prohibido desembarcar, pero siempre que Theon iba a Puerto Noble la veía vagar desamparada por la cubierta—. Mi señor, un momento —lo siguió llamando—. Mi señor, si os place...

—¿Sí? —preguntó Esgred mientras Theon se apresuraba a pasar de largo—. ¿Le placía a mi señor?

—Durante un tiempo, sí. —No tenía sentido mostrarse recatado con ella—. Pero ahora quiere ser mi esposa de sal.

—Ah. Pues la verdad es que le iría bien un poco de sal. Demasiado tierna y blanda, ¿no? ¿O me equivoco?

—No te equivocas. —«Tierna y blanda. Exacto. ¿Cómo lo ha sabido?»

Le había dicho a Wex que lo esperase en la posada. La sala común estaba tan abarrotada que Theon tuvo que abrirse camino a empujones. No quedaba ningún asiento libre, ni en los bancos ni junto a las mesas. Tampoco vio a su escudero.

—¡Wex! —gritó para hacerse oír por encima del estrépito y del bullicio.

«Como esté arriba con una de esas putas picadas de viruelas, le arranco la piel a tiras», estaba pensando cuando por fin divisó al muchacho, que se dedicaba a jugar a los dados cerca de la chimenea... y, a juzgar por el montón de monedas que tenía al lado, iba ganando.

—Es hora de marcharnos —anunció Theon.

Como el chico no le hizo caso, lo agarró por la oreja y lo sacó de la partida. Wex agarró un puñado de monedas de cobre y lo siguió sin decir palabra. Era una de las cosas que más le gustaban de él. Muchos escuderos tenían la lengua afilada, pero Wex era mudo de nacimiento... lo que no le impedía ser muy avispado para sus doce años. Era hijo bastardo de un hermanastro de lord Botley, y al tomarlo como escudero, Theon estaba pagando parte del precio de su caballo.

Cuando Wex vio a Esgred, abrió los ojos como platos. «Cualquiera diría que no ha visto una mujer en su vida», pensó Theon.

—Esgred montará conmigo a la grupa; viene a Pyke. Ensilla los caballos y date prisa.

La montura del chico era un caballito flaco de los establos de lord Balon, nada que ver con el de Theon.

—¿De dónde has sacado ese caballo infernal? —preguntó Esgred cuando lo vio. Pero por su risa supo que la había impresionado.

—Lord Botley lo compró el año pasado en Lannisport, pero resultó que era mucho animal para él, así que estuvo encantado de venderlo.

Las islas del Hierro eran demasiado estériles y rocosas para criar buenos caballos. Pocos isleños eran jinetes hábiles; se sentían más a gusto en la cubierta de un barco que sobre una silla de montar. Incluso los señores montaban caballos de pequeño tamaño o ponis peludos de Harlaw. Hasta los carros de bueyes eran más comunes que los tiros de caballos. Y los que eran demasiado pobres labraban ellos mismos el suelo escaso y pedregoso.

Pero Theon había pasado diez años en Invernalia y no tenía la menor intención de ir a la guerra sin una buena montura. Se estaba beneficiando del error de criterio de lord Botley, y tenía un semental de temperamento tan negro como su pelaje, no tan grande como la mayoría de los corceles de batalla, pero aun así enorme. Como Theon no era tan corpulento como la mayoría de los caballeros, le iba de maravilla. Y aquel animal tenía fuego en los ojos. Nada más conocer a su nuevo dueño, le mostró los dientes y le lanzó un bocado a la cara.

—¿Cómo se llama? —le preguntó Esgred a Theon mientras montaba.

—Sonrisas. —Le tendió la mano y la ayudó a subir delante de él, para poder rodearla con los brazos mientras cabalgaban—. Conocí a un hombre que me dijo que yo sonreía ante lo que no debía.

—¿Y es así?

—Solo lo dicen los que no sonríen ante nada. —Estaba pensando en su padre y en su tío Aeron.

—¿Y mi señor príncipe está sonriendo ahora?

—Desde luego. —Theon la rodeó con el brazo para coger las riendas. Era casi tan alta como él. Tenía el pelo sucio, y una cicatriz vieja y rosada en el hermoso cuello, pero le gustaba su olor a sal, a sudor y a mujer.

El viaje de vuelta a Pyke prometía ser mucho más interesante que el de ida. Cuando estuvieron a buena distancia de Puerto Noble, Theon le puso una mano sobre un pecho. Esgred se la apartó.

—Más vale que agarres las riendas con las dos manos, o esta fiera nos lanzará por los aires y nos matará a coces.

—Le he quitado esa costumbre a golpes. —Theon, divertido, se comportó bien un rato y se dedicó a charlar sobre el clima (gris y encapotado, como todos los días desde su llegada, con lluvias frecuentes) y a contarle a cuántos hombres había matado en el bosque Susurrante. Cuando llegó al momento en que se encontró a poca distancia del Matarreyes en persona, volvió a subir la mano. La mujer tenía los pechos pequeños, pero le gustaba su firmeza.

—No quieres hacer eso, mi señor príncipe.

—Sí que quiero, vaya si quiero. —Theon le dio un pellizco.

—Tu escudero te está mirando.

—Que mire. Total, no va a decir nada... —Esgred le abrió los dedos, y en esta ocasión lo sujetó con firmeza. Tenía las manos fuertes—. Así me gustan a mí las mujeres, con buenas manos.

—Cualquiera lo diría —replicó ella con un resoplido—, después de ver a esa moza en el muelle.

—No me juzgues por ella. Era la única mujer del barco.

—Háblame de tu padre. ¿Me recibirá con alegría en su castillo?

—¿Por qué? Si no me recibe con alegría ni a mí, que soy sangre de su sangre, heredero de Pyke y de las islas del Hierro.

—¿De verdad? —preguntó con voz melosa—. Se dice que tienes tíos, hermanos, una hermana...

—Mis hermanos murieron hace mucho, y mi hermana... se dice que el vestido preferido de Asha es una loriga, y que lleva la ropa interior acorazada. Pero aunque se vista de hombre, no es un hombre. Una vez gane la guerra, la casaré para firmar alguna buena alianza. Si encuentro quien la quiera, claro. Recuerdo que tenía la nariz como un pico de buitre, espinillas por todos lados y menos pecho que un muchacho.

—A tu hermana aún la puedes casar —señaló Esgred—. Pero a tus tíos, no.

—Mis tíos... —Los derechos de Theon estaban por encima de los de los tres hermanos de su padre, pero aun así era un tema delicado. En las islas no era extraño que un tío fuerte y ambicioso despojara de sus derechos a un sobrino débil, y por lo general de paso lo mataba.

«Pero yo no soy débil —se dijo Theon—, y para cuando muera mi padre pienso ser mucho más fuerte.»

—Mis tíos no son una amenaza para mí —declaró—. Aeron está ebrio de agua de mar y de santidad. Solo vive para su dios...

—¿Su dios? ¿No es tu dios?

—Sí, mío también. Lo que está muerto no puede morir. —Sonrió con los dientes apretados—. Si digo estas cosas cuando convenga, Pelomojado no me dará problemas. En cuanto a mi tío Victarion...

—Lord capitán de la Flota de Hierro y un guerrero temible. En todas las tabernas se cantan sus hazañas.

—Durante la rebelión de mi señor padre, navegó hasta Lannisport con mi tío Euron y le prendió fuego a la flota de los Lannister, que estaba allí anclada —recordó Theon—. Pero el autor del plan fue Euron. Victarion es como un enorme buey: fuerte, incansable, obediente, pero que no ganará ninguna carrera. Sin duda me servirá con la misma lealtad con la que ha servido a mi señor padre. No tiene el cerebro ni la ambición que hacen falta para la traición.

—En cambio, a Euron Ojo de Cuervo no le falta astucia. De él se cuentan cosas espantosas.

—Nadie ha visto a mi tío Euron en las islas desde hace dos años. —Theon se acomodó en la silla de montar—. Puede que esté muerto. —Y si era así, tanto mejor. El hermano mayor de lord Balon jamás había renunciado a las antiguas costumbres. Se decía que su *Silencio,* con las velas negras y el casco rojo oscuro, tenía una reputación temible en todos los puertos desde Ibben hasta Asshai.

—Puede que esté muerto —asintió Esgred—. Y aunque esté vivo, qué más da; se ha pasado tanto tiempo en el mar que aquí sería un forastero. Los hijos del hierro no dejarían jamás que un forastero se sentara en el Trono de Piedramar.

—No, me imagino que no —respondió Theon antes de caer en la cuenta de que, probablemente, muchos lo considerarían a él un forastero. Frunció el ceño. «Diez años son mucho tiempo, pero ya he vuelto, y a mi padre le queda mucha vida por delante. Tendré tiempo de demostrar mi valía.» Valoró la posibilidad de volver a acariciar el pecho de Esgred, pero seguro que le apartaba la mano de nuevo, y además, tanta charla sobre sus tíos había apagado en cierto modo su ardor. Ya habría tiempo para aquellos juegos en el castillo, en la intimidad de sus habitaciones—. Cuando lleguemos a Pyke, hablaré con Helya para que te coloque en un lugar de honor durante el banquete —dijo—. Yo tengo que sentarme en la tarima, a la derecha de mi padre, pero en cuanto se marche, bajaré para estar contigo. No suele quedarse mucho tiempo. Últimamente no aguanta bien la bebida.

—Es triste ver envejecer a un gran hombre.

—Lord Balon no es más que el padre de un gran hombre.

—Modesto, el joven señor.

—Solo un tonto se humilla a sí mismo, habiendo tantos hombres en el mundo dispuestos a encargarse de esa tarea. —Le depositó un beso en la nuca. Ella se apartó.

—¿Qué me pondré para el banquete?

—Le diré a Helya que te vista. Seguro que te vale alguna ropa de mi madre. Está fuera, en Harlaw, y no creo que vuelva.

—Se dice que los vientos fríos la han consumido. ¿No piensas ir a verla? Harlaw está apenas a un día de navegación, y seguro que lady Greyjoy anhela ver a su hijo por última vez.

—Ojalá pudiera. Aquí tengo mucho que hacer. Ahora que he regresado, mi padre depende de mí. Tal vez, cuando reine la paz...

—Tu visita le daría paz a ella.

—Empiezas a hablar como una mujer —se quejó Theon.

—Confieso, soy una mujer... y recién preñada.

—Eso dices tú. —Aquello, sin saber por qué, lo excitaba—. Pero tu cuerpo todavía no muestra signos. ¿Cómo lo vas a demostrar? Para creerte, quiero ver como maduran tus pechos y probar tu leche de madre.

—¿Y qué dirá a eso mi esposo? ¿Ese sirviente leal de tu padre?

—Le encargaremos construir tantos barcos que ni se dará cuenta de que lo has dejado.

—Es cruel el joven señor que me ha secuestrado —dijo la mujer riéndole la broma—. Si te prometo que algún día verás mamar a mi bebé, ¿me contarás algo más sobre tu guerra, Theon de la casa Greyjoy? Nos quedan muchas leguas de montañas por delante, y me gustaría saber más sobre ese rey lobo al que serviste y los leones dorados contra los que lucha.

Deseoso de complacerla, Theon empezó a hablar. El resto del largo viaje transcurrió muy deprisa mientras le llenaba la hermosa cabecita con historias sobre Invernalia y sobre la guerra. Algunas de las cosas que dijo lo sorprendieron a él mismo.

«Los dioses la bendigan, qué fácil es hablar con ella —reflexionó—. Me siento como si la conociera desde hace años. Si su juego entre las sábanas es tan bueno como su ingenio, tendré que quedármela como sea. —Pensó en Sigrin, el jefe de astilleros, un hombre grueso de corto ingenio, pelo rubio que comenzaba a ralear y la frente llena de granos, y sacudió la cabeza—. Qué desperdicio. Qué espantoso desperdicio.»

Le pareció que no había pasado nada de tiempo cuando la gran muralla de Pyke se alzó ante ellos.

Las puertas estaban abiertas. Theon picó espuelas a Sonrisas, y entró al trote ligero. Mientras ayudaba a Esgred a desmontar, los perros ladraban como locos. Muchos se acercaron meneando la cola. Pasaron de largo junto a él y casi derribaron a la mujer, saltando en torno a ella y lamiéndola.

—¡Fuera! —gritó Theon, lanzando sin puntería una patada contra una perra grande de color castaño.

Pero Esgred se reía y jugaba a pelear con los animales. Tras los perros llegó corriendo un mozo de cuadras.

—Encárgate del caballo —le ordenó Theon—. Y llévate a estos malditos perros...

El patán no le prestó atención. Sonreía ampliamente, mostrando los huecos de la dentadura.

—Lady Asha, habéis vuelto.

—Sí, anoche —dijo ella—. Llegué en barco de Gran Wyk con lord Goodbrother, y pasé la noche en la posada. Mi hermanito ha tenido la amabilidad de traerme de Puerto Noble.

Besó a uno de los perros en el hocico y sonrió a Theon.

Theon se había quedado mirándola, boquiabierto. «Asha. No. No puede ser Asha.» De pronto se dio cuenta de que en su mente había dos

Ashas. Una era la niñita que había conocido. La otra, más bien un fruto vago de su imaginación, tenía cierta semejanza con su madre. Y ninguna de las dos se parecía en absoluto a aquella... aquella... aquella...

—Las espinillas se fueron cuando llegaron los pechos —le dijo mientras jugueteaba con el perro—. Pero el pico de buitre aún lo tengo.

Theon recuperó la capacidad de hablar.

—¿Por qué no me lo has dicho?

—Antes quería saber cómo eras. —Asha soltó al perro y se irguió—. Y lo he conseguido. —Le hizo una media reverencia burlona—. Tendrás que disculparme ahora, hermanito. Tengo que bañarme y vestirme para el banquete. A ver si encuentro la loriga y la ropa interior acorazada.

Volvió a dedicarle su sonrisa malévola y cruzó el puente con aquella manera de andar que tanto le gustaba a Theon, como meciéndose.

Cuando se volvió, vio que Wex se estaba partiendo de risa. Le dio un golpe encima de una oreja.

—Esto por pasártelo tan bien con esto. —Y otro, todavía más fuerte—. Y esto por no avisarme. La próxima vez, más vale que te crezca la lengua.

Sus habitaciones en el Torreón Sangriento nunca le habían parecido tan gélidas, aunque los siervos habían dejado encendido el brasero. Theon se quitó las botas de una patada, dejó caer la capa al suelo y se sirvió una copa de vino, sin dejar de recordar a la niña desgarbada de rodillas huesudas y cara llena de granos.

«Me ha desatado los calzones —pensó, ultrajado— y ha dicho... oh, dioses, y yo le he dicho...» Gimió. Era increíble hasta qué punto se había puesto en ridículo.

«No —pensó—. No me he puesto en ridículo; me ha puesto en ridículo ella, la muy zorra. Qué bien se lo debe de haber pasado. Y no dejaba de tocarme la polla...»

Cogió la copa y se dirigió hacia el asiento junto a la ventana, donde se sentó para contemplar el mar mientras el sol se ponía sobre Pyke. «Aquí no hay lugar para mí —pensó—, y el motivo es Asha, ¡los Otros se la lleven!» Abajo, el agua pasó de verde a gris, y luego a negro. Ya le llegaba el sonido de la música distante, y sabía que era hora de cambiarse para el banquete.

Eligió unas botas sencillas y prendas más sencillas aún, en varios tonos de gris y negro que hacían juego con su estado de ánimo. Ningún adorno; no tenía nada comprado con hierro.

«Podría haberle quitado algo a aquel salvaje que maté para salvar a Bran Stark, pero no tenía nada. Maldita sea mi suerte, que solo mato a pobres.»

Cuando llegó Theon, el salón principal estaba lleno de humo y abarrotado. Allí se encontraban todos los señores y capitanes de su padre; eran casi cuatrocientos. Dagmer Barbarrota todavía no había regresado de Viejo Wyk con los Stonehouse y los Drumm, pero allí estaban todos los demás: los Harlaw de Harlaw, los Blacktyde de Marea Negra, los Sparr, los Merlyn y los Goodbrother de Gran Wyck, los Saltcliffe y los Sunderly de Acantilado de Sal, y los Botley y los Wynch del otro lado de Pyke. Los siervos servían cerveza, y había música de violines, de panderos y de tambores. Tres hombres corpulentos estaban ejecutando la danza del dedo, lanzándose unos a otros hachas de mango corto. Lo difícil era coger el hacha o saltar sobre ella sin perder el compás. Se llamaba la danza del dedo porque solía terminar cuando uno de los bailarines perdía uno... o dos, o cinco.

Ni los bailarines ni los bebedores se fijaron en Theon Greyjoy cuando se encaminó hacia la tarima. Lord Balon ocupaba el Trono de Piedramar, tallado con la forma de un kraken a partir de un gigantesco bloque de piedra negra. Según contaba la leyenda, los primeros hombres lo habían encontrado en las playas de Viejo Wyk cuando llegaron a las islas del Hierro. A la izquierda del trono estaban sentados los tíos de Theon. Asha había ocupado el lugar de honor, a su derecha.

—Llegas tarde, Theon —observó lord Balon.

—Te pido disculpas. —Theon ocupó el sitio vacío, junto a su hermana. Se inclinó hacia ella—. Estás ocupando mi lugar —le susurró al oído.

—Pero, hermano, me parece que te confundes. —Asha clavó en él unos ojos llenos de inocencia—. Tu lugar está en Invernalia. —Su sonrisa cortaba como un cuchillo—. ¿Y dónde está esa ropa tan bonita que tienes? Me han dicho que te gusta el tacto de la seda y el terciopelo sobre la piel.

Ella llevaba un vestido de suave lana verde, de corte sencillo y ajustado, que destacaba las líneas esbeltas de su cuerpo.

—Se te ha debido de oxidar la loriga —replicó—. Qué lástima. Me habría gustado verte vestida de hierro.

Asha se echó a reír.

—Puede que aún me veas, hermanito... Siempre que tu *Zorra Marina* pueda ir tan deprisa como mi *Viento Negro*. —Uno de los siervos de su padre se acercó con una jarra de vino—. ¿Qué beberás esta noche, Theon? ¿Cerveza o vino? —Se acercó más a él—. ¿O sigues teniendo sed de mi leche de madre?

Theon enrojeció.

—Vino —le dijo al siervo.

Asha se apartó de él, golpeó la mesa y pidió cerveza a gritos.

Theon cortó en dos una hogaza de pan, la vació de miga y llamó a un cocinero para que se la llenara de guiso de pescado. El olor de la espesa mezcla le daba náuseas, pero se forzó a comer unos bocados. Había bebido vino suficiente para dos comidas. «Si vomito, será encima de ella.»

—¿Sabe nuestro padre que te has casado con su jefe de astilleros? —le preguntó a su hermana.

—No más que Sigrin. —Se encogió de hombros—. *Esgred* es el nombre del primer barco que construyó. Lo llamó como a su madre. No se sabe bien a cuál de las dos quiere más.

—Todo lo que me dijiste era mentira.

—Todo no. ¿Recuerdas cuando te conté que me gustaba ponerme arriba? —Asha sonrió. Aquello sirvió únicamente para ponerlo más furioso.

—Todo eso de que estabas casada y embarazada...

—Esa parte era verdad. —Asha se puso en pie de un salto—. ¡Eh, Rolfe, aquí! —le gritó a uno de los que estaban inmersos en la danza del dedo, al tiempo que alzaba una mano. El hombre la vio, se giró, y de pronto el hacha salió volando de su mano, con la hoja centelleante en sus giros, en medio de la luz de las antorchas. Theon apenas tuvo tiempo de lanzar un grito ahogado antes de que Asha atrapara el arma en el aire y la clavara en la mesa, partiendo en dos su hogaza rellena y llenando el mantel de salpicaduras—. Este es mi señor esposo. —Su hermana se metió una mano por el escote del vestido y sacó un puñal de entre sus senos—. Y este es mi niño de pecho.

No podía ni imaginarse qué cara había puesto, pero de pronto se dio cuenta de que la sala entera retumbaba con las carcajadas, de que todos se reían de él. Hasta su padre sonreía, malditos fueran los dioses, y su tío Victarion no disimulaba la risa. Lo mejor que pudo hacer fue forzar una sonrisa. «Ya veremos quién ríe cuando termine todo esto, zorra.»

Asha arrancó el hacha de la mesa y la lanzó de nuevo a los que bailaban, en medio de aplausos y aclamaciones.

—Harías bien en recordar qué te dije acerca de elegir a tu tripulación. —Un siervo les ofreció una fuente, y su hermana pinchó un pescado salado y se lo comió directamente de la punta del puñal—. Si te hubieras molestado en aprender algo sobre Sigrin, jamás habría podido engañarte. Te pasas diez años de lobo y llegas aquí como príncipe de todas las islas, pero no sabes nada, no conoces a nadie. ¿Por qué van a luchar por ti los hombres? ¿Por qué van a morir por ti?

—Porque soy su legítimo príncipe —replicó Theon, rígido.

—Según las leyes de las tierras verdes, es posible. Pero aquí tenemos nuestras leyes, ¿o ya te has olvidado?

Theon frunció el ceño y se dedicó a contemplar la rezumante hogaza que tenía delante. No tardaría mucho en tener guiso en el regazo. Llamó a gritos a un siervo para que lo limpiara todo. «Me he pasado la mitad de la vida esperando volver a casa, ¿y para qué? ¿Para que se burlen de mí y me desprecien?» Aquella no era la Pyke que recordaba. O que creía recordar. Era tan pequeño cuando se lo llevaron como rehén...

El banquete era exiguo: una simple sucesión de guisos de pescado, pan negro y cabra poco especiada. Lo más sabroso, en opinión de Theon, fue una empanada de cebolla. La cerveza y el vino siguieron corriendo mucho después de que se retirase el último de los platos.

Lord Balon Greyjoy se levantó del Trono de Piedramar.

—Terminaos las bebidas y venid a mi habitación —les ordenó a sus acompañantes de la tarima—. Tenemos que hacer planes.

Los dejó allí sin añadir palabra y salió flanqueado por dos de sus guardias. Sus hermanos no tardaron en seguirlo. Theon se levantó para ir en pos de ellos.

—Parece que mi hermano pequeño tiene prisa. —Asha alzó su cuerno de bebida y pidió más cerveza.

—Nuestro señor padre aguarda.

—Lleva muchos años aguardando. No le pasará nada por esperar un poco más... Pero si lo que pasa es que temes su ira, no lo dudes, escabúllete en pos de él. No creo que te cueste mucho alcanzar a nuestros tíos. —Sonrió—. Uno está ebrio de agua de mar, y el otro no es más que un gran buey gris, que seguramente se perderá antes de llegar a su destino.

—Yo no corro detrás de ningún hombre. —Theon volvió a sentarse, molesto.

—¿De ningún hombre, pero de todas las mujeres?

—No fui yo quien te agarró la polla.

—Porque no tengo. Pero bien que agarraste el resto de mí.

—Soy un hombre, con apetitos de hombre. —Theon sentía como le palpitaba la sangre en las mejillas—. Pero ¿qué clase de criatura antinatural eres tú?

—Solo una tímida doncella. —Movió la mano como una flecha y le dio un apretón en la polla. Theon estuvo a punto de saltar de la silla—. ¿Qué pasa, hermano? ¿No quieres que te lleve a buen puerto?

—No estás hecha para el matrimonio —decidió Theon—. Cuando gobierne, creo que te enviaré con las hermanas silenciosas.

Se puso en pie y, con paso inseguro, fue a reunirse con su padre.

Cuando llegó al cimbreante puente que llevaba a la Torre del Mar, llovía a cántaros. Tenía el estómago revuelto como las olas que veía abajo, y el vino hacía que su paso fuera inseguro. Theon apretó los dientes y agarró la cuerda con fuerza para cruzar, imaginando que era el cuello de Asha.

La estancia era tan húmeda y con tantas corrientes de aire como siempre. Su padre, enterrado bajo las pieles de foca, estaba sentado ante el brasero, entre sus dos hermanos. En el momento en que Theon entró, Victarion hablaba de mareas y vientos, pero lord Balon lo hizo callar con un gesto.

—Ya tengo mis planes. Es hora de que los sepáis.

—Tengo algunas sugerencias...

—Cuando necesite tu consejo, te lo pediré —lo interrumpió su padre—. Nos ha llegado un pájaro de Viejo Wyk. Dagmer va a venir con los Drumm y los Stonehouse. Si los dioses nos dan buenos vientos, zarparemos en cuanto lleguen. Mejor dicho, tú zarparás. Quiero que asestes el primer golpe, Theon. Irás con ocho barcoluengos hacia el norte...

—¿Ocho? —Enrojeció—. ¿Qué puedo hacer con tan solo ocho naves?

—Tu misión será hostigar la Costa Pedregosa, atacar las aldeas de pescadores y hundir todo barco que te encuentres. Puede que así saques de sus refugios de piedra a unos cuantos señores norteños. Aeron irá contigo, y también Dagmer Barbarrota.

—Que el Dios Ahogado bendiga nuestras espadas —dijo el sacerdote.

Theon se sintió como si le hubieran cruzado el rostro de una bofetada. Lo estaban enviando a una misión de saqueo, a quemar pueblos de pescadores y violar a sus feas hijas, y aun así parecía que lord Balon no confiaba en él lo suficiente ni para aquello. Ya era bastante malo tener que aguantar los sermones y ceños fruncidos de Pelomojado; con Dagmer Barbarrota a su lado, su mando sería solo nominal.

—Asha, hija mía —siguió lord Balon. Theon se volvió y vio que su hermana había entrado en silencio—. Tomarás treinta barcoluengos con tripulación selecta para ir a Punta Dragón Marino. Desembarcarás en los estuarios, al norte de Bosquespeso. Si avanzas deprisa, puede que el castillo caiga incluso antes de que se den cuenta.

—Siempre he querido un castillo —dijo Asha con voz dulce, y sonrió como una gata ante un plato de leche.

—Pues tómalo.

Theon tuvo que morderse la lengua. Bosquespeso era la fortaleza de los Glover. Tanto Robett como Galbart estaban en el sur, en la guerra, de modo que las defensas serían débiles, y cuando el castillo cayera, los hijos del hierro tendrían una base segura en el corazón del norte.

«Deberían enviarme a mí a tomar el castillo.» Él conocía Bosquespeso. Había visitado a los Glover muchas veces con Eddard Stark.

—Victarion —le dijo lord Balon a su hermano—, el principal cometido recae sobre ti. Una vez mis hijos ataquen, Invernalia va a responder. Te encontrarás con poca oposición cuando subas por la Lanza de Sal y por el río de la Fiebre. Cuando llegues al nacimiento del río, estarás a poco más de seis leguas de Foso Cailin. El Cuello es la clave del reino. Ya controlamos los mares de occidente. Cuando ocupemos Foso Cailin, el cachorro de lobo no podrá volver hacia el norte... y si es tan idiota como para intentarlo, sus enemigos le cerrarán el paso del Cuello al sur. Robb el Mocoso será una rata encajonada.

Theon no pudo seguir en silencio.

—Es un plan osado, padre, pero los señores, en sus castillos...

—Los señores se han ido al sur con el cachorro —lo interrumpió lord Balon—. Los únicos que quedan atrás son los cobardes, los viejos y los niños. Se rendirán o caerán, uno a uno. Puede que Invernalia se nos resista un año entero, ¿y qué? Tendremos el resto: bosques, campos, castillos, y sus habitantes serán nuestros siervos y nuestras esposas de sal.

—¡Y las aguas de la ira se alzarán —exclamó Aeron Pelomojado levantando los brazos—, y el Dios Ahogado extenderá sus dominios por las tierras verdes!

—Lo que está muerto no puede morir —entonó Victarion.

Lord Baelon y Asha repitieron sus palabras, y Theon no tuvo más remedio que murmurarlas él también. Y de aquella forma terminó la reunión.

En el exterior llovía más que nunca. El puente de cuerdas se retorcía y oscilaba bajo sus pies. Theon Greyjoy se detuvo en medio y contempló las rocas de abajo. El sonido de las olas era un rugido ensordecedor, y el agua salada le salpicaba los labios. Una ráfaga de viento lo hizo caer de rodillas.

Asha lo ayudó a levantarse.

—Tampoco aguantas bien el vino, hermano.

Theon se apoyó en su hombro y dejó que lo ayudara a atravesar el puente de tablones resbaladizos.

—Me gustabas más cuando eras Esgred —dijo, acusador.

—Me parece justo —dijo ella riéndose—. A mí, tú me gustabas más cuando tenías nueve años.

TYRION

A través de la puerta cerrada le llegó el sonido del arpa, mezclado con el trino de las flautas. La voz del que cantaba apenas se oía, amortiguada por los gruesos muros, pero Tyrion se sabía la letra.

«Amé a una doncella hermosa como el verano —recordó—, con la luz del sol en el cabello...»

Aquella noche, el encargado de montar guardia ante la puerta de la reina era ser Meryn Trant. Su manera de decir «Mi señor» sonó un poco desganada a oídos de Tyrion, pero de todos modos le abrió la puerta. La canción se interrumpió en cuanto entró en el dormitorio de su hermana.

Cersei estaba reclinada sobre unos cuantos cojines. Estaba descalza, con el cabello dorado en cuidadoso desorden; su túnica de brocado verde y oro reflejaba la luz de las velas cuando alzó la vista.

—Mi querida hermana —saludó Tyrion—, estás muy hermosa está noche. —Se volvió hacia el que cantaba—. En cuanto a ti, mi estimado primo, no sabía que tuvieras una voz tan bella.

Ser Lancel recibió el cumplido con gesto hosco; quizá pensaba que se trataba de una burla. A Tyrion le dio la sensación de que el muchacho había crecido casi medio palmo desde que lo nombraran caballero. Tenía el pelo espeso color arena, los ojos verdes de los Lannister y una línea de pelusilla rubia sobre el labio superior. Tenía dieciséis años y padecía un grave caso de autosuficiencia juvenil, sin una pizca de humor ni duda que lo aliviara, y agravado por la arrogancia propia de los que nacen rubios, fuertes y atractivos. Su reciente ascenso no había hecho más que empeorarlo.

—¿Acaso su alteza ha enviado a buscarte? —preguntó con tono imperioso.

—Que yo recuerde, no —reconoció Tyrion—. Me duele molestaros en esta celebración, Lancel, pero tengo que tratar asuntos importantes con mi hermana.

—Si vienes por lo de esos hermanos mendicantes —intervino Cersei, mirándolo con desconfianza—, no quiero oír tus reproches, Tyrion. No toleraré que vayan esparciendo sus sucias palabras de traición por las calles. Que se prediquen unos a otros en las mazmorras.

—Y que se consideren afortunados por tener una reina tan bondadosa —añadió Lancel—. Yo les habría arrancado la lengua.

—Uno incluso se atrevió a decir que los dioses nos estaban castigando porque Jaime había matado al rey legítimo —declaró Cersei—. No lo voy a tolerar, Tyrion. Te di muchas oportunidades de encargarte de esos piojosos, pero ser Jacelyn y tú no hicisteis nada, así que le ordené a Vylarr que se encargara del asunto.

—Y sin duda te obedeció. —Tyrion se había molestado mucho cuando los capas rojas arrastraron a media docena de profetas harapientos a las mazmorras sin su consentimiento, pero no eran tan importantes como para luchar por ellos—. Sin duda, las calles estarán mejor con un poco de silencio. Pero no he venido por eso. He recibido una noticia que estoy seguro de que querrás oír cuanto antes, mi querida hermana, pero es mejor que la tratemos en privado.

—Muy bien. —El arpista y el flautista hicieron una reverencia y se apresuraron a salir, mientras Cersei depositaba un casto beso en la mejilla de su primo—. Déjanos a solas, Lancel. Mi hermano es inofensivo cuando está solo. Si hubiera venido con alguno de sus perros, ya los habríamos olido.

El joven caballero lanzó una mirada venenosa a su primo y salió cerrando de un portazo.

—Para tu información, obligo a Shagga a bañarse una vez cada quince días —dijo Tyrion cuando estuvieron a solas.

—Pareces muy satisfecho contigo mismo. ¿Por qué?

—¿Por qué no? —replicó Tyrion. Día y noche, los martillos resonaban en la calle del Acero, y la cadena era cada vez más larga. Se subió al gran lecho con dosel—. ¿No fue en esta cama donde murió Robert? Me extraña que la conserves.

—Me proporciona dulces sueños —replicó—. Escupe de una vez lo que quieras decir y lárgate, Gnomo.

—Lord Stannis ha zarpado de Rocadragón —dijo Tyrion con una sonrisa. Cersei se puso en pie de un salto.

—¿Y me lo dices ahí sentado, sonriendo como una calabaza en la fiesta de la cosecha? ¿Bywater ha convocado ya a la Guardia de la Ciudad? Tenemos que enviar un pájaro a Harrenhal de inmediato. —Para entonces, Tyrion ya no podía contener las carcajadas. Cersei lo agarró por los hombros y lo sacudió—. Basta ya. ¿Estás loco, o borracho? ¡Basta ya!

—No puedo —jadeó él, que apenas si podía hilvanar las palabras—. Es tan... dioses, tan... tan divertido... Stannis...

—¿Qué?

—No viene a atacarnos a nosotros —consiguió decir Tyrion—. Ha sitiado Bastión de Tormentas. Renly va a enfrentarse a él.

Su hermana le clavó las uñas en el brazo hasta hacerle daño. Durante un momento lo miró con incredulidad, como si hubiera empezado a farfullar en un idioma desconocido.

—¿Stannis y Renly están luchando el uno contra el otro? —Tyrion asintió, y Cersei empezó a reír—. Por los dioses —suspiró—. Empiezo a pensar que Robert era el listo de la familia.

Tyrion soltó una carcajada. Rieron juntos. Cersei lo alzó de la cama, le hizo dar vueltas y hasta lo abrazó, frívola como una chiquilla durante un instante. Cuando lo soltó, Tyrion estaba sin aliento y mareado. Se tambaleó hasta el aparador y tuvo que apoyarse con una mano para recuperar el equilibrio.

—¿De verdad crees que se van a enfrentar? Si llegan a algún tipo de acuerdo...

—Imposible —dijo Tyrion—. Son demasiado diferentes, y a la vez demasiado parecidos, y no se soportan entre ellos.

—Y Stannis siempre pensó que le habían robado Bastión de Tormentas —dijo Cersei, pensativa—. El hogar ancestral de la casa Baratheon, que le correspondía por derecho... Ni te imaginas la cantidad de veces que se presentó ante Robert, siempre con la misma aburrida cantinela, en ese tono lóbrego y agraviado que ponía. Cuando Robert le asignó ese lugar a Renly, Stannis apretó las mandíbulas tanto que pensé que se le iban a saltar los dientes.

—Lo tomó como una afrenta.

—Fue una afrenta —dijo Cersei.

—¿Brindamos por el amor fraternal?

—Sí —respondió ella, sin aliento—. Oh, dioses, sí.

Tyrion le dio la espalda mientras llenaba dos copas con dulce tinto del Rejo. Fue muy sencillo agregarle a la de Cersei un pellizco de polvo finísimo.

—¡Por Stannis! —dijo al tiempo que le tendía su copa. «Soy inofensivo cuando estoy solo, ¿eh?»

—¡Por Renly! —replicó ella entre risas—. ¡Que la batalla sea larga y dura, y los Otros se los lleven a ambos!

«¿Es esta la Cersei que Jaime ve siempre? —Cuando sonreía, su belleza era impresionante—. "Amé a una doncella hermosa como el verano —recordó—, con la luz del sol en el cabello..."» Casi lamentó haberla envenenado.

El mensajero de su hermana fue a verlo a la mañana siguiente mientras desayunaba. La reina estaba indispuesta y no podía salir de sus habitaciones. «Querrás decir de su retrete.» Tyrion recitó las expresiones compasivas de rigor, y envió recado a Cersei para que descansara; él trataría con ser Cleos, tal como habían planeado.

El Trono de Hierro de Aegon el Conquistador era un amasijo de púas y dientes serrados de metal, a la espera de cualquier idiota que tratara de ponerse demasiado cómodo en él, y los escalones le dieron calambres en las piernas atrofiadas mientras subía, demasiado consciente del espectáculo tan absurdo que ofrecía. Pero tenía algo de bueno. Era alto.

Los guardias Lannister esperaban en silencio, con sus capas escarlata y sus yelmos coronados por cabezas de leones. Los capas doradas de ser Jacelyn, al otro lado de la sala, parecían enfrentados a ellos. A ambos lados de los peldaños que llevaban al trono estaban Bronn y ser Preston, de la Guardia Real. Los cortesanos observaban desde la galería, mientras que los suplicantes se agolpaban junto a las gigantescas puertas de roble y bronce. Sansa Stark estaba especialmente bonita aquella mañana, aunque tenía el rostro pálido como la leche. Lord Gyles no dejaba de toser, y el pobre primo Tyrek lucía su manto de novio, de armiño y terciopelo. Desde su matrimonio, hacía tres semanas, con la pequeña lady Ermesande, los otros escuderos lo llamaban Niñera, y le preguntaban qué tipo de pañales había lucido la novia en la noche de bodas.

Tyrion los miró a todos desde arriba y disfrutó el momento.

—Llamad a ser Cleos Frey.

Su voz retumbó en los muros de piedra y recorrió toda la longitud de la sala. Aquello también le gustó. «Lástima que Shae no esté aquí para verlo», pensó. La muchacha había querido asistir, pero era imposible.

Ser Cleos recorrió el largo trecho entre los capas doradas y los capas rojas, sin mirar a derecha ni a izquierda. Cuando se arrodilló, Tyrion observó que su primo empezaba a perder el pelo.

—Ser Cleos, os damos las gracias por traernos esta oferta de paz de lord Stark —dijo Meñique desde la mesa del Consejo.

El gran maestre Pycelle carraspeó para aclararse la garganta.

—La reina regente, la mano del rey y el Consejo Privado han valorado las condiciones que propone el que se hace llamar Rey en el Norte. Lamento decir que son inaceptables, y así deberéis decírselo a los norteños, ser.

—Estas son nuestras condiciones —dijo Tyrion—. Robb Stark deberá deponer las armas, jurar lealtad y volver a Invernalia. Deberá liberar a mi hermano sin causarle daño alguno y poner su ejército a las órdenes de Jaime, para que marche contra los rebeldes Renly y Stannis Baratheon. Cada uno de los vasallos de Stark nos enviará a un hijo varón como rehén. En caso de que no lo tuvieran, bastará con que envíen a una hija. Serán tratados con toda cortesía y ocuparán puestos de honor en la corte, mientras sus padres no vuelvan a cometer traición.

—Mi señor —dijo Cleos Frey con el rostro ceniciento—, lord Stark jamás aceptará esas condiciones.

«En ningún momento habíamos pensado que las aceptara, Cleos.»

—Le diréis que hemos alzado otro gran ejército en Roca Casterly, y que pronto avanzará contra él desde el oeste, mientras mi señor padre lo ataca desde el este. Hacedle entender que está solo, sin esperanza alguna de aliados. Stannis y Renly Baratheon luchan el uno contra el otro, y el príncipe de Dorne ha accedido a casar a su hijo Trystane con la princesa Myrcella. —En la galería y al fondo de la sala se oyeron murmullos de alegría, mezclados con otros de consternación—. En cuanto a mis primos —siguió Tyrion—, ofrecemos intercambiar a Harrion Karstark y a ser Wylis Manderly por Willem Lannister, y a lord Cerwyn y ser Donnel Locke por vuestro hermano Tion. Decidle a Stark que dos Lannister valen por cuatro norteños en invierno y en verano. —Aguardó a que cesaran las risas—. Le entregaremos los huesos de su padre, como muestra de buena voluntad de Joffrey...

—Lord Stark ha pedido también la espada de su padre y a sus hermanas —le recordó ser Cleos.

Ser Ilyn Payne lo miró en silencio. El puño del mandoble de Eddard Stark sobresalía por encima de su hombro.

—*Hielo* —dijo Tyrion—. Lo tendrá cuando firme la paz con nosotros, no antes.

—Como digáis. ¿Y sus hermanas?

—Seguirán aquí como rehenes hasta que libere a mi hermano Jaime, sano y salvo. —Tyrion miró en dirección a Sansa y sintió un aguijonazo de compasión—. El trato que reciban dependerá de su comportamiento en esta guerra.

«Y si los dioses nos sonríen, Bywater encontrará a Arya con vida antes de que Robb se entere de que ha desaparecido.»

—Le llevaré vuestro mensaje, mi señor.

Tyrion tironeó de una de las hojas retorcidas que salían de brazo del trono. «Y ahora, el empujón definitivo.»

—Vylarr —llamó.

—Mi señor.

—Los hombres que envió Stark son suficientes para proteger los huesos de lord Eddard —declaró—, pero un Lannister debe tener una escolta Lannister. Ser Cleos es primo de la Reina y mío. Dormiremos más tranquilos si lo lleváis sano y salvo de vuelta a Aguasdulces.

—A vuestras órdenes. ¿Cuántos hombres debo llevarme?

—A todos, claro.

Vylarr se quedó inmóvil como una estatua de piedra. Fue el gran maestre Pycelle el que se levantó como si lo hubieran golpeado.

—Mi señor, no es posible... Vuestro padre, el propio lord Tywin, envió a estos buenos hombres a la ciudad para proteger a la reina Cersei y a sus hijos...

—La Guardia Real y la Guardia de la Ciudad se bastan para protegerlos. Los dioses os acompañen en este viaje, Vylarr.

En la mesa del Consejo, Varys sonreía con astucia, Meñique fingía aburrimiento y Pycelle abría y cerraba la boca como un pez, pálido y confuso. Un heraldo dio un paso al frente.

—Si alguien más tiene algún asunto que exponer ante la mano del rey, que hable ahora o que se marche y guarde silencio.

—Quiero que se me escuche —exclamó un hombre delgado vestido de negro, abriéndose camino entre los gemelos Redwyne.

—¡Ser Alliser! —exclamó Tyrion—. Vaya, si no tenía ni idea de que estuvierais en la corte. Debisteis enviarme un mensaje.

—Lo hice, como bien sabéis. —Thorne era un hombre de unos cincuenta años, enjuto, de rasgos afilados, ojos duros y manos más duras aún, cuyo pelo negro mostraba ya hebras blancas—. Me habéis rehuido; no me habéis hecho ningún caso; me habéis hecho esperar como a un criado cualquiera.

—¿De verdad? Bronn, eso no se hace. Ser Alliser y yo somos viejos amigos. Caminamos juntos por el Muro.

—Querido ser Alliser —murmuró Varys—, no nos juzguéis con dureza. Son muchos los que buscan la gracia de nuestro rey Joffrey en estos tiempos tumultuosos y problemáticos.

—Más problemáticos de lo que imaginas, eunuco.

—Cuando lo tenemos delante acostumbramos a llamarlo lord Eunuco —bromeó Meñique.

—¿En qué podemos ayudaros, buen hermano? —preguntó el gran maestre Pycelle en tono tranquilizador.

—El lord comandante me envió para entrevistarme con su alteza el rey —replicó Thorne—. Es un asunto demasiado grave para discutirlo con criados.

—El rey está jugando con su ballesta nueva —dijo Tyrion. Para librarse de Joffrey solo había necesitado una fea ballesta de Myr que disparaba tres saetas a la vez, y por supuesto quiso probarla de inmediato—. Puedes hablar con criados o guardar silencio.

—Como queráis —dijo ser Alliser, con el desprecio trasluciéndose en cada palabra—. Me envían a deciros que encontramos a dos exploradores, desaparecidos hacía tiempo. Los dos estaban muertos, pero cuando llevamos los cadáveres al Muro, se levantaron en medio de la noche. Uno mató a ser Jaremy Rykker, y el otro trató de asesinar al lord comandante.

Tyrion oyó risitas al fondo de la sala. «¿Qué pasa? ¿Se está burlando de mí con esa sarta de tonterías?» Se movió intranquilo y miró a Varys, a Meñique y a Pycelle, preguntándose si alguno de ellos habría tramado la broma. La dignidad de la que disfrutaba un enano era ya escasa; si la corte y el reino empezaban a burlarse de él, estaría perdido. Pero, pese a todo...

Tyrion recordó una fría noche bajo las estrellas, al lado de Jon Nieve y un gran lobo blanco en la cima del Muro, en el límite del mundo, contemplando la inmensidad oscura y sin senderos que se extendía al otro lado. Había sentido... ¿qué? Algo, sí, un temor que se clavaba más hondo que el gélido viento del norte. El lobo había aullado a la noche, y aquel sonido hizo que un escalofrío le recorriera la columna.

«No seas idiota —se dijo—. Un lobo, una ráfaga de viento, un bosque oscuro... no significan nada. Y, pese a todo...» Durante el tiempo que pasó en el Castillo Negro había llegado a apreciar al viejo Jeor Mormont.

—Espero que el Viejo Oso sobreviviera a ese ataque.

—Así fue.

—Y que vuestros hermanos mataran a esos... eh... a esos muertos.

—Lo hicimos.

—¿Seguro que esta vez están muertos? —preguntó Tyrion con voz amable. Al oír la carcajada de Bronn, supo que había elegido el camino adecuado—. ¿Muertos del todo?

—Estaban muertos desde el principio —le espetó ser Alliser—. Pálidos y helados, con las manos y los pies negros. He traído la mano de Jared; el lobo del bastardo se la arrancó al cadáver.

—¿Y dónde está ese encantador recuerdo? —preguntó Meñique.

—Se... —Ser Alliser frunció el ceño, incómodo—. Se pudrió mientras esperaba que me recibierais. No quedan más que los huesos.

Las risitas contenidas llenaron la sala.

—Lord Baelish —llamó Tyrion a Meñique—, compradle a nuestro valiente ser Alliser un centenar de palas para que se las lleve al Muro.

—¿Palas? —Ser Alliser entrecerró los ojos con gesto de desconfianza.

—Si enterráis a vuestros muertos, seguro que no se vuelven a levantar —le dijo Tyrion, y la corte rio abiertamente—. Las palas resolverán vuestros problemas, sobre todo si las usan unos brazos fuertes. Ser Jacelyn, encargaos de que el buen hermano elija a los que quiera de las mazmorras de la ciudad.

—Como queráis, mi señor —dijo ser Jacelyn—. Pero las celdas están casi vacías. Yoren se llevó a todos los hombres útiles.

—Pues detened a unos cuantos —sugirió Tyrion—. O haced correr la voz por las calles de que en el Muro hay pan y nabos, y vendrán muchos voluntarios.

En la ciudad había muchas bocas que alimentar, y la Guardia de la Noche siempre necesitaba hombres. A una señal de Tyrion, el heraldo anunció el fin de la audiencia, y la sala empezó a vaciarse.

Pero Alliser Thorne no se daba por vencido tan fácilmente. Cuando Tyrion bajó del Trono de Hierro, lo esperaba al pie de las escaleras.

—¿Creéis que he navegado desde Guardiaoriente del Mar —le espetó al tiempo que le cortaba el paso— para que alguien como vos se burle de mí? Esto no es ninguna broma. Yo mismo lo vi. Os digo que los muertos caminan.

—Deberíais matarlos mejor. —Tyrion se alejó. Ser Alliser fue a agarrarlo por la manga, pero Preston Greenfield lo empujó hacia atrás.

—Ni un paso más, ser Thorne.

—¡Eres un estúpido, Gnomo! —gritó Thorne a la espalda de Tyrion; no era tan idiota como para enfrentarse a un caballero de la Guardia Real.

—¿Yo? —El enano se volvió—. ¿De verdad? Entonces, ¿por qué todos se reían de vos? —Le dirigió una sonrisa desganada—. Habéis venido a buscar hombres, ¿no?

—Se levantan vientos fríos. Hay que defender el Muro.

—Y para defender el Muro necesitáis hombres, y os los acabo de proporcionar... como habríais notado si prestarais oído a otra cosa que no fueran los insultos. Tomad a los hombres, dadme las gracias y marchaos antes de que me vea obligado a amenazaros de nuevo con un tenedor para marisco. Dadle recuerdos de mi parte a lord Mormont... y también a Jon Nieve.

Bronn agarró a ser Alliser por el codo y lo obligó a salir de la sala.

El gran maestre Pycelle ya se había escabullido, pero Varys y Meñique presenciaron el enfrentamiento de principio a fin.

—La admiración que siento por vos no deja de crecer, mi señor —confesó el eunuco—. Apaciguáis al joven Stark con los huesos de su padre, y al mismo tiempo despojáis a vuestra hermana de sus protectores. Le dais al hermano negro los hombres que busca y libráis a la ciudad de unas cuantas bocas hambrientas, pero lo hacéis de manera que parezca una burla, para que nadie pueda decir que el enano tiene miedo de tiburientes y endriagos. Muy hábil, sin duda, muy hábil.

—¿De veras vais a prescindir de todos vuestros guardias, Lannister? —preguntó Meñique mientras se acariciaba la barba.

—No, voy a prescindir de todos los guardias de mi hermana.

—La reina no lo tolerará.

—Ya veréis como sí. Soy su hermano. Cuando me conozcáis mejor, veréis que siempre lo digo todo de veras.

—¿Hasta las mentiras?

—Sobre todo las mentiras. Presiento que no estáis muy contento conmigo, lord Petyr.

—Os estimo tanto como siempre, mi señor. Aunque no me gusta que me tomen el pelo. Si Myrcella contrae matrimonio con Trystane Martell, mal podrá casarse con Robert Arryn, ¿no creéis?

—Sería un gran escándalo —reconoció—. Lamento esa pequeña treta, lord Petyr, pero cuando hablé con vos no sabía que en Dorne iban a aceptar mi oferta.

—No me gusta que me mientan, mi señor. —Aquello no había apaciguado a Meñique—. La próxima vez, mantenedme al margen de vuestros engaños.

«Solo si vos hacéis lo mismo conmigo», pensó Tyrion al tiempo que miraba el puñal que Meñique llevaba a la cintura.

—No sabéis cuánto lamentaría haberos ofendido. Todo el mundo sabe lo mucho que os apreciamos, mi señor. Y cuánta necesidad tenemos de vos.

—Pues tratad de recordarlo. —Meñique dio media vuelta y se marchó.

—Varys, acompañadme —pidió Tyrion.

Salieron juntos por la puerta del rey, situada tras el trono. El eunuco arrastraba ligeramente las zapatillas sobre la piedra.

—Sabéis que lord Baelish está en lo cierto. La reina no permitirá que alejéis a su guardia.

—Claro que sí. Vos os encargaréis de eso.

—¿De verdad? —Una sonrisa afloró a los labios regordetes de Varys.

—No os quepa duda. Le diréis que es parte de mi plan para liberar a Jaime.

Varys se acarició una mejilla empolvada.

—Del que sin duda forman parte los cuatro hombres que vuestro Bronn ha buscado con tanta diligencia en los bajos fondos de Desembarco del Rey. Un ladrón, un envenenador, un actor y un asesino.

—Si les ponemos capas rojas y yelmos adornados con leones, serán idénticos al resto de los guardias. Me pasé mucho tiempo tratando de idear un plan para introducirlos en Aguasdulces, antes de que se me ocurriera meterlos a la vista de todos. Entrarán a caballo por la puerta principal, con el estandarte de los Lannister y escoltando los huesos de lord Eddard. —Esbozó una sonrisa retorcida—. Si fueran solo cuatro hombres los vigilarían de cerca. Cuatro entre cuatrocientos podrán pasar desapercibidos. Así que tengo que enviar a los verdaderos guardias junto con los falsos... tal como le vais a explicar a mi hermana.

—Y ella, por el bien de su amado hermano, pese a sus recelos, accederá. —Bajaron hacia una columnata desierta—. De todos modos, no poder contar con sus capas rojas hará que se sienta insegura.

—Me gusta que se sienta insegura —dijo Tyrion.

Ser Cleos Frey partió aquella misma tarde, escoltado por Vylarr y un centenar de guardias Lannister de capas rojas. Los hombres enviados por Robb Stark se unieron a ellos ante la puerta de los Dioses, para el largo viaje de vuelta hacia el oeste.

Tyrion encontró a Timett jugando a los dados en los barracones con sus hombres quemados.

—Ven a mis estancias a medianoche.

Timett clavó en él su único ojo y asintió con gesto brusco. No era persona dada a los discursos.

Aquella noche cenó con los grajos de piedra y los hermanos de la luna en la sala menor, aunque por una vez prescindió del vino. Necesitaba tener la cabeza bien despejada.

—Shagga, ¿qué luna hay esta noche?

—Luna nueva, creo. —El ceño de Shagga resultaba aterrador.

—En el oeste la llamamos luna del traidor. Trata de no emborracharte esta noche y asegúrate de que tienes el hacha bien afilada.

—El hacha de un grajo de piedra siempre está afilada, y las hachas de Shagga son las más afiladas de todas. Una vez le corté la cabeza a un hombre, y no se dio cuenta hasta que intentó cepillarse el pelo. Entonces se le cayó.

—¿Por eso tú no te peinas nunca?

Las carcajadas de los grajos de piedra retumbaron en toda la sala, y las de Shagga eran las más sonoras.

A medianoche, el castillo estaba oscuro y silencioso. Sin duda, unos cuantos capas doradas los espiaban desde las murallas y los vieron salir de la Torre de la Mano, pero nadie dijo nada. Era la mano del rey y podía ir adonde gustara.

La endeble puerta de madera cedió con un crujido ensordecedor ante la patada de Shagga. Los trozos de madera volaron hacia el interior de la estancia, y Tyrion oyó un gritito femenino de terror. Shagga terminó de abatir la puerta con tres fuertes hachazos, y entró entre las ruinas. Lo siguió Timett, y luego Tyrion, saltando sobre las astillas. El fuego se había consumido y apenas si quedaban una brasas, y las sombras que proyectaban en el dormitorio eran grandes y alargadas. Cuando Timett arrancó los pesados cortinajes del lecho, la criada desnuda los miró con los ojos muy abiertos.

—Por favor, mis señores —suplicó—, no me hagáis daño. —Se apartó de Shagga, sonrojada y temerosa, tratando de cubrir sus encantos con las manos, aunque obviamente le faltaba una.

—Vete —le dijo Tyrion—. No es a ti a quien buscamos.

—Shagga quiere a esta mujer.

—Shagga quiere a todas las putas de esta ciudad de putas —se quejó Timett, hijo de Timett.

—Sí —asintió Shagga, imperturbable—. Shagga le hará un hijo fuerte.

—Cuando la chica quiera un hijo fuerte, ya te buscará ella —dijo Tyrion—. Timett, llévala afuera... con cortesía, por favor.

El hombre quemado sacó a la chica de la cama y casi la arrastró fuera de la estancia. Shagga los vio alejarse, apesadumbrado como un perrito castigado. La chica saltó sobre los restos de la puerta y salió al pasillo, ayudada por un firme empujón de Timett. Sobre sus cabezas, los cuervos graznaban sin cesar.

Tyrion apartó la suave manta de la cama y descubrió debajo al gran maestre Pycelle.

—Decidme, ¿en la Ciudadela aprueban que os llevéis a las criadas a la cama, maestre?

—¿Q-qué significa esto? Soy un anciano, y vuestro leal servidor... —El viejo maestre estaba tan desnudo como la chica, aunque ofrecía un espectáculo mucho menos agradable. En aquella ocasión tenía los ojos bien abiertos.

—Tan leal que solo le enviasteis una de mis cartas a Doran Martell. —Tyrion se subió a la cama—. La otra se la disteis a mi hermana.

—N-no —gimoteó Pycelle—. Eso es falso, lo juro, no fui yo. Varys, fue Varys, la Araña, os lo advertí...

—¿Todos los maestres mienten tan mal? A Varys le dije que le iba a entregar a mi sobrino Tommen al príncipe Doran como pupilo. A Meñique le dije que pensaba casar a Myrcella con lord Robert del Nido de Águilas. No le dije a nadie que iba a ofrecer a Myrcella a los hombres de Dorne... La verdad solo estaba en las cartas que os confié. A vos.

—Los pájaros se pierden; alguien pudo robar los mensajes, o venderlos... —Pycelle se aferró a una esquina de la manta—. Fue Varys, os podrían contar cosas de ese eunuco que os helarían la sangre...

—Mi dama prefiere que tenga la sangre caliente.

—No cometáis un error: por cada secreto que el eunuco os susurra al oído, os oculta siete. Y Meñique, ese sí que...

—Lo sé todo acerca de lord Petyr. Confío en él casi tan poco como en vos. Shagga, córtale la virilidad y échasela de comer a las cabras.

—No hay cabras, Mediohombre —dijo Shagga blandiendo el hacha de doble filo.

—Pues improvisad.

Shagga saltó hacia delante con un rugido. Pycelle chilló y mojó la cama, regando la orina en todas direcciones mientras trataba de ponerse fuera de su alcance. El salvaje lo agarró por la punta de la ondulada barba blanca, y le cortó tres cuartas partes de un golpe de hacha.

—Timett, ¿no crees que nuestro amigo se mostrará más sincero cuando no pueda esconderse detrás de esos bigotes? —Tyrion cogió un trozo de sábana para limpiarse los meados de las botas.

—No tardará en decir la verdad. —La oscuridad llenaba el hueco del ojo quemado de Timett—. Huelo el hedor de su miedo.

Shagga tiró un puñado de pelo sobre las mantas y agarró la barba que quedaba.

—Estaos quieto, maestre —le suplicó Tyrion—. Cuando Shagga se enfada, le tiemblan las manos.

—A Shagga nunca le tiemblan las manos —replicó indignado el hombretón, al tiempo que ponía la gran hoja en forma de media luna bajo la barbilla de Pycelle y le afeitaba otro mechón de barba.

—¿Cuánto hace que espiáis para mi hermana? —le preguntó Tyrion.

—Todo lo que he hecho ha sido por la casa Lannister. —La respiración de Pycelle era rápida y trabajosa. Una película de sudor cubría la ancha cúpula que era la frente del anciano; tenía mechones de pelo blanco pegados a la piel arrugada—. Siempre... desde hace años... preguntádselo a vuestro señor padre, siempre he sido su leal servidor... Yo fui quien le dijo a Aerys que le abriera las puertas...

Aquello cogió a Tyrion por sorpresa. No había sido más que un niño feo en Roca Casterly cuando la ciudad cayó.

—Así que el saqueo de Desembarco del Rey también fue obra vuestra.

—¡Por el reino! Una vez muriera Rhaegar, la guerra terminaría. Aerys estaba loco, Viserys era demasiado pequeño, el príncipe Aegon no era más que un niño de pecho, pero el reino necesitaba un rey... Recé por que fuera vuestro padre, pero Robert era demasiado fuerte, y lord Stark se movió demasiado deprisa...

—Me pregunto a cuántos habéis traicionado. A Aerys, a Eddard Stark, a mí… ¿Al rey Robert también? A lord Arryn, al príncipe Rhaegar... ¿Cuándo empezó todo, Pycelle? —Porque sabía bien cuándo iba a terminar. El hacha arañó la nuez de Pycelle y rozó la temblorosa piel sensible de debajo de la barbilla, afeitando los últimos pelos.

—Vos... vos no estabais aquí —gimió al sentir que la hoja subía hacia sus mejillas—. Robert... sus heridas... si las hubierais visto, si supierais cómo olían, no os cabría duda...

—No, ya sé que el jabalí os hizo el trabajo sucio... pero si lo hubiera dejado a medias, no me cabe duda de que lo habríais terminado.

—Era un mal rey... engreído, borracho, lujurioso... Habría acabado por repudiar a su reina, a vuestra hermana... por favor... Renly conspiraba para traer a la doncella de Altojardín a la corte, para que sedujera a vuestro hermano... es la verdad de los dioses...

—¿Y para qué conspiraba lord Arryn?

—Lo sabía —dijo Pycelle—. Lo de... lo de...

—Ya sé qué sabía —le espetó Tyrion, que no tenía ningunas ganas de que Shagga y Timett se enterasen también.

—Iba a enviar a su esposa al Nido de Águilas, y a su hijo, a Rocadragón como pupilo... pensaba actuar...

—De manera que lo envenenasteis para que no hiciera nada.

—No —se resistió débilmente Pycelle.

Shagga gruñó y lo agarró por la cabeza. Tenía la mano tan grande que podría aplastar el cráneo del maestre como si fuera un huevo.

—Tch, tch —dijo Tyrion—. Vi las lágrimas de Lys entre vuestras pócimas. Y echasteis al maestre de lord Arryn, para atenderlo vos mismo y así aseguraros de que moría.

—¡Eso es falso!

—Necesita un afeitado más apurado —sugirió Tyrion—. Apurad por la garganta.

El hacha se movió de nuevo, raspando la piel. Los labios de Pycelle temblaban; la saliva espumeaba entre ellos.

—Intenté salvar a lord Arryn. Os lo juro...

—Ve con cuidado, Shagga, que lo has cortado.

—Los hijos de Dolf son guerreros —gruñó Shagga—, no barberos.

Cuando vio que un reguerito de sangre le manaba del cuello y le caía sobre el pecho, el anciano se estremeció, y lo abandonaron las últimas fuerzas. Parecía hundido, más menudo y frágil que cuando habían entrado.

—Sí —sollozó—, sí, Colemon lo estaba purgando, así que lo eché. La reina necesitaba que lord Arryn muriera. No lo dijo con esas palabras, no podía, Varys estaba escuchando, siempre escucha, pero la miré y lo supe. Aunque no fui yo quien le administró el veneno, os lo juro. —El anciano se echó a llorar—. Varys os lo puede decir, fue el chico, Hugh, su escudero, seguro que lo hizo él, preguntadle a vuestra hermana, preguntádselo.

—Atadlo y lleváoslo —ordenó Tyrion. Estaba asqueado—. Arrojadlo a una de las celdas negras.

Lo arrastraron entre los restos de la puerta.

—Lannister —gimió—, todo lo he hecho siempre por los Lannister...

Cuando se lo hubieron llevado, Tyrion revisó a conciencia sus habitaciones y cogió unos cuantos frasquitos más de los estantes. Los cuervos no dejaban de graznar sobre su cabeza; era un sonido sorprendentemente relajante. Habría que buscar a alguien para que se encargara de los pájaros hasta que les enviaran un sustituto para Pycelle desde la Ciudadela.

«Era en él en quien más esperaba confiar.» Sospechaba que Varys y Meñique no eran más leales que Pycelle... solo más sutiles, y por tanto más peligrosos. Tal vez el sistema de su padre habría sido el mejor: llamar a Ilyn Payne, colocar tres cabezas sobre las puertas, y se acabó.

«Y sería un hermoso espectáculo», pensó.

«El miedo hiere más que las espadas», se repetía Arya, pero no conseguía espantar el miedo. Formaba parte de sus días, igual que el pan duro y las ampollas en los dedos de los pies tras un largo día de marcha por el camino duro, irregular.

Hasta entonces había creído que sabía qué era el miedo, pero lo descubrió de verdad en aquel almacén, al lado del Ojo de Dioses. Había pasado allí ocho días hasta que la Montaña dio orden de ponerse en marcha, y cada uno de aquellos días vio morir a alguien.

La Montaña entraba en el almacén después de desayunar y elegía a uno de los prisioneros para interrogarlo. Los aldeanos nunca lo miraban. Tal vez creían que, si no se fijaban en él, él no se fijaría en ellos... pero sí, sí los veía, y elegía al que le parecía mejor. No había lugar donde esconderse, ningún truco posible, ninguna manera de estar a salvo.

Una chica compartió el lecho de un soldado durante tres noches consecutivas; al cuarto día, la Montaña la eligió, y el soldado no dijo nada.

Un viejo sonriente les remendaba la ropa sin parar de parlotear sobre su hijo; decía que servía con los capas doradas en Desembarco del Rey.

—Es leal al rey —decía—, un buen hombre, leal al rey, igual que yo, siempre con Joffrey.

Lo repetía tan a menudo que los demás prisioneros empezaron a llamarlo Siempre-con-Joffrey, pero cuando los guardias no podían oírlos, claro. A Siempre-con-Joffrey lo eligió el quinto día.

Una joven madre con la cara picada de viruelas se ofreció a decirles todo lo que sabía si le prometían que no le harían daño a su hija. La Montaña la escuchó. A la mañana siguiente eligió a la hija, solo para asegurarse de que no se había olvidado de nada.

A los elegidos los interrogaba a plena vista de los cautivos, para que vieran el destino reservado a rebeldes y traidores. Había un hombre al que los demás llamaban Cosquillas, que era el que hacía las preguntas. Tenía el rostro tan vulgar y vestía de manera tan sencilla que Arya lo tomó por uno de los aldeanos hasta que lo vio trabajar.

—Cosquillas los hace gritar tanto que se mean —les dijo el viejo Chiswyck, con sus hombros cargados.

Era a Chiswyck a quien había intentado morder, el mismo que dijo que era una salvaje y la dejó sin sentido con un puñetazo del guantelete. A veces él mismo ayudaba a Cosquillas. A veces lo hacían otros. Ser Gregor Clegane se limitaba a observar, inmóvil, escuchando, hasta que la víctima moría.

Las preguntas eran siempre las mismas. ¿Dónde estaba escondido el oro de la aldea? ¿Plata, piedras preciosas? ¿Había más comida? ¿Dónde estaba lord Beric Dondarrion? ¿Qué aldeanos lo habían ayudado? ¿Cuándo se fue? ¿Qué dirección tomó? ¿Cuántos hombres llevaba? ¿Cuántos caballeros, cuántos arqueros, cuántos soldados de a pie? ¿Cómo iban armados? ¿De cuántos caballos disponían? ¿Cuántos estaban heridos? ¿Qué otros enemigos habían visto? ¿Cuántos? ¿Cuándo? ¿Qué estandartes llevaban? ¿Adónde habían ido? ¿Dónde estaba escondido el oro de la aldea? ¿Plata, piedras preciosas? ¿Dónde estaba lord Beric Dondarrion? ¿Cuántos hombres llevaba? Al tercer día, Arya se había sentido capaz de formular ella misma las preguntas.

Encontraron un poco de oro, un poco de plata, una gran saca de moneditas de cobre y una copa mellada con granates engastados, por la que dos soldados casi llegaron a las manos. Supieron que lord Beric iba con diez hombres muertos de hambre, o tal vez con un centenar de caballeros y sus monturas; que se habían dirigido hacia el oeste, o hacia el norte, o hacia el sur; que había cruzado el lago en bote; que era fuerte como un uro, o bien estaba debilitado por la colerina sangrienta. Nadie, hombre, mujer o niño, sobrevivió al interrogatorio de Cosquillas. Los más fuertes aguantaban hasta pasado el ocaso. Luego, colgaban sus cadáveres más allá de las hogueras para que los devorasen los lobos.

Cuando emprendieron la marcha, Arya sabía que no era ninguna danzarina del agua. Syrio Forel jamás habría permitido que lo dejaran inconsciente y le quitaran la espada, ni se habría quedado mirando mientras mataban a Lommy Manosverdes. Syrio jamás se habría quedado sentado en silencio en aquel almacén, ni caminaría arrastrando los pies con los otros cautivos. El blasón de los Stark era el lobo huargo, pero Arya se sentía más bien como una oveja en medio del rebaño. Y detestaba a los aldeanos por su cobardía casi tanto como se detestaba a sí misma.

Los Lannister se lo habían quitado todo: padre, amigos, hogar, esperanza y valor. Uno le había arrebatado a *Aguja,* y otro había roto contra la rodilla su espada de madera. Hasta le habían robado su estúpido secreto. El almacén era grande, con lo que siempre pudo escabullirse para orinar en cualquier rincón, pero en el camino, la cosa cambió. Se aguantó tanto como pudo, pero al final tuvo que acuclillarse junto a un arbusto y desatarse los calzones delante de todos. Era aquello u orinarse encima. Pastel Caliente la miró con los ojos abiertos como platos, pero a nadie más le importó. Niña oveja, niño oveja, a ser Gregor y a sus hombres tanto les daba.

Sus captores tampoco permitían que hablaran. Un labio roto enseñó a Arya a refrenar la lengua. Otros no aprendieron la lección. Un niño de tres años no dejaba de llamar a su padre, así que le destrozaron la cabeza con una maza. Cuando la madre del niño empezó a gritar, Raff el Dulce la mató a ella también.

Arya los vio morir y no hizo nada. ¿De qué servía ser valiente? Una de las mujeres elegidas para el interrogatorio había tratado de ser valiente, pero murió entre gritos igual que todos los demás. En la columna de prisioneros no había personas valientes, solo personas asustadas y hambrientas. La mayoría eran mujeres y niños. Los pocos hombres que quedaban eran muy viejos o muy jóvenes; los demás habían quedado encadenados al patíbulo, como alimento para los lobos y los cuervos. El único al que habían perdonado era Gendry, porque reconoció que había forjado él mismo el yelmo con cuernos. Los herreros, aunque fueran aprendices, valían demasiado para matarlos.

Los llevaban prisioneros para servir a lord Tywin Lannister en Harrenhal, según les había dicho la Montaña.

—Sois traidores y rebeldes, así que dad gracias a los dioses por que lord Tywin os dé esta oportunidad. Los forajidos no os tratarían tan bien. Obedeced, servid, y viviréis.

—No es justo, no es justo —oyó quejarse a una anciana aquella noche, cuando ya se habían acostado—. No hemos cometido ninguna traición; aquellos otros vinieron y se llevaron lo que quisieron, igual que estos.

—Pero lord Beric no nos hizo daño —susurró su amiga—. Y aquel sacerdote rojo que iba con él pagó lo que se llevaron.

—¿Qué pagó? Cogió dos de mis pollos y me dio un trozo de papel con un dibujo. ¿Qué hago con un trozo de papel? ¿Me lo como? ¿Va a poner huevos? —Miró a su alrededor, y al ver que no había guardias cerca, escupió tres veces—. Eso por los Tully, eso por los Lannister y eso por los Stark.

—Es una vergüenza —siseó un anciano—. El viejo rey no habría tolerado esto.

—¿El rey Robert? —preguntó Arya, olvidando la cautela.

—El rey Aerys, los dioses lo bendigan —replicó el anciano, en voz demasiado alta.

Un guardia se acercó a ellos para hacerlos callar. El anciano perdió los dos dientes que le quedaban, y aquella noche no hubo más charla.

Además de los prisioneros, la columna de ser Gregor llevaba una docena de cerdos, una jaula de gallinas, una vaca lechera un tanto flaca y nueve carromatos de pescado en salazón. La Montaña y sus hombres tenían caballos, pero todos los cautivos iban a pie, y a los que estaban demasiado débiles para seguir el ritmo de la marcha los mataban de inmediato, igual que a los pocos estúpidos que intentaron escapar. Por las noches, los guardias arrastraban a mujeres entre los arbustos, y muchas parecían esperarlo y los acompañaban sin oponer resistencia. Una chica más bonita que el resto tenía que irse con cuatro o cinco hombres diferentes cada noche, hasta que al final golpeó a uno con una piedra. Ser Gregor los obligó a todos a mirar mientras le cortaba la cabeza con su gran espada.

—Dejad el cadáver ahí, para los lobos —ordenó al terminar, al tiempo que le entregaba la espada a su escudero para que la limpiara.

Arya miró de reojo a *Aguja,* envainada a la cintura de un soldado calvo de barba negra llamado Polliver. «Menos mal que me la han quitado», pensó. De lo contrario, habría intentado ensartar allí mismo a ser Gregor, él la habría cortado en dos y los lobos se la comerían también a ella.

Polliver no era tan malo como algunos de los otros, aunque le había robado a *Aguja.* La noche en que la atraparon, los hombres de los Lannister habían sido desconocidos sin nombre, tan semejantes como los yelmos que les cubrían el rostro hasta la nariz, pero había acabado por conocerlos a todos. Sabía cuáles eran perezosos, cuáles crueles, cuáles astutos y cuáles idiotas. Había que aprender que, aunque aquel al que llamaban Bocasucia tenía la lengua más sucia que había oído en su vida, te daba un trozo extra de pan si se lo pedías, mientras que el alegre vejete Chiswyck y el amable Raff no te daban más que una bofetada.

Arya miraba, escuchaba y pulía sus odios igual que Gendry había pulido en el pasado su casco con cuernos. Se lo había quedado un tal Dunsen, que lo llevaba puesto, y por eso lo odiaba. Odiaba a Polliver por lo de *Aguja,* y al viejo Chiswyck, que se creía gracioso. Y a Raff el Dulce, que había atravesado la garganta de Lommy con su lanza, lo odiaba aún más. Odiaba a ser Amory Lorch por Yoren, y odiaba a ser Meryn Trant por Syrio, al Perro por matar a Mycah, el hijo del carnicero, y a ser Ilyn, al príncipe Joffrey y a la reina por su padre, por Tom el Gordo, por Desmond y por todos los demás, hasta por Dama, la loba de Sansa. Cosquillas casi le daba demasiado miedo para odiarlo. A ratos casi se olvidaba de que estaba allí; cuando no interrogaba a nadie, no era más que otro soldado, más silencioso que la mayoría, con un rostro igual al de miles de hombres.

Arya repetía sus nombres cada noche.

—Ser Gregor —susurraba a su almohada de piedra—. Dunsen, Polliver, Chiswyck, Raff el Dulce. Cosquillas y el Perro. Ser Amory, ser Ilyn, ser Meryn, el rey Joffrey, la reina Cersei.

En Invernalia, Arya rezaba con su madre en el septo y con su padre en el bosque, pero en el camino que llevaba a Harrenhal no había dioses, y aquella lista de nombres era la única plegaria que quería recordar.

Caminaban todos los días; todas las noches repetía los nombres, hasta que por fin los árboles empezaron a estar más dispersos y dejaron paso a un paisaje de colinas onduladas, campos sembrados, arroyos serpenteantes y prados iluminados por el sol, donde los restos de torreones quemados sobresalían negros como dientes podridos. Tuvo que transcurrir otro largo día de marcha antes de que divisaran a lo lejos las torres de Harrenhal, junto a las aguas azules del lago.

Los cautivos no dejaban de repetirse que una vez llegaran a Harrenhal las cosas mejorarían, pero Arya no estaba tan segura. Recordaba las historias de la Vieja Tata sobre el castillo fruto del terror. Harren el Negro había mezclado sangre humana con la argamasa, solía decirles la Tata en voz muy baja para que los niños tuvieran que acercarse para oírla, pero los dragones de Aegon habían asado a Harren con todos sus hijos dentro de sus muros de piedra. Arya se mordió el labio y siguió caminando con pies encallecidos. Se decía que no podía faltar mucho; aquellas torres estarían a un par de leguas, como mucho.

Pero caminaron todo aquel día y buena parte del siguiente antes de llegar por fin a la retaguardia del ejército de lord Tywin, acampado al oeste del castillo, entre los restos quemados de una ciudad. Desde lejos, Harrenhal resultaba engañoso, porque tenía un tamaño gigantesco. Sus colosales murallas se alzaban a la orilla del lago como acantilados, mientras que las hileras de escorpiones de hierro y madera, en las almenas, parecían diminutas como insectos.

El hedor de la hueste de los Lannister le llegó a Arya mucho antes de que alcanzara a distinguir los estandartes que ondeaban a lo largo de la orilla del lago, sobre los pabellones de los occidentales. Por el olor supo que lord Tywin llevaba allí cierto tiempo. El anillo de letrinas que rodeaba el campamento estaba rebosante y lleno de moscas, y muchas de las estacas afiladas que protegían el perímetro tenían una ligera pelusilla verde.

El puesto de guardia de Harrenhal era del tamaño del Torreón Principal de Invernalia, tan maltratada como gigantesca, con las piedras llenas de grietas y descoloridas. Desde el exterior solo se veían las cimas de cuatro torres inmensas más allá del muro. La más baja era casi el doble de alta que la más grande de Invernalia, pero no se alzaban como debían alzarse unas torres. A Arya le dio la impresión de que eran como los dedos nudosos de un anciano que intentaran agarrar las nubes. Recordó que la Vieja Tata les había contado cómo la piedra se había fundido y había fluido igual que cera derretida, por las escaleras y por las ventanas, con un brillo rojo opaco, en busca del lugar donde Harren había tratado de ocultarse. En aquel momento se lo creía todo; cada una de las torres era más grotesca y deforme que la anterior, todas bulbosas, llenas de hendiduras y grietas.

—¡No quiero entrar ahí! —chilló Pastel Caliente cuando las puertas se abrieron para recibirlos—. Ahí dentro hay fantasmas.

—Pues tienes que elegir, panadero —contestó Chiswyck, que lo había oído, pero por una vez se limitó a sonreír—. Entra con los fantasmas o conviértete en fantasma.

Pastel Caliente entró con los demás.

En el edificio de piedra y madera, lleno de ecos, que albergaba los baños, obligaron a los prisioneros a desnudarse y a frotarse dentro de bañeras de agua demasiado caliente, hasta que todos tuvieron la piel enrojecida. Dos ancianas de aspecto cruel supervisaron el proceso, sin dejar de hablar de ellos con tanta brutalidad como si fueran asnos recién comprados. Cuando le llegó el turno a Arya, el ama Amabel gruñó desalentada al ver el deplorable estado de sus pies, mientras el ama Harra le palpaba los callos de los dedos, fruto de largas horas de entrenamiento con *Aguja.*

—Esto es de hacer mantequilla —dijo—, seguro. ¿A que eres hija de algún granjero? Pues tranquila, niña, aquí tendrás ocasión de ganarte un puesto mejor si trabajas duro. Si no trabajas, lo que te ganarás será una paliza. ¿Cómo te llamas?

Arya no se atrevió a decir su verdadero nombre, pero Arry tampoco le servía: era nombre de chico, y ya habían visto con toda claridad que no era ningún chico.

—Comadreja —dijo, porque fue el nombre de la primera niña que le vino a la cabeza—. Lommy me llamaba Comadreja.

—Se comprende —bufó el ama Amabel—. Este pelo es un horror y un nido de piojos. Te raparemos y a las cocinas.

—Prefiero cuidar de los caballos. —A Arya le gustaban los caballos, y tal vez, si la asignaban a los establos, podría robar uno y escapar. El ama Harra le dio una bofetada tan fuerte que se le abrió de nuevo el labio roto.

—Y más vale que cierres el pico, nadie te ha pedido tu opinión.

La sangre le sabía a metal salado. Arya bajó la vista y no dijo nada. «Si aún tuviera a *Aguja,* no se atrevería a pegarme», pensó, hosca.

—Lord Tywin y sus caballeros tienen mozos de cuadras y escuderos que les cuidan los caballos —dijo el ama Amabel—, no les hace falta una cría como tú. Las cocinas están limpias y calentitas; puedes dormir al lado del fuego y hay mucha comida. No te iría mal allí, pero se nota que no eres una niña muy lista. Harra, me parece que esta se la debemos dejar a Weese.

—Como digas, Amabel.

Le dieron una túnica de lana basta color gris y unas zapatillas que le quedaban mal, y la enviaron afuera.

Weese era un ayudante de mayordomo asignado a la Torre Aullante, un hombre rechoncho con la nariz gruesa y roja como un carbunclo y unos forúnculos asquerosos enrojecidos en una comisura de los labios carnosos. Arya fue una de los seis prisioneros que le enviaron. Los miró a todos con ojos penetrantes.

—Los Lannister son generosos con quienes les sirven bien, un honor que ninguno de vosotros merecéis, pero en tiempos de guerra hay que conformarse con lo que se encuentra. Trabajad duro, no os metáis donde no os importa, y puede que algún día ocupéis un cargo tan elevado como el mío. Pero si intentáis abusar de la bondad del señor, os estaré esperando cuando se vaya, y entonces os enteraréis.

Recorrió la fila de prisioneros y les fue explicando que nunca debían mirar a los nobles a los ojos, ni hablar si no les hablaban, ni cruzarse en el camino del señor.

—La nariz no me engaña nunca —alardeó—. Puedo oler la rebeldía, el orgullo, la desobediencia... Como huela cualquiera de esas cosas, lo pagaréis. Cuando os olfatee, no quiero otro olor que el del miedo.

DAENERYS

En los muros de Qarth, algunos hombres golpeaban gongs para anunciar su llegada, mientras otros hacían sonar extraños cuernos que rodeaban sus cuerpos como grandes serpientes de bronce. Una columna de camellos salió de la ciudad para darles escolta como guardia de honor. Los jinetes vestían armaduras de escamas de cobre, y yelmos con hocicos de jabalí y colmillos también de cobre, rematados por largos penachos de seda negra, y las sillas de sus monturas estaban adornadas con rubíes y granates. Los camellos iban cubiertos por mantas de cien colores diferentes.

—Qarth es la ciudad más grande que ha existido o existirá —le había dicho Pyat Pree entre los huesos de Vaes Tolorro—. Es el centro del mundo, la puerta entre el norte y el sur, el puente entre el este y el oeste, más antigua que el recuerdo del hombre y tan magnífica que Saathos el Sabio se sacó los ojos después de contemplarla, porque sabía que todo lo que viera a partir de entonces le resultaría triste y feo en comparación.

Dany no se tomó las palabras del brujo al pie de la letra, ni mucho menos, pero la magnificencia de la gran ciudad era innegable. Los tres gruesos muros que rodeaban Qarth mostraban tallas elaboradas. El exterior era de arenisca rojiza, de quince varas de altura, y estaba decorado con animales: serpientes sinuosas, milanos en pleno vuelo, peces nadando, todos mezclados con lobos del desierto rojo, cebras rayadas y elefantes monstruosos. El muro central, de veinte varas, era de granito gris adornado con escenas de guerra: espadas y lanzas contra escudos, flechas en el aire, héroes luchando, bebés asesinados, piras de cadáveres... La muralla interior se alzaba en sus veinticinco varas de mármol negro, con tallas que hicieron sonrojar a Dany hasta que se dijo que se estaba comportando como una idiota. No era ninguna doncella. Si podía contemplar las escenas de carnicerías de la muralla gris, ¿por qué tenía que apartar los ojos ante la visión de hombres y mujeres dándose placer unos a otros?

Las puertas exteriores tenían refuerzos de cobre; las intermedias, de hierro, y las interiores, tachonaduras en forma de ojos dorados. Todas se abrieron al paso de Dany. Cuando entró en la ciudad a lomos de su plata, los niños la precedían echando flores a su paso. Llevaban sandalias doradas y pinturas de colores vivos, y nada más.

Todos los colores que habían faltado en Vaes Tolorro estaban allí, en Qarth. Los edificios que se agolpaban en torno a ella eran como fantasías de un sueño febril, en tonos rosados, violáceos y ocres. Pasó bajo un arco de bronce que imitaba a dos serpientes copulando, cuyas escamas eran delicadas láminas de jade, obsidiana y lapislázuli. Las esbeltas torres eran las más altas que Dany había visto nunca, y en todas las plazas había ornamentadas fuentes en forma de dragones, grifos o mantícoras.

Los qarthienses abarrotaban las calles y los observaban desde delicados balcones que parecían demasiado frágiles para soportar su peso. Eran altos y de piel blanca, todos ataviados con linos, brocados y pieles de tigre, cada uno de ellos, una dama o un señor a ojos de Dany. Las mujeres vestían túnicas que dejaban al descubierto un pecho, mientras que a los hombres les gustaba llevar faldas de seda con cuentas. Al pasar entre ellos envuelta en su túnica de piel de león, con la forma negra de Drogon sobre un hombro, Dany se sintió desastrada y bárbara. Los dothrakis llamaban a los qarthienses *hombres de leche,* por su palidez, y Khal Drogo había soñado con el día en que podría saquear las grandes ciudades del este. Miró a sus jinetes de sangre, cuyos ojos oscuros y almendrados no dejaban traslucir sus pensamientos.

«¿Será posible que solo piensen en saquear Qarth? —se preguntó—. Qué salvajes debemos de parecerles.»

Pyat Pree guio a su pequeño *khalasar* por el centro de una gran galería donde los antiguos héroes de la ciudad se alzaban con el triple de su tamaño natural sobre columnas de mármol blanco y verde. Pasaron por un bazar en un edificio gigantesco, en cuyo techo de enrejado habitaba un millar de pájaros de colores alegres. En las terrazas situadas sobre los tenderetes crecían árboles y flores, mientras que abajo parecía que se vendía todo lo que los dioses habían puesto sobre la tierra.

Su plata se encabritó cuando el príncipe mercader Xaro Xhoan Daxos se acercó hacia ella; Dany había descubierto que los caballos no toleraban la cercanía de los camellos.

—Si hay aquí algo que deseéis, oh mujer bella entre las bellas —le dijo Xaro desde su ornamentada silla de montar—, solo tenéis que decirlo y será vuestro.

—Todo Qarth es suyo —entonó Pyat Pree con sus labios azules, al otro lado de Dany—, no necesita fruslerías. Todo será como os prometí, *khaleesi.* Venid conmigo a la Casa de los Eternos, y beberéis de la verdad y la sabiduría.

—¿Para qué quiere ir a tu palacio de Polvo, cuando yo puedo ofrecerle la luz del sol, el agua fresca y sedas para dormir? —replicó Xaro al brujo—. Los Trece pondrán una corona de jade negro y ópalos llameantes sobre su hermosa cabeza.

—El único palacio que deseo es el castillo rojo de Desembarco del Rey, mi señor Pyat. —Dany desconfiaba del brujo. La *maegi* Mirri Maz Duur la había dejado escarmentada de confiar en los que jugaban con hechicerías—. Y si la grandeza de Qarth quiere hacerme regalos, Xaro, que sean naves y espadas, para recuperar lo que me corresponde por derecho.

—Como ordenéis, *khaleesi.* —Los labios azules de Pyat esbozaron una sonrisa gentil. Se alejó, meciéndose al compás del movimiento de su camello, con su larga túnica de cuentas agitándose detrás.

—La joven reina es más sabia de lo que corresponde a sus años —le susurró Xaro Xhoan Daxos desde la altura de su silla—. En Qarth tenemos un refrán: la casa de un brujo está hecha de huesos y mentiras.

—Entonces ¿por qué los hombres bajan la voz para hablar de los brujos de Qarth? En todo oriente se reverencia su poder y su sabiduría.

—En un tiempo fueron poderosos —accedió Xaro—, pero ahora resultan tan ridículos como esos soldados viejos y débiles que alardean de sus proezas cuando hace ya mucho que carecen de fuerza y destreza. Leen sus viejos pergaminos, beben color-del-ocaso hasta que se les ponen los labios azules e insinúan que poseen poderes temibles, pero comparados con los que los precedieron son cáscaras vacías. Os lo advierto: los regalos de Pyat Pree se convertirán en polvo entre vuestras manos. —Rozó con la fusta al camello y se alejó.

—El cuervo llama negro al grajo —comentó ser Jorah en la lengua común de Poniente. El caballero exiliado cabalgaba a su derecha, como siempre. Para entrar en Qarth se había quitado el atuendo dothraki, y volvía a lucir la armadura y la ropa de los Siete Reinos, a medio mundo de distancia—. Alteza, haríais bien en evitar a esos hombres.

—Esos hombres son los que me darán mi corona —replicó ella—. Xaro tiene riquezas sin límites, y Pyat Pree...

—Finge tener poder —terminó bruscamente el caballero. En su jubón verde oscuro, el oso de la casa Mormont se alzaba sobre las patas traseras, negro y fiero. El gesto de Jorah al contemplar la multitud que abarrotaba el bazar no era menos fiero—. Yo no me quedaría aquí mucho tiempo, mi reina. No me gusta el olor de este lugar.

—Creo que lo que oléis son los camellos —dijo Dany con una sonrisa—. Los qarthienses tienen un olor dulce, me parece a mí.

—Los olores dulces se suelen utilizar para cubrir un hedor.

«Mi gran oso —pensó Dany—. Soy su reina, pero también seré siempre su cachorro, y siempre me protegerá.» Aquello la hacía sentir segura, pero a la vez triste. Habría querido amarlo de una manera diferente.

Xaro Xhoan Daxos le había ofrecido a Dany su hospitalidad mientras estuviera en la ciudad. Ella esperaba algo grandioso. Lo que no esperaba era un palacio más grande que muchas plazas de mercados. «A su lado, la mansión del magíster Illyrio, en Pentos, parece una pocilga», pensó. Xaro le juró que su hogar podía alojar a todo el grupo de Dany con caballos incluidos; pero más que eso, los engulló. A ella le fue asignada un ala completa. Tenía jardines propios, una piscina de mármol, una torre de adivinación y un laberinto de brujo. Había esclavos que atendían hasta la menor de sus necesidades. Los suelos de sus habitaciones privadas eran de mármol verde, y de las paredes colgaban tapices de seda que se estremecían con la menor brisa.

—Sois demasiado generoso —le dijo a Xaro Xhoan Daxos.

—No hay regalo demasiado generoso para la Madre de Dragones. —Xaro era un hombre lánguido, elegante, calvo, con la nariz ganchuda adornada con rubíes, ópalos y escamas de jade—. Mañana habrá un festín de pavo real y lengua de alondra, y oiréis música digna de la más hermosa de las mujeres. Los Trece vendrán a rendiros homenaje, así como todos los grandes de Qarth.

«Todos los grandes de Qarth vendrán a ver mis dragones», pensó Dany, pero le agradeció a Xaro su amabilidad antes de darle permiso para retirarse. Pyat Pree también se marchó, no sin antes jurarle que les pediría a los Eternos que le concedieran una audiencia, «un honor tan poco frecuente como las nieves de verano». Antes de salir le besó el pie descalzo con aquellos labios color azul claro, y le entregó un obsequio, una vasija de ungüento que, según le dijo, permitiría que viera los espíritus del aire. La última de los tres en retirarse fue Quaithe de la Sombra. Solo le dio a Dany un consejo.

—Tened cuidado —dijo la mujer de la máscara de laca roja.

—¿De quién?

—De todos. Vendrán día y noche a contemplar las maravillas que han nacido de nuevo en el mundo, y cuando las vean, las desearán. Porque los dragones son fuego hecho carne, y el fuego es poder.

—Dice la verdad, mi reina —comentó ser Jorah cuando también Quaithe se hubo marchado—. Aunque no confío en ella más que en los otros.

—No la comprendo. —Pyat y Xaro habían colmado a Dany de promesas en cuanto vieron a los dragones; se habían declarado sus más leales sirvientes, pero Quaithe apenas si le había dirigido la palabra, y siempre en tono críptico. Y la desasosegaba no haber visto nunca el rostro de la mujer. «Acuérdate de Mirri Maz Duur —se dijo—. Acuérdate de la traición.» Se volvió hacia sus jinetes de sangre—. Mientras estemos aquí seguiremos montando guardia. Que nadie entre sin mi permiso en esta ala del palacio, y encargaos de que los dragones cuenten siempre con vigilancia.

—Así se hará, *khaleesi* —dijo Aggo.

—Solo hemos visto de Qarth lo que Pyat Pree ha querido enseñarnos —prosiguió—. Rakharo, ve a indagar sobre el resto y cuéntame lo que averigües. Llévate a buenos hombres... y también a mujeres, para entrar en los lugares donde no puedan entrar los hombres.

—Lo que tú ordenas, yo lo hago, sangre de mi sangre —dijo Rakharo.

—Ser Jorah, id a los muelles y averiguad qué tipo de barcos hay anclados. Ha pasado medio año desde que recibí las últimas noticias de los Siete Reinos. Tal vez los dioses nos hayan enviado con sus vientos a algún buen capitán de Poniente con un barco que nos lleve a casa.

—Los dioses no os harían ningún favor —replicó el caballero, con el ceño fruncido—. El Usurpador os matará, tan cierto como que el sol sale por las mañanas. —Mormont se colgó los pulgares del cinto de la espada—. Mi lugar está aquí, a vuestro lado.

—Jhogo también puede cuidarme. Vos conocéis más idiomas que mis jinetes de sangre, y los dothrakis desconfían del mar y de los que lo navegan. Solo vos podéis hacer esto por mí. Recorred los barcos, hablad con las tripulaciones y averiguad de dónde vienen, adónde van y cómo son sus capitanes.

—Como ordenéis, mi reina —aceptó el exiliado de mala gana.

Cuando se hubieron marchado todos los hombres, las doncellas le quitaron las sedas sucias del viaje, y Dany se dirigió hacia la piscina de mármol, a la sombra de un pórtico. El agua era de un frescor delicioso, y en la piscina nadaban pececillos dorados que le mordisqueaban la piel con curiosidad y la hacían reír. Fue muy agradable cerrar los ojos y flotar, sabiendo que podría descansar tanto como quisiera. Se preguntó si en la Fortaleza Roja de Aegon habría una piscina como aquella y jardines de plantas aromáticas con lavanda y menta.

«Claro, sin duda. Viserys siempre decía que los Siete Reinos eran más hermosos que ningún otro lugar en el mundo.»

Pensar en su hogar le resultaba inquietante. Si su sol y estrellas hubiera vivido, habría guiado a su *khalasar* a través del agua envenenada para barrer a sus enemigos, pero su fuerza había abandonado aquel mundo. Le quedaban sus jinetes de sangre, defensores jurados y diestros en la batalla, pero solo al estilo de los señores de los caballos. Los dothrakis saqueaban ciudades y asolaban reinos, no los gobernaban. Dany no quería ver Desembarco del Rey reducido a ruinas ennegrecidas habitadas por fantasmas agitados. Ya había visto demasiadas lágrimas. «Quiero que mi reino sea hermoso, para llenarlo de hombres gordos, doncellas hermosas y niños que rían. Quiero que mi pueblo sonría al verme pasar a caballo, igual que decía Viserys que sonreían al ver a mi padre.»

Pero antes tendría que conquistarlo.

«El Usurpador os matará, tan cierto como que el sol sale por las mañanas», había dicho Mormont. Robert había acabado con su valiente hermano Rhaegar, y uno de sus enviados cruzó el mar dothraki para envenenarla junto con su hijo nonato. Se decía que Robert Baratheon era fuerte como un toro e intrépido en la batalla, que amaba la guerra más que nada en el mundo. Y junto a él se alzaban los grandes señores a los que su hermano llamaba *los perros del Usurpador:* Eddard Stark, con sus ojos fríos y su corazón de hielo, y los dorados Lannister, padre e hijo, tan ricos, tan poderosos, tan traicioneros...

¿Cómo iba ella a derrotar a hombres así? Cuando Khal Drogo estaba vivo, los hombres temblaban y le hacían regalos para aplacar su ira. De lo contrario, tomaba sus ciudades, sus riquezas y sus esposas. Pero su *khalasar* había sido vasto, y el de Dany era exiguo. Su pueblo la había seguido en la travesía del desierto rojo, en pos del cometa, y también la seguiría a través del agua envenenada, pero no eran suficientes. Tal vez ni siquiera sus dragones fueran suficientes. Viserys había creído que el reino se alzaría para apoyar a su rey legítimo... pero Viserys era un idiota, y los idiotas creen idioteces.

Las dudas la hicieron temblar. De repente, el agua le pareció fría, y molestos, los pececillos que le mordisqueaban la piel. Dany se levantó y salió de la piscina.

—Irri —llamó—. Jhiqui.

Mientras las doncellas la secaban con toallas y la envolvían en una túnica de seda, los pensamientos de Dany se centraron en los tres que habían ido a buscarla a la Ciudad de Huesos.

«La Estrella Sangrante me guio a Qarth con un objetivo. Aquí encontraré lo que necesito, si tengo la fuerza para aceptar lo que me ofrezcan y la sabiduría para evitar trampas y engaños. Si los dioses quieren que conquiste, me darán los medios, me enviarán una señal, y si no... si no...»

Ya casi había anochecido cuando Irri llegó junto a Dany, que estaba dando de comer a los dragones al otro lado de las cortinas de seda, para decirle que ser Jorah había regresado de los muelles... y que no iba solo.

—Hazlo entrar, con quienquiera que haya traído —dijo, curiosa.

Cuando pasaron la encontraron sentada entre cojines, rodeada por los dragones. El hombre que acompañaba a ser Jorah llevaba una capa de plumas verdes y amarillas, y tenía la piel tan negra como el azabache pulido.

—Alteza —dijo el caballero—, os presento a Quhuru Mo, capitán del *Viento de Canela,* que viene de Árboles Altos.

—Es un gran honor para mí, mi reina —dijo el hombre negro arrodillándose. No hablaba la lengua de las islas del Verano, que Dany desconocía, sino el fluido valyrio de las Nueve Ciudades Libres.

—El honor es mío, Quhuru Mo —dijo Dany en el mismo idioma—. ¿Venís de las islas del Verano?

—Así es, alteza, pero no hace ni medio año que tocamos puerto en Antigua. De allí os traigo un regalo maravilloso.

—¿Un regalo?

—Un regalo en forma de noticia. Madre de Dragones, Hija de la Tormenta, os digo la verdad: Robert Baratheon ha muerto.

Tras los muros, el ocaso cubría Qarth de oscuridad, pero en el corazón de Dany había salido el sol.

—¿Muerto?

—Así se dice en Antigua, en Dorne, en Lys y en todos los puertos que hemos tocado.

«Me envió vino envenenado, pero yo vivo y él ha muerto.» Sobre su hombro, Viserion batió en el aire las alas color crema.

—¿En qué circunstancias?

—Mientras cazaba en su bosque Real, lo destrozó un jabalí monstruoso, o eso me dijeron en Antigua. Otros cuentan que lo traicionó su reina, o su hermano, o lord Stark, que era su mano. Pero todos los relatos coinciden en que el rey Robert está muerto y enterrado.

Dany jamás había visto al Usurpador, pero rara vez pasaba un día sin que pensara en él. Su larga sombra la había cubierto desde el día en que nació, cuando la parieron, en medio de sangre y truenos, en un mundo en el que ya no tenía lugar. Y aquel desconocido de ébano acababa de disipar la sombra.

—Ahora, el que ocupa el Trono de Hierro es el chico —dijo ser Jorah.

—El rey Joffrey reina —asintió Quhuru Mo—, pero los Lannister gobiernan. Los hermanos de Robert han huido de Desembarco del Rey. Se dice que ambos quieren reclamar la corona. Y la mano ha caído; era lord Stark, amigo del rey Robert. Ha sido detenido por traición.

—¿Ned Stark... traidor? —bufó ser Jorah—. Imposible. El Largo Verano volverá antes de que ese mancille su estimado honor.

—¿Qué honor puede tener? —dijo Dany—. Traicionó a su rey legítimo, igual que esos Lannister. —Estaba complacida de que los perros del Usurpador pelearan entre ellos, aunque no sorprendida. Lo mismo había sucedido cuando murió Drogo, y su gran *khalasar* se hizo pedazos—. Mi hermano Viserys, que era el rey legítimo, también ha muerto —le dijo al isleño—. Khal Drogo, mi señor esposo, lo mató con una corona de oro fundido.

¿Se habría comportado su hermano con más sensatez de haber sabido que la venganza por la que tanto había rezado estaba ya tan cerca?

—Entonces, mi corazón llora por ti, Madre de Dragones, y por Poniente, que se desangra privado de su rey legítimo.

Bajo los dedos suaves de Dany, Rhaegal, el dragón verde, contemplaba al desconocido con ojos de oro líquido. Abrió la boca, y sus dientes brillaron como agujas negras.

—¿Cuándo regresará vuestro barco a Poniente, capitán?

—Dentro de un año o más, por desgracia. Desde aquí, el *Viento de Canela* pondrá rumbo al este, para seguir la ruta del comercio por el mar de Jade.

—Ya —dijo Dany, decepcionada—. En ese caso, os deseo buenos vientos y suerte en el comercio. Me habéis traído un regalo de gran valor.

—Me siento mil veces recompensado, gran reina.

—¿Por qué? —Lo miraba asombrada.

—He visto dragones. —Al hombre le brillaban los ojos.

—Y espero que algún día volváis a verlos —dijo Dany riéndose—. Venid a visitarme en Desembarco del Rey cuando ocupe el trono de mi padre y recibiréis una gran recompensa.

El isleño prometió que lo haría, le besó los dedos y se despidió. Jhiqui lo acompañó a la salida.

—*Khaleesi* —dijo el caballero cuando estuvieron a solas—, si estuviera en vuestro lugar no hablaría de esos planes con tanta libertad. Este hombre lo contará todo dondequiera que vaya.

—Que lo cuente —dijo—. Que el mundo entero conozca mi propósito. El Usurpador ha muerto, ¿qué importa?

—No todo lo que cuentan los marineros es cierto —la previno ser Jorah—. Y aunque Robert esté muerto de verdad, reina su hijo. Nada ha cambiado.

—Todo ha cambiado. —Dany se levantó bruscamente. Los dragones chillaron, se desenroscaron y extendieron las alas. Drogon revoloteó hasta posarse en el dintel, sobre los arcos. Los otros saltaron por el suelo, arrastrando por el mármol las puntas de las alas—. Antes, los Siete Reinos eran como el *khalasar* de mi Drogo: cien mil aunados por su fuerza. Ahora se hacen pedazos, como pasó con el *khalasar* cuando mi *khal* yacía muerto.

—Los grandes señores siempre han luchado entre ellos. Decidme quién ha ganado y os diré qué significa. Los Siete Reinos no caerán en vuestras manos como otros tantos melocotones maduros, *khaleesi.* Necesitaréis una flota, oro, ejércitos, alianzas...

—Ya sé todo eso. —Le cogió las manos y alzó la vista para mirarlo a los ojos, oscuros, desconfiados. «A veces me ve como a una niña a la que tiene que proteger, y a veces, como a una mujer con la que querría acostarse, pero... ¿alguna vez me ve como a su reina?»—. No soy la niña asustada que conocisteis en Pentos. Sí, solo he vivido quince días de mi nombre... pero soy tan anciana como las viejas del *dosh khaleen,* y a la vez, tan joven como mis dragones, Jorah. He parido un hijo, quemado a un *khal,* y cruzado el desierto rojo y el mar dothraki. Mi sangre es la sangre del dragón.

—Igual que la de vuestro hermano —dijo, testarudo.

—Yo no soy Viserys.

—No —reconoció él—. En vos hay más de Rhaegar, pero hasta Rhaegar podía morir. Robert lo demostró en el Tridente, y no le hizo falta más que una martillo de guerra. Hasta los dragones mueren.

—Hasta los dragones mueren. —Se puso de puntillas para depositar un ligero beso en la mejilla sin afeitar del caballero—. Pero también los asesinos de dragones.

BRAN

Meera se movía en círculo con cautela, con la red en la mano izquierda y la fisga, el arpón ligero, lista en la derecha. Verano la seguía con los ojos dorados, girando la cabeza, con la cola rígida y erguida. Sin perderla de vista ni un momento...

—¡Yaaaiii! —gritó la chica al tiempo que atacaba con la fisga.

El lobo se movió hacia la izquierda y saltó antes de que pudiera atacarlo de nuevo con el arma. Meera lanzó la red, que se desplegó en el aire ante ella. El salto de Verano lo llevó directo hacia la malla. Se la llevó por delante cuando topó con el pecho de la chica y la hizo caer hacia atrás. El arpón salió despedido dando vueltas, inofensivo. La hierba húmeda acolchó la caída, pero el impacto la dejó sin aire en los pulmones. El lobo se tumbó encima de ella.

—¡Has perdido! —aulló Bran.

—No, ha ganado —dijo Jojen, el hermano de Meera—. Verano está atrapado en la red.

Bran vio que tenía razón. Verano lanzaba zarpazos a la red y gruñía tratando de romperla para liberarse, pero solo conseguía enredarse más. Tampoco se podía abrir paso a mordiscos.

—Anda, suéltalo.

Meera Reed echó los brazos al cuello del lobo entre risas, y los dos rodaron por el suelo. Verano lanzó un gemido patético, pateando la malla que lo privaba de movimiento. La chica se arrodilló, deshizo un nudo, tiró de una esquina, manipuló aquí y allá con dedos hábiles, y de pronto el lobo huargo quedó libre.

—Conmigo, Verano. —Bran abrió los brazos—. Cuidado —dijo, un instante antes de que el lobo lo derribara.

Se agarró con todas sus fuerzas mientras Verano lo arrastraba por la hierba. Se debatieron y rodaron aferrados el uno al otro, entre gruñidos juguetones y carcajadas. Al final fue Bran el que quedó encima, tirado sobre el lobo huargo lleno de barro.

—Lobo bueno —jadeó.

Verano le dio un lametón en la oreja. Meera sacudió la cabeza.

—¿Es que no se enfada nunca?

—Conmigo no. —Bran agarró al lobo por las orejas y Verano lanzó fieras dentelladas, pero todo era un juego—. A veces me rompe la ropa, pero nunca me ha hecho sangre.

—Nunca te habrá hecho sangre a ti, pero si hubiera roto mi red...

—Tampoco te habría hecho daño. Sabe que eres amiga mía.

Todos los demás señores y caballeros se habían marchado uno o dos días después del banquete de la cosecha, pero los Reed se quedaron como compañeros constantes de Bran. Jojen era tan solemne que la Vieja Tata lo llamaba *pequeño abuelo,* pero Meera se parecía mucho a su hermana Arya, en opinión de Bran. No le importaba ensuciarse, y corría, peleaba y lanzaba tan bien como cualquier chico. Aunque era mayor que Arya; tenía casi dieciséis años, era una mujer adulta. De hecho, los dos eran mayores que Bran, aunque ya había pasado por fin su noveno día del nombre, pero nunca lo trataban como a un niño.

—Ojalá fuerais vosotros nuestros pupilos, y no los Walders. —Empezó a arrastrarse hacia el árbol más cercano. Era un movimiento trabajoso y poco estético, pero cuando Meera fue a levantarlo, la detuvo—. No, no me ayudes. —Rodó con torpeza, se arrastró y se retorció, dándose impulso con los brazos, hasta quedar sentado con la espalda apoyada en el tronco de un fresno alto—. ¿Lo ves? Puedo yo solo. —Verano se tumbó con la cabeza en el regazo de Bran—. Nunca había conocido a nadie que peleara con red —le dijo a Meera mientras rascaba al lobo huargo entre las orejas—. ¿Te enseñó tu maestro de armas?

—Me enseñó mi padre. En Aguasgrises no tenemos caballeros. Ni maestro de armas, ni maestre.

—¿Quién os cuida los cuervos?

—Los cuervos no encuentran el camino a la Atalaya de Aguasgrises —sonrió—. Y tampoco nuestros enemigos.

—¿Por qué no?

—Porque se mueve.

—Cuánto me gustaría verlo. —Bran jamás había oído hablar de un castillo que se moviera. La miró inseguro, pero no supo si le estaba tomando el pelo o no—. ¿Crees que tu señor padre me permitiría visitaros cuando la guerra termine?

—Serás bienvenido cuando quieras, príncipe. Cuando acabe la guerra o ahora mismo.

—¿Ahora mismo? —Bran no había salido nunca de Invernalia; anhelaba ver lugares lejanos—. Puedo preguntarle a ser Rodrik cuando vuelva. —El anciano caballero había partido hacia el este para tratar de resolver problemas en la zona. El bastardo de Roose Bolton los había provocado cuando se apoderó de lady Hornwood a su regreso del banquete de la cosecha, para casarse con ella aquella misma noche, aunque tenía edad para ser su madre. Luego, lord Manderly tomó el castillo de la dama, según él para proteger las posesiones de Hornwood de los Bolton. Pero ser Rodrik se había enfadado con él casi tanto como con el bastardo—. Puede que ser Rodrik me dejara ir. El maestre Luwin no, seguro.

—Sería bueno que salieras de Invernalia, Bran —dijo Jojen Reed, que sentado bajo el arciano con las piernas cruzadas, lo miraba con solemnidad.

—Sí, ¿verdad?

—Sí. Y cuanto antes, mejor.

—Mi hermano tiene el don de la vista verde —dijo Meera—. Sueña cosas que aún no han sucedido, y a veces suceden.

—No solo a veces, Meera.

Intercambiaron una mirada, triste la del chico, desafiante la de la muchacha.

—Cuéntame qué va a pasar —pidió Bran.

—Lo haré —dijo Jojen—. Si tú me hablas de tus sueños.

El bosque de dioses quedó en silencio. Bran podía oír el crujido de las hojas y el chapoteo lejano de Hodor en los estanques de agua caliente. Pensó en el hombre dorado y en el cuervo de tres ojos; recordó el crujido de los huesos entre sus mandíbulas y el sabor a cobre de la sangre.

—No tengo sueños. El maestre Luwin me da pociones para dormir.

—¿Y te sirven?

—A veces.

—Todo Invernalia sabe que te despiertas por la noche sudoroso y gritando, Bran —dijo Meera—. Las mujeres hablan de eso junto al pozo, y los guardias, en su sala.

—Cuéntanos qué te da tanto miedo —dijo Jojen.

—No quiero. Además, no son más que sueños. El maestre Luwin dice que los sueños pueden significarlo todo y pueden no significar nada.

—Mi hermano sueña igual que los otros niños, y esos sueños pueden significar cualquier cosa —señaló Meera—. Pero los sueños verdes son diferentes.

Jojen tenía los ojos del color del musgo, y a veces, cuando miraba, parecía que veía algo más. Como en aquel momento.

—Soñé con un lobo alado atado al suelo con cadenas de piedra gris —dijo—. Era un sueño verde, así que supe que era verdad. Un cuervo intentaba romperle las cadenas a picotazos, pero la piedra era muy dura y apenas si la desportillaba.

—¿El cuervo tenía tres ojos?

Jojen asintió. Verano levantó la cabeza del regazo de Bran y miró al embarrado con sus ojos color oro oscuro.

—Cuando era pequeño estuve a punto de morir de la fiebre de Aguasgrises. Entonces fue cuando me visitó el cuervo.

—A mí vino a verme cuando me caí —barbotó Bran—. Estuve dormido mucho tiempo. Me dijo que tenía que volar o me moriría, y me desperté, pero estaba tullido y no podía volar.

—Puedes si quieres. —Meera cogió la red, deshizo los últimos nudos y empezó a doblarla.

—El lobo alado eres tú, Bran —dijo Jojen—. Cuando llegué no estaba seguro, pero ahora sí. El cuervo nos ha enviado para romper tus cadenas.

—¿El cuervo está en Aguasgrises?

—No. El cuervo está en el norte.

—¿En el Muro? —Bran siempre había deseado ver el Muro. Su hermano bastardo, Jon, estaba allí; era miembro de la Guardia de la Noche.

—Más allá del Muro. —Meera Reed se colgó la red del cinturón—. Cuando Jojen le contó a nuestro señor padre qué había soñado, nos envió a Invernalia.

—¿Cómo puedo romper las cadenas, Jojen? —preguntó Bran.

—Abre el ojo.

—Ya los tengo abiertos, ¿es que no lo ves?

—Tienes dos ojos abiertos. —Jojen se los señaló—. Uno, dos.

—Es que solo tengo dos.

—Tienes tres. El cuervo te dio un tercer ojo, pero no lo abres. —Tenía una manera de hablar pausada, suave—. Con dos ojos puedes verme la cara. Con tres podrías verme el corazón. Con dos puedes ver aquel roble. Con tres podrías ver la bellota de la que nació y el tocón seco en que se convertirá algún día. Con dos no ves más allá de tus paredes. Con tres podrías ver el mar del Verano, al sur, y el norte más allá del Muro.

Verano se levantó.

—No me hace falta ver tan lejos. —Bran esbozó una sonrisa nerviosa—. Estoy cansado de hablar de cuervos. Vamos a hablar de lobos. O de lagartos león. ¿Has cazado uno alguna vez, Meera? Por aquí no hay bichos de esos.

Meera sacó la fisga de los arbustos.

—Viven en el agua. En pantanos profundos y arroyos que no sean rápidos...

—¿Has soñado con un lagarto león? —la interrumpió su hermano.

—No —dijo Bran—. Y ya te lo he dicho, no quiero...

—¿Has soñado con un lobo?

—No tengo por qué contarte mis sueños. —Bran empezaba a enfadarse—. Soy el príncipe. Soy el Stark en Invernalia.

—¿Era Verano?

—Cállate.

—La noche del banquete de la cosecha soñaste que eras Verano y estabas en el bosque de dioses, ¿a que sí?

—¡Basta ya! —gritó Bran.

Verano dio un paso hacia el arciano, mostrando los blancos dientes. A Jojen Reed no le importó.

—Cuando toqué a Verano te sentí en él. Ahora también estás en él.

—Es imposible. Yo estaba en la cama. Estaba durmiendo.

—Estabas en el bosque de dioses y eras gris.

—Solo fue un mal sueño...

—Te sentí. —Jojen se levantó—. Te sentí caer. ¿Es eso lo que te da miedo? ¿La caída?

«La caída —pensó Bran— y el hombre dorado, el hermano de la reina, él también me da miedo, pero la caída más que nada.» Pero no lo dijo en voz alta. ¿Cómo podía hacerlo? No había sido capaz de contárselo a ser Rodrik ni al maestre Luwin, y tampoco se lo podía contar a los Reed. Si no hablaba de ello, a lo mejor acababa por olvidarlo. Nunca había querido recordarlo. Quizá ni siquiera fuera un recuerdo de verdad.

—¿Caes todas las noches, Bran? —le preguntó Jojen con voz queda.

Verano empezó a gruñir desde lo más profundo de la garganta, y no estaba jugando. Dio un paso adelante, todo dientes y ojos encendidos. Meera se interpuso entre el lobo y su hermano, con el arma en ristre.

—Dile que no siga, Bran.

—Jojen lo está poniendo furioso.

Meera desplegó la red.

—Es tu furia, Bran —dijo su hermano—. Es tu miedo.

—Mentira. Yo no soy un lobo. —Pero había aullado con ellos en la noche y había probado la sangre en sus sueños de lobo.

—Parte de ti es Verano, y parte de Verano eres tú. Lo sabes, Bran.

Verano saltó hacia delante, pero Meera lo bloqueó, amenazándolo con el arpón de tres puntas. El lobo la esquivó y siguió moviéndose en círculo, al acecho. Meera se volvió hacia él.

—¡Llámalo, Bran!

—¡Verano! —gritó Bran—. ¡Conmigo, Verano! —Se dio una palmada contra el muslo. La mano le hormigueó, pero en la pierna muerta no sintió nada.

El lobo huargo saltó de nuevo, y Meera volvió a detenerlo, amenazándolo con el arpón. Verano la esquivó y siguió moviéndose. Los arbustos crujieron, y una esbelta forma negra salió de detrás del arciano mostrando los dientes. El olor era fuerte; su hermano había olido su rabia. Bran sintió que se le erizaba el vello de la nuca. Meera estaba junto a su hermano, con un lobo a cada lado.

—¡Bran, diles que se vayan!

—¡No puedo!

—Súbete al árbol, Jojen.

—No es necesario. Hoy no es el día en que voy a morir.

—¡Súbete! —gritó.

Su hermano empezó a trepar por el tronco del arciano, utilizando los rasgos de la cara como puntos de apoyo para pies y manos. Los lobos huargo se acercaron. Meera soltó la fisga y la red, saltó y se agarró a una rama baja. Las mandíbulas de Peludo se cerraron justo debajo de su pie en el momento en que se daba impulso para subirse a la rama. Verano se sentó sobre las patas traseras y aulló, mientras Peludo intentaba destrozar la red con los dientes.

De pronto, Bran recordó que no estaban solos. Se puso las manos junto a la boca para hacer bocina.

—¡Hodor! —llamó a gritos—. ¡Hodor! ¡Hodor! —Tenía muchísimo miedo, y también estaba un poco avergonzado—. A Hodor no le harán daño —les aseguró a sus amigos, en el árbol. Pasaron unos instantes, y oyeron la musiquilla sin melodía. Hodor llegó semidesnudo y salpicado de barro tras chapotear en los estanques calientes, pero Bran nunca se había alegrado tanto de verlo—. Ayúdame, Hodor. Echa a los lobos. Échalos.

Hodor obedeció con júbilo y se dedicó a agitar los brazos y dar patadas contra el suelo con sus enormes pies, gritando «Hodor, Hodor» al tiempo que corría de un lobo al otro. Peludo fue el primero en huir; se escabulló entre el follaje con un último gruñido. Cuando Verano se cansó, volvió junto a Bran y se tumbó a su lado.

Lo primero que hizo Meera al bajar del árbol fue recoger la fisga y la red. Jojen no apartó los ojos de Verano ni por un momento.

—Volveremos a hablar —prometió a Bran.

«Han sido los lobos, no he sido yo. —No comprendía por qué se habían puesto tan furiosos—. Quizá el maestre Luwin tuviera razón al encerrarlos en el bosque de dioses.»

—Hodor —dijo—, llévame con el maestre Luwin.

El torreón del maestre, situado bajo la pajarera, era uno de los lugares favoritos de Bran. Luwin era desordenado hasta límites inconcebibles, pero los montones de libros, pergaminos y frascos resultaban tan reconfortantes para Bran como su coronilla calva y las mangas amplias de sus túnicas grises. También le gustaban los cuervos.

Cuando llegó, Luwin estaba sentado en un taburete alto, concentrado en escribir. Mientras no volviera ser Rodrik, sobre sus hombros recaía todo el peso del gobierno del castillo.

—Vaya, mi príncipe —dijo al ver entrar a Hodor—. Llegas pronto para las lecciones de hoy.

El maestre dedicaba varias horas cada tarde a instruir a Bran, a Rickon y a los Walder Frey.

—Hodor, quédate quieto. —Bran se agarró con ambas manos a un candelabro de pared, y se aupó para salir de la cesta. Quedó colgado de los brazos un instante, hasta que Hodor lo sentó en una silla—. Meera dice que su hermano tiene el don de la vista verde.

—¿Lo sabe ella? —El maestre Luwin se rascó una aleta de la nariz con la pluma de escribir.

Bran asintió.

—Me dijisteis que los hijos del bosque tenían el don de la vista verde. Me acuerdo muy bien.

—Hay quien dice tener ese poder. A sus sabios los llamaban *verdevidentes*.

—¿Era magia?

—Podemos llamarlo así, a falta de una palabra mejor. En realidad solo era una forma diferente de conocimiento.

—¿En qué consistía?

—Nadie lo sabe a ciencia cierta, Bran. —Luwin dejó la pluma sobre la mesa—. Los hijos desaparecieron del mundo, y con ellos, su sabiduría. Creemos que tenía algo que ver con las caras de los árboles. Los primeros hombres creían que los verdevidentes podían ver por los ojos de los arcianos. Por eso los talaban allí donde iban cuando luchaban contra los hijos. Se dice que los verdevidentes también tenían poder sobre las bestias del bosque y los pájaros de las ramas. Hasta sobre los peces. ¿El pequeño Reed tiene también esos poderes?

—No, creo que no. Pero dice Meera que, a veces, sus sueños se hacen realidad.

—Todos hemos tenido algún sueño que se ha hecho realidad. Tú soñaste con tu señor padre en las criptas antes de que muriera, ¿no te acuerdas?

—Sí, y Rickon también. Tuvimos el mismo sueño.

—Pues ahí tienes: si quieres, lo puedes llamar vista verde... pero recuerda también los miles y miles de sueños que habéis tenido Rickon y tú, que no se han hecho realidad. ¿Recuerdas lo que te conté sobre la cadena de eslabones que llevamos todos los maestres?

Bran pensó un instante, tratando de hacer memoria.

—Los maestres os forjáis la cadena en la Ciudadela de Antigua. Es una cadena porque juráis servir al reino, y en el reino hay personas de muchos tipos. Cada vez que aprendéis algo nuevo añadís un eslabón. El de hierro negro es por el cuidado de los cuervos; el de plata, por la curación; el de oro, por las sumas y los números... Pero no me acuerdo de todos.

Luwin pasó un dedo por debajo de la cadena y empezó a darle vueltas lentamente. Tenía el cuello grueso para ser un hombre tan menudo, y la cadena era apretada, pero con unos cuantos tirones le dio la vuelta entera.

—Este es de acero valyrio —dijo cuando tuvo sobre la nuez el eslabón de metal gris oscuro—. Solo lo tiene un maestre de cada ciento. Significa que he estudiado lo que en la Ciudadela llaman *misterios mayores*... o magia, a falta de una palabra mejor. Es un tema fascinante, pero poco práctico, y por eso, pocos maestres se molestan en dominarlo.

»Más tarde o más temprano, todos los que estudian los misterios mayores quieren probar algún hechizo. Confieso que yo también caí en la tentación. En fin, era un muchacho, ¿y qué muchacho no desea en secreto tener poderes ocultos? Por supuesto, no me dio más resultado que al millar de muchachos que me precedieron, y al millar que me seguiría. Es triste decirlo, pero la magia no funciona.

—A veces sí —protestó Bran—. Yo tuve ese sueño, y Rickon también. Y en el este hay magos y brujos...

—Hay hombres que dicen ser magos y brujos —lo corrigió el maestre Luwin—. En la Ciudadela tenía un amigo que le sacaba a la gente una rosa de la oreja, pero no tenía más magia que yo. Oh, sí, hay muchas cosas que no comprendemos. Pasan los años, cientos, miles, ¿y qué ve un hombre en su vida? Unos pocos veranos, unos pocos inviernos. Miramos las montañas y decimos que son eternas, así nos lo parecen... pero, en el curso del tiempo, las montañas se alzan y caen, cambia el curso de los ríos, mueren estrellas en el cielo, y grandes ciudades se hunden en el fondo del mar. Incluso los dioses mueren. Todo cambia.

»Puede que la magia fuera alguna vez una fuerza poderosa en el mundo, pero ya no es así. Lo poco que queda de ella es apenas el jirón de humo que permanece en el aire después de que se consuma una gran hoguera, y hasta eso se está desvaneciendo. Valyria era la última brasa, y ha desaparecido. Ya no hay dragones, los gigantes están muertos, y hemos olvidado a los hijos del bosque y toda su sabiduría.

»No, príncipe mío. Puede que Jojen Reed haya tenido un par de sueños que él cree que se han hecho realidad, pero no posee el don de la vista verde. No hay hombre vivo que lo posea.

Aquello mismo le dijo Bran a Meera Reed cuando fue a verlo al anochecer, mientras estaba sentado junto a la ventana y veía como se iban encendiendo las luces.

—Siento mucho lo que pasó con los lobos. Verano no debió intentar atacar a Jojen, pero es que Jojen tampoco debió decir esas cosas de mis sueños. El cuervo me mintió cuando me dijo que podía volar, y tu hermano también miente.

—O puede que tu maestre esté equivocado.

—Imposible. Hasta mi padre le pedía consejo.

—Y no me cabe duda de que tu padre lo escuchaba. Pero, al final, decidía por sí mismo. Bran, ¿quieres que te cuente qué soñó Jojen sobre ti y sobre tus hermanos pupilos?

—Los Walders no son mis hermanos.

La muchacha no le hizo caso.

—Estabas sentado a la mesa para cenar, pero el que te servía la comida no era un criado, sino el maestre Luwin. Te ponía delante la tajada del rey, la mejor parte del asado, con la carne muy poco hecha y sangrante, y con un olor tan exquisito que a todos se les hacía la boca agua. La carne que les servía a los Frey era seca, vieja, gris y muerta. Pero a ellos les gustaba su cena más que a ti la tuya.

—No lo entiendo.

—Mi hermano dice que lo entenderás. Y entonces hablaremos de nuevo.

Aquella noche, a Bran casi le dio miedo ir a cenar, pero al final, lo que le pusieron delante fue una empanada de pichón. A todos los demás les sirvieron lo mismo, y por lo que vio, la cena de los Walders no tenía nada de malo. «El maestre Luwin tenía razón», pensó. Dijera lo que dijera Jojen, en Invernalia no iba a pasar nada malo. Bran sintió alivio... y también decepción. Mientras hubiera magia, podía pasar cualquier cosa. Los fantasmas podían caminar, los árboles podían hablar, y los niños tullidos crecían y se hacían caballeros.

—Pero no hay magia —dijo en voz alta, en la oscuridad de su lecho—. No hay magia, y las historias no son más que historias.

Y él nunca podría andar, ni volar, ni hacerse caballero.

TYRION

Los juncos le arañaban las plantas de los pies descalzos.

—Mi primo ha elegido una hora original para venir de visita —le dijo Tyrion a Podrick Payne, que todavía estaba aturdido por el sueño y, sin duda, esperaba una buena reprimenda por haber ido a despertarlo—. Acompáñalo a mi sala privada y dile que no tardaré en bajar.

A juzgar por la oscuridad que se veía al otro lado de la ventana, era bien pasada la medianoche.

«¿Pensará Lancel que a estas horas me va a encontrar amodorrado y entorpecido por el sueño? —se preguntó—. No, Lancel no tiene el vicio de pensar, esto es cosa de Cersei.» Su hermana iba a llevarse una decepción. Incluso en la cama solía trabajar hasta altas horas de la madrugada: leía a la temblorosa luz de la vela, examinaba los informes de los susurros de Varys y repasaba los libros de cuentas de Meñique hasta que se le entremezclaban las columnas y le dolían los ojos.

Fue hasta la jofaina que tenía al lado de la cama y se salpicó la cara con agua tibia. Luego se tomó el tiempo que quiso acuclillado en la letrina mientras sentía el aire fresco de la noche sobre la piel desnuda. Ser Lancel tenía dieciséis años y no era famoso precisamente por su paciencia. Que esperase y que se pusiera nervioso mientras esperaba. Tras vaciarse los intestinos, Tyrion se puso una bata y se alborotó con los dedos el fino pelo rubio para que pareciera que acababan de despertarlo.

Lancel paseaba de un lado a otro ante las cenizas de la chimenea; iba vestido de terciopelo rojo con bajomangas de seda negra, y llevaba un puñal enjoyado y una vaina dorada colgados del cinturón.

—Primo —lo saludó Tyrion—. Qué pocas veces me visitas... ¿a qué debo este placer inmerecido?

—Su alteza la reina regente me envía para ordenarte que liberes al gran maestre Pycelle. —Ser Lancel le mostró a Tyrion una cinta escarlata con el sello en forma de león de Cersei impreso en lacre dorado—. Aquí está la orden.

—Ya veo. —Tyrion la apartó con un gesto—. Espero que mi hermana no esté abusando de sus fuerzas tan pronto después de su enfermedad. Sería una verdadera lástima que sufriera una recaída.

—Su alteza está práctiamente recuperada —replicó ser Lancel en tono seco.

—Eso es música para mis oídos. —«Aunque la melodía no me gusta. Ojalá le hubiera dado una dosis mayor.» Tyrion había esperado contar con unos pocos días más sin interferencias de Cersei, pero no se sorprendió demasiado al saber que recuperaba la salud. Al fin y al cabo, era la hermana gemela de Jaime. Se obligó a sonreír con toda amabilidad—. Pod, enciéndenos el fuego; hace demasiado frío para mi gusto. ¿Quieres tomar una copa conmigo, Lancel? A mí el vino especiado me ayuda a dormir.

—No necesito ayuda para dormir —replicó Lancel—. He venido por petición de su alteza, no para beber contigo, Gnomo.

El nombramiento de caballero le había dado aún más osadía al muchacho, reflexionó Tyrion. Aquello y su lamentable papel en el asesinato del rey Robert.

—El vino tiene sus peligros, claro. —Sonrió mientras se servía—. En cuanto al gran maestre Pycelle... si mi querida hermana estuviera tan preocupada por él, habría venido en persona. Sin embargo, te envía a ti. ¿Qué conclusión debo sacar?

—Saca las conclusiones que quieras, siempre que liberes a tu prisionero. El gran maestre es amigo incondicional de la reina y está bajo su protección personal. —Los labios del muchacho parecían a punto de esbozar una sonrisa burlona. Disfrutaba con aquella situación. «Se nota que aprende de la propia Cersei»—. Su alteza no consentirá este ultraje. Quiere que te recuerde que la regente de Joffrey es ella.

—Igual que yo soy la mano de Joffrey.

—La mano sirve —lo informó el joven caballero con tono frívolo—. La regente gobierna hasta la mayoría de edad del rey.

—Será mejor que me lo escribas para que no se me vuelva a olvidar. —El fuego chisporroteaba ya alegremente—. Puedes marcharte, Pod —le dijo Tyrion a su escudero. Esperó a que saliera el chico antes de volverse hacia Lancel—. ¿Alguna cosa más?

—Sí. Su alteza me ordena que te informe de que ser Jacelyn Bywater desobedeció una orden que se le dio en nombre del propio rey.

«Lo que significa que Cersei ya le ha ordenado a Bywater que libere a Pycelle, y que no lo ha conseguido.»

—Comprendo.

—Su alteza insiste en que sea despojado de su cargo y detenido por traición. Te lo advierto...

—Tú no me adviertes nada, niño. —Tyrion dejó la copa.

—Soy un caballero —lo corrigió Lancel, rígido. Se tocó la espada, quizá para recordarle a Tyrion que la llevaba a la cintura—. Y no te atrevas a hablarme así, Gnomo.

Sin duda quería sonar amenazador, pero aquella ridícula pelusa a modo de bigote estropeaba mucho el efecto.

—Venga, desenvaina la espada. Si grito, Shagga entrará y te matará. Con un hacha, no con un pellejo de vino.

Lancel se puso rojo. ¿Acaso era tan idiota como para pensar que su participación en la muerte de Robert había pasado desapercibida?

—Soy un caballero...

—Ya me he dado cuenta. Dime una cosa: ¿Cersei te hizo caballero antes o después de meterte en su cama?

La vacilación en los ojos verdes de Lancel era toda la admisión que Tyrion necesitaba. Así que Varys tenía razón. «Bueno, que no se diga que mi hermana no ama a su familia.»

—¿Qué ocurre? ¿No dices nada? ¿No tienes nada más que advertirme, caballero?

—Retira ahora mismo esas sucias acusaciones, o...

—Venga, por favor. ¿Te has parado a pensar lo que hará Joffrey cuando le cuente que mataste a su padre para acostarte con su madre?

—¡No fue así! —protestó Lancel, horrorizado.

—¿No? Cuéntame, ¿cómo fue?

—¡La reina me dio el vino preparado! Cuando me nombraron escudero del rey, fue tu señor padre, lord Tywin en persona, quien me dijo que debía obedecerla en todo.

—¿También te dijo que te la follaras? —«Míralo bien... no es tan alto, no tiene los rasgos tan finos, y su pelo es más arena que oro; aun así... me imagino que hasta una mala copia de Jaime es mejor que un lecho vacío»—. No, ya me imaginaba que no.

—Yo no quería... Solo hice lo que me ordenaba, yo...

—Lo pasaste fatal obedeciendo, ¿eso es lo que quieres hacerme creer? Un puesto de honor en la corte, el rango de caballero, mi hermana con las piernas abiertas para ti... Sí, me imagino que ha sido una experiencia terrible. —Tyrion se puso en pie—. Espera aquí. Seguro que a su alteza le interesa oír esto.

—Piedad, mi señor, te lo suplico.

—Resérvate para Joffrey; le gusta que le supliquen.

—Mi señor, fue por orden de tu hermana, la reina, como has dicho, pero el rey... no lo comprendería...

—¿Quieres que le oculte la verdad al rey?

—¡Te lo ruego por mi padre! ¡Me iré de la ciudad, será como si nada hubiera pasado! Te juro que todo esto va a terminar...

—No, mejor no. —Le costaba trabajo contener la risa.

—¿Mi señor? —El muchacho estaba confuso, aturdido.

—Ya me has oído. ¿No te dijo mi padre que obedecieras a mi hermana? Muy bien, obedécela. Sigue a su lado, conserva su confianza y dale placer tan a menudo como te lo requiera. Nadie tiene por qué enterarse... siempre que me seas fiel. Quiero saber qué hace Cersei. Adónde va, con quién se entrevista, de qué hablan, qué planes tiene... Todo. Y tú serás quien me lo cuente. ¿Verdad?

—Sí, mi señor —respondió Lancel sin un instante de titubeo, cosa que complació a Tyrion—. Así será. Como ordenáis.

—Levántate. —Tyrion llenó la segunda copa y se la puso en la mano—. Bebe para sellar nuestro acuerdo. Tranquilo; que yo sepa, no hay jabalíes en el castillo. —Lancel levantó la copa y bebió, aunque con gesto rígido—. Sonríe, primo. Mi hermana es una mujer hermosa, y todo sea por el bien del reino. Puedes salir con bien de esta. El rango de caballero no es nada. Si eres listo, antes de que termines te habré nombrado lord. —Tyrion hizo girar el vino en la copa—. Queremos que Cersei confíe plenamente en ti. Vuelve con ella y dile que suplico su perdón. Dile que me has asustado, que no quiero que haya ningún conflicto entre nosotros, que a partir de ahora no haré nada sin su consentimiento.

—Pero... sus exigencias...

—Oh, le devolveré a Pycelle.

—¿Sí? —Lancel se quedó atónito.

—Lo liberaré mañana por la mañana —dijo Tyrion con una sonrisa—. Podría jurar que no le he tocado un pelo de la cabeza, pero en el sentido más estricto no sería verdad. En cualquier caso, se encuentra bien, aunque no pondría la mano en el fuego por su vigor. Las celdas negras no son un lugar adecuado para un hombre de esa edad. Cersei se lo puede quedar como mascota o enviarlo al Muro, no me importa, pero no quiero volver a verlo en el Consejo.

—¿Y ser Jacelyn?

—Dile a mi hermana que crees que, con tiempo, me puedes arrebatar su lealtad. Con eso la dejaremos tranquila de momento.

—Como tú digas. —Lancel apuró la copa de vino.

—Una cosa más. El rey Robert ha muerto, así que sería muy poco oportuno que su apenada viuda se quedara embarazada de repente.

—Mi señor, yo... nosotros... La reina me ha ordenado que no... —Se le habían puesto las orejas color escarlata Lannister—. Derramo mi semilla sobre su vientre, mi señor.

—Y es un vientre muy hermoso, no me cabe duda. Mójalo tan a menudo como quieras... pero asegúrate de que tu rocío no caiga en otra parte. No quiero más sobrinos, ¿queda claro?

Ser Lancel hizo una reverencia rígida y salió de la estancia. Tyrion dedicó un momento a sentir compasión por el muchacho. «Es un idiota, y un idiota débil por añadidura, pero no se merece lo que le hacemos Cersei y yo.» Por suerte, su tío Kevan tenía otros dos hijos varones, porque era poco probable que Lancel llegara vivo a fin de año. Si Cersei se enteraba de que la estaba traicionando, lo haría matar de inmediato, y si por alguna gracia de los dioses no era así, tampoco sobreviviría al momento en que Jaime Lannister regresara a Desembarco del Rey. La única duda era si lo mataría Jaime en un ataque de rabia y celos, o Cersei para impedir que Jaime se enterase. Tyrion apostaba más bien por Cersei.

La inquietud se había apoderado de él, y sabía perfectamente que aquella noche no conseguiría conciliar el sueño. «Al menos, no aquí.» Encontró a Podrick Payne dormido en una silla, junto a la puerta de la estancia privada, y lo sacudió por el hombro.

—Llama a Bronn, ve a los establos y haz que ensillen dos caballos.

—Caballos. —Los ojos del escudero estaban nublados de sueño.

—Esos animales grandes, castaños, a los que les encantan las manzanas. Sí, hombre, seguro que los has visto. Cuatro patas, cola... Pero primero Bronn.

El mercenario no tardó en aparecer.

—¿Quién se te ha meado en la sopa? —preguntó con brusquedad.

—Cersei, como siempre. A estas alturas ya me tendría que haber acostumbrado al sabor, pero en fin. Al parecer, mi querida hermana me ha confundido con Ned Stark.

—Tengo entendido que era más alto.

—Eso fue antes de que Joff le cortara la cabeza. Tendrías que haberte abrigado más; la noche es fría.

—¿Vamos a alguna parte?

—¿Todos los mercenarios son tan listos como tú?

Las calles de la ciudad eran peligrosas, pero con Bronn a su lado, Tyrion se sentía seguro. Los guardias les abrieron una poterna en la muralla norte; bajaron por Sombranegra hasta el pie de la Colina Alta de Aegon y recorrieron el callejón del Cerdo, pasando junto a hileras de ventanas cerradas y edificios altos de madera y piedra cuyos pisos superiores se adentraban tanto en la calle que casi besaban a los de la acera opuesta. La luna parecía seguirlos, jugando al escondite entre las chimeneas. No se cruzaron más que con una vieja solitaria que arrastraba un gato muerto por la cola. Los miró con miedo, como si temiera que le fueran a arrebatar la cena, y se perdió entre las sombras sin decir palabra.

Tyrion iba pensando en los hombres que habían ocupado el cargo de mano antes que él, y que no habían sido rivales para los ardides de su hermana.

«¿Cómo eran esos hombres? Demasiado honrados para vivir, demasiado nobles para cagar; a idiotas como esos, Cersei se los desayuna por las mañanas. La única manera de derrotar a mi hermana era vencerla en su juego, cosa que lord Stark y lord Arryn no habrían hecho jamás.» No era de extrañar que ambos estuvieran muertos, mientras que Tyrion Lannister se sentía más vivo que nunca. Sus piernas atrofiadas habrían hecho de él un espectáculo cómico y grotesco en un baile de la cosecha, pero aquella danza, en cambio, la conocía muy bien.

Pese a lo tarde que era, el burdel estaba abarrotado. Chataya los recibió con amabilidad y los acompañó a la sala común. Bronn subió al piso superior con una muchacha de Dorne de ojos oscuros, pero Alayaya estaba ocupada.

—Se alegrará mucho de veros —dijo Chataya—. Me encargaré de que os preparen la habitación de la torre. ¿Quiere mi señor una copa de vino mientras espera?

—Sí, gracias.

Era un vino bastante malo en comparación con las cosechas del Rejo que por lo general se servían en la casa.

—Tendréis que perdonarnos, mi señor —dijo Chataya—. Últimamente no consigo buen vino a ningún precio.

—Me temo que estamos todos igual.

Chataya siguió quejándose un momento, se disculpó y se alejó como si se deslizara por el suelo.

«Qué mujer tan bella —reflexionó mientras la veía alejarse. Rara vez había visto tanta elegancia y dignidad en una prostituta. Aunque, claro está, ella se consideraba más bien una especie de sacerdotisa—. Puede que ahí resida el secreto. No se trata de qué hacemos, sino de por qué lo hacemos.» En cierto modo, aquel pensamiento lo reconfortó.

Algunos clientes le lanzaban miradas de reojo. En su última salida, un hombre le escupió... mejor dicho, lo intentó, pero en su lugar escupió a Bronn. En el futuro escupiría sin dientes.

—¿Qué pasa? ¿Nadie quiere a mi señor? —Dancy se sentó en su regazo y empezó a mordisquearle la oreja—. Yo tengo un remedio para eso.

—Eres tan hermosa que las palabras no bastan, pequeña. —Tyrion sonrió y sacudió la cabeza—. Pero me he encariñado con la cura de Alayaya.

—Porque no habéis probado la mía. Mi señor siempre elige a Yaya. Es buena, pero yo soy mejor, ¿no queréis comprobarlo?

—Puede que la próxima vez. —Tyrion no tenía duda alguna de que Dancy sería estupenda. Era vivaracha, tenía naricilla de botón, pecas y una espesa melena de pelo rojo que le llegaba más allá de la cintura. Pero Shae lo aguardaba.

La chica dejó escapar una risita, le puso la mano entre los muslos y apretó.

—Me parece que este no quiere esperar a la próxima vez —anunció—. Me parece que quiere salir y contarme las pecas...

—Dancy. —Alayaya, oscura y fría, estaba en la puerta. Iba vestida con fina seda verde—. El señor ha venido a verme a mí.

Tyrion se desembarazó cariñosamente de la otra chica y se levantó. A Dancy no pareció importarle.

—La próxima vez —le recordó. Se puso un dedo entre los labios y se lo chupó.

La muchacha de piel negra lo guio escaleras arriba.

—Pobre Dancy —dijo—. Tiene quince días para conseguir que mi señor la elija. De lo contrario, Marei le ganará sus perlas negras.

Marei era una chica fría, pálida, delicada, en la que Tyrion se había fijado un par de veces. Tenía ojos verdes, piel como la porcelana y el pelo color plata muy largo y lacio. Era preciosa, pero demasiado solemne.

—No me gustaría que la pobre chica perdiera las perlas por mi culpa.

—Entonces, la próxima vez lleváosla al piso de arriba.

—Puede que lo haga.

—No creo, mi señor. —La joven sonrió.

«Es verdad —pensó Tyrion—. No lo haré. Puede que Shae no sea más que una puta, pero a mi manera le soy fiel.»

Ya en la torre, mientras abría la puerta del armario, se detuvo un instante y miró a Alayaya con curiosidad.

—¿Qué haces mientras estoy fuera?

—Dormir —dijo ella mientras alzaba los brazos y se estiraba como una esbelta gata negra—. Desde que empezasteis a visitarnos estoy mucho más descansada, mi señor. Y Marei nos está enseñando a leer; quizá pronto pueda matar el tiempo con un libro.

—Dormir está muy bien —dijo—. Y los libros, aún mejor. —Le dio un rápido beso en la mejilla, bajó por el pozo y cruzó el túnel.

Al salir del establo a lomos de su picazo castrado, Tyrion oyó la música que se filtraba hasta la calle. Era agradable ver que la gente seguía cantando, incluso en medio de la guerra y el hambre. Recordó otra tonadilla, y durante un momento casi le pareció oír la voz de Tysha cantándole, como había hecho hacía ya toda una vida. Tiró de las riendas para detenerse a escuchar. La melodía no era así; la letra apenas se oía. Era otra canción, ¿y por qué no? Su dulce e inocente Tysha había sido una mentira de principio a fin, una simple puta contratada por su hermano Jaime para hacer de él un hombre.

«Ahora me he liberado de Tysha —pensó—. Me ha perseguido media vida, pero ya no la necesito, igual que no necesito a Alayaya, a Dancy, a Marei ni a los cientos de mujeres como ellas con las que me he acostado en todos estos años. Ahora tengo a Shae. A Shae.»

Las puertas de la casa estaban cerradas y atrancadas. Tyrion llamó hasta que la ornamentada mirilla de bronce se abrió con un chasquido.

—Soy yo.

El hombre que le abrió era uno de los mejores hallazgos de Varys, un braavosi bizco con el labio leporino. Tyrion no había querido ver a Shae rodeada día tras día de guardias jóvenes y guapos. «Conseguidme hombres viejos, feos, con cicatrices, a ser posible impotentes —le había dicho al eunuco—. Hombres a los que les gusten los muchachitos, o las ovejas, tanto me da.» Varys no había conseguido ningún partidario de las ovejas, pero sí a un estrangulador eunuco y a un par de ibbeneses tan amantes de las hachas como el uno del otro. El resto era un selecto grupo de mercenarios dignos de cualquier mazmorra, y cada uno más feo que el anterior. Cuando Varys los hizo desfilar ante él, Tyrion temió haber ido demasiado lejos, pero Shae no tuvo la menor queja. «¿Y por qué la iba a tener? Tampoco se ha quejado nunca de mí, y soy más repulsivo que todos sus guardias juntos. Quizá Shae ni siquiera vea la fealdad.»

Pese a todo, Tyrion habría preferido dejar la guardia de la casa en manos de algunos de sus montañeses, tal vez los orejas negras de Chella, o los hermanos de la luna. Confiaba más en su lealtad férrea y en su sentido del honor que en la codicia de los mercenarios. Pero era demasiado arriesgado. Todo el mundo sabía que los salvajes trabajaban para él. Si enviaba allí a los orejas negras, solo sería cuestión de tiempo antes de que la ciudad entera supiera que la mano del rey tenía una concubina.

Uno de los ibbeneses se hizo cargo de su caballo.

—¿La habéis despertado? —preguntó Tyrion.

—No, mi señor.

—Perfecto.

El fuego del dormitorio se había reducido a brasas, pero la habitación aún estaba caldeada. Shae, en sueños, se había quitado de encima las mantas y las sábanas. Yacía desnuda sobre el colchón de plumas, y el brillo tenue de la chimenea perfilaba las curvas suaves de su cuerpo juvenil. Tyrion se quedó en la puerta, bebiéndosela con los ojos. «Es más joven que Marei, más dulce que Dancy, más hermosa que Alayaya, es todo lo que necesito y mucho más.» ¿Cómo era posible que una puta pareciera tan limpia, tan tierna, tan inocente?

No había tenido intención de molestarla, pero solo con verla se excitaba. Dejó caer la ropa al suelo, se subió a la cama, le abrió las piernas y la besó entre los muslos. Shae murmuró en sueños. Volvió a besarla, y lamió su dulzura secreta una y otra vez, hasta que tuvo la barba tan empapada como su coño. Cuando ella dejó escapar un suave gemido y se estremeció, se subió sobre ella, la penetró y estalló casi al instante.

Shae tenía los ojos abiertos. Sonrió y le acarició la cabeza.

—Acabo de tener un hermoso sueño, mi señor —susurró.

Tyrion le mordisqueó un pezón duro y descansó la cabeza sobre su hombro. No salió de dentro de ella. Ojalá nunca tuviera que salir de dentro de ella.

—No era un sueño —le prometió.

«Es real, todo es real —pensó—, las guerras, las intrigas, este maldito juego... Y yo estoy en el centro de todo. Yo, el enano, el monstruo, aquel del que todos se reían, el blanco de las burlas... pero ahora lo tengo todo: el poder, la ciudad y la chica. Para esto nací, y que los dioses me perdonen, pero lo amo.

»Y a ella. Y a ella.»

ARYA

Fueran cuales fueran los nombres que Harren el Negro les había puesto a sus torres, habían caído en el olvido hacía ya mucho tiempo. Todos las llamaban Torre del Miedo, Torre de la Viuda, Torre Aullante, Torre de los Fantasmas y Torre de la Pira Real. Arya dormía en un nicho, en las cavernosas criptas situadas bajo la Torre Aullante, en un lecho de paja. Tenía agua para lavarse siempre que quisiera y un trozo de jabón. El trabajo era duro, pero no más que recorrer una distancia interminable todos los días. Comadreja no tenía que buscar gusanos e insectos para comer, como le había pasado a Arry. Tenía pan y guiso de cebada con trocitos de zanahoria y nabo todos los días, y cada dos semanas, un trocito de carne y todo.

Pastel Caliente comía aún mejor; aquel era su lugar, las cocinas, un edificio redondo de piedra con techo en forma de bóveda que era todo un mundo. Arya comía en una mesa de caballetes, en un sótano que utilizaba el servicio, con Weese y los otros criados, pero a veces la elegían para ayudar a llevar la comida para ellos, y en aquellas ocasiones, Pastel Caliente y ella conseguían hablar unos momentos. El muchacho era incapaz de recordar que entonces se llamaba Comadreja y seguía llamándola Arry, aunque sabía que era una niña. En cierta ocasión trató de darle a escondidas una tarta de manzana caliente, pero fue tan torpe que lo vieron dos cocineros. Le quitaron la tarta y lo golpearon con un cucharón de madera.

A Gendry lo habían asignado a la forja, y Arya rara vez lo veía. En cuanto a los demás criados de la torre, ni siquiera quería conocer sus nombres. Aquello solo servía para que sufriera todavía más cuando morían. Casi todos eran mucho mayores que ella, y estaban encantados de que no se metiera en los asuntos de nadie.

Harrenhal era gigantesco, y buena parte estaba casi en ruinas. Lady Whent había ocupado el castillo como vasalla de la casa Tully, pero solo utilizaba el tercio inferior de dos de las cinco torres, y dejó el resto abandonado. Pero había huido, y el poco servicio que quedó no bastaba ni para empezar a atender las necesidades de todos los caballeros, señores y prisioneros nobles que iban con lord Tywin, de modo que los hombres de los Lannister tenían que conseguir criados, además de alimentos. Se rumoreaba que lord Tywin planeaba devolver a Harrenhal su antigua gloria, y convertirlo en su nuevo asentamiento una vez terminara la guerra.

Weese utilizaba a Arya para transmitir recados, sacar agua y llevarles la comida, y a veces, para servir la mesa en la sala del cuartel, encima de la armería, donde comían los soldados. Pero la mayor parte de su trabajo consistía en limpiar. La planta baja de la Torre Aullante se había destinado a granero y almacén, y en las dos siguientes se alojaba parte de la guarnición, pero los pisos superiores no se utilizaban desde hacía ochenta años. Lord Tywin había ordenado que los dejaran en condiciones habitables. Había que barrer los suelos, limpiar la mugre de las ventanas, y retirar camas podridas y sillas rotas. El piso superior estaba infestado de enormes murciélagos negros, nidos enteros, que habían sido el blasón de la casa Whent, y en los sótanos había ratas... y fantasmas; según algunos, los espíritus de Harren el Negro y sus hijos.

A Arya, aquello le parecía una tontería. Harren y sus hijos habían muerto en la Torre de la Pira Real, de ahí el nombre, así que, ¿por qué iban a cruzar el patio para perseguirla a ella? La Torre Aullante solo aullaba cuando el viento soplaba del norte, y no era nada más que el ruido del aire al pasar por las grietas de las piedras, las fisuras causadas por el calor. Si en Harrenhal había fantasmas, a ella no la habían molestado nunca. A los que temía era a los vivos: a Weese, a ser Gregor Clegane y a lord Tywin Lannister, que se había instalado en la Torre de la Pira Real, la más alta y poderosa de las torres, pese a que estaba tan inclinada por el peso de la piedra fundida que parecía una gigantesca vela a medio derretir.

Se preguntaba qué sucedería si se acercaba a lord Tywin y le confesaba que era Arya Stark, pero sabía que jamás podría acercarse tanto a él; además, nadie la creería, y Weese la mataría a palos.

Dentro de su estilo fanfarrón y miserable, Weese resultaba casi tan aterrador como ser Gregor. La Montaña aplastaba a los hombres como si fueran moscas, pero por lo general no advertía la presencia de las moscas. Weese, en cambio, siempre sabía dónde estaban, qué hacían y a veces hasta qué pensaban. Repartía golpes a la menor provocación, y tenía una perra casi tan mala como él, un animal feo y con manchas, con un olor más repugnante que ningún otro perro que Arya hubiera visto en su vida. Una vez lo vio azuzarla contra un chico encargado de limpiar letrinas que lo había hecho enfadar. La perra le arrancó un buen trozo de pantorrilla, mientras Weese se reía.

Solo tardó tres días en ganarse el lugar de honor en sus plegarias nocturnas.

—Weese —susurraba para empezar—. Dunsen, Chiswyck, Polliver, Raff el Dulce. Cosquillas y el Perro. Ser Gregor, ser Amory, ser Ilyn, ser Meryn, el rey Joffrey, la reina Cersei.

Si se olvidaba de ellos, si se olvidaba aunque solo fuera de uno de ellos, ¿cómo podría encontrarlos y matarlos?

En el camino, Arya se había sentido como una oveja, pero Harrenhal la transformó en un ratón. Con su atuendo gris de lana basta era tan gris como un ratón, y como un ratón se movía por las grietas, las rendijas y los agujeros oscuros del castillo, siempre escabulléndose del camino de los poderosos.

A veces pensaba que entre aquellos muros gruesos todos eran ratones, incluso los grandes señores y los caballeros. El gigantesco tamaño del castillo hacía que hasta Gregor Clegane pareciera pequeño. Harrenhal ocupaba un terreno tres veces más amplio que Invernalia, y los edificios eran tan enormes que apenas si se podían comparar. En los establos cabían mil caballos; el bosque de dioses ocupaba veinte fanegas; las cocinas eran tan grandes como la sala principal de Invernalia, y la sala principal en sí, ostentosamente denominada Sala de las Cien Chimeneas, aunque solo había treinta y tantas (Arya había tratado de contarlas dos veces, pero en la primera ocasión le salieron treinta y tres, y en la segunda, treinta y cinco), era de una amplitud tal que lord Tywin podría haber dado un banquete para todo su ejército (aunque nunca lo hizo). Los muros, las puertas, las estancias, las escaleras... todo estaba construido a una escala tan inhumana que hacía a Arya recordar las historias de la Vieja Tata acerca de los gigantes que vivían más allá del Muro.

Los señores y las damas jamás se fijaban en los ratoncillos grises que correteaban bajo sus pies, de manera que Arya se enteró de todo tipo de secretos; para ello bastaba con tener las orejas bien abiertas mientras cumplía con sus obligaciones. La hermosa Pia, que trabajaba en la despensa, era una mujerzuela que se trajinaba a todos los caballeros del castillo. La esposa del carcelero estaba embarazada, pero el padre de la criatura era ser Alyn Stackspear, o tal vez un bardo llamado Wat Blancasonrisa. Lord Lefford se burlaba de los fantasmas cuando estaba a la mesa, pero por las noches siempre tenía una vela encendida junto al lecho. Jodge, el escudero de ser Dunaver, se orinaba en la cama. Los cocineros despreciaban a ser Harys Swyft y siempre escupían en su comida. Una vez hasta oyó a la criada del maestre Tothmure contarle a su hermano algo acerca de un mensaje en el que se decía que Joffrey era un bastardo, y no el rey legítimo.

—Lord Tywin le ordenó quemar la carta y no volver a hablar de esas porquerías —susurró la muchacha.

También se enteró de que los hermanos del rey Robert, Stannis y Renly, habían entrado en la guerra.

—Y los dos se dicen reyes —comentó Weese—. Ahora hay más reyes en el reino que ratas en un castillo.

Hasta los hombres de los Lannister se preguntaban cuánto tiempo podría defender Joffrey el Trono de Hierro.

—El chico no tiene ejército, solo a los capas doradas, y los que gobiernan son un eunuco, un enano y una mujer —le oyó decir a un señor menor que estaba algo borracho—. ¿De qué le van a servir en una batalla?

Y siempre se hablaba de Beric Dondarrion. Un arquero muy gordo dijo en cierta ocasión que los Titiriteros Sangrientos lo habían matado, pero los demás se rieron.

—Lorch lo mató en Cascadas Bravas, y la Montaña también lo mató dos veces. Va un venado de plata a que esta vez tampoco se queda muerto.

Arya no supo quiénes eran los Titiriteros Sangrientos hasta dos semanas más tarde, cuando el grupo de hombres más raro que había visto jamás llegó a Harrenhal. Bajo el estandarte de una cabra negra con los cuernos ensangrentados cabalgaban hombres de piel cobriza con el pelo trenzado lleno de campanillas, lanceros a lomos de caballos a rayas blancas y negras, arqueros de mejillas empolvadas, hombres peludos y achaparrados con escudos tan velludos como ellos, otros de piel oscura con capas de plumas, un bufón flaco ataviado con vistosas prendas verdes y rosadas, espadachines con fantásticas barbas de dos puntas teñidas de verde, morado y plata, soldados armados con picas, con cicatrices de colores en las mejillas, un hombre alto con túnica de septón, otro de aspecto patriarcal con vestiduras grises de maestre, y otro que parecía enfermizo, cuya capa de cuero estaba ribeteada de cabellos rubios y largos.

A la cabeza iba un hombre flaco como un palo y muy alto, con un rostro enjuto y demacrado que parecía aún más largo a causa de la barba negra y fibrosa que le brotaba de la barbilla puntiaguda y le llegaba casi hasta la cintura. El yelmo que llevaba colgado de la silla de montar era de acero negro y tenía forma de cabeza de cabra. Llevaba una cadena al cuello hecha de monedas de muchos tamaños, formas y metales diferentes, y su montura era uno de aquellos extraños animales con rayas blancas y negras.

—No quieras saber demasiado, Comadreja —le dijo Weese cuando la vio mirar al hombre del yelmo en forma de cabeza de cabra. Weese estaba con dos de sus amigos con los que solía emborracharse, ambos soldados al servicio de lord Lefford.

—¿Quiénes son? —preguntó.

Uno de los soldados se echó a reír.

—Los Lacayos, niña. Las Pezuñas de la Cabra. Los Titiriteros Sangrientos de lord Tywin.

—No le digas esas cosas —dijo Weese—, ¿no ves que es idiota? Si la despellejan por tu culpa, te pongo a ti a fregar las escaleras esas de mierda. Son mercenarios, niña Comadreja. Se hacen llamar la Compañía Audaz. No los llames de otra manera cuando puedan oírte, o lo lamentarás. El del yelmo de cabra es su capitán, lord Vargo Hoat.

—¿Lord? Y una mierda —bufó el segundo soldado—. Se lo oí decir a ser Amory. No es más que un mercenario baboso que tiene una opinión demasiado elevada de sí mismo.

—Sí —dijo Weese—, pero si quiere seguir entera, más vale que lo llame *señor.*

Arya volvió a mirar a Vargo Hoat. «¿Cuántos monstruos tiene lord Tywin?» La Compañía Audaz se alojó en la Torre de la Viuda, de manera que no le correspondía a ella atenderla, cosa de la que se alegraba: la misma noche de su llegada hubo una pelea entre los mercenarios y unos cuantos soldados Lannister. El escudero de ser Harys Swyft murió apuñalado, y dos de los Titiriteros Sangrientos resultaron heridos. A la mañana siguiente, lord Tywin los colgó de los muros del puesto de guardia, junto con uno de los arqueros de lord Lydden. Weese dijo que el arquero era el que había empezado, porque se burló de los mercenarios por el tema de Beric Dondarrion. Después de que los ahorcados dejaran de patalear, Vargo Hoat y ser Harys se abrazaron, se besaron y se juraron amistad eterna, bajo la mirada atenta de lord Tywin. A Arya le parecieron muy divertidos los ceceos de Vargo Hoat y su manera de babear, pero no era tan tonta como para reírse.

Los Titiriteros Sangrientos no permanecieron mucho tiempo en Harrenhal, pero antes de que partieran de nuevo a caballo, Arya oyó a uno contar que un ejército norteño comandado por Roose Bolton había ocupado el Vado Rubí del Tridente.

—Si cruza, lord Tywin lo aplastará otra vez, igual que hizo en el Forca Verde —comentó un arquero Lannister. Pero sus compañeros se burlaron de él.

—Bolton no cruzará nunca, a menos que el Joven Lobo salga de Aguasdulces con sus norteños salvajes y sus lobos.

Arya no sabía que su hermano estuviera tan cerca. Aguasdulces estaba mucho más próximo que Invernalia, aunque no sabía bien en qué dirección se encontraba en relación con Harrenhal. «Podría averiguarlo, estoy segura, si pudiera salir de aquí... —Al pensar en ver de nuevo el rostro de Robb, Arya tuvo que morderse el labio—. Y también quiero ver a Jon, a Bran, a Rickon y a mi madre. Hasta a Sansa... le daré un beso y le pediré excusas como una dama, eso le encantará.»

Por las charlas en el patio se había enterado de que en las habitaciones de la parte superior de la Torre del Miedo se alojaban tres docenas de prisioneros, capturados en el Forca Verde del Tridente. La mayoría tenía libertad para recorrer el castillo, porque había jurado no intentar escapar.

«Juraron no escapar —se dijo Arya—, pero no dijeron nada sobre ayudarme a escapar a mí.»

Los prisioneros comían en una mesa que tenían asignada en la Sala de las Cien Chimeneas, y los veía a menudo por el castillo. Había cuatro hermanos que se entrenaban juntos todos los días, luchando con palos y escudos de madera en el Patio de la Piedra Líquida. Tres de ellos eran Frey del Cruce, y el cuarto, su hermano bastardo. Pero no estuvieron allí mucho tiempo: una mañana llegaron dos hermanos más, bajo un estandarte de paz con un cofre de oro, y pagaron el rescate a los caballeros que los habían capturado. Los seis Frey se fueron juntos.

Pero por los norteños nadie pagaba rescate. Pastel Caliente le dijo que había un señor menor muy gordo que rondaba siempre por las cocinas en busca de algún bocado. Tenía un bigote tan poblado que le cubría la boca, y el broche con que se sujetaba la capa tenía forma de tridente de plata y zafiros. Pertenecía a lord Tywin. En cambio, el joven barbudo de aspecto fiero que paseaba a solas por las almenas, con una capa negra con dibujos en forma de soles blancos, era prisionero de un caballero errante que pensaba hacerse rico gracias a él. Sansa habría sabido quién era aquel, y también el gordo, pero Arya nunca había mostrado demasiado interés por los títulos y los blasones. Siempre que la septa Mordane hablaba sobre la historia de una casa u otra, ella se dedicaba a soñar despierta y a preguntarse si faltaría mucho para que terminara la lección.

En cambio, sí recordaba a lord Cerwyn. Sus tierras estaban muy cerca de Invernalia, de manera que él y su hijo Cley los visitaban a menudo. Pero, como por obra del destino, era el único prisionero al que no veía nunca: estaba en cama, en la celda de su torre, recuperándose de una herida. Arya se pasó días y días buscando la manera de pasar entre los guardias de la puerta sin ser vista para ir a visitarlo. Si la reconocía, el honor lo obligaría a ayudarla. Seguro que tendría oro, como todos los señores. Tal vez pudiera pagar a algunos mercenarios de lord Tywin para que la llevaran a Aguasdulces. Su padre decía siempre que la mayoría de los mercenarios traicionaría a quien fuera por oro.

Pero una mañana vio a tres mujeres con las túnicas grises y las capuchas de las hermanas silenciosas, que estaban cargando un cadáver en su carromato. El cuerpo estaba envuelto en una capa de la más fina seda, decorada con el emblema del hacha de batalla. Cuando Arya preguntó que de quién se trataba, uno de los guardias le dijo que lord Cerwyn había muerto aquella noche. La noticia le cayó como una patada en el vientre. «Da igual, no habría podido ayudarte —pensó mientras las hermanas salían por la puerta con el carromato—. Ni siquiera pudo ayudarse a sí mismo, ratón estúpido.»

De manera que vuelta a fregar, vuelta a escabullirse del paso de los señores, vuelta a escuchar detrás de las puertas. Oyó que lord Tywin atacaría pronto Aguasdulces. O tal vez marcharía hacia el sur en dirección a Altojardín; aquello no se lo esperaría nadie. No, debía defender Desembarco del Rey; Stannis era el que presentaba la mayor amenaza. Enviaría a Gregor Clegane y a Vargo Hoat a acabar con Roose Bolton y así quitarse el puñal de la espalda. Iba a mandar cuervos al Nido de Águilas; tenía intención de casarse con lady Lysa Arryn y dominar el Valle. Había comprado una tonelada de plata para forjar espadas mágicas que pudieran matar a los Stark, esos cambiapieles. Había escrito a lady Stark para firmar la paz, y el Matarreyes no tardaría en estar libre.

Aunque los cuervos iban y venían a diario, lord Tywin se pasaba la mayor parte del día encerrado con su consejo de guerra. Arya lo veía a veces, pero siempre de lejos: una vez, recorriendo las murallas en compañía de tres maestres y el prisionero gordo del bigote poblado, otra, cabalgando hacia el sur con sus señores vasallos para visitar los campamentos, y sobre todo, de pie en los arcos de la galería cubierta, desde donde observaba como los hombres se entrenaban en el patio de abajo. Solía adoptar siempre la misma postura, erguido y con las dos manos sobre el pomo de oro de su espada. Se decía que lord Tywin amaba el oro más que nada en el mundo; que hasta cagaba oro, como bromeó en cierta ocasión un escudero. El señor de Lannister parecía fuerte para su edad; tenía los bigotes dorados muy rígidos, y nada de pelo en la cabeza. En su rostro había algo que a Arya le recordaba a su padre, aunque no se parecían en nada. «Tiene cara de señor, eso es», se dijo. Se acordaba de cuando su madre le decía a su padre que pusiera cara de señor y fuera a zanjar un asunto u otro. Su padre se reía. No se imaginaba a lord Tywin riéndose de nada.

Una tarde, mientras esperaba a que le tocara el turno de sacar un cubo de agua del pozo, oyó el gemido de las bisagras de la puerta este. Una partida de hombres a caballo entró al trote bajo el rastrillo. Al ver la mantícora del escudo de su jefe, la recorrió una puñalada de odio.

A la luz del día, ser Amory Lorch no tenía un aspecto tan aterrador como cuando lo iluminaban las antorchas, pero los ojillos porcinos eran los mismos que ella recordaba. Una de las mujeres comentó que aquellos hombres habían rodeado el lago en persecución de Beric Dondarrion y habían matado rebeldes.

«Nosotros no éramos rebeldes —pensó Arya—. Éramos la Guardia de la Noche, y la Guardia de la Noche no toma partido.» Ser Amory iba con menos hombres de los que recordaba, y muchos estaban heridos. «Ojalá se les infecten las heridas. Ojalá se mueran todos.»

Entonces se fijó en tres que iban casi al final de la columna.

Rorge se había puesto un medio yelmo con una pieza ancha de hierro en el centro, de manera que casi no se notaba que no tenía nariz. Mordedor cabalgaba a su lado, a lomos de un corcel que parecía a punto de derrumbarse bajo su peso. Tenía el cuerpo cubierto de quemaduras a medio curar que le daban un aspecto más repulsivo que nunca.

Pero Jaqen H'ghar seguía sonriendo. Su ropa estaba sucia y harapienta, pero le había dado tiempo a lavarse y cepillarse el cabello, que le caía sobre los hombros rojo y blanco, brillante. Arya oyó las risitas admiradas de las chicas.

«Debí dejar que se quemaran. Gendry me lo dijo; debí hacerle caso. —Si no les hubiera lanzado aquella hacha, estarían todos muertos. Durante un instante tuvo miedo, pero pasaron a caballo junto a ella sin mostrar el menor interés. El único que miró en su dirección fue Jaqen H'ghar, pero ni siquiera se fijó en ella—. No me conoce —pensó—. Arry era un muchachito fiero con una espada, y yo soy una niña gris ratón con un cubo.»

Se pasó el resto del día fregando las escaleras en la Torre Aullante. Al anochecer tenía las manos en carne viva y le sangraban, y los brazos, tan magullados que le temblaban al volver con el cubo a la cripta. Estaba demasiado cansada para cenar, así que le pidió a Weese que la disculpara y se arrastró hasta su lecho de paja.

—Weese —bostezó—. Dunsen, Chiswyck, Polliver, Raff el Dulce. Cosquillas y el Perro. Ser Gregor, ser Amory, ser Ilyn, ser Meryn, el rey Joffrey, la reina Cersei.

Pensó que podría añadir tres nombres más a su plegaria, pero estaba tan agotada que no podría decidirlo aquella noche.

Arya estaba soñando con lobos que corrían libres y salvajes por el bosque cuando una mano fuerte le tapó la boca como una piedra cálida y suave, sólida, inamovible. Despertó al instante y se debatió.

—Chica no dice nada —susurró una voz junto a su oído—. Chica mantiene la boca cerrada, nadie oye, y amigos pueden hablar en secreto. ¿Sí?

El corazón le latía a toda velocidad, pero Arya consiguió asentir.

Jaqen H'ghar apartó la mano. La cripta estaba en la oscuridad más absoluta, y no podía ver el rostro del hombre, aunque lo tenía a unos dedos. Pero alcanzaba a olerlo; su piel olía a limpio, a jabón, y se había aromatizado el pelo.

—Chico se convierte en chica —murmuró.

—Siempre fui una chica. Pensé que no me habías visto.

—Uno ve. Uno sabe.

—Me has asustado. —Arya recordó que lo odiaba—. Ahora eres uno de ellos. Debí dejar que te quemaras. ¿Qué haces aquí? Lárgate o llamo a Weese.

—Uno paga sus deudas. Uno debe tres.

—¿Tres?

—El Dios Rojo tiene sus reglas, hermosa niña, y solo la muerte puede pagar la vida. La niña cogió tres que estaban en manos del dios. La niña debe entregar tres en su lugar. Solo tienes que decir los nombres, uno se encargará del resto.

«Quiere ayudarme», comprendió Arya con un ramalazo de esperanza que casi la hizo marearse.

—Llévame a Aguasdulces. No está lejos; si robamos unos caballos, podríamos...

El hombre le puso un dedo sobre los labios.

—Tres vidas obtendrás de mí. Ni más ni menos. Tres y todo termina. Así que niña debe pensar. —Le dio un beso suave en el pelo—. Pero no mucho tiempo.

Cuando Arya pudo encender el cabo de vela que tenía junto al lecho, del hombre quedaba solamente un tenue aroma a jengibre y a clavo prendido en el aire. La mujer que dormía en el nicho de al lado se giró en la paja y protestó por la luz, así que Arya la apagó. Cuando cerró los ojos, vio rostros que se movían ante ella: Joffrey y su madre, Ilyn Payne y Meryn Trant, Sandor Clegane... pero estaban en Desembarco del Rey, a cientos de leguas, y ser Gregor solo había permanecido allí unos pocos días antes de partir en una nueva expedición. Además se había llevado a Raff, a Chiswyck y a Cosquillas. En cambio, ser Amory Lorch estaba allí, y lo odiaba casi tanto como a los otros, ¿no? No estaba segura. Y siempre quedaba Weese.

Volvió a pensar en él a la mañana siguiente, cuando la falta de sueño la hizo bostezar.

—Comadreja —ronroneó Weese—, la próxima vez que te vea abrir la boca te arranco la lengua y se la echo de comer a mi perra.

Le retorció la oreja para asegurarse de que lo había oído, y le dijo que siguiera limpiando escaleras, que quería que estuvieran brillantes hasta el tercer rellano antes de que anocheciera.

Mientras trabajaba, Arya pensaba en las personas a las que le gustaría ver muertas. Hacía como si viera sus rostros en los peldaños, y frotaba con más fuerza para borrarlos. Los Stark estaban en guerra con los Lannister, y ella era una Stark, así que debía matar a tantos como pudiera, porque las guerras eran así. Pero no confiaba en Jaqen. «Debería matarlos yo misma.» Cuando su padre condenaba a muerte a un hombre, él mismo ejecutaba la sentencia con *Hielo,* su mandoble.

—Si le vas a quitar la vida a un hombre, tienes un deber para con él, y es mirarlo a los ojos y escuchar sus últimas palabras —había oído que les decía en cierta ocasión a Robb y a Jon.

Al día siguiente y al otro evitó a Jaqen H'ghar. No le costó mucho. Era menuda, y Harrenhal, muy grande, lleno de sitios donde se podía esconder un ratón.

Y entonces regresó ser Gregor, antes de lo esperado. En aquella ocasión llevaba un rebaño de cabras en vez de un rebaño de prisioneros. Arya se enteró de que había perdido cuatro hombres en una de las incursiones nocturnas de lord Beric, pero los que ella detestaba habían vuelto ilesos, y ocuparon el segundo piso de la Torre Aullante. Weese se encargó de que tuvieran bebida abundante.

—Esos siempre tienen sed —gruñó—. Comadreja, sube a preguntarles si quieren que les remienden alguna ropa. Y que se encarguen las mujeres.

Arya subió corriendo por sus escaleras bien fregadas. Nadie le prestó atención cuando entró. Chiswyck estaba sentado junto a la chimenea, con un cuerno de cerveza en una mano, contando una de sus historias jocosas. No se atrevió a interrumpir; no quería que le partieran la boca.

—Fue después del torneo de la mano, antes de que empezara la guerra —decía Chiswyck—. Volvíamos hacia el oeste los siete, con ser Gregor. Raff iba conmigo, y también el joven Joss Stilwood, que había sido el escudero de ser Gregor en las lizas. Pues vamos y nos encontramos con ese río de meados, que bajaba bien crecido por las lluvias. Imposible vadearlo, pero resulta que hay una taberna al lado, así que ahí nos metemos. Ser Gregor va y le dice al tabernero que nos siga llenando los cuernos hasta que bajen las aguas, y deberíais haber visto cómo le brillaban los ojos de cerdo a aquel tipo en cuanto vio la plata. Así que él y su hija van y nos sirven cerveza, y resulta que era floja, un meado, no me gusta nada y a ser Gregor, menos. Y el cervecero todo el rato diciendo lo contento que está de que estemos ahí, que tiene pocos clientes últimamente por las lluvias. El muy idiota no cerraba la boca, imaginad, aunque ser Gregor no decía ni palabra, no dejaba de pensar en el Caballero de las Lilas y el truco sucio que le hizo. Ya sabéis la manera esa que tiene de apretar la boca, así que yo y los otros que lo conocemos no decimos nada, pero el tabernero venga a hablar, y entonces va y pregunta que cómo le ha ido a mi señor en las justas. Y ser Gregor nada, solo lo miraba. —Chiswyck se rio a carcajadas, apuró la cerveza y se limpió la espuma con el dorso de la mano—. Y mientras, su hija venga a servirnos cerveza, una gordita, unos dieciocho años tendría...

—Qué dices, trece como mucho —farfulló Raff el Dulce.

—Qué más da los que tuviera, el caso es que no era gran cosa, pero Eggon había bebido, y va y la toca, y yo también la sobo un poco, y Raff venga a decirle al joven Stilwood que tendría que llevarse a la chica al piso de arriba y hacerse un hombre, como dándole ánimos al chico. Por fin va Joss y le mete mano por debajo de la falda, la chica chilla, suelta la jarra de cerveza y se va corriendo a la cocina. Pues ahí que habría terminado todo, pero va el viejo idiota y le dice a ser Gregor que nos diga que dejemos en paz a la chica, porque es un caballero ungido y esas cosas.

»Ser Gregor, que no estaba haciendo caso de la juerga, va y lo mira, ya sabes cómo mira él, y ordena que lleven allí a la chica; el viejo va y la tiene que traer, y la culpa era toda suya. Ser Gregor la mira y va y dice: “Así que esta es la puta por la que tan preocupado estás”, y el muy idiota va y dice: “Mi Layna no es ninguna puta, mi señor”, y va y se lo dice a la cara. El otro ni pestañea, solo va y dice: “Pues ahora lo es”, y le tira al viejo otra moneda de plata, le arranca la ropa a la tía y la toma allí mismo encima de la mesa, delante de su papaíto; la tía no hacía más que retorcerse como un conejo, y venga a hacer ruidos. Si hubierais visto la cara del viejo... Me reí tanto que se me salió la cerveza por la nariz. Luego llega el chico al oír el ruido, me figuro que sería el hijo; pues va y sube corriendo de las bodegas, y Raff tuvo que clavarle el puñal en la barriga. Cuando ser Gregor termina, se pone a beber otra vez y los demás nos turnamos. Tobbot, que ya sabéis cómo es él, va y le da la vuelta a la chica y se la folla por detrás. La chica ya no se retorcía, a lo mejor le estaba gustando ya, aunque la verdad, a mí no me habría importado que se moviera un poco. Y ahora viene lo mejor... Cuando terminamos, ser Gregor le dice al viejo que quiere el cambio. Que la chica no valía una moneda de plata... ¡y no va el viejo y le da un puñado de monedas de cobre, le pide perdón y le agradece la visita!

Todos estallaron en carcajadas, las más fuertes las de Chiswyck, que se rio tanto de su anécdota que le salieron mocos de la nariz y se le quedaron pegados en la áspera barba canosa. Arya, de pie en las sombras de la escalera, lo miró fijamente. Volvió a bajar a las criptas sin decir palabra. Cuando Weese se enteró de que no les había preguntado lo de la ropa, le bajó los calzones y le dio tal paliza con la vara que la sangre le corrió por los muslos, pero Arya cerró los ojos y pensó en los dichos que Syrio le había enseñado, de manera que apenas si la sintió.

Dos noches más tarde, la envió a la Sala de los Cuarteles para servir la mesa. Llevaba un jarro de vino y estaba sirviéndolo cuando vio a Jaqen H'ghar, con su pedazo de pan lleno de guiso, al otro lado del pasillo. Arya se mordió el labio y miró a su alrededor, para asegurarse de que Weese no estaba en las proximidades. «El miedo hiere más que las espadas», se dijo.

Dio un paso, luego otro, y con cada uno se sentía menos ratón. Fue recorriendo el banco, llenando copas de vino. Rorge estaba sentado a la derecha de Jaqen, borracho como una cuba, y no se fijó en ella. Arya se inclinó hacia delante.

—Chiswyck —susurró al oído de Jaqen.

El lorathi no dio muestras de haberla oído.

Cuando tuvo el jarro vacío, Arya bajó corriendo a la bodega para volver a llenarlo de la cuba y volvió a servir. Nadie murió de sed en el intervalo, ni advirtió su breve ausencia.

Al día siguiente no sucedió nada, y tampoco al otro, pero al tercero, Arya fue a las cocinas con Weese para recoger su cena.

—Anoche se cayó del adarve uno de los hombres de la Montaña, y el muy imbécil se rompió el cuello —oyó que le decía Weese a una de las cocineras.

—Estaría borracho —replicó la mujer.

—No más que de costumbre. Hay quien dice que el fantasma de Harren lo tiró. —Dejó escapar un bufido para demostrar lo que opinaba él de aquellas ideas.

«No fue Harren —habría querido decir Arya—. Fui yo. —Había matado a Chiswyck con un susurro, y antes de que todo terminara mataría a dos más—. Yo soy el fantasma que hay en Harrenhal», pensó. Y aquella noche tuvo un nombre menos que odiar.

CATELYN

El lugar de reunión era una extensión de hierba salpicada de setas color gris claro, y de cuando en cuando, de los tocones frescos de los árboles talados.

—Somos los primeros, mi señora —dijo Hallis Mollen cuando detuvieron los caballos entre los tocones, a solas entre los dos ejércitos.

En la lanza que llevaba ondeaba el estandarte de la casa Stark. Desde allí, Catelyn no alcanzaba a ver el mar, pero sentía que estaba muy próximo. El olor de la sal impregnaba el viento que soplaba desde el este.

Los forrajeadores de Stannis Baratheon habían talado los árboles para construir torres de asalto y catapultas. Catelyn se preguntó cuántos años había tenido aquel bosque, y si Ned habría descansado allí cuando guio su ejército hacia el sur para levantar el último asedio de Bastión de Tormentas. Aquel día había logrado una gran victoria, más grande aún porque no había necesitado derramamiento de sangre.

«Quieran los dioses que yo pueda lograr lo mismo», rezó. Sus vasallos pensaban que ir allí había sido una locura.

—No es nuestra guerra, mi señora —había dicho ser Wendel Manderly—. Sé que el rey no querría que su madre se pusiera en peligro.

—Todos estamos en peligro —replicó ella, tal vez en tono demasiado brusco—. ¿Creéis que yo deseo estar aquí, ser Wendel?—«Mi lugar está en Aguasdulces con mi padre moribundo, en Invernalia con mis hijos»—. Robb me envió al sur para hablar en su nombre, y en su nombre voy a hablar.

Catelyn sabía que no sería fácil pactar la paz entre aquellos dos hermanos, pero por el bien del reino tenía que intentarlo. Al otro lado de los campos encharcados por la lluvia y de los riscos alcanzaba a ver el gran castillo de Bastión de Tormentas, que se alzaba hacia el cielo de espaldas al mar, que ella no podía ver desde donde se encontraba. Bajo aquella masa de piedra color gris claro, el ejército circundante de lord Stannis Baratheon parecía tan pequeño e insignificante como un grupo de ratones con estandartes.

Según las canciones, Bastión de Tormentas se erigió en los antiguos tiempos por obra de Durran, el primer Rey de la Tormenta, que se había ganado el amor de la hermosa Elenei, hija del dios marino y la diosa del viento. En su noche de bodas, Elenei entregó su virginidad al amor de un mortal, y por tanto se condenó a perecer como mortal también ella. Sus padres, dolidos, desencadenaron su ira y enviaron vientos y aguas para derribar la fortaleza de Durran. Sus hermanos, sus amigos y los invitados de la boda murieron aplastados por los muros o los arrastró el mar, pero Elenei escudó a Durran entre sus brazos para que no sufriera daño alguno, y cuando llegó el amanecer, él les declaró la guerra a los dioses y juró que reconstruiría su castillo.

Cinco castillos erigió, cada uno mayor que el anterior, y los cinco vio caer cuando aullaban los vientos procedentes de la bahía de los Naufragios, que empujaban ante ellos inmensos muros de agua. Sus señores le suplicaron que construyera tierra adentro; sus sacerdotes le dijeron que tenía que aplacar a los dioses, que debía devolver a Elenei al mar; hasta el pueblo le rogaba que cejara en su empeño. Durran no escuchó a nadie. Un séptimo castillo erigió, el más gigantesco de todos. Hubo quien dijo que los hijos del bosque lo ayudaron a crearlo, que les dieron forma a las piedras con su magia; otros dijeron que un chiquillo le explicó qué debía hacer, un chiquillo al que más tarde conocería el mundo como Bran el Constructor. Se contara como se contara la historia, el final era siempre el mismo: el séptimo castillo resistió, desafiante, y Durran Pesardedioses y la hermosa Elenei vivieron allí juntos hasta el fin de sus días.

Los dioses no olvidan, y los vendavales procedentes del mar Angosto seguían soplando rabiosos. Pero Bastión de Tormentas, un castillo sin igual, resistió durante siglos y durante decenas de siglos. Su gran muralla exterior medía cincuenta varas de altura, maciza, sin aspilleras ni poternas, toda redondeada, curva, lisa, con las piedras encajadas con tanta habilidad que no quedaba ni una hendidura, ni un ángulo, ni una grieta por la que pudiera colarse el viento. Se decía que la muralla tenía veinte varas de espesor en su punto más delgado, y casi cuarenta en la cara que daba al mar, una estructura doble de piedra rellena de arena y guijarros. En aquella poderosa mole se cobijaban las cocinas, establos y patios, a salvo del viento y de las olas. Solo tenía una torre, un edificio colosal sin ventanas en la cara que daba al mar, tan grande que allí estaban tanto los graneros y los barracones como la sala para banquetes y las habitaciones del señor. En la parte superior, las gigantescas almenas le daban el aspecto de un puño con púas en lo alto de un brazo alzado.

—Mi señora —la llamó Hal Mollen. Dos jinetes acababan de salir del pequeño campamento situado bajo el castillo, y se acercaban a ellos a paso lento—. Debe de ser el rey Stannis.

—Sin duda.

Catelyn los observó acercarse. «Será Stannis, pero no lleva el estandarte de la casa Baratheon.» Era de color amarillo brillante, no dorado como las enseñas de Renly, y el dibujo era rojo, aunque desde allí no se distinguía la forma.

Renly iba a ser el último en llegar. Se lo había dicho en persona cuando ella se puso en marcha. No tenía intención de montar a caballo mientras no viera a su hermano en camino. El primero en llegar tendría que esperar al otro, y Renly no esperaría.

«A esto juegan los reyes», se dijo. Pues ella no era ninguna reina, de manera que no tenía por qué jugar. Y en cuestión de esperar, Catelyn tenía mucha práctica.

Cuando estuvo más cerca, vio que Stannis llevaba una corona de oro rojo con las puntas en forma de llamas. Su cinturón estaba adornado con granates y un topacio amarillo, y en el pomo de su espada se veía un gran rubí cuadrangular. El resto de su atuendo era sencillo: chaleco de cuero claveteado sobre un jubón guateado, botas usadas y calzones de hilo basto. El estandarte amarillo como el sol mostraba la imagen de un corazón rojo rodeado de llamas de fuego anaranjado. También se veía el venado coronado, sí... encogido, diminuto, dentro del corazón. Y más curioso aún era quién llevaba el estandarte: una mujer ataviada de rojo, con el rostro casi oculto por la capucha de su capa escarlata. «Una sacerdotisa roja», pensó Catelyn, intrigada. Era una secta numerosa y con gran poder en las Ciudades Libres y en el lejano este, pero en los Siete Reinos había muy pocos miembros.

—Lady Stark —saludó Stannis Baratheon con cortesía gélida, al tiempo que tiraba de las riendas. Inclinó la cabeza. Estaba más calvo de lo que Catelyn recordaba.

—Lord Stannis —saludó ella a su vez. Bajo la barba recortada, la fuerte mandíbula se apretó, pero no le exigió ningún título. Catelyn se sintió agradecida.

—No pensaba encontraros en Bastión de Tormentas.

—No pensaba estar aquí.

—Lamento la muerte de vuestro señor —dijo. Los ojos hundidos la observaron con incomodidad. Las expresiones corteses de rigor no le salían fácilmente—, aunque Eddard Stark no era mi amigo.

—Tampoco fue vuestro enemigo, mi señor. Cuando lord Tyrell y lord Redwyne os tenían prisionero en ese castillo y os mataban de hambre, fue Eddard Stark quien rompió el asedio.

—Por orden de mi hermano, no por afecto hacia mí —replicó Stannis—. Lord Eddard cumplió con su deber, no lo niego. ¿Acaso hice yo menos? Yo debí ser la mano de Robert.

—Fue la voluntad de vuestro hermano. Ned jamás deseó ese cargo.

—Pero lo aceptó. Aceptó lo que debió ser para mí. De todos modos, os doy mi palabra de que haré justicia con sus asesinos.

«Cómo les gusta a estos reyes prometer cabezas.»

—Vuestro hermano me ha prometido lo mismo. Pero os seré sincera, preferiría recuperar a mis hijas, y dejar la justicia en manos de los dioses.

—Si vuestras hijas se encuentran en la ciudad cuando la tome, os las enviaré.

«Vivas o muertas», parecía implicar su tono de voz.

—¿Y cuándo será eso, lord Stannis? Desembarco del Rey está cerca de vuestro Rocadragón, pero os encuentro aquí.

—Veo que sois franca, lady Stark. Muy bien; entonces os hablaré yo también con franqueza. Para tomar la ciudad necesito el poder de esos señores sureños que veo al otro lado del campo. Están con mi hermano. Debo arrebatárselos.

—Los hombres le entregan su lealtad a quien quieren, mi señor. Esos hombres les juraron lealtad a Robert y a la casa Baratheon. Si vuestro hermano y vos pudierais zanjar esta disputa...

—No tengo ninguna disputa pendiente con Renly, siempre que cumpla con su deber. Soy su hermano mayor y su rey; quiero lo que me corresponde por derecho. Renly me debe lealtad y obediencia. Son dos cosas que pienso obtener, de él y de esos otros señores. —La miró fijamente—. ¿Qué os trae a este campo, mi señora? ¿Acaso la casa Stark se ha aliado con mi hermano?

«Este no cederá jamás», pensó, pero tenía que intentarlo de todos modos. Había demasiado en juego.

—Mi hijo es el Rey en el Norte, por voluntad de nuestros señores y nuestro pueblo. No dobla la rodilla ante nadie, pero les tiende una mano amiga a todos.

—Los reyes no tienen amigos —replicó Stannis con aspereza—. Solo súbditos y enemigos.

—Y hermanos —dijo una voz alegre detrás de Catelyn.

Se volvió para mirar y vio como el palafrén de lord Renly se acercaba a ella entre los tocones. El más joven de los Baratheon tenía un aspecto espléndido con su jubón de terciopelo verde y la capa de seda ribeteada en piel de marta. La corona de rosas doradas le ceñía las sienes, y la cabeza de venado en jade le sobresalía por encima de la frente, sobre el largo pelo negro. Se adornaba el cinturón del que colgaba la espada con diamantes negros, y el cuello, con una cadena de oro y esmeraldas.

Renly también había elegido a una mujer para llevar su estandarte, aunque Brienne se ocultaba el rostro y el cuerpo tras una armadura que no dejaba distinguir su sexo. En su lanza de cinco varas, el viento hacía ondear el venado coronado rampante, negro sobre oro.

—Lord Renly. —El saludo de su hermano fue brusco y lacónico.

—Rey Renly. ¿De verdad eres tú, Stannis?

—¿Quién si no? —preguntó Stannis con el ceño fruncido.

—Con ese estandarte, ¿cómo voy a estar seguro? —Renly se encogió de hombros—. ¿De quién es ese blasón que llevas?

—Es mío.

—El rey ha tomado como blasón el corazón llameante del Señor de Luz —intervino la sacerdotisa vestida de rojo.

—Estupendo. —Aquello pareció hacerle mucha gracia—. Si los dos lleváramos el mismo estandarte, la batalla sería muy confusa.

—Esperemos que no haya batalla —dijo Catelyn—. Los tres compartimos un enemigo común que nos destruiría a todos.

—El Trono de Hierro me corresponde por derecho. —Stannis la miró sin sonreír—. Todo el que lo niegue es mi enemigo.

—El reino entero lo niega, hermano —dijo Renly—. Los viejos lo niegan con su último aliento; los bebés lo niegan en los vientres de sus madres antes de nacer. Lo niegan en Dorne y lo niegan en el Muro. Nadie te quiere como rey. Lo siento.

—Juré que no trataría contigo mientras llevaras puesta esa corona de traidor —dijo Stannis después de apretar las mandíbulas, con el rostro tenso—. Ojalá hubiera cumplido mi juramento.

—Esto es una locura —intervino Catelyn con brusquedad—. Lord Tywin está en Harrenhal con veinte mil espadas. Los que quedan del ejército del Matarreyes se han reagrupado en el Colmillo Dorado; otro ejército Lannister se reúne a la sombra de Roca Casterly, y Cersei y su hijo tienen Desembarco del Rey y vuestro querido Trono de Hierro. Los dos os decís reyes, pero el reino se desangra y solo mi hijo ha alzado una espada para defenderlo.

—Vuestro hijo ha ganado unas pocas batallas; yo ganaré la guerra. Los Lannister pueden esperar al momento que me convenga.

—Si tienes alguna propuesta, hazla —cortó Stannis—, o me iré.

—Muy bien —dijo Renly—, propongo que desmontes, hinques la rodilla en tierra y me jures lealtad.

—Eso jamás. —Stannis se tragó la rabia.

—Serviste a Robert, ¿por qué a mí no?

—Robert era mi hermano mayor. Tú eres el menor.

—El menor, el más valiente y, desde luego, el más guapo...

—Y un ladrón, un usurpador.

—Los Targaryen llamaban usurpador a Robert. Por lo visto, pudo soportar esa vergüenza. Lo mismo haré yo.

«Esto es inútil.»

—¿Estáis oyendo lo que decís? ¡Si fuerais mis hijos, os haría chocar las cabezas y os encerraría en un dormitorio hasta que recordarais que sois hermanos!

—Sois demasiado arrogante, lady Stark. —Stannis la miraba con el ceño fruncido—. Yo soy el rey legítimo, y vuestro hijo es tan traidor como mi hermano. También le llegará su hora.

La amenaza directa atizó la ira de Catelyn.

—Sois muy rápido a la hora de decir que los demás son traidores y usurpadores, mi señor, pero ¿en qué os diferenciáis de ellos? Decís que solo vos sois el legítimo rey, pero creo recordar que Robert tenía dos hijos. Según todas las leyes de los Siete Reinos, el príncipe Joffrey es su heredero, y luego Tommen... Y todos los demás somos traidores, aunque tengamos excelentes motivos.

—Tendrás que perdonar a lady Catelyn, Stannis —dijo Renly entre risas—. Viene de Aguasdulces; ha sido un viaje muy largo. Supongo que no ha leído tu cartita.

—Joffrey no es hijo de mi hermano —dijo Stannis, tajante—. Y Tommen tampoco. Son bastardos, igual que la niña. Los tres son abominaciones nacidas del incesto.

Catelyn se quedó sin palabras. «No es posible; ni siquiera Cersei puede estar tan loca.»

—¿No es una bonita historia, mi señora? —preguntó Renly—. Estaba acampado en Colina Cuerno cuando lord Tarly recibió esa carta, y la verdad sea dicha, me dejó sin aliento. —Sonrió a su hermano—. Nunca te creí tan astuto, Stannis. Si fuera cierto, serías de verdad el heredero de Robert.

—¿Si fuera cierto? ¿Me estás llamando mentiroso?

—¿Puedes demostrar una palabra de esa fábula?

Stannis rechinó los dientes.

«Seguro que Robert no lo sabía —pensó Catelyn—, o habría mandado cortarle la cabeza a Cersei de inmediato.»

—Lord Stannis —dijo—, si sabíais que la reina era culpable de un crimen tan monstruoso, ¿por qué guardasteis silencio?

—No guardé silencio —declaró Stannis—. Le expuse mis sospechas a Jon Arryn.

—¿En vez de decírselo a vuestro hermano?

—Mi hermano nunca me tuvo en consideración —dijo Stannis—. De mi boca, esas acusaciones habrían parecido fruto del rencor y de la ambición, como manera de situarme en la línea sucesoria. Pensé que Robert estaría mejor dispuesto a escuchar si los cargos los presentaba Jon Arryn, a quien apreciaba.

—Ah —dijo Renly—. Así que tenemos la palabra de un muerto.

—¿Acaso crees que su muerte fue una coincidencia, ciego estúpido? Cersei lo hizo envenenar por miedo a que la descubriera. Lord Arryn había estado recogiendo ciertas pruebas...

—Que sin duda murieron con él. Todo un inconveniente.

—En una carta que me envió a Invernalia, mi hermana Lysa acusaba a la reina de matar a su esposo —reconoció Catelyn, que estaba recordando cosas, juntando piezas—. Después, en el Nido de Águilas, le echó la culpa a Tyrion, el hermano de la reina.

—Si pisáis un nido de víboras —dijo Stannis con un bufido—, ¿acaso importa cuál os muerde primero?

—Esta charla sobre incestos y serpientes es muy amena, pero no cambia nada. Puede que tú tengas más derecho, Stannis, pero yo tengo un ejército mayor. —Renly metió la mano entre los pliegues de su capa. Stannis lo vio, y echó mano al pomo de su espada, pero antes de que pudiera desenfundar el acero, su hermano sacó... un melocotón—. ¿Quieres uno, hermano? —preguntó Renly con una sonrisa—. Son de Altojardín. En tu vida has probado nada tan dulce, te lo garantizo.

Le dio un mordisco, y los jugos le corrieron por las comisuras de la boca. Stannis estaba echando chispas.

—No he venido aquí a comer fruta.

—¡Mis señores! —gritó Catelyn—. Deberíamos estar negociando las condiciones de una alianza, no intercambiando pullas.

—Nadie debería rechazar un melocotón —dijo Renly al tiempo que tiraba el hueso—. Puede que no vuelvas a tener ocasión de probarlos, Stannis. La vida es breve. Recuerda lo que dicen los Stark. Se acerca el invierno. —Se limpió la boca con el dorso de la mano.

—Tampoco he venido aquí para que me amenacen.

—Nadie te ha amenazado —replicó Renly—. Cuando te amenace, te enterarás, no te preocupes. Si quieres que te diga la verdad, nunca me has caído bien, Stannis, pero por nuestras venas corre la misma sangre; no querría tener que matarte. Si lo que quieres es Bastión de Tormentas, quédatela, como regalo de tu hermano. Igual que Robert me la entregó a mí, yo te la entrego.

—No puedes entregar lo que no es tuyo. Es mía por derecho.

Renly suspiró y se volvió en la silla.

—¿Qué voy a hacer con este hermano mío, Brienne? Rechaza mi melocotón, rechaza mi castillo, ni siquiera asistió a mi boda...

—Los dos sabemos que tu boda fue una farsa. Hace un año planeabas convertir a la chica en una de las rameras de Robert.

—Hace un año planeaba convertir a la chica en la reina de Robert —replicó Renly—. Pero ¿qué más da eso? El jabalí se llevó a Robert, y yo me llevé a Margaery. Por cierto, te alegrará saber que llegó a mí doncella.

—Y en tu cama seguro que muere igual.

—Oh, espero hacerle un hijo varón este mismo año. Disculpa, ¿cuántos hijos tienes tú, Stannis? Ah, sí, ya me acuerdo... ninguno. —Renly le dedicó una sonrisa inocente—. En cuanto a lo de tu hija, lo comprendo. Si mi mujer tuviera una cara como la de la tuya, yo también enviaría a mi bufón a atenderla.

—¡Basta! —rugió Stannis—. No toleraré que te burles de mí, ¿entendido? ¡No lo toleraré! —Sacó la espada de su vaina, y el acero brilló a la escasa luz del sol con reflejos rojos, amarillos, blancos. A su alrededor, el aire parecía vibrar, como si emitiera calor.

El caballo de Catelyn relinchó y retrocedió un paso, pero Brienne se interpuso entre los hermanos, también ella con la espada en la mano.

—¡Guardad ese acero! —le gritó a Stannis.

«Cersei Lannister debe de estar muerta de risa», pensó Catelyn con cansancio.

—No soy despiadado —dijo con voz retumbante Stannis, cuya falta de piedad era legendaria, mientras señalaba a su hermano con la punta de la refulgente espada—. Y tampoco quiero ensuciar a *Dueña de Luz* con la sangre de un hermano. Por la madre que nos engendró a los dos, te daré esta noche para reconsiderar esta locura, Renly. Guarda tus estandartes, ven a mí antes del amanecer y te entregaré Bastión de

Tormentas y tu antiguo sitio en el Consejo; incluso te nombraré heredero hasta que tenga un hijo varón. De lo contrario, te destruiré.

Renly se echó a reír.

—Tienes una espada muy bonita, Stannis, en serio, pero creo que brilla tanto que te ha estropeado la vista. Mira al otro lado de estos campos, hermano. ¿Ves todos esos estandartes?

—¿Acaso crees que unos trapos te harán rey?

—Las espadas Tyrell me harán rey. Rowan, Tarly y Caron me harán rey con el hacha, la lanza y el martillo de guerra. Las flechas Tarth y las picas de Penrose, Fossoway, Cuy, Mullendore, Estermont, Selmy, Hightower, Oakheart, Crane, Caswell, Blackbar, Morrigen, Beesbury, Shermer, Dunn, Footly... Hasta la casa Florent, los hermanos y los tíos de tu esposa. Ellos me harán rey. Toda la caballería del sur cabalga conmigo, y son la menor parte de mi fuerza. Mi infantería se acerca; son cien mil espadas, lanzas y picas. ¿Y tú me vas a destruir? ¿Con qué? ¿Con esa chusma despreciable que veo junto a las murallas del castillo? Calculo unos cinco mil, siendo generoso. Señores del bacalao, caballeros de la cebolla y mercenarios. Seguro que la mitad viene a unirse a mí antes de que empiece la batalla. Me dicen mis exploradores que tienes menos de cuatrocientos hombres a caballo; son jinetes libres con corazas que no resistirán ni un momento contra mis lanceros con armaduras. Por muy buen guerrero que te creas, Stannis, sabes que tu ejército no sobrevivirá ni a la primera carga de mi vanguardia.

—Ya lo veremos, hermano. —El mundo pareció oscurecerse un poco cuando Stannis volvió a envainar la espada—. Cuando llegue el amanecer, lo veremos.

—Espero que tu nuevo dios sea misericordioso, hermano.

Stannis dejó escapar un bufido, dio media vuelta y se alejó, desdeñoso. La sacerdotisa roja tardó un instante en seguirlo.

—Meditad sobre vuestros pecados, lord Renly —dijo al tiempo que hacía girar a su caballo.

Catelyn y lord Renly cabalgaron juntos hacia el campamento, donde los miles de hombres de él y los pocos de ella aguardaban su regreso.

—Ha sido divertido, aunque de poco provecho —comentó Renly—. ¿Cómo podría hacerme con una espada como esa? Bueno, no importa, seguro que Loras me la regala después de la batalla. Es una pena que tengamos que llegar a esto.

—Tenéis una manera muy alegre de demostrar esa pena —dijo Catelyn, cuya angustia no tenía nada de fingido.

—¿Sí? —Renly se encogió de hombros—. Es posible. Confieso que Stannis nunca ha sido mi hermano querido. ¿Creéis que eso que dice es verdad? Si Joffrey es hijo del Matarreyes...

—Vuestro hermano sería el heredero legítimo.

—Mientras viva —reconoció Renly—. Aunque esa ley es una idiotez, ¿no os parece? ¿Por qué el hermano mayor, y no el más apto? La corona me sentará como nunca le sentó a Robert, y desde luego, como no le sentaría a Stannis. Tengo madera para ser un gran rey, fuerte y generoso a la vez, inteligente, justo, diligente, leal a mis amigos y terrible para mis enemigos, pero capaz de perdonar, paciente...

—¿Modesto? —sugirió Catelyn.

—Tenéis que permitir que un rey tenga algunos defectos, mi señora —dijo Renly riéndose.

Catelyn estaba agotada. Todo había sido en vano. Los hermanos Baratheon iban a ahogarse en sangre mutuamente, mientras su hijo se enfrentaba en solitario a los Lannister, y nada de lo que ella dijera podría cambiarlo ni impedirlo.

«Es hora de que vuelva a Aguasdulces para cerrar los ojos de mi padre —pensó—. Eso al menos sí puedo hacerlo. Quizá sea mala como enviada, pero que los dioses me ayuden, como plañidera soy excelente.»

El campamento estaba situado en la cima de un pequeño cerro pedregoso que discurría de norte a sur. Era mucho más ordenado que el del Mander, aunque tenía la cuarta parte de tamaño. Cuando se enteró de que su hermano había atacado Bastión de Tormentas, Renly dividió sus fuerzas, igual que hiciera Robb en Los Gemelos. Había dejado al grueso de la infantería atrás, en Puenteamargo, con su joven reina, sus carros, sus carromatos, sus animales de tiro y toda la engorrosa maquinaria de asedio, mientras Renly en persona guiaba a sus caballeros y jinetes libres en un rápido ataque hacia el este.

Cuánto se parecía a Robert, hasta en aquello... Pero Robert siempre había tenido a Eddard Stark para atemperar con cautela su osadía. Sin duda, Ned habría convencido a Robert de que acudiera con todo su ejército, de que rodeara a Stannis y asediara a los asediantes. Renly se había negado aquella posibilidad en su precipitación por enfrentarse a su hermano. Se había alejado de sus líneas de suministro; había dejado a días de marcha los alimentos y pertrechos, con todos los carromatos, mulas y bueyes. Tenía que entrar en combate pronto o moriría de hambre.

Catelyn envió a Hal Mollen a ocuparse de los caballos mientras ella acompañaba a Renly de vuelta al pabellón real, en el centro del campamento. En el interior de sus paredes de seda verde, sus capitanes y señores aguardaban noticias sobre la negociación.

—Mi hermano no ha cambiado —les dijo el joven rey mientras Brienne le soltaba la capa y le quitaba de la cabeza la corona de oro y jade—. No se conforma con castillos y honores; quiere sangre. Pues me encargaré de que obtenga lo que desea.

—Alteza, no creo que sea necesario presentar batalla —dijo lord Mathis Rowan—. La guarnición del castillo es fuerte y está bien aprovisionada. Ser Cortnay Penrose es un comandante con experiencia, y todavía no se ha construido ningún trabuquete que pueda abrir una brecha en las murallas de Bastión de Tormentas. Dejad a lord Stannis con su asedio. No le servirá de nada, y mientras permanece aquí, pasando frío y hambre, sin conseguir nada, nosotros tomaremos Desembarco del Rey.

—¿Y dejar que los hombres digan que tuve miedo de enfrentarme a Stannis?

—Solo los idiotas dirían eso —argumentó lord Mathis.

—¿Qué opináis vosotros? —preguntó Renly mirando a los demás.

—Yo opino que Stannis representa un peligro para vos —declaró lord Randyll Tarly—. Si no lo hacéis sangrar ahora, seguirá haciéndose fuerte, mientras la batalla mina vuestro poderío. Los Lannister no caerán en un día. Cuando acabemos con ellos, puede que lord Stannis sea tan fuerte como vos... o más.

Se alzaron voces de apoyo. El rey pareció satisfecho.

—En ese caso, habrá batalla.

«Le he fallado a Robb, igual que le fallé a Ned», pensó Catelyn.

—Mi señor —anunció—, si estáis decidido a luchar, mi presencia en este lugar ya no tiene sentido. Os pido permiso para regresar a Aguasdulces.

—No os lo concedo. —Renly se acomodó mejor en la silla de campamento. Ella se puso rígida.

—Tenía la esperanza de ayudaros a hacer la paz, mi señor. No os ayudaré a hacer la guerra.

—Me atrevería a decir que podemos vencer sin la ayuda de vuestros veinticinco hombres, mi señora. —Renly se encogió de hombros—. No pretendo que toméis parte en la batalla; únicamente, que observéis.

—Estuve en el bosque Susurrante, mi señor. Ya he visto bastantes muertes. Vine aquí como enviada...

—Y como enviada partiréis —dijo Renly—. Pero sabiendo más que al llegar. Veréis con vuestros propios ojos qué les sucede a los rebeldes, y así se lo podréis contar a vuestro hijo. No temáis; velaremos por vuestra seguridad. —Dio la vuelta para seguir con las disposiciones—. Lord Mathis, vos estaréis al mando de la columna principal, en el centro. Bryce, vos os encargaréis del flanco izquierdo. El flanco derecho es mío. Lord Estermont, comandaréis la reserva.

—No os fallaré, alteza —respondió lord Estermont.

—¿Quién se hará cargo de la vanguardia? —quiso saber lord Mathis Rowan.

—Alteza, os suplico que me concedáis ese honor —dijo ser Jon Fossoway.

—Suplicad cuanto queráis —dijo ser Guyard el Verde—; por derecho, el que aseste el primer golpe debe ser uno de los siete.

—Para cargar contra una muralla de escudos hace falta algo más que una capa bonita —anunció Randyll Tarly—. Yo comandaba la vanguardia de Mace Tyrell cuando vos todavía mamabais de vuestra madre, Guyard.

El clamor llenó el pabellón cuando los demás hicieron patente a gritos su derecho a aquel honor. «Los caballeros del verano», pensó Catelyn. Renly alzó una mano.

—Basta, mis señores. Si tuviera una docena de vanguardias, os encomendaría una a cada uno de vosotros, pero la mayor gloria le corresponde por derecho al mejor de los caballeros. Ser Loras asestará el primer golpe.

—Os lo agradezco de corazón, alteza. —El Caballero de las Flores se arrodilló ante el rey—. Dadme vuestra bendición y un caballero que cabalgue a mi lado con vuestro estandarte. Que el venado y la rosa entren juntos en combate.

—Brienne —dijo Renly después de mirar a su alrededor.

—¿Alteza? —Seguía llevando la armadura de acero azul, aunque se había quitado el yelmo. La tienda estaba abarrotada y hacía calor; el sudor le pegaba el pelo amarillo al rostro amplio y poco agraciado—. Mi lugar se halla a vuestro lado. Soy vuestro escudo juramentado...

—Uno de los siete —le recordó el rey—. No temáis; cuatro de vuestros compañeros estarán conmigo en la batalla.

—Si tengo que apartarme de vuestra alteza —dijo Brienne arrodillándose—, al menos concededme el honor de armaros para la batalla.

Catelyn oyó una risita a su espalda.

«Pobrecilla, está enamorada de él —pensó—. Lo servirá de escudero solo para poder tocarlo, y no le importa lo mucho que se burlen de ella.»

—Concedido —dijo Renly—. Ahora, salid todos. Hasta los reyes deben descansar antes de una batalla.

—Mi señor —pidió Catelyn—, en el último pueblo que cruzamos hay un pequeño septo. Si no me permitís volver a Aguasdulces, al menos dadme permiso para ir allí a rezar.

—Como deseéis. Ser Robar, proporcionadle una buena escolta a lady Stark hasta ese septo... pero aseguraos de que regrese antes del amanecer.

—A vos también os convendría rezar —añadió Catelyn.

—¿Para pedir la victoria?

—Para pedir sabiduría.

—Loras, quédate y ayúdame a rezar —dijo Renly después de reírse—. Hace tanto que no lo hago que se me ha olvidado. En cuanto a los demás, quiero a todos los hombres en sus puestos en cuanto despunte el día, todos con armas y armaduras, y a caballo. Le vamos a dar a Stannis un amanecer que tardará mucho en olvidar.

Ya oscurecía cuando Catelyn salió del pabellón. Ser Robar Royce iba a su lado. Lo conocía de manera superficial; era uno de los hijos de Yohn Bronce, atractivo a su manera ruda, con cierto renombre ganado en los torneos. Renly le había otorgado una capa arcoíris y una armadura roja, y lo había nombrado uno de los siete.

—Estáis muy lejos del Valle, ser Robbar —le dijo.

—Y vos de Invernalia, mi señora.

—Yo sé qué me ha traído aquí, pero ¿por qué habéis venido vos? No es vuestra batalla, igual que no es la mía.

—Es mi batalla desde que Renly es mi rey.

—Los Royce son vasallos de la casa Arryn.

—Mi padre le debe lealtad a lady Lysa, y también su heredero. Los segundos hijos tienen que buscar la gloria allí donde puedan. —Se encogió de hombros—. Y uno acaba por hartarse de los torneos.

Catelyn calculó que no tendría más de veintiún años, la misma edad que su rey... pero el rey de ella, su Robb, era más sabio a los quince que aquel joven. O aquello quería creer.

En el pequeño rincón del campamento que le correspondía a Catelyn, Shadd estaba troceando zanahorias y poniéndolas en una cazuela, Hal Mollen jugaba a los dados con tres de sus hombres de Invernalia, y Lucas Blackwood, sentado, afilaba el puñal.

—Lady Stark —dijo Lucas al verla—, Mollen dice que habrá batalla al amanecer.

—Hal tiene razón —respondió. «Y una lengua muy larga.»

—¿Qué hacemos, mi señora? ¿Luchar o huir?

—Rezar, Lucas —fue su respuesta—. Vamos a rezar.

SANSA

—Cuanto más lo hagas esperar, peor será para ti —le advirtió Sandor Clegane.

Sansa trató de apresurarse, pero tenía los dedos torpes a la hora de hacer nudos y abrochar botones. El Perro siempre le hablaba con dureza, pero aquel día había en su mirada algo que la aterrorizaba. ¿Había averiguado Joffrey algo acerca de sus encuentros con ser Dontos?

«No, por favor —pensó mientras se cepillaba el cabello. Ser Dontos era su única esperanza—. Tengo que estar bonita, a Joff le gusta que esté bonita, siempre le ha gustado que me ponga esta túnica, este color.» Se alisó la ropa. Sentía la tela tensa en torno al pecho.

Al salir, Sansa procuró situarse a la izquierda del Perro, para no verle el lado quemado de la cara.

—Decidme qué he hecho.

—Tú, nada. Tu regio hermano.

—Robb es un traidor. —Sansa se sabía la fórmula de memoria—. No tengo nada que ver con lo que haya hecho. —«Dioses, que no sea el Matarreyes.» Si Robb había herido a Jaime Lannister, a ella le costaría la vida. Pensó en ser Ilyn y en aquellos espantosos ojos claros que miraban sin compasión desde un rostro descarnado y picado de viruelas.

El Perro soltó un bufido.

—Te han entrenado bien, pajarito.

La llevó al patio inferior, donde se había reunido una multitud en torno a los blancos de prácticas para los arqueros. Los hombres se apartaron para dejarles paso. Oyó las toses de lord Gyles. Los mozos de cuadras ociosos la miraron con insolencia, pero ser Horas Redwyne apartó la mirada a su paso, y su hermano Hobber fingió que no la veía. Un gato amarillo agonizaba en el suelo, entre maullidos patéticos, con una saeta clavada entre las costillas. Sansa dio un rodeo para esquivarlo. Sentía náuseas.

Ser Dontos se aproximó montado sobre un palo de escoba. El rey había decretado que, ya que el día del torneo estaba demasiado borracho para subirse a su corcel, debía ir siempre a caballo.

—Sed valiente —susurró al tiempo que le apretaba el brazo.

Joffrey estaba en el centro de la multitud, tensando una ballesta muy ornamentada. Ser Boros y ser Meryn lo acompañaban. Solo con verlos sintió que se le encogían las entrañas. Cayó de rodillas ante Joffrey.

—Alteza.

—Con ponerte de rodillas no te vas a salvar —dijo el rey—. Levántate. Estás aquí para responder por la última traición de tu hermano.

—Alteza, no sé qué ha hecho mi traidor hermano, pero bien sabéis que no he tomado parte en ello. Os lo suplico, por favor...

—¡Levantadla! —El Perro la puso en pie con manos no carentes de dulzura—. Ser Lancel —añadió Joff—, contadle el ultraje.

Sansa siempre había considerado que Lancel Lannister era atractivo y de palabras hermosas, pero en la mirada que clavó en ella no había el menor atisbo de compasión ni bondad.

—Vuestro hermano, gracias a alguna vil hechicería, cayó sobre ser Stafford Lannister con un ejército de cambiapieles demoniacos, a menos de tres días a caballo de Lannisport. Miles de hombres murieron mientras dormían, sin tener ocasión siquiera de desenfundar las espadas. Y tras la matanza, los norteños celebraron un banquete con la carne de las víctimas.

—¿No tienes nada que decir? —preguntó Joffrey.

—Alteza, está tan conmocionada que no puede ni pensar —murmuró ser Dontos.

—Cállate, bufón. —Joffrey alzó la ballesta y lo apuntó a la cara—. Los Stark sois tan monstruosos como vuestros lobos. No se me ha olvidado que tu fiera intentó matarme.

—Fue la loba de Arya —dijo—. Dama jamás os hizo daño; aun así la matasteis.

—No, la mató tu padre —replicó Joff—. Pero yo maté a tu padre. Me habría gustado hacerlo en persona. Anoche maté a un hombre que era más alto que tu padre. Vinieron hasta mis puertas, a gritar mi nombre y a pedir pan, como si fuera yo un panadero, pero les di una lección. Al que más gritaba le atravesé la garganta con una saeta.

—¿Murió? —Costaba pensar otra cosa que decir cuando uno tenía la punta horrible de una saeta ante la cara.

—Claro que murió, estúpida. También había una mujer que tiraba piedras, a ella la acerté, pero solo en el brazo. —Frunció el ceño y bajó la ballesta—. A ti también te debería disparar, pero dice mi madre que entonces matarían a mi tío Jaime. Así que lo que voy a hacer es castigarte, y luego le enviaremos a tu hermano un mensaje diciéndole qué te pasará si no se rinde. Perro, golpéala.

—¡Dejad que la golpee yo! —Ser Dontos se adelantó, en medio del tintineo de su armadura de latón. Iba armado con una maza cuya cabeza era un melón.

«Mi Florian.» Lo habría besado, pese a la piel manchada y las venillas rotas.

—¡Traidora, traidora! —gritaba mientras trotaba a su alrededor montado en el palo de escoba y la golpeaba en la cabeza con el melón. Sansa se cubrió con las manos; se tambaleaba cada vez que la fruta la golpeaba, y tenía el pelo pegajoso desde el segundo impacto. La gente se reía. El melón voló en pedazos.

«Ríete, Joffrey —rezó mientras los jugos le bajaban por la cara y le empapaban la pechera del vestido de seda azul—. Ríete y quédate contento.»

Joffrey ni siquiera sonrió.

—Boros. Meryn.

Ser Meryn Trant agarró a Dontos por el brazo y lo tiró a un lado con brusquedad. El bufón de rostro colorado cayó despatarrado, con escoba y melón incluidos. Ser Boros agarró a Sansa.

—En la cara no —dijo Joffrey—. Me gusta que esté bonita.

Boros le dio un puñetazo a Sansa en el vientre, tan fuerte que se le fue todo el aire de los pulmones. Cuando se dobló por la cintura, el caballero la agarró por el pelo y desenvainó la espada. Durante un instante horrible creyó que iba a cortarle la garganta, pero lo que hizo fue golpearle los muslos de plano, con tanta fuerza que Sansa estuvo segura de que le había roto las piernas. Gritó. Se le llenaron los ojos de lágrimas. «Esto terminará pronto.» Enseguida perdió la cuenta de los golpes.

—Basta —oyó decir al Perro con voz áspera.

—No, no basta —replicó el rey—. Boros, desnúdala.

Boros metió la mano regordeta por el corpiño del vestido de Sansa y dio un tirón. La seda se desgarró, y la niña quedó desnuda de cintura para arriba. Sansa se cubrió los pechos con las manos. Oyó risitas, lejanas, crueles.

—Dadle una paliza que la deje sangrando —ordenó Joffrey—. A ver qué le parece a su hermano...

—¿Qué está pasando aquí?

La voz del Gnomo restalló como un látigo. De pronto, Sansa quedó libre. Cayó de rodillas, con los brazos cruzados sobre el pecho y la respiración entrecortada.

—¿Eso es la caballería para vos, ser Boros? —inquirió Tyrion Lannister, furioso. Su amigo mercenario estaba con él, y también uno de sus salvajes, el que tenía el ojo quemado—. ¿Qué clase de caballero golpea a doncellas indefensas?

—El caballero que sirve a su rey, Gnomo.

Ser Boros alzó la espada, y ser Meryn se situó a su lado al tiempo que desenvainaba la suya.

—Cuidado con eso —le advirtió el mercenario del enano—. Os vais a manchar de sangre esas capas blancas tan bonitas.

—Que alguien le dé a la chica algo para taparse —ordenó el Gnomo.

Sandor Clegane se desabrochó la capa y se la tiró. Sansa la estrechó contra su pecho, apretando con todas sus fuerzas la lana blanca. El tejido era basto y le arañaba la piel, pero ningún terciopelo le había parecido jamás tan grato.

—Esa muchacha va a ser tu reina —le dijo el Gnomo a Joffrey—. ¿Acaso no te importa su honor?

—La estoy castigando.

—¿Qué crimen ha cometido? Ella no luchó en la batalla de su hermano.

—Tiene la sangre de un lobo.

—Y tú tienes los sesos de un ganso.

—No puedes hablarme así. El rey hace lo que quiere.

—Aerys Targaryen hizo lo que quiso. ¿Te ha contado alguna vez tu madre qué le pasó?

—¡Nadie amenaza a su alteza ante la Guardia Real! —rugió ser Boros.

—No estoy amenazando al rey —dijo Tyrion Lannister arqueando una ceja—. Estoy educando a mi sobrino. Bronn, Timett, la próxima vez que ser Boros abra la boca, lo matáis. —El enano sonrió—. Eso sí que ha sido una amenaza. ¿Captáis la diferencia?

—¡La reina tendrá noticia de esto! —exclamó ser Boros, que se puso aún más rojo.

—No me cabe duda. ¿Y para qué esperar? Joffrey, ¿llamamos a tu madre? —El rey se sonrojó—. ¿No decís nada, alteza? —siguió su tío—. Bien. Aprende a usar más las orejas y menos la boca, o tu reinado será más corto que mi estatura. La brutalidad caprichosa no te ganará el amor de tu pueblo... ni el de tu reina.

—Mi madre dice que el miedo es mejor que el amor. —Joffrey señaló a Sansa—. Ella me tiene miedo.

—Ya, claro. —El Gnomo suspiró—. Lástima que Stannis y Renly no sean también niñas de doce años. Bronn, Timett, traedla.

Sansa se movió como en sueños. Creía que los hombres del Gnomo la devolverían a su dormitorio en el Torreón de Maegor, pero lo que hicieron fue llevarla a la Torre de la Mano. No había puesto un pie en aquel lugar desde el día en que su padre cayó en desgracia, y solo con subir las escaleras volvió a sentirse mareada.

Unas criadas se hicieron cargo de ella, susurrando palabras reconfortantes sin sentido para que dejara de temblar. Una le quitó los restos del vestido y la ropa interior, y otra le limpió el zumo pegajoso de la cara y el pelo. Mientras la frotaban con jabón y le echaban agua caliente por la cabeza, Sansa no veía nada más que los rostros del patio.

«Los caballeros juran defender a los débiles, proteger a las mujeres y luchar por la justicia, pero ninguno ha hecho nada. —El único que había intentado ayudarla había sido ser Dontos, que ya no era un caballero, igual que el Gnomo, o el Perro... El Perro detestaba a los caballeros—. Yo también los detesto —pensó Sansa—. Los caballeros de verdad no existen, no hay ni uno.»

Cuando estuvo limpia fue a verla el regordete maestre Frenken, con su pelo color jengibre. Hizo que se tumbara boca abajo sobre el colchón, y le untó una pomada en los verdugones rojos que le cubrían la parte trasera de los muslos. Luego le preparó un trago de vino del sueño, con un poco de miel para que lo pasara mejor.

—Dormid un poco, niña. Cuando despertéis, ni siquiera recordaréis qué ha pasado.

«No, idiota, jamás lo podré olvidar», pensó Sansa. Pero de todos modos bebió el vino del sueño y se durmió.

Cuando volvió a despertar todo estaba oscuro, y no sabía bien dónde se encontraba: la habitación le resultaba desconocida y, al mismo tiempo, extrañamente familiar. Cuando fue a levantarse, un latigazo de dolor le recorrió las piernas, y lo recordó todo. Se le llenaron los ojos de lágrimas. Alguien le había dejado una túnica junto a la cama. Sansa se la puso y abrió la puerta. Fuera había una mujer de rostro duro, con la piel oscura y correosa, que llevaba tres collares en torno al cuello huesudo. Uno era de oro, otro de plata, y otro de orejas humanas.

—¿Adónde vas tú? —le preguntó, apoyada en su larga lanza.

—Al bosque de dioses. —Tenía que reunirse con ser Dontos; tenía que suplicarle que la llevara a casa ya, antes de que fuera tarde.

—El Mediohombre dijo que no salieras —replicó la mujer—. Reza aquí, los dioses te oirán.

Sansa bajó la vista con mansedumbre y volvió al interior. De pronto se dio cuenta de por qué le resultaba tan familiar aquella habitación. «Me han puesto en el antiguo dormitorio de Arya, donde dormía cuando nuestro padre era la mano del rey. Ya no están sus cosas y han cambiado de sitio los muebles, pero es el mismo...»

Poco después entró una criada con una bandeja de queso, pan, aceitunas y una jarra de agua fresca.

—Llévatelo todo —ordenó Sansa.

Pero la chica dejó la comida sobre la mesa. De pronto, Sansa se dio cuenta de que tenía mucha sed. A cada paso que daba sentía como si le clavaran cuchillos en los muslos, pero se obligó a cruzar la habitación. Bebió dos copas de agua, y estaba mordisqueando una aceituna cuando llamaron a la puerta.

Se volvió con ansiedad y se arregló los pliegues del vestido.

—¿Sí?

La puerta se abrió, y entró Tyrion Lannister.

—Espero no molestaros, mi señora.

—¿Soy vuestra prisionera?

—Mi invitada. —Llevaba puesta la cadena símbolo de su cargo, un collar de manos de oro entrelazadas—. He pensado que tal vez podríamos hablar.

—Como ordene mi señor. —A Sansa le costaba trabajo no mirarlo fijamente. Tenía un rostro tan repulsivo que ejercía sobre ella una extraña fascinación.

—¿La comida y la ropa son de vuestro gusto? —preguntó—. Si necesitáis cualquier otra cosa, solo tenéis que pedirla...

—Sois muy amable. Y esta mañana... quiero daros las gracias por vuestra ayuda.

—Tenéis derecho a saber por qué estaba tan enojado Joffrey. Hace seis noches, vuestro hermano cayó sobre el ejército de mi tío Stafford, que estaba acampado en un pueblo llamado Cruce de Bueyes, a menos de tres días a caballo de Roca Casterly. Vuestros norteños obtuvieron una victoria aplastante. La noticia no nos llegó hasta esta mañana.

«Robb os va a matar a todos», pensó exultante.

—Es... terrible, mi señor. Mi hermano es un vil traidor.

—Desde luego, no nos tiene cariño —dijo el enano con una sonrisa—, eso lo ha dejado muy claro.

—Ser Lancel dijo que Robb encabezaba un ejército de cambiapieles...

—Ser Lancel no es más que un escudero con ínfulas que no distinguiría un cambiapieles de un cambiacapas. —El Gnomo soltó una risita desdeñosa—. Vuestro hermano iba con su lobo huargo, pero sospecho que ahí termina todo. Los norteños se colaron en el campamento de mi tío y lo separaron de su caballería, y lord Stark envió a su lobo contra los caballos. Hasta los corceles mejor entrenados enloquecieron. Los caballeros murieron pisoteados en sus pabellones, y la chusma despertó aterrada y salió huyendo. Incluso tiraron las armas para correr más deprisa. Ser

Stafford murió mientras corría tras un caballo. Lord Rickard Karstark le clavó una lanza en el pecho. Ser Rubert Brax murió también, igual que ser Lymond Vikary, lord Crakehall y lord Jast. Han tomado más de ciento cincuenta prisioneros, entre ellos, los hijos de Jast y mi primo Martyn Lannister. Los que sobrevivieron van por ahí contando historias absurdas y jurando que los antiguos dioses del norte marchan con vuestro hermano.

—Entonces... ¿no fue cosa de brujería?

Lannister soltó un bufido.

—La brujería es la salsa que vierten los idiotas sobre el fracaso para ocultar el sabor de su incompetencia. Al parecer, el estúpido de mi tío ni siquiera se había molestado en apostar centinelas. Su ejército era una pura improvisación: aprendices, mineros, agricultores, pescadores... Los desperdicios de Lannisport. El único misterio que hay es cómo llegó allí vuestro hermano. Nuestras fuerzas siguen defendiendo el Colmillo Dorado, y aseguran que por allí no pasaron. —El enano se encogió de hombros, irritado—. Bueno, Robb Stark es el problema de mi padre. El mío es Joffrey. Decidme, ¿qué sentís por mi regio sobrino?

—Lo amo con todo mi corazón —respondió Sansa al momento.

—¿De verdad? —No parecía muy convencido—. ¿Incluso ahora?

—El amor que siento por su alteza es más grande que nunca.

El Gnomo se echó a reír a carcajadas.

—Vaya, os han enseñado a mentir muy bien. Puede que algún día lo agradezcáis, niña. Porque seguís siendo una niña, ¿verdad? ¿O habéis florecido ya?

Sansa se sonrojó. Era una pregunta grosera, pero tras la vergüenza de verse desnuda delante de medio castillo, no parecía nada.

—No, mi señor.

—Mejor que mejor. Por si eso os tranquiliza, no pretendo casaros con Joffrey. Por desgracia, después de todo lo ocurrido, ningún matrimonio podría reconciliar a los Stark con los Lannister. Una lástima. Esta unión era uno de los mejores planes del rey Robert. Si Joffrey no la hubiera cagado...

Sansa sabía que debía decir algo, pero las palabras no le salían de la garganta.

—Estáis muy callada —observó Tyrion Lannister—. ¿Es eso lo que queréis? ¿Que cancele vuestro compromiso?

—Yo... —Sansa no sabía qué decir. «¿Es un truco? ¿Me castigará si digo la verdad?» Contempló la gigantesca frente abultada del enano, el duro ojo negro, el astuto ojo verde, los dientes desiguales y la barba hirsuta—. Solo quiero ser leal.

—Leal —sonrió el enano—. Y estar bien lejos de cualquier Lannister. No os lo critico. Cuando tenía vuestra edad, yo quería lo mismo. —Sonrió de nuevo—. Me han dicho que vais todos los días al bosque de dioses. ¿Qué pedís en vuestras oraciones, Sansa?

«Pido la victoria de Robb y la muerte de Joffrey... y volver a casa. A Invernalia.»

—Pido el fin de la guerra.

—Eso llegará pronto. Habrá otra batalla entre vuestro hermano Robb y mi señor padre, y ahí se zanjará el asunto.

«Robb acabará con él —pensó Sansa—. Derrotó a vuestro tío y a vuestro hermano Jaime, y también derrotará a vuestro padre.»

Por lo fácil que le resultó al enano percibir sus esperanzas, se habría dicho que su rostro era un libro abierto.

—No confiéis demasiado en lo sucedido en Cruce de Bueyes, mi señora —dijo con voz no exenta de amabilidad—. Una batalla no es la guerra, y desde luego, mi señor padre no es mi tío Stafford. La próxima vez que vayáis al bosque de dioses, rezad para que vuestro hermano tenga la sabiduría de rendirse. Una vez el norte vuelva a estar bajo la paz del rey, os enviaré a casa. —Se bajó del asiento que había junto a la ventana—. Podéis dormir aquí esta noche. Os pondré una guardia formada por hombres míos, tal vez algunos Grajos de Piedra...

—No —se horrorizó Sansa. Si estaba encerrada en la Torre de la Mano, vigilada por los hombres del enano, ¿cómo podría ser Dontos liberarla?

—¿Preferiríais que fueran orejas negras? Si os sentís más tranquila con una mujer, le encargaré a Chella...

—No, mi señor, por favor. Los salvajes me dan miedo.

—A mí también. —Tyrion sonrió—. Pero lo importante es que asustan a Joffrey y a ese nido de víboras arteras y perros lameculos que son su Guardia Real. Mientras Chella o Timett estén a vuestro lado, nadie se atreverá a haceros daño.

—Preferiría volver a mi cama. —La mentira se le ocurrió de repente, pero le pareció tan apropiada que la soltó sin pensar—. En esta torre fueron asesinados los hombres de mi padre. Sus fantasmas me darían pesadillas espantosas, y mirase adonde mirase, vería su sangre.

—Conozco bien las pesadillas, Sansa. —Tyrion Lannister estudió su rostro—. Puede que seáis más sabia de lo que imaginaba. Permitid al menos que os proporcione una escolta hasta vuestras habitaciones.

CATELYN

Cuando llegaron al pueblo, la oscuridad era ya absoluta. Catelyn se preguntó si aquel lugar tendría nombre. Si era así, sus habitantes se habían llevado el dato al huir, junto con todas sus propiedades, hasta las mismísimas velas del septo. Ser Wendel encendió una antorcha y la acompañó para cruzar la puerta baja.

En el interior, las siete paredes estaban inclinadas y llenas de grietas. «Dios es uno —le había enseñado el septón Osmynd cuando era niña—, aunque tiene siete aspectos, igual que el septo es un edificio con siete paredes.» Los septos ricos de las ciudades tenían estatuas de los Siete y un altar dedicado a cada uno de ellos. En Invernalia, el septón Chayle colgaba de cada pared máscaras talladas. Allí, Catelyn no encontró más que bastos dibujos al carbón. Ser Wendel colgó la antorcha de una argolla cercana a la puerta y aguardó fuera con Robar Royce.

Catelyn estudió los rostros. El Padre con su barba, como siempre. La Madre sonriente, amorosa y protectora. El dibujo del Guerrero lo representaba con la espada debajo del rostro, igual que al del Herrero le habían puesto el martillo. La Doncella era hermosa; la Vieja, arrugada y sabia.

Y el séptimo rostro... el Desconocido no era hombre ni mujer, y era ambas cosas a un tiempo, siempre proscrito y sin patria, vagando, menos que humano, más que humano, una incógnita imposible de desentrañar. Allí, el rostro era un óvalo negro, una sombra con estrellas en lugar de ojos. A Catelyn la inquietaba. Allí no iba a recibir consuelo.

Se arrodilló ante la Madre.

—Mi señora, contempla esta batalla con ojos de madre. Todos son hijos. Protégelos si puedes, y protege también a mis hijos. Guarda a Robb, a Bran y a Rickon. Ojalá estuviera con ellos.

El ojo izquierdo de la madre estaba cruzado por una grieta. Parecía como si llorara. Desde allí, Catelyn oía la voz atronadora de ser Wendel, y de cuando en cuando, las respuestas sosegadas de ser Robar. Estaban hablando de la batalla que se avecinaba. Aparte de aquello, la noche era tranquila. No se oía ni un grillo, y los dioses guardaban silencio. «¿Te respondieron alguna vez tus antiguos dioses, Ned? —se preguntó—. Cuando te arrodillabas ante tu árbol corazón, ¿crees que te oían?»

La luz titilante de la antorcha parecía danzar sobre las paredes, hacía que los rostros casi parecieran vivos, los retorcía y los cambiaba. En los grandes septos de las ciudades, las estatuas tenían los rostros que les habían dado los tallistas, pero aquellos dibujos al carbón eran tan rudimentarios que podían representar a cualquiera. El rostro del Padre le recordaba a su padre, moribundo en un lecho de Aguasdulces. El Guerrero era Renly, y Stannis, y Robb, y Robert, y Jaime Lannister, y Jon Nieve. Incluso vio a Arya en aquellas líneas, aunque fuera solo durante un momento. Entonces, una ráfaga de viento entró por la puerta, la antorcha chisporroteó y el parecido se esfumó en un resplandor anaranjado.

El humo hacía que le escocieran los ojos. Se los frotó con las manos llenas de cicatrices. Al mirar de nuevo a la Madre vio el rostro de la suya. Lady Minisa Tully había muerto durante el parto al tratar de darle a lord Hoster un segundo hijo. El bebé falleció con ella, y también su padre pareció perder una parte de su vida.

«Era tan tranquila... —pensó Catelyn al recordar las manos suaves de su madre y su sonrisa cálida—. Qué diferentes habrían sido nuestras vidas si ella no hubiera muerto. —Se preguntó qué pensaría lady Minisa de su hija mayor si la viera allí, arrodillada ante ella—. He recorrido muchos miles de leguas, ¿y para qué? ¿A quién he ayudado? He perdido a mis hijas, Robb no me quiere a su lado, y Bran y Rickon deben de pensar que soy una madre fría y despegada. Ni siquiera estuve con Ned cuando murió...»

La cabeza le zumbaba, y el septo parecía dar vueltas en torno a ella. Las sombras se movían y cambiaban como animales furtivos que corrieran por las paredes blancas agrietadas. Catelyn no había comido aquel día. Tal vez no hubiera sido buena idea. Se dijo que no había tenido tiempo, pero lo cierto era que la comida había perdido todo sabor en un mundo donde ya no estaba Ned. «Cuando le cortaron la cabeza, también me mataron a mí.»

A su espalda, la antorcha chisporroteó, y de pronto le pareció ver en la pared el rostro de su hermana, aunque los ojos eran más duros de como los recordaba. No, no eran los ojos de Lysa, sino los de Cersei. «Cersei también es madre. No importa quién sea el padre de esos niños; los sintió dar patadas en su vientre, los parió con sangre y dolor, los alimentó de su pecho... Si de verdad son de Jaime...»

—¿También Cersei os reza, mi señora? —le preguntó Catelyn a la Madre.

Veía en la pared los rasgos altivos, fríos y hermosos de la reina Lannister. La grieta seguía en su sitio; hasta Cersei lloraría por sus hijos.

—Cada uno de los Siete encarna a todos los Siete —le había dicho en cierta ocasión el septón Osmynd.

Había tanta belleza en la Vieja como en la Doncella, y la Madre podía ser más fiera que el Guerrero si veía a sus hijos en peligro. «Sí...»

En Invernalia se había fijado lo suficiente en Robert Baratheon para darse cuenta de que el rey no sentía ningún cariño por Joffrey. Si era cierto que el niño era de la semilla de Jaime, Robert lo habría matado junto con su madre, y pocos lo habrían condenado. Los bastardos eran cosa bastante común, pero el incesto era un pecado monstruoso para los dioses, antiguos y nuevos, y los hijos fruto de tal iniquidad se consideraban abominaciones tanto en los septos como en los bosques de dioses. Los reyes dragón se habían casado entre hermanos, pero por sus venas corría la sangre de la antigua Valyria, donde aquellas prácticas eran habituales, y al igual que los dragones, los Targaryen no respondían ni ante los dioses ni ante los hombres.

Ned debió de averiguarlo, igual que lord Arryn antes que él. No era de extrañar que la reina los hubiera matado a ambos. «¿Acaso haría yo menos por mis hijos?» Catelyn apretó las manos; sintió la rigidez de sus dedos heridos, allí donde el acero del asesino había cortado hasta el hueso cuando ella luchó por salvar a su hijo.

—Bran también lo sabe —susurró, bajando la cabeza. «Dioses misericordiosos, seguro que vio algo, que oyó algo; por eso intentaron matarlo en su lecho.»

Perdida, cansada, Catelyn se puso en manos de sus dioses. Se arrodilló ante el Herrero, que arreglaba lo que estaba roto, y le pidió que protegiera a su dulce Bran. Luego acudió a la Doncella y le suplicó que prestara su coraje a Arya y a Sansa, que las guardara en su inocencia. Al Padre le rogó justicia, la fuerza para buscarla y la sabiduría para reconocerla; y al Guerrero, que le diera energía a Robb y lo escudara en la batalla. Por último se volvió hacia la Vieja, cuyas estatuas solían mostrarla con una lámpara en la mano.

—Guiadme, mujer sabia —rezó—. Mostradme el camino que debo recorrer, y no dejéis que tropiece en los lugares oscuros que habré de atravesar.

Oyó un sonido de pisadas tras ella, y un ruido en la puerta.

—Mi señora —dijo ser Robar con gentileza—, perdonadme, pero se nos acaba el tiempo. Tenemos que volver antes de que amanezca.

Catelyn se levantó, entumecida. Le dolían las rodillas, y en aquel momento habría dado cualquier cosa por un lecho de plumas y una almohada.

—Gracias, ser Robbar. Estoy preparada.

Cabalgaron en silencio por el bosque ralo, donde los árboles se inclinaban como ebrios para protegerse del mar. El relincho nervioso de los caballos y el sonido del acero los guiaron de vuelta al campamento de Renly. Las largas hileras de hombres y caballos llevaban armaduras negras, de oscuridad tan cerrada como si el Herrero en persona hubiera martillado la noche hasta convertirla en acero. Había estandartes a su derecha, estandartes a su izquierda, y frente a ella, estandartes y más estandartes, pero en la penumbra que precedía al amanecer no era posible distinguir colores ni blasones.

«Un ejército gris —pensó Catelyn—. Hombres grises a lomos de caballos grises con estandartes grises.» Mientras esperaban a caballo, las sombras de los caballeros de Renly elevaron sus lanzas, de manera que cabalgó a través de un bosque de árboles erguidos y desnudos, carentes de hojas y de vida. El lugar donde se alzaba Bastión de Tormentas era simplemente una oscuridad aún más cerrada, un muro de negrura que ninguna estrella conseguía iluminar, pero alcanzó a ver las antorchas que se movían por los prados donde se había montado el campamento de lord Stannis.

Las velas que había dentro del pabellón de Renly hacían que las paredes de seda parecieran brillar, y transformaban la gran tienda en un castillo mágico lleno de luz esmeralda. Dos miembros de la Guardia Arcoíris estaban de centinelas ante la puerta del pabellón real. La luz verdosa arrancaba un brillo extraño de las ciruelas moradas del chaleco de ser Parmen, y les daba un color enfermizo a los girasoles que cubrían por completo la armadura amarilla de ser Emmon. De sus yelmos brotaban largos penachos de seda, y las capas arcoíris les cubrían los hombros.

En el interior, Catelyn se encontró a Brienne, armando al rey para la batalla, mientras lord Tarly y lord Rowan hablaban de tácticas y disposiciones. Allí hacía un calor agradable, gracias a una docena de pequeños braseros de hierro.

—Tengo que hablar con vos, alteza —dijo, concediéndole por una vez el tratamiento real; cualquier cosa con tal de que la atendiera.

—Enseguida, lady Catelyn —replicó Renly.

Brienne le encajó el espaldar al peto por encima de la camisa guateada. La armadura del rey era de color verde oscuro, el color de las hojas en un bosque estival, tan intenso que se bebía la luz de las velas. En aquel bosque, las hebillas y las incrustaciones refulgían con brillo dorado, centelleando cada vez que se movía.

—Seguid, lord Mathis.

—Alteza —dijo Mathis Rowan, no sin antes mirar de reojo a lady Catelyn—, como iba diciendo, nuestro ejército está ya preparado. ¿Por qué hemos de esperar a la aurora? Dad orden de atacar.

—Y yo os dije que no atacaría a traición; no sería propio de un caballero. Se dijo que la batalla sería al amanecer.

—Lo dijo Stannis —señaló Randyll Tarly—. Quiere que ataquemos contra el sol naciente. Estaremos medio cegados.

—Únicamente hasta el primer impacto —dijo Renly con confianza—. Ser Loras abrirá una brecha, y después será el caos. —Brienne le tensó las correas de cuero verde y abrochó las hebillas doradas—. Cuando caiga mi hermano, no quiero que su cadáver sufra ninguna afrenta. Es de mi misma sangre; no toleraré que se pasee su cabeza en la punta de una pica.

—¿Y si se rinde? —preguntó lord Tarly.

—¿Rendirse? —Lord Rowan se echó a reír—. Cuando Mace Tyrell puso asedio a Bastión de Tormentas, Stannis prefirió comer ratas antes que abrir las puertas.

—Lo recuerdo perfectamente. —Renly alzó la barbilla para que Brienne le pusiera la gorguera—. Casi al final del asedio, ser Gawen Wylde y tres de sus caballeros trataron de salir a hurtadillas por una poterna para rendirse. Stannis los atrapó y ordenó que los lanzaran desde las murallas con catapultas. Aún veo la cara que puso Gawen mientras lo ataban. Había sido nuestro maestro de armas.

—No se lanzó a nadie desde las murallas —dijo lord Rowan con cara de desconcierto—. Lo recordaría.

—El maestre Cressen le dijo a Stannis que quizá tendríamos que comernos a nuestros muertos, y que no se ganaba nada tirando afuera una carne tan aprovechable. —Renly se echó el cabello hacia atrás. Brienne se lo ató con una tira de terciopelo, y le puso un casquete guateado para acolchar el peso del yelmo—. Gracias al Caballero de la Cebolla no nos vimos obligados a comer cadáveres, pero faltó poco. Demasiado poco para ser Gawen, que murió en su celda.

—Alteza. —Catelyn había aguardado con paciencia, pero se acababa el tiempo—. Me prometisteis un momento.

Renly asintió.

—Id a haceros cargo de vuestros hombres, mis señores. Ah, una cosa: si Barristan Selmy está con mi hermano, no quiero que le pase nada.

—No se ha sabido nada de ser Barristan desde que Joffrey lo expulsó —objetó Lord Rowan.

—Conozco bien al viejo; si no tiene un rey al que proteger, no es nadie. Pero no acudió a mí, y lady Stark dice que no está con Robb Stark en Aguasdulces. Tiene que estar con Stannis, ¿con quién si no?

—Como gustéis, alteza. No le sucederá nada.

Los señores hicieron una reverencia y se retiraron.

—Decidme lo que queráis, lady Stark —dijo Renly.

Brienne le puso la capa sobre los anchos hombros. Era de hilo de oro, muy pesada, con el venado coronado de los Baratheon resaltado en copos de azabache.

—Los Lannister trataron de matar a mi hijo Bran. Me he preguntado un millar de veces por qué. Vuestro hermano me ha dado la respuesta. El día en que se cayó había una cacería. Robert, Ned y casi todos los demás hombres fueron en busca de jabalíes, pero Jaime Lannister se quedó en Invernalia, igual que la reina.

—De modo que creéis que el pequeño los sorprendió en pleno incesto... —A Renly no le había costado nada comprender las implicaciones.

—Os lo suplico, mi señor, dadme permiso para ir a ver a vuestro hermano Stannis y contarle mis sospechas.

—¿Con qué objetivo?

—Robb renunciará a la corona si vuestro hermano y vos hacéis lo mismo —dijo, con la esperanza de que fuera cierto. Ella haría que fuera cierto, si resultaba necesario; Robb la escucharía, aunque sus señores no lo hicieran—. Los tres juntos convocaréis un Gran Consejo, el más grande que el reino ha visto en siglos. Enviaremos mensajeros a Invernalia para que Bran lo cuente todo y el mundo entero sepa que los Lannister son los únicos usurpadores. Y luego, los señores de los Siete Reinos elegirán quién quieren que sea su rey.

Renly se echó a reír.

—Decidme, mi señora, ¿acaso los lobos huargo votan sobre quién va a dirigir su manada? —Brienne llegó con los guanteletes del rey y el yelmo, coronado por unas astas doradas que se elevaban tres palmos sobre su cabeza—. Ya ha pasado el momento de hablar. Ahora se trata de ver quién es más fuerte. —Renly se puso un guantelete de escamas en la mano izquierda, mientras Brienne se arrodillaba ante él para abrocharle la hebilla del cinturón, cargado con el peso de la espada larga y el puñal.

—Os lo suplico en nombre de la Madre... —empezó Catelyn, cuando una repentina ráfaga de viento abrió la puerta de la tienda. Le pareció atisbar un movimiento, pero cuando giró la cabeza solo vio la sombra del rey contra las paredes de seda. Oyó como Renly empezaba a decir algo gracioso, mientras su sombra se movía, alzaba la espada, negro contra verde, las velas parpadeaban y se apagaban, la luz temblaba, había algo fuera de lugar irreal... y entonces vio que la espada de Renly seguía en su funda, envainada, pero la espada de sombra...

—Frío —dijo Renly con voz desconcertada, apenas un instante antes de que el acero de su gorguera se abriera como una gasa bajo el filo de la hoja que no estaba allí. Tuvo tiempo de lanzar un grito breve, ahogado, antes de que la sangre le manara de la garganta como una fuente.

—Alte... ¡no! —gritó Brienne la Azul al ver el espantoso flujo, con una voz tan aterrada como la de una niñita.

El rey se desplomó en sus brazos. Una espesa sábana de sangre se arrastraba por la pechera de su armadura, una marea roja que ahogaba el verde y el oro. Se apagaron más velas. Renly trató de hablar, pero se ahogaba en su sangre. Le fallaron las piernas; solo lo sostenía la fuerza de Brienne. La joven echó la cabeza hacia atrás y lanzó un grito de angustia.

«La sombra. —Allí había sucedido algo oscuro y malvado, lo sabía, algo que no podía comprender—. Esa no era la sombra de Renly. La muerte ha entrado por la puerta y ha apagado su vida tan deprisa como el viento esas velas.»

Pareció que pasaron horas, pero apenas habían transcurrido unos instantes cuando Robar Royce y Emmon Cuy entraron a toda prisa. Un par de soldados entraron también con antorchas. Al ver a Renly en los brazos de Brienne, y al verla a ella cubierta con la sangre del rey, ser Robar lanzó un grito de espanto.

—¡Mujer malvada! —rugió ser Emmon, el del acero con girasoles—. ¡Apártate de él, criatura vil!

—Dioses misericordiosos, Brienne, ¿por qué? —preguntó ser Robar.

Brienne alzó la vista del cadáver de su rey. La capa arcoíris que le cubría los hombros estaba empapada de su sangre.

—Yo... no...

—¡Pagarás caro lo que has hecho! —Ser Emmon cogió un hacha de batalla de mango largo de la pila de armas que había junto a la puerta—. ¡Pagarás la vida del rey con la tuya!

—¡No! —gritó Catelyn Stark, que por fin había recuperado la voz.

Pero era tarde; los hombres, poseídos por la sed de sangre, se abalanzaron hacia Brienne entre gritos que ahogaban sus palabras.

Brienne se movió más deprisa de lo que Catelyn habría creído posible. No tenía su espada, de manera que sacó la de la vaina de Renly y la alzó para detener el movimiento descendente del hacha de Emmon. Saltó una chispa blanquiazul cuando el acero chocó contra el acero con un clamor estremecedor, y Brienne se puso en pie de un salto al tiempo que echaba a un lado sin contemplaciones el cuerpo muerto del rey. Ser Emmon tropezó con él cuando trató de acercarse, y la espada que blandía Brienne trazó un arco en el aire, partió en dos el mango de madera y envió la cabeza del hacha girando por los aires. Otro hombre le pegó una antorcha encendida a la espalda, pero la capa arcoíris estaba tan empapada en sangre que no ardió. Brienne se giró y lanzó un tajo, y antorcha y mano salieron volando. Las llamas prendieron en las alfombras. El hombre mutilado empezó a gritar. Ser Emmon soltó el mango del hacha y corrió a buscar su espada. El segundo soldado lanzó una estocada; Brienne la paró, y sus aceros chocaron en una danza vertiginosa. Cuando Emmon Cuy volvió a entrar, Brienne se vio obligada a retroceder, pero consiguió mantenerlos a ambos a distancia. En el suelo, la cabeza de Renly rodó hacia un lado, con una segunda boca muy abierta, y la sangre todavía manando en lentas pulsaciones.

Ser Robar se había quedado atrás, titubeante, pero en aquel momento echó mano de su espada. Catelyn le agarró el brazo.

—¡Robar, no, escuchad! Os equivocáis con ella, no ha sido ella. ¡Ayudadla! Escuchadme, ha sido Stannis. —El nombre salió de sus labios antes de que supiera cómo había llegado a ellos, pero mientras lo decía sabía que era cierto—. Os lo juro, vos me conocéis, ha sido Stannis quien lo ha matado.

—¿Stannis? —El joven caballero arcoíris miró a aquella demente con ojos claros y asustados—. ¿Cómo?

—No lo sé. Hechicería, magia negra, había una sombra, una sombra. —Su voz le sonaba enloquecida, pero las palabras brotaban como un chorro incontenible mientras las espadas seguían chocando tras ella—. Una sombra con una espada, os lo juro, ¿estáis ciego? ¡La chica estaba enamorada de él! ¡Ayudadla! —Miró a su espalda, vio caer al segundo guardia, la espada se desprendió de sus dedos inertes. Se oían gritos de fuera. No tardarían en entrar más hombres furiosos, estaba segura—. Es inocente, Robar. Os doy mi palabra, ¡lo juro por la tumba de mi esposo y por mi honor de Stark!

Aquello lo hizo decidirse.

—Yo los contendré —dijo—. Lleváosla. —Giró en redondo y salió.

El fuego había prendido en las paredes y reptaba por los costados de la tienda. Ser Emmon presionaba a Brienne con su armadura amarilla esmaltada, mientras que ella vestía solo prendas de lana. Se había olvidado de Catelyn, hasta que ella le estrelló un brasero de hierro contra la nuca. Llevaba el yelmo puesto, de manera que el golpe no le causó daños graves, pero lo hizo caer de rodillas.

—Brienne, conmigo —ordenó Catelyn.

La joven no era tan torpe como para no ver la oportunidad que le ofrecía. De un tajo, partió la seda verde de la tienda. Salieron a la oscuridad y al frío gélido del amanecer. Al otro lado del pabellón se oían gritos.

—Por aquí —la apremió Catelyn—. Y no corras. Debemos caminar sin prisa, o llamaremos la atención. Vayamos tranquilas, como si no pasara nada.

Brienne se colgó la espada del cinturón y caminó al paso de Catelyn. El aire nocturno olía a lluvia. Tras ellas, el pabellón del rey ardía ya por todos lados; las llamas se elevaban a gran altura en la oscuridad. Nadie hizo ademán de detenerlas. Junto a ellas pasaron hombres corriendo, entre gritos de fuego, asesinato y brujería. Otros, reunidos en grupos pequeños, hablaban en voz baja. Algunos rezaban, y un joven escudero estaba de rodillas y lloraba sin disimulo.

Los ejércitos de Renly ya se estaban desmembrando; los rumores se extendían de boca en boca. Las hogueras nocturnas se estaban apagando, y hacia el este empezaba a divisarse la mole inmensa de Bastión de Tormentas, que emergía como un sueño de piedra entre los jirones de niebla blanca que cubrían los campos. «Fantasmas matutinos», como los llamaba la Vieja Tata, espíritus que regresaban a sus tumbas. Renly era ya uno de ellos. Estaba muerto, como su hermano Robert y como su querido Ned.

—Jamás pude abrazarlo, solo cuando moría —dijo Brienne en voz baja mientras caminaban en medio del caos creciente. Su voz sonaba como si fuera a derrumbarse de un momento a otro—. Estaba riéndose, y de repente había sangre por todas partes... mi señora, no lo entiendo. ¿Habéis visto...?

—He visto una sombra. Al principio pensé que era la de Renly, pero era la de su hermano.

—¿Lord Stannis?

—Lo sentí. Ya sé que no tiene lógica...

—Lo mataré —declaró la chica fea y desgarbada; para ella tenía toda la lógica necesaria—. Lo mataré con la espada de mi señor. Lo juro. Lo juro. Lo juro.

Hal Mollen y el resto de su escolta la esperaban con los caballos. Ser Wendel Manderly se moría por saber qué pasaba.

—El campamento entero se ha vuelto loco, mi señora —barbotó nada más verla—. ¿Es verdad que lord Renly ha...? —Se detuvo de repente, con los ojos clavados en Brienne y en la sangre que la cubría.

—Muerto, sí, pero no por nuestras manos.

—La batalla... —empezó Hal Mollen.

—No habrá batalla. —Catelyn montó a caballo, y su escolta formó en torno a ella, con ser Wendel a la izquierda y ser Perwyn Frey a la derecha—. Brienne, hemos traído el doble de caballos de los que necesitamos. Elige uno y acompáñanos.

—Tengo caballo propio, mi señora. Y armadura.

—Deja eso aquí. Tenemos que estar a buena distancia antes de que empiecen a buscarnos. Las dos estábamos con el rey cuando lo han matado. Eso no se olvida. —Brienne, sin palabras, hizo lo que le decían—. En marcha —le ordenó Catelyn a su escolta cuando todos estuvieron montados—. Si alguien intenta detenernos, matadlo.

A medida que los largos dedos del amanecer reptaban por los campos, el color regresaba al mundo. Allí donde había habido hombres grises a lomos de caballos grises con picas de sombra brillaban entonces con destellos plateados las puntas de diez mil lanzas, y entre la miríada de estandartes al viento, Catelyn vio el calor del rojo, el rosa y el naranja, la riqueza de los azules y castaños, el resplandor del oro y del amarillo... Todo el poderío de Bastión de Tormentas y Altojardín, el poderío que hasta hacía una hora había pertenecido a Renly.

«Ahora son de Stannis —comprendió—, aunque aún no lo sepan. ¿Hacia quién se van a volver, si no hacia el último Baratheon? Stannis lo ha ganado todo de un golpe malévolo.»

—Yo soy el rey legítimo —había dicho, con la mandíbula tensa como el hierro—, y vuestro hijo es tan traidor como mi hermano. También le llegará su hora.

Sintió un escalofrío.

JON

La colina sobresalía entre la densa espesura del bosque. Se alzaba solitaria e inesperada; su cumbre azotada por los vientos se veía desde varias leguas de distancia. Según los exploradores, los salvajes la llamaban Puño de los Primeros Hombres. Jon Nieve pensó que era cierto, que parecía un puño que se hubiera abierto camino entre la tierra y la madera, con laderas desnudas como nudillos de piedra.

Subió a caballo hasta la cima con lord Mormont y los oficiales, mientras Fantasma se quedaba bajo los árboles. El lobo huargo había huido en tres ocasiones durante el ascenso; en dos de ellas regresó de mala gana cuando Jon silbó para llamarlo. En la tercera ocasión, el lord comandante perdió la paciencia.

—Deja que se vaya, chico —dijo con brusquedad—. Quiero llegar a la cima antes de que anochezca. Ya buscarás a tu lobo luego.

El camino ascendente era empinado y pedregoso, y la cima estaba coronada por un muro de rocas que les llegaba a la altura del pecho. Tuvieron que dar un rodeo hacia el oeste para dar con una brecha por la que pudieran pasar los caballos.

—Es un buen terreno, Thoren —dijo el Viejo Oso cuando llegaron por fin a la cima—. No se puede pedir nada mejor. Acamparemos aquí y esperaremos a Mediamano.

El lord comandante desmontó y se sacudió el cuervo del hombro. El pájaro alzó el vuelo, quejándose a graznidos.

Desde la parte superior de la colina, la vista era extraordinaria, pero lo que más llamó la atención a Jon fue el muro circular, las erosionadas piedras grises con sus parches blancos de líquenes y sus barbas de musgo verde. Según se contaba, el Puño había sido un fuerte de los primeros hombres, en la Era del Amanecer.

—Es un lugar antiguo —dijo Thoren Smallwood—. Y poderoso.

—Antiguo —graznó el cuervo de Mormont mientras revoloteaba sobre sus cabezas en círculos escandalosos—. Antiguo, antiguo, antiguo.

—Cállate —gruñó Mormont al pájaro. El Viejo Oso era demasiado orgulloso para reconocer su debilidad, pero no engañaba a Jon. El esfuerzo de mantener el ritmo de hombres más jóvenes le estaba pasando factura.

—En caso de necesidad sería muy fácil defender estas alturas —señaló Thoren al tiempo que guiaba a su caballo por el círculo de piedras, con la capa ribeteada en marta ondeando al viento.

—Sí, aquí estaremos bien. —El Viejo Oso alzó una mano al viento, y el cuervo se le posó en el antebrazo, con las garras arañando la cota de malla negra.

—¿Qué pasa con el agua, mi señor? —preguntó Jon.

—Al pie de la colina había un arroyo.

—Mucha distancia solamente para beber —señaló Jon—. Y hay que salir del círculo de piedras.

—¿Te da pereza escalar una colina, chico? —se burló Thoren.

—No vamos a encontrar otro lugar tan bien protegido —dijo lord Mormont—. Acarrearemos agua para tener un buen suministro.

Jon comprendió que no había discusión posible. De modo que se dieron las órdenes oportunas, y los hermanos de la Guardia de la Noche montaron el campamento dentro del círculo de piedra que habían erigido los primeros hombres. Las tiendas negras brotaron como setas después de la lluvia, y las mantas y jergones cubrieron la tierra yerma. Los mayordomos ataron los caballos con ronzales en largas hileras, y les dieron de comer y beber. Los forestales fueron con sus hachas hasta el bosque a la escasa luz del atardecer, a reunir madera suficiente para toda la noche. Un grupo de constructores se dedicó a retirar maleza, excavar letrinas y desatar los fardos de estacas endurecidas al fuego.

—Quiero zanjas y estacas en todas las aberturas del muro antes del anochecer —había ordenado el Viejo Oso.

Después de plantar la tienda del lord comandante y encargarse de sus caballos, Jon descendió colina abajo en busca de Fantasma. El lobo huargo se le acercó enseguida, en silencio absoluto: Jon caminaba solo a zancadas bajo los árboles, sobre la alfombra de hierba, piñas y hojas caídas, lo llamaba a silbidos y a gritos, y de repente, sin que Jon se diera cuenta, el gran lobo blanco caminaba junto a él, tan pálido como la niebla de la mañana.

Pero cuando llegaron al fuerte redondo, Fantasma se negó de nuevo a entrar. Se adelantó con cautela, olisqueó una brecha entre las piedras y se retiró como si no le gustase lo que había olido. Jon trató de agarrarlo por la piel del cogote y meterlo a rastras dentro del anillo, pero no era tarea fácil; el lobo pesaba tanto como él, y era mucho más fuerte.

—¿Qué te pasa, Fantasma? —No era propio del animal mostrarse tan inquieto. Al final, Jon tuvo que darse por vencido—. Como quieras —le dijo al lobo—. Vete a cazar.

Los ojos rojos lo observaron mientras volvía al refugio de las piedras musgosas.

Allí estarían a salvo, seguro. La colina ofrecía un punto privilegiado para dominar con la vista los alrededores, y las laderas eran auténticos precipicios hacia el norte y el oeste, y apenas un poco más suaves hacia el este. Pero a medida que se cerraba la noche y la oscuridad se filtraba por las rendijas, entre los árboles, Jon fue sintiendo una opresión creciente.

«Esto es el bosque Encantado —pensó—. Puede que haya fantasmas, los espíritus de los primeros hombres. Aquí fue donde vivieron.»

—No seas crío —se dijo.

Trepó a un montículo de rocas y miró en dirección al sol poniente. Vio como la luz centelleaba como oro batido sobre la superficie del Agualechosa en su rumbo curvo hacia el sur. Río arriba, el terreno era más escabroso; el bosque espeso dejaba paso a una serie de colinas pedregosas y sin vegetación que se alzaban imponentes hacia el norte y el oeste. En el horizonte, las montañas eran como una sombra amenazadora: las cordilleras se perdían en la distancia azul grisácea, con los picos escarpados cubiertos por su eterna mortaja de nieve. Hasta vistos desde lejos parecían gélidos e inhóspitos.

Más cerca, los árboles dominaban el panorama. El bosque se extendía hacia el sur y hacia el este, hasta donde alcanzaba la vista de Jon; era una vasta maraña de ramas y raíces de mil tonos de verde, con un parche rojizo aquí y allá donde un arciano se abría paso entre los pinos y los centinelas, o un atisbo dorado si los árboles de hojas caducas empezaban a amarillear. Cuando soplaba el viento, le llegaba el crujido y el gemido de ramas más viejas que él. Un millar de hojas temblaban, y durante un momento, el bosque parecía un mar verde oscuro, azotado por la tormenta, eterno e inescrutable.

Pensó que seguro que Fantasma no estaba solo allí. Bajo el mar se podía mover cualquier cosa y arrastrarse en la oscuridad hacia el anillo de piedras, oculta entre los árboles. Cualquier cosa. ¿Y cómo iban a verla llegar? Se quedó allí largo rato, hasta que el sol desapareció tras las montañas escarpadas y la oscuridad se cernió sobre el bosque.

—¿Jon? —lo llamó Samwell Tarly—. Me ha parecido que eras tú. ¿Estás bien?

—Dentro de lo que cabe. —Jon bajó de un salto—. ¿Cómo te ha ido hoy?

—Bien. Me ha ido bien. De verdad.

Jon no tenía la menor intención de compartir su inquietud con su amigo, y menos ahora que Samwell Tarly empezaba a mostrarse valiente.

—El Viejo Oso quiere que esperemos aquí hasta que lleguen Qhorin Mediamano y los hombres de la Torre Sombría.

—Es un lugar muy poderoso —dijo Sam—. Un fuerte anular de los primeros hombres. ¿Crees que se libraría aquí alguna batalla?

—No me cabe duda. Más vale que vayas preparando un pájaro; seguro que Mormont quiere enviar noticias al Muro.

—Ojalá pudiera enviarlos a todos. No les gusta nada estar enjaulados.

—A ti tampoco te gustaría si pudieras volar.

—Si pudiera volar, ya estaría de vuelta en el Castillo Negro, comiendo empanada de cerdo —suspiró Sam.

Jon le dio una palmadita en el hombro con la mano quemada. Regresaron juntos, cruzando el campamento. Por doquier se habían encendido hogueras para cocinar la cena. Sobre ellos, las estrellas empezaban a brillar. La larga cola roja de la Antorcha de Mormont ardía con una luz que competía con la de la luna. Jon oyó a los cuervos incluso antes de verlos. Algunos graznaban su nombre. Aquellos pájaros eran especialistas en hacer ruido.

«Ellos también lo notan.»

—Tengo que ir a ver al Viejo Oso —dijo—. Si no come a su hora también él empieza a armar jaleo.

Cuando encontró a Mormont, estaba hablando con Thoren Smallwood y con media docena de oficiales más.

—Ah, ya estás aquí —dijo con tono áspero—. Si no te importa, tráenos un poco de vino caliente. Hace mucho frío esta noche.

—Sí, mi señor.

Jon encendió una hoguera, les pidió a los encargados de suministros un barrilito del vino tinto que más gustaba a Mormont, y lo vertió en un puchero. Lo colgó sobre las llamas mientras recogía el resto de los ingredientes. El Viejo Oso era muy maniático en lo relativo al vino especiado: tanta canela, tanta nuez moscada y tanta miel, ni una gota más. Pasas, bayas y frutos secos, pero nada de limón, que era la herejía más repugnante del sur... cosa extraña, puesto que el limón sí le gustaba con la cerveza matutina. El lord comandante insistía también en que la bebida estuviera a buena temperatura para entrar en calor, pero no debía llegar a hervir en ningún momento. De modo que Jon vigilaba el puchero con atención.

Mientras trabajaba, oía las voces del interior de la tienda.

—La manera más fácil de adentrarse en los Colmillos Helados consiste en seguir el curso del Agualechosa. Pero si vamos por ese camino, Rayder se enterará de que nos acercamos, tan cierto como que hay sol.

—Podríamos ir por la Escalera del Gigante —sugirió ser Mallador Locke—. O por el Paso Aullante, si está despejado.

El vino empezó a humear. Jon apartó el recipiente del fuego, llenó ocho tazas y las llevó al interior de la tienda. El Viejo Oso estaba examinando el rudimentario mapa que había dibujado Sam la noche que pasaron en el Torreón de Craster. Cogió una taza de la bandeja de Jon, probó un trago de vino, y dio su aprobación con un brusco asentimiento. El cuervo se posó en su brazo.

—Maíz —graznó—. Maíz. Maíz.

Ser Ottyn Wythers rechazó el vino con un gesto de la mano.

—Yo no me adentraría en las montañas —dijo con voz débil y cansada—. Los Colmillos Helados son muy fríos incluso en verano, así que ahora... si nos sorprendiera una tormenta...

—No tengo intención de arriesgarme en los Colmillos Helados a menos que sea imprescindible —dijo Mormont—. Los salvajes, igual que nosotros, no pueden vivir de nieve y piedras. No tardarán en salir de las cumbres, y para un ejército del tamaño que sea, la única ruta factible es seguir el Agualechosa. Si lo hacen, aquí podemos defendernos bien. No podrán pasar sin que los detectemos.

—Puede que no sea ese su plan. Son miles, y nosotros seremos trescientos cuando llegue Mediamano.

—Si al final hay una batalla, no encontraremos terreno más favorable que este —declaró Mormont—. Consolidaremos las defensas. Fosos, estacas, abrojos en las laderas... Hay que reparar hasta la última grieta del muro. Jarman, quiero que pongas como vigías a los hombres que mejor vista tengan. En todo el perímetro del muro y también a lo largo del río, para que nos alerten si se acerca alguien. Que se oculten en las copas de los árboles. Y más vale que empecemos a acarrear agua, más de la que necesitemos. Excavaremos cisternas. Eso mantendrá ocupados a los hombres, y puede que lleguemos a necesitarla.

—Mis exploradores...

—Tus exploradores se limitarán a explorar esta orilla del río hasta que llegue Mediamano. Después, ya veremos. No quiero perder ni un hombre más.

—Aunque Mance Rayder estuviera reuniendo a su ejército a una jornada de aquí, no nos enteraríamos —se quejó Smallwood.

—Sabemos muy bien dónde se están reuniendo los salvajes —replicó Mormont—. Nos lo dijo Craster. Ese hombre no me gusta, pero no creo que nos haya mentido.

—Como quieras.

Smallwood salió con una expresión hosca en la cara. Los demás se terminaron el vino y también se marcharon, aunque con más cortesía.

—¿Os traigo ya la cena, mi señor? —preguntó Jon.

—Maíz —graznó el cuervo.

Mormont tardó en responder.

—¿Ha cazado algo tu lobo hoy? —preguntó al final.

—Todavía no ha vuelto.

—Nos iría bien algo de carne fresca. —Mormont metió la mano en un saco y le ofreció a su cuervo un puñado de maíz—. ¿Crees que cometo un error al no permitir que los exploradores se alejen?

—No me corresponde a mí opinar sobre esos asuntos, mi señor.

—Te corresponde si te lo pregunto.

—Si los exploradores no pueden perder de vista el Puño, no veo cómo van a encontrar a mi tío —reconoció Jon.

—Es que no pueden encontrarlo. —El cuervo picoteó los granos de maíz que el Viejo Oso tenía en la palma de la mano—. Somos doscientos, pero aunque fuéramos diez mil, es una zona demasiado vasta.

—No iréis a renunciar a la búsqueda.

—El maestre Aemon dice que eres muy listo. —Mormont trasladó el cuervo a su hombro. El pájaro inclinó la cabeza hacia un lado, con los ojillos brillantes.

Así que la respuesta estaba allí.

—Es... Me parece más fácil que un hombre encuentre a doscientos que la posibilidad de que doscientos encuentren a uno.

El cuervo lanzó un graznido, pero el Viejo Oso sonrió desde detrás de su barba blanca.

—Somos muchos, con muchos caballos; dejamos un rastro que hasta Aemon podría seguir. En esta colina, nuestras hogueras resultan visibles hasta en las laderas de los Colmillos Helados. Si Ben Stark está vivo y libre, él vendrá a buscarnos, no me cabe duda.

—Sí —dijo Jon—, pero... ¿y si...?

—¿Y si está muerto? —preguntó Mormont con voz no exenta de amabilidad.

Jon asintió de mala gana.

—Muerto —graznó el cuervo—. Muerto. Muerto.

—Puede que venga a buscarnos de todos modos —dijo el Viejo Oso—. Como Othor y Jafer Flores. Es una idea que me aterra tanto como a ti, Jon, pero debemos reconocer que es una posibilidad.

—Muerto —graznó el cuervo al tiempo que se ahuecaba las plumas. Su voz era cada vez más alta y chillona—. Muerto.

Mormont acarició las plumas negras del pájaro, y disimuló un bostezo repentino con el dorso de la mano.

—Voy a prescindir de la cena; el descanso me sentará mejor. Despiértame en cuanto haya luz.

—Que durmáis bien, mi señor.

Jon recogió las tazas vacías y salió de la tienda. Oyó risas a lo lejos, y también el sonido quejumbroso de las flautas. En el centro del campamento ardía una gran hoguera, y le llegó el olor del guiso que se estaba cocinando. Tal vez el Viejo Oso no tuviera hambre, pero Jon sí. Se dirigió hacia el fuego.

Dywen estaba de pie, con el cucharón en la mano.

—Conozco estos bosques mejor que nadie, y os lo digo en serio: yo solo no salgo a cabalgar por ahí de noche. ¿No lo oléis?

Grenn lo miraba con los ojos muy abiertos.

—Yo huelo solo la mierda de doscientos caballos —dijo Edd el Penas—. Y ese guiso. Que, por cierto, tiene un aroma muy semejante.

—Ya te daré yo a ti aroma semejante —replicó Hake palmeando su puñal. Llenó el cuenco de Jon sin dejar de refunfuñar.

El guiso era espeso; tenía cebada, zanahoria, cebolla y algún que otro trozo de buey en salazón, que la cocción había ablandado.

—¿Qué es lo que hueles, Dywen? —preguntó Grenn.

El forestal tomó una cucharada de guiso. Se había quitado la dentadura. Tenía la piel del rostro correosa y arrugada, y las manos, tan nudosas como las raíces de un árbol viejo.

—A mí me parece que huele... a frío.

—Tienes la cabeza de madera, igual que los dientes —bufó Hake—. El frío no huele a nada.

«Sí que huele —pensó Jon al recordar aquella noche en las habitaciones del lord comandante—. Huele como la muerte.» De repente se le había quitado el apetito. Le dio su guiso a Grenn, que tenía aspecto de necesitar una segunda cena para conservar el calor durante la noche.

Cuando se alejó, soplaba un viento gélido. Por la mañana, el suelo estaría cubierto de escarcha, y las cuerdas que sujetaban las tiendas se habrían congelado. En el puchero quedaba un par de dedos de vino especiado. Jon echó más leña al fuego y lo puso sobre las llamas para recalentarlo. Mientras aguardaba flexionó los dedos, los apretó y los extendió hasta que le hormigueó la mano. Los hombres del primer turno de guardia ya habían ocupado sus puestos en torno al campamento. Sobre el muro en forma de anillo parpadeaban las antorchas. Aquella noche no había luna, pero en el cielo brillaba un millar de estrellas. En la oscuridad se oyó un sonido, bajo y lejano, pero inconfundible: el aullido de los lobos. Alzaban y bajaban las voces en una canción escalofriante, solitaria. Hizo que se le pusiera el vello de punta. Al otro lado de la hoguera, un par de ojos rojos lo miraron desde las sombras. La luz de la llama los hacía centellear.

—Fantasma —se atragantó Jon, sorprendido—. Así que al final has entrado, ¿eh? —El lobo blanco solía cazar por las noches. No esperaba verlo hasta el amanecer—. ¿Tan mal te ha ido la caza? —preguntó—. Aquí. Conmigo, Fantasma.

El lobo huargo rodeó el fuego, olfateó a Jon y olfateó la brisa, sin parar de moverse. No parecía estar buscando comida. «Cuando los muertos se levantaron, Fantasma lo supo. Me despertó, me avisó.» Se puso en pie, alarmado.

—¿Hay algo ahí fuera? ¿Hueles algo, Fantasma?

«Dywen dijo que olía a frío.»

El lobo huargo se alejó corriendo, se detuvo y volvió la vista atrás. «Quiere que lo siga.» Se subió la capucha de la capa, y se alejó de las tiendas y del calor de la hoguera, pasando junto a las hileras de pequeñas monturas. Uno de los animales relinchó nervioso al sentir pasar a Fantasma. Jon lo calmó con unas palabras sosegadoras y le acarició el morro. A medida que se acercaba al anillo de piedra, se oía el silbido del viento a través de las grietas, entre las rocas. Una voz le dio el alto. Jon se adelantó hacia la luz de la antorcha.

—Tengo que ir a buscar agua para el lord comandante.

—Bueno, ve —dijo el guardia—. Pero date prisa. —El hombre, acurrucado bajo su capa y con la capucha echada para protegerse del viento, ni siquiera se molestó en mirar a ver si llevaba un cubo.

Jon salió de lado entre dos estacas afiladas, mientras Fantasma se deslizaba bajo ellas. Había una antorcha encajada en una grieta; su llama ondeaba como un estandarte anaranjado con cada ráfaga de viento. Al pasar entre las piedras, la cogió. Fantasma corría colina abajo, y Jon lo seguía más despacio, siempre con la antorcha por delante para ver dónde pisaba. Los sonidos del campamento se fueron perdiendo en la distancia, tras él. La noche era oscura, y la ladera, empinada, pedregosa y desigual. Si se descuidaba, acabaría por romperse un tobillo... o el cuello. «¿Qué estoy haciendo?», se preguntó mientras bajaba con cautela.

Los árboles se alzaban más abajo, como guerreros con armaduras de corteza y hojas, desplegados en silenciosas hileras, a la espera de la orden de tomar la colina por asalto. Parecían de un negro intenso; solo cuando les acercaba la antorcha veía Jon algún tono verde. Oyó el sonido del agua que discurría entre las rocas. Fantasma desapareció entre la maleza. Jon lo siguió, siempre en dirección al sonido del arroyo y de las hojas que suspiraban con el viento. La capa se le enganchaba en las ramas bajas, y las más altas se entrelazaban y le impedían ver las estrellas.

Volvió a ver al lobo huargo cuando bebía agua del arroyo.

—Fantasma —llamó—. Conmigo. Ven aquí.

Cuando el lobo huargo alzó la cabeza, le brillaban los ojos rojos, malignos, y el agua le corría por la boca a chorros. En aquel momento parecía una fiera espantosa. Y, en menos de un instante, desapareció entre los árboles.

—¡Fantasma, no! —gritó Jon—. ¡Vuelve!

Pero el lobo no obedeció. La oscuridad engulló su esbelta forma blanca, y a Jon le quedaron solo dos alternativas: volver a subir por la colina a solas, o seguirlo.

Furioso, siguió los pasos del lobo, con la antorcha tan baja como podía para ver las rocas que amenazaban con hacerlo tropezar a cada paso, las gruesas raíces que se le enredaban en los pies, los agujeros en los que podría torcerse un tobillo... Cada pocos pasos volvía a llamar a Fantasma, pero el viento nocturno silbaba entre los árboles y ahogaba las palabras. «Esto es una locura», pensó mientras se adentraba entre los árboles. Estaba a punto de dar media vuelta cuando divisó un atisbo de blanco más adelante, a la derecha, otra vez en dirección a la colina. Corrió en pos del animal, maldiciendo entre dientes.

Había rodeado una cuarta parte de la base del Puño cuando divisó al lobo, un momento antes de perderlo de nuevo. Por fin, entre los espinos, arbustos y rocas de la base de la colina, se detuvo a tomar aliento. Fuera del alcance de la antorcha, la oscuridad era absoluta.

Oyó un leve ruido, como de algo escarbando, y se volvió. Se dirigió cuidadosamente hacia el sonido, entre las rocas y los matorrales. Detrás de un árbol caído estaba Fantasma. El lobo huargo excavaba con furia; lanzaba la tierra por el aire con las patas.

—¿Qué has encontrado?

Jon bajó la antorcha y vio un montículo redondeado de tierra blanda. «Una tumba —pensó—. Pero ¿de quién?»

Se arrodilló y clavó la antorcha en el suelo junto a él. La tierra arenosa estaba suelta. Jon la apartó a puñados. Allí no había piedras ni raíces. Fuera lo que fuera lo que estaba allí enterrado, no llevaba mucho tiempo. A menos de una vara de profundidad rozó un tejido con los dedos. Había esperado y había temido encontrar un cadáver, pero era otra cosa. Oprimió la tela y palpó las formas pequeñas y duras que había debajo. No cedían. No había hedor a podredumbre, ni gusanos. Fantasma retrocedió y se sentó sobre los cuartos traseros, sin dejar de observarlo.

Jon apartó la tierra suelta para dejar al descubierto un fardo redondeado, como de dos codos de diámetro. Metió los dedos por los bordes para soltarlo. Lo que había dentro se movía y tintineaba. «Un tesoro», pensó, pero lo que palpaba no tenía forma de moneda, ni sonaba como el metal.

El fardo estaba atado con cuerdas. Jon desenfundó el puñal y las cortó, buscó las esquinas de la tela y abrió el paquete. El contenido se desparramó por el suelo; tenía un brillo negruzco. Vio una docena de cuchillos, cabezas de lanza en forma de hoja y muchas puntas de flecha. Jon cogió una hoja de puñal, ligera como una pluma, negra brillante, sin puño. La luz de la antorcha iluminó su filo con una fina línea anaranjada que delataba lo hondo que podía cortar. «Vidriagón. Eso que los maestres llaman *obsidiana.*» ¿Habría descubierto Fantasma algún antiquísimo depósito de los hijos del bosque, que llevaba allí enterrado miles de años? El Puño de los Primeros Hombres era un lugar muy antiguo, pero...

Bajo el vidriagón había un viejo cuerno de guerra, hecho del cuerno de un uro, con anillas de bronce a modo de refuerzos. Jon lo sacudió para vaciarlo de tierra, y cayó una lluvia de puntas de flecha. Cogió una esquina de la tela en la que habían estado envueltas las armas, y la frotó con los dedos.

«Buena lana, gruesa y bien tejida. Está húmeda, pero no podrida. —No podía llevar allí mucho tiempo. Y era oscura. Acercó más la antorcha—. No, oscura no. Negra.»

Incluso antes de levantarse y sacudir la tela, ya sabía lo que era: la capa negra de un hermano juramentado de la Guardia de la Noche.

BRAN

Barrigón dio con él en la forja, donde estaba ayudando a Mikken con los fuelles.

—El maestre os quiere ver en su torreón, mi señor príncipe. El rey ha enviado un pájaro.

—¿Robb?

Bran estaba tan nervioso que no quiso esperar a Hodor, sino que dejó que Barrigón lo subiera en brazos por las escaleras. Era un hombre corpulento, aunque no tanto como Hodor, y desde luego, mucho menos fuerte. Cuando llegaron a las estancias del maestre, tenía el rostro congestionado y jadeaba. Dentro ya se encontraban Rickon y los dos Walders.

El maestre Luwin le indicó a Barrigón que se marchara, y cerró la puerta.

—Mis señores —dijo con tono grave—, hemos recibido un mensaje de su alteza, con noticias buenas y noticias malas. Ha obtenido una gran victoria en el oeste, en un lugar llamado Cruce de Bueyes, y también ha tomado varios castillos. Nos escribe desde Marcaceniza, que antes era la fortaleza de la casa Marbrand.

—¿Robb vuelve ya a casa? —preguntó Rickon, tirando de la túnica al maestre.

—Por desgracia, aún no. Todavía le quedan batallas por delante.

—¿A quién ha derrotado? ¿A lord Tywin? —preguntó Bran.

—No —respondió el maestre—. Ser Stafford Lannister estaba al mando del ejército enemigo. Murió en el combate.

Bran no había oído hablar de aquel tal ser Stafford, así que estuvo de acuerdo con Walder el Mayor cuando dijo que el único que importaba de verdad era lord Tywin.

—Dile a Robb que quiero que vuelva a casa —dijo Rickon—. Y que se traiga a su lobo, y a mi madre, y a mi padre.

Aunque sabía que lord Eddard había muerto, a veces Rickon se olvidaba... voluntariamente, en opinión de Bran. Su hermanito era tan obstinado como solo podía serlo un niño de cuatro años.

Bran se alegraba por la victoria de Robb, pero también estaba inquieto. Recordaba lo que le había dicho Osha el día en que su hermano salió de Invernalia con su ejército. «Va a marchar en la dirección que no debe», había insistido la salvaje.

—Por desgracia, toda victoria tiene un precio. —El maestre Luwin se volvió hacia los Walders—. Mis señores, vuestro tío ser Stevron Frey es uno de los que perdieron la vida en Cruce de Bueyes. Según cuenta Robb, recibió una herida en la batalla. No se le dio importancia, pero tres días después murió en su tienda mientras dormía.

—Era muy viejo —dijo Walder el Mayor, encogiéndose de hombros—, tenía sesenta y cinco años, creo. Estaba viejo para las batallas. No paraba de decir que estaba cansado.

Walder el Pequeño soltó una carcajada.

—Sí, cansado de esperar a que muriera nuestro abuelo, querrás decir. Entonces ahora el heredero es ser Emmon, ¿no?

—No digas tonterías —bufó su primo—. Los hijos del primogénito van antes que el segundo hijo. El siguiente en la línea sucesoria es ser Ryman, luego ser Edwin, Walder el Negro y Petyr Espinilla. Y después van Aegon y todos sus hijos.

—Ryman también es viejo —dijo Walder el Pequeño—. Seguro que tiene más de cuarenta años. Y además, está mal de la barriga. ¿Crees que llegará a ser el señor?

—A mí qué me importa. El señor seré yo.

—Mis señores, deberíais avergonzaros de lo que decís —interrumpió el maestre Luwin con tono brusco—. No veo que sintáis la muerte de vuestro tío.

—Sí que la sentimos —replicó Walder el Pequeño—. Estamos muy tristes.

Pero era obvio que no lo estaban. Bran tenía el estómago revuelto. «El sabor de su plato les gusta más que a mí el del mío.» Le pidió permiso al maestre Luwin para retirarse.

—Muy bien.

El maestre hizo sonar la campana para pedir ayuda. Hodor debía de estar ocupado en los establos, porque la que acudió fue Osha. Era más fuerte que Barrigón, y no tuvo que esforzarse para tomar a Bran en sus brazos y llevarlo escaleras abajo.

—Osha, ¿tú conoces el camino hacia el norte? —le preguntó Bran—. ¿Hacia el Muro... y lo que haya más allá?

—El camino es fácil. Busca el Dragón de Hielo, y sigue la estrella azul que hay en el ojo del jinete que lo monta. —Cruzó una puerta y empezó a subir por la escalera de caracol.

—¿Y allí todavía quedan gigantes y... y todos los demás... los Otros y los hijos del bosque?

—Gigantes sí que he visto; de los hijos he oído hablar, y de los caminantes blancos... ¿por qué quieres saberlo?

—¿Viste alguna vez un cuervo de tres ojos?

—No. —La mujer se echó a reír—. Y tampoco es que me apetezca mucho. —Osha abrió de una patada la puerta que daba al dormitorio de Bran y lo sentó en la silla, junto a la ventana, desde donde podía observar el patio de abajo.

Parecía que solo habían pasado unos instantes después de que saliera cuando la puerta se abrió de nuevo, y Jojen Reed entró sin pedir permiso, seguido por su hermana Meera.

—¿Os habéis enterado de lo del pájaro? —preguntó Bran. El otro muchacho asintió—. No era una cena, como decías tú. Era una carta de Robb, y no nos la comimos, pero...

—A veces, los sueños verdes adoptan formas extrañas —admitió Jojen—. No siempre es fácil comprender la verdad que encierran.

—Háblame de la pesadilla que tuviste —pidió Bran—. De eso tan malo que se acerca a Invernalia.

—¿Mi príncipe me cree ahora? ¿Darás crédito a mis palabras, por extrañas que suenen a tus oídos? —Bran asintió—. Lo que viene es el mar.

—¿El mar?

—Soñé que el mar rodeaba Invernalia y lamía sus muros. Vi olas negras que se estrellaban contra las puertas y las torres, y luego, el agua salada entraba y lo inundaba todo. En el patio flotaban hombres ahogados. Cuando tuve el sueño por primera vez, en Aguasgrises, no conocía sus rostros, pero ahora sí. Ese Barrigón, el guardia que nos presentó cuando llegamos al banquete, es uno de ellos. Tu septón es otro. Y tu herrero.

—¿Mikken? —Bran estaba tan confuso como desalentado—. Pero el mar está a cientos y cientos de leguas de aquí, y aunque llegara, los muros de Invernalia son tan altos que no podría entrar.

—En lo más oscuro de la noche —dijo Jojen—, el mar salado correrá entre estas paredes. Contemplé los cadáveres hinchados de los ahogados.

—Tenemos que avisarlos —dijo Bran—. A Barrigón, a Mikken y al septón Chayle. Hay que decirles que no se ahoguen.

—No hay manera de salvarlos —replicó el niño de verde.

—No lo creerán, Bran. —Meera se dirigió hacia la ventana y le puso una mano en el hombro—. Igual que tú no me creías.

—Háblame de tu sueño —dijo Jojen mientras se sentaba en la cama de Bran.

Le daba miedo hacerlo pese a todo, pero había jurado que confiaría en ellos, y un Stark de Invernalia siempre cumplía su palabra.

—Son sueños diferentes —dijo muy despacio—. Primero están los sueños de lobo; esos no son tan malos como los otros. Voy por ahí corriendo y cazando, y mato ardillas. Y hay sueños en los que viene el cuervo y me dice que vuele. A veces, en esos sueños también está el árbol, me llama por mi nombre. Esos me dan miedo. Pero los peores son los sueños en los que caigo. —Contempló el lejano patio con tristeza—. Antes nunca me caía cuando trepaba. Iba a todas partes, por encima de los muros y por los tejados, y les daba de comer a los cuervos en la Torre Quemada. Mi madre tenía miedo de que me cayera, pero yo sabía que no me caería nunca. Pero me caí, y ahora cuando me duermo me vuelvo a caer.

Meera le dio un apretón en un hombro.

—¿Nada más?

—Me parece que no.

—Cambiapieles —dijo Jojen Reed.

—¿Qué? —Bran lo miraba con los ojos muy abiertos.

—Cambiapieles. Demonio. Multiforme. Hombre bestia. Eso es lo que te llamarán si se enteran de tus sueños de lobo.

—¿Quién me llamará esas cosas? —Aquellos nombres le hacían sentir miedo.

—Tu pueblo. Por temor. Si se enteran de qué eres, muchos te odiarán. Algunos incluso querrán matarte.

A veces, la Vieja Tata les contaba cuentos de miedo acerca de cambiapieles y hombres bestia. En sus historias siempre eran malvados.

—Yo no soy eso —dijo Bran—. De verdad. No son nada más que sueños.

—Los sueños de lobo no son sueños de verdad. Cuando estás despierto tienes el ojo muy cerrado, pero cuando te duermes se abre, y tu alma sale en busca de su otra mitad. El poder que hay en ti es muy fuerte.

—No lo quiero. Yo quiero ser un caballero.

—Un caballero es lo que quieres ser. Un cambiapieles es lo que eres. Eso no lo puedes cambiar, Bran, no lo puedes negar ni rechazar. Eres el lobo alado, pero nunca volarás. —Jojen se levantó y se acercó a la ventana—. A menos que abras el ojo.

Juntó dos dedos y dio un golpe fuerte a Bran en la frente. Bran se llevó una mano al punto donde lo había tocado, pero solo palpó piel intacta. No tenía ningún ojo, ni abierto ni cerrado.

—¿Cómo puedo abrirlo, si no está ahí?

—El ojo no lo encontrarás con los dedos. Tienes que buscarlo con el corazón. —Jojen estudió el rostro de Bran con aquellos extraños ojos verdes—. ¿O te da miedo?

—El maestre Luwin dice que en los sueños no hay nada que temer.

—Sí lo hay —replicó Jojen.

—¿El qué?

—El pasado. El futuro. La verdad.

Salieron de la habitación, dejando a Bran más confuso que nunca. Cuando se quedó a solas, Bran trató de abrir el tercer ojo, pero no sabía cómo. Por mucho que frunciera el entrecejo y se lo hurgara, seguía viendo las cosas igual que siempre. En los días siguientes trató de alertar a los demás sobre lo que le había dicho Jojen, pero las cosas no salían como él deseaba.

A Mikken le pareció muy gracioso.

—El mar, ¿eh? Pues mira qué casualidad, siempre he querido ver el mar y nunca he tenido ocasión. Así que ahora viene el mar a verme, ¿eh? Los dioses son bondadosos, mira que tomarse tantas molestias por un pobre herrero.

—Los dioses me llevarán cuando sea mi hora —le dijo el septón Chayle con voz tranquila—, aunque dudo mucho que me ahogue, Bran. Ya sabes que crecí en las orillas del Cuchillo Blanco; soy un buen nadador.

Barrigón fue el único que prestó atención al aviso. Fue a hablar con Jojen en persona, y después de la conversación dejó de bañarse y se negó a acercarse al pozo. Llegó un momento en que olía tan mal que seis de sus compañeros guardias lo arrojaron a una bañera con agua muy caliente y lo cepillaron hasta dejarle la piel enrojecida, mientras él no paraba de gritar que lo iban a ahogar, como había dicho el chico rana. Después de aquello, se mostró huraño y hosco cuando veía a Bran o a Jojen.

Pocos días después del baño de Barrigón, ser Rodrik regresó a Invernalia con un prisionero, un joven regordete de labios gruesos que olía como un retrete, peor aún que Barrigón cuando se negaba a acercarse al agua.

—Lo llaman Hediondo —dijo Pelopaja cuando Bran le preguntó quién era—. No sé cómo se llamará de verdad. Trabajaba para el bastardo de Bolton, y dicen que lo ayudó a asesinar a lady Hornwood.

Aquella noche, durante la cena, Bran se enteró de que el bastardo también había muerto. Los hombres de ser Rodrik lo habían atrapado en tierras de los Hornwood haciendo una cosa espantosa (no supo bien qué, pero al parecer era algo que se hacía sin ropa), y lo acribillaron a flechazos cuando intentó huir a caballo. Pero habían llegado demasiado tarde para la pobre lady Hornwood. Tras su matrimonio, el bastardo la había encerrado en una torre y luego se había olvidado de darle de comer. Bran les oyó decir a los hombres que, cuando ser Rodrik derribó la puerta, se la encontró muerta, con la boca ensangrentada. Se había comido los dedos.

—Ese monstruo nos ha puesto en una situación espinosa —comentó el anciano caballero al maestre Luwin—. Nos guste o no, lady Hornwood era su esposa. La obligó a pronunciar los votos ante el septón y ante el árbol corazón, y se acostó con ella esa misma noche ante testigos. Ella firmó un testamento en el que lo nombraba heredero, y le puso su sello.

—Los votos pronunciados bajo la amenaza de una espada no tienen ningún valor —argumentó el maestre.

—Puede que Roose Bolton no esté de acuerdo, con esas tierras en juego. —Ser Rodrik parecía muy triste—. Ojalá le pudiera cortar la cabeza también a este criado; es tan malo como su amo. Pero me temo que habrá que mantenerlo con vida hasta que Robb regrese de la guerra. Es el único testigo de los peores crímenes del bastardo. Puede que lord Bolton se deje convencer si oye su declaración, pero entretanto, los caballeros de Manderly y los hombres de Fuerte Terror se están matando entre ellos en los bosques de los Hornwood, y no dispongo de las fuerzas necesarias para detenerlos. —El anciano caballero se giró en su asiento y miró a Bran con reproche—. ¿Y qué ha estado haciendo mi señor príncipe durante mi ausencia? ¿Ordenarles a nuestros guardias que no se bañen? ¿Quieres que acaben oliendo todos como ese Hediondo, o qué?

—El mar va a venir hasta aquí —dijo Bran—. Jojen lo vio en un sueño verde. Barrigón se va a ahogar.

—El pequeño Reed cree que ve el futuro en sus sueños, ser Rodrik. —El maestre Luwin se tironeó del collar de eslabones—. He hablado con Bran de lo inciertas que son esas profecías, pero la verdad es que hay problemas a lo largo de la Costa Pedregosa. Llegan en barcoluengos, y atacan y saquean los pueblos pesqueros, violan a las mujeres y les prenden fuego a los edificios. Leobald Tallhart ha enviado a su sobrino Benfred para que se ocupe del asunto, pero me imagino que en cuanto vean acercarse a hombres armados se meterán en sus barcos y huirán.

—Sí, y atacarán otro lugar. Los Otros se lleven a esos cobardes. No serían tan osados si el grueso de nuestras fuerzas no estuviera a miles de leguas hacia el sur; tampoco lo habría sido el bastardo de Bolton. —Ser Rodrik miró a Bran—. ¿Qué más te dijo el chico?

—Que el agua inundaría Invernalia. Vio a Barrigón, a Mikken y al septón Chayle ahogados.

—Bien —dijo ser Rodrik con el ceño fruncido—, en ese caso, si tengo que ir a enfrentarme a esos saqueadores, no llevaré a Barrigón. A mí no me vio ahogado, ¿verdad?

Bran se animó un poco.

«Entonces puede que no se ahoguen —pensó—. Si no se acercan al mar...»

Meera opinó lo mismo aquella noche, cuando Jojen y ella subieron a la habitación de Bran para jugar una partida de dados, pero su hermano sacudió la cabeza.

—Las cosas que veo en los sueños verdes no se pueden cambiar.

Aquello hizo enfadar a Meera.

—¿Para qué te van a enviar los dioses un aviso si no podemos prestarle atención y cambiar lo que vaya a suceder?

—No lo sé —respondió Jojen con tristeza.

—¡Si fueras Barrigón, seguro que te tirabas al pozo para que todo acabara de una vez! Tiene que luchar, y Bran también.

—¿Yo? —De repente, Bran tuvo mucho miedo—. ¿Contra qué tengo que luchar? ¿Yo también voy a ahogarme?

—No debería haber dicho... —Meera lo miraba con gesto de culpa.

—¿Me has visto a mí en un sueño verde? —le preguntó Bran a Jojen, nervioso. Sabía que le ocultaban algo—. ¿Me había ahogado?

—No te ahogabas —respondió Jojen, como si le doliera cada palabra—. Soñé con el hombre que han traído hoy, ese al que llaman Hediondo. Tu hermano y tú yacíais muertos a sus pies, y os estaba despellejando los rostros con una espada larga y roja.

Meera se puso en pie.

—Si voy a las mazmorras, le puedo clavar una lanza en el corazón. Y si está muerto, no podrá asesinar a Bran.

—Los carceleros te lo impedirían —dijo Jojen—. Hay guardias. Y si les dices por qué quieres matarlo, no te creerán.

—Yo también tengo guardias —les recordó Bran—. Barrigón, Tym Carapicada, Pelopaja y los demás.

—No podrán detenerlo, Bran. —Los ojos verde musgo de Jojen estaban llenos de compasión—. No vi por qué, pero vi cómo terminaba todo. Os vi a Rickon y a ti en vuestras criptas, abajo, en la oscuridad, con los reyes muertos y sus lobos de piedra.

«No —pensó Bran—. No.»

—Si me voy... a Aguasgrises, o con el cuervo, muy lejos, adonde no puedan encontrarme...

—No importaría. El sueño era verde, Bran, y los sueños verdes no mienten.

TYRION

Varys estaba de pie junto al brasero, calentándose las blandas manos.

—Al parecer, a Renly lo asesinaron de forma misteriosa cuando estaba rodeado de su ejército. Lo degollaron de oreja a oreja, con una espada que atravesó el hueso y el acero como si fueran queso tierno.

—¿Quién empuñaba la espada? —preguntó imperiosamente Cersei.

—¿Os habéis fijado alguna vez en que tener muchas respuestas es lo mismo que no tener ninguna? Mis informadores no están tan bien situados como sería conveniente para nosotros. Cuando muere un rey, las historias fantásticas proliferan como champiñones en la oscuridad. Un mozo de cuadras dice que a Renly lo mató uno de los caballeros de su Guardia Arcoíris. Una lavandera asegura que Stannis se introdujo a hurtadillas en medio del ejército de su hermano con una espada mágica. Varios soldados creen que fue una mujer, pero no se ponen de acuerdo sobre cuál. Según uno, una doncella a la que Renly había desairado. Según otro, una vivandera a la que llevaron para que le diera placer la víspera de la batalla. El tercero dice que pudo ser lady Catelyn Stark en persona.

La reina no parecía nada satisfecha.

—¿Es necesario que nos hagáis perder el tiempo con todos los rumores que se le ocurran a cualquier imbécil?

—Mi amada reina, me pagáis muy bien por esos rumores.

—Os pagamos por la verdad, lord Varys. Recordadlo bien, o el Consejo Privado será más privado todavía.

—Si seguís así —dijo Varys disimulando una risita nerviosa—, entre vuestro noble hermano y vos vais a dejar a su alteza sin Consejo.

—El reino sobrevivirá perfectamente con unos cuantos consejeros menos —comentó Meñique con una sonrisa.

—Mi querido Petyr —dijo Varys—, ¿no tenéis miedo de ser el próximo en la lista de la mano?

—¿Antes que vos, Varys? Ni se me ocurriría.

—Puede que vos y yo acabemos juntos en el Muro, como hermanos. —Varys rio de nuevo.

—Y antes de lo que pensáis si las próximas palabras que salen de esa boca no son algo útil, eunuco. —Por la expresión de su rostro, Cersei estaba dispuesta a castrar a Varys de nuevo.

—¿Puede tratarse de una estratagema? —preguntó Meñique.

—Si lo es, es una estratagema de una astucia inconcebible —dijo Varys—. A mí, desde luego, me ha embaucado.

—Joff se va a llevar un buen disgusto —dijo Tyrion, que ya había oído más que suficiente—. Tenía reservada una pica tan bonita para la cabeza de Renly... En fin, fuera quien fuera el asesino, tenemos que suponer que Stannis está detrás de todo. Es el que más gana con esto. —La noticia no le había gustado nada; había contado con que los hermanos Baratheon se diezmaran el uno al otro en una batalla sangrienta. Sentía un dolor punzante en el codo, allí donde había recibido el impacto del mangual. Le pasaba siempre que había humedad. Se lo apretó con la mano—. ¿Qué ha pasado con el ejército de Renly? —preguntó.

—La mayor parte de su infantería sigue en Puenteamargo. —Varys se alejó del brasero para ocupar su asiento junto a la mesa—. Muchos de los señores que cabalgaron con lord Renly hasta Bastión de Tormentas han jurado fidelidad a Stannis, junto con toda su caballería.

—Los Florent a la cabeza, me juego lo que sea —señaló Meñique.

—Ganaríais, mi señor. —Varys le dirigió una sonrisita afectada—. Sí, lord Alester fue el primero en doblar la rodilla. Muchos otros siguieron su ejemplo.

—Muchos —repitió Tyrion—. ¿No todos?

—No todos —asintió el eunuco—. Ni Loras Tyrell, ni Randyll Tarly, ni Mathis Rowan. Y Bastión de Tormentas tampoco se ha rendido. Ser Cortnay Penrose sigue defendiendo el castillo en nombre de Renly; se niega a creer que su señor haya muerto. Exige ver sus restos antes de abrir las puertas, pero al parecer, el cadáver de Renly ha desaparecido de manera inexplicable. Lo más probable es que alguien se lo haya llevado. Una quinta parte de los caballeros de Renly prefirieron marcharse con ser Loras antes de doblar la rodilla ante Stannis. Se dice que el Caballero de las Flores enloqueció al ver el cadáver de su rey y, en un ataque de ira, mató a tres de los guardias de Renly, entre ellos Emmon Cuy y Robar Royce.

«Lástima que no matara a más», pensó Tyrion.

—Lo más probable es que ser Loras esté regresando a Puenteamargo —siguió Varys—. Allí está su hermana, la reina de Renly, así como un buen número de soldados que de repente se encuentran sin rey. ¿De parte de quién se pondrán ahora? Es una cuestión muy delicada. Muchos sirven a señores que se quedaron en Bastión de Tormentas, y esos señores le han jurado lealtad a Stannis.

—En mi opinión —dijo Tyrion inclinándose hacia delante—, tenemos una buena oportunidad. Podemos ganarnos a ser Loras para nuestra causa, y lord Tyrell y sus vasallos también se nos unirían. Sí, le han jurado lealtad a Stannis de momento, pero no lo aprecian demasiado, o habrían estado con él desde el principio.

—¿Y acaso a nosotros nos aprecian más? —preguntó Cersei.

—Lo dudo mucho —respondió Tyrion—. A quien querían era a Renly, es evidente, pero Renly ha sido asesinado. Tal vez podamos darles suficientes razones para que elijan a Joffrey en lugar de a Stannis... si actuamos con rapidez.

—¿Y qué tipo de razones piensas darles?

—Razones de oro —sugirió Meñique al instante.

Varys chasqueó la lengua.

—Mi querido amigo Petyr, no me puedo creer que estéis proponiendo que compremos a estos poderosos señores y a estos nobles caballeros como si fueran pollos en venta del mercado.

—Se nota que no habéis visitado nuestros mercados últimamente, lord Varys —dijo Meñique—. Estoy seguro de que os sería más fácil comprar un señor que un pollo. Por supuesto, el cacareo de los señores es más orgulloso que el de los pollos, y no recomendaría que fuéramos a ofrecerles monedas como a un mercader, pero seguro que aceptarán de buena gana algunos regalos: honores, tierras, castillos...

—Con sobornos nos ganaríamos a algunos de los señores menores —intervino Tyrion—, pero no a Altojardín.

—Cierto —reconoció Meñique—. El Caballero de las Flores es la clave. Mace Tyrell tiene dos hijos mayores, pero Loras ha sido siempre su favorito. Si os ganáis a ser Loras, tendréis Altojardín en vuestras manos.

«Sí», pensó Tyrion.

—Creo que deberíamos aprender una lección del difunto lord Renly. Podemos conseguir una alianza con los Tyrell igual que hizo él. Con un matrimonio.

Varys fue el primero en comprender la sugerencia.

—Estáis pensando en casar al rey Joffrey con Margaery Tyrell.

—Así es. —Si mal no recordaba, la reina de Renly tenía quince años, dieciséis como mucho. Era mayor que Joffrey, pero unos años no suponían nada. El plan era tan claro y dulce que casi podía saborearlo.

—Joffrey está prometido a Sansa Stark —objetó Cersei.

—Los compromisos matrimoniales se pueden romper. ¿En qué nos beneficia casar al rey con la hija de un traidor muerto?

—Podéis decirle a su alteza que los Tyrell son mucho más ricos que los Stark —intervino Meñique—. Y tengo entendido que Margaery es bellísima... y está en edad de compartir su lecho.

—Sí —dijo Tyrion—. Eso a Joff le gustará.

—Mi hijo es demasiado joven para preocuparse de esas cosas.

—¿Eso crees? —preguntó Tyrion—. Tiene trece años, Cersei. Los mismos que tenía yo cuando me casé.

—Nos avergonzaste a todos con aquel episodio lamentable. Joffrey tiene más clase.

—Sí, tanta clase que ordenó a ser Boros que le arrancara la ropa a Sansa.

—Estaba enfadado con ella.

—También estaba enfadado con el pinche de cocina que derramó la sopa anoche, y a él no hizo que lo desnudaran.

—Esto no era por un poco de sopa.

«No, era por unas tetas bonitas.» Después de la escena del patio, Tyrion había hablado con Varys acerca de cómo podían arreglar una visita de Joffrey a la casa de Chataya. Esperaba que el chico se endulzaría un poco si probaba la miel. Hasta, dioses mediante, podía sentir cierta gratitud, y a Tyrion le iría de maravilla que su soberano le estuviera un poco agradecido. Pero, por supuesto, habría que hacerlo en secreto. Lo más difícil sería separarlo del Perro.

—Ese sabueso no se aleja nunca de los talones de su amo —le había dicho a Varys—. Pero no hay hombre que no duerma. Y algunos también juegan, van de putas o visitan las tabernas.

—El Perro hace todas esas cosas, si es eso lo que me preguntáis.

—No —dijo Tyrion—. Lo que os pregunto es cuándo las hace.

Varys se puso un dedo en la mejilla y le dirigió una sonrisita enigmática.

—Pero, mi señor, si fuera desconfiado podría pensar que buscáis un momento en el que Sandor Clegane no esté protegiendo al rey Joffrey, para poder causarle algún daño al muchacho.

—Bien sabéis que ese no es mi plan, lord Varys —dijo Tyrion—. Lo único que quiero es que Joffrey me tenga afecto.

El eunuco le había prometido hacer averiguaciones. Pero la guerra también lo mantenía muy ocupado, de manera que la iniciación de Joffrey en los placeres del sexo tendría que esperar.

—No me cabe duda de que conoces a tu hijo mejor que yo —se forzó a responder a Cersei—. Pero una alianza matrimonial con una Tyrell supondría grandes ventajas. Puede ser la única manera de garantizar que Joffrey llegue vivo a su noche de bodas.

—La pequeña Stark no le aporta a Joffrey nada más que su cuerpo —dijo Meñique mostrando su acuerdo—, por hermoso que sea. Con el de Margaery Tyrell van incluidas cincuenta mil espadas y todo el poder de Altojardín.

—Cierto. —Varys posó una mano blanda sobre la manga de la reina—. Tenéis corazón de madre, y sé que vuestra alteza ama a la dulce Sansa. Pero los reyes deben aprender a anteponer las necesidades del reino a sus deseos. Debemos presentar esa oferta.

—No hablaríais así si fuerais mujeres —replicó la reina sacudiéndose los dedos del eunuco—. Pero decid lo que queráis, mis señores; Joffrey es demasiado orgulloso para conformarse con las sobras de Renly. Jamás dará su consentimiento.

Tyrion se encogió de hombros.

—Cuando el rey sea mayor de edad, dentro de tres años, podrá dar o retirar su consentimiento según le plazca. Hasta entonces, tú eres su regente y yo soy su mano, y se casará con quien le digamos que se case. Tanto si son sobras como si no.

—Bien, pues presenta la oferta. —Cersei se había quedado sin argumentos—. Pero que los dioses os guarden a todos si a Joff no le gusta esa chica.

—Cuánto me alegra que estemos de acuerdo —dijo Tyrion—. Bien, ¿quién de nosotros irá a Puenteamargo? Tenemos que presentarle la oferta a ser Loras antes de que se le enfríen los ánimos.

—¿Quieres enviar a un miembro del Consejo?

—No me atrevería a esperar que el Caballero de las Flores tratara con Bronn o con Shagga, ¿verdad? Los Tyrell son orgullosos.

—Ser Jacelyn Bywater es de alta cuna. —Su hermana no perdió la ocasión de tratar de sacar provecho de las circunstancias en su beneficio—. Envíalo a él.

Tyrion hizo un gesto de negación.

—Hace falta alguien que pueda hacer algo más que repetir nuestras palabras y traernos una respuesta. Nuestro enviado deberá hablar en nombre del rey y del Consejo, y dejar zanjado el asunto lo antes posible.

—La mano habla con la voz del rey. —La luz de las velas arrancaba destellos verdes de los ojos de Cersei, tan brillantes como el fuego valyrio—. Si vas tú, Tyrion, sería como si fuera el propio Joffrey. ¿Y quién mejor para esta misión? Manejas las palabras con tanta habilidad como Jaime la espada.

«¿Tantas ganas tienes de verme fuera de la ciudad, Cersei?»

—Eres muy amable, mi querida hermana, pero en mi opinión, la madre de un muchacho está mucho mejor capacitada para acordar un matrimonio que su tío. Y jamás podría superar tu don para ganarte amigos.

—Joff me necesita a su lado. —Cersei entrecerró los ojos.

—Alteza, mi señor —intervino Meñique—, el rey os necesita a los dos aquí. Dejad que vaya yo en vuestro lugar.

«¿Tú? ¿Qué ganas tú con esto?», se preguntó Tyrion.

—Estoy en el Consejo del Rey, pero no soy de sangre real, así que no valgo gran cosa como rehén. Trabé cierta amistad con ser Loras cuando estaba aquí, en la corte, y no le di ningún motivo para estar mal dispuesto contra mí. Mace Tyrell no tiene nada que reprocharme, que yo sepa, y me atrevería a decir que mis dotes de negociador no son desdeñables.

«Nos tiene atrapados.» Tyrion no confiaba en Petyr Baelish, ni quería perderlo de vista, pero ¿qué otra opción le quedaba? Tenía que ser Meñique o el propio Tyrion, y demasiado bien sabía que en cuanto saliera de Desembarco del Rey, aunque fuera por breve tiempo, se desmoronaría todo lo que había logrado hasta el momento.

—Hay escaramuzas entre este lugar y Puenteamargo —dijo con cautela—. Y podéis estar seguro de que lord Stannis enviará a sus pastores para reagrupar a las ovejas descarriadas de su hermano.

—Los pastores nunca me han dado miedo. A las que temo es a las ovejas. Pero imagino que una escolta no estará de más.

—Puedo prescindir de cien capas doradas —dijo Tyrion.

—Quinientos.

—Trescientos.

—Y cuarenta más: veinte caballeros con otros tantos escuderos. Si llego sin una escolta regia, los Tyrell no me prestarán mucha atención.

Aquello era verdad.

—De acuerdo.

—Me llevaré a Horror y a Baboso, y se los devolveré a su señor padre, como gesto de buena voluntad. Necesitamos el apoyo de Paxter Redwyne; es un viejo amigo de Mace Tyrell, y su poderío no es desdeñable.

—También es un traidor —se opuso la reina—. El Rejo le habría jurado fidelidad a Renly, como todos los demás, si no fuera porque Redwyne sabía bien que sus cachorros lo pagarían caro.

—Renly ha muerto, alteza —señaló Meñique—, y ni Stannis ni lord Paxter habrán olvidado cómo las galeras de los Redwyne les cerraron la salida por mar durante el asedio a Bastión de Tormentas. Devolvedle a sus gemelos y posiblemente nos ganemos el afecto de Redwyne.

—Que los Otros se lleven su afecto; yo lo que quiero son sus espadas y sus velas. —Cersei no estaba convencida—. Y la mejor manera de estar seguros de que las conseguiremos es aferrarnos a esos gemelos.

Tyrion dio con la respuesta.

—En ese caso, enviemos a ser Hobber de vuelta al Rejo, y quedémonos con ser Horas aquí. Seguro que lord Paxter es perfectamente capaz de entender la indirecta.

La sugerencia se aceptó sin más discusiones, pero Meñique no había terminado todavía.

—Necesitaremos caballos. Rápidos y fuertes. Con las batallas puede que cueste encontrar monturas de refresco. También hará falta un buen suministro de oro para esos regalos que hemos comentado antes.

—Coged tanto como necesitéis. Si la ciudad cae, Stannis se lo quedará de todos modos.

—Quiero mi designación por escrito, un documento que no deje a Mace Tyrell la menor duda en cuanto a mi autoridad, en el que se me dé poder para tratar con él todo lo relativo a este compromiso y a los acuerdos a que haya que llegar, y para hacer promesas vinculantes en nombre del rey. Tendrá que firmarlo Joffrey, así como todos los miembros de este Consejo, y llevar todos nuestros sellos.

—De acuerdo. —Tyrion se acomodó en la silla, inquieto—. ¿Alguna cosa más? Os recuerdo que hay un largo camino hasta Puenteamargo.

—Me pondré en marcha antes de que amanezca. —Meñique se levantó—. Confío en que, cuando regrese, el rey se ocupe de que reciba la recompensa que merecen mis desvelos por su causa.

—Joffrey es un soberano muy agradecido. —Varys soltó una risita—. Estoy seguro de que no tendréis motivos de queja, mi valeroso señor.

—¿Qué queréis, Petyr? —preguntó la reina directamente.

—Tengo que meditarlo —contestó Meñique mirando a Tyrion con una sonrisa artera—, pero algo se me ocurrirá, seguro. —Hizo una airosa reverencia y salió de la estancia con un paso tan desenfadado como si se dirigiera hacia uno de sus burdeles.

Tyrion miró por la ventana. La niebla era tan espesa que ni siquiera se veía la muralla al otro lado del patio. Unas cuantas luces tenues brillaban difusas en medio del manto gris. «Mal día para viajar», pensó. No envidiaba a Petyr Baelish.

—Más vale que empecemos a redactar esos documentos. Lord Varys, pedid que nos traigan pergamino y pluma. Y alguien tendrá que ir a despertar a Joffrey.

Cuando la reunión terminó por fin, la noche era todavía gris y oscura. Varys salió a solas, arrastrando por el suelo sus zapatillas blandas. Los Lannister se detuvieron un instante en la puerta.

—¿Cómo va lo de tu cadena, hermano? —le preguntó la reina mientras ser Preston le ponía sobre los hombros la capa ribeteada en pieles de marta.

—Creciendo, eslabón a eslabón. Tenemos que darles gracias a los dioses por la testarudez de ser Cortnay Penrose. Stannis jamás seguirá avanzando hacia el norte; no dejará Bastión de Tormentas en manos del enemigo y a sus espaldas.

—Tyrion, sé que no siempre estamos de acuerdo en temas de política, pero creo que me he equivocado contigo. No eres tan idiota como imaginaba. La verdad es que ahora comprendo cuánto nos estás ayudando. Y te lo agradezco. Si te he hablado con brusquedad en el pasado, perdóname.

—¿De veras? —Se encogió de hombros—. Mi querida hermana, no has hecho nada por lo que tengas que pedir perdón.

—¿Quieres decir hoy?

Los dos se echaron a reír... y Cersei se inclinó y le dio un rápido beso en la frente. Tyrion se quedó sin palabras de puro asombro, y no pudo hacer otra cosa que ver como se alejaba por el corredor, acompañada por ser Preston.

—¿Me he vuelto loco, o mi hermana acaba de darme un beso? —le preguntó a Bronn cuando Cersei se perdió en la distancia.

—¿Ha sido grato?

—Ha sido... inesperado. —Cersei se estaba comportando de manera muy extraña en los últimos días. Aquello intranquilizaba a Tyrion—. Estoy tratando de recordar la última vez que me besó. Tendría yo seis o siete años. Jaime la había retado a que lo hiciera.

—Será que la señora por fin se ha fijado en tus encantos.

—No —replicó Tyrion—. No, la señora está incubando algo. Más vale que averigüemos qué es, Bronn. Ya sabes lo poco que me gustan las sorpresas.

Theon se limpió el salivazo de la mejilla con el dorso de la mano.

—Robb te va a arrancar las tripas, Greyjoy —le gritó Benfred Tallhart—. Eres una mierda de oveja; le echará de comer tu corazón de cambiacapas al lobo.

—Ahora tienes que matarlo. —La voz de Aeron Pelomojado cortó los insultos como una espada un trozo de queso.

—Antes quiero hacerle unas preguntas —dijo Theon.

—Métete por el culo las preguntas. —Benfred estaba entre Stygg y Werlag, sangrando e indefenso—. Se te atragantarán antes de que yo te responda nada, cobarde. Cambiacapas.

—Si te escupe a ti, nos escupe a todos. —El tío Aeron era implacable—. Escupe al Dios Ahogado. Debe morir.

—Mi padre me puso a mí al mando, tío.

—Y me envió a mí para aconsejarte.

«Y para vigilarme. —Theon no se atrevía a forzar demasiado las cosas con su tío. Él estaba al mando, sí, pero sus hombres tenían una fe en el Dios Ahogado que no depositaban en él, y Aeron Pelomojado los aterraba—. Y con razón.»

—Esto te va a costar la cabeza, Greyjoy. Los cuervos se comerán tus ojos. —Benfred trató de escupir de nuevo, pero solo le salió un poco de sangre de los labios—. Los Otros le darán por culo a tu dios mojado.

«Tallhart, acabas de escupir lo que te quedaba de vida», pensó Theon.

—Stygg, hazlo callar —dijo.

Obligaron a Benfred a ponerse de rodillas. Werlag le arrancó la piel de conejo del cinturón y se la metió a la fuerza en la boca para acallar sus gritos. Stygg esgrimió el hacha.

—No —declaró Aeron Pelomojado—. Hay que entregárselo al dios. Según las antiguas costumbres.

«¿Qué más dará? Matarlo es matarlo y punto.»

—De acuerdo, llévatelo.

—Ven tú también. Eres el que está al mando. La ofrenda debe partir de ti.

Pero Theon no tenía estómago para aquello.

—Tú eres el sacerdote, tío, encárgate de las cosas del dios. Págame en la misma moneda y deja que yo me encargue de las batallas.

Hizo un gesto con la mano, y Werlag y Stygg arrastraron al prisionero hacia la orilla. Aeron Pelomojado le lanzó una mirada de reproche a su sobrino y los siguió. Bajaron a la playa de guijarros para ahogar a Benfred Tallhart en agua salada. Según las antiguas costumbres.

«Puede que sea más misericordioso —se dijo Theon tratando de mirar en otra dirección. Stygg no era precisamente un verdugo experto, y Benfred tenía el cuello grueso como un jabalí, todo músculo y grasa—. Y yo que siempre me burlaba de él por eso —recordó—, solo para ver cuánto se enfadaba.» ¿Cuándo había sido aquello? ¿Hacía tres años? Cuando Ned Stark cabalgó hasta la Ciudadela de Torrhen para ver a ser Helman, Theon lo había acompañado, de manera que pasó dos semanas en compañía de Benfred.

Hasta allí llegaban los ruidos ásperos de la victoria en el recodo del camino donde se había librado la batalla... si es que aquella escaramuza merecía tal nombre. «En realidad ha sido más bien una matanza de ovejas. Ovejas con lana de acero, pero ovejas al fin y al cabo.»

Theon subió a un montón de piedras y desde allí contempló el espectáculo de hombres muertos y caballos moribundos. Los caballos merecían un destino mejor. Tymor y sus hermanos habían reunido las monturas que habían salido ilesas, mientras Urzen y Lorren el Negro silenciaban a los animales cuyas heridas eran demasiado graves para salvarlos. El resto de sus hombres se dedicaba a saquear los cadáveres. Gevin Harlaw se arrodilló junto al pecho de uno de los caídos para cortarle un dedo y quitarle un anillo. «El precio del hierro. Mi señor padre le daría su aprobación.» Theon pensó en buscar los cuerpos de los dos hombres que había matado, para ver si llevaban alguna joya decente, pero la sola idea le dejó un sabor amargo en la boca. Se imaginaba qué habría dicho Eddard Stark al respecto. Aquello lo puso más furioso todavía.

«Stark está muerto y pudriéndose; no tengo nada que ver con él», pensó.

El anciano Botley, al que llamaban Bigotes de Pez, estaba sentado sobre su botín con el ceño fruncido mientras sus tres hijos iban incrementando el montón. Uno de ellos estaba enzarzado en una pelea a empujones con un hombre grueso, un tal Todric, que se tambaleaba entre los cadáveres con un cuerno de cerveza en una mano y un hacha en la otra, envuelto en una capa de piel de zorro blanco apenas manchada por la sangre de su anterior propietario. «Borracho», decidió Theon al ver cómo bramaba. Se decía que los hombres del hierro de antaño iban a la batalla ebrios de sangre, tan enloquecidos que no sentían el dolor ni temían a enemigo alguno, pero aquella era una vulgar borrachera de cerveza.

—Wex, tráeme el arco y el carcaj. —El chico salió corriendo y le entregó las armas. Theon tensó el arco justo en el momento en que Todric derribaba al joven Botley y le tiraba la cerveza a los ojos. Bigotes de Pez se levantó entre maldiciones, pero Theon fue más rápido. Apuntó a la mano que sostenía el cuerno para realizar un disparo que daría mucho que hablar, pero Todric lo estropeó todo moviéndose hacia un lado justo en el momento en que salía la flecha, que fue a clavársele en el vientre.

Los saqueadores se detuvieron, atónitos. Theon bajó el arco.

—Dije que nada de borracheras, ni peleas por el botín. —Todric, de rodillas, agonizaba ruidosamente—. Botley, hazlo callar.

Bigotes de Pez y sus hijos se apresuraron a obedecer. Le cortaron el cuello a Todric mientras pateaba débilmente, y antes de que muriera ya le estaban quitando la ropa, los anillos y las armas.

«Ahora ya saben que cuando hablo, hablo en serio.» Lord Balon le había dado el mando, pero Theon sabía que, cuando lo miraban, buena parte de sus hombres solo veían a un muchacho blando de las tierras verdes.

—¿Alguien más tiene sed? —Nadie respondió—. Bien.

Le dio una patada al estandarte caído de Benfred, todavía en la mano muerta del escudero que lo llevaba. Bajo la bandera habían atado una piel de conejo. «¿Pieles de conejo? ¿Por qué?» Había tenido intención de preguntarlo, pero cuando recibió el salivazo en la cara se le olvidaron todas las cuestiones. Le tiró el arco a Wex y se alejó a zancadas. Recordaba bien lo exultante que se había sentido tras la batalla del bosque Susurrante, y no entendía por qué aquella victoria no tenía un sabor tan dulce.

«Tallhart, idiota prepotente de mierda, ni siquiera habías enviado un explorador de avanzadilla.»

Cuando se habían acercado por el camino iban bromeando, hasta cantando, bajo el estandarte ondeante de los tres árboles de Tallhart, y con estúpidas pieles de conejo atadas a las puntas de las lanzas. Los arqueros ocultos tras las aulagas pusieron fin a la canción con una lluvia de flechas, y el propio Theon saltó al frente de sus soldados para rematar la carnicería a golpe de puñal, hacha y martillo. Antes había ordenado que se respetara la vida del líder para poder interrogarlo.

Pero lo que no había esperado era que fuera Benfred Tallhart.

Cuando volvió a su *Zorra Marina,* la marea arrastraba el cuerpo inerte de Benfred. Los mástiles de los barcoluengos se alzaban hacia el cielo a lo largo de la playa de guijarros. De la aldea de pescadores solo quedaban unas cenizas frías que despedían un olor fétido bajo la lluvia. Habían pasado por la espada a todos los hombres excepto a unos pocos, a los que Theon permitió huir para que llevaran la noticia a la Ciudadela de Torrhen. Sus mujeres e hijas pasaron a ser esposas de sal, al menos las que eran jóvenes y hermosas. A las viejas y las feas se limitaron a violarlas y matarlas, o bien a tomarlas como siervas si tenían alguna habilidad útil y no parecían problemáticas.

Theon había planeado también aquel ataque; había llevado las naves a la orilla en la gélida oscuridad que precedía al amanecer, y saltó de la proa con un hacha de mango largo en la mano, para guiar a sus hombres hacia la aldea dormida. No le gustaba nada de aquello, pero ¿qué otra cosa podía hacer? Su hermana, tres veces maldita fuera, navegaba en aquellos momentos hacia el norte a bordo de su *Viento Negro,* sin duda para conseguirse un castillo. Lord Balon no había dejado que saliera de las islas del Hierro ninguna noticia acerca de la flota que estaba reuniendo, y el sanguinario trabajo de Theon a todo lo largo de la Costa Pedregosa se atribuiría a barcos de saqueadores. Los norteños no se darían cuenta de la magnitud del peligro hasta que los martillos cayeran sobre Bosquespeso y Foso Cailin.

«Y cuando todo termine, cuando ganemos, se compondrán canciones en honor de esa zorra de Asha, y se olvidarán hasta de que estuve aquí.» Si él lo permitía, claro.

Dagmer Barbarrota estaba junto a las tallas de la proa de su barcoluengo, el *Bebespuma.* Theon le había asignado la misión de custodiar los barcos; de lo contrario, los hombres le habrían atribuido la victoria a Dagmer, y no a él. Cualquiera más susceptible lo habría considerado una afrenta, pero Barbarrota se limitó a echarse a reír.

—Hemos vencido —le gritó desde arriba—. Y aun así no sonríes, muchacho. Los vivos deberían sonreír, porque los muertos no pueden.

Sonrió él para mostrarle cómo se hacía. Era un espectáculo repugnante. Bajo la melena blanca como la nieve, Dagmer Barbarrota tenía la cicatriz más horrorosa que Theon había visto jamás, legado del hacha que estuvo a punto de matarlo cuando era niño. El golpe le había destrozado la mandíbula y los dientes delanteros, y lo había dejado con cuatro labios en vez de los dos habituales. Se ocultaba las mejillas y el cuello con una barba desaliñada, pero sobre la cicatriz no crecía el pelo, de manera que su rostro aparecía partido por una brillante costura de carne fruncida y retorcida, como una fisura en un campo nevado.

—Desde aquí se los oía cantar —comentó el viejo guerrero—. Era una canción bonita, y la cantaban con mucho valor.

—Cantaban mejor de lo que luchaban. Tanto habría dado que llevaran liras en vez de lanzas, para lo que les han servido...

—¿Cuántos hombres han muerto?

—¿Nuestros? —Theon se encogió de hombros—. Todric. Lo he matado por emborracharse y pelearse por el botín.

—Hay hombres que nacen para que los maten.

Alguien con menos carácter que Dagmer habría tenido miedo de mostrar una sonrisa tan espantosa como aquella, pero él sonreía más y con una sonrisa más amplia que la que había esbozado lord Balon en toda su vida. Theon se la había visto a menudo cuando era niño, siempre que saltaba con el caballo un muro cubierto de musgo, o lanzaba el hacha y se iba a clavar en un blanco cuadrado. Se la había visto siempre que paraba un golpe de la espada de Dagmer, cuando atravesaba el ala de una gaviota con una flecha, cuando sujetaba la caña del timón y guiaba su barcoluengo con mano segura entre las rocas azotadas por la espuma. «Me ha sonreído más veces que mi padre y Eddard Stark juntos.» Y más veces incluso que Robb... Sin duda se había merecido una sonrisa el día que salvó a Bran de los salvajes, pero lo que se llevó fue una reprimenda, como si fuera un cocinero al que se le hubiera quemado el guiso.

—Tú y yo tenemos que hablar, tío —dijo Theon. Dagmer no era tío suyo de verdad, solo un hombre leal a la familia por cuyas venas tal vez corriera una gota de sangre Greyjoy, y no precisamente legítima, de hacía cuatro o cinco generaciones. Pero, de todos modos, él siempre lo había llamado tío.

—Pues ven a mi cubierta.

Dagmer no iba a llamarlo *mi señor,* y desde luego no desde la cubierta de su nave. En las islas del Hierro, cada capitán era un rey a bordo de su barco. De cuatro largas zancadas subió a la plancha de la cubierta del *Bebespuma,* y Dagmer lo llevó al atiborrado camarote de popa. Una vez allí, el anciano se sirvió un cuerno de cerveza amarga, y le ofreció lo mismo a Theon. Este lo rechazó.

—No hemos capturado suficientes caballos. Unos pocos sí, pero... en fin, me las tendré que arreglar con lo que hay. Cuantos menos hombres, mayor será la gloria.

—¿Y para qué necesitamos caballos? —Como la mayoría de los hombres del hierro, Dagmer prefería luchar a pie o desde la cubierta de un barco—. Esos animales no hacen más que cagar en las cubiertas y cruzarse en nuestro camino.

—Si navegamos, sí —reconoció Theon—. Pero tengo otro plan. —Observó al hombre con detenimiento para ver cómo se lo tomaba. Sin la ayuda de Barbarrota no tenía la menor posibilidad de triunfar. Aunque él estuviera al mando, los hombres no lo seguirían si tanto Dagmer como Aeron se oponían a sus planes, y el sacerdote de rostro amargado no lo apoyaría jamás.

—Tu señor padre nos encomendó la misión de asediar la costa, nada más.

Unos ojos claros como la espuma del mar escudriñaron a Theon desde debajo de las peludas cejas blancas. ¿Qué brillaba en ellos? ¿Desaprobación o interés? Supuso que... esperó que fuera lo último.

—Tú le eres leal a mi padre.

—El más leal. Como siempre.

«Orgullo —pensó Theon—. Es orgulloso, eso es lo que tengo que utilizar, su orgullo será la clave.»

—En las islas del Hierro no hay otro hombre tan hábil como tú en el manejo de la lanza y la espada.

—Has estado fuera mucho tiempo, muchacho. Era así cuando te fuiste, pero he envejecido al servicio de lord Greyjoy. Ahora, los bardos cantan las hazañas de Andrik, dicen que es el mejor. Lo llaman Andrik el Taciturno. Es un gigante. Sirve a lord Drumm, en el Viejo Wyck. Y Lorren el Negro y Qarl la Doncella son casi igual de temibles.

—Ese tal Andrik será un gran guerrero, pero los hombres no lo temen como te temen a ti.

—Sí, así es —asintió Dagmer. Los dedos con que sostenía el cuerno de bebida estaban cargados de anillos de oro, plata y bronce, adornados con trozos de zafiro, granate y vidriagón. Theon sabía que había pagado el precio del hierro por cada uno de ellos.

—Si yo tuviera a mi servicio a un hombre como tú, no desperdiciaría sus esfuerzos en esta chiquillada de asaltos e incendios. Esto no es trabajo para el hombre más fiel a lord Balon...

La sonrisa de Dagmer le retorció los labios y dejó al descubierto las astillas marrones de los dientes.

—¿Ni para su hijo legítimo? —Rio—. Te conozco demasiado bien, Theon. Te vi dar los primeros pasos, te ayudé a tensar tu primer arco... No soy yo quien se siente desperdiciado.

—Por derecho me correspondía a mí el mando que tiene mi hermana —reconoció, aunque era consciente de lo infantil que sonaba su queja.

—Te lo estás tomando demasiado a pecho, muchacho. Lo único que pasa es que tu señor padre no te conoce. Tus hermanos murieron, y a ti se te llevaron los lobos, de manera que tu hermana era su único solaz. Aprendió a confiar en ella, y Asha nunca le ha fallado.

—Tampoco yo. Los Stark reconocían mi valía. Brynden el Pez Negro me eligió personalmente como explorador, y estuve en la primera línea de ataque en el bosque Susurrante. Me faltó esto para cruzar espadas con el propio Matarreyes. —Theon separó las manos una vara para mostrar la distancia—. Daryn Hornwood se interpuso entre nosotros, y por eso murió.

—¿Por qué me cuentas esas cosas? —preguntó Dagmer—. Yo fui quien te puso en las manos la primera espada. Sé que no eres ningún cobarde.

—¿Lo sabe mi padre?

El anciano guerrero hizo un gesto, como si acabara de morder algo y no le gustara su sabor.

—Es que... Theon, el Chico Lobo es tu amigo, y esos Stark te retuvieron durante diez años.

—No soy un Stark. —«De eso se encargó lord Eddard»—. Soy un Greyjoy, y pienso convertirme en el heredero de mi padre. ¿Cómo podré hacerlo si no se me da ocasión de demostrar mi valía con una gran hazaña?

—Eres joven. Habrá otras guerras, podrás acometer tus hazañas. Por ahora se nos ha ordenado que saqueemos la Costa Pedregosa.

—Que se encargue de eso mi tío Aeron. Le daré seis barcos, todos menos el *Bebespuma* y la *Zorra Marina;* que ataque cuanto quiera y ahogue a quien le dé la gana para honrar a su dios.

—Te pusieron al mando a ti, no a Aeron Pelomojado.

—¿Qué importa, mientras los ataques se lleven a cabo? Ningún sacerdote puede hacer lo que yo tengo en mente, ni lo que pido de ti. Lo que quiero es algo que únicamente Dagmer Barbarrota puede hacer.

Dagmer bebió un largo trago del cuerno.

—Cuéntame.

«Lo he tentado —pensó Theon—. Esta misión de rapiña le gusta tan poco como a mí.»

—Si mi hermana puede tomar un castillo, yo también.

—Asha tiene cuatro o cinco veces más hombres que nosotros.

Theon se permitió esbozar una sonrisa astuta.

—Pero nosotros tenemos cuatro o cinco veces más cerebro, y cuatro o cinco veces más valor.

—Tu padre...

—Me dará las gracias cuando ponga el reino en sus manos. Pienso realizar una hazaña que los bardos cantarán durante mil años.

Sabía que aquello haría pensar a Dagmer. Un bardo había compuesto una canción acerca del hacha que le partió la mandíbula en dos, y al anciano le encantaba escucharla. Siempre que tomaba una copa de más pedía a gritos canciones de saqueo, sonoras y tormentosas, que hablaban de héroes muertos y hazañas de valor ciego. «Tiene el pelo blanco y los dientes podridos, pero aún quiere saborear la gloria.»

—¿Y qué papel desempeño yo en tu plan, muchacho? —preguntó Dagmer Barbarrota tras un largo silencio.

Y Theon supo que había vencido.

—Infundirás terror en el corazón del enemigo como solo puede hacerlo alguien con tu nombre. Guiarás al grueso de nuestras fuerzas contra la Ciudadela de Torrhen. Helman Tallhart se ha llevado a sus mejores hombres al sur, y Benfred ha muerto aquí junto con sus hijos. El único que quedará es su tío Leobald, con una pequeña guarnición. —«Si hubiera tenido tiempo de interrogar a Benfred, sabría cuánto de pequeña»—. Que tu aproximación no sea ningún secreto. Canta todas esas canciones que te gustan. Quiero que cierren sus puertas.

—¿La Ciudadela de Torrhen es una fortaleza resistente?

—Bastante. Los muros son de piedra, de quince varas de altura; hay torres cuadradas en todas las esquinas y un torreón en el centro.

—A los muros de piedra no se les puede prender fuego. ¿Cómo vamos a tomar ese lugar? No tenemos hombres ni para tomar un castillo pequeño.

—Acamparás junto a sus murallas y construirás catapultas y máquinas de asedio.

—Esas no son las antiguas costumbres. ¿Acaso lo has olvidado? Los hombres del hierro luchan con espadas y hachas, no tiran rocas. No se gana gloria matando de hambre al enemigo.

—Eso, Leobald no lo sabe. Cuando os vea construir torres de asedio se le helará la sangre de vieja en las venas y pedirá ayuda a gritos. Detén a tus arqueros, tío; deja que vuele el cuervo. El castellano de Invernalia es un hombre de gran valor, pero la edad le ha entumecido el cerebro, no solo los miembros. Cuando sepa que uno de los vasallos de su rey sufre asedio por parte del temible Dagmer Barbarrota, convocará a todos sus hombres y cabalgará en ayuda de Tallhart. Es su deber. Y ser Rodrik siempre cumple con su deber.

—Reúna a los hombres que reúna, serán más que los que yo tendré —dijo Dagmer—. Y esos ancianos caballeros son más astutos de lo que crees; si no, no habrían vivido hasta peinar canas. Quieres emprender una batalla que no podemos ganar, Theon. Esa Ciudadela de Torrhen no caerá jamás.

Theon sonrió.

—No es la Ciudadela de Torrhen lo que quiero tomar.

ARYA

La confusión y el estruendo dominaban el castillo. Los hombres se subían a los carromatos para cargar barriles de vino, sacos de harina y haces de flechas recién emplumadas. Los herreros enderezaban las espadas, arreglaban las melladuras de las corazas y herraban tanto caballos de batalla como mulas de tiro. Metían las cotas de malla en barriles de arena, que hacían rodar por la superficie desigual del Patio de la Piedra Líquida, para limpiarlas. Las mujeres de Weese tenían que remendar veinte capas y lavar otras ciento. Hombres de alta cuna y de baja estirpe rezaban apretados en el septo. Al otro lado de los muros se desmontaban las tiendas y pabellones. Los escuderos arrojaban cubos de agua en las hogueras para cocinar, mientras los soldados sacaban las piedras de amolar para dar un poco más de filo a sus armas. El sonido era una marea que lo engullía todo: los caballos piafaban y relinchaban, los señores gritaban órdenes, los soldados se maldecían unos a otros, los vivanderos reñían entre ellos...

Lord Tywin se ponía en marcha por fin.

Ser Addam Marbrand fue el primero de los capitanes en partir, un día antes que los demás. Ofrecía un aspecto muy gallardo a lomos de un brioso corcel alazán con crines del mismo tono cobrizo que la cabellera del propio ser Addam, que le caía sobre los hombros. La armadura del caballo tenía jaeces y gualdrapas color bronce, a juego con la capa del jinete, y lucía también el blasón del árbol en llamas. Algunas mujeres del castillo sollozaron al verlo partir. Weese dijo que era un gran jinete, diestro también con la espada, y el comandante más valeroso al servicio de lord Tywin.

«Ojalá se muera —pensó Arya al verlo salir por la puerta, seguido por sus hombres en una formación de doble columna—. Ojalá se mueran todos.» Sabía que iban a luchar contra Robb. Por los comentarios que escuchaba mientras hacía su trabajo, Arya había averiguado que Robb había conseguido una gran victoria en el oeste. Unos decían que había quemado Lannisport hasta los cimientos, o tal vez tenía intención de hacerlo. Que había capturado Roca Casterly y pasado a todos por la espada, o que estaba sitiando el Colmillo Dorado... Lo único seguro era que había pasado algo importante.

Weese la tuvo llevando recados desde el amanecer hasta la noche. Para algunos hasta tuvo que salir más allá de las murallas del castillo, al barrizal y la demencia del campamento.

«Ahora podría escapar —pensó cuando un carromato pasó junto a ella—. Podría subirme a un carro y esconderme, o juntarme con los vivanderos; nadie me lo impediría.» Lo habría hecho de no ser por Weese. Les había dicho más de una vez qué haría con cualquiera que intentara escapar de él.

—Nada de palizas, no, nada de eso. No os pondré un dedo encima. Eso se lo dejaré al qohoriense, para que os enteréis. Sí, se lo dejaré al Lisiador. Se llama Vargo Hoat, y cuando vuelva os cortará los pies.

«Pero si Weese estuviera muerto...», pensó Arya. Aunque no lo pensaba cuando estaba cerca de él, porque cuando Weese miraba, adivinaba los pensamientos, siempre lo decía.

Weese no podía ni imaginar que supiera leer, así que no se molestaba en sellar los mensajes que le entregaba. Arya los miraba todos, aunque nunca contenían nada de importancia, únicamente tonterías sobre enviar tal carro al granero y tal otro a la armería. Uno era la exigencia del pago de una deuda de juego, pero el caballero al que se lo dio sí que no sabía leer. Cuando le explicó qué decía, trató de golpearla, pero Arya esquivó el golpe, agarró un cuerno de beber con refuerzos de plata que colgaba de su silla de montar y escapó corriendo. El caballero la persiguió dando rugidos, pero ella se escurrió entre dos carromatos, se abrió paso entre un numeroso grupo de arqueros, y saltó una zanja de las letrinas. El hombre, con su armadura, no pudo seguirla. Cuando le entregó el cuerno a Weese, este le dijo que Comadreja era una muchachita muy lista y que se merecía una recompensa.

—Le he echado el ojo a un capón bien gordo para cenar esta noche. Lo compartiremos, ¿eh? ¿A que te apetece?

Fuera adonde fuera, Arya buscaba siempre a Jaqen H'ghar, con intención de susurrarle otro nombre antes de que los que odiaba estuvieran lejos de su alcance, pero entre el caos y la confusión no había manera de dar con el mercenario lorathi. Aún le debía dos muertes, y le preocupaba que no se las pagara si marchaba a la batalla junto con los demás. Por fin reunió valor para preguntar a uno de los guardias de la puerta si ya había partido.

—Es uno de los hombres de Lorch, ¿no? —dijo—. Entonces no se irá de aquí. Su señoría ha nombrado a ser Amory castellano de Harrenhal. Ese grupo se quedará para defender el castillo. Los Titiriteros Sangrientos se quedan también; se encargarán de buscar provisiones. Esa cabra de Vargo Hoat está echando chispas, Lorch y él siempre se han odiado a muerte.

Pero la Montaña sí que iba a marcharse con lord Tywin. Estaría al mando de la vanguardia durante la batalla, lo que significaba que Dunsen, Polliver y Raff se le escaparían de las manos a menos que encontrara a Jaqen y le hiciera matar a uno antes de que se marcharan.

—Comadreja —le dijo Weese aquella tarde—, ve a la armería y dile a Lucan que ser Lyonel se ha hecho una melladura en la espada durante el entrenamiento y necesita un arma nueva. Este es su sello. —Le dio un trozo de papel—. Que se dé prisa, tiene que partir con ser Kevan Lannister.

Arya cogió el papel y salió corriendo. La armería estaba junto a la herrería del castillo, una edificación larga y alta en forma de túnel, con veinte forjas adosadas a las paredes y grandes pilones de piedra llenos de agua para templar el acero. Cuando llegó, estaba funcionando la mitad de las forjas. Las paredes resonaban con el ruido de los martillos, y los hombres corpulentos con delantales de cuero sudaban en el intenso calor, inclinados sobre yunques y fuelles. Divisó a Gendry, con el pecho desnudo brillante de sudor, pero con la misma mirada terca de siempre en los ojos azules bajo el espeso pelo negro. Arya no sabía si quería hablar con él. Los habían atrapado por su culpa.

—¿Quién es Lucan? —le preguntó—. Tengo que pedirle una espada nueva para ser Lyonel.

—Olvídate de ser Lyonel. —La cogió por un brazo y se la llevó aparte—. Anoche, Pastel Caliente me preguntó si yo te había oído gritar «Invernalia» en la fortaleza, cuando peleamos en la cima de la muralla.

—No grité nada.

—Sí que gritaste. Yo también te oí.

—Todo el mundo gritaba tonterías —protestó Arya, a la defensiva—. Pastel Caliente chillaba «Pastel Caliente». Lo gritó cien veces por lo menos.

—Lo que importa es lo que gritaste tú. Le dije a Pastel Caliente que se limpiara la cera de las orejas, que lo que gritabas era «¡Represalia!». Así que si te pregunta más vale que digas lo mismo.

—Vale —respondió, aunque le parecía que lo de gritar «represalia» era una tontería.

No se atrevía a contarle a Pastel Caliente quién era en realidad. «A lo mejor debería susurrarle su nombre a Jaqen.»

—Iré a buscar a Lucan —dijo Gendry.

Lucan examinó el mensaje con un gruñido (aunque a Arya le pareció que no sabía leer), y sacó una espada larga muy pesada.

—Es demasiado buena para semejante mentecato, díselo de mi parte —bufó al tiempo que se la entregaba.

—Así lo haré —mintió. Si se le ocurría decir semejante cosa, Weese la mataría a palos. Si Lucan quería insultar a alguien, que lo hiciera en persona.

La espada larga era mucho más pesada que *Aguja,* pero a Arya le gustó su tacto. El peso del acero entre las manos la hacía sentir más fuerte. «Puede que no sea aún una danzarina del agua, pero tampoco soy un ratón. Los ratones no saben manejar la espada, y yo sí.» Las puertas estaban abiertas y los soldados entraban y salían, las carretas iban vacías en una dirección y luego crujían bajo el peso de su carga al desandar el camino. Se le ocurrió que podría ir a los establos y decir que ser Lyonel quería un caballo nuevo. Tenía el papel, y los mozos de cuadras, como Lucan, no sabrían leer. «Podría coger el caballo y la espada y marcharme. Si los guardias intentaran detenerme, les enseñaría el papel y diría que se lo llevo todo a ser Lyonel.» Pero no tenía ni idea de cómo era ser Lyonel ni dónde estaba. Si la interrogaban, se darían cuenta, y entonces Weese... Weese...

Se mordió el labio y trató de no pensar en qué sentiría uno cuando le cortaban los pies. Pasó junto a un grupo de arqueros con jubones de cuero y yelmos de hierro, que llevaban los arcos colgados del hombro. Arya alcanzó a oír fragmentos de su conversación.

—... gigantes, de verdad os lo digo, tiene unos gigantes de siete varas que vienen del otro lado del Muro y lo siguen como perros...

—... antinatural aquella manera de caer sobre ellos, y en medio de la noche. Es más lobo que hombre, igual que todos los Stark...

—Me cago en los lobos y en los gigantes, ese mocoso se mearía encima si supiera que vamos a por él. No fue hombre para marchar contra Harrenhal, ¿no? Se fue en dirección contraria, ¿no? Pues ahora huiría si supiera lo que le conviene.

—Eso dices tú, pero igual el chico sabe algo que nosotros no, igual los que deberíamos huir somos nosotros...

«Sí —pensó Arya—, sí, sois vosotros los que deberíais huir, vosotros, y lord Tywin, y la Montaña, y ser Addam, y ser Amory, y ese estúpido de ser Lyonel, sea quien sea; más os valdría huir, o mi hermano os matará a todos: es un Stark, es más lobo que hombre, igual que yo.»

—Comadreja. —La voz de Weese restalló como un látigo. No lo había visto acercarse, pero de repente se encontró delante de él—. Dame eso. Has tardado mucho. —Le quitó la espada de las manos y le asestó una bofetada de revés—. La próxima vez date más prisa.

Había vuelto a ser un lobo durante un instante, pero la bofetada de Weese se lo arrebató todo, y solo le dejó el regusto de su sangre en la boca. El golpe había hecho que se mordiera la lengua. Cuánto odiaba a aquel hombre.

—¿Quieres que te dé otra? —preguntó airadamente—. Mira que no me cuesta nada. No te pienso aguantar esas miradas insolentes. Baja a la destilería y dile a Tocavainas que tengo dos docenas de barriles para él, pero más vale que envíe a alguien a buscarlos, o se los daré a otro que los necesite más. —Arya echó a andar, pero no suficientemente deprisa para el gusto de Weese—. ¡Más vale que corras si quieres cenar esta noche! —le gritó, al parecer olvidadas ya sus promesas de un capón gordo—. ¡Y no te vuelvas a perder o te juro que te doy una paliza!

«No —pensó Arya—. No volverás a darme ninguna paliza.» Pero corrió. Los antiguos dioses del norte debían de guiar sus pasos. A medio camino de la destilería, cuando pasaba bajo un puente de piedra que enlazaba la Torre de la Viuda con la Pira Real, oyó unas risas ásperas. Rorge dobló la esquina con otros tres hombres, todos con el blasón de la mantícora de ser Amory bordado sobre el pecho. Al verla, se detuvo y sonrió mostrando los dientes marrones y torcidos bajo la solapa de cuero con la que a veces se cubría el agujero del rostro.

—Vaya, pero si es la putita de Yoren —dijo—. Ya sabemos para qué te quería ese cabrón de negro en el Muro, ¿eh? —Rio de nuevo, y los demás corearon sus carcajadas—. ¿Dónde tienes ahora el palo aquel? —preguntó Rorge de repente. Su sonrisa había desaparecido tan deprisa como apareció—. Ya te dije que te lo iba a meter por el culo. —Dio un paso hacia ella. Arya retrocedió—. Vaya, ahora que no estoy encadenado ya no eres tan valiente, ¿eh?

—Yo os salvé. —Mantuvo una buena distancia entre ellos, preparada para huir, rápida como una serpiente, si intentaba agarrarla.

—Y en prueba de gratitud te lo meteré dos veces. ¿A Yoren qué le gustaba? ¿Follarte por el coño o por ese culito prieto?

—Estoy buscando a Jaqen —dijo—. Tengo un mensaje para él.

Rorge se detuvo. Algo brilló en sus ojos... ¿Sería posible que tuviera miedo de Jaqen H'ghar?

—En los baños. Fuera de mi camino.

Arya dio media vuelta y salió corriendo veloz como un ciervo, volando sobre los guijarros hasta que estuvo al lado de los baños. Jaqen estaba sumergido en una bañera, rodeado de vapor, mientras una criada le echaba agua caliente por encima de la cabeza. La larga cabellera, roja por un lado y blanca por el otro, le caía sobre los hombros húmeda y pesada.

Se acercó silenciosa como una sombra, pero él abrió los ojos.

—La chica camina con pasitos de ratón —dijo—, pero uno oye.

«¿Cómo me ha podido oír?», se preguntó, y pareció como si también aquello lo oyera.

—El sonido del cuero contra la piedra canta más alto que un cuerno de guerra para uno con los oídos atentos. La niña lista va descalza.

—Traigo un mensaje. —Arya miró con inseguridad a la sirvienta. Al ver que no se iba a marchar, se inclinó hasta que casi rozó con los labios la oreja del hombre—. Weese —susurró.

Jaqen H'ghar volvió a cerrar los ojos y flotó lánguido, medio dormido.

—Dile a su señoría que uno irá a presentarle sus respetos en cuanto sea posible. —Movió la mano con tanta brusquedad que la salpicó de agua caliente, y Arya tuvo que dar un salto atrás para no quedar empapada.

Cuando le dijo a Tocavainas lo que Weese le había encargado, el cervecero lo maldijo a gritos.

—Ya puedes ir a decirle a Weese que mis muchachos tienen mucho que hacer aquí, y dile a ese cabrón picado de viruelas que los siete infiernos se helarán antes de que le dé otro cuerno de mi cerveza. Que quiero los barriles aquí antes de una hora o esto llegará a oídos de lord Tywin, vaya si llegará.

Weese también prorrumpió en maldiciones cuando Arya le llevó la respuesta, aunque omitiendo la parte del cabrón picado de viruelas. Gritó y amenazó, pero al final reunió a seis hombres y de mala gana los envió a llevar los barriles a la destilería.

Aquella noche, la cena consistió en un guiso aguado de centeno, cebolla y zanahorias, con un trozo de pan moreno que estaba duro. Una de las mujeres se iba a acostar en la cama de Weese, así que a ella le dieron también un trozo de queso azul y un ala del capón del que Weese había hablado aquella mañana. El resto se lo comió él solo. La grasa le corría en un hilillo brillante por las espinillas que tenía en las comisuras de la boca. Ya casi se había terminado el ave cuando alzó la cabeza y vio que Arya lo estaba mirando.

—Ven aquí, Comadreja.

Aún quedaban unos bocados de carne en uno de los muslos. «Se le había olvidado, pero ahora se ha acordado.» Casi se sintió mal por haberle dicho a Jaqen que lo matara. Se levantó del banco y acudió junto a la mesa.

—He visto que me estabas mirando. —Weese se limpió los dedos en su vestido. Luego la agarró por el cuello con una mano y la abofeteó con la otra—. ¿Qué te he dicho? —Le dio otra bofetada, esta de revés—. Como me vuelvas a mirar con esos ojos, te saco uno y se lo echo de comer a mi perra. —La tiró al suelo de un empujón. El dobladillo se le enganchó con un clavo suelto del banco y se le desgarró—. Eso lo tendrás que remendar antes de acostarte —anunció Weese al tiempo que se comía el último trozo de capón. Cuando terminó, se chupó los dedos con un ruidoso sorbetón, y le echó los huesos a la perra de piel con manchas.

—Weese —susurró Arya aquella noche, mientras cosía el desgarrón del vestido—. Dunsen, Polliver, Raff el Dulce —siguió, un nombre con cada puntada de la aguja de hueso en la lana sin teñir—. Cosquillas y el Perro. Ser Gregor, ser Amory, ser Ilyn, ser Meryn, el rey Joffrey, la reina Cersei. —Se preguntó cuánto tiempo más tendría que incluir a Weese en su plegaria, y se dejó llevar por el cansancio. Cuando se quedó dormida, soñó que por la mañana, al despertarse, Weese ya había muerto.

Pero lo que la despertó fue un puntapié de la bota de Weese, como de costumbre. Mientras desayunaban tortas de avena, les dijo que el grueso de las fuerzas de lord Tywin saldría aquel día del castillo.

—Ni penséis que las cosas os van a resultar más sencillas mientras no esté mi señor de Lannister —les advirtió—. El castillo no es más pequeño, y habrá menos manos para ocuparse de todo. Sois una panda de holgazanes, pero ahora vais a enteraros de lo que es trabajar duro, vaya que sí.

«No serás tú quien nos lo enseñe.» Arya mordió una torta de avena. Weese la miró con el ceño fruncido, como si oliera su secreto. Ella bajó la vista rápidamente hacia la comida y no se atrevió a volver a levantar los ojos.

Una luz blanquecina iluminaba ya el patio cuando lord Tywin Lannister partió de Harrenhal. Arya lo vio salir desde una ventana arqueada, en medio de la Torre Aullante. El corcel de batalla del señor llevaba una manta de escamas esmaltadas en color escarlata, y testera y capizana doradas; lord Tywin lucía una gruesa capa de armiño. Su hermano, ser Kevan, también tenía un aspecto espléndido. Los precedían nada menos que cuatro portaestandartes, con los inmensos blasones escarlata en los que se veía el león dorado. Detrás de los Lannister iban grandes señores y capitanes. Sus estandartes ondeaban al viento en colorida procesión: buey rojo y montaña dorada, unicornio morado y gallo, oso pinto y tejón, hurón plateado y malabarista de traje multicolor, estrellas y rayos de sol, pavo real y pantera, cheurón y puñal, capucha negra, escarabajo azul, flecha verde...

El último de todos era ser Gregor Clegane, con su armadura gris plateada, a lomos de un caballo de batalla tan malhumorado como su jinete. Junto a él cabalgaba Polliver, con el estandarte del perro negro en la mano y el casco astado de Gendry en la cabeza. Era alto, pero cuando cabalgaba a la sombra de su señor no parecía más que un muchachito.

Al verlos pasar bajo el gran rastrillo de hierro de Harrenhal, Arya sintió un escalofrío que le recorría la espalda. De pronto se dio cuenta de que había cometido un espantoso error. «Soy una idiota», pensó. Weese carecía de importancia, al igual que Chiswyck. Aquellos eran los hombres que importaban, a ellos los habría debido matar. La noche anterior podría haber susurrado un nombre cualquiera para condenarlo a muerte, pero estaba tan enfadada con Weese por golpearla y mentirle acerca del capón... «Lord Tywin, ¿por qué no dije lord Tywin?»

Tal vez no fuera demasiado tarde para cambiar de opinión. Weese aún no estaba muerto. Si encontraba a Jaqen y le decía...

Arya bajó corriendo por la escalera de caracol, olvidando las tareas que tenía que hacer. Oyó el tintineo de las cadenas a medida que el rastrillo bajaba muy despacio y sus púas se hundían profundas en el suelo... y luego otro sonido, un grito de miedo y dolor.

Una docena de personas llegaron antes que ella, aunque ninguna se acercó demasiado. Arya se escurrió entre ellas para ver mejor. Weese estaba tirado en el suelo de piedra, con la garganta destrozada y los ojos muy abiertos, que miraban sin ver las nubes grises del cielo. Su espantosa perra moteada le había puesto las patas sobre el pecho y lamía la sangre que brotaba palpitante del cuello, y de cuando en cuando arrancaba un trozo de carne del rostro del cadáver.

Por fin, alguien fue a buscar una ballesta y mató a la perra en el momento en que le arrancaba una oreja a Weese.

—Qué cosa más rara —oyó decir a un hombre—. Si tenía a esa perra desde que era una cachorrita.

—Este lugar está maldito —dijo el hombre de la ballesta.

—Es el fantasma de Harren, os lo digo yo —intervino el ama Amabel—. No pienso dormir aquí ni una noche más.

Arya levantó la vista de los cadáveres del hombre y la perra. Jaqen H'ghar estaba recostado contra una pared de la Torre Aullante. Al encontrarse con su mirada, alzó una mano con gesto indolente y se puso dos dedos en la mejilla.

CATELYN

A dos días a caballo de Aguasdulces, un explorador los divisó mientras abrevaban a los caballos junto a un arroyo lodoso. Catelyn jamás se había alegrado tanto de ver el blasón de las torres gemelas de la casa Frey.

Le pidió que la llevara a ver a su tío, pero la respuesta no fue la que esperaba.

—El Pez Negro ha partido hacia el oeste con el rey, mi señora. Martyn Ríos está al mando de los exploradores en su lugar.

—Comprendo. —Había conocido a Ríos en Los Gemelos; era hijo ilegítimo de lord Walder Frey y hermanastro de ser Perwyn. No la sorprendió enterarse de que Robb había atacado el corazón del poderío de los Lannister; era evidente que aquello era lo que tenía planeado cuando la envió para pactar con Renly—. ¿Dónde está ahora Ríos?

—Su campamento se encuentra a dos horas a caballo, mi señora.

—Llévanos con él —ordenó.

Brienne la ayudó a montar de nuevo, y de inmediato se pusieron en marcha.

—¿Venís de Puenteamargo, mi señora? —preguntó el explorador.

—No. —No se había atrevido. Tras la muerte de Renly, Catelyn no estaba segura de qué tipo de recibimiento les dispensarían la joven viuda y sus protectores. Por tanto, optó por regresar por el centro mismo de la guerra, a través de las fértiles tierras ribereñas que la furia de los Lannister había transformado en un desierto ennegrecido, y cada noche, sus exploradores regresaban con noticias que la ponían enferma—. Lord Renly ha sido asesinado —añadió.

—Teníamos la esperanza de que fuera una mentira de los Lannister, o...

—Ojalá fuera así. ¿Mi hermano está al mando en Aguasdulces?

—Sí, mi señora. Su alteza dejó a ser Edmure para que defendiera Aguasdulces y le cubriera la retaguardia.

«Que los dioses le den fuerzas para hacerlo —pensó Catelyn—. Y también la sabiduría necesaria.»

—¿Hay noticias sobre cómo le va a Robb en el oeste?

—¿No os habéis enterado? —El explorador parecía muy sorprendido—. Su alteza consiguió una gran victoria en Cruce de Bueyes. Ser Stafford Lannister ha muerto, y su ejército se ha dispersado.

Ser Wendel Manderly lanzó un grito de alegría, pero Catelyn se limitó a asentir. Los problemas del mañana la preocupaban más que las victorias del ayer.

El campamento de Martyn Ríos se encontraba entre los restos de una fortaleza destruida, junto a un establo sin tejado y un centenar de tumbas recientes. Cuando Catelyn desmontó, el hombre hincó una rodilla en tierra.

—Bienvenida, mi señora. Vuestro hermano nos ha encomendado la misión de esperar a vuestro grupo y escoltaros hasta Aguasdulces tan pronto como fuera posible.

A Catelyn no le gustó lo que aquello parecía implicar.

—¿Se trata de mi padre?

—No, mi señora. El estado de lord Hoster no ha cambiado. —Ríos era un hombretón rubicundo, sin apenas parecido físico con sus hermanos—. Pero teníamos miedo de que os tropezarais con exploradores de los Lannister. Lord Tywin ha partido de Harrenhal y avanza hacia el oeste con todo su poderío.

—Levantaos —dijo a Ríos con el ceño fruncido. Que los dioses los ayudaran a todos, Stannis Baratheon tampoco tardaría en avanzar—. ¿Cuánto falta para que lord Tywin caiga sobre nosotros?

—Tres días, tal vez cuatro, no se puede decir. Tenemos vigías en todos los caminos, pero será mejor que no nos demoremos.

Y no se demoraron. Ríos levantó el campamento con presteza, montó a caballo junto a ella, y se volvieron a poner en marcha. El grupo se componía ya de unos cincuenta hombres, que cabalgaban bajo los estandartes del lobo huargo, la trucha saltadora y las torres gemelas.

Los hombres de Catelyn querían saber más detalles sobre la victoria de Robb en Cruce de Bueyes, y Ríos estuvo encantado de proporcionárselos.

—Hay un bardo que ha llegado a Aguasdulces. Se hace llamar Rymund de las Rimas, y ha compuesto una canción que cuenta la batalla. Seguro que la podréis escuchar esta noche, mi señora. Rymund la ha titulado «Lobo en la noche». —Siguió contando cómo los restos del ejército de ser Stafford se habían replegado hacia Lannisport. Sin máquinas de asedio no había manera de tomar Roca Casterly, de modo que el Joven Lobo estaba pagando a los Lannister con su misma moneda: la devastación que habían infligido a las tierras ribereñas. Lord Karstark y lord Glover lanzaban ataques a lo largo de la costa, lady Mormont había capturado miles de cabezas de ganado y las llevaba de vuelta a Aguasdulces, y el Gran Jon se había apoderado de las minas de oro de Castamere, en la sima de Nunn y en las colinas Pendric. Ser Wendel se echó a reír y añadió—: Si hay algo que puede hacer que un Lannister se ponga en marcha es quitarle su oro.

—¿Cómo pudo el rey tomar el Colmillo? —le preguntó ser Perwyn Frey a su hermano bastardo—. Es una fortaleza poderosa, y domina el camino de la colina.

—No lo tomó. Pasó dando un rodeo en medio de la noche. Se dice que el lobo huargo, ese Viento Gris que tiene, le mostró el camino. La fiera encontró un sendero de cabras que bajaba por el desfiladero y subía por debajo de un risco. Era un camino estrecho y pedregoso, pero se podía recorrer en fila. Los vigías de los Lannister ni siquiera los vieron. —Ríos bajó la voz—. Se dice que después de la batalla, el rey le arrancó el corazón a Stafford Lannister y se la echó de comer a su lobo.

—No creáis semejantes cuentos —replicó Catelyn en tono brusco—. Mi hijo no es ningún salvaje.

—Como vos digáis, mi señora. Pero esa bestia se lo habría merecido. No es un lobo común, desde luego. El Gran Jon no deja de decir que los antiguos dioses del norte les enviaron los lobos huargo a vuestros hijos.

Catelyn recordó el día en que los chicos habían encontrado los cachorros entre las últimas nieves del verano. Eran cinco, tres machos y dos hembras, para los cinco hijos legítimos de la casa Stark... y un sexto, de pelaje blanco y ojos rojos, para Jon Nieve, el bastardo de Ned. «No, desde luego —pensó—. No son lobos comunes.»

Aquella noche, mientras montaban el campamento, Brienne fue a buscarla a su tienda.

—Mi señora, ya estáis a salvo y con los vuestros, a un día de marcha del castillo de vuestro hermano. Dadme permiso para partir.

Catelyn no tendría que haberse sorprendido. La fea joven se había mostrado muy reservada durante todo el viaje; había pasado la mayor parte del tiempo con los caballos, dedicada a cepillarlos y a sacarles piedras de debajo de las herraduras. También había ayudado a Shadd a cocinar y a limpiar la caza, y no tardó en demostrar que cazaba tan bien como cualquiera de los hombres. Había llevado a cabo con destreza y sin quejas todas las labores que Catelyn le había encomendado, y siempre respondía con educación cuando hablaban con ella, pero nunca charlaba, lloraba ni reía. Había cabalgado con ellos todos los días y dormido entre ellos todas las noches, pero en ningún momento fue una de ellos.

«Igual que cuando estaba con Renly —pensó Catelyn—. En el banquete, en el combate cuerpo a cuerpo, incluso en el pabellón real, con sus hermanos de la Guardia Arcoíris. Ha levantado a su alrededor una muralla más alta que la de Invernalia.»

—Si nos dejáis, ¿adónde iréis? —le preguntó Catelyn.

—Volveré atrás —dijo Brienne—. A Bastión de Tormentas.

—Sola. —No era una pregunta.

—Sí. —El rostro ancho parecía un estanque de aguas quietas y no dejaba traslucir el menor indicio de lo que habitaba en las profundidades.

—Tenéis intención de matar a Stannis.

—Hice un juramento. —Brienne cerró los dedos gruesos y encallecidos en torno al puño de la espada. La espada que había pertenecido a Renly—. Lo repetí tres veces. Vos me oísteis.

—Cierto —asintió Catelyn. Sabía que la joven había conservado la capa arcoíris cuando tiró el resto de su ropa manchada de sangre. Las cosas de Brienne se habían quedado en el campamento cuando huyeron, y se había visto obligada a vestirse con piezas dispares que le había proporcionado ser Wendel, el único del grupo con prendas de un tamaño adecuado al de ella—. Y estoy de acuerdo en que hay que mantener los juramentos. Pero Stannis está rodeado por un gran ejército, y tiene guardias que velan por él.

—No temo a sus guardias. Valgo tanto como cualquiera de ellos. No debí huir de allí.

—¿Es eso lo que os preocupa? ¿Que algún idiota os llame cobarde? —Suspiró—. La muerte de Renly no fue culpa vuestra. Lo servisteis con valor, pero si lo que buscáis es seguirlo a la tumba, no le serviréis de nada a nadie. —Extendió una mano para proporcionarle el consuelo de una caricia—. Ya sé que es muy duro...

—Nadie lo sabe —la interrumpió Brienne sacudiéndose su mano.

—Os equivocáis —replicó Catelyn con aspereza—. Cada mañana, nada más despertar, recuerdo que Ned ya no está conmigo. No soy hábil con la espada, pero eso no quiere decir que no sueñe con cabalgar hasta Desembarco del Rey, ponerle las manos en el cuello a Cersei Lannister y apretar su cuello blanco hasta que se le ponga la cara negra.

Brienne la Bella alzó los ojos, su único rasgo bello de verdad.

—Si eso es lo que soñáis, ¿por qué queréis retenerme? ¿Es por lo que dijo Stannis en aquella reunión?

«¿Es por eso?» Catelyn contempló el campamento. Dos hombres montaban guardia con lanzas en las manos.

—Me enseñaron que los hombres buenos deben combatir el mal en este mundo, y la muerte de Renly fue un acto de maldad inenarrable. Pero también me enseñaron que a los reyes los hacen los dioses, no las espadas de los hombres. Si Stannis es nuestro soberano legítimo...

—No lo es. Tampoco lo fue Robert; eso lo dijo hasta Renly. Jaime Lannister asesinó al rey legítimo, después de que Robert matara a su heredero en el Tridente. ¿Dónde estaban los dioses entonces? A los dioses no les importan los hombres, igual que a los reyes no les importan los campesinos.

—A un buen rey sí le importan.

—Lord Renly... Su alteza... él sí habría sido un buen rey, mi señora, habría sido el mejor rey, era tan bueno... era...

—Pero ha muerto, Brienne —dijo con tanta amabilidad como le fue posible—. Quedan Stannis y Joffrey... y también queda mi hijo.

—Pero él no... Nunca firmaríais la paz con Stannis, ¿verdad? Nunca doblaríais la rodilla. Decidme que no...

—Prefiero seros sincera, Brienne. No lo sé. Puede que mi hijo sea rey, pero yo no soy reina. Solo soy una madre que quiere proteger a sus hijos sea como sea.

—Yo no tengo madera de madre. Yo necesito luchar.

—Pues luchad... pero por los vivos, no por los muertos. Los enemigos de Renly son también los enemigos de Robb.

Brienne contempló el suelo y arrastró los pies.

—No conozco a vuestro hijo, mi señora. —Alzó la vista—. Pero podría serviros a vos. Si me aceptáis.

—¿A mí? ¿Por qué? —se sobresaltó Catelyn.

Aquella pregunta parecía preocupar a Brienne.

—Vos me ayudasteis. En el pabellón... cuando pensaron que yo había... que yo había...

—Erais inocente.

—Aun así, no estabais obligada a decir nada. Pudisteis dejar que me mataran. No soy nadie para vos.

«Puede que no quisiera ser la única que conociera la oscura verdad de lo que sucedió allí», pensó Catelyn.

—Brienne, a lo largo de los años he tomado a mi servicio a muchas damas de alta cuna, pero nunca a una como vos. No soy un comandante del ejército.

—No, pero tenéis valor. No valor para el combate, sino... no sé... una especie de valor femenino. Y creo que, cuando llegue el momento, no trataréis de detenerme. Prometédmelo. Prometedme que no me impediréis vengarme de Stannis.

—Cuando llegue el momento, no os lo impediré. —Catelyn todavía oía la voz de Stannis diciendo que a Robb también le llegaría su hora. Era como sentir un aliento gélido en la nuca.

La alta muchacha se arrodilló con torpeza, desenvainó la espada larga de Renly y la puso a sus pies.

—Entonces, mi señora, estoy a vuestro servicio. Soy vuestra vasalla... o lo que queráis que sea. Seré vuestro escudo, os aconsejaré y si es necesario daré mi vida por vos. Lo juro por los dioses antiguos y nuevos.

—Y yo juro que siempre habrá un lugar para vos junto a mi chimenea, y carne e hidromiel en mi mesa, y que no pediré de vos ningún servicio que os deshonre. Lo juro por los dioses antiguos y nuevos. Levantaos. —Cogió la mano de la joven entre las suyas, y no pudo evitar sonreír. «¿Cuántas veces habré visto a Ned aceptar los juramentos de sus hombres?» Se preguntó qué pensaría su esposo si pudiera verla en aquel momento.

Al día siguiente por la tarde, vadearon el Forca Roja remontando el curso desde Aguasdulces, allí donde el río trazaba una amplia curva y las aguas eran más bajas y fangosas. El cruce estaba guardado por una fuerza mixta de arqueros y hombres armados con picas, todos con el blasón del águila de los Mallister. Al ver los estandartes de Catelyn, salieron de detrás de su empalizada de estacas afiladas, y enviaron a un hombre a la otra orilla para ayudar al grupo a cruzar.

—Despacio y con cuidado, mi señora —advirtió al tiempo que cogía las riendas de su caballo—. Hemos puesto estacas de hierro bajo el agua, ¿veis?, y entre esas rocas hemos puesto abrojos. En todos los vados igual, lo ha ordenado vuestro hermano.

«Edmure cree que la guerra va a llegar hasta aquí.» Solo con pensarlo se le hacía un nudo en la garganta, pero no dijo nada.

Entre el Forca Roja y el Piedra Caída, se unieron a un grupo de aldeanos que iba en busca de la seguridad de Aguasdulces. Algunos guiaban animales ante ellos, otros tiraban de carretas... pero todos le abrieron paso a Catelyn y la aclamaron con vítores de «¡Tully!» o «¡Stark!». A menos de mil pasos del castillo atravesaron un gran campamento en el que el estandarte escarlata de los Blackwood ondeaba sobre la tienda del señor. Lucas pidió permiso para quedarse allí y buscar a su padre, lord Tytos. Los demás siguieron a caballo.

Catelyn divisó un segundo campamento situado a lo largo de la orilla norte del Piedra Caída, con unos estandartes conocidos que ondeaban al viento: la doncella danzante de Marq Piper, el labrador de Darry y las dos serpientes entrelazadas, roja y blanca, de los Paege. Todos eran vasallos de su padre, señores del Tridente. La mayoría había abandonado Aguasdulces antes de su partida, para ir a defender sus tierras. Si estaban allí de nuevo, solo podía ser porque Edmure los había hecho llamar. «Los dioses nos guarden, es verdad, pretende presentar batalla a lord Tywin.»

Pese a la distancia, Catelyn vio que algo oscuro pendía de los muros de Aguasdulces. Al acercarse se dio cuenta de que eran cadáveres colgados de las almenas. Estaban sujetos por el cuello con nudos corredizos, al final de largas cuerdas, y tenían los rostros hinchados y ennegrecidos. Los cuervos ya se habían ocupado de ellos, pero las capas color escarlata aún se distinguían brillantes sobre los muros de piedra.

—Parece que han ahorcado a unos cuantos Lannister —señaló Hal Mollen.

—Hermoso espectáculo —comentó alegremente ser Wendel Manderly.

—Por lo visto, nuestros amigos han empezado la fiesta sin nosotros —bromeó Perwyn Frey.

Los demás se echaron a reír, todos menos Brienne, que alzó la vista para contemplar la hilera de cadáveres sin pestañear, y no sonrió ni dijo nada.

«Si han matado al Matarreyes, mis hijas también se pueden dar por muertas.» Catelyn espoleó al caballo para ponerlo a medio galope. Hal Mollen y Robin Flint la adelantaron al galope, lanzando gritos de saludo al puesto de guardia. Sin duda, los guardias de las murallas habían visto sus estandartes hacía ya rato, porque al acercarse se encontraron el rastrillo levantado.

Edmure salió a caballo para recibirla, acompañado por tres de los hombres juramentados de su padre: el barrigón ser Desmond Grell, maestro de armas; Utherydes Wayn, el mayordomo, y ser Robin Ryger, el corpulento y calvo capitán de la guardia de Aguasdulces. Los tres eran más o menos de la edad de lord Hoster y habían pasado la vida al servicio de su padre.

«Son viejos», comprendió Catelyn.

Edmure vestía una capa azul y roja sobre una túnica en la que llevaba bordado un pez plateado. Por su aspecto, no se había afeitado desde que Catelyn partiera hacia el sur; su barba era una mata salvaje.

—Cat, cuánto me alegro de que hayas vuelto sana y salva. Cuando nos enteramos de la muerte de Renly, temimos por tu vida. Y lord Tywin también se ha puesto en marcha.

—Eso me han dicho. ¿Cómo se encuentra nuestro padre?

—Un día parece que se recupera, y al siguiente... —Sacudió la cabeza—. Ha preguntado por ti. No he sabido qué decirle.

—Iré a verlo enseguida —prometió—. ¿Ha llegado alguna noticia de Bastión de Tormentas después de la muerte de Renly? ¿Y de Puenteamargo? —No se podían enviar cuervos a los que estaban de viaje, y Catelyn ansiaba saber qué había sucedido tras su partida.

—De Puenteamargo no ha llegado nada. De Bastión de Tormentas, tres pájaros; los envía su castellano, ser Cortnay Penrose. Los tres con la misma súplica. Stannis lo ha rodeado por tierra y mar. Le ofrece su lealtad al rey que rompa el asedio. Dice que teme por el chico. ¿A qué chico se referirá? ¿Lo sabes tú?

—A Edric Tormenta, el hijo bastardo de Robert —les dijo Brienne.

Edmure la miró con curiosidad.

—Stannis ha jurado que la guarnición podrá marcharse libre y sin sufrir daño alguno siempre y cuando rinda el castillo antes de quince días y le entregue al chico, pero Ser Cortnay se niega.

«Lo arriesga todo por un niño bastardo que ni siquiera lleva su sangre», pensó Catelyn.

—¿Le has enviado alguna respuesta?

—¿Para qué —dijo Edmure con un gesto de negación—, si no podemos ofrecerle ayuda ni esperanza? Además, Stannis no es nuestro enemigo.

—Mi señora —intervino ser Robin Ryger—, ¿podéis contarnos cómo murió lord Renly? Nos han llegado historias muy extrañas.

—Es cierto, Cat —dijo su hermano—. Hay quien dice que a Renly lo mataste tú. Otros aseguran que fue una mujer sureña. —No pudo evitar mirar en dirección a Brienne.

—Mi rey fue asesinado —dijo la chica con voz tranquila—. Y no por lady Catelyn. Lo juro por mi espada, por los dioses antiguos y nuevos.

—Os presento a Brienne de Tarth, hija de lord Selwyn, el Lucero de la Tarde —les dijo Catelyn—. Servía en la Guardia Arcoíris de Renly. Brienne, tengo el honor de presentaros a mi hermano, ser Edmure Tully, heredero de Aguasdulces. A su mayordomo, Utherydes Wayn. A ser Robin Ryger y a ser Desmond Grell.

—Es un honor —dijo ser Desmond.

Los demás dijeron lo mismo. La joven se sonrojó; hasta aquella cortesía habitual la sonrojaba. Si Edmure pensó que era una dama bien extraña, al menos tuvo la elegancia de no decirlo.

—Brienne estaba con Renly cuando fue asesinado, igual que yo —dijo Catelyn—, pero no tuvimos nada que ver con su muerte. —No quería hablar de la sombra allí, con tantos hombres alrededor, de manera que señaló los cadáveres de las murallas—. ¿Quiénes son esos hombres que habéis ahorcado?

—Vinieron con ser Cleos —respondió con incomodidad Edmure, alzando la vista—, cuando nos trajo la respuesta de la reina a vuestra oferta de paz.

—¿Habéis matado a unos emisarios? —Catelyn estaba conmocionada.

—Eran falsos emisarios —replicó Edmure—. Me dieron su palabra de que venían en son de paz y entregaron las armas, de manera que los dejé libres dentro del castillo, y durante tres noches comieron carne y bebieron hidromiel en mi mesa. La cuarta noche intentaron liberar al Matarreyes. —Señaló a uno—. Ese gigantón mató a dos guardias con las manos; los cogió por el cuello y les estampó los cráneos, el uno contra el otro, mientras el flaco que está a su lado abría la celda de Lannister con un trozo de alambre, los dioses lo maldigan. El del final debía de ser una especie de actor. Imitó mi voz para ordenar que abrieran la puerta del Río. Los tres guardias lo juran: Enger, Delp y Lew el Largo. Si te digo la verdad, su voz no se parecía en nada a la mía, pero esos tres zopencos estaban levantando el rastrillo.

Catelyn sospechaba que aquello era obra del Gnomo; apestaba a la misma astucia de la que había hecho gala en el Nido de Águilas. En otros tiempos habría dicho que Tyrion era el menos peligroso de los Lannister. Ya no estaba tan segura.

—¿Cómo los atrapaste?

—Eh... pues dio la casualidad de que yo no estaba en el castillo, había cruzado el Piedra Caída para... eh...

—Para ir de putas o con alguna mujer. Sigue contándome.

—Faltaba más o menos una hora para el amanecer —continuó Edmure, con las mejillas tan rojas como la barba—, y yo regresaba al castillo en ese momento. Lew el Largo vio mi bote, me reconoció, y por fin se paró a pensar en quién estaba abajo gritando órdenes y dio la alarma.

—Dime que volvisteis a capturar al Matarreyes.

—Sí, pero no fue fácil. Jaime se apoderó de una espada, mató a Poul Pemford y a Myles, el escudero de ser Desmond, y también hirió a Delp. Está tan grave que el maestre Vyman teme que muera pronto. Fue una carnicería. En cuanto oyeron el sonido del acero, otros capas rojas corrieron a ayudarlo, aun sin armas. A esos los colgué junto a los cuatro que lo liberaron, y a los demás los tengo en las mazmorras. Igual que a Jaime. Ese no volverá a escapar. Esta vez lo he metido en una celda oscura, encadenado a la pared de pies y manos.

—¿Y Cleos Frey?

—Jura que no sabía nada del plan. ¿Quién sabe? Es mitad Lannister, mitad Frey, y mentiroso integral. Lo he encerrado en la celda de la torre, donde teníamos a Jaime hasta ahora.

—Dices que han traído otra oferta de paz.

—Si se la puede llamar así. Te va a gustar tan poco como a mí, seguro.

—¿No hay esperanza de que recibamos ayuda del sur, lady Stark? —preguntó Utherydes Wayn, el mayordomo de su padre—. Esa acusación de incesto... Lord Tywin no se va a tomar esa ofensa a la ligera. Querrá limpiar esa mancha en el nombre de su hija con la sangre de su acusador. Lord Stannis tiene que comprenderlo. No le queda otra opción que hacer causa común con nosotros.

«Stannis ha hecho causa común con un poder muy superior y más oscuro.»

—Ya hablaremos más tarde de estos temas.

Catelyn recorrió el puente levadizo y dejó atrás la macabra hilera de Lannister muertos. El caballo de su hermano trotó junto a ella. Cuando llegaron al bullicio del patio de Aguasdulces, un niño desnudo se cruzó gateando en el paso de los caballos. Catelyn tiró de las riendas con energía para no arrollarlo, y miró a su alrededor con desaliento. Habían dejado entrar en el castillo a cientos de campesinos, a los que se había dado permiso para erigir refugios rudimentarios contra los muros. Había niños descalzos por doquier, y el patio estaba lleno de vacas, ovejas y pollos.

—¿Quiénes son estos?

—Mi pueblo —respondió Edmure—. Tenían miedo.

«Solo a mi querido hermano se le ocurriría llenar el castillo de bocas inútiles cuando están a punto de asediarnos.» Catelyn sabía que tenía el corazón blando y a veces pensaba que tenía la cabeza más blanda todavía. Aquello hacía que lo quisiera más, pero en algunos momentos...

—¿Se le puede enviar un cuervo a Robb?

—Está en campo abierto, mi señora —respondió ser Desmond—. No hay manera de que los pájaros lo encuentren.

Utherydes Wayn carraspeó.

—Antes de partir, el joven rey nos dejó instrucciones para que os enviáramos a Los Gemelos en cuanto volvierais, lady Stark. Quiere que conozcáis a las hijas de lord Walder para ayudarlo a elegir una esposa cuando llegue el momento adecuado.

—Te proporcionaremos caballos descansados y provisiones —le prometió su hermano—. Supongo que querrás lavarte un poco antes de...

—Lo que quiero es quedarme —dijo Catelyn al tiempo que desmontaba. No tenía la menor intención de abandonar Aguasdulces y a su padre moribundo para ir a elegirle una esposa a Robb. «Robb quiere ponerme a salvo. Lo comprendo, pero me empiezo a cansar de ese pretexto»—. Chico —llamó, y un pilluelo de los establos salió corriendo para coger las riendas de su caballo.

Edmure desmontó. Era una cabeza más alto que Catelyn, pero para ella siempre sería su hermano pequeño.

—Cat —dijo con tono angustiado—, lord Tywin viene hacia aquí...

—Se dirige hacia el oeste, va a defender sus tierras. Si cerramos las puertas y nos refugiamos tras los muros, podremos verlo pasar sin arriesgar nada.

—Estas tierras son de los Tully —declaró Edmure—. Si Tywin Lannister piensa cruzarlas sin pagarlo con sangre, le voy a dar una buena lección.

«¿La misma lección que le enseñaste a su hijo?» Su hermano, a veces, era tan testarudo como una roca del río, sobre todo si le tocaban el orgullo, pero ninguno de los dos podía olvidar cómo ser Jaime había destrozado el ejército de Edmure la última vez que se enfrentaron en combate.

—No tenemos nada que ganar, pero sí mucho que perder, si nos enfrentamos a lord Tywin en combate abierto —dijo Catelyn con tacto.

—No creo que el patio sea el lugar idóneo para discutir mis planes de batalla.

—Como prefieras. ¿Adónde vamos?

El rostro de su hermano se ensombreció. Durante un momento pensó que iba a gritarle airado.

—Si te empeñas, al bosque de dioses —dijo al final.

Lo siguió por una galería hasta la puerta del bosque de dioses. La ira de Edmure siempre había sido un sentimiento malhumorado, hosco.

Catelyn sentía haberle hecho daño, pero era un asunto demasiado importante para que se preocupara por el orgullo herido de su hermano. En cuanto estuvieron a solas entre los árboles, Edmure se volvió hacia ella.

—No tienes fuerzas suficientes para enfrentarte a los Lannister en combate —le dijo ella sin miramientos.

—Una vez reúna a todos mis hombres, tendré ocho mil soldados de infantería y tres mil de caballería —dijo Edmure.

—Lo que significa que lord Tywin tendrá el doble que tú.

—Robb ganó sus batallas en circunstancias aún peores —replicó Edmure—. Y tengo un plan. Te estás olvidando de Roose Bolton. Lord Tywin lo derrotó en el Forca Verde, pero no consiguió su objetivo. Cuando lord Tywin fue a Harrenhal, Bolton tomó el Vado Rubí y las encrucijadas. Tiene diez mil hombres. Le he enviado un mensaje a Helman Tallhart, para que se reúna con la guarnición que Robb dejó en Los Gemelos...

—Edmure, Robb dejó allí a esos hombres para defender Los Gemelos y asegurarse de que lord Walder sigue leal a nosotros.

—Nos es leal —dijo Edmure con testarudez—. Los Frey lucharon con valor en el bosque Susurrante, y tenemos entendido que el anciano ser Stevron murió en Cruce de Bueyes. Ser Ryman, Walder el Negro y los demás están con Robb en el oeste, Martyn nos ha prestado un servicio excelente como explorador, y ser Perwyn te llevó sana y salva hasta Renly y te ha traído de vuelta. Por los dioses, ¿qué más les podemos pedir? Robb está prometido con una de las hijas de lord Walder, y Roose Bolton se ha casado con otra, según me han dicho. ¿Y acaso no te has llevado a dos de sus nietos como pupilos a Invernalia?

—Si es necesario, es fácil transformar a un pupilo en rehén. —Catelyn no sabía nada de la muerte de ser Stevron, ni del matrimonio de Bolton.

—Pues si tenemos dos rehenes, razón de más para que lord Walder no se atreva a traicionarnos. Bolton necesita a los hombres de Frey, y también ser Helman. Le he ordenado que vuelva a tomar Harrenhal.

—Va a correr mucha sangre.

—Sí, pero cuando caiga el castillo, lord Tywin no tendrá adónde retirarse. Los soldados que he reclutado defenderán los vados del Forca Roja para evitar que crucen. Si intenta atacar a través del río, acabará igual que Rhaegar cuando trató de cruzar el Tridente. Si se queda allí, estará atrapado entre Aguasdulces y Harrenhal, y cuando Robb vuelva del oeste, acabaremos con él de una vez por todas.

La voz de su hermano estaba impregnada de confianza arrolladora, pero Catelyn empezaba a desear que Robb no se hubiera llevado hacia el oeste a su tío Brynden. El Pez Negro era veterano de cien batallas. Edmure solo era veterano de una, y la había perdido.

—Es un buen plan —concluyó él—. Lo dice lord Tytos, y también lord Jonos. Dime, ¿cuándo has visto a Blackwood y a Bracken de acuerdo en algo que no fuera seguro?

—Puede que así sea. —De repente se sentía muy cansada. Quizá se equivocaba al oponerse a él. Quizá era un plan espléndido, y sus recelos no eran más que temores femeninos. Cuánto deseaba que Ned estuviera allí, o su tío Brynden, o...—. ¿Has hablado con nuestro padre acerca de esto?

—No se encuentra en situación de sopesar estrategias. ¡Hace dos días estaba haciendo planes para tu matrimonio con Brandon Stark! Si no me crees, ve a verlo tú misma. Este plan funcionará, Cat, te lo aseguro.

—Eso espero, Edmure, de verdad. —Le dio un beso en la mejilla para demostrarle que era sincera, y fue a ver a su padre.

Lord Hoster Tully estaba más o menos como lo había dejado: postrado en su lecho, demacrado y con la piel pálida y fría. La habitación olía a enfermedad, un olor empalagoso mezcla a partes iguales de sudor rancio y medicinas. Cuando apartó los cortinajes, su padre dejó escapar un gemido y entreabrió los ojos. La miró como si no comprendiera quién era ni qué quería.

—Padre. —Le dio un beso—. He vuelto.

Pareció reconocerla.

—Has venido —dijo en un susurro casi inaudible, apenas sin mover los labios.

—Sí —dijo—. Robb me envió al sur, pero he vuelto en cuanto he podido.

—Al sur... adónde... ¿el Nido de Águilas está al sur, pequeña? No recuerdo... oh, dioses, tenía miedo de que... ¿me has perdonado, mi niña? —Le corrieron las lágrimas por las mejillas.

—No has hecho nada que te tenga que perdonar, padre. —Le acarició el pelo blanco y lacio, y le tocó la frente febril. Seguía ardiendo, pese a todas las pócimas del maestre.

—Fue lo mejor —susurró su padre—. Jon es un buen hombre, es bueno... fuerte, amable... te cuidará... te cuidará bien... y es de alta cuna, hazme caso, tienes que hacerme caso... soy tu padre... te casarás al mismo tiempo que Cat, sí...

«Cree que soy Lysa —comprendió Catelyn—. Dioses misericordiosos, habla como si aún no nos hubiéramos casado.» Las manos de su padre se aferraron a las suyas, aleteando como un par de pájaros blancos asustados.

—Ese chico... ese mozalbete miserable... No me menciones su nombre, tu deber... tu madre habría... —Lord Hoster gritó, presa de un espasmo de dolor—. Oh, dioses misericordiosos, perdóname, perdóname. Mi medicina...

El maestre Vyman llegó a toda prisa y le acercó una copa a los labios. Lord Hoster sorbió la espesa pócima blanca con tanta ansiedad como un bebé la leche del pecho de su madre, y Catelyn vio como volvía a quedarse tranquilo.

—Ahora va a dormir, mi señora —dijo el maestre cuando hubo vaciado la copa.

La leche de la amapola había dejado una gruesa película blancuzca en torno a la boca de su padre. El maestre Vyman le limpió los labios con una manga.

Catelyn no soportó quedarse allí ni un instante más. Hoster Tully había sido un hombre fuerte y orgulloso. Le dolía verlo reducido a aquello. Salió a la terraza. El patio, abajo, estaba abarrotado de refugiados, y el ruido era caótico, pero más allá de las murallas, los ríos discurrían limpios, puros, eternos...

«Esos son sus ríos, y pronto volverá a ellos para hacer su último viaje.»

El maestre Vyman la había seguido.

—Mi señora —dijo en voz baja—, no podré demorar el final mucho más. Deberíamos enviar un jinete a buscar a su hermano. Ser Brynden querrá estar aquí.

—Sí —dijo Catelyn con la voz rota de pena.

—¿Y también lady Lysa?

—Lysa no vendrá.

—Puede que, si vos misma le escribís un mensaje...

—Si eso os place, pondré unas palabras sobre un papel.

Se preguntaba quién sería el «mozalbete miserable» de Lysa. Algún joven escudero, o un caballero errante, probablemente... Aunque, por la vehemencia con que lord Hoster se había opuesto a él, también podía tratarse del hijo de algún mercader, de un aprendiz bastardo o hasta de un bardo. A Lysa siempre le habían gustado demasiado los bardos.

«No la puedo culpar. Por noble que fuera, Jon Arryn tenía veinte años más que nuestro padre.»

La torre que le había destinado su hermano era la misma que ella había compartido con Lysa cuando eran doncellas. Sería grato volver a dormir en un lecho de plumas, con un fuego caliente en la chimenea. Cuando descansara, el mundo le parecería menos sombrío.

Pero junto a sus habitaciones la estaba esperando Utherydes Wayn, con dos mujeres vestidas de gris y con las caras cubiertas de manera que solo se les veían los ojos. Catelyn adivinó al instante por qué estaban allí.

—¿Ned?

Las hermanas bajaron la vista.

—Ser Cleos lo ha traído de Desembarco del Rey, mi señora —dijo Utherydes.

—Llevadme junto a él —ordenó.

Lo habían depositado sobre una mesa, cubierto con un estandarte, el estandarte blanco de la casa Stark, con su blasón del lobo huargo.

—Quiero verlo —dijo Catelyn.

—Solo quedan los huesos, mi señora.

—Quiero verlo —repitió.

Una de las hermanas silenciosas retiró el estandarte.

«Huesos —pensó Catelyn—. Este no es mi Ned, no es el hombre al que amé, el padre de mis hijos.» Tenía las manos cruzadas sobre el pecho, dedos esqueléticos cerrados en torno al puño de una espada larga, pero aquellas no eran las manos de Ned, tan fuertes, tan llenas de vida. Habían vestido los huesos con el jubón de Ned, el de hermoso terciopelo blanco con el lobo huargo bordado sobre el corazón, pero no quedaba nada de la carne cálida sobre la que había recostado la cabeza tantas y tantas noches, ni de los brazos que la habían estrechado. La cabeza volvía a estar unida al cuerpo con alambre de plata, pero todos los cráneos se parecían, y en aquellas órbitas vacías no encontró ni rastro de los ojos gris oscuro de su señor, unos ojos que podían ser suaves como la niebla o duros como la piedra. «Los ojos se los echaron a los cuervos», recordó.

—Esa no es su espada —dijo Catelyn apartándose.

—No nos han devuelto a *Hielo,* mi señora —dijo Utherydes—. Solo los huesos de lord Eddard.

—Me imagino que tendría que darle las gracias a la reina.

—Dádselas al Gnomo, mi señora. Fue cosa suya.

«Algún día les daré las gracias a todos ellos.»

—Os agradezco vuestros servicios, hermanas —dijo Catelyn—, pero tengo que encomendaros otra tarea. Lord Eddard era un Stark, y sus huesos deben reposar en Invernalia. —«Harán una estatua que se parezca a él, una figura de piedra que quedará sentada en la oscuridad con un lobo huargo a los pies y una espada cruzada sobre las rodillas»—. Aseguraos de que las hermanas tengan caballos descansados y cualquier otra cosa que necesiten para el viaje —le dijo a Utherydes Wayn. Bajó la vista hacia los huesos, todo lo que le quedaba de su señor, de su amado—. Y ahora, dejadme a solas. Esta noche quiero estar a solas con Ned.

Las mujeres de gris inclinaron la cabeza. «Las hermanas silenciosas no hablan con los vivos —pensó Catelyn con la mente entumecida—, pero hay quien dice que pueden hablar con los muertos.» Cuánto las envidiaba...

Los cortinajes la aislarían del polvo y del calor de las calles, pero no podrían mantener fuera la decepción que sentía. Dany se subió a la litera, cansada, y se alegró de poder resguardarse del mar de ojos qarthienses.

—Abrid paso —gritó Jhogo desde su caballo a la multitud, al tiempo que hacía restallar el látigo—. ¡Abrid paso, abrid paso a la Madre de Dragones!

Xaro Xohan Daxos, recostado sobre frescos cojines de raso, sirvió vino tinto color rubí en un par de copas de jade y oro, con manos firmes y seguras pese al bamboleo del palanquín.

—Veo una profunda tristeza escrita en vuestro rostro, mi luz de amor. —Le ofreció una de las copas—. ¿Acaso se trata de la tristeza de un sueño perdido?

—Un sueño demorado, nada más.

La gargantilla de plata que Dany llevaba al cuello le apretaba mucho. Se la desabrochó y la tiró a un lado. Estaba engastada con las amatistas encantadas que, según juraba Xaro, la protegerían de todos los venenos. Los Sangrepura tenían fama de ofrecer vino envenenado a los que consideraban peligrosos, pero a Dany no le habían ofrecido ni un vaso de agua.

«No me han visto como a una reina —pensó con amargura—. Solo he sido su diversión de una tarde, una chica caballo con raro un animal de compañía.»

Cuando Dany extendió una mano para coger el vino, Rhaegal siseó y le clavó las afiladas garras negras en el hombro desnudo. Ella hizo una mueca y se cambió el dragón de hombro, para que estuviera posado sobre el vestido y no sobre la piel. Iba ataviada según las costumbres qarthienses. Xaro le había advertido que los Entronizados jamás escucharían a una dothraki, de modo que había acudido ante ellos envuelta en seda verde, con un pecho al aire, sandalias plateadas en los pies y una ristra de perlas blancas y negras en torno a la cintura. «Para la ayuda que me han ofrecido, tanto habría dado que fuera desnuda. Quizá habría sido mejor.» Bebió un largo trago. El vino sabía a fruta y a cálidos días de verano.

Los Sangrepura, descendientes de los antiguos reyes y reinas de Qarth, estaban al mando de la Guardia Cívica y de la flota de ornamentadas galeras que dominaban los estrechos entre mares. Daenerys Targaryen había acudido para pedir aquella flota, o parte de ella, y también algunos de sus soldados. Hizo el sacrificio tradicional en el templo de la Memoria, le ofreció el soborno tradicional al Custodio de la Larga Lista, le envió el caqui tradicional al Abridor de la Puerta, y por fin recibió las tradicionales zapatillas de seda azul que convocaban a la Sala de los Mil Tronos.

Los Sangrepura escucharon sus peticiones sentados en los grandes tronos de madera de sus antepasados, erigidos en gradas curvas desde el suelo de mármol hasta el alto techo en forma de cúpula donde se veían escenas pintadas de la antigua gloria de Qarth. Los tronos eran inmensos, con tallas fantásticas, adornados con oro e incrustaciones de ámbar, ónice, lapislázuli y jade; todos eran diferentes, todos competían por ser el más fabuloso. Pero los hombres que los ocupaban parecían tan apáticos y ajenos al mundo como si estuvieran dormidos.

«Me han oído —pensó—, pero no me han escuchado; no les importaba nada. Son hombres de leche, sí. Jamás tuvieron intención de ayudarme. Me han recibido porque sentían curiosidad. Me han recibido porque se aburrían, y el dragón que llevaba al hombro les interesaba más que yo.»

—Contadme las palabras de los Sangrepura —pidió Xaro Xhoan Daxos—. Contadme qué han dicho que tanto entristece a la reina de mi corazón.

—Han dicho que no. —El vino sabía a granadas y a cálidos días veraniegos—. Con gran cortesía, eso sí, pero pese a las palabras hermosas, la respuesta seguía siendo no.

—¿Los habéis adulado?

—Sin pudor.

—¿Habéis llorado?

—La sangre del dragón no llora —replicó, testaruda.

—Deberíais haber llorado —dijo Xaro con un suspiro. Los qarthienses lloraban a menudo y con facilidad; se consideraba propio de hombres civilizados—. Y los hombres que sobornamos, ¿qué dijeron?

—Mathos no ha dicho nada. Wendello ha alabado mi manera de expresarme. El Exquisito me ha rechazado igual que todos, pero luego ha llorado.

—Ah, los qarthienses, qué gente desleal... —Xaro no era un Sangrepura, pero le había indicado a quiénes debía sobornar y cuánto debía ofrecerles—. Llorad, llorad por la traición de los hombres.

Dany habría llorado más bien por su oro. Con el oro que les había entregado a Mathos Mallarawan, Wendello Qar Deeth y Egon Emeros el Exquisito habría podido comprar un barco, o contratar a una veintena de mercenarios.

—¿Y si envío a ser Jorah a exigir que me devuelvan mis regalos? —preguntó.

—¿Y si una noche viene un hombre pesaroso a mi palacio y os mata mientras dormís? —Los Hombres Pesarosos eran un antiquísimo y sagrado gremio de asesinos, llamado así porque sus miembros siempre susurraban «Lo siento mucho» a sus víctimas antes de matarlas. Los qarthienses eran, ante todo, educados—. Hay un sabio refrán que dice que es más fácil ordeñar a la Vaca de Piedra de Faros que sacarle oro a un Sangrepura.

Dany no sabía dónde estaba Faros, pero le daba la sensación de que Qarth estaba lleno de vacas de piedra. Los príncipes mercaderes, que se habían enriquecido hasta lo inimaginable gracias al comercio entre los mares, se dividían en tres facciones celosas entre sí: el Antiguo Gremio de Especieros, la Hermandad de la Turmalina y los Trece, entre los que se contaba Xaro. Las tres competían entre ellas por predominar sobre las otras, y las tres mantenían un enfrentamiento eterno con los Sangrepura. Y como una sombra siniestra, por encima de todos, estaban los brujos, con sus labios azules y aquellos poderes temibles que pocos habían visto, pero todos temían.

Sin Xaro no habría sabido ni qué hacer. El oro que había desperdiciado para abrir las puertas de la Sala de los Mil Tronos era en su mayor parte producto de la generosidad y el ingenio del mercader. A medida que empezó a extenderse hacia el este el rumor de que había dragones vivos, más visitantes fueron acudiendo para comprobar si era verdad... y Xaro Xhoan Daxos se encargó de que tanto los poderosos como los humildes dejaran alguna ofrenda para la Madre de Dragones.

El goteo pronto comenzó a transformarse en una inundación. Los capitanes mercantes le llevaban encajes de Myr, cofrecitos de azafrán de Yi Ti, y ámbar y vidriagón de Asshai. Los mercaderes le ofrecían bolsas de monedas; los orfebres, anillos y cadenas. Los flautistas tocaban para ella, los acróbatas hacían acrobacias, y los malabaristas, juegos malabares, mientras los tintoreros la vestían con colores que jamás había soñado. Una pareja de Jogos Nhai la había obsequiado con uno de sus caballos a rayas blancas y negras. Una viuda le llevó la momia reseca de su marido, cubierta por una capa de hojas bañadas en plata; se decía que los restos como aquellos tenían un gran poder, sobre todo si el difunto había sido hechicero, como era su caso. Y la Hermandad de la Turmalina le entregó una corona labrada en forma de dragón tricéfalo: los cuerpos enroscados eran de oro amarillo; las alas, de plata, y las cabezas estaban talladas en jade, marfil y ónice.

La corona fue la única ofrenda que quiso conservar. El resto, lo vendió todo, para reunir el oro que había desperdiciado con los Sangrepura. Xaro quería que vendiera también la corona; le juraba que los Trece se encargarían de que tuviera otra mucho mejor, pero Dany lo prohibió.

—Viserys vendió la corona de mi madre, y todos lo llamaron mendigo. Yo conservaré esta, y todos me llamarán reina.

Y así lo hizo, aunque pesaba tanto que hacía que le doliera el cuello.

«Pero, con corona o sin ella, sigo siendo una mendiga —pensó Dany—. La mendiga más esplendorosa del mundo, pero mendiga al fin y al cabo. —Detestaba sentirse así, igual que debía de haberle pasado a su hermano—. Tantos años de huir de ciudad en ciudad, un paso por delante de los cuchillos del Usurpador, siempre suplicando ayuda a arcontes, príncipes y magísteres, siempre pagando la comida con adulaciones... Seguro que sabía cuánto se burlaban de él. No es de extrañar que estuviera siempre furioso y amargado. —Y al final, aquello lo había vuelto loco—. A mí me pasará lo mismo si lo permito. —Una parte de ella deseaba más que nada en el mundo regresar con su pueblo a Vaes Tolorro, y hacer que floreciera la ciudad muerta—. No, eso sería una derrota. Yo tengo algo que Viserys nunca tuvo. Tengo a los dragones. Los dragones marcarán la diferencia.»

Acarició a Rhaegal. El dragón verde cerró los dientes sobre su mano y le dio un mordisco que estuvo a punto de resultar doloroso. Fuera, la gran ciudad vibraba y bullía; una miríada de voces se fundía en un sonido grave como el oleaje del mar.

—Abrid paso, hombres de leche, abrid paso a la Madre de Dragones —proclamaba Jhogo, y los qarthienses se apartaban, aunque quizá más por los bueyes que por sus órdenes.

A través de los cortinajes que se entreabrían de cuando en cuando, Dany lo divisaba a lomos de su semental gris. A veces les daba un golpecito suave a los bueyes con el látigo con mango de plata que ella le había regalado. Aggo vigilaba el otro flanco, y Rakharo cabalgaba tras la comitiva, siempre atento a los rostros de la multitud, en busca de cualquier rastro de peligro. Aquel día había dejado a ser Jorah en el palacio para que vigilara el resto de los dragones; el caballero exiliado se había opuesto a aquella estupidez desde el principio.

«No confía en nadie —reflexionó—. Y puede que tenga razón.»

Cuando Dany levantó la copa para beber, Rhaegal olisqueó el vino y echó la cabeza hacia atrás con un siseo.

—Vuestro dragón tiene buen olfato. —Xaro se limpió los labios—. Este vino es vulgar. Se dice que al otro lado del mar de Jade tienen una cosecha dorada tan deliciosa que, con solo probar un trago, cualquier otro vino sabe a vinagre. Subamos a mi barcaza de paseo y vayamos a buscarlo, vos y yo...

—El mejor vino del mundo es el del Rejo —declaró Dany. Lord Redwyne había combatido al Usurpador al lado de su padre; recordaba que había sido uno de los últimos leales. «¿Luchará también por mí?» No había manera de saberlo después de tantos años—. Venid conmigo al Rejo, Xaro, y probaréis las mejores cosechas que podáis imaginar. Pero para ese viaje necesitaremos un barco de guerra, no una chalana de paseo.

—No tengo barcos de guerra. La guerra es mala para el comercio. Os he dicho muchas veces que Xaro Xhoan Daxos es un hombre amante de la paz.

«Xaro Xhoan Daxos es un hombre amante del oro —pensó ella—, y con oro podré comprar todos los barcos y espadas que necesito.»

—No os he pedido que empuñéis una espada, solo que me prestéis vuestros barcos.

—Sí, barcos mercantes tengo unos pocos. —El hombre sonrió con modestia—. Quién sabe cuántos. Puede que en este momento se esté hundiendo uno en algún rincón tormentoso del mar del Verano. Mañana caerá otro, presa de los corsarios. Puede que, pasado mañana, alguno de mis capitanes vea todas las riquezas que hay en la bodega y crea que le pertenecen. Son los riesgos del comercio. Ahora que lo pienso, cuanto más hablamos, menos barcos me quedan. Me empobrezco por momentos.

—Dadme barcos y os haré rico de nuevo.

—Casaos conmigo, luz brillante, y tripulad el barco de mi corazón. Por las noches no puedo dormir pensando en vuestra belleza.

Dany sonrió. Las floridas declaraciones de pasión de Xaro le parecían divertidas, pero su actitud contradecía sus palabras. Mientras que ser Jorah había parecido incapaz de apartar los ojos de su pecho desnudo cuando la ayudaba a subir al palanquín, Xaro ni se había fijado, y eso que compartían aquel espacio tan reducido. Y no había dejado de notar la presencia de los atractivos muchachitos que siempre rodeaban al príncipe mercader y revoloteaban por los salones de su palacio ataviados con sedas transparentes.

—Vuestras palabras son dulces, Xaro, pero en ellas oigo otro no.

—Ese trono de hierro del que habláis parece monstruosamente frío y duro. No soporto pensar en esas puntas afiladas que cortarán esta dulce piel. —Las joyas que adornaban la nariz de Xaro lo hacían parecer un pájaro extraño y brillante. Hizo un movimiento lánguido con los largos dedos—. Que vuestro reino sea este, reina exquisita entre las exquisitas, y dejad que yo sea vuestro rey. Si queréis, os daré un trono de oro. Cuando Qarth nos hastíe, podremos viajar a Yi Ti y buscar la ciudad de ensueño de los poetas, donde beberemos el vino de la sabiduría de una calavera.

—Voy a ir en barco a Poniente, y allí beberé el vino de la venganza del cráneo del Usurpador. —Rascó a Rhaegal debajo de un ojo, y el dragón desplegó las alas verde jade, sacudiendo el aire quieto dentro del palanquín.

—¿No hay nada que pueda apartaros de esa locura? —Una lágrima solitaria y perfecta descendía por la mejilla de Xaro Xhoan Daxos.

—Nada —respondió, deseando estar tan segura como indicaban sus palabras—. Si cada uno de los Trece me prestara diez barcos...

—Tendríais ciento treinta naves, y nadie que las tripulara. La justicia de vuestra causa no significa nada para el pueblo de Qarth. ¿Por qué les debería importar a mis marineros quién se sienta en el trono de un reino que está al otro lado del mundo?

—Les pagaré para que les importe.

—¿Con qué moneda, dulce estrella de mi corazón?

—Con el oro que traen los que vienen a ver los dragones.

—Es posible —reconoció Xaro—, pero para que les importe mucho, tendréis que pagarles mucho. Mucho más incluso que yo, y todo Qarth se burla de lo ruinoso de mi generosidad.

—Si los Trece no me dan su ayuda, tal vez tenga que pedírsela al Gremio de Especieros o a la Hermandad de la Turmalina.

—No os darán otra cosa que adulación y mentiras —dijo Xaro, encogiéndose de hombros con gesto lánguido—. Los Especieros son hipócritas y fanfarrones, y la Hermandad está llena de piratas.

—En ese caso, tendré que escuchar el consejo de Pyat Pree y acudir a los brujos.

El príncipe mercader se incorporó bruscamente.

—Pyat Pree tiene los labios azules, y se dice y es verdad que de los labios azules solo salen mentiras. Escuchad las palabras sabias de quien os ama. Los brujos son criaturas malévolas que comen polvo y beben sombras. No os darán nada, porque nada tienen para dar.

—No tendría que pedir ayuda a hechiceros si mi amigo Xaro Xhoan Daxos me diera lo que necesito.

—Os he dado mi hogar y mi corazón, ¿eso no significa nada para vos? Os he dado perfumes y granadas, monos saltarines y serpientes escupidoras, pergaminos de la desaparecida Valyria, una cabeza de ídolo y una pata de serpiente. Os he dado este palanquín de ébano y oro, y la pareja de bueyes que tiran de él, a juego, uno blanco como el marfil y otro negro como el azabache, con incrustaciones de piedras preciosas en los cuernos.

—Sí —dijo Dany—, pero lo que yo quería eran barcos y soldados.

—¿Acaso no os he dado un ejército a vos, la más dulce de las mujeres? Un millar de caballeros, cada uno con su brillante armadura.

Las armaduras eran de oro y plata, y los caballeros, de jade, berilo y ónice, de turmalina, ámbar, ópalo y amatista, todos del tamaño de su dedo meñique.

—Un millar de preciosos caballeros —dijo—, pero no de los que infunden temor en el corazón de mis enemigos. Y los bueyes no pueden llevarme por el agua, que es lo que... ¿Por qué nos detenemos?

Los bueyes habían aminorado la marcha de manera perceptible.

—*Khaleesi* —la llamó Aggo a través de los cortinajes del palanquín detenido.

Dany se apoyó sobre un codo para asomarse. Estaban en los límites del bazar, y el camino estaba bloqueado por una muralla de gente.

—¿Qué miran?

—Es un mago de fuego, *khaleesi* —contestó Jhogo mientras retrocedía a caballo.

—Quiero verlo.

—Lo veréis.

El dothraki le ofreció la mano para ayudarla. Dany la aceptó, y él la izó para sentarla a lomos de su caballo, delante de él, desde donde podía verlo todo por encima de las cabezas de la multitud. El mago de fuego había conjurado en el aire una escalerilla de llamas anaranjadas y crepitantes, que se alzaba sin apoyo alguno sobre el suelo del bazar y se tendía hacia el alto enrejado del techo.

Se fijó en que la mayoría de los espectadores no era de la ciudad: vio marineros de barcos mercantes, comerciantes que habían llegado en las caravanas, hombres polvorientos del desierto rojo, soldados errantes, artesanos, esclavistas... Jhogo la sujetó por la cintura y se acercó más a ella.

—Los hombres de leche lo rehúyen, *khaleesi.* ¿Veis a la chiquilla del sombrero de fieltro? Aquella, la que está tras el sacerdote gordo. Es una...

—Ratera —terminó Dany. No era ninguna dama consentida, ciega a aquellas cosas. Había visto muchos rateros en las calles de las Ciudades Libres, durante los años que había pasado con su hermano, siempre huyendo de los asesinos a sueldo del Usurpador.

El mago gesticulaba, hacía que las llamas subieran más y más con cada movimiento amplio de los brazos. Los espectadores inclinaban la cabeza hacia atrás para ver mejor, y los rateros se movían entre el público con navajitas en la palma de las manos para cortar los cordones de las bolsas. Con una mano descargaban a los adinerados del peso de sus monedas, mientras señalaban con la otra hacia arriba.

Cuando la escalera de fuego tuvo una altura de veinte varas, el mago empezó a subir por ella, ágil y rápido como un mono. Cada vez que tocaba un peldaño, este se desvanecía sin dejar más que un jirón de humo plateado. Cuando llegó a la cima, la escalera desapareció por completo, y él también.

—Buen truco —comentó Jhogo, admirado.

—No es ningún truco —dijo una mujer en la lengua común.

Dany no había visto a Quaithe entre la multitud, pero allí estaba, con los ojos húmedos y brillantes tras la implacable máscara de laca roja.

—¿Qué queréis decir, mi señora?

—Hace medio año, ese hombre apenas si podía arrancar fuego del vidriagón. Tenía cierta habilidad con polvos y fuego valyrio, la suficiente para distraer a la multitud mientras sus rateros trabajaban. Era capaz de caminar sobre carbones al rojo y hacer florecer en el aire rosas de llamas, pero subir por la escalera de fuego le habría resultado tan imposible como a un pescador vulgar atrapar un kraken con sus redes.

Dany, intranquila, contempló el lugar donde se había alzado la escalera. Ya había desaparecido el humo, y la multitud empezaba a dispersarse, mientras todos volvían a centrarse en sus asuntos. No tardarían en darse cuenta de que les habían vaciado las bolsas.

—¿Y ahora?

—Ahora, sus poderes crecen, *khaleesi,* y vos sois la causa.

—¿Yo? —Se echó a reír—. ¿Y eso por qué?

—Sois la Madre de Dragones, ¿no es verdad? —La mujer se acercó un paso y puso dos dedos sobre la muñeca de Dany.

—Lo es —replicó Jhogo apartando los dedos de Quaithe con el mango del látigo—, y ningún engendro de las sombras puede tocarla.

La mujer dio un paso atrás.

—Debéis salir de esta ciudad cuanto antes, Daenerys Targaryen, o no os dejarán salir jamás.

—¿Y adónde queréis que vaya? —preguntó Dany. Sentía un cosquilleo en la muñeca, allí donde Quaithe la había tocado.

—Para ir al norte tenéis que viajar hacia el sur. Para llegar al oeste debéis ir hacia el este. Para adelantaros tendréis que retroceder, y para tocar la luz debéis pasar bajo la sombra.

«Asshai —pensó Dany—. Quiere que viaje a Asshai.»

—¿Los asshaítas me darán un ejército? —quiso saber—. ¿Conseguiré oro en Asshai? ¿Conseguiré barcos? ¿Qué encontraré en Asshai que no pueda encontrar en Qarth?

—La verdad —respondió la mujer de la máscara.

Hizo una reverencia y volvió a perderse entre la multitud. Rakharo hizo una mueca de desprecio bajo el largo mostacho negro.

—*Khaleesi,* más vale comer escorpiones vivos que confiar en el engendro de las sombras, que no se atreve a mostrar su rostro al sol. Lo sabe todo el mundo.

—Lo sabe todo el mundo —asintió Aggo.

Xaro Xhoan Daxos había presenciado toda la conversación recostado entre los cojines.

—Vuestros salvajes son más sabios de lo que ellos mismos imaginan —dijo cuando Dany volvió a subir al palanquín—. Las verdades que tienen los asshaítas no dibujarán una sonrisa en vuestros labios. —Acto seguido le puso otra copa de vino en la mano, y durante el resto del trayecto hasta su palacio no dejó de hablar de amor, de lujuria y de otras nimiedades.

Una vez a solas en la tranquilidad de sus habitaciones, Dany se quitó la ropa de gala y se puso una túnica amplia de seda morada. Los dragones tenían hambre, así que troceó una serpiente y carbonizó los pedazos sobre el brasero.

«Están creciendo mucho —advirtió al verlos lanzar mordiscos y disputarse la carne ennegrecida—. Deben de pesar el doble que cuando estábamos en Vaes Tolorro. —Pero pasarían muchos años antes de que tuvieran tamaño suficiente para ir a la guerra—. Y también habrá que entrenarlos a conciencia, o destruirán mi reino.» Pese a toda la sangre Targaryen que corría por sus venas, Dany no tenía ni la más remota idea de cómo se entrenaba a un dragón.

Ser Jorah Mormont acudió a verla cuando el sol ya se estaba poniendo.

—¿Los Sangrepura os han negado su ayuda?

—Sí, tal como vos dijisteis que harían. Venid, sentaos conmigo y aconsejadme.

Dany le indicó que se acomodara entre los cojines, y Jhiqui les llevó un cuenco de aceitunas y cebollitas al vino.

—En esta ciudad no obtendréis ayuda, *khaleesi.* —Ser Jorah cogió una cebollita entre el índice y el pulgar—. Cada día estoy más convencido. Los Sangrepura no ven más allá de las murallas de Qarth, y Xaro...

—Ha vuelto a pedirme que me case con él.

—Sí, y ya sé por qué. —El caballero frunció el ceño, y las espesas cejas negras se le juntaron en una sola línea sobre los ojos hundidos.

—Porque sueña conmigo día y noche. —Dany se echó a reír.

—Perdonadme, mi reina, pero es con vuestros dragones con lo que sueña.

—Xaro me ha asegurado que, en Qarth, los hombres y las mujeres conservan cada uno sus posesiones después de casarse. Los dragones son míos. —Sonrió al ver que Drogon se acercaba a ella a saltitos por el suelo de mármol para ir a acurrucarse en un cojín junto a ella.

—Lo que dice es verdad, pero se le olvidó mencionar un detalle. Los qarthienses tienen una costumbre nupcial muy curiosa, mi reina. El día de su boda, la esposa puede solicitarle a su marido una prueba de su amor. Cualquiera de sus bienes, y él tiene que otorgárselo. Pero el marido también puede pedir lo mismo. Solo se puede pedir una cosa, y no se puede negar.

—Una cosa —repitió Dany—, y no se puede negar.

—Con un dragón, Xaro Xhoan Daxos dominaría esta ciudad, pero con un barco, vos no avanzaríais gran cosa en vuestros propósitos.

Dany mordisqueó una cebolla y pensó con tristeza en la deslealtad de los hombres.

—Cuando volvíamos de la Sala de los Mil Tronos hemos cruzado el bazar —contó a ser Jorah—. Nos hemos encontrado con Quaithe. —Le habló del mago de fuego y de la escalera de llamas, y le contó lo que le había dicho la mujer de la máscara roja.

—Para ser sincero, me gustaría marcharme de esta ciudad —dijo el caballero cuando terminó su relato—. Pero no en dirección a Asshai.

—¿Adónde iríamos?

—Hacia el este.

—Aquí ya estoy a medio mundo de mi reino. Si avanzo más hacia el este, puede que jamás encuentre el camino de vuelta a Poniente.

—Y si vais hacia el oeste, pondréis en peligro vuestra vida.

—La casa Targaryen tiene amigos en las Ciudades Libres —le recordó—. Amigos más sinceros que Xaro o los Sangrepura.

—Si os referís a Illyrio Mopatis, no estoy tan seguro. Si le ofrecen suficiente oro, Illyrio os vendería antes de lo que se vende a un esclavo.

—Mi hermano y yo estuvimos medio año en la casa de Illyrio como invitados. Si hubiera querido vendernos, lo habría hecho entonces.

—Y os vendió —dijo ser Jorah—. A Khal Drogo.

Dany se sonrojó. Sabía que era verdad, pero no le había gustado que se lo dijera de aquella manera tan brusca.

—Illyrio nos protegió de los asesinos del Usurpador, y creía en la causa de mi hermano.

—Illyrio no cree en más causa que en la causa de Illyrio. Los glotones suelen ser codiciosos, y los magísteres, taimados. Illyrio Mopatis es ambas cosas. ¿Qué sabéis de él en realidad?

—Sé que me regaló los huevos de dragón.

Ser Jorah dejó escapar un bufido.

—Si hubiera sabido que podían abrirse, él mismo los habría empollado.

—De eso no me cabe duda. —Dany sonreía muy a su pesar—. Conozco a Illyrio mejor de lo que pensáis. Cuando salí de su palacio de Pentos para casarme con mi sol y estrellas era una niña, pero no estaba sorda ni ciega. Y ahora ya no soy una niña.

—Aunque Illyrio fuera el amigo leal que pensáis —insistió el caballero tercamente—, no tiene poder suficiente para llevaros al trono, igual que no pudo llevar a vuestro hermano.

—Es rico —replicó ella—. Puede que no tanto como Xaro, pero sí lo suficiente para alquilar barcos y hombres para mi causa.

—Los mercenarios son útiles en ocasiones —reconoció ser Jorah—, pero no podréis reconquistar el trono de vuestro padre con la chusma de las Ciudades Libres. Nada une más un reino desmembrado que ver un ejército invasor en su territorio.

—Soy su reina legítima —protestó Dany.

—Sois una desconocida que pretende llegar a sus playas con un ejército de extranjeros que ni siquiera hablan la lengua común. Los señores de Poniente no os conocen, y tienen todos los motivos del mundo para temeros y desconfiar de vos. Antes de haceros a la mar, tendréis que ganároslos. Al menos a unos cuantos.

—¿Y cómo lo conseguiré si sigo vuestro consejo y voy hacia el este?

El caballero se comió una aceituna y escupió el hueso en la palma de la mano.

—No lo sé, alteza —reconoció—. Pero sí sé que, cuanto más tiempo permanezcáis en un lugar, más fácil será para vuestros enemigos encontraros. El nombre de los Targaryen todavía les inspira temor, tanto como para que enviaran a un hombre a mataros cuando supieron que estabais embarazada. ¿Qué harán cuando se enteren de que tenéis dragones?

Drogon estaba enroscado bajo el brazo de Dany, caliente como una piedra que se hubiera dejado expuesta al sol todo el día. Rhaegal y Viserion se peleaban por un pedacito de carne, se golpeaban el uno al otro con las alas, y les salía humo siseante de las fosas nasales.

«Mis coléricos hijos —pensó—. No permitiré que les pase nada.»

—El cometa me trajo a Qarth por algún motivo. Pensaba que aquí encontraría mi ejército, pero parece que no será así. ¿Qué me queda por hacer? —«Tengo miedo, pero he de ser valiente»—. Venid mañana; os enviaré a visitar a Pyat Pree.

TYRION

La niña no lloró en ningún momento. Myrcella Baratheon era muy joven, pero también era una princesa. «Y Lannister, a pesar de su nombre —se recordó Tyrion—. Tiene tanto de Jaime como de Cersei.»

Sí, su sonrisa era un poco trémula al despedirse de sus hermanos en la cubierta de la *Marveloz,* pero la niña sabía qué tenía que decir, y lo dijo con valor y dignidad. Cuando llegó el momento de la separación, el que lloró fue el príncipe Tommen, y Myrcella lo tuvo que consolar.

Tyrion contempló la despedida desde la cubierta de la *Martillo del Rey Robert,* una gran galera de guerra de cuatrocientos remos. La *Martillo de Rob,* como la llamaban los remeros, sería el elemento principal de la escolta de Myrcella. También la acompañarían en su viaje la *Estrellaleón,* la *Viento Bravo* y la *Lady Lyanna.*

No se sentía nada tranquilo al desprenderse de una parte nada desdeñable de su flota, ya de por sí insuficiente y mermada por la pérdida de todos los barcos que habían navegado con lord Stannis hacia Rocadragón y no regresaron nunca. Pero Cersei se negó en redondo a reducir la escolta. Quizá en aquello tuviera razón. Si capturaban a la niña antes de que llegara a Lanza del Sol, la alianza dorniense se desmoronaría. Hasta el momento, Doran Martell no había hecho nada, aparte de convocar a sus vasallos. Cuando Myrcella estuviese sana y salva en Braavos, conduciría sus ejércitos hacia los pasos más altos, donde la amenaza de la guerra podría hacer que algunos señores de las Marcas se replantearan sus lealtades y obligaran a Stannis a detener su avance hacia el norte. Pero no era más que una estratagema. Los Martell no se involucrarían en la guerra a menos que hubiera un ataque contra Dorne, y Stannis no era tan idiota.

«Aunque puede que algunos de sus vasallos sí lo sean —reflexionó Tyrion—. He de tenerlo en cuenta.»

Carraspeó para aclararse la garganta.

—Ya conocéis vuestras órdenes, capitán.

—Así es, mi señor. Debemos navegar cerca de la costa, sin perder de vista la tierra firme, hasta llegar a Punta Zarpa Rota. Desde allí cruzaremos el mar Angosto hacia Braavos. Bajo ningún concepto debemos acercarnos a Rocadragón.

—¿Y si pese a todo nuestros enemigos dieran con vosotros por casualidad?

—Si se tratara solo de un barco, debemos escapar o destruirlo. Si son más, la *Viento Bravo* se unirá a la *Marveloz* para protegerla mientras el resto de la flota presenta batalla.

Tyrion asintió. Si pasaba lo peor, la pequeña *Marveloz* sería capaz de escapar de casi cualquier perseguidor. Era un barco pequeño de velas muy grandes, más rápido que ninguna otra nave de la flota de guerra, o al menos, aquello aseguraba su capitán. Una vez llegara a Braavos, Myrcella estaría a salvo. Le había elegido a ser Arys Oakheart como escudo juramentado, y el braavosi tenía instrucciones de llevarla el resto del camino hasta Lanza del Sol. Ni siquiera lord Stannis se atrevería a despertar las iras de la más grande y poderosa de las Ciudades Libres. Ir de Desembarco del Rey a Dorne pasando por Braavos no era una ruta directa ni mucho menos, pero sí segura... o aquello esperaba Tyrion.

«Si lord Stannis se enterase de esto, no podría elegir mejor momento para caer sobre nosotros con toda su flota.» Tyrion miró hacia el punto donde el Aguasnegras desembocaba en la bahía del mismo nombre, y sintió alivio al ver que no había ni rastro de velas en el amplio horizonte verde. Según los últimos informes, la flota Baratheon seguía anclada ante Bastión de Tormentas, donde ser Cortnay Penrose aún desafiaba a los asediantes en nombre del difunto Renly. Mientras, casi habían terminado tres cuartas partes de las torres con poleas de Tyrion. En aquellos mismos instantes, los hombres izaban pesados bloques de piedra para ponerlos en sus lugares correspondientes, y sin duda lo maldecían por obligarlos a trabajar durante las celebraciones. Que lo maldijeran cuanto quisieran.

«Dos semanas más, Stannis, son todo lo que pido. Dos semanas más y habré terminado.»

Tyrion observó como su sobrina se arrodillaba ante el septón supremo para que le diera sus bendiciones para el viaje. La corona de cristal capturó la luz del sol y la reflejó como un arcoíris sobre el rostro vuelto hacia arriba de Myrcella. El ruido que había en la ribera hacía imposible oír las plegarias. Esperaba que los dioses tuvieran mejor oído. El septón supremo era gordo como una casa, y más pomposo y altisonante que el propio Pycelle.

«Ya basta, viejo, termina de una vez —pensó Tyrion irritado—. Los dioses no tienen todo el día para escucharte, y yo tampoco.»

Cuando por fin terminaron los canturreos y las salmodias, Tyrion se despidió del capitán de la *Martillo de Rob*.

—Llevad sana y salva a mi sobrina a Braavos, y cuando regreséis os estará aguardando un título de caballero —le prometió.

Al bajar por la plancha hacia el atracadero, Tyrion sentía las miradas rencorosas clavadas en él. La galera se mecía con el movimiento de las olas, y andaba con más dificultad que nunca. «Seguro que se están burlando de mí. —No se atrevían a hacerlo de manera abierta, claro, aunque distinguía murmullos por encima del crujido de la madera y las sogas, y del sonido de las aguas del río contra los pilares—. No me quieren —pensó—. Y no es de extrañar: soy feo y estoy bien alimentado, mientras que ellos pasan hambre.»

Bronn lo escoltó entre la multitud para ir a reunirse con su hermana y los hijos de esta. Cersei no le hizo el menor caso, y prefirió dedicar todas las sonrisas a su primo. Tyrion vio cómo hechizaba a Lancel con unos ojos tan verdes como el collar de esmeraldas que colgaba en torno al níveo cuello esbelto, y sonrió para sus adentros. «Conozco tu secreto, Cersei», pensó. En los últimos días, su hermana había visitado a menudo al septón supremo, para que los dioses la bendijeran en la inminente batalla contra lord Stannis... o aquello era lo que quería hacerle creer. Lo cierto era que, tras una breve visita al Gran Septo de Baelor, Cersei se cubría con una sencilla capa marrón de viaje, y se escabullía para ir a reunirse con cierto caballero errante con el nombre de ser Osmund Kettleblack, y sus dos hermanos igualmente desabridos, Osney y Osfryd. Lancel le había hablado de ellos. Cersei pensaba utilizar a los Kettleblack para comprar un ejército de mercenarios que le fueran leales.

Excelente, que disfrutara de sus planes. Era mucho más dulce con él cuando pensaba que lo estaba derrotando con su ingenio. Los Kettleblack la cautivarían, aceptarían sus monedas y le prometerían todo lo que quisiera. ¿Y por qué no, si Bronn igualaba cualquier oferta? Los tres hermanos, pícaros simpáticos donde los hubiera, eran mucho más hábiles con los engaños que con las armas. Cersei se había comprado tres tambores huecos: hacían todo el ruido fiero que ella requería, pero dentro no tenían nada. Aquello a Tyrion le resultaba de lo más divertido.

Los cuernos sonaron en una fanfarria cuando la *Estrellaleón* y la *Lady Lyanna* se alejaron de la orilla río abajo para despejar el camino para la *Marveloz.* El gentío reunido en las orillas, tan escaso y disperso como las nubes que avanzaban por el cielo, lanzó algunos gritos y aclamaciones. Myrcella sonrió y saludó con la mano desde la cubierta. Tras ella se alzaba Arys Oakheart, con la capa blanca ondeando al viento. El capitán ordenó que soltaran amarras, y los remos de la *Marveloz* se hundieron en la corriente del Aguasnegras, donde sus velas se hincharon con el viento. Unas velas vulgares, blancas, por instrucciones de Tyrion; nada de telas del color escarlata de los Lannister. Tommen sollozaba inconsolable.

—Eres un crío de teta —le siseó su hermano—. Los príncipes no lloran.

—El príncipe Aemon, el Caballero Dragón, lloró el día en que la princesa Naerys se casó con su hermano Aegon —dijo Sansa Stark—, y los gemelos ser Arryk y ser Erryk murieron con lágrimas en las mejillas después de que cada uno le infligiera al otro una herida mortal.

—Cállate o le digo a ser Meryn que te inflija una herida mortal a ti —le replicó Joffrey a su prometida.

Tyrion miró de soslayo a su hermana, pero Cersei estaba absorta en lo que le contaba ser Balon Swann. «¿De verdad está tan ciega que no ve cómo es su hijo?», se preguntó.

En el río, la *Viento Bravo* sacó los remos y siguió la estela de la *Marveloz.* Por último partió la *Martillo del Rey Robert,* la más poderosa de la flota real... o de la parte de la flota real que no había huido a Rocadragón el año anterior con Stannis. Tyrion había elegido los capitanes con sumo cuidado, evitando a aquellos cuya lealtad era dudosa según Varys... pero la lealtad del propio Varys era dudosa, de modo que persistía cierta aprensión. «Dependo demasiado de Varys —reflexionó—. Necesito tener mis propios informadores. Aunque tampoco voy a confiar en ellos.» La confianza podía ser mortífera.

Volvió a pensar en Meñique. No habían recibido noticias de Petyr Baelish desde que partiera en dirección a Puenteamargo. Aquello tal vez no significara nada... o todo. Ni siquiera Varys lo sabía. El eunuco había apuntado que tal vez Meñique hubiera sufrido alguna desgracia en el camino. Quizá incluso estuviera muerto. Tyrion se burló de semejante idea.

—Si Meñique está muerto, yo soy un gigante —fue su comentario.

Lo más probable era que los Tyrell le estuvieran poniendo pegas a la propuesta de matrimonio, cosa que Tyrion comprendía bien. «Si yo fuera Mace Tyrell, antes preferiría la cabeza de Joffrey en una pica que su polla dentro de mi hija.»

La pequeña flota se había alejado bastante por la bahía cuando Cersei indicó que era hora de marcharse. Bronn llegó con el caballo de Tyrion y lo ayudó a montar. Aquello era misión de Podrick Payne, pero Pod se había quedado en la Fortaleza Roja. La presencia del huesudo mercenario le resultaba mucho más tranquilizadora que la del muchacho.

Las estrechas calles estaban vigiladas por los hombres de la Guardia de la Ciudad, que mantenían a raya a la multitud con las astas de las lanzas. Ser Jacelyn Bywater iba delante, ante una cuña de lanceros a caballo, todos vestidos con cotas de malla negras y capas doradas. Tras él cabalgaban ser Aron Santagar y ser Balon Swann, que portaban los estandartes del rey: el león de los Lannister y el venado coronado de los Baratheon.

El rey Joffrey los seguía en un alto palafrén gris, con una corona dorada sobre los también dorados rizos. Sansa cabalgaba a su lado a lomos de una yegua alazana, sin mirar a derecha ni a izquierda, con la espesa cabellera color caoba bajo una redecilla de adularias. La pareja iba flanqueada por dos miembros de la Guardia Real, el Perro a la derecha del rey y ser Mandon Moore a la izquierda de la joven Stark.

Detrás iba Tommen, todavía sollozante, con ser Preston Greenfield ataviado con capa y armadura blancas, y luego Cersei, acompañada por ser Lancel y protegida por Meryn Trant y Boros Blount. Tyrion iba en pos de su hermana. Tras ellos se veía al septón supremo en su litera, y a una larga hilera de cortesanos: ser Horas Redwyne, lady Tanda y su hija, Jalabhar Xho, lord Gyles Rosby y los demás. La retaguardia la cubría una hilera doble de guardias.

Hombres mal afeitados y mujeres sucias contemplaban a los jinetes con resentimiento desde detrás de la línea de lanzas. «Esto no me gusta nada», pensó Tyrion. Bronn había situado una veintena de mercenarios entre la multitud, y tenían orden de detener cualquier inicio de problema. Tal vez Cersei hubiera dispuesto de la misma manera a sus Kettleblack. Pero tenía la sensación de que no iba a servir de gran cosa. Cuando el fuego es demasiado vivo, echar un puñado de pasas al cazo no evita que se quemen las natillas.

Atravesaron la plaza del Pescado y cabalgaron por la calle del Lodazal, para doblar por el Garfio antes de emprender el ascenso a la Colina Alta de Aegon. Al ver pasar al joven rey hubo algunos gritos de «¡Joffrey! ¡Salve, Joffrey!», pero por cada persona que lo aclamaba había ciento que callaban. Los Lannister atravesaban un mar de hombres harapientos y mujeres hambrientas; se enfrentaban a una marea de ojos hoscos. Delante de él, Cersei reía por un comentario que le había hecho Lancel, aunque Tyrion sospechaba que su alegría era fingida. Sin duda advertía la hostilidad que los rodeaba, pero su hermana siempre había sido partidaria de aparentar valor.

Estaban a medio camino cuando una mujer que gritaba consiguió abrirse paso entre dos guardias y corrió hacia el centro de la calle, delante del rey y su séquito, con el cadáver de un bebé alzado por encima de la cabeza. Era un cuerpo azul e hinchado, grotesco, pero lo más espantoso eran los ojos de la madre. Durante un momento dio la impresión de que

Joffrey la iba a arrollar, pero Sansa Stark se inclinó hacia un lado y le dijo algo al oído. El rey rebuscó en su bolsa y le arrojó a la mujer un venado de plata. La moneda rebotó contra el niño y cayó rodando entre las piernas de los capas doradas, hacia la multitud, donde una docena de hombres empezaron a pelearse por ella. La madre ni siquiera pestañeó. Los brazos flacos le temblaban bajo el peso de su hijo muerto.

—Dejadla, alteza —le dijo Cersei—. No podéis hacer nada por esa pobrecilla.

La madre la oyó. Sin saber por qué, la voz de la reina despertó algo en el cerebro destrozado de la mujer. Su rostro se retorció en una mueca de desprecio.

—¡Puta! —chilló—. ¡Puta del Matarreyes! ¡Te acuestas con tu hermano! —El niño muerto se le cayó de los brazos como un saco cuando señaló a Cersei—. ¡Te acuestas con tu hermano, te acuestas con tu hermano, te acuestas con tu hermano!

Tyrion no llegó a ver quién lanzó los excrementos. Solo oyó el grito de Sansa y las maldiciones de Joffrey, y cuando volvió la cabeza, el rey se estaba limpiando la mierda de la mejilla. Había más pegada al pelo dorado, y sobre las piernas de Sansa.

—¿Quién me ha tirado eso? —chilló Joffrey. Se llevó la mano al pelo, rabioso, y se quitó más restos de excrementos—. ¡Quiero al hombre que me lo ha tirado! —gritó—. ¡Cien dragones de oro para quien me lo entregue!

—¡Estaba allí arriba! —chilló alguien entre la multitud.

El rey hizo dar la vuelta a su caballo para mirar los tejados y balcones. En la multitud, todos señalaban y gritaban, se maldecían entre ellos y a Joffrey.

—Por favor, alteza, dejadlo —suplicó Sansa.

—¡Traedme al hombre que me ha tirado esto! —ordenó Joffrey sin hacerle caso a Sansa—. ¡Me va a limpiar con la lengua, o le cortaré la cabeza! ¡Perro, tráemelo!

Sandor Clegane, obediente, se bajó de la silla, pero no había manera de atravesar aquella muralla de carne, y mucho menos, de llegar al tejado. Los hombres que estaban más cerca de él trataban de apartarse, mientras que los demás empujaban para acercarse y ver mejor. Tyrion palpaba el desastre.

—Clegane, volved aquí, ese hombre ha escapado.

—¡Tráemelo! —chilló Joffrey mientras señalaba hacia el tejado—. ¡Estaba allí arriba! ¡Perro, ábrete camino con la espada y tráeme...!

Un tumulto ahogó el final de la frase; era un rugido retumbante de rabia, miedo y odio que envolvió a la comitiva desde todos lados.

—¡Bastardo! —le gritó alguien a Joffrey—. ¡Monstruo bastardo!

Hubo más gritos de «¡Puta!» y «¡Te acuestas con tu hermano!» dirigidos a la reina, mientras que a Tyrion lo llamaban «Monstruo» y «Mediohombre». También se oían otras voces clamando «¡Justicia!», «¡Robb, rey Robb, el Joven Lobo!», o «¡Stannis!» e incluso «¡Renly!». A ambos lados de la calle, la multitud empujaba las astas de las lanzas, mientras los capas doradas trataban de mantenerla a raya. Les cayó encima una lluvia de piedras, excrementos y cosas aún peores.

—¡Danos de comer! —gritó una mujer.

—¡Pan! —rugió un hombre—. ¡Queremos pan, bastardo!

Al instante, un millar de voces se unieron al mismo grito. El rey Joffrey, el rey Robb y el rey Stannis pasaron al olvido, y el rey Pan reinó en solitario.

—¡Pan! —era el clamor—. ¡Pan! ¡Pan!

Tyrion picó espuelas a su caballo y acudió al lado de su hermana.

—¡Al castillo! —gritó—. ¡Ahora mismo!

Cersei asintió al tiempo que ser Lancel desenvainaba la espada. Al frente de la columna, Jacelyn Bywater rugía órdenes. Sus jinetes bajaron las lanzas y avanzaron en formación de cuña. El rey daba vueltas a lomos de su palafrén, en círculos ansiosos, mientras un mar de manos trataba de agarrarlo. Alguien consiguió cogerle la pierna, pero solo un instante. La espada de ser Mandon descendió como un rayo y cortó la mano por la muñeca.

—¡Cabalga! —le gritó Tyrion a su sobrino, al tiempo que le daba un golpe al caballo en la grupa.

El animal se alzó sobre las patas traseras, relinchó y emprendió el camino al galope, arrollando a la gente que tenía delante. Tyrion lo siguió de cerca, y Bronn cabalgó a su lado, espada en mano. Una piedra le pasó silbando junto a la cabeza, y una col podrida se estrelló contra el escudo de ser Mandon. A su izquierda, tres capas doradas fueron arrollados por la multitud. El Perro había quedado atrás, aunque su caballo sin jinete galopaba junto a ellos. Tyrion vio como derribaban de la silla a Aron Santagar y le arrancaban de la mano el venado dorado y negro de los Baratheon. Ser Balon Swann soltó el león de los Lannister para desenvainar su espada larga. Lanzó tajos a derecha e izquierda mientras el gentío rasgaba el estandarte caído, y mil pedazos de tejido volaron como hojas color escarlata en medio de una tormenta. Alguien se interpuso en el camino del caballo de Joffrey, y hubo chillidos cuando el rey lo arrolló. Tyrion no habría sabido decir si era un hombre, una mujer o un niño. Joffrey galopaba a su lado con el rostro ceniciento, y ser Mandon Moore era una sombra blanca a su izquierda.

Y de pronto, el caos demencial quedó atrás, y se encontraron en la plaza que había ante la barbacana del castillo. Una hilera de hombres armados con picas defendían las puertas. Ser Jacelyn hizo dar la vuelta a sus lanceros para otra carga. Los hombres de las picas abrieron paso para que el rey y su grupo pasaran bajo el rastrillo. Los muros color rojo claro se alzaron ante ellos, con su altura tranquilizadora coronada de hombres armados con ballestas.

Tyrion no recordó haber desmontado. Ser Mandon estaba ayudando al tembloroso rey a bajar del caballo cuando llegaron Cersei, Tommen y Lancel, seguidos de cerca por ser Meryn y ser Boros. La espada de Boros estaba manchada de sangre, y a Meryn le habían arrancado la capa blanca. Ser Balon Swann llegó sin yelmo; su caballo echaba espuma y sangre por la boca. Horas Redwyne llegó con lady Tanda, medio enloquecida de miedo por la suerte de su hija Lollys, a la que habían derribado de la silla y había quedado atrás. Lord Gyles, con el rostro más gris que nunca, balbuceó que había visto como derribaban de su litera al septón supremo, que rezaba a gritos mientras la multitud le pasaba por encima. Jalabhar Xho dijo que le había parecido ver a ser Preston Greenfield, de la Guardia Real, cabalgar hacia la litera volcada del septón supremo, pero no estaba seguro.

Tyrion fue apenas consciente de que un maestre le preguntaba si estaba herido. Cruzó el patio en dirección a donde estaba su sobrino, con la corona cubierta de excrementos y torcida sobre la cabeza.

—Traidores —balbuceaba Joffrey, histérico—. Les voy a cortar la cabeza a todos, les...

El enano le dio una bofetada en el rostro congestionado, con tal fuerza que se le cayó la corona. Luego le dio un empujón con ambas manos y lo tiró al suelo.

—¡Eres un imbécil!

—¡Eran traidores! —chilló Joffrey sin levantarse—. ¡Me han insultado y me han atacado!

—¡Tú has azuzado a tu animal contra ellos! ¿Qué pensabas que iban a hacer? ¿Arrodillarse dócilmente mientras el Perro los mataba? Mocoso malcriado y descerebrado, has matado a Clegane, y quién sabe a cuántos más, y tú no tienes ni un arañazo. ¡Maldito seas!

Y le dio una patada. Fue tan satisfactorio que le habría dado otra, pero ser Mandon Moore lo sujetó, mientras Joffrey aullaba y Bronn se acercaba para contenerlo. Cersei se arrodillo junto a su hijo, y ser Balon Swann sujetó a su vez a ser Lancel. Tyrion se liberó de la presa de Bronn.

—¿Cuántos han quedado fuera? —les gritó a todos y a nadie a la vez.

—Mi hija —sollozó lady Tanda—. Por favor, que alguien vaya a buscar a Lollys...

—Ser Preston no ha vuelto —informó ser Boros Blount—. Y Aron Santagar tampoco.

—Ni Niñera —dijo ser Horas Redwyne. Era el mote burlón que los demás escuderos le habían puesto al joven Tyrek Lannister.

—¿Dónde está Sansa Stark? —preguntó Tyrion mientras recorría el patio con la mirada. Durante un momento, nadie respondió.

—Cabalgaba a mi lado —dijo al final Joffrey—, pero no sé adónde se habrá ido.

Tyrion se presionó las sienes palpitantes con los dedos. Si a Sansa Stark le había pasado algo, Jaime se podía dar por muerto.

—Ser Mandon, vos erais su escudo.

—Cuando la muchedumbre se ha echado sobre el Perro —dijo ser Mandon Moore sin inmutarse—, he pensado primero en el rey.

—Y muy bien habéis hecho —intervino Cersei—. Boros, Meryn, id a buscar a la niña.

—Y a mi hija —sollozó lady Tanda—. Por favor, mis señores...

A ser Boros no le hacía demasiada gracia la perspectiva de abandonar la seguridad del castillo.

—Alteza —le dijo a la reina—, la multitud puede enfurecerse si ve nuestras capas blancas.

—¡Los Otros se lleven esa mierda de capas! —Tyrion perdió la paciencia—. Si tienes miedo de llevarla, quítatela, imbécil... ¡pero tráeme a Sansa Stark o te juro que le diré a Shagga que te parta el cráneo para ver si tienes dentro algo que no sean telarañas! ¡Con lo feo que eres, no se notará la diferencia!

—¿Tú te atreves a llamarme feo a mí? —Ser Boros estaba rojo de rabia—. ¿Tú? —Fue a levantar la espada ensangrentada que todavía llevaba en la mano. Bronn, sin ceremonias, empujó a Tyrion para ponerse delante de él.

—¡Basta ya! —restalló Cersei—. Boros, haced lo que os han dicho o buscaré a otro para que lleve esa capa. Tu juramento...

—¡Ahí está! —señaló Joffrey.

Sandor Clegane cruzaba en aquel momento las puertas al trote ligero, a lomos de la yegua alazana de Sansa. La niña iba sentada detrás de él, abrazada con ambas manos al pecho del Perro.

—¿Estáis herida, lady Sansa? —preguntó Tyrion.

La niña tenía una brecha profunda en el cuero cabelludo, y le brotaba un hilillo de sangre.

—Me... me tiraban cosas... piedras... y porquería, y huevos... Yo intentaba decirles que no tenía pan, que no les podía dar... Un hombre quería bajarme del caballo. El Perro creo que lo ha matado... el brazo... —Abrió los ojos como platos y se puso una mano en la boca—. Le ha cortado el brazo.

Clegane la izó para depositarla en el suelo. Tenía la capa blanca desgarrada y sucia, y le salía sangre de un corte en el brazo izquierdo.

—El pajarito está sangrando. Más vale que alguien se lo lleve a su jaula y le cure esa herida. —El maestre Frenken se apresuró a obedecer—. Han matado a Santagar —dijo el Perro—. Cuatro hombres lo sujetaban en el suelo y se turnaban para machacarle la cabeza con un adoquín de la calle. He destripado a uno, aunque a ser Aron no le ha servido de gran cosa.

—Mi hija... —dijo lady Tanda acercándose a él.

—No la he visto. —El Perro miró a su alrededor—. ¿Dónde está mi caballo? Si le ha pasado algo, lo pagarán muy caro.

—Cabalgó junto a nosotros durante un rato —dijo Tyrion—, pero no lo he vuelto a ver.

—¡Fuego! —gritó una voz desde la cima de la barbacana—. Mis señores, hay humo en la ciudad. ¡Es un incendio en el Lecho de Pulgas!

Tyrion estaba más cansado que en toda su vida, pero no era momento para desfallecer.

—Bronn, ve allí con tantos hombres como haga falta para aseguraros de que no interrumpen el paso a los carromatos del agua. —«Por los dioses, el fuego valyrio, si lo alcanza aunque sea una chispa...»—. Si es imprescindible, podemos perder el Lecho de Pulgas, pero el fuego no debe llegar bajo ningún concepto al Gremio de Alquimistas, ¿comprendido? Clegane, acompañadlos.

Durante un instante, a Tyrion le pareció ver una expresión de miedo en los ojos oscuros del Perro. «Fuego —comprendió—. Los Otros me lleven, claro que odia el fuego, ya lo ha probado demasiado.» La expresión desapareció al momento, sustituida por la habitual mirada despectiva de Clegane.

—Iré —dijo—, pero no porque lo ordenéis vos. Tengo que encontrar a mi caballo.

—Cada uno daréis escolta a un heraldo —dijo Tyrion volviéndose hacia los tres caballeros restantes de la Guardia Real—. Ordenad al gentío que vuelva a sus casas. Cualquiera que sea visto en las calles cuando se ponga el sol será ajusticiado.

—Nuestro lugar está al lado del rey —dijo ser Meryn con altanería.

—Vuestro lugar está donde diga mi hermano —escupió Cersei con la velocidad de una víbora—. La mano habla con la voz del rey; desobedecerlo es traición.

Boros y Meryn intercambiaron una mirada.

—¿Debemos ir con las capas, alteza? —preguntó ser Boros.

—Por mí como si queréis ir desnudos. Tal vez así recordaría la gente que sois hombres. Tras ver cómo os habéis comportado en la calle, lo más probable es que lo haya olvidado.

Tyrion dejó que su hermana se desahogara. Le dolía la cabeza. Casi le pareció que le llegaba el olor del humo, aunque tal vez fuera el de sus nervios al freírse. Dos Grajos de Piedra vigilaban la puerta de la Torre de la Mano.

—Buscad a Timett, hijo de Timett; quiero hablar con él.

—Los grajos de piedra no corren detrás de los hombres quemados —lo informó con arrogancia uno de los salvajes.

Durante un momento, Tyrion había olvidado con quién hablaba.

—Entonces, que venga Shagga.

—Shagga duerme.

—Despertadlo —dijo haciendo un esfuerzo por no gritar.

—No es fácil despertar a Shagga, hijo de Dolf —se quejó el hombre—. Su ira es temible. —Se alejó, rezongando.

El salvaje se presentó ante él rascándose y bostezando.

—La mitad de la ciudad está amotinada —dijo Tyrion—, la otra mitad arde, y Shagga no deja de roncar.

—A Shagga no le gusta el agua sucia que tenéis aquí, así que se ve obligado a beber vuestra cerveza floja y vuestro vino amargo, y luego le duele la cabeza.

—Tengo a Shae alojada en una casa, cerca de la puerta de Hierro. Quiero que vayas allí y la protejas pase lo que pase.

—Shagga la traerá aquí —dijo el hombretón con una sonrisa. Sus dientes eran una hendidura amarilla en la espesura de la barba.

—No, solo encárgate de que no le pase nada. Dile que iré a verla en cuanto pueda. Esta misma noche si es posible, o si no, mañana seguro.

Pero por la noche, la ciudad seguía revuelta, aunque Bronn le informó de que los incendios estaban extinguidos, y la muchedumbre, dispersada. Tyrion anhelaba descansar entre los brazos de Shae, pero comprendió que aquella noche no podía salir.

Ser Jacelyn Bywater le llevó la lista de las bajas mientras cenaba un capón frío y pan moreno en la penumbra de sus habitaciones. El ocaso se había tornado ya oscuridad, pero cuando los criados fueron a encenderle las velas y el fuego de la chimenea, Tyrion los echó a gritos. Estaba de un humor tan sombrío como la estancia, y Bywater no lo animó en lo más mínimo.

El septón supremo encabezaba la lista de los muertos; lo habían despedazado mientras clamaba a gritos a sus dioses pidiendo misericordia. «Cuando la gente se muere de hambre, no ve con buenos ojos a los sacerdotes que están tan gordos que no pueden caminar», reflexionó Tyrion.

Al principio habían pasado por alto el cadáver de ser Preston; los capas doradas buscaban a un caballero de armadura blanca, y a él lo habían apuñalado y golpeado con tanta saña que era una masa rojiza de los pies a la cabeza.

Ser Aron Santagar apareció en una cuneta, con la cabeza convertida en pulpa sanguinolenta dentro del yelmo.

La hija de lady Tanda había perdido la virginidad con medio centenar de hombres vociferantes, detrás del taller de un curtidor. Los capas doradas la encontraron vagando desnuda por Panzapuerca.

Quien no había aparecido era Tyrek, y tampoco la corona de cristal del septón supremo. Nueve capas doradas habían muerto, y había cuarenta más heridos. Nadie se había molestado en contar las víctimas en la multitud amotinada.

—Quiero que aparezca Tyrek, vivo o muerto —dijo Tyrion con voz seca cuando Bywater hubo terminado—. No es más que un muchacho, e hijo de mi difunto tío Tygett. Su padre siempre se portó bien conmigo.

—Daremos con él. Y también con la corona del septón.

—Por mí, los Otros se pueden meter la corona del septón por el culo.

—Cuando me nombrasteis comandante de la guardia, me dijisteis que queríais que os dijera siempre la verdad.

—Tengo el presentimiento de que no me gustará lo que vais a decirme —replicó Tyrion con tristeza.

—Hoy hemos podido contener a la ciudad, mi señor, pero mañana no os prometo nada. La tetera está a punto de hervir. Hay tantos ladrones y asesinos sueltos que nadie está a salvo ni en su casa; la colerina sangrienta se extiende a todo lo largo de la curva del Meados; no se puede comprar comida ni con cobre ni con plata. Antes solo se oían rumores en las calles; ahora se habla abiertamente de traición en los gremios y en los mercados.

—¿Necesitáis más hombres?

—No puedo confiar en la mitad de los que ya tengo. Slynt triplicó el número de hombres, pero no basta con una capa dorada para convertir a cualquiera en guardia. Entre los nuevos reclutas los hay valientes y leales, pero también más bestias, borrachos, cobardes y traidores de los que queréis ni imaginar. Están entrenados solo a medias, son indisciplinados, y no son leales más que a sus pellejos. Mucho me temo que, si hay una batalla, no nos ayudarán.

—No tenía esperanza de que lo hicieran —dijo Tyrion—. Si se abre una brecha en las murallas, estamos perdidos; lo sé desde el principio.

—Mis hombres son casi todos de baja extracción. Caminan por las mismas calles que el pueblo, beben en las mismas tabernas y llenan sus cuencos de comida en los mismos tenderetes. Vuestro eunuco ya os habrá dicho que en Desembarco del Rey no se aprecia mucho a los Lannister. Muchos recuerdan todavía como vuestro señor padre saqueó la ciudad cuando Aerys le abrió las puertas. Murmuran que los dioses nos están castigando por los pecados de vuestra casa, porque vuestro hermano asesinó al rey Aerys, por la masacre de los hijos de Rhaegar, por la ejecución de Eddard Stark y por la crueldad de la justicia de Joffrey. Hay quien habla sin tapujos sobre lo bien que iba todo cuando Robert era el rey, e insinúan que los buenos tiempos volverían si Stannis se sentara en el trono. Esto es lo que se dice en los tenderetes de los calderos, en las tabernas y en los burdeles... y siento decir que también en los barracones y los cuarteles de la guardia.

—O sea, que odian a mi familia, ¿es eso lo que me estáis diciendo?

—Sí... y si llega la ocasión, se volverán contra vosotros.

—¿También contra mí?

—Preguntádselo a vuestro eunuco.

—Os lo estoy preguntando a vos.

Los ojos hundidos de Bywater se enfrentaron a las pupilas dispares del enano, sin parpadear.

—A vos os odian más que a ninguno, mi señor.

—¿Más que a ninguno? —La injusticia de aquello hizo que se atragantara—. Joffrey fue el que les dijo que se comieran a sus muertos, Joffrey fue el que azuzó a su perro contra ellos. ¿Cómo es posible que me echen a mí la culpa?

—Su alteza no es más que un muchacho. En las calles se dice que tiene consejeros malvados. La reina nunca ha sido amiga del pueblo, ni tampoco lord Varys, ese al que llamáis la Araña... pero a vos os culpan más que a ninguno. Vuestra hermana y el eunuco ya estaban aquí en tiempos mejores, con el rey Robert, y vos, en cambio, no. Dicen que habéis llenado la ciudad de mercenarios fanfarrones y salvajes sucios, de animales que cogen lo que quieren y no respetan más leyes que las suyas. Dicen que exiliasteis a Janos Slynt porque era demasiado franco y honrado para vuestro gusto. Dicen que arrojasteis a las mazmorras al sabio y gentil Pycelle cuando se atrevió a protestar por vuestros desmanes. Hasta hay quien dice que pretendéis apoderaros del Trono de Hierro.

—Sí, y además soy un monstruo deforme y horrible, no nos olvidemos de eso. —Cerró la mano para formar un puño—. Ya he oído suficiente. Los dos tenemos trabajo. Marchaos.

«Si esto es lo mejor que puedo hacer, quizá mi señor padre estuviera en lo cierto al despreciarme durante todos estos años —pensó Tyrion cuando quedó a solas. Contempló los restos de la cena, y se le revolvió el estómago ante el espectáculo del capón frío y grasiento. Lo apartó a un lado con asco, llamó a gritos a Pod, y envió al chico en busca de Varys y Bronn—. Mis consejeros de mayor confianza son un eunuco y un mercenario, y mi dama es una puta. ¿Qué soy yo?»

Al llegar, Bronn se quejó de la oscuridad de la estancia y exigió que encendieran el fuego en la chimenea. Ya chisporroteaba alegre cuando llegó Varys.

—¿Se puede saber dónde estabais? —bufó Tyrion.

—Encargándome de asuntos del rey, mi querido señor.

—Ah, sí, el rey —mascculló Tyrion—. Mi sobrino no es capaz de sentarse en un retrete, no digamos ya el Trono de Hierro.

—Todo aprendiz debe aprender su profesión. —Varys se encogió de hombros.

—La mitad de los aprendices del callejón Apestoso serían mejores gobernantes que este rey —afirmó Bronn mientras se sentaba en la mesa y le arrancaba un ala al capón.

Tyrion se había acostumbrado a no hacer caso de las frecuentes insolencias del mercenario, pero aquella noche las encontraba exasperantes.

—Que yo sepa, no te he dado permiso para que te termines mi cena.

—Si no te la estabas comiendo —replicó Bronn con la boca llena—. La ciudad se muere de hambre; es un crimen desperdiciar comida. ¿No tienes vino?

«Y ahora querrá que se lo sirva», pensó Tyrion.

—Vas demasiado lejos —le advirtió.

—Y tú te quedas corto. —Bronn tiró el hueso del ala a la alfombra—. ¿Nunca te has parado a pensar lo fácil que sería la vida si el otro hubiera nacido primero? —Clavó los dedos en el capón y arrancó un trozo de pechuga—. El llorica, el tal Tommen. Ese sí que haría lo que le dijeran, como debe hacer todo buen rey.

Tyrion comprendió lo que insinuaba el mercenario, y sintió un escalofrío que le recorrió la columna vertebral. «Si Tommen fuera el rey...» Solo había una manera de que Tommen fuera rey. No, no podía ni pensar en aquello. Joffrey era de su misma sangre, y tan hijo de Jaime como de Cersei.

—Debería cortarte la cabeza por lo que has dicho —dijo a Bronn.

Pero el mercenario se limitó a reírse.

—Amigos —intervino Varys—. No servirá de nada que nos peleemos entre nosotros. Os ruego a ambos que tengáis corazón.

—Se me ocurren varios corazones que no me importaría tener delante ahora mismo —replicó Tyrion con amargura.

Y eran opciones muy tentadoras.

DAVOS

Ser Cortnay Penrose no llevaba armadura. Cabalgaba a lomos de un semental alazán, y su portaestandarte iba en uno tordo. Sobre sus cabezas ondeaban el venado coronado de los Baratheon y las plumas cruzadas de los Penrose, sobre campo bermejo. La barbita afilada de ser Cortnay también era bermeja, pero estaba completamente calvo. Si el número y esplendor de la comitiva del rey lo impresionaban, su rostro curtido no lo denotó.

Avanzaban al trote entre el tintineo de las cotas de malla y las armaduras. Hasta Davos llevaba una cota de malla, aunque no habría sabido decir por qué. La falta de costumbre de llevar tanto peso hacía que le dolieran los hombros y la parte baja de la espalda. Se sentía torpe y estúpido, y se preguntó por enésima vez qué hacía allí. «No me corresponde a mí cuestionar las órdenes del rey, pero...»

Todos los componentes de la comitiva eran de más alta cuna y mejor extracción que Davos Seaworth, y los grandes señores brillaban centelleantes bajo el sol de la mañana. El acero plateado y las incrustaciones de oro les daban luz a sus armaduras, y los yelmos de guerra tenían penachos de sedas, plumas y bestias heráldicas labradas con esmero, todas con piedras preciosas en el lugar de los ojos. El propio Stannis parecía fuera de lugar en tan regia compañía. Al igual que Davos, el rey vestía un atuendo sencillo de lana y cuero endurecido, aunque el aro de oro rojo que ceñía sus sienes lo dotaba de cierta grandeza. Cada vez que movía la cabeza, el sol arrancaba destellos de sus puntas en forma de llamas.

Davos no había estado tan cerca del rey en los ocho días transcurridos desde que la *Betha Negra* se había unido al resto de la flota, en Bastión de Tormentas. Una hora después de llegar solicitó audiencia, pero le dijeron que el rey estaba ocupado. El rey estaba ocupado muy a menudo, según supo Davos por su hijo Devan, uno de los escuderos reales. Ahora que Stannis Baratheon tenía poder, los señores menores revoloteaban a su alrededor como moscas en torno a un cadáver.

«Y lo cierto es que parece un cadáver, como si le hubieran caído muchos años encima desde que salí de Rocadragón.» Devan le había comentado que, en los últimos tiempos, el rey apenas dormía.

—Desde que murió lord Renly, tiene pesadillas espantosas —le confió el muchacho a su padre—. Se niega a tomar las pócimas del maestre. La única que lo calma para que duerma es lady Melisandre.

«¿Por eso la sacerdotisa roja comparte ahora su tienda? —se preguntó Davos—. ¿Para rezar con él? ¿O lo calma de otra manera para que duerma?» Era una pregunta poco digna, y no se atrevía a hacérsela ni siquiera a su hijo. Devan era un buen muchacho, pero lucía orgulloso en su jubón el corazón llameante, y al anochecer, su padre lo había visto junto a las hogueras, con todos los que le suplicaban al Señor de Luz que llegara el amanecer. «Es el escudero del rey —se dijo—; es normal que adore al dios del rey.»

Davos casi había olvidado lo gruesos y altos que eran los muros de Bastión de Tormentas cuando se estaba cerca de ellos. El rey Stannis dio el alto a la comitiva cuando llegaron junto a ellos, a pocos pasos de ser Cortnay y su portaestandarte.

—Ser Cortnay—dijo con cortesía rígida. No hizo gesto de descabalgar.

—Mi señor. —Fue una respuesta menos cortés, pero no inesperada.

—El uso impone que a un rey se le dé el tratamiento de alteza —anunció lord Florent. En su coraza, un zorro de oro rojo asomaba el hocico brillante a través de un círculo de flores de lapislázuli. El señor de Aguasclaras, muy alto, muy ceremonioso y muy rico, había sido el primero de los vasallos de Renly en jurar lealtad a Stannis, y también el primero en renunciar a sus dioses para adorar al Señor de Luz. Stannis había dejado a su reina en Rocadragón, junto con su tío Axell, pero los hombres de la reina eran más numerosos y poderosos que nunca, y de todos ellos, Alester Florent era el primero.

Ser Cortnay Penrose hizo caso omiso de él, y se dirigió a Stannis.

—Vuestro cortejo es impresionante. Los grandes señores Estermont, Errol y Varner. Ser Jon de los Fossoway de la manzana verde, y ser Bryan de la roja. Lord Caron y ser Guyard, de la Guardia Arcoíris del rey Renly... y por supuesto el poderoso lord Alester Florent de Aguasclaras. Y ese a quien veo allí, al fondo, ¿no es vuestro Caballero de la Cebolla? Bienvenido, ser Davos. A quien no conozco es a la dama.

—Mi nombre es Melisandre. —Iba sola, sin más armadura que su túnica roja. Lucía al cuello el gran rubí que bebía la luz del sol—. Sirvo a vuestro rey y al Señor de Luz.

—Os deseo todo bien, mi señora —replicó ser Cortnay—, pero yo me arrodillo ante otros dioses. Y ante otro rey.

—Solo hay un rey verdadero y un dios verdadero —proclamó lord Florent.

—¿Hemos venido a hablar de teología, mi señor? De haberlo sabido, habría traído a mi septón.

—De sobra sabéis para qué hemos venido —replicó Stannis—. Habéis tenido dos semanas para valorar mi oferta. Habéis enviado cuervos, pero la ayuda no ha llegado. Ni llegará. Bastión de Tormentas no tiene amigos, y a mí se me agota la paciencia. Por última vez, os ordeno que abráis las puertas y me entreguéis lo que me corresponde por derecho.

—¿Con qué condiciones?

—Con las mismas de antes —replicó Stannis—. Os perdonaré por vuestra traición, tal como he perdonado a los señores que veis conmigo. Los hombres de vuestra guarnición podrán elegir: entrar a mi servicio o volver a sus hogares sin que nadie los moleste. Podréis quedaros con vuestras armas y con tantas posesiones como podáis llevaros a cuestas. Pero yo me quedaré con los caballos y con las bestias de carga.

—¿Y qué hay de Edric Tormenta?

—El hijo bastardo de mi hermano me será entregado.

—Entonces, mi señor, la respuesta sigue siendo no.

El rey apretó los dientes y no dijo nada. Fue Melisandre la que habló en su lugar.

—Que el Señor de Luz os proteja en vuestra oscuridad, ser Cortnay.

—Que los Otros le den por culo a vuestro Señor de Luz —le espetó Penrose—, y que luego se lo limpien con ese trapo que lleváis.

Lord Alester Florent carraspeó para aclararse la garganta.

—Cuidado con lo que decís, ser Cortnay. Su alteza no pretende hacerle mal alguno al muchacho. Si no queréis confiar en el rey, confiad en mí. Como todos saben, su madre es mi sobrina Delena. Sabéis que soy un hombre de honor...

—Sé que sois un hombre ambicioso —lo interrumpió ser Cortnay—. Un hombre que cambia de rey y de dioses con la misma facilidad con la que yo me cambio de botas. Igual que todos esos cambiacapas que estoy viendo.

Un clamor de voces airadas se alzó en la comitiva del rey. «No anda desencaminado», pensó Davos. Hacía pocos días que los Fossoway, Guyard Morrigen, lord Caron, lord Varner, lord Errol y lord Estermont eran leales a Renly. Se habían sentado en su pabellón, lo habían ayudado a trazar planes de batalla y habían maquinado para derrotar a Stannis. Y lord Florent estaba con ellos. Sí, era tío de la reina Selyse, pero aquello no había impedido que el señor de Aguasclaras hincara la rodilla ante Renly cuando parecía una estrella en ascenso.

Bryce Caron se adelantó unos pasos a caballo, con la capa arcoíris agitada por los vientos de la bahía.

—Aquí nadie es un cambiacapas, ser Cortnay. He jurado lealtad a Bastión de Tormentas, y el rey Stannis es su legítimo señor... y nuestro rey por todo derecho. Es el último de la casa Baratheon, heredero de Robert y de Renly.

—Si es como decís, ¿por qué no veo entre vosotros al Caballero de las Flores? ¿Dónde está Mathis Rowan? ¿Y Randyll Tarly? ¿Y lady Oakheart? ¿Por qué los que más amaban a Renly no os acompañan? Y decidme, sobre todo, ¿dónde está Brienne de Tarth?

—¿Esa? —Ser Guyard soltó una risotada ronca—. Escapó. Y más le vale, porque fue ella la que asesinó al rey.

—Mentira —replicó ser Cortnay—. Conocí a Brienne cuando no era más que una chiquilla que jugaba a los pies de su padre en el Castillo del Atardecer, y la conocí aún mejor cuando el Lucero de la Tarde la envió aquí, a Bastión de Tormentas. Se enamoró de Renly Baratheon nada más verlo; hasta un ciego se habría dado cuenta.

—Desde luego —declaró lord Florent en tono frívolo—, y tampoco sería la primera doncella enloquecida que mata al hombre que la ha despreciado. Aunque, en mi opinión, la que mató al rey fue lady Stark. Había viajado desde Aguasdulces para implorar una alianza, y Renly se negó. Sin duda lo consideraba un peligro para su hijo, así que lo eliminó.

—Fue Brienne —insistió lord Caron—. Ser Emmon Cuy lo juró antes de morir. Os doy mi palabra, ser Cortnay.

—¿Y eso de qué me vale? —La voz de ser Cortnay estaba cargada de desprecio—. Ya veo que lleváis vuestra capa de muchos colores. La que Renly os entregó cuando jurasteis protegerlo. Si él está muerto, ¿por qué vos no? —Se volvió hacia Guyard Morrigen—. Lo mismo podría preguntaros a vos, Guyard el Verde, ¿no? ¿De la Guardia Arcoíris? ¿Que juró dar la vida por su rey? Si yo tuviera una capa así, me daría vergüenza lucirla.

Morrigen apretó los dientes.

—Dad gracias por que esto sea una tregua para conferenciar, Penrose. De lo contrario os cortaría la lengua por lo que habéis dicho.

—¿Y la tiraríais a la misma hoguera en la que echasteis vuestra hombría?

—¡Basta! —intervino Stannis—. Fue voluntad del Señor de Luz que mi hermano muriera por traidor. No importa qué mano utilizara como instrumento.

—No os importará a vos —dijo ser Cortnay—. Bien, lord Stannis, ya he oído vuestra propuesta. Esta es la mía. —Se quitó el guante y lo lanzó contra el rostro del rey—. Combate singular. Espada, lanza o el arma que elijáis. Y si os da miedo arriesgar esa espada mágica y esa regia piel contra un viejo como yo, nombrad un campeón, y yo haré lo mismo. —Lanzó una mirada mordaz a Guyard Morrigen y Bryce Caron—. Cualquiera de esos cachorros valdrá.

—Si el rey me lo permite —dijo Ser Guyard Morrigen, rojo de ira—, yo cogeré ese guante.

—O yo —dijo Bryce Caron, mirando a Stannis.

El rey apretó los dientes.

—No.

—¿De qué dudáis, mi señor? —preguntó ser Cortnay nada sorprendido—. ¿De la justicia de vuestra causa o de la fuerza de vuestro brazo? ¿Tenéis miedo de que eche una meada y os apague el fuego de la espada?

—¿Me tomáis por idiota? —replicó Stannis—. Tengo aquí veinte mil hombres. Vosotros estáis asediados por tierra y por mar. ¿Por qué iba a querer arriesgarme con un combate singular, cuando tengo la victoria asegurada? —El rey lo señaló con un dedo—. Recordad lo que os digo. Si me obligáis a tomar mi castillo por asalto, no esperéis piedad. Os colgaré a todos por traidores.

—Si es la voluntad de los dioses... Azotad la fortaleza como una tormenta, mi señor. Y recordad, por favor, cuál es su nombre. —Ser Cortnay tiró de las riendas y se volvió hacia sus puertas.

Stannis no dijo nada, dio también la vuelta y emprendió el regreso hacia su campamento. Los demás lo siguieron.

—Si lanzamos un ataque contra esos muros, habrá miles de bajas —dijo algo nervioso el anciano lord Estermont, que era el abuelo materno del rey—. ¿No sería mejor poner en peligro una vida? Nuestra causa es justa, de manera que los dioses bendecirán el brazo de nuestro campeón y le otorgarán la victoria.

«El dios, viejo —pensó Davos—. No te olvides de que ahora solo tenemos uno, el Señor de Luz de Melisandre.»

—Yo mismo aceptaría el desafío de buena gana —dijo ser Jon Fossoway—, aunque mi habilidad con la espada no se puede comparar con la de lord Caron o la de ser Guyard. Renly no dejó muchos caballeros de valía en Bastión de Tormentas. En la guarnición del castillo solo quedaron ancianos y muchachos inexpertos.

—La victoria sería sencilla, no me cabe duda —asintió lord Caron—. ¡Y qué gran gloria, ganar Bastión de Tormentas de un golpe!

Stannis los miró a todos con gesto irritado.

—Charláis como urracas, y decís las mismas tonterías que ellas. Guardad silencio de una vez. —El rey miró a Davos—. Cabalgad conmigo, ser Davos.

Espoleó al caballo para apartarse de la comitiva. La única que lo siguió fue Melisandre, la portadora del gran estandarte del corazón en llamas con el venado coronado en su interior. «Como si se lo hubiera tragado entero.»

Davos advirtió las miradas de los demás al pasar entre los señores menores para ir a reunirse con el rey. No eran caballeros de la cebolla, sino hombres orgullosos, de casas con nombres de rancio abolengo. Se imaginaba que Renly jamás los habría amonestado de aquella manera. El más joven de los Baratheon tenía un talento innato para la cortesía, talento del que su hermano Stannis, por desgracia, carecía.

—Alteza —dijo cuando estuvo a la altura del rey. Aminoró el paso a un trote lento. De cerca, Stannis tenía peor aspecto de lo que Davos había visto desde lejos. Tenía el rostro macilento y grandes bolsas negras debajo de los ojos.

—Un contrabandista debe ser un buen juez de caracteres —dijo el Rey—. ¿Qué opinas de ese ser Cortnay Penrose?

—Que es testarudo —dijo Davos con cautela.

—Yo más bien diría que tiene ganas de morir. Ha rechazado mi perdón, que es como rechazar su vida y la de todos los hombres que haya tras esos muros. ¿Combate singular? —El rey soltó un bufido despectivo—. Me imagino que me ha confundido con Robert.

—Más bien me parece que estaba desesperado. ¿Qué otra alternativa le quedaba?

—Ninguna. El castillo caerá, pero ¿será pronto? —Stannis caviló un momento. Por encima del sonido rítmico de los cascos de los caballos, Davos oía el rechinar de los dientes del rey—. Lord Alester me pide que traigamos al viejo lord Penrose. El padre de ser Cortnay. Creo que ya lo conocéis, ¿no?

—Cuando fui a visitarlo en vuestro nombre, lord Penrose me recibió con más cortesía que la mayoría de los señores —dijo Davos—. Es un anciano, alteza. Tiene la salud muy delicada.

—Florent se encargará de que su salud sea más delicada cuando le pongamos la soga al cuello delante de su hijo.

—Creo que haríamos mal, mi señor. —Era peligroso oponerse a los hombres de la reina, pero Davos había jurado que siempre le diría la verdad a su rey—. Ser Cortnay preferirá ver morir a su padre antes que traicionar su confianza. No conseguiremos nada más que cubrir de deshonra nuestra causa.

—¿Qué deshonra? —le increpó Stannis—. ¿Me estás diciendo que les perdone la vida a unos traidores?

—Les habéis perdonado la vida a esos que vienen detrás de nosotros.

—¿Me lo estás reprochando, contrabandista?

—No me corresponde a mí tal cosa. —Davos temía haber hablado demasiado. El rey era implacable.

—Parece que aprecias más a ese Penrose que a mis señores vasallos. ¿Por qué?

—Porque es leal.

—Se equivocó al entregarle su lealtad a un usurpador muerto.

—Sí —reconoció Davos—. Pero es leal.

—¿Y los que vienen detrás de nosotros no?

Davos había llegado demasiado lejos para mostrar cautela ante Stannis en aquel momento.

—El año pasado eran leales a Robert. Hace una luna eran leales a Renly. Hoy son leales a vos. ¿A quién serán leales mañana?

Y Stannis se echó a reír. Fue una carcajada repentina, brusca, llena de desprecio.

—Ya os lo había dicho, Melisandre —comentó a la mujer roja—. Mi Caballero de la Cebolla me dice la verdad.

—Veo que lo conocéis bien, alteza —dijo la mujer roja.

—No sabes cuánto te he echado de menos, Davos —dijo el rey—. El olfato no te engaña: tengo una cohorte de traidores. Mis señores vasallos son inconstantes hasta en su deslealtad. Los necesito, pero te puedes imaginar cómo me repugna perdonar a estos cuando he castigado a hombres mejores por crímenes menos graves. Tienes derecho a reprochármelo, ser Davos.

—Vos os lo reprocháis más de lo que yo lo haría jamás, alteza. Necesitáis a esos grandes señores para conseguir el trono...

—Sí, y con todos sus dedos —sonrió Stannis, sombrío.

Davos se llevó la mano mutilada al saquito que le colgaba del cuello, en un gesto instintivo. Palpó los huesos de los dedos. «Suerte.» El rey se dio cuenta.

—¿Todavía los tienes, Caballero de la Cebolla? ¿No los has perdido?

—No.

—¿Por qué los conservas? Me lo he preguntado muchas veces.

—Me recuerdan qué fui y de dónde vengo. Me recuerdan vuestra justicia, mi señor.

—Fue justicia —dijo Stannis—. Una buena acción no lava la mala, ni una mala lava la buena. Cada una debe tener su recompensa. Fuiste un héroe y también un contrabandista. —Echó un vistazo hacia atrás, en dirección a lord Florent y los otros, caballeros de la Guardia Arcoíris y cambiacapas, que los seguían de lejos—. Estos señores a los que he perdonado harían bien en reflexionar sobre ello. Seguro que habrá hombres buenos y leales que lucharán por Joffrey, pensando equivocadamente que es el rey legítimo. Hasta puede que los norteños crean lo mismo de Robb Stark. Pero los que cabalgaron bajo los estandartes de mi hermano sabían que era un usurpador. Le dieron la espalda a su rey legítimo, sin más motivo que sus sueños de poder y gloria. Sé qué son. Los he perdonado, sí. Pero yo no olvido. —Se quedó en silencio un momento, cavilando sobre los planes de justicia—. ¿Qué dice el pueblo llano de la muerte de Renly? —preguntó de repente.

—Lo lloran. Vuestro hermano era muy querido.

—Los idiotas quieren a un idiota —gruñó Stannis—. Pero yo también lloro por él. Por el niño que fue, no por el hombre en el que se convirtió. —Volvió a guardar silencio unos instantes—. ¿Cómo recibió el pueblo la noticia del incesto de Cersei?

—Mientras estábamos allí aclamaban al rey Stannis. No sé lo que dirían después de que zarpáramos.

—Así que piensas que no lo creyeron.

—Cuando me dedicaba al contrabando descubrí que hay hombres que lo creen todo, y hombres que no creen nada. Nos encontramos con personas de ambas clases. Y también está circulando otro rumor...

—Sí. —Stannis escupió la palabra—. Que Selyse me ha puesto cuernos, y los ha adornado con cascabeles de bufón. ¡Que el padre de mi hija es ese payaso retrasado! Un rumor tan vil como absurdo. Renly me lo tiró a la cara cuando nos reunimos para parlamentar. Habría que estar tan loco como Caramanchada para dar crédito a semejante cosa.

—Puede que sea así, mi señor... pero, tanto si lo creen como si no, disfrutan contando ese cuento. —Cuento que había llegado antes que ellos a muchos lugares, envenenando el ambiente antes de que pudieran informar de la verdad.

—Robert meaba en una copa y todos decían que era vino, pero si yo les ofrezco agua fresca, la miran con desconfianza y murmuran entre ellos que tiene un sabor raro. —A Stannis le rechinaron los dientes—. Seguro que si alguien dijera que había utilizado artes mágicas para transformarme en jabalí y matar a Robert, también lo creerían.

—No podéis impedir que la gente hable, mi señor —dijo Davos—, pero cuando os venguéis de los verdaderos asesinos de vuestro hermano, todo el reino sabrá que esos rumores eran mentiras.

Parecía que Stannis lo escuchaba solo a medias.

—No me cabe duda de que Cersei tuvo algo que ver con la muerte de Robert. Yo haré justicia. Y también haré justicia por Ned Stark y Jon Arryn.

—¿Y por Renly? —A Davos se le habían escapado las palabras antes de meditarlas. El rey no dijo nada durante largo rato.

—A veces sueño con eso —dijo al final en voz muy baja—. Con la muerte de Renly. Una tienda verde, velas, una mujer que grita. Y sangre. —Stannis se miró las manos—. Todavía estaba en la cama cuando murió. Que te lo diga tu hijo Devan, que intentó despertarme. Ya estaba amaneciendo, y mis señores esperaban nerviosos. Yo tendría que haber estado ya a caballo y con la armadura puesta. Sabía que Renly iba a atacar al alba. Devan dice que yo no hacía más que agitarme y gritar, pero ¿qué importa? Era un sueño. Estaba en mi tienda cuando Renly murió, y al despertar tenía las manos limpias.

Ser Davos Seaworth sintió un cosquilleo fantasmal en los dedos que no tenía. «Aquí pasa algo raro», pensó el antiguo contrabandista. Pero se limitó a asentir.

—Ya veo.

—Renly me ofreció un melocotón. Durante la conferencia de paz. Se burló de mí, me desafió y me ofreció un melocotón. Creí que iba a sacar una espada y eché mano de la mía. ¿Para eso lo hizo? ¿Para ver si mostraba temor? ¿O fue una de sus bromas sin sentido? Cuando me dijo lo dulce que era el melocotón, ¿tenían aquellas palabras algún significado oculto? —El rey sacudió la cabeza, como un perro que tuviera un conejo entre las fauces y quisiera romperle el cuello—. Solo Renly era capaz de irritarme tanto con una fruta. Él mismo se condenó por su traición, pero yo lo quería, Davos. Ahora me doy cuenta. Y te juro que me iré a la tumba pensando en el melocotón de mi hermano.

Para entonces ya habían llegado al campamento y cabalgaban entre las hileras ordenadas de tiendas, los estandartes ondeantes y los montones de escudos y lanzas. El hedor de los excrementos de caballo impregnaba el aire, mezclado con el olor del humo de leña y el de la carne guisada. Stannis tiró de las riendas el tiempo justo para despedir en tono seco a lord Florent y a los otros, y para ordenarles que acudieran a su pabellón en una hora para celebrar un consejo de guerra. Todos inclinaron la cabeza y se dispersaron, mientras Davos y Melisandre cabalgaban con el rey hacia su pabellón.

La tienda tenía que ser grande, porque allí se celebraban los consejos de guerra. Pero de grandiosa no tenía nada. Era una simple tienda de soldado, de lona gruesa, teñida del amarillo oscuro que a veces se hacía pasar por oro. Lo único que la delataba como la tienda real eran el estandarte que ondeaba en la punta del mástil central y los guardias que vigilaban la entrada: hombres de la reina, apoyados en lanzas altas, con el blasón del corazón en llamas bordado sobre el pecho.

Los mozos de cuadras se acercaron para ayudarlos a desmontar. Uno de los guardias liberó a Melisandre del molesto peso del estandarte, y clavó el asta en el suelo blando. Devan estaba de pie a un lado de la puerta, a la espera de que llegara el rey para levantar la solapa. Otro escudero de más edad aguardaba a su lado. Stannis se quitó la corona y se la dio a Devan.

—Agua fresca y jarras para dos. Davos, ven conmigo. A vos enviaré a buscaros cuando os necesite, mi señora.

—Como ordene el rey —dijo Melisandre con una reverencia.

Tras la luz brillante de la mañana, el interior del pabellón era fresco y sombrío. Stannis se sentó en un sencillo taburete de madera y le indicó a Davos que ocupara otro.

—Algún día te daré un título de señor, contrabandista. Aunque solo sea para fastidiar a Celtigar y a Florent. Pero no me estarás agradecido. Eso te obligará a aguantar estos consejos, y a fingir que te interesan los rebuznos de los asnos.

—Si no sirven de nada, ¿para qué celebráis los consejos?

—Porque a los asnos les gusta oírse rebuznar unos a otros, claro. Y yo los necesito para que tiren de mi carro. Bueno, sí, de cuando en cuando, muy de cuando en cuando, a alguno se le ocurre una idea interesante. Pero me temo que no será hoy... Ah, ahí viene tu hijo con el agua.

Devan puso la bandeja en la mesa y llenó dos jarras de barro. El rey le añadió un pellizco de sal a su agua antes de beber; Davos se la tomó tal cual, aunque le habría gustado más que fuera vino.

—Estabais hablándome de vuestro consejo.

—Te voy a contar cómo será. Lord Velaryon me insistirá para que lance un ataque contra el castillo en cuanto amanezca, con arpeos y escalerillas contra flechas y aceite hirviendo. A los asnos jóvenes les parecerá una idea espléndida. Estermont propondrá que los asediemos hasta que se rindan por hambre, como intentaron hacerme a mí Tyrell y Redwyne. Podríamos tardar un año entero, pero los asnos viejos son pacientes. Y lord Caron y los demás aficionados a dar coces querrán recoger el guantelete de ser Cortnay y arriesgarlo todo en un combate singular. Cada uno de ellos pensando, por supuesto, que él será mi campeón y conseguirá gloria eterna. —El rey se terminó el agua—. ¿Tú qué me aconsejas que haga, contrabandista?

—Atacar Desembarco del Rey lo antes posible —respondió Davos después de meditar un instante.

—¿Y dejar Bastión de Tormentas tal como está? —El rey soltó un bufido.

—Ser Cortnay carece de fuerzas para haceros daño. Los Lannister, no. Un asedio llevaría demasiado tiempo; un combate singular es muy arriesgado, y un ataque frontal costaría miles de vidas, sin ninguna garantía de éxito. Y no es necesario tomar la fortaleza. Una vez destronéis a Joffrey, este castillo será vuestro, igual que todo lo demás. En el campamento se dice que lord Tywin acude al rescate para salvar Lannisport de la venganza de los norteños...

—Tienes un padre bastante listo, Devan —le dijo el rey al muchachito que estaba de pie junto a él—. Me dan ganas de tener a mi servicio más contrabandistas y menos señores. Aunque en una cosa te equivocas, Davos. Sí es necesario tomar la fortaleza. Si dejo a mis espaldas Bastión de Tormentas sin tomarlo, se dirá que he sufrido una derrota. Y no lo puedo permitir. Los hombres no me aman como amaban a mis hermanos. Me siguen porque me tienen miedo... y la derrota acabaría con el miedo. El castillo debe caer. —Le rechinaron los dientes—. Sí, y deprisa. Doran Martell ha llamado a sus vasallos y ha fortificado los pasos de la montaña. Los dornienses están preparados para bajar a las Marcas. Y por supuesto, hay que contar con Altojardín. Mi hermano dejó buena parte de sus fuerzas en Puenteamargo, casi sesenta mil soldados de infantería. Envié a ser Parmen Crane y al hermano de mi esposa, ser Errol, para que los tomaran bajo mi mando, pero no han regresado. Temo que ser Loras Tyrell llegara a Puenteamargo antes que mis enviados y se apoderase de ese ejército.

—Razón de más para tomar Desembarco del Rey tan pronto como podamos. Salladhor Saan me dijo...

—¡Salladhor Saan solo piensa en el oro! —estalló Stannis—. Solo sueña con el tesoro que cree que hay bajo la Fortaleza Roja; no quiero ni oír hablar de ese hombre. El día que necesite consejo militar de un bandido lyseno, colgaré la corona y vestiré el negro. —El rey apretó el puño—. ¿Para qué estás aquí, contrabandista? ¿Para servirme o para irritarme con tus argumentaciones?

—Estoy a vuestro servicio —replicó Davos.

—Entonces, préstame atención. El teniente de ser Cortnay es primo de los Fossoway. Es lord Meadows, un muchacho de veinte años, sin experiencia. Si a Penrose le sucediera algo, Bastión de Tormentas quedaría bajo el mando de este mozalbete, y sus primos creen que aceptaría mis condiciones y rendiría el castillo.

—Recuerdo a otro mozalbete que estuvo al mando de Bastión de Tormentas. No tendría mucho más de veinte años...

—Lord Meadows no es tan rematadamente testarudo como era yo.

—Testarudo, cobarde, ¿qué más da? Me ha parecido que ser Cortnay estaba sano y robusto.

—También mi hermano, el día antes de morir. La noche es oscura y alberga horrores, Davos.

Davos Seaworth sintió que se le erizaba el vello de la nuca.

—No os entiendo, mi señor.

—No hace falta que me entiendas; solo que me sirvas. Ser Cortnay morirá hoy mismo. Melisandre lo ha visto en las llamas del futuro. Su muerte y cómo va a morir. Ni que decir tiene que no será en combate. —Stannis alzó la jarra y Devan se la volvió a llenar de agua—. Sus llamas no mienten nunca. También vio el destino de Renly. Fue en Rocadragón, y se lo dijo a Selyse. Lord Velaryon y ese amigo vuestro, Salladhor Saan, querían que enviase mi flota contra Joffrey, pero Melisandre me dijo que si venía a Bastión de Tormentas, conseguiría la mayor parte del ejército de mi hermano. Y así ha sido.

—P-pero... —balbuceó Davos—, si lord Renly vino aquí fue porque vos habíais puesto el castillo bajo asedio. Antes iba hacia Desembarco del Rey, contra los Lannister, pretendía...

—«Antes», «pretendía»... ¿y eso qué importa? —Stannis se acomodó en el taburete y frunció el ceño—. Hizo lo que hizo. Vino aquí con sus estandartes y sus melocotones, hacia su perdición... Y a mí me resultó conveniente. Melisandre vio otra cosa en las llamas. Una mañana en la que Renly cabalgaba desde el sur, con su armadura verde, para acabar con mi ejército ante los muros de Desembarco del Rey. Si me hubiera encontrado allí con mi hermano, yo podría haber muerto en su lugar.

—O tal vez habríais unido vuestras fuerzas para acabar con los Lannister —protestó Davos—. ¿Por qué no? Si la mujer ha visto dos futuros, pues... no es posible que los dos sean ciertos.

—Ahí te equivocas, Caballero de la Cebolla —replicó el rey Stannis apuntándolo con un dedo—. Hay luces que proyectan más de una sombra. Mira las hogueras en la noche y lo comprobarás. Las llamas danzan y se mueven, nunca se están quietas. Las sombras crecen y menguan; cada hombre proyecta una docena. Unas son más tenues; otras, más oscuras. Pues bien, los hombres también proyectan sombras hacia el futuro. Una sombra o muchas. Melisandre las ve todas.

»Ya sé que no sientes afecto por ella, Davos. Lo veo, no estoy ciego. A mis señores tampoco les gusta. Estermont cree que el corazón llameante es una mala elección, y no deja de pedirme que luchemos bajo el estandarte del venado coronado, como antaño. Ser Guyard dice que una mujer no debería ser mi portaestandarte. Otros murmuran que no tendría que estar en mi consejo de guerra, que debería enviarla de vuelta a Asshai, que es un pecado que comparta mi tienda por las noches. Sí, todos murmuran... mientras ella me sirve.

—¿Cómo os sirve? —preguntó Davos, aunque temía la respuesta.

—Como necesito. —El rey clavó los ojos en él—. ¿Y tú?

—Yo... —Davos se humedeció los labios—. Estoy a vuestras órdenes. Decidme, ¿qué queréis que haga?

—Nada que no hayas hecho antes. Situar un bote bajo el castillo, sin que nadie lo vea, en lo más oscuro de la noche. ¿Serás capaz?

—Sí. ¿Esta noche?

El rey asintió con gesto seco.

—Que sea un bote pequeño. No la *Betha Negra.* Nadie debe saberlo.

Davos habría querido protestar. Era un caballero; ya no era un contrabandista, y jamás había sido un asesino. Pero, cuando abrió la boca, no le salieron las palabras. Aquel era Stannis, su señor, siempre justo, al que le debía todo lo que era. Y también tenía que pensar en sus hijos.

«Dioses misericordiosos, ¿qué le ha hecho esa mujer?»

—Estás muy callado —observó Stannis.

«Y callado debería seguir», pensó Davos.

—Mi señor —dijo, sin embargo—, tenéis que apoderaros del castillo, ahora lo comprendo, pero tiene que haber otras maneras. Más limpias. Decidle a ser Cortnay que puede quedarse con el bastardo, y tal vez se rinda.

—Necesito al chico, Davos. Es imprescindible. Melisandre también lo vio a él en las llamas.

Davos buscó otras respuestas, desesperado.

—En Bastión de Tormentas no hay caballero que pueda igualar a ser Guyard, a lord Caron ni a ninguno de los cientos que os sirven. Eso del combate singular... ¿No será que ser Cortnay busca una manera de rendirse con honor? ¿Aunque le cueste la vida?

La sombra de la duda pasó por el rostro del rey como una nube rápida.

—Más bien busca alguna manera de engañarnos. No habrá combate de campeones. Ser Cortnay estaba muerto aun antes de tirarme el guante. Las llamas no mienten, Davos.

«Pero me pedís que haga realidad lo que dicen», pensó. Hacía tiempo que Davos Seaworth no sentía una tristeza semejante.

Y así fue como, una vez más, se encontró cruzando la bahía de los Naufragios en lo más oscuro de la noche, al timón de un bote pequeño con velas negras. El cielo era el mismo, igual que el mar. El mismo olor a sal impregnaba el aire, y el agua lamía el casco tal como la recordaba. En torno al castillo brillaba un millar de fuegos de campamento, como estrellas parpadeantes que hubieran llovido sobre la tierra, igual que sucediera dieciséis años antes con las hogueras de los Tyrell y los Redwyne. Pero todo lo demás había cambiado.

«La otra vez, lo que traía a Bastión de Tormentas era la vida, vida en forma de cebollas. Esta vez es la muerte, en forma de Melisandre de Asshai.» Dieciséis años antes, las velas habían crujido y restallado con cada cambio del viento, hasta que las arrió y siguió avanzando con los remos acolchados. Aun así, había tenido el corazón en un puño. Pero los hombres de las galeras de Redwyne habían bajado la guardia hacía tiempo, y consiguió pasar a través del cordón que formaban con la suavidad de una seda negra. En esa ocasión, los únicos barcos que se divisaban eran los de Stannis, y el único peligro podía proceder de los vigilantes en los muros del castillo. Y pese a todo, Davos estaba tenso como la cuerda de un arco.

Melisandre iba sentada en el banco, acurrucada, perdida entre los pliegues de la capa color rojo oscuro que la cubría de la cabeza a los pies; su rostro no era más que un atisbo blanco bajo la capucha. A Davos le gustaba el agua. Dormía mejor cuando sentía bajo sí una cubierta que se mecía, y el suspiro del viento contra los aparejos era para él un sonido más dulce que el que ningún bardo pudiera arrancar de su lira. Pero aquella noche ni siquiera el mar lo reconfortaba.

—Huelo miedo en vos, caballero —dijo la mujer roja en voz baja.

—Alguien me dijo en cierta ocasión que la noche es oscura y alberga horrores. Y esta noche no soy ningún caballero. Esta noche soy de nuevo Davos el contrabandista. Ojalá fuerais vos una cebolla.

Melisandre se echó a reír.

—¿De qué tenéis miedo? ¿De mí o de lo que hacemos?

—De lo que vos hacéis. No quiero tomar parte en esto.

—Vuestra mano izó la vela. Vuestra mano sostiene la caña del timón.

Davos, en silencio, se concentró en seguir el rumbo. La orilla era un hervidero de rocas, de manera que iban por el centro de la bahía. Esperaría a que cambiara la marea antes de acercarse. Bastión de Tormentas menguaba a sus espaldas, pero aquello no parecía preocupar a la mujer roja.

—¿Sois un buen hombre, Davos Seaworth? —preguntó.

«¿Un buen hombre estaría haciendo esto?»

—Soy un hombre —dijo—. Trato bien a mi esposa, pero he conocido a otras mujeres. He intentado ser buen padre para mis hijos, ayudarlos a encontrar su lugar en este mundo. Sí, he violado leyes, pero hasta esta noche nunca me había sentido malvado. Diría que soy una mezcla, mi señora. De bien y de mal.

—Un hombre gris —dijo ella—. Ni blanco ni negro, sino ambas cosas a la vez. ¿Eso sois, ser Davos?

—¿Y qué si lo fuera? Me parece que prácticamente todos los hombres son grises.

—Si media cebolla está podrida, la cebolla está podrida. Un hombre es bueno o malo.

A su espalda, las hogueras se habían fundido en un brillo tenue contra el cielo negro, y ya casi no se divisaba la tierra firme. Era el momento de regresar.

—Cuidado con la cabeza, mi señora.

Empujó la caña del timón, y el pequeño bote levantó un rizo de agua negra al girar. Melisandre se inclinó para dejar paso a la botavara, y se apoyó en la regala, tan tranquila como siempre. La madera gimió; la lona crujió, y el agua salpicó con tanta fuerza que cualquiera habría jurado que se oía desde el castillo. Davos sabía que no era así. El incesante batir de las olas contra las rocas era el único sonido que podía penetrar a través de los inmensos muros de Bastión de Tormentas, y aun así, muy amortiguado.

El bote empezó a dejar una estela ondulante cuando puso rumbo hacia la orilla.

—Habláis de hombres y de cebollas —dijo Davos a Melisandre—. ¿Y qué pasa con las mujeres? ¿A ellas no se les aplica lo mismo? ¿Vos qué sois, mi señora? ¿Buena o mala?

La pregunta la hizo reír.

—Buena, claro está. Yo también soy una especie de caballero, mi buen ser. Una campeona de la luz y la vida.

—Pero esta noche planeáis matar a un hombre —dijo—. Igual que matasteis al maestre Cressen.

—Vuestro maestre se envenenó solo. Quería envenenarme a mí, pero me protegía un poder superior, y a él no.

—¿Y a Renly Baratheon? ¿Quién lo mato?

La mujer volvió la cabeza. Bajo la sombra de la capucha, sus ojos ardían como llamas rojas de velas.

—Yo no.

—Mentís.

Davos estaba ya seguro. Melisandre rio de nuevo.

—Estáis perdido en la oscuridad y la confusión, ser Davos.

—Por suerte para nosotros. —Davos hizo un gesto en dirección a las luces lejanas que parpadeaban sobre las murallas de Bastión de Tormentas—. ¿No notáis lo frío que es el viento? Los vigías estarán concentrados en torno a esas antorchas. En noches como esta se agradece un poco de calor y de luz. Pero esa misma luz los deslumbra, de modo que no nos verán pasar. —«O eso espero»—. El dios de la oscuridad nos protege, mi señora. Incluso a vos.

—No pronunciéis ese nombre, o atraeréis su ojo negro sobre nosotros. —Las llamas de los ojos de la mujer parecieron avivarse al oír aquello—. Os aseguro que no protege a hombre alguno. Es enemigo de todo lo que vive. Vos mismo lo habéis dicho: lo que nos oculta son las antorchas. El fuego. El brillante don del Señor de Luz.

—Como queráis.

—Decid mejor como Él quiera.

El viento estaba cambiando. Davos lo percibía; lo veía en las ondulaciones de la lona negra.

—Ayudadme a arriar la vela. Remaré el resto del trayecto. —Juntos plegaron la vela, con el bote meciéndose bajo ellos.

—¿Quién os llevó hasta Renly? —preguntó Davos mientras sacaba los remos y los metía en las aguas negras.

—Nadie. No fue necesario —dijo—. Estaba desprotegido. Pero aquí... Bastión de Tormentas es un lugar antiguo. Hay hechizos que impregnan las piedras, muros negros que una sombra no puede atravesar. Son viejos, todos los han olvidado, pero ahí siguen.

—¿Una sombra? —A Davos se le puso la carne de gallina—. Una sombra es algo oscuro.

—Sois más ignorante que un chiquillo, caballero. En la oscuridad no hay sombras. Las sombras son siervas de la luz, hijas del fuego. La llama más brillante es la que proyecta las sombras más oscuras.

Davos frunció el ceño y le indicó que guardara silencio. Se estaban acercando otra vez a la orilla, y las voces llegaban muy lejos por encima del agua. Siguió remando, acompasando el sonido de los remos con el ritmo de las olas. El lado de Bastión de Tormentas que daba al mar estaba en lo alto de un acantilado blanco de piedra calcárea, que se elevaba vertiginosamente hasta la mitad de la altura del muro exterior. En el acantilado se abría una boca bostezante, y hacia allí, tal como hiciera dieciséis años atrás, se dirigía Davos. El túnel daba a una caverna situada bajo el castillo, donde los antiguos señores de la tormenta habían construido su desembarcadero.

Por aquel pasadizo solo se podía navegar durante la marea alta, y era siempre traicionero, pero Davos no había perdido sus habilidades de contrabandista. Siguió el rumbo con destreza entre las rocas dentadas hasta que la entrada de la cueva estuvo sobre ellos. Dejó que las olas los empujaran hacia el interior. Batían a su alrededor, empujaban el bote de un lado a otro, y los calaban hasta los huesos. Una roca afilada, casi invisible bajo el agua, apareció de pronto en la penumbra, rodeada de espuma, y faltó poco para que Davos no alcanzara a apartar el bote con un remo.

Y de pronto estuvieron en el interior, envueltos por la oscuridad, en aguas ya tranquilas. El pequeño bote se detuvo y giró. El sonido de su respiración levantó ecos que parecieron rodearlos. Davos no había esperado aquella oscuridad. La otra vez había habido antorchas encendidas a lo largo del túnel, y los ojos de los hombres hambrientos lo habían mirado a través de los agujeros del techo. Sabía que el rastrillo estaba poco más adelante, de manera que utilizó los remos para frenar el bote, y dejaron que la suave corriente los arrastrara.

—Hasta aquí hemos llegado, a menos que tengáis dentro a un hombre para que abra la puerta. —Su susurro se extendió sobre las aguas como una hilera de ratones con patitas rosadas.

—¿Estamos detrás de los muros?

—Sí. Por abajo. Pero no puedo seguir. El rastrillo llega hasta el fondo. Y los barrotes están muy apretados: ni un niño podría pasar entre ellos.

No hubo más respuesta que un susurro bajo. Y, de pronto, una luz floreció en medio de la oscuridad.

Davos alzó una mano para protegerse los ojos, y se quedó sin aliento. Melisandre se había quitado la capucha y la túnica asfixiante. Estaba completamente desnuda, y mostraba un embarazo muy adelantado. Los pechos hinchados le colgaban sobre el torso, y su vientre parecía a punto de reventar.

—Que los dioses nos guarden —susurró.

Oyó una risa gutural, ronca. Los ojos de la mujer eran como carbones encendidos, y el sudor que le cubría la piel parecía tener luz propia. Melisandre brillaba.

Se acuclilló jadeante y abrió las piernas. Le corrió por los muslos una sangre negra como el carbón. Lanzó un grito que podía ser de dolor, de éxtasis o de ambas cosas a la vez. Y Davos vio la cabeza del niño que empezaba a salir de ella. Luego salieron dos brazos negros, que se aferraron a los muslos tensos de Melisandre y empujaron hasta que la sombra entera salió al mundo y se alzó, más alta que Davos, alta como el túnel, elevada sobre el bote. Solo pudo verla un instante antes de que se escurriera entre los barrotes del rastrillo y se alejara corriendo sobre la superficie del agua, pero con ese instante fue suficiente.

Conocía aquella sombra. Igual que conocía al hombre que la proyectaba.

JON

La llamada llegó en lo más profundo de la noche. Jon se incorporó sobre un codo y buscó a *Garra* a tientas, en un gesto instintivo, mientras el campamento empezaba a agitarse.

«El cuerno que despierta a los durmientes», pensó.

La nota larga y grave quedó suspendida en el aire. Los centinelas que montaban guardia en torno al muro circular se detuvieron, con el aliento condensado en nubes ante ellos, y volvieron la cabeza hacia el oeste. A medida que el sonido del cuerno se desvanecía, pareció que hasta el viento dejaba de soplar. Los hombres se levantaron de sus mantas y buscaron las lanzas y las espadas, moviéndose con sigilo, a la escucha. Un caballo relinchó, y alguien corrió a calmarlo. Durante un instante pareció que el bosque entero contenía el aliento. Los hermanos de la Guardia de la Noche aguardaron el segundo bramido del cuerno al tiempo que rezaban por no oírlo, con el alma en vilo.

Cuando el silencio se hubo prolongado hasta lo insoportable, y los hombres comprendieron que el cuerno no iba a sonar de nuevo, se sonrieron unos a otros con timidez, como si trataran de ocultar que se habían puesto nerviosos. Jon Nieve le echó unas cuantas ramas a la hoguera, se abrochó el cinturón de la espada, se puso las botas y sacudió la capa para quitarle el polvo y el rocío antes de echársela sobre los hombros. A su lado las llamas empezaron a crepitar, y agradeció el calor que le acariciaba el rostro mientras se vestía. Oyó al lord comandante moverse dentro de la tienda. Un momento después, Mormont levantó la solapa.

—¿Solo una llamada? —El cuervo se le había posado en el hombro, con las plumas encrespadas, en silencio. Parecía triste.

—Una, mi señor —asintió Jon—. Los hermanos regresan.

—Mediamano —dijo Mormont acercándose al fuego—. Ya era hora. —Durante la espera se había mostrado más inquieto cada día. Si hubieran tardado más... Jon no quería ni pensarlo—. Encárgate de que haya comida caliente para los hombres y forraje para los caballos. Quiero ver a Qhorin en cuanto llegue.

—Se lo diré, mi señor.

Los hombres de la Torre Sombría debían de haber llegado hacía ya varios días. Al ver que no aparecían, los hermanos empezaron a preocuparse. Jon llegó a oír comentarios pesimistas en torno a las hogueras, y no solo por parte de Edd el Penas. Ser Ottyn Wythers votaba por retirarse al Castillo Negro lo antes posible. Ser Mallador Locke proponía emprender la marcha hacia la Torre Sombría, para tratar de dar con el rastro de Qhorin y averiguar qué le había pasado. Y Thoren Smallwood prefería ir hacia las montañas.

—Mance Rayder sabe que tiene que enfrentarse a la Guardia —dijo—, pero no se le ocurrirá buscarnos tan al norte. Si subimos por el Agualechosa, lo cogeremos desprevenido y acabaremos con su ejército antes de que se dé cuenta de que lo atacamos.

—Somos muchos menos que ellos —objetó ser Ottyn—. Craster dijo que estaba reuniendo un gran ejército. Tendrá muchos miles de hombres. Y sin Qhorin, nosotros no somos más que doscientos.

—Enviad a doscientos lobos contra diez mil ovejas, y ya veréis qué pasa —dijo Smallwood con confianza.

—Entre esas ovejas hay muchas cabras, Thoren —le advirtió Jarman Buckwell—. Y puede que hasta algún león que otro. Casaca de Matraca, Harma Cabeza de Perro, Alfyn Matacuervos...

—Los conozco tan bien como tú, Buckwell —replicó Thoren Smallwood—. Y pienso cortarles la cabeza a todos. Pero son salvajes, no soldados. Unos cientos de héroes, seguramente borrachos, entre una gran horda de mujeres, niños y siervos. Los barreremos y volverán aullando a sus chozas.

Discutieron durante horas sin llegar a ponerse de acuerdo. El Viejo Oso era demasiado testarudo para retirarse, pero tampoco quería ir en busca de la batalla, Agualechosa arriba. Al final no decidieron nada, aparte de esperar unos días más a los hombres de la Torre Sombría y volver a hablar si no aparecían.

Y por fin habían llegado, lo que significaba que la decisión no se podía demorar más, cosa que alegraba a Jon. Si tenían que enfrentarse a Mance Rayder, más valía que fuera pronto.

Edd el Penas estaba junto a la hoguera, quejándose de lo difícil que era dormir mientras la gente se empeñaba en hacer sonar los cuernos en medio del bosque. Jon le dio más motivos para protestar. Juntos despertaron a Hake, que recibió las órdenes del lord comandante con una sarta de maldiciones, pero de inmediato se levantó y envió a una docena de hermanos a cortar raíces para preparar una sopa.

Mientras cruzaba el campamento, Sam llegó junto a él, jadeante. Bajo la capucha negra tenía el rostro tan blanco y redondo como la luna.

—He oído el cuerno. ¿Es que vuelve tu tío?

—Son los hombres de la Torre Sombría. —Cada vez le costaba más aferrarse a la esperanza de que Benjen Stark volviera sano y salvo. Hasta el Viejo Oso reconocía que la capa que había encontrado bajo el Puño bien podía ser de su tío o de alguno de sus hombres, aunque no sabían por qué la habrían enterrado allí, con todo aquel vidriagón—. Tengo que irme, Sam.

Los guardias que vigilaban junto a la muralla circular estaban arrancando estacas del suelo casi helado para abrir el cerco. El primero de los hermanos de la Torre Sombría no tardó en aparecer por el camino que llevaba a la cima. Iban todos vestidos con cuero y pieles, algunos con piezas sueltas de acero o bronce; las barbas densas cubrían unos rostros demacrados, y les daban un aspecto zarrapastroso a lomos de sus caballos pequeños y recios. Jon se sorprendió al ver que algunos hombres compartían una montura. Cuando estuvieron más cerca y se fijó mejor, advirtió que muchos de ellos estaban heridos. «Han tenido problemas en el viaje.»

Aunque no lo conocía, identificó a Qhorin Mediamano nada más verlo. El corpulento explorador era casi una leyenda en la Guardia. Hombre de palabra pausada, pero rápido en la acción, alto y erguido como una lanza, de miembros largos, solemne. A diferencia de sus hombres, iba bien afeitado. El pelo que le salía por debajo del yelmo estaba recogido en una gruesa trenza llena de escarcha, y sus prendas negras se habían descolorido tanto que parecían grises. En la mano con la que sujetaba las riendas solo le quedaban el pulgar y el índice; los otros dedos los habían perdido al detener el hacha de un salvaje que, de lo contrario, le habría hendido el cráneo. Se decía que había golpeado a su enemigo en la cara con la mano mutilada de manera que se le llenaron los ojos de sangre, y lo mató mientras estaba cegado. Desde aquel día, los salvajes que vivían más allá del Muro no tenían enemigo más implacable.

Jon se acercó para saludarlo.

—El lord comandante Mormont quiere veros cuanto antes. Os acompañaré a su tienda.

—Mis hombres tienen hambre —dijo Qhorin mientras desmontaba—, y hay que atender a los caballos.

—Ya nos hemos ocupado de eso.

El explorador dejó el caballo al cuidado de uno de sus hombres, y lo siguió.

—Tú debes de ser Jon Nieve. Te pareces mucho a tu padre.

—¿Lo conocíais, mi señor?

—No soy ningún señor; solo un hermano de la Guardia de la Noche. Sí, conocí a lord Eddard. Y también a su padre.

Jon tenía que apresurarse para mantenerse a la altura de Qhorin, que caminaba con zancadas largas.

—Lord Rickard murió antes de que yo naciera.

—Era un buen amigo de la Guardia. —Qhorin miró hacia atrás—. Se rumorea que tienes un lobo huargo.

—Fantasma volverá al amanecer. Caza por las noches.

Cuando llegaron a la tienda del Viejo Oso, Edd el Penas estaba delante, friendo unas lonchas de panceta ahumada y cociendo una docena de huevos sobre las llamas. Mormont estaba sentado en un taburete plegable de madera y cuero.

—Ya empezaba a temer por vosotros. ¿Habéis tenido problemas?

—Nos tropezamos con Alfyn Matacuervos. Mance lo había enviado a patrullar a lo largo del Muro, y cuando regresaba se encontró con nosotros. —Qhorin se quitó el yelmo—. Alfyn no volverá a ser un peligro para el reino, pero algunos de sus hombres se nos escaparon. Acabamos con tantos como pudimos, pero es posible que unos cuantos consiguieran volver a las montañas.

—¿A qué precio?

—Cuatro hermanos muertos. Una docena, heridos. Un tercio de las bajas del enemigo. También cogimos prisioneros. Uno murió enseguida, tenía heridas graves, pero el otro vivió lo suficiente para que lo interrogáramos.

—Más vale que hablemos de esto dentro de la tienda. Jon te traerá un cuerno de cerveza. ¿O prefieres vino caliente especiado?

—Me conformo con agua hervida. Y con un huevo y un trozo de panceta.

—Como quieras. —Mormont levantó la solapa de la tienda, y Qhorin Mediamano se agachó para entrar.

Edd seguía ante la cazuela y removía los huevos con una cuchara.

—Qué envidia me dan estos huevos —comentó—. A mí también me gustaría hervir un rato. Si la cazuela fuera más grande, me metería dentro. Aunque ojalá estuviera llena de vino y no de agua. Hay peores maneras de morir que caliente y borracho. Una vez conocí a un hermano que se ahogó en un tonel de vino. Pero era de mala cosecha, y el sabor del cadáver no la mejoraba, precisamente.

—¿Os bebisteis el vino?

—Es espantoso encontrarse a un hermano muerto. A ti también te habría hecho falta un trago, lord Nieve. —Edd removió el contenido del cazo y añadió una pizca más de nuez moscada.

Jon, inquieto, se acuclilló ante la hoguera y la hurgó con un palito. Del interior de la tienda le llegaba la voz del Viejo Oso, interrumpida a ratos por los graznidos del cuervo o por las palabras más quedas de Qhorin Mediamano, pero no se distinguía qué decían. «Así que Alfyn Matacuervos ha muerto. Bien.» Era uno de los saqueadores salvajes más sanguinarios; el mote se debía a la cantidad de hermanos negros a los que había asesinado. «¿Y por qué está tan serio Qhorin, tras una victoria semejante?»

Jon había albergado la esperanza de que la llegada de los hombres de la Torre Sombría levantara los ánimos en el campamento. La noche anterior, sin ir más lejos, cuando volvía después de orinar, oyó a cinco o seis hombres hablar en voz baja en torno a las brasas de una hoguera. Chett mascullaba que ya era hora de que volvieran al Muro, de modo que Jon se detuvo a escuchar.

—Esta expedición es una locura del viejo —decía—. En esas montañas no vamos a encontrar nada, solo nuestras tumbas.

—En los Colmillos Helados hay gigantes, cambiapieles y cosas aún peores —comentó Lark de las Hermanas.

—Lo que es yo, no voy allí, os lo aseguro.

—No creo que el Viejo Oso te ofrezca ninguna opción.

—¿Y si no se la ofrecemos nosotros a él? —dijo Chett.

En aquel momento, uno de los perros levantó la cabeza y gruñó, y a Jon no le quedó más remedio que alejarse a toda prisa antes de que lo vieran. «No debería haber escuchado eso —pensó. Consideró la posibilidad de contárselo a Mormont, pero al final no quiso denunciar a sus hermanos, ni aunque fueran como Chett y el de las Hermanas—. No es más que palabrería —se dijo—. Tienen frío y miedo, igual que todos.» La espera allí les resultaba muy dura; no podían hacer otra cosa que vigilar la cima pedregosa desde la que se dominaba el bosque, a la espera de lo que les deparase el día siguiente. «El enemigo al que no se ve es siempre el más temible.»

Jon desenfundó su puñal nuevo y lo examinó a la luz de las llamas, que parecían bailar sobre la brillante piedra negra. Él mismo le había puesto un puño de madera, rodeado con trencilla de cáñamo para agarrarlo mejor. No era bonito, pero sí útil. Edd el Penas opinaba que los cuchillos de cristal eran tan útiles como unos pezones en la coraza de un caballero, pero Jon no opinaba lo mismo. El vidriagón tenía más filo que el acero, aunque era mucho más frágil.

«Seguro que lo enterraron por algún motivo.»

También había hecho un puñal para Grenn y otro para el lord comandante. El cuerno de guerra se lo había dado a Sam. Una vez examinado a fondo, resultó que estaba agrietado, y Jon no consiguió arrancarle ni un sonido aunque lo había limpiado a fondo. Además, el borde estaba astillado, pero a Sam le gustaban las cosas antiguas, incluso las que no servían de nada.

—Hazte un cuerno para beber —le había dicho Jon—, así cada vez que tomes cerveza te acordarás de cómo saliste en una exploración más allá del Muro, y llegaste hasta el Puño de los Primeros Hombres.

También le dio a Sam una punta de lanza y una docena de puntas de flecha, y el resto lo repartió entre sus amigos.

Al Viejo Oso le había gustado el puñal, pero Jon se fijó en que prefería llevar al cinturón un cuchillo de acero. Tampoco Mormont supo decir quién podía haber enterrado la capa, ni por qué. «Tal vez Qhorin lo sepa.» Mediamano se había adentrado en las tierras salvajes más que ningún otro hombre.

—¿Les sirves tú o yo?

—Ya me encargo yo —dijo envainando el puñal. Quería enterarse de lo que comentaban.

Edd cortó tres rebanadas gruesas de pan de avena un tanto duro, las puso sobre un plato de madera y les echó por encima panceta con su grasa. También llenó un cuenco con huevos duros. Jon cogió el cuenco con una mano y el plato con la otra, y volvió a entrar en la tienda del lord comandante.

Qhorin estaba sentado en el suelo, con las piernas cruzadas y la espalda tan recta como una lanza. La luz de las velas le bailaba en las mejillas angulosas mientras hablaba.

—Casaca de Matraca, Llorón y todos los demás jefes, grandes y pequeños —decía—. Tienen cambiapieles, mamuts y más fuerzas de las que habíamos imaginado. O eso dicen; yo no pondría la mano en el fuego. Ebben cree que nos contó todo eso para vivir un poco más.

—Sea verdad o mentira, hay que enviar noticias al Muro —dijo el Viejo Oso mientras Jon ponía el plato entre ambos—. Y al rey.

—¿A qué rey?

—A todos, legítimos y falsos por igual. Dicen que el reino es suyo, ¿no? Pues que lo defiendan.

—Estos reyes hacen lo que quieren —dijo Mediamano. Cogió un huevo y lo golpeó contra el borde del cuenco para quitarle la cáscara—. Y por nosotros será bien poca cosa. Nuestra mejor opción es Invernalia. Los Stark tienen que reunir a todo el norte.

—Desde luego.

El Viejo Oso desenrolló un mapa, lo miró con el ceño fruncido, lo echó a un lado y desplegó otro. Para Jon era obvio que intentaba adivinar de dónde vendría el golpe. Antaño, la Guardia había ocupado diecisiete castillos a lo largo de los cientos de leguas del Muro, pero a medida que la Hermandad menguaba en número, fueron abandonándolos de uno en uno. Solo quedaban tres que contaran con una guarnición, hecho que Mance Rayder conocía tan bien como ellos.

—Ser Alliser Thorne nos traerá nuevos reclutas de Desembarco del Rey, o eso esperamos. Si ponemos guarniciones de la Torre Sombría en Guardiagrís, y de Guardiaoriente en Túmulo Largo...

—Guardiagrís está prácticamente en ruinas. Puertapiedra sería una mejor elección, si tuviéramos hombres. También Marcahielo y Lago Hondo, si es posible. Y entre ellos, patrullas diarias a lo largo de las almenas.

—Sí, patrullas. Dos veces al día si podemos. El propio Muro es un obstáculo formidable. Si no hay defensa no podrá detenerlos, pero sí demorarlos. Cuanto más grande sea el ejército, más tiempo necesitarán. Por las aldeas abandonadas que hemos visto, seguro que vienen con sus mujeres, con los niños y con los animales... ¿Has visto alguna vez una cabra que suba por una escalerilla? ¿O por una cuerda? Tendrán que construir una gran escalera o una rampa. Tardarán como mínimo un mes, probablemente más. Mance sabrá que lo mejor que puede hacer es cruzar por debajo del Muro. Por una puerta, o...

—Una brecha.

—¿Qué? —Mormont alzó la cabeza bruscamente.

—Que no planean escalar el Muro ni cavar por debajo, mi señor. Planean abrir una brecha.

—El Muro tiene trescientas varas de altura, y la base es tan gruesa que harían falta cien hombres con picos y hachas trabajando durante un año para abrir un agujero.

—Lo harán.

—¿Cómo? —Mormont se tironeó de la barba, con el ceño fruncido.

—Con magia, ¿cómo si no? —Qhorin se comió medio huevo de un solo bocado—. Por eso ha reunido Mance a su ejército en los Colmillos Helados, que es un lugar desolado y está muy lejos del Muro.

—Yo creía que optó por la montaña para ocultar a los suyos de los ojos de los exploradores.

—Puede —dijo Qhorin al tiempo que se terminaba el huevo—, pero me parece que hay otros motivos. Está buscando algo en esas alturas heladas. Busca algo que necesita.

—¿Algo?

El cuervo de Mormont alzó la cabeza y lanzó un graznido. En el espacio reducido de la tienda, el sonido pareció afilado como un cuchillo.

—Un poder. Nuestro prisionero no sabía de qué se trataba. Quizá el interrogatorio fue demasiado brusco, y murió antes de decírnoslo todo. En cualquier caso, dudo que lo supiera.

Jon oía el viento que soplaba en el exterior. Era un sonido agudo, que silbaba entre las piedras del muro circular y sacudía las sujeciones de las tiendas. Mormont se frotó la boca, pensativo.

—Un poder —repitió—. Necesito información.

—En ese caso, tendrás que enviar exploradores a las montañas.

—No quiero arriesgar la vida de más hombres.

—Lo único que puede pasar es que muramos. ¿Y para qué llevamos estas capas negras, si no es para morir en defensa del reino? Yo enviaría a quince hombres, en tres grupos de cinco. Uno que remonte el curso del Agualechosa, otro que vaya al Paso Aullante y otro, a la cima de la Escalera del Gigante. Jarman Buckwell, Thoren Smallwood y yo mismo iríamos al mando. Tenemos que averiguar qué aguarda en esas montañas.

—Aguarda —graznó el cuervo—. Aguarda.

El lord comandante Mormont dejó escapar un profundo suspiro.

—No hay otra solución —reconoció—, pero si no regresáis...

—Alguien bajará de los Colmillos Helados, mi señor —dijo el explorador—. Si somos nosotros, todo perfecto. Si no, será Mance Rayder, y estáis en su camino. No puede seguir hacia el sur y dejaros atrás, para que lo sigáis y acoséis su retaguardia. Tiene que atacar. Y este lugar es fuerte.

—No tan fuerte —señaló Mormont.

—En ese caso, todos vamos a morir. Pero nuestras muertes darán tiempo a los hermanos que quedan en el Muro. Tiempo para instalar guarniciones en los castillos abandonados y congelar las puertas; tiempo para pedir ayuda a los señores y a los reyes; tiempo para afilar las hachas y reparar las catapultas... Nuestras vidas serán moneda bien gastada.

—Morir —graznó el cuervo, caminando por los hombros de Mormont—. Morir, morir, morir, morir.

El Viejo Oso se quedó en silencio, con la espalda encorvada, como si la carga de hablar se hubiera vuelto de repente demasiado pesada.

—Que los dioses me perdonen —dijo al final—. Elige a los hombres que quieras.

Qhorin Mediamano volvió la cabeza. Sus ojos se encontraron con los de Jon, y durante un instante que pareció eternizarse, le sostuvo la mirada.

—Muy bien. Elijo a Jon Nieve.

Mormont parpadeó.

—Es apenas un muchacho. Además, es mi mayordomo. No es explorador.

—Tollett también puede cuidar de ti, mi señor. —Qhorin alzó la mano mutilada, la que solo tenía dos dedos—. Más allá del Muro, los viejos dioses son todavía fuertes. Son los dioses de los primeros hombres... y de los Stark.

—¿Qué quieres hacer? —preguntó Mormont mirando a Jon.

—Ir con él —respondió el muchacho al instante.

—Lo suponía. —El anciano sonrió con tristeza.

Ya había amanecido cuando Jon salió de la tienda, al lado de Qhorin Mediamano. El viento soplaba a su alrededor, les agitaba las capas negras y dispersaba por el aire las pavesas de la hoguera.

—Partiremos al mediodía —le dijo el explorador—. Más vale que busques a tu lobo.

—La reina tiene intención de sacar de aquí al príncipe Tommen. —Estaban los dos a solas, arrodillados en la penumbra silenciosa del septo, rodeados de sombras y velas titilantes; pese a todo, Lancel hablaba en voz baja—. Lord Gyles se lo llevará a Rosby y lo disfrazará de paje para ocultarlo. Planean teñirle el pelo de negro y decirle a todo el mundo que es hijo de un caballero errante.

—¿De quién tiene miedo Cersei? ¿De la turba o de mí?

—De ambos —dijo Lancel.

—Ah. —Tyrion no había tenido noticia de aquel plan. ¿Acaso los pajaritos de Varys habían fallado, por una vez? Claro; hasta las arañas echaban una cabezada de cuando en cuando... o tal vez el eunuco estuviera inmerso en un juego más sutil de lo que él imaginaba—. Os lo agradezco, ser Lancel.

—¿Me concederéis el favor que os pedí?

—Puede.

Lancel quería un puesto de mando en la batalla que se avecinaba. Una manera espléndida de morir antes de que terminara de crecerle el bigote, pero los caballeros jóvenes siempre se creían invulnerables.

Tyrion se quedó en el septo un rato después de que su primo se marchara. En el altar del Guerrero, encendió una vela con la llama de otra.

«Cuida de mi hermano, cabrón de mierda, que es de los tuyos.» Encendió otra vela al Desconocido, esa por sí mismo.

Aquella noche, cuando la Fortaleza Roja estaba ya a oscuras, Bronn llegó y lo encontró sellando una carta.

—Llévale esto a ser Jacelyn Bywater. —El enano vertió lacre dorado caliente sobre el pergamino.

—¿Qué dice? —Bronn no sabía leer, de manera que hacía preguntas indiscretas.

—Que se le ordena elegir a cincuenta de sus mejores espadas para que patrullen por el camino de las Rosas. —Tyrion apretó su sello sobre el lacre caliente.

—Es más probable que Stannis venga por el camino Real.

—Claro, ya lo sé. Dile a Bywater que no haga caso del contenido de la carta y que lleve a sus hombres hacia el norte. Tiene que preparar una trampa en el camino a Rosby. Lord Gyles saldrá hacia su castillo dentro de un día o dos, con una docena de soldados, unos cuantos criados y mi sobrino. Puede que el príncipe Tommen vaya vestido de paje.

—Y quieres que traiga al chico de vuelta, ¿no?

—No. Quiero que lo lleve al castillo. —Tyrion había decidido que sacar al chico de la ciudad era una de las mejores ideas que se le habían ocurrido a su hermana. En Rosby, Tommen estaría a salvo de la turba, y al alejarlo de su hermano también le ponía las cosas más difíciles a Stannis: aunque llegara a tomar Desembarco del Rey y ejecutara a Joffrey, aún tendría que enfrentarse a un Lannister aspirante al trono—. Lord Gyles está demasiado enfermo para huir, y es demasiado cobarde para luchar. Le ordenará a su castellano que abra las puertas. Cuando haya atravesado los muros, Bywater deberá expulsar a la guarnición y proteger allí a Tommen. Pregúntale que qué tal le suena que lo llamen lord Bywater.

—Lord Bronn sonaría mejor. Yo también podría poner a salvo al chico. Lo mecería en mis rodillas y le cantaría nanas, si en ello me fuera el título.

—Tú me haces falta aquí —dijo Tyrion. «Y no te confiaría a mi sobrino.» Si a Joffrey le pasara algo, la pretensión de los Lannister al trono reposaría sobre los jóvenes hombros de Tommen. Los capas doradas de ser Jacelyn defenderían al chico; los mercenarios de Bronn, probablemente, lo venderían a sus enemigos.

—¿Qué deberá hacer el nuevo lord con el antiguo?

—Lo que mejor le parezca, siempre que se acuerde de darle de comer. No quiero que muera. —Tyrion se apartó de la mesa—. Mi hermana enviará a un miembro de la Guardia Real como escolta del príncipe.

Bronn no se preocupó en absoluto.

—El Perro es el escudo de Joffrey; no lo abandonará. Los capas doradas de Mano de Hierro se pueden encargar de cualquiera de los otros.

—Si hay que matar a alguien, dile a Jacelyn que no quiero que sea delante de Tommen. —Tyrion se puso una gruesa capa de lana color marrón oscuro—. Mi sobrino es muy sensible.

—¿Estás seguro de que es un Lannister?

—No estoy seguro de nada, excepto del invierno y la batalla —respondió—. Vamos. Cabalgo contigo parte del trayecto.

—¿A ver a Chataya?

—Qué bien me conoces...

Salieron por una poterna de la muralla norte. Tyrion picó espuelas y bajó al trote ligero por el callejón Sombranegra. Ante el ruido de los cascos de su caballo contra el empedrado, unas cuantas figuras furtivas se movieron por los callejones, pero nadie se atrevió a acercarse a ellos. El Consejo había decretado el toque de queda, y había pena de muerte para cualquiera que estuviera en las calles de Desembarco del Rey después de que sonaran las campanas del ocaso. Con aquello se había logrado restaurar en cierto modo la paz en la ciudad, además de reducir el número de cadáveres que aparecían por las mañanas en los callejones, pero según Varys, la gente lo maldecía por aquello. «Deberían dar las gracias: tienen aliento para maldecir.» Un par de capas doradas les dieron el alto cuando pasaban por la calle de los Hojalateros, pero al ver quiénes eran suplicaron perdón a la mano y los dejaron proseguir. Bronn viró hacia el sur, en dirección a la puerta del Lodazal, y se separaron.

Tyrion se dirigió hacia el burdel de Chataya, pero de repente perdió la paciencia. Se giró en la silla de montar y escudriñó la calle, a sus espaldas. No había rastro de ningún seguidor. Todas las ventanas estaban a oscuras o cerradas con postigos. No se oía nada, excepto el viento que silbaba por los callejones. «Si Cersei me ha puesto algún vigilante esta noche, debe de ir disfrazado de rata.»

—A la mierda —murmuró. Estaba harto de tanta precaución. Hizo dar media vuelta a su caballo y lo espoleó. «Si me sigue alguien, vamos a ver qué tal cabalga.» Su montura voló por las calles adoquinadas iluminadas por la luna, pasó como una flecha por estrechos callejones y callejuelas serpenteantes, y lo llevó al galope hasta su amada.

Al golpear la puerta de la verja oyó una música que se filtraba por encima de los muros coronados de púas. Uno de los ibbeneses fue a abrirle. Tyrion le dio las riendas de su caballo.

—¿Quién es ese? —preguntó. Los ventanales en forma de rombos del salón estaban iluminados con una luz amarillenta, y se oía la voz de un hombre que cantaba.

—Un bardo gordo —contestó el ibbenés encogiéndose de hombros.

El volumen aumentaba a medida que iba de los establos a la casa. A Tyrion nunca le habían gustado los bardos, y aquel menos que ninguno, aun antes de verlo. Cuando abrió la puerta, la canción se interrumpió.

—La mano del rey. —Se arrodilló. Era calvo y barrigudo—. Qué gran honor, qué gran honor.

—Mi señor —sonrió Shae al verlo.

Le encantaba aquella sonrisa, que le iluminaba el precioso rostro siempre rápida y espontánea. La chica llevaba una túnica de seda morada, ceñida con un fajín de hilo de plata. Los colores le destacaban el pelo oscuro y la piel clara.

—Querida —respondió—. ¿Y quién es este?

—Me llaman Symon Pico de Oro, mi señor —contestó el bardo alzando la vista—. Soy actor, bardo, cuentacuentos...

—Y completamente idiota —terminó Tyrion—. ¿Cómo me has llamado cuando he entrado?

—¿Que cómo os he...? Pero si solo he dicho... —El oro del pico de Symon parecía haberse trocado en plomo—. La mano del rey, qué gran honor, nada más...

—Si fueras medio listo habrías fingido que no me reconocías. No me habrías engañado, claro, pero has debido intentarlo. ¿Y ahora qué hago contigo? Conoces a mi amada Shae, sabes dónde vive, sabes que vengo a visitarla a solas por la noche...

—Os juro que no se lo diré a nadie.

—En eso estamos de acuerdo. Buenas noches. —Tyrion subió con Shae al piso de arriba.

—Mi bardo no podrá volver a cantar —bromeó la chica—. Lo habéis dejado sin voz del susto.

—El miedo lo ayudará a llegar a las notas altas.

—No le haréis daño, ¿verdad? —La muchacha cerró la puerta de su dormitorio, encendió una vela perfumada y se arrodilló para quitarle las botas—. Sus canciones me animan las noches que no venís.

—Ojalá pudiera venir todas las noches —suspiró mientras ella le frotaba los pies descalzos—. ¿Qué tal canta?

—Mejor que algunos. No tan bien como otros.

Tyrion le abrió la túnica y enterró el rostro entre sus pechos. Shae siempre olía a limpio, incluso en aquella pocilga hedionda de ciudad.

—Que se quede si quieres, pero que no se aleje de ti. No quiero que vaya por ahí contándolo todo en los tenderetes.

—No lo hará, os lo...

Tyrion le tapó la boca con la mano. Ya habían hablado suficiente; necesitaba la dulce simplicidad del placer que encontraba entre los muslos de Shae. Allí, al menos, lo querían y siempre era bienvenido.

Más tarde, sacó el brazo de debajo de la cabeza de la muchacha, se puso la túnica y bajó al jardín. La luna creciente teñía de plata las hojas de los frutales, y brillaba en la superficie del estanque de piedra. Tyrion se sentó junto al agua. En algún punto, a su derecha, se oía un grillo; el sonido le resultaba reconfortante.

«Aquí hay paz —pensó—. Pero ¿cuánto va a durar?»

Una vaharada a rancio le hizo volver la cabeza. Shae estaba en la puerta, detrás de él, vestida con la túnica plateada que le había regalado.

«Amé a una doncella hermosa como el verano, con la luz del sol en el cabello.» A su espalda se encontraba un hermano mendicante, un hombre corpulento con la túnica sucia y remendada, los pies descalzos llenos de porquería costrosa, y un cuenco colgado del cuello con una correa de cuero, en el lugar donde, si fuera un septón, habría llevado un cristal.

—Lord Varys ha venido a veros —anunció Shae.

El hermano mendicante la miró atónito. Tyrion se echó a reír.

—Es verdad. ¿Cómo lo has reconocido? Yo no había caído.

—Sigue siendo él —contestó Shae encogiéndose de hombros—; solo se ha cambiado de ropa.

—De ropa, de aspecto, de olor, de manera de andar... —dijo Tyrion—. Habría engañado a casi cualquier hombre.

—Y probablemente a casi cualquier mujer. Pero no a una puta. Las putas aprendemos a ver a los hombres, no sus atuendos, si no queremos acabar muertas en un callejón.

Varys hizo una mueca de dolor, y no por culpa de las costras falsas que tenía en los pies. Tyrion soltó una risita.

—Shae, ¿nos traes un poco de vino? —Le iba a hacer falta una copa. Fuera lo que fuera lo que llevaba allí al eunuco a aquellas horas de la noche, no era nada bueno.

—Casi me da miedo contaros por qué he venido, mi señor —dijo Varys cuando Shae los dejó a solas—. Traigo malas noticias.

—Deberíais vestiros de plumas negras, Varys, sois peor presagio que un cuervo. —Tyrion se puso en pie con torpeza, temeroso de la respuesta a la pregunta que iba a hacer—. ¿Se trata de Jaime? —«Si le han hecho algo, lo pagarán caro.»

—No, mi señor. Se trata de algo muy diferente. Ser Cortnay Penrose ha muerto. Bastión de Tormentas ha abierto sus puertas a Stannis Baratheon.

La consternación le borró de la mente cualquier otro pensamiento. Cuando Shae volvió con el vino, bebió un trago y estampó la copa contra la pared. La muchacha alzó una mano para protegerse de los trozos de vidrio roto, mientras el vino dibujaba largos dedos negros sobre las piedras a la luz de la luna.

—¡Maldito sea! —exclamó.

—¿Quién, mi señor? —Varys sonrió, con lo que mostró todos los dientes podridos—. ¿Ser Cortnay o lord Stannis?

—Los dos. —Bastión de Tormentas era una fortaleza imponente; debería haber resistido medio año o más... el tiempo necesario para que su padre acabara con Robb Stark—. ¿Cómo ha sido?

—Mi señor —contestó Varys mirando a Shae—, no debemos preocupar a vuestra hermosa dama con una conversación tan triste y sanguinaria.

—Una dama se asustaría —dijo Shae—. Pero yo no.

—Pues deberías asustarte —replicó Tyrion—. Ahora que ya tiene Bastión de Tormentas, Stannis no tardará en centrar su atención en Desembarco del Rey. —Lamentó haber tirado el vino—. Lord Varys, dejadnos un instante; luego volveré con vos al castillo.

—Os espero en los establos. —Hizo una reverencia y se alejó con pasos enérgicos.

—Aquí no estás a salvo —le dijo Tyrion a Shae atrayéndola hacia él.

—Tengo muros, y los guardias que me pusisteis.

—Son mercenarios —dijo Tyrion—. Les gusta mi oro, claro, pero no darán la vida por él. En cuanto a los muros, un hombre puede subirse en los hombros de otro y saltarlo sin problemas. Durante la revuelta quemaron una casa muy parecida a esta. A su dueño, un orfebre, lo mataron por el crimen de tener la despensa llena, igual que despedazaron al septón supremo, violaron cincuenta veces a Lollys y le machacaron el cráneo a ser Aron. ¿Qué crees que harían si tuvieran a su alcance a la dama de la mano?

—A la puta de la mano, diréis. —Lo miró con sus inmensos ojos atrevidos—. Aunque podría ser vuestra dama, mi señor. Me vestiría con toda esa ropa bonita que me habéis regalado, de seda, brocado e hilo de oro, me pondría las joyas, me sentaría a vuestro lado en los banquetes y os cogería la mano. Os daría hijos, estoy segura, y juro que jamás os avergonzaría.

«El amor que siento por ti ya es vergüenza suficiente.»

—Es un hermoso sueño, Shae. Pero olvídalo, te lo suplico. Es imposible.

—¿Por culpa de la reina? No le tengo miedo.

—Yo sí.

—Pues matadla y se acabó. No es que os queráis mucho, precisamente.

—Es mi hermana. —Tyrion suspiró—. El hombre que mata a los de su sangre está maldito ante los ojos de los dioses y de los hombres. Y más aún, pese a lo que tú y yo opinemos de Cersei, mi padre y mi hermano la aman. Puedo competir en astucia con cualquiera en los Siete Reinos, pero los dioses no me han dado la capacidad de enfrentarme a Jaime con una espada en la mano.

—El Joven Lobo y lord Stannis también tienen espadas, y no os dan miedo.

«Ni te lo imaginas, pequeña.»

—A ellos me puedo enfrentar con todo el poder de la casa Lannister. Pero para enfrentarme a Jaime o a mi padre no tengo más que una espalda jorobada y un par de piernas cortas.

—Me tenéis a mí.

Shae lo besó, le echó los brazos al cuello y presionó el cuerpo contra el de Tyrion. El beso lo excitó, como le pasaba siempre, pero se liberó de su abrazo con delicadeza.

—Ahora no, pequeña; tengo... bueno, un principio de plan. Creo que podría llevarte a las cocinas del castillo.

—¿A las cocinas? —El rostro de Shae se tensó.

—Sí. Si lo hago a través de Varys, nadie se enterará.

—Os voy a envenenar, mi señor. —La muchacha dejó escapar una risita—. Todos los hombres que han probado mis guisos me han dicho lo buena puta que soy.

—En la Fortaleza Roja hay cocineros de sobra. Y también carniceros y panaderos. Tendrías que hacerte pasar por pinche.

—Marmitona —dijo—. Con un vestido de tela marrón y basta. ¿Así es como me quiere ver mi señor?

—Tu señor te quiere ver viva —replicó Tyrion—. Y no se pueden fregar cazuelas con vestidos de seda y terciopelo.

—¿Acaso mi señor se ha cansado de mí? —Le metió la mano bajo la túnica y le cogió la polla. Con dos caricias se la puso dura—. Pero aquí hay alguien que aún me quiere. —Rio—. ¿Querréis follar con la marmitona, mi señor? Me podéis echar harina por encima y lamerme salsa en las tetas...

—Basta ya. —Su comportamiento le recordaba al de Dancy, que con tanto empeño había intentado ganar la apuesta. Le apartó la mano para evitar más travesuras—. No es momento para juegos de cama, Shae. Tu vida corre peligro.

—No quería molestar a mi señor —dijo Shae. La sonrisa había desaparecido de su rostro—. Yo solo... ¿No podríais ponerme más guardias y ya está?

Tyrion suspiró. «Recuerda lo joven que es», se dijo. Le cogió la mano.

—Las joyas se pueden reemplazar; se pueden tejer nuevos vestidos, más bonitos que los antiguos. Para mí eres lo más precioso que hay entre estos muros. La Fortaleza Roja no es un lugar seguro, pero sí más que esta casa. Quiero que estés allí.

—En las cocinas, fregando cazuelas.

—Será poco tiempo.

—Mi padre me hacía trabajar en las cocinas —dijo con una mueca—. Por eso me fugué.

—Me habías dicho que te fugaste porque tu padre te hacía acostarte con él —le recordó.

—Eso encima. Fregar cazuelas me gustaba tan poco como meterme en su cama. —Sacudió la cabeza—. ¿Por qué no me podéis tener en vuestra torre? La mitad de los señores de la corte tiene calientacamas.

—Me prohibieron expresamente que te trajera al castillo.

—¿Quién? ¿Vuestro estúpido padre? —Shae hizo un puchero—. Sois mayor, podéis tener tantas putas como queráis ¿Os toma por un niño imberbe? ¿Qué os va a hacer? ¿Daros una azotaina?

Tyrion la abofeteó. No muy fuerte, pero sí lo suficiente.

—Maldita sea —dijo—. Maldita sea. No te burles de mí jamás. Tú no.

Shae se quedó sin palabras. Durante unos instantes solo se oyeron los grillos.

—Ruego a mi señor que me perdone —dijo al final con voz inexpresiva y apagada—. No era mi intención ser impertinente.

«Y no era mi intención darte una bofetada. Por los dioses, ¿acaso me estoy transformando en Cersei?»

—Los dos hemos hecho mal —dijo—. Tú no lo entiendes, Shae. —Las palabras que nunca había querido decir brotaron de él como cómicos de un caballo hueco—. Cuando tenía trece años me casé con la hija de un granjero. O eso creía yo que era. Estaba ciego de amor y pensaba que ella sentía lo mismo por mí, pero mi padre me restregó la verdad por la cara. Mi esposa era una puta a la que Jaime había pagado para que yo probara el sexo. —«Y yo me lo creí todo, fui un imbécil»—. Para darme una lección, lord Tywin entregó a mi esposa a sus guardias y les dijo que la utilizaran como quisieran, y a mí me ordenó mirar. —«Y acostarme con ella una última vez, cuando todos hubieron terminado. Una última vez, sin rastro de amor ni de ternura. "Para que la recuerdes tal como era de verdad", me dijo, y yo debería haberme negado, pero la polla me traicionó, e hice lo que me mandaba»—. Después, mi padre consiguió que anularan el matrimonio. Según dijo el septón, fue como si no nos hubiéramos casado. —Le apretó la mano—. Por favor, no volvamos a hablar de la Torre de la Mano. Estarás muy poco tiempo en las cocinas. En cuanto acabemos con Stannis, tendrás otra casa y sedas tan suaves como tus manos.

Shae tenía los ojos muy abiertos, pero Tyrion no podía leer lo que ocultaban.

—Si me paso el día limpiando hornos y fregando platos no tendré las manos suaves —dijo—. ¿Seguiréis queriendo que os toquen cuando estén todas enrojecidas y agrietadas por el calor, la lejía y el jabón?

—Más que nunca —respondió—. Cuando las vea, me recordarán lo valiente que fuiste.

No habría sabido decir si la muchacha lo creía. Shae se limitó a bajar la mirada.

—Haré lo que ordenéis, mi señor.

Era todo lo conforme que iba a estar, al menos de momento, aquello era obvio. Le dio un beso en la mejilla que había abofeteado para aliviar el escozor del golpe.

—Haré que vengan a buscarte.

Varys aguardaba en los establos; tal como había prometido, llevaba un caballo renqueante y medio muerto. Tyrion montó, y uno de los mercenarios les abrió las puertas. Cabalgaron en silencio.

«Los dioses me ayuden, ¿por qué le he contado lo de Tysha?», se preguntó. De repente tenía mucho miedo. Había secretos que no se debían confesar jamás, había vergüenzas que un hombre tenía que llevarse a la tumba. ¿Qué quería de ella cuando se lo dijo? ¿Que lo perdonara? Y la mirada que Shae le dirigió, ¿qué significaba? ¿Tanto detestaba la sola idea de fregar cazuelas, o era por su confesión? «¿Cómo he podido contarle eso y seguir esperando que me ame? —preguntaba una parte de sí, mientras la otra se burlaba—: No seas idiota, enano, lo que la puta ama es el oro y las joyas.»

El codo herido lo atormentaba, cada vez que el caballo ponía los cascos en el suelo, sentía un latigazo de dolor. A veces casi le parecía oír como le chirriaban los huesos. Tal vez debiera acudir a un maestre, pedir una pócima que lo aliviara... pero desde que había descubierto la verdad acerca de Pycelle no confiaba en los maestres. Solo los dioses sabían con quién conspiraban y qué ponían en las pociones que daban.

—Varys, tengo que llevar a Shae al castillo sin que Cersei lo sepa —dijo. Le narró a grandes rasgos su plan de que trabajara en las cocinas. Cuando terminó, el eunuco chasqueó la lengua.

—Haré lo que mi señor ordene, por supuesto, pero... tengo que advertiros que las cocinas están llenas de ojos y oídos. Aunque nadie sospeche de ella, le harán un millar de preguntas. ¿Dónde nació?

¿Quiénes son sus padres? ¿Cómo llegó a Desembarco del Rey? No puede decir la verdad, de modo que tendrá que mentir... y mentir, y mentir. —Miró a Tyrion de reojo—. Además, una marmitona tan joven y bonita despertará lujuria, aparte de curiosidad. La tocarán, la pellizcarán, la acariciarán... Los pinches de cocina se meterán bajo sus mantas por la noche. Algún cocinero solitario querrá casarse con ella. Los panaderos le amasarán los pechos con las manos enharinadas.

—Prefiero que la acaricien a que la apuñalen —dijo Tyrion.

Varys cabalgó en silencio unos instantes.

—Puede que haya otra solución. Da la casualidad de que la doncella que atiende a la hija de lady Tanda le ha estado sisando joyas. Si informo a lady Tanda, la despedirá de inmediato. Y a su hija le hará falta una nueva doncella.

—Comprendo. —A Tyrion le gustó la idea de inmediato. La doncella de una dama llevaba mejores prendas que una marmitona, y tal vez hasta alguna joya. Shae estaría encantada. Además, Cersei opinaba que lady Tanda era tediosa e histérica, y Lollys, una estúpida sin remedio. Seguro que no iría a visitarlas a menudo.

—Lollys es muy tímida y confiada —dijo Varys—. Aceptará la historia que le cuente. Desde que la muchedumbre le arrebató la virginidad, tiene miedo de salir de sus habitaciones, de manera que nadie verá mucho a Shae... pero al mismo tiempo estará cerca cuando necesitéis consuelo en sus brazos.

—Sabéis tan bien como yo que la Torre de la Mano está vigilada. Si la doncella de Lollys empieza a visitarme por las noches, Cersei sentirá curiosidad.

—Yo podría llevar a la joven a vuestras habitaciones sin que la vieran. La casa de Chataya no es la única que tiene pasadizos.

—¿Un acceso secreto? ¿A mis habitaciones? —Tyrion estaba más molesto que sorprendido. ¿Por qué habría ordenado Maegor el Cruel matar a todos los que habían trabajado en la construcción de su castillo, si no era para preservar aquellos secretos?—. Me lo tendría que haber imaginado. ¿Dónde está la puerta? ¿En el estudio? ¿En el dormitorio?

—Ay, amigo mío, no querréis obligarme a revelar todos mis secretitos, ¿verdad?

—A partir de ahora consideradlos nuestros secretitos, Varys. —Tyrion alzó la vista para mirar al eunuco, con su maloliente atuendo de mendigo—. Suponiendo que estéis de mi lado, claro.

—¿Acaso lo dudáis?

—Por supuesto que no; confío en vos incondicionalmente. —Una carcajada amarga resonó contra los postigos de las ventanas—. De hecho, confío en vos como si fuerais de mi sangre. Bien, contadme cómo murió Cortnay Penrose.

—Se dice que se tiró de una torre.

—¿Que se tiró? No, eso no me lo creo.

—Los guardias no vieron entrar a nadie en sus habitaciones, ni encontraron a nadie después.

—Será porque el asesino había entrado antes y se había escondido bajo la cama —sugirió Tyrion—. O bajó del tejado con una soga y se metió por la ventana. O puede que los guardias mientan. ¿Quién nos dice que no fueron ellos quienes lo mataron?

—Sin duda tenéis razón, mi señor. —Pero su tono petulante indicaba lo contrario.

—Vos no lo creéis. Entonces, ¿cómo pudo ser?

Varys guardó silencio durante un largo momento. Tan solo se oía el sonido rítmico de las herraduras de los caballos contra los adoquines. Por último, carraspeó para aclararse la garganta.

—Mi señor, ¿creéis en los poderes antiguos?

—¿Como la magia, queréis decir? —replicó Tyrion con impaciencia—. ¿Hechizos de sangre, maldiciones, cambios de forma y esas cosas? —Soltó un bufido despectivo—. ¿Insinuáis que a ser Cortnay lo mataron a golpe de magia?

—La mañana del día en que murió, ser Cortnay había desafiado a lord Stannis a un combate singular. Decidme, ¿eso sería propio de un hombre tan desesperado como para matarse horas después? Y también está el asunto de la misteriosa muerte de lord Renly, en un momento tan adecuado para Stannis, justo cuando su ejército se disponía a acabar con el de su hermano. —El eunuco hizo una pausa—. Mi señor, en cierta ocasión me preguntasteis cómo fui mutilado.

—Lo recuerdo —dijo Tyrion—. No quisisteis hablar del tema.

—Ni quiero ahora, pero... —En aquella ocasión, la pausa fue más larga que en la anterior. Cuando volvió a hablar, su voz sonaba diferente—. Era un huérfano aprendiz de cómico. Nuestro amo tenía una pequeña coca, y navegábamos por el mar Angosto para actuar en todas las Ciudades Libres, y a veces también en Antigua y en Desembarco del Rey.

»Un día, cuando estábamos en Myr, cierto hombre vino a ver a nuestra compañía. Después de la actuación le hizo a mi amo una oferta por mí, y por lo visto fue demasiado tentadora para rechazarla. Yo estaba aterrado. Temía que aquel hombre quisiera usarme como había oído que hacían algunos hombres con los niños, pero en realidad, lo único que quería de mí era mi miembro. Me dio una pócima que me dejó inmovilizado y sin voz, pero que no aturdió mis sentidos. Cogió una navaja larga y curva, y me lo cortó de raíz mientras entonaba un cántico. Lo vi quemar mis partes en un brasero. Las llamas se tornaron azules, y una voz respondió a su llamada, aunque no entendí las palabras que dijo.

»Cuando hubo terminado conmigo, los comediantes ya se habían marchado. Aquel hombre no tenía ningún interés en mí; ya había servido a sus propósitos, de modo que me echó. Le pregunté qué debía hacer, y me dijo que morirme. Por llevarle la contraria, decidí vivir. Mendigué, robé y vendí las partes de mi cuerpo que aún conservaba. Pronto fui el mejor ladrón de todo Myr, y cuando crecí me di cuenta de que, con frecuencia, el contenido de la carta que escribe un hombre es más valioso que el contenido de su monedero.

»Pero a menudo sueño con aquella noche, mi señor. No con el hechicero, ni con su navaja, ni siquiera con mis partes ardiendo en el brasero. Sueño con la voz. La voz que salía de las llamas. ¿Qué era? ¿Un dios, un demonio, un truco de conjurador? No sabría deciros, y creo que conozco todos los trucos. Lo único que sé a ciencia cierta es que aquel hombre lo invocó, la voz respondió, y desde aquel día detesto la magia y a todos los que la practican. Si lord Stannis es uno de ellos, deseo su muerte.

Cuando terminó, cabalgaron en silencio durante largo rato.

—Es una historia pavorosa —dijo Tyrion al final—. Os compadezco.

—Me compadecéis —dijo el eunuco con un suspiro—, pero no me creéis. No, mi señor, no tenéis por qué disculparos. Estaba drogado, el dolor era terrible, todo aquello sucedió hace muchos años, en un lugar muy lejano, al otro lado del mar... Sin duda, aquella voz la soñé. Yo me lo he repetido un millar de veces.

—Creo en las espadas de acero —dijo Tyrion—, en las monedas de oro y en la astucia de los hombres. Y creo que en el pasado hubo dragones. Al fin y al cabo, he visto sus cráneos.

—Esperemos que no veáis nunca nada peor, mi señor.

—En eso estamos de acuerdo —sonrió Tyrion—. En cuanto a la muerte de ser Cortnay... Bueno, sabemos que Stannis contrató naves mercenarias en las Ciudades Libres. Tal vez contratara también los servicios de un asesino hábil.

—Un asesino muy hábil.

—Los hay así. Cuando era pequeño soñaba con tener dinero para contratar a un Hombre sin Rostro y mandarlo a por mi querida hermana.

—No importa ahora cómo muriera ser Cortnay —dijo Varys—. El caso es que está muerto y el castillo ha caído. Stannis es libre para marchar contra nosotros.

—¿Tenemos alguna posibilidad de convencer a los dornienses para que bajen a las Marcas? —preguntó Tyrion.

—Ninguna.

—Lástima. En fin; al menos, la amenaza hará que los señores de las Marcas se queden más cerca de sus castillos. ¿Se sabe algo de mi padre?

—Si lord Tywin ha ganado la otra orilla del Forca Roja, a mí no me ha llegado la noticia. Pero, si no se da prisa, podría quedar atrapado entre sus enemigos. Al norte del Mander se han visto la hoja de los Oakheart y el árbol de los Rowan.

—¿Y qué hay de Meñique?

—Puede que no llegara a Puenteamargo. O puede que lo mataran allí. Lord Tarly ha tomado las líneas de aprovisionamiento de Renly, y ha pasado a muchos hombres por la espada, sobre todo a los de Florent. Lord Caswell se ha encerrado en su castillo.

Tyrion, sin poder contenerse más, soltó una carcajada. Varys tiró de las riendas, perplejo.

—¿Mi señor?

—¿No veis lo gracioso que es esto, lord Varys? —Tyrion hizo un gesto en dirección a las ventanas cerradas, a la ciudad durmiente—. Bastión de Tormentas ha caído, y Stannis se acerca con fuego, acero y solo los dioses saben qué poderes misteriosos; el pueblo no tiene a Jaime para que lo proteja, ni a Robert, ni a Renly, ni a Rhaegar, ni a su querido Caballero de las Flores. Solo a mí, al que odia. —Se echó a reír de nuevo—. El enano, el consejero malvado, el mono deforme, el demonio... Yo soy todo lo que se interpone entre el caos y ellos.

—Dile a nuestro padre que he partido para que esté orgulloso de mí.

Su hermano montó a caballo, señorial de los pies a la cabeza con su brillante armadura y la capa azul y roja. Llevaba el yelmo rematado por una trucha de plata, idéntica a la que aparecía en su escudo.

—Siempre ha estado orgulloso de ti, Edmure. Y te quiere con todo su corazón. Puedes estar seguro.

—Pienso darle mejores motivos que el simple hecho de llevar su sangre. —Hizo dar la vuelta a su corcel de guerra y alzó una mano. Las trompetas sonaron, un tambor empezó a retumbar, el puente levadizo descendió a trompicones, y ser Edmure Tully salió de Aguasdulces, a la cabeza de sus hombres, con las lanzas levantadas y los estandartes al viento.

«Yo tengo un ejército más grande que el tuyo, hermano —pensó Catelyn mientras los veía alejarse—. Un ejército de dudas y temores.»

A su lado, la desolación de Brienne era casi palpable. Catelyn había ordenado que le tejieran vestidos a su medida, hermosas túnicas más adecuadas para su sexo y su alta cuna, pero la joven seguía prefiriendo vestir armadura y coraza, y ceñirse la cintura con el cinto de la espada. Sin duda habría estado más satisfecha si hubiera podido partir a la guerra con Edmure, pero hasta unos muros tan fuertes como los de Aguasdulces tenían que defenderse con espadas. Su hermano se había llevado hacia los vados a todos los hombres aptos, y dejaba allí a ser Desmond Grell al mando de una guarnición de heridos, ancianos y enfermos, además de unos cuantos escuderos y muchachos campesinos que eran casi niños. Aquello para defender un castillo atestado de mujeres y niños.

—¿Qué hacemos ahora, mi señora? —preguntó Brienne cuando el último soldado de Edmure hubo pasado bajo el rastrillo.

—Cumplir con nuestro deber.

Catelyn echó a andar por el patio, con el rostro tenso. «Siempre he cumplido con mi deber.» Tal vez por aquel motivo, su padre siempre la consideró la mejor de todos sus hijos. Sus dos hermanos mayores habían muerto muy pequeños, así que para él fue tanto hijo como hija hasta que nació Edmure. Entonces murió su madre, y su padre le dijo que le correspondía ser la señora de Aguasdulces. También lo hizo. Y cuando lord Hoster la comprometió con Brandon Stark, le dio las gracias por un matrimonio tan espléndido.

«Le di mi prenda a Brandon y no volví a acercarme a Petyr después de que lo hirieran, ni me despedí de él. Y cuando Brandon fue asesinado y mi padre me dijo que tenía que casarme con su hermano, lo hice de buena gana, aunque no le había visto la cara a Ned ni se la vi hasta el día de la boda. Le entregué mi virginidad a aquel desconocido solemne y lo despedí para que fuera a su guerra, con su rey y con la mujer que le dio un bastardo. Porque yo siempre cumplo con mi deber.»

Sus pasos la llevaron al septo, un templo de arenisca de siete paredes situado en medio de los jardines de su madre, e iluminado por una luz multicolor. Cuando Catelyn llegó, estaba abarrotado de gente; no era la única que necesitaba el consuelo de la plegaria. Se arrodilló ante la imagen de mármol pintado del guerrero, y encendió una vela por Edmure y otra por Robb, que estaba más allá de las colinas. «Protégelos y condúcelos a la victoria —rezó—, y lleva paz a las almas de los que mueran y consuelo a los que dejan atrás.»

Mientras estaba rezando, entró el septón con el incensario y el cristal, de manera que Catelyn se quedó para la ceremonia. No conocía a aquel septón, un joven de la edad de Edmure. Cumplía bien sus funciones, y tenía una voz profunda y agradable con la que entonó las alabanzas a los Siete, pero ella echó de menos el tono tembloroso del septón Osmynd, muerto hacía ya mucho. Osmynd habría escuchado con paciencia el relato de lo que había visto y sentido en el pabellón de Renly, tal vez incluso habría sabido qué significaba todo aquello y qué debía hacer para que reposaran las sombras que la perseguían en sus sueños.

«Osmynd, mi padre, el tío Brynden, el anciano maestre Kym... Siempre parecían saberlo todo, pero ahora solo quedo yo, y por lo visto no sé nada, ni siquiera cuál es mi deber. ¿Cómo puedo cumplir con mi deber si no sé en qué consiste?»

Cuando se levantó, Catelyn sentía las rodillas entumecidas, pero no había encontrado las respuestas que anhelaba. Tal vez aquella noche fuera al bosque de dioses, para rezar también a los dioses de Ned. Eran más antiguos que los Siete.

En el exterior se oía un canto muy diferente. Rymund de las Rimas estaba junto a la taberna, sentado en medio de un círculo de atentos oyentes, y cantaba con voz profunda la canción de lord Deremond en el prado Sangriento.

> Por Darry alzó su espada fiel,
> el último de los diez...

Brienne se detuvo un momento para escuchar, con los anchos hombros encorvados y los brazos gruesos cruzados sobre el pecho. Un grupo de niños andrajosos pasó junto a ellos, chillando y atacándose con palos. «¿Por qué a los niños les gusta tanto jugar a la guerra?» Catelyn se preguntó si Rymund conocería la respuesta. La voz del bardo subió de volumen al acercarse el final de la canción.

La sangre se vertió
y corrió a pies del adalid.
La luz roja del sol
bañó banderas carmesí.

«Venid, venid —bramó el señor—.
¡Mi espada aún tiene sed!»
Con rabia y gritos de furor
cargaron contra él.

—Luchar es mejor que quedarse aquí esperando —dijo Brienne—. Cuando se lucha no se siente tanta impotencia. Se tiene un caballo y una espada, o a veces un hacha. Si uno lleva armadura, es difícil que le hagan daño.

—En las batallas mueren caballeros —le recordó Catelyn.

—Y en los partos mueren damas —replicó Brienne, mirándola con aquellos hermosos ojos azules—, y nadie compone canciones en su honor.

—Los hijos son otro tipo de batalla. —Catelyn echó a andar por el patio—. Una batalla sin estandartes ni cuernos de guerra, pero no menos violenta. Llevar al niño en el vientre, traerlo al mundo... Supongo que vuestra madre os habrá hablado del dolor...

—No conocí a mi madre —dijo Brienne—. Mi padre tenía damas... una dama diferente cada año, pero...

—No eran damas —replicó Catelyn—. Y por duro que sea el parto, Brienne, lo que viene después es aún peor. A veces me siento como si me estuvieran despedazando. Querría ser cinco a la vez, una por cada uno de mis hijos, para protegerlos a todos.

—¿Y quién os protege a vos, mi señora?

—Pues los hombres de mi casa, claro —dijo Catelyn con una sonrisa lánguida—. O eso me enseñó mi señora madre. Mi padre, mi hermano, mi tío, mi esposo, todos me protegen. Pero mientras estén lejos, vos tendréis que ocupar su lugar, Brienne.

—Lo intentaré, mi señora —dijo la joven inclinando la cabeza.

Más tarde, aquel mismo día, el maestre Vyman fue a llevarle una carta. Lo recibió de inmediato con la esperanza de que fueran noticias de Robb, o tal vez de ser Rodrik, desde Invernalia, pero resultó que el mensaje era de un tal lord Meadows, que decía ser el castellano de Bastión de Tormentas. Iba dirigida a su padre, su hermano, su hijo o «quienquiera que esté al mando en Aguasdulces». Ser Cortnay Penrose, según decía la carta, había muerto, y Bastión de Tormentas había abierto sus puertas a Stannis Baratheon, el soberano legítimo. La guarnición del castillo le había rendido las espadas, y hasta el último hombre juró lealtad a su causa, y nadie sufrió daño alguno.

—Excepto Cortnay Penrose —murmuró Catelyn. No había llegado a conocerlo, pero lamentaba la noticia de su muerte—. Robb tiene que enterarse de esto cuanto antes —dijo—. ¿Sabemos dónde está?

—Las últimas noticias decían que avanzaba hacia el Risco, el asentamiento de la casa Westerling —dijo el maestre Vyman—. Si envío un cuervo a Marcaceniza, puede que envíen un jinete en su busca y los alcance.

—Hacedlo.

Cuando el maestre se hubo marchado, Catelyn volvió a leer la carta.

—Lord Meadows no dice nada del bastardo de Robert —le confió a Brienne—. Supongo que habrá entregado al chico, como ha hecho con la fortaleza. Aunque reconozco que no comprendo por qué Stannis tiene tanto interés en él.

—Puede que tema que aspire al trono.

—¿Un bastardo? No, es otra cosa... ¿Qué aspecto tiene ese chico?

—Siete u ocho años, guapo, con el pelo negro y los ojos muy azules. Las visitas creían a veces que era hijo del propio Renly.

—Y Renly se parecía a Robert. —Catelyn empezó a comprender—. Stannis tiene intención de exhibir por todo el reino al bastardo de su hermano, para que todos vean a Robert en su rostro y se pregunten por qué Joffrey no tiene ese parecido.

—¿Tanto importa eso?

—Los partidarios de Stannis dirán que es una prueba. Los partidarios de Joffrey dirán que no significa nada.

Sus propios hijos tenían más de Tully que de Stark en su físico. La única con rasgos semejantes a los de Ned era Arya. «Y Jon Nieve, pero ese no es mío. —Pensó en la madre de Jon, el amor sombrío y secreto del que su esposo nunca quiso hablarle—. ¿Llorará por Ned igual que lloro yo? ¿O lo odiará por haber abandonado su lecho y haber vuelto al mío? ¿Reza por su hijo como yo he rezado por los míos?»

Eran pensamientos desagradables y, además, fútiles. Si Jon había nacido del vientre de Ashara Dayne de Campoestrella, como murmuraban algunos, aquella dama llevaba mucho tiempo muerta; si no, Catelyn no tenía idea de quién podía ser su madre. Y ya tampoco importaba. Ned estaba muerto, y todos sus amores y secretos habían desaparecido con él.

Pero era impresionante lo extraño del comportamiento de los hombres cuando se trataba de sus hijos bastardos. Ned siempre había protegido extremadamente a Jon, y ser Cortnay Penrose había dado la vida por el tal Edric Tormenta; en cambio, a Roose Bolton su bastardo le importaba menos que uno de los perros que tenía, a juzgar por el tono de la carta extraña y fría que Edmure había recibido de él, hacía menos de tres días. Siguiendo sus órdenes, había cruzado el Tridente y marchaba hacia Harrenhal. «Un castillo fuerte y con una buena guarnición, pero su alteza lo tendrá aunque para ello tenga que matar a todos sus ocupantes.» Esperaba que su alteza valorase tal hazaña para compensar los crímenes de su hijo bastardo, al que ser Rodrik Cassel había ejecutado. «Destino que sin duda merecía —había escrito Bolton—. La sangre sucia siempre es traicionera, y Ramsay era taimado, codicioso y cruel por naturaleza. Me satisface haberme librado de él. Los hijos legítimos que mi joven esposa me ha prometido no habrían estado a salvo mientras él viviera.»

El sonido de unas pisadas apresuradas ante la puerta apartó de su mente aquellos pensamientos morbosos. El escudero de ser Desmond entró en la estancia, jadeante, y se arrodilló.

—Mi señora... Lannister... al otro lado... río.

—Respira hondo, hijo, y cuéntamelo todo despacio.

El muchacho hizo lo que le había dicho.

—Una columna de hombres con armaduras —informó—. Al otro lado del Forca Roja. Hacen ondear un unicornio morado bajo el león de los Lannister.

«Alguno de los hijos de lord Brax.» Brax había acudido a Aguasdulces en cierta ocasión cuando era niña, para proponer el matrimonio de uno de sus hijos con Lysa o con ella. Se preguntó si sería el mismo hijo el que estaba allí entonces, al frente del ataque.

Cuando subió a las almenas para reunirse con ser Desmond, este le dijo que los Lannister habían partido del sudeste bajo un mar de estandartes.

—Son unos cuantos jinetes, nada más —le aseguró—. El grueso de las fuerzas de lord Tywin está mucho más al sur. Aquí no corremos peligro.

Al sur del Forca Roja, las tierras se extendían llanas y amplias. Desde la torre del vigía, el paisaje que alcanzaba a ver Catelyn abarcaba varias leguas. Aun así, solo se veía el vado más cercano. Edmure le había confiado su defensa a lord Jason Mallister, y también la de los otros tres, río arriba. Los jinetes Lannister se agrupaban indecisos cerca del agua, con los estandartes escarlatas y plateados ondeando al viento.

—No son más de cincuenta, mi señora —calculó ser Desmond.

Catelyn vio como los jinetes formaban en una larga línea. Los hombres de lord Jason esperaban para recibirlos detrás de las rocas y la hierba del altozano. Al toque de una trompeta, los jinetes emprendieron el trote por el agua, levantando salpicaduras en la corriente. Durante un momento ofrecieron un espectáculo impresionante, con las armaduras brillantes, los estandartes al viento y el sol arrancando destellos de las puntas de sus lanzas.

—Ahora —oyó murmurar a Brienne.

Lo que sucedió a continuación fue difícil de discernir, pero los relinchos de dolor de los caballos les llegaban a pesar de la distancia, y a Catelyn le pareció distinguir también el chasquido del acero contra el acero. Uno de los estandartes desapareció de repente cuando su portador se hundió en las aguas, y el primer cadáver no tardó en pasar ante los muros, arrastrado por la corriente. Los Lannister ya habían retrocedido en medio de la confusión. Los vio reagruparse, conferenciar durante unos momentos y volver al galope por el camino por donde habían llegado. Los hombres de la muralla les gritaron en torno burlón, pero estaban demasiado lejos para oírlos.

Ser Desmond se dio una palmadita en el vientre.

—Ojalá lord Hoster lo hubiera visto. Este espectáculo le habría dado ganas de bailar.

—Por desgracia, mi padre ya no volverá a bailar —dijo Catelyn—, y esta pelea no ha hecho más que empezar. Los Lannister volverán. Y lord Tywin tiene el doble de hombres que mi hermano.

—Como si tuviera diez veces más; no importa —replicó ser Desmond—. La ribera oeste del Forca Roja es más alta, mi señora, y está muy bien protegida por estacas. Nuestros arqueros están bien resguardados y tienen buen ángulo de tiro... Y si por casualidad lograran abrir una brecha, Edmure tendrá preparados a sus mejores caballeros, listos para acudir adonde más los necesiten. El río los contendrá.

—Rezo por que tengáis razón —dijo Catelyn con gravedad.

Aquella noche regresaron. Había dado órdenes de que la despertaran de inmediato si el enemigo volvía, y ya era bien pasada la medianoche cuando una criada la tocó en el hombro con delicadeza. Catelyn se incorporó de inmediato.

—¿Qué pasa?

—Otra vez el vado, mi señora.

Catelyn se echó por encima una bata y subió al tejado del torreón. Desde allí se divisaban las murallas y el río iluminado por la luna, donde estaba teniendo lugar la batalla. Los defensores habían encendido hogueras a lo largo de la orilla, y tal vez los Lannister creían que los iban a sorprender deslumbrados o distraídos. Si era así, estaban muy equivocados. La oscuridad era, en el mejor de los casos, un aliado poco fiable. Los hombres que se adentraron en el río a pie caían en pozas invisibles, o se destrozaban los pies con las estacas ocultas. Los arqueros de Mallister les enviaron una lluvia de flechas incendiarias, que cruzaron el río silbando. Desde lejos, era un espectáculo de extraña belleza. Un hombre, atravesado por una docena de flechas, con la ropa en llamas, giraba y se agitaba con el agua a la altura de las rodillas, hasta que por último cayó, y la corriente lo arrastró. Cuando pasó junto a las murallas de Aguasdulces, tanto el fuego como su vida se habían extinguido.

«Una victoria pequeña —pensó Catelyn cuando la batalla terminó y los enemigos supervivientes se perdieron en la noche—, pero victoria al fin y al cabo.» Mientras bajaban por la escalera de caracol del torreón, le pidió a Brienne que le dijera qué opinaba.

—Esto no ha sido más que un roce del dedo de lord Tywin, mi señora —dijo la joven—. Nos está sondeando: busca un punto débil, un paso mal defendido. Si no lo encuentra, cerrará los dedos para formar un puño, y lo intentará crear. —Brienne encogió los hombros—. Eso es lo que haría yo en su lugar. —Puso la mano en la empuñadura de la espada y le dio una palmadita, como si quisiera asegurarse de que la tenía allí.

«Si llega el caso, que los dioses se apiaden de nosotros», pensó Catelyn. Pero no había nada que pudiera hacer. La batalla de Edmure se libraba junto al río; la suya, en el interior de aquel castillo.

A la mañana siguiente, mientras desayunaba, hizo llamar al anciano mayordomo de su padre, Utherydes Wayn.

—Haced que le lleven una jarra de vino a ser Cleos Frey —dijo—. Tengo intención de interrogarlo pronto, y quiero que tenga la lengua bien suelta.

—Como ordenéis, mi señora.

Poco después llegó un jinete con el águila de los Mallister bordada sobre el pecho. Portaba un mensaje de lord Jason en el que se hablaba de otra escaramuza y otra victoria. Ser Flement Brax había tratado de cruzar por otro vado, seis leguas más al sur. En aquella ocasión, los Lannister, armados con lanzas cortas, avanzaron a pie por el río en formación, pero los arqueros de Mallister enviaron una lluvia de flechas en parábola por encima de sus escudos, y los escorpiones que Edmure había montado en la ribera lanzaron piedras pesadas que rompieron la formación.

—Dejaron una docena de muertos en el agua; solo dos llegaron a la orilla, y allí nos encargamos de ellos —informó el jinete. También les habló de combates corriente arriba, donde lord Karyl Vance defendía los vados—. Esos intentos fueron anulados de la misma manera, y nuestros enemigos pagaron un alto precio.

«Puede que Edmure sea más inteligente de lo que creía —pensó Catelyn—. Todos los señores consideraron que sus planes de batalla eran lógicos, ¿por qué estaba yo tan ciega? Mi hermano ya no es el niño pequeño que yo recuerdo. Igual que Robb.»

Esperó hasta que atardeciera para ir a visitar a ser Cleos Frey. Cuanto más esperase, más borracho lo encontraría. Cuando entró en la celda de la torre, ser Cleos se arrodilló, inseguro.

—Mi señora, no sabía nada de ninguna fuga. El Gnomo dijo que un Lannister debía tener una escolta Lannister, os lo juro por mi honor de caballero...

—Levantaos. —Catelyn se sentó—. Sé que un nieto de Walder Frey jamás rompería un juramento. —«A no ser que ganara algo con ello»—. Mi hermano me ha dicho que traéis una oferta de paz.

—Así es. —Ser Cleos se puso en pie. Se tambaleaba de una manera que a Catelyn le pareció muy satisfactoria.

—Contádmelo todo —ordenó, y él así lo hizo.

Cuando hubo terminado, Catelyn tenía el ceño fruncido. Edmure estaba en lo cierto: aquellas condiciones eran una locura, excepto...

—¿Lannister intercambiará a Arya y a Sansa por su hermano?

—Sí. Estaba sentado en el Trono de Hierro cuando lo juró.

—¿Ante testigos?

—Ante toda la corte, mi señora. Y ante los dioses. Se lo dije a ser Edmure, pero me respondió que no era posible, que su alteza Robb no accedería jamás.

—Os dijo la verdad. —Y ni siquiera podía decir que Robb hiciera mal. Arya y Sansa no eran más que niñas. El Matarreyes, vivo y libre, era el hombre más peligroso del reino. Aquel camino no llevaba a ninguna parte—. ¿Visteis a mis hijas? ¿Las tratan bien?

Ser Cleos titubeó.

—Sí, yo... estaban... parecían...

«Está tratando de inventar una mentira, pero el vino lo atonta», comprendió Catelyn.

—Ser Cleos —dijo con voz fría—, cuando vuestros hombres intentaron traicionarnos, perdisteis los derechos que os concedía el estandarte de paz. Si me mentís, juro que os haré colgar en los muros junto a los otros, podéis estar seguro. Os lo preguntaré una vez más: ¿visteis a mis hijas?

El hombre tenía la frente empapada de sudor.

—Vi a Sansa en la corte el día que Tyrion me transmitió las condiciones de la oferta de paz. Estaba muy hermosa, mi señora. Quizás un poco... pálida. En realidad, demacrada.

«A Sansa, pero no a Arya.» Aquello podía significar cualquier cosa. Arya siempre había sido más difícil de controlar. Tal vez Cersei no quería que la vieran en la corte, por miedo a lo que pudiera hacer o decir. Tal vez la tuvieran encerrada, para que nadie la viera. «O tal vez la han matado.» Catelyn trató de no pensar en aquello.

—Decís que la oferta de paz es de Tyrion... pero Cersei es la reina regente.

—Tyrion hablaba en nombre de los dos. La reina no estaba presente. Aquel día se encontraba indispuesta, según me dijeron.

—Es curioso. —Catelyn recordó el espantoso viaje por las montañas de la Luna, y cómo Tyrion Lannister había conseguido seducir a aquel mercenario para que dejara de estar a su servicio y fuera leal a él. «El enano es demasiado astuto. —No sabía cómo había sobrevivido al viaje por el camino alto después de que Lysa lo echara del Valle, pero nada la sorprendía—. Al menos no tuvo nada que ver con la muerte de Ned. Y cuando los hombres de los clanes nos atacaron, corrió en mi defensa. Si pudiera confiar en su palabra...»

Abrió las manos para mirarse las cicatrices de los dedos. «Son las marcas de su puñal —se recordó—. Su puñal, en la mano del asesino al que había pagado para que matara a Bran.» Aunque el enano lo había negado todo, claro. Y lo siguió negando incluso cuando Lysa lo encerró en una de las celdas del cielo y lo amenazó con la puerta de la Luna.

—Mintió —dijo al tiempo que se levantaba bruscamente—. Los Lannister son unos mentirosos, del primero al último, y el enano es el peor de todos. El asesino iba armado con su cuchillo.

—No sé nada de ningún... —Ser Cleos la miraba fijamente.

—No sabéis nada —reconoció. Y salió de la celda. Brienne la siguió en silencio. «Para ella es mucho más fácil», pensó Catelyn con un aguijonazo de envidia. En aquel sentido era igual que un hombre. Para los hombres, la respuesta siempre era la misma, y por lo general implicaba una espada. Para las mujeres, para las madres, el camino era más duro y difícil de discernir.

Cenó tarde en la sala principal junto con toda su guarnición, para transmitirle todo el valor que pudiera. Rymund de las Rimas cantó durante todo el banquete, así que Catelyn no tuvo que hablar. Terminó el recital con la canción que había compuesto en honor a la victoria de Robb en Cruce de Bueyes. «Y las estrellas de la noche fueron los ojos de sus lobos, y el viento mismo fue su canción.» Entre verso y verso, Rymund echaba la cabeza hacia atrás y aullaba, y al final, la mitad de los presentes aullaba también, incluso Desmond Grell, que había bebido demasiado. Las voces despertaban ecos en las vigas.

«Que canten, si eso les da valor», pensó Catelyn, que no hacía más que juguetear con su copa de plata.

—En el Castillo del Atardecer, cuando yo era niña, siempre había un bardo —dijo Brienne en voz baja—. Yo me aprendía todas las canciones de memoria.

—Igual que Sansa, aunque la verdad es que a Invernalia llegaban pocos bardos, porque estaba muy al norte. —«Y yo le dije que en la corte habría bardos. Le dije que oiría todo tipo de música, que su padre le buscaría un maestro para que la enseñara a tocar el arpa. Los dioses me perdonen.»

—Hubo una vez una mujer... —siguió Brienne—. Venía de algún lugar del otro lado del mar Angosto. No sé en qué idioma cantaba, pero tenía una voz tan hermosa como su rostro. Sus ojos eran del color de las ciruelas, y su cintura, tan fina que mi padre se la podía rodear con las manos. Tenía unas manos casi tan grandes como las mías, claro. —Apretó los dedos largos y gruesos, como si quisiera esconderlos.

—¿Cantabais para vuestro padre? —preguntó Catelyn.

Brienne hizo un gesto de negación con la cabeza, sin apartar la vista del pan relleno de guiso, como si esperase encontrar alguna respuesta en la salsa.

—¿Y para lord Renly?

La muchacha se puso roja.

—No, jamás... Su bufón... me gastaba bromas muy crueles de vez en cuando, y no...

—Algún día tenéis que cantar para mí.

—No... Por favor, mi señora, no tengo talento. —Brienne se levantó—. Perdonadme. Pido permiso para retirarme.

Catelyn asintió. La muchacha desgarbada salió del salón a largas zancadas, sin que nadie se fijara en ella en medio del jolgorio general. «Que los dioses la acompañen», pensó al tiempo que, desganada, volvía a centrarse en la cena.

Pasaron tres días antes de que llegara el golpe que había predicho Brienne, y cinco antes de que se enterasen. Catelyn estaba sentada al lado de su padre cuando llegó el mensajero de Edmure. Tenía la armadura abollada, las botas llenas de polvo y un desgarrón en la casaca, pero la expresión de su rostro cuando se arrodilló ante ella bastó para que supiera que traía buenas noticias.

—Victoria, mi señora.

Le tendió la carta de Edmure. Las manos de Catelyn temblaban al romper el sello.

Según decía su hermano, lord Tywin había tratado de cruzar por la fuerza una docena de vados diferentes, pero en todas las ocasiones lo obligaron a retroceder. Lord Lefford se había ahogado; el caballero Crakehall, llamado Jabalí, estaba prisionero; ser Addam Marbrand había tenido que retirarse tres veces... pero la batalla más encarnizada tuvo lugar en Molino de Piedra, donde ser Gregor Clegane había encabezado el ataque. Perdió tantos hombres y tantos caballos que los cadáveres estuvieron a punto de represar el curso del río. Al final, la Montaña consiguió llegar a la orilla oeste con un puñado de sus mejores hombres, pero en aquel momento, Edmure lanzó a sus reservas contra ellos, con lo que los obligaron a retroceder en desbandada, derrotados y malheridos. El propio ser Gregor había perdido su caballo, y tuvo que volver a cruzar el Forca Roja sangrando por una docena de heridas, mientras caía sobre él una lluvia de flechas y piedras.

«No cruzarán, Cat —había garabateado Edmure—. Lord Tywin avanza hacia el sudeste. Puede que sea una estratagema, o una retirada en toda regla, pero no importa. No cruzarán, te lo juro.»

Ser Desmond Grell estaba eufórico.

—Ah, ojalá hubiera estado con él —dijo el anciano caballero cuando Catelyn le leyó la carta—. ¿Dónde estará ese imbécil de Rymund? De aquí hay que sacar una canción, por los dioses que sí, y hasta Edmure la querrá oír. «El molino que molió la montaña.» Casi podría escribirla yo, si tuviera el talento de un bardo.

—No quiero saber nada de canciones hasta que acaben las batallas —replicó Catelyn, quizá con excesiva brusquedad.

Pero permitió que ser Desmond hiciera correr la voz, y asintió cuando le propuso abrir unos cuantos barriles de vino en honor a Molino de Piedra. En Aguasdulces, los ánimos estaban por los suelos y la tensión se palpaba; a todos les sentaría bien un poco de vino y de esperanza. Aquella noche, los sonidos de la celebración resonaron en todo el castillo.

—¡Aguasdulces! —gritaban los campesinos—. ¡Tully! ¡Tully!

Habían llegado allí asustados e indefensos, y su hermano los dejó entrar cuando la mayoría de los señores les habría cerrado las puertas. Sus aclamaciones se filtraban por las ventanas, y se colaban por debajo de las pesadas puertas de secuoya. Rymund tocaba la lira acompañado por un par de tamborileros y un joven con un caramillo. Catelyn oía risas infantiles y la charla emocionada de los muchachitos novatos que su hermano había dejado como guarnición. Eran sonidos agradables... pero no la conmovían. No conseguía compartir su felicidad.

En las estancias de su padre encontró un gran libro de mapas encuadernado en piel, y lo abrió para estudiar las tierras de los ríos. Localizó el Forca Roja, y siguió su curso a la titilante luz de la vela. «Avanza hacia el sudeste», pensó. Seguramente a aquellas alturas ya habría llegado a la cabecera del río Aguasnegras.

Cerró el libro, todavía más inquieta que antes. Los dioses les habían concedido una victoria tras otra. En Molino de Piedra, en Cruce de Bueyes, en la batalla de los Campamentos, en el bosque Susurrante...

«Pero, si estamos ganando, ¿cómo es que tengo tanto miedo?»

El sonido fue apenas un leve tintineo y el raspar del acero contra la piedra. Alzó la cabeza, que tenía apoyada sobre las patas delanteras, levantó las orejas y olfateó el aire de la noche.

La lluvia nocturna había despertado un centenar de olores adormecidos; los había madurado y les había devuelto su fuerza. Hierba y zarzal, moras aplastadas en el suelo, barro, gusanos, hojas podridas, una rata que correteaba entre los arbustos... Le llegó el olor negro y desigual del pelaje de su hermano, y otro más penetrante y cobrizo, el de la sangre de la ardilla que había matado. Por las ramas de los árboles se movían otras ardillas que olían a pelo mojado y a miedo, y arañaban la corteza de los árboles con sus patitas. El sonido había sido muy semejante a aquel.

Lo volvió a oír, un tintineo y un chirrido. Se puso en pie. Irguió las orejas y levantó la cola. Lanzó un aullido, un sonido largo, profundo y estremecedor, capaz de despertar a los durmientes, pero los montones de hombre-roca estaban oscuros y muertos. Una noche tranquila y húmeda, una noche que mantenía a los hombres en sus agujeros. La lluvia había cesado, pero los hombres seguían refugiados de la humedad, agrupados junto a los fuegos de sus cuevas de piedras amontonadas.

Su hermano apareció entre los árboles; se movía casi con tanto sigilo como el otro hermano al que recordaba remotamente, el blanco de los ojos de sangre. Los ojos de este hermano eran estanques de sombras, pero el pelaje de su cuello estaba erizado. Él también había oído los sonidos, y sabía que significaban que había un peligro inminente.

Se oyeron de nuevo el tintineo y el chirrido, seguidos en esta ocasión por el movimiento suave y rápido de los pies de piel sobre la piedra. El viento le llevó un jirón de olor-hombre que no conocía. «Desconocido. Peligro. Muerte.»

Corrió hacia el sonido, seguido por su hermano. Las guaridas de piedra se alzaban ante ellos, con muros húmedos y resbaladizos. Mostró los dientes, pero el hombre-roca no se fijó. Ante ellos se alzaba imponente una puerta, con una serpiente de hierro negro enroscada en torno a los barrotes. Chocó contra ella, la puerta se estremeció, y la serpiente reptó, tintineó y resistió. A través de los barrotes vio la larga madriguera de piedra que discurría entre las murallas, hasta el patio también de piedra, pero no había manera de pasar. Lo único que podía meter entre los barrotes era el hocico. Su hermano y él habían intentado muchas veces romper a dentelladas los huesos negros de la verja, pero eran duros. También habían tratado de excavar, para pasar por debajo, pero había grandes piedras lisas, medio cubiertas de tierra y hojas caídas.

Paseó una y otra vez por delante de la verja, sin dejar de gruñir, y se lanzó contra ella de nuevo. Consiguió moverla un poco, pero no cedió. «Cerrada —le susurró algo—. Con cadena.» La voz que no oía, el olor sin olor. Los otros caminos también estaban cerrados. Cuando se abrían puertas en los muros de hombre-roca, la madera era gruesa y fuerte. No había salida.

«Sí la hay», le dijo la voz susurrante, y fue como si pudiera ver la sombra de un gran árbol cubierto de agujas, que brotaba inclinado de la tierra negra y se alzaba con la altura de diez hombres. Pero al mirar a su alrededor no lo vio. «Al otro lado del bosque de dioses, el centinela, corre, corre...»

A través de la oscuridad de la noche le llegó un grito ahogado, que se interrumpió de repente.

Deprisa, deprisa, volvió corriendo hacia los árboles; las hojas húmedas crujían bajo sus patas y las ramas lo azotaban al pasar. Oía las pisadas de su hermano, que lo seguía de cerca. Pasaron junto al árbol corazón y rodearon el estanque frío, atravesaron las zarzas, cruzaron entre robles, fresnos y espinos, llegaron al otro lado del bosque... Y allí estaba, era la sombra que había divisado sin llegar a verla, el árbol inclinado que señalaba hacia los tejados. «Centinela», le llegó el pensamiento, como un rumor.

Recordaba cómo había trepado por él. Las agujas que le arañaban la piel del rostro y le caían sobre el cuello, la resina pegajosa en las manos, el olor intenso y penetrante. Era un árbol al que un niño podía trepar sin dificultades, porque estaba muy inclinado, con las ramas tan juntas que casi formaban una escalerilla que iba a dar al tejado.

Gruñó, olfateó el pie del árbol, levantó la pata y lo marcó con un chorro de orina. Una rama baja le rozó la cara, y él le lanzó una dentellada, la retorció y tiró de ella hasta que la madera crujió y se rompió. Se encontró con la boca llena de agujas y del sabor amargo de la savia. Sacudió la cabeza y gruñó otra vez.

Su hermano se sentó sobre los cuartos traseros, echó la cabeza hacia atrás y lanzó un aullido ululante, un cántico negro impregnado de dolor. El camino no era camino. Ellos no eran ardillas, ni cachorros de hombre, no podían trepar por los troncos de los árboles ni agarrarse con zarpas blandas rosadas, con pezuñas torpes. Ellos eran corredores, cazadores, merodeadores.

En medio de la noche, más allá de la cerca de piedra que los encerraba, los perros despertaron y empezaron a ladrar. Primero uno, luego otro, al final todos en un clamor que ensordecía; ellos también lo habían olido. Era el olor a enemigos, a miedo.

Una furia desesperada lo invadió, ardiente como el hambre. Se alejó del muro, saltó entre los árboles, las sombras de las ramas y las hojas moteaban su pelaje gris... y entonces dio media vuelta y regresó a toda velocidad. Sus patas levantaban del suelo las hojas húmedas y las agujas de pino, y durante un instante fue un cazador, y un venado astado huía de él, y él lo veía, lo olía, lo perseguía... El olor del miedo le aceleraba el corazón; la saliva le chorreaba de las mandíbulas. Llegó al árbol caído y se lanzó tronco arriba, lanzando zarpazos contra la corteza. Saltó una vez, dos, tres, casi sin aminorar la velocidad, hasta que se encontró en las ramas más bajas. Las ramitas se le enredaban en las patas y le azotaban los ojos; las agujas color verde grisáceo caían a su paso. Tenía que ir más despacio. Algo le trabó una pata, y tuvo que liberarse con un gruñido. Bajo él, el tronco era cada vez más estrecho; la pendiente, más empinada, casi vertical, y húmeda. La corteza se rompía ante sus zarpazos como si fuera piel frágil. Estaba a un tercio de la cima, a la mitad, más, el tejado estaba casi a su alcance... y entonces pisó con una pata y sintió como resbalaba por la curva de la madera húmeda, y de repente se deslizaba, trastabillaba. Lanzó un aullido de miedo y rabia, caía, caía, se retorció, el suelo se precipitaba hacia él para quebrarlo...

Y de pronto Bran volvía a estar en la cama, en la soledad de la habitación de la torre, jadeante y con las mantas revueltas.

—¡Verano! —llamó a gritos—. ¡Verano!

Sentía algo parecido al dolor en el hombro, como si hubiera caído sobre él, pero sabía que no era más que la sombra de lo que sentía el lobo.

«Jojen decía la verdad. Soy un hombre bestia. —En el exterior se oían los ladridos lejanos de los perros—. El mar ha llegado. Está entrando por encima de los muros, como vio Jojen.» Bran se agarró a la barra clavada sobre su cabeza, se incorporó y pidió ayuda a gritos. No acudió nadie, y tardó un momento en recordar por qué. Habían quitado al guardia de su puerta. Ser Rodrik necesitaba a todos los hombres en edad de combatir, de modo que en Invernalia había quedado una guarnición simbólica.

El resto se había ido hacía ya ocho días: seiscientos hombres de Invernalia y de las fortalezas más próximas. Cley Cerwyn se les uniría por el camino con trescientos hombres más, y el maestre Luwin había enviado cuervos por delante para solicitar tropas de refresco en Puerto Blanco, en los Túmulos y hasta en los lugares más adentrados en el bosque de los Lobos. Un guerrero monstruoso llamado Dagmer Barbarrota estaba atacando la Ciudadela de Torrhen. La Vieja Tata contaba que era inmortal, que una vez, un enemigo le había cortado la cabeza en dos con un hacha, pero Dagmer era tan fiero que se juntó las dos mitades con las manos y se las sujetó hasta que se le curaron.

«A lo mejor Dagmer ha ganado.» La Ciudadela de Torrhen estaba a muchos días de viaje de Invernalia; aun así...

Bran se bajó de la cama y se desplazó con la ayuda de las barras hasta llegar a la ventana. Palpó a ciegas hasta que consiguió abrir los postigos. El patio estaba desierto, y todas las ventanas que divisaba se encontraban a oscuras. Invernalia dormía.

—¡Hodor! —gritó con todas sus fuerzas. Seguramente, Hodor estaría durmiendo sobre los establos, pero si chillaba muy alto, a lo mejor lo oía, o lo oía alguien, quien fuera—. ¡Hodor, ven, corre! ¡Osha! ¡Meera, Jojen, venid! —Bran se puso las manos en torno a la boca para hacer bocina—. ¡Hooodooor!

Pero cuando la puerta se abrió de golpe a su espalda, el hombre que entró era un completo desconocido para Bran. Vestía un jubón de cuero con discos de hierro superpuestos, y llevaba un puñal en una mano y un hacha a la espalda.

—¿Qué quieres? —preguntó Bran, asustado—. Esta es mi habitación. Sal de aquí.

Theon Greyjoy fue el siguiente en entrar.

—No venimos a hacerte daño, Bran.

—¿Theon? —Bran sintió que se mareaba de puro alivio—. ¿Te ha mandado Robb? ¿Ha venido él también?

—Robb está muy lejos. Ahora no puede ayudarte.

—¿Ayudarme? —Estaba muy confuso—. No me asustes, Theon.

—Ahora soy el príncipe Theon. Los dos somos príncipes, Bran. ¿Quién lo habría dicho? Pero yo me he apoderado de tu castillo, mi príncipe.

—¿De Invernalia? —Bran sacudió la cabeza—. ¡No puedes quedarte con Invernalia!

—Sal de aquí, Werlag. —El hombre del puñal se retiró. Theon se sentó en la cama—. Hice que cuatro hombres saltaran los muros con garfios y cuerdas, y que nos abrieran una poterna a los demás. En estos momentos, mis hombres se están ocupando de los tuyos. Invernalia está en mis manos, te lo garantizo.

—¡Pero si eres el pupilo de mi padre! —Bran no lo comprendía.

—Pues ahora tu hermano y tú sois mis pupilos. En cuanto termine la batalla, mis hombres reunirán a los que queden de los tuyos en la sala principal. Tú y yo les dirigiremos la palabra. Les dirás que te rindes y que me entregas Invernalia, y les ordenarás que sirvan y obedezcan a su nuevo señor tal como hacían con el anterior.

—Ni hablar —replicó Bran—. Lucharemos y te echaremos de aquí. No me he rendido, y no voy a decir que me rindo.

—Esto no es ningún juego, Bran. Deja de hacer chiquilladas; no te las voy a consentir. El castillo está en mi poder, pero sus ocupantes siguen obedeciéndote a ti. Si el príncipe no quiere que mueran, lo mejor será que haga lo que le digo. —Se levantó y se dirigió hacia la puerta—. Vendrá alguien a vestirte y llevarte a la sala principal. Piensa bien qué vas a decir.

La espera hizo que Bran se sintiera más impotente que nunca. Se quedó sentado junto a la ventana, contemplando las torres oscuras y los muros negros como las sombras. En cierta ocasión le pareció oír gritos más allá de la sala de la guardia, y algo que tal vez fuera el chocar de espadas, pero no tenía el oído de Verano, ni tampoco su olfato. «Cuando despierto sigo estando roto, pero cuando duermo, cuando soy Verano, puedo correr, pelear, oír, oler...»

Pensaba que quien iría a buscarlo sería Hodor, o tal vez alguna criada, pero cuando se abrió la puerta, el que entró fue el maestre Luwin, con una vela en la mano.

—Bran —dijo—. ¿Sabes... qué ha pasado? ¿Te lo han dicho?

Tenía una herida encima del ojo izquierdo, y le corría la sangre por aquel lado de la cara.

—Ha venido Theon. Ha dicho que ahora Invernalia es suya.

El maestre dejó la vela y se limpió la sangre de la mejilla.

—Cruzaron el foso a nado. Escalaron los muros con garfios y cuerdas. Llegaron empapados, chorreando, con el acero en la mano. —Se sentó en la silla situada junto a la puerta. Le seguía saliendo sangre del corte, sobre la ceja—. Barrigón estaba de guardia, lo sorprendieron en el portón y lo mataron. Pelopaja también está herido. Me dio tiempo a enviar dos cuervos antes de que irrumpieran. El pájaro que iba a Puerto Blanco consiguió escapar, pero al otro lo atravesaron con una flecha. —El maestre no apartaba la vista de las alfombras—. Ser Rodrik se llevó a demasiados de nuestros hombres, pero yo tengo tanta culpa como él. No imaginaba que corriéramos peligro, no supe ver...

«Jojen sí lo vio», pensó Bran.

—Me tenéis que ayudar a vestirme.

—Sí, sí. —Al pie de la cama de Bran había un arcón muy pesado con refuerzos de hierro, del que el maestre sacó ropa interior, unos calzones y una túnica—. Eres el Stark de Invernalia, y el heredero de Robb. Debes vestir como un príncipe. —Empezó a ataviarlo como correspondía a un señor.

—Theon quiere que rinda el castillo —dijo Bran mientras el maestre le sujetaba la capa con su broche favorito, de plata y azabache, en forma de cabeza de lobo.

—No es ninguna deshonra. Un buen señor debe proteger a los suyos. De los lugares crueles nacen personas crueles, Bran; no lo olvides cuando trates con esos hombres del hierro. Tu señor padre hizo lo que pudo para suavizar a Theon, pero llegó tarde, y no fue suficiente.

El hombre del hierro que fue a buscarlos era achaparrado y grueso, con una barba negra como el carbón que le llegaba casi hasta la barriga. Cargó al niño con facilidad, aunque no parecía nada satisfecho con la tarea que le habían encomendado.

El dormitorio de Rickon estaba escaleras abajo. El pequeño de cuatro años estaba de mal humor, porque lo habían despertado.

—Quiero que venga mi madre —dijo—. Que venga ya. Y Peludo también.

—Tu madre está muy lejos, mi príncipe —dijo el maestre Luwin mientras le ponía una túnica—. Pero yo estoy aquí, y Bran también.

Cogió a Rickon de la mano y salió con él. Al llegar abajo se encontraron con Meera y Jojen, a los que un hombre calvo con una lanza que era vara y media más alta que él había hecho salir de su habitación. Jojen miró a Bran con unos ojos verdes que eran estanques de lástima. Otro hombre del hierro había despertado a los Frey.

—Tu hermano ha perdido su reino —le dijo Walder el Pequeño a Bran—. Ya no eres príncipe, solo un rehén.

—Igual que tú —dijo Jojen—. Y yo, y todos nosotros.

—No hablaba contigo, comerranas.

Uno de los hombres del hierro los precedía, con una antorcha en la mano, pero había empezado a llover de nuevo, y pronto se le apagó. Mientras cruzaban el patio a toda prisa, les llegaron los aullidos de los lobos huargo en el bosque de dioses.

«Espero que Verano no se haya hecho daño al caerse del árbol.»

Theon Greyjoy estaba sentado en el trono de los Stark. Se había quitado la capa. Sobre la cota de malla llevaba un chaleco negro adornado con el kraken dorado que era el blasón de su casa. Tenía las manos apoyadas sobre las cabezas de lobos talladas al final de los anchos brazos de piedra del trono.

—Theon se ha sentado en la silla de Robb —dijo Rickon.

—Calla, Rickon.

Bran percibía el peligro que los rodeaba, pero su hermano era demasiado pequeño. Habían encendido unas cuantas antorchas, pero la mayor parte de la sala estaba a oscuras. No tenían dónde sentarse, porque los bancos estaban amontonados contra las paredes, de manera que los habitantes del castillo se encontraban de pie, en pequeños grupos, sin atreverse a hablar. Vio a la Vieja Tata, que no paraba de abrir y cerrar la boca desdentada. Dos de los guardias sostenían a Pelopaja, con el pecho envuelto en una venda ensangrentada. Tym Carapicada sollozaba inconsolable, y Beth Cassel lloraba de miedo.

—¿A quién tenemos aquí? —preguntó Theon al ver a los Reed y a los Frey.

—Esos dos de ahí son los pupilos de lady Catelyn. Ambos se llaman igual: Walder Frey —le respondió el maestre Luwin—. Y esos otros dos son Jojen Reed y su hermana Meera, hijos de Howland Reed, de la Atalaya de Aguasgrises, que vinieron a renovar sus juramentos de lealtad a Invernalia.

—Hay quien diría que eligieron un mal momento —replicó Theon—. Pero no yo. Aquí estáis y aquí os vais a quedar. —Se levantó del trono—. Trae al príncipe, Lorren.

El hombre de la barba negra soltó a Bran sobre el asiento de piedra como si fuera un saco.

A la sala principal seguían llegando habitantes del castillo, azuzados entre gritos y golpes de las astas de las lanzas. Gage y Osha subieron de las cocinas, todavía cubiertos de la harina con la que estaban preparando el pan para aquella mañana. A Mikken lo hicieron entrar entre maldiciones. Farlen llegó cojeando, esforzándose por ayudar a Palla. A ella le habían desgarrado el vestido; se lo sujetaba con el puño muy apretado, y caminaba como si cada paso supusiera una auténtica agonía. El septón Chayle corrió a ayudarlos, pero uno de los hombres del hierro se interpuso y lo derribó.

El último en cruzar las puertas fue Hediondo, el prisionero, cuya peste acre lo precedió. A Bran se le revolvió el estómago ante aquel olor.

—Este estaba encerrado en una celda de la torre —anunció el que lo escoltaba, un joven imberbe de pelo color jengibre y ropa empapada, sin duda uno de los que habían cruzado el foso a nado—. Dice que lo llaman Hediondo.

—¿Por qué será? —comentó Theon, sonriente—. ¿Siempre hueles tan mal, o es que te acabas de follar un cerdo?

—No he follado desde que me capturaron, mi señor. Mi verdadero nombre es Heke. Estaba al servicio del bastardo de Fuerte Terror, hasta que los Stark le clavaron una flecha en la espalda a modo de regalo de bodas.

A Theon aquello le pareció muy divertido.

—¿Con quién se casó?

—Con la viuda de Hornwood, mi señor.

—¿Con esa vieja? ¿Acaso estaba ciego? Si tiene las tetas como odres vacíos, secas y marchitas.

—No se casó con ella por sus tetas, mi señor.

Los hombres del hierro cerraron las puertas de entrada de la sala. Desde el trono, Bran alcanzaba a ver a unos veinte de ellos. «Seguro que ha dejado a más de guardia en la muralla y en la armería.» Aun así, no serían más de una treintena.

Theon alzó las manos para pedir silencio.

—Ya sabéis quién soy.

—¡Sí, sabemos que eres un saco de mierda! —gritó Mikken antes de que el calvo lo golpeara en el vientre con el asta de la lanza, y luego lo golpeara en pleno rostro.

El herrero cayó de rodillas y escupió un diente.

—¡Guarda silencio, Mikken! —Bran había tratado de poner voz firme y señorial, la misma que ponía Robb siempre que daba órdenes, pero la garganta lo traicionó, y las palabras le salieron agudas y chillonas.

—Presta atención a tu joven señor, Mikken —dijo Theon—. Tiene más sentido común que tú.

«Un buen señor debe proteger a los suyos», se recordó.

—He rendido Invernalia a Theon.

—Más alto, Bran. Y llámame *príncipe*.

—He rendido Invernalia al príncipe Theon —dijo el chico alzando la voz—. Todos debéis hacer lo que os ordene.

—¡Y una mierda! —rugió Mikken.

Theon hizo caso omiso del exabrupto.

—Mi padre se ha puesto la antigua corona de sal y roca, y se ha declarado rey de las islas del Hierro. También reclama el Norte por derecho de conquista. Todos sois sus súbditos.

—¡Que te den por culo! —Mikken se limpió la sangre de la boca—. Yo sirvo a los Stark, no a un calamar traidor como... ¡aaah! —El asta de la lanza le hizo golpear el rostro contra el suelo de piedra.

—Los herreros tienen brazos fuertes, pero cabezas más bien flojas —observó Theon—. Si los demás me servís con tanta lealtad como servisteis a Ned Stark, no tardaréis en ver que soy un señor generoso.

Mikken, caído sobre las manos y las rodillas, escupió sangre. «No, por favor, calla», deseó Bran con todas sus fuerzas. Pero el herrero volvió a alzar la voz.

—Si crees que vas a conquistar el norte con este ejército de pacotilla, no...

El hombre calvo le metió la lanza por la nuca. El acero atravesó la carne y le salió por la garganta con un surtidor de sangre. Una mujer lanzó un grito, y Meera rodeó a Rickon con los brazos.

«En sangre. Se ha ahogado en sangre —pensó Bran como en medio de una bruma—. En su sangre.»

—¿Quién más quiere decir algo? —preguntó Theon Greyjoy.

—¡Hodor, Hodor, Hodor, Hodor! —gritó Hodor con los ojos muy abiertos.

—Que alguien tenga la bondad de hacer callar a ese imbécil.

Dos hombres del hierro empezaron a golpear a Hodor con las astas de las lanzas. El mozo de cuadras se dejó caer al suelo y trató de protegerse con las manos.

—Seré tan buen señor como lo fue Eddard Stark. —Theon tuvo que alzar la voz para hacerse oír por encima del ruido de la madera contra la carne—. Pero si me traicionáis, os arrepentiréis, lo prometo. Y no creáis que estos hombres que veis son todo mi ejército. Pronto tendremos en nuestro poder también la Ciudadela de Torrhen y Bosquespeso, y mi tío está remontando el Lanza de Sal para apoderarse de Foso Cailin. Si Robb Stark puede con los Lannister, que reine en el Tridente, pero la casa Greyjoy domina ahora el norte.

—Los vasallos de los Stark lucharán contra vos —dijo el llamado Hediondo—. Ese cerdo gordo de Puerto Blanco, para empezar, y también los Umber y los Karstark. Os harán falta hombres. Liberadme y os serviré.

Theon valoró la posibilidad durante un momento.

—Tienes mejor cerebro que olor. Pero no aguantaría tu peste a mi lado.

—Bueno —replicó Hediondo—, podría lavarme un poco. Si estuviera libre.

—Me gusta tu sentido común —sonrió Theon—. Arrodíllate.

Uno de los hombres del hierro le entregó a Hediondo una espada. Este la puso a los pies de Theon, y juró obediencia a la casa Greyjoy y al rey Balon. Bran no quiso mirar. El sueño verde se estaba haciendo realidad.

Osha dio un paso al frente, al lado del cadáver de Mikken.

—¡Mi señor Greyjoy! A mí también me trajeron aquí como prisionera. Lo sabéis, estabais aquí cuando me cogieron.

«Creía que eras mi amiga», pensó Bran, dolido.

—Necesito guerreros —declaró Theon—, no mozas de cocina.

—El que me metió en las cocinas fue Robb Stark. Llevo casi un año fregando cazuelas, limpiando grasa y calentándole el jergón a este. —Echó una mirada de soslayo en dirección a Gage—. Ya estoy harta. Volved a ponerme una lanza en la mano.

—Esta es la lanza que te daría yo —dijo el que había matado a Mikken, sonriente, al tiempo que se agarraba la entrepierna.

Osha le clavó una rodilla huesuda entre las piernas.

—Tú quédate con esa cosa blanda y rosada. —Le quitó la lanza de las manos y lo derribó con el asta—. Yo me llevo la de hierro y madera.

El calvo se retorcía de dolor en el suelo, mientras el resto de los saqueadores reía a carcajadas. Theon también se reía.

—Me parece bien —dijo—. Quédate con la lanza; Stygg ya se buscará otra. Ahora, arrodíllate y haz el juramento.

Cuando no quedó nadie que se adelantara para jurar lealtad, Theon los despidió a todos con instrucciones de seguir con su trabajo y no causar problemas. A Hodor le encomendaron la tarea de llevar a Bran de vuelta a su cama. Tenía el rostro horrible tras la paliza, con la nariz hinchada y un ojo cerrado.

—Hodor —sollozó entre los labios destrozados al tiempo que cogía a Bran entre sus enormes brazos, con las manos llenas de sangre, y salía con él a la mañana lluviosa.

—Aquí hay fantasmas, te lo digo yo. —Pastel Caliente estaba amasando pan; tenía los brazos llenos de harina hasta los codos—. La otra noche, Pia vio algo en la despensa.

Arya hizo un ruido un tanto grosero. Pia siempre estaba viendo algo en la despensa. Generalmente hombres.

—¿Me das un pastel? —pidió—. Has horneado una bandeja entera.

—Necesito una bandeja entera. A ser Amory le gustan mucho.

—Vamos a escupir en ellos. —Arya odiaba a ser Amory.

Pastel Caliente lanzó una mirada temerosa a su alrededor. Las cocinas estaban llenas de sombras y ecos, pero los demás cocineros y pinches dormían en los inmensos altillos que había sobre los hornos.

—Se va a dar cuenta.

—Qué va —replicó Arya—. Los escupitajos no saben a nada.

—Si se da cuenta, me hará azotar. —Pastel Caliente dejó de amasar—. Además, no tendrías que estar aquí. Es muy tarde.

Era cierto, pero a Arya no le importaba. Las cocinas nunca estaban desiertas ni en lo más oscuro de la noche; siempre había alguien amasando pan para que estuviera listo por la mañana, o removiendo el contenido de una cazuela con un cucharón de madera, o partiendo un cerdo para que ser Amory tuviera tocino para desayunar. Aquella noche le había tocado a Pastel Caliente.

—Si Ojorrojo se despierta y ve que te has ido... —titubeó el chico.

—Una vez se ha desmayado, Ojorrojo no se despierta nunca.

En realidad se llamaba Mebble, pero todo el mundo lo llamaba Ojorrojo, porque los ojos le lloraban sin parar. Todas las mañanas desayunaba cerveza, y todas las noches caía dormido, ebrio, después de cenar, mientras un reguerillo de saliva color vino le corría por la barbilla. Arya esperaba hasta que lo oía roncar, y se deslizaba descalza por las escaleras de los sirvientes, tan silenciosa como el ratón que había sido. No llevaba vela ni ningún tipo de luz. En cierta ocasión, Syrio le había dicho que la oscuridad podía ser su amiga, y tenía razón. Si había luna y estrellas, a Arya le bastaba.

—Seguro que nos podríamos escapar, y Ojorrojo no se daría ni cuenta —le comentó a Pastel Caliente.

—Yo no me quiero escapar. Aquí se está mejor que en el bosque. No quiero comer gusanos. Oye, espolvorea un poco de harina en la mesa.

—¿Qué ha sido eso? —preguntó Arya, inclinando la cabeza hacia un lado.

—¿El qué? No he...

—Escucha con los oídos, no con la boca. Ha sido un cuerno de guerra. Dos llamadas, ¿no lo has oído? Y eso que suena ahora son las cadenas del rastrillo: alguien viene, o alguien va a salir. ¿Quieres que vayamos a ver?

Las puertas de Harrenhal habían permanecido cerradas desde la mañana en que lord Tywin se puso en marcha con su ejército.

—Estoy preparando el pan para el desayuno —protestó Pastel Caliente—. Además, no me gusta la oscuridad, ya te lo he dicho.

—Pues yo sí voy. Luego te contaré. ¿Me das un pastel?

—No.

Sin hacerle caso, cogió un pastel y se lo fue comiendo por el camino. Era hojaldrado, relleno de nueces picadas, fruta y queso, y todavía estaba caliente. El hecho de comerse el pastel de ser Amory hacía que Arya se sintiera valiente.

«Pies descalzos, pies seguros, pies ligeros —canturreó entre dientes—. Yo soy el fantasma de Harrenhal.»

El sonido del cuerno había despertado al castillo; los hombres salían al patio para ver a qué se debía el ruido. Arya se fundió con el gentío. Una fila de carromatos tirados por bueyes entraba en aquel momento por debajo del rastrillo. Enseguida comprendió que era el botín fruto del pillaje. Los jinetes que daban escolta a los carromatos hablaban en un batiburrillo de idiomas extraños. Sus armaduras brillaban a la clara luz de la luna, y Arya vio un par de aquellos caballos a rayas blancas y negras. Los Titiriteros Sangrientos. Se retiró un paso más hacia las sombras, y vio pasar un carromato con un inmenso oso negro en una jaula. También había carromatos cargados de armaduras plateadas, armas y escudos, sacos de harina, piaras de cerdos que chillaban, gallinas y perros flacos. Arya estaba tratando de recordar cuándo había comido por última vez una tajada de cerdo asado cuando se fijó en el primero de los prisioneros de la fila.

Por su porte y por la manera orgullosa de alzar la cabeza debía de ser un señor. Vio la armadura que brillaba bajo el jubón rojo desgarrado. Al principio, Arya pensó que sería un Lannister, pero cuando pasó cerca de una antorcha vio que el blasón era un puño plateado, no un león. Tenía las muñecas atadas, y una cuerda en el tobillo lo unía al hombre que lo seguía, y a este con el siguiente, de manera que la columna avanzaba en torpe formación. Muchos de los cautivos estaban heridos. Si alguno se detenía, uno de los jinetes trotaba hasta él y le daba un latigazo para que volviera a ponerse en marcha. Trató de calcular cuántos prisioneros había, pero al pasar de cincuenta perdió la cuenta. Eran al menos el doble. Tenían la ropa manchada de lodo y sangre, y a la luz de las antorchas costaba reconocer los blasones, pero Arya consiguió identificar algunos de los que vio. Torres gemelas. Sol con rayos. Hombre ensangrentado. Hacha de combate.

«El hacha de combate es de los Cerwyn, y el sol blanco sobre fondo negro es de los Karstark. Son norteños. Son los hombres de mi padre, bueno, los de Robb.» No quería ni pensar en qué podía significar aquello.

Los Titiriteros Sangrientos empezaron a descabalgar. Los mozos de cuadras, somnolientos, salieron de sus jergones para cuidar de los caballos, que tenían espuma en la boca. Uno de los jinetes pedía cerveza a gritos. El ruido hizo que ser Amory Lorch saliera a la galería cubierta que daba al patio, flanqueado por dos hombres que portaban antorchas. Vargo Hoat, el del yelmo en forma de cabeza de cabra, tiró de las riendas de su caballo para detenerlo bajo él.

—Mi ceñor caztellano —dijo el mercenario. Tenía la voz pastosa y ceceante, como si tuviera la lengua demasiado grande para el tamaño de su boca.

—¿Qué pasa aquí, Hoat? —preguntó ser Amory con el ceño fruncido.

—Cautivoz. Rooze Bolton intentó cruzar el río, pero miz Compañeroz Audacez lez deztrozaron la vanguardia. Mataron a muchoz, y pucieron en fuga a Bolton. Ezte ez zu ceñor comandante, Glover, y el que lo cigue ez Aenyz Frey.

Ser Amory Lorch contempló a los prisioneros con sus ojillos porcinos. A Arya le dio la sensación de que no estaba nada contento. En el castillo, todo el mundo sabía que Vargo Hoat y él se detestaban.

—Muy bien —dijo—. Ser Cadwyn, llevad a estos hombres a las mazmorras.

El señor del puño en el jubón alzó la mirada.

—Se nos prometió un trato honorable... —empezó.

—¡Cilencio! —le gritó Vargo Hoat, cubriéndolo de salivilla.

—Me importa un bledo lo que os prometiera Hoat —dijo ser Amory dirigiéndose a los prisioneros—. Lord Tywin me nombró a mí castellano de Harrenhal, y haré con vosotros lo que mejor me parezca. —Hizo un gesto en dirección a sus guardias—. Llevadlos a la celda grande que hay bajo la Torre de la Viuda, allí caben todos. Y el que no quiera ir, que lo diga; no me cuesta nada mandarlo matar aquí mismo.

Mientras sus hombres se llevaban a los cautivos a punta de lanza, Arya vio a Ojorrojo, que en aquel momento subía por la escalera y parpadeaba a la luz de las antorchas. Si se daba cuenta de su ausencia, gritaría y la amenazaría con arrancarle el pellejo a latigazos, pero no le tenía miedo. No era Weese. Siempre estaba amenazando con arrancarle el pellejo a todo el mundo, pero Arya nunca le había visto dar ni un golpe. De todos modos era mejor que no la viera. Miró a su alrededor. Los mozos estaban quitándoles los arneses a los bueyes y descargando los carros, mientras los de la Compañía Audaz pedían bebida a gritos y los curiosos se arremolinaban en torno a la jaula del oso. En medio de tanto jaleo no le costó ningún esfuerzo marcharse sin que se fijaran en ella. Regresó por donde había llegado, con la esperanza de que nadie la viera y la pusiera a trabajar.

Aparte del patio y de los establos, el gran castillo estaba prácticamente abandonado. El ruido fue amortiguándose a medida que se alejaba. Soplaban ráfagas de viento que arrancaban un gemido agudo y trémulo de las grietas de la Torre Aullante. En el bosque de dioses, las hojas habían empezado a caer de los árboles, y susurraban sobre el suelo de los patios desiertos y los edificios vacíos. Harrenhal volvía a ser un lugar desolado, y el sonido se comportaba de manera extraña. Unas veces parecía como si las piedras absorbieran todo el ruido, de modo que los patios parecían cubiertos por una mortaja de silencio. Otras, los ecos tenían vida propia, de manera que cada pisada se transformaba en el paso de un ejército espectral, y cada voz lejana en una muchedumbre invisible. Pero los sonidos extraños eran de las cosas que preocupaban a Pastel Caliente, no a Arya.

Silenciosa como una sombra, se deslizó rápidamente por el patio contiguo a la Torre del Miedo y cruzó las jaulas vacías, donde según las habladurías los espíritus de los halcones muertos agitaban el aire con alas fantasmales. Arya podía ir adonde quisiera. La guarnición del castillo no llegaba a los cien hombres, eran tan pocos que se perdían en Harrenhal. La Sala de las Cien Chimeneas estaba clausurada desde hacía tiempo, igual que muchos de los edificios de menor importancia, y hasta la Torre Aullante. Ser Amory Lorch residía en las habitaciones del castellano en la Torre de la Pira Real, tan espaciosas como las de cualquier señor, y Arya y el resto de los criados se habían trasladado a las bodegas de la misma torre para estar siempre disponibles. Mientras lord Tywin estuvo allí, siempre había un soldado que preguntaba adónde iba una o qué estaba haciendo. Pero, como ya solo quedaban cien hombres para vigilar un millar de puertas, nadie parecía saber dónde debía estar cada cual, y tampoco les importaba.

Al pasar junto a la armería, Arya oyó los golpes del martillo en el yunque. A través de las ventanas altas se veía un brillo anaranjado. Trepó hasta el techo y miró abajo. Gendry estaba trabajando en una coraza. En ocasiones como aquella, para él solo existían el metal, el fuelle y el fuego. El martillo era parte de su brazo. Arya observó cómo se le movían los músculos del pecho, y escuchó la música que arrancaba del acero.

«Es muy fuerte», pensó. Cuando el muchacho cogió unas tenazas largas para sumergir la coraza en el agua fría, Arya culebreó por la ventana y saltó para caer al suelo, a su lado.

Gendry no mostró sorpresa.

—Tendrías que estar en la cama, niña. —La coraza siseó como un gato al contacto con el agua—. ¿Qué era todo ese jaleo?

—Ha vuelto Vargo Hoat, y trae prisioneros. He visto sus blasones. Hay un Glover de Bosquespeso; es vasallo de mi padre. Y los demás también, o casi todos. —De repente, Arya supo por qué sus pies la habían llevado hasta allí—. Tienes que ayudarme a liberarlos.

Gendry se echó a reír.

—¿Se puede saber cómo vamos a hacerlo?

—Ser Amory ha dicho que los encierren en una mazmorra, en la que hay bajo la Torre de la Viuda, la que es una celda grande. Podrías derribar la puerta con el martillo...

—¿Mientras los guardias miran y hacen apuestas sobre cuántos golpes harán falta?

—Tendríamos que matar a los guardias. —Arya se mordió el labio.

—Ya me dirás cómo.

—Puede que no haya muchos.

—Con que haya dos ya basta para atraparnos a nosotros. No aprendiste nada en aquella aldea, ¿verdad? Si se te ocurre intentar algo así, Vargo Hoat te cortará las manos y los pies; eso es lo que hace con los que no le gustan. —Gendry volvió a coger las tenazas.

—Lo que pasa es que tienes miedo.

—Déjame en paz, niña.

—Gendry, hay cien norteños. Puede que más, no me dio tiempo a contarlos a todos. Son tantos como hombres tiene ser Amory. Bueno, sin contar a los Titiriteros Sangrientos, claro. Solo tenemos que sacarlos de ahí; tomarán el castillo y podremos escapar.

—Pues resulta que no vas a poder sacarlos, igual que no pudiste salvar a Lommy. —Gendry le dio la vuelta a la coraza con las tenazas para examinarla más de cerca—. Y si escapáramos, ¿adónde iríamos?

—A Invernalia —respondió al instante—. Le diré a mi madre que me has ayudado, y te podrías quedar...

—¿Mi señora me lo permitiría? ¿Podría herrar vuestros caballos y hacer espadas para vuestros señores hermanos?

—¡Para ya! —En ocasiones, Gendry la ponía muy furiosa.

—¿Por qué voy a arriesgar los pies por la oportunidad de sudar en Invernalia en vez de en Harrenhal? ¿Conoces al viejo Ben Pulgarnegro? Llegó aquí de niño. Fue herrero del abuelo de lady Whent, luego de su padre y después de la señora; hasta lo fue de lord Lothston, que gobernó Harrenhal antes que los Whent. Ahora es el herrero de lord Tywin, ¿y sabes qué dice? Que una espada es una espada, un yelmo es un yelmo, y si uno mete la mano en el fuego, se quema, da igual a quién sirva. Lucan es un amo aceptable. Yo me quedo aquí.

—Pues vendrá la reina y te cogerá. ¡A Ben Pulgarnegro no lo perseguían los capas doradas!

—A lo mejor tampoco me buscaban a mí.

—Te buscaban a ti y lo sabes de sobra. Eres alguien importante.

—Soy un aprendiz de herrero, y puede que algún día llegue a maestro armero... si no me da por escapar para que me corten los pies o me maten. —Le dio la espalda, volvió a coger el martillo y siguió trabajando.

—¡Al próximo yelmo que hagas, ponle orejas de mulo en vez de cuernos de toro! —le espetó Arya apretando los puños con impotencia.

Tuvo que salir corriendo para no emprenderla a golpes con él. «Seguro que ni los notaba. Cuando lo encuentren y le corten esa cabeza de mulo que tiene, se va a arrepentir de no haberme ayudado.» Además, seguro que le iría mejor sin él. Gendry había tenido la culpa de que la atraparan en la aldea.

Pensar en la aldea hizo que se acordara de la marcha, del almacén y de Cosquillas. Recordó al niño al que habían destrozado el rostro con la maza, al idiota de Siempre-con-Joffrey, a Lommy Manosverdes...

«Fui una oveja y luego fui un ratón; lo único que podía hacer era esconderme. —Arya se mordió el labio y trató de acordarse de cuándo había recuperado el valor—. Jaqen hizo que fuera valiente de nuevo. Hizo de mí un fantasma, en vez de un ratón.»

Desde la muerte de Weese había tratado de evitar al lorathi. Lo de Chiswyck había sido fácil; cualquiera podía empujar a alguien del adarve, pero Weese había criado a aquella perra desagradable desde que era un cachorro, y solo la magia negra podía haber provocado que se volviera contra él.

«Yoren encontró a Jaqen en una celda negra, igual que a Rorge y Mordedor —recordó—. Jaqen debió de hacer algo espantoso, y Yoren lo sabía, por eso lo tenía siempre encadenado.» Si el lorathi era un mago, quizá Rorge y Mordedor no fueran hombres, sino demonios a los que había invocado de algún infierno.

Jaqen todavía le debía una muerte. En las historias que les solía contar la Vieja Tata sobre hombres a los que un duende concedía deseos mágicos, había que tener mucho cuidado con el tercero, porque era el último. Chiswyck y Weese no eran muy importantes. «La última muerte tiene que ser otra cosa», se decía Arya todas las noches al susurrar su lista de nombres. Pero ya no estaba tan segura de que aquella fuera la razón de sus vacilaciones. Mientras pudiera matar con una palabra, Arya no tenía que temer a nadie... pero, en cuanto utilizara la última muerte, volvería a ser un ratón.

Ojorrojo estaba despierto, así que no se atrevía a volver a su catre. Tampoco sabía dónde podía esconderse, de modo que fue al bosque de dioses. Le gustaban el olor penetrante de los pinos y los centinelas, el tacto de la hierba y la tierra entre los dedos de los pies, y los sonidos que el viento arrancaba de las hojas. Un arroyuelo de aguas tranquilas discurría serpenteante por el bosque, y había un punto en que se había abierto camino a través del suelo, bajo un montón de hojarasca.

Allí, debajo de la madera podrida y las ramas retorcidas y astilladas, había escondido su espada.

Gendry, el muy cabezota, se había negado a hacerle una, así que se la había fabricado ella con una escoba rota. La hoja era demasiado ligera, y el puño, un desastre, pero la punta astillada estaba muy afilada, y le gustaba. Siempre que tenía una hora libre se escabullía para practicar los ejercicios que Syrio le había enseñado, se movía descalza sobre las hojas caídas, lanzaba tajos contra las ramas y hacía caer más hojas. A veces llegaba incluso a subirse a los árboles y danzaba por las ramas más altas, agarrándose con los dedos de los pies, titubeando menos día tras día a medida que recuperaba el equilibrio. El mejor momento era por las noches, cuando nadie la molestaba. Arya se colgaba el palo de escoba roto del cinturón para trepar. Una vez llegaba al reino de las hojas, lo desenvainaba y, durante un rato, se olvidaba de todo el mundo, tanto de ser Amory y de los Titiriteros Sangrientos como de los hombres de su padre. Se perdía en la sensación de la corteza áspera en las plantas de los pies y el silbido de su espada al cortar el aire. Una rama rota se transformó en Joffrey; la atacó y golpeó hasta que la hizo caer. La reina, ser Ilyn, ser Meryn y el Perro no eran más que hojas, pero a ellos también los mató, los acuchilló hasta reducirlos a jirones verdes. Cuando se le cansó el brazo, se sentó y apoyó las piernas en una rama alta para recuperar el aliento en el aire fresco de la noche, al tiempo que escuchaba los chillidos de los murciélagos que salían de caza. A través del dosel de follaje divisaba las ramas color blanco hueso del árbol corazón.

«Desde aquí parece igual que el que hay en Invernalia.» Deseaba que lo fuera. Entonces, cuando bajara, estaría en casa, y tal vez encontrara a su padre sentado bajo el arciano, como tantas otras veces.

Se colgó la espada del cinturón y fue deslizándose de rama en rama hasta llegar al suelo. La luz de la luna teñía de plata la corteza del arciano mientras se acercaba a él, pero las hojas rojas de cinco puntas seguían negras en medio de la noche. Arya contempló el rostro tallado en el tronco. Era una cara temible, con la boca torcida y los ojos llameantes de odio. ¿Serían de verdad así los dioses? ¿A los dioses se les podría hacer daño, igual que a las personas? «Debería rezar», pensó de repente.

Arya se puso de rodillas. No sabía muy bien por dónde empezar. Entrelazó las manos.

«Ayudadme, antiguos dioses —rezó en silencio—. Ayudadme a sacar a esos hombres de la mazmorra para que podamos matar a ser Amory, y llevadme a mi casa, a Invernalia. Haced de mí una danzarina del agua, una loba, y que no vuelva a tener miedo nunca más.»

¿Bastaría con aquello? A lo mejor tenía que rezar más rato para que los antiguos dioses la oyeran. Recordó que a veces su padre se pasaba mucho tiempo rezando. Pero los antiguos dioses nunca lo habían ayudado. Al acordarse de aquello se puso furiosa.

—Tendríais que haberlo salvado —le recriminó al árbol—. Os rezó muchas veces. A mí qué me importa si me ayudáis o no. Seguro que aunque quisierais, no podríais.

—Uno no debe burlarse de los dioses, niña.

La voz la sobresaltó. Se puso en pie de un salto y sacó la espada de madera. En la oscuridad, Jaqen H'ghar estaba tan inmóvil que parecía un árbol más.

—Uno viene a oír un nombre. Uno y dos, y luego viene el tres. Y uno habrá terminado.

—¿Cómo has sabido que estaba aquí? —preguntó Arya bajando la punta astillada de la espada.

—Uno ve. Uno oye. Uno sabe.

Lo miró con desconfianza. ¿Acaso se lo enviaban los dioses?

—¿Cómo conseguiste que la perra matara a Weese? ¿Invocaste a Rorge y a Mordedor de algún infierno? ¿De verdad te llamas Jaqen H'ghar?

—Hay quienes tienen muchos nombres. Comadreja. Arry. Arya.

—¿Te lo ha dicho Gendry? —La niña dio un paso atrás, hasta quedar con la espalda contra el árbol corazón.

—Uno sabe —repitió él—. Mi señora de Stark.

Tal vez sí, tal vez los dioses se lo habían enviado como respuesta a sus oraciones.

—Necesito que me ayudes a sacar a esos hombres de las mazmorras. A Glover y a los demás, a todos. Tenemos que matar a los guardias, luego abrir la puerta y...

—La niña olvida una cosa —la interrumpió con voz tranquila—. Ya ha tenido dos, se le debían tres. Si un guardia debe morir, la niña solo tiene que decir su nombre.

—Pero no bastará con un guardia, tenemos que matarlos a todos. —Arya se mordió el labio para no llorar—. Quiero que salves a los norteños igual que yo te salvé a ti.

—Al dios le fueron arrebatadas tres vidas. —El hombre la miraba sin compasión—. Tres vidas hay que pagarle. Uno no debe burlarse de los dioses. —Tenía una voz de seda y acero.

—Yo no me he burlado. —Meditó un instante—. ¿Puedo decir cualquier nombre, el que sea? ¿Y lo matarás?

—Uno ya te lo ha dicho —contestó Jaqen H'ghar con una inclinación de la cabeza.

—¿Cualquiera, cualquiera? —insistió—. ¿Un hombre, una mujer, un bebé, o lord Tywin, o el septón supremo, o tu padre?

—El padre de uno murió hace mucho, pero si viviera, y si tú dijeras su nombre, moriría porque tú lo has ordenado.

—Júramelo —dijo Arya—. Júramelo por los dioses.

—Lo juro por todos los dioses del mar y del aire, y hasta por el dios del fuego. —Puso una mano en la boca del arciano—. Lo juro por los siete nuevos dioses, y por los innumerables dioses antiguos.

Lo había jurado.

—Aunque dijera el nombre del rey...

—Di el nombre y morirá, mañana, o dentro de una luna, o dentro de un año. Uno no vuela como los pájaros, pero mueve un pie, y luego otro, y un día uno llega, y el rey muere. —Se arrodilló a su lado de manera que los dos rostros quedaron a la misma altura—. La niña puede susurrar, si le da miedo decirlo en voz alta. Susurra el nombre. ¿Es Joffrey?

Arya le acercó los labios a la oreja.

—Es Jaqen H'ghar.

Ni siquiera en el granero incendiado, cuando las paredes ardían y él estaba encadenado, había reflejado su rostro tanto horror como en aquel momento.

—La niña... está de broma.

—Lo has jurado. Lo has jurado ante los dioses.

—Ante los dioses. —De repente tenía un cuchillo en la mano, con una hoja tan pequeña como el meñique de Arya. Pero no sabía si era para matarse o para matarla—. La niña llorará. La niña perderá a su único amigo.

—No eres mi amigo. Si fueras mi amigo, me ayudarías. —Se apartó un paso de él y se puso en equilibrio sobre la parte anterior de los pies, por si acaso le lanzaba el cuchillo—. Yo nunca mataría a un amigo.

Jaqen sonrió y se puso serio de nuevo.

—Entonces, la niña... ¿diría otro nombre si un amigo la ayudara?

—La niña lo diría —asintió—. Si un amigo la ayudara.

El cuchillo desapareció.

—Vamos.

—¿Ahora mismo? —No se había imaginado que actuara de manera tan rápida.

—Uno oye cómo cae la arena del reloj. Uno no dormirá hasta que la niña desdiga cierto nombre. Ahora, chiquilla malvada.

«No soy una chiquilla malvada —pensó—, soy una loba huargo, soy el fantasma de Harrenhal.» Volvió a guardar el palo de escoba en su escondite y salió con el hombre del bosque de dioses.

Pese a la hora que era, Harrenhal estaba lleno de vida. La llegada de Vargo Hoat había trastocado toda la rutina de la fortaleza. Los carros, los bueyes de tiro y los caballos ya no estaban en el patio, pero la jaula del oso seguía allí. La habían colgado con gruesas cadenas, a unas varas del suelo, del puente arqueado que separaba el patio intermedio del exterior. Un anillo de antorchas bañaba de luz la zona. Unos cuantos mozos de cuadras se dedicaban a tirarle piedras al oso para hacerlo rugir. Al otro lado del patio, la luz se derramaba por la puerta de la sala del cuartel, acompañada por el tintineo de los picheles y los gritos de los hombres que pedían más vino. Una docena de voces entonaban una canción en un idioma gutural que Arya no conocía.

«Están comiendo y bebiendo antes de acostarse —comprendió—. Seguro que Ojorrojo ha enviado a alguien a despertarme para que ayude a servirlos y se habrá dado cuenta de que no estaba en la cama.» Pero lo más probable es que estuviera atendiendo a los hombres de la Compañía Audaz, y también a los de la guarnición de ser Amory que se habían unido a ellos. El ruido que hacían sería una excelente distracción.

—Si uno hace lo que quieres que haga, los dioses hambrientos tendrán esta noche un festín de sangre —dijo Jaqen—. Niña dulce, buena, amable. Retira un nombre y di otro, y esta pesadilla sin sentido terminará.

—Ni hablar.

—Lo suponía. —Parecía resignado—. Se hará lo que quieres, pero la niña debe obedecer. Uno no tiene tiempo para dar explicaciones.

—La niña obedecerá —dijo Arya—. ¿Qué quieres que haga?

—Un centenar de hombres tienen hambre, hay que darles de comer, el señor quiere caldo caliente. La niña tiene que ir corriendo a las cocinas y decírselo a su amigo Pastel.

—Caldo —repitió—. ¿Adónde vas tú?

—La niña ayuda a hacer caldo, y espera en las cocinas hasta que uno vaya a buscarla. Vete. Corre.

Cuando entró a toda prisa en la cocina, Pastel Caliente estaba sacando hogazas de pan del horno, pero ya no se encontraba a solas. Habían despertado a los cocineros para dar de comer a Vargo Hoat y a sus Titiriteros Sangrientos. Los sirvientes se llevaban bandejas con las empanadas y las hogazas de Pastel Caliente, el cocinero jefe cortaba lonchas de un jamón frío, los pinches encargados de los espetones les daban vueltas a los conejos ensartados mientras las criadas los regaban con miel, y las mujeres troceaban cebollas y zanahorias.

—¿Qué quieres, Comadreja? —preguntó el cocinero jefe al verla entrar.

—Caldo —anunció la niña—. Mi señor quiere caldo.

El cocinero señaló con el cuchillo de trinchar los pucheros negros que pendían sobre las llamas.

—¿Y a ti qué te parece que estamos haciendo? Aunque debería mearme en él antes de servírselo a esa cabra. No hay derecho a que no dejen dormir a nadie. —Escupió a un lado—. Bah, qué más da, ve a decirle que a las cazuelas no se les puede meter prisa.

—Me ha dicho que me quedara aquí hasta que esté listo.

—Pues quédate, pero no estorbes. O mejor, haz algo útil. Ve a la despensa, seguro que su señoría caprina querrá también mantequilla y queso. Despierta a Pia y dile que más le vale moverse deprisa para variar, si quiere conservar los dos pies.

Arya corrió tanto como pudo. Pia estaba en el entrepiso, despierta, gimiendo bajo uno de los Titiriteros, pero cuando oyó el grito de Arya se puso la ropa enseguida. Llenó seis cestos con tarros de mantequilla y trozos de queso fuerte, envueltos en tela.

—Ayúdame con esto —le dijo a Arya.

—No puedo. Pero date prisa o Vargo Hoat te cortará los pies. —Salió corriendo antes de que Pia pudiera atraparla. Por el camino, se preguntó por qué no les habían cortado ni las manos ni los pies a ninguno de los prisioneros. A lo mejor, Vargo Hoat tenía miedo de que Robb se enfadara. Aunque, bien pensado, no parecía hombre que tuviera miedo a nadie.

Cuando Arya volvió a las cocinas, Pastel Caliente estaba removiendo el contenido de los calderos con una larga cuchara de madera. La niña cogió otra y empezó a remover también. Se le pasó por la cabeza la idea de contárselo todo, pero se acordó de lo que había pasado en la aldea, y decidió no hacerlo. «Seguro que se rendía otra vez.»

En aquel momento oyó la desagradable voz de Rorge.

—Cocinero —gritó—. Venimos a llevarnos ese caldo de mierda.

Arya dejó la cuchara a un lado, desazonada. «No le dije que se trajera a estos dos.» Rorge llevaba el yelmo de hierro, con la pieza metálica que ocultaba el agujero de su nariz. Jaqen y Mordedor entraron en la cocina tras él.

—El caldo de mierda no está listo todavía —replicó el cocinero—. Tiene que hervir un rato más. Le acabamos de echar las cebollas y...

—Cierra el pico o te meto un espetón por el culo y te doy unas cuantas vueltas en el asador. He dicho que me des el caldo, y he dicho que me lo des ya.

Mordedor siseó, agarró un trozo de conejo medio chamuscado directamente de un espetón, y lo desgarró con los dientes puntiagudos mientras la miel le chorreaba entre los dedos.

—Pues llevaos el caldo de mierda —dijo el cocinero dándose por vencido—; pero si la cabra pregunta por qué no sabe a nada, se lo explicáis vosotros.

Mordedor se lamió la grasa y la miel de los dedos, mientras Jaqen H'ghar se ponía un par de guantes acolchados. Le entregó a Arya un segundo par.

—Una comadreja puede ayudarnos.

El caldo estaba hirviendo, y los pucheros pesaban mucho. Arya y Jaqen apenas si podían con uno entre los dos; Rorge llevaba otro él solo, y Mordedor agarró otros dos, aunque siseó de dolor cuando las asas le quemaron las manos. Pero ni aun así los dejó caer. Cargaron con los pucheros a través del patio. Ante la puerta de la Torre de la Viuda había dos guardias apostados.

—¿Qué es esto? —preguntó uno de ellos a Rorge.

—Un caldero de meados calientes, ¿quieres un poco?

—Unos prisioneros también tienen que comer —dijo Jaqen dedicándoles su sonrisa más encantadora.

—No nos han dicho nada de...

—Es para los prisioneros, no para vosotros —lo interrumpió Arya.

El segundo guardia les hizo un gesto para que pasaran.

—De acuerdo, bajádselo.

Al otro lado de la puerta, una escalera de caracol descendía hacia las mazmorras. Rorge iba el primero, y Jaqen y Arya, los últimos.

—La niña no se meterá en esto —dijo Jaqen.

Las escaleras terminaban en una húmeda cripta de piedra, alargada, lóbrega y sin ventanas. Al fondo ardían unas cuantas antorchas colgadas de la pared, cerca del lugar donde los guardias de ser Amory estaban sentados en torno a una destartalada mesa de madera, charlando y jugando a los dados. Unos gruesos barrotes de hierro los separaban de la mazmorra donde estaban los cautivos, hacinados en la oscuridad. Al olor del caldo, muchos se acercaron a los barrotes.

Arya contó ocho guardias. Ellos también olieron el caldo.

—Eres la sirvienta más fea que he visto en mi vida —le dijo el capitán a Rorge—. ¿Qué llevas en ese puchero?

—Tu polla y tus huevos. ¿Queréis comer, o no?

Uno de los guardias había estado paseando, otro estaba recostado contra la pared cerca de los barrotes, y un tercero estaba sentado en el suelo, pero la tentación de la comida hizo que todos se acercaran a la mesa.

—Ya era hora de que nos trajeran la comida, joder.

—¿A qué huele? ¿A cebolla?

—¿Y no hay pan?

—Mierda, necesitamos cuencos, cucharas, vasos...

—No —replicó Rorge.

Volcó el puchero de caldo hirviendo sobre la mesa, contra las caras de los guardias. Jaqen H'ghar hizo lo mismo. Mordedor los lanzó por el aire con tal fuerza que llovió sopa por toda la mazmorra. Uno acertó al capitán en la sien cuando trataba de levantarse. El hombre cayó como un saco de arena y quedó inerte en el suelo. Los demás guardias gritaban de dolor, rezaban o trataban de alejarse a rastras.

Arya se pegó a la pared al tiempo que Rorge empezaba a cortar gargantas. Mordedor, en cambio, prefería agarrar las cabezas de los guardias por detrás, por la barbilla, y romperles el cuello con un giro de sus manazas blancas. Solo uno de los hombres consiguió desenvainar la espada. Jaqen esquivó la estocada con agilidad, desenvainó a su vez, arrinconó a su adversario y le atravesó el corazón. El lorathi le llevó la espada todavía ensangrentada a Arya, y la limpió en la pechera de su vestido.

—La niña también tiene que mancharse de sangre. Esto es cosa suya.

La llave de la mazmorra estaba colgada de un gancho de la pared, junto a la mesa. Rorge la cogió y abrió la puerta. El primero en salir fue el señor del puño en el jubón.

—Bien hecho —dijo—. Soy Robett Glover.

—Mi señor —dijo Jaqen con una reverencia.

Una vez libres, los prisioneros les quitaron las armas a los guardias muertos y corrieron escaleras arriba, espada en mano. Sus compañeros los siguieron desarmados. Se movían muy deprisa y casi sin intercambiar palabra. Ninguno parecía tan malherido como cuando habían cruzado con Vargo Hoat las puertas de Harrenhal.

—Lo de la sopa ha sido muy ingenioso —comentó Glover—. No me lo esperaba. ¿Ha sido idea de lord Hoat?

Rorge se echó a reír. Se rio tanto que le salieron mocos por el agujero de la nariz. Mordedor se sentó encima de uno de los cadáveres, le agarró la mano inerte y le empezó a masticar los dedos. Los huesos le crujían entre los dientes.

—¿Quiénes sois? —Robett Glover tenía el ceño fruncido—. No estabais con Hoat cuando llegó al campamento de lord Bolton. ¿Sois de la Compañía Audaz?

—Ahora sí —dijo Rorge, y se limpió los mocos de la barbilla con el dorso de la mano.

—Uno tiene el honor de ser Jaqen H'ghar, antes de la Ciudad Libre de Lorath. Los groseros acompañantes de uno se llaman Rorge y Mordedor. El señor advertirá sin duda cuál de ellos es Mordedor. —Hizo un gesto en dirección a Arya—. Y la niña es...

—Soy Comadreja —lo interrumpió antes de que tuviera tiempo de decir su verdadero nombre. No quería que se pronunciara allí, delante de Rorge, de Mordedor y de otros a los que no conocía. Se dio cuenta de que Glover ni se fijaba en ella.

—Muy bien —dijo—. Zanjemos este asunto de una vez.

Cuando llegaron a lo alto de la escalera de caracol, se encontraron a los guardias de la puerta tendidos en un charco de sangre. Mientras los norteños atravesaban el patio corriendo, Arya oyó gritos. La puerta de la sala del cuartel se abrió de golpe, y un hombre herido salió tambaleándose y gimiendo. Otros tres salieron tras él, y lo silenciaron con las espadas y las lanzas. También se combatía en las inmediaciones del puesto de guardia. Rorge y Mordedor echaron a correr en pos de Glover, pero Jaqen H'ghar se arrodilló delante de Arya.

—¿La niña no entiende?

—Sí que entiendo —dijo, aunque la verdad era que no comprendía nada.

El lorathi lo debió de leer en su rostro.

—Una cabra no tiene lealtad. Creo que pronto ondeará aquí el estandarte del lobo. Pero antes, uno quiere oír como retiras cierto nombre.

—Retiro ese nombre. —Arya se mordió el labio—. ¿Todavía me queda la tercera muerte?

—La niña es codiciosa. —Jaqen tocó a uno de los guardias muertos y le mostró los dedos ensangrentados—. Aquí tienes al tercero, ese es el cuarto y hay ocho cadáveres más abajo. La deuda está saldada.

—La deuda está saldada —reconoció Arya de mala gana. Estaba un poco triste. Volvía a ser un simple ratón.

—El dios ha recibido lo que le correspondía. —Jaqen H'ghar esbozó una sonrisa extraña—. Y ahora, uno debe morir.

—¿Cómo que morir? —replicó ella, confusa. ¿Qué quería decir con aquello?—. Pero si he retirado el nombre. Ya no tienes que morir.

—Sí. Ha llegado mi hora. —Jaqen se pasó una mano por la cara, desde la frente hasta la barbilla, y allí donde se rozaba con los dedos, su rostro cambiaba. Las mejillas se rellenaron, los ojos se juntaron; la nariz se engarfió, y en la mejilla derecha, limpia hasta aquel momento, apareció una cicatriz. Y, cuando sacudió la cabeza, la cabellera lacia, mitad roja y mitad blanca, desapareció para dejar paso a una mata espesa de rizos negros.

Arya se quedó boquiabierta.

—Pero... ¿quién eres? —susurró, tan atónita que ni siquiera tenía miedo—. ¿Cómo has hecho eso? ¿Te ha costado mucho?

—No más que adoptar un nuevo nombre, para quien sabe cómo hacerlo. —La sonrisa del hombre dejó al descubierto un brillante diente de oro.

—Enséñame —barbotó—. Yo también quiero hacerlo.

—Si quieres aprender, tendrás que venir conmigo.

Arya titubeó.

—¿Adónde?

—Muy, muy lejos. Al otro lado del mar Angosto.

—No puedo. Tengo que volver a casa. A Invernalia.

—En ese caso, tenemos que separarnos —dijo—, porque a mí también me aguardan mis deberes. —Le cogió la mano y le puso en la palma una moneda pequeña—. Toma.

—¿Qué es?

—Una moneda de gran valor.

Arya la mordió. Era tan dura que tan solo podía ser de hierro.

—¿Me bastará para comprar un caballo?

—No te la doy para que compres caballos.

—Entonces, ¿de qué me sirve?

—Igual podrías preguntar de qué sirve la vida, o de qué sirve la muerte. Si llega un día en que quieras verme de nuevo, entrégale esa moneda a cualquier hombre de Braavos y dile estas palabras: *valar morghulis.*

—*Valar morghulis* —repitió Arya. No era difícil. Apretó la moneda en el puño. Al otro lado del patio se oían los gritos de los moribundos—. Por favor, Jaqen, no te vayas.

—Jaqen está tan muerto como Arry —replicó con tristeza—, y debo cumplir algunas promesas. *Valar morghulis,* Arya Stark. Repítelo otra vez.

—*Valar morghulis* —dijo una vez más.

El desconocido que vestía la ropa de Jaqen hizo una reverencia ante ella, y se alejó en la oscuridad con la capa al viento. Arya quedó a solas entre los cadáveres. «Merecían morir», se dijo, al recordar a todos los que ser Amory Lorch había matado en la fortaleza, junto al lago.

Las bodegas situadas bajo la Torre de la Pira Real estaban desiertas cuando regresó a su jergón de paja. Susurró la letanía de nombres a la almohada, y al terminar añadió, *«valar morghulis»,* en voz muy baja, sin saber qué significaba.

Al amanecer, Ojorrojo y los demás regresaron, con la excepción de un muchacho al que, sin causa aparente, alguien había matado durante la pelea. Ojorrojo subió a solas para ver a la luz del día cómo estaba la situación, sin dejar de quejarse de que sus viejos huesos ya no estaban para subir tantas escaleras. Al volver les dijo que Harrenhal había cambiado de manos.

—Los Titiriteros Sangrientos mataron a unos cuantos hombres de ser Amory en sus camas, y a los demás, cuando estaban a la mesa, bien borrachos. El nuevo señor llegará antes de que anochezca con todo su ejército. Viene del norte, de donde está el Muro. Allí, todos son unos salvajes, y dicen que este es de los más duros. Pero sea quien sea el señor, hay trabajo. Al primero que vea hacer el vago, le arranco la piel a tiras.

Al decir aquello miraba a Arya, pero no hizo ningún comentario ni le preguntó dónde había estado la noche anterior.

Durante toda la mañana vio como los Titiriteros Sangrientos despojaban a los muertos de cualquier objeto de valor y arrastraban los cadáveres hasta el Patio de la Piedra Líquida, donde se preparó una pira para deshacerse de ellos. Shagwell, el bufón, les había cortado las cabezas a los cadáveres de dos caballeros, y las paseaba por todo el castillo haciendo como si hablaran entre ellas.

—¿De qué te has muerto tú? —preguntaba una cabeza.

—De una indigestión de sopa de comadreja —respondía la segunda.

A Arya le ordenaron limpiar la sangre seca. Nadie le dijo una palabra, aparte de lo habitual, pero de cuando en cuando advertía que clavaban en ella miradas extrañas. Robett Glover y el resto de los hombres a los que habían liberado debían de haber contado lo sucedido en las mazmorras, y luego, Shagwell y sus asquerosas cabezas parlantes empezaron con lo de la sopa de comadreja. Le habría gustado decirle que se callara, pero tenía miedo. El bufón estaba medio loco, y se decía que en cierta ocasión había matado a un hombre porque no se rio de una de sus bromas.

«Pues más le vale callarse si no quiere que lo ponga en mi lista junto a los demás», pensó mientras frotaba una mancha color marrón rojizo.

Estaba ya anocheciendo cuando llegó el nuevo señor de Harrenhal. Tenía un rostro vulgar y ordinario, sin barba, en el que destacaban solo unos extraños ojos claros. No era gordo ni flaco, tampoco musculoso, vestía una cota de malla negra y una capa con lunares rosa. El blasón de su estandarte parecía un hombre bañado en sangre.

—¡Arrodillaos ante el señor de Fuerte Terror! —gritó su escudero, un chiquillo de la edad de Arya.

Y Harrenhal entero se arrodilló. Vargo se adelantó hacia él.

—Mi ceñor, Harrenhal ez vueztro.

El señor le respondió algo, pero en voz tan baja que Arya no lo oyó. Robett Glover y ser Aenys Frey, recién bañados y con capas y jubones limpios y nuevos, se acercaron también a ellos. Tras unos instantes de conversación, ser Aenys los guio hacia Rorge y Mordedor. Arya se sorprendió de que siguieran allí. Sin saber por qué, había dado por hecho que desaparecerían junto a Jaqen. Oyó la voz brusca de Rorge, pero no alcanzó a distinguir qué decía. En aquel momento, Shagwell se echó encima de ella.

—Mi señor, mi señor —canturreó al tiempo que tiraba de la niña por la muñeca—, ¡esta es la comadreja que preparó la sopa!

—¡Suéltame! —se debatió Arya.

El señor se fijó en ella. Movió solo los ojos, que eran muy claros, del color del hielo.

—¿Cuántos años tienes, niña?

Tuvo que pensar un momento para acordarse.

—Diez.

—Diez, mi señor —la corrigió—. ¿Te gustan los animales?

—Algunos sí. Mi señor.

—Me imagino que los leones no. —Una leve sonrisa se dibujó en sus labios—. Ni las mantícoras. —Arya no supo qué decir, así que no dijo nada—. Tengo entendido que te llaman Comadreja —siguió él—. Eso no puede ser. ¿Qué nombre te puso tu madre?

Se mordió el labio, tratando de que se le ocurriera alguno. Lommy la había llamado Chichones; Sansa, Caracaballo, y su padre, Arya Entrelospiés, pero sabía que no eran nombres que pudiera decirle al señor.

—Nymeria —respondió al final—. Pero me llaman Nan para abreviar.

—Conmigo no abrevies, llámame *mi señor,* Nan —dijo—. Eres muy joven para pertenecer a la Compañía Audaz, y tampoco creo que admitan mujeres. ¿Te dan miedo las sanguijuelas, niña?

—No son más que sanguijuelas. Mi señor.

—Ojalá mi escudero pensara lo mismo; le podrías dar un par de lecciones. Las sangrías frecuentes son la clave de una vida larga. Tenemos que purgarnos de la sangre mala. Creo que me vas a ser útil. Mientras esté en Harrenhal, Nan, serás mi copera, y me servirás en la mesa y en mis estancias.

En aquella ocasión tuvo suficiente sentido común para no decir que preferiría trabajar en los establos.

—Sí, su señor. Digo, mi señor.

—Ponedla presentable —dijo el señor haciendo un gesto con la mano sin dirigirse a nadie en concreto—, y aseguraos de que sabe servir el vino sin derramarlo. —Se volvió y señaló el puesto de guardia—. Lord Hoat, encargaos de esos estandartes.

Cuatro miembros de la Compañía Audaz subieron a las almenas, y arriaron el león de los Lannister y la mantícora negra de ser Amory. En su lugar alzaron al hombre desollado de Fuerte Terror y el lobo huargo de los Stark. Y aquella misma noche, una criada llamada Nan les sirvió vino a Roose Bolton y a Vargo Hoat, que observaban desde la galería como los de la Compañía Audaz hacían desfilar a ser Amory Lorch desnudo por el patio central. Ser Amory suplicaba y sollozaba, y se agarró a las piernas de sus captores hasta que Rorge lo obligó a soltarse, y Shagwell lo tiró de una patada al foso del oso.

«El oso es negro —pensó Arya—. Como Yoren.» Llenó la copa de Roose Bolton y no derramó ni una gota.

DAENERYS

En aquella ciudad de riquezas deslumbrantes, Dany había imaginado que la Casa de los Eternos sería el más espléndido de los edificios, pero cuando bajó del palanquín se encontró ante unas ruinas antiguas y grises.

Era una edificación baja y alargada, sin torres ni ventanas, que se enroscaba como una serpiente de piedra y atravesaba un bosquecillo de árboles de corteza negra, de cuyas hojas color azul tinta extraían los qarthienses la pócima que llamaban *color-del-ocaso.* No había otros edificios en las proximidades. El techo del palacio era de tejas negras, muchas de las cuales se habían caído o estaban rotas; la argamasa que unía las piedras estaba seca y se desmoronaba. Comprendía por qué Xaro Xhoan Daxos llamaba a aquel lugar palacio de Polvo. Hasta Drogon parecía inquieto allí. El dragón negro siseaba, y le salía humo entre los dientes afilados.

—Sangre de mi sangre —dijo Jhogo en dothraki—, este lugar es malévolo, es una guarida de espíritus y *maegi.* ¿No ves cómo se bebe el sol de la mañana? Vámonos antes de que nos beba también a nosotros.

—¿Qué poder pueden tener si viven en un lugar como este? —intervino ser Jorah Mormont deteniéndose junto a ellos.

—Atended el sabio consejo de los que bien os quieren —dijo Xaro Xhoan Daxos, asomándose del palanquín—. Los brujos son criaturas crueles que comen polvo y beben sombras. No os darán nada. No tienen nada que dar.

—*Khaleesi,* todo el mundo dice que son muchos los que entran en el palacio de Polvo, pero pocos los que salen. —Aggo echó mano de su *arakh.*

—Lo dice todo el mundo —corroboró Jhogo.

—Somos sangre de tu sangre —intervino Aggo—. Hemos jurado vivir y morir como tú. Permite que entremos contigo en ese lugar oscuro, para guardarte de todo mal.

—Hay caminos que hasta un *khal* tiene que recorrer a solas —dijo Dany.

—Entonces permitid que os acompañe yo —suplicó ser Jorah—. Es muy peligroso que...

—La reina Daenerys tiene que entrar sola, o no entrar. —El brujo Pyat Pree salió de entre los árboles. Dany se preguntó cuánto tiempo llevaría allí—. Si da la vuelta ahora, las puertas de la sabiduría quedarán cerradas para ella por siempre jamás.

—Mi barcaza de paseo nos está aguardando —insistió Xaro Xhoan Daxos—. Dadle la espalda a esta locura, oh testaruda reina. Tengo flautistas que apaciguarán vuestro corazón atormentado con la música más dulce, y una niñita cuya lengua os hará suspirar y derretiros.

Ser Jorah Mormont le lanzó una mirada avinagrada al príncipe mercader.

—Alteza, acordaos de Mirri Maz Duur.

—La recuerdo —replicó Dany; de repente había tomado una decisión—. Recuerdo que tenía conocimientos, y no era más que una *maegi*.

Pyat Pree sonrió con los labios apretados.

—La niña habla con la sabiduría de una anciana. Cogeos de mi brazo, permitid que os guíe.

—No soy una niña —replicó Dany. Pero, de todos modos, tomó su brazo.

Bajo los árboles negros, la oscuridad era más intensa de lo que había supuesto, y el camino, muy largo. Aunque parecía que era recto desde la calle hasta la puerta del palacio, Pyat Pree no tardó en tomar un desvío. Dany quiso saber por qué.

—El camino directo permite entrar, pero no salir —se limitó a responder el brujo—. Prestad atención a lo que os digo, mi reina. La Casa de los Eternos no se construyó para simples mortales. Si tenéis en alguna estima vuestra alma, andad con cuidado y haced lo que os digo.

—Haré lo que me digáis —prometió Dany.

—Cuando entréis, os encontraréis en una sala con cuatro puertas: la que os llevó a la sala y tres más. Elegid siempre la puerta que tengáis a la derecha. Siempre la de la derecha. Si os encontráis ante una escalera, subid. Nunca bajéis, y nunca crucéis una puerta que no sea la de vuestra derecha.

—La puerta de mi derecha —repitió Dany—. Comprendo. ¿Y cuando salga, al revés?

—En modo alguno —replicó Pyat Pree—. Haced lo mismo al entrar y al salir. Siempre hacia arriba. Siempre la puerta de vuestra derecha. Puede que se abran otras ante vos. Con visiones idílicas y visiones de un horror indescriptible, de maravillas y de terrores. Con imágenes y sonidos de días pasados, de días venideros y de días que nunca existieron. Puede que os dirija la palabra algún habitante, o algún criado. Responded o haced caso omiso, como queráis, pero bajo ningún concepto entréis en ninguna estancia antes de llegar a la sala de audiencias.

—Entendido.

—Una vez en la sala de los Eternos, tened paciencia. Para ellos, nuestras vidas insignificantes no son más que el batir de alas de una polilla. Escuchadlos con atención y grabad en vuestro corazón cada una de sus palabras.

Cuando llegaron a la puerta, una boca en forma de óvalo en una pared que se asemejaba a un rostro humano, el enano más pequeño que Dany había visto jamás los esperaba en el umbral. Le llegaba por la rodilla, y tenía un rostro alargado y anguloso, en el que destacaba una gran nariz, pero vestía una hermosa librea morada y azul, y llevaba una bandeja de plata en las diminutas manitas rosadas. Sobre ella había una copa alta de cristal llena de un líquido espeso y azul: color-del-ocaso, el vino de los brujos.

—Cogedla y bebed —indicó Pyat Pree.

—¿Se me pondrán los labios azules?

—Con un trago bastará para destaparos los oídos y disolver la membrana que os cubre los ojos; así podréis oír y ver las verdades que se os van a presentar.

Dany se llevó la copa a los labios. El primer trago le supo a tinta y a carne podrida, nauseabundo, pero cuando lo tragó sintió como si cobrara vida dentro de ella. Fue como si unos tentáculos se extendieran por el interior de su pecho, como si unos dedos de fuego se le enroscaran al corazón, y se le llenó la lengua de sabor a miel, a anís y a crema, a leche materna y a la semilla de Drogo, a carne roja, a sangre caliente y a oro fundido. Eran todos los sabores que había conocido, y a la vez no era ninguno de ellos... y de pronto la copa estuvo vacía.

—Ahora ya podéis entrar —indicó el brujo.

Dany volvió a poner la copa en la bandeja del sirviente, y entró en la casa.

Se encontró en una antecámara con cuatro puertas, una en cada pared. Sin titubeos, se dirigió hacia la puerta de su derecha y entró. La segunda sala era idéntica a la primera, y volvió a optar por la puerta de la derecha. Al abrirla volvió a encontrarse en otra antecámara pequeña con cuatro puertas.

«Esto es hechicería.»

La cuarta habitación no era cuadrada, sino ovalada, y las paredes no eran de piedra, sino que estaban recubiertas de madera carcomida. De allí partían seis pasillos en vez de cuatro. Dany se dirigió hacia el que tenía a la derecha, y entró en una sala alargada, de techos altos, en penumbra. A lo largo de la pared derecha había una hilera de antorchas que ardían con luz anaranjada y humeante, pero todas las puertas estaban a la izquierda. Drogon desplegó las amplias alas negras y las batió en el aire estancado. Levantó el vuelo y consiguió mantenerse diez varas antes de caer en una postura muy poco digna. Dany lo siguió.

La alfombra mohosa por la que caminaba había tenido en otros tiempos colores maravillosos, y en el tejido se veían aún hilos de oro que brillaban entre el gris desvaído y los manchones verdosos. Lo que quedaba de la alfombra amortiguaba el sonido de sus pisadas, cosa no tan deseable como podría parecer. Dany oía ruidos dentro de las paredes, como ratas que escarbaran y corretearan. Drogon también los oía. Movía la cabeza en dirección a los sonidos, y cuando cesaban, lanzaba un grito airado. De algunas de las puertas cerradas llegaban sonidos aún más inquietantes. Una de ellas se sacudía como si alguien la empujara tratando de salir. De otra salía un pitido disonante que hizo que el dragón moviera la cola inquieto. Dany pasó de largo tan deprisa como pudo.

Había puertas que no estaban cerradas. «No voy a mirar», se dijo Dany. Pero era demasiado tentador.

En una habitación había una mujer muy hermosa, desnuda, tendida en el suelo, con cuatro hombrecillos que reptaban sobre ella. Todos tenían rostros ratoniles afilados y manos diminutas y rosadas, como el sirviente que le había llevado la copa de color. Uno de ellos embestía entre los muslos de la mujer. Otro le atacaba los pechos con fiereza, le mordía el pezón con la boca húmeda y roja, le arrancaba jirones de carne y los masticaba.

Más adelante se tropezó con un festín de cadáveres. Los comensales, asesinados de las maneras más despiadadas, yacían tirados sobre las sillas volcadas y las mesas destrozadas, en medio de charcos de sangre coagulada. A algunos les faltaban miembros; a otros, la cabeza. Las manos cortadas agarraban copas ensangrentadas, cucharas de madera, trozos de ave asada o pedazos de pan. En un trono elevado había un hombre muerto con cabeza de lobo. Llevaba una corona de hierro y tenía en la mano una pierna de cordero, como si fuera el cetro de un rey. Sus ojos siguieron a Dany con una súplica muda.

Huyó de él, pero solo hasta la siguiente puerta. «Esta habitación la conozco», pensó. Recordaba las grandes vigas de madera y las tallas en forma de cabezas de animales que las adornaban. ¡Y, al otro lado de la ventana, un limonero! Solo con ver aquello se le encogió el corazón de añoranza. «Es la casa de la puerta roja, la casa de Braavos.» Nada más pensarlo, el anciano ser Willem entró en la estancia, apoyándose en el bastón.

—Ah, estáis aquí, princesita —dijo con aquella voz gruñona—. Venid —pidió—, venid conmigo, mi señora. Ahora ya estáis en casa. Ya estáis a salvo.

Le tendió la manaza arrugada, suave como el cuero viejo, y Dany habría querido cogerla, apretarla, besarla... Lo deseaba tanto como no había deseado nada en su vida. Avanzó un paso.

«Pero está muerto —pensó—. Está muerto, está muerto, el oso grandullón, tan dulce, murió hace mucho tiempo.» Retrocedió y echó a correr.

La sala larga parecía interminable, siempre con puertas a la izquierda y solo antorchas a la derecha. Pasó corriendo junto a tantas puertas que al final perdió la cuenta, puertas abiertas y puertas cerradas, puertas de madera y puertas de hierro, puertas con picaportes, puertas con cerrojos y puertas con aldabas. Drogon le azotaba la espalda con la cola, como si quisiera apremiarla, y Dany corrió hasta que no pudo más.

Por último aparecieron a su izquierda un par de puertas de bronce, mucho más grandes que todas las demás. Se abrieron cuando ella se acercó, y tuvo que detenerse para ver qué había más allá. Era una gigantesca sala de piedra, la más descomunal que había visto jamás. De los muros pendían los cráneos de dragones muertos, que parecían mirarla. En un trono elevado con púas estaba sentado un anciano vestido con opulencia, un anciano de ojos oscuros y cabello largo plateado.

—Que sea rey de huesos calcinados y carne chamuscada —le dijo a un hombre situado más abajo—. Que sea rey de las cenizas.

Drogon chilló y clavó las garras en la seda y en la piel, pero el rey sentado en el trono no lo oyó, y Dany avanzó.

«Viserys», fue lo primero que pensó cuando volvió a detenerse, pero al mirarlo con más atención cambió de idea. Aquel hombre tenía el mismo cabello que su hermano, pero era más alto, y sus ojos eran color índigo oscuro, no liliáceos.

—Aegon —le dijo el hombre del trono a una mujer que amamantaba a un recién nacido en una gran cama de madera—. ¿Qué mejor nombre para un rey?

—¿Compondrás una canción para él? —preguntó la mujer.

—Ya tiene una canción —replicó el hombre—. Es el príncipe que fue prometido; suya es la canción de hielo y fuego. —Al decir aquello alzó la vista, sus ojos se encontraron con los de Dany, y fue como si la viera al otro lado de la puerta—. Tiene que haber uno más —dijo, aunque no se sabía si hablaba con ella o con la mujer de la cama—. El dragón tiene tres cabezas.

Se dirigió hacia el asiento empotrado bajo la ventana, cogió un arpa y acarició las cuerdas plateadas. Una dulce tristeza impregnó la habitación cuando el hombre, la mujer y el bebé se desvanecieron como la neblina en la mañana, y solo quedó la música para espolearla en su camino.

Tuvo la sensación de que andaba durante una hora entera antes de que, por fin, la sala terminara ante una empinada escalera de piedra que descendía hacia la oscuridad. Todas las puertas que había visto, abiertas o cerradas, estaban a su izquierda. Dany miró hacia atrás. Sintió un latigazo de miedo al ver que las antorchas se estaban apagando. Tal vez quedaran veinte encendidas, treinta como mucho. Ante sus ojos, una parpadeó y se apagó. Era como si la oscuridad reptara por la sala en dirección a Dany, y le pareció oír algo que se acercaba, algo que se arrastraba trabajosamente por la alfombra descolorida. Estaba aterrada. No podía retroceder, y tenía miedo de seguir allí, pero ¿adónde podía ir? No había ninguna puerta a la derecha, y las escaleras descendían, en vez de ascender.

Se apagó otra antorcha, y el volumen del sonido aumentó levemente. Drogon estiró el largo cuello, abrió la boca y lanzó un grito, mientras le salía vapor entre los dientes.

«Él también lo oye. —Dany se volvió una vez más hacia la pared, pero no había nada—. ¿Podría tratarse de una puerta secreta, una puerta que no veo? —Se apagó otra antorcha. Y otra más—. La primera puerta de la derecha, me dijo que escogiera siempre la primera puerta de la derecha. La primera puerta de la derecha...»

Y, de repente, lo comprendió. «¡Es la última puerta de la izquierda!»

Entró por ella a toda velocidad. Al otro lado había una sala pequeña con cuatro puertas. Fue hacia la derecha, y hacia la derecha, y hacia la derecha, y hacia la derecha, y hacia la derecha, hasta que volvió a sentirse mareada y sin aliento.

Se encontró en una habitación de piedra húmeda... pero, en aquella ocasión, la puerta que veía al frente tenía forma de boca abierta, y al otro lado estaba Pyat Pree, en la hierba, bajo los árboles.

—¿Cómo es posible que los Eternos hayan acabado tan pronto con vos? —preguntó incrédulo al verla.

—¿Tan pronto? —se asombró Dany—. Llevo horas caminando, y todavía no los he encontrado.

—Seguro que en algún momento habéis girado por donde no era. Venid, os guiaré. —Pyat Pree le tendió la mano. Dany titubeó. Había una puerta a su derecha, que todavía estaba cerrada...—. No es por ahí —añadió Pyat Pree con firmeza, con una mueca de desaprobación en los labios azules—. Los Eternos no te esperarán mucho tiempo más.

—Para ellos, nuestras vidas insignificantes no son más que el batir de alas de una polilla —recordó Dany.

—Niña testaruda, os vais a perder sin remedio. —Ella se dirigió hacia la puerta de la derecha—. No —chilló Pyat—. No, conmigo, ven conmigo, veeeeeennnnnn. —Su rostro se desmoronó hacia dentro y se convirtió en una sustancia pálida y agusanada.

Dany lo dejó atrás y se vio ante una escalera. Empezó a subir. No tardaron en dolerle las piernas. Recordó que, desde fuera, daba la impresión de que la Casa de los Eternos carecía de torres.

Por fin llegó a la cima de la escalera. A su derecha había una hilera de amplias puertas de madera, todas abiertas. Eran de ébano y arciano, las vetas blancas y negras se entrelazaban en extraños dibujos. Eran muy hermosas, pero en cierto modo también resultaban aterradoras. «La sangre del dragón no debe tener miedo.» Dany recitó una oración rápida, pidiendo valor al Guerrero y fuerza al dios caballo de los dothrakis, y se obligó a seguir adelante.

Al otro lado de las puertas había una gran sala con magos esplendorosos. Algunos vestían túnicas suntuosas de armiño, terciopelo rubí e hilo de oro. Otros llevaban armaduras muy complejas con incrustaciones de piedras preciosas, o sombreros altos puntiagudos salpicados de estrellas. También había mujeres ataviadas con vestidos maravillosos. Por las vidrieras de colores entraban haces de luz, y el aire parecía vibrar con la música más hermosa que Dany había oído jamás.

Un hombre de porte regio vestido con ricos ropajes se levantó al verla, y sonrió.

—Daenerys de la casa Targaryen, sed bienvenida. Entrad y compartid el alimento de la eternidad. Somos los Eternos de Qarth.

—Largo tiempo os hemos aguardado —dijo la mujer que estaba a su lado, vestida en tonos rosa y plateado. El pecho desnudo que mostraba, al estilo de Qarth, era el más hermoso que se pudiera imaginar.

—Sabíamos que vendríais a nosotros —dijo el mago rey—. Lo supimos hace un millar de años; desde entonces os esperamos. Nosotros enviamos el cometa para que os mostrara el camino.

—Tenemos conocimientos que compartir con vos —dijo un guerrero de brillante armadura color esmeralda—, y armas mágicas que proporcionaros. Habéis superado todas las pruebas. Venid, sentaos con nosotros, y obtendréis respuesta a todas vuestras preguntas.

Dio un paso hacia delante. En aquel momento, Drogon saltó de su hombro. Voló hasta posarse en la parte superior de la puerta de ébano y arciano, y empezó a picotear la madera tallada.

—Una bestezuela testaruda —dijo un joven muy atractivo, riéndose—. ¿Queréis que os enseñemos el lenguaje secreto de los dragones? Venid, venid.

La duda se apoderó de ella. La puerta era muy pesada, Dany tuvo que reunir todas sus fuerzas para empujarla, y al final consiguió que se moviera. Detrás había otra puerta, oculta. Era de madera vieja y gris, astillada y vulgar... pero estaba a la derecha de la puerta por la que había entrado. Los magos la llamaron con voces más dulces que las canciones. Dany huyó de ellos, y Drogon volvió a volar para posarse en su hombro. Pasó por la puerta estrecha y llegó a una estancia inmersa en la penumbra.

En aquella sala había una mesa larga que la ocupaba casi por completo. Sobre ella flotaba un corazón humano, hinchado, azul por la descomposición, pero todavía vivo. Palpitaba con un sonido sordo y pesado, y cada latido hacía que emitiera una ráfaga de luz color índigo. Las figuras que rodeaban la mesa no eran más que sombras azules. No se movieron, no hablaron ni volvieron el rostro hacia Dany cuando avanzó hasta la silla vacía que había en el extremo de la mesa. No se oía más sonido que el de los latidos lentos y graves del corazón podrido.

—... madre de dragones... —le llegó una voz, en parte susurro y en parte gemido.

—... dragones... dragones... dragones… —repitieron otras voces en la penumbra.

Unas eran masculinas; otras, femeninas; una hablaba con tono infantil... El corazón flotante palpitaba, pasando de la penumbra a la oscuridad. Le costó mucho reunir valor para hablar, y recordar las frases que había memorizado con tesón.

—Soy Daenerys de la Tormenta de la casa Targaryen, reina de los Siete Reinos de Poniente. —«¿Me oyen? ¿Por qué no se mueven?» Se sentó y cruzó las manos sobre el regazo—. Ofrecedme vuestros consejos, habladme con la sabiduría de los que han vencido a la muerte.

Entre las tinieblas teñidas de índigo alcanzó a ver los rasgos del Eterno que tenía a la derecha, un anciano viejísimo, arrugado y calvo. Tenía la piel de un tono violeta azulado, con los labios y las uñas todavía más azules, tan oscuros que casi parecían negros. Hasta el blanco de sus ojos era azul. Aquellos ojos miraban sin ver a la anciana sentada frente a él, al otro lado de la mesa, con una túnica rosa claro que se le había podrido sobre el cuerpo. Según la costumbre qarthiense, dejaba desnudo un pecho, arrugado y con un pezón azulado duro como el cuero.

«No respira. —Dany prestó atención al silencio—. No respira ninguno, no se mueven, y esos ojos no ven. ¿Será posible que los Eternos estén muertos?»

La respuesta que recibió fue tan tenue como el roce del bigote de un ratón.

—... vivimos... vivimos... vivimos…

—... y sabemos... sabemos... sabemos... sabemos... —repitió una miríada de voces.

—He venido en busca del don de la verdad —dijo Dany—. En la sala alargada, vi cosas... ¿eran visiones ciertas o mentiras? ¿Cosas del pasado o cosas que han de suceder? ¿Qué significaban?

—... la forma de las sombras... mañanas que aún no son... bebe de la copa de hielo... bebe de la copa de fuego...

—... madre de dragones... hija de tres...

—¿De tres? —No comprendía nada.

—... tres cabezas tiene el dragón... —El coro fantasmal retumbaba en su cabeza, pero los labios no se movían, no había aliento que agitara el aire quieto y azul—. ... madre de dragones... hija de la tormenta... tres fuegos debes encender... uno por la vida, otro por la muerte, otro por amor... —Los susurros se convertían en una canción que se arremolinaba en su mente. El corazón le latía al unísono con el que flotaba ante ella, azul y podrido—. Tres monturas debes cabalgar... una hacia el lecho, otra hacia el terror y otra hacia el amor... —Las voces eran cada vez más altas, y Dany se dio cuenta de que el corazón le latía más despacio, de que su respiración era cada vez más lenta—. Tres traiciones conocerás... una por sangre, otra por oro y otra por amor...

—No... —Su voz era apenas un susurro, casi tan tenue como la de los Eternos. ¿Qué le estaba pasando?—. No lo entiendo —dijo, más alto. ¿Por qué le costaba tanto hablar allí?—. Ayudadme. Decídmelo.

—... ayudadla... —se burlaron los susurros—. ... decídselo…

En aquel momento, los fantasmas se estremecieron en la penumbra y formaron imágenes color índigo. Viserys gritó cuando el oro fundido le corrió por las mejillas y le llenó la boca. Un señor alto de piel cobriza y cabellera como oro blanco cabalgaba bajo el estandarte de un semental fiero, mientras a su espalda se veía una ciudad en llamas. Los rubíes brotaban como gotas de sangre del pecho de un príncipe moribundo, que caía de rodillas en el agua y murmuraba, con su último aliento, el nombre de una mujer.

—... madre de dragones, hija de la muerte...

Una espada roja brillaba como el ocaso en la mano de un rey de ojos azules que no proyectaba sombra alguna. Un dragón de tela se mecía entre dos pértigas mientras la multitud aplaudía. Desde una torre humeante, una gran bestia de piedra emprendía el vuelo, echando fuego sombrío por la boca...

—... madre de dragones, exterminadora de mentiras...

Su plata trotaba por la hierba hacia un arroyo oscuro, bajo un mar de estrellas. En la proa de un barco se alzaba un cadáver, con ojos brillantes en el rostro muerto y una sonrisa triste en los labios grises. Una flor azul crecía en una grieta de un muro de hielo, e impregnaba el aire de un olor dulce...

—... madre de dragones, esposa del fuego...

Las visiones se sucedían cada vez más deprisa, una tras otra, hasta que pareció que el aire había cobrado vida. Las sombras giraban y danzaban en el interior de una tienda, impalpables y terribles. Una niñita corría descalza hacia una casa grande con la puerta roja. Mirri Maz Duur aullaba entre las llamas, mientras le surgía un dragón de la cabeza. Un caballo plateado arrastraba el cadáver ensangrentado de un hombre desnudo. Un león blanco corría por un campo de hierba más alta que una persona. Al pie de la Madre de las Montañas, una fila de ancianas desnudas subía de un gran lago. Se arrodillaban ante ella, todas estremecidas, inclinando las cabezas canosas. Diez mil esclavos alzaban las manos manchadas de sangre mientras ella cabalgaba como el viento entre ellos, a lomos de su plata.

—¡Madre! —gritaban—, ¡Madre, Madre!—Le tiraban de la capa, del dobladillo de la falda, del pie, de la pierna, del pecho... La querían, la necesitaban, el fuego, la vida, y Dany buscaba el aliento y abría los brazos para entregarse a ellos.

Pero en aquel momento, unas alas negras revolotearon en torno a su cabeza, un chillido de furia cortó el aire índigo, y de repente, las visiones desaparecieron, se desmoronaron, y la respiración trabajosa de Dany se transformó en un grito de terror. Los Eternos la rodeaban, azules y fríos, susurrando mientras la tocaban, mientras la acariciaban, le tironeaban de la ropa, la rozaban con manos frías y secas, le pasaban los dedos por el pelo... Había perdido toda la fuerza de los músculos. No se podía mover. El corazón ya no le latía. Sintió en el pecho desnudo el tacto de una mano que le pellizcaba un pezón. Unos dientes le buscaron la piel tierna de la garganta. Una boca se posó sobre uno de sus ojos, lo lamió, lo chupó, lo empezó a morder...

Y de pronto, el índigo se transformó en naranja, y los susurros en gritos. El corazón le latía a toda velocidad, las manos y las bocas se esfumaron, el calor le bañó la piel, y Dany parpadeó ante el repentino resplandor. Sobre ella, el dragón extendió las alas y se lanzó contra el espantoso corazón, desgarró la carne podrida hasta convertirla en jirones, y cuando echó la cabeza hacia atrás, el fuego que le salió de entre las mandíbulas era brillante y ardiente. Dany oyó los gritos de los Eternos que se quemaban, sus voces agudas y quebradizas que sollozaban en idiomas muertos mucho tiempo atrás. Su carne era como pergamino a punto de desmoronarse y sus huesos, como madera seca empapada en sebo. Se agitaban mientras las llamas los consumían, giraban, se retorcían, se contorsionaban y alzaban las manos en llamas, con dedos brillantes como antorchas.

Dany consiguió ponerse en pie y embistió contra ellos. Eran livianos como el aire, apenas cascarones, y caían en cuanto los tocaba. Cuando llegó a la puerta, la estancia entera ardía.

—¡Drogon! —llamó, y el dragón voló hacia ella en medio del fuego.

Corrió por un pasillo serpenteante, iluminado por el resplandor anaranjado de la estancia en llamas. Dany corrió y corrió, en busca de una puerta a la derecha, una puerta a la izquierda, una puerta cualquiera, pero no había ninguna, solo paredes de piedra sinuosas, y un suelo que parecía moverse bajo sus pies, que se retorcía como si quisiera hacerla tropezar. Pero se mantuvo erguida y corrió más deprisa, y de pronto vio ante ella la puerta, una puerta que era como una boca abierta.

Cuando se precipitó hacia el sol, el brillo de la luz la hizo tambalearse. Pyat Pree farfullaba en una lengua ignota, y saltaba primero sobre un pie, luego sobre el otro. Dany miró hacia atrás, y vio tentáculos de humo que brotaban de las hendiduras de los viejos muros de piedra del palacio de Polvo, y se alzaban entre las tejas negras del tejado.

Pyat Pree lanzó una maldición y corrió hacia ella con un cuchillo en la mano, pero Drogon revoloteó por delante de su rostro. En aquel momento oyó el restallido del látigo de Jhogo, y le pareció el sonido más dulce que había oído jamás. El cuchillo salió volando por los aires, y un instante después, Rakharo derribaba a Pyat. Ser Jorah Mormont se arrodilló junto a Dany sobre la hierba fresca, y le rodeó los hombros con un brazo.

—Si os dejáis matar como idiotas, les echaré vuestros cadáveres a las cabras —amenazó Tyrion mientras el primer grupo de Grajos de Piedra se alejaba del atracadero.

—El Mediohombre no tiene cabras —dijo Shagga entre risas.

—Ya me buscaré unas cuantas, aunque sea solo para ti.

Empezaba a amanecer, y las ondas de luz clara centelleaban en la superficie del río, se hacían pedazos hendidas por las pértigas y volvían a formarse al paso de la barcaza. Timett había ido al bosque Real dos días antes con sus hombres quemados. El día anterior lo habían seguido los orejas negras y los hermanos de la luna, y aquel día habían partido los grajos de piedra.

—Pase lo que pase, no intentéis enzarzaros en una batalla —insistió Tyrion—. Atacad los campamentos y los convoyes de provisiones. Tended emboscadas a los exploradores y colgad los cadáveres de árboles, para que se los encuentren a medida que avancen; tomad desvíos y acabad con los rezagados. Quiero ataques nocturnos, tantos y tan repentinos que tengan miedo de dormir.

—Todo eso ya lo aprendí de Doff, hijo de Holger, antes de que me saliera la barba —dijo Shagga poniendo una mano sobre la cabeza de Tyrion—. Así hacemos la guerra en las montañas de la Luna.

—Esto es el bosque Real, no las montañas de la Luna; aquí no vais a pelear contra serpientes de leche ni contra perros pintados. Así que prestadles atención a los guías: se conocen este bosque tan bien como vosotros las montañas. Si seguís sus consejos, os serán de utilidad.

—Shagga escuchará a los amiguitos del Mediohombre —prometió con solemnidad el hombre de los clanes.

Le llegó el turno a su grupo, y todos subieron a la barcaza. Tyrion los vio alejarse y darse impulso con las pértigas hacia el centro del Aguasnegras. A medida que Shagga desaparecía en medio de la niebla matutina, sintió un cosquilleo extraño en la boca del estómago. Sin los hombres de los clanes a su lado se iba a sentir muy desnudo.

Le quedaban los que Bronn había contratado; eran ya cerca de ochocientos, pero los mercenarios eran veleidosos. Tyrion había hecho todo lo posible por comprar su lealtad: les había prometido a Bronn y a una docena de los mejores hombres tierras y rango de caballeros cuando ganaran la batalla. Bebían su vino, reían sus bromas, se llamaban *caballero* unos a otros hasta que estaban borrachos como cubas... Todos menos el propio Bronn, que se limitaba a sonreír con aquella sonrisa suya, sombría e insolente.

—Matarán por un título de caballero —le comentó después—. Pero ni sueñes con que vayan a morir por él.

Tyrion no se había hecho semejantes ilusiones.

Los capas doradas eran un arma prácticamente tan poco fiable como los mercenarios. Gracias a Cersei, la Guardia de la Ciudad contaba con seis mil hombres, pero de ellos, apenas una cuarta parte era de confianza.

—Hay unos cuantos traidores redomados, pero seguro que existen otros más que ni vuestra araña conoce —le había advertido Bywater—. Pero lo peor es que tenemos cientos de hombres más verdes que la hierba en primavera; se unieron a la Guardia para conseguir pan, cerveza y seguridad. No hay hombre que quiera parecer cobarde ante sus compañeros, de manera que lucharán con valentía al principio, cuando todo sea cosa de cuernos de guerra y estandartes al viento. Pero si la batalla se pone fea, nos darán la espalda. El primero que suelte la lanza y eche a correr tendrá un millar de seguidores.

Cierto que en la Guardia de la Ciudad también había hombres curtidos: los dos mil más antiguos, los que habían conseguido las capas doradas de manos de Robert, no de Cersei. Pero ni siquiera aquellos eran todo lo que cabría desear. Un guardia no era un soldado de verdad, como decía siempre lord Tywin Lannister. Tyrion apenas contaba con trescientos caballeros, escuderos y soldados. Pronto tendría ocasión de comprobar otro de los dichos de su padre: que un hombre encima de una muralla valía por diez abajo.

Bronn y su escolta lo aguardaban al final del muelle, en medio de un enjambre de mendigos, prostitutas que vagaban sin rumbo y pescaderas que pregonaban la mercancía. Las pescaderas hacían más negocio que todos los demás juntos. Los compradores se arremolinaban en torno a los barriles y tenderetes para regatear el precio de bígaros, almejas y lucios. No entraba otro alimento en la ciudad, de modo que el precio del pescado era diez veces más alto que antes de la guerra, y seguía subiendo. Los que tenían dinero acudían mañana y tarde a la orilla del río, con la esperanza de llevarse a casa una anguila o un saco de cangrejos; los que no, se deslizaban entre los tenderetes a ver qué podían robar, o miraban desde los muros, demacrados y sin esperanza.

Los capas doradas abrieron camino entre la gente, empujando cuando hacía falta con las astas de las lanzas. Tyrion trató de hacer caso omiso de las maldiciones susurradas entre dientes. Alguien entre la multitud le lanzó un pescado, resbaladizo y podrido. Fue a caer a sus pies y se desparramó sobre los adoquines. Lo saltó con presteza y subió a su silla de montar. Los niños de vientre hinchado se peleaban ya por los trozos del pescado hediondo.

Una vez a caballo, escudriñó la ribera. El sonido de los martillos retumbaba en el aire de la mañana, mientras los carpinteros se arremolinaban en las cercanías de la puerta del Lodazal, tendiendo tablones desde las almenas. Aquello iba bien. Menos satisfecho se sintió al fijarse en la maraña de chamizos y chozas que se habían ido alzando tras los muelles, adhiriéndose a los muros de la ciudad como lapas al casco de un barco; chabolas de pescadores y tenderetes de calderos, almacenes, puestos de venta, tabernas, y los graneros donde las prostitutas más baratas se abrían de piernas.

«Hay que hacer desaparecer todo eso; todo.» Tal como estaba aquello, Stannis no necesitaría escalerillas para subir por los muros. Llamó a Bronn.

—Reúne a un centenar de hombres y quema todo lo que hay entre la orilla del río y los muros de la ciudad. —Señaló la miseria de los muelles con un movimiento de los dedos regordetes—. No quiero que quede nada, ¿entendido?

—A los dueños no les va a hacer ninguna gracia —dijo el mercenario de cabellera negra, echando un vistazo para sopesar la misión.

—Lo suponía, pero qué se le va a hacer. Un motivo más tendrán para maldecir al mono malvado.

—Puede que algunos presenten batalla.

—Encárgate de que pierdan.

—¿Y qué hacemos con los que viven ahí?

—Dales un tiempo razonable para que saquen sus posesiones, y échalos. Pero intenta que no haya que matar a nadie; no son el enemigo. ¡Y no más violaciones! Controla a tus hombres, maldita sea.

—Son mercenarios, no septones —replicó Bronn—. ¡No querrás también que estén sobrios!

—Sería demasiado pedir. —Tyrion habría dado cualquier cosa por que los muros de la ciudad fueran el doble de altos y tres veces más gruesos. Aunque tal vez no sirviera de nada. Los muros gigantescos y las torres altas no habían salvado Bastión de Tormentas, ni Harrenhal, ni siquiera Invernalia.

Recordaba Invernalia tal como la había visto por última vez. No tan gigantesca que resultara grotesca, como Harrenhal, ni tan sólida e inexpugnable como Bastión de Tormentas, sino con una gran fuerza en sus piedras, una seguridad que parecía emanar de los propios muros. La noticia de la caída del castillo había sido toda una conmoción.

—Los dioses dan con una mano y quitan con la otra —murmuró entre dientes cuando Varys se lo contó.

A los Stark les habían entregado Harrenhal y arrebatado Invernalia. Un triste cambio.

En realidad debería haberse alegrado. Robb Stark tendría que volver al norte. Si no podía defender su hogar, el corazón de sus tierras, no sería un rey. Aquello supondría un respiro para el oeste, para la casa Lannister, aun así...

Tyrion apenas tenía algún recuerdo de Theon Greyjoy, de los días que había pasado con los Stark. Era un muchacho inmaduro, siempre sonriente, hábil con el arco. Costaba imaginarlo como señor de Invernalia. El señor de Invernalia sería siempre un Stark.

Le llegó a la memoria su bosque de dioses; los altos centinelas con sus armaduras de agujas gris verdoso, los robles gigantescos, los espinos, los fresnos, los pinos soldado y, en el centro, el árbol corazón, que se alzaba como un gigante blanco congelado en el tiempo. Casi le llegaba el olor de aquel lugar, terroso e inquietante, el olor de los siglos. Aquel bosque era oscuro incluso a plena luz del día.

«Ese bosque era Invernalia. Era el norte. Jamás me había sentido tan fuera de lugar como cuando entré allí. En aquel lugar era un intruso.» Se preguntó si los Greyjoy tendrían la misma sensación. Tal vez el castillo les perteneciera, pero el bosque de dioses, no. Ni en un año, ni en diez, ni en cincuenta.

Tyrion Lannister dirigió su caballo al paso hacia la puerta del Lodazal. «¿A ti qué te importa Invernalia? —se dijo—. Date por satisfecho con que haya caído, y cuida de tus murallas.» La puerta estaba abierta. Dentro, en la plaza del mercado, había tres grandes trabuquetes que se asomaban desde las almenas como tres pájaros gigantescos. Sus enormes brazos eran troncos de robles viejos, con refuerzos de hierro para que no se astillaran. Los capas doradas los llamaban las Tres Putas, porque iban a darle una lujuriosa bienvenida a lord Stannis. «Al menos eso esperamos.»

Tyrion picó espuelas y cruzó la puerta del Lodazal, enfrentándose a la marea humana. Más allá de las Putas había menos gente, y la calle se abría a su alrededor.

No hubo ningún contratiempo en el camino de regreso a la Fortaleza Roja, pero al llegar a la Torre de la Mano se encontró con una docena de capitanes mercantes furiosos, que aguardaban en su sala de audiencias para protestar por el embargo de sus naves. Se disculpó con toda sinceridad, y les prometió compensarlos una vez terminara la guerra. Aquello no los calmó en lo más mínimo.

—¿Y qué pasa si perdéis, mi señor? —preguntó un braavosi.

—En ese caso, pedidle la compensación al rey Stannis.

Cuando consiguió librarse de ellos, las campanas sonaban ya, y Tyrion comprendió que iba a llegar tarde. Cruzó el patio anadeando casi a la carrera, y llegó al septo del castillo en el momento en que Joffrey ponía las capas de seda blanca en los hombros de los dos nuevos miembros de su Guardia Real. Por lo visto, el ritual exigía que todo el mundo estuviera de pie, de manera que Tyrion no vio nada más que una muralla de traseros cortesanos. Pero tenía la ventaja de que, una vez el nuevo septón supremo terminara de tomarles solemne juramento a los dos caballeros y de ungirlos en nombre de los Siete, estaría en la mejor situación para ser el primero en salir del allí.

Le había parecido bien que su hermana eligiera a ser Balon Swann para ocupar el lugar del difunto Preston Greenfield. Los Swann eran señores de las Marcas, orgullosos, poderosos y cautos. Lord Gulian Swann había alegado una enfermedad para quedarse en su castillo sin tomar parte en la guerra, pero su hijo mayor había cabalgado con Renly y en aquel momento estaba con Stannis, mientras que Balon, el más joven, servía en Desembarco del Rey. Tyrion sospechaba que, de haber tenido un tercer hijo, este se encontraría con Robb Stark. Posiblemente no fuera la actitud más honorable, pero demostraba mucho sentido común: los Swann tenían intención de sobrevivir ganara quien ganara el Trono de Hierro. Además de su noble origen, el joven ser Balon era valiente, cortés y hábil con las armas: manejaba bien la lanza, mejor aún la maza, y con el arco era insuperable. Serviría con honor y gallardía.

Por desgracia, la opinión de Tyrion sobre la segunda elección de Cersei era muy diferente. Ser Osmund Kettleblack tenía un aspecto imponente, cierto. Medía más de dos varas y un palmo, de músculos y tendones en su mayoría, y tenía una nariz ganchuda, unas cejas pobladas y una barba castaña que le daban un aspecto fiero, siempre y cuando no sonriera. Era de baja extracción, poco más que un caballero errante, y dependía por completo de Cersei para ascender. Sin duda, por aquello lo había elegido su hermana.

—Ser Osmund es tan leal como valiente —le había dicho Cersei a Joffrey al proponer su nombre.

Por desgracia, aquello era cierto. El bueno de ser Osmund le había estado vendiendo los secretos de la reina a Bronn desde que Cersei lo había contratado, pero no era cosa que Tyrion pudiera alegar delante de ella.

Al fin y al cabo no podía quejarse. Con aquel nombramiento tenía una oreja más próxima al rey, sin que su hermana lo supiera. Y, aunque ser Osmund demostrara ser un cobarde hasta la médula, no sería peor que ser Boros Blount, que en aquellos momentos ocupaba una mazmorra en Rosby. Ser Boros era el encargado de escoltar a Tommen y a lord Gyles cuando ser Jacelyn Bywater y sus capas doradas los sorprendieron, y entregó a sus protegidos con una celeridad que habría indignado al anciano ser Barristan Selmy tanto como indignó a Cersei; un caballero de la Guardia Real tenía que morir en defensa del rey y de su familia. Se había empeñado en que Joffrey despojara a Blount de su capa blanca, alegando traición y cobardía.

«Y ahora va y lo sustituye por otro hombre tan falso como el anterior.»

Las oraciones, juramentos y unciones iban a durar toda la mañana, por lo visto. A Tyrion no tardaron en dolerle las piernas. Cambiaba el peso de un pie a otro, inquieto. Lady Tanda se encontraba unas cuantas filas más adelante, pero no vio a su hija. Había tenido la esperanza de divisar a Shae aunque fuera un instante solo. Varys le decía que estaba bien, pero habría preferido comprobarlo en persona.

—Más vale ser doncella de una dama que moza en las cocinas —le había dicho Shae cuando Tyrion le explicó el plan del eunuco—. ¿Puedo llevarme el cinturón de flores? ¿Y el collar de oro con los diamantes negros, ese que decís que es como mis ojos? No me los pondré sin vuestro permiso.

Tyrion detestaba negarle cualquier cosa, pero tuvo que señalarle que, aunque lady Tanda no fuera lo que se decía una mujer inteligente, hasta ella se sorprendería si veía a la doncella de su hija con más joyas que su señora.

—Elige dos o tres vestidos, no más —ordenó—. De buena lana, nada de seda, brocado ni pieles. El resto de las cosas te lo guardaré en mis habitaciones, para cuando me visites.

No era la respuesta que Shae habría querido oír, pero al menos estaría a salvo.

Cuando la investidura de cargos terminó por fin, Joffrey salió escoltado por ser Balon y ser Osmund, ambos con sus nuevas capas blancas, mientras Tyrion se demoraba para intercambiar unas palabras con el nuevo septón supremo (al que había elegido él en persona, y era suficientemente inteligente para saber quién le untaba la miel en el pan).

—Quiero que los dioses estén de nuestra parte —le dijo sin rodeos—. Decid que Stannis ha jurado quemar el Gran Septo de Baelor.

—¿Es eso cierto, mi señor? —preguntó el septón supremo, un hombre menudo, astuto, de rostro arrugado y barbita blanca.

—Es posible. —Tyrion se encogió de hombros—. Stannis quemó el bosque de dioses de Bastión de Tormentas, a modo de ofrenda al Señor de Luz. Si ha ofendido a los antiguos dioses, ¿por qué no iba a ofender a los nuevos? Decid eso. Y decid también que cualquiera que ayude al usurpador traiciona no solo a su rey legítimo, sino también a los dioses.

—Así lo haré, mi señor. Y también pediré que se rece por la salud del rey y la de su mano.

Cuando Tyrion volvió a sus estancias se encontró con que Hallyne el Piromante lo estaba esperando, y con que el maestre Frenken le había llevado mensajes. Hizo esperar un poco más al alquimista mientras leía lo que habían llevado los cuervos. Había una carta de Doran Martell con noticias anticuadas sobre la caída de Bastión de Tormentas, y otra mucho más intrigante de Balon Greyjoy, de Pyke, en la que se autoproclamaba «Rey de las Islas y del Norte». Invitaba al rey Joffrey a enviar a un representante a las islas del Hierro para fijar las fronteras entre sus reinos y negociar una posible alianza.

Tyrion leyó la carta tres veces y la dejó a un lado. Las naves de lord Balon habrían sido de gran ayuda contra la flota que se acercaba, procedente de Bastión de Tormentas, pero se encontraban a miles de leguas de distancia, al otro lado de Poniente. Y no estaba nada convencido de querer entregarles a los Greyjoy la mitad del reino. «Debería soltar esto en manos de Cersei, o presentarlo al Consejo.»

Entonces dejó entrar a Hallyne, que le llevaba las últimas cuentas de los alquimistas.

—Esto no es posible —dijo Tyrion mientras leía los informes—. ¿Casi trece mil frascos? ¿Me tomáis por idiota? No voy a pagar oro del rey por frascos vacíos y jarros de meados sellados con cera, os lo advierto.

—No, no —protestó Hallyne—. Las cifras son correctas, os lo aseguro. Hemos tenido, hummm, mucha suerte, mi señor. Se ha descubierto otro depósito perteneciente a lord Rossart: más de trescientos frascos. ¡Nada menos que bajo Pozo Dragón! Unas cuantas prostitutas utilizaban esas ruinas para atender a sus clientes, y uno de ellos cayó a las bodegas por accidente; el suelo estaba podrido y se hundió. Palpó las botellas y creyó que eran de vino. Estaba tan borracho que rompió el sello de una y bebió.

—Hubo un príncipe que hizo lo mismo —dijo Tyrion con tono seco—. No he visto ningún dragón sobre la ciudad, así que parece que esta vez tampoco ha dado resultado.

El Pozo Dragón estaba en la cima de la colina de Rhaenys, y llevaba siglo y medio abandonado. Era un lugar tan apropiado como cualquiera para almacenar unas reservas de fuego valyrio; de hecho, era mejor que otros muchos, pero el difunto lord Rossart podría haberse tomado la molestia de decírselo a alguien.

—Trescientos frascos, ¿eh? Aun así, el total sigue siendo disparatado. Tenéis miles de frascos más que los que me dijisteis que calculabais, la última vez que nos vimos, y ya entonces me pareció una previsión optimista.

—Sí, sí, así es. —Hallyne se secó la frente blanquecina con la manga de la túnica negra y escarlata—. Hemos estado trabajando mucho, mi señor, hummm.

—Sin duda, eso explicaría por qué estáis preparando mucha más sustancia que antes. —Tyrion, sonriente, clavó en el piromante los ojos dispares—. Pero plantea otra pregunta, a saber: ¿por qué no empezasteis a trabajar mucho... un poco antes?

Hallyne tenía la piel del color de una seta, así que costaba imaginar que se pudiera poner aún más pálido, pero lo estaba logrando.

—Trabajábamos mucho, mi señor... Mis hermanos y yo nos hemos dedicado a esto día y noche desde el principio, os lo aseguro. Solo que, hummm, hemos preparado tanta sustancia que ahora, hummm, tenemos más práctica, y además... —El alquimista parecía muy inquieto—. Hay ciertos hechizos, hummm, secretos arcanos de nuestra orden, muy delicados, muy peligrosos, pero necesarios para que la sustancia sea, hummm, como debe ser...

Tyrion se impacientaba por momentos. Ser Jacelyn Bywater ya habría llegado, y a Mano de Hierro no le gustaba nada esperar.

—Sí, vale, tenéis hechizos secretos, qué suerte. ¿Y qué?

—Pues que, hummm, parece que ahora funcionan mejor que antes. —Hallyne le dedicó una sonrisa débil—. Supongo que no sabréis si hay dragones por ahí, ¿verdad?

—A menos que encontrarais alguno en el Pozo Dragón, no. ¿Por qué?

—No, perdonad, por nada. Me estaba acordando de algo que me dijo en cierta ocasión el anciano sapiencia Pollitor cuando yo no era más que un acólito. Le había preguntado por qué muchos de nuestros hechizos no parecían tan... bueno, tan eficaces como se decía en los pergaminos, y él me explicó que era porque la magia había empezado a desaparecer del mundo el día en que murió el último dragón.

—Pues siento decepcionaros, pero no he visto ningún dragón. En cambio, al que sí he visto por ahí ha sido a la justicia del rey. Si alguna de estas frutas que me estáis vendiendo contiene algo que no sea fuego valyrio, vos también lo veréis.

Hallyne salió con tanta precipitación que estuvo a punto de derribar a ser Jacelyn... mejor dicho, a lord Jacelyn; Tyrion se lo tenía que recordar constantemente a sí mismo. Por suerte, Mano de Hierro fue directo al grano, como de costumbre. Acababa de volver de Rosby, de llevar una nueva leva de lanceros reclutados en las tierras de lord Gyles, y había reasumido el mando de la Guardia de la Ciudad.

—¿Cómo se encuentra mi sobrino? —preguntó Tyrion cuando terminaron de hablar sobre las defensas de la ciudad.

—El príncipe Tommen está sano y feliz, mi señor. Ha adoptado una cervatilla que mis hombres le trajeron de una cacería. Dice que tuvo otra de pequeño, pero Joffrey la despellejó para hacerse un jubón. A veces pregunta por su madre, y ha empezado a escribirle varias cartas a la princesa Myrcella, aunque nunca las termina. En cambio, no parece extrañar en absoluto a su hermano.

—¿Habéis hecho los arreglos pertinentes para el caso de que perdiéramos la batalla?

—Mis hombres tienen instrucciones al respecto.

—¿Y cuáles son?

—Me ordenasteis que no se las contara a nadie, mi señor.

Aquello le arrancó una sonrisa.

—Me alegra que lo recordéis. —Si Desembarco del Rey caía, tal vez lo cogieran vivo. Sería mejor que no conociera el paradero del heredero de Joffrey.

Poco después de que lord Jacelyn se despidiera, recibió la visita de Varys.

—Qué criaturas tan desleales son los hombres —dijo a modo de saludo.

—¿Quién nos ha traicionado hoy? —preguntó Tyrion con un suspiro.

—Tanta villanía es un triste cántico a nuestra época —contestó el eunuco tendiéndole un pergamino—. ¿Acaso el honor murió con nuestros padres?

—Mi padre aún no está muerto. —Tyrion le echó un vistazo a la lista—. Algunos de estos nombres me suenan. Son hombres ricos. Comerciantes, mercaderes, artesanos... ¿Por qué conspiran contra nosotros?

—Al parecer, creen que lord Stannis debe vencer y quieren compartir su victoria. Se autodenominan Hombres Astados, en honor al venado coronado.

—Pues que alguien les explique que Stannis ha cambiado de blasón. Deberían hacerse llamar Corazones Calientes. —Pero al parecer no era cuestión de broma. Aquellos Hombres Astados tenían cientos de seguidores bien armados, con los que esperaban tomar la puerta Vieja una vez empezara la batalla, para dejar entrar al enemigo. Entre los nombres de la lista estaba el del maestro armero Salloreon—. En fin, me imagino que al final no me va a hacer ese yelmo aterrador con cuernos de demonio —se lamentó Tyrion al tiempo que escribía la orden de detención.

THEON

En un momento dormía. Al siguiente estaba despierto.

Kyra estaba acurrucada junto a él, con un brazo en torno al suyo y los pechos presionados contra su espalda. Oía su respiración, suave y rítmica. La sábana rodeaba los cuerpos de los dos. Era noche cerrada. El dormitorio estaba a oscuras, en silencio.

«¿Qué ha sido eso? ¿He oído algo? ¿O a alguien?»

El viento susurraba contra los postigos. En algún punto lejano, maullaba un gato en celo. Nada más.

«Duérmete, Greyjoy —se dijo—. El castillo está tranquilo; tienes guardias apostados. En tu puerta, en la entrada, en la armería...»

Le habría gustado atribuirlo a una pesadilla, pero no recordaba haber soñado nada. Kyra lo había dejado agotado. Hasta que Theon envió a buscarla, se había pasado sus dieciocho años de vida en Las Inviernas, sin poner un pie jamás entre los muros del castillo. Llegó a él empapada, ansiosa y ágil como una comadreja, y el hecho de follar con una vulgar moza de taberna en el lecho del propio lord Eddard Stark le proporcionaba un placer adicional.

La muchacha murmuró algo en sueños mientras Theon se liberaba de su brazo y se ponía en pie. En la chimenea brillaban todavía unas pocas brasas. Wex dormía al pie de la cama, enroscado en su capa, como si nada sucediera en el mundo. La quietud era absoluta. Theon se dirigió hacia la ventana y abrió los postigos. La noche lo acarició con dedos gélidos, y se le puso la carne de gallina. Se inclinó sobre el alféizar de piedra y contempló las torres oscuras, los patios desiertos, el cielo negro y más estrellas de las que nadie podría contar aunque viviera hasta los cien días del nombre. La media luna parecía flotar sobre la torre de la campana, y proyectaba su reflejo sobre el tejado de los invernaderos. No se oían alarmas, ni gritos, ni tan siquiera una pisada.

«Todo va bien, Greyjoy. ¿Oyes el silencio? Deberías estar ebrio de alegría. Has tomado Invernalia con menos de treinta hombres; esta hazaña se narrará en las canciones.»

Theon volvió a la cama. Tendió a Kyra sobre la espalda y la penetró otra vez; aquello haría que desaparecieran los fantasmas. Los jadeos y risitas de la muchacha fueron una grata alternativa al silencio de la noche.

Se detuvo de repente. Estaba tan acostumbrado a los aullidos de los lobos huargo que ya apenas los oía, pero una parte de él, cierto instinto de cazador, detectó su ausencia.

Urzen montaba guardia junto a su puerta. Era un hombre nervudo, con un escudo redondo colgado a la espalda.

—Los lobos están callados —le dijo Theon—. Ve a ver qué hacen, y vuelve de inmediato.

La sola idea de que los lobos huargo anduvieran libres le volvía el estómago del revés. Recordaba demasiado bien aquel día en el bosque de los Lobos, cuando los salvajes habían atacado a Bran. Verano y Viento Gris los habían despedazado.

Le dio una patadita a Wex con la punta de la bota. El chico se incorporó y se frotó los ojos.

—Ve a asegurarte de que Bran Stark y su hermano pequeño están en sus camas. Y date prisa.

—¿Mi señor? —lo llamó Kyra, adormilada.

—Duérmete, esto no es asunto tuyo. —Theon se sirvió una copa de vino y la bebió de un trago. No dejaba de escuchar, con la esperanza de oír un aullido.

«Muy pocos hombres —pensó con amargura—, tengo muy pocos hombres. Si Asha no viene pronto...»

Wex fue el primero en regresar, sacudiendo la cabeza. Theon masculló una maldición, y recogió la túnica y los calzones del suelo, donde los había tirado en su precipitación por acostarse con Kyra. Sobre la túnica se puso un jubón de cuero tachonado en hierro, y al cinto, una espada larga y un puñal. Tenía el pelo tan enmarañado como las ramas de un bosque, pero había cosas más importantes de las que preocuparse.

Cuando terminó de vestirse, Urzen ya había vuelto.

—Los lobos han desaparecido.

—Despierta a todo el castillo —dijo Theon. Se obligaba a hablar con una voz tan fría y pausada como la de lord Eddard—. Que bajen todos al patio, todos. A ver quién falta. Y dile a Lorren que haga una ronda por las puertas. Ven conmigo, Wex.

Se preguntó si Stygg habría llegado ya a Bosquespeso. No era tan buen jinete como decía (lo cierto era que ninguno de los hombres del hierro sabía montar a caballo de verdad), pero ya había tenido tiempo más que suficiente. Tal vez Asha estuviera en camino. «Y si se entera de que he perdido a los Stark...» No quería ni pensarlo.

El dormitorio de Bran estaba desierto, al igual que el de Rickon, un poco más abajo. Theon se maldijo. Debería haber puesto guardias para vigilarlos, pero le había parecido más importante situar hombres en los muros y en la entrada que dedicarlos a hacer de niñeras de un par de mocosos, uno de ellos encima tullido.

Oyó sollozos en el exterior, a medida que sus hombres obligaban a los habitantes del castillo a salir de sus camas para ir al patio. «Ya les daré yo motivos para lloriquear. Los he tratado con amabilidad, y así me lo pagan. —Hasta había hecho azotar a dos de sus hombres por violar a la chica de las perreras; quería demostrar que era justo—. Y aun así me echan la culpa por lo de la violación. Y por todo lo demás.» Le parecía una injusticia. Mikken se había hecho matar por bocazas, igual que Benfred. En cuanto a Chayle, a alguien tenía que entregar al Dios Ahogado: era lo que sus hombres esperaban de él.

—No tengo nada en tu contra —le había dicho al septón antes de que lo arrojaran al pozo—, pero aquí ya no hay lugar para ti ni para tus dioses.

Los demás deberían haber estado agradecidos de que no los eligiera a ellos, pero no. A saber cuántos estaban implicados en el complot contra él.

Urzen regresó con Lorren el Negro.

—La puerta del Cazador —dijo Lorren—. Más vale que vengas a ver esto.

La puerta del Cazador estaba situada, muy convenientemente, cerca de las perreras y de las cocinas. Daba directamente a los prados y a los bosques, con lo que los jinetes podían entrar y salir sin pasar por Las Inviernas, de manera que era la que utilizaban las partidas de caza.

—¿Quién estaba aquí de guardia? —exigió saber Theon.

—Drennan y Squint.

Drennan era uno de los que habían violado a Palla.

—Si han dejado escapar a los críos, esta vez no me conformaré con arrancarles un poco de piel de la espalda, os lo juro.

—No va a hacer falta —replicó Lorren el Negro con voz cortante.

Y era cierto. Encontraron a Squint flotando boca abajo en el foso, con las entrañas a la deriva tras él, como un nido de serpientes blancuzcas. Drennan yacía medio desnudo en el puesto de guardia, en la pequeña habitación desde donde se manejaba el puente levadizo. Una túnica desastrada le ocultaba las cicatrices a medio curar de la espalda, pero tenía las botas tiradas sobre la alfombra, y los calzones enroscados en torno a los pies. En una mesita, junto a la puerta, había un trozo de queso, al lado de una jarra vacía. Y dos vasos.

Theon cogió uno y olfateó los posos de vino que quedaban en el fondo.

—Squint tenía que patrullar el adarve, ¿no?

—Sí —asintió Lorren.

Theon tiró el vaso a la chimenea.

—Parece que Drennan se estaba bajando los calzones para metérsela a la mujer cuando ella se lo metió a él. El cuchillo del queso, por lo visto. Que alguien busque una pértiga para pescar al otro idiota que está en el foso.

El otro idiota tenía aún peor aspecto que Drennan. Cuando Lorren el Negro lo sacó del agua, vieron que tenía un codo dislocado, le faltaba la mitad del cuello y tenía un agujero desgarrado en lugar del ombligo y la entrepierna. La pértiga le desgarró las entrañas cuando Lorren lo sacó. El hedor era espantoso.

—Los lobos huargo —dijo Theon—. Y parece que los dos a la vez. —Volvió hacia el puente levadizo, asqueado.

Invernalia estaba rodeada por dos inmensos muros de granito, con un ancho foso entre ambos. La muralla exterior tenía cuarenta varas de altura, y la interior, más de cincuenta. Por falta de hombres, Theon se había visto obligado a renunciar a las defensas exteriores, y a apostar sus guardias en la muralla interior. Si los habitantes del castillo se alzaban contra él, no quería encontrarse con que sus hombres estaban al otro lado del foso.

«Tienen que ser dos o más —se dijo—. Mientras la mujer distraía a Drennan, los otros liberaban a los lobos.»

Theon pidió una antorcha y encabezó la marcha por las escaleras que subían al adarve. Movía la llama ante él, muy baja, en busca de... lo que encontró. En la parte interior de la muralla, entre dos almenas.

—Sangre —anunció—. Mal limpiada. Me imagino que la mujer mató a Drennan y bajó el puente levadizo. Squint oyó el ruido de las cadenas, vino a echar un vistazo... y hasta aquí llegó. Luego tiraron el cadáver entre las almenas al foso, para que no lo encontrara algún otro centinela.

—Las otras torres de guardia no están lejos —dijo Urzen escudriñando las murallas—. Desde aquí veo las antorchas...

—Ves las antorchas, pero no a los guardias —replicó Theon, malhumorado—. Invernalia tiene más torres que yo hombres.

—Hay cuatro guardias en la puerta de la muralla —dijo Lorren el Negro—. Y otros cinco que patrullan las murallas, aparte de Squint.

—Si hubiera hecho sonar el cuerno... —dijo Urzen.

«Estoy rodeado de idiotas.»

—A ver, Urzen, intenta imaginar que eras tú el que estaba aquí arriba. Todo está oscuro y hace frío. Llevas horas patrullando las murallas, estás deseando que acabe tu turno de guardia. En ese momento oyes un ruido, vas hacia la entrada, y de repente ves unos ojos en la parte superior de las escaleras, unos ojos verdes y dorados que brillan a la luz de las antorchas. Dos sombras se precipitan hacia ti a una velocidad inimaginable. Ves el destello de unos dientes, esgrimes la lanza, y caen sobre ti, te abren la barriga, desgarrando el cuero de tu ropa como si fuera papel. —Dio un empujón a Urzen—. Ahora estás tendido de espaldas, se te salen las tripas, y uno de ellos te muerde el cuello. —Theon lo agarró por el cuello huesudo, apretó los dedos y sonrió—. Dime, mientras está pasando todo eso, ¿en qué momento te paras a hacer sonar el puto cuerno?

Soltó a Urzen sin miramientos, y el hombre cayó entre dos almenas, al tiempo que se frotaba la garganta. «Tendría que haber hecho matar a esas dos fieras el mismo día en que tomamos el castillo», pensó, furioso. Había visto cómo mataban; sabía lo peligrosos que eran.

—Tenemos que ir tras ellos —dijo Lorren el Negro.

—No mientras no haya luz. —Theon no tenía la menor intención de perseguir a los lobos de noche por el bosque; era demasiado fácil que los cazadores se convirtieran en presas—. Esperaremos a que amanezca. Entretanto, más vale que vaya a hablar con mis leales súbditos.

En el patio, alineado contra la muralla, había un grupo intranquilo de hombres, mujeres y niños. A muchos no les habían dado tiempo para vestirse, de manera que se cubrían con mantas de lana, o tiritaban desnudos arrebujados en las capas o las sábanas. Una docena de hombres del hierro los tenía arrinconados, cada uno con una antorcha en una mano y el arma en la otra. El viento soplaba a ráfagas, y la luz anaranjada parpadeante se reflejaba en los yelmos de acero para iluminar las barbas espesas y los ojos de mirada hosca.

Theon recorrió la hilera de prisioneros; escudriñó los rostros como si quisiera averiguar cuál escondía algún dato, alguna culpa. Pero todos le parecían culpables.

—¿Cuántos faltan?

—Seis. —A sus espaldas, Hediondo dio un paso al frente; olía a jabón, y el viento le agitaba la larga cabellera—. Los dos Stark, el chico de los pantanos y su hermana, el retrasado mental de los establos y tu mujer salvaje.

«Osha. —Había sospechado de ella desde el momento en que vio el segundo vaso—. No debí confiar en ella. Es tan antinatural como Asha. Hasta tiene un nombre parecido.»

—¿Habéis mirado en los establos?

—Aggar dice que no falta ningún caballo.

—¿Bailarina sigue en su sitio?

—¿Bailarina? —Hediondo frunció el ceño—. Aggar dice que todos los caballos están en su sitio. Solo falta el retrasado.

«Entonces es que van a pie.» Era la mejor noticia que había recibido desde que despertara. Sin duda Bran iría en su cesta, a la espalda de Hodor. Osha tendría que llevar a Rickon en brazos; de lo contrario, las piernecitas del niño no les permitirían avanzar mucho. Theon tenía confianza en volver a capturarlos pronto.

—Bran y Rickon han escapado —les dijo a los habitantes del castillo al tiempo que los miraba a los ojos—. ¿Quién de vosotros sabe adónde van? —No obtuvo respuesta—. No han podido huir sin ayuda —siguió Theon—. Sin comida, sin ropa, sin armas... —Había ordenado poner bajo llave todas las espadas y hachas de Invernalia, pero sin duda le habrían ocultado algún arma—. Quiero los nombres de todos los que los han ayudado. De los que miraron hacia otro lado para que escaparan. —La única respuesta fue el silbido del viento—. Volveré a capturarlos en cuanto amanezca. —Se colgó los pulgares del cinturón de la espada—. Me van a hacer falta cazadores. ¿Quién quiere una buena piel de lobo para abrigarse este invierno? ¿Gage? —El cocinero siempre lo había recibido con alegría cuando volvía de cazar y le preguntaba si había conseguido algo delicioso que servir a la mesa, pero en aquel momento no le dijo nada. Theon dio media vuelta, siguió escudriñando los rostros en busca de una expresión de culpabilidad—. Los bosques no son lugar para un tullido. Y Rickon, con lo pequeño que es, ¿cuánto aguantará ahí fuera? Tata, imagina lo asustado que debe de estar. —La anciana se había pasado diez años hablando con él, le había contado innumerables cuentos, pero en aquel momento lo miraba como si fuera un desconocido—. Podría haber matado a todos los hombres; podría haber entregado a las mujeres a mis soldados para que se divirtieran, pero lo que he hecho ha sido protegeros. ¿Así es como me lo agradecéis?

Joseth, que había cuidado de sus caballos; Farlen, que le había enseñado todo lo que sabía sobre los perros; Barth, la esposa del tabernero, la primera mujer con la que se había acostado... Y ninguno lo miraba a los ojos. «Me detestan», comprendió. Hediondo se acercó a él.

—Arráncales la piel —le recomendó; le brillaban los labios gruesos—. Lord Bolton decía siempre que un hombre desnudo tiene pocos secretos, pero que un hombre desollado no tiene ninguno.

Theon sabía que el hombre desollado era el blasón de la casa Bolton; hacía mucho, mucho tiempo, algunos de los señores habían llegado a hacerse capas con la piel de sus enemigos muertos. Muchos Stark habían terminado así. Supuestamente, todo aquello había terminado hacía un millar de años, cuando los Bolton juraron lealtad a Invernalia. «O eso dicen, pero las viejas costumbres son difíciles de olvidar; bien lo sé yo.»

—Mientras yo reine en Invernalia, en el norte no se desollará a nadie —dijo Theon en voz alta. «Soy el único que os protege de gente como él», habría querido gritar. No podía hacerlo de manera tan evidente, pero tal vez alguno fuera lo bastante avispado para aprender la lección.

El cielo empezaba a cobrar un tono grisáceo sobre las murallas. No tardaría en amanecer.

—Joseth, ensíllame a Sonrisas, y ensilla también otro caballo para ti. Murch, Gariss y Tym Carapicada, vosotros también venís. —Murch y Gariss eran los mejores cazadores del castillo, y Tym era un excelente arquero—. Aggar, Napiarroja, Gelmarr, Hediondo, Wex. —También necesitaba a sus hombres para guardarle las espaldas—. Farlen, prepara los perros, tú te encargarás de ellos.

—¿Y por qué querría yo dar caza a mis señores legítimos, que además no son más que niños? —El canoso encargado de las perreras se cruzó de brazos.

—Ahora, tu señor legítimo soy yo —replicó Theon acercándose a él—, y soy además el que cuida de que a Palla no le pase nada. —Vio morir la rebeldía en los ojos de Farlen.

—Sí, mi señor.

Theon dio un paso atrás, y buscó otros posibles integrantes para el grupo.

—Maestre Luwin —anunció.

—Yo no sé nada de caza.

«No, pero no me fío de dejaros en el castillo durante mi ausencia.»

—Pues ya va siendo hora de que aprendáis.

—Dejadme ir a mí también. Quiero una capa de piel de lobo. —Un muchachito dio un paso al frente; tendría la edad de Bran. Theon tardó un instante en recordar quién era—. He ido de caza montones de veces —siguió Walder Frey—. Ciervos, alces, hasta jabalíes...

—Participó en una caza del jabalí con su padre —se burló su primo riéndose—, pero no lo dejaron ni acercarse al animal, claro.

Theon miró al chico con gesto dubitativo.

—Ven si quieres, pero si no puedes seguir el ritmo de la marcha, no esperes que te llevemos en brazos. —Se volvió hacia Lorren el Negro—. Tienes el mando en Invernalia durante mi ausencia. Si no volvemos, haz lo que quieras con el castillo.

«Así, estos imbéciles empezarán a rezar por que tenga éxito.»

Se reunieron junto a la puerta del Cazador mientras los primeros rayos del sol acariciaban la Torre de la Campana. El aliento se condensaba en el aire frío de la mañana. Gelmarr se había equipado con un hacha de mango largo para poder herir a los lobos antes de que le cayeran encima. La hoja era tan pesada que podía matar de un golpe. Aggar llevaba canilleras de acero. Hediondo llegó con una lanza larga y un saco de las lavanderas lleno de algo que no quiso mostrar. Theon tenía su arco; no necesitaba otra cosa. En cierta ocasión le había salvado la vida a Bran con una flecha; esperaba no tener que arrebatársela con otra, pero si era necesario, lo haría.

La partida que cruzó el foso se componía de once hombres, dos niños y una docena de perros. Al otro lado de la muralla exterior, el rastro era evidente en la tierra blanda: las marcas de las pisadas de los lobos, las profundas de Hodor, las más ligeras de los dos Reed... Una vez entre los árboles, el suelo era pedregoso y las hojas caídas hacían más difícil seguir las huellas, pero para entonces, la perra castaña de Farlen ya había captado el rastro. El resto de los perros la seguía de cerca. Los sabuesos olfateaban y ladraban, y un par de mastines de tamaño monstruoso cerraba la marcha. Sus cuerpos imponentes y su ferocidad podían marcar la diferencia a la hora de enfrentarse a un lobo huargo arrinconado.

Había supuesto que Osha se dirigiría hacia el sur en busca de ser Rodrik, pero el rastro llevaba hacia el nornoroeste, hacia el corazón mismo del bosque de los Lobos. A Theon no le gustó nada. Sería una amarga ironía si los Stark se dirigieran hacia Bosquespeso para caer en manos de Asha.

«Antes de eso los veré muertos —pensó con amargura—. Es mejor que me crean cruel a que me crean idiota.»

Quedaban jirones de niebla pálida enroscados en los árboles. Los centinelas y los pinos soldado abundaban allí, y no hay nada tan oscuro y sombrío como un bosque de hoja perenne. El terreno era desigual, y las agujas caídas ocultaban el suelo blando de turba y lo hacían traicionero para los caballos, de manera que tenían que avanzar muy despacio. «Pero no tan despacio como un hombre que carga con un tullido, ni una bruja huesuda con un crío de cuatro años a la espalda.» Se obligó a tener paciencia. Se apoderaría de ellos antes de que anocheciera.

El maestre Luwin trotó para situarse a su lado cuando seguían un sendero estrecho a lo largo de un precipicio.

—Hasta ahora, esto de cazar no se diferencia en absoluto de cabalgar por los bosques, mi señor.

—Hay ciertas similitudes. —Theon sonrió—. Pero las cacerías acaban con sangre.

—¿Tiene que ser así? Esta fuga ha sido una locura, pero ¿no tendréis compasión? Los niños a los que buscamos fueron como hermanos para vos.

—El único Stark que se comportó como un hermano conmigo fue Robb, aunque Bran y Rickon tienen más valor vivos que muertos.

—Lo mismo se puede decir de los Reed. Foso Cailin se encuentra al borde de los pantanos. Si quiere, lord Howland puede convertir la ocupación de vuestro tío en una visita a los infiernos, pero mientras tengáis a sus herederos, no podrá hacer nada.

Theon no se había parado a pensar en aquello. En realidad, no se había parado a pensar en nada relativo a los embarrados, aparte de mirar un par de veces a Meera y preguntarse si aún sería virgen.

—Puede que tengáis razón. No los mataremos si no es imprescindible.

—Y tampoco a Hodor, ¿verdad? Sabéis de sobra que el muchacho es corto de inteligencia. Hace lo que le dicen. ¿Cuántas veces cepilló vuestro caballo, engrasó vuestra silla o limpió vuestra armadura?

—Si no se enfrenta a nosotros, no lo mataremos. —Hodor no tenía la menor importancia para Theon. Señaló al maestre con un dedo—. Pero como digáis una palabra acerca de perdonar a la salvaje, os mataré junto a ella. Me ofreció su juramento de lealtad y se cagó en él.

—No disculpo a los perjuros —dijo el maestre con una inclinación de cabeza—. Haced lo que debáis. Os agradezco vuestra compasión.

«Compasión —pensó Theon, dejando atrás a Luwin—. Es una trampa de mierda. Demasiada compasión y resultas débil; poca y te llaman monstruo.» Pero sabía que el maestre lo había aconsejado bien. Su padre solo pensaba en términos de conquista, pero ¿de qué servía tomar un reino si luego no se podía conservar? La fuerza y el temor solo bastaban hasta cierto punto. Lástima que Ned Stark se hubiera llevado a sus hijas al sur; de lo contrario, Theon habría asegurado su dominio sobre Invernalia casándose con una de ellas. Sansa era una niña muy bonita, y seguramente a aquellas alturas ya estaría en condiciones de llevársela a la cama. Pero se encontraba a mil leguas de distancia y en manos de los Lannister. Una verdadera pena.

El bosque era cada vez más indómito. Los pinos y los centinelas dejaban paso a los enormes robles oscuros. Los espinos enmarañados ocultaban barrancos traicioneros. Las colinas pedregosas eran más y más abruptas. Pasaron junto a una pequeña granja, desierta e invadida por la maleza, y rodearon una presa inundada, en la que las aguas tranquilas tenían un brillo tan gris como el del acero. Cuando los perros empezaron a aullar, Theon supuso que los fugitivos estarían cerca. Picó espuelas a Sonrisas para ponerlo al trote, pero lo único que encontraron fue un ciervo joven... o mejor dicho, lo que quedaba de él.

Desmontó para inspeccionarlo más de cerca. El cadáver era reciente, y obviamente lo habían matado los lobos. Los perros lo olisquearon impacientes, y uno de los mastines clavó los dientes en una pata, hasta que Farlen le ordenó a gritos que la soltara. «No lo han despedazado —advirtió Theon—. De aquí han comido lobos, no hombres.» Aunque Osha no hubiera querido arriesgarse a encender una hoguera, al menos habría cortado unas cuantas tajadas. No tenía sentido que hubieran dejado allí tanta carne para que se pudriera.

—¿Seguro que seguimos el rastro correcto, Farlen? —preguntó—. ¿No es posible que los perros estén siguiendo a otros lobos?

—La perra conoce muy bien el olor de Verano y el de Peludo.

—Más te vale.

No había pasado ni una hora cuando el sendero los llevó ladera abajo, hacia un arroyo de aguas turbias crecido por las lluvias recientes. Allí, los perros perdieron el rastro. Farlen y Wex vadearon la corriente con los sabuesos y volvieron sacudiendo la cabeza mientras los animales corrían orilla arriba, orilla abajo, olfateándolo todo.

—Entraron por aquí, mi señor —dijo el encargado de las perreras—, pero no veo por dónde salieron.

Theon desmontó y se arrodilló junto al arroyo. Sumergió una mano en él. El agua estaba fría.

—No se habrán quedado dentro mucho rato —dijo—. Llevad la mitad de los perros corriente abajo; yo iré hacia arriba... —Wex dio una sonora palmada—. ¿Qué pasa? —preguntó Theon.

El chico mudo señaló. El suelo cercano al agua era un lodazal embarrado. Las huellas que habían dejado los lobos eran evidentes.

—Sí, marcas de zarpas. ¿Y qué?

El escudero clavó el talón en el barro y giró sobre el pie, primero hacia un lado, luego hacia el otro. Dejó una marca muy honda. Joseth lo comprendió.

—Un hombre del tamaño de Hodor habría dejado marcas muy profundas en el barro —dijo—. Y más todavía con el peso del chico cargado a la espalda. Pero las únicas huellas de botas que se ven aquí son las nuestras. Miradlas.

Theon, atónito, comprobó que era verdad. Los lobos habían entrado solos en las aguas turbias y crecidas.

—Osha debió de desviarse. Antes del ciervo, seguro. Hizo que los lobos se adelantaran para que les siguiéramos la pista. —Se giró hacia los cazadores—. Si me estáis engañando...

—Solo había un rastro, mi señor, lo juro —dijo Gariss a la defensiva—. Y los lobos huargo no se habrían separado de los chicos. No durante mucho tiempo.

«Eso es verdad», pensó Theon. Verano y Peludo se habrían alejado para cazar, pero más tarde o más temprano volverían con Bran y Rickon.

—Gariss, Murch, coged cuatro perros y volved por donde hemos venido hasta el lugar donde perdimos la pista. Aggar, tú vigílalos. No quiero trucos. Farlen y yo seguiremos el rastro de los huargos. Cuando encontréis la pista, haced sonar el cuerno una vez. Si veis a esas bestias, dos veces. Cuando sepamos dónde están, encontraremos a sus amos.

Se llevó a Wex, a Frey y a Gynir Napiarroja para explorar corriente arriba. Wex y él cabalgaban por una orilla del arroyo, y Napiarroja y Walder Frey, por la otra. Los lobos podían haber salido por cualquiera de las dos. Theon estaba alerta en busca de huellas, rastros, ramas rotas, cualquier indicio de que los lobos huargo hubieran salido del agua. Distinguió sin problemas huellas de ciervos, alces y tejones. Wex sorprendió a una raposa que bebía del arroyo, y Walder hizo salir a tres conejos de la maleza; incluso se las arregló para ensartar uno de un flechazo. Vieron marcas de zarpas de oso en la corteza de un abedul de gran altura. Pero de los lobos huargo, ni rastro.

«Un poco más lejos —se dijo Theon—. Más allá de aquel roble, después de aquel otero, en el próximo meandro del arroyo, seguro que encontraremos algo...» Siguió avanzando incluso mucho después de comprender que debía dar media vuelta. La creciente ansiedad le estaba haciendo un nudo en la garganta. Ya era mediodía cuando, de mala gana, se dio por vencido e hizo que Sonrisas diera media vuelta.

No sabía cómo, pero Osha y aquellos jodidos mocosos lo eludían. No era posible: iban a pie, cargados con un tullido y un niño pequeño. Con cada hora que pasaba aumentaba la probabilidad de que escaparan. «Si llegan a algún pueblo...» Los habitantes del norte jamás les negarían su ayuda a los hijos de Ned Stark, a los hermanos de Robb. Les darían caballos para que corrieran más, les proporcionarían comida, los hombres se disputarían el honor de protegerlos... Todo el puto norte haría causa común con ellos.

«Los lobos fueron corriente abajo, nada más. —Se aferró a aquella idea—. La perra castaña encontrará el punto por donde salieron del agua, y les seguiremos la pista.»

Pero cuando se reunieron con el grupo de Farlen, bastó una mirada al rostro del encargado de las perreras para acabar con todas las esperanzas de Theon.

—Esos perros no valen ni para cebo de osos —dijo airadamente—. Ojalá tuviera un oso.

—La culpa no es de los perros. —Farlen se arrodilló entre uno de los mastines y su querida perra castaña, con una mano sobre cada uno de ellos—. En una corriente no se puede seguir un rastro, mi señor.

—Los lobos tuvieron que salir del arroyo en algún punto.

—No me cabe duda. Corriente arriba o corriente abajo. Si seguimos, acabaremos por encontrar el lugar. Pero ¿en qué dirección?

—¿Cuándo se ha visto un lobo que nade corriente arriba leguas y leguas? —dijo Hediondo—. Puede que un hombre lo hiciera, si se supiera perseguido, pero un lobo...

Theon no estaba tan seguro. Aquellas bestias no eran como el resto de los lobos. «Debería haberlos despellejado el primer día.»

El mismo resultado habían obtenido Gariss, Murch y Aggar. Los cazadores habían retrocedido la mitad del camino hacia Invernalia, sin encontrar ni rastro del lugar donde los Stark se habían separado de los lobos huargo. Los sabuesos de Farlen parecían tan frustrados como sus amos, se empeñaban en olfatear cada árbol y cada roca, y se lanzaban dentelladas unos a otros.

—Volveremos al arroyo. —Theon se negaba a reconocer la derrota—. Registraremos todo de nuevo. Esta vez llegaremos hasta donde sea preciso.

—No los vamos a encontrar —dijo de repente el joven Frey—. Los acompañan los comerranas. Los embarrados son taimados como serpientes; no pelean como los hombres decentes. Se esconden y disparan flechas envenenadas. No los vemos, pero ellos nos ven. Los que los siguen por los pantanos se pierden y no vuelven a aparecer. Tienen casas que se mueven, hasta castillos, como la Atalaya de Aguasgrises. —Miró nervioso la vegetación que los rodeaba por todas partes—. Puede que estén aquí mismo, que nos estén oyendo.

Farlen se echó a reír para demostrar lo que opinaba de semejante idea.

—Mis perros olerían cualquier cosa que estuviera entre los arbustos. Les habrían caído encima antes de que te diera tiempo a pestañear, chico.

—Los comerranas no huelen como las personas —se empecinó Frey—. Apestan a pantano, a ranas, a agua estancada... En los sobacos les crece musgo, no pelo, y pueden sobrevivir sin comer nada más que barro y respirar agua de pantano.

Theon estaba a punto de decirle por dónde se podía meter sus fábulas infantiles cuando intervino el maestre Luwin.

—Según las historias, los lacustres crecieron cerca de los hijos del bosque en los tiempos en que los verdevidentes trataban de hacer caer el martillo de las aguas sobre el Cuello. Puede que tengan conocimientos secretos.

De pronto, el bosque parecía mucho más sombrío que hacía un instante, como si una nube acabara de ocultar el sol. Una cosa era que un niño idiota fuera por ahí diciendo tonterías, pero los maestres tenían que ser más sabios.

—Los únicos niños que me interesan son Bran y Rickon —dijo Theon—. Volvemos ahora mismo al arroyo.

Durante un momento temió que no lo obedecieran, pero al final se impusieron las viejas costumbres. Lo siguieron de mala gana, pero lo siguieron. El niño, Frey, parecía tan sobresaltado como los conejos a los que había espantado poco antes. Theon distribuyó a sus hombres por las dos orillas, y siguieron la corriente. Cabalgaron interminables leguas, despacio, con cautela, desmontando para guiar a los caballos por las riendas en los puntos más peligrosos, dejando que aquellos perros inútiles olisquearan cada arbusto. Al llegar a un lugar donde un árbol caído había creado una presa natural, los cazadores tuvieron que dar un rodeo en torno al estanque de aguas verdes, pero si los lobos habían hecho lo mismo no habían dejado la menor huella ni rastro. Por lo visto, las bestias habían seguido nadando. «Cuando los atrape van a nadar hasta hartarse. Le entregaré a los dos al Dios Ahogado.»

Cuando empezó a oscurecer en el bosque, Theon Greyjoy tuvo que darse por vencido. O los lacustres conocían de verdad la magia de los hijos del bosque, o la salvaje Osha los había engañado con alguno de sus trucos. Los hizo avanzar a toda prisa en medio del ocaso, pero cuando el último resto de luz desapareció Joseth reunió por fin valor para dirigirse a él.

—Esto es inútil, mi señor. Nos vamos a romper una pierna, o dejaremos tullido un caballo.

—Joseth tiene razón —dijo el maestre Luwin—. No vamos a conseguir nada registrando el bosque a la luz de las antorchas.

Theon sentía el sabor de la bilis en la garganta, y tenía un nido de serpientes en el estómago. Si regresaba a Invernalia con las manos vacías, tanto le daría vestirse de bufón, porque todo el norte se iba a burlar de él. «Y cuando se entere mi padre, cuando se entere Asha...»

—Mi señor príncipe —dijo Hediondo al tiempo que se acercaba a su caballo—, puede que los Stark no vinieran por aquí. Si yo estuviera en su lugar, habría ido hacia el noreste. Hacia las tierras de los Umber, que son buenos vasallos de los Stark. Pero quedan lejos. Los chicos tendrán que refugiarse en algún sitio. Y puede que yo sepa dónde. —Theon lo miró con desconfianza—. ¿Conocéis ese molino viejo —siguió—, una edificación aislada en Agua Bellota? Nos detuvimos en aquel lugar cuando me llevaron cautivo a Invernalia. La mujer del molinero nos vendió heno para los caballos, mientras aquel caballero viejo le decía lo guapos que eran sus mocosos. Puede que los Stark se escondan allí.

Theon conocía el molino. Incluso se había acostado un par de veces con la esposa del molinero. Ni el lugar ni la mujer tenían nada de especial.

—¿Y por qué allí? Hay una docena de pueblos y fortalezas a la misma distancia.

—¿Que por qué? —Los ojos claros de Hediondo tenían un brillo burlón—. Pues no sabría decirlo. Pero tengo el presentimiento de que están allí.

Theon empezaba a hartarse de aquellas respuestas insidiosas. «Sus labios parecen un par de gusanos follando.»

—¿Qué quieres decir? Si me has estado ocultando algo...

—Qué cosas tiene mi señor príncipe. —Hediondo desmontó y le indicó a Theon que hiciera lo mismo. Cuando ambos estuvieron a pie, abrió el saco que había cargado desde Invernalia—. Mirad esto.

Cada vez había menos luz. Theon, impaciente, metió las manos en el saco y palpó una piel suave y un tejido de lana áspero. Una punta afilada le pinchó la piel, y cerró los dedos en torno a algo frío y duro. Sacó un broche de plata y azabache en forma de cabeza de lobo. De repente lo comprendió.

—Gelmarr —dijo, preguntándose en quién podía confiar. «En ninguno de ellos»—. Aggar. Napiarroja. Venid con nosotros. Los demás podéis volver a Invernalia con los perros; no los necesitamos para nada. Ya sé dónde se esconden Bran y Rickon.

—Príncipe Theon —suplicó el maestre Luwin—, ¿recordaréis vuestra promesa? Dijisteis que tendríais compasión.

—Dije que tendría compasión esta mañana —replicó Theon. «Es mejor que me teman a que se burlen de mí»—. Antes de que me hicieran enfadar.

JON

Veían el fuego que ardía en medio de la noche, al otro lado de la montaña, como una estrella caída. Su brillo era más rojo que el de las otras estrellas y no parpadeaba, aunque a veces cobraba energías renovadas, y a veces casi se apagaba. No era más que un resplandor lejano, mortecino y tenue.

«A ochocientas varas de distancia y a otro tanto de altura —calculó Jon—. Con una situación perfecta para ver cualquier cosa que se mueva abajo, por el paso.»

—Ha puesto vigías sobre el Paso Aullante —dijo sorprendido el mayor de ellos. De jovencito había sido escudero de un rey, de modo que los hermanos negros todavía lo llamaban Escudero Dalbridge—. ¿De qué tendrá miedo Mance Rayder?

—Si supiera que han encendido una hoguera, despellejaría a esos pobres desgraciados —dijo Ebben, un hombrecillo calvo y achaparrado con músculos como sacos de piedras.

—Aquí arriba, el fuego es la vida —dijo Qhorin Mediamano—, pero también puede ser la muerte.

Por orden suya no se habían arriesgado a encender hogueras al descubierto desde que habían entrado en el terreno montañoso. Se comían la carne en salazón fría; el pan, duro, y el queso, más duro todavía, y dormían vestidos y acurrucados bajo montones de capas y pieles, dando gracias por el calor que les proporcionaba la proximidad de sus cuerpos. Aquello hacía que Jon recordara las noches frías de Invernalia, tanto tiempo atrás, cuando compartía la cama con sus hermanos. Aquellos hombres también eran sus hermanos, aunque la cama que compartían era de piedra y tierra.

—Seguro que tienen un cuerno —dijo Serpiente de Piedra.

—Un cuerno que no deben hacer sonar —señaló Mediamano.

—Es un ascenso muy duro de noche —dijo Ebben, que no apartaba la vista de la chispa lejana, mirando a través de una hendidura en las rocas tras las que se cobijaban.

El cielo estaba despejado, y los picachos abruptos de las montañas se alzaban, negro contra negro, hasta la cima, donde las gélidas coronas de nieve y hielo brillaban pálidas a la luz de la luna.

—La caída es más dura aún —dijo Qhorin Mediamano—. Dos hombres. Sí, porque habrá dos hombres de guardia.

—Yo. —El explorador al que llamaban Serpiente de Piedra ya había demostrado que era el mejor escalador del grupo. Él debía ser uno de los dos.

—Y yo —dijo Jon Nieve.

Qhorin Mediamano lo miró. Jon alcanzaba a oír el viento que sollozaba al atravesar el paso situado sobre ellos. Uno de los caballos piafó y pateó el suelo rocoso de la hondonada donde se habían refugiado.

—El lobo se tendrá que quedar con nosotros —dijo Qhorin—. A la luz de la luna, el pelaje blanco se ve demasiado bien. —Se volvió hacia Serpiente de Piedra—. Cuando terminéis, tirad una marca ardiendo. Acudiremos cuando la veamos caer.

—Por mí podemos partir ya —dijo Serpiente.

Cogieron cada uno un largo rollo de cuerda. Serpiente de Piedra llevaba también una bolsa con clavijas de hierro y un martillito con la cabeza envuelta en fieltro grueso. Dejaron atrás sus caballos junto con los yelmos, las cotas de malla y a Fantasma. Jon se arrodilló y dejó que el lobo huargo lo acariciara con la nariz antes de ponerse en marcha.

—Quédate —ordenó—. Volveré a buscarte.

Serpiente de Piedra abría la marcha. Era un hombre bajo y nervudo, de unos cincuenta años, con la barba canosa, pero más fuerte de lo que aparentaba, y con la mejor visión nocturna que Jon había conocido en nadie. Aquella noche les resultaba imprescindible. Durante el día, las montañas eran de un gris azulado, con pinceladas de escarcha, pero cuando el sol se ponía tras los picos escarpados, se tornaban negras. En aquel momento, la luna las teñía de blanco y plata.

Los hermanos negros avanzaron a través de las sombras negras, entre las rocas negras, en su ascenso por un camino empinado y serpenteante, con la respiración condensada en el aire negro. Sin la cota de malla, Jon se sentía casi desnudo, pero no echaba de menos su peso. El avance era duro y lento. Si se intentaban apresurar, se arriesgaban a romperse un tobillo, o a algo peor. Serpiente de Piedra siempre parecía saber instintivamente dónde poner los pies, pero en aquel terreno abrupto y desigual, Jon tenía que tener más cuidado.

El Paso Aullante era en realidad una serie de pasos, una ruta larga y laberíntica que ascendía rodeando una sucesión de picos barridos por el viento y valles ocultos que rara vez veían la luz del sol. Si descontaba a sus compañeros, Jon no había visto a ningún hombre vivo desde que dejaron atrás los bosques y emprendieron el ascenso. Los Colmillos Helados eran el lugar más inhóspito que los dioses habían creado, y el más hostil para los hombres. Allí, el viento cortaba como un cuchillo, y durante la noche aullaba como una madre que llorase por sus hijos asesinados. Los pocos árboles que crecían eran grotescos, atrofiados, brotaban de lado en grietas y fisuras. A menudo, sobre el sendero, se cernían salientes rocosos, con flecos de carámbanos que desde lejos parecían colmillos feroces.

Pese a todo, Jon Nieve no se arrepentía de estar donde estaba. Allí había también cosas maravillosas. Había visto la luz del sol arrancando destellos de cataratas heladas que caían sobre precipicios pedregosos, y un prado entre montañas lleno de flores silvestres otoñales, olasfrías azules, llamas de hielo de un vivo escarlata, y extensiones de hierba de gaitero color paja y oro. Se había asomado a barrancos tan profundos y negros que parecían llevar a algún infierno, y había cruzado a caballo un puente natural de piedra, azotado por el viento, sin nada más que cielo a ambos lados. Las águilas hacían sus nidos en las alturas y descendían a los valles para cazar, trazando círculos perezosos con aquellas grandes alas color gris azulado que casi parecían parte del cielo. En cierta ocasión vio como un gatosombra acechaba a un carnero, cómo parecía fluir por la ladera de la montaña como humo líquido, mientras se preparaba para atacar.

«Ahora nos toca atacar a nosotros.» Habría dado cualquier cosa por saber moverse con la seguridad y el sigilo del gatosombra, por poder matar con la misma rapidez. Llevaba a *Garra* en su funda, cruzada a la espalda, pero tal vez no tuviera sitio para utilizarla. Tenía un cuchillo y un puñal por si había que atacar más de cerca. «Ellos también irán armados, y yo no tengo cota de malla.» Se preguntaba quién sería al final el gatosombra y quién el carnero.

Siguieron el sendero durante un largo trecho, con sus giros y sus recodos, siempre por la ladera de la montaña, siempre hacia arriba. En ocasiones, la montaña se replegaba sobre sí misma y perdían de vista la hoguera, pero tarde o temprano volvía a aparecer. El sendero que había elegido Serpiente de Piedra habría sido intransitable con caballos. En algunos tramos, Jon tenía que pegar la espalda a la piedra fría y caminar de lado como un cangrejo, palmo a palmo. El camino era traicionero incluso cuando se ensanchaba; había grietas que podían engullir la pierna de un hombre, rocas sueltas que hacían tropezar, hondonadas en las que el agua se acumulaba durante el día y se congelaba por la noche.

«Un paso detrás de otro —se dijo Jon—. Un paso detrás de otro, y no me caeré.»

No se había afeitado desde que dejaron atrás el Puño de los Primeros Hombres, y el vello que le crecía en el labio superior estuvo pronto cubierto de escarcha. A las dos horas de escalada, el viento lo golpeaba con tanta fuerza que no podía hacer más que encogerse, aferrarse a la roca y rezar para que una ráfaga no lo arrancara de la montaña. «Un paso detrás de otro —siguió cuando el vendaval se calmó un poco—. Un paso detrás de otro y no me caeré.»

No tardaron en estar a una altura tal que no era nada recomendable mirar hacia abajo. De hacerlo, lo único que se divisaba era una negrura abismal, idéntica a la negrura de arriba en todo excepto en la luna y en las estrellas.

—La montaña es tu madre —le había dicho Serpiente de Piedra hacía unos días, durante un ascenso bastante menos complicado—. Aférrate a ella, aprieta la cara contra sus tetas, y ella no te dejará caer.

Jon se lo había tomado a broma; comentó que siempre se había preguntado quién sería su madre, pero que nunca pensó que la encontraría en los Colmillos Helados. En aquel momento ya no le parecía tan divertido. «Un paso detrás de otro», pensó mientras se agarraba a la roca.

El estrecho sendero terminaba bruscamente en un punto donde una roca inmensa de granito negro salía de la ladera de la montaña. Comparada con la luz brillante de la luna, su sombra era tan negra que parecía la entrada de una caverna.

—Por aquí arriba —dijo el explorador en voz baja—. Tenemos que situarnos por encima de ellos. —Se quitó los guantes, se los metió debajo del cinturón y se ató un extremo de la cuerda en torno a la cintura, y ató el otro en torno a la de Jon—. Cuando la cuerda se ponga tensa, sígueme.

El explorador no esperó respuesta, sino que se puso en marcha al instante, y empezó a trepar con los dedos de las manos y con los pies a una velocidad que a Jon le pareció increíble. La larga cuerda se fue desenroscando poco a poco. Jon lo estudió con atención para tomar nota mental de cómo subía y dónde buscaba asidero, y cuando se desenroscó el último tramo de cuerda, se quitó los guantes y lo siguió, aunque mucho más despacio.

Serpiente había atado la cuerda alrededor de un saliente de roca lisa y lo estaba esperando, pero en cuanto Jon llegó, la soltó y empezó a trepar de nuevo. En esta ocasión no había ningún refugio adecuado cuando llegó al extremo, de manera que sacó el martillo con la cabeza envuelta en fieltro y clavó una clavija en una hendidura de la piedra con una serie de golpes suaves. Pese a lo delicado de los martillazos, resonaban con tanta fuerza contra la piedra que Jon se estremecía con cada golpe, seguro de que los salvajes también los estarían oyendo. Cuando la clavija estuvo firme, Serpiente ató bien la cuerda, y Jon empezó la ascensión. «Mama de la teta de la montaña —se recordó—. No mires hacia abajo. Descansa el peso sobre los pies. No mires hacia abajo. Mira la roca que tienes delante. Hay un buen asidero, sí. No mires abajo. En aquella cornisa puedo recuperar el aliento, solo tengo que llegar allí. No mires abajo.»

En una ocasión le resbaló el pie sobre el que apoyaba el peso, y durante un instante se le detuvo el corazón, pero los dioses fueron misericordiosos, y no cayó. Notaba cómo el frío de la roca se le metía en los dedos, pero no se atrevía a ponerse los guantes; por ceñidos que parecieran, resbalarían; el tejido se movería entre la piel y la piedra, y en aquel lugar, aquello significaba la muerte. La mano quemada se le empezó a entumecer, y no tardó en dolerle. Sin darse cuenta se había hecho una herida en un pulgar, y dejaba manchas de sangre allí donde ponía los dedos. Para sus adentros, deseó seguir teniendo diez cuando terminara la ascensión.

Subieron, subieron, subieron, como sombras negras que se arrastraran sobre la pared de roca bañada por la luz de la luna. Cualquiera que se encontrara en la base del paso los habría divisado sin dificultad, pero la montaña los ocultaba de los ojos de los salvajes reunidos en torno a su hoguera. Ya estaban cerca; Jon lo presentía. Pero ni aun así se permitió pensar en los enemigos que lo esperaban sin saberlo. En cambio pensó en su hermano, que estaba en Invernalia. «A Bran le encantaba trepar. Ojalá yo tuviera la décima parte de su valor.»

A dos tercios del trayecto hasta la cima, el ascenso quedaba interrumpido por una grieta traicionera en la piedra helada. Serpiente le tendió la mano para ayudarlo a subir. Se había puesto los guantes de nuevo, y Jon hizo lo mismo. El explorador hizo un gesto con la cabeza para señalar hacia la izquierda, y los dos reptaron por la cornisa a lo largo de trescientas varas o más, hasta divisar el tenue brillo anaranjado, más allá del borde del precipicio.

Los salvajes habían encendido la hoguera en una hondonada desde la que se divisaba la parte más angosta del paso, al borde de un abismo y contra una pared de roca que los resguardaba de las peores ráfagas de viento. La misma pared que los protegía les permitió a los hermanos negros llegar arrastrándose sobre el vientre a pocos pasos de ellos, mirando desde arriba a los hombres a los que tenían que matar.

Uno de ellos estaba dormido, enroscado bajo un montón de pieles. Jon no distinguió ninguno de sus rasgos, aparte de la cabellera rojiza que brillaba a la luz del fuego. El segundo estaba sentado cerca de las llamas; de cuando en cuando añadía ramas a la hoguera y se quejaba del viento con voz lastimera. El tercero vigilaba el paso, aunque no había mucho que ver, únicamente un inmenso cuenco de oscuridad bordeado por las montañas nevadas. El que vigilaba era el que llevaba el cuerno.

«Tres.» Durante un momento, Jon no supo qué iban a hacer. «Pensábamos que solo habría dos.» Pero uno estaba durmiendo. Y tanto daba si eran dos, tres o veinte; tenía que hacer lo que había ido a hacer allí. Serpiente de Piedra le tocó el brazo y le señaló al salvaje del cuerno. Jon hizo un gesto en dirección al que estaba sentado junto a la hoguera. Resultaba extraño elegir a qué hombre iba a matar cada uno. Se había pasado la mitad de la vida con una espada y un escudo, entrenándose para aquel momento. «¿Se sentiría Robb así antes de su primera batalla?», se preguntó. Pero no había tiempo para pensar en la respuesta. Serpiente se movió tan deprisa como el animal cuyo apodo llevaba, lanzando una lluvia de guijarros sobre los salvajes. Jon desenvainó a *Garra* y lo siguió.

Todo pareció suceder en un abrir y cerrar de ojos. Más tarde, Jon se detendría a admirar el valor del salvaje que intentó echar mano del cuerno antes que de la espada. Consiguió llevárselo a los labios, pero antes de que pudiera hacerlo sonar, Serpiente de Piedra se lo arrancó de las manos con un golpe de la espada corta. El hombre que le había correspondido a Jon se puso en pie de un salto y le blandió una tea encendida delante del rostro. Jon sintió el calor de las llamas en las mejillas y retrocedió un paso. Por el rabillo del ojo, vio como el que antes dormía empezaba a moverse, y comprendió que tenía que acabar pronto con su adversario. Cuando volvió a blandir la tea encendida, se lanzó contra ella esgrimiendo la espada bastarda con ambas manos. El acero valyrio atravesó el cuero, las pieles, la lana y la carne, pero cuando el salvaje cayó, se retorció y le arrancó la espada de las manos. En el suelo, el que había estado dormido se incorporó entre las pieles. Jon echó mano del puñal, agarró al hombre por el pelo y le puso la hoja bajo la barbilla mientras él... no, ella...

Se detuvo en seco.

—Es una chica.

—Es una vigía —replicó Serpiente de Piedra—. Y una salvaje. Acaba con ella.

Jon vio el miedo y el fuego en los ojos de la muchacha. Le corría un hililo de sangre por el cuello blanco, allí donde la punta del puñal le había cortado la piel. «Un tajo y se acabó», se dijo. Estaba tan cerca que le llegaba el olor a cebolla de su aliento. «Parece de mi edad.» La chica tenía algo que le recordaba a Arya, aunque no había ninguna semejanza física.

—¿Te rindes? —preguntó al tiempo que giraba el puñal. «¿Y si dice que no?»

—Me rindo. —Las palabras se condensaron en el aire frío.

—Entonces eres nuestra prisionera —dijo Jon apartando la hoja de la piel suave del cuello.

—Qhorin no dijo nada de tomar prisioneros —dijo Serpiente de Piedra.

—Tampoco dijo que no los tomáramos.

Jon soltó el pelo de la chica, que retrocedió para alejarse de ellos.

—Es una guerrera. —Serpiente señaló el hacha de mango largo que había entre las pieles—. Eso es lo que buscaba cuando la has agarrado. Si le das media ocasión, te la clavará entre los ojos.

—Entonces no le daré media ocasión. —Le dio una patada al hacha para alejarla de la prisionera—. ¿Cómo te llamas?

—Ygritte.

La chica se frotó la garganta con la mano y contempló la sangre húmeda en los dedos. Jon enfundó el puñal y arrancó a *Garra* del cuerpo del hombre al que había matado.

—Eres mi prisionera, Ygritte.

—Yo te he dicho mi nombre.

—Me llamo Jon Nieve.

—Es un nombre malvado —dijo con una mueca.

—Es un nombre de bastardo —dijo él—. Mi padre era lord Eddard Stark de Invernalia.

La chica lo miró con cautela, pero Serpiente de Piedra soltó una risita mordaz.

—Oye, lo habitual es que sean los prisioneros los que respondan a las preguntas. —El explorador echó una rama larga a la hoguera—. Aunque no va a decir nada. He visto a salvajes cortarse la lengua a mordiscos antes de contar nada. —Cuando el extremo de la rama estuvo encendido con llamas vivas, dio dos pasos adelante y la lanzó hacia el paso. La rama cayó girando en la noche, hasta que la perdieron de vista.

—Tendríais que quemar a los que habéis matado —dijo Ygritte.

—Para eso hace falta una hoguera más grande, y las hogueras grandes brillan mucho. —Serpiente de Piedra dio la vuelta y escudriñó la negrura de la noche en busca de alguna chispa de luz—. ¿Qué pasa? ¿Hay más salvajes en las proximidades?

—Quemadlos —insistió la chica tercamente—, o puede que volváis a necesitar las espadas.

—Quizá deberíamos hacer lo que dice. —Jon recordaba a Othor, muerto, con las manos frías y negras.

—Hay otros sistemas. —Serpiente se arrodilló junto al hombre al que había matado y le quitó la capa, las botas, el cinturón y el chaleco. Luego se echó el cadáver a los hombros enjutos y lo llevó hasta el borde. Lo lanzó al vacío con un gruñido de esfuerzo. Un momento más tarde oyeron el golpe pesado, húmedo, mucho más abajo. Para entonces, el explorador ya estaba desnudando el segundo cadáver. Lo arrastró por los brazos; Jon lo cogió por los pies, y juntos lo lanzaron a la negrura de la noche.

Ygritte los observaba sin decir nada. Jon se dio cuenta de que era mayor de lo que le había parecido al principio. Tendría tal vez veinte años, aunque era menuda para su edad, patizamba, con el rostro redondo, las manos pequeñas y la nariz respingona. Tenía una mata desgreñada de pelo rojo. Allí acurrucada parecía regordeta, pero la mayor parte de su volumen se debía a las capas de pieles, lana y cuero. Bajo todo aquello podía ser tan flaca como Arya.

—¿Os enviaron a vigilar por si aparecíamos nosotros? —le preguntó Jon.

—Vosotros o cualquiera.

—¿Qué nos aguarda más allá del paso? —preguntó Serpiente de Piedra mientras se calentaba las manos sobre la hoguera.

—El pueblo libre.

—¿Cuántos son?

—Cientos y miles. Más de los que has visto nunca, cuervo. —Sonrió. Tenía los dientes torcidos, pero muy blancos.

«No sabe cuántos son.»

—¿Qué hacéis aquí?

Ygritte no dijo nada.

—¿Qué hay en los Colmillos Helados que tanto le interesa a vuestro rey? Aquí no podéis quedaros mucho tiempo; no hay comida.

La chica miró para otro lado.

—¿Tenéis intención de atacar el Muro? ¿Cuándo?

Ella contempló las llamas, como si no lo oyera.

—¿Sabes algo de mi tío, Benjen Stark?

Ygritte siguió sin hacerle caso. Serpiente de Piedra se echó a reír.

—Si te escupe la lengua, no digas que no te lo advertí.

Un gruñido bajo despertó ecos en las rocas. «Un gatosombra», comprendió Jon al instante. Se levantó en el momento en que se oía otro, más cercano. Desenvainó la espada y escuchó.

—No nos molestarán —dijo Ygritte—. Han venido a por los muertos. Esos gatos huelen un cadáver a dos leguas de distancia. Se quedarán ahí hasta que se hayan comido hasta el último jirón de carne; romperán los huesos para chupar la médula.

Jon oyó los ruidos de los animales comiendo. Aquello lo hizo sentir intranquilo. El calor del fuego lo había hecho darse cuenta de hasta qué punto estaba agotado, pero no se atrevía a dormir. Había tomado una prisionera; a él le correspondía vigilarla.

—Esos dos que hemos matado —dijo en voz baja—, ¿eran parientes tuyos?

—No más que tú.

—¿Yo? —El muchacho frunció el ceño—. ¿Qué quieres decir?

—Dijiste que eras el bastardo de Invernalia.

—Así es.

—¿Quién fue tu madre?

—Una mujer. Es lo más habitual. —Alguien le había dado aquella respuesta en cierta ocasión. No recordaba quién.

—¿Y nunca te cantó la canción de la rosa invernal? —La chica volvió a mostrar los dientes blancos en una sonrisa.

—No conocí a mi madre. Ni conozco esa canción.

—La compuso Bael el Bardo. Fue el Rey-más-allá-del-Muro hace mucho tiempo. Todos los hombres libres se saben sus canciones, pero a lo mejor en el sur no las cantáis.

—Invernalia no está en el sur —objetó Jon.

—Para nosotros, sí; todo lo que hay al otro lado del Muro está al sur.

—Me imagino que es cuestión de dónde esté cada uno. —Nunca se le había ocurrido plantearlo de aquella manera.

—Sí —asintió Ygritte—. Como siempre.

—Cuéntame —pidió Jon. Qhorin tardaría horas en subir; una narración lo mantendría despierto—. Me interesa oír esa historia.

—Puede que no te guste.

—De todos modos me interesa.

—Qué valiente, el cuervo —se burló la chica—. Bueno, mucho antes de reinar sobre los hombres libres, Bael era un gran aventurero.

—Cuando dice aventurero —soltó Serpiente con un bufido— quiere decir asesino, ladrón y violador.

—Eso también depende de dónde esté cada uno —dijo Ygritte—. El Stark de Invernalia quería la cabeza de Bael, pero no podía apresarlo, y el sabor del fracaso lo exasperaba. Un día, llevado por la amargura, dijo que Bael era un cobarde que solo atacaba a los débiles. Cuando Bael se enteró de aquello, juró que le daría una lección al señor. De manera que escaló el Muro, bajó por el camino Real, y entró en Invernalia una noche de invierno, con una lira en la mano, diciendo llamarse Sygerrik de Skagos. *Sygerrik* significa «embustero» en la lengua antigua, la que hablaban los primeros hombres y todavía hablan los gigantes.

»Ya sea en el norte o en el sur, los bardos siempre son bienvenidos, de modo que Bael comió en la mesa del propio lord Stark y tocó para el señor durante la mitad de la noche. Cantó canciones antiguas, y algunas nuevas que él mismo compuso, y tan bien tocó y cantó que, cuando terminó, el señor le ofreció la recompensa que quisiera.

»Lo único que pido es una flor —dijo Bael—, la flor más hermosa de los jardines de Invernalia.

»Daba la casualidad de que las rosas invernales acababan de florecer, y no hay flor tan rara ni valiosa. De manera que el Stark envió a sus jardineros a los invernaderos, con la orden de que eligieran la rosa más bella y la cortaran para pagar con ella al bardo. Así se hizo. Pero, cuando amaneció, el bardo había desaparecido... y también la hija doncella de lord Brandon. Encontraron su lecho vacío, y sobre la almohada, la rosa azul que Bael había dejado.

—¿Qué Brandon? —Era la primera vez que Jon oía aquella historia—. Brandon el Constructor vivió en la Edad de los Héroes, miles de años antes que Bael. También hubo un Brandon el Incendiario, y su padre, Brandon el Armador, pero...

—Este era Brandon el Sin Hija —replicó Ygritte con brusquedad—. ¿Te cuento la historia, o no?

—Vale —dijo Jon con el ceño fruncido—, sigue.

—Lord Brandon no tenía más hijos. Por orden suya, los cuervos negros volaron a cientos desde sus castillos, pero no encontraron ni rastro de Bael ni de la doncella. Buscaron durante más de un año, pero en ningún lugar dieron con Bael ni con la doncella, y pareció que la estirpe de los Stark había llegado a su fin. Pero una noche, mientras yacía aguardando la muerte, lord Brandon oyó el llanto de un niño. Buscó la fuente del sonido y encontró a su hija otra vez en su cuarto, dormida y con un bebé al pecho.

—¿Bael la llevó de vuelta?

—No. Estuvieron todo el tiempo en Invernalia, escondidos entre los muertos que hay bajo el castillo. La doncella amaba tanto a Bael que le dio un hijo, o eso dice la canción... porque, la verdad, en todas las canciones que compuso Bael había mujeres a montones que lo amaban. Bueno, el caso es que Bael dejó al bebé como pago por la rosa que había arrancado, y cuando el chico creció, se convirtió en el siguiente lord Stark. Así que ya ves: por tus venas, igual que por las mías, corre sangre de Bael.

—Eso no es más que un cuento —dijo Jon.

—Puede que sí, puede que no. —La chica se encogió de hombros—. Pero como canción está muy bien. Mi madre me la cantaba siempre. También era una mujer, Jon Nieve, como la tuya. —Se frotó la garganta y se tocó el corte que le había hecho con el puñal—. La canción termina cuando encuentran al bebé, pero la historia tiene un final más sombrío. Treinta años más tarde, cuando Bael era el Rey-más-allá-del-Muro y fue hacia el sur a la cabeza del pueblo libre, el joven lord Stark se enfrentó a él en el Vado Helado... y lo mató cuando cruzaron las espadas, porque Bael no quiso dañar a su hijo.

—De manera que fue el hijo quien mató al padre —dijo Jon.

—Así fue —asintió—, pero los dioses aborrecen a los que matan a la sangre de su sangre, aunque lo hagan sin saberlo. Cuando lord Stark regresó de la batalla, y su madre vio que llevaba clavada en la punta de la lanza la cabeza de Bael, loca de dolor, se tiró desde la torre. Su hijo no vivió mucho más: uno de sus señores lo despellejó y se hizo una capa con su piel.

—Ese Bael era un mentiroso —replicó Jon, ya seguro.

—No —dijo Ygritte—, pero la verdad de un bardo no es igual que la tuya o la mía. Además, el que me ha pedido que contara la historia has sido tú. —Le dio la espalda, cerró los ojos y fingió dormirse.

El amanecer y Qhorin Mediamano llegaron al mismo tiempo. Las piedras negras se habían tornado grises, y el cielo, hacia el este, era de color índigo cuando Serpiente de Piedra divisó a los exploradores que ascendían. Jon despertó a la prisionera y la sujetó por el brazo cuando bajaron para reunirse con ellos. Por suerte había otro camino de descenso hacia el noroeste, mucho más accesible que aquel por el que habían subido. Esperaron en un desfiladero angosto a que llegaran sus hermanos, tirando de las riendas de los caballos. Nada más captar su olor, Fantasma saltó hacia él. Jon se acuclilló para permitir que el lobo huargo le cerrara los dientes en torno a la muñeca. Para ellos era un juego, pero al alzar la vista vio que Ygritte los estaba mirando con los ojos como platos.

Qhorin Mediamano no hizo ningún comentario al ver a la prisionera.

—Había tres —le dijo Serpiente de Piedra, y aquello fue todo.

—Ya vimos a dos por el camino —dijo Ebben—, o más bien lo que quedaba de ellos después de que los encontraran los gatos. —Miró a la chica con acritud, la desconfianza pintada en el rostro.

—Esta se rindió —se sintió obligado a decir Jon.

—¿Sabes quién soy? —preguntó Qhorin con el rostro impasible.

—Qhorin Mediamano. —En comparación con él, la muchacha parecía una niña, pero lo miraba con descaro.

—Dime la verdad. Si yo cayera en manos de los tuyos y me rindiera, ¿qué conseguiría con eso?

—Una muerte más lenta que si no te hubieras rendido.

—No tenemos comida para ella —dijo el explorador mirando a Jon—, ni nos sobran hombres para vigilarla.

—El camino que nos aguarda es muy peligroso, hijo —dijo Escudero Dalbridge—. Un grito cuando haga falta silencio y todos estamos perdidos.

—Un beso de acero la hará callar. —Ebben desenfundó el puñal.

—Se rindió a mí. —Jon tenía la garganta seca. Los miró a todos, impotente.

—Entonces tendrás que ser tú quien haga lo que haya que hacer —dijo Qhorin Mediamano—. Eres de la sangre de Invernalia, y un hombre de la Guardia de la Noche. —Miró a los demás—. Vamos, hermanos, es mejor que lo dejemos solo. Le resultará más fácil si no estamos mirando.

A la cabeza del resto de los hombres, empezó a ascender por el sendero tortuoso, hacia el brillo pálido y rosado del sol allí donde asomaba entre dos montañas. Pronto, Jon y Fantasma estuvieron a solas con la chica salvaje.

Había pensado que Ygritte intentaría escapar, pero se quedó allí de pie, a la espera, con los ojos clavados en él.

—Nunca has matado a una mujer, ¿verdad? —Jon sacudió la cabeza—. Pues morimos igual que los hombres. Pero no tienes que matarme. Mance te aceptará entre nosotros, estoy segura. Hay caminos secretos. Esos cuervos no nos cogerán jamás.

—Soy tan cuervo como ellos —dijo Jon.

La chica asintió, resignada.

—¿Me quemarás luego?

—No puedo: verían el humo.

—Qué más da. —Se encogió de hombros—. En fin, se puede acabar en lugares peores que la barriga de un gatosombra.

Jon desenfundó a *Garra* sacándola por encima del hombro.

—¿No estás asustada?

—Anoche sí —reconoció ella—. Pero ahora ha salido el sol. —Se echó el pelo a un lado para dejar el cuello al descubierto, y se arrodilló ante él—. Que sea un tajo certero, cuervo, o volveré de entre los muertos para perseguirte.

Garra no era tan larga ni tan pesada como *Hielo,* el mandoble de su padre, pero era de acero valyrio. Rozó con el filo el punto donde debía asestar el golpe. Ygritte se estremeció.

—Está fría —dijo—. Venga, date prisa.

Alzó a *Garra* por encima de su cabeza, con las dos manos en torno al puño. «Un golpe, solo uno, con todas mis fuerzas.» Al menos podía proporcionarle una muerte rápida y limpia. Era hijo de su padre. ¿Verdad? ¿Verdad?

—Hazlo ya —insistió la chica a los pocos instantes—. Bastardo. Hazlo ya. El valor no me va a durar para siempre. —Al no sentir el golpe, giró la cabeza para mirarlo.

—Vete —murmuró Jon bajando la espada. Ygritte siguió mirándolo—. Vete —añadió él—, corre. Antes de que recupere el juicio. Corre.

La chica echó a correr.

SANSA

Hacia el sur, el humo oscurecía el cielo. Se alzaba serpenteante de un centenar de incendios, con dedos de hollín que manchaban las estrellas. Al otro lado del río Aguasnegras, una línea de llamas ardía toda la noche de horizonte a horizonte, y en la orilla más cercana, el Gnomo había hecho incendiar todo lo que había a lo largo de la ribera: muelles, almacenes, casas y burdeles, cualquier edificación que estuviera fuera de los muros de la ciudad.

El aire tenía sabor a ceniza incluso dentro de la Fortaleza Roja. Cuando Sansa encontró a ser Dontos en el silencio del bosque de dioses, el caballero le preguntó si había estado llorando.

—No, es por el humo —mintió—. Parece como si estuviera ardiendo medio bosque Real.

—Lord Stannis quiere ahumar a los salvajes del Gnomo para hacerlos salir. —Dontos se tambaleaba al hablar, apoyado con un brazo en un castaño. Tenía una mancha de vino en la túnica roja y amarilla de bufón—. Se dedican a matar a sus exploradores y a asaltar sus líneas de aprovisionamiento. Y los salvajes también han provocado incendios. El Gnomo le dijo a la reina que más valía que Stannis enseñara a sus caballos a comer ceniza, porque no iba a encontrar ni una brizna de hierba. Se lo oí decir. Ahora que soy bufón oigo muchas más cosas que cuando era caballero. Todo el mundo habla como si yo no estuviera presente. Además... —Se inclinó hacia delante y le echó a la cara el aliento con olor a vino—, la Araña paga con oro cualquier tontería. Creo que el Chico Luna lleva años en su nómina.

«Vuelve a estar borracho. Dice que es mi pobre Florian, y es cierto, pero no tengo a nadie más.»

—¿Es verdad que lord Stannis quemó el bosque de dioses de Bastión de Tormentas?

Dontos asintió.

—Hizo una gran pira de árboles como ofrenda a su nuevo dios. Se lo ordenó la sacerdotisa roja. Se dice que lo tiene dominado en cuerpo y alma. Stannis juró que, si tomaba la ciudad, quemaría también el Gran Septo de Baelor.

—Ojalá. —La primera vez que Sansa había visto el Gran Septo, con sus paredes de mármol y sus siete torres de cristal, le había parecido la edificación más hermosa del mundo. Pero aquello había sido antes de que Joffrey decapitara a su padre en aquellas escaleras—. Quiero que lo quemen.

—Callad, niña; los dioses os van a oír.

—¿Por qué? Mis plegarias no las oyen nunca.

—Sí que os oyen. Me enviaron a vos, ¿no?

Sansa se agarró a la corteza de un árbol. Se sentía mareada, casi febril.

—Os enviaron a mí, pero ¿de qué me habéis servido? Prometisteis que me llevaríais a mi hogar, y todavía estoy aquí.

—He hablado con un hombre al que conozco —dijo Dontos dándole unas palmaditas en el brazo—, es un buen amigo mío... y vuestro, mi señora. Cuando llegue el momento adecuado, alquilará un barco rápido para ponernos a salvo.

—El momento adecuado es ahora —insistió Sansa—, antes de que empiece la batalla. Se han olvidado de mí. Podríamos escabullirnos, estoy segura.

—Ay, niña, niña, niña. —Dontos sacudió la cabeza—. Sí, podríamos salir del castillo, pero las puertas de la ciudad están más vigiladas que nunca, y el Gnomo ha cerrado todas las salidas por el río.

Era cierto. El río Aguasnegras estaba desierto como Sansa no lo había visto nunca. Todos los transbordadores estaban anclados en la orilla norte, y las galeras mercantes habían huido, o bien el Gnomo se había apoderado de ellas para utilizarlas durante la batalla. Los únicos barcos que se veían eran las galeras de combate del rey. Remaban sin cesar de arriba abajo, siempre en las aguas profundas del centro del río, intercambiando andanadas de flechas con los arqueros de Stannis situados en la orilla sur.

Lord Stannis estaba todavía en camino, pero su vanguardia había llegado hacía ya dos noches, aprovechando la luna nueva. Al despertar, Desembarco del Rey se había encontrado con el espectáculo de sus pabellones y sus estandartes. Sansa oyó decir que eran cinco mil hombres, casi tantos como capas doradas había en la ciudad. Lucían las manzanas rojas o verdes de la casa Fossoway, la tortuga de Estermont y el zorro con flores de Florent, y su comandante era ser Guyard Morrigen, un famoso caballero sureño a quien llamaban Guyard el Verde. En su estandarte aparecía un cuervo volando, con las negras alas extendidas sobre un cielo verde tormentoso. Pero lo que más preocupaba a los habitantes de la ciudad eran los estandartes color amarillo claro, con largas colas que parecían llamas, y que en lugar del blasón de alguna casa lucían el símbolo de un dios: el corazón ardiente del Señor de Luz.

—Cuando llegue Stannis, tendrá diez veces más hombres que Joffrey, lo dice todo el mundo.

—No importa cuán numeroso sea su ejército, pequeña, mientras siga al otro lado del río. —Dontos le dio un apretón en el hombro—. Sin barcos, Stannis no podrá cruzarlo.

—Tiene barcos. Más que Joffrey.

—Su flota se encuentra muy lejos, en Bastión de Tormentas. Tendrá que subir por Garfio de Massey y el Gaznate, y cruzar la bahía del Aguasnegras. Quizá los dioses envíen una tormenta que los barra de los mares. —Dontos le dirigió una sonrisa esperanzadora—. Ya sé que no es fácil para vos. Debéis tener paciencia, niña. Cuando mi amigo regrese a la ciudad, tendremos un barco. Tened fe en vuestro Florian, y no temáis nada.

Sansa se clavó las uñas en la palma de la mano. Sentía cómo el miedo le atenazaba la boca del estómago, cada día más. Todavía la asediaban las pesadillas con recuerdos del día de la partida de la princesa Myrcella: eran sueños oscuros y asfixiantes, de los que despertaba en mitad de la noche sin respiración. Oía los gritos furiosos del gentío, gritos sin palabras, como de animales. La habían rodeado, le habían tirado porquerías, trataron de derribarla de su caballo, y todo habría sido mucho peor si el Perro no se hubiera abierto camino hasta ella a golpes de espada. Habían despedazado al septón supremo, le habían aplastado la cabeza a ser Aron con una roca... Y Dontos le decía que no temiera nada.

La ciudad entera tenía miedo; Sansa lo advertía desde los muros del castillo. Los habitantes se escondían tras postigos cerrados y puertas atrancadas, como si con ello pudieran ponerse a salvo. La última vez que cayó Desembarco del Rey, los Lannister saquearon y violaron tanto como quisieron, y pasaron por la espada a cientos de hombres, aunque la ciudad les había abierto las puertas. En esta ocasión, el Gnomo iba a presentar batalla, y una ciudad que se resistía no podía esperar clemencia.

Dontos no dejaba de decir tonterías.

—Si fuera caballero, todavía tendría que ponerme la armadura y subir a las murallas como todos los demás. Ganas me dan de besarle los pies al rey Joffrey y darle las gracias de todo corazón.

—Si le dierais las gracias por convertiros en bufón os volvería a nombrar caballero —replicó Sansa con tono brusco.

—Mi Jonquil es una dama muy lista, ¿eh? —Dontos rio entre dientes.

—Joffrey y su madre dicen que soy estúpida.

—Que lo digan. Es mejor para vos, querida. La reina Cersei, el Gnomo, lord Varys y todos esos se vigilan entre ellos atentos como halcones, pero de la hija de lady Tanda no se preocupa nadie, ¿verdad? —Se cubrió la boca con la mano para disimular un eructo—. Los dioses os guarden, mi pequeña Jonquil. —Se estaba poniendo sentimental, como siempre que bebía mucho vino—. Dadle un besito a vuestro Florian. Un besito de buena suerte.

Dio un paso tambaleante hacia ella. Sansa esquivó los labios húmedos protuberantes, depositó un beso ligero en la mejilla mal afeitada y le deseó buenas noches. Tuvo que echar mano de todas sus energías para no llorar. En los últimos tiempos había estado llorando demasiado. Sabía que era un comportamiento impropio, pero no podía contenerse. Se le llenaban los ojos de lágrimas a menudo, por cualquier tontería, y era incapaz de controlarlas.

No había guardias en el puente levadizo que llevaba al Torreón de Maegor. El Gnomo había situado a casi todos los capas doradas en las murallas de la ciudad, y los caballeros blancos de la Guardia Real tenían deberes más relevantes que ir pisándole los talones. Sansa podría haber ido a cualquier lugar, mientras no intentara salir del castillo, pero no había ningún sitio al que quisiera ir.

Cruzó el foso seco con el fondo lleno de estacas de hierro y subió por la estrecha escalera de caracol, pero cuando llegó ante la puerta de su dormitorio no soportó la idea de entrar. Las paredes mismas de la estancia la hacían sentir atrapada, y aunque abriera la ventana de par en par sentía como si le faltara el aire.

Sansa volvió a las escaleras y siguió subiendo. El humo desdibujaba las estrellas y la fina luna creciente, de manera que la noche era oscura y llena de sombras. Pero desde allí se podía divisar todo: las altas torres y los grandes baluartes de la Fortaleza Roja, el laberinto de callejuelas de la ciudad, las aguas oscuras del río, al sur y al oeste, la bahía, al este, las columnas de humo y pavesas, y hogueras, hogueras por todas partes. Los soldados se movían por las murallas de la ciudad como hormigas con antorchas, poblando los parapetos que habían brotado de las almenas. Abajo, junto a la puerta del Lodazal, la forma vaga de tres catapultas gigantescas se alzaba ante la humareda. Eran enormes, las más grandes que nadie hubiera visto jamás, al menos diez varas más altas que las murallas. Pero ni siquiera aquello conseguía que tuviera menos miedo. Sintió una punzada que la recorría, tan violenta que dejó escapar un sollozo y se llevó las manos al vientre.

Estuvo a punto de caerse, pero de pronto, una sombra se movió, y unos dedos fuertes la sujetaron por el brazo hasta que recuperó el equilibrio.

Sansa se apoyó en las almenas y clavó los dedos en la piedra áspera.

—Dejadme —sollozó—. Soltadme.

—El pajarito cree que tiene alas, ¿eh? ¿O qué quieres...? ¿Acabar tullida como tu hermanito?

—No me iba a caer. —Sansa se retorció para librarse de él—. Es que... me habéis sobresaltado, nada más.

—Quieres decir que te he asustado. Y todavía te asusto.

—Creía que no había nadie, y... —Respiró profundamente para tratar de calmarse, y apartó la vista.

—El pajarito aún no soporta mirarme a la cara, ¿verdad? —El Perro la soltó—. Pues cuando el populacho te tenía rodeada, bien que te alegraste de verme, ¿no te acuerdas?

Sansa se acordaba demasiado bien. Se acordaba de los gritos y los insultos, de cómo le corría la sangre por la mejilla cuando le lanzaron la piedra, del olor a ajo en el aliento del hombre que había intentado derribarla del caballo. Todavía sentía el pellizco doloroso de unos dedos en la muñeca cuando perdió el equilibrio y empezó a caer.

En aquel momento pensó que iba a morir, pero los dedos se estremecieron, los cinco a la vez, y el hombre lanzó un grito agudo como un relincho. La mano la soltó, y otra mano, más fuerte, la afianzó en la silla de montar. El hombre del aliento de ajo estaba en el suelo; la sangre manaba a borbotones del muñón de su brazo; pero había más, la rodeaban, muchos llevaban palos en las manos. El Perro saltó contra ellos; su espada era un torbellino de acero que levantaba a su paso una neblina roja. Cuando sus enemigos huyeron soltó una carcajada, y durante un momento, aquel espantoso rostro quemado se transformó.

Se obligó a alzar la vista, a mirarlo de verdad. Era una muestra de cortesía, y una dama siempre debía ser cortés. «Lo peor no son las cicatrices, ni cómo se le retuerce la boca. Lo peor son los ojos.» Jamás había visto unos ojos tan llenos de ira.

—De... debí ir a veros... después de aquello —dijo a trompicones—. Para... para daros las gracias... por salvarme... Fuisteis muy valiente.

—¿Valiente? —Soltó una carcajada que más bien parecía un gruñido—. Un perro no necesita valor para espantar a las ratas. Eran treinta contra mí, y ni uno osó hacerme frente.

Sansa no soportaba que siempre fuera tan brusco, que hablara de manera tan iracunda.

—¿Os proporciona placer asustar a la gente?

—No. Lo que me proporciona placer es matarla. —Retorció la boca en una mueca—. Arruga el ceño si quieres, pero no me vengas con monsergas. Eras hija de un gran señor. No me digas que lord Eddard Stark de Invernalia no mató nunca a nadie.

—Sí, pero lo hacía porque era su deber. No le gustaba.

—¿Eso te decía? —Clegane soltó otra carcajada—. Tu padre te mintió. No hay nada mejor que matar. —Desenvainó la espada larga—. Mira, esto sí es la verdad. Tu querido padre lo descubrió en las escaleras de Baelor. Señor de Invernalia, mano del rey, Guardián del Norte, el poderoso Eddard Stark, de una estirpe que se remonta a más de ocho mil años... pero a la espada de Ilyn Payne le dio igual a la hora de atravesarle el cuello. ¿Te acuerdas de cómo bailó cuando le quitaron la cabeza de encima de los hombros?

—¿Por qué sois siempre tan odioso? —Sansa se estrechó los brazos contra el cuerpo. De repente tenía mucho frío—. Yo os estaba dando las gracias...

—Sí, como si fuera uno de esos verdaderos caballeros que tanto te gustan. ¿Para qué crees que sirven los caballeros, niña? Tú piensas que todo es cosa de recibir prendas de las damas y quedar guapo con una armadura chapada en oro. Pero no, los caballeros sirven para matar. —Le puso la espada en el cuello, justo debajo de la oreja. Sansa sintió el filo del acero—. La primera vez que maté a un hombre tenía doce años. Y he perdido la cuenta de los que he matado desde entonces. Grandes señores de noble linaje, ricachones gordos vestidos de terciopelo, caballeros hinchados como vejigas de tanto honor, y sí, también mujeres y niños. No son más que carne, y yo soy el carnicero. Que se queden con sus tierras, con sus dioses y con su oro. Que se queden con sus títulos de caballero. —Sandor Clegane escupió a sus pies para demostrarle lo que opinaba de ellos—. Que yo me quedo con esto —dijo al tiempo que le apartaba la espada de la garganta—. Mientras lo tenga, no temeré a ningún hombre.

«Excepto a vuestro hermano —pensó Sansa, aunque tuvo suficiente sentido común para no decirlo en voz alta—. Es un perro, como él mismo dice siempre. Un perro medio salvaje y malvado que muerde la mano que intenta acariciarlo, pero aun así atacará a cualquiera que intente hacerles daño a sus amos.»

—¿Ni siquiera a los que están al otro lado del río?

Clegane desvió la vista hacia las hogueras lejanas.

—Hogueras y más hogueras. —Envainó la espada—. Solo los cobardes luchan con fuego.

—Lord Stannis no es ningún cobarde.

—Tampoco es tan hombre como lo fue su hermano. Robert nunca había dejado que una minucia como un río lo detuviera.

—¿Qué haréis vos cuando lo cruce?

—Luchar. Matar. Puede que morir.

—¿Y no tenéis miedo? Puede que los dioses os envíen a un infierno espantoso por todo el mal que habéis hecho.

—¿Qué mal? —Se echó a reír—. ¿Qué dioses?

—Los dioses que nos crearon a todos.

—¿A todos? —se burló—. Dime, pajarito, ¿qué clase de dioses crean a un monstruo como el Gnomo, o a una retrasada como la hija de lady Tanda? Si hay dioses, crearon a las ovejas para que los lobos pudieran comer carne, y también crearon a los débiles para que los fuertes jugaran con ellos.

—Los verdaderos caballeros protegen a los débiles.

—No hay verdaderos caballeros —soltó el Perro con un bufido—, igual que no hay dioses. Si no puedes protegerte, muérete y aparta del camino de los que sí pueden. Este mundo lo rigen el acero afilado y los brazos fuertes; no creas a quien te diga lo contrario.

—Sois odioso. —Sansa retrocedió un paso.

—Soy sincero. Es el mundo el que es odioso. Venga, pajarito, vete volando. Ya estoy harto de que me mires.

Sansa se marchó corriendo sin decir palabra. Sandor Clegane le daba miedo... pero una parte de su corazón deseaba que ser Dontos tuviera un fragmento de la ferocidad del Perro.

«Sí que hay dioses —se dijo—, y también hay verdaderos caballeros. Es imposible que todas las historias sean mentira.»

Aquella noche, Sansa volvió a soñar con el día de los disturbios. La turba la rodeaba, gritaba como una bestia rabiosa con mil caras. Mirase adonde mirase, veía rostros retorcidos que se transformaban en máscaras monstruosas e inhumanas. Ella lloraba y decía que no les había hecho nada, pero daba igual, la tiraban del caballo. «No —gritaba—, no, por favor, no, no», pero nadie le hacía caso. Llamaba a gritos a ser Dontos, a sus hermanos, a su padre muerto y a su loba muerta, al gallardo ser Loras, que una vez le regaló una rosa, pero nadie aparecía. Llamaba a los héroes de las canciones, a Florian, a ser Ryam Redwyne y al príncipe Aemon, el Caballero Dragón, pero nadie acudía en su auxilio. Las mujeres se abalanzaban sobre ella como un enjambre, como comadrejas, le pellizcaban las piernas y le daban patadas en el estómago; le dieron un golpe en el rostro y sintió cómo se le rompían los dientes. En aquel momento vio el centellear del acero. El cuchillo se clavó en sus entrañas y la desgarró, la desgarró hasta que de ella no quedaron más que jirones húmedos.

Cuando despertó, la luz clara de la mañana entraba oblicua por la ventana, pero se sentía dolorida y enferma como si no hubiera dormido nada. Tenía algo pegajoso en los muslos. Se quitó de encima la manta, y entonces fue cuando vio la sangre. Lo primero que le acudió a la cabeza fue que la pesadilla se había hecho realidad. Recordó los cuchillos que entraban en su vientre y la desgarraban. Horrorizada, se liberó de las sábanas a patadas y cayó al suelo con la respiración entrecortada, desnuda, ensangrentada y muerta de miedo.

Pero cuando ya estaba sobre la alfombra, de rodillas, apoyada con las manos en el suelo, lo comprendió de repente.

—No, por favor —sollozó Sansa—. Por favor, no. —No quería que le sucediera aquello en aquel momento, y allí, y en aquel momento, en aquel momento, en el peor momento.

La locura le nubló la mente. Se levantó, ayudándose del poste de la cama, y se lavó entre las piernas con el agua de la palangana, para quitarse todo aquello pegajoso. Cuando terminó el agua estaba teñida de sangre. Si las criadas veían aquello, se darían cuenta de todo. Entonces se acordó de la ropa de cama. Horrorizada, vio la enorme mancha roja delatora. No podía pensar en nada, solo en que tenía que quitarla de allí; si no, la verían. Y no podía permitir que la vieran, o la casarían con Joffrey y la obligarían a acostarse con él.

Sansa cogió el cuchillo y cortó la sábana en torno a la mancha. «Y cuando me pregunten por el agujero, ¿qué les digo?» Las lágrimas le corrían por las mejillas. Arrancó la sábana desgarrada de la cama, y también las mantas sucias. «Tengo que quemarlas.» Hizo un ovillo con las pruebas, lo metió en la chimenea, lo empapó con el aceite de la lámpara de la mesilla y le prendió fuego. Entonces se dio cuenta de que la sangre había calado hasta el colchón de plumas, de modo que también intentó hacerlo un ovillo, pero era muy grande, aparatoso y difícil de mover. Sansa solo consiguió meter en el fuego la mitad. Estaba de rodillas, empeñada en meter el colchón entre las llamas mientras un humo gris espeso se arremolinaba a su alrededor y llenaba la habitación, cuando la puerta se abrió de golpe y oyó la exclamación de su doncella.

Hicieron falta tres personas para sujetarla, y todo en balde. La ropa de cama había ardido, pero cuando consiguieron llevársela, volvía a tener los muslos llenos de sangre. Era como si su cuerpo la hubiera traicionado para entregársela a Joffrey, desplegando ante los ojos de todo el mundo el estandarte escarlata de los Lannister.

Una vez estuvo apagado el fuego, se llevaron el colchón chamuscado, airearon la estancia para que saliera el humo, y llevaron una bañera. Las mujeres iban y venían, hablaban en murmullos y le lanzaban miradas de extrañeza. Llenaron la bañera con agua casi hirviendo, la bañaron, le lavaron el cabello y le dieron un paño para que se lo pusiera entre las piernas. Para entonces, Sansa había recuperado la calma y estaba avergonzada de haberse comportado como una estúpida. El humo había estropeado la mayor parte de sus vestidos. Una de las mujeres salió de la habitación y volvió con un vestido de lana verde que era más o menos de su talla.

—No es tan bonito como los vuestros, pero os quedará bien —dijo mientras se lo metía a Sansa por la cabeza—. Los zapatos no se os han quemado, así que, por suerte, no tendréis que ir descalza a ver a la reina.

Cuando hicieron entrar a Sansa en sus estancias, Cersei Lannister estaba desayunando.

—Puedes sentarte —dijo con gesto gentil—. ¿Tienes hambre?

Hizo una señal en dirección a la mesa. Había gachas, miel, leche, huevos duros y pescado frito crujiente. Solo con ver la comida le entraron náuseas. Tenía el estómago hecho un nudo.

—No, gracias, alteza.

—Es comprensible. Entre Tyrion y lord Stannis, todo lo que como me sabe a ceniza. Y ahora a ti también te ha dado por encender hogueras. ¿Se puede saber qué pretendías?

—Me asusté al ver tanta sangre —dijo Sansa con la cabeza agachada.

—La sangre es el sello de tu feminidad. Lady Catelyn debería haberte preparado. Has tenido tu primer florecimiento, nada más.

—Mi señora madre me había hablado de esto, pero... —Sansa jamás se había sentido menos florecida—. Pero creía que sería de otra manera.

—¿Cómo?

—No sé. Menos... menos sucio y más mágico.

La reina Cersei se echó a reír.

—Pues espera a dar a luz a un niño, Sansa. La vida de una mujer es nueve partes suciedad por cada parte de magia; no tardarás en darte cuenta... y a menudo, la parte que parece magia es la más sucia de todas. —Bebió un trago de leche—. Así que ya eres mujer. ¿Tienes idea de qué significa eso?

—Que ahora estoy en condiciones de casarme, compartir el lecho y concebir hijos para el rey —dijo Sansa.

—Es evidente que esa perspectiva ya no te atrae tanto como hace un tiempo. —La reina le dirigió una sonrisa irónica—. Es comprensible, Joffrey siempre ha sido un poco difícil. Hasta cuando nació... estuve de parto un día y una noche. No te puedes imaginar cuánto dolió, Sansa. Grité tanto que pensé que Robert me oiría desde el bosque Real.

—¿Su alteza no estaba con vos?

—¿Robert? Robert estaba cazando. Siempre fue su costumbre. Cuando se acercaba mi hora, mi regio esposo huía hacia los árboles con su partida de caza y sus sabuesos. Al regreso me obsequiaba con unas cuantas pieles o una cabeza de venado, y yo lo obsequiaba con un bebé.

»Pero no vayas a pensar que yo quería que estuviera conmigo. Ya tenía al gran maestre Pycelle y un ejército de comadronas, y también a mi hermano. Cuando le dijeron a Jaime que no podía entrar en la sala del parto, sonrió y preguntó que quién iba a impedirle pasar.

»Por desgracia, dudo mucho que Joffrey muestre tanta devoción hacia ti. La culpa se la tendrías que echar a tu hermana, si no estuviera muerta. Mi hijo no ha podido olvidar aquel día en el Tridente, cuando viste como Arya lo humillaba, de manera que para vengarse, él te humilla a ti. Pero eres más fuerte de lo que pareces: sobrevivirás a un poco de humillación. Igual que sobreviví yo. Tal vez no ames al rey, pero amarás a sus hijos.

—Amo a su alteza con todo mi corazón.

—Más vale que te aprendas unas cuantas mentiras nuevas, y que sea pronto. —La reina suspiró—. Te aseguro que esa no le va a gustar a lord Stannis.

—El nuevo septón supremo dijo que los dioses no permitirán la victoria de lord Stannis, ya que Joffrey es el rey legítimo.

—Hijo legítimo y heredero de Robert, sí. —Un atisbo de sonrisa aleteó sobre los labios de la reina—. Aunque Joff se echaba a llorar siempre que Robert lo cogía en brazos. A su alteza no le hacía gracia. Sus hijos ilegítimos siempre le hacían gorgoritos, y le chupaban el dedo cuando lo metía en sus boquitas de bastardos. Robert siempre quería sonrisas y aclamaciones, de manera que se iba con quienes se las daban: sus amigos y sus putas. Robert quería ser amado. Mi hermano Tyrion padece la misma enfermedad. ¿Tú quieres ser amada, Sansa?

—Todo el mundo quiere ser amado.

—Por lo que veo, el florecimiento no te ha hecho más avispada —dijo Cersei—. Permíteme que comparta contigo, en este día tan especial, un poco de sabiduría femenina, Sansa. El amor es un veneno. Un veneno dulce, sí, pero un veneno que mata.

JON

La oscuridad imperaba sobre el Paso Aullante. Los inmensos flancos de piedra de las montañas ocultaban el sol durante casi todo el día, de manera que cabalgaban a la sombra, mientras el aliento del hombre y el del caballo se condensaban en el aire frío. Los dedos de agua gélida bajaban serpenteantes de las acumulaciones de nieve para formar charquitos helados, que crujían y se agrietaban bajo los cascos de sus pequeños caballos. En ocasiones veían unas cuantas briznas de hierba que luchaban por crecer en la hendidura de una roca, y aquí y allá, una mancha de líquenes descoloridos, pero no había más vegetación, y los árboles habían quedado ya abajo.

El sendero era tan empinado como estrecho, siempre ascendente. Cuando el paso era tan angosto que los exploradores tenían que ir en fila de uno, Escudero Dalbridge iba a la cabeza, escudriñando las cumbres con el arco en la mano. Tenía la vista más aguda de toda la Guardia de la Noche.

Fantasma, inquieto, caminaba siempre al lado de Jon. De cuando en cuando se detenía y se volvía con las orejas erguidas, como si hubiera oído algún ruido a su espalda. Jon creía que los gatosombras no atacarían a hombres vivos a menos que estuvieran muy hambrientos; aun así, sacó a *Garra* de su vaina.

Un arco de piedra gris tallado por el viento marcaba el punto más elevado del paso. Allí, el camino se ensanchaba e iniciaba el largo descenso hacia el valle del Agualechosa. Qhorin decidió que descansarían allí hasta que las sombras volvieran a imperar.

—Las sombras son amigas de los que visten de negro —dijo.

Jon lo encontró muy lógico. Habría sido agradable cabalgar a la luz del día, dejar que el radiante sol de la montaña les bañara las capas y espantara el frío de sus huesos, pero era demasiado arriesgado. Ya habían encontrado a tres vigías; podía haber otros dispuestos a dar la alarma.

Serpiente de Piedra se acurrucó bajo la desastrada capa de piel, y se durmió casi al instante. Jon compartió con Fantasma la ración de carne seca, mientras Ebben y Escudero Dalbridge les daban de comer a los caballos. Qhorin Mediamano se sentó con la espalda apoyada en una roca, y se puso a afilar la espada larga con movimientos largos, pausados. Jon observó al explorador unos instantes, y al final reunió el valor necesario para dirigirse a él.

—Mi señor —dijo—, no me has preguntado cómo me fue. Con la chica.

—No soy ningún señor, Nieve. —Qhorin deslizó la piedra a lo largo del acero con su mano de dos dedos.

—Me dijo que, si escapaba con ella, Mance me aceptaría en su grupo.

—Es cierto.

—Hasta me aseguró que éramos parientes. Me contó una historia...

—Acerca de Bael el Bardo y la rosa de Invernalia. Me lo ha dicho Serpiente. Da la casualidad de que conozco esa canción. En los viejos tiempos, Mance no paraba de cantarla; la aprendió en una expedición. Le gustaba muchísimo la música de los salvajes. Y también sus mujeres.

—¿Lo conocías?

—Todos lo conocíamos.

Tenía la voz triste. «Eran amigos, además de hermanos —comprendió Jon—, y ahora son enemigos a muerte.»

—¿Por qué desertó?

—Unos dicen que por una chica. Otros, que por una corona. —Qhorin comprobó el filo de la espada con la yema del pulgar—. A Mance le gustaban las mujeres, sí, y no era hombre que doblara la rodilla con facilidad. Pero no fue únicamente por eso. Le gustaba la espesura más que el Muro. Lo llevaba en la sangre. Nació salvaje; lo capturaron de niño, cuando pasaron por la espada a un grupo de salvajes. Cuando se marchó de la Torre Sombría, lo que estaba haciendo era volver a su hogar.

—¿Era un buen explorador?

—El mejor de todos nosotros —respondió Mediamano—, y también el peor. Solo los idiotas como Thoren Smallwood desprecian a los salvajes. Son igual de valientes que nosotros, Jon. Igual de rápidos, igual de fuertes, igual de astutos. Pero no tienen disciplina. Se llaman a sí mismos *el pueblo libre,* y cada uno de ellos considera que vale tanto como un rey y que sabe más que ningún maestre. Mance era igual. Jamás aprendió a obedecer.

—Igual que yo —dijo Jon en voz baja.

—Así que la dejaste ir. —Los astutos ojos grises de Qhorin parecieron atravesarlo. Su voz no mostraba sorpresa.

—¿Lo sabías?

—Ahora lo sé. Dime por qué la perdonaste.

No le resultó fácil expresarlo con palabras.

—Mi padre nunca empleaba los servicios de un verdugo. Decía que tenía un deber con los hombres a los que mataba: mirarlos a los ojos y escuchar sus últimas palabras. Y cuando miré los ojos de Ygritte... —Jon bajó la vista y se contempló las manos, impotente—. Sé que era enemiga nuestra, pero no vi maldad en ella.

—Tampoco la habrías visto en los otros dos.

—Teníamos que elegir: sus vidas o las nuestras —replicó Jon—. Si nos hubieran visto, si hubieran hecho sonar aquel cuerno...

—Los salvajes nos habrían dado caza y habrían acabado con nosotros, desde luego.

—Pero ahora, Serpiente de Piedra tiene el cuerno, y a Ygritte le quitamos el cuchillo y el hacha. La hemos dejado atrás, a pie, desarmada...

—No representa una amenaza para nosotros —asintió Qhorin—. Si hubiera querido que muriera, la habría dejado en manos de Ebben, o me habría encargado yo de ella.

—Entonces, ¿por qué me ordenaste que la matara?

—No te ordené que la mataras. Te dije que hicieras lo que había que hacer, y dejé que tú mismo decidieras qué era. —Qhorin se levantó y envainó la espada—. Si hay que escalar una montaña, llamo a Serpiente de Piedra. Si hay que clavar una flecha en el ojo de un enemigo que se encuentra al otro lado del campo de batalla mientras sopla un viento huracanado, llamo a Escudero Dalbridge. Ebben puede lograr que cualquier hombre confiese sus secretos. Para ser un líder hay que conocer a los hombres, Jon Nieve. Y yo te conozco ahora mejor que esta mañana.

—¿Y si la hubiera matado? —preguntó Jon.

—Estaría muerta, y también te conocería mejor. Pero basta ya de charla. Deberías estar durmiendo. Tenemos muchas leguas por delante, y muchos peligros a los que enfrentarnos. Necesitarás todas tus fuerzas.

Jon pensaba que no podría dormirse así como así, pero sabía que Mediamano tenía razón. Dio con un lugar resguardado del viento, bajo un saliente de roca, y se quitó la capa para utilizarla como manta.

—Fantasma —llamó—. Ven conmigo. —Siempre dormía mejor con el gran lobo blanco a su lado. Le reconfortaba su olor, y agradecía la calidez de su abundante pelaje claro. Pero, en aquella ocasión, Fantasma se limitó a mirarlo. Luego dio media vuelta, cruzó entre los caballos y desapareció. «Quiere cazar», pensó Jon. Tal vez hubiera cabras por aquellas montañas. De algo tenían que alimentarse los gatosombras—. Espero que no te dé por cazar un gato —murmuró. Sería peligroso hasta para un lobo huargo. Se arrebujó en la capa y se tendió bajo el saliente de roca.

Cuando cerró los ojos, soñó con lobos huargo.

Había cinco, aunque deberían haber sido seis, y estaban dispersos, separados los unos de los otros. Se sintió incompleto, dolorosamente vacío. El bosque era vasto y frío, y ellos eran muy pequeños, estaban muy perdidos. Sus hermanos y su hermana tenían que estar allí, en alguna parte, pero había extraviado su rastro. Se sentó sobre los cuartos traseros, alzó la cabeza hacia el cielo cada vez más oscuro, y su aullido despertó ecos en todo el bosque, con un sonido largo, triste y solitario. A medida que se fue perdiendo, alzó las orejas para oír la respuesta, pero lo único que oyó fue el suspiro de la nieve que caía.

—¿Jon?

La llamada le llegó desde sus espaldas, más suave que un susurro, pero fuerte a la vez. ¿Acaso un grito puede ser silencioso? Giró la cabeza en busca de su hermano, de un atisbo del esbelto cuerpo gris que se movía bajo los árboles, pero no había nada, solo...

Un arciano.

Parecía brotar de la propia roca, con unas raíces blancuzcas que surgían retorcidas de una miríada de fisuras y grietas finas como capilares. Era un árbol estilizado, en comparación con otros arcianos que había visto, apenas un retoño, pero crecía ante sus ojos, y sus ramas se hacían más robustas a medida que ascendían hacia el cielo. Rodeó con cautela el tronco blanco y liso hasta dar con el rostro. Los ojos rojos lo miraron. Eran unos ojos feroces, pero se alegraban de verlo. El arciano tenía la cara de su hermano. Aunque, ¿cuándo había tenido su hermano tres ojos?

—Desde lo del cuervo —le dijo el grito silencioso.

Olfateó la corteza; olía a lobo, a árbol y a niño, pero por debajo había otros olores, el denso y castaño de la tierra tibia, el duro y gris de la piedra y otro más, el de algo espantoso. Supo que era la muerte. Percibía el olor de la muerte. Retrocedió acobardado, con el pelaje erizado, mostrando los colmillos.

—No tengas miedo, me gusta la oscuridad. Nadie te puede ver, y tú los ves a todos. Pero antes tienes que abrir el ojo. ¿Ves? Así. —Y el árbol se inclinó y lo tocó.

Y de repente se encontró de nuevo en las montañas, con las patas hundidas en la nieve, al borde de un gran precipicio. Ante él, el Paso Aullante se abría al vacío, y un valle alargado en forma de uve se extendía como una manta de colores, bañado en todos los tonos de la tarde otoñal.

En un extremo del valle se divisaba una muralla de color blanco azulado, gigantesca, deslumbrante, encajonada entre las montañas como si se estuviera abriendo paso a la fuerza entre ellas, y durante un momento pensó que en sueños había vuelto al Castillo Negro. Entonces se dio cuenta de que lo que estaba mirando era una cascada de hielo de muchos cientos de varas de altura. Bajo aquel acantilado gélido y brillante había un gran lago; sus aguas profundas color cobalto reflejaban los picos coronados de nieve que lo rodeaban. Vio que en el valle había hombres, muchos, miles de ellos, un gran ejército. Algunos perforaban grandes agujeros en el terreno semihelado, mientras otros se entrenaban para la guerra. Observó como un enjambre de jinetes cargaban contra una barrera de escudos, a lomos de caballos del tamaño de hormigas. El sonido de la batalla fingida era como el rumor de unas hojas de acero que el viento le llevaba de cuando en cuando. El campamento no estaba planificado; no vio zanjas, ni estacas afiladas, ni hileras ordenadas de caballos. Los rudimentarios refugios de barro y las tiendas de pieles brotaban sin orden ni concierto, como una erupción de viruelas en el rostro de la tierra. Había carretadas de heno mal amontonado, y también le llegó el olor de las cabras, las ovejas, los caballos, los cerdos, los perros... De un millar de hogueras para cocinar se alzaban tentáculos de humo oscuro.

«Esto no es un ejército, igual que no es una ciudad. Es un montón de gente que se ha reunido.»

Al otro lado del largo lago se movió un montículo de tierra. Lo examinó con más atención, y vio que no era tierra, sino un ser vivo, una bestia pesada y peluda que tenía una serpiente en vez de nariz, y unos colmillos más grandes que los del jabalí más gigantesco que hubiera existido jamás. El ser que lo montaba también era enorme, y de forma extraña, con piernas y caderas demasiado anchas para ser un hombre.

En aquel momento, una repentina ráfaga de frío le erizó el pelaje, y el aire se estremeció con el sonido de unas alas. Alzó la vista hacia las cumbres blancas de hielo, y una sombra se precipitó desde el cielo hacia él. Un chillido hendió el aire. Apenas tuvo tiempo de ver unas alas grandes color gris azulado, que ocultaban el sol...

—¡Fantasma! —gritó Jon, incorporándose de golpe. Aún sentía las garras, el dolor—. ¡Fantasma, conmigo!

Ebben apareció a su lado, lo agarró por los hombros y lo sacudió.

—¡Cállate! ¿Qué quieres? ¿Atraer a los salvajes o qué? ¿Qué te pasa, chico?

—He tenido un sueño —respondió Jon con voz débil—. Yo era Fantasma, estaba al borde de un precipicio, abajo había un río helado, y algo me atacó. Era un pájaro... me parece que un águila...

—Cuando yo sueño, las que me atacan son mujeres guapas —dijo Escudero Dalbridge con una sonrisa—. Ojalá soñara más a menudo.

—¿Qué has dicho de un río helado? —Qhorin se acercó a él.

—El Agualechosa mana de un gran lago, al pie de un glaciar —señaló Serpiente de Piedra.

—Había un árbol con el rostro de mi hermano. Los salvajes... había miles, más de los que me imaginaba que pudieran existir. Y también gigantes, que cabalgaban a lomos de mamuts.

Por la luz, Jon calculó que había dormido cuatro o cinco horas. Le dolía la cabeza, y también la nuca, allí donde se le habían clavado las garras. «Pero eso ha sido en el sueño.»

—Dime todo lo que recuerdes —dijo Qhorin Mediamano—. Con detalle.

—No ha sido más que un sueño. —Jon lo miró, confuso.

—Un sueño de lobo —dijo Mediamano—. Craster le dijo al lord comandante que los salvajes se estaban agrupando en el nacimiento del Agualechosa. Puede que por eso lo soñaras. Pero también puede que hayas visto lo que nos aguarda dentro de unas horas. Cuéntamelo todo.

Se sintió un tanto estúpido contándoles semejantes cosas a Qhorin y al resto de los exploradores, pero hizo lo que le ordenaban. Ninguno de los hermanos negros se rio de él. Cuando terminó, la sonrisa se había esfumado de la cara de Escudero Dalbridge.

—¿Cambiapieles? —le dijo Ebben a Mediamano en tono sombrío.

«¿Se refiere al águila o a mí?», pensó Jon. Los cambiapieles eran personajes de las historias de la Vieja Tata, no del mundo en el que había vivido siempre. Pero allí, en aquel desierto de hielo y roca, no le resultaban tan increíbles.

—Se levantan vientos fríos. Justo como se temía Mormont. Benjen Stark también lo vio venir. Los muertos caminan, y los árboles vuelven a tener ojos. ¿Por qué no va a haber también cambiapieles y gigantes?

—¿Y qué pasa? ¿Mis sueños también se van a hacer realidad? —preguntó Escudero Dalbridge—. Pues que lord Nieve se quede con sus mamuts; yo prefiero a mis mujeres.

—He servido en la Guardia desde niño —dijo Ebben—, he llegado tan lejos como el que más en mis exploraciones. He visto huesos de gigantes y he oído muchos cuentos curiosos, pero se acabó. Ahora quiero ver lo que sea con mis ojos.

—Ten cuidado, Ebben —dijo Serpiente—, no te vayan a ver ellos a ti.

Fantasma no apareció cuando reanudaron la marcha. Las sombras cubrían ya el paso, y el sol se ocultaba rápidamente entre los picachos gemelos de la enorme montaña que los exploradores llamaban Cimaforca. «Si el sueño era verdad...» La sola idea lo aterraba. Tal vez el águila había herido a Fantasma, o lo había hecho caer al precipicio. ¿Y qué pasaba con el arciano que tenía el rostro de su hermano? ¿Por qué olía a muerte y a oscuridad?

El último rayo de sol desapareció tras los picos de la Cimaforca. El ocaso cubrió el Paso Aullante. Casi al instante, el frío se hizo más intenso. Ya no ascendían. Todo lo contrario; el camino había empezado a ser descendente, aunque no de manera abrupta. Por doquier había grietas, piedras caídas y montones de rocas. «Pronto estará todo a oscuras, y ni rastro de Fantasma.» Jon estaba destrozado, pero no se atrevía a llamar al lobo huargo a gritos, como habría deseado. Se arriesgaba a que otros lo oyeran.

—Qhorin —dijo en voz baja Escudero Dalbridge—. Mira. Ahí.

El águila estaba posada en un saliente de roca, muy por encima de ellos, recortada contra el cielo cada vez más oscuro. «No es la primera águila que vemos —pensó Jon—. No tiene por qué ser la de mi sueño.»

Pese a todo, Ebben estaba dispuesto a dispararle una flecha, pero Escudero se lo impidió.

—Está fuera del alcance.

—No me gusta que nos mire.

—Ni a mí, pero no se lo vas a impedir. —Dalbridge se encogió de hombros—. Lo único que conseguirás será desperdiciar una flecha.

Qhorin, a lomos de su caballo, estudió el águila durante largo rato sin decir nada.

—Sigamos —ordenó al final.

Los exploradores reanudaron el descenso.

«Fantasma, ¿dónde estás?», habría querido gritar Jon.

Estaba a punto de seguir a Qhorin y a los demás cuando vio un destello blanco entre dos rocas. «Un montón de nieve», pensó, hasta que lo vio moverse. Saltó del caballo al instante. Cuando se arrodilló a su lado, Fantasma alzó la cabeza. Tenía el cuello húmedo y brillante, pero no emitió sonido alguno cuando Jon se quitó un guante y lo rozó. Las garras le habían dejado un surco ensangrentado en el pelaje y la carne, pero el ave no había conseguido romperle el cuello.

—¿Está muy mal? —Qhorin Mediamano estaba de pie, tras él. A modo de respuesta, Fantasma consiguió ponerse en pie—. El lobo es fuerte —dijo el explorador—. Ebben, trae agua. Serpiente, el pellejo de vino. Sujétalo con fuerza, Jon.

Juntos limpiaron la sangre seca del pellejo del lobo huargo. Fantasma se debatió y le enseñó los dientes a Qhorin cuando vertió vino en los cortes ensangrentados que le había dejado el águila, pero Jon lo rodeó con los brazos y le susurró palabras tranquilizadoras, y el lobo no tardó en calmarse. Cuando arrancaron una tira de tejido de la capa de Jon y le vendaron las heridas, la oscuridad ya era casi absoluta. Lo único que diferenciaba el cielo negro de la tierra negra eran las estrellas distantes.

—¿Seguimos adelante? —preguntó Serpiente de Piedra.

Qhorin subió a lomos de su pequeña montura.

—Adelante no, atrás.

Aquello cogió por sorpresa a Jon.

—¿Atrás?

—Las águilas tienen mejor vista que los hombres. Nos han divisado. Así que ahora tenemos que huir.

Mediamano se cubrió el rostro con la larga bufanda negra. Los demás exploradores intercambiaron miradas, pero a nadie se le ocurrió discutir la orden. Uno a uno montaron a caballo y dieron media vuelta a sus monturas.

—Vamos, Fantasma —dijo Jon. El lobo huargo lo siguió, como una sombra blanca que se moviera entre las sombras.

Cabalgaron toda la noche, casi a tientas por el paso serpenteante, entre las piedras caídas. El viento era cada vez más fuerte. En ocasiones, la oscuridad era tal que tenían que desmontar y avanzar a pie, llevando a sus caballos por las riendas. En algún momento, Ebben sugirió que les serían útiles unas cuantas antorchas.

—Nada de fuego —dijo Qhorin.

Y no se discutió más. Llegaron al puente de piedra y a la cima, e iniciaron de nuevo el descenso. En medio de la oscuridad, un gatosombra rugió furioso, y el sonido despertó ecos entre las rocas de tal manera que fue como si una docena de gatos le respondieran. En una ocasión, a Jon le pareció ver un par de ojos brillantes en un risco, sobre ellos. Eran grandes como lunas llenas.

En lo más oscuro de la noche, antes del amanecer, se detuvieron para dar de beber a los caballos y alimentarlos con un puñado de avena y un poco de heno.

—No estamos lejos del lugar donde murieron los salvajes —dijo Qhorin—. Aquí un hombre puede detener a un centenar. Si es el hombre adecuado.

Miró a Escudero Dalbridge. Este hizo un gesto de asentimiento.

—Dejadme tantas flechas como podáis, hermanos. —Acarició su arco—. Y encargaos de que a mi caballo le den una manzana cuando llegue a casa. El pobre animalito se la ha ganado.

Jon comprendió que se quedaba allí para morir.

Qhorin palmeó el brazo de Escudero con la mano enguantada.

—Si el águila desciende para mirarte...

—Me encargaré de que le salgan unas cuantas plumas nuevas.

La última vez que Jon lo vio, Escudero Dalbridge estaba de espaldas, ascendiendo por el estrecho sendero que llevaba a la cima.

Cuando amaneció, Jon alzó la vista hacia el cielo despejado y vio un punto que se movía en la inmensidad azul. Ebben también lo vio, y dejó escapar una maldición, pero Qhorin le ordenó que se callara.

—Escuchad.

Jon contuvo el aliento, y lo oyó. Tras ellos, a lo lejos, el sonido de un cuerno de caza retumbaba en las montañas.

—Ya vienen —dijo Qhorin.

Para el encuentro, Pod lo vistió con una lujosa túnica de grueso terciopelo color escarlata Lannister, y le llevó la cadena símbolo de su cargo. Tyrion la dejó sobre la mesilla de noche. A su hermana no le gustaba que le recordaran que él era la mano del rey, y en aquel momento no le convenía empeorar la relación que había entre ellos.

Varys lo alcanzó cuando cruzaba el patio.

—Mi señor —dijo, algo jadeante—, tenéis que leer esto cuanto antes. —La mano blanca y blanda le tendió un pergamino—. Información que llega del norte.

—¿Son noticias buenas o malas? —preguntó Tyrion.

—No me corresponde a mí decidirlo.

Tyrion desenrolló el pergamino. Tuvo que entrecerrar los ojos para leer lo que decía a la luz de las antorchas del patio.

—Dioses misericordiosos —susurró—. ¿Los dos?

—Eso me temo, mi señor. Qué tristeza. Qué gran tristeza. Tan jóvenes, tan inocentes...

Tyrion recordó cómo habían aullado los lobos tras la caída del pequeño Stark. «¿Estarán aullando ahora?», se preguntó.

—¿Se lo habéis dicho a alguien?

—Todavía no, pero tengo que hacerlo, claro está.

—Yo se lo diré a mi hermana —dijo Tyrion mientras enrollaba la carta. Tenía interés en ver cómo se tomaba la noticia. Mucho, mucho interés.

Aquella noche, la reina estaba especialmente hermosa. Llevaba un vestido de terciopelo muy escotado, verde oscuro, que le destacaba el color de los ojos. Tenía el cabello dorado suelto sobre los hombros desnudos, y se ceñía al talle un cinturón adornado con esmeraldas. Tyrion esperó hasta después de sentarse y servirse una copa de vino para tenderle la carta. No dijo ni una palabra. Cersei lo miró con inocencia y le cogió el pergamino de la mano.

—Supongo que estarás satisfecha —dijo mientras su hermana lo leía—. Tengo entendido que te interesaba matar al pequeño Stark.

—Fue Jaime el que lo tiró por la ventana, no yo. —Cersei hizo una mueca—. «Por amor», dijo, como si aquello fuera a complacerme. Cometió una estupidez, y nos puso a ambos en peligro, pero nuestro querido hermano no es de los que se paran a pensar.

—El chico os había visto —señaló Tyrion.

—No era más que un niño. Le podría haber metido miedo para que no dijera nada. —Contempló la carta, pensativa—. ¿Por qué tengo que soportar que se me acuse cada vez que un Stark se tuerce un tobillo? Esto ha sido cosa de Greyjoy; yo no he tenido nada que ver.

—Esperemos que lady Catelyn se lo crea.

—No se atreverá a... —Cersei abrió los ojos de par en par.

—¿A matar a Jaime? ¿Por qué no? ¿Qué harías tú si alguien asesinara a Joffrey y a Tommen?

—¡Todavía tengo a Sansa! —declaró la reina.

—Todavía tenemos a Sansa —la corrigió—, y más vale que la cuidemos bien. En fin, ¿dónde está esa cena que me habías prometido, querida hermana?

La mesa de Cersei estaba bien surtida, aquello era innegable. La cena comenzó con una crema de castañas servida con pan crujiente recién hecho, y verdura con manzanas y piñones. Luego se sirvió empanada de lamprea, jamón asado con miel, zanahorias rehogadas en mantequilla, judías blancas con tocino y un cisne asado relleno de setas y ostras. Tyrion se mostró cortés hasta el hartazgo. Le ofreció a su hermana las mejores tajadas de cada plato, y en ningún momento comió algo que ella no probara antes. No creía que fuera a envenenarlo, pero tampoco estaba de más asegurarse.

Era obvio que las noticias relativas a los Stark la habían preocupado mucho.

—¿No se sabe nada de Puenteamargo? —preguntó con ansiedad al tiempo que pinchaba un trozo de manzana con la punta del puñal, para después comérselo a mordisquitos delicados.

—Nada.

—Jamás he confiado en Meñique. Si Stannis le paga bien, se pasará a su bando sin dudarlo un instante.

—El imbécil de Stannis Baratheon es demasiado virtuoso para comprar a un hombre. Y tampoco es el señor ideal para tipos de la calaña de Petyr. En esta guerra ha habido compañeros de cama muy raros, estoy de acuerdo, pero esos dos... imposible. —Empezó a cortar unas cuantas lonchas del jamón.

—El cerdo ha sido un regalo de lady Tanda —comentó Cersei.

—¿Como prueba de su afecto?

—Como soborno. Suplica permiso para volver a su castillo. Tanto tu permiso como el mío. Supongo que tiene miedo de que la detengas por el camino, como hiciste con lord Gyles.

—¿Por qué? ¿Planea escapar con el heredero al trono? —Tyrion le sirvió una tajada de jamón a su hermana y se puso otra en el plato—. Yo prefiero que se quede. Si quiere sentirse más segura, dile que haga venir a su guarnición de Stokeworth. Todos los hombres que tenga.

—Si tanta falta nos hacen los hombres, ¿por qué has enviado lejos a tus salvajes? —La irritación empezaba a aflorar en la voz de Cersei.

—Era el mejor uso que les podía dar —respondió él, sin faltar a la verdad—. Son guerreros valientes, pero no son soldados. En una batalla formal, la disciplina es más importante que el coraje. Nos han sido más útiles en el bosque Real de lo que lo habrían sido entre los muros de la ciudad.

Mientras les servían el cisne, la reina lo interrogó acerca de la conspiración de los Hombres Astados. Parecía más molesta que asustada.

—¿Por qué nos rodea la traición? ¿Qué daño le ha hecho la casa Lannister a esos canallas?

—Ninguno —dijo Tyrion—, pero creen que están en el bando ganador... así que, además de traidores, son idiotas.

—¿Seguro que los has encontrado a todos?

—Varys dice que sí.

El cisne estaba demasiado grasiento para su gusto. En la blanca frente de Cersei, entre sus bellos ojos, apareció una arruga de preocupación.

—Confías demasiado en ese eunuco.

—Me sirve con dedicación...

—Eso es lo que te hace creer. ¿Te imaginas que eres el único al que susurra secretos? A cada uno nos da lo justo para convencernos de que sin él estaríamos perdidos. Conmigo utilizó el mismo truco cuando llegué aquí, nada más casarme con Robert. Durante años estuve convencida de que no tenía en la corte amigo más leal, pero ahora... —Lo miró fijamente a la cara durante un instante—. Dice que quieres apartar al Perro de Joffrey.

«Maldito sea Varys.»

—Necesito a Clegane para tareas más importantes.

—No hay nada más importante que la vida del rey.

—La vida del rey no corre peligro. Joff contará con la escolta del valeroso ser Osmund, y también con la de Meryn Trant. —«Total, no valen para otra cosa»—. A Balon Swann y al Perro los necesito para ir al mando de las expediciones, para asegurarnos de que Stannis no pone el pie en nuestro lado del Aguasnegras.

—Jaime iría al mando de las expediciones en persona.

—¿Desde Aguasdulces? Menuda expedición.

—Joff no es más que un niño.

—Un niño que quiere tomar parte en esta batalla, y por una vez demuestra que tiene algo de sentido común. No pretendo ponerlo en lo más encarnizado de la contienda, pero los hombres tienen que verlo. Lucharán con más entusiasmo por un rey que comparte el peligro con ellos que por uno que se esconde entre las faldas de su madre.

—Tiene trece años, Tyrion.

—¿Te acuerdas de cómo era Jaime a los trece años? Si quieres que el chico salga a su padre, deja que se lo trabaje. Joff tiene la mejor armadura que se puede comprar con oro, y habrá una docena de capas doradas que no lo dejarán solo ni un instante. Si en algún momento hay riesgo de que la ciudad caiga, haré que lo escolten de vuelta a la Fortaleza Roja de inmediato. —Había pensado que aquello tranquilizaría a Cersei, pero no vio ni rastro de satisfacción en sus ojos verdes.

—¿La ciudad va a caer?

—No. —«Pero si cae, recemos por que podamos defender la Fortaleza Roja el tiempo suficiente para que nuestro padre acuda a auxiliarnos.»

—No sería la primera vez que me mientes, Tyrion.

—Y siempre con buenos motivos, mi querida hermana. Deseo tanto como tú que entre nosotros reine la amistad. He decidido liberar a lord Gyles. —Había mantenido a Gyles prisionero solo para poder hacer aquel gesto—. Si quieres, también te devolveré a ser Boros Blount.

La reina apretó los labios.

—Por mí, ser Boros ya puede pudrirse en Rosby —dijo—, pero Tommen...

—Tommen se queda donde está. Lord Jacelyn lo mantendrá fuera de todo peligro, mucho mejor de lo que lo habría hecho lord Gyles.

Los criados retiraron el cisne, casi intacto. Cersei hizo un gesto para que les llevaran el postre.

—Espero que te gusten las tartas de moras.

—Me gustan meter la lengua en todo lo que sea dulce.

—Eso hace ya tiempo que lo sé. Y no discriminas mucho. ¿Sabes por qué es tan peligroso Varys?

—¿Ahora vamos a jugar a los acertijos? No.

—Porque no tiene polla.

—Tú tampoco. —«Y bien que lo lamentas, ¿verdad, Cersei?»

—Puede que yo también sea peligrosa. Tú, por el contrario, eres tan idiota como el resto de los hombres. Ese gusano que tienes entre las piernas piensa por ti la mitad de las veces.

Tyrion se lamió los restos de los dedos. La sonrisa de su hermana no le gustaba nada.

—Sí, y ahora mismo, el gusano piensa que es hora de que me vaya.

—¿No te encuentras bien, hermano? —Se inclinó hacia delante, para permitirle ver sin obstáculos el nacimiento de sus pechos—. De pronto pareces un poco nervioso.

—¿Nervioso? —Tyrion miró hacia la puerta. Le había parecido oír un ruido al otro lado. Empezaba a lamentar haber acudido solo a aquella cena—. Hasta ahora nunca te habías interesado por mi polla.

—Tu polla no me interesa; únicamente me importa dónde la metes. Yo no dependo del eunuco para todo, como te pasa a ti. Tengo mis métodos para averiguar cosas... sobre todo las cosas que la gente no quiere que sepa.

—¿Qué quieres decir?

—Solo una cosa... que tengo a tu putita.

Tyrion cogió la copa de vino para ganar un momento y aclararse las ideas.

—Creía que te gustaban más los hombres.

—Eres un enano patético. Dime, ¿te has casado ya con esta? —Al no obtener respuesta, se echó a reír—. Menos mal; a nuestro padre no le habría hecho gracia.

Tyrion sentía como si tuviera el estómago lleno de anguilas. ¿Cómo había dado Cersei con Shae? ¿Acaso Varys lo había traicionado? ¿O había tirado por tierra todas sus precauciones la noche en que cabalgó directamente hacia la casa?

—¿Y a ti qué te importa a quién elijo para calentarme la cama?

—Un Lannister siempre paga sus deudas —replicó ella—. Has estado conspirando contra mí desde el día en que llegaste a Desembarco del Rey. Vendiste a Myrcella, me robaste a Tommen y ahora planeas hacer matar a Joff. Quieres que muera para poder reinar a través de Tommen.

«Hay que reconocer que la idea es tentadora.»

—Esto es una locura, Cersei. Stannis llegará hasta aquí en cuestión de días. Me necesitas...

—¿Por qué? ¿Por tus proezas en el combate?

—Los mercenarios de Bronn no lucharán sin mí —mintió.

—Claro que sí. Lo que les gusta es tu oro, no tu ingenio de gnomo. Pero no temas: contarán con tu presencia. No negaré que a veces se me ha pasado por la cabeza la idea de cortarte el cuello, pero Jaime jamás me lo perdonaría.

—¿Y la puta? —No quería mencionar su nombre. «Si la convenzo de que no siento nada por Shae, quizá...»

—Recibirá un trato adecuado mientras a mis hijos no les pase nada. Pero si Joff muere, o si Tommen cae en manos de nuestros enemigos, tu putita morirá de la manera más dolorosa que puedas imaginar.

—A los chicos no les pasará nada —prometió, fatigado. «De verdad cree que mataría a mi sobrino»—. Dioses misericordiosos, Cersei, ¡por sus venas corre mi misma sangre! ¿Qué clase de hombre crees que soy?

—Un hombre pequeño y retorcido.

Tyrion contempló los posos en el fondo de la copa de vino. «¿Qué haría Jaime en mi lugar?» Seguro que mataría a la muy zorra, y ya se preocuparía luego por las consecuencias. Pero Tyrion no tenía una espada dorada, ni habilidad para esgrimirla. Le gustaba la cólera temeraria de su hermano, pero al que debía tratar de emular era a su señor padre. «Piedra, debo ser de piedra, debo ser Roca Casterly, duro e inamovible. Si fallo en esta prueba, más me vale dedicarme a atracción de feria.»

—Por lo que sé —dijo—, puede que ya la hayas matado.

—¿Quieres verla? Me lo imaginaba. —Cersei cruzó la estancia y abrió de par en par las pesadas puertas de roble—. Traed a la puta de mi hermano.

Los hermanos de ser Osmund, Osney y Osfryd, eran astillas del mismo palo: altos, con narices ganchudas, pelo negro y sonrisas crueles. La chica iba entre los dos, casi colgada, con los ojos muy abiertos en su rostro negro. La sangre le brotaba de un labio roto, y Tyrion vio magulladuras tras los desgarrones de su ropa. Tenía las manos atadas con una cuerda, y la habían amordazado para que no pudiera hablar.

—Me dijiste que no le harían daño.

—Se resistió. —A diferencia de sus hermanos, Osney Kettleblack iba bien afeitado, de manera que los arañazos resultaban perfectamente visibles en sus mejillas—. Tiene las garras de un gatosombra.

—Los moratones se curan —dijo Cersei en tono aburrido—. La puta vivirá. Mientras Joff viva.

Tyrion habría querido reírse de ella. Habría sido delicioso, sencillamente delicioso, pero entonces le descubriría la jugada. «Has perdido, Cersei, y los Kettleblack son aún más idiotas de lo que decía Bronn.» Solo tenía que decirlo.

Sin embargo, miró a la chica a la cara.

—¿Juras que la liberarás después de la batalla?

—Si tú liberas a Tommen, sí.

—Pues que se quede contigo. —Tyrion se puso en pie—. Pero cuida bien de ella. Si estos animales creen que tienen derecho a usarla... en fin, hermanita, solamente te recordaré que la balanza tiene dos platos. —Hablaba con voz tranquila, inexpresiva, como si el tema no le interesara; había buscado la voz de su padre, y la había encontrado—. Lo que le pase a ella le pasará también a Tommen, y eso incluye palizas y violaciones.

«Si piensa que soy semejante monstruo, representaré el papel.»

Aquello cogió por sorpresa a Cersei.

—No te atreverás.

—¿Que no me atreveré? —Tyrion se obligó a sonreír, una sonrisa pausada, fría. Sus ojos, uno verde y el otro negro, se clavaron en ella—. Lo haré yo en persona.

La mano de su hermana voló hacia su rostro, pero la agarró por la muñeca y se la dobló hasta que ella gritó de dolor. Osfryd se adelantó para ayudarla.

—Un paso más y le rompo el brazo —le advirtió el enano. El hombre se detuvo en seco—. ¿Te acuerdas de que te dije que no volverías a pegarme, Cersei? —La tiró al suelo y se volvió hacia los Kettleblack—. Desatadla y quitadle esa mordaza.

Las cuerdas estaban tan apretadas que le habían cortado la circulación de las manos. La chica gritó de dolor cuando la sangre volvió a fluir. Tyrion le masajeó los dedos con ternura hasta que recuperó el tacto.

—Has de ser valiente, cariño —dijo—. Siento que te hayan hecho daño.

—Sé que me liberarás, mi señor.

—Puedes estar segura.

Y Alayaya se inclinó sobre él y le dio un beso en la frente. El labio roto le dejó una mancha de sangre en el ceño. «Un beso ensangrentado es más de lo que merezco —pensó Tyrion—. De no ser por mí, no le habría pasado nada.»

Aún tenía la marca de sangre cuando miró a la reina desde arriba.

—Nunca me has caído bien, Cersei, pero eras mi hermana, de modo que jamás te hice daño alguno. Tú has puesto fin a eso. Esto me lo vas a pagar. Todavía no sé cómo, pero dame tiempo; ya se me ocurrirá algo. Llegará un día en el que te sientas segura y feliz, y de repente tu alegría se te convertirá en cenizas en la boca, y ese día sabrás que la deuda ha quedado saldada.

Su padre le había dicho en cierta ocasión que, en la guerra, la batalla termina en el momento en que un ejército se dispersa y huye. No importa si es tan numeroso como un instante antes ni que siga teniendo armas y armaduras: una vez ha huido, no volverá a plantar cara. Así sucedió con Cersei.

—¡Fuera de aquí! —fue toda la respuesta que se le ocurrió—. ¡Fuera de mi vista!

—Muy bien, buenas noches. —Tyrion hizo una reverencia—. Y felices sueños.

Volvió a la Torre de la Mano, con un millar de pies embutidos en escarpes desfilando por su cráneo. «Tendría que haber imaginado esto desde la primera vez que salí por el fondo del armario de Chataya.» Tal vez no había querido imaginarlo. Las piernas le dolían mucho cuando llegó a la parte superior de las escaleras. Envió a Pod a buscar una jarra de vino, y entró en su dormitorio.

Shae estaba sentada en la cama con dosel; tenía las piernas cruzadas y estaba desnuda a excepción de la pesada cadena de oro que le caía sobre los pechos: una cadena de manos doradas entrelazadas, en la que cada una agarraba a la siguiente.

—¿Qué haces aquí? —Tyrion no esperaba verla.

La chica se echó a reír y acarició la cadena.

—Quería sentir unas manos sobre las tetas... pero estas de oro están muy frías.

Durante un instante no supo qué decir. ¿Cómo podía contarle que otra mujer había recibido la paliza que le estaba destinada, que tal vez muriera en su lugar si a Joffrey le sucedía algo en la batalla? Se limpió la sangre de Alayaya de la frente con la mano.

—Lady Lollys...

—Está durmiendo como lo que es, una vaca gorda. No hace otra cosa que comer y dormir. A veces se queda dormida mientras come. Se le mete la comida entre las mantas, ella se revuelca en la porquería y yo tengo que limpiarla. —Hizo una mueca de asco—. Pero si lo único que le hicieron fue follarla.

—Su madre dice que está enferma.

—Va a tener un bebé, nada más.

Tyrion observó la habitación. Todo parecía en orden, tal como lo había dejado.

—¿Cómo has entrado aquí? Muéstrame la puerta oculta.

—Lord Varys me ha hecho ponerme una capucha. —La chica se encogió de hombros—. No he visto nada, excepto... había un lugar... veía el suelo por la parte de debajo de la capucha. Era todo de azulejos pequeñitos, ya sabéis, de esos que luego hacen un dibujo.

—¿Un mosaico?

—Eran rojos y negros —contestó Shae con un gesto de asentimiento—, y creo que el dibujo era un dragón. Pero todo lo demás estaba a oscuras. Hemos bajado por una escalerilla y hemos caminado mucho rato, hasta que ya no sabía en qué dirección andaba. Una vez nos hemos parado para que abriera una verja de hierro. Me he rozado con ella al pasar. El dragón estaba al otro lado. Luego hemos subido por otra escalerilla, y arriba había un túnel. Yo tenía que ir agachada, y me parece que lord Varys iba a gatas.

Tyrion recorrió todo el dormitorio. Uno de los candelabros de las paredes parecía suelto. Se puso de puntillas y trató de girarlo. Cuando estuvo del revés, el cabo de vela cayó al suelo. Las alfombras que cubrían las losas frías de piedra no parecían diferentes.

—¿Es que mi señor no quiere meterse en la cama conmigo?

—Un momento.

Tyrion abrió el armario, echó la ropa a un lado y empujó el panel del fondo. Tal vez los burdeles y los castillos no fueran tan diferentes... pero no, la madera era maciza y no cedía. Le llamó la atención una piedra situada junto al asiento de la ventana, pero por mucho que la manipuló, no hubo cambios. Volvió a la cama, frustrado y molesto.

Shae le desató la ropa y le echó los brazos al cuello.

—Tenéis los hombros duros como piedras —murmuró—. Deprisa, quiero sentiros dentro de mí.

Pero cuando le rodeó la cintura con las piernas, la erección de Tyrion se desvaneció. Al sentir que se ablandaba, Shae se deslizó entre las sábanas y lo tomó en la boca, pero ni aquello consiguió excitarlo. Tras unos momentos, la detuvo.

—¿Qué pasa? —preguntó la chica.

Toda la dulce inocencia del mundo estaba dibujada en los rasgos de aquel rostro joven.

«¿Inocencia? Idiota, es una puta. Cersei tenía razón: piensas con la polla, idiota, idiota.»

—Duérmete, pequeña —le dijo al tiempo que le acariciaba el cabello.

Pero, mucho después de que Shae siguiera su consejo, Tyrion yacía aún despierto, con los dedos en torno a un pecho menudo, escuchando su respiración.

CATELYN

La sala principal de Aguasdulces era un lugar muy solitario cuando solo cenaban allí dos personas. Las sombras más impenetrables parecían cubrir las paredes como tapices. Una de las antorchas se había apagado, con lo que solo quedaban tres. Catelyn estaba sentada, con la vista clavada en su copa de vino. Le sabía aguado y agrio. Brienne ocupaba una silla, frente a ella, al otro lado de la mesa. Entre ambas, el trono elevado de su padre se encontraba vacío, igual que el resto de la estancia. Hasta los criados se habían marchado. Les había dado permiso para ir a unirse a la celebración.

Las murallas de la fortaleza eran gruesas; aun así les llegaban los sonidos amortiguados del jolgorio del patio. Ser Desmond había hecho subir veinte barriles de las bodegas, y el pueblo izaba cuernos de cerveza oscura para celebrar el regreso inminente de Edmure y la conquista del Risco por parte de Robb.

«No puedo culparlos —pensó Catelyn—. No lo saben. Y aunque lo supieran, a ellos ¿qué les importa? No conocieron a mis hijos. No vieron nunca a Bran trepar, ni tuvieron el corazón en la garganta, y el orgullo y el terror tan mezclados que parecían una sola cosa; no oyeron su risa ni sonrieron al ver a Rickon intentar con todas sus fuerzas parecerse a sus hermanos mayores.» Contempló la cena que tenía delante: trucha envuelta en panceta, ensalada de nabiza, hinojo rojo y hierbadulce, guisantes con cebollas y pan recién hecho. Brienne comía metódicamente, como si alimentarse fuera otra tarea que debía cumplir.

«Me he convertido en una mujer amargada —pensó Catelyn—. No disfruto de la comida ni de la bebida; las canciones y las risas me son tan ajenas que desconfío de ellas. Vivo en la tristeza y la añoranza perpetuas. Donde antes tenía el corazón, ahora no hay nada.»

El sonido que hacía la otra mujer al comer llegó a resultarle intolerable.

—No soy buena compañía, Brienne. Id a tomar parte en la fiesta, si queréis. Bebed un cuerno de cerveza y bailad al son del arpa de Rymund.

—No soy persona de fiestas, mi señora. —Arrancó un trozo de pan negro con aquellas manos enormes y miró los trozos como si se le hubiera olvidado qué eran—. Pero si me lo ordenáis...

Catelyn percibió su incomodidad.

—He pensado que os gustaría estar en compañía más alegre que la que os proporciono yo.

—Estoy bien con vos. —La chica mojó el pan en la grasa del tocino en el que se había frito la trucha.

—Esta mañana ha llegado otro pájaro. —Catelyn no sabía por qué se lo contaba—. El maestre me ha despertado enseguida. Era su deber, pero no ha sido un acto de bondad. En absoluto.

No había tenido intención de contárselo a Brienne. No lo sabía nadie más que ella y el maestre Vyman, y había planeado mantenerlo en secreto hasta... hasta...

«¿Hasta qué? Estúpida, ¿acaso será menos cierto si no se lo dices a nadie? Si no lo cuentas, si no hablas de ello, ¿se convertirá en un simple sueño, en menos que eso, en una pesadilla apenas recordada? Ah, ojalá fueran tan misericordiosos los dioses...»

—¿Eran noticias de Desembarco del Rey? —preguntó Brienne.

—Qué más habría querido. El pájaro venía del Castillo Cerwyn. Lo enviaba ser Rodrik, mi castellano. —«Alas negras, palabras negras»—. Ha reunido a tantos hombres como ha podido, y avanza hacia Invernalia para tratar de recuperar la fortaleza. —Qué poco importante parecía todo aquello ya—. Pero dice que... me escribió... me decía... que...

—¿Qué sucede, mi señora? ¿Noticias sobre vuestros hijos varones?

Qué pregunta tan sencilla. Ojalá la respuesta también lo fuera. Cuando Catelyn trató de hablar, los sonidos se le atravesaron en la garganta.

—Ya no tengo más hijo varón que Robb. —Consiguió formular aquellas palabras espantosas sin sollozar, y al menos de aquello pudo alegrarse.

—¿Qué decís, mi señora? —Brienne la miraba horrorizada.

—Bran y Rickon trataron de escapar, pero los cogieron en un molino que hay en Agua Bellota. Theon Greyjoy ha clavado sus cabezas en las murallas de Invernalia. Theon Greyjoy, que comió en mi mesa desde que tenía diez años.

«Lo he dicho. Que los dioses me perdonen, lo he dicho, y ahora es verdad.»

El rostro de Brienne no era más que un borrón acuoso. Extendió el brazo por encima de la mesa, pero sus dedos se detuvieron a poca distancia de los de Catelyn, como si temiera que el roce fuera mal recibido.

—No... no sé qué deciros, mi señora. Mi buena señora. Vuestros hijos... ahora están con los dioses.

—¿De veras? —replicó Catelyn con brusquedad—. ¿Qué dios habría permitido que sucediera esto? Rickon no era más que un bebé. ¿Qué hizo para merecer una muerte así? Y Bran... Cuando me fui del norte, todavía no había abierto los ojos después de la caída. Tuve que irme antes de que despertara. Ahora ya no volveré a verlo, no volveré a oír su risa. —Le mostró a Brienne las palmas de las manos, los dedos—. ¿Sabéis de qué son estas cicatrices? Enviaron a un asesino para que le cortara el cuello a Bran mientras dormía. Mi hijo habría muerto entonces, y yo con él, pero el lobo de Bran le desgarró la garganta. —Hizo una pausa de un instante—. Me imagino que Theon habrá matado también a los lobos. Sí, seguro que sí. Con los lobos huargo vivos, mis hijos habrían estado a salvo. Como Robb con su Viento Gris. Pero mis hijas no tienen lobas ya.

El brusco cambio de tema extrañó a Brienne.

—Vuestras hijas...

—Sansa era una dama ya a los tres años, siempre cortés y esforzándose en agradar. Lo que más le gustaba del mundo eran las historias de caballeros. Los hombres decían siempre que se parecía a mí, pero cuando crezca será una mujer mucho más hermosa de lo que jamás fui yo; se ve de lejos. Solía decirle a su doncella que se fuera, para peinarla yo misma. Tenía el pelo castaño rojizo, más claro que el mío, tan suave y abundante... Reflejaba la luz de las antorchas y brillaba como el cobre.

»Y Arya... Ay, Arya. Los que venían a ver a Ned, si llegaban sin anunciarse, la confundían con un mozo de cuadras. Hay que reconocer que Arya era un problema. Mitad chico y mitad cachorro de lobo. Si se le prohibía algo, al instante se convertía en lo que más deseaba en el mundo. Tenía el rostro alargado de Ned, y un pelo castaño en el que parecía que anidaran los pájaros. Yo ya había renunciado a convertirla en una dama. Coleccionaba costras igual que las otras niñas coleccionan muñecas, y decía lo primero que se le pasaba por la cabeza, sin pararse a pensar. Creo que también está muerta. —Al decir aquello sintió como si una mano gigantesca le oprimiera el pecho—. Quiero verlos muertos a todos, Brienne. Primero a Theon Greyjoy, luego a Jaime Lannister, y a Cersei, y al Gnomo, a todos. Pero entonces... mis niñas...

—La reina también tiene una hijita —dijo Brienne con torpeza—. Y sus hijos son de la misma edad que los vuestros. Cuando se entere, quizá... puede que se apiade, y...

—¿Y me devuelva a mis hijas ilesas? —Catelyn sonrió con tristeza—. Sois muy dulce en vuestra inocencia, niña. Ojalá fuera así... pero no. Robb vengará a sus hermanos. El hielo puede ser tan mortífero como el fuego. *Hielo* se llamaba el mandoble de Ned. Era de acero valyrio, con las marcas de las ondulaciones de un millar de plegados, tan afilado que a mí me daba miedo tocarlo. Comparada con *Hielo,* la espada de Robb es roma como un garrote. No va a resultarle fácil. Cortarle la cabeza a Theon le costará, lo sé. Los Stark no utilizan verdugos. Ned siempre decía que el hombre que dicta la sentencia debe blandir la espada, pero nunca disfrutó con el cumplimiento de su deber. En cambio, yo sí disfrutaría. Y de qué manera. —Se contempló las manos llenas de cicatrices, abrió y cerró los dedos, y luego, muy despacio, alzó la vista—. Le he enviado vino.

—¿Vino? —Brienne estaba desconcertada—. ¿A Robb? ¿O... a Theon Greyjoy?

—Al Matarreyes. —La estratagema le había dado buen resultado con Cleos Frey. «Espero que estés sediento, Jaime. Espero que tengas la garganta seca y cerrada»—. ¿Queréis venir conmigo?

—Estoy a vuestras órdenes, mi señora.

—Bien. —Catelyn se levantó bruscamente—. Quedaos aquí y terminad de cenar tranquila. Enviaré a buscaros más tarde. A medianoche.

—¿Tan tarde, mi señora?

—En las mazmorras no hay ventanas; todas las horas son iguales ahí abajo, y para mí, todas las horas son medianoche.

Las pisadas de Catelyn despertaron ecos al salir de la estancia. Mientras subía hacia las habitaciones de lord Hoster, oyó los gritos de las celebraciones: «¡Tully!» y «¡Un brindis! ¡Un brindis por el valiente y joven señor!».

«Mi padre no está muerto —habría querido gritarles—. Mis hijos están muertos, pero mi padre aún vive, condenados, y sigue siendo vuestro señor.»

Lord Hoster dormía profundamente.

—Hace poco que le he dado una copa de vino del sueño, mi señora —dijo el maestre Vyman—. Para aliviarle el dolor. No se va a dar cuenta de que estáis aquí.

—No importa —dijo Catelyn. «Está más muerto que vivo, pero aun así está más vivo que mis hijos, mis pobres hijitos.»

—Mi señora, ¿puedo hacer algo por vos? ¿Queréis tal vez una pócima para dormir?

—Gracias, maestre, pero no. No dormiré para aliviar la pena. Bran y Rickon no se lo merecen. Id a uniros a las celebraciones; yo me quedaré un rato con mi padre.

—Como queráis, mi señora. —Vyman hizo una reverencia y salió.

Lord Hoster yacía de espaldas, con la boca abierta; su respiración era apenas un suspiro sibilante. Una de sus manos colgaba por el borde del colchón, una mano pálida y descarnada, frágil, pero la sintió cálida cuando la tocó. Entrelazó los dedos con los suyos y los apretó. «Por mucho que me aferre a él, no podré conservarlo aquí —pensó con tristeza—. Tengo que dejarlo marchar.» Pero no conseguía abrir los dedos.

—No tengo a nadie con quien hablar, padre —le dijo—. Rezo, pero los dioses no me responden. —Besó la mano con delicadeza. La piel estaba tibia, translúcida; por debajo de ella se veían las venas azules ramificadas como ríos. Fuera fluían los ríos de verdad, el Forca Roja y el Piedra Caída, y fluirían eternamente, pero los ríos de la mano de su padre, no. Aquellas corrientes no tardarían en detenerse—. Anoche soñé con aquella vez en la que Lysa y yo nos perdimos cuando volvíamos a caballo de Varamar. ¿Te acuerdas? Cayó una niebla muy rara, nos retrasamos y quedamos aisladas del grupo. Todo parecía gris, no veía a un palmo por delante de mi caballo. Nos salimos del camino. Las ramas de los árboles eran como brazos largos y flacos que trataran de agarrarnos al pasar. Lysa se echó a llorar, y cuando yo grité fue como si la niebla engullera todo el sonido. Pero Petyr sabía dónde estábamos, retrocedió a caballo y nos encontró... Pero ahora no va a venir nadie a buscarme. Esta vez tengo que encontrar el camino para nosotros. Y es difícil, es tan difícil...

»No dejo de acordarme del lema de los Stark. El invierno ha llegado, padre. Para mí. Para mí. Ahora, Robb tiene que luchar tanto contra los Greyjoy como contra los Lannister, ¿y por qué? ¿Por una diadema de oro y una silla de hierro? Esta tierra ya ha sangrado bastante. Quiero recuperar a mis hijas, quiero que Robb deje la espada y elija a una hija fea de Walder Frey que lo haga feliz y le dé hijos varones. Quiero recuperar a Bran y a Rickon, quiero... —Catelyn inclinó la cabeza—. Quiero... —dijo una vez más, antes de quedarse sin palabras.

Al cabo de un rato, la vela parpadeó y se apagó. La luz de la luna entraba en rayos sesgados por las hendiduras de las contraventanas, para dibujar líneas de plata sobre el rostro de su padre. Catelyn oía el susurro suave de su respiración trabajosa, el rumor incesante de las aguas, los acordes lejanos de una canción de amor que subían desde el patio, tan tristes y dulces a la vez. «Amé a una doncella roja como el otoño —cantaba Rymund—, con el ocaso en el cabello.»

Catelyn no se dio cuenta de cuándo terminó la canción. Habían pasado horas, pero sintió como si solo hubiera transcurrido un instante antes de que Brienne llegara a la puerta.

—Mi señora —anunció en voz baja—, ya es medianoche.

«Ya es medianoche, padre —pensó—, y tengo que cumplir con mi deber.» Le soltó la mano.

El carcelero era un hombrecillo furtivo, con la nariz llena de venitas rotas. Cuando llegaron junto a él, estaba inclinado ante un pichel de cerveza y los restos de una empanada de pichón, y bastante borracho. Las miró con desconfianza, entrecerrando los ojos.

—Perdonadme, mi señora, pero lord Edmure dice que nadie puede ver al Matarreyes sin su permiso, por escrito y sellado.

—¿Cómo que «lord» Edmure? ¿Acaso ha muerto mi padre, y yo no me he enterado?

—No, mi señora, que yo sepa no. —El carcelero se humedeció los labios.

—Vais a abrir la celda de inmediato, o subiréis conmigo a las habitaciones de lord Hoster para explicarle por qué os ha parecido oportuno desobedecerme.

—Como ordene mi señora. —El hombre bajó la vista. Tenía las llaves encadenadas al cinturón de cuero. Murmuró entre dientes mientras las examinaba una a una, hasta dar con la que abría la puerta de la celda del Matarreyes.

—Vuelve con tu cerveza y déjanos —ordenó. El techo era bajo, y de un gancho colgaba una lámpara de aceite. Catelyn la cogió y subió la llama—. Brienne, encargaos de que nadie me moleste.

Brienne asintió y se situó ante la entrada de la celda, con la mano sobre el pomo de la espada.

—Mi señora me llamará si me necesita.

Catelyn empujó con el hombro la pesada puerta de madera y hierro, y se adentró en una oscuridad fétida. Aquellas eran las entrañas de Aguasdulces, y como tales olían. La paja vieja crujió bajo sus pies. Las paredes estaban descoloridas, con manchones de salitre. A través de la piedra se oía el rumor lejano del Piedra Caída. La luz de la lámpara descubrió una cubeta rebosante de excrementos en un rincón, y una forma acurrucada en otro. La jarra de vino estaba junto a la puerta, intacta.

«Adiós a mi plan. Aún tendría que estar agradecida de que el carcelero no se lo haya bebido.»

Jaime alzó las manos para cubrirse el rostro, con un movimiento que hizo tintinear las cadenas de sus muñecas.

—Lady Stark —dijo con la voz ronca por la falta de uso—. No estoy en condiciones de recibiros, lo siento.

—Miradme, ser Jaime.

—La luz me hace daño en los ojos. Dadme un momento, por favor.

Jaime Lannister no había tenido acceso a una navaja desde la noche en que lo capturaron en el bosque Susurrante, y el rostro que antes era tan semejante al de la reina aparecía cubierto de una barba descuidada, que brillaba dorada a la luz de la lámpara y le daba el aspecto de una gran bestia amarilla, magnífica incluso estando encadenada. La cabellera sucia le caía hasta los hombros, enmarañada y apelmazada, la ropa se le pudría sobre el cuerpo, tenía la cara pálida y demacrada... pero, pese a todo, su poder y su belleza eran innegables.

—Veo que no os ha gustado el vino que os he hecho llegar.

—Tan repentina generosidad me resultaba en cierto modo sospechosa.

—Puedo haceros decapitar cuando me plazca. ¿Para qué iba a envenenaros?

—La muerte causada por el veneno puede parecer natural. En cambio, sería más difícil alegar que se me cayó la cabeza. —Alzó la vista del suelo, poco a poco, a medida que los felinos ojos verdes se acostumbraban a la luz—. Os invitaría a sentaros, pero vuestro hermano ha olvidado proporcionarme sillas.

—Puedo quedarme de pie.

—¿De veras? La verdad es que tenéis un aspecto espantoso. Aunque puede que sea efecto de la luz. —Estaba encadenado de manos y pies, con los grilletes entrelazados de manera que no podía ponerse de pie ni tenderse cómodo. Los grilletes de los pies estaban fijados al muro con pernos—. ¿Os parece que estos brazaletes pesan ya suficiente, o venís a ponerme unos pocos más? Si queréis los haré tintinear para divertiros.

—Vos mismo os lo habéis buscado —le recordó—. Os proporcionamos la comodidad de una celda en la torre, en atención a vuestro noble linaje. Y nos lo pagasteis tratando de escapar.

—Una celda es siempre una celda. Bajo Roca Casterly hay algunas que hacen que esta parezca un jardín soleado. Tal vez un día os las muestre.

«Si está asustado, lo disimula muy bien», pensó Catelyn.

—Alguien que está encadenado de pies y manos debería mostrarse más respetuoso con lo que dice, ser Jaime. No he venido aquí para que me amenacéis.

—¿No? ¿Habéis venido entonces para que os proporcione placer? Se dice que las viudas acaban por cansarse del lecho desierto. Los miembros de la Guardia Real juramos no contraer matrimonio; aun así, podría haceros un favor, si lo precisáis. Servid un poco de vino y quitaos la túnica, a ver qué puedo hacer.

Catelyn lo miró con repugnancia. «¿Ha existido alguna vez un hombre tan hermoso y tan vil como este?»

—Si hubierais dicho eso en presencia de mi hijo, os habría matado al instante.

—Solo mientras yo llevara esto. —Jaime Lannister hizo tintinear las cadenas—. Ambos sabemos que el chico tiene miedo de enfrentarse a mí en combate singular.

—Mi hijo es joven, pero si lo tomáis por estúpido, cometéis un grave error... y creo recordar que no erais tan propenso a lanzar desafíos cuando teníais un ejército entero para respaldaros.

—¿Los antiguos Reyes del Invierno también se escondían detrás de las faldas de sus madres?

—Empiezo a cansarme de esto, ser. Quiero saber algunas cosas.

—¿Por qué voy a deciros nada?

—Para salvar la vida.

—¿Creéis que temo a la muerte? —La noción, por lo visto, le resultaba muy divertida.

—Deberíais temerla. Si los dioses son justos, vuestros crímenes os han ganado un lugar de tormento en el más profundo de los siete infiernos.

—¿A qué dioses os referís, lady Catelyn? ¿A los árboles a los que rezaba vuestro esposo? ¿De qué le sirvieron cuando mi hermana le cortó la cabeza? —Jaime dejó escapar una risita—. Si hay dioses, ¿por qué el mundo está tan lleno de dolor e injusticia?

—Por culpa de los hombres como vos.

—No hay hombres como yo. Soy único.

«No tiene nada dentro; solo orgullo, arrogancia y el valor ciego de un demente. Estoy malgastando la saliva. Si alguna vez tuvo una pizca de honor, hace tiempo que lo perdió.»

—Si no queréis hablar conmigo, sea. Bebeos el vino o mead en él, a mí me da igual.

Ya tenía la mano sobre el tirador de la puerta cuando Jaime le habló.

—Lady Stark. —Ella se detuvo y aguardó—. Con tanta humedad, las cosas se oxidan —siguió Jaime—. Hasta la cortesía. Quedaos y os daré vuestras respuestas... a cambio de algo.

«No tiene vergüenza.»

—Los prisioneros no ponen condiciones.

—Ya veréis que las mías son muy modestas. El carcelero no me cuenta nada más que mentiras crueles, y ni siquiera se esfuerza en que sean coherentes. Un día me dice que Cersei ha sido despellejada, y al siguiente, que lo ha sido mi padre. Responded a mis preguntas y yo responderé a las vuestras.

—¿Diréis la verdad?

—Ah, ¿queréis oír la verdad? Tened cuidado, mi señora. Tyrion dice que los hombres siempre aseguran estar hambrientos de verdad, pero que cuando se la sirven, pocos encuentran su sabor agradable.

—Soy fuerte, puedo oír cualquier cosa que me digáis.

—Como queráis, pues. Pero antes, si sois tan amable... el vino. Tengo la garganta seca.

Catelyn colgó la lámpara de la puerta y le acercó la copa y la jarra. Jaime paladeó el vino antes de tragarlo.

—Agrio y basto —dijo—, pero me tendré que conformar. —Apoyó la espalda en la pared, se abrazó las rodillas contra el pecho y la miró—. ¿Vuestra primera pregunta, lady Catelyn?

Catelyn no sabía cuánto podía durar aquel juego, así que no perdió el tiempo.

—¿Sois vos el padre de Joffrey?

—No lo preguntaríais si no supierais la respuesta.

—Quiero oírla de vuestros labios.

—Joffrey es mío —dijo Jaime, encogiéndose de hombros—. Igual que el resto de la prole de Cersei, creo.

—¿Admitís que sois el amante de vuestra hermana?

—Siempre he amado a mi hermana, y ahora me debéis dos respuestas. ¿Vive aún toda mi familia?

—Tengo entendido que ser Stafford Lannister murió en Cruce de Bueyes.

—El tío Tarugo —dijo Jaime impasible—, como lo llamaba mi hermana. Los que me importan son Cersei y Tyrion, además de mi señor padre.

—Los tres viven. —«Pero no por mucho tiempo, si los dioses son misericordiosos.»

—La siguiente pregunta. —Jaime bebió un poco más de vino.

Catelyn se preguntaba si se atrevería a responder a lo que le iba a preguntar con algo que no fuera una mentira.

—¿Cómo se cayó mi hijo Bran?

—Yo lo tiré por una ventana.

La tranquilidad con que lo dijo la dejó sin palabras un momento. «Si tuviera un cuchillo, lo mataría ahora mismo», pensó, hasta que se acordó de sus hijas.

—Erais un caballero —dijo con un nudo doloroso en la garganta—. Habíais jurado proteger a los débiles y a los inocentes.

—El chico era débil, pero yo no diría tanto como inocente. Nos estaba espiando.

—Bran jamás espiaría a nadie.

—Entonces echadles la culpa a vuestros queridos dioses, que llevaron al niño a aquella ventana y le dejaron ver lo que jamás debió ver.

—¿Que le eche la culpa a los dioses? —repitió, incrédula—. Vuestra fue la mano que lo tiró. Queríais matarlo.

Las cadenas de Jaime tintinearon.

—No suelo tirar a los niños desde lo alto de una torre para que mejore su salud. Sí, quería matarlo.

—Y al ver que no había muerto, supisteis que corríais más peligro que nunca, de manera que le entregasteis a un asesino una bolsa de plata para que se encargara de que Bran no despertara jamás.

—¿De veras? —Jaime alzó la copa y bebió un largo trago—. No niego que se me pasó por la cabeza, pero vos estabais con el crío día y noche; el maestre y lord Eddard lo visitaban con frecuencia; estaban los guardias, y hasta esos condenados lobos huargo... Habría tenido que matar a media Invernalia. ¿Y para qué molestarme, si parecía que el chico se iba a morir sin ayuda?

—Si me mentís, se acabó. —Catelyn le mostró las manos, con las cicatrices en los dedos y en las palmas—. El hombre que fue a cortarle el cuello a Bran me hizo estas heridas. ¿Juráis que no tuvisteis nada que ver?

—Por mi honor de Lannister.

—Vuestro honor de Lannister vale menos que esto. —Dio una patada al cubo de excrementos y lo volcó. Un lodo marrón se extendió por el suelo de la celda y empapó la paja. Jaime Lannister se alejó tanto como le permitieron sus cadenas.

—Puede que mi honor sea una mierda, no lo niego, pero jamás he pagado a nadie para que matara en mi nombre. Pensad lo que gustéis, lady Stark, pero si hubiera querido ver muerto a vuestro Bran lo habría matado yo mismo.

«Dioses misericordiosos, está diciendo la verdad.»

—Si no enviasteis vos al asesino, entonces fue vuestra hermana.

—Me habría enterado. Cersei no tiene secretos para mí.

—Entonces fue el Gnomo.

—Tyrion es tan inocente como vuestro Bran. Él no anda trepando por ahí, espiando a los demás.

—¿Y cómo es que el asesino tenía su puñal?

—¿Qué puñal?

—Uno largo. —Separó las manos para mostrar su longitud—. Sencillo, pero de buena factura, con la hoja de acero valyrio y el puño de huesodragón. Vuestro hermano se lo ganó a lord Baelish en el torneo del día del nombre del príncipe Joffrey.

Lannister se sirvió vino, lo bebió, se sirvió más y miró la copa.

—Increíble, este vino mejora a medida que lo bebo. Ahora que describís ese puñal, me parece que lo recuerdo. ¿Decís que lo ganó? ¿Cómo?

—Apostó por vos cuando os enfrentasteis al Caballero de las Flores. —Pero, mientras lo decía, Catelyn comprendió que se había equivocado—. No... ¿Fue al revés?

—Tyrion siempre apuesta por mí en las justas —replicó Jaime—, pero aquel día, ser Loras me derribó. Pura mala suerte; no supe valorar al chico, pero eso no viene al caso. Fuera lo que fuera lo que apostó mi hermano, lo perdió. Aunque sí es cierto que aquel puñal cambió de mano. Robert me lo enseñó aquella noche, en el banquete. A su alteza le gustaba hurgarme en las heridas siempre que estaba borracho. ¿Y cuándo no lo estaba?

Catelyn recordó que Tyrion Lannister le había dicho aquello mismo mientras cabalgaban por las montañas de la Luna. Ella se había negado a creerlo. Petyr le había jurado lo contrario. Petyr, el que fuera como un hermano para ella; Petyr, que la amaba tanto que se batió en duelo para conseguir su mano... pero, si tanto Jaime como Tyrion contaban lo mismo, ¿qué podía significar aquello? Los hermanos no se habían visto desde que salieron de Invernalia, hacía ya más de un año. Tenía que haber alguna trampa.

—¿Acaso intentáis engañarme?

—He admitido que tiré por una ventana a vuestro adorado mocoso, ¿qué gano con mentir acerca del puñal? —Se sirvió otra copa de vino—. Podéis creer lo que os dé la gana, no me importa lo que digan de mí. Y es mi turno. ¿Los hermanos de Robert se han puesto en pie de guerra?

—Sí.

—Qué respuesta tan miserable. Decidme algo más, o la próxima que os dé será igual de escueta.

—Stannis avanza hacia Desembarco del Rey —dijo de mala gana—. Renly ha muerto; su hermano lo asesinó en Puenteamargo, mediante artes oscuras que no alcanzo a comprender.

—Lástima —dijo Jaime—. Renly me caía bien, todo lo contrario que Stannis. ¿En qué bando están los Tyrell?

—Al principio en el de Renly, ahora no lo sé.

—Vuestro chico se debe de sentir muy solo.

—Robb cumplió dieciséis años hace unos días. Es un hombre, y además, el rey. Ha ganado todas las batallas en las que ha tomado parte. Según las últimas noticias que hemos recibido, les ha arrebatado el Risco a los Westerling.

—Todavía no se ha enfrentado a mi padre, ¿verdad?

—Cuando se enfrente a él lo derrotará, como hizo con vos.

—Me cogió desprevenido. Fue un truco cobarde.

—¿Cómo os atrevéis a hablar de trucos? Vuestro hermano Tyrion envió a asesinos disfrazados de emisarios, bajo un estandarte de paz.

—Si el que estuviera en esta celda fuera uno de vuestros hijos, ¿acaso sus hermanos no harían lo mismo por él?

«Mi hijo no tiene hermanos», pensó. Pero no quería compartir su dolor con semejante criatura.

Jaime bebió otro trago de vino.

—Qué importa la vida de un hermano cuando el honor está en juego, ¿eh? —Un trago más—. Tyrion es inteligente; sabe que vuestro hijo jamás accederá a pedir un rescate por mí.

Catelyn no pudo negarlo.

—Los vasallos de Robb prefieren que os mate. Sobre todo Rickard Karstark. En el bosque Susurrante matasteis a dos de sus hijos.

—Los dos con los rayos de sol color blanco, ¿no? —Jaime se encogió de hombros—. Si queréis que os diga la verdad, al que quería matar era a vuestro hijo. Los otros se interpusieron en mi camino. Los maté en combate justo, en el fragor de la batalla. Cualquier otro caballero habría hecho lo mismo.

—¿Cómo es posible que os sigáis considerando un caballero, después de haber violado todos los votos y juramentos?

—Tantos votos... —Jaime cogió la jarra para volver a llenarse la copa—. Te obligan a jurar, y a jurar... Defenderás al rey. Obedecerás al rey. Guardarás los secretos del rey. Harás su voluntad. Darás la vida por él. Pero obedecerás a tu padre. Amarás a tu hermana. Protegerás al inocente. Defenderás al débil. Respetarás a los dioses. Obedecerás las leyes. Es demasiado. No importa qué se haga, siempre se viola un juramento u otro. —Bebió un buen trago de vino y cerró los ojos un instante, con la cabeza apoyada en la pared, sobre una mancha de salitre—. Fui el más joven en vestir la capa blanca.

—Y el más joven en traicionar todo lo que significaba, Matarreyes.

—Matarreyes —pronunció él con deleite—. ¡Y menudo era el rey que maté! —Alzó la copa—. Por Aerys Targaryen, el segundo de su nombre, señor de los Siete Reinos y «protector» del reino. Y por la espada que le abrió la garganta. Una espada dorada, por cierto, hasta que su sangre tiñó de rojo la hoja. Esos son los colores de los Lannister: el rojo y el oro.

Se echó a reír, y Catelyn comprendió que el vino había surtido efecto; Jaime se había bebido la mayor parte de la jarra, y estaba borracho.

—Únicamente un hombre como vos se enorgullecería de semejante acción.

—Ya os lo he dicho; no hay hombres como yo. Decidme una cosa, lady Stark, ¿os contó Ned en alguna ocasión cómo había muerto su padre? ¿Y su hermano?

—Estrangularon a Brandon delante de su padre, y luego mataron también a lord Rickard. —Era una historia ingrata, y de hacía ya dieciséis años. ¿Por qué le preguntaba por aquello?

—Sí, lo mataron, pero... ¿cómo?

—Con la cuerda o con el hacha, me imagino.

—No me cabe duda de que Ned prefirió ahorrarle los detalles a su dulce aunque no muy virginal prometida. —Jaime bebió un trago y se limpió la boca—. Queríais la verdad, ¿no? Preguntadme. Hemos hecho un trato, no puedo negaros nada. Preguntadme.

—La muerte es la muerte. —«No quiero saber nada de eso.»

—Brandon era diferente de su hermano, ¿eh? Tenía sangre en las venas, en lugar de agua fría. Más parecido a mí.

—Brandon no se parecía en nada a vos.

—Si vos lo decís... Ibais a casaros con él.

—Él venía de camino a Aguasdulces cuando... —Era extraño; pese a todos los años transcurridos, seguía sintiendo un nudo en la garganta al recordarlo—. Cuando se enteró de lo de Lyanna, cambió de dirección y fue hacia Desembarco del Rey. Fue una temeridad. —Le vino a la memoria la rabia de su padre cuando la noticia llegó a Aguasdulces. Llamó a Brandon idiota galante.

—Cabalgó hasta la Fortaleza Roja con unos cuantos acompañantes, y empezó a gritarle al príncipe Rhaegar que saliera para matarlo. —Jaime se sirvió la última media copa de vino—. Pero Rhaegar no se encontraba allí. Aerys envió a sus guardias para arrestarlos a todos por conspirar para matar a su hijo. Creo que los demás también eran hijos de señores.

—Ethan Glover era el escudero de Brandon —dijo Catelyn—. Fue el único superviviente. Los demás eran Jeffory Mallister, Kyle Royce y Elbert Arryn, el sobrino y heredero de Jon Arryn. —Era extraño que todavía recordara aquellos nombres, después de tanto tiempo—. Aerys los acusó de traición y convocó a sus padres a la corte para que respondieran de los cargos, con los hijos como rehenes. Cuando llegaron, los asesinó sin juicio previo. Tanto a los padres como los hijos.

—Sí que hubo juicios, aunque no de los tradicionales. Lord Rickard exigió un juicio por combate, y el rey accedió a su petición. Stark se armó para la batalla pensando que se enfrentaría a un miembro de la Guardia Real. Tal vez a mí. Sin embargo, lo llevaron a la sala del trono y lo dejaron suspendido de las vigas, mientras dos de los piromantes de Aerys atizaban una hoguera debajo de él. El rey le dijo que el campeón de la casa Targaryen era el fuego. Así que lo único que tenía que hacer lord Rickard para demostrar que era inocente del cargo de traición era... no quemarse.

»Cuando el fuego estuvo en su apogeo, hicieron entrar a Brandon. Tenía las manos encadenadas a la espalda, y en torno al cuello, una tira de cuero húmedo, atada a un dispositivo que el rey había conseguido en Tyrosh. Pero le dejaron libres las piernas, y le pusieron la espada en el suelo, justo fuera de su alcance.

»Los piromantes asaron a lord Rickard a fuego lento: atizaban el fuego y lo aventaban para que el calor fuera homogéneo. Lo primero que prendió fue la capa; luego, el jubón, y pronto no vistió nada más que metal y cenizas. A continuación empezaría a cocerse, dijo Aerys... a menos que su hijo pudiera liberarlo. Brandon lo intentó, pero cuanto más se debatía, más le apretaba la tira la garganta. Al final, se estranguló solo.

»En cuanto a lord Rickard, el acero de su coraza se puso de color rojo cereza al final, y el oro de las espuelas se fundió y cayó goteando al fuego. Yo estuve todo el tiempo al pie del Trono de Hierro, con mi armadura blanca y mi capa blanca, pensando en Cersei. Cuando todo terminó, Gerold Hightower me llevó aparte y me dijo que mi juramento era proteger al rey, no juzgarlo. Sí, eso fue lo que me dijo el Toro Blanco, leal hasta el último momento y, según todo el mundo, mucho mejor hombre que yo.

—Aerys... —Catelyn sentía sabor a hiel en la garganta. La historia era tan horrenda que probablemente fuera verdad—. Aerys estaba loco, el reino entero lo sabía. Pero si queréis hacerme creer que lo matasteis para vengar a Brandon Stark...

—No pretendo haceros creer tal cosa; los Stark no significan nada para mí, y resultaría muy extraño que una persona me apreciara por un favor que no le hice, cuando tantos me detestan por lo mejor que he hecho nunca. En la coronación de Robert, me vi obligado a arrodillarme a sus regios pies junto al gran maestre Pycelle y al eunuco Varys, para que pudiera «perdonarnos» por los crímenes que habíamos cometido antes de entrar a su servicio. En cuanto a vuestro querido Ned, tendría que haber besado la mano que mató a Aerys, pero prefirió fruncir el ceño cuando me encontró con el culo sobre el trono de Robert. Creo que Ned Stark quería más a Robert que a su hermano o a su padre... o incluso que a vos, mi señora. A Robert nunca le fue infiel, ¿verdad? —Jaime soltó una risotada ebria—. Vamos, lady Stark, ¿no os parece gracioso?

—No encuentro gracioso nada que venga de vos, Matarreyes.

—Otra vez me estáis insultando. ¿Pues sabéis qué? Ya no voy a follaros. Meñique se me adelantó, ¿no? Y yo nunca como en el plato de otro. Además, no sois ni la mitad de bella que mi hermana. —Su sonrisa cortaba—. Nunca me he acostado con una mujer que no fuera Cersei. A mi manera, he sido más fiel de lo que jamás lo fue vuestro querido Ned. Pobre Ned, qué muerto está ahora. Decidme, ¿quién tiene un honor de mierda? ¿Cómo se llamaba el chico que tuvo con otra, el bastardo?

—¡Brienne! —llamó Catelyn retrocediendo un paso.

—No, no, no era así. —Jaime Lannister se llevó la jarra a la boca. Un reguerillo de vino, brillante como la sangre, le corrió por la cara—. Nieve, se llamaba Nieve. Qué nombre tan blanco... como esas capas tan bonitas que nos dan en la Guardia Real, cuando hacemos esos juramentos tan bonitos.

Brienne abrió la puerta y entró en la celda.

—¿Me habéis llamado, mi señora?

Catelyn tendió la mano.

—Dadme vuestra espada.

THEON

El cielo oscuro estaba cubierto de nubes, sobre los bosques muertos y helados. Las raíces trababan los pies de Theon al correr, y las ramas desnudas le azotaban la cara y le trazaban surcos de sangre en las mejillas. Avanzaba a trompicones sin rumbo, con el aliento entrecortado; los carámbanos saltaban en pedazos a su paso. «Piedad», sollozó. Detrás de él resonó un aullido estremecedor que le heló la sangre en las venas. «Piedad, piedad.» Al volver la cabeza para mirar los vio acercarse, lobos grandes, del tamaño de caballos, con cabezas de niños pequeños. «Piedad, oh, piedad.» Les manaba sangre de las fauces negras como pozos; cada gota que llegaba a la nieve abría agujeros llameantes. Se acercaban más y más con cada zancada. Theon trató de correr más deprisa, pero las piernas no lo obedecían. Todos los árboles tenían rostros que se reían de él, se reían, y el aullido sonó de nuevo. Le llegaba el olor del aliento ardiente de las bestias que lo perseguían, un hedor a azufre y a podredumbre. «Están muertos, están muertos, yo vi como los mataban —trató de gritar—, vi como sumergían sus cabezas en brea», pero cuando abrió la boca sólo consiguió emitir un gemido, y en aquel momento algo lo rozó, y dio media vuelta con un grito...

... buscando a manotazos el puñal que tenía siempre junto a la cama, pero solo consiguió tirarlo al suelo. Wex se alejó de él de un salto. Hediondo estaba detrás del mudo, con el rostro iluminado por la vela que llevaba en la mano.

—¿Qué? —gritó Theon. «Piedad»—. ¿Qué queréis? ¿Qué hacéis en mi dormitorio? ¿Qué...?

—Mi señor príncipe, vuestra hermana acaba de llegar a Invernalia —dijo Hediondo—. Pedisteis que os avisáramos al instante cuando viniera.

—Ya era hora —gruñó Theon mientras se pasaba los dedos por el pelo. Había empezado a temer que Asha pretendiera abandonarlo a su suerte. «Piedad.» Echó un vistazo por la ventana y vio que las primeras luces del amanecer empezaban a acariciar las torres de Invernalia—. ¿Dónde está? —preguntó.

—Lorren la ha llevado junto con sus hombres a la sala principal, para que desayunen. ¿Queréis recibirla ahora?

—Sí. —Theon echó las mantas a un lado. El fuego se había consumido, apenas si quedaban las brasas—. Wex, agua caliente. —No podía permitir que Asha lo viera despeinado y empapado en sudor. «Lobos con caras de niños...» Se estremeció. El dormitorio estaba tan frío como el bosque en sus sueños—. Cierra los postigos.

En los últimos tiempos, todos sus sueños habían sido fríos, y cada uno más espantoso que el anterior. La noche anterior había soñado que volvía a estar en el molino, de rodillas, vistiendo los cadáveres. Los miembros empezaban a ponerse rígidos, de manera que parecían resistirse, hoscos, mientras los manipulaba con los dedos casi helados; les puso los calzones y les ató las lazadas, metió unas botas con forro de piel en unos pies que no se doblaban, y abrochó un cinturón de cuero tachonado en torno a una cintura que podía abarcar con las manos.

—Yo no quería que llegáramos a esto —les dijo mientras trabajaba—. Pero no me han dejado elección.

Los cadáveres no le respondieron; eran cada vez más fríos y pesados.

La noche anterior había sido la mujer del molinero. Theon había olvidado su nombre, pero recordaba bien su cuerpo, los pechos amplios y mullidos, las estrías en el vientre y la manera en que le clavaba las uñas en la espalda mientras la follaba. En su sueño volvía a estar en la cama con ella; esta vez tenía dientes arriba y también abajo, y le desgarraba la garganta al tiempo que le mordía el miembro viril. Era una locura. También a ella la había visto morir. Gelmarr la había matado de un hachazo mientras suplicaba a Theon piedad a gritos. «Déjame en paz, mujer. Te mató él, no yo. Y él también está muerto.» Al menos, Gelmarr no perseguía a Theon en sus sueños.

Cuando Wex volvió con el agua, los efectos del sueño empezaban a disiparse. Theon se lavó el sudor y la somnolencia, y se tomó tanto tiempo como quiso para vestirse. Asha ya lo había hecho esperar bastante; ahora era su turno. Eligió una túnica de satén a rayas negras y doradas, y un hermoso jubón de cuero con tachonaduras de plata... hasta que recordó que su jodida hermana respetaba más las armas que la belleza. Se arrancó la ropa entre maldiciones y volvió a vestirse, en esta ocasión con ropa de lana con forro de fieltro y una cota de malla. Se colgó del cinturón la espada y el puñal, mientras recordaba la noche en que ella lo había humillado a la mesa de su padre.

«Su niño de pecho, sí. Pues mira, yo también tengo un cuchillo, y también sé emplearlo.»

Por último se puso la corona, una banda de frío hierro, fina como un dedo, con incrustaciones de diamante negro y pepitas de oro. Era deforme y fea, pero aquello era inevitable. Mikken estaba enterrado en el camposanto, y el nuevo herrero valía para hacer clavos, herraduras y poco más. Theon se consoló pensando que no era más que una corona de príncipe. Cuando lo coronaran rey tendría una mucho mejor.

Al otro lado de la puerta lo aguardaba Hediondo, junto con Urzen y Kromm. Theon acompasó el paso al de los hombres. En los últimos días se hacía acompañar por guardias fuera adonde fuera, incluso a la letrina. Invernalia entera quería matarlo. La misma noche en que volvieron de Agua Bellota, Gelmarr el Sombrío se había caído por unas escaleras y se había roto la espalda. Al día siguiente, Aggar apareció con el cuello cortado de oreja a oreja. Gynir Napiarroja se volvió tan cauteloso que dejó de beber vino, empezó a dormir con cota de malla y yelmo, y adoptó al perro más escandaloso de las perreras para que lo despertara si alguien intentaba atacarlo mientras dormía. Pese a todo, una mañana, el castillo entero despertó con los ladridos enloquecidos del perrito. El cachorro daba vueltas en torno al pozo, y Napiarroja flotaba en el agua, ahogado.

No podía dejar que los asesinatos quedaran impunes. Farlen era tan sospechoso como cualquier otro, de manera que Theon lo juzgó, lo declaró culpable y lo condenó a muerte. Hasta aquello le salió mal.

—Mi señor Eddard mataba él en persona a los que condenaba —dijo el encargado de las perreras mientras se arrodillaba junto al tocón.

Theon se vio obligado a coger el hacha; de lo contrario habría parecido débil. Le sudaban las manos y no pudo agarrar bien el mango, de manera que el primer golpe acertó a Farlen entre los hombros. Hicieron falta tres hachazos más para cortar todo el músculo y el hueso, y separar la cabeza del cuerpo. Más tarde vomitó al recordar todas las veces que habían bebido juntos una copa de hidromiel, mientras hablaban de perros y de caza.

«No tenía elección —habría querido gritarle al cadáver—. Los hijos del hierro no saben guardar un secreto, era necesario que muriesen, y había que echarle la culpa a alguien.» Pero habría preferido matarlo de manera más limpia. Ned Stark nunca había necesitado más de un golpe para decapitar a un condenado.

Tras la muerte de Farlen cesaron los asesinatos, pero aun así, sus hombres seguían hoscos y nerviosos.

—En batalla abierta no temen a ningún adversario —le dijo Lorren el Negro—; pero vivir entre los enemigos, sin saber nunca si la lavandera te va a dar un beso o una puñalada, si el criado te va a servir vino o veneno, es una cosa muy diferente. Deberíamos marcharnos de aquí.

—¡Soy el príncipe de Invernalia! —fue la respuesta a gritos de Theon—. ¡No ha nacido el hombre que me eche de aquí! ¡Ni la mujer!

«Asha. Ha sido culpa suya. Mi querida hermana... que los Otros la sodomicen con una espada.» Asha quería que muriera para robarle el puesto como heredero de su padre. Por aquel motivo lo había dejado languidecer allí, sin hacer caso de las órdenes apremiantes que le había enviado.

Cuando llegó se la encontró en el trono alto de los Stark, despedazando un capón con las manos. La estancia resonaba con las voces de sus hombres, que charlaban con los de Theon mientras todos bebían juntos. Armaban un escándalo tal que su entrada pasó desapercibida.

—¿Dónde están los demás? —le preguntó a Hediondo. Sentados a las mesas no había más de cincuenta hombres, la mayoría, de los suyos. En la sala principal de Invernalia cabían diez veces más.

—No hay más, mi señor príncipe.

—¿Cómo que no hay más? ¿Cuántos hombres ha traído?

—A ojo, me parece que unos veinte.

Theon Greyjoy se dirigió a zancadas hacia su hermana, que estaba repantigada en el trono. Asha celebraba a carcajadas el comentario que le había hecho uno de sus hombres, pero se calló cuando lo vio a su lado.

—Vaya, pero si es el príncipe de Invernalia. —Le tiró un hueso a uno de los perros que andaban olisqueando por la estancia. Bajo la nariz ganchuda de halcón, la boca amplia se frunció en una sonrisa burlona—. ¿O más bien el príncipe de los idiotas?

—La envidia no es propia de una doncella.

Asha se lamió la grasa de los dedos. Un mechón de pelo negro le cayó sobre los ojos. Sus hombres pedían a gritos pan y tocino. Para ser tan pocos hacían mucho ruido.

—¿Envidia, Theon?

—¿Qué otra cosa puede ser? Con treinta hombres, capturé Invernalia en una noche. A ti te hicieron falta un millar y un mes para tomar Bosquespeso.

—Es que no soy un gran guerrero como tú, hermano. —Bebió de un trago medio cuerno de cerveza, y se limpió la boca con el dorso de la mano—. Ya he visto las cabezas clavadas sobre tus puertas. Dime la verdad, ¿cuál opuso más resistencia? ¿El tullido o el bebé?

Theon sintió que se le agolpaba la sangre en la cara. Aquellas cabezas no le proporcionaban la menor alegría, como tampoco se la proporcionó el hecho de exhibir los cuerpos decapitados de los niños ante todo el castillo. La Vieja Tata los contempló mientras abría y cerraba la boca desdentada, sin emitir sonido alguno, y Farlen se había intentado arrojar contra Theon entre gruñidos, como uno de sus sabuesos. Urzen y Cadwyl lo tuvieron que dejar sin conocimiento a golpes con las astas de las lanzas.

«¿Cómo he podido acabar así?», recordó haber pensado mientras miraba los cadáveres cubiertos de moscas.

El único que había tenido el valor de acercarse había sido el maestre Luwin. El hombrecillo canoso, con el rostro pétreo, le suplicó que le permitiera coser las cabezas de los niños a los cuerpos, para que pudieran descansar en las criptas subterráneas junto con los otros Stark fallecidos.

—No —replicó Theon—. De las criptas, ni hablar.

—Pero ¿por qué, mi señor? Ya no os pueden hacer ningún daño. Es ahí donde deben estar. Los huesos de todos los Stark...

—He dicho que no.

Necesitaba las cabezas para la muralla, pero los cuerpos decapitados los hizo quemar aquel mismo día, con sus hermosas prendas y joyas. Después, se arrodilló entre los huesos y las cenizas para recoger un resto de plata fundida y azabache agrietado, que era todo lo que quedaba del broche en forma de cabeza de lobo que había pertenecido a Bran. Todavía lo conservaba.

—Traté a Bran y a Rickon con toda generosidad —le dijo a su hermana—. Ellos mismos se labraron su destino.

—Igual que hacemos todos, hermanito.

—¿Cómo crees que voy a defender Invernalia si solo me traes veinte hombres? —A Theon se le estaba agotando la paciencia.

—Diez —lo corrigió Asha—. Los otros se volverán conmigo. No querrás que tu querida hermana se enfrente a los peligros que alberga el bosque sin una escolta adecuada, ¿eh? Los lobos huargo acechan en la oscuridad. —Bajó las piernas del gran asiento de piedra y se puso en pie—. Ven, vayamos a otro lugar para hablar en privado.

Sabía que su hermana tenía razón, pero le irritaba que fuera ella la que tomaba la decisión. «No debí ir a verla —comprendió con retraso—. Tendría que haber ordenado que se presentara ante mí.»

Pero ya era demasiado tarde para aquello. Theon no tenía más remedio que llevar a Asha a las estancias de Ned Stark.

—Dagmer ha perdido el combate en la Ciudadela de Torrhen... —soltó bruscamente una vez allí, junto a las cenizas del fuego apagado.

—El antiguo castellano rompió su asedio, sí —respondió Asha con calma—. ¿Y qué pensabas? El tal ser Rodrik conoce el terreno a la perfección, a diferencia de Barbarrota, y muchos de los norteños iban a caballo. A los hijos del hierro les falta la disciplina necesaria para resistir una carga de caballería. Dagmer sigue vivo, ya puedes dar las gracias. Se dirige con los supervivientes de vuelta hacia la Costa Pedregosa.

«Sabe más que yo», comprendió Theon. Aquello lo enfureció aún más.

—La victoria le ha dado valor a Leobald Tallhart para salir de detrás de sus muros y unirse a las fuerzas de ser Rodrik. Y según los informes que he recibido, lord Manderly ha enviado río arriba una docena de barcazas con caballeros, caballos y máquinas de asedio. Por si fuera poco, los Umber se están reagrupando más allá del Último. Antes de que cambie la luna tendré un ejército entero ante las puertas, ¿y tú me traes diez hombres?

—No tenía por qué haber traído ninguno.

—Te ordené...

—Nuestro padre es el que me da órdenes, y me ordenó que tomara Bosquespeso —le espetó—. En cambio, no me dijo nada de rescatar a mi hermano pequeño.

—A la mierda con Bosquespeso —replicó—. No es más que una letrina de madera en la cima de una colina. Invernalia es el corazón de estas tierras, pero ¿cómo voy a defenderla sin una guarnición?

—Tendrías que haberlo pensado antes de tomar la fortaleza. No niego que fue una estratagema de lo más astuta. Si hubieras tenido suficiente sentido común para arrasar el castillo y llevarte a los principitos como rehenes a Pyke, habrías ganado la guerra de un plumazo.

—Eso es lo que tú querrías: ver mi trofeo reducido a ruinas y a cenizas.

—Este trofeo va a ser tu perdición. Los krákens surgen del mar, Theon, del mar, ¿lo olvidaste en los años que pasaste entre los lobos? Nuestra fuerza son los barcoluengos. Mi letrina de madera está cerca del mar; eso me permitirá recibir provisiones y refuerzos siempre que los necesite. Pero Invernalia está cientos de leguas tierra adentro, rodeada de bosques, castillos y fortalezas hostiles. Y no te llames a engaño; en miles de leguas a la redonda no hay un hombre que no sea tu enemigo. Tú mismo lo has conseguido al clavar esas cabezas en el puesto de guardia. —Asha sacudió la cabeza—. ¿Cómo has podido ser tan idiota? Mira que matar a niños...

—¡Se atrevieron a desafiarme! —le gritó a la cara—. Además, esto ha sido sangre por sangre, dos hijos de Eddard Stark para pagar por Rodrik y Maron. —Le salieron las palabras sin pensar, pero Theon supo al instante que su padre las aprobaría—. Les he dado descanso a los fantasmas de mis hermanos.

—De nuestros hermanos —le recordó Asha con un atisbo de sonrisa—. ¿Te has traído sus fantasmas desde Pyke? Anda, y yo que pensaba que solo perseguían a nuestro padre.

—¿Desde cuándo entiende una doncella que un hombre necesite venganza?

Incluso aunque su padre no le agradeciera el regalo de Invernalia, sin duda aprobaría que Theon hubiera vengado a sus hermanos. Pero Asha soltó una carcajada.

—¿No se te ha ocurrido pensar que el tal ser Rodrik sienta la misma necesidad? Aunque te comportes como un imbécil, eres sangre de mi sangre, Theon. En nombre de la madre que nos engendró a los dos, vuelve a Bosquespeso conmigo. Prende fuego a Invernalia y sal de aquí ahora que aún estás a tiempo.

—No —dijo Theon ajustándose la corona—. He tomado este castillo, y lo voy a defender.

—Lo defenderás, sí —dijo su hermana después de mirarlo largo rato—. El resto de tu vida. —Dejó escapar un suspiro—. A mí me parece una locura, pero ¿qué sabe de estas cosas una tímida doncella? —Ya junto a la puerta le dirigió una última sonrisa burlona—. Por cierto, llevas la corona más fea que he visto en mi vida. ¿Te la has hecho tú?

Lo dejó allí, rabioso, y no se demoró más que el tiempo justo para dar de comer a los caballos y abrevarlos. Tal como había amenazado, se llevó a la mitad de los hombres que la habían acompañado, y salió por la puerta del Cazador, la misma por la que habían escapado Bran y Rickon.

Theon los vio alejarse desde la cima de la muralla. Mientras veía a su hermana desaparecer entre las nieblas del bosque de los Lobos, empezó a preguntarse por qué no le había hecho caso, por qué no se había ido con ella.

—Se marcha, ¿eh?

De repente, Hediondo estaba junto a él. Theon no lo había oído acercarse, ni siquiera lo había olido. Era la persona que menos deseaba ver en el mundo. Lo incomodaba que siguiera caminando y respirando, pese a saber lo que sabía. «Tendría que haberlo matado después de que se encargara de los otros», reflexionó. Pero la sola idea lo ponía nervioso. Aunque pareciera increíble, Hediondo sabía leer y escribir, y tenía cierta astucia brutal; tal vez hubiera escondido en alguna parte un relato de lo que habían hecho.

—Perdonad que os lo diga, mi señor príncipe, pero no está bien que os abandone. Y con diez hombres no tendréis suficiente.

—Bien que lo sé. —«Igual que Asha.»

—A lo mejor yo podría ayudaros —siguió Hediondo—. Dadme un caballo y una bolsa de monedas, y os conseguiré unos cuantos hombres más.

—¿Cuántos? —Theon entrecerró los ojos.

—Cien o doscientos. Puede que más. —Sonrió, y le brillaron los ojos claros—. Nací al norte de aquí. Conozco a mucha gente, y mucha gente conoce a Hediondo.

Doscientos hombres no constituían un ejército, pero tampoco hacían falta miles para defender un castillo tan fuerte como Invernalia. Mientras supieran qué lado de la lanza servía para matar, podrían desempeñar su cometido.

—Si cumples lo que dices, verás que no soy ningún ingrato. Podrás pedir la recompensa que quieras.

—Bueno, mi señor... no estoy con una mujer desde que iba con lord Ramsay —dijo Hediondo—. Le he echado el ojo a esa chica que se llama Palla, y tengo entendido que ya no es virgen, así que...

—Tráeme doscientos hombres y es tuya. —Había llegado demasiado lejos con Hediondo para volverse atrás—. Pero como vengas con uno menos, seguirás follando cerdos.

Antes de que se pusiera el sol, Hediondo ya había partido con una bolsa de plata de los Stark y las últimas esperanzas de Theon. «Lo más probable es que no vuelva a ver a ese miserable», pensó con amargura. Pero sabía que tenía que correr el riesgo.

Aquella noche soñó con el banquete que había dado Ned Stark cuando el rey Robert llegó a Invernalia. La sala estaba llena de música y risas, aunque en el exterior soplaban vientos gélidos. Al principio, todo era música y asados; Theon gastaba bromas, miraba a las sirvientas y se divertía... hasta que se dio cuenta de que la habitación estaba cada vez más oscura. La música ya no parecía tan alegre; oyó notas discordantes, silencios extraños y notas que quedaban suspendidas en el aire, sangrando. De pronto, el vino se le tornó amargo en la boca, y al alzar la vista de la copa vio que estaba compartiendo la cena con los muertos.

El rey Robert estaba sentado, con una gran herida en el vientre y las entrañas desparramadas encima de la mesa, y junto a él se encontraba lord Eddard, decapitado. A las mesas de la parte de abajo estaban sentados cadáveres de carne grisácea y podrida, que se les caía de los huesos cuando alzaban las copas para brindar, mientras los gusanos les entraban y salían reptando de las órbitas vacías. Los conocía a todos: Jory Cassel, Tom el Gordo, Porther, Cayn y Hullen, el caballerizo mayor, y todos los que habían partido hacia el sur en dirección a Desembarco del Rey para no regresar nunca. Mikken y Chayle estaban sentados juntos; uno chorreaba sangre, y el otro, agua. Benfred Tallhart y sus Liebres Salvajes ocupaban la mayor parte de la mesa. La mujer del molinero también se encontraba allí, así como Farlen, y hasta el salvaje que Theon había matado en el bosque de los Lobos el día que le salvó la vida a Bran.

Pero había más, otros cuyos rostros no había visto nunca, caras que solo conocía por sus representaciones en piedra. La chica esbelta y de mirada triste que llevaba una diadema de rosas azuladas y una túnica blanca manchada de sangre solo podía ser Lyanna. Junto a ella estaba su hermano Brandon, y detrás de ambos, su padre, lord Rickard. A lo largo de las paredes, unas figuras apenas entrevistas se movían en medio de las sombras, como fantasmas pálidos con rostros alargados y sombríos. Theon sintió un estremecimiento de miedo, afilado como un cuchillo. Y en aquel momento, las altas puertas se abrieron de repente, una ráfaga de viento gélido sopló por la gran sala, y Robb surgió de lo más profundo de la noche. Viento Gris caminaba a su lado con los ojos llameantes, y tanto el hombre como el lobo sangraban por un centenar de heridas brutales.

Theon despertó con un grito tal que Wex se llevó un susto espantoso y salió corriendo desnudo de la habitación. Cuando los guardias irrumpieron con las espadas desenvainadas, les ordenó que fueran a buscar al maestre. Cuando llegó Luwin, desgreñado y somnoliento, Theon había controlado el temblor de sus manos gracias a una copa de vino, y estaba avergonzado por el ataque de pánico.

—Un sueño —murmuró—. Ha sido un sueño, nada más. Sin ninguna importancia.

—Sin ninguna importancia —asintió Luwin con solemnidad.

Dejó una pócima para dormir, pero Theon la tiró por la letrina en cuanto hubo salido. Luwin era el maestre, sí, pero también era un hombre, y el hombre no sentía ningún afecto hacia él. «Quiere que duerma, sí... Que duerma y no despierte jamás. Lo desea tanto como Asha.»

Envió a buscar a Kyra, cerró la puerta de una patada, se montó sobre ella y la poseyó con una furia que jamás habría imaginado sentir. Cuando terminó, la chica sollozaba; tenía el cuello y los pechos llenos de moretones y mordiscos. Theon la sacó de la cama a empujones y le tiró una manta.

—Lárgate.

Pero ni aun así consiguió dormir.

Cuando amaneció, se vistió y fue a pasear por los muros exteriores. El fresco viento otoñal soplaba entre las almenas. Le enrojecía las mejillas y hacía que le escocieran los ojos. Contempló cómo el bosque gris se iba tiñendo de verde a sus pies, a medida que la luz se filtraba entre los árboles silenciosos. A su izquierda se veían las cimas de los torreones de la muralla interior, con los tejados bañados por la luz dorada del sol. Las hojas rojas del arciano eran como una llamarada entre el follaje verde.

«El árbol de Ned Stark —pensó—, y el bosque de Stark, y el castillo de Stark, y la espada de Stark, y los dioses de Stark. Este es su lugar, no el mío. Yo soy un Greyjoy de Pyke, nacido para pintarme un kraken en el escudo y navegar por el gran mar salado. Tendría que haberme ido con Asha.»

En la parte superior del puesto de guardia, clavadas en estacas de hierro, las cabezas aguardaban.

Theon las contempló en silencio mientras el viento le agitaba la capa con manos pequeñas, fantasmales. Los hijos del molinero habían tenido la misma edad que Bran y Rickon, semejante estatura y complexión, y una vez Hediondo les hubo despellejado los rostros y sumergido las cabezas en brea, era muy sencillo ver rasgos familiares en aquellos bultos deformes de carne podrida. Qué estúpida era la gente.

«Si les hubiéramos dicho que eran cabezas de carnero, les habrían visto cuernos.»

SANSA

Llevaban toda la mañana cantando en el septo, desde que llegó al castillo la primera noticia sobre el avistamiento de velas. El sonido de sus voces se mezclaba con los relinchos de los caballos, el clamor del acero y los chirridos de las bisagras de las grandes puertas de bronce, que se combinaban para crear una música extraña y terrible.

«En el septo se canta para pedir misericordia a la Madre, pero en las murallas, al que cantan es al Guerrero, y siempre en silencio. —Recordó que la septa Mordane les decía que el Guerrero y la Madre no eran más que dos rostros del mismo gran dios—. Pero si solo es un dios, ¿qué plegarias va a atender?»

Ser Meryn Trant sujetó el caballo zaino para que Joffrey montara. Tanto el muchacho como el animal llevaban armadura flexible dorada y coraza esmaltada en escarlata, con leones a juego en las cabezas. La clara luz del sol arrancaba destellos dorados y rojizos cada vez que Joff se movía.

«Brillante, deslumbrante y hueco», pensó Sansa.

El Gnomo iba a lomos de un semental rojo, con una armadura más sencilla que la del rey y un equipamiento de combate que lo hacía parecer un niño vestido con la ropa de su padre. Pero el hacha que llevaba colgada bajo el escudo no tenía nada de infantil. Ser Mandon Moore cabalgaba a su lado, todo acero blanco brillante como el hielo. Al ver a Sansa, Tyrion se acercó a ella a caballo.

—Lady Sansa —le dijo—, imagino que mi hermana os habrá pedido que vayáis a Maegor, junto con el resto de las damas nobles, ¿verdad?

—Así es, mi señor, pero el rey Joffrey me envió orden de estar aquí para verlo partir. También querría ir al septo a rezar.

—No os preguntaré por quién. —Retorció la boca en un gesto extraño; si pretendía ser una sonrisa, era la más extraña que Sansa había visto jamás—. Puede que todo cambie hoy. Para vos y para la casa Lannister. Ahora que lo pienso, tendría que haberos enviado lejos con Tommen. En fin, en el Torreón de Maegor estaréis a salvo, siempre que...

—¡Sansa, Sansa! —El grito infantil recorrió todo el patio. Joffrey la había visto—. ¡Sansa, aquí!

«Me llama como el que llama a un perro», pensó.

—Veo que su alteza os necesita —señaló Tyrion Lannister—. Si los dioses lo permiten, volveremos a hablar después de la batalla.

Joffrey le hizo gestos para que se acercara más, y Sansa se abrió camino entre una hilera de lanceros con capas doradas.

—Todos dicen que la batalla va a empezar pronto.

—Que los dioses tengan misericordia y se apiaden de todos nosotros...

—Aquí, el que va a necesitar piedad va a ser mi tío, pero no la tendré. —Joffrey desenvainó la espada. El pomo era un rubí tallado en forma de corazón, engastado entre las fauces de un león. La hoja tenía tres vaceos profundos—. Mi nueva espada, *Comecorazones.*

Sansa recordó que había tenido otra espada, una llamada *Colmillo de León.* Arya se la había quitado y la había tirado al río. «Ojalá Stannis le haga lo mismo con esta.»

—Un forjado maravilloso, alteza.

—Bendice mi acero con un beso. —Tendió la hoja hacia ella—. Venga, dale un beso.

Jamás había parecido tan estúpido y tan infantil. Sansa rozó el metal con los labios, pensando que prefería besar todas las espadas que hicieran falta en vez de a Joffrey, pero por lo visto aquel gesto complació al chico. Envainó la espada con un floreo.

—Cuando vuelva le darás otro beso, y probarás el sabor de la sangre de mi tío.

«Será si uno de tus guardias reales lo mata por ti.» Tres Espadas Blancas acompañarían en todo momento a Joffrey y a su tío: ser Meryn, ser Mandon y ser Osmund Kettleblack.

—¿Entraréis en combate al frente de vuestros caballeros? —preguntó Sansa, esperanzada.

—Yo sí que quería, pero mi tío el Gnomo dice que mi tío Stannis no va a cruzar el río. Pero estaré al mando de las Tres Putas. Me voy a encargar de los traidores en persona.

La perspectiva hizo sonreír a Joff. Aquellos labios rosados y gruesos lo hacían parecer siempre amohinado. Hubo un tiempo en que a Sansa le gustaba su expresión, pero en aquellos momentos le daba asco.

—Se dice que mi hermano Robb siempre está en lo más fragoroso de la batalla —dijo sin pensar—. Aunque claro, es mayor que vuestra alteza. Es un hombre adulto.

Aquello hizo que frunciera el ceño.

—Cuando acabe con el traidor de mi tío me encargaré de tu hermano. Lo voy a destripar con *Comecorazones,* ya verás.

Dio media vuelta a su caballo, picó espuelas y se dirigió hacia la puerta. Ser Meryn y ser Osmund lo escoltaban a derecha e izquierda, y los capas doradas lo seguían en fila de a cuatro. El Gnomo y ser Mandon Moore cerraban la retaguardia. Los guardias los vieron partir entre gritos y aclamaciones. Cuando el último de ellos hubo desaparecido, un silencio repentino invadió el patio, como la calma que precede a la tormenta.

En medio de aquel silencio, los cánticos la atrajeron. Sansa se dirigió al septo. La siguieron dos mozos de cuadras, así como uno de los hombres que acababan de terminar su turno de guardia. No fueron los únicos.

Sansa no había visto nunca el septo tan abarrotado, ni con luces tan brillantes. Los rayos del sol se teñían de mil colores al atravesar las vidrieras, y por todas partes ardían velas con llamitas que parpadeaban como estrellas. El altar de la Madre y el del Guerrero estaban bañados de luz, pero el Herrero, la Vieja, la Doncella y el Padre también tenían fieles, y hasta había unas cuantas llamas que iluminaban el rostro semihumano del Desconocido... porque ¿quién era Stannis Baratheon, sino el Desconocido que llegaba para juzgarlos? Sansa visitó por turno a cada uno de los Siete, encendió una vela en cada altar, y luego encontró sitio en uno de los bancos, entre una anciana lavandera de rostro marchito y un niño que tendría la edad de Rickon, vestido con la fina túnica de lino propia del hijo de un caballero. La mano de la anciana era huesuda y callosa; la del niño, pequeña y blanda; pero se sintió bien al poder aferrarse a alguien. El ambiente estaba cargado, hacía calor y olía a sudor y a incienso. Todo aquello, junto con la luz de colores y el parpadeo de las velas, hizo que se sintiera un poco mareada.

Conocía el himno; su madre se lo había enseñado hacía mucho, mucho tiempo, en Invernalia. De modo que unió su voz a la de los demás.

Dulce Madre, sed piadosa,
de los niños velad vos,
detened saetas y espadas,
y que puedan ver el sol.

Dulce madre, nuestras hijas
en vos nutren su valor.
Sofocad la ira y el odio,
y alentad la compasión.

Eran miles las personas que, al otro lado de la ciudad, atestaban el Gran Septo de Baelor, y también estarían cantando; sus voces se oirían en todo Desembarco del Rey, cruzarían el río y ascenderían hacia el cielo.

«Los dioses tienen que escucharnos», pensó.

Sansa se sabía casi todos los himnos, y los que no, los siguió como mejor pudo. Cantó junto con viejos criados canosos y jóvenes esposas nerviosas, con sirvientas y soldados, con cocineros y cetreros, con caballeros y con granujas, con escuderos, con mendigos, con madres que amamantaban a sus hijos... Cantó con los que estaban dentro del castillo y con los que estaban fuera, cantó con toda la ciudad. Cantó implorando misericordia, tanto para los vivos como para los muertos, para Bran, para Rickon, para Robb, para su hermana Arya y para su hermano bastardo Jon Nieve, que estaba tan lejos, en el Muro. Cantó por su madre y por el padre de su madre, su abuelo lord Hoster, por su tío Edmure Tully, por su amiga Jeyne Poole, por el viejo rey Robert, siempre borracho, por la septa Mordane, ser Dontos, Jory Cassel y el maestre Luwin, por todos los valientes caballeros y soldados que iban a morir aquel día y por los hijos y esposas que los llorarían, y por último, ya casi al final, cantó incluso por Tyrion el Gnomo y por el Perro.

«No es un auténtico caballero —le dijo a la Madre—, pero fue el que me salvó. Salvadlo si podéis, y aplacad la rabia que lo corroe por dentro.»

Pero cuando el septón empezó a pedirles a los dioses que protegieran y defendieran al legítimo rey, Sansa se puso en pie. Los pasillos estaban abarrotados. Tuvo que abrirse camino a la fuerza para salir mientras el septón le rogaba al Herrero que diera fortaleza a la espada y al escudo de Joffrey, al Guerrero, que le diera valor, y al Padre, que lo defendiera si era necesario. «Ojalá se le rompa la espada, y también el escudo —pensó Sansa fríamente mientras se abría camino hacia las puertas—. Que pierda el valor y todos sus hombres lo abandonen.»

Unos cuantos guardias patrullaban por las almenas del puesto de guardia, pero aparte de ellos, el castillo parecía desierto. Sansa se detuvo y escuchó con atención. A lo lejos se oían los sonidos de la batalla. Los cánticos los ocultaban casi por completo, pero si uno prestaba atención los percibía: el gemido grave de los cuernos de guerra, el crujido y el ruido sordo de las catapultas, el chisporroteo de la brea ardiendo, el sonido agudo de los escorpiones al disparar los dardos de una vara de largo y punta de hierro... y más apagados, mezclados con ellos, los gritos de los moribundos.

Era otro tipo de canción, una canción terrible. Sansa se echó la capucha de la capa sobre las orejas y caminó apresurada hacia el Torreón de Maegor, el castillo dentro del castillo, donde la reina había prometido que estarían todos a salvo. Al pie del puente levadizo se encontró con lady Tanda y sus dos hijas. Falyse había llegado el día anterior del castillo de Stokeworth junto con un pequeño grupo de soldados. En aquel momento trataba de convencer a su hermana de que cruzara el puente, pero Lollys se aferraba a su doncella.

—No quiero, no quiero, no quiero —sollozaba.

—La batalla ha empezado ya —dijo lady Tanda con voz tensa.

—No quiero, no quiero.

Sansa no tenía más remedio que pasar junto a ellas. Las saludó con toda cortesía.

—¿Queréis que os ayude? —dijo.

Lady Tanda se sonrojó de vergüenza.

—No, mi señora, pero os agradezco vuestra amabilidad. Por favor, perdonad a mi hija, no se encuentra bien.

—No quiero. —Lollys se agarró a su doncella, una chica esbelta, muy bonita, de pelo corto y oscuro, que por su expresión estaba deseando darle un empujón a su señora y tirarla al foso seco, a las estacas de hierro—. Por favor, por favor, no quiero.

—Dentro estaremos mucho más protegidas —le dijo Sansa con dulzura—, habrá cosas para comer, cosas para beber y canciones.

Lollys la miró con la boca abierta. Tenía unos ojos castaños apagados que siempre parecían llenos de lágrimas.

—No quiero.

—Pues tienes que entrar —dijo con brusquedad su hermana Falyse—. Y no hay más que decir. Shae, ayúdame.

Cogieron a Lollys cada una por un codo, y entre las dos la llevaron mitad en volandas y mitad a rastras por todo lo largo del puente levadizo. Sansa las siguió al lado de su madre.

—Ha estado enferma —dijo lady Tanda.

«Si es que a un bebé se lo puede considerar una enfermedad», pensó Sansa. En el castillo, todo el mundo sabía que Lollys estaba embarazada.

Los dos guardias de la puerta llevaban el yelmo con penacho de león y la capas escarlata de la casa Lannister, pero Sansa sabía que no eran más que mercenarios disfrazados. Otro estaba sentado al pie de las escaleras. Un guardia de verdad habría estado de pie, no sentado en un peldaño con la alabarda cruzada sobre las rodillas, pero al menos se levantó al verlas, y abrió la puerta para dejarlas pasar.

El salón de baile de la reina no era ni la décima parte de grande que la sala principal del castillo, y solo la mitad que la sala privada de la Torre de la Mano, pero cabía un centenar de personas sentadas, y compensaba con elegancia lo que le faltaba en espacio. Detrás de cada candelabro de las paredes había un espejo de plata batida, de manera que las antorchas brillaban el doble de luminosas. En los muros había paneles de maderas nobles con tallas, y los suelos estaban cubiertos de esteras de dulce olor. De la galería superior les llegaba el sonido alegre de flautas y violines. En la pared sur había una hilera de ventanas en forma de arco, pero las habían cubierto con cortinajes pesados. El grueso tejido de terciopelo no dejaba pasar ni un atisbo de luz, y amortiguaba tanto los sonidos de la guerra como las oraciones.

«Pero no importa —pensó Sansa—. La guerra está con nosotros.»

Junto a las largas mesas estaban sentadas casi todas las mujeres nobles de la ciudad, además de unos cuantos ancianos y niños pequeños. Las mujeres eran esposas, hijas, madres, hermanas... Sus hombres habían ido a combatir a lord Stannis. Muchos no regresarían. Aquella certidumbre pesaba en el ambiente. Como prometida de Joffrey, a Sansa le correspondía un lugar de honor a la derecha de la reina. En el momento en que empezó a subir al estrado, vio al hombre que se encontraba entre las sombras, junto al muro del fondo. Llevaba un jubón largo de malla negra, y sostenía ante sí una espada: el mandoble de su padre, *Hielo,* casi tan alto como el que lo tenía en aquel momento. La punta reposaba contra el suelo, y los dedos huesudos del hombre se cerraban en torno a la cruz, a ambos lados del puño. Sansa sintió que le faltaba la respiración. Fue como si ser Ilyn Payne percibiera su mirada, porque volvió hacia ella el rostro descarnado, picado de viruelas.

—¿Qué hace ese aquí? —le preguntó a Osfryd Kettleblack, capitán de la nueva guardia de capas rojas de la reina.

—Su alteza la reina cree que necesitará de sus servicios antes de que termine la noche —contestó Osfryd con una sonrisa.

Ser Ilyn era la justicia del rey. Solo había un servicio que pudiera prestar. «¿Qué cabeza quiere la reina?»

—En pie para recibir a su alteza, Cersei de la casa Lannister, reina regente y Protectora del Reino —gritó el mayordomo real.

La túnica de Cersei era de lino níveo, tan blanca como las capas de la Guardia Real. Las largas mangas amplísimas dejaban ver el forro de satén dorado. La brillante cabellera dorada le caía sobre los hombros desnudos en rizos espesos. Llevaba en torno al cuello un collar de diamantes y esmeraldas. El blanco le daba un aspecto de inocencia extraño, casi virginal, pero tenía color en las mejillas.

—Sentaos —dijo tras ocupar su lugar en el estrado—, y sed todos bienvenidos. —Osfryd Kettleblack le acercó la silla, y un paje hizo lo mismo para Sansa—. Estás pálida, Sansa —observó Cersei—. ¿Tu flor roja sigue floreciendo?

—Sí.

—Es muy apropiado. Los hombres sangran ahí fuera, y tú, aquí dentro. —La reina hizo un gesto para indicar que se sirviera el primer plato.

—¿Para qué está aquí ser Ilyn? —preguntó Sansa sin poder contenerse.

—Para hacerse cargo de los traidores —contestó la reina lanzando una mirada en dirección al verdugo mudo—, y para defendernos si fuera necesario. Fue caballero antes que verdugo. —Señaló con la cuchara hacia el fondo de la sala, donde las altas puertas de madera estaban ya cerradas y atrancadas—. Cuando las hachas derriben esas puertas, te alegrarás de que esté aquí.

«Me alegraría más si fuera el Perro», pensó Sansa. Sandor Clegane era rudo, pero no permitiría que le pasara nada malo.

—¿No nos protegerán vuestros guardias?

—¿Y quién nos va a proteger de mis guardias? —La reina miró de reojo a Osfryd—. Los mercenarios leales son tan escasos como las prostitutas vírgenes. Si perdemos la batalla, mis guardias se enredarán con sus capas escarlatas, de tanta prisa como se darán en quitárselas. Robarán lo que puedan y huirán, junto con los criados, las lavanderas y los mozos de cuadras, todos para salvar sus indignos pellejos. ¿Tienes idea de lo que sucede durante el saqueo de una ciudad, Sansa? No, claro que no. Todo lo que sabes de la vida lo has aprendido de los bardos, y no hay muchas canciones sobre saqueos.

—Los auténticos caballeros jamás les harían daño a las mujeres y a los niños. —A ella misma le sonaron huecas las palabras mientras salían de su boca.

—Los auténticos caballeros. —Por lo visto, a la reina le parecía divertidísimo—. Claro, claro, tienes razón. Anda, cómete la sopa como una niña buena, y sigue esperando a que Symeon Ojos de Estrella y el príncipe Aemon, el Caballero Dragón, vengan a rescatarte, pequeña. Seguro que tienen que estar al llegar.

DAVOS

El agua de la bahía del Aguasnegras estaba agitada y revuelta; se veían cabrillas por doquier. La *Betha Negra* se dejaba llevar por el flujo de la marea; sus velas crujían y restallaban con cada cambio del viento. La *Espectro* y la *Lady Marya* navegaban muy cerca, con apenas veinte varas de distancia entre los cascos. Sus hijos mantenían bien la formación. Davos estaba orgulloso.

Al otro lado del mar, los cuernos de guerra bramaban; sus gemidos roncos y profundos como la llamada de una serpiente monstruosa se repetían de barco en barco.

—Arriad la vela —ordenó Davos—. Retirad el mástil. Remeros a los remos.

Su hijo Matthos transmitió las órdenes. La cubierta de la *Betha Negra* bullía de actividad mientras toda la tripulación llevaba a cabo las tareas correspondientes, dando empujones a los soldados que, se pusieran donde se pusieran, parecían estar siempre en medio. Ser Imry había ordenado que entraran en el río solo con los remos, para no exponer las velas a los escorpiones y bombardas de las murallas de Desembarco del Rey.

Davos alcanzaba a distinguir la *Furia* al sudeste. En aquellos momentos estaban arriando las brillantes velas doradas adornadas con el venado coronado de los Baratheon. Desde aquellas cubiertas, hacía ya dieciséis años, Stannis Baratheon había ordenado el asalto contra Rocadragón, pero en esta ocasión había optado por cabalgar con su ejército, y había confiado el mando de la *Furia* y de la flota al hermano de su esposa, ser Imry, que había acudido a Bastión de Tormentas junto con lord Alester y el resto de los Florent para unirse a su causa.

Davos conocía la *Furia* tan bien como sus barcos. Sobre los trescientos remeros había una cubierta dedicada en exclusiva a los escorpiones, y encima estaban las catapultas montadas a todo lo largo, tan grandes que podían lanzar barriles de brea en llamas. Era un barco impresionante, y también muy rápido, aunque ser Imry lo había llenado de proa a popa con caballeros y soldados con armaduras, y aquello le restaba velocidad.

Los cuernos de guerra resonaron de nuevo; de la *Furia* llegaron nuevas órdenes. Davos sintió un cosquilleo en los dedos amputados.

—¡Remos fuera! —gritó—. ¡Alineación!

Un centenar de palas se hundieron en el agua cuando el cómitre empezó a golpear el tambor. El sonido era como el latir lento de un corazón, y con cada latido, los remos se movían al unísono, los cien hombres remando a una.

A la *Espectro* y a la *Lady Marya* también les habían salido alas de madera. Las tres galeras iban al mismo paso, con los remos haciendo bullir las aguas.

—Velocidad lenta de crucero —ordenó Davos.

La *Orgullo de Marcaderiva* de lord Velaryon, de casco plateado, había ocupado su posición a babor de la *Espectro* y la *Risa Audaz* se aproximaba con rapidez, pero la *Bruja* apenas acababa de meter los remos en el agua, y la *Caballo de Mar* aún se afanaba por retirar el mástil. Davos miró a popa. Sí, allí, lejos al sur, solo podía ser la *Pez Espada,* rezagada como siempre. Contaba con doscientos remos y llevaba a bordo el mayor espolón de la flota, aunque Davos tenía grandes dudas sobre su capitán.

Podía oír a los soldados, que intercambiaban gritos de aliento por encima del agua. Desde Bastión de Tormentas habían sido poco más que lastre, y estaban ansiosos por enfrentarse al enemigo, confiados en la victoria. En aquello compartían la opinión de su almirante, el lord gran capitán ser Imry Florent.

Tres días antes, había convocado a todos sus capitanes a un consejo de guerra a bordo de la *Furia,* mientras la flota se encontraba anclada en la desembocadura del Rodeo, a fin de darles a conocer sus disposiciones. A Davos y a sus hijos se les asignaron puestos en la segunda línea de batalla, casi al extremo del ala de estribor.

—Un lugar de honor —había declarado Allard, muy satisfecho por la oportunidad de demostrar su valor.

—Un lugar peligroso —había señalado su padre.

Sus hijos, incluso el joven Maric, lo habían mirado con lástima. Casi podía oír sus pensamientos: «El Caballero de la Cebolla se ha vuelto una anciana, aunque por dentro sigue siendo un contrabandista».

Bien, lo último era bastante cierto y no se iba a disculpar por ello. *Seaworth* sonaba señorial, pero en el fondo seguía siendo Davos del Lecho de Pulgas, que volvía a su ciudad sobre las tres altas colinas. Sabía tanto sobre barcos, velas y costas como el que más en los Siete Reinos, y se había batido con su espada sobre cubiertas empapadas en suficientes ocasiones. Pero llegaba a este tipo de batalla como una doncella, nervioso y asustado. Los contrabandistas no hacen sonar cuernos de guerra ni levantan estandartes. Cuando huelen el peligro, izan las velas y huyen con el viento a la espalda.

Si hubiera sido el almirante, lo habría hecho todo de modo diferente. Para empezar, habría enviado a varias de sus naves más veloces a explorar el curso del río y ver qué les esperaba, en lugar de lanzarse de cabeza. Cuando se lo sugirió a ser Imry, el lord gran capitán le había dado las gracias cortésmente, pero sus ojos no mostraban la misma cortesía. «¿Quién es este cobarde de baja estofa? —preguntaban aquellos ojos—. ¿Será el que compró su título de caballero con una cebolla?»

Con cuatro veces más naves que el rey niño, ser Imry no veía la necesidad de ser precavido ni de utilizar tácticas engañosas. Había organizado la flota en diez líneas de batalla, cada una de veinte naves. Las dos primeras líneas remontarían el río, para entrar en combate y destruir la pequeña flota de Joffrey, «los juguetes del niño», como la llamaba ser Imry para júbilo de sus señores capitanes. Los que llegaban detrás desembarcarían compañías de arqueros y lanceros junto a los muros de la ciudad, y entonces se incorporarían al combate en el río. Las naves más pequeñas y lentas de la retaguardia transportarían el grueso del ejército de Stannis desde la ribera meridional, protegidas por Salladhor Saan y sus lysenos, que permanecerían apostados en la bahía por si los Lannister contaban con otras naves ocultas a lo largo de la costa, listas para atacarlos por la retaguardia.

Davos tenía que reconocer que la prisa de ser Imry estaba justificada. Los vientos no les habían sido muy favorables en el viaje desde Bastión de Tormentas. Habían perdido dos cocas en las escolleras de la bahía de los Naufragios el mismo día de la partida, en un comienzo bastante lamentable. Una de las galeras de Myr se había ido a pique en los Estrechos de Tarth, y una tormenta los había azotado mientras entraban en el Gaznate dispersando la flota por la mitad del estrecho mar. Finalmente, lograron reagruparse tras el espinazo protector de Garfio de Massey, en las aguas más tranquilas de la bahía del Aguasnegras, tras perder doce naves y un tiempo considerable.

Stannis habría llegado al río Aguasnegras varios días antes. El camino Real iba directo desde Bastión de Tormentas hasta Desembarco del Rey, una ruta más corta que por mar, y el grueso de sus tropas lo formaba la caballería. Eran cerca de veinte mil caballeros, caballería ligera y jinetes libres, el legado involuntario de Renly a su hermano. Sin duda, habrían tardado poco, pero los corceles de guerra y las lanzas de seis varas no servían de nada frente a las aguas profundas del río Aguasnegras y los altos muros de la ciudad. Stannis habría acampado con sus señores en la orilla meridional del río, y seguro que se moría de impaciencia, preguntándose qué habría hecho ser Imry con su flota.

Dos días antes, habían divisado media docena de esquifes de pescadores cerca de Roca Pescadilla. Los pescadores habían huido antes de que llegaran, pero fueron interceptados y abordados uno por uno.

—Una cucharadita de victoria es lo que se requiere para asentar el estómago antes de la batalla —había declarado ser Imry con alegría—. Hace que los hombres quieran una ración más grande.

Pero Davos estaba más interesado en lo que pudieran decir los cautivos sobre las defensas en Desembarco del Rey. El enano había estado ocupado construyendo algo parecido a una barrera para cerrar la desembocadura del río, aunque los pescadores no coincidían en si el trabajo estaba terminado o no. Se descubrió deseando que lo hubieran acabado. Si el río estaba cerrado para ellos, ser Imry no tendría otra opción que detenerse y evaluar la situación.

El mar estaba lleno de sonidos: gritos y llamadas, cuernos de guerra y tambores, el trémolo de las gaitas, el golpeteo de la madera en el agua cuando miles de remos se elevaban y caían...

—Mantened la formación —gritó Davos.

Un soplo de viento agitó su vieja capa verde. Su única protección consistía en un justillo de cuero endurecido y un yelmo, que tenía a sus pies. Creía que, en el mar, el pesado acero podía igualmente salvar a un hombre o costarle la vida. Ser Imry y otros capitanes de ilustre cuna no compartían su punto de vista. Cuando recorrían las cubiertas de sus naves, emitían destellos.

Tanto la *Bruja* como la *Caballo de Mar* ocupaban ya su sitio, y la *Zarpa Roja* de lord Celtigar las seguía. A estribor de la *Lady Marya* de Allard navegaban las tres galeras que Stannis había arrancado de manos del infortunado lord Sunglass: *Piedad, Oración* y *Devoción,* cuyas cubiertas estaban repletas de arqueros. Hasta la *Pez Espada* se aproximaba, balanceándose pesadamente en una mar cada vez más gruesa, con el impulso tanto de los remos como de las velas.

«Una nave con tantos remos debería ser mucho más veloz —reflexionó Davos con desaprobación—. Es ese espolón que lleva; es demasiado grande, la desequilibra.»

El viento del sur soplaba a ráfagas, pero con los remos, aquello no tenía importancia. Entrarían con el flujo de la marea, pero los Lannister tendrían a favor la corriente del río, y en su desembocadura, el Aguasnegras bajaba fuerte y rápido. El primer choque favorecería inevitablemente al adversario. «Vamos a cometer una estupidez al enfrentarnos a ellos en el río Aguasnegras», pensó Davos. En cualquier batalla en mar abierto, sus líneas de combate rodearían la flota enemiga por ambos flancos, haciéndola concentrarse para ser destruida. Sin embargo, en el río, la cantidad y el volumen de las naves de ser Imry tendría menos importancia. No podrían disponer de una fila de más de veinte naves, porque correrían el riesgo de que los remos tropezaran y de chocar entre sí.

Más allá de la línea de naves de guerra, Davos alcanzaba a ver la Fortaleza Roja en la cumbre de la Colina Alta de Aegon, oscura ante un cielo amarillento, con la desembocadura del río debajo. Al otro lado del río, la orilla sur estaba cubierta de hombres y caballos, que se agitaban como hormigas enloquecidas al divisar las naves que se aproximaban. Stannis los habría mantenido ocupados en la construcción de balsas y la fabricación de flechas, pero incluso así, la espera debió de ser difícil de soportar. Desde allí llegó el sonido de unas diminutas trompetas de bronce, que pronto desapareció ahogado por el rugido de miles de gargantas que gritaban. Davos apretó con la mano el saquito que contenía sus falanges y musitó una oración silenciosa para tener suerte.

La *Furia* estaría en el centro de la primera línea de batalla, flanqueada por la *Lord Steffon* y la *Venado del Mar,* cada una de doscientos remos. En las alas de babor y estribor estarían las de ciento: *Lady Harra, Pezbrillante, Señor Risueño, Demonio del Mar, Honor Astado, Jenna Harapos, Tres Tridentes, Espada Veloz, Princesa Rhaenys, Hocico de Perro, Cetro, Fiel, Cuervo Rojo, Reina Alysanne, Gata, Valerosa* y *Veneno de Dragón.* En cada mástil ondeaba el fiero corazón del Señor de Luz, rojo, amarillo y naranja. Tras Davos y sus hijos avanzaba otra línea de naves de cien remos, comandadas por caballeros y señores capitanes, y los seguía el contingente de Myr, más reducido y lento; ninguna de sus naves tenía más de ochenta remos. Más atrás estarían las naves a vela, las carracas y las grandes cocas madereras, y el último sería Salladhor Saan en su orgullosa *Valyria,* una enorme nave de trescientos remos, escoltada por el resto de sus galeras, con sus característicos cascos a franjas. El extravagante príncipe lyseno no estuvo nada contento cuando le asignaron el puesto de retaguardia, pero era obvio que ser Imry no tenía más confianza en él que Stannis. «Demasiadas quejas y demasiadas reclamaciones sobre el oro que se le debía.» De todos modos, Davos lo sentía. Salladhor Saan era un viejo pirata astuto, y sus tripulaciones estaban formadas por marinos de pura sangre, que no sentían miedo en la pelea. Tenerlos en la retaguardia era un desperdicio.

Ahoooooooooooooooooooooooo. La llamada salió del puente de mando de la *Furia* y retumbó entre cabrillas y remos que subían y bajaban: ser Imry anunciaba el ataque. *Ahooooooooooo, ahooooooooooo, ahooooooooooooooooooooooooo.*

La *Pez Espada* se había unido finalmente a la línea de batalla, aunque todavía llevaba izada la vela.

—Velocidad rápida de crucero —ladró Davos.

El tambor comenzó a marcar el ritmo más rápido, la boga se incrementó, los bordes de los remos cortaban el agua, *splash-guosh, splash-guosh, splash-guosh.* En cubierta, los soldados golpeaban los escudos con las espadas, mientras los arqueros tensaban lentamente sus arcos y cogían la primera flecha de las aljabas que llevaban al cinturón. Las galeras de la primera línea de batalla le impedían la visión, y Davos recorrió la cubierta en busca de una mejor vista. No vio señal de dique alguno; la boca del río estaba abierta como para tragárselos a todos. A no ser que...

En sus tiempos de contrabandista, Davos se había jactado con frecuencia de que conocía la costa de Desembarco del Rey mejor que la palma de su mano, puesto que no se había pasado buena parte de su vida entrando y saliendo furtivamente de la palma de su mano. Las torres achaparradas que se erguían, una frente a la otra, en la desembocadura del Aguasnegras, quizá no significaran nada para ser Imry Florent, pero para él era como si le hubieran salido dos dedos adicionales de los nudillos.

Se protegió los ojos del sol poniente para examinar las torres con más atención. Eran demasiado pequeñas para alojar una guarnición importante. La de la orilla norte había sido construida contra el promontorio, con la Fortaleza Roja vigilando encima de ella; su pareja, en la orilla sur, tenía su base en el agua. Se dio cuenta enseguida: «Han excavado una zanja a través de la orilla». Aquello hacía muy difícil el asalto de la torre. Los atacantes tendrían que vadear el río, o bien construir un puente sobre el pequeño canal. Stannis había dispuesto arqueros allí abajo para dispararles a los defensores en caso de que alguno osara levantar la cabeza por encima de los parapetos, pero no se había molestado en hacer nada más.

Muy abajo, donde el agua oscura se arremolinaba en torno de la base de la torre, algo emitió un destello. La luz del sol se reflejaba en el acero, y aquello le dijo a Davos Seaworth todo lo que necesitaba saber. «Una barrera de cadenas... pero no han cerrado el río para que no entremos. ¿Por qué?»

Podía tratar de imaginar el motivo, pero no había tiempo para meditar. De las naves que lo precedían brotó un grito, y los cuernos de guerra volvieron a sonar: tenían al enemigo frente a ellos.

Entre los remos inquietos de la *Cetro* y la *Fiel,* Davos vio una delgada línea de galeras que cortaba el río, con el sol reflejado en la pintura dorada que cubría sus cascos. Conocía aquellas naves tan bien como las suyas. Cuando era contrabandista, siempre se sentía más seguro cuando sabía si la vela en el horizonte era señal de una nave rápida o una lenta, y si su capitán era un hombre joven, sediento de gloria, o uno viejo que terminaba sus días de servicio.

Ahoooooooooooooooooooooooooooooo, llamaban los cuernos de guerra.

—Velocidad de combate —gritó Davos.

Oyó a Dale y a Allard dando la misma orden a babor y estribor. Los tambores comenzaron a marcar el ritmo con furia; los remos subían y bajaban, y la *Betha Negra* se lanzó hacia delante. Cuando miró a la *Espectro,* Dale lo saludó. La *Pez Espada* se quedaba de nuevo atrás, bamboleándose en la estela de las naves más pequeñas que tenía a cada lado; por lo demás, la línea era recta como una muralla.

El río, que en la distancia había parecido tan estrecho, en aquel momento se ensanchaba como un mar, pero la ciudad también se había vuelto gigante. Mirando ceñuda desde la Colina Alta de Aegon, la Fortaleza Roja dominaba los accesos. Sus almenas erizadas de hierro, sus pesadas torres y sus gruesos muros rojos le daban el aspecto de una bestia feroz, a punto de saltar sobre el río y las calles. Los acantilados sobre los que se erguía eran abruptos y rocosos, con manchas de líquenes y retorcidos arbustos espinosos. La flota tendría que pasar por debajo del castillo para llegar a la bahía y a la ciudad.

La primera línea estaba ya en el río, pero las galeras enemigas continuaban retrocediendo. «Quieren atraernos. Quieren que nos juntemos más, bien apretados, sin posibilidades de rodearlos por los flancos... y con esa barrera a nuestras espaldas.» Caminó por la cubierta, estirando el cuello para contemplar mejor la flota de Joffrey. Entre los juguetes del niño estaba la voluminosa *Gracia de los Dioses;* también vio a la vieja y lenta *Príncipe Aemon,* a la *Dama de Seda* y a su gemela, *Rubor de Dama,* a la *Viento Salvaje,* la *Desembarqueño,* la *Corazón Blanco,* la *Lanza,* la *Flor del Mar...* Pero ¿dónde estaba la *Estrellaleón*? ¿Dónde estaba la hermosa *Lady Lyanna,* que el rey Robert había bautizado en honor de la doncella que había amado y perdido? ¿Y dónde estaba la *Martillo del Rey Robert*? Era la mayor galera de guerra de la flota real, cuatrocientos remos, la única nave de guerra en posesión del rey niño capaz de superar a la *Furia.* Por lógica debería estar en el centro de cualquier defensa.

Davos presintió una trampa, pero no acababa de ver señales de enemigos congregándose a sus espaldas; solo veía la gran flota de Stannis Baratheon en formación ordenada, que se extendía hasta el horizonte del agua. «¿Levantarán la cadena para dividirnos en dos?» No alcanzaba a entender qué conseguirían con aquello. Las naves que quedaran fuera de la bahía aún podían desembarcar a los hombres al norte de la ciudad; el paso era más lento, pero más seguro.

Una bandada de flameantes pájaros naranja salió volando del castillo, unos veinte o treinta; vasijas de brea ardiente que describían un arco sobre el río, dejando atrás hilos de fuego. Las aguas devoraron la mayoría, pero algunas cayeron sobre las cubiertas de las galeras, en la primera línea de batalla, esparciendo llamas al romperse en pedazos. En la cubierta de la *Reina Alysanne* se veían guerreros con armaduras, arrastrándose, y Davos pudo distinguir columnas de humo que ascendían desde tres puntos diferentes en la *Veneno de Dragón,* cerca de la orilla. En aquel momento, una segunda andanada volaba por los aires, y también caían flechas, que llegaban silbando desde los nidos de arqueros que coronaban las torres. Un soldado cayó por la borda de la *Gata,* chocó con los remos y se hundió.

«El primer hombre que muere hoy —pensó Davos—, pero no será el último.»

Por encima de las almenas de la Fortaleza Roja ondeaban las banderas del rey niño: el venado coronado de Baratheon sobre campo de oro y el león de Lannister sobre púrpura. Llegaron volando más vasijas de brea. Davos oyó a hombres gritar cuando el fuego se extendió por la *Valerosa.* Sus remeros estaban a salvo abajo, protegidos de los proyectiles por la media cubierta, pero los guerreros con armaduras que se encontraban arriba no tuvieron la misma fortuna. Como había temido, el ala de estribor recibía todo el castigo. «Pronto nos llegará el turno», recordó, inquieto. La *Betha Negra* estaba perfectamente al alcance de las vasijas flameantes, pues era la sexta nave a partir de la orilla norte. A estribor tenía solamente la *Lady Marya* de Allard, la desgarbada *Pez Espada,* que se había quedado tan atrás que ahora estaba más cerca de la tercera línea que de la segunda, y la *Piedad,* la *Oración* y la *Devoción,* que requerirían de toda la intercesión divina que pudieran conseguir, por estar en un sitio muy vulnerable.

Cuando la segunda línea pasó entre las torres gemelas, Davos las examinó más de cerca. Pudo ver tres eslabones de una enorme cadena que asomaba de un agujero no mayor que la cabeza de un hombre y desaparecía bajo el agua. Las torres solo tenían una puerta, construida a unas diez varas sobre el terreno. Desde la azotea de la torre septentrional, los arqueros disparaban contra la *Oración* y la *Devoción*. Los arqueros de la *Devoción* respondieron, y Davos oyó los gritos de un hombre alcanzado por una flecha.

—Ser capitán —su hijo Matthos estaba a su lado—. Vuestro yelmo.

Davos lo tomó con ambas manos y se lo puso en la cabeza. El yelmo no tenía visor, pues odiaba que algo le impidiera ver bien.

En aquel momento, en torno a ellos llovían vasijas con brea. Vio una que botó en la cubierta de la *Lady Marya,* pero la tripulación de Allard apagó el fuego enseguida. A babor, se oyeron los cuernos de guerra desde la *Orgullo de Marcaderiva.* Los remos levantaban surtidores de agua con cada golpe. El proyectil de un escorpión, de dos codos de largo, cayó a dos palmos de Matthos, se clavó en la madera de la cubierta y quedó allí vibrando. Delante, la primera línea se encontraba ya a tiro de arco del enemigo; nubes de flechas volaban entre las naves, silbando como serpientes al ataque.

Al sur del Aguasnegras, Davos vio a hombres que arrastraban balsas rudimentarias hacia el agua, mientras otros, en filas y columnas, formaban tras un millar de banderas. El corazón ardiente estaba por todas partes, aunque el venado negro aprisionado entre las llamas era demasiado pequeño para distinguirlo. «Debería llevar el venado coronado —pensó—. El venado era el blasón del rey Robert; la ciudad se habría alegrado de verlo. El estandarte de este desconocido sirve solo para soliviantar a los hombres contra nosotros.»

No podía contemplar el corazón ardiente sin pensar en la sombra que Melisandre había parido en las tinieblas, debajo de Bastión de Tormentas. «Al menos, combatimos a la luz del día, con las armas de los hombres honrados —se dijo—. La mujer roja y sus hijos oscuros no tendrán nada que ver con esto.»

Stannis la había hecho embarcar de vuelta a Rocadragón con Edric Tormenta, su sobrino bastardo. Sus capitanes y vasallos habían insistido en que el campo de batalla no era sitio apropiado para una mujer. Solo los hombres de la reina habían disentido, pero sin levantar mucho la voz. De todos modos, el rey había estado a punto de permitirle quedarse, hasta la intervención de lord Bryce Caron.

—Alteza, si la hechicera permanece aquí —dijo—, los hombres dirán después que la victoria fue de ella, no vuestra. Dirán que le debéis vuestra corona a sus conjuros.

Aquello lo había hecho cambiar de opinión. Durante los debates, Davos se había mantenido en silencio, pero a decir verdad, no lamentó verla partir. No quería saber nada de Melisandre ni de su dios.

A estribor, la *Devoción* viró hacia la orilla, y un tablón se deslizó por la borda. Los arqueros saltaron al agua poco profunda, sosteniendo los arcos por encima de las cabezas para que las cuerdas se mantuvieran secas. Alcanzaron la orilla en la estrecha franja de tierra, bajo los acantilados. Desde el castillo les lanzaron rocas, que descendieron rebotando, así como flechas y lanzas, pero tenían poco ángulo de tiro, y los proyectiles no hicieron mucho daño.

La *Oración* tocó tierra dos docenas de varas más arriba, y la *Piedad* comenzaba a virar hacia la orilla cuando los defensores empezaron a llegar por la ribera; los cascos de sus corceles de guerra levantaban salpicaduras en el agua poco profunda. Los caballeros cayeron sobre los arqueros como lobos entre gallinas, haciéndolos retroceder hacia los barcos y echándolos al río antes de que la mayoría tuviera ocasión de poner una flecha en el arco. Los hombres de armas se apresuraron a defenderlos, con lanzas y hachas, y en un momento, la escena se convirtió en un caos sangriento. Davos reconoció el yelmo con cabeza canina del Perro. De sus hombros colgaba una capa blanca, e hizo que su caballo subiera por el tablón hasta la cubierta de la *Oración,* derribando a todo el que se puso a su alcance.

Más allá del castillo, Desembarco del Rey se erguía sobre las colinas, encerrada entre las murallas. La orilla del río estaba desolada y ennegrecida: los Lannister lo habían quemado todo y se habían retirado al otro lado de la puerta del Lodazal. Los restos calcinados de naves hundidas sobresalían de las aguas poco profundas, impidiendo el acceso a los largos embarcaderos de piedra. «No podemos desembarcar allí.» Podía ver la parte superior de tres grandes trabuquetes tras la puerta del Lodazal. En lo alto de la colina de Visenya, el sol se reflejaba en las siete torres de cristal del Gran Septo de Baelor.

Davos no vio cómo se había iniciado la batalla, pero lo oyó: el enorme estruendo de dos galeras que chocaban. No podía decir de qué dos naves se trataba. El eco de otro impacto estremeció el agua un instante después, y a continuación hubo un tercer choque. Bajo los chasquidos de la madera que se convertía en astillas, oyó el profundo *tump-tump* de la catapulta de proa de la *Furia.* La *Venado del Mar* partió limpiamente en dos una de las galeras de Joffrey, pero la *Hocico de Perro* ardía, y la *Reina Alysanne* estaba encajonada entre la *Dama de Seda* y la *Rubor de Dama,* y su tripulación luchaba de borda a borda con los que trataban de saltar a la cubierta.

Justo delante, Davos vio la *Desembarqueño* enemiga meterse entre la *Fiel* y la *Cetro.* Los remeros de la *Fiel* quitaron los remos del camino antes del impacto, pero en el costado de babor de la *Cetro,* los remos se quebraron como palillos cuando la *Desembarqueño* chocó con la borda.

—Disparad —ordenó Davos, y sus arqueros lanzaron una fulminante lluvia de flechas por encima del agua.

Vio caer al capitán de la *Desembarqueño* e intentó acordarse de su nombre.

En la orilla, los brazos de los grandes trabuquetes se elevaron, uno, dos, tres, y un centenar de piedras subieron muy alto en el cielo amarillento. Cada una era del tamaño de la cabeza de un hombre; al caer, levantaron grandes surtidores de agua, atravesaron las tablas de roble y convirtieron a hombres vivos en pulpa de carne, hueso y cartílago. La primera línea estaba enzarzada en combate de una orilla a otra del río. Volaron los ganchos de abordaje, los espolones atravesaron los cascos de madera, los hombres se lanzaban en multitud al abordaje, las flechas silbaban y se cruzaban en las nubes de humo, y los hombres caían... pero hasta el momento, ninguno de los suyos.

La *Betha Negra* avanzó río arriba, y el sonido del tambor de su cómitre retumbaba en la cabeza de su capitán mientras buscaba una víctima propicia para su embestida. La *Reina Alysanne* estaba en dificultades, atrapada entre dos naves de guerra Lannister; las tres estaban unidas por ganchos y cuerdas.

—¡Velocidad de embestida! —ordenó Davos.

Los golpes del tambor se fundieron en un largo martilleo enfebrecido, y la *Betha Negra* navegó a toda velocidad, partiendo con la proa un agua que se volvía blanca como la leche. Allard también lo había visto; la *Lady Marya* navegaba a su lado. La primera línea se había convertido en una confusión de combates por separado. Las tres naves unidas se divisaban más adelante, con las cubiertas convertidas en un caos rojizo, llenas de hombres que se mataban entre sí con espadas y hachas.

«Un poquito más —le imploró al Guerrero—, hazla girar un poco más, muéstrame todo el costado.»

El Guerrero debía de estar escuchándolo. La *Betha Negra* y la *Lady Marya* embistieron el costado de la *Rubor de Dama* casi simultáneamente, golpeándola a proa y a popa con tal fuerza que tres naves más allá, en la *Dama de Seda,* varios hombres salieron despedidos de cubierta. Davos estuvo a punto de arrancarse la lengua cuando sus dientes se cerraron con fuerza. Escupió un poco de sangre. «La próxima vez, cierra la boca, idiota.» Cuarenta años en el mar, y aquella era la primera vez que embestía a otra nave. Sus arqueros disparaban a discreción.

—Retroceso —ordenó.

Los remeros invirtieron los remos, y cuando la *Betha Negra* comenzó a retroceder, el agua inundó el agujero de bordes astillados que había abierto en la *Rubor de Dama,* que se deshizo ante sus ojos, echando al río a docenas de hombres. Algunos de los supervivientes nadaban; algunos de los muertos flotaban; los que llevaban pesadas cotas y armaduras se fueron al fondo, vivos o muertos. Las súplicas de los hombres que se ahogaban retumbaron en sus oídos.

Un destello verde captó su atención delante, a babor, y un nido de serpientes esmeralda que se retorcían espasmódicamente ascendió con un siseo desde la proa de la *Reina Alysanne.* Un instante después, Davos oyó el grito.

—¡Fuego valyrio!

Hizo una mueca. La brea ardiente era una cosa, pero el fuego valyrio era otra muy distinta. Un material diabólico, prácticamente imposible de apagar. Lo cubrías con una manta y la manta se incendiaba; le dabas un manotazo y la mano comenzaba a arder. «Si meas sobre el fuego valyrio, se te quemará la polla», solían decir los viejos marinos. Pero ser Imry les había advertido que seguramente probarían la «sustancia» vil de los alquimistas. Por suerte, quedaban pocos piromantes.

—Pronto se les terminará —les había asegurado ser Imry.

Davos gritó varias órdenes: una hilera de remos salió del agua, mientras la otra remaba en sentido inverso, y la galera pudo cambiar de rumbo. La *Lady Marya* también había conseguido apartarse, buena cosa; el fuego se extendió por la *Reina Alysanne* y sus adversarios con una rapidez increíble. Hombres envueltos en llamas verdes se lanzaban al agua, profiriendo gritos inhumanos. Desde las murallas de Desembarco del Rey, las bombardas vomitaban muerte, y los grandes trabuquetes, tras la puerta del Lodazal, les tiraban rocas. Una de ellas, del tamaño de un buey, cayó entre la *Betha Negra* y la *Espectro,* haciendo balancearse a las dos naves y salpicando a todos los que estaban en cubierta. Otra, no mucho más pequeña, hizo blanco en la *Risa Audaz.* La galera de Velaryon estalló como un juguete lanzado desde una torre, proyectando astillas del tamaño del brazo de un hombre.

Entre el humo negro y los remolinos de fuego verde, Davos divisó un enjambre de botecitos que avanzaban río abajo: una confusión de transbordadores y chinchorros, barcazas, esquifes, botes de remo, y grandes naves que parecían demasiado podridas para flotar. Aquello tenía el hedor de la desesperación: semejante porquería no podía cambiar el desenlace de una batalla, solo interferir. Vio que las líneas de batalla estaban enmarañadas sin remedio. A babor, la *Lord Steffon,* la *Jenna Harapos* y la *Espada Veloz* habían logrado pasar y navegaban río arriba. El ala de estribor, sin embargo, combatía con fiereza, pero el centro quedó destrozado bajo las rocas de los trabuquetes; algunos capitanes volvían río abajo, otros viraban a babor, cualquier cosa para huir de aquella lluvia demoledora. La *Furia* había girado para disparar su catapulta de popa contra la ciudad, pero el alcance no era suficiente; los barriles de brea caían sin llegar a los muros. La *Cetro* había perdido la mayoría de sus remos, y la *Fiel* había sido embestida y comenzaba a escorar. Hizo pasar la *Betha Negra* entre ellas, rozando la barcaza de paseo *Reina Cersei,* ornamentada con tallas y cubierta con pan de oro, que entonces iba llena de soldados y no de golosinas. La colisión hizo que una docena de hombres cayera al río, donde los arqueros de la *Betha* les dieron caza mientras trataban de mantenerse a flote.

El grito de Matthos lo avisó del peligro proveniente de babor: una de las galeras de los Lannister se aproximaba con el fin de embestirlos.

—¡Todo a estribor! —gritó Davos.

Sus hombres emplearon los remos para liberarse de la barcaza, mientras otros hicieron girar la galera para que su proa quedara de frente a la *Venado Blanco* que se aproximaba. Por un momento temió haber actuado con demasiada lentitud, creyó que estaba a punto de irse a pique, pero la corriente ayudó al giro de la *Betha Negra,* y cuando tuvo lugar el choque, no fue más que un roce de cascos, mientras los remos de ambas naves se partían. Un pedazo dentado de madera pasó volando junto a su cabeza, agudo como una lanza. Davos retrocedió.

—¡Abordadla! —gritó.

Se lanzaron los cabos con garfios de abordaje, y él mismo, con la espada desenvainada, condujo a sus hombres saltando por la borda.

La tripulación de la *Venado Blanco* los recibió junto a la barandilla, pero los hombres de armas de la *Betha Negra* los barrieron en una estruendosa marea de metal. Davos atravesó la multitud combatiendo, en busca del capitán enemigo, pero este había muerto antes de que lograra encontrarlo. Cuando se hallaba de pie junto al cadáver, alguien le lanzó un hachazo por la espalda, pero el yelmo desvió el golpe, y su cráneo quedó zumbando cuando debió haberse partido en dos. Atontado, lo único que pudo hacer fue rodar por el suelo. Su atacante se lanzó sobre él con un grito. Davos agarró su espada con ambas manos y la clavó por la punta en el vientre del hombre.

Uno de sus hombres lo ayudó a ponerse de pie.

—Ser capitán, la *Venado* es nuestra.

Davos vio que era verdad. Prácticamente todos los enemigos estaban muertos o moribundos, o se habían rendido. Se quitó el yelmo, se secó la sangre del rostro y regresó a su nave, caminando con cuidado sobre la madera, resbaladiza por las entrañas de los hombres. Matthos le tendió una mano para ayudarlo a cruzar sobre la barandilla.

Durante unos escasos instantes, la *Betha Negra* y la *Venado Blanco* fueron un oasis de calma en el ojo de la tempestad. La *Reina Alysanne* y la *Dama de Seda,* unidas aún en un abrazo, eran un infierno verde en llamas e iban a la deriva río abajo, arrastrando trozos de la *Rubor de Dama.* Una de las galeras de Myr había chocado con ellas y también ardía. La *Gata* recogía a los hombres de la *Valerosa,* que se iba a pique rápidamente. El capitán de la *Veneno de Dragón* la había metido entre dos embarcaderos, abriéndole una grieta en la parte inferior del casco; su tripulación había desembarcado con los hombres de armas y los arqueros, para unirse a ellos en el asalto a las murallas. La *Cuervo Rojo,* que había sufrido una embestida, escoraba lentamente. La *Venado del Mar* luchaba a la vez contra el fuego y contra los que la abordaban, pero el corazón llameante ondeaba ya sobre la *Leal* de Joffrey. La *Furia,* con su orgullosa proa aplastada por una roca, había entrado en combate con la *Gracia de los Dioses.* Vio como la *Orgullo de Marcaderiva* de lord Velaryon chocaba con dos botes fluviales, hundiendo uno e incendiando el otro con flechas de fuego. En la orilla sur, los caballeros montaban sus caballos en las cocas, y varias de las galeras más pequeñas cruzaban ya el río, llenas de hombres de armas. Tenían que navegar con cuidado entre naves que se hundían y manchas de fuego valyrio a la deriva. Toda la flota del rey Stannis estaba ya en el río, salvo los lysenos de Salladhor Saan. En poco tiempo tendrían el control del Aguasnegras.

«Ser Imry obtendrá su victoria —pensó Davos—, y Stannis podrá cruzar con su ejército, pero por los dioses, cuánto ha costado...»

Matthos le tocó el hombro.

—¡Ser capitán!

Se trataba de la *Pez Espada,* cuyas dos hileras de remos subían y bajaban. No había quitado el mástil, y la brea ardiente había alcanzado las jarcias. El fuego se extendía ante la vista de Davos, reptando por los cabos y las velas, hasta dejar un frente de llamas amarillas. El desgarbado espolón de hierro, que imitaba la forma del pez que le daba nombre a la nave, se le adelantaba, hendiendo la superficie del agua. Justo delante, yendo hacia ella a la deriva y girando sobre el costado para presentar un magnífico blanco de gran tamaño, estaba una de las viejas naves de Lannister, flotando semihundida en el agua. De ella escapaba lentamente, entre las tablas, una sangre verde.

Cuando vio aquello, el corazón de Davos Seaworth dejó de latir.

—No —dijo—, no. ¡Nooo!

El único que lo había oído, por encima del estruendo y el rugido de la batalla, era Matthos. Y el capitán de la *Pez Espada* no se había dado cuenta, concentrado como estaba en traspasar finalmente algo con su desgarbada espada obesa. La *Pez Espada* pasó a velocidad de combate. Davos levantó la mano mutilada para agarrar el saquito de cuero que contenía sus falanges.

Con un estruendo demoledor y lacerante, la *Pez Espada* partió la vieja nave semipodrida en pedazos. Estalló como una fruta demasiado madura, pero ninguna fruta emitió jamás aquel estremecedor gemido de la madera al romperse. Davos vio como dentro de ella fluía el verde desde miles de vasijas rotas, veneno de las entrañas de una bestia moribunda, que brillaba y se extendía por toda la superficie del río...

—¡Retroceso! —rugió—. Alejémonos. ¡Apartémonos de ella, atrás, atrás!

Cortaron los cabos de abordaje y Davos percibió el movimiento de la cubierta bajo sus pies cuando la *Betha Negra* se liberó de la *Venado Blanco.* Sus remos se metieron en el agua.

Entonces oyó algo parecido a un gruñido corto, como si alguien le hubiera soplado en el oído. El estruendo llegó medio instante después. La cubierta desapareció bajo sus pies, y el agua negra le golpeó el rostro, llenándole la boca y la nariz. Se ahogaba, se estaba asfixiando. Sin saber en qué dirección iba, Davos braceó, ciego de pánico, hasta que logró salir de repente a la superficie. Escupió agua, inhaló profundamente el aire, se agarró del trozo de madera más cercano y se mantuvo a flote.

La *Pez Espada* y la vieja nave habían desaparecido; a su lado flotaban, corriente abajo, cadáveres ennegrecidos y hombres medio asfixiados que se agarraban a trozos de madera humeante. A una altura de veinticinco varas, un remolino demoniaco de fuego verde danzaba sobre el río. Tenía una docena de manos, con un látigo en cada una, y todo lo que tocaban estallaba en llamas. Vio cómo ardía la *Betha Negra,* así como la *Venado Blanco* y la *Leal,* a ambos lados. La *Piedad,* la *Gata,* la *Valerosa,* la *Cetro,* la *Cuervo Rojo,* la *Bruja,* la *Fiel* y la *Furia* habían desaparecido, junto con la *Desembarqueño* y la *Gracia de los Dioses,* pues el demonio también devoraba a los suyos. La rutilante *Orgullo de Marcaderiva* de lord Velaryon intentaba cambiar de rumbo, pero el demonio pasó un dedo verde y perezoso por sus remos plateados, que se encendieron como velas. Durante un instante, pareció que la nave remaba por el río con dos filas de largas antorchas brillantes.

En aquel momento, la corriente se había apoderado de él y lo hacía girar de un lado para otro. Se impulsó con las piernas para eludir una mancha flotante de fuego valyrio. «Mis hijos», pensó Davos, pero entre aquel caos estruendoso no había manera de buscarlos. Otro casco repleto de fuego valyrio se le acercaba por detrás. El Aguasnegras mismo parecía hervir en su lecho, y el aire estaba lleno de mástiles ardiendo, hombres ardiendo y trozos de naves destrozadas.

«Me arrastra hacia la bahía.» Allí no estaría tan mal, podría llegar a la orilla, era un buen nadador. Las galeras de Salladhor Saan también estarían en la bahía; ser Imry les había ordenado permanecer allí.

Y entonces, la corriente lo hizo girar de nuevo, y Davos vio qué lo esperaba corriente abajo. «La cadena. Los dioses se apiaden de nosotros, han levantado la cadena.»

Donde el río se ensanchaba para desembocar en la bahía del Aguasnegras, se extendía la barrera, muy tensa, que se alzaba apenas tres o cuatro palmos sobre el agua. Una docena de galeras había chocado ya contra ella, y la corriente empujaba hacia allí a otras naves. Casi todas ardían, y el resto no tardaría en arder. Davos podía distinguir, más allá, los cascos a franjas de las naves de Salladhor Saan, pero sabía que nunca lograría llegar hasta ellas. Ante él se extendía una pared de acero al rojo, madera en llamas y remolinos de fuego verde. La boca del río Aguasnegras se había convertido en la boca del infierno.

TYRION

Tyrion Lannister estaba con una rodilla sobre una almena, inmóvil como una gárgola. Más allá de la puerta del Lodazal y del panorama desolado que antes fueran los muelles y el mercado del pescado, el río parecía estar ardiendo. La mitad de la flota de Stannis estaba en llamas, junto con la mayor parte de la de Joffrey. El beso del fuego valyrio había convertido las orgullosas naves en piras funerarias, y a los hombres, en antorchas vivientes. El aire estaba lleno de humo, flechas y gritos.

Río abajo, tanto los plebeyos como los capitanes de alta cuna veían la muerte verde que danzaba hacia sus balsas, barcas y carracas, llevada por la corriente del Aguasnegras. Los largos remos blancos de las galeras de Myr relampagueaban como las patas de un ciempiés enloquecido tratando de cambiar de rumbo, pero de nada les servía. Los ciempiés no tenían dónde refugiarse.

Al pie de las murallas de la ciudad ardía una docena de grandes hogueras allí donde se habían estrellado los toneles de brea en llamas, pero al lado del fuego valyrio no parecían sino velas en una casa incendiada, minúsculos pendones naranja y escarlata que parpadeaban insignificantes en medio del holocausto de jade. Las nubes bajas capturaban el color del río en llamas y cubrían el cielo de sombras de un verde cambiante, una visión sobrecogedora.

«Es de una belleza aterradora. Como el fuegodragón.» Tyrion se preguntó si Aegon el Conquistador se habría sentido así mientras sobrevolaba su Campo de Fuego.

El viento ardiente hacía ondear su capa escarlata y le azotaba el rostro, pero no podía volverse. Apenas prestaba atención a los gritos de alegría que lanzaban los capas doradas en los parapetos. No tenía voz para unirse a sus aclamaciones. Aquello era solo media victoria. «Y no va a ser suficiente.»

Vio como las llamas hambrientas devoraban otro de los barcos viejos que había llenado con las caprichosas frutas del rey Aerys. Un surtidor de jade ardiente se alzó del río, tan brillante que tuvo que protegerse los ojos con la mano. Sobre las aguas siseantes danzaban penachos de fuego de quince o veinte varas de altura. Durante unos instantes, su chisporroteo ahogó los gritos. En el agua había cientos de hombres, que se ahogaban, se abrasaban, o ambas cosas a la vez.

«¿Oyes sus gritos, Stannis? ¿Ves cómo arden? Esto es obra tuya, tanto como mía.» En algún lugar de aquella muchedumbre que había al sur del Aguasnegras, Stannis estaba contemplando el mismo espectáculo, Tyrion lo sabía. Nunca había estado sediento de batallas, como su hermano Robert. Seguro que daría las órdenes desde la retaguardia, desde atrás, igual que solía hacer lord Tywin Lannister. En cambio él, le gustara o no, se encontraba a lomos de un caballo de batalla, embutido en una brillante armadura, y con una corona en la cabeza.

«Una corona de oro rojo, según dice Varys, con las puntas en forma de llamas.»

—¡Mis barcos! —chillaba Joffrey desde el adarve, donde se había refugiado tras las almenas junto con su guardia. La diadema de oro de la realeza adornaba su yelmo de combate—. ¡Mi *Desembarqueño* está ardiendo, y la *Reina Cersei,* y la *Leal*! ¡Y la *Flor del Mar,* allí, allí! —Señaló con la espada nueva hacia donde las llamas verdes empezaban a lamer el casco dorado de la *Flor del Mar* y a trepar por sus remos. El capitán había puesto rumbo río arriba, pero no lo bastante deprisa para escapar del fuego valyrio.

Tyrion sabía que la nave estaba perdida. «No tenía otro remedio. Si no hubieran salido para enfrentarse a ellos, Stannis se habría dado cuenta de que era una trampa.» Una flecha se podía lanzar con puntería; una piedra con la catapulta, también, pero el fuego valyrio tenía voluntad propia. Una vez liberado, los simples hombres no tenían el menor control sobre él.

—Era inevitable —le dijo a su sobrino—. En cualquier caso, la flota estaba perdida.

Aunque se encontraba en la cima de la muralla, era demasiado bajo para ver por encima de las almenas, de manera que se había hecho alzar sobre ellas. Las llamas, el humo y el caos de la batalla impedían a Tyrion ver qué sucedía río abajo, al pie del castillo, pero había visualizado la escena un millar de veces. Bronn habría azuzado a los bueyes para que se pusieran en marcha en el momento en que el barco insignia de Stannis pasara bajo la Fortaleza Roja; la cadena era muy pesada, y las grandes manivelas giraban despacio, con un rugido quejumbroso. La flota completa del Usurpador habría pasado antes de que se pudiera divisar el primer brillo metálico debajo del agua. Los eslabones emergerían mojados, chorreando, algunos cubiertos de lodo, uno a uno, uno a uno, hasta que la inmensa cadena quedara extendida en toda su longitud. El rey Stannis habría enviado su flota remando Aguasnegras arriba, y no podría volver atrás.

De todos modos, algunos estaban escapando; la corriente de un río no era siempre fiable, y el fuego valyrio no se había dispersado de manera tan homogénea como él habría querido. El canal principal estaba en llamas, pero un buen puñado de hombres de Myr habían llegado a la orilla sur y trataban de escapar indemnes, y al menos ocho naves estaban ya bajo las murallas de la ciudad. «No sé si han llegado o han naufragado; el caso es que los hombres han desembarcado en la orilla.» Y peor todavía, buena parte del ala sur de las dos primeras líneas de combate del enemigo se había adelantado ya mucho corriente arriba, y estaban lejos del infierno cuando aparecieron los barcos viejos. Calculó que a Stannis le quedarían treinta o cuarenta galeras, más que suficiente para hacer cruzar a todo su ejército en cuanto recuperasen el valor.

Tal vez tardaran cierto tiempo; hasta el más valiente habría desfallecido después de ver como el fuego valyrio consumía a más de un millar de sus camaradas. Según le había dicho Hallyne, a veces la sustancia ardía con tal intensidad que la carne se derretía como si fuera sebo. Pero, aun así...

Tyrion no se hacía ilusiones en lo relativo a sus hombres. «Si el rumbo de la batalla se tuerce, no nos servirán para nada», le había advertido Jacelyn Bywater. De modo que la única manera de ganar era que la batalla les fuera propicia del principio al final.

Alcanzó a ver unas formas oscuras que se movían entre las ruinas quemadas de los muelles de la ribera. «Es hora de hacer otra salida», pensó. En ningún momento eran tan vulnerables los hombres como cuando acababan de poner el pie inseguro en tierra. No debía dar tiempo al enemigo para que se reagrupara y organizara en la orilla norte.

Se bajó de la almena.

—Dile a lord Jacelyn que el enemigo está en la ribera —le ordenó a uno de los mensajeros que Bywater le había asignado. Se volvió hacia otro—. Felicita de mi parte a ser Arneld, y pídele que mueva las Putas treinta grados hacia el oeste. —Ese ángulo les permitiría lanzar a más distancia, si bien no hacia el agua.

—Mi madre me prometió que yo podría encargarme de las Putas —protestó Joffrey.

Tyrion observó, irritado, que el rey se había vuelto a levantar el visor del yelmo. Seguramente, el chico se estaba asando embutido en tanto acero grueso... pero lo que menos falta le hacía era que una flecha perdida le perforase un ojo a su sobrino. Le cerró el visor de un manotazo.

—No os lo abráis, alteza. Vuestra seguridad es muy valiosa para todos. —«Además, seguro que no quieres que te estropeen esa carita bonita»—. Las Putas están a vuestras órdenes. —Era un momento tan bueno como cualquier otro. No tenía sentido seguir lanzando recipientes de fuego contra barcos que ya ardían. Joff había hecho atar a los hombres astados, desnudos, en la plaza, y les había clavado astas en la cabeza. Cuando comparecieron ante el Trono de Hierro para que se hiciera justicia, había prometido que se los haría llegar a Stannis. Un hombre no pesaba tanto como una roca o un barril de brea en llamas, de modo que se podía lanzar más lejos. Algunos capas doradas habían cruzado apuestas sobre si los traidores llegarían volando al otro lado del Aguasnegras—. Daos prisa, alteza —apremió a Joffrey—. Pronto tendremos que volver a lanzar rocas con los trabuquetes. Ni siquiera el fuego valyrio arde eternamente.

Joffrey echó a correr alegremente, escoltado por ser Meryn, pero Tyrion agarró a ser Osmund por la muñeca antes de que tuviera tiempo de seguirlos.

—Suceda lo que suceda, no quiero que le pase nada a mi sobrino, y no quiero que se aleje de ahí, ¿entendido?

—A vuestras órdenes —sonrió ser Osmund con tono afable.

Tyrion ya había advertido a Trant y a Kettleblack de lo que les pasaría si al rey le sucedía algo malo. Y a Joffrey lo esperaba una docena de capas doradas veteranos al pie de las escaleras.

«Estoy protegiendo lo mejor posible al canalla de tu bastardo, Cersei. Espero que tú hagas lo mismo con Alayaya.»

Un instante después de que Joff se alejara, un mensajero llegó por las escaleras, jadeante.

—¡Deprisa, mi señor! —Se dejó caer sobre una rodilla—. Han llegado a la orilla en los terrenos de las justas. ¡Son cientos! Están llevando un ariete hacia la puerta del Rey.

Tyrion dejó escapar una maldición y bajó las escaleras tan deprisa como pudo. Podrick Payne los esperaba abajo con caballos para ambos. Partieron al galope por el callejón del Río, seguidos de cerca por Pod y por ser Mandon Moore. Las casas cerradas a cal y canto aparecían bañadas en sombras verdes, pero no había tráfico que los demorase; Tyrion había ordenado que las calles estuvieran despejadas en todo momento, para que los defensores pudieran desplazarse con rapidez de una puerta a otra. Pese a todo, cuando llegaron a la puerta del Rey se oía ya el sonido retumbante de la madera contra la madera, que indicaba que el ariete estaba en acción. El chirrido de las enormes bisagras sonaba como el gemido de un gigante moribundo. La plaza que se extendía bajo la torre de entrada estaba llena de heridos, pero también había hileras de caballos, la mayoría sanos, y suficientes mercenarios y capas doradas para constituir una columna poderosa.

—¡Formad! —gritó al tiempo que saltaba a tierra. La puerta se estremeció ante el impacto de otro golpe—. ¿Quién está al mando aquí? Vais a salir.

—No.

Una sombra se apartó de la sombra que era el muro, y se convirtió en un hombre alto con armadura color gris oscuro. Sandor Clegane se quitó el yelmo con ambas manos, y lo dejó caer al suelo. El acero estaba mellado y chamuscado; el fuego había hecho desaparecer la oreja izquierda del sabueso que lo adornaba. El Perro tenía un corte sobre un ojo, y la sangre que le corría por las viejas cicatrices de quemaduras le ocultaba la mitad del rostro.

Tyrion le hizo frente.

—Sí.

—Y una mierda. —Clegane respiraba trabajosamente.

—Ya hemos salido —dijo un mercenario que se situó junto a él—. Tres veces. La mitad de nuestros hombres están heridos o muertos. Nos ha llovido fuego valyrio por todos lados, los caballos gritan como hombres, y los hombres, como caballos...

—¿Y qué pensabas? ¿Que te habíamos contratado para tomar parte en un torneo? ¿Quieres que te traiga un vaso de leche fría y un cuenco de frambuesas? ¿No? Entonces haz el puto favor de subirte al caballo. Tú también, chucho.

La sangre del rostro de Clegane tenía un brillo rojizo, pero se le veía el blanco de los ojos. Desenvainó la espada larga.

«Tiene miedo —comprendió Tyrion, conmocionado—. El Perro tiene miedo.» Trató de hacérselo entender.

—Están ante la puerta, tienen un ariete, ya lo oís —dijo—. Tenemos que dispersarlos...

—Manda abrir las puertas. Cuando entren, los rodearemos y los mataremos. —El Perro clavó la punta de la espada larga en tierra, y se apoyó sobre el pomo—. He perdido a la mitad de mis hombres. Lo mismo pasa con los caballos. No pienso volver a salir a ese fuego.

—La mano del rey te ha dado una orden —dijo ser Mandon Moore, inmaculado en su coraza blanca esmaltada, situándose al lado de Tyrion.

—A la mierda con la mano del rey. —Las partes del rostro del Perro que no estaban pegajosas de sangre se veían blancas como la leche—. Traedme algo de beber. —Un oficial de los capas doradas le tendió una taza. Clegane bebió un trago, lo escupió y la tiró—. ¿Agua? A la mierda con el agua. Traedme vino.

«Está muerto de miedo. —Tyrion lo sabía ya con certeza—. La herida, el fuego... no me servirá para nada, tengo que encontrar a otro, pero ¿quién puede ser? ¿Ser Mandon?» Miró a los hombres, y comprendió que todo era inútil. El miedo de Clegane los había estremecido. Si no tenían un líder, ellos también se negarían a salir, y ser Mandon... era peligroso, como decía Jaime, sí. Pero los hombres no lo seguirían.

Tyrion oyó otro golpe a lo lejos. Por encima de los muros, el cielo cada vez más oscuro estaba iluminado por destellos de luz verde y naranja. ¿Cuánto tiempo resistiría la puerta?

«Esto es una locura —pensó—, pero prefiero la locura a la derrota. Porque la derrota lleva a la muerte y a la vergüenza.»

—Yo iré al mando del ataque.

Si en algún momento había pensado que el Perro se sentiría avergonzado y recuperaría el valor, estaba muy equivocado. Clegane soltó una carcajada.

—¿Tú?

—Yo. —Tyrion leyó la incredulidad en sus rostros—. Ser Mandon, vos llevaréis el estandarte del rey. Pod, mi yelmo.

El chico se apresuró a cumplir la orden. El Perro se apoyó en su espada mellada y manchada de sangre, y lo miró con los ojos muy abiertos, el blanco muy visible. Ser Mandon ayudó a Tyrion a montar de nuevo.

—¡Formación! —gritó.

Su semental alazán llevaba capizana y testera. Tenía los cuartos traseros protegidos por tejido de malla cubierto de seda escarlata. La silla, muy alta, estaba recubierta de oro. Podrik Payne le tendió el yelmo y el escudo, muy pesado, de roble, con el blasón de una mano dorada sobre fondo rojo rodeada de pequeños leones dorados. Hizo moverse en círculo al caballo, mirando al reducido grupo de hombres. Apenas un puñado de ellos, no más de veinte, había respondido a su orden. Estaban a caballo, con los ojos tan abiertos como los del Perro. Miró con desprecio al resto, a los caballeros y mercenarios que habían cabalgado con Clegane.

—Dicen que yo soy solo medio hombre —dijo—. Entonces, ¿vosotros qué sois?

Aquello pareció avergonzarlos. Un caballero sin yelmo montó y fue a reunirse con los otros. Lo siguió un par de mercenarios. Luego, más. La puerta del Rey se estremeció de nuevo. En pocos momentos, el grupo comandado por Tyrion había doblado su número. Los había atrapado. «Si yo peleo, ellos tienen que pelear también; si no, serían menos que enanos.»

—No me oiréis gritar el nombre de Joffrey —les dijo—. Tampoco me oiréis gritar que combato por Roca Casterly. La ciudad que Stannis quiere saquear es la vuestra; vuestra es la puerta que está intentando derribar. De modo que venid conmigo, ¡vamos a matar a ese hijo de puta!

Tyrion desenvainó el hacha, hizo dar media vuelta al garañón, y emprendió el trote hacia el portillo. Le pareció que sus hombres lo seguían, pero no se atrevió a mirar.

SANSA

El brillo de las antorchas se reflejaba en el metal batido de los apliques de las paredes, y el salón de baile de la reina estaba bañado en luz plateada. Pero en aquella estancia seguía habiendo oscuridad. Sansa la veía en los ojos claros de ser Ilyn Payne, de pie junto a la puerta trasera, inmóvil como si fuera de piedra, sin comer nada ni probar el vino. La oía en la espantosa tos de lord Gyles, y en los susurros de Osney Kettleblack cuando entró para informar a Cersei de las últimas noticias.

La primera vez que entró por la puerta trasera, Sansa estaba terminando de tomarse el caldo. Por el rabillo del ojo vio como hablaba con su hermano Osfryd. Luego subió al estrado y se arrodilló junto al trono. Olía a caballo, tenía en la mejilla cuatro arañazos llenos de costras, y el pelo suelto le caía sobre los ojos. Aunque hablaba en susurros, Sansa no pudo evitar oírlo todo.

—Las flotas están enzarzadas en combate. Algunos arqueros llegaron a la orilla, pero el Perro ha acabado con ellos, alteza. Vuestro hermano está alzando la cadena; he oído la señal. Hay unos cuantos borrachos en el Lecho de Pulgas que están derribando puertas y colándose por ventanas. Lord Bywater ha enviado a los capas doradas a encargarse de ellos. El Septo de Baelor está lleno a rebosar; todo el mundo ha ido allí a rezar.

—¿Y mi hijo?

—El rey también fue al Septo de Baelor para que el septón supremo lo bendijera. Ahora está recorriendo las murallas con la mano, les dice a los hombres que sean valientes, les da ánimos y todo eso.

Cersei hizo una señal al paje para que le sirviera otra copa de vino, de una dorada cosecha del Rejo, afrutado y delicioso. La reina estaba bebiendo mucho, pero el vino la hacía parecer aún más hermosa; tenía las mejillas arreboladas, y un brillo febril en los ojos con los que contemplaba la sala. «Ojos de fuego valyrio», pensó Sansa.

Los músicos tocaban y los malabaristas hacían juegos malabares. El Chico Luna paseaba por la sala sobre unos zancos y se burlaba de todo el mundo, mientras ser Dontos perseguía a las criadas montado en su palo de escoba. Los invitados se reían, pero eran risas sin alegría, de ese tipo de risas que se pueden transformar en sollozos en un instante. «Sus cuerpos están aquí, pero sus pensamientos están en las murallas de la ciudad, junto con sus corazones.»

Tras el caldo se sirvió una ensalada de manzanas, pasas y frutos secos. En cualquier otro momento habría sido un plato sabroso, pero aquella noche, toda la comida estaba condimentada con miedo. Sansa no era la única presente que había perdido el apetito. Lord Gyles tosía más de lo que comía, Lollys Stokeworth estaba acurrucada y temblorosa, y la joven esposa de uno de los caballeros de ser Lancel empezó a sollozar de manera incontrolable. La reina le ordenó al maestre Frenken que la hiciera dormir con una copa de vino del sueño.

—Lágrimas —le dijo despectivamente a Sansa mientras se llevaban a la joven—. Mi madre decía que eran el arma de la mujer. En cambio, el arma del hombre es la espada. Con eso ya está todo dicho, ¿no?

—Pero los hombres tienen que ser valientes —dijo Sansa—. Salen a caballo y se enfrentan a hachas y espadas, todo el mundo intenta matarlos...

—En cierta ocasión, Jaime me dijo que solo se siente vivo de verdad en la batalla y en la cama. —Cogió la copa y bebió un trago generoso. No había probado la ensalada—. Yo preferiría enfrentarme a todas las espadas del mundo a estar aquí como estoy, sentada, impotente, y además teniendo que fingir que disfruto de la compañía de esta bandada de gallinas asustadas.

—Vos misma las invitasteis, alteza.

—Una reina tiene ciertas obligaciones. Tú también las tendrás si llegas a casarte con Joffrey. Más te vale aprender. —La reina escudriñó los rostros de las esposas, hijas y madres sentadas en los bancos—. Por sí solas, estas gallinas no son nada, pero sus gallos son importantes por un motivo u otro, y puede que algunos sobrevivan a esta batalla. Así que me corresponde a mí proteger a sus hembras. Si mi condenado hermano deforme consigue la victoria, no me imagino cómo, volverán junto a sus esposos y sus padres, y les hablarán de lo valerosa que fui, de cómo mi valentía las inspiró y les dio ánimos, y les dirán que en ningún momento dudé de la victoria.

—¿Y si el castillo cae?

—Es lo que te gustaría, ¿eh? —Cersei no esperó a que lo negara—. Si no me traicionan mis guardias, podría resistir aquí durante algún tiempo. Luego podría subir a las murallas y ofrecerle mi rendición a lord Stannis en persona. Eso nos salvaría de lo peor. Pero si el Torreón de Maegor cayera antes de la llegada de Stannis... sospecho que muchas de mis invitadas probarían las delicias de una violación. Y en los tiempos que corren, tampoco se puede descartar la posibilidad de mutilaciones, torturas y asesinatos.

—Pero si son mujeres, desarmadas y de alta cuna. —Sansa estaba horrorizada.

—Su ascendencia las protege —reconoció Cersei—, aunque no tanto como crees. Por cada una de ellas se pagaría un buen rescate, pero después de la locura de una batalla no es extraño que los soldados tengan más hambre de carne que de monedas. Aun así, un escudo de oro es mejor que nada. En las calles, a las mujeres no se las va a tratar tan bien. Y tampoco a nuestras criadas. Las bonitas, como esa sirvienta de lady Tanda, van a pasar una noche muy animada, pero no creas que las viejas, las enfermas y las feas estarán a salvo. Con un poco de vino por delante, una lavandera ciega y una porqueriza hedionda parecerán tan atractivas como tú, querida.

—¿Como yo?

—Por lo que más quieras, Sansa, no chilles como un ratón. Recuerda que ahora ya eres una mujer. Y además, la prometida de mi primogénito. —La reina bebió un trago de vino—. Si fuera otro el que se encontrara ante nuestras puertas, podría tratar de seducirlo. Pero es Stannis Baratheon. Me resultaría más fácil seducir a su caballo. —Vio la expresión dibujada en el rostro de Sansa, y se echó a reír—. ¿Os escandalizo, mi señora? —Se acercó más a ella—. No seas idiota. Las lágrimas no son la única arma de la mujer. Tienes otra entre las piernas, y más vale que aprendas a usarla. Ya verás cómo los hombres utilizan a menudo sus espadas. Los dos tipos de espadas.

Sansa se ahorró tener que responder, porque en aquel momento, los Kettleblack volvieron a entrar en la sala. Ser Osmund y sus hermanos habían llegado a ser muy queridos en el castillo. Siempre tenían presta una sonrisa o una broma, y se llevaban bien tanto con los mozos de cuadras y cazadores como con los caballeros y escuderos. Con quienes mejor se llevaban, según los rumores, era con las criadas. En los últimos días, ser Osmund había ocupado el lugar de Sandor Clegane al lado de Joffrey, y Sansa había oído comentar a las mujeres en el lavadero que era tan fuerte como el Perro, solo que más joven y más veloz. Si era cierto, le extrañaba no haber oído hablar de los Kettleblack hasta el momento en que ser Osmund entró a formar parte de la Guardia Real.

Osney, todo sonrisas, se arrodilló junto a la reina.

—Ha dado resultado, alteza. El Aguasnegras es un mar de fuego valyrio. Hay cien barcos ardiendo, puede que más.

—¿Y mi hijo?

—Está en la puerta del Lodazal, con la mano y la Guardia Real, alteza. Antes de eso habló con los arqueros y les explicó cómo se utiliza la ballesta, nada menos. Todo el mundo está de acuerdo en que es un chico valiente.

—Más vale que siga siendo un chico vivo. —Cersei se volvió hacia el otro Kettleblack, Osfryd, que era más alto y adusto, y lucía largos bigotes negros—. Hablad.

Osfryd llevaba un yelmo corto de acero sobre la cabellera negra, y tenía una expresión sombría en el rostro.

—Alteza —dijo en voz baja—, los muchachos han cogido a un mozo de cuadras y a dos criadas que intentaban escapar por una poterna con tres caballos del rey.

—Los primeros traidores de la noche —dijo la reina—. Por desgracia no serán los últimos. Que ser Ilyn se encargue de ellos; luego, clavad las cabezas en picas junto a los establos, para que sirvan de advertencia. —Cuando se alejaron, se volvió hacia Sansa—. Esta es otra lección que tienes que aprender si esperas sentarte algún día al lado de mi hijo. En noches como esta, si eres buena, las traiciones brotarán a tu alrededor como setas después de la lluvia. La única manera de conservar la lealtad de tu pueblo es hacer que te teman más de lo que temen al enemigo.

—Lo tendré en cuenta, alteza —dijo Sansa, aunque siempre había oído decir que era más fácil conseguir la lealtad del pueblo a través del amor. «Si algún día soy reina, haré que me quieran.»

Después de la ensalada les llegó el turno a las empanadas de centollo, y a continuación, al carnero asado con puerros y zanahorias, servido sobre grandes trozos de pan sin miga. Lollys comió demasiado deprisa, le entraron náuseas, y vomitó encima de su vestido y del de su hermana. Lord Gyles tosía, bebía, tosía, bebía, y acabó por desmayarse. La reina contempló asqueada la figura despatarrada, con la cara sobre el pan relleno de guiso y la mano en un charco de vino.

—Los dioses debían de estar locos cuando desperdiciaron virilidad en semejante criatura, y yo debí de estar loca cuando exigí su liberación.

Osfryd Kettleblack volvió con la capa escarlata ondeando a la espalda.

—En la plaza se ha reunido un grupo de gente, alteza; pide refugio en el castillo. No son chusma, son comerciantes ricos y personas así.

—Ordenadles que vuelvan a sus casas —replicó la reina—. Si no se van, que los ballesteros maten a unos cuantos. Nada de incursiones. No quiero que se abran las puertas bajo ningún concepto.

—A vuestras órdenes. —Hizo un reverencia y se marchó.

—Ojalá pudiera cortarles el cuello a todos yo misma. —La reina tenía el rostro tenso y furioso, y empezaba a tener la voz pastosa—. Cuando éramos pequeños, Jaime y yo nos parecíamos tanto que ni nuestro señor padre podía distinguirnos. A veces, para gastar una broma, nos cambiábamos la ropa y pasábamos un día entero el uno en el papel del otro. Y pese a todo, cuando a Jaime le dieron su primera espada, para mí no hubo nada. Recuerdo que pregunté qué me iban a dar a mí. Éramos tan parecidos que no comprendía por qué nos trataban de manera tan diferente. Jaime aprendió a pelear con la espada, la lanza y la maza, mientras que a mí me enseñaban a sonreír, a cantar y a complacer. Él heredaría Roca Casterly, mientras que a mí me venderían a algún desconocido como si fuera un caballo, para que mi nuevo amo me montara cuando quisiera, me golpeara cuando le viniera en gana y me desechara al paso de los años cuando apareciera una yegua más joven. A Jaime le correspondieron la gloria y el poder; y a mí, el parto y la sangre cada luna.

—Pero os coronaron reina de los Siete Reinos —dijo Sansa.

—Cuando se llega a las espadas, una reina no es más que una mujer. —La copa de Cersei estaba vacía. El paje se adelantó para llenársela de nuevo, pero ella la volvió del revés y sacudió la cabeza—. Ya está bien. Tengo que mantener la mente despejada.

El último plato consistía en queso de cabra servido con manzanas asadas. El aroma de la canela impregnaba la sala cuando Osney Kettleblack volvió a entrar y, una vez más, hincó la rodilla en tierra entre ellas.

—Alteza —murmuró—, Stannis ha desembarcado hombres en el campo de justas, y se acercan muchos más. Están atacando la puerta del Lodazal, y han llevado un ariete a la puerta del Rey. El Gnomo ha salido al mando de una columna para combatirlos.

—Eso los aterrorizará —replicó la reina con aspereza—. Espero que no se haya llevado a Joff.

—No, alteza; el rey está con mi hermano en las Putas, lanzando hombres astados al río.

—¿Mientras atacan la puerta del Lodazal? Qué estupidez. Decid a ser Osmund que saque a mi hijo de ahí de inmediato, es demasiado peligroso. Que lo traiga al castillo.

—Pero el Gnomo dijo...

—Lo único que os ha de importar es lo que diga yo. —Cersei entrecerró los ojos—. Vuestro hermano hará lo que le ordeno o me encargaré de que vaya al mando de la próxima salida... y de que vos lo acompañéis.

Después de que se retirasen los restos de la comida, muchos invitados pidieron permiso para ir al septo. Cersei accedió con elegancia. Entre los que se escabulleron se encontraban lady Tanda y sus hijas. Para entretener a los que habían elegido quedarse hicieron entrar a un bardo, que llenó la estancia con la música dulce de su lira. Cantó acerca de Jonquil y Florian, del príncipe Aemon, el Caballero Dragón, y del amor que sentía por su reina y hermana, y acerca de los diez mil barcos de Nymeria. Eran canciones hermosas, pero muy, muy tristes. Muchas mujeres empezaron a llorar, y Sansa sintió que se le humedecían los ojos.

—Muy bien, querida. —La reina se acercó más a ella—. Te conviene practicar con las lágrimas. Te van a hacer falta para el rey Stannis.

—¿Cómo decís, alteza? —Sansa se movió, nerviosa.

—Déjate de cortesías hueras. La situación de ahí fuera debe de ser desesperada si hace falta que un enano se ponga al mando, así que ya puedes quitarte la máscara. Lo sé todo acerca de tus traiciones en el bosque de dioses.

—¿El bosque de dioses? —«No mires a ser Dontos, no lo mires, no lo mires. Cersei no lo sabe, nadie lo sabe, Dontos me lo prometió, mi Florian no me traicionaría»—. No he cometido ninguna traición. Solo voy al bosque de dioses a rezar.

—Por Stannis. O por tu hermano, tanto da. ¿Por qué otra cosa, si no, buscarías a los dioses de tu padre? Estás rezando por nuestra derrota. Y eso es traición.

—Rezo por Joffrey —insistió, nerviosa.

—¿Por qué? ¿Por lo bien que te trata? —La reina cogió una jarra de vino dulce de ciruelas que llevaba una criada, y le llenó la copa a Sansa—. Bebe —ordenó con voz fría—. Puede que el vino te dé valor para enfrentarte a la verdad, por una vez. —Sansa se llevó la copa a los labios y bebió un trago. Era muy dulce, empalagoso, pero también muy fuerte—. ¿Eso es beber para ti? —preguntó Cersei—. Vacía la copa, Sansa. Tu reina te lo ordena. —Sansa tuvo que contener las arcadas, pero apuró la copa, trago tras trago de vino espeso y dulce, hasta que la cabeza le empezó a dar vueltas—. ¿Más? —insistió Cersei.

—No. Por favor.

La reina hizo un gesto de disgusto.

—Antes, cuando has preguntado por ser Ilyn, te he mentido. ¿Quieres saber la verdad, Sansa? ¿Quieres saber por qué está aquí?

No se atrevió a responder, pero tampoco importó. La reina alzó la mano e hizo una señal, sin aguardar su respuesta. Sansa no había visto a ser Ilyn volver a la sala, pero de repente apareció ante ella, salió de entre las sombras a zancadas, silencioso como un gato. Llevaba a *Hielo* desenvainada. Sansa recordaba que su padre siempre limpiaba la sangre de la hoja en el bosque de dioses después de decapitar a un hombre, pero ser Ilyn no era tan cuidadoso. El acero ondulado estaba lleno de sangre; la fresca empezaba a fundirse con la seca.

—Decidle a lady Sansa por qué quiero que estéis cerca —le ordenó Cersei.

Ser Ilyn abrió la boca y dejó escapar un gruñido. Su rostro picado de viruelas no mostraba expresión alguna.

—Dice que está aquí por nosotras —dijo la reina—. Stannis puede tomar la ciudad y puede tomar el trono, pero no permitiré que me juzgue. No dejaré que nos coja vivas.

—¿Vivas?

—Ya me has oído. Así que más vale que vuelvas a rezar, Sansa, y esta vez ruega que el resultado sea otro. Los Stark no podrán alegrarse de la caída de la casa Lannister, te lo garantizo.

Acarició la cabellera de Sansa, y se la apartó ligeramente del cuello.

TYRION

La ranura del yelmo le impedía a Tyrion ver nada que no fuera lo que tenía delante, pero al girar la cabeza vio tres galeras varadas en el campo de justas, y una cuarta, más grande que las otras, río adentro, lanzando con la catapulta barriles de brea ardiente.

—Formación en cuña —ordenó mientras sus hombres salían por el portillo.

Se dispusieron en forma de punta de lanza, con él al frente. Ser Mandon Moore ocupó un lugar a su derecha. Las llamas se reflejaban en la armadura blanca esmaltada, y sus ojos muertos brillaban con frialdad dentro del yelmo. Cabalgaba a lomos de un caballo negro como el carbón, con la barda blanca, y llevaba colgado del brazo el níveo escudo de la Guardia Real. Tyrion se sorprendió al ver a su izquierda a Podrick Payne, espada en mano.

—Tú eres demasiado joven —le dijo—. Lárgate.

—Soy vuestro escudero, mi señor.

—Bien, quédate. —Tyrion no podía perder ni un instante en discusiones—. Pero no te alejes.

Clavó los talones al caballo para que se pusiera en marcha.

Avanzaban en un grupo compacto, siguiendo el contorno de las murallas. El estandarte de Joffrey ondeaba, púrpura y oro, en el asta de ser Mandon, el venado y el león bailando, pezuñas y garras unidas. Aceleraron el paso y describieron, al trote, un amplio círculo en torno a la base de la torre. Las flechas volaban desde las murallas de la ciudad, y llovían pedruscos sobre las cabezas, que caían ciegamente sobre tierra y agua, acero y carne. Delante se divisaban la puerta del Rey y una creciente multitud de soldados que maniobraban con un enorme ariete, un tronco de roble negro con cabeza de hierro. Los arqueros desembarcados de las naves los rodeaban y disparaban sus flechas contra cualquier defensor que se dejara ver en las murallas del puesto de guardia.

—Picas —ordenó Tyrion, y emprendió el galope.

El terreno estaba empapado y resbaladizo, sangre y cieno a partes iguales. Su corcel tropezó con un cadáver, los cascos se deslizaron y batieron la tierra, y durante un momento, Tyrion temió que para él la carga concluyera con una caída de la silla antes de entrar en combate con el enemigo, pero de alguna manera, tanto jinete como cabalgadura lograron mantener el equilibrio. Bajo la puerta, los hombres daban la vuelta y se aprestaban para resistir la embestida. Tyrion levantó su hacha.

—¡Desembarco del Rey! —gritó.

Otras voces repitieron el grito, y la punta de lanza voló en un rugido de acero y seda, de cascos galopantes y hojas afiladas besadas por el fuego.

Ser Mandon bajó la punta de su pica en el último momento, clavó la bandera de Joffrey en el pecho de un hombre que llevaba un jubón tachonado y lo levantó en el aire antes de que el asta se quebrara. Tyrion tenía delante a un caballero con el blasón del zorro asomado por un aro de flores. «Florent —fue lo primero que se le ocurrió, pero un instante después cayó en la cuenta de algo—. No lleva yelmo.» Golpeó el rostro del hombre con todo el peso del hacha, de su brazo y del caballo lanzado a toda velocidad, arrancándole la mitad de la cabeza. El impacto le adormeció el hombro.

«Shagga se reiría de mí», pensó, mientras seguía cabalgando.

Una lanza le golpeó el escudo. Pod galopaba a su lado, asestando golpes con las dos manos a todo enemigo que encontraba. Oyó a lo lejos los gritos de ánimo de los hombres en las murallas. El ariete cayó en el cieno, olvidado momentáneamente, mientras sus portadores huían o se volvían para combatir. Tyrion abatió a un arquero, abrió a un lancero desde el hombro hasta la axila, y repelió el ataque de alguien con un yelmo en el que se veía un pez espada. Ante el ariete, su alazán corcoveó, pero el corcel negro saltó limpiamente el obstáculo, y ser Mandon cruzó por delante de él, la muerte enfundada en seda nívea. Su espada cortaba miembros, partía cabezas y destrozaba escudos, aunque eran pocos los enemigos que habían logrado cruzar el río con sus escudos intactos.

Tyrion obligó a su cabalgadura a saltar por encima del ariete. Sus enemigos huían. Giró la cabeza a la izquierda, atrás, pero no logró ver a Podrick Payne. Una flecha le rozó la mejilla, apenas a un dedo del ojo. Se asustó, y el sobresalto estuvo a punto de hacerlo caer del caballo. «Si me quedo aquí tieso como un tocón, tanto daría que me dibujara una diana en el peto.»

Espoleó al caballo y lo hizo trotar entre cadáveres desperdigados. Río abajo, los cascos humeantes de las naves atascaban el Aguasnegras. Sobre el agua flotaban aún manchas de fuego valyrio, que lanzaban feroces penachos verdes a diez varas de altura. Habían logrado dispersar a los hombres del ariete, pero aún se libraban combates a lo largo de toda la costa. Seguramente eran los hombres de ser Balon Swann, o los de Lancel, que trataban de echar al agua a los enemigos, a medida que se amontonaban en la orilla, provenientes de las naves incendiadas.

—¡Vamos hacia la puerta del Lodazal! —ordenó.

—¡A la puerta del Lodazal! —gritó ser Mandon.

Y volvieron a ponerse en marcha. Sus hombres lanzaban gritos de «¡Desembarco del Rey!» y «¡Mediohombre!, ¡Mediohombre!». Se preguntó quién les habría enseñado aquello. A través del acero y el relleno acolchado del yelmo, oía gritos de angustia, el hambriento chisporroteo de las llamas, el sonido estremecedor de los cuernos de guerra y el estruendo metálico de las trompetas. Había fuego por doquier.

«Por los dioses, no me extraña que el Perro tuviera tanto miedo. Le tiene pavor a las llamas...»

Un sonido de madera quebrada atravesó el Aguasnegras cuando una piedra, del tamaño de un caballo, cayó en el mismo centro de una de las galeras. «¿De las nuestras o de las de ellos?» A través del humo turbio, le resultaba imposible saberlo. Su punta de lanza se había dispersado: en aquel momento, cada hombre libraba su propia batalla. «Debí haber dado media vuelta», pensó mientras seguía cabalgando.

El hacha le pesaba en la mano. Un grupo de hombres aún lo seguía; el resto había muerto o había huido. Tuvo que esforzarse para que su corcel siguiera trotando hacia el este. Al enorme caballo de batalla le gustaba el fuego tanto como a Sandor Clegane, pero el caballo era más fácil de gobernar.

Del río salían hombres que se arrastraban, hombres quemados y sangrantes, que escupían agua al toser, que trastabillaban, en su mayoría moribundos. Tyrion se movió con sus hombres entre ellos, regalándoles una muerte más rápida y limpia a los que todavía tenían fuerzas para mantenerse en pie. La guerra se redujo al tamaño de su visor. Caballeros dos veces más altos que él huían al verlo, o se levantaban y morían. Parecían seres pequeños y temerosos.

—¡Lannister! —gritaba mientras asestaba tajos.

Su brazo estaba rojo hasta el codo y brillaba a la luz que salía del río. Cuando su cabalgadura retrocedió de nuevo, sacudió el hacha y la levantó hacia las estrellas.

—¡Mediohombre! —gritaron sus hombres—. ¡Mediohombre!

Tyrion se sintió embriagado. La fiebre del combate. Nunca había creído que la sentiría, aunque Jaime le había hablado de ella con frecuencia. De cómo el tiempo parecía difuminarse, ralentizarse e, incluso, detenerse; de cómo el pasado y el futuro desaparecían hasta que no quedaba otra cosa que no fuera el instante presente; de cómo el miedo se desvanecía, junto con el pensamiento y hasta el propio cuerpo. «En ese momento no se sienten las heridas, no duele la espalda a causa del peso de la armadura ni se nota el sudor que cae en los ojos. Se deja de sentir y de pensar, ya no se es uno mismo. Solo existe la batalla, el enemigo, este hombre y el siguiente y el siguiente y el siguiente... y se sabe que tienen miedo, que sienten cansancio, pero uno no lo siente, sino que está vivo mientras la muerte lo rodea. Y sus espadas se mueven con tanta lentitud que se puede pasar entre ellas bailando y riendo.»

«Fiebre del combate. Soy Mediohombre y estoy ebrio de matar, ¡que me maten ellos si pueden!»

Lo intentaron. Otro lancero corrió hacia él. Tyrion le arrancó de un tajo la punta de la lanza, después la mano y después el brazo, trotando en círculos en torno a él. Un arquero, sin arco, trató de pincharlo con una flecha, como si fuera un cuchillo. El corcel pateó al hombre en el muslo y lo hizo caer, y Tyrion soltó una carcajada como un ladrido. Pasó junto a un estandarte clavado en el cieno, uno de los corazones llameantes de Stannis, y cortó el asta en dos de un hachazo. Un caballero apareció de la nada para lanzar una estocada a su escudo con un mandoble, una vez y otra, hasta que alguien le clavó un puñal en la axila. Quizá fuera uno de los hombres de Tyrion, pero no lo había visto.

—Me rindo —gritó otro caballero, algo más lejos río abajo—. Me rindo, caballero, me rindo ante vos. Os doy esto en prenda, tomad.

El hombre yacía en un charco de agua negra y le ofrecía un guantelete de lamas, como prenda de sumisión. Tyrion tuvo que inclinarse para cogerlo. En aquel momento, una vasija de fuego valyrio estalló en lo alto, esparciendo llamas verdes. Bajo el súbito destello de luz, vio que el charco no era negro, sino rojo. El guantelete aún tenía dentro la mano del caballero. Se lo tiró al hombre.

—Me rindo —sollozó el hombre, desesperado, indefenso.

Tyrion se alejó conmocionado.

Un hombre de armas agarró las bridas de su caballo y le lanzó un tajo al rostro con un puñal. Tyrion desvió la hoja y le enterró el hacha en la nuca. Mientras liberaba su arma, un destello blanco apareció al borde de su campo de visión. Tyrion se volvió, creyendo que vería a ser Mandon Moore de nuevo a su lado, pero se trataba de otro caballero blanco. Ser Balon Swann llevaba la misma armadura, pero la barda de su caballo mostraba los belicosos cisnes en blanco y negro de su casa. «No es un caballero blanco; es más bien a manchas», pensó Tyrion estúpidamente. Ser Balon estaba salpicado, de pies a cabeza, de sangre coagulada, y el humo lo había tiznado. Levantó su maza y señaló río abajo. Tenía fragmentos de sesos y huesos pegados en el arma.

—Mirad allí, mi señor.

Tyrion hizo girar al caballo para contemplar el Aguasnegras. La corriente seguía fluyendo por debajo, oscura y fuerte, pero la superficie era un caos de sangre y llamas. El cielo era una mezcla de rojo anaranjado y verde brillante.

—¿Qué? —preguntó, y al momento lo vio.

Hombres de armas, enfundados en armaduras de acero, salían de una galera destrozada que había chocado con un atracadero. «Son muchos, ¿de dónde salen?» Aguzando la mirada entre el humo y los destellos, Tyrion les siguió la pista hasta el río. Allí, amontonadas, había unas veinte galeras, quizá más; era difícil contarlas. Sus remos estaban entrecruzados; sus cascos, unidos con cabos de abordaje; se habían empalado unas a otras con los espolones, y una telaraña de cordajes las cubría. El enorme casco de una vieja nave flotaba entre dos más pequeñas. Eran pecios, pero estaban tan amontonados que era posible saltar de unos a otros y, así, cruzar el Aguasnegras.

Aquello era precisamente lo que hacían centenares de los hombres más valientes de Stannis Baratheon. Tyrion vio a un estúpido caballero que intentaba cruzar en su montura, obligando a su caballo aterrorizado a pasar por encima de bordas, mástiles y cubiertas escoradas pegajosas de sangre y salpicadas de fuego verde.

«Mierda, les hemos construido un puñetero puente», pensó con desaliento. Unas partes del puente se hundían; otras ardían, y todo aquello crujía y se desplazaba como si estuviera a punto de reventar en cualquier momento, pero aquello no los detenía.

—Son hombres valientes —le dijo admirado a ser Balon—. Vamos a matarlos.

Condujo a sus hombres entre los incendios, el hollín y las cenizas de la ribera, avanzando a lo largo de un extenso muelle de piedra. Ser Balon y su tropa lo siguieron. Ser Mandon se les unió; su escudo estaba destrozado. El humo y las brasas se arremolinaban en el aire, y el enemigo se dispersó ante el ataque, saltando de nuevo al agua y derribando a otros hombres que luchaban por subir al dique. Al pie del puente estaba una galera enemiga semihundida, en cuya proa se podía leer *Veneno de Dragón* y cuyo casco había sido rajado por una de las viejas naves hundidas que Tyrion había dispuesto entre los muelles. Un lancero, que llevaba la insignia del cangrejo rojo de la casa Celtigar, clavó la punta de su arma en el pecho del caballo de Balon Swann antes de que este pudiera descabalgar, haciéndolo caer de la silla. Tyrion lanzó un golpe a la cabeza del hombre cuando llegó a su lado, pero en aquel momento no tuvo tiempo de tirar de las riendas. Su semental saltó desde el final del muelle por encima de una borda destrozada, relinchando, y salpicó al caer al agua poco profunda. A Tyrion se le escapó el hacha de la mano, dando vueltas en el aire, seguida por el propio Tyrion, y la cubierta se elevó para propinarle una bofetada húmeda.

Lo que siguió fue una locura. Su caballo se había partido una pata y lanzaba relinchos espantosos. De alguna manera logró sacar su puñal y dar un tajo en la garganta de la infeliz bestia. La sangre brotó en un surtidor escarlata, empapándole los brazos y el pecho. Logró ponerse en pie de nuevo y subió por encima de una tabla, y al momento volvió a combatir, dando traspiés y salpicando sobre cubiertas escoradas y medio hundidas. Los hombres lo atacaban. Mató a unos, hirió a otros, y algunos lograron escapar, pero siempre llegaban más. Perdió su cuchillo y consiguió una lanza partida, sin que él mismo supiera cómo. La agarró y comenzó a lanzar estocadas mientras soltaba maldiciones a gritos. Los hombres huían de él y él los perseguía, saltando sobre la borda hacia la siguiente nave y, después, hacia la de más allá. Sus dos sombras blancas lo acompañaban todo el tiempo, Balon Swann y Mandon Moore, bellos en sus armaduras pálidas. Rodeados por un círculo de lanceros de Velaryon, combatían espalda contra espalda, y convertían el combate en un espectáculo tan airoso como una danza.

Su manera de luchar, en cambio, carecía de elegancia. Pinchó a un hombre en los riñones cuando le dio la espalda, y agarró a otro por una pierna y lo echó al río. Las flechas pasaban silbando junto a su cabeza y chocaban con su armadura; una se le alojó entre el hombro y el peto, pero no sintió ningún dolor. Un hombre desnudo cayó del cielo sobre la cubierta, y su cuerpo reventó como una sandía tirada desde una torre. Su sangre salpicó el rostro de Tyrion a través del visor. Comenzaron a caer piedras que atravesaban las cubiertas y convertían a los hombres en papilla, hasta que todo el puente se estremeció y se retorció con violencia bajo sus pies, haciéndolo caer de lado.

De repente, el río empezó a meterse en su yelmo. Se lo quitó de un tirón y se arrastró por la cubierta escorada hasta que el agua le llegó solo al cuello. Un gemido llenaba el aire, como el grito de agonía de una enorme bestia. «La nave —tuvo tiempo de pensar—, la nave está a punto de soltarse.» Las galeras destrozadas se estaban soltando y el puente se rompía en pedazos. Apenas se dio cuenta de ello, se oyó un súbito estallido, estremecedor como un trueno; la cubierta se hundió debajo de sus pies, y él volvió a deslizarse al agua.

La escora era tan pronunciada que tuvo que subir trepando por un cabo suelto, palmo a palmo. De reojo, vio que la vieja nave con la que habían estado enredados iba a la deriva, empujada por la corriente río abajo, girando lentamente mientras los hombres saltaban por la borda. Unos llevaban el corazón llameante de Stannis; otros, el venado y el león de Joffrey, y algunos mostraban otros blasones, pero parecía que no importara qué llevaran. Los fuegos ardían corriente arriba y abajo. Vio que a un lado suyo se luchaba encarnizadamente en una gran confusión de estandartes multicolores, que ondeaban sobre un mar de combatientes, de filas de escudos que se formaban y se rompían, de caballeros en sus monturas que se abrían camino entre la multitud, de polvo, cieno, sangre y humo. Al otro lado, la Fortaleza Roja continuaba erguida en la colina, escupiendo fuego. Aunque estaban en lados equivocados. Durante un momento, Tyrion creyó que enloquecía, que Stannis y el castillo habían intercambiado sus posiciones. «¿Cómo puede haber cruzado Stannis a la ribera norte?» Con retraso, se dio cuenta de que la cubierta estaba girando, y de alguna manera él había dado una vuelta, de tal manera que el castillo y la batalla habían cambiado de sitio. «La batalla, ¿qué batalla? Si Stannis no ha cruzado, ¿contra quién está peleando?» Tyrion sentía demasiado cansancio para intentar entenderlo. Le dolía mucho el hombro, y cuando levantó la mano para frotárselo, vio la flecha y se acordó. «Tengo que salir de esta nave.» Río abajo no había nada más que una muralla de fuego, y si aquel pecio se soltaba, la corriente lo llevaría hasta allí.

Alguien lo llamaba en el fragor de la batalla. Tyrion intentó responder al grito.

—¡Aquí, estoy aquí! ¡Necesito ayuda! —Su voz sonaba tan débil que apenas lograba oírse a sí mismo. Consiguió subir por la cubierta escorada y se agarró de la borda. La nave tropezó con la galera más próxima y rebotó con tanta violencia que estuvo a punto de echarlo de nuevo al agua. ¿Dónde se habían metido todas sus fuerzas? Lo único que podía hacer era seguir allí aferrado.

—¡Mi señor! ¡Tomad mi mano! ¡Mi señor!

Sobre la cubierta de la nave más cercana, al otro lado de un espacio de agua oscura que se ensanchaba a cada momento, estaba ser Mandon Moore con un brazo extendido. En el blanco de su armadura se reflejaban llamas amarillas y verdes, y su guantelete de lamas estaba pegajoso de sangre, pero a pesar de ello, Tyrion se estiró en su busca, deseando tener unos brazos más largos. Solo en el último momento, cuando los dedos de ambos se unieron a través del espacio, algo llamó su atención... Ser Mandon le tendía la mano izquierda, ¿por qué...?

¿Sería aquella la razón por la que retrocedió, o quizá alcanzó a ver la espada? Nunca lo sabría. La punta cortó el aire bajo sus ojos, y percibió su contacto, duro y frío, seguido por un destello de dolor. Su cabeza giró, como si hubiera recibido una bofetada. La sacudida causada por el agua fría fue una segunda bofetada, más impactante que la primera. Braceó, buscando algo a que agarrarse, sabedor de que si se hundía le resultaría imposible salir a flote. De alguna manera, su mano halló la punta astillada de un remo roto. Se agarró a él con fuerza, como un amante desesperado, y ascendió lentamente, palmo a palmo. Tenía los ojos llenos de agua y la boca llena de sangre, y la cabeza le latía dolorosamente. «Dioses, dadme fuerzas para llegar a la cubierta...» No existía nada más; solo el remo, el agua y la cubierta.

Por fin trepó a la borda y quedó allí tirado sobre la espalda, sin aliento, exhausto. Sobre su cabeza estallaban bolas de llamas verdes y anaranjadas, dejando franjas de luz entre las estrellas. Tuvo un instante para pensar cuán hermoso era aquello, antes de que ser Mandon le bloqueara la vista. El caballero era una sombra de acero blanco; sus ojos mostraban un brillo oscuro detrás del yelmo. Tyrion tenía las mismas fuerzas que una muñeca de trapo. Ser Mandon le puso la punta de su espada en el hueco de la garganta y cerró ambas manos en torno a la empuñadura.

Y, de repente, se inclinó hacia la izquierda y chocó con la borda. La madera se quebró, y ser Mandon Moore desapareció, con un grito y el sonido de algo que cae al agua. Un momento después, los cascos de las naves volvieron a unirse, chocando con tanta violencia que la cubierta pareció saltar. En aquel momento, alguien se inclinó sobre él.

—¿Jaime? —graznó, ahogándose casi con la sangre que le llenaba la boca. ¿Quién otro que no fuera su hermano podía salvarlo?

—No os mováis, mi señor, estáis malherido.

«La voz de un niño, esto no tiene sentido», pensó Tyrion. Sonaba casi como la voz de Pod.

SANSA

Cuando ser Lancel Lannister le dijo a la reina que la batalla se daba por perdida, Cersei dio vueltas entre las manos a su copa de vino vacía.

—Habladme de mi hermano, —dijo. Su voz era distante, como si aquella noticia no le pareciera demasiado interesantes.

—Lo más probable es que vuestro hermano esté muerto. —El jubón de ser Lancel estaba empapado de sangre, que le brotaba de debajo del brazo. Al verlo entrar en la sala, muchos de los invitados no habían podido contener los gritos—. Creemos que estaba en el puente de embarcaciones cuando se vino abajo. Ser Mandon debe de haber muerto también, y nadie sabe dónde está el Perro. Por todos los dioses, Cersei, ¿cómo se te ocurrió hacer que trajeran a Joffrey al castillo? Los capas doradas están tirando las lanzas para huir más deprisa; escapan a cientos. Al ver que el rey se marchaba, perdieron todo rastro de valor. El Aguasnegras está lleno de pecios, fuego y cadáveres, pero podríamos haber resistido si...

Osney Kettleblack lo empujó a un lado.

—Ahora se lucha a ambos lados del río, alteza. Puede ser que algunos de los señores de Stannis estén peleando entre ellos; nadie lo sabe a ciencia cierta, todo es muy confuso. El Perro se ha marchado, no se sabe adónde, y ser Balon se ha replegado al interior de la ciudad. Se han apoderado de las riberas. Están atacando nuevamente la puerta del Rey con el ariete, y ser Lancel tiene razón: vuestros hombres desertan de las murallas y asesinan a sus oficiales. Hay multitudes alborotadas junto a la puerta de Hierro y en la puerta de los Dioses; quieren salir, y en el Lecho de Pulgas, los borrachos están armando refriegas.

«Dioses misericordiosos —pensó Sansa—, es horrible, Joffrey va a perder la cabeza, y yo también. —Buscó a ser Ilyn con la mirada, pero no lo encontró—. Pero sé que está aquí, lo presiento. Está cerca, no podré escapar de él, me va a cortar la cabeza.»

—Alzad el puente levadizo y atrancad las puertas —dijo la reina, extrañamente tranquila, volviéndose hacia Osfryd—. Nadie saldrá del Torreón de Maegor sin mi permiso.

—¿Qué pasa con las mujeres que han ido a rezar?

—Ellas han decidido alejarse de mi protección. Que sigan rezando; tal vez los dioses las defiendan. ¿Dónde está mi hijo?

—En el puesto de guardia del castillo. Quería ponerse al frente de los ballesteros. Fuera hay una muchedumbre gritando; la mitad, capas doradas que lo siguieron cuando se fue de la puerta del Lodazal.

—Traedlo al Torreón de Maegor ahora mismo.

—¡No! —Lancel estaba tan furioso que se le olvidó que debía hablar en voz baja. Al oírlo gritar, varias cabezas se giraron hacia él—. Volveremos a tomar la puerta del Lodazal. Deja que se quede donde está, ¡es el rey!

—Es mi hijo. —Cersei Lannister se puso en pie—. Dices que tú también eres un Lannister, primo, así que demuéstralo. Osfryd, ¿qué hacéis todavía ahí? He dicho que ahora mismo.

Osfryd Kettleblack salió apresuradamente de la estancia, seguido por su hermano. Muchos de los invitados se apresuraban también a salir. Algunas de las mujeres lloraban; otras rezaban. Algunas se limitaron a seguir sentadas junto a las mesas y a pedir más vino.

—Cersei —suplicó ser Lancel—, si perdemos el castillo, Joffrey morirá igual, lo sabes muy bien. Deja que se quede allí; yo lo protegeré, te lo juro...

—Aparta de mi camino.

Le dio un golpe con la mano abierta sobre la herida. Ser Lancel gritó de dolor y estuvo a punto de desmayarse, mientras la reina salía de la estancia sin siquiera dirigirle una mirada a Sansa.

«Se ha olvidado de mí. Ser Ilyn me va a matar y ella no me dedica ni un pensamiento.»

—¡Dioses, dioses! —aulló una anciana—. Estamos perdidos: la batalla se ha vuelto contra nosotros, la reina se marcha...

Varios niños empezaron a llorar. «Huelen el miedo.» De pronto, Sansa se encontraba sola en el estrado. ¿Qué debía hacer? ¿Quedarse allí o correr detrás de la reina y suplicarle que le perdonara la vida?

Nunca supo por qué lo hizo, pero se puso en pie.

—No temáis —dijo en voz alta—. La reina ha ordenado alzar el puente levadizo. Estamos en el lugar más seguro de la ciudad. Los muros son gruesos, y están también el foso, las estacas...

—¿Qué está pasando? —exigió saber una mujer a la que apenas conocía, la esposa de un señor menor—. ¿Qué le ha dicho Osney a la reina? ¿Está herido el rey? ¿Ha caído la ciudad?

—¡Decidnos qué pasa! —gritó alguien más.

Una mujer preguntó por su padre; otra, por su hijo. Sansa alzó las manos para pedir silencio.

—Joffrey va a volver al castillo. No está herido. La batalla continúa, no sé nada más. Nuestros caballeros luchan con bravura. La reina no tardará en volver. —Esto último era mentira, pero de alguna manera tenía que calmarlos. Se fijó en los bufones, que estaban debajo de la galería—. Chico Luna, haznos reír.

El Chico Luna hizo una voltereta lateral y cayó de pie sobre una mesa. Cogió cuatro copas de vino y empezó a hacer juegos malabares con ellas. De cuando en cuando, una se le caía y se le rompía contra la cabeza. Unas cuantas risas nerviosas resonaron por la estancia. Sansa acudió junto a ser Lancel y se arrodilló junto a él. La herida le sangraba de nuevo después del golpe de la reina.

—Es una locura —jadeó—. Dioses, el Gnomo tenía razón... Tenía razón...

—Ayudadlo —les ordenó Sansa a dos de los criados. Uno la miró, y salió corriendo con jarra y todo. Otros criados se estaban dando a la fuga también, pero aquello no lo podía evitar. Sansa ayudó al otro criado a poner en pie al caballero herido—. Llevadlo al maestre Frenken.

Lancel era uno de ellos, pero no conseguía odiarlo ni desearle la muerte. «Es verdad lo que dice Joffrey: soy blanda, débil y estúpida. No tendría que ayudarlo, tendría que matarlo.»

Las llamas de las antorchas eran cada vez más débiles, y un par de ellas se habían apagado. Nadie se molestó en reemplazarlas. Cersei no volvía. Aprovechando que todos los ojos estaban clavados en el otro bufón, ser Dontos subió al estrado.

—Retiraos a vuestro dormitorio, dulce Jonquil —susurró—. Encerraos por dentro; allí estaréis más segura. Iré a buscaros cuando termine la batalla.

«Alguien irá a buscarme —pensó Sansa—, pero ¿seréis vos o será ser Ilyn? —Durante un instante de locura se le ocurrió suplicar a Dontos que la defendiera. Él también había sido caballero, sabía manejar la espada y había jurado defender a los débiles—. No. No tiene valor, ni fuerza. Solo serviría para que él también muriese.»

Tuvo que hacer acopio de todas sus fuerzas para salir del salón de baile de la reina con paso tranquilo, cuando lo que más deseaba en el mundo era echar a correr. Y sí corrió; cuando llegó a las escaleras, las subió de dos en dos hasta acabar mareada y sin aliento. Un guardia chocó contra ella en el trayecto. Se le cayeron un par de candelabros de plata y una copa adornada con piedras preciosas de la capa escarlata donde los llevaba envueltos, y rodaron escaleras abajo. En cuanto decidió que Sansa no iba a tratar de quitarle el botín, el guardia se olvidó de ella y corrió tras los objetos.

Su dormitorio estaba completamente a oscuras. Sansa atrancó la puerta y caminó a tientas hasta la ventana. Cuando corrió los cortinajes, se quedó sin aliento.

Hacia el sur, el cielo era un torbellino de luces de colores cambiantes, reflejo de las inmensas hogueras que ardían en el suelo. Las venenosas mareas verdes azotaban el vientre de las nubes, y los lagos de luz anaranjada bañaban los cielos. Los tonos rojos y amarillos de las llamas vulgares se enfrentaban a los jades y esmeraldas del fuego valyrio; los colores refulgían y desaparecían, creando ejércitos de sombras que perecían un momento después. En menos de un instante los amaneceres verdes dejaban paso a los ocasos anaranjados. El propio aire olía a quemado, igual que una olla de sopa que se hubiera dejado demasiado tiempo en el fuego, hasta que el líquido se evaporaba. Y los rescoldos arrastrados por la brisa hacían que la noche pareciera poblada por enjambres de luciérnagas.

Sansa se apartó de la ventana y fue a refugiarse en la seguridad que le ofrecía la cama.

«Me voy a dormir —se dijo—, y cuando despierte será otro día, y el cielo volverá a estar azul. La batalla habrá terminado, y alguien vendrá para decirme si voy a morir o no.»

—Dama —sollozó en voz baja, mientras se preguntaba si cuando muriera se reuniría con su loba.

En aquel momento, algo se movió a su espalda; una mano surgió de la oscuridad y la agarró por la muñeca.

Sansa abrió la boca para gritar, pero otra mano le cubrió el rostro y casi la asfixió. Aquellos dedos eran duros y encallecidos, y estaban pegajosos de sangre.

—Hola, pajarito. Sabía que vendrías.

La voz era áspera, pastosa, ebria. En el exterior, una lanza de luz jade hendió el cielo estrellado, y la habitación se llenó de resplandor verde. Lo vio durante un instante, todo negro y verde, con la sangre del rostro negra como la brea y los ojos brillantes como los de un perro ante la luz repentina. Luego, la luz se desvaneció, y volvió a ser una mole oscura envuelta en una sucia capa blanca.

—Si gritas te mataré, puedes estar segura. —Le quitó la mano de la boca. Respiraba trabajosamente. El Perro tenía una jarra de vino en la mesilla de Sansa, y bebió un largo trago—. ¿No quieres saber quién va ganando la batalla, pajarito?

—¿Quién? —preguntó, demasiado asustada para negarse.

El Perro se echó a reír.

—Solo sé quién ha perdido. Yo.

«Jamás lo había visto tan borracho. Ha estado durmiendo en mi cama. ¿Qué quiere de mí?»

—¿Qué habéis perdido?

—Todo. —La parte quemada de su rostro era una máscara de sangre seca—. Maldito enano. Tendría que haberlo matado. Hace años.

—Dicen que ha muerto.

—No. Una mierda. No quiero que muera. —Tiró a un lado la jarra vacía—. Quiero que arda. Si los dioses son bondadosos, harán que arda, pero yo no estaré aquí para verlo. Me voy.

—¿Os vais? —Trató de liberarse de su presa, pero la mano parecía de hierro.

—El pajarito repite lo que oye. Me voy, sí.

—¿Adónde?

—Lejos de aquí. Lejos de los fuegos. No sé, saldré por la puerta de Hierro. Iré hacia el norte, a algún lugar, adonde sea.

—No podréis salir —dijo Sansa—. La reina ha cerrado el Torreón de Maegor, y las puertas de la ciudad también están cerradas.

—Para mí no. Tengo la capa blanca. Y también esto. —Dio unas palmaditas en el pomo de su espada—. El hombre que intente detenerme es hombre muerto. A menos que esté ardiendo. —Rio con amargura.

—¿Por qué habéis venido aquí?

—Me prometiste una canción, pajarito. ¿Te habías olvidado?

No entendía qué quería decir. No podía cantar para él en aquel momento, en aquel lugar, con aquel cielo lleno de fuego, mientras morían hombres a cientos, a miles.

—Soltadme, me dais miedo.

—A ti te da miedo todo. Mírame. ¡Mírame!

La sangre le ocultaba las cicatrices más profundas, pero tenía los ojos muy abiertos, muy blancos, aterradores. La comisura quemada de su boca se contraía una y otra vez. Su olor mareaba a Sansa; apestaba a sudor, a vino agrio, a vómito rancio, y sobre todo a sangre, a sangre, a sangre.

—Yo cuidaría de ti para que no te pasara nada —dijo con voz áspera—. Todos me tienen miedo. Nadie volvería a hacerte daño, o lo mataría. —La atrajo hacia sí, y durante un momento, Sansa pensó que iba a besarla. Era demasiado fuerte; no podría resistirse. Cerró los ojos ansiando que todo acabara pronto, pero no pasó nada—. Sigues sin poder mirarme, ¿eh? —le oyó decir. Le retorció el brazo hasta obligarla a girar, y la empujó contra la cama—. Quiero mi canción. La de Florian y Jonquil, me dijiste. —Había desenvainado el puñal, y se lo puso en el cuello—. Canta, pajarito. Canta si quieres seguir con vida.

El miedo le había hecho un nudo en la garganta, y de repente no recordaba ninguna de las canciones que había sabido toda su vida. «Por favor, no me matéis —habría querido gritar—, por favor, no.» Notó cómo movía la punta, cómo se la hundía, y estuvo a punto de cerrar los ojos de nuevo, pero en aquel momento se acordó. No era la canción de Florian y Jonquil, pero al menos era una canción. Su voz le sonó aguda, fina, trémula.

Dulce Madre, sed piadosa,
de los niños velad vos;
detened saetas y espadas,
y que puedan ver el sol.

Dulce Madre, nuestras hijas
en vos nutren su valor.
Sofocad la ira y el odio,
y alentad la compasión.

Se le había olvidado el resto de la letra. Tenía miedo de que la matara en cuanto dejara de cantar, pero tras un instante, el Perro le apartó el puñal de la garganta, sin decir palabra.

El instinto le dijo que alzara la mano y le pusiera los dedos sobre la mejilla. La habitación estaba a oscuras y no lo veía, pero notó el tacto pegajoso de la sangre, y una humedad que no era de sangre.

—Pajarito —dijo él una vez más, con la voz ronca y rasposa como el sonido del acero contra la piedra.

Se levantó de la cama. Sansa oyó el sonido de la tela al rasgarse, y después, unas pisadas que se alejaban.

Cuando salió de la cama al cabo de un rato, estaba sola. Encontró la capa en el suelo, arrugada, el tejido de lana blanca manchado de sangre y fuego. Para entonces, en el exterior, el cielo estaba más oscuro; apenas unos cuantos fantasmas color verde claro danzaban ante las estrellas. Soplaba un viento gélido que hacía batir los postigos. Sansa sintió frío. Sacudió la capa desgarrada y se cubrió con ella antes de acurrucarse en el suelo, temblorosa.

No habría sabido decir cuánto tiempo permaneció así, pero tras un largo rato oyó una campana que repicaba al otro lado de la ciudad. El sonido era el retumbar grave de una garganta de bronce, cada vez más rápido. Sansa aún se preguntaba qué significaría aquello cuando se le unió una segunda campana, y luego una tercera, con voces que llegaban de las colinas y los valles, llenaban los callejones y las torres, y alcanzaban hasta el último rincón de Desembarco del Rey. Se liberó de la capa y corrió hacia la ventana.

Hacia el este despuntaba el alba, y ya sonaban también las campanas de la Fortaleza Roja, como parte de la riada de sonidos que manaba de las siete torres de cristal del Gran Septo de Baelor. Sansa recordó que aquellas campanas habían sonado cuando murió el rey Robert, pero en esta ocasión era un sonido diferente, no un doblar lento y triste, sino un repicar alegre. Además, en las calles se oían gritos y algo que solo podían ser aplausos y aclamaciones.

Fue ser Dontos quien le llevó la noticia. Cruzó atolondrado la puerta abierta, la estrechó entre sus brazos fofos, y le hizo dar vueltas por toda la habitación, mientras gritaba de manera tan incoherente que Sansa no entendía ni una palabra. Estaba tan borracho como lo había estado el Perro, pero a él, la bebida lo hacía bailar alegremente. Cuando por fin la soltó, estaba mareada y sin aliento.

—¿Qué pasa? —Se agarró a un poste de la cama—. ¿Qué ha sucedido? ¡Decídmelo!

—¡Se acabó! ¡Se acabó, se acabó! La ciudad está a salvo. Lord Stannis ha muerto, Lord Stannis ha huido, nadie lo sabe, a nadie le importa; su ejército se ha dispersado, ya no hay peligro. Dicen que ha muerto en el combate o que se ha marchado, ¡qué más da! ¡Y cómo brillan los estandartes! ¡Los estandartes, Jonquil, los estandartes! ¿Tenéis vino? Tendríamos que brindar para celebrarlo, sí. ¿No lo entendéis? ¡Esto quiere decir que estáis a salvo!

—¡Decidme de una vez qué ha pasado! —le gritó Sansa sacudiéndolo.

Ser Dontos rio a carcajadas, saltó sobre una pierna, luego sobre la otra, y estuvo a punto de caer.

—Llegaron entre las cenizas mientras el río ardía. El río, Stannis estaba metido en el río hasta el cuello, y lo cogieron por la retaguardia. ¡Ah, quién fuera de nuevo caballero, quién hubiera participado en esto! Dicen que sus hombres apenas si presentaron batalla. ¡Algunos huyeron, pero fueron más los que doblaron la rodilla y aclamaron a lord Renly! ¿Qué pensaría Stannis al oír eso? Me lo ha contado Osney Kettleblack, a él se lo había contado ser Osmund, pero ser Balon ha vuelto ya y sus hombres dicen lo mismo, y los capas doradas también. ¡Estamos salvados, pequeña! Vinieron por el camino de las Rosas y a lo largo de la ribera, cruzaron todos los campos que Stannis había quemado, levantaban las cenizas con las botas y las armaduras se les cubrían de gris... ¡pero los estandartes! ¡Los estandartes debían de ser maravillosos, la rosa dorada, el león dorado y todos los demás, el árbol de Marbrand y el de Rowan, el cazador de Tarly, las uvas de Redwyne y también la hoja de lady Oakheart. Todas las casas de occidente, ¡todo el poder de Altojardín y Roca Casterly! Lord Tywin en persona comandaba su ala derecha al norte del río, con Randyll Tarly al mando del grueso y Mace Tyrell al mando del ala izquierda, pero fue la vanguardia la que ganó la batalla. Atravesaron las fuerzas de Stannis como una lanza atraviesa una calabaza; gritaban como demonios vestidos de acero. ¿Y sabéis quién iba al mando de la vanguardia? ¿Lo sabéis? ¿Lo sabéis? ¿Lo sabéis?

—¿Robb? —Era un sueño imposible, pero...

—¡Era lord Renly! ¡Lord Renly, con su armadura verde, y el fuego reflejado en sus astas doradas! ¡Lord Renly, con la lanza en la mano! ¡Se dice que mató a ser Guyard Morrigen en combate singular, y también a otra docena de grandes caballeros! ¡Era Renly, era Renly, era Renly! ¡Oh, mi querida Sansa, los estandartes! ¡Quién fuera caballero!

DAENERYS

Estaba desayunando un cuenco de sopa fría de caqui y gambas cuando Irri apareció con una túnica qarthiense, una vaporosa prenda de seda marfileña con aljófares.

—Llévate eso —dijo Dany—. Los muelles no son lugar apropiado para ropa fina.

Los hombres de leche la consideraban una salvaje, de manera que como tal se vestiría para ellos. Cuando bajó a los establos llevaba unos pantalones de seda basta descolorida y unas sandalias de hierba entretejida. Sus pechos menudos se movían con libertad bajo un chaleco pintado dothraki, y del cinturón de medallones le colgaba una jambiya. Jhiqui le trenzó el cabello al estilo dothraki, y del extremo de la trenza le colgó una campanilla de plata.

—No he conseguido ninguna victoria —le dijo a su doncella al oír el suave tintineo de la campanilla.

—Quemasteis a los *maegi* en su casa de polvo y enviasteis sus almas al infierno.

«Esa victoria fue de Drogon, no mía», habría querido decir Dany, pero se contuvo. Los dothrakis la respetarían todavía más si se ponía unas cuantas campanas en el pelo. El tintineo se oyó cuando montó a lomos de su yegua plata y también con cada paso de su montura, pero ni ser Jorah ni sus jinetes de sangre lo mencionaron. Eligió a Rakharo para cuidar de su gente y de sus dragones durante su ausencia, y Jhogo y Aggo la acompañaron a los muelles.

Dejaron atrás los palacios de mármol y los jardines fragantes, y atravesaron una zona más pobre de la ciudad, donde las modestas casas de ladrillo mostraban a la calle sus paredes sin ventanas. Allí había menos caballos y camellos, y los palanquines escaseaban, pero en cambio abundaban los niños, los mendigos y los perros flacos de color arena. Los hombres de piel clara, vestidos con polvorientas faldas de lino, los miraban pasar desde los arcos de las puertas. «Saben quién soy, y no les gusto.» Dany lo supo por su forma de mirarla.

Ser Jorah habría preferido que fuera dentro de su palanquín, a salvo tras las cortinas de seda, pero ella se había negado. Ya había pasado demasiado tiempo reclinada entre cojines de seda, dejándose llevar de aquí para allá por los bueyes. Al menos, al cabalgar tenía la sensación de que se dirigía hacia alguna parte.

No era casualidad que hubiera elegido el puerto. Volvía a huir. Su vida entera no había sido más que una larga huida. Había empezado huyendo en el vientre de su madre, y desde entonces no había parado jamás. ¿Cuántas veces habían tenido que escapar Viserys y ella en medio de la noche, apenas un paso por delante de los asesinos a sueldo del Usurpador? Pero la huida era la única alternativa a la muerte. Xaro había descubierto que Pyat Pree estaba reuniendo a los brujos supervivientes para causar a Dany tanto mal como fuera posible. Al enterarse, ella se había echado a reír.

—¿No fuisteis vos quien me dijo que los brujos no eran más que soldados viejos que alardean de hazañas ya olvidadas y de proezas del pasado?

—Y así era entonces. —Xaro parecía preocupado—. Pero ahora ya no estoy tan seguro. Se dice que las velas de cristal vuelven a arder en la casa de Urrathon Nocturno; hacía cien años que no se veían. En el Jardín de Gehane crece hierba fantasma, se han visto espíritus de tortugas que llevan mensajes entre las casas sin ventanas del camino de los Brujos, y todas las ratas de la ciudad se están cortando la cola a mordiscos. La esposa de Mathos Mallarawan, que se burló una vez de la túnica apolillada de un brujo, ha enloquecido y se niega a llevar ropa. Incluso las sedas recién lavadas la hacen sentir como si un millar de insectos le corrieran por la piel. Y hasta el ciego Sybassion, el Comeojos, ha recuperado la vista, según dicen sus esclavos. Son demasiadas coincidencias. —Suspiró—. Corren tiempos extraños en Qarth. Y los tiempos extraños son malos para el comercio. Me duele decirlo, pero tal vez lo mejor sería que os marcharais de Qarth, y cuanto antes, mejor. —Xaro le dio unas palmaditas tranquilizadoras en los dedos—. Pero no tenéis por qué marcharos sola. En el palacio de Polvo tuvisteis visiones sombrías, pero Xaro ha soñado con otras mucho más luminosas. Os he visto feliz en la cama, con nuestro hijo mamando de vuestro pecho. ¡Surcad conmigo el mar de Jade, y lo haremos realidad! No es demasiado tarde. ¡Dadme un hijo, mi dulce cántico de alegría!

«Tú lo que quieres es que te dé un dragón.»

—No voy a casarme con vos, Xaro.

—En ese caso, marchaos —dijo el hombre con frialdad.

—¿Adónde?

—Adonde sea, pero lejos.

Sí, tal vez ya fuera hora. La gente de su *khalasar* había agradecido la oportunidad de recuperarse de las penurias padecidas en el desierto rojo, pero ya estaban descansados y con carne sobre los huesos, y empezaban a mostrarse rebeldes. Los dothrakis no estaban acostumbrados a quedarse mucho tiempo en el mismo sitio. Eran un pueblo guerrero; no sabían vivir en las ciudades. Tal vez se había demorado más de lo debido en Qarth, seducida por sus bellezas y comodidades. Empezaba a comprender que era una ciudad que siempre prometía más de lo que daba, y desde que la Casa de los Eternos se había derrumbado entre humo y llamas, sentía que ya no era bienvenida allí. De la noche a la mañana, los qarthienses habían recordado que los dragones eran peligrosos. Dejaron de competir entre ellos para llevarle regalos. Y de pronto, la Hermandad de la Turmalina había pedido en público su expulsión, y el Antiguo Gremio de Especieros, su muerte. Xaro había tenido que esforzarse al máximo para evitar que los Trece se unieran a ellos.

«Pero ¿adónde puedo ir?» Ser Jorah proponía que siguieran avanzando hacia el este, para alejarse de sus enemigos de los Siete Reinos. Sus jinetes de sangre habrían preferido regresar a su gran mar de hierba, aunque aquello implicara enfrentarse de nuevo al desierto rojo. La propia Dany había valorado la idea de asentarse en Vaes Tolorro hasta que sus dragones crecieran y se hicieran fuertes. Pero tenía el corazón lleno de dudas. Ninguna de las opciones le parecía perfecta... y aunque pudiera decidir hacia dónde debían ir, aún faltaba saber cómo irían.

Xaro Xhoan Daxos no la ayudaría; lo sabía demasiado bien. Pese a todas sus promesas de amor, actuaba en su propio beneficio, igual que Pyat Pree. La noche en que le pidió que se marchara, Dany le había rogado un último favor.

—Un ejército, ¿verdad? —preguntó Xaro—. ¿Un cubo de oro? ¿Tal vez una galera?

—Un barco, sí. —Dany se sonrojó. Detestaba tener que suplicar.

—Soy un comerciante, *khaleesi.* —Los ojos de Xaro brillaron tanto como las joyas con que se adornaba la nariz—. Así que, en vez de hablar de dar, tendríamos que hablar de comerciar. A cambio de uno de vuestros dragones os daré los diez mejores barcos de mi flota. Solo tenéis que pronunciar una palabra, una dulce palabra.

—No —dijo ella.

—Qué desgracia —sollozó Xaro—, no me refería a esa palabra.

—¿Le pediríais a una madre que vendiera a uno de sus hijos?

—No veo por qué no. Siempre pueden tener más. Las madres venden a sus hijos constantemente.

—La Madre de Dragones, no.

—¿Ni siquiera a cambio de veinte barcos?

—Ni siquiera a cambio de un centenar.

—No tengo cien barcos. —Las comisuras de la boca de Xaro se torcieron hacia abajo—. Pero vos tenéis tres dragones. Dadme uno como pago por todas mis atenciones. Seguiréis teniendo dos, y además, treinta barcos.

Treinta barcos bastarían para llevar un pequeño ejército hasta las orillas de Poniente. «Pero no tengo un pequeño ejército.»

—¿Cuántos barcos poseéis, Xaro?

—Ochenta y tres, sin contar con mi barcaza de paseo.

—¿Y vuestros colegas de los Trece?

—Entre todos, tal vez un millar.

—¿Y los Especieros? ¿Y la Hermandad de la Turmalina?

—Sus flotas son insignificantes, no cuentan.

—Decídmelo de todos modos —pidió.

—Los Especieros, mil doscientos o mil trescientos. La Hermandad no tendrá más allá de ochocientos.

—Y los asshaítas, los braavosis, los hombres de las islas del Verano, los ibbeneses y todos los demás pueblos que navegan por el gran mar de sal, ¿cuántos barcos poseen? Entre todos.

—Muchos, sin duda —replicó irritado—. ¿Qué importa eso?

—Estoy tratando de poner precio a uno de los tres dragones vivos que hay en el mundo. —Dany le dedicó una dulce sonrisa—. Me parece que lo justo sería un tercio de todos los barcos del mundo.

—¿No os advertí que no entrarais en el palacio de Polvo? —Las lágrimas corrieron por las mejillas de Xaro, a ambos lados de la nariz enjoyada—. Esto es lo que tanto temía. Los susurros de los brujos os han vuelto tan loca como la esposa de Mallarawan. ¿Un tercio de todos los barcos del mundo? Bah. Bah, bah y bah.

Desde entonces, Dany no había vuelto a verlo. Su senescal era el encargado de hacerle llegar los mensajes, cada uno más frío del anterior. Tenía que irse de su casa. Estaba cansado de alimentarlos a ella y a los suyos. Le exigía que le devolviera los regalos, porque los había aceptado de mala fe. Su único consuelo era que había tenido el sentido común de no casarse con él.

«Los susurros de los brujos hablaron de tres traiciones: una por sangre, una por oro y una por amor.» La primera traición había sido, sin duda, la de Mirri Maz Duur, que había asesinado a Khal Drogo y a su hijo nonato para vengar a su pueblo. ¿Habían sido las de Pyat Pree y las de Xaro Xhoan Daxos la segunda y la tercera? Le parecía improbable. Pyat no había actuado para conseguir oro, y Xaro nunca la había amado de verdad.

Las calles estaban cada vez más desiertas mientras atravesaban un barrio destinado a sombríos almacenes de piedra. Aggo la precedía y Jhogo iba tras ella, con lo que ser Jorah Mormont iba a su lado. La campanilla tintineaba suavemente, y Dany descubrió que una vez más sus pensamientos volvían al palacio de Polvo, igual que la lengua vuelve al espacio que ha dejado un diente al caerse. «Hija de tres —la habían llamado—, hija de la muerte, exterminadora de mentiras, esposa del fuego.» El tres, siempre el tres. Tres fuegos, tres monturas, tres traiciones.

—El dragón tiene tres cabezas —suspiró—. ¿Sabéis qué significa eso, Jorah?

—¿Cómo decís, alteza? El blasón de la casa Targaryen es un dragón de tres cabezas, rojo sobre negro.

—Ya lo sé. Pero no hay dragones de tres cabezas.

—Las tres cabezas eran Aegon y sus hermanas.

—Visenya y Rhaenys —recordó—. Yo desciendo de Aegon y Rhaenys por vía de su hijo Aenys y su nieto Jaehaerys.

—Los labios azules solo dicen mentiras, ¿no es eso lo que os dijo Xaro? ¿Por qué os preocupa lo que os susurraron los brujos? Lo único que querían era sorberos la vida, ya lo sabéis.

—Es posible —reconoció de mala gana—. Pero las cosas que vi...

—Un hombre muerto en la proa de un barco, una rosa azul, un banquete de sangre... ¿qué significa eso, *khaleesi*? Y un dragón de tela, según me contasteis. Por favor, decidme, ¿qué significa un dragón de tela?

—El dragón de una compañía de títeres —explicó Dany—. Los titiriteros los utilizan en sus espectáculos, para que los caballeros tengan algo contra lo que pelear. —Ser Jorah frunció el ceño. Dany se negaba a dejar el tema—. «Suya es la canción de hielo y fuego», me dijo mi hermano. Estoy segura de que fue mi hermano. Viserys no, Rhaegar. Tenía un arpa con las cuerdas de plata.

—Es cierto que el príncipe Rhaegar tenía un arpa así —reconoció ser Jorah con el ceño tan fruncido que las cejas se le juntaron—. ¿Lo visteis?

Dany asintió.

—Había una mujer en una cama, amamantando a un bebé. Mi hermano dijo que era el príncipe que les había sido prometido, y le dijo que lo llamara Aegon.

—El príncipe Aegon era el heredero de Rhaegar, nacido de Elia de Dorne —dijo ser Jorah—. Pero si él era el príncipe prometido, la promesa quedó rota junto con su cráneo cuando los Lannister le destrozaron la cabeza contra una pared.

—Lo recuerdo —dijo Dany con tristeza—. También asesinaron a la hija de Rhaegar, la princesita Rhaenys. Se llamaba igual que la hermana de Aegon. No había ninguna Visenya, pero dijo que el dragón tiene tres cabezas. ¿Qué es la canción de hielo y fuego?

—No la he oído nunca.

—Acudí a los brujos en busca de respuestas, y en vez de eso me dieron cien preguntas nuevas.

Ya volvía a haber gente en las calles.

—¡Abrid paso! —gritó Aggo.

—Ya me llega el olor, *khaleesi* —dijo Jhogo, olfateando el aire con desconfianza—. Es el agua envenenada.

Los dothrakis desconfiaban del mar y de todo lo que se moviera por él. No querían tener nada que ver con un agua que los caballos no bebían.

«Ya aprenderán —decidió Dany—. Yo me enfrenté a su mar con Khal Drogo. Ellos tendrán que enfrentarse al mío.»

Qarth era uno de los puertos más importantes del mundo, un auténtico espectáculo de colores, sonidos y olores extraños. En las calles había tabernas, almacenes y garitos, entremezclados con burdeles baratos y templos de dioses peculiares. Los rateros, asesinos, vendedores de hechizos y cambistas se mezclaban entre la multitud. Los muelles eran un gran mercado donde las compras y ventas tenían lugar día y noche, y se podían obtener mercancías por una fracción de su precio en un bazar, siempre y cuando no se indagara mucho sobre su procedencia. Ancianas encorvadas vendían aguas aromatizadas y leche de cabra, que llevaban en cántaros de cerámica cargados a los hombros y sujetos con cinchas. Marineros de cien naciones vagaban entre los tenderetes, bebían vinos especiados e intercambiaban chistes en idiomas extraños. El aire olía a sal, a pescado frito, a brea caliente, a miel, a incienso, a aceite y a esperma.

Aggo le dio a un pilluelo una moneda de cobre a cambio de una brocheta de ratones asados con miel, y los fue mordisqueando mientras cabalgaba. Jhogo se compró un puñado de jugosas cerezas blancas. Por todas partes se vendían hermosos puñales de bronce, calamares secos, ónice tallado, un poderoso elixir mágico preparado con leche de virgen y color-del-ocaso, y hasta huevos de dragón cuyo aspecto recordaba demasiado al de rocas pintadas.

Al pasar junto a los largos atracaderos de piedra reservados para los barcos de los Trece vio cofres de azafrán, incienso y pimienta, que estaban descargando de la ornamentada nave de Xaro *Beso Bermellón.* Al lado se amontonaban barriles de vino, balas de hojamarga y fardos de pieles a rayas, que estaban subiendo por la pasarela de la *Novia de Azul,* que iba a partir con la marea vespertina. Un poco más allá se había congregado una multitud en torno a una galera de los Especieros, la *Rayo de Sol,* para pujar por los esclavos. Todo el mundo sabía que un esclavo salía mucho más barato si se compraba directamente del barco, y los estandartes que ondeaban sobre sus palos proclamaban que la *Rayo de Sol* acababa de llegar de Astapor, en la bahía de los Esclavos.

Dany no conseguiría ayuda de los Trece, de la Hermandad de Turmalina ni del Antiguo Gremio de Especieros. Recorrió con su plata varias leguas de muelles, dársenas y almacenes, hasta llegar al final del puerto en forma de herradura, donde se permitía atracar a los barcos procedentes de las islas del Verano, Poniente y las Nueve Ciudades Libres.

Desmontó junto a un reñidero donde un basilisco estaba despedazando a un perro rojo de gran tamaño, en medio del griterío de los marineros que lo rodeaban.

—Aggo, Jhogo, vigilad los caballos mientras ser Jorah y yo hablamos con los capitanes.

—Como ordenes, *khaleesi.* Montaremos guardia mientras estáis ausentes.

Mientras se acercaba a la primera nave, Dany pensó que era agradable volver a oír a los hombres hablando en valyrio, e incluso en la lengua común. Marineros, estibadores y mercaderes le abrían paso, sin saber qué pensar de aquella jovencita esbelta con el cabello como oro blanco, que vestía al estilo dothraki y caminaba escoltada por un caballero. Pese a lo caluroso del día, ser Jorah lucía su jubón de lana verde sobre la cota de malla, con el oso negro de los Mormont bordado en el pecho.

Pero ni la belleza de Dany ni la fuerza del caballero les iban a servir de nada con los hombres cuyos barcos tanto necesitaban.

—¿Así que queréis pasaje para un centenar de dothrakis, sus caballos, vos misma, este caballero y tres dragones? —dijo el capitán de la gran coca *Amigo Ardoroso* antes de alejarse entre carcajadas.

Cuando le dijo al lyseno que comandaba la *Trompetera* que ella era Daenerys de la Tormenta, reina de los Siete Reinos, el hombre hizo una mueca.

—Sí, y yo soy Tywin Lannister, y todas las noches cago oro —replicó.

El contramaestre de la galera de Myr *Espíritu de Seda* señaló que los dragones eran demasiado peligrosos en el mar, donde cualquier llamita podía incendiar los aparejos. En cambio, el propietario de la *Barriga de Lord Faro* se habría arriesgado a transportar dragones, pero no dothrakis.

—No pienso llevar en mi *Barriga* a esos salvajes sin dios, ni pensarlo.

Los dos hermanos que capitaneaban las naves gemelas *Mercurio* y *Galgo* se mostraron comprensivos y los invitaron a subir para tomar un vaso de vino del Rejo. Fueron tan corteses que Dany se atrevió a albergar esperanzas, pero resultó que el precio que pedían estaba muy por encima de sus posibilidades, tal vez incluso por encima de las de Xaro. La *Petto Pellizcos* y la *Ojos Negros* eran demasiado pequeñas; la *Bravo* tenía que partir hacia el mar de Jade, y la *Magíster Emallo* no parecía capaz de mantenerse a flote.

Mientras se dirigían hacia el siguiente atracadero, ser Jorah le puso una mano en la base de la espalda.

—Alteza, os están siguiendo. No, no os volváis. —La guio con gentileza hacia el tenderete de un vendedor de objetos de bronce—. Mirad qué hermoso trabajo, mi reina —proclamó en voz alta al tiempo que levantaba una gran bandeja y se la mostraba—. ¿Veis cómo brilla al sol?

El bronce estaba tan pulido que Dany podía ver su rostro reflejado en él... y cuando ser Jorah lo colocó en el ángulo adecuado, vio también qué había tras ella.

—Hay un hombre gordo de piel oscura y otro de más edad con un cayado. ¿Cuál de los dos?

—Ambos —respondió ser Jorah—. Nos han estado siguiendo desde que salimos de la *Mercurio*.

Las ondulaciones del bronce distorsionaban las figuras de los desconocidos, con lo que uno parecía muy alto y enjuto, y el otro, espantosamente bajo y gordo.

—Un bronce de primera calidad, gran señora —exclamó el comerciante—. ¡Reluce como el sol! Y por ser para la Madre de Dragones, solo os costará treinta honores.

La bandeja no valía más de tres.

—¿Dónde están mis guardias? —exclamó Dany—. ¡Este hombre está intentando robarme! —Bajó la voz para hablar con Jorah en la lengua común—. Puede que no tengan malas intenciones. Los hombres han mirado a las mujeres desde el principio de los tiempos; tal vez no sea más que eso.

—¿Treinta? —dijo el vendedor de bronce haciendo caso omiso de sus susurros—. ¿He dicho treinta? Tonto de mí. El precio es de veinte honores.

—Todos los objetos que tienes en este tenderete no valen juntos veinte honores —le replicó Dany mientras examinaba la imagen reflejada.

El anciano tenía aspecto de ser de Poniente, y el de piel oscura debía de pesar más de diez arrobas. «El Usurpador ofreció un título de señor al hombre que me matara, y estos dos están muy lejos de sus hogares. ¿O serán tal vez enviados de los brujos, que intentan cogerme desprevenida?»

—Diez, *khaleesi,* y solo porque sois así de hermosa. Utilizadlo como espejo; solo un bronce de tanta calidad como este puede reflejar vuestra belleza.

—Más bien me serviría como orinal para las noches. Si lo tiráis, tal vez lo recoja, mientras no tenga que agacharme para ello. Pero ni en sueños pagaría por esto. —Dany le volvió a poner la bandeja en las manos—. Si pensáis que pagaré, es que los gusanos se os han metido por la nariz y os han devorado el cerebro.

—Ocho honores —gritó—. Mis esposas me darán una paliza y me llamarán idiota, pero en vuestras manos no soy más que un niño indefenso. Vamos, ocho, es menos de lo que vale.

—¿Para qué quiero yo una bandeja de bronce, cuando Xaro Xhoan Daxos me da de comer en platos de oro?

Dio la vuelta como si fuera a alejarse, y aprovechó para mirar a hurtadillas a los desconocidos. El hombre de piel oscura era casi tan grueso como había parecido en la bandeja; tenía la cabeza calva y brillante, y las mejillas pulidas de los eunucos. Se ceñía el amplio vientre con una tira de seda amarilla manchada de sudor, de la que le colgaba un largo *arakh* curvo. Por encima de la seda iba desnudo, a excepción de un chaleco con tachonaduras de hierro que de tan pequeño resultaba absurdo. Los antebrazos, gruesos como troncos de árbol, el pecho ancho y el vientre redondo aparecían cubiertos de cicatrices antiguas, muy blancas en comparación con la piel oscura como una avellana.

El otro hombre vestía una capa de viajero de lana sin teñir, con la capucha echada hacia atrás. Tenía una cabellera larga y blanca que le caía sobre los hombros, y una barba sedosa, blanca también, que le cubría la mitad inferior del rostro. Se apoyaba en un cayado de madera dura casi tan alto como él.

«Si quisieran hacerme algún daño, tendrían que ser muy idiotas para vigilarme de manera tan abierta.» De todos modos, lo más prudente sería regresar adonde estaban Jhogo y Aggo.

—El anciano no lleva espada —le dijo a Jorah en la lengua común, mientras se alejaba con él.

—Cinco honores —insistió el vendedor corriendo tras ellos—, por cinco honores es todo vuestro, fue hecho para vos.

—Un cayado de madera dura puede romper un cráneo tan bien como cualquier maza —replicó ser Jorah.

—¡Cuatro! ¡Sé que lo estáis deseando! —No paraba de saltar ante ellos, retrocediendo, sin dejar de ponerles la bandeja delante.

—¿Todavía nos siguen?

—Levanta eso un poco más —le dijo el caballero al vendedor—. Sí. El anciano finge que está examinando las mercancías que hay en un tenderete de vasijas, pero el de piel oscura no os quita la vista de encima.

—¡Dos honores! ¡Dos! ¡Dos! —El vendedor jadeaba por el esfuerzo de correr de espaldas.

—Pagadle antes de que se nos muera aquí mismo —le dijo Dany a ser Jorah, mientras se preguntaba qué iba a hacer con una bandeja de bronce tan grande.

Mientras el caballero buscaba las monedas, ella dio media vuelta. Estaba decidida a poner fin a aquella farsa. La sangre del dragón no permitiría que un anciano y un eunuco gordo la siguieran por todo el bazar.

Un qarthiense se cruzó en su camino.

—Madre de Dragones, esto es para vos. —Se arrodilló y le puso ante el rostro un cofrecito enjoyado.

Dany lo cogió casi por puro reflejo. El cofre era de madera tallada, con la tapa de madreperla e incrustaciones de jaspe y calcedonia.

—Sois muy generoso. —Lo abrió. Dentro había un brillante escarabajo verde de ónice y esmeraldas.

«Es muy bonito —pensó—. Servirá para ayudarnos a pagar el pasaje.»

—Lo siento mucho —dijo el hombre cuando la vio meter la mano en el cofre, pero ella apenas lo oyó.

El escarabajo se desenroscó con un siseo. Durante un instante, Dany pudo ver una cara negra, malévola, casi humana, y una cola arqueada de la que goteaba veneno... y en aquel momento, el cofre salió volando de su mano en pedazos. Un dolor repentino le atenazó los dedos. Lanzó un grito y se agarró la mano, mientras el vendedor de objetos de bronce empezaba a chillar; después gritó una mujer, y pronto, todos los qarthienses estaban gritando y empujándose. Ser Jorah pasó junto a ella, y Dany cayó con una rodilla en tierra. Volvió a oír el siseo. El anciano golpeó el suelo con el extremo de su cayado; Aggo llegó al galope por en medio de un tenderete donde se vendían huevos y saltó de la silla; el látigo de Jhogo restalló en el aire; ser Jorah golpeó al eunuco en la cabeza con la bandeja de bronce; marineros, prostitutas y mercaderes corrían, gritaban o hacían ambas cosas...

—Mil perdones, alteza. —El anciano se arrodilló—. Ya está muerta. ¿Os he roto la mano?

—Me parece que no. —Dany abrió y cerró los dedos, con una mueca.

—Tenía que quitároslo de la mano —empezó a explicar.

Pero en aquel momento, sus jinetes de sangre cayeron sobre él. Aggo le arrebató el cayado de una patada, y Jhogo lo agarró por los hombros, lo tiró al suelo y le puso el puñal en la garganta.

—Hemos visto cómo te golpeaba, *khaleesi.* ¿Quieres ver tú el color de su sangre?

—Soltadlo. —Dany se puso en pie—. Mira el extremo de su cayado, sangre de mi sangre. —El eunuco había conseguido derribar a ser Jorah. Se interpuso entre ellos justo en el momento en que el *arakh* y la espada larga salían centelleantes de sus vainas—. ¡Guardad los aceros! ¡Basta!

—¿Qué decís, alteza? —Mormont bajó la espada solo unas pulgadas—. Estos hombres os estaban atacando.

—Me estaban defendiendo. —Dany sacudió la mano; le hormigueaban los dedos—. El que me ha atacado ha sido el otro, el qarthiense. —Miró a su alrededor, pero ya había desaparecido—. Era un hombre pesaroso; en ese cofre enjoyado que me ha dado había una mantícora. Este hombre me la ha quitado de la mano. —El vendedor de bronce seguía rodando por el suelo. Dany se dirigió hacia él y lo ayudó a ponerse en pie—. ¿Os ha picado?

—No, buena señora —dijo, tembloroso—. Si me hubiera picado, ya estaría muerto. Pero me ha rozado, *agh,* al salir volando de la caja me ha caído en el brazo.

Se había ensuciado los calzones, y no era de extrañar. Le dio una moneda de plata a modo de compensación, y se despidió de él antes de volverse hacia el anciano de la barba blanca.

—¿A quién le debo mi vida?

—No me debéis nada, alteza. Me llaman Arstan, aunque durante el viaje que nos ha traído aquí, Belwas ha empezado a llamarme Barbablanca.

Aunque Jhogo lo había soltado, el anciano seguía con una rodilla en tierra. Aggo cogió el cayado, le dio la vuelta, masculló una maldición en dothraki, raspó los restos de la mantícora contra una piedra y se lo devolvió.

—¿Y quién es Belwas? —preguntó ella.

—Yo soy Belwas. —El corpulento eunuco de piel morena se adelantó al tiempo que envainaba el *arakh*—. Belwas el Fuerte me llaman en los reñideros de Meereen. No he sido derrotado jamás. —Se dio una palmada en la barriga cubierta de cicatrices—. Dejo que todos los hombres me hieran una vez antes de matarlos. Contad las heridas y sabréis a cuántos ha matado Belwas el Fuerte.

—¿Y qué haces aquí, Belwas el Fuerte? —A Dany no le hizo falta contar las cicatrices; a simple vista se veía que eran muchas.

—De Meereen me vendieron a Qohor y de allí a Pentos, al hombre gordo del pelo con hedor dulce. Él fue el que envió a Belwas el Fuerte a cruzar el mar, con el viejo Barbablanca para servirlo.

«El hombre gordo del pelo con hedor dulce...»

—¿Illyrio? —preguntó—. ¿Os envía el magíster Illyrio?

—Así es, alteza —respondió el anciano Barbablanca—. El magíster os ruega que lo perdonéis por enviarnos a nosotros en su lugar, pero ya no puede montar a caballo como cuando era joven, y los viajes por mar le alteran la digestión. —Antes había hablado en el valyrio de las Ciudades Libres, pero en aquel momento cambió a la lengua común—. Sentimos haberos alarmado. Para ser sinceros, no estábamos seguros, pensábamos que tendríais un aspecto más... más...

—¿Regio? —Dany se echó a reír. No llevaba ninguno de sus dragones, y su atuendo no era precisamente el propio de una reina—. Habláis bien la lengua común, Arstan. ¿Sois de Poniente?

—Así es. Nací en las Marcas de Dorne, alteza. De niño serví como escudero para un caballero de la casa de lord Swann. —Sostenía el cayado muy recto junto a él, como si fuera una pica a la que le faltara un estandarte—. Ahora soy el escudero de Belwas.

—¿No sois un poco mayor para eso? —preguntó ser Jorah, que se había abierto paso para situarse junto a Dany. Sujetaba con incomodidad la bandeja de bronce bajo el brazo. La cabeza de Belwas era muy dura, y la había abollado curvándola.

—No soy tan viejo como para no poder servir a mi señor, lord Mormont.

—¿También me conocéis a mí?

—Os vi luchar en un par de ocasiones. En Lannisport estuvisteis a punto de desmontar al Matarreyes. Y también en Pyke. ¿No lo recordáis, lord Mormont?

—Vuestro rostro me resulta familiar —contestó ser Jorah frunciendo el ceño—, pero en Lannisport había cientos de hombres, y en Pyke, miles. Y no me llaméis lord; no tengo título de señor. La isla del Oso me fue arrebatada. No soy más que un caballero...

—Un caballero de mi Guardia de la Reina. —Dany lo cogió del brazo—. Mi amigo leal y mi buen consejero. —Estudió el rostro de Arstan. Percibió en él una gran dignidad, una especie de fuerza tranquila que le gustó—. Levantaos, Arstan Barbablanca. Sed bienvenido, Belwas el Fuerte. A ser Jorah ya lo conocéis. Ko Aggo y Ko Jhoggo son mis jinetes de sangre. Cruzaron conmigo el desierto rojo, y vieron nacer a mis dragones.

—Chicos de los caballos. —Belwas mostró los dientes en una sonrisa—. Belwas ha matado muchos chicos de caballos en los reñideros. Caen tintineando cuando mueren.

—Nunca he matado a un moreno gordo —intervino Aggo echando mano del *arakh*—. Belwas será el primero.

—Envaina tu acero, sangre de mi sangre —dijo Dany—. Este hombre ha venido a servirme. Belwas, tendréis que mostrar respeto a mi pueblo, o dejaréis de estar a mi servicio antes de lo que os gustaría y con más cicatrices que al empezar.

La sonrisa mellada desapareció del rostro ancho del gigante, para dejar paso a una mueca ceñuda y confusa. No había muchos hombres que se atrevieran a amenazar a Belwas, y menos aún, niñas que no abultaban ni la tercera parte que él. Dany le dirigió una sonrisa para suavizar la reprimenda.

—Bien, decidme, ¿qué quiere de mí el magíster Illyrio, para haceros venir desde Pentos?

—Quiere dragones —dijo Belwas en tono hosco—, y a la chica que los hace. Os quiere a vos.

—Belwas dice la verdad, alteza —dijo Arstan—. Se nos ha pedido que os busquemos y os llevemos de vuelta a Pentos. Los Siete Reinos os necesitan. Robert el Usurpador ha muerto, y el reino se desangra. Cuando zarpamos de Pentos había cuatro reyes, y a ninguno se le podía pedir justicia.

El corazón de Dany se llenó de alegría, pero consiguió que no se le reflejara en el rostro.

—Tengo tres dragones —dijo—, y un *khalasar* de más de cien personas, con todas sus posesiones y caballos.

—No importa —tronó Belwas—. Los llevamos a todos. El hombre gordo alquila tres barcos para su reinecita de pelo de plata.

—Así es, alteza —asintió Arstan Barbablanca—. La gran coca *Saduleon* está atracada al final del muelle, y las galeras *Sol del Verano* y *Travesura de Joso* os esperan ancladas más allá de la escollera.

«Tres cabezas tiene el dragón», pensó Dany.

—Le diré a mi pueblo que se disponga para partir de inmediato. Pero los barcos que me lleven a casa deberán tener otros nombres.

—Será como digáis —dijo Arstan—. ¿Qué nombres preferís?

—*Vhagar* —respondió Daenerys—, *Meraxes* y *Balerion.* Pintad los nombres en los cascos, con letras doradas de una vara de alto, Arstan. Quiero que todos los que las vean sepan que los dragones han regresado.

ARYA

Habían bañado las cabezas en brea para ralentizar la putrefacción. Todas las mañanas, cuando iba al pozo a sacar agua fresca para la palangana de Roose Bolton, Arya tenía que pasar por debajo de ellas. Miraban hacia fuera, de manera que no les veía los rostros, pero le gustaba imaginar que una era la de Joffrey. Trató de imaginar cómo quedaría la bonita cara de Joffrey una vez sumergida en brea.

«Si yo fuera un cuervo, bajaría volando y le arrancaría a picotazos esos labios gordos de idiota.»

A las cabezas no les faltaban admiradores. Los grajos carroñeros trazaban círculos sobre el puesto de guardia entre graznidos roncos, se disputaban los ojos en las murallas, lanzándose picotazos unos a otros, y levantaban el vuelo cuando un centinela se acercaba por las almenas. En ocasiones, los cuervos del maestre tomaban parte en el festín y bajaban de las pajareras batiendo las grandes alas negras. Cuando los cuervos se acercaban, los grajos se dispersaban, pero regresaban en cuanto se iban los pájaros más grandes.

«¿Se acordarán los cuervos del maestre Tothmure? —se preguntó Arya—. ¿Les dará pena que ya no esté? Cuando lo llaman con sus graznidos, ¿se preguntarán por qué no les responde?» Tal vez los muertos pudieran hablar con ellos, en un lenguaje secreto que los vivos no oían.

Tothmure fue condenado al hacha por enviar pájaros a Roca Casterly y a Desembarco del Rey la noche de la caída de Harrenhal; Lucan el armero, por hacer armas para los Lannister; el ama Harra, por decirles a los criados de lady Whent que les sirvieran, y el mayordomo, por entregarle a lord Tywin las llaves de la cripta del tesoro. Al cocinero lo perdonaron (según algunos, porque había preparado la sopa de comadreja), pero para la hermosa Pia y las otras mujeres que habían concedido sus favores a los soldados Lannister se preparó una superficie de madera con unos tablones en el patio. Desnudas y rapadas, quedaron en medio junto al foso del oso, para que las usara todo hombre que quisiera.

Tres soldados de los Frey las estaban usando aquella mañana, cuando Arya se dirigía hacia el pozo. Trató de no mirar, pero no pudo evitar oír las risas de los hombres. Una vez lleno, el cubo pesaba mucho. Estaba dando la vuelta para regresar a la Torre de la Pira Real cuando el ama Amabel la agarró por un brazo. La sacudida hizo que parte del agua le salpicara las piernas.

—Lo has hecho adrede —chilló.

—¿Qué quieres? —Arya se retorció para intentar liberarse de su presa. Desde que le habían cortado la cabeza a Harra, Amabel estaba medio enloquecida.

—¿Ves eso? —Señaló hacia donde estaba Pia—. Cuando caiga este norteño, tú estarás en su lugar.

—Suéltame. —Se retorció de nuevo, pero Amabel apretó más los dedos.

—Él también caerá. Harrenhal acaba por hacerlos caer a todos. Lord Tywin ha ganado ya; pronto volverá con todo su poder, y entonces castigará a los que han sido desleales. ¡Y no creas que no se va a enterar de qué has hecho! —La vieja soltó una risotada—. Hasta yo cogeré turno contigo. Harra tenía una escoba vieja, te la estoy guardando. El palo está lleno de astillas...

Arya balanceó el cubo. El peso del agua hizo que se volcara, con lo que no le dio a Amabel en la cabeza, como había sido su intención; de todos modos, al verse empapada, la mujer la soltó.

—¡No vuelvas a tocarme! —gritó Arya—. Te mato, ¡si me vuelves a tocar te mato!

—Te crees que con ese hombrecito sangrando encima de las tetas estás a salvo —dijo Amabel, empapada, clavándole un dedo flaco en el hombre desollado de la pechera de la túnica—. ¡Pues no! ¡Los Lannister vienen hacia aquí! Ya verás qué pasa cuando lleguen.

Tres cuartas partes del agua se habían derramado, de manera que Arya tuvo que volver al pozo.

«Si le digo a lord Bolton lo que me ha dicho, su cabeza estará ahí arriba, al lado de la de Harra, antes de que anochezca», pensó mientras volvía a subir el cubo. Pero no se lo diría.

En cierta ocasión, cuando solo había la mitad de cabezas, Gendry había sorprendido a Arya contemplándolas.

—Qué, ¿admirando tu obra? —le preguntó.

Estaba enfadado porque le caía bien Lucan; Arya lo sabía muy bien. Aun así, aquello no era justo.

—Es obra de Walton Patas de Acero —dijo a la defensiva—. Y de los Titiriteros y de lord Bolton.

—¿Y quién nos ha puesto en sus manos? Tú y tu sopa de comadreja.

—Solo era caldo caliente. —Arya le pegó un puñetazo en el brazo—. Además, tú también odiabas a ser Amory.

—A estos los odio más. Ser Amory luchaba por su señor, pero los Titiriteros son mercenarios y cambiacapas. La mitad ni siquiera habla la lengua común. Al septón Utt le gustan los niños pequeños; Qyburn practica la magia negra, y tu amigo Mordedor se come a la gente.

Lo peor era que ni siquiera podía decirle que era mentira. La Compañía Audaz se encargaba de casi todo el avituallamiento necesario para Harrenhal, y Roose Bolton le había encomendado la misión de acabar con los leales a los Lannister. Vargo Hoat la había dividido en cuatro grupos para visitar tantas aldeas como fuera posible. Él iba al mando del más numeroso, y les encomendó los otros a sus mejores capitanes. Lo único que tenía que hacer era regresar a los lugares donde había estado antes bajo el estandarte de lord Tywin y apoderarse de los que lo habían ayudado entonces. A muchos los habían comprado con plata Lannister, de modo que no era inusual que los Titiriteros regresaran con sacas de monedas, además de con cestas de cabezas.

—¡Un acertijo! —gritaba Shagwell alegremente—. Si la cabra de lord Bolton se come a los hombres que alimentaron a la cabra de lord Lannister, ¿cuántas cabras hay?

—Una —respondió Arya cuando se lo preguntó a ella.

—Mira qué tenemos aquí, ¡una comadreja lista como una cabra! —dijo el bufón con una risita ahogada.

Rorge y Mordedor eran tan malos como el resto. Siempre que lord Bolton comía con la guarnición, Arya los veía con los demás. Mordedor despedía un hedor terrible, a queso podrido, de manera que los de la Compañía Audaz lo obligaban a sentarse al final de la mesa, donde podía gruñir y sisear, y despedazar la carne con los dedos y los dientes. Siempre que Arya pasaba junto a él, la olisqueaba, pero el que de verdad la hacía estremecerse era Rorge. Se sentaba cerca de Ursywck el Fiel, pero la niña sentía los ojos clavados en ella siempre que estaba allí, dedicada a sus tareas.

En ocasiones deseaba haberse marchado al otro lado del mar Angosto con Jaqen H'ghar. Aún conservaba aquella moneda de mierda que le había dado, un trozo de hierro pequeño, con todo el borde oxidado. En una cara había algo escrito, unas palabras raras que Arya no entendía. En el otro se veía la cabeza de un hombre, pero tan desgastada que no se distinguían los rasgos. «Dijo que tenía un gran valor, pero seguro que también eso era mentira, igual que su nombre y hasta su cara.» Aquello la enfureció tanto que tiró la moneda, pero una hora más tarde se arrepintió y fue a buscarla, aunque sabía que no valía nada.

Iba pensando en la moneda mientras cruzaba el Patio de la Piedra Fundida, luchando con el peso del agua en el cubo, cuando oyó una voz que la llamaba.

—¡Nan! ¡Deja ese cubo y ven a ayudarme!

Elmar Frey tenía su misma edad, y además era bajito. Había estado haciendo rodar un barril de arena por el suelo desigual del patio, y tenía el rostro congestionado por el esfuerzo. Arya fue a ayudarlo. Juntos empujaron el barril hasta el muro, luego de vuelta, y lo levantaron. La arena susurró al moverse por el interior mientras Elmar abría la tapa y sacaba una cota de malla.

—¿Te parece que ya está limpia? —Como escudero de Roose Bolton, su misión era tener su armadura siempre brillante.

—Tienes que sacudir la arena. Aún quedan manchas de óxido, ¿ves? —señaló—. Tendrás que hacerlo otra vez.

—Encárgate tú. —Elmar se mostraba muy simpático siempre que necesitaba ayuda, pero luego se acordaba de que era un escudero, mientras que ella no era más que una sirvienta. Le encantaba alardear de que era hijo del señor del Cruce, no un sobrino, un nieto ni un bastardo, sino un hijo legítimo, y que por eso se iba a casar con una princesa.

—Tengo que llevarle a mi señor agua para la palangana. —A Arya le importaba un rábano su princesa, y no le gustaba que le diera órdenes—. Está en su habitación, con las sanguijuelas puestas. No son las sanguijuelas normales, las negras; son esas blancas tan grandes.

Elmar tenía los ojos como platos. Las sanguijuelas le daban pavor, sobre todo las blancas, las que parecían gelatina hasta que se llenaban de sangre.

—Se me olvidaba, eres demasiado flaca para empujar un barril tan pesado.

—Y a mí se me olvidaba que tú eres idiota. —Arya volvió a coger el cubo—. ¿Por qué no te pones sanguijuelas tú también? En el Cuello hay unas que son tan grandes como cerdos. —Dio media vuelta y lo dejó allí con el barril.

Cuando entró en el dormitorio del señor, había mucha gente. Allí estaban Qyburn y el severo Walton, con cota de malla y canilleras, y también una docena de hombres de la familia Frey, todos hermanos, hermanastros y primos. Roose Bolton yacía en la cama, desnudo, con sanguijuelas en la cara interior de los brazos y los muslos, y por encima del pecho blancuzco; eran bichos alargados, translúcidos, que se iban tiñendo de un rosa brillante a medida que se alimentaban. Bolton les prestaba tan poca atención como a Arya.

—No podemos permitir que lord Tywin nos atrape en Harrenhal —decía ser Aenys Frey mientras Arya llenaba la palangana. Era un gigantón canoso, cargado de espaldas, con manos grandes y nudosas, que había llevado hacia el sur hasta Harrenhal más de mil quinientas espadas de los Frey, pero a menudo parecía incapaz de hacerse obedecer por sus hermanos—. El castillo es tan grande que para defenderlo hace falta un ejército, y una vez rodeados no tendremos con qué alimentar a un ejército. Tampoco es posible acopiar provisiones suficientes. Los alrededores están arrasados; los lobos se pasean por los pueblos, y toda la cosecha ha ardido o la han robado. Solo tenemos lo que traen los forrajeadores, y si los Lannister les impiden salir, antes de que cambie la luna estaremos comiendo ratas y suelas de calzado.

—No tengo la menor intención de permitir un asedio. —Roose Bolton hablaba tan bajo que sus hombres tenían que hacer un esfuerzo para oírlo, de modo que las habitaciones donde estaba parecían siempre silenciosas.

—Entonces, ¿qué? —preguntó ser Jared Frey, delgado, calvo, con la cara picada de viruelas—. ¿Acaso Edmure Tully está tan ebrio de victoria que cree que puede enfrentarse a lord Tywin en combate abierto?

«Pues si lo hace, lo ganará —pensó Arya—. Lo ganará igual que en el Forca Roja, ya veréis.» Nadie se fijaba en ella, de modo que se quedó de pie junto a Qyburn.

—Lord Tywin está a muchas leguas de aquí —respondió Bolton con tranquilidad—. Aún le quedan muchos asuntos por zanjar en Desembarco del Rey. Tardará un tiempo en avanzar contra Harrenhal.

Ser Aenys sacudió la cabeza con terquedad.

—No conocéis a los Lannister tan bien como nosotros, mi señor. El rey Stannis también creía que lord Tywin estaba a mil leguas, y eso fue su ruina.

El hombre de piel blanca de la cama esbozó una leve sonrisa mientras las sanguijuelas se alimentaban de su sangre.

—Yo no voy a consentir que me arruinen.

—Aunque Aguasdulces reuniera todo su poder y el Joven Lobo regresara victorioso del oeste, ¿qué esperanza tenemos de igualar en número al ejército que lord Tywin puede enviar contra nosotros? Cuando venga, traerá unas fuerzas muy superiores a las que tenía en el Forca Verde. ¡Os recuerdo que Altojardín se ha unido a la causa de Joffrey!

—No lo había olvidado.

—Ya he sido prisionero de lord Tywin en una ocasión —intervino ser Hosteen, un hombre fornido de rostro cuadrado que, según se decía, era el más fuerte de todos los Frey—. No tengo el menor deseo de disfrutar de nuevo de la hospitalidad de los Lannister.

Ser Harys Haigh, que también era un Frey por parte de madre, asintió convencido.

—Si lord Tywin consiguió derrotar a un hombre curtido como Stannis Baratheon, ¿qué le hará a nuestro joven rey? —Miró a sus hermanos y primos en busca de apoyo, y varios de ellos asintieron.

—Alguien tiene que atreverse a decirlo —siguió ser Hosteen—. Hemos perdido la guerra. Hay que hacérselo entender.

—Su alteza ha derrotado a los Lannister siempre que se ha enfrentado a ellos en combate —dijo Roose Bolton clavando los ojos claros en él.

—Ha perdido el norte —insistió Hosteen Frey—. ¡Ha perdido Invernalia! Sus hermanos han muerto...

Durante un instante, Arya se olvidó de respirar. «¿Muertos? ¿Bran y Rickon? ¿Están muertos? ¿Qué quiere decir? ¿Cómo que ha perdido Invernalia? Es imposible: Joffrey jamás podría apoderarse de Invernalia, jamás, Robb no se lo permitiría.» Entonces se acordó de que Robb no estaba en Invernalia. Estaba lejos, en el oeste, y Bran estaba tullido y Rickon no tenía más que cuatro años. Necesitó de todas sus fuerzas para permanecer quieta y en silencio, tal como le había enseñado Syrio Forel, para seguir allí como si no fuera más que otro mueble. Notó que se le llenaban los ojos de lágrimas, y las contuvo a pura fuerza de voluntad. «No es verdad, no puede ser verdad, seguro que es una mentira de los Lannister.»

—Si hubiera ganado Stannis, las cosas serían muy diferentes —dijo con tristeza Ronel Ríos, uno de los bastardos de lord Walder.

—Stannis perdió —replicó ser Hosteen en tono brusco—. Lo que ha sucedido, ha sucedido; así están las cosas. El rey Robb tiene que firmar la paz con los Lannister. Por mucho que le moleste, debe renunciar a la corona y doblar la rodilla.

—¿Y quién se lo va a decir? —Roose Bolton sonrió—. Es maravilloso contar con tantos hermanos valientes en estos tiempos que corren. Pensaré en lo que me habéis dicho.

Su sonrisa era una despedida. Los Frey musitaron las frases de rigor y se marcharon, con lo que en la estancia quedaron solo Qyburn, Walton Patas de Acero y Arya. Lord Bolton le hizo una señal para que se acercara.

—Ya he sangrado suficiente, Nan, quítame las sanguijuelas.

—Como digáis, mi señor. —Era mejor que Roose Bolton no tuviera que pedir las cosas dos veces. Arya habría dado cualquier cosa por preguntarle qué había querido decir ser Hosteen con lo de Invernalia, pero no se atrevía.

«Le preguntaré a Elmar —pensó—. Elmar me lo contará todo.» Las sanguijuelas se retorcían perezosas entre sus dedos a medida que, con sumo cuidado, las iba despegando de la piel del señor. Los cuerpos blanquecinos estaban húmedos, hinchados de sangre. «No son más que sanguijuelas —se recordó—. Si aprieto el puño, las aplasto.»

—Ha llegado una carta de vuestra señora esposa. —Qyburn se sacó de la manga un pergamino enrollado. Aunque llevaba la túnica propia de un maestre, no lucía la cadena al cuello; se rumoreaba que la había perdido por meterse en asuntos de nigromancia.

—Podéis leérmela —dijo Bolton.

Lady Walda escribía desde Los Gemelos casi a diario, pero todas las cartas eran iguales.

—Rezo por ti día y noche, mi dulce señor —leyó—, y cuento los días que faltan hasta que volváis a compartir mi lecho. Vuelve pronto conmigo, y te daré muchos hijos legítimos que ocuparán el lugar de tu amado Domeric en Fuerte Terror.

Arya se imaginó a un bebé regordete y rosado en una cuna, cubierto de sanguijuelas regordetas y rosadas. Le tendió a lord Bolton un paño húmedo para que se limpiara aquella piel sin vello.

—Yo también voy a enviar una carta —le dijo al otrora maestre.

—¿A lady Walda?

—A ser Helman Tallhart.

Hacía dos días había llegado un jinete de ser Helman. Los hombres de Tallhart habían tomado el castillo de los Darry, aceptando la rendición de la guarnición Lannister tras un corto asedio.

—Dile que pase por la espada a los prisioneros y le prenda fuego al castillo, por orden del rey. Luego, deberá unir sus fuerzas a las de Robett Glover y avanzar hacia el este para atacar el Valle Oscuro. Son tierras ricas, y la guerra apenas las ha tocado. Ya va siendo hora de que la prueben. Glover ha perdido un castillo, y Tallhart, un hijo. Dejemos que se venguen en el Valle Oscuro.

—Prepararé el mensaje para que le pongáis el sello, mi señor.

Arya se alegró al enterarse de que iban a quemar el castillo de los Darry. Allí la habían llevado cuando la cogieron después de su pelea con

Joffrey, y allí fue donde la reina había obligado a su padre a matar a la loba de Sansa. «Que lo quemen, se lo tiene bien merecido.» Pero también habría deseado que Robett Glover y ser Helman Tallhart regresaran a Harrenhal; habían partido demasiado pronto, antes de que tuviera tiempo de decidir si podía confiarles su secreto.

—Hoy voy a salir de caza —anunció Roose Bolton mientras Qyburn lo ayudaba a ponerse un jubón guateado.

—¿Creéis que es seguro, mi señor? —preguntó Qyburn—. Hace solo tres días que unos lobos atacaron a los hombres del septón Utt. Se metieron en su campamento, a menos de cinco pasos de la hoguera, y mataron a dos caballos.

—Precisamente, lo que pienso cazar son lobos. Aúllan tanto por las noches que casi no me dejan dormir. —Bolton se abrochó el cinturón y se colocó bien la espada y el puñal—. Se dice que, en el pasado, los lobos huargo rondaban por el norte en manadas de más de cien animales, y no temían a los hombres ni a los mamuts. Pero eso fue hace mucho, y en otras tierras. Es extraño que los lobos comunes del sur se hayan vuelto tan atrevidos.

—En tiempos terribles como estos surgen seres terribles, mi señor.

—¿Estos tiempos os parecen terribles, maestre? —Bolton mostró los dientes en un gesto que tal vez fuera una sonrisa.

—El verano ha terminado, y hay cuatro reyes en el reino.

—Puede que un rey sea terrible, pero... ¿cuatro? —Se encogió de hombros—. Nan, mi capa de pieles. —Ella se la llevó—. Cuando vuelva quiero encontrarme las habitaciones limpias y ordenadas —dijo mientras ella se la abrochaba—. Y encárgate de la carta de lady Walda.

—Como ordenéis, mi señor.

El señor y el maestre salieron de la habitación sin molestarse siquiera en mirarla. Una vez se hubieron marchado, Arya cogió la carta y se la llevó a la chimenea, donde movió los leños con un atizador para avivar las llamas. Observó como el pergamino se retorcía, se ennegrecía y empezaba a arder.

«Si los Lannister les han hecho daño a Bran y a Rickon, Robb los matará a todos. No doblará la rodilla nunca, nunca, nunca. No les tiene miedo.»

Las cenizas rizadas flotaron chimenea arriba. Arya se acuclilló junto al fuego y las observó ascender a través de un velo de lágrimas ardientes. «Si es verdad que Invernalia ya no existe, ¿dónde está ahora mi hogar? ¿Sigo siendo Arya, o solo Nan, la sirvienta, para siempre jamás?»

Las siguientes horas las dedicó a arreglar las habitaciones del señor. Barrió los juncos viejos que cubrían el suelo y echó otros frescos, de olor dulce; añadió troncos a la chimenea, cambió las sábanas y ahuecó el colchón de plumas; vació los orinales por el foso de la letrina y los limpió; llevó la ropa sucia a las lavanderas y subió de la cocina un cuenco de crujientes peras de otoño. Cuando terminó con el dormitorio, bajó medio tramo de escaleras para hacer lo mismo en la sala, una estancia sobria y llena de corrientes, tan grande como los salones de más de un castillo pequeño. Las velas estaban reducidas a cabos, de manera que Arya las cambió. Bajo las ventanas había una gran mesa de roble donde el señor escribía las cartas. Amontonó los libros, cambió las velas y ordenó las plumas, los tinteros y el lacre para los sellos.

Sobre los papeles había una piel de cordero grande y gastada. Arya empezó a enrollarla, pero los colores le llamaron la atención: el azul de ríos y lagos, los puntos rojos donde había castillos y ciudades, el verde de los bosques... Así que la desenrolló del todo. «LAS TIERRAS DEL TRIDENTE», rezaba la ornamentada inscripción de la base del mapa. En el dibujo aparecía todo lo que había desde el Cuello hasta el río Aguasnegras.

«Aquí está Harrenhal, encima del lago grande —comprendió—, pero ¿dónde está Aguasdulces? —Entonces lo vio—. No está muy lejos...»

Cuando terminó, la tarde era todavía joven, de manera que Arya se dirigió hacia el bosque de dioses. Como copera de lord Bolton, sus tareas eran más livianas de lo que lo habían sido a las órdenes de Weese o incluso de Ojorrojo, aunque también la obligaban a vestir como un paje y a lavarse más de lo que habría querido. La partida de caza tardaría varias horas en volver, así que aún le quedaba tiempo para su trabajo de aguja.

Lanzó tajos y estocadas contra hojas de abedul hasta que la punta astillada de la escoba rota estuvo verde y pegajosa.

—Ser Gregor —jadeó—. Dunsen, Polliver, Raff el Dulce. —Giró, saltó y se mantuvo en equilibrio sobre la parte anterior de la planta del pie, mientras lanzaba estocadas a diestro y siniestro, y derribaba al vuelo las piñas que caían—. Cosquillas —iba recitando con cada golpe—. El Perro. Ser Ilyn, ser Meryn, la reina Cersei. —El tronco de un roble se alzaba imponente ante ella, y lanzó una estocada directa—. Joffrey, Joffrey, Joffrey —rugió. La luz del sol proyectaba las sombras de las hojas sobre sus brazos y piernas. Cuando se detuvo, tenía la piel cubierta por una película de sudor. Se había despellejado el talón del pie derecho y lo tenía ensangrentado, de manera que tuvo que ir a la pata coja cuando se situó ante el árbol corazón y alzó su espada en gesto de saludo—. *Valar morghulis* —les dijo a los antiguos dioses del norte.

Le gustaba cómo sonaba cuando lo decía en voz alta.

Al cruzar el patio en dirección a la casa de baños, Arya divisó un cuervo que descendía hacia las pajareras volando en círculos, y se preguntó de dónde procedería y qué mensaje llevaría.

«Puede que sea de Robb, y que diga que lo de Bran y Rickon no era verdad. —Se mordió un labio, esperanzada—. Si yo tuviera alas, podría volar hasta Invernalia y así lo vería. Y si fuera verdad, me iría volando lejos, más allá de la luna y de las estrellas, y vería todas las cosas de los cuentos de la Vieja Tata, los dragones, los monstruos marinos y el Titán de Braavos, y a lo mejor no volvía nunca, a no ser que me apeteciera.»

La partida de caza regresó casi al anochecer con nueve lobos muertos. Siete eran adultos, bestias de gran tamaño y pelaje entre castaño y gris, con colmillos largos y amarillentos que se veían en las fauces entreabiertas. Pero los otros dos no eran más que cachorros. Lord Bolton dio orden de que le hicieran una manta con las pieles.

—Los pequeños aún tienen la piel blanda, mi señor —le señaló uno de sus hombres—. Haceos unos guantes bien abrigados.

—Como nos recuerdan siempre los Stark, se acerca el invierno. —Bolton alzó la vista hacia los estandartes que ondeaban sobre las torres del puesto de guardia—. Me parece bien. —En aquel momento vio a Arya, y la llamó—. Nan, quiero una jarra de vino caliente especiado; he cogido frío en los bosques. Asegúrate de que no me llegue frío. Esta noche prefiero cenar solo. Pan de cebada, mantequilla y jabalí.

—Enseguida, mi señor. —Aquella era siempre la mejor respuesta.

Cuando entró en la cocina, Pastel Caliente estaba preparando tortas de avena. Otros tres cocineros limpiaban pescado, mientras un pinche hacía girar sobre las llamas un espetón con un jabalí.

—Mi señor quiere la cena, con vino caliente especiado para pasarla —anunció Arya—, y que no le llegue frío.

Uno de los cocineros se lavó las manos, sacó una olla y la llenó de vino tinto, espeso y dulce. Le dijo a Pastel Caliente que fuera machacando las especias mientras el vino se calentaba. Arya intentó ayudarlo.

—Ya lo hago yo solo —replicó el muchacho hoscamente—. No hace falta que me enseñes a preparar vino especiado.

«Él también me odia, o me tiene miedo.» Retrocedió, más triste que enfadada. Cuando la comida estuvo lista, los cocineros la cubrieron con una tapa de plata, y envolvieron la jarra en un paño grueso para mantenerla caliente. Fuera ya estaba oscureciendo. En las murallas, los cuervos rondaban en torno a las cabezas como cortesanos en torno a un rey. Ante la puerta de la Pira Real había un guardia.

—Eso que llevas no será sopa de comadreja, ¿eh? —bromeó.

Al entrar vio a Roose Bolton sentado junto a la chimenea, leyendo un libro grueso encuadernado en piel.

—Enciende las velas —le ordenó mientras pasaba una página—. Esto está cada vez más oscuro.

Le dejó la comida a su lado, e hizo lo que le ordenaba, con lo que la estancia pronto estuvo llena de una luz trémula y aroma a clavo. Bolton pasó unas cuantas páginas más con el dedo, cerró el libro y, con mucho cuidado, lo depositó en el fuego. Las llamas que lo consumieron se reflejaban en sus ojos claros. La piel vieja y reseca se prendió de inmediato, y las páginas amarillentas se movían al arder, como si un fantasma las estuviera leyendo.

—Por esta noche ya no te voy a necesitar —dijo sin mirarla siquiera.

Tendría que haberse marchado silenciosa como un ratón, pero no pudo contenerse.

—Mi señor, cuando os marchéis de Harrenhal —dijo—, ¿me llevaréis con vos?

Se volvió para mirarla, con una expresión en los ojos como si la bandeja de la cena le hubiera hablado de repente.

—¿Te he dado permiso para hacerme preguntas, Nan?

—No, mi señor. —Bajó los ojos.

—Entonces no tendrías que haberme hablado, ¿verdad?

—No. Mi señor.

Por lo visto, aquella situación divertía a Roose Bolton.

—Te voy a responder, solo por esta vez. Cuando vuelva al norte tengo intención de dejar Harrenhal en manos de lord Vargo. Tú te quedarás aquí, con él.

—Pero si yo... —empezó.

—No tengo por costumbre permitir que los criados cuestionen mis decisiones, Nan —la interrumpió—. ¿Qué quieres? ¿Que te haga arrancar la lengua?

—No, mi señor. —Arya sabía que era capaz de hacerlo, con tanta tranquilidad como otro espantaría a un perro.

—Entonces, ¿esto no se va a repetir?

—No, mi señor.

—De acuerdo, márchate. Por esta vez me olvidaré de tu insolencia.

Arya se marchó, pero no a la cama. Cuando salió a la oscuridad del patio, el guardia de la puerta la saludó con un gesto de la cabeza.

—Se aproxima una tormenta —dijo—. ¿No lo hueles en el aire?

El viento soplaba con fuerza; las llamas de las antorchas que brillaban en la parte superior de las murallas, tras las hileras de cabezas, formaban remolinos. De camino hacia el bosque de dioses pasó junto a la Torre Aullante, donde había vivido atemorizada por Weese. Desde la caída de Harrenhal, los Frey se la habían adjudicado. A través de una ventana le llegó el ruido de voces furiosas; varios hombres hablaban y discutían al mismo tiempo. Elmar estaba sentado en los escalones de la entrada, a solas.

—¿Qué pasa? —le preguntó Arya al ver que tenía las mejillas llenas de lágrimas.

—Mi princesa —sollozó—. Aenys dice que estamos deshonrados. Ha llegado un pájaro de Los Gemelos. Mi padre dice que me tendré que casar con otra, o meterme a septón.

«No hay por qué llorar por una princesa, qué tontería», pensó Arya.

—Puede que mis hermanos estén muertos —le confió.

—¿Y a quién le importan los hermanos de una criada? —le espetó Elmar lanzándole una mirada despectiva.

—Ojalá se muera tu princesa —dijo, controlándose para no darle un puñetazo, y echó a correr antes de que pudiera agarrarla.

En el bosque de dioses, recogió su escoba de donde la había dejado y fue con ella hasta el árbol corazón. Allí se arrodilló. Las hojas rojas crujían. Los ojos rojos escudriñaron en su interior. «Los ojos de los dioses.»

—Dioses, decidme qué tengo que hacer —rezó.

Durante un largo rato no se oyó más sonido que el del viento, el agua y el crujir de las ramas y las hojas. Y entonces, lejos, muy lejos, más allá del bosque de dioses, de las torres hechizadas y de las inmensas murallas de piedra de Harrenhal, en algún lugar del mundo exterior, sonó el aullido largo y solitario de un lobo. A Arya se le puso la carne de gallina, y se sintió momentáneamente mareada. Y entonces, muy tenue, le pareció oír la voz de su padre.

—Cuando cae la nieve y sopla el viento blanco, el lobo solitario muere, pero la manada sobrevive —dijo.

—Pero es que ya no hay manada —le susurró al arciano. Bran y Rickon estaban muertos; los Lannister tenían a Sansa, y Jon se había ido al Muro—. Yo ni siquiera soy yo, ahora soy Nan.

—Eres Arya de Invernalia, hija del norte. Me dijiste que podías ser fuerte. Por tus venas corre la sangre del lobo.

—La sangre del lobo. —Arya lo recordó—. Puedo ser tan fuerte como Robb. Lo dije y lo haré.

Respiró hondo, cogió el palo de escoba con ambas manos, lo rompió contra la rodilla con un sonoro crujido y tiró a un lado los fragmentos. «Soy una loba huargo, se acabó lo de tener dientes de madera.»

Aquella noche se tendió en su estrecho catre de paja, que hacía que le picara la piel, y mientras aguardaba a que saliera la luna escuchó las voces de los vivos y los susurros y discusiones de los muertos. Eran los únicos en los que confiaba a aquellas alturas. Oía el sonido de su propia respiración, y también los aullidos de los lobos, que ya eran una gran manada.

«Están más cerca que el que he oído en el bosque de dioses —pensó—. Me llaman.»

Por fin, salió de debajo de la manta, se puso una túnica a toda prisa, y bajó silenciosa por las escaleras, con los pies descalzos. Roose Bolton era un hombre precavido, y la entrada a la Pira Real estaba vigilada día y noche, de manera que tuvo que escabullirse por el ventanuco estrecho de un sótano. El patio estaba en silencio; el gran castillo, envuelto en sueños hechizados. Arriba, el viento que azotaba la Torre Aullante entonaba un cántico fúnebre.

En la herrería, los fuegos estaban extinguidos, y las puertas, cerradas y atrancadas. Se coló por una ventana, como ya había hecho una vez. Gendry compartía un colchón con otros dos aprendices de herreros. Arya se quedó un rato acuclillada en el altillo hasta que se le acostumbraron los ojos a la oscuridad; entonces pudo estar segura de que Gendry era el que estaba en un extremo. Le puso una mano sobre la boca y le dio un pellizco. El muchacho abrió los ojos. No debía de tener el sueño muy profundo.

—Por favor —susurró Arya. Le quitó la mano de la boca e hizo una señal.

Durante un momento pareció que no la había entendido, pero luego salió de debajo de las mantas. Desnudo, cruzó la habitación de puntillas, se puso una túnica suelta de tejido basto, y salió tras ella por la ventana. El resto de los durmientes ni se movió.

—¿Qué quieres esta vez? —preguntó Gendry en un susurro, con tono enfadado.

—Una espada.

—Pulgarnegro las tiene bajo llave; te lo he dicho cien veces. ¿Es para lord Sanguijuela?

—Es para mí. Rompe la cerradura con el martillo.

—Sí, para que me rompan a mí la mano —gruñó—. O algo peor.

—Si escapas conmigo, no.

—Si te escapas, te atraparán y te matarán.

—Lo tuyo va a ser peor. Lord Bolton va a entregar Harrenhal a los Titiriteros Sangrientos, me lo ha dicho.

—Y a mí ¿qué? —Gendry se apartó de los ojos un mechón de pelo negro.

—Cuando Vargo Hoat sea el señor, les cortará los pies a todos los sirvientes para que ninguno escape. —Arya lo miraba a los ojos, sin miedo—. Y a los herreros también.

—Eso no son más que cuentos —replicó despectivamente.

—No, es cierto. Se lo he oído decir a lord Vargo —mintió—. Le va a cortar un pie a todo el mundo. El izquierdo. Ve a la cocina y despierta a Pastel Caliente; hará lo que le digas. Vamos a necesitar pan, o tortas, o algo. Tú consigue espadas; de los caballos me encargo yo. Nos reuniremos al lado de la poterna de la muralla este, detrás de la Torre de los Fantasmas. Por allí no va nadie nunca.

—Conozco esa puerta. Está vigilada, igual que todas las demás.

—¿Y qué? Tú no te olvides de las espadas.

—No he dicho que vaya a ir.

—No. Pero si vienes, no te olvides de las espadas.

—Bueno —dijo al final el chico con el ceño fruncido—. Supongo que no las olvidaré.

Arya volvió a entrar en la Pira Real por el mismo camino por donde había salido, y subió por la escalera de caracol sin dejar de escuchar por si oía pisadas. Una vez en su celda, se desnudó y volvió a vestirse con mucho cuidado, con dos capas de ropa interior, medias abrigadas y su túnica más limpia. Era el uniforme que llevaba el servicio de lord Bolton, con su emblema bordado en el pecho, el hombre desollado. Se ató los zapatos, se echó una capa de lana sobre los flacos hombros y se la anudó al cuello. Silenciosa como una sombra, inició de nuevo el descenso. Junto a la puerta de la sala de su señor, se detuvo a escuchar, y al no oír más que silencio, la abrió con cautela.

El mapa de piel de cordero estaba encima de la mesa, al lado de los restos de la cena de lord Bolton. Lo enrolló bien y se lo puso bajo el cinturón. También había dejado el puñal sobre la mesa, y se apoderó de él por si Gendry se acobardaba.

Cuando entró en los oscuros establos, un caballo relinchó suavemente. Los mozos de cuadras estaban todos dormidos. Dio una patadita a uno, que se sentó, adormilado.

—¿Eh? ¿Qué pasa?

—Lord Bolton necesita tres caballos, ensillados y con bridas.

—¿Cómo? —El chico se puso en pie y se sacudió la paja del pelo—. ¿A estas horas? ¿Tres caballos? —Parpadeó al ver el emblema bordado en su túnica—. ¿Para qué quiere caballos si está todo oscuro?

—Lord Bolton no tiene por costumbre permitir que los criados cuestionen sus decisiones. —Se cruzó de brazos. El mozo de cuadras seguía mirando el hombre desollado. Sabía qué significaba.

—¿Y quiere tres?

—Uno, dos, tres. Caballos de caza. Rápidos y de paso seguro.

Arya lo ayudó con las sillas y las riendas para que no tuviera que despertar a ninguno de los otros. Le habría gustado pensar que no lo iban a castigar, pero sabía que probablemente sí.

Lo peor fue cruzar el castillo con los caballos. Siempre que podía se mantenía a la sombra del muro exterior, de manera que los centinelas que hacían las rondas por las murallas tuvieran que mirar casi en vertical para verla. «¿Y qué pasa si me ven? Soy la copera de mi señor.» Era una noche otoñal fría y húmeda. Las nubes que llegaban del oeste ocultaban las estrellas, y la Torre Aullante sollozaba quejumbrosa con cada ráfaga de viento. «Huele a lluvia.» Arya no habría sabido decir si aquello sería bueno o malo para su huida.

Nadie la vio, y ella tampoco vio a nadie, aparte de un gato gris y blanco que caminaba por la cima del muro del bosque de dioses. Se detuvo y bufó a Arya, con lo que despertó recuerdos de la Fortaleza Roja, de su padre y de Syrio Forel.

—Si quisiera, podría atraparte —dijo en voz baja—, pero me tengo que ir, gato.

El gato bufó de nuevo y se marchó corriendo.

La Torre de los Fantasmas era la más ruinosa de los cinco inmensos torreones de Harrenhal. Se alzaba oscura y desolada contra los restos de un septo derrumbado, donde desde hacía más de trescientos años no rezaban más que las ratas. Allí fue donde esperó por si acudían Gendry y Pastel Caliente. La espera se le hizo eterna. Los caballos mordisqueaban las hierbas que crecían entre las piedras caídas, mientras las nubes engullían las últimas estrellas. Solamente para tener las manos ocupadas en algo, Arya sacó el puñal y lo afiló, con pasadas largas y suaves, tal como le había enseñado Syrio. Aquel sonido la tranquilizaba.

Los oyó acercarse mucho antes de verlos. Pastel Caliente respiraba jadeante, y en una ocasión tropezó en la oscuridad, se arañó la espinilla y soltó un taco tan alto como para despertar a medio Harrenhal. Gendry era más silencioso, pero las espadas que llevaba tintineaban cuando se movía.

—Estoy aquí. —Se levantó—. Id en silencio, que os van a oír.

Los muchachos se dirigieron hacia ella por encima de las piedras caídas. Advirtió que Gendry llevaba bajo la capa una cota de malla bien engrasada, y el martillo de herrero colgado a la espalda. El rostro redondo de Pastel Caliente la miró desde debajo de la capucha. Llevaba un saco de pan en la mano derecha, y un gran queso bajo el brazo izquierdo.

—En esa poterna hay un guardia —dijo Gendry en voz baja—. Ya te lo dije.

—Quedaos con los caballos —dijo Arya—. Voy a librarme de él. Cuando os llame, venid enseguida.

Gendry asintió.

—Cuando quieras que vayamos, ulula como un búho.

—No soy un búho —replicó Arya—. Soy un lobo. Aullaré.

Avanzó ella sola por la sombra de la Torre de los Fantasmas. Caminaba deprisa para que no la alcanzara su miedo, y sentía como si a su lado caminara Syrio Forel, y Yoren, y Jaqen H'ghar, y Jon Nieve. No había cogido la espada que le había llevado Gendry; aún no era el momento. Para aquello, el puñal era mucho mejor. Era un arma buena, muy afilada. Aquella poterna era la más pequeña de las puertas de Harrenhal, estrecha, de roble grueso, tachonada con clavos de hierro, situada en un ángulo de la muralla, bajo una torre defensiva. Solo la vigilaba un hombre, pero ella sabía que arriba habría centinelas, y también patrullas en los muros. Pasara lo que pasara debía ser silenciosa como una sombra. «No puedo dejar que dé la alarma.» Habían empezado a caer unas gotas dispersas de lluvia. Notó que una le caía en la frente y se le deslizaba poco a poco por la nariz.

No hizo el menor esfuerzo por ocultarse, sino que se acercó al guardia abiertamente, como si el propio lord Bolton la hubiera enviado. El hombre la miró acercarse con curiosidad; ¿qué llevaría allí a un paje a aquellas horas de la noche? Cuando estuvo más cerca, Arya vio que era un norteño, muy alto y delgado, arrebujado en una desastrada capa de pieles. Mala cosa. Habría podido engañar a un Frey o a uno de la Compañía Audaz, pero los hombres de Fuerte Terror habían servido a Roose Bolton toda la vida, y lo conocían mejor que ella.

«Si le digo que soy Arya Stark y le ordeno que se aparte...» No, no se atrevería. Era un norteño, pero no era de Invernalia; era leal a Roose Bolton.

Al llegar junto a él se echó la capa hacia atrás para que viera el hombre desollado que llevaba en el pecho.

—Me envía lord Bolton.

—¿A estas horas? ¿Para qué?

Vio el brillo del acero debajo de las pieles. No sabía si tendría fuerza suficiente para clavar el puñal a través de una cota de malla.

«En la garganta, tiene que ser en la garganta, pero es muy alto, no llego.» Por un momento no supo qué decir. Por un momento volvía a ser una niñita asustada, y la lluvia que le caía por el rostro tenía sabor a lágrimas.

—Me ha dicho que entregue a cada uno de sus guardias una moneda de plata como premio por sus servicios. —Las palabras le habían nacido de la nada.

—De plata, ¿eh? —No la creía, pero quería creerla; al fin y al cabo, la plata era plata—. Venga, dámela.

Se metió la mano bajo la túnica y sacó la moneda que le había dado Jaqen. En la oscuridad, el hierro podría pasar por plata deslustrada. Se la tendió... y dejó que se le cayera de entre los dedos.

El guardia masculló una maldición, y se arrodilló para buscar la moneda en el barro, con lo que su cuello quedó justo ante ella. Arya sacó el puñal y le cortó la garganta, suave como la seda de verano. La sangre del hombre le cubrió las manos como un manantial caliente. Trató de gritar, pero también tenía la boca llena de sangre.

—*Valar morghulis* —susurró mientras moría.

Cuando quedó inmóvil, Arya recogió la moneda. Más allá de las murallas de Harrenhal, un lobo empezó a aullar, cada vez más fuerte. Arya levantó la tranca, la apartó y empujó la puerta para abrirla. Cuando Pastel Caliente y Gendry llegaron con los caballos, la lluvia era ya torrencial.

—¡Lo has matado! —se atragantó Pastel Caliente.

—¿Y qué pensabas que iba a hacer?

Tenía los dedos pegajosos de sangre, y el olor ponía nerviosa a su yegua. «No importa —pensó al tiempo que montaba—. La lluvia me limpiará.»

SANSA

El salón del trono era un mar de joyas, pieles y tejidos de colores brillantes. Las damas y los señores se aglomeraban en el fondo de la estancia, de pie bajo los altos ventanales, y se empujaban como pescaderas en un muelle.

Los cortesanos de Joffrey rivalizaban entre ellos aquel día. Jalabhar Xho vestía de plumas de los pies a la cabeza, con un traje tan fantástico y extravagante que parecía que iba a levantar el vuelo de un momento a otro. La corona de cristal del septón supremo irradiaba rayos de todos los colores del arcoíris cada vez que movía la cabeza. En la mesa del Consejo, la reina Cersei estaba deslumbrante con una túnica de hilo de oro y terciopelo color vino, mientras que Varys, a su lado, se movía con afectación vestido de brocado color lila. El Chico Luna y ser Dontos llevaban trajes de bufón nuevos, limpios como una mañana de primavera. Hasta lady Tanda y sus hijas estaban hermosas, con túnicas iguales de seda turquesa y armiño, y lord Gyles, al toser, se llevaba a la boca un cuadrado de seda escarlata ribeteado en encaje dorado. Por encima de todos ellos estaba el rey Joffrey, sentado entre las púas y filos del Trono de Hierro. Vestía de brocado escarlata, con un manto negro tachonado de rubíes y la pesada corona de oro en la cabeza.

Sansa tuvo que abrirse paso entre la multitud de caballeros, escuderos y ciudadanos adinerados para llegar a la parte delantera de la galería justo en el momento en que el clamor de las trompetas anunciaba la entrada de lord Tywin Lannister.

Recorrió toda la sala a lomos de su corcel de batalla y desmontó ante el Trono de Hierro. Sansa jamás había visto una armadura semejante, toda de acero rojo bruñido, con incrustaciones de oro que formaban volutas. Los ristres tenían forma de soles, los ojos del león rugiente que le coronaba el casco eran rubíes, y en cada hombro, un broche en forma de leona sujetaba una capa de hilo de oro tan larga y pesada que cubría los cuartos traseros de la montura. Hasta la armadura del caballo estaba chapada en oro, con petral de brillante seda escarlata en el que se veía el león de los Lannister.

El señor de Roca Casterly resultaba tan impresionante que fue todo un sobresalto cuando su caballo soltó un cagajón justo al pie del trono. Joffrey tuvo que dar un rodeo cuando bajó para abrazar a su abuelo y proclamarlo Salvador de la Ciudad. Sansa se tapó la boca para ocultar una risita nerviosa.

Joff, ostentosamente, le pidió a su abuelo que asumiera el gobierno del reino, y lord Tywin aceptó con solemnidad la responsabilidad «hasta la mayoría de edad de vuestra alteza». A continuación, los escuderos le quitaron la armadura, y Joff le puso en torno al cuello la cadena que simbolizaba el cargo de la mano. Lord Tywin ocupó un asiento en la mesa del Consejo, junto a la reina. Se llevaron el corcel y limpiaron su tributo, y entonces hizo Cersei una señal para que la ceremonia continuase.

Una fanfarria de trompetas de bronce recibió a cada uno de los héroes a medida que entraban por las grandes puertas de roble. Los heraldos anunciaban su nombre y sus hazañas, para que todos las supieran, y los nobles caballeros y las damas de alta cuna los aclamaban con tanto entusiasmo como vulgares canallas en una pelea de gallos. El lugar de honor fue para Mace Tyrell, el señor de Altojardín, un hombre otrora poderoso que había ganado demasiado peso, aunque seguía siendo atractivo; lo siguieron sus hijos, ser Loras y su hermano mayor, ser Garlan el Galante. Los tres vestían igual, de terciopelo verde ribeteado con marta cibelina.

Una vez más, el rey bajó del trono para recibirlos, lo que era un gran honor. Le puso al cuello a cada uno una cadena de rosas labradas en oro amarillo, de las que colgaban discos de oro con el león de los Lannister destacado en rubíes.

—Las rosas sostienen al león, así como el poder de Altojardín sostiene el reino —proclamó Joffrey—. Pedidme la dádiva que deseéis, y será vuestra.

«Ahora viene», pensó Sansa.

—Alteza —dijo ser Loras—, os suplico el honor de servir en vuestra Guardia Real, para defenderos de vuestros enemigos.

Joffrey ayudó al Caballero de las Flores a ponerse en pie, y le dio un beso en la mejilla.

—Concedido, hermano.

Lord Tyrell inclinó la cabeza.

—No hay mayor placer que servir a vuestra alteza. Si me consideráis digno de formar parte de vuestro Consejo, no tendréis aliado más sincero y leal.

Joff puso una mano en el hombro de lord Tyrell y, cuando se alzó, le dio un beso.

—Os concedo vuestro deseo.

Ser Garlan Tyrell, cinco años mayor que ser Loras, era muy parecido a su famoso hermano pequeño, aunque más alto y barbudo. Tenía el pecho más poderoso y los hombros más anchos, y aunque su rostro era atractivo, carecía de la sorprendente belleza de ser Loras.

—Alteza —dijo Garlan cuando el rey se acercó a él—, tengo una hermana doncella, Margaery, la delicia de nuestra casa. Como ya sabéis, se casó con Renly Baratheon, pero lord Renly fue a la guerra antes de que el matrimonio pudiera consumarse, así que sigue siendo inocente. Margaery ha oído hablar de vuestra sabiduría, valor y caballerosidad, y os ha llegado a amar desde lejos. Os imploro que enviéis a buscarla y la toméis en matrimonio, y que así nuestras casas queden unidas para siempre.

—Ser Garlan —dijo el rey Joffrey fingiendo sorprenderse—, la belleza de vuestra hermana es legendaria en los Siete Reinos, pero estoy prometido a otra. Y un rey debe mantener su palabra.

La reina Cersei se levantó en medio del susurro de sus faldas.

—Alteza, según el criterio de vuestro Consejo Privado, no sería apropiado ni inteligente que os casarais con la hija de un hombre decapitado por traición, con una muchacha cuyo hermano sigue ahora mismo en rebelión y alzado en armas contra el trono. Señor, vuestros consejeros os suplican que, por el bien del reino, olvidéis a Sansa Stark. Lady Margaery será una reina mucho más apropiada.

—¡Margaery! —exclamaban las damas y los señores, lanzando gritos de placer todos a la vez, como una manada de perros adiestrados—. ¡Traednos a Margaery! ¡No queremos reinas traidoras! ¡Tyrell! ¡Tyrell!

Joffrey alzó una mano.

—Madre, me gustaría acceder a los deseos de mi pueblo, pero hice un juramento sagrado.

—Alteza, los dioses tienen por sagrados los juramentos —intervino el septón supremo dando un paso adelante—; pero vuestro padre, el rey Robert, bendito sea su recuerdo, hizo este pacto antes de que se conociera la falsedad de los Stark de Invernalia. Sus crímenes contra el reino os han liberado de cualquier promesa que hicierais. En lo que respecta a la Fe, no hay ningún contrato matrimonial entre vos y Sansa Stark.

El tumulto de las aclamaciones llenó la sala del trono, y los gritos del nombre de Margaery estallaron en torno a Sansa. Esta se inclinó hacia delante, con las manos tensas, apretando la baranda de madera de la galería. Sabía qué ocurriría a continuación, pero tenía miedo de lo que pudiera decir Joffrey, miedo de que se negara a liberarla aun así, cuando su reino entero dependía de ello. Se sentía como si volviera a estar en los peldaños del Gran Septo de Baelor, cuando esperaba que su príncipe se apiadara de su padre, pero lo que oyó fue cómo le ordenaba a Ilyn Payne que le cortara la cabeza.

«Por favor —rezó fervorosa—, que lo diga, que lo diga.»

Lord Tywin estaba mirando a su nieto. Joff le lanzó una mirada hosca, se movió inquieto y ayudó a ser Garlan Tyrell a levantarse.

—Los dioses son bondadosos. Soy libre para seguir los dictados de mi corazón. De buena gana me casaré con vuestra dulce hermana, ser.

Entre las aclamaciones de todos los presentes, besó a ser Garlan en la barbuda mejilla.

Sansa se sentía aturdida. «Soy libre.» Notaba todas las miradas fijas en ella. «No debo sonreír», se recordó. La reina se lo había advertido; sintiera lo que sintiera en su interior, para todos los demás debía poner cara de sufrimiento.

—No toleraré que humilles a mi hijo —dijo Cersei—. ¿Entendido?

—Sí. Pero, si ya no voy a ser reina, ¿qué será de mí?

—Eso está todavía por decidir. Por el momento permanecerás aquí, en la corte, como pupila nuestra.

—Yo quiero irme a casa.

—A estas alturas —dijo la reina con irritación— te habrás dado cuenta de que ninguno de nosotros consigue lo que quiere.

«Yo sí —pensó Sansa—. Me he librado de Joffrey. No tendré que besarlo, entregarle mi virginidad ni parir a sus hijos. Que Margaery Tyrell se encargue de todo eso, pobre chica.»

Cuando cesaron las aclamaciones, el señor de Altojardín ocupaba ya su sitio en la mesa del Consejo, y sus hijos habían ido a reunirse bajo las ventanas con los otros caballeros y señores menores. Mientras otros héroes de la batalla del Aguasnegras eran aclamados y recibían sus recompensas, Sansa trató de poner cara de tristeza y desamparo.

Paxter Redwyne, señor del Rejo, recorrió la sala flanqueado por sus hijos gemelos, Horror y Baboso, el primero cojeando a causa de una herida recibida durante la batalla. Los siguieron lord Mathis Rowan, con una casaca nívea en cuyo pecho se veía un gran árbol; lord Randyll Tarly, delgado y calvo, con el mandoble en la vaina que llevaba a la espalda; ser Kevan Lannister, achaparrado y de pelo escaso, con la barba muy corta; ser Addam Marbrand, con una cabellera cobriza que le caía sobre los hombros; los grandes señores del oeste, Lydden, Crakehall y Brax.

A continuación entraron cuatro hombres de extracción no tan noble, que se habían distinguido en la batalla: el caballero tuerto ser Philip Foote, que había matado a lord Bryce Caron en combate singular; el jinete libre Lothor Brune, que se había abierto camino a mandoblazos a través de medio centenar de soldados Fossoway para capturar a ser Jon de la manzana verde y matar a ser Bryan y ser Edwyd de la roja, con lo que se ganó el sobrenombre de Lothor Devoramanzanas; Willit, un canoso soldado al servicio de ser Harys Swyft, que había sacado a su señor de debajo del caballo moribundo y lo había defendido contra una docena de atacantes; y un escudero casi imberbe llamado Josmyn Peckledon, que había matado a dos caballeros y herido a un tercero, además de capturar a otros dos, aunque no tenía más de catorce años. Willit estaba tan malherido que hubo que llevarlo en una litera.

Ser Kevan había ocupado un asiento junto al de su hermano. Cuando los heraldos terminaron de recitar las hazañas de cada héroe, se puso en pie.

—Es deseo de su alteza que estos hombres reciban la recompensa debida por su valor. Por decreto real, ser Philip será de ahora en adelante lord Philip de la casa Foote, y pasarán a él todas las tierras, derechos e ingresos de la casa Caron. Lothor Brune obtiene el rango de caballero, y cuando termine la guerra, se le otorgarán propiedades y un torreón en las tierras de los ríos. A Josmyn Peckledon se le entregarán una espada y una armadura; podrá elegir el caballo que desee de las caballerizas reales, y cuando llegue a la mayoría de edad, se le otorgará el rango de caballero. Y por último, al soldado Willit se le entregará una lanza con el asta bañada en plata, una cota de malla recién tejida y un yelmo con visor. Además, los hijos del soldado entrarán al servicio de la casa Lannister en Roca Casterly, el mayor como escudero y el menor como paje, y si sirven bien y con lealtad, tendrán la oportunidad de hacerse caballeros. El Consejo Privado y la mano del rey consienten en todo lo expuesto.

Los capitanes de las naves del rey *Viento Salvaje, Príncipe Aemon* y *Flecha del Río* también recibieron honores, al igual que algunos oficiales de la *Gracia de los Dioses,* la *Lanza,* la *Dama de Seda* y la *Cabeza de Carnero.* Por lo que Sansa sabía, su gran logro había consistido en sobrevivir a la batalla del río, hazaña de la que pocos podían alardear. Hallyne el Piromante y los maestros del Gremio de Alquimistas también recibieron el agradecimiento del rey, y a Hallyne se le otorgó el título de señor, aunque Sansa advirtió que no iba acompañado de tierras ni castillos, con lo que el alquimista era en realidad tan «señor» como Varys. El que se le concedió a ser Lancel Lannister era mucho más significativo. Además del título de señor, Joffrey le dio las tierras, el castillo y los derechos de la casa Darry, cuyo último descendiente había perecido en las batallas de los ríos sin dejar herederos legítimos de la sangre de los Darry, solo un primo bastardo.

Ser Lancel no se presentó para aceptar el título; según se decía, había sufrido heridas tan graves que podían costarle el brazo, o incluso la vida. También corría el rumor de que el Gnomo agonizaba por un corte espantoso en la cabeza.

Cuando el heraldo anunció el nombre de lord Petyr Baelish, Meñique se adelantó con su atuendo rosa y violeta, y la capa con estampado de ruiseñores. Sansa vio que sonreía al arrodillarse ante el Trono de Hierro. «Qué satisfecho parece.» Sansa no había oído que Meñique hubiera hecho nada heroico durante la batalla, pero por lo visto daba igual y lo iban a recompensar.

Ser Kevan volvió a ponerse en pie.

—Es deseo de su alteza que su leal consejero Petyr Baelish reciba justa recompensa por sus fieles servicios a la corona y al reino. Por tanto, a lord Baelish se le concede el castillo de Harrenhal con todas sus tierras e ingresos, para que lo convierta en su asentamiento y desde allí ejerza como Señor Supremo del Tridente. Petyr Baelish, sus hijos y sus nietos ostentarán estos honores hasta el fin de los tiempos, y todos los señores del Tridente le rendirán homenaje y serán sus vasallos. El Consejo Privado y la mano del rey consienten en todo lo expuesto.

—Os doy las gracias con toda humildad, alteza —dijo Meñique, todavía de rodillas, alzando la vista hacia el rey Joffrey—. En fin, ahora tendré que dedicarme a hacer unos cuantos hijos y nietos.

Joffrey se echó a reír, y la corte entera con él. «Señor Supremo del Tridente —pensó Sansa—, y además señor de Harrenhal.» No entendía por qué estaba tan contento; eran honores tan huecos como el título concedido a Hallyne el Piromante. Harrenhal estaba maldito, aquello lo sabía todo el mundo, y además, en aquellos momentos no estaba en posesión de los Lannister. Encima, los señores del Tridente eran vasallos de Aguasdulces, de la casa Tully y del Rey en el Norte; nunca aceptarían a Meñique como señor.

«A menos que los obliguen. A menos que mi hermano, mi tío y mi abuelo caigan derrotados y los maten. —La sola idea puso nerviosa a Sansa, pero se dijo que no debía ser tan tonta—. Robb los ha derrotado en todas las batallas. Si hace falta, derrotará también a lord Baelish.»

Aquel día fueron armados más de seiscientos caballeros nuevos. Habían velado en el Gran Septo de Baelor toda la noche, y por la mañana cruzaron la ciudad descalzos para demostrar que sus corazones eran humildes. Cuando llegaron a la sala del trono se adelantaron con sus túnicas de algodón sin teñir, para que los miembros de la Guardia Real los fueran armando caballeros. Fue una ceremonia larga, ya que solo había allí tres Hermanos de la Espada Blanca. Mandon Moore había caído en la batalla; el Perro había desaparecido; Aerys Oakheart estaba en Dorne con la princesa Myrcella, y Jaime Lannister era prisionero de Robb, de manera que la Guardia Real se reducía a Balon Swann, Meryn Trant y Osmund Kettleblack. Una vez armados caballeros, los hombres se levantaban, se ceñían el cinturón de la espada y se situaban bajo los ventanales. Algunos tenían los pies ensangrentados por las piedras de la ciudad, pero a Sansa le pareció que todos adoptaban posturas muy erguidas y orgullosas.

La ceremonia fue larga, y cuando terminó, los asistentes se mostraban ya inquietos, Joffrey más que ninguno. Algunos de los que la veían desde la galería se habían escabullido con discreción, pero los nobles de la parte baja estaban atrapados: no podían salir sin el permiso del rey. A juzgar por cómo se movía en el Trono de Hierro, Joff lo habría concedido de buena gana, pero aún quedaba mucho trabajo por delante. Porque en aquel momento cambiaba la perspectiva, y los que entraban eran los prisioneros.

También en aquel grupo había grandes señores y nobles caballeros: el anciano y avinagrado lord Celtigar, el Cangrejo Rojo; ser Bonifer el Bueno; lord Estermont, aún más viejo que Celtigar; lord Varner, que atravesó la sala cojeando con una rodilla destrozada, pero se había negado a aceptar ayuda; ser Mark Mullendore, con el rostro ceniciento y el brazo izquierdo amputado a la altura del codo; el fiero Ronnet el Rojo del Nido del Grifo; ser Dermot de La Selva; lord Willum y sus hijos, Josua y Elyas; ser Jon Fossoway; ser Timon el Rascaespadas; Aurane, el bastardo de Marcaderiva; lord Staedmon, también llamado el Codicioso; y cientos de hombres más.

Los que habían cambiado de bando durante la batalla solo tuvieron que jurarle lealtad a Joffrey, pero aquellos que habían luchado por Stannis hasta el final fueron obligados a hablar. Lo que dijeran decidiría su destino. Si suplicaban perdón por su traición y prometían servir con lealtad en adelante, Joffrey les daba la bienvenida a la paz del rey, y les devolvía todas sus tierras y derechos. Pero unos cuantos siguieron desafiantes.

—No creas que esto ha terminado, chico —le advirtió uno, el bastardo de alguno de los Florent—. El Señor de Luz protege al rey Stannis, ahora y siempre. Ni todas tus espadas ni todos tus planes te salvarán cuando llegue su hora.

—Pues la tuya acaba de llegar. —Joffrey le hizo una señal a Ilyn Payne para que lo llevara afuera y le cortara la cabeza.

—¡Stannis es el rey legítimo! —gritó adelantándose un caballero de semblante solemne, con el corazón llameante en la pechera del jubón, apenas habían retirado el cadáver—. ¡En el Trono de Hierro está sentada una abominación, un monstruo nacido del incesto!

—¡Silencio! —chilló ser Kevan Lannister.

—¡Joffrey es el gusano negro que está devorando el corazón del reino! —gritó el caballero, alzando aún más la voz—. ¡Su padre fue la oscuridad, y su madre, la muerte! ¡Destruidlo antes de que os corrompa a todos! ¡Destruidlos a todos, a la reina puta y al rey gusano, al enano cruel y a la araña susurrante, las flores falsas! ¡Salvaos! —Uno de los capas doradas derribó al hombre, pero este siguió gritando—. ¡El fuego arrasador va a llegar! ¡El rey Stannis volverá!

—¡El rey soy yo y nadie más que yo! —exclamó Joffrey poniéndose en pie de un salto—. ¡Matadlo! ¡Matadlo ahora mismo! ¡Os lo ordeno! —Dio un puñetazo, un gesto airado, furioso... y lanzó un chillido de dolor, porque había rozado uno de los agudos colmillos metálicos del trono. El brocado escarlata de la manga se tornó de un rojo más oscuro cuando la sangre lo empapó—. ¡Mamá! —aulló.

Mientras todos miraban al rey, el hombre del suelo consiguió arrancarle la lanza de las manos a uno de los capas doradas, y se ayudó de ella para volver a ponerse en pie.

—¡El trono lo rechaza! —gritó—. ¡No es el rey!

Cersei corrió hacia el trono, pero lord Tywin permaneció inmóvil como si fuera de piedra. Solo tuvo que mover un dedo para que ser Meryn Trant se adelantara con la espada desenvainada. El final fue rápido y brutal. Los capas doradas agarraron al caballero por los brazos.

—¡No es el rey! —gritó de nuevo justo antes de que ser Meryn le atravesara el pecho con la espada larga.

Joff se derrumbó en brazos de su madre. Tres maestres se acercaron corriendo y lo sacaron por la puerta del rey. Todo el mundo empezó a hablar a la vez. Los capas doradas se llevaron al muerto a rastras, dejando un reguero de sangre en el suelo de piedra. Lord Baelish se acariciaba la barbita mientras Varys le susurraba algo al oído. «¿Nos darán permiso para retirarnos ya?», se preguntó Sansa. Aún aguardaba un grupo de cautivos, para jurar lealtad o para gritar maldiciones e insultos, quién sabía.

—Prosigamos —dijo lord Tywin poniéndose en pie con una voz alta y clara que cortó en seco los murmullos—. Los que quieran pedir perdón por sus traiciones, que lo hagan. No vamos a tolerar más estupideces. —Se acercó al Trono de Hierro y se sentó en un peldaño, a menos de tres codos del suelo.

Cuando terminó la sesión, entraba muy poca luz por las ventanas. Sansa tenía las piernas doloridas de agotamiento en el momento en que bajó de la galería. Se preguntaba si el corte de Joffrey sería muy grave. «Se dice que el Trono de Hierro es cruel y peligroso para los que no deben sentarse en él.»

Una vez a salvo en sus habitaciones se abrazó a una almohada y enterró la cara en ella para ahogar un grito de alegría. «Dioses, dioses, me ha rechazado delante de todo el mundo.» Estuvo a punto de darle un beso a la criada que le llevó la cena. Consistía en pan caliente y mantequilla recién batida, guiso de buey, capón con zanahorias y melocotones con miel.

«Hasta la comida sabe mejor», pensó.

Al oscurecer, se puso una capa y se dirigió hacia el bosque de dioses. Ser Osmund Kettleblack, embutido en su armadura blanca, vigilaba el puente levadizo. Sansa intentó que la voz con que le dio las buenas noches sonara triste. Por la mirada que le dirigió el hombre, supuso que no había resultado muy convincente.

Dontos aguardaba entre el follaje, a la luz de la luna.

—¿A qué viene esa cara tan triste? —le preguntó Sansa con alegría—. Estabais allí, ¿no es así? ¿No os habéis enterado? Joff me ha rechazado, ha terminado conmigo, va a...

—Oh, Jonquil, mi pobre Jonquil, no lo comprendéis —dijo tomándola de la mano—. ¿Que ha terminado con vos? No ha hecho más que empezar.

—¿Qué queréis decir? —A Sansa se le encogió el corazón.

—La reina no os liberará jamás; sois una rehén demasiado valiosa. En cuanto a Joffrey... sigue siendo el rey, hermosa mía. Si quiere llevaros a su cama, lo hará, solo que ahora lo que sembrará en vuestro vientre serán bastardos, no hijos legítimos.

—No —respondió Sansa, conmocionada—. Me ha rechazado, ha dicho...

—Sed valiente. —Ser Dontos le dio un beso baboso en la oreja—. Os juré que os llevaría a casa, y ahora puedo hacerlo. Ya se ha elegido el día.

—¿Cuándo? —preguntó Sansa—. ¿Cuándo nos marcharemos?

—La noche de la boda de Joffrey. Después del banquete. Ya se han hecho todos los preparativos necesarios. La Fortaleza Roja estará llena de desconocidos. La mitad de los cortesanos estarán borrachos, y la otra mitad, ayudando a Joffrey a acostarse con su esposa. Durante un tiempo se olvidarán de vos, y la confusión será nuestra aliada.

—El matrimonio no se celebrará hasta dentro de una luna. Margaery Tyrell está en Altojardín; acaban de enviar a buscarla.

—Habéis esperado mucho; sed paciente un poco más. Tomad, tengo algo para vos. —Ser Dontos rebuscó en su bolsa y sacó una red plateada, que se le enredó entre los gruesos dedos.

Era una redecilla para el pelo, de plata finísima, con las hebras tan delicadas que no parecía pesar más que un soplo de aire cuando Sansa la cogió entre sus manos. Allí donde se cruzaban dos hebras había una gema diminuta, todas tan oscuras que era como si se bebieran la luz de la luna.

—¿Qué piedras son?

—Amatistas negras de Asshai. De las más raras que existen; a la luz del día son de color morado oscuro.

—Es preciosa —dijo Sansa. «Pero lo que necesito es un barco, no una redecilla para el pelo», pensaba.

—Más preciosa de lo que imagináis, dulce niña. Es mágica. Lo que tenéis entre las manos es justicia. Es venganza por vuestro padre. —Dontos se inclinó más hacia ella y la volvió a besar—. Es el camino a casa.

THEON

El maestre Luwin fue a verlo después de que se avistasen los primeros exploradores al otro lado de las murallas.

—Mi señor príncipe, debéis rendiros —dijo.

Theon le echó una mirada a la bandeja de tortas de avena, miel y morcillas que le habían llevado para desayunar. Otra noche de insomnio le había dejado destrozados los nervios, y la vista de los alimentos era suficiente para revolverle las tripas.

—¿Mi tío no ha respondido?

—No —dijo el maestre—. Tampoco ha respondido vuestro padre desde Pyke.

—Manda más pájaros.

—No servirá de nada. Cuando los pájaros lleguen...

—¡Mándalos! —ordenó, y con un movimiento del brazo tiró a un lado la bandeja de comida, apartó las mantas y se levantó de la cama de Ned Stark, desnudo y enojado—. ¿O quieres verme muerto? ¿Es eso, Luwin? Dime la verdad ahora mismo.

—Mi orden sirve. —El hombrecillo gris no dio señales de temor.

—Sí, pero ¿a quién?

—Al reino —dijo el maestre Luwin—, y a Invernalia. Theon, en una época os enseñé los números y las letras, la historia y el arte de la guerra. Y si hubierais querido aprender más, os habría enseñado más cosas. No diré que sienta un gran amor por vos, pero tampoco puedo odiaros. Incluso si así fuera, mientras seáis el señor de Invernalia, mi juramento me obliga a ser vuestro consejero. Por tanto, ahora os aconsejo que os rindáis.

Theon se inclinó para recoger del suelo la capa arrugada, la sacudió de juncos y se la echó por encima de los hombros.

«La chimenea, quiero la chimenea encendida, quiero fuego y ropa limpia. ¿Dónde está Wex? No iré a la tumba vestido con ropa sucia.»

—No tenéis ninguna posibilidad de manteneros aquí —prosiguió el maestre—. Si vuestro señor padre hubiera tenido la intención de mandaros ayuda, ya lo habría hecho. Lo que lo preocupa es el Cuello. La batalla por el norte se librará entre las ruinas de Foso Cailin.

—Puede que sí —dijo Theon—. Y mientras yo conserve Invernalia, ser Rodrik y los señores vasallos de Stark no pueden marchar hacia el sur para atacar a mi tío por la retaguardia. —«No soy tan ignorante en lo relativo a la guerra como crees, anciano»—. Tengo comida suficiente para resistir un año de asedio, si fuera necesario.

—No habrá asedio. Quizá pasen uno o dos días armando escaleras y atando arpeos a las cuerdas. Pero en muy poco tiempo treparán por vuestras murallas por cien sitios a la vez. Quizá podáis defender un tiempo el torreón principal, pero el castillo caerá en menos de una hora. Lo mejor sería que abrierais las puertas y pidierais...

—¿Clemencia? Ya sé qué tipo de clemencia guardan para mí.

—Hay una posibilidad.

—Soy hijo del hierro —le recordó Theon—. Las posibilidades me las labro yo. ¿Qué opciones me han dejado? No, no me respondas, ya he oído demasiados consejos tuyos. Ve y manda esos pájaros, como te he ordenado, y dile a Lorren que quiero verlo. Y también a Wex. Quiero que limpien bien mi cota de malla, y que la guarnición forme en el patio.

Durante un instante pensó que el maestre lo iba a cuestionar. Pero finalmente Luwin, muy tieso, hizo una reverencia.

—Como ordenéis, señor.

El grupo era ridículamente reducido; los hombres del hierro eran pocos, y el patio, muy grande.

—Tendremos encima a los norteños antes de que caiga la noche —les dijo—. Ser Rodrik Cassel y todos los señores que han acudido a su llamada. No huiré de ellos. He tomado este castillo y tengo la intención de defenderlo, de vivir o morir como príncipe de Invernalia. Pero no le voy a ordenar a ningún hombre que muera por mí. Si os vais ahora, antes de que las fuerzas principales de ser Rodrik caigan sobre nosotros, todavía tendréis una oportunidad de ser libres. —Desenvainó su espada larga y trazó una línea en el fango—. Los que se queden a combatir, que den un paso al frente.

Nadie dijo nada. Los hombres se mantenían allí de pie, con sus cotas, sus pieles y sus corazas de cuero endurecido, inmóviles como si los hubieran esculpido en piedra. Unos pocos intercambiaron miradas. Urzen levantó y volvió a apoyar los pies alternativamente. Dykk Harlaw carraspeó y escupió. Una leve brisa hizo oscilar los largos cabellos rubios de Endehar.

Theon se sintió como si se estuviera ahogando. «¿Por qué me sorprendo?», pensó, sombrío. Su padre lo había abandonado, sus tíos, su hermana, hasta Hediondo, aquella criatura vil. ¿Por qué sus hombres iban a mostrar más lealtad? No había nada que hacer, nada que decir. Solo podía permanecer allí, bajo las grandes paredes grises y el duro cielo blanquecino, con la espada en la mano, esperando, esperando...

El primero en cruzar la línea fue Wex. Tres pasos rápidos y quedó de pie junto a Theon, con aspecto desgarbado. Avergonzado por el chico, Lorren el Negro lo siguió, con el ceño fruncido.

—¿Quién más? —preguntó.

Rolfe el Rojo se adelantó. Kromm. Werlag. Tymor y sus hermanos. Ulf el Enfermo. Harrag el Robaovejas. Cuatro Harlaw y dos Botley. El último fue Kenned el Cachalote. Diecisiete en total.

Urzen estaba entre los que no se habían movido, así como Stygg y la decena de hombres que Asha había llevado de Bosquespeso.

—Marchaos entonces —les dijo Theon—. Huid con mi hermana. Ella os dará una cálida bienvenida a todos. No tengo la menor duda.

Stygg tuvo al menos la decencia de parecer avergonzado. Los demás echaron a andar sin pronunciar una palabra. Theon se volvió hacia los diecisiete que permanecían allí.

—Volved a las murallas. Si los dioses nos permiten salir con vida, me acordaré de cada uno de vosotros.

Lorren el Negro se quedó cuando los demás marcharon.

—Tan pronto como comience la batalla, los del castillo se volverán contra nosotros.

—Lo sé. ¿Qué quieres que haga?

—Que los eliminéis —dijo Lorren—. A todos.

Theon hizo un gesto de asentimiento.

—¿Está lista la horca?

—Lo está. ¿Vais a utilizarla?

—¿Se te ocurre algo mejor?

—Sí. Puedo coger mi pica y ponerme en ese puente levadizo. Que vengan a por mí. De uno en uno, dos, tres a la vez, no tiene importancia. Mientras me quede un aliento, ninguno cruzará el foso.

«Quiere morir —pensó Theon—. No quiere una victoria, sino un final digno de una canción.»

—Lo de la horca es mejor.

—Como ordenéis —replicó Lorren, con la mirada cargada de desprecio.

Wex lo ayudó a vestirse para la batalla. Bajo el jubón negro y la capa dorada llevaba una cota de malla bien engrasada, y debajo de ella, una coraza. En cuanto estuvo vestido y armado, Theon subió a la torre del vigía, en la esquina donde se unían las murallas este y sur, para contemplar el destino que lo aguardaba. Los norteños se desplegaban para rodear el castillo. Era difícil calcular su número. Por lo menos un millar; quizá el doble. «Contra diecisiete.» Habían llevado catapultas y escorpiones. No vio torres de asedio avanzando por el camino Real, pero en el bosque de los Lobos había madera suficiente para construir todas las que hicieran falta.

Theon estudió sus estandartes, mirando por el tubo de lentes myriense del maestre Luwin. El hacha de guerra de Cerwyn ondeaba con bravura por todas partes, y también se veían los árboles de Tallhart, así como los tritones de Puerto Blanco. Los blasones de Flint y Karstark eran menos. Aquí y allá pudo divisar el alce de los Hornwood. «Pero no hay ningún Glover; Asha se ha encargado de eso. Tampoco están los Bolton de Fuerte Terror, ni los Umber han bajado desde la sombra del Muro.» Y tampoco hacían falta. Al poco tiempo, el niño Cley Cerwyn apareció ante las puertas con una bandera de paz en una larga asta, para anunciar que ser Rodrik Cassel quería parlamentar con Theon Cambiacapas.

Cambiacapas. El nombre era amargo como la bilis. Recordó que había ido a Pyke para guiar los barcos de su padre contra Lannisport.

—Saldré enseguida —gritó hacia bajo—. Solo.

Lorren el Negro lo desaprobó.

—La sangre solo se lava con sangre —declaró—. Los caballeros pueden respetar los armisticios con otros caballeros, pero no cuidan tanto su honor cuando tratan con aquellos a los que consideran bandoleros.

—Soy el príncipe de Invernalia y el heredero de las islas del Hierro —replicó Theon, airado—. Ve a buscar a la chica y haz lo que te dije.

—Como ordenéis, príncipe —respondió Loren el Negro, con una mirada asesina.

«Él también se ha vuelto contra mí —constató Theon. Últimamente le parecía que hasta las mismas piedras de Invernalia se habían vuelto en su contra—. Si muero, moriré sin amigos, abandonado.» ¿Qué opción le dejaba aquello que no fuera vivir?

Fue al puesto de guardia a caballo, con la corona puesta. Una mujer estaba sacando agua del pozo, y Gage, el cocinero, lo observaba ante las puertas de la cocina. Ocultaban su odio bajo un aspecto malhumorado y rostros tan inexpresivos como la piedra, pero de todos modos él podía percibirlo.

Cuando bajó el puente levadizo, un viento gélido llegó del otro lado del foso. Le produjo un estremecimiento. «Es el frío, nada más —se dijo Theon—, solo estoy tiritando, no temblando. Hasta los valientes tiritan.» Cabalgó en las fauces de aquel viento, bajo el rastrillo, sobre el puente levadizo. Las puertas exteriores se abrieron para permitirle el paso. Cuando apareció al pie de las murallas, casi sintió cómo lo observaban los niños desde las órbitas vacías donde habían estado sus ojos.

Ser Rodrik lo esperaba en el mercado, a horcajadas sobre su caballo pinto. Junto a él, el lobo huargo de los Stark tremolaba en el asta que llevaba el joven Cley Cerwyn. Estaban solos en la plaza, aunque Theon podía ver arqueros en los techos de las casas circundantes, así como lanceros a su derecha, y a su izquierda, una línea de caballeros en sus monturas, bajo el tritón y el tridente de la casa Manderly.

«Todos ellos me quieren muerto.» Algunos eran chicos con los que había bebido, jugado a los dados o incluso ido de putas, pero si cayera en sus manos, aquello no lo salvaría.

—Ser Rodrik. —Theon tiró de las riendas y su caballo se detuvo—. Lamento que nos tengamos que encontrar como enemigos.

—Lo que yo lamento es que deba esperar todavía para colgaros. —El viejo caballero escupió en el suelo fangoso—. Theon Cambiacapas.

—Soy un Greyjoy de Pyke —le recordó Theon—. El manto en el que me envolvió mi padre tenía un kraken, no un lobo huargo.

—Durante diez años habéis sido pupilo de los Stark.

—Yo más bien diría que he sido rehén y prisionero.

—Entonces, quizá lord Eddard debió teneros encadenado a la pared de una mazmorra. En lugar de ello, os educó entre sus hijos, los dulces niños que habéis asesinado, y para mi eterna deshonra, yo os entrené en el arte de la guerra. Debería haberos atravesado el vientre con una espada, en lugar de poner una en vuestras manos.

—He venido a parlamentar, no a escuchar vuestros insultos. Decid lo que tengáis que decir, anciano. ¿Qué deseáis de mí?

—Dos cosas —respondió ser Rodrik—: Invernalia y vuestra vida. Ordenadles a vuestros hombres que abran las puertas y rindan sus armas. Los que no hayan asesinado niños serán libres de marchar, pero vos seréis llevado ante la justicia del rey Robb. Que los dioses se apiaden de vos antes de que él regrese.

—Robb no volverá a ver Invernalia —prometió Theon—. Su ejército caerá en Foso Cailin, igual que todos los ejércitos sureños a lo largo de diez mil años. Ahora dominamos el norte, ser.

—Domináis tres castillos —replicó ser Rodrik—, y me dispongo a recuperar este, Cambiacapas.

—Estas son mis condiciones —dijo Theon sin prestar atención al insulto—. Tenéis hasta la caída de la noche para dispersaros. Los que juren lealtad a Balon Greyjoy como su rey, y a mí como príncipe de Invernalia, serán ratificados en sus derechos y propiedades, y no sufrirán daño alguno. Los que nos desafíen serán destruidos.

—¿Estáis loco, Greyjoy? —intervino el joven Cerwyn, que no daba crédito a sus oídos.

—Es solo soberbia, hijo —le dijo ser Rodrik sacudiendo la cabeza—. Me temo que Theon siempre ha tenido una opinión demasiado elevada de sí mismo. —El anciano apuntó hacia él con un dedo—. No penséis que necesito esperar a Robb para tratar con vos. Tengo conmigo a unos dos mil hombres... y si lo que dicen es verdad, vos no tenéis más de cincuenta.

«En realidad, diecisiete.» Theon se obligó a sonreír.

—Tengo algo mejor que hombres. —Y levantó un puño por encima de la cabeza, la señal que Lorren el Negro debía esperar.

Las murallas de Invernalia estaban a su espalda, pero ser Rodrik las tenía de frente y no podía evitar verlas. Theon vigiló su expresión. Cuando su barbilla tembló bajo las rígidas patillas blancas, supo qué era lo que el anciano estaba viendo. «No le causa sorpresa —pensó con tristeza—, pero tiene miedo.»

—Es una cobardía —dijo ser Rodrik—. Usar a una criatura de esa manera... es despreciable.

—Oh, lo sé —replicó Theon—. Es un plato que ya he probado, ¿o acaso se os ha olvidado? Tenía diez años cuando me sacaron de la casa de mi padre, para garantizar que él no volvería a encabezar una rebelión.

—¡No es lo mismo!

—El lazo corredizo que yo llevaba no era de cáñamo —dijo Theon con el rostro impasible—, es verdad, pero como si lo hubiera sido. Y me laceró. Me laceró hasta dejarme en carne viva. —Hasta aquel momento no se había dado cuenta plenamente de que había sido así, pero cuando las palabras brotaron de su boca, vio que estaban llenas de verdad.

—No se os hizo ningún daño.

—Ni se le hará a vuestra Beth, siempre que...

—Víbora —masculló el caballero interrumpiéndolo, con el rostro lívido bajo las patillas blancas—. Os di la oportunidad de salvar a vuestros hombres y morir con una pizca de honor, Cambiacapas. Debí saber que pedía demasiado de un asesino de niños. —Su mano fue a la empuñadura de su espada—. Debería atravesaros ahora mismo, y poner punto final a vuestros engaños y mentiras. Por los dioses que debería hacerlo.

Theon no sentía miedo ante un anciano decrépito, pero los arqueros y la línea de caballeros eran algo bien diferente. Si sacaban las espadas, sus posibilidades de regresar vivo al castillo eran prácticamente nulas.

—Renegad de vuestro juramento; matadme, y veréis a vuestra pequeña Beth morir estrangulada al extremo de una cuerda.

Los nudillos de ser Rodrik estaban blancos, pero unos instantes después retiró la mano de la empuñadura de la espada.

—En verdad, he vivido demasiado.

—No estoy en desacuerdo con eso. ¿Aceptaréis mis condiciones?

—Tengo un deber para con lady Catelyn y la casa Stark.

—Y vuestra propia casa, ¿qué? Beth es la última de vuestra sangre.

—Me ofrezco en lugar de mi hija. —El anciano caballero se irguió—. Soltadla y llevadme como vuestro rehén. Sin duda, el castellano de Invernalia vale más que una niña.

—No para mí. —«Un gesto valiente, anciano, pero no soy tan imbécil»—. Y apostaría algo a que tampoco para lord Manderly ni para Leobald Tallhart. —«Tu triste pellejo, anciano, no vale más para ellos que el de cualquier otro hombre»—. No, me quedaré con la niña... y ella estará a salvo siempre que hagáis lo que os he ordenado. Su vida está en vuestras manos.

—Por los dioses, Theon, ¿cómo podéis hacer esto? Sabéis que debo atacar, que he hecho un juramento...

—Si este ejército sigue armado y frente a mis puertas cuando se ponga el sol —dijo Theon—, Beth será ahorcada. Otro rehén la seguirá a la tumba con la primera luz de la aurora, y otro, al crepúsculo. Cada amanecer y cada atardecer significarán una muerte hasta que os larguéis. Tengo abundancia de rehenes.

No esperó una respuesta. Hizo que Sonrisas diera la vuelta y cabalgó de regreso al castillo. Al principio iba lento, pero pensar en todos aquellos arqueros a sus espaldas lo obligo a ir al trote. Las pequeñas cabezas lo veían aproximarse desde sus picas, sus rostros desollados y cubiertos de alquitrán crecían a cada paso; entre ellos se encontraba la pequeña Beth Cassel, llorando, con un lazo corredizo al cuello. Theon clavó las espuelas y puso el caballo al galope. Los cascos de Sonrisas resonaban en el puente levadizo como un repique de tambores.

Desmontó en el patio y le tendió las riendas a Wex.

—Es posible que se larguen —le dijo a Lorren el Negro—. Lo sabremos al anochecer. Ten a la niña aquí dentro hasta esa hora, en algún lugar seguro. —Bajo las capas de cuero, acero y lana, sentía el cuerpo pegajoso de sudor—. Necesito una copa de vino. Un tonel de vino sería aún mejor.

Habían encendido el fuego en el dormitorio de Ned Stark. Theon se sentó junto a él y llenó una copa con un vino de mucho cuerpo, procedente de las bodegas del castillo, un vino tan amargo como su estado de ánimo. «Atacarán —pensó, sombrío, mirando las llamas—. Ser Rodrik ama a su hija, pero sigue siendo el castellano, y por encima de todo es un caballero.» Si hubiera sido Theon el que tuviera un lazo corredizo en torno al cuello, y lord Balon el comandante del ejército exterior, los cuernos de guerra habrían dado ya la señal de ataque; no tenía la menor duda de ello. Debía dar gracias a los dioses por que ser Rodrik no fuera hijo del hierro. Los hombres de las tierras verdes estaban hechos de un material más blando, aunque no todo lo blando que le hacía falta.

En caso contrario, si el anciano daba la orden de atacar el castillo a pesar de todo, Invernalia caería; Theon no se engañaba en aquel aspecto. Sus diecisiete hombres matarían cada uno a cuatro o cinco enemigos, pero al final serían aplastados.

Theon contempló las llamas por encima del borde de su copa de vino, rabioso por la injusticia de todo aquello.

—Cabalgué junto con Robb Stark en el bosque Susurrante —masculló. Había sentido miedo aquella noche, pero nada semejante al que tenía en aquel momento. Una cosa es ir al combate rodeado de amigos, y otra muy diferente, perecer solo y despreciado.

«Clemencia», pensó con tristeza.

El vino no le ofreció solaz alguno, así que Theon envió a Wex en busca de su arco y fue al viejo patio de armas. Allí estuvo lanzando flechas, una tras otra, a los blancos de la arquería, hasta que le dolieron los hombros y le sangraron los dedos, y solo hizo una pausa para arrancar las flechas de los blancos para comenzar una nueva ronda. «Con este arco salvé la vida de Bran —recordó—. Quisiera poder salvar la mía.» Varias mujeres se acercaron al pozo, pero se fueron al momento; lo que veían en el rostro de Theon las espantaba al instante.

A sus espaldas se erigía la torre rota, con la cima dentada como una corona en el lugar donde, mucho tiempo atrás, el fuego había hecho derrumbarse los pisos superiores. La sombra de la torre se movía con el sol, alargándose de manera gradual, un brazo negro que se extendía en busca de Theon Greyjoy. Cuando el sol tocó la muralla, él estaba a su alcance.

«Si cuelgo a la chica, los norteños atacarán de inmediato —pensó mientras arrancaba una flecha—. Si no la cuelgo, sabrán que mis amenazas son en vano. —Colocó otra flecha en el arco—. No hay manera de salir de esto, ninguna.»

—Si contarais con cien arqueros tan buenos como vos, tendríais una oportunidad de retener el castillo —dijo quedamente una voz.

Cuando se volvió, el maestre Luwin estaba detrás de él.

—Lárgate —le dijo Theon—. Ya estoy harto de tus consejos.

—¿Y de la vida? ¿También de la vida estáis harto, mi señor príncipe?

—Una palabra más y te atravesaré con esta flecha —amenazó levantando el arco.

—No lo haréis.

—¿Qué te apuestas? —Theon tensó el arco, llevando las plumas grises de ganso hasta su mejilla.

—Soy vuestra última esperanza, Theon.

«No tengo ninguna esperanza», pensó, pero de todos modos bajó un poco el arco.

—No voy a huir —dijo.

—No hablo de huir. Vestid el negro.

—¿La Guardia de la Noche? —Theon dejó que el arco se destensara lentamente y apuntó la flecha hacia el suelo.

—Ser Rodrik ha servido a la casa Stark toda su vida, y la casa Stark siempre ha sido amiga de la Guardia. No os lo negará. Abrid las puertas, rendid vuestras armas, y él se verá obligado a dejaros vestir el negro.

«Un hermano de la Guardia de la Noche.» Aquello significaba que no habría corona, ni hijos, ni esposa... pero significaba la vida, y una vida con honor. El propio hermano de Ned Stark había elegido la Guardia, al igual que Jon Nieve... «Tengo mucha ropa negra; solo habría que arrancarle los krákens. Hasta mi caballo es negro. Podría ascender en la Guardia, a capitán de los exploradores, incluso a lord comandante. Que Asha se quede con las malditas islas; son tan lúgubres como ella. Si sirviera en Guardiaoriente, podría capitanear mi propia nave, y más allá del Muro hay muy buena caza. Y, en lo tocante a mujeres, ¿qué hembra salvaje no querría un príncipe en su cama? —Su rostro se distendió en una lenta sonrisa—. No es posible cambiar una capa negra. Allí seré tan bueno como cualquiera...»

—¡Príncipe Theon! —El grito rompió su ensoñación en pedazos. Kromm llegaba corriendo del otro lado del patio de armas—. ¡Los norteños!

Sintió una punzada súbita de miedo que le dio náuseas.

—¿Atacan?

—Aún hay tiempo. —El maestre Luwin le oprimió el brazo—. Izad bandera blanca...

—Combaten entre sí —informó Kromm con urgencia—. Han llegado más hombres, centenares, y al principio han hecho como que se unían a los otros, ¡pero ahora han caído sobre ellos!

—¿Será Asha? —«Después de todo, ¿habrá venido a salvarme?»

—No —dijo Kromm con un gesto de negación—. Os digo que son norteños. En su estandarte llevan un hombre ensangrentado.

«El hombre desollado de Fuerte Terror.» Theon recordó que Hediondo había pertenecido al bastardo de Bolton antes de ser capturado. Era difícil creer que una criatura tan vil como él pudiera hacer que los Bolton cambiaran su lealtad, pero era lo único que tenía sentido.

—Voy a verlo —dijo Theon.

El maestre Luwin lo siguió. Cuando llegaron a las almenas, toda la plaza del mercado, al otro lado de las puertas, estaba cubierta de cadáveres y caballos agonizantes. No pudo ver líneas de batalla, solo un caótico remolino de estandartes y hojas afiladas. El aire otoñal vibraba con gritos y gemidos. Ser Rodrik contaba con la ventaja numérica, pero los hombres de Fuerte Terror parecían tener mejores mandos, y habían cogido a los otros por sorpresa. Theon los vio cargar, retroceder y cargar de nuevo, dejando al ejército más numeroso convertido en fracciones sangrantes cada vez que intentaba formar entre las casas. Podía oír el choque de las hachas de hierro contra escudos de roble por encima del bramido de terror de un caballo herido. Alcanzó a ver que la posada estaba en llamas.

Lorren el Negro apareció a su lado y permaneció un rato en silencio. El sol poniente estaba muy bajo, pintando los campos y las casas de un rojo vivo. Un agudo grito de dolor resonó por encima de las murallas, y tras las casas que ardían se oyó sonar un cuerno de guerra. Theon contempló a un hombre herido que se arrastraba con dolor por el suelo, manchando el fango con su sangre mientras intentaba llegar al pozo que se encontraba en el centro de la plaza del mercado. Murió antes de llegar allí. Llevaba un chaleco de cuero y un yelmo cónico, pero ninguna insignia que indicara de qué lado había peleado.

Los cuervos llegaron en la penumbra azul, con las estrellas vespertinas.

—Los dothrakis creen que las estrellas son espíritus de los valientes muertos —dijo Theon; el maestre Luwin se lo había dicho mucho tiempo atrás.

—¿Los dothrakis?

—Los señores de los caballos, al otro lado del mar Angosto.

—Ah, esos. —Lorren el Negro hizo una mueca bajo la barba—. Los salvajes se creen cualquier tontería.

A medida que oscurecía y el humo se extendía, era más difícil ver qué ocurría abajo, pero el choque del acero disminuyó gradualmente hasta desaparecer, y los gritos y los cuernos de combate dejaron paso a gemidos y sollozos lastimeros. Finalmente, una columna de hombres a caballo apareció entre las nubes de humo. Los encabezaba un caballero con armadura oscura. Su yelmo redondeado era de un rojo mate, y de sus hombros colgaba una capa color rosa pálido. Hizo detenerse a su caballo ante las puertas exteriores, y uno de sus hombres gritó para que les abrieran el castillo.

—¿Amigos o enemigos? —gritó Lorren el Negro.

—¿Os traería un enemigo estos magníficos regalos? —Yelmo Rojo hizo un gesto con la mano, y tres cadáveres cayeron delante de las puertas. Una antorcha osciló sobre los cuerpos, para que los defensores pudieran ver los rostros de los muertos desde las murallas.

—El viejo castellano —dijo Lorren el Negro.

—Con Leobald Tallhart y Cley Cerwyn.

El jovencísimo señor había sido alcanzado en el ojo por una flecha, y ser Rodrik había perdido el brazo izquierdo a la altura del codo. El maestre Luwin soltó un grito de angustia sin palabras, se apartó de la aspillera y, presa de las náuseas, cayó de rodillas.

—Ese gran cerdo de Manderly fue demasiado cobarde para salir de Puerto Blanco; si no, también lo habríamos traído —gritó Yelmo Rojo.

«Estoy salvado —pensó Theon. Entonces, ¿por qué sentía tal vacío interior? Era una victoria, una dulce victoria, la liberación por la que había rezado. Miró al maestre Luwin—. Y pensar lo cerca que he estado de rendirme y vestir el negro...»

—Abridles las puertas a nuestros amigos. —Quizá aquella noche, Theon dormiría sin miedo de lo que pudieran llevarle sus sueños.

Los hombres de Fuerte Terror atravesaron el foso y entraron por las puertas interiores. Theon, acompañado por Lorren el Negro y el maestre Luwin, bajó al patio a recibirlos. Del extremo de unas pocas lanzas colgaban pendones rosados, pero la mayoría llevaba hachas de guerra, mandobles y escudos casi convertidos en astillas.

—¿Cuántos hombres habéis perdido? —le preguntó Theon a Yelmo Rojo cuando este desmontó.

—Veinte o treinta.

La antorcha se reflejó en el esmalte astillado del visor. El yelmo y el gorjal habían sido moldeados con la forma del rostro y los hombros de una persona, sin piel y ensangrentados, con la boca abierta en un silencioso grito de angustia.

—Ser Rodrik os superaba por una ventaja de cinco a uno.

—Sí, pero creía que éramos amigos. Un error habitual. Cuando el viejo tonto me dio la mano, le corté medio brazo. A continuación, he dejado que me viera la cara. —El hombre se llevó las dos manos al yelmo y se lo quitó, para sostenerlo en el hueco del brazo.

—Hediondo —dijo Theon, con inquietud. «¿Cómo ha conseguido un sirviente una armadura de tanta calidad?»

—¿Hediondo? —El hombre se rio—. No, ese pobre desgraciado está muerto. —Dio un paso y se aproximó—. Fue culpa de la chica. Si no hubiera huido tan lejos, el caballo de Hediondo no se habría quedado cojo, y habríamos podido escapar. Le di el mío cuando vi a los jinetes desde la cordillera. En ese momento, yo había terminado con ella, y a él le gustaba aprovechar su turno cuando aún estaban calientes. Tuve que arrancarlo de encima de ella y meterle mi ropa en las manos: las botas de piel de becerro, el jubón de terciopelo, el cinto de la espada con incrustaciones de plata, hasta mi manto de marta cibelina.

»Le dije: "Corre a Fuerte Terror, y trae toda la ayuda que puedas. Llévate mi caballo, es más veloz, y toma, ponte el anillo que me dio mi padre, para que sepan que vas en mi nombre".

»Ni se le pasó por la cabeza preguntarme nada. Cuando lo atravesaron por la espalda con una flecha, yo había tenido tiempo de ponerme sus harapos y de untarme con la mierda de la chica. A lo mejor también me habrían ahorcado, pero fue lo único que se me ocurrió. —Se frotó la boca con el dorso de la mano—. Y ahora, mi querido príncipe me prometió que habría una mujer si yo traía a doscientos hombres. Bien, he traído tres veces esa cantidad, y no se trata de chicos bisoños ni labriegos, sino de la mismísima guarnición de mi padre.

Theon había dado su palabra. No era el momento de regatear. «Págale el precio de la traición y ocúpate de él después.»

—Harrag —dijo—, ve a la perrera y trae a Palla para...

—Ramsay. —En los labios regordetes de Hediondo había una sonrisa, pero no en los ojos pálidos—. Mi esposa me llamó «Nieve» antes de comerse los dedos, pero yo digo que mi apellido es Bolton. —La sonrisa se le congeló en el rostro—. Así que me ofrecéis a una chica de la perrera a cambio de mis buenos servicios, ¿no es así?

En su voz había un tono que a Theon no le gustó, como no le gustaba la manera insolente con que lo miraban los hombres de Fuerte Terror.

—Fue lo prometido.

—Huele a mierda de perro. Da la casualidad de que ya he tenido suficiente de malos olores. Creo que mejor tomaré a la que os calienta la cama. ¿Cómo se llama? ¿Kyra?

—¿Estás loco? —dijo Theon, airado—. Haré que os...

El revés del bastardo le dio de lleno, y su pómulo se estremeció con un crujido repulsivo bajo el acero articulado. El mundo desapareció en una roja ola de dolor.

Un rato después, Theon volvió en sí sobre el suelo. Rodó sobre su vientre y tragó un buche de sangre. Intentó gritar para que cerraran las puertas, pero era demasiado tarde. Los hombres de Fuerte Terror habían eliminado a Rolfe el Rojo y a Kenned, y cada vez entraban más, un río de cotas de malla y espadas afiladas. Tenía un zumbido en los oídos y el terror reinaba en torno a él. Lorren el Negro había sacado su espada, pero cuatro atacantes lo arrinconaban. Vio caer a Ulf, alcanzado en el vientre por el disparo de una ballesta cuando corría hacia la sala principal. El maestre Luwin intentaba llegar hasta él, cuando un caballero montado le clavó una lanza en la espalda y a continuación retrocedió para pasarle por encima. Otro hombre hacía girar una antorcha en grandes círculos en torno a su cabeza, y después la lanzó hacia el techo de paja de los establos.

—Sacad de aquí a los Frey —gritaba el bastardo mientras las llamas se elevaban al cielo—, y quemad el resto. Quemadlo, quemadlo todo.

Lo último que vio Theon Greyjoy fue a Sonrisas, que había escapado a coces de los establos incendiados con las crines en llamas, relinchando, encabritado...

TYRION

Soñaba con un techo de piedra agrietado y con el olor de la sangre, la mierda y la carne quemada. El aire estaba lleno de un humo acre. Alrededor de él había hombres gimiendo y sollozando, y de cuando en cuando, un grito rasgaba el aire, rebosante de dolor. Cuando intentó moverse, descubrió que se había ensuciado en el lecho. El humo lo hacía llorar. «¿Estoy llorando?» No podía dejar que su padre lo viera. Él era un Lannister, de Roca Casterly. «Un león, debo ser un león, vivir como un león, morir como un león.» Pero estaba muy malherido. Yacía sobre sus propios excrementos, demasiado débil para gemir, y cerró los ojos. En las cercanías, alguien maldecía a los dioses con una voz profunda, monótona. Prestó atención a las blasfemias y se preguntó si se estaba muriendo. Al rato, la habitación se desvaneció.

Se halló fuera de la ciudad, caminando por un mundo sin color. Los cuervos planeaban en un cielo gris con sus amplias alas negras, mientras otras aves carroñeras se levantaban de sus festines en furiosas bandadas cada vez que daba un paso. Gusanos blancos se abrían camino a través de la oscuridad de los cuerpos en descomposición. Los lobos eran grises, y grises también eran las hermanas silenciosas; juntos, descarnaban a los caídos. Había cadáveres esparcidos por doquier en el campo de justas. El cielo era una ardiente moneda blanca, que brillaba sobre el río gris que fluía en torno a las osamentas calcinadas de naves hundidas. Desde las piras de muertos subían negras columnas de humo, y cenizas blancas y calientes.

«Mi obra —pensó Tyrion Lannister—. Perecieron por orden mía.» Al principio, no había sonido en el mundo, pero después de un tiempo comenzó a oír las voces de los muertos, quedas y terribles. Sollozaban y gemían, imploraban que terminara el dolor, lloraban pidiendo ayuda y querían ver a sus madres. Tyrion no había llegado a conocer a su madre. Quería a Shae, pero ella no estaba allí. Caminó solo, entre sombras grises, intentando recordar...

Las hermanas silenciosas despojaban a los muertos de ropa y armaduras. Los colores brillantes de los jubones de los muertos se habían desvanecido; vestían tonos de blanco y gris, y su sangre era negra y costrosa. Contempló cómo levantaban los cadáveres desnudos agarrándolos por un brazo y una pierna, para llevarlos a las piras junto con sus compañeros. El metal y la tela iban a parar a la parte de atrás de un carro blanco de madera, del que tiraban dos enormes caballos negros.

«Tantos muertos, tantos...» Sus cuerpos colgaban, flácidos, con los rostros lánguidos o tensos o hinchados por los gases, irreconocibles, apenas humanos. Las prendas que las hermanas les quitaban estaban adornadas con corazones negros, leones grises, flores muertas y venados pálidos y fantasmales. Las armaduras estaban abolladas y hendidas; las cotas de malla, rotas, sajadas, destrozadas... «¿Por qué los maté a todos?» Alguna vez lo supo, pero por alguna razón lo había olvidado.

Se lo habría preguntado a una de las hermanas silenciosas, pero cuando intentó hablar descubrió que no tenía boca. Sus dientes estaban cubiertos por una piel lisa, sin abertura. El descubrimiento lo aterró. ¿Cómo podía vivir sin boca? Comenzó a correr. La ciudad no estaba lejos. Estaría a salvo dentro de la ciudad, lejos de todos aquellos muertos. No tenía nada en común con los muertos. Carecía de boca, pero todavía era una persona viva. No, un león, un león vivo. Pero cuando llegó a las murallas de la ciudad, las puertas estaban cerradas para impedirle entrar.

Estaba oscuro cuando despertó de nuevo. Al principio no podía ver nada, pero al rato, a su alrededor aparecieron los contornos imprecisos de un lecho. Las cortinas estaban corridas, pero podía ver la forma de los postes tallados de la cama, y el ángulo del dosel sobre su cabeza. Debajo tenía la mullida suavidad de un lecho de plumas, y la almohada, bajo su cabeza, era de plumón de ganso.

«Mi cama, estoy en mi cama, en mi dormitorio.»

Hacía calor entre aquellas cortinas, bajo el montón de mantas y pieles que lo cubrían. Estaba sudando. «Fiebre», pensó, como si estuviera borracho. Se sentía muy débil, y el dolor fue como una estocada cuando hizo un esfuerzo para levantar la mano. Se rindió y dejó de hacerlo. Sentía enorme la cabeza, tan grande como la cama, demasiado pesada para levantarla de la almohada. Apenas lograba percibir su cuerpo. «¿Cómo he llegado hasta aquí?» Intentó recordar. La batalla, en momentos y destellos, regresó a su mente. El combate en el río, el caballero que le había ofrecido su guantelete, el puente de naves...

«Ser Mandon.» Vio los ojos muertos, vacíos, la mano extendida hacia él, el fuego verde que se reflejaba en la lámina de esmalte blanco. El miedo lo recorrió con un gélido sobresalto; bajo las sábanas pudo notar que se le vaciaba la vejiga. Si hubiera tenido boca, habría gritado.

«No, eso era un sueño —pensó mientras el corazón le latía con fuerza—. Ayudadme, que alguien me ayude. Jaime, Shae, madre, quien sea... Tysha...»

Nadie lo oyó. Nadie acudió. Solo, en la oscuridad, volvió a sumirse en un sueño con olor a meados. Soñó que su hermana estaba allí de pie, inclinada sobre su cama, con su señor padre al lado, frunciendo el ceño. Tenía que ser un sueño, porque lord Tywin estaba a mil leguas de distancia, peleando contra Robb Stark en occidente. Otros llegaban y se iban. Varys lo miró y suspiró, pero Meñique puso cara de sarcasmo.

«Maldito cerdo traicionero —pensó Tyrion con encono—, te mandamos a Puenteamargo y no regresaste.»

A veces podía oír que hablaban entre sí, pero no entendía las palabras. Sus voces le zumbaban en los oídos como avispas a través de un grueso fieltro.

Quería preguntar si habían ganado la batalla. «Seguramente, pues en caso contrario, yo sería una cabeza en una pica, clavada en algún lugar. Si estoy vivo, es que hemos vencido.» No sabía qué lo complacía más, si la victoria o el hecho de que había sido capaz de razonar aquello. La inteligencia regresaba a él, aunque con lentitud. Aquello era bueno. Lo único que tenía era su inteligencia.

La siguiente vez que despertó, las cortinas estaban recogidas y Podrick Payne estaba de pie junto a él, con una vela en la mano. Cuando vio que Tyrion abría los ojos, se fue corriendo.

«No, no te vayas, ayúdame, ayúdame —intentó decirle, pero lo único que logró fue un gemido apagado—. No tengo boca.» Se llevó una mano a la cara; cada movimiento era torpe y doloroso. Sus dedos hallaron tela rígida donde deberían haber tocado carne, labios, dientes. «Vendas.» La parte inferior de su cara estaba herméticamente vendada, era una máscara de yeso endurecido con agujeros para respirar y alimentarse.

Al poco rato, Pod reapareció. Esta vez lo acompañaba un desconocido, un maestre con cadena y túnica.

—Mi señor, debéis permanecer quieto —murmuró el hombre—. Estáis gravemente herido. Podéis empeorar el estado de vuestras lesiones. ¿Tenéis sed?

Sin saber cómo, logró asentir. El maestre insertó un embudo curvo de cobre en el agujero para la alimentación, encima de su boca, y vertió un lento chorrito de liquido en su garganta. Tyrion lo tragó, sin percibir apenas el sabor. Muy tarde se dio cuenta de que era la leche de la amapola. Cuando el maestre le retiró el embudo de la boca, ya estaba regresando al sueño en una larga espiral.

Esta vez soñó que estaba en un festín, un festín de victoria en un gran salón. Tenía un asiento elevado en el estrado, y los hombres levantaban sus copas y lo aclamaban como héroe. Allí estaba Marillion, el bardo que había viajado con él por las montañas de la Luna. Tocó su lira de madera y cantó las osadas hazañas del Gnomo. Hasta su padre sonreía con aprobación. Cuando la canción concluyó, Jaime se levantó de su sitio, le ordenó a Tyrion que hincara la rodilla y lo tocó con su espada de oro, primero en un hombro y después en el otro, y él se levantó como caballero. Shae lo esperaba para abrazarlo. Lo tomó de la mano, reía y bromeaba, llamándolo su gigante de Lannister.

Despertó en la oscuridad de una fría habitación desierta. De nuevo, habían corrido las cortinas. Algo no andaba bien, algo estaba del revés, pero no habría podido decir qué era. De nuevo se encontraba solo. Apartó las mantas e intentó sentarse, pero el dolor era excesivo, y pronto se rindió, con la respiración entrecortada. Lo que menos le dolía era el rostro. Su costado derecho era una enorme masa de dolor, y cada vez que levantaba el brazo, una estocada le atravesaba el pecho.

«¿Qué me ha ocurrido? —Hasta la batalla le parecía casi un sueño cuando trataba de pensar en ella—. Resulté herido, mucho más gravemente de lo que pensaba. Ser Mandon...»

El recuerdo lo asustó, pero Tyrion se obligó a agarrarse a él, a darle vueltas en la cabeza, a mirarlo fijamente. «Intentó matarme, sin la menor duda. Esa parte no fue un sueño. Me habría partido en dos si Pod no... Pod, ¿dónde está Pod?»

Apretando mucho los dientes, se agarró de las colgaduras de la cama y tiró de ellas. Las cortinas se soltaron del dosel y cayeron, una parte sobre la alfombra y otra encima de él. Incluso aquel pequeño esfuerzo lo había mareado. La habitación daba vueltas en torno a él, solo paredes desnudas y sombras oscuras, con una ventana estrecha. Vio un baúl que le había pertenecido, un montón desordenado de ropa suya, su armadura abollada.

«Este no es mi dormitorio —comprendió—. Ni siquiera estoy en la Torre de la Mano. —Alguien lo había trasladado. Su grito de ira salió como un gemido amortiguado—. Me han traído aquí para morir», pensó mientras dejaba de luchar y volvía a cerrar los ojos. La habitación estaba húmeda y fría, y él ardía.

Soñó con un lugar mejor, una cabañita acogedora, junto al mar del Ocaso. Las paredes estaban inclinadas y agrietadas, y el suelo era de tierra, pero allí siempre se había sentido caliente y seguro, hasta cuando dejaban que el fuego se apagara.

«Ella siempre se metía conmigo por eso —recordó—. Nunca me acordaba de alimentar el fuego, eso siempre había sido una tarea de la servidumbre.»

—No tenemos servidumbre —le recordaba ella.

—Tú me tienes a mí, soy tu sirviente —respondía él.

—Un sirviente haragán —era la réplica de ella—. ¿Qué hacen en Roca Casterly con los sirvientes haraganes, mi señor?

—Allí los besan —le contestaba él, y aquello siempre la hacía reír.

—Seguro que no —decía ella—. Seguro que les dan una paliza.

—No —insistía él—, los besan, de esta manera. —Y le mostraba cómo—. Primero, les besan los dedos, uno a uno, y besan sus muñecas, sí, y la parte interior del codo. Después, les besan sus graciosas orejitas; todos nuestros sirvientes tienen unas orejitas muy graciosas. ¡Deja de reírte! Y les besan las mejillas, y la naricita, con ese bultito diminuto, así, de esta manera, y les besan las cejas encantadoras y el cabello y los labios, y... hummm... la boca... de esta manera...

Se besaban durante horas y pasaban días enteros dedicados solamente a arrullarse en el lecho, escuchando las olas y tocándose. El cuerpo de ella era una maravilla para él, y al parecer, ella se deleitaba con el cuerpo de él. A veces ella le cantaba: «Amé a una doncella hermosa como el verano, con la luz del sol en el cabello.»

—Te amo, Tyrion —susurraba ella antes de irse a dormir por las noches—. Amo tus labios, amo tu voz y las palabras que me dices, y tu forma tan gentil de tratarme. Amo tu rostro.

—¿Mi rostro?

—Sí, sí. Amo tus manos y el modo en que me tocas. Amo tu polla, adoro sentirla dentro de mí.

—Ella también te ama, mi señora.

—Me encanta decir tu nombre, Tyrion Lannister. Combina con el mío. Lo de Lannister, no, lo otro. Tyrion y Tysha. Tysha y Tyrion. Tyrion. Mi señor Tyrion...

«Mentiras —pensó—, todo fingido, todo por el oro, ella era una puta, la puta de Jaime, el regalo de Jaime, mi señora de las mentiras.» El rostro de la mujer pareció esfumarse, disolviéndose tras un velo de lágrimas, pero incluso cuando desapareció, seguía oyendo el suave y lejano sonido de la voz de Tysha, que pronunciaba su nombre.

—Mi señor, ¿podéis oírme? ¿Mi señor? ¿Tyrion? ¿Mi señor? ¿Mi señor?

A través del laberinto de sueños de la amapola, vio una cara rosada y blanda inclinada sobre él. Estaba de nuevo en la habitación húmeda con los cortinajes de la cama que colgaban, y el rostro no era el que debía ser, no era el de ella, demasiado redondo, con el borde oscuro de una barba.

—¿Tenéis sed, mi señor? Aquí tengo leche, buena leche para vos. No debéis agitaros, no, no intentéis moveros, necesitáis descansar.

En una mano húmeda y rosada llevaba el embudo curvo, y en la otra, una botella.

Cuando el hombre se le acercó más, los dedos de Tyrion se deslizaron por debajo de su cadena de muchos metales, la agarraron y tiraron de ella. El maestre dejó caer la botella, y la leche de la amapola se derramó sobre las mantas. Tyrion retorció la cadena hasta sentir que los eslabones se clavaron en la piel del grueso cuello del hombre.

—No. Más, no... —graznó, tan ronco que no era capaz de saber si había dicho algo.

Pero debió de hacerse oír, porque el maestre, casi asfixiado, logró responder.

—Soltadme, por favor, mi señor... Necesitáis la leche, el dolor... La cadena, no, por favor, soltadme, no...

El rostro rosado comenzaba a ponerse violáceo cuando Tyrion lo soltó. El maestre retrocedió, aspirando con ansiedad. Su garganta enrojecida mostraba unas huellas blancas donde los eslabones habían ejercido presión. Sus ojos también estaban blancos. Tyrion levantó una mano, se la llevó a la cara e hizo un movimiento como de arrancarse la máscara endurecida. Lo repitió una, dos veces.

—¿Queréis... queréis que os quiten las vendas, no es eso? —dijo, finalmente, el maestre—. Pero yo no... eso sería... muy imprudente, mi señor. No estáis curado todavía; la reina podría...

La mención de su hermana le arrancó un gruñido a Tyrion. «Entonces, ¿eres uno de los suyos?» Apuntó al maestre con un dedo y después cerró la mano en un puño. Hizo gestos de aplastar, de estrangular, una promesa de lo que sucedería a menos que lo obedeciera.

Por suerte, el maestre comprendió.

—Haré... haré lo que ordene mi señor, sin duda, pero... es una imprudencia, vuestras heridas...

—Hacedlo —dijo, esta vez más alto.

El hombre hizo una reverencia y abandonó la habitación, para retornar momentos después con un largo cuchillo de hoja fina y serrada, un cuenco con agua, un montón de telas suaves y varias botellas. Tyrion había logrado incorporarse un poco, y estaba medio sentado sobre su almohada. El maestre le pidió que estuviera tan quieto como le fuera posible, e introdujo la punta del cuchillo bajo el mentón, por debajo de la máscara.

«Un desliz de la mano, y Cersei se librará de mí», pensó. Podía sentir como la hoja cortaba el lino endurecido a escasa distancia de su garganta.

Por fortuna, aquel hombre blando y rosado no era uno de los sirvientes más valerosos de su hermana. Al poco rato empezó a sentir el aire fresco en las mejillas. También sentía dolor, claro, pero hizo un esfuerzo para no prestarle atención. El maestre tiró las vendas, todavía llenas de costras de ungüento.

—No os mováis ahora; tengo que lavaros la herida.

Sus dedos eran delicados; el agua era tibia y relajante. «La herida», pensó Tyrion, recordando un súbito destello plateado que había pasado, al parecer, por debajo de sus ojos.

—Esto va a doler un poco —advirtió el maestre, mientras humedecía una venda en un vino que olía a hierbas maceradas.

Fue algo más que doler un poco. Trazó una línea de fuego por todo lo ancho del rostro de Tyrion y clavó una barra incandescente por la nariz. Sus dedos se aferraron a las sábanas, y comenzó a jadear, pero logró no gritar. El maestre cloqueaba como una gallina vieja.

—Lo más prudente habría sido dejar la máscara en su lugar hasta que la carne cicatrizara, mi señor. De todos modos, tiene buen aspecto. La herida está limpia, eso es bueno. Cuando os encontramos en aquel sótano, entre los muertos y los moribundos, vuestras heridas estaban infectadas. Teníais una costilla rota, seguro que lo notáis; quizá os golpearon con una maza, o sería una caída, es difícil decirlo. Y teníais una flecha clavada en el brazo, en la articulación del hombro. Tenía muy mal aspecto y durante un tiempo temí que pudierais perder el brazo, pero tratamos la herida con vino hirviente y gusanos, y ahora parece que cicatriza limpiamente.

—Nombre —exhaló Tyrion, mirando al hombre—. Nombre.

—Sois Tyrion Lannister, mi señor —dijo el maestre parpadeando—. Hermano de la reina. ¿Os acordáis de la batalla? En ocasiones, cuando hay heridas en la cabeza...

—Tu nombre. —Tenía la garganta en carne viva, y su lengua había olvidado cómo articular las palabras.

—Soy el maestre Ballabar.

—Ballabar —repitió Tyrion—. Tráeme. Espejo.

—Mi señor —dijo el maestre—. No os lo aconsejaría... puede ser, ah, imprudente, porque... vuestra herida...

—¡Tráelo! —tuvo que decir. Tenía la boca rígida y dolorida, como si un golpe le hubiera partido los labios—. Y beber. Vino. Amapola no.

El maestre se levantó, ruborizado, y salió deprisa. Regresó con una jarra de un vino ambarino pálido y un pequeño espejo plateado en un hermoso marco de oro. Se sentó al borde de la cama, sirvió media copa de vino y la llevó a los labios hinchados de Tyrion. El líquido bajó, fresco, aunque apenas pudo saborearlo.

—Más —dijo, cuando la copa se vació.

El maestre Ballabar volvió a servirle. Tras la segunda copa, Tyrion Lannister se sintió con fuerzas suficientes para enfrentarse a su rostro.

Tomó el espejo, se miró y no supo si reírse o llorar. El tajo era largo y torcido; comenzaba justo por debajo del ojo izquierdo y terminaba en el lado derecho de su mandíbula. De su nariz habían desaparecido tres cuartas partes, así como un pedazo del labio. Le habían cosido los bordes de la herida con hilo de tripa, y las groseras puntadas estaban aún en su sitio, a uno y otro lado del costurón de carne roja, a medio cicatrizar.

—Precioso —graznó al tiempo que dejaba el espejo a un lado.

Ya lo recordaba todo. El puente formado por naves, ser Mandon Moore, una mano y una espada que se dirigía a su rostro. «Si no hubiera dado un paso atrás, ese tajo se me habría llevado la mitad de la cabeza.» Jaime siempre había dicho que ser Mandon era el más peligroso de la Guardia Real, porque sus ojos muertos y vacíos no permitían adivinar sus intenciones. «No debí confiar nunca en ninguno de ellos.» Había sabido que ser Meryn y ser Boros eran leales a su hermana, así como ser Osmund, más tarde, pero se había permitido creer que los demás no habían perdido totalmente el honor. «Cersei debió de pagarle para asegurarse de que yo no volviera de la batalla. ¿Qué otra cosa podría ser? Que yo sepa, nunca hice daño alguno a ser Mandon.» Tyrion se tocó la cara, palpando la carne con dedos torpes y gruesos. «Otro regalo de mi querida hermanita.»

El maestre permanecía junto a la cama como un ganso a punto de salir volando.

—Mi señor, lo más probable es que quede una cicatriz...

—¿Lo más probable? —Su risa se transformó al momento en una mueca de dolor. Sin lugar a dudas, tendría una cicatriz. Y tampoco parecía probable que la nariz volviera a crecerle en poco tiempo. Su rostro no se había considerado nunca atractivo, pero aquello...—. Así... aprenderé... a no jugar... con hachas. —Una media sonrisa le tensó el rostro—. ¿Dónde estamos? ¿En qué lugar? —Le dolía hablar, pero Tyrion había estado en silencio demasiado tiempo.

—Ah, mi señor, estáis en el Torreón de Maegor. En una cámara situada encima del salón de baile de la reina. Su alteza quería teneros cerca para poder cuidaros ella misma.

«Seguro que sí.»

—Llévame —ordenó Tyrion—. A mi cama. A mis habitaciones. —«Donde estaré rodeado por mis hombres y por mi maestre, siempre que pueda encontrar uno en el que pueda confiar.»

—A vues... mi señor, eso no va a ser posible. La mano del rey reside ahora en las que eran antes vuestras habitaciones.

—Yo... soy... la mano del rey. —El esfuerzo que hacía para hablar lo dejaba exhausto, y lo que oía lo dejaba confuso.

—No, mi señor, yo... —El maestre Ballabar parecía preocupado—. Habéis resultado herido; agonizabais. Vuestro señor padre ha asumido ahora esas tareas. Lord Tywin...

—¿Aquí?

—Desde la misma noche de la batalla. Lord Tywin nos salvó a todos. La gente del pueblo dice que era el fantasma del rey Renly, pero los hombres sensatos saben que no fue así. Fue vuestro padre, con lord Tyrell, el Caballero de las Flores, y con lord Meñique. Cabalgaron entre las cenizas y atacaron al usurpador Stannis por la retaguardia. Fue una gran victoria, y ahora, lord Tywin se ha establecido en la Torre de la Mano para ayudar a su alteza a poner orden en el reino, alabados sean los dioses.

—Alabados sean los dioses —repitió Tyrion falsamente. ¿Su maldito padre, y el maldito Meñique y el fantasma de Renly?—. Quiero... —comenzó a decir. «¿Qué es lo que quiero?» No podía decirle al rosado Ballabar que le llevara a Shae. ¿A quién podía llamar? ¿En quién podía confiar? ¿Varys? ¿Bronn? ¿Ser Jacelyn?—. A mi escudero —concluyó—. Pod. Payne. —«Fue Pod allí, en el puente de naves, el chico me salvó la vida.»

—¿El chico? ¿El chico extraño?

—El chico extraño. Podrick Payne. Tú, ve. Tráelo.

—Como queráis, mi señor.

El maestre Ballabar inclinó la cabeza y salió a toda prisa. Tyrion sentía como las fuerzas se le escapaban mientras esperaba. Se preguntaba cuánto tiempo había permanecido allí, durmiendo. «A Cersei le encantaría verme dormir para siempre, pero no voy a darle ese gusto.»

Podrick Payne entró en el dormitorio, tímido como un ratón.

—¿Mi señor? —se acercó, tembloroso, a la cama.

«¿Cómo puede un chico que es tan fiero en la batalla asustarse tanto en la habitación de un herido?», se asombró Tyrion.

—Quería quedarme a vuestro lado, pero el maestre me echó.

—Échalo a él. Escúchame. Me cuesta trabajo hablar. Necesito vino del sueño. Vino del sueño, no leche... de la amapola. Ve adonde Frenken. Frenken, no Ballabar. Vigílalo mientras lo prepara. Tráeme el vino. —Pod le echó una mirada furtiva al rostro de Tyrion, y apartó la vista con la misma celeridad. «No puedo reprocharle eso»—. Quiero a los míos —continuó Tyrion—. Guardias. Bronn. ¿Dónde está Bronn?

—Lo han armado caballero.

—Búscalo. —Le dolía hasta fruncir el entrecejo—. Tráelo aquí.

—Como digáis, mi señor. Bronn.

—¿Ser Mandon? —preguntó Tyrion, agarrando la muñeca del chico.

El chico retrocedió, asustado.

—No tuve intención de m-m-m-m...

—¿Está muerto? ¿Estás seguro? ¿Está muerto?

—Se ahogó. —Arrastró los pies, sumiso.

—Bien. No hables... de él... de mí... de lo que pasó... nada.

Cuando su escudero se marchó, las últimas fuerzas de Tyrion lo abandonaron también. Se reclinó y cerró los ojos. Quizá volviera a soñar con Tysha.

«¿Le gustaría mi cara ahora?», pensó con amargura.

JON

Cuando Qhorin Mediamano le dijo que buscara ramitas secas para encender un fuego, Jon supo que el final de ambos se acercaba.

«Qué agradable sería sentirse caliente otra vez, aunque fuera durante un ratito —se dijo mientras arrancaba ramas peladas del tronco de un árbol muerto. Fantasma estaba sentado sobre las patas traseras, callado como siempre—. ¿Aullará por mí cuando esté muerto, de la misma manera que el lobo de Bran aulló cuando él cayó? —se preguntó Jon—. ¿Aullará Peludo, allá lejos en Invernalia, y Viento Gris, y Nymeria, estén donde estén?»

La luna se elevaba detrás de una montaña y el sol descendía detrás de otra mientras Jon golpeaba el pedernal con el puñal para sacar chispas, hasta que finalmente apareció una fina columna de humo. Qhorin se acercó y se quedó de pie junto a él mientras la primera llama crecía, haciendo chisporrotear los pedazos de corteza y la pinocha.

—Tan tímida como una doncella en su noche de bodas —dijo el explorador corpulento con voz serena—, y casi igual de bella. A veces, uno se olvida de lo bella que puede ser una hoguera.

No era hombre del que uno esperara oír hablar de doncellas y noches de boda. Por lo que Jon sabía, Qhorin se había pasado toda su vida en la Guardia. «¿Habrá amado alguna vez a una doncella? ¿Se habrá casado?» No podía preguntarlo, de modo que se limitó a aventar la hoguera. Cuando la llama comenzó a chisporrotear por todas partes, se quitó los guantes tiesos para calentarse las manos y suspiró, preguntándose si alguna vez un beso lo había hecho sentirse tan bien. El calor se difundió entre sus dedos como mantequilla derretida.

Mediamano se acomodó sobre la tierra y se sentó junto al fuego con las piernas cruzadas, mientras la luz temblorosa jugueteaba en sus rasgos angulosos. De los cinco exploradores que habían huido del Paso Aullante, de regreso a los eriales gris azulado de los Colmillos Helados, solo quedaban ellos dos.

Al principio, Jon había albergado la esperanza de que Escudero Dalbridge mantuviera a los salvajes detenidos en el paso. Pero cuando oyeron la llamada de un cuerno lejano, todos ellos supieron que Escudero había caído. Después divisaron al águila que ascendía en el crepúsculo con sus enormes alas color gris azulado, y Serpiente de Piedra tomó el arco en las manos, pero el ave se puso fuera de su alcance mucho antes de que pudiera tensar la cuerda. Ebben escupió y masculló algo sobre los cambiapieles.

Al día siguiente divisaron el águila en dos ocasiones y oyeron tras ella el cuerno de caza, cuyo sonido retumbaba en las montañas. Cada vez parecía sonar más fuerte, más cercano. Cuando cayó la noche, Mediamano le dijo a Ebben que tomara la pequeña montura del escudero y la suya, y que galopara a toda prisa hacia Mormont, deshaciendo el camino por el que habían venido. Los demás entretendrían a los perseguidores.

—Envía a Jon —lo había instado Ebben—. A caballo es tan veloz como yo.

—Jon tiene otro papel en esto.

—Solo es un muchacho.

—No —replicó Qhorin—, es un hombre de la Guardia de la Noche.

Cuando ascendió la luna, Ebben los dejó. Serpiente de Piedra lo acompañó hacia el este durante un corto tramo y regresó para borrar las huellas; y los tres que quedaban se encaminaron al suroeste. A partir de entonces, los días y las noches se hicieron difusos, fundiéndose unos con otras. Dormían sobre las sillas de montar y se detenían solo lo necesario para alimentar y dar de beber a sus pequeños caballos de las montañas; luego volvían a montar. Cabalgaron sobre rocas desnudas, entre lúgubres bosques de pinos y montones de nieve vieja, sobre cordilleras heladas y a través de ríos de poca profundidad que carecían de nombre. A veces, Qhorin o Serpiente de Piedra regresaban un trecho para borrar las huellas, pero era un gesto fútil. Los vigilaban. Cada amanecer y cada atardecer divisaban al águila que se elevaba entre los picos, solo un puntito en la inmensidad del cielo.

Escalaban una elevación de poca altura entre dos picos cubiertos de nieve cuando un gatosombra salió rugiendo de su guarida, apenas a diez pasos de distancia. El animal era flaco y estaba hambriento, pero al verlo, la yegua de Serpiente de Piedra fue presa del pánico; se encabritó y salió al galope, y antes de que el explorador pudiera tenerla de nuevo bajo control, tropezó en la cuesta inclinada y se rompió una pata.

Fantasma comió bien aquel día, y Qhorin insistió en que mezclaran un poco de la sangre del caballo con el cereal para que les diera fuerzas. El sabor de aquella papilla asquerosa estuvo a punto de provocarle arcadas a Jon, pero se obligó a tragarla. Cada uno cortó del costillar una docena de tiras de carne cruda para masticarla mientras cabalgaban, y dejaron el resto para los gatosombras.

No tenía sentido borrar las huellas. Serpiente de Piedra se ofreció a emboscar a los perseguidores y sorprenderlos cuando aparecieran. Quizá pudiera llevarse consigo al infierno a unos cuantos. Qhorin se negó.

—Si hay un hombre en la Guardia de la Noche que pueda atravesar los Colmillos Helados solo y a pie, ese eres tú, hermano. Puedes trepar montañas que un caballo tendría que rodear. Dirígete al Puño. Dile a Mormont qué vio Jon y cómo. Dile que los antiguos poderes están despertando, que se enfrenta a gigantes, a cambiapieles y a cosas peores. Dile que los árboles vuelven a tener ojos.

«No tiene la menor oportunidad», pensó Jon mientras contemplaba como Serpiente de Piedra desaparecía tras una cresta nevada, un pequeño insecto negro reptando sobre una ondulada extensión blanca.

Después de aquello, cada noche parecía más fría que la anterior, y más solitaria. Fantasma no siempre los acompañaba, pero nunca se alejaba mucho. Hasta cuando estaban separados, Jon percibía su cercanía. Aquello lo alegraba. Mediamano no era el más afable de los hombres. La larga trenza canosa de Qhorin oscilaba lentamente con el movimiento de su caballo. A menudo cabalgaban durante horas sin pronunciar palabra; los únicos sonidos eran el suave roce de las herraduras en la piedra y el silbido del viento, que soplaba sin parar entre las cimas. Cuando dormía, no soñaba con lobos, ni con sus hermanos, no soñaba nada.

«Ni siquiera los sueños pueden vivir aquí», se dijo.

—¿Está bien afilada tu espada, Jon Nieve? —preguntó Qhorin Mediamano desde el otro lado de las llamas oscilantes.

—Mi espada es de acero valyrio. Me la dio el Viejo Oso.

—¿Recuerdas tu juramento?

—Sí. —No eran palabras que un hombre pudiera olvidar. Una vez dichas, no podían retirarse. Cambiaban la vida de uno para siempre.

—Repítelo de nuevo conmigo, Jon Nieve.

—Si eso es lo que quieres...

Sus voces se unieron en una sola bajo la luna ascendente, mientras Fantasma escuchaba y las montañas hacían de testigo.

—El agua se está empezando a congelar —apuntó Qhorin al tiempo que se desviaba a un lado—. Si no fuera por eso, sería mejor ir por el lecho del río. Pero si rompemos el hielo se darán cuenta. No nos apartaremos del acantilado. El río describe una curva muy cerrada a un cuarto de legua que nos ocultará de la vista. —Cabalgó hacia el desfiladero. Jon lanzó una última mirada nostálgica hacia la lejana hoguera y lo siguió.

—La noche se avecina, ahora empieza mi guardia. No terminará hasta el día de mi muerte. No tomaré esposa, no poseeré tierras, no engendraré hijos. No llevaré corona, no alcanzaré la gloria. Viviré y moriré en mi puesto. Soy la espada en la oscuridad. Soy el vigilante del Muro. Soy el fuego que arde contra el frío, la luz que trae el amanecer, el cuerno que despierta a los durmientes, el escudo que defiende los reinos de los hombres. Entrego mi vida y mi honor a la Guardia de la Noche, durante esta noche y todas las que estén por venir.

Cuando terminaron, no se oyó otro sonido que el chisporroteo tenue de las llamas y un lejano silbido del viento. Jon abrió y cerró sus dedos chamuscados, repitiendo las palabras en su mente, orando para que los dioses de su padre le dieran fuerzas para morir con valor cuando llegara su hora. Ya no faltaba tanto. Las monturas estaban al límite de sus fuerzas, y Jon sospechaba que la bestia de Qhorin no duraría un día más.

En aquel momento, las llamas habían bajado, y el calor disminuía.

—Pronto se apagará esta hoguera —dijo Qhorin—, pero si el Muro cae alguna vez, todos los fuegos se apagarán. —No había nada que Jon pudiera decir a aquello. Hizo un gesto de asentimiento—. Aún podríamos escapar de ellos —dijo el explorador—. O no.

—No le tengo miedo a la muerte —dijo, y solo era una mentira a medias.

—Puede que no sea tan fácil, Jon.

—¿Qué quieres decir? —No lo entendía.

—Si nos cogen, debes rendirte.

—¿Rendirme? —Parpadeó, incrédulo. Los salvajes no tomaban cautivos entre los hombres a los que llamaban cuervos. Los mataban a todos, con excepción de...—. Solo perdonan a los renegados. A los que se unen a ellos, como Mance Rayder.

—Y como tú.

—No —dijo Jon haciendo un gesto de negación—. Nunca. No lo haré.

—Lo harás. Te lo ordeno.

—¿Me lo ordenas? Pero...

—Nuestro honor no significa más que nuestra vida, siempre que el reino esté a salvo. ¿Eres un hombre de la Guardia de la Noche?

—Sí, pero...

—No hay peros, Jon Nieve. Lo eres o no lo eres.

—Lo soy —dijo Jon, irguiéndose.

—Entonces, escúchame. Si nos atrapan, te irás con ellos, como te recomendó una vez la chica salvaje que capturaste. Pueden exigirte que hagas tiras de tu capa, que les jures lealtad sobre la tumba de tu padre, que maldigas a tus hermanos y a tu lord comandante. Te exijan lo que te exijan, no puedes negarte. Haz lo que te ordenen... pero en lo más hondo de tu corazón, recuerda quién y qué eres. Cabalga con ellos, come con ellos, combate con ellos todo el tiempo que sea necesario. Y observa.

—¿El qué? —preguntó Jon.

—Ojalá lo supiera —dijo Qhorin—. Tu lobo vio sus excavaciones en el valle del Agualechosa. ¿Qué andan buscando en un sitio tan distante y yermo? ¿Lo habrán encontrado? Eso es lo que debes averiguar antes de regresar con lord Mormont y tus hermanos. Esa es la misión que te encomiendo, Jon Nieve.

—Haré lo que me dices —dijo Jon, sin entusiasmo—, pero... se lo contarás a ellos, ¿verdad? ¿Al menos al Viejo Oso? Dile que no rompí mi juramento.

—Lo juro. —Qhorin Mediamano lo miró fijamente a través del fuego, con sus ojos sumidos en pozos de sombras—. La próxima vez que lo vea. —Hizo un gesto hacia la hoguera—. Más leña. Quiero que brille, que caliente.

Jon fue a cortar más ramas, y partió cada una en dos antes de tirarlas a las llamas. El árbol llevaba largo tiempo muerto, pero parecía revivir entre las llamaradas cuando unos fieros bailarines despertaban dentro de cada trozo de leña para girar y revolverse en sus brillantes túnicas amarillas, rojas y anaranjadas.

—Basta —dijo Qhorin bruscamente—. Ahora, cabalguemos.

—¿Que cabalguemos? —Más allá del fuego reinaba la oscuridad, y la noche era gélida—. ¿Hacia dónde vamos?

—De vuelta. —Qhorin montó una vez más en su agotado caballo—. El fuego los hará seguir en otra dirección, o eso espero. Vamos, hermano.

Jon volvió a ponerse los guantes y se levantó la capucha. Hasta los caballos parecían poco dispuestos a alejarse del fuego. El sol se había puesto hacía ya tiempo, y solo el frío destello lunar del cuarto menguante estaba allí para guiar sus pasos por el terreno traicionero que se extendía a su espalda. No sabía qué tendría en mente Qhorin, pero quizá les diera una oportunidad. Tenía la esperanza de que fuera así.

«No quiero hacer de renegado, ni siquiera por una buena causa.»

Avanzaban con cautela; se movían con el mayor sigilo posible para un caballo y su jinete, y volvieron sobre sus pasos hasta llegar a la boca de un angosto desfiladero, donde un pequeño torrente helado surgía entre dos montañas. Jon recordó el sitio. Allí habían abrevado a sus caballos antes de la puesta del sol.

Cuanto más avanzaban, más los presionaban las rocas, a los lados. Siguieron la cinta plateada de la corriente bañada por la luna hasta su fuente. Las laderas de roca estaban cubiertas de carámbanos, pero Jon todavía podía oír el sonido de agua corriente bajo la dura y fina corteza.

Un gran pedazo de roca caída les bloqueaba el camino de ascenso allí donde una parte del risco se había desmoronado, pero los pequeños caballos de paso seguro lograron sortearlo. Más adelante, las paredes del desfiladero se cerraban abruptamente, y la corriente los condujo al pie de una cascada elevada y sinuosa. Había mucha bruma, como el aliento de una enorme bestia gélida. Las aguas, al caer, emitían destellos plateados a la luz de la luna. Jon, estupefacto, miró a su alrededor.

«No hay salida.»

Qhorin y él tal vez pudieran escalar los riscos, pero no con los caballos. Y a pie no durarían mucho.

—Vamos, rápido —ordenó Mediamano.

El corpulento explorador, montado sobre el caballo menudo, cabalgó sobre las rocas, resbaladizas por el hielo, fue directo hacia la cortina de agua y desapareció tras ella. Al ver que no volvía a aparecer, Jon le clavó las espuelas a su montura y lo siguió. Su caballo intentó retroceder. El agua, al caer, los golpeó con puños helados, y la sacudida del frío hizo que a Jon se le cortara el aliento.

Y al momento se halló al otro lado, tiritando y empapado, pero al otro lado.

La fisura en la roca era apenas del tamaño suficiente para que pasara un hombre con su caballo, pero al otro lado, las paredes se separaban y el suelo se volvía de arena blanda. Jon sentía las gotas de agua que se le congelaban en la barba. Fantasma atravesó la caída de agua de un salto rabioso, se sacudió las gotas de la pelambre, olfateó la oscuridad con suspicacia y levantó una pata contra la pared rocosa. Qhorin había desmontado. Jon lo imitó.

—Tú sabías de este lugar.

—Cuando tenía tu edad, oí a un hermano que contaba cómo había perseguido a un gatosombra a través de estas cataratas. —Desensilló el caballo, le quitó el bocado y las riendas, y lo rascó con los dedos a través de las crines lanudas—. Hay un camino que atraviesa el corazón de la montaña. Si al llegar la aurora no nos han encontrado, seguiremos adelante. Yo me encargo de la primera guardia, hermano.

Qhorin se sentó en la arena con la espalda recostada en la pared; no era más que una sombra negra imprecisa en la penumbra de la caverna. Por encima del rumor del agua que caía, Jon oyó el suave sonido del acero sobre el cuero, lo que solo podía significar que Mediamano había desenvainado la espada.

Se quito la capa mojada, pero allí había demasiado frío y humedad para seguir desnudándose. Fantasma se estiró junto a él y le lamió el guante antes de acurrucarse para dormir. Jon le agradecía su calor. Se preguntó si, allá fuera, la hoguera seguía ardiendo, o si ya se habría apagado. «Si el Muro cae alguna vez, todos los fuegos se apagarán.» La luna brillaba a través de la cortina de agua y dejaba una pálida franja brillante en la arena, pero al rato, aquello también se desvaneció y reinó la oscuridad total.

Finalmente llegó el sueño con sus pesadillas. Soñó con castillos en llamas y con cadáveres que se levantaban intranquilos de sus sepulturas. Cuando Qhorin lo despertó, aún estaba oscuro. Mientras Mediamano dormía, Jon se mantuvo sentado con la espalda recostada en la pared de la caverna, prestando atención al sonido del agua y esperando la llegada de la aurora.

Al romper el día, cada uno masticó una tira semicongelada de carne de caballo; después ensillaron de nuevo sus bestias y se echaron las capas negras por encima de los hombros. Durante su guardia, Mediamano había confeccionado media docena de antorchas, empapando mazos de musgo en el aceite que llevaba en las alforjas. Encendió la primera y guio el avance hacia la oscuridad, con la pálida llama delante de sí. Jon lo siguió con los caballos. El sendero de piedras se retorcía, primero arriba, después abajo, y luego giraba en un descenso abrupto. En ciertos momentos se hacía tan estrecho que era difícil convencer a los caballos de que era posible pasar al otro lado.

«Cuando logremos salir, los habremos despistado. Ni un águila puede ver a través de la roca. Cabalgaremos a toda velocidad hacia el Puño y le contaremos al Viejo Oso todo lo que sabemos.»

Pero cuando volvieron a salir a la luz, horas después, el águila los estaba esperando, posada en un árbol seco, a unas cincuenta varas más arriba, en la ladera. Fantasma fue a por ella, saltando entre las rocas, pero el ave sacudió las alas y emprendió el vuelo.

La boca de Qhorin se puso tensa mientras la seguía con la mirada.

—Este es un lugar tan bueno como otro cualquiera para resistir —declaró—. La boca de la cueva nos protege por encima, y no pueden ponerse a nuestra retaguardia sin atravesar la montaña. ¿Está afilada tu espada, Jon Nieve?

—Sí —respondió.

—Demos de comer a los caballos. Nos han servido con dedicación, pobres bestias.

Jon le dio a su montura lo que le quedaba de avena y acarició sus crines lanudas, mientras Fantasma se movía inquieto entre las rocas. Se ajustó más los guantes y flexionó sus dedos quemados. «Soy el escudo que protege los reinos de los hombres.»

Un cuerno de caza retumbó entre las montañas, y un instante después, Jon oyó los ladridos de los sabuesos.

—Pronto llegarán aquí —anunció Qhorin—. Ten presto a tu lobo.

—Fantasma, conmigo —dijo Jon.

El lobo huargo acudió a disgusto a su lado, con la cola tiesa.

Los salvajes aparecieron en gran cantidad sobre una cresta, a menos de ochocientos pasos de distancia. Sus perros los precedían en la carrera, bestias de color gris pardusco, con las fauces desnudas, que tenían bastante de lobo en la sangre. Fantasma mostró los colmillos, con el pelaje erizado.

—Tranquilo —murmuró Jon—. Conmigo.

Oyó un batir de alas por encima de su cabeza. El águila se posó en un saliente de roca y emitió un grito de triunfo.

Los cazadores se aproximaban con cautela, temiendo quizá las flechas. Jon contó catorce, con ocho perros. Sus grandes escudos redondos estaban hechos con pieles tensadas sobre mimbre, y llevaban calaveras dibujadas. La mitad de ellos escondía el rostro tras rudimentarios yelmos de madera y cuero endurecido. En los flancos, los arqueros colocaban flechas en pequeños arcos de madera y hueso, pero no disparaban. Los demás parecían estar armados con lanzas y mazas. Uno de ellos tenía un hacha de piedra tallada. Vestían únicamente las piezas de armaduras que habían quitado a exploradores muertos o robado durante incursiones. Los salvajes no extraían minerales ni los fundían, y al norte del Muro había pocos herreros y menos fraguas.

Qhorin desenvainó su mandoble. El relato de cómo había aprendido a combatir con la mano izquierda tras perder la mitad de la derecha era parte de su leyenda; se decía que actualmente manejaba la hoja con más destreza que nunca. Jon se situó hombro con hombro junto al enorme explorador, y sacó a *Garra* de su vaina. A pesar del aire gélido, el sudor hacía que le ardieran los ojos.

Los cazadores se detuvieron a diez pasos por debajo de la boca de la caverna. Su jefe ascendió solo, a lomos de una bestia que más parecía una cabra que un caballo, a juzgar por la seguridad con la que escalaba aquella ladera desigual. Cuando el hombre y su cabalgadura estuvieron más cerca, Jon alcanzó a oír el traqueteo: ambos llevaban armaduras de huesos. Huesos de vaca, huesos de oveja, huesos de cabra, de bisonte, de alce, grandes huesos de mamuts peludos... así como huesos humanos.

—Casaca de Matraca —pronunció Qhorin con gélida cortesía.

—Para los cuervos soy el Señor de los Huesos. —El yelmo del jinete había sido confeccionado con la calavera rota de un gigante, y a todo lo largo de sus brazos habían cosido garras de osos al cuero endurecido.

—No veo por aquí a ningún señor —dijo Qhorin con una mueca burlona—. Solo a un perro que viste huesos de pollo, y que cuando cabalga traquetea como una matraca.

El salvaje soltó un silbido de rabia, y su montura retrocedió. En verdad traqueteaba; Jon lo oía perfectamente. Los huesos estaban medio sueltos, unos junto a otros, de manera que cuando el hombre se movía, entrechocaban y castañeteaban.

—Tus huesos son los que van a traquetear muy pronto, Mediamano. Te herviré, retiraré la carne y me haré una cota con tus costillas. Tallaré tus dientes para hacerme runas y comeré papilla de avena en tu calavera.

—Si quieres mis huesos, ven a por ellos.

Pero Casaca de Matraca no parecía muy dispuesto a hacerlo. En el espacio reducido entre las rocas donde los hermanos negros se habían hecho fuertes, sus soldados no eran tantos; para hacerlos salir de la caverna, los salvajes tendrían que atacar de dos en dos. Pero otro miembro de su partida, una de las guerreras llamadas mujeres de las lanzas, detuvo su caballo junto a él.

—Somos catorce contra dos, cuervos, y ocho perros para vuestro lobo —dijo—. Huyáis o peleéis, sois nuestros de todos modos.

—Muéstraselo —ordenó Casaca de Matraca.

La mujer metió la mano en un saco manchado de sangre y extrajo un trofeo. Ebben había sido calvo como un huevo, por lo que la mujer sacó la cabeza por una oreja.

—Murió como un valiente —dijo.

—Pero murió —añadió Casaca de Matraca—, igual que morirás tú. —Sacó su hacha de batalla, levantándola por encima de la cabeza. Era de un magnífico acero, con un destello maligno en ambas hojas. Ebben nunca había sido descuidado con sus armas. Los demás salvajes avanzaron hasta quedar al lado de su jefe, mofándose de ellos a gritos. Algunos eligieron a Jon para sus burlas.

—¿Ese lobo es tuyo, niño? —gritó un jovenzuelo flaco, agitando una maza de piedra—. Será mi capa antes de que se ponga el sol.

Al otro extremo del grupo, una mujer de las lanzas echó a un lado sus pieles harapientas y le enseñó a Jon un pesado pecho blanco.

—¿El bebé extraña a su mamaíta? Ven, niño, chupa un poco de esto.

Los perros ladraban también.

—Se burlarán de nosotros hasta que cometamos alguna tontería. —Qhorin miró largamente a Jon—. No olvides tus órdenes.

—Parece que tendremos que espantar a los cuervos —gritó Casaca de Matraca por encima del griterío—. ¡Emplumadlos!

—¡No! —El grito brotó de los labios de Jon antes de que los arqueros pudieran disparar. Dio dos rápidos pasos adelante—. ¡Nos rendimos!

—Me habían advertido que la sangre de los bastardos era cobarde —oyó cómo decía fríamente Qhorin a sus espaldas—. Ya veo que es así. Corre con tus nuevos amos, cobarde.

Con el rostro rojo de vergüenza, Jon bajó la ladera hasta donde se había detenido el caballo de Casaca de Matraca. El salvaje lo miró por el visor de su yelmo.

—El pueblo libre no necesita cobardes.

—No es ningún cobarde. —Uno de los arqueros se quitó el yelmo de piel de oveja y sacudió una cabellera roja y lanuda—. Es el bastardo de Invernalia, el que me salvó la vida. Déjalo vivir.

Jon miró a Ygritte a los ojos y no pudo pronunciar palabra.

—Que muera —insistió el Señor de los Huesos—. El cuervo negro es un pájaro astuto; no confío en él.

En una roca por encima de ellos, el águila agitó las alas y cortó el aire con un grito de furia.

—El ave te odia, Jon Nieve —dijo Ygritte—. Y tiene buenas razones para ello. Era un hombre antes de que lo mataras.

—No lo sabía —dijo Jon, sin mentir ni un ápice, tratando de acordarse del rostro del hombre que había matado en el paso—. Me dijiste que Mance me aceptaría.

—Y lo hará —replicó Ygritte.

—Mance no está aquí —dijo Casaca de Matraca—. Ragwyle, destrípalo.

La corpulenta mujer de las lanzas entrecerró los ojos.

—Si el cuervo quiere unirse al pueblo libre —dijo—, que nos muestre su habilidad y dé pruebas de que lo que dice es cierto.

—Haré lo que me ordenéis. —Las palabras le salieron con dificultad, pero Jon logró pronunciarlas.

—Entonces, bastardo, mata a Mediamano. —La armadura de huesos de Casaca de Matraca traqueteó sonoramente con las carcajadas.

—Como si pudiera —dijo Qhorin—. Vuélvete, Nieve, y muere.

Y al momento, la espada de Qhorin lo buscó, y de alguna manera, *Garra* se alzó para parar el golpe. La violencia del impacto estuvo a punto de hacer que la espada cayera de la mano de Jon, y lo hizo retroceder trastabillando. «Te exijan lo que te exijan, no puedes negarte.» Agarró la espada con las dos manos, con suficiente celeridad para lanzar una estocada, pero el corpulento explorador la desvió con facilidad despectiva. Siguieron combatiendo, adelante y atrás, tremolantes las capas negras, la rapidez del joven contra la fuerza salvaje de las estocadas de Qhorin, lanzadas con la mano izquierda. El mandoble de Mediamano parecía estar en todas partes a la vez, cayendo por un flanco y al momento por el otro, llevando a Jon de un lado a otro e impidiéndole recuperar el equilibrio. Percibía ya cómo se le entumecían los brazos.

Incluso cuando los dientes de Fantasma se cerraron ferozmente en torno a la pantorrilla del explorador, Qhorin logró mantenerse sobre los pies de alguna manera. Pero en aquel instante, al volverse, se descubrió. Jon pisó fuerte y pivotó. El explorador retrocedía, y durante un momento pareció que el tajo de Jon no lo había alcanzado. Pero inmediatamente apareció un collar de lágrimas rojas en la garganta del hombre, brillante como una gargantilla de rubíes. La sangre comenzó a salir a borbotones, y Qhorin Mediamano cayó.

Del hocico de Fantasma caían gotas rojas, pero solo la punta de la espada bastarda estaba manchada. Jon hizo que el lobo huargo se apartara y se inclinó junto a él, pasándole el brazo por encima. La luz se apagaba en los ojos de Qhorin.

—Afilada —dijo, levantando los dedos mutilados. A continuación, su mano cayó y su vida se apagó.

«Él lo sabía —pensó Jon, aturdido—. Sabía qué me iban a exigir.» Recordó entonces a Samwell Tarly, a Grenn, a Edd el Penas, a Pyp y al Sapo, en el Castillo Negro. ¿Los había perdido a todos? ¿Había perdido a Bran, a Rickon y a Robb? ¿Quién era él en aquel momento? ¿Qué era?

—Levantadlo. —Unas manos rudas lo obligaron a ponerse en pie. Jon no opuso resistencia—. ¿Tienes un nombre?

—Se llama Jon Nieve —respondió Ygritte en su lugar—. Lleva la sangre de Eddard Stark, de Invernalia.

—¿A quién se le habría ocurrido semejante cosa? —dijo Ragwyle riéndose—. Qhorin Mediamano muerto por un tajo casual del retoño de un señor.

—Destripadlo —volvió a decir Casaca de Matraca, que no había desmontado. El águila voló hacia él y se posó con un grito sobre su yelmo de hueso.

—Se ha rendido —le recordó Ygritte.

—Sí, y mató a su hermano —dijo un hombre bajito y feo, que llevaba un yelmo de hierro comido por la herrumbre.

—Ha sido el lobo el que ha hecho su trabajo. —Casaca de Matraca se aproximó, en su caballo, y los huesos traquetearon—. Lo ha hecho a traición. Yo quería matar a Mediamano en persona.

—Ya hemos visto todos las ganas que tenías de enfrentarte a él —se burló Ragwyle.

—Es un cambiapieles —dijo el Señor de los Huesos—, y un cuervo. No me gusta.

—Es posible que sea un cambiapieles —replicó Ygritte—, pero eso nunca nos ha intimidado.

Otros gritaron, manifestando su acuerdo. Tras el visor de su calavera amarillenta, la mirada de Casaca de Matraca era maligna, pero se rindió a regañadientes.

«Es verdad que son un pueblo libre», pensó Jon.

Incineraron a Qhorin Mediamano donde había caído, en una pira de agujas de pino, maleza y ramas quebradas. Parte de la madera estaba verde aún y ardía despacio, con mucho humo, enviando una columna negruzca al brillante azul del cielo. Posteriormente, Casaca de Matraca exigió algunos huesos calcinados, mientras los demás se jugaban los arreos del explorador. Ygritte ganó su capa.

—¿Volveremos por el Paso Aullante? —le preguntó Jon. No sabía si podría enfrentarse de nuevo a aquellas elevaciones, ni si su montura sobreviviría a un segundo cruce.

—No —le respondió ella—. Detrás de nosotros ya no queda nada. —Lo miró con tristeza—. A estas alturas, Mance está muy abajo por el Agualechosa, avanzando hacia vuestro Muro.

Las cenizas caían como blanda nieve gris.

Avanzó, pisando una capa acolchada de agujas secas y hojas marrones, hasta el extremo del bosque donde los pinos estaban a mayor distancia entre sí. Más allá de los campos despejados podía ver claramente la silueta de los grandes montones de hombre-roca ante las llamas danzantes. El viento soplaba, cálido y rico con el olor a sangre y a carne quemada, tan penetrante que de sus fauces comenzó a chorrear la saliva.

Pero mientras un olor los llamaba, otros los hacían retroceder. Olfateó el humo que flotaba en el aire. «Hombres, muchos hombres, muchos caballos, y fuego, fuego, fuego.» No había un olor más peligroso, ni siquiera el frío olor del hierro, el material de las garras de los hombres y de la piel dura. El humo y las cenizas le nublaban los ojos, y vio en el cielo una enorme serpiente alada, cuyo rugido era un río de llamas. Enseñó los colmillos, pero la serpiente desapareció al instante. Detrás de los acantilados, altísimos incendios devoraban las estrellas.

Durante toda la noche, los fuegos chisporrotearon, y en una ocasión hubo un enorme bramido y un estruendo que hicieron temblar la tierra bajo sus pies. Los perros ladraron y gimieron, y los caballos relincharon de terror. Los aullidos estremecieron la noche; eran los aullidos del hombre-manada, sollozos de miedo y gritos salvajes, risas y chillidos. No había bestia más ruidosa que el hombre. Alzó las orejas y escuchó, y su hermano gruñó a cada ruido. Se deslizaron bajo los árboles mientras un viento que olía a pino quemado barría cenizas y brasas hacia el cielo. En su momento, las llamas comenzaron a disminuir hasta que desaparecieron por fin. El sol se levantó, aquella mañana gris y ahumado.

Entonces abandonó los árboles y se movió lentamente a través de los campos. Su hermano corría con él, atraído por el olor a sangre y muerte. Caminaron en silencio entre las guaridas de madera, hierba y cieno construidas por los hombres. Muchísimas de ellas se habían quemado, y muchísimas se habían derrumbado; otras permanecían en pie, como antes. Pero por ninguna parte vieron ni olfatearon un hombre vivo. Los cuervos cubrían los cadáveres y se elevaban de repente, graznando, cuando su hermano y él se les acercaban. Los perros salvajes huían furtivamente al verlos.

Al pie de los grandes riscos grises, un caballo moría ruidosamente, luchaba por levantarse sobre una pata rota y relinchaba cuando volvía a caer. Su hermano describió un círculo en torno al animal y le desgarró la garganta; el caballo pataleó con frenesí y puso los ojos en blanco. Cuando se acercó al cadáver, su hermano le lanzó una dentellada y agachó las orejas; él lo golpeó con una pata y lo mordió. Lucharon entre la hierba, el fango y las cenizas que caían, junto al caballo muerto, hasta que su hermano, en gesto de sumisión, rodó sobre la espalda con la cola metida entre las patas. Le dio un mordisco más en la garganta y comenzó a comer; dejó que su hermano comiera y le lamió la sangre de su pelaje negro.

En aquel momento, el sitio oscuro lo atraía hacia allí, hacia la casa de los susurros donde todos los hombres eran ciegos. Podía sentir sus dedos fríos sobre el cuerpo. Se resistió al tirón. No le gustaba la oscuridad. Era lobo. Era cazador, de los que acechan y matan, y su lugar estaba entre sus hermanos en los bosques profundos, corriendo en libertad bajo un cielo estrellado. Se sentó sobre los cuartos traseros, levantó la cabeza y aulló.

«No me iré —gimió—. Soy un lobo, no me iré.» Pero incluso así, la oscuridad se espesó hasta cubrir sus ojos, llenar su nariz y taponar sus oídos, de manera que no podía ver, oler, oír ni correr, y los grandes riscos desaparecieron junto con el caballo muerto, y su hermano desapareció y todo se volvió negro, silencioso, negro y frío, negro y muerto, negro...

—Bran. —Una voz susurraba muy queda—. Bran, regresa. Regresa ya. Bran. Bran...

Cerró su tercer ojo y abrió los otros dos, los dos antiguos, los dos ciegos. En el sitio oscuro, todos los hombres eran ciegos. Pero alguien lo retenía. Podía sentir brazos en torno a su torso, el calor de un cuerpo que se acurrucaba con él. Podía oír a Hodor.

—Hodor, Hodor, Hodor, Hodor —cantaba muy bajito, casi para sus adentros.

—¿Bran? —Era la voz de Meera—. Estabas muy agitado, haciendo ruidos horribles. ¿Qué has visto?

—Invernalia. —La lengua era un objeto extraño y grueso en su boca. «Un día, cuando regrese, ya no sabré hablar»—. Era Invernalia. Ardía toda. Olía a caballo, a acero y a sangre. Habían matado a todo el mundo, Meera. —Sintió la mano de ella sobre su rostro, acariciándole el cabello.

—Estás todo sudado —dijo Meera—. ¿Quieres beber algo?

—Sí, por favor —aceptó. Le acercó un pellejo a los labios, y Bran bebió con tanta avidez que el agua le escapó por la comisura de la boca. Al regresar, siempre se sentía débil y sediento. Y hambriento también. Recordó al caballo moribundo, el sabor de la sangre en la boca y el olor de la carne quemada en el aire matutino.

—¿Cuánto tiempo?

—Tres días —dijo Jojen. El niño había llegado en silencio, o quizá había estado allí todo el tiempo; en aquel mundo negro y ciego, Bran no habría podido asegurar nada—. Hemos temido por ti.

—Estaba con Verano —dijo Bran.

—Demasiado tiempo. Te morirás de hambre. Meera te vertió un poco de agua en la garganta y te untamos miel en la boca, pero no es suficiente.

—Comí —dijo Bran—. Derribamos un alce y tuve que espantar a un gato arbóreo que intentaba robárnoslo. —El gato era color bronce y marrón, de la mitad del tamaño de los lobos huargo, pero muy feroz. Recordaba su olor a almizcle y la manera en que les había gruñido desde la gruesa rama del roble.

—El lobo comió —dijo Jojen—, pero tú no. Ten cuidado, Bran. Recuerda quién eres.

Recordaba demasiado bien quién era; Bran, el niño; Bran el roto. «Mejor Bran, el hombre bestia.» Era normal que prefiriera sus sueños de Verano, sus sueños de lobo. Allí, en la gélida y húmeda oscuridad de la tumba, su tercer ojo se había abierto finalmente. Podía llegar a Verano siempre que quería, y en una ocasión había llegado a tocar a Fantasma y hablar con Jon. Aunque quizá solo hubiera soñado aquello. No podía entender por qué Jojen siempre trataba de hacerlo regresar. Bran utilizó la fuerza de sus brazos para sentarse.

—Tengo que contarle a Osha lo que he visto. ¿Está aquí? ¿Adónde se ha ido?

—A ninguna parte, mi señor —respondió la mujer salvaje—. Estoy harta de vagar por la oscuridad.

Oyó el arañar de un talón sobre la piedra, volvió la cabeza hacia el sonido, pero no vio nada. Pensó que podía reconocerla por su olor, pero no estaba seguro. Todos ellos hedían de la misma manera, y no contaba con el olfato de Verano para diferenciarlos.

—Anoche oriné en el pie de un rey —prosiguió Osha—. O quizá fuera por la mañana, ¿quién sabe? Estaba durmiendo, pero ahora estoy despierta.

Todos ellos dormían mucho, no solo Bran. No había otra cosa que hacer. Dormir, comer y dormir otra vez, en ocasiones conversar un poco... pero no demasiado, y solo en susurros, para estar a salvo. Osha habría preferido que no hablaran nunca, pero no había manera de tranquilizar a Rickon ni de impedir que Hodor murmurara constantemente «Hodor, Hodor, Hodor» entre dientes.

—Osha —dijo Bran—, vi que Invernalia ardía. —A la derecha oía el sonido calmado de la respiración de Rickon.

—Un sueño —dijo Osha.

—Un sueño de lobo —replicó Bran—. También lo olí. Nada huele como el fuego o la sangre.

—¿La sangre de quién?

—De hombres, caballos, perros, de todo el mundo. Tenemos que ir a ver.

—Este flaco pellejo mío es el único que tengo —dijo Osha—. Si ese príncipe calamar me pone la mano encima, me desollará la espalda con un látigo.

La mano de Meera encontró la de Bran en la oscuridad y le apretó los dedos.

—Si tienes miedo, iré yo.

Bran oyó el sonido de unos dedos que rebuscaban algo en el cuero, seguido por el del acero en el pedernal. Una vez más. Saltó una chispa y se mantuvo; Osha sopló con delicadeza. Una llama larga y pálida despertó, estirándose hacia lo alto como una chica de puntillas. El rostro de Osha flotaba encima de ella. Tocó la llama con la punta de una antorcha. Bran tuvo que entrecerrar los ojos cuando el alquitrán comenzó a arder, bañando el mundo con un resplandor anaranjado. La luz despertó a Rickon, que se sentó entre bostezos.

Cuando las sombras se movieron, durante un instante pareció que los muertos se levantaban de sus tumbas. Lyanna, Brandon y el padre de ambos, lord Rickard Stark; el padre de este, lord Edwyle; lord Willam y su hermano, Artos el Implacable; lord Donnor, lord Beron y lord Rodwell; el tuerto lord Jonnel; lord Barth, lord Brandon y lord Cregan, que había combatido contra el Caballero Dragón. Estaban en sus tronos de piedra, sentados con lobos de piedra a sus pies. Allí era adonde iban cuando el calor había huido de sus cuerpos; aquel era el oscuro salón de los muertos, que los vivos temían pisar.

Y en la boca de la tumba vacía que aguardaba a lord Eddard Stark, bajo su esbelta imagen de granito, los seis fugitivos se acurrucaron en torno a su pequeña reserva de pan, agua y carne seca.

—Queda muy poco —murmuró Osha tras contemplar las provisiones—. Tengo que subir pronto a robar comida como sea, o no tendremos más remedio que comernos a Hodor.

—Hodor —dijo Hodor, mirándola con una sonrisa.

—Arriba, ¿es de día o de noche? —inquirió Osha—. Hemos perdido la noción del tiempo.

—De día —respondió Bran—, pero todo está oscuro por culpa del humo.

—¿Estáis seguro, mi señor?

No podía mover aquel cuerpo roto, pero de todos modos se estiró, y durante un instante vio doble. Allí estaban Osha, con la antorcha en la mano, Meera, Jojen y Hodor, y detrás de ellos, la doble fila de altos pilares de granito y señores muertos mucho tiempo atrás, que se perdía en la oscuridad... pero allí también estaba Invernalia, gris por el humo que la cubría, con las gruesas puertas de roble y hierro calcinadas y retorcidas, y el puente levadizo caído en un amasijo de cadenas partidas y tablas perdidas. En el foso flotaban cadáveres, islas para los cuervos.

—Seguro —declaró.

Osha le dio vueltas a la idea por unos momentos.

—Entonces, me arriesgaré a asomar la cabeza. Quiero que permanezcáis muy cerca. Meera, coge el cesto de Bran.

—¿Nos vamos a casa? —preguntó Rickon, emocionado—. Quiero mi caballo. Y quiero tortitas de manzana, mantequilla, miel y a Peludo. ¿Vamos adonde está Peludo?

—Sí —prometió Bran—, pero tienes que estarte quieto.

Meera ató la cesta de mimbre a la espalda de Hodor y ayudó a meter a Bran dentro de ella, pasando sus piernas inútiles por los agujeros. Bran tenía una extraña sensación en el vientre. Sabía qué los aguardaba allá arriba, pero aquello no amortiguaba su miedo. Cuando se pusieron en marcha se volvió para echar una última mirada a su padre, y a Bran le pareció que había algo de tristeza en los ojos de lord Eddard, como si no quisiera que se marcharan.

«Tenemos que irnos —pensó—, ha llegado la hora.»

Osha llevaba su larga lanza de roble en una mano y la antorcha en la otra. A su espalda colgaba una espada desnuda, una de las últimas en llevar la marca de Mikken. La había forjado para la tumba de lord Eddard, para mantener en calma a su fantasma. Pero tras el asesinato de Mikken, con los hombres del hierro custodiando la armería, era difícil resistirse a la tentación que suponía un buen acero, aunque ello significara saquear una tumba. Meera había exigido la espada de lord Rickard, aunque se quejaba de que era muy pesada. Brandon tomó la hoja que llevaba su nombre, una espada hecha para el tío que nunca conoció. Sabía que no le serviría de gran cosa en una pelea, aunque de todos modos le gustaba la sensación de tenerla en la mano.

Pero era solo un juego, y Bran lo sabía.

El sonido de sus pasos retumbó en las criptas cavernosas. A su espalda, las sombras se tragaron a su padre, mientras las sombras que tenía por delante retrocedieron para desvelar otras estatuas que no eran de simples señores, sino de los antiguos Reyes en el Norte, con coronas de piedra caladas casi hasta las cejas. Torrhen Stark, el Rey que se Arrodilló. Edwyn, el Rey de la Primavera. Theon Stark, el Lobo Hambriento. Brandon el Incendiario y Brandon el Armador; Jorah y Jonos; Brandon el Malo; Walton, el Rey de la Luna; Edderion el Novio; Eyron; Benjen el Dulce; Benjen el Amargo; el rey Edrick Barbanevada... Sus rostros eran adustos y fuertes, y algunos de ellos habían hecho cosas terribles, pero todos eran Starks, y Bran conocía todas sus historias. Nunca había tenido miedo de las criptas; eran parte de su hogar y de su identidad, y siempre había sabido que algún día él también reposaría allí.

Pero ya no estaba tan seguro. «Si voy arriba, ¿podré volver algún día aquí abajo? ¿Adónde iré cuando muera?»

—Aguarda —dijo Osha cuando llegaron a la escalera circular de piedra que llevaba a la superficie y bajaba hasta los niveles más profundos, donde reyes más antiguos seguían sentados en sus tronos de tinieblas. Le pasó la antorcha a Meera—. Voy a explorar el camino de subida, pero sin luz.

Durante cierto tiempo pudieron oír el sonido de sus pasos, pero se fue haciendo cada vez más quedo hasta que desapareció por completo.

—Hodor —dijo Hodor, nervioso.

Bran se había dicho cien veces cuánto odiaba tener que esconderse allí abajo, en la oscuridad, cuánto deseaba volver a ver el sol, cabalgar entre el viento y la lluvia. Pero ya había llegado aquel momento y tenía miedo. Se había sentido seguro en la oscuridad; cuando uno no puede ni siquiera ver su mano delante de la cara, le resulta fácil creer que ningún enemigo podrá encontrarlo. Y los señores de piedra le habían infundido coraje. Hasta cuando no podía verlos, había sabido que estaban allí.

Pareció que pasaba mucho tiempo antes de que volvieran a oír un sonido. Bran había comenzado a temer que algo le hubiera ocurrido a Osha. Su hermano se retorcía sin parar.

—¡Quiero volver a casa! —dijo en voz alta.

—Hodor —dijo Hodor, moviendo la cabeza de un lado a otro. A continuación oyeron de nuevo las pisadas, cada vez más fuertes, y al cabo de un rato apareció Osha bajo la luz con una expresión sombría.

—Algo bloquea la puerta. No puedo moverla.

—Hodor puede mover cualquier cosa —dijo Bran.

—Es posible que pueda —dijo Osha echando una mirada valorativa al corpulento mozo de cuadras—. Vamos.

Los escalones eran estrechos, por lo que tuvieron que subir en fila, uno tras otro. Osha iba delante; la seguía Hodor, con Bran acurrucado en su espalda, para que su cabeza no tocara el techo. Meera iba detrás con la antorcha, y Jojen cerraba la retaguardia, llevando a Rickon de la mano. Subieron dando vueltas, cada vez más arriba. Bran creyó que ya podía oler a humo, pero quizá se tratara únicamente de la antorcha.

La puerta de la cripta estaba hecha de madera de carpe. Era antigua y pesada; estaba inclinada y llegaba hasta el suelo. Solo se le podía acercar una persona. Osha intentó moverla de nuevo cuando llegó junto a ella, pero Bran vio al momento que no podría.

—Que pruebe Hodor.

Antes tuvieron que sacar a Bran de su cesta para que no resultara aplastado. Meera se agachó a su lado sobre los escalones, con un brazo protector sobre sus hombros, mientras Osha y Hodor intercambiaban el lugar.

—Abre la puerta, Hodor —dijo Bran.

El enorme mozo de cuadras apoyó ambas manos de plano sobre la puerta y la empujó.

—¿Hodor? —gruñó. Dio un puñetazo en la madera, que ni siquiera se estremeció—. Hodor —añadió.

—Utiliza la espalda —le ordenó Bran—. Y las piernas.

Hodor se volvió, apoyó la espalda en la puerta y empujó. Otra vez. Y otra.

—¡Hodor! —Puso un pie en un escalón más alto, para compensar el desnivel de la puerta, y trató de levantarla. Esta vez, la madera gimió y chirrió—. ¡Hodor! —exclamó. El otro pie ascendió un paso; Hodor separó las piernas, hizo fuerza y se enderezó. La cara se le puso muy roja, y Bran pudo ver como se tensaban los tendones de su cuello, hinchándose mientras luchaba contra el peso que tenía encima—. Hodor, Hodor, Hodor, Hodor, Hodor... ¡Hodor!

De arriba les llegó un ruido sordo. Y entonces, de repente, la puerta se sacudió, y una franja de luz solar cayó sobre el rostro de Bran, cegándolo durante un momento. Otro empujón provocó el sonido de piedra al desplazarse, y el camino quedó abierto. Osha tanteó con la lanza al otro lado, y a continuación salió; Rickon se deslizó entre las piernas de Meera para seguirla. Hodor abrió la puerta por completo y salió a la superficie. Los Reed subieron a Bran los últimos escalones.

El cielo era de un gris pálido, y en torno a ellos había humo por todas partes.

Estaban a la sombra de la Primera Torre, o lo que quedaba de ella. Un lado completo del edificio había caído. Por el patio yacían piedras y gárgolas destrozadas. «Cayeron donde caí yo», pensó Bran al verlas. Varias de las gárgolas se habían roto en tantos pedazos que se maravilló de haber sobrevivido. En las cercanías, unos cuervos picoteaban un cadáver aplastado bajo las piedras, pero estaba boca abajo y Bran no supo de quién se trataba.

La Primera Torre no se había usado durante cientos de años, pero en aquel momento era más que nunca una cáscara vacía. Los suelos del interior se habían quemado, igual que todas las vigas. Donde la pared había caído, podían ver el interior de las habitaciones, incluso de las letrinas. Pero detrás, la torre rota seguía en pie, no más calcinada que antes. El humo hacía toser a Jojen Reed.

—¡Llevadme a casa! —exigió Rickon—. ¡Yo quiero estar en casa!

—¡Hodor! —gimoteaba Hodor en un hilo de voz; no hacía más que caminar en círculos.

Estaban de pie, muy juntos, rodeados de ruinas y muerte.

—Hemos hecho suficiente ruido para despertar a un dragón —dijo Osha—, pero no ha venido nadie. El castillo está muerto y quemado, como lo soñó Bran, pero lo mejor será que...

Se cortó de repente al oír un ruido a sus espaldas, y giró veloz, con la lanza en ristre.

Dos sombras oscuras y flacas salieron de detrás de la torre rota, caminando lentamente entre los escombros.

—¡Peludo! —gritó alegremente Rickon.

El lobo huargo negro acudió trotando hacia él. Verano avanzó más lentamente, frotó la cabeza contra el brazo de Bran y le lamió la cara.

—Tenemos que marcharnos —dijo Jojen—. Tanta muerte atraerá a otros lobos, además de Verano y Peludo, y no todos tendrán cuatro patas.

—Pues sí, y no tardarán —acordó Osha—, pero necesitamos comida y quizá haya sobrevivido alguna cosa a este desastre. Manteneos juntos. Meera, levanta el escudo y protégenos las espaldas.

Les llevó el resto de la mañana hacer un recorrido minucioso por el castillo. Las enormes murallas de granito habían resistido, manchadas aquí y allá por el fuego, pero intactas. Pero dentro todo era muerte y destrucción. Las puertas del gran salón estaban calcinadas y humeantes, y en el interior, las vigas habían cedido y todo el techo se había derrumbado sobre el suelo. Los paneles verdes y amarillos de los invernaderos estaban hechos astillas, con los árboles, las frutas y las flores destrozados o expuestos al frío y a la muerte. De los establos, construidos de madera y paja, lo único que quedaba eran cenizas, brasas y caballos muertos. Bran pensó en su Bailarina y tuvo que contener un sollozo. Había un charco humeante bajo la Torre de la Biblioteca, y de una grieta de la pared salía agua caliente. El puente, entre la Torre de la Campana y las pajareras, había caído al patio inferior, y la torre del maestre Luwin había desaparecido. Vieron un resplandor rojo oscuro a través de las estrechas ventanas del sótano, bajo el torreón principal, y un segundo fuego que ardía en uno de los almacenes.

Mientras caminaban, Osha llamaba en voz baja entre el humo, pero nadie respondía. Vieron a un perro que mordisqueaba un cadáver, pero huyó al percibir el olor de los lobos huargo; habían masacrado a los demás en las perreras. Los cuervos del maestre estaban muy ocupados con algunos de los cadáveres, mientras los de la torre rota se encargaban de otros. Bran reconoció a Tym Carapicada a pesar de que le habían dado un hachazo en el rostro. Un cadáver calcinado en el exterior de la pared cubierta de cenizas del septo de la Madre estaba sentado con los brazos levantados y las manos cerradas en duros puños negros, como preparado para golpear a cualquiera que se atreviera a acercársele.

—Si los dioses son bondadosos —dijo Osha con voz queda, pero rabiosa—, los Otros se llevarán a los que hicieron esto.

—Ha sido Theon —dijo Bran con odio.

—No. Mira. —Apuntó con su lanza al otro lado del patio—. Es uno de sus hombres del hierro. Mira allí. Ese es el corcel de guerra de Greyjoy, ¿lo ves? El negro, con las flechas clavadas. —Se movió entre los muertos con el ceño fruncido—. Y aquí está Lorren el Negro. —Había recibido tantos tajos que su barba era de un color marrón rojizo—. Pero se llevó a unos cuantos consigo. —Osha dio la vuelta con el pie a uno de los cadáveres de los otros—. Hay un blasón. Un hombrecito, todo rojo.

—El hombre desollado de Fuerte Terror —dijo Bran.

Verano aulló y partió a la carrera.

—El bosque de dioses. —Meera Reed corrió en pos del lobo huargo, con el escudo y el arpón prestos. Los demás la siguieron, abriéndose camino entre el humo y las piedras caídas. El aire era más respirable bajo los árboles. Unos pocos pinos, al borde del bosque, se habían quemado, pero en el interior, el terreno húmedo y la madera verde habían derrotado a las llamas.

—La madera viva tiene poder —dijo Jojen Reed, como si estuviera enterado de lo que Bran pensaba—, un poder tan fuerte como el del fuego.

Al borde del estanque negro, bajo las hojas del árbol corazón, yacía el maestre Luwin en el fango, tendido sobre el vientre. Un rastro de sangre serpenteaba entre el barro y las hojas húmedas, mostrando por dónde se había arrastrado. Verano se detuvo junto a él, y al principio Bran pensó que estaba muerto, pero cuando Meera le tocó la garganta, el maestre gimió.

—¿Hodor? —dijo Hodor, entristecido—. ¿Hodor?

Con cuidado, hicieron volverse a Luwin sobre la espalda. Tenía los ojos grises y el cabello gris, y antes su ropa también había sido gris, pero en aquel momento era más oscura allí donde la sangre la había empapado.

—Bran —dijo quedamente cuando lo vio allí sentado, tan alto a espaldas de Hodor—. Y también Rickon. —Sonrió—. Los dioses son bondadosos. Yo lo sabía...

—¿Lo sabíais? —dijo Bran, inseguro.

—Las piernas, se notaba... la ropa coincidía, pero los músculos de las piernas... pobre chico... —Tosió, y la sangre manó de su interior—. Desapareciste... en el bosque... pero ¿cómo?

—No llegamos a irnos —explicó Bran—. Fuimos hasta el lindero, y después volvimos sobre nuestros pasos. Mandé a los lobos para abrir un sendero, pero nos escondimos en la tumba de mi padre.

—Las criptas —gorgoteó Luwin, con una espuma sanguinolenta en los labios. Cuando el maestre intentó moverse, emitió un grito agudo de dolor.

Las lágrimas nublaron los ojos de Bran. Cuando un hombre resultaba herido, el maestre se ocupaba de él, pero ¿qué hacer cuando estaba herido el maestre?

—Tenemos que hacer una litera para llevarlo —dijo Osha.

—No tiene sentido —dijo Luwin—. Me estoy muriendo, mujer.

—¡No puedes! —dijo Rickon, airado—. ¡Tú no puedes!

A su lado, Peludo enseñó los dientes y gruñó.

—Tranquilo, niño —dijo el maestre con una sonrisa—, soy mucho más viejo que tú. Puedo... morirme cuando desee.

—Hodor, baja —ordenó Bran, y Hodor se arrodilló junto al maestre.

—Escucha —le dijo Luwin a Osha—, los príncipes... los herederos de Robb. No... no juntos... ¿me entiendes?

—Sí. —La mujer salvaje se apoyó en su lanza—. Separados estarán más seguros. Pero ¿adónde llevarlos? Pensé que quizá con esos Cerwyn...

El maestre Luwin sacudió la cabeza, aunque no era difícil ver cuánto le costaba aquel esfuerzo.

—El hijo de Cerwyn está muerto. Ser Rodrik, Leobald Tallhart, lady Hornwood... todos asesinados. Bosquespeso cayó, y Foso Cailin; pronto caerá la Ciudadela de Torrhen. Los hombres del hierro están en la Costa Pedregosa. Y al este, el bastardo de Bolton.

—Entonces, ¿adónde? —preguntó Osha.

—Puerto Blanco... Los Umber... No sé. Hay guerra por doquier... Cada hombre contra su vecino, y se acerca el invierno... qué locura, qué locura ciega y absurda... —El maestre Luwin se estiró y agarró el antebrazo de Bran, cerrando los dedos con fuerza desesperada—. Ahora debes ser fuerte. Fuerte.

—Lo seré —dijo Bran, aunque era difícil. «Ser Rodrik muerto, y el maestre Luwin, todo el mundo, todo el mundo...»

—Bien —dijo el maestre—, buen chico. Hijo de tu... de tu padre, Bran. Ahora, vete.

—¿Y abandonarte a los dioses? —Osha paseó la vista por el arciano, por la cara roja tallada en el tronco pálido.

—Ruego... —El maestre tragó en seco—. Un... un trago de agua y... otro favor. Si pudierais...

—Sí. —Osha se volvió hacia Meera—. Llévate a los chicos.

Jojen y Meera se llevaron a Rickon entre los dos. Hodor los siguió. Las ramas bajas golpeaban el rostro de Bran al cruzar entre los árboles, y las hojas secaban sus lágrimas. Al rato, Osha se reunió con ellos en el patio. No dijo ni una palabra sobre el maestre Luwin.

—Hodor debe permanecer con Bran; será sus piernas —dijo la mujer salvaje con decisión—. Yo me llevaré a Rickon.

—Nosotros vamos con Bran —dijo Jojen Reed.

—Sí, debéis acompañarlo —replicó Osha—. Creo que probaré la puerta de Oriente y seguiré por el camino Real.

—Nosotros iremos por la puerta del Cazador —dijo Meera.

—Hodor —dijo Hodor.

Antes se detuvieron en las cocinas. Osha encontró varias hogazas de pan quemado que todavía eran comestibles, e incluso un ave asada, fría, que dividió por la mitad. Meera desenterró un tarro de miel y un saco de manzanas. Se despidieron fuera. Rickon sollozó y se agarró a la pierna de Hodor hasta que Osha le dio una nalgada con el asta de la lanza. Entonces la siguió con rapidez. Peludo trotó tras sus pasos. Lo último que Bran vio de ellos fue la cola del lobo huargo cuando desaparecía tras la torre rota.

Las rejas de hierro que cerraban la puerta del Cazador estaban tan retorcidas por el calor que apenas podían levantarse dos palmos. Tuvieron que arrastrarse bajo los pinchos, uno por uno.

—¿Iremos adonde vuestro señor padre? —preguntó Bran mientras atravesaban el puente levadizo entre las murallas—. ¿A la Atalaya de Aguasgrises?

Meera miró a su hermano antes de contestar.

—Nuestro camino va al norte —anunció Jojen.

En el límite del bosque de los Lobos, Bran se volvió en su cesta para echar una última mirada al castillo que había sido su vida entera. Todavía ascendían bocanadas de humo al cielo gris, pero no más que las que habrían brotado de las chimeneas de Invernalia en una fría tarde de verano. Algunas de las troneras de los arqueros estaban manchadas de hollín, y aquí y allá se veía una grieta en la muralla o había desaparecido un merlón, pero a aquella distancia parecían pequeñeces. Detrás, los tejados de las torres y torreones estaban en su lugar, como a lo largo de cientos de años, y era difícil decir que el castillo había sido saqueado e incendiado totalmente.

«La piedra es fuerte —se dijo Bran—; las raíces de los árboles se hunden muy profundas, y bajo la tierra, los Reyes del Invierno están sentados en sus tronos.» Mientras ellos estuvieran allí, Invernalia perduraría. No estaba muerta, solo rota.

«Como yo —pensó—; yo tampoco estoy muerto.»

APÉNDICE

LOS REYES Y SUS CORTES

EL REY EN EL TRONO DE HIERRO

JOFFREY BARATHEON, el primero de su nombre, un niño de trece años, hijo mayor del rey Robert I Baratheon y la reina Cersei de la casa Lannister;

— LA REINA CERSEI, su madre, reina regente y Protectora del Reino;

— LA PRINCESA MYRCELLA, su hermana, una niña de nueve años;

— EL PRÍNCIPE TOMMEN, su hermano, un niño de ocho años, heredero del Trono de Hierro;

— sus tíos por parte de padre:
- — STANNIS BARATHEON, señor de Rocadragón, que se hace llamar REY STANNIS I;
- — RENLY BARATHEON, señor de Bastión de Tormentas, que se hace llamar REY RENLY I;

— sus tíos por parte de madre:
- — SER JAIME LANNISTER, apodado EL MATARREYES, lord comandante de la Guardia Real, prisionero en Aguasdulces;
- — TYRION LANNISTER, mano del rey en funciones;
  - — PODRICK PAYNE, escudero de Tyrion;
  - — guardias de Tyrion y espadas juramentadas:
    - — BRONN, mercenario de cabellos y corazón negros;
    - — SHAGGA, HIJO DE DOLF, de los grajos de piedra;

— Timett, hijo de Timett, de los hombres quemados;
— Chella, hija de Cheyk, de los orejas negras;
— Crawn, hijo de Calor, de los hermanos de la luna;
— Shae, la concubina de Tyrion, vivandera, de dieciocho años;

— su Consejo Privado:
— gran maestre Pycelle;
— lord Petyr Baelish, apodado Meñique, consejero de la moneda;
— lord Janos Slynt, comandante de la Guardia de la Ciudad de Desembarco del Rey (los *capas doradas*);
— Varys, un eunuco, apodado la Araña, consejero de los rumores;

— su Guardia Real:
— ser Jaime Lannister, apodado el Matarreyes, lord comandante, prisionero en Aguasdulces;
— Sandor Clegane, apodado el Perro;
— ser Boros Blount;
— ser Meryn Trant;
— ser Arys Oakheart;
— ser Preston Greenfield;
— ser Mandon Moore;

— su corte y seguidores:
— ser Ilyn Payne, la justicia del rey, verdugo;
— Vylarr, capitán de la guardia de la casa Lannister en Desembarco del Rey (los *capas rojas*);
— ser Lancel Lannister, antiguo escudero del rey Robert, recientemente nombrado caballero;
— Tyrek Lannister, antiguo escudero del rey Robert;
— ser Aron Santagar, maestro de armas;
— ser Balon Swann, segundo hijo de lord Gulian Swann de Timón de Piedra;
— lady Ermesande Hayford, una niña de pecho;
— ser Dontos Hollard, apodado el Tinto, un borracho;
— Jalabhar Xho, un príncipe exiliado de las islas del Verano;
— Chico Luna, malabarista y bufón;
— lady Tanda Stokeworth;
— Falyse, su hija mayor;

— Lollys, su hija menor, una doncella de treinta y tres años;
— lord Gyles Rosby;
— ser Horas Redwyne y su gemelo ser Hobber Redwyne, hijos del señor del Rejo;
— la gente de Desembarco del Rey:
— la Guardia de la Ciudad (los *capas doradas*):
— Janos Slynt, señor de Harrenhal, lord comandante;
— Morros, su hijo mayor y heredero;
— Allar Deem, sargento jefe de Slynt;
— ser Jacelyn Bywater, apodado Mano de Hierro, capitán de la puerta del Río;
— Hallyne el Piromante, sapiencia del Gremio de Alquimistas;
— Chataya, dueña de un burdel de alto nivel;
— Alayaya, Dancy, Marei, algunas de sus chicas;
— Tobho Mott, un maestro armero;
— Salloreon, un maestro armero;
— Panza de Hierro, un herrero;
— Lothar Brune, un jinete libre;
— ser Osmund Kettleblack, un caballero errante de dudosa reputación;
— Osfryd y Osney Kettleblack, sus hermanos;
— Symon Pico de Oro, un bardo.

El estandarte del rey Joffrey muestra el venado coronado de la casa Baratheon, de sable sobre campo de oro, y el león de la casa Lannister, de oro sobre campo de gules, en combate.

EL REY EN EL MAR ANGOSTO

STANNIS BARATHEON, el primero de su nombre, el mayor de los hermanos del rey Robert, anteriormente señor de Rocadragón, segundo hijo de lord Steffon Baratheon y lady Cassana de la casa Estermont;

- su esposa, LADY SELYSE de la casa Florent;
  - SHIREEN, su única descendiente, una niña de diez años;
- su tío y primos:
  - SER LOMAS ESTERMONT, tío;
    - su hijo, SER ANDREW ESTERMONT, un primo;
- su corte y partidarios:
  - MAESTRE CRESSEN, sanador e instructor, un anciano;
  - MAESTRE PYLOS, su joven sucesor;
  - SEPTÓN BARRE;
  - SER AXELL FLORENT, castellano de Rocadragón y tío de la reina Selyse;
  - CARAMANCHADA, un bufón corto de inteligencia;
  - LADY MELISANDRE DE ASSHAI, apodada LA MUJER ROJA, sacerdotisa de R'hllor, el Corazón de Fuego;
  - SER DAVOS SEAWORTH, apodado EL CABALLERO DE LA CEBOLLA, y a veces MANICORTO, ex contrabandista, capitán de la *Betha Negra;*
    - MARYA, su esposa, hija de un carpintero;
      - sus siete hijos:
        - DALE, capitán de la *Espectro;*

— Allard, capitán de la *Lady Marya;*
— Matthos, segundo de la *Betha Negra;*
— Maric, capataz de remeros de la *Furia;*
— Devan, escudero del rey Stannis;
— Stannis, un niño de nueve años;
— Steffon, un niño de seis años;
— Bryen Farring, escudero del rey Stannis;
— sus señores vasallos y espadas juramentadas:
— Ardrian Celtigar, señor de isla Zarpa, un anciano;
— Monford Velaryon, Señor de las Mareas y dueño de Marcaderiva;
— Duram Bar Emmon, señor de Punta Aguda, un chico de catorce años;
— Guncer Sunglass, señor del estrecho de Puertoplácido;
— ser Hubard Rambton;
— Salladhor Saan, de la Ciudad Libre de Lys, autodenominado príncipe del mar Angosto;
— Morosh de Myr, un almirante mercenario.

El rey Stannis ha adoptado para su estandarte el corazón llameante del Señor de Luz: un corazón de gules entre llamas naranja en campo de oro brillante. Dentro del corazón aparece el venado coronado de la casa Baratheon, en sable.

EL REY EN ALTOJARDÍN

Renly Baratheon, el primero de su nombre, el más joven de los hermanos del rey Robert, antiguo señor de Bastión de Tormentas, tercer hijo de lord Steffon Baratheon y lady Cassana de la casa Estermont;

- lady Margaery de la casa Tyrell, su prometida, una doncella de quince años;
- su tío y primos:
  - ser Eldon Estermont, tío;
    - ser Aemon Estermont, el hijo de ser Eldon, primo;
      - ser Alyn Estermont, el hijo de ser Aemon;
- sus señores vasallos:
  - Mace Tyrell, señor de Altojardín y mano del rey;
  - Randyll Tarly, señor de Colina Cuerno;
  - Mathis Rowan, señor de Sotodeoro;
  - Bryce Caron, señor de las Marcas;
  - Shyra Errol, señora de Pazo Pajar;
  - Arwyn Oakheart, señora de Roble Viejo;
  - Alester Florent, señor de la fortaleza de Aguasclaras;
  - lord Selwyn de Tarth, apodado el Lucero de la Tarde;
  - Leyton Hightower, Voz de Antigua, señor del Puerto;
  - lord Steffon Varner;
- su Guardia Arcoíris:
  - ser Loras Tyrell, apodado el Caballero de las Flores, lord comandante;

— lord Bryce Caron, el Naranja;
— ser Guyard Morrigen, el Verde;
— ser Parmen Crane, el Púrpura;
— ser Robar Royce, el Rojo;
— ser Emmon Cuy, el Amarillo;
— Brienne de Tarth, la Azul, también apodada Brienne la Bella, hija de lord Selwyn, el Lucero de la Tarde;

— sus caballeros y espadas juramentadas:
— ser Cortnay Penrose, castellano de Bastión de Tormentas;
— el pupilo de ser Cortnay, Edric Tormenta, hijo bastardo del rey Robert con lady Delena de la casa Florent;
— ser Donnel Swann, heredero de Timón de Piedra;
— ser Jon Fossoway, de los Fossoway de la manzana verde;
— ser Bryan Fossoway, ser Tanton Fossoway y ser Edwyd Fossoway, de los Fossoway de la manzana roja;
— ser Colen de Lagosverdes;
— ser Mark Mullendore;
— Ronnet el Rojo, el Caballero del Nido del Grifo;

— sus sirvientes:
— maestre Jurne, consejero, sanador e instructor.

El estandarte del rey Renly es el venado coronado de casa Baratheon de Bastión de Tormentas, de sable sobre campo de oro, el mismo que su hermano, el rey Robert.

EL REY EN EL NORTE

Robb Stark, señor de Invernalia y Rey en el Norte, hijo mayor de lord Eddard Stark y lady Catelyn de la Casa Tully, un chico de quince años;

— su lobo huargo, Viento Gris;

— su madre, lady Catelyn de la casa Tully;

— sus hermanos:

  — la princesa Sansa, una doncella de doce años;

    — la loba huargo de Sansa, [Dama], sacrificada en Castillo Darry;

  — la princesa Arya, una niña de diez años;

    — la loba huargo de Arya, Nymeria, espantada un año antes;

  — el príncipe Brandon, llamado Bran, heredero de Invernalia y del Norte, un niño de ocho años;

    — el lobo huargo de Bran, Verano;

  — el príncipe Rickon, un niño de cuatro años;

    — el lobo huargo de Rickon, Peludo;

  — su hermanastro, Jon Nieve, un bastardo de quince años, hombre de la Guardia de la Noche;

    — el lobo huargo de Jon, Fantasma;

— sus tíos y tías:

  — [Brandon Stark], hermano mayor de lord Eddard, asesinado por orden del rey Aerys II Targaryen;

  — Benjen Stark, hermano menor de lord Eddard, hombre de la Guardia de la Noche, perdido al otro lado del Muro;

— Lysa Arryn, hermana menor de lady Catelyn, viuda de [lord Jon Arryn], señora del Nido de Águilas;
— ser Edmure Tully, hermano menor de lady Catelyn, heredero de Aguasdulces;
— ser Brynden Tully, apodado el Pez Negro, tío de lady Catelyn;

— sus espadas juramentadas y compañeros de batalla:
— Theon Greyjoy, pupilo de lord Eddard, heredero de Pyke y de las islas del Hierro;
— Hallis Mollen, capitán de la guardia de Invernalia;
— Jacks, Quent, Shadd, guardias al mando de Mollen;
— ser Wendel Manderly, segundo hijo del señor de Puerto Blanco;
— Patrek Mallister, heredero de Varamar;
— Dacey Mormont, hija mayor de lady Maege y heredera de la isla del Oso;
— Jon Umber, apodado el Pequeño Jon;
— Robin Flint, ser Perwyn Frey, Lucas Blackwood;
— Olyvar Frey, escudero de Robb, de dieciocho años;

— la servidumbre en Aguasdulces:
— maestre Vyman, consejero, sanador e instructor;
— ser Desmond Grell, maestro de armas;
— ser Robin Ryger, capitán de la guardia;
— Utherydes Wayn, mayordomo de Aguasdulces;
— Rymund de las Rimas, un bardo;

— la servidumbre en Invernalia:
— maestre Luwin, consejero, sanador e instructor;
— ser Rodrik Cassel, maestro de armas;
— Beth, su joven hija;
— Walder Frey, apodado Walder el Mayor, un pupilo de lady Catelyn, de ocho años de edad;
— Walder Frey, apodado Walder el Pequeño, un pupilo de lady Catelyn, también de ocho años;
— septón Chayle, curador del septo y la biblioteca del castillo;
— Joseth, caballerizo mayor;
— Bandy y Shyra, sus hijas gemelas;
— Farlen, encargado de las perreras;
— Palla, una chica que trabaja en las perreras;

— Vieja Tata, cuentacuentos, antes nodriza, ahora muy anciana;
  — Hodor, su biznieto, mozo de cuadra, retrasado mental;
— Gage, el cocinero;
  — Nabo, pinche de cocina;
— Osha, una mujer salvaje, tomada prisionera en el bosque de los Lobos, que hace el trabajo duro de las cocinas;
— Mikken, herrero y armero;
— Pelopaja, Skittrick, Tym Carapicada, Barrigón, guardias;
— Calon, Tom, hijos de los guardias;

— sus señores vasallos y comandantes:

con Robb en Aguasdulces:
— Jon Umber, apodado el Gran Jon;
— Rickard Karstark, señor de Bastión Kar;
— Galbart Glover, de Bosquespeso;
— Maege Mormont, señora de la isla del Oso;
— ser Stevron Frey, hijo mayor de lord Walder Frey y heredero de Los Gemelos;
  — el hijo mayor de ser Stevron, ser Ryman Frey;
    — el hijo de ser Ryman, Walder Frey el Negro;
— Martyn Ríos, hijo bastardo de lord Walder Frey;

con el ejército de Roose Bolton en Los Gemelos:
— Roose Bolton, señor de Fuerte Terror, al mando de la mayor parte del ejército del norte;
— Robett Glover, de Bosquespeso;
— Walder Frey, Señor del Cruce;
— ser Helman Tallhart, de la Ciudadela de Torrhen;
— ser Aenys Frey;

prisioneros de lord Tywin Lannister:
— lord Medger Cerwyn;
— Harrion Karstark, único hijo superviviente de lord Rickard;
— ser Wylis Manderly, heredero de Puerto Blanco;
— ser Jared Frey, ser Hosteen Frey, ser Danwell Frey y su hermanastro bastardo, Ronel Ríos;

en el campo o en sus castillos:
— Lyman Darry, un niño de ocho años;
— Shella Whent, señora de Harrenhal, desposeída de su castillo por lord Tywin Lannister;

— Jason Mallister, señor de Varamar;
— Jonos Bracken, señor del Seto de Piedra;
— Tytos Blackwood, señor del Árbol de los Cuervos;
— lord Karyl Vance;
— ser Marq Piper;
— ser Halmon Paege;

— sus señores vasallos y castellanos:

en el norte:

— Wyman Manderly, señor de Puerto Blanco;
— Howland Reed, de la Atalaya de Aguasgrises, un lacustre;
 — Meera, la hija de Howland, una doncella de quince años;
 — Jojen, el hijo de Howland, un chico de trece años;
— lady Donella Hornwood, viuda y madre afligida;
— Cley Cerwyn, heredero de lord Medger, un chico de catorce años;
— Leobald Tallhart, hermano menor de ser Helman, castellano de la Ciudadela de Torrhen;
 — la esposa de Leobald, Berena de la casa Hornwood;
 — Brandon, hijo de Leobald, un chico de catorce años;
 — Beren, hijo de Leobald, un niño de diez años;
— Benfred, el hijo de ser Helman, heredero de la Ciudadela de Torrhen;
— Eddara, la hija de ser Helman, una niña de nueve años;
— lady Sybelle, esposa de Robett Glover, que gobierna Bosquespeso en su ausencia;
 — Gawen, el hijo de Robett, de tres años, heredero de Bosquespeso;
 — Erena, la hija de Robett, una niña de un año;
— Larence Nieve, hijo bastardo de lord Hornwood, de doce años de edad, pupilo de Galbart Glover;
— Mors Carroña y Hother Mataputas de la casa Umber, tíos del Gran Jon;
— lady Lyessa Flint, madre de Robin;
— Ondrew Locke, señor de Castillo Viejo, un anciano.

El estandarte del Rey en el Norte sigue siendo el mismo que durante miles de años: el lobo huargo gris de los Stark de Invernalia, que corre sobre un campo de plata helada.

LA REINA AL OTRO LADO DEL AGUA

Daenerys Targaryen, apodada Daenerys de la Tormenta, La que no Arde, Madre de Dragones, *khaleesi* de los dothrakis y la primera de su nombre, única descendiente que ha sobrevivido del rey Aerys II Targaryen con su hermana y esposa, la reina Rhaella; es una viuda de catorce años;

— sus dragones recién salidos del huevo, Drogon, Viserion, Rhaegal;

— sus hermanos:

— [Rhaegar], príncipe de Rocadragón y heredero del Trono de Hierro, asesinado por el rey Robert en el Tridente;

— [Rhaenys], hija de Rhaegar con Elia de Dorne, asesinada durante el saqueo de Desembarco del Rey;

— [Aegon], hijo de Rhaegar con Elia de Dorne, asesinado durante el saqueo de Desembarco del Rey;

— [Viserys], que se hacía llamar rey Viserys, el tercero de su nombre, apodado el Rey Mendigo, muerto en Vaes Dothrak a manos de Khal Drogo;

— su marido [Drogo], un *khal* de los dothrakis, fallecido a causa de complicaciones en unas heridas recibidas;

— [Rhaego], hijo de Daenerys y Khal Drogo, nacido muerto, asesinado en el útero materno por Mirri Maz Duur;

— su Guardia de la Reina:

— ser Jorah Mormont, un caballero exiliado, que antes fue señor de la isla del Oso;

— Jhogo, *ko* y jinete de sangre, el látigo;

— Aggo, *ko* y jinete de sangre, el arco;

— Rakharo, *ko* y jinete de sangre, el *arakh;*

— sus doncellas:

— Irri, una chica dothraki;

— Jhiqui, una chica dothraki;

— Doreah, una esclava lysena, antes prostituta;

— los tres buscadores:

— Xaro Xhoan Daxos, un príncipe mercader de Qarth;

— Pyat Pree, un brujo de Qarth;

— Quaithe, una portadora de sombras enmascarada de Asshai;

— Illyrio Mopatis, un magíster de la Ciudad Libre de Pentos, que organizó la boda de Daenerys con Khal Drogo y conspiró para devolvar a Viserys el Trono de Hierro.

El estandarte de los Targaryen es el de Aegon el Conquistador, que sometió seis de los Siete Reinos, fundó la dinastía y creó el Trono de Hierro con las espadas de sus enemigos vencidos: un dragón de tres cabezas, de gules sobre campo de sable.

OTRAS CASAS MAYORES Y MENORES

CASA LANNISTER

Los Lannister de Roca Casterly siguen siendo el apoyo principal de las aspiraciones del rey Joffrey al Trono de Hierro. Su blasón es un león de oro en campo de púrpura. Su lema es: ¡Oye mi Rugido!

TYWIN LANNISTER, señor de Roca Casterly, Guardián del Occidente, Escudo de Lannisport y mano del rey, al mando del ejército de los Lannister en Harrenhal;

— su esposa, [LADY JOANNA], su prima hermana, fallecida de parto;

— sus hijos:

- — SER JAIME, apodado EL MATARREYES, Guardián del Oriente y lord comandante de la Guardia Real, hermano mellizo de la reina Cersei;
- — LA REINA CERSEI, viuda del rey Robert, hermana melliza de Jaime, reina regente y Protectora del Reino;
- — TYRION, apodado EL GNOMO, un enano, mano del rey en funciones;

— sus hermanos y parientes cercanos:

- — SER KEVAN, su hermano mayor;
  - — la esposa de ser Kevan, DORNA de la casa Swyft;
    - — SER HARYS SWYFT, padre de lady Dorna;

— sus hijos:
  — ser Lancel, antes escudero del rey Robert, armado caballero tras su muerte;
  — Willem, hermano gemelo de Martyn, escudero, hecho prisionero en el bosque Susurrante;
  — Martyn, hermano gemelo de Willem, escudero;
  — Janei, una niña de dos años;
— Genna, su hermana, casada con ser Emmon Frey;
  — ser Cleos Frey, hijo de Genna, hecho prisionero en el bosque Susurrante;
  — Tion Frey, hijo de Genna, escudero, hecho prisionero en el bosque Susurrante;
— [ser Tygett], su segundo hermano, muerto de viruela;
  — la viuda de Tygett, Darlessa de la casa Marbrand;
  — Tyrek, el hijo de Tygett, escudero del rey;
— [Gerion], su hermano menor, desaparecido en el mar;
  — Gloria, hija bastarda de Gerion, de once años;
— ser Stafford Lannister, su primo, hermano de la difunta lady Joanna;
  — Cerenna y Myrielle, hijas de ser Stafford;
  — ser Daven, hijo de ser Stafford;

— sus señores vasallos, capitanes y comandantes:
  — ser Addam Marbrand, heredero de Marcaceniza, comandante de la escolta y los exploradores de lord Tywin;
  — ser Gregor Clegane, apodado la Montaña que Cabalga;
    — Polliver, Chiswyck, Raff el Dulce, Dunsen y Cosquillas, soldados a su servicio;
  — lord Leo Lefford;
  — ser Amory Lorch, un capitán de forrajeadores;
  — Lewys Lidden, señor de Cuevahonda;
  — Gawen Westerling, señor del Risco, hecho prisionero en el bosque Susurrante y confinado en Varamar;
  — ser Robert Brax y su hermano, ser Flement Brax;
  — ser Forley Prester, del Colmillo Dorado;
  — Vargo Hoat, de la Ciudad Libre de Qohor, capitán de la Compañía Audaz, una compañía de mercenarios;
— maestre Creylen, su consejero.

CASA TYRELL

Lord Tyrell de Altojardín declaró su apoyo al rey Renly después de que contrajera matrimonio con su hija Margaery, y llevó a la mayoría de sus vasallos principales a la causa de Renly. El blasón de los Tyrell es una rosa de oro sobre campo de sinople. Su lema es: Crecer Fuerte.

Mace Tyrell, señor de Altojardín, Guardián del Sur, Defensor de las Marcas, Alto Mariscal del Dominio y mano del rey;

— su esposa, lady Alerie de la casa Hightower de Antigua;

— sus hijos:

— Willas, el hijo mayor, heredero de Altojardín;

— ser Garlan, apodado el Galante, su segundo hijo;

— ser Loras, apodado el Caballero de las Flores, su hijo menor, lord comandante de la Guardia Arcoíris;

— Margaery, su hija, una doncella de quince años, casada recientemente con Renly Baratheon;

— su madre viuda, lady Olenna de la casa Redwyne, apodada la Reina de las Espinas,

— sus hermanas:

— Mina, casada con Paxter Redwyne, señor del Rejo;

— sus hijos:

— ser Horas Redwyne, apodado Horror, hermano gemelo de Hobber;

— ser Hobber Redwyne, apodado Baboso, hermano gemelo de Horas;

— Desmera Redwyne, una doncella de dieciséis años;
— Janna, casada con ser Jon Fossoway;
— sus tíos:
— Garth, apodado el Grosero, lord senescal de Altojardín;
— Garse y Garrett Flores, hijos bastardos de Garth;
— ser Moryn, lord comandante de la Guardia de la Ciudad de Antigua;
— maestre Gormon, un erudito de la Ciudadela;
— sus sirvientes:
— maestre Lomys, consejero, sanador e instructor;
— Igon Vyrwel, capitán de la guardia;
— ser Vortimer Crane, maestro de armas;
— Mantecas, bufón y malabarista, muy obeso.

CASA MARTELL

Dorne fue el último de los Siete Reinos en jurar lealtad al Trono de Hierro. La sangre, las costumbres y la historia colocan a los dornienses a cierta distancia de los otros reinos. Cuando comenzó la guerra de sucesión, el príncipe de Dorne se mantuvo en silencio y no participó.

El blasón de los Martell es un sol de gules atravesado por una lanza dorada. Su lema es: Nunca Doblegado, nunca Roto.

DORAN NYMEROS MARTELL, señor de Lanza del Sol, príncipe de Dorne;

— su esposa, MELLARIO, de la Ciudad Libre de Norvos;

— sus hijos:

  — LA PRINCESA ARIANNE, su hija mayor, heredera de Lanza del Sol;

  — EL PRÍNCIPE QUENTYN, su hijo mayor;

  — EL PRÍNCIPE TRYSTANE, su hijo menor;

— sus hermanos:

  — su hermana, [LA PRINCESA ELIA], casada con el príncipe Rhaegar Targaryen, asesinada durante el saqueo de Desembarco del Rey;

    — la hija de Elia, [LA PRINCESA RHAENYS], niña de corta edad, asesinada durante el saqueo de Desembarco del Rey;

    — el hijo de Elia, [EL PRÍNCIPE AEGON], un bebé, asesinado durante el saqueo de Desembarco del Rey;

  — su hermano, EL PRÍNCIPE OBERYN, apodado LA VÍBORA ROJA;

— sus sirvientes:

— Areo Hotah, mercenario norvoshi, capitán de la guardia;

— maestre Caleotte, consejero, sanador e instructor;

— sus señores vasallos:

— Edric Dayne, señor de Campoestrella.

Las casas principales que han jurado fidelidad a Lanza del Sol incluyen a Jordayne, Santagar, Allyrion, Toland, Yronwood, Wyl, Fowler y Dayne.

CASA FLORENT

Los Florent de la fortaleza de Aguasclaras son vasallos jurados de Altojardín y siguieron a los Tyrell en su declaración de fidelidad al rey Renly. Sin embargo, también mantuvieron un pie en el bando contrario, ya que la reina de Stannis es una Florent, y su tío es el castellano de Rocadragón. El blasón de la casa Florent muestra la cabeza de un zorro en un círculo de flores.

Alester Florent, señor de Aguasclaras;

— su esposa, lady Melara de la casa Crane;

— sus hijos:

  — Alekyne, heredero de Aguasclaras;

  — Melessa, casada con lord Randyll Tarly;

  — Rhea, casada con lord Leyton Hightower;

— sus hermanos:

  — ser Axell, castellano de Rocadragón;

  — [ser Ryam], muerto al caer de un caballo;

    — la reina Selyse, la hija de ser Ryam, casada con el rey Stannis;

    — ser Imry, el hijo mayor y heredero de ser Ryam;

    — ser Erren, el segundo hijo de ser Ryam;

  — ser Colin;

    — la hija de Colin, Delena, casada con ser Hosman Norcross;

- — EDRIC TORMENTA, hijo natural de Delena, engendrado por el rey Robert;
- — el hijo de Delena, ALESTER NORCROSS;
- — el hijo de Delena, RENLY NORCROSS;

— el hijo de Colin, MAESTRE OMER, de servicio en Roble Viejo;

— el hijo de Colin, MERRELL, escudero en el Rejo;

— su hermana, RYLENE, casada con ser Rycherd Crane.

CASA GREYJOY

Balon Greyjoy, señor de las islas del Hierro, encabezó anteriormente una rebelión contra el Trono de Hierro, que fue aplastada por el rey Robert y lord Eddard Stark. Aunque su hijo Theon, educado en Invernalia, fue uno de los partidarios de Robb Stark y su amigo más cercano, lord Balon no se unió a los hombres del Norte cuando marcharon al sur, hacia las tierras de los ríos.

El blasón de Greyjoy es un kraken de oro sobre sable. Su lema es: Nosotros no Sembramos.

BALON GREYJOY, señor de las islas del Hierro, Rey de la Sal y de la Roca, Hijo del Viento Marino, Lord Segador de Pyke, capitán del *Gran Kraken;*

— su esposa, LADY ALANNYS de la casa Harlaw;

— sus hijos:
  - — [RODRIK], caído en Varamar durante la Rebelión de Greyjoy;
  - — [MARON], caído en Pyke durante la Rebelión de Greyjoy;
  - — ASHA, capitana del *Viento Negro;*
  - — THEON, pupilo de lord Eddard Stark en Invernalia;

— sus hermanos:
  - — EURON, apodado OJO DE CUERVO, capitán del *Silencio,* bandolero, pirata y saqueador;
  - — VICTORION, lord capitán de la Flota de Hierro, capitán del *Victoria de Hierro;*
  - — AERON, apodado PELOMOJADO, sacerdote del Dios Ahogado;

— sus sirvientes en Pyke:
  — DAGMER, apodado BARBARROTA, maestro de armas, capitán del *Bebespuma;*
  — MAESTRE WENDAMYR, sanador y consejero;
  — HELYA, mayordoma del castillo;
— habitantes de Puerto Noble:
  — SIGRIN, carpintero de ribera;
— sus señores vasallos:
  — LORD BOTLEY, de Puerto Noble;
  — LORD WYNCH, de Castroferro;
  — LORD HARLAW, de Harlaw;
  — STONEHOUSE, de Viejo Wyk;
  — DRUMM, de Viejo Wyk;
  — GOODBROTHER, de Viejo Wyk;
  — GOODBROTHER, de Gran Wyk;
  — LORD MERLYN, de Gran Wyk;
  — SPARR, de Gran Wyk;
  — LORD BLACKTYDE, de Marea Negra;
  — LORD SALTCLIFFE, de Acantilado de Sal;
  — LORD SUNDERLY, de Acantilado de Sal.

CASA ARRYN

La casa Arryn, al inicio de la guerra, no se decantó por ninguno de los aspirantes rivales, y conservó sus fuerzas para proteger el Nido de Águilas y el Valle de Arryn. El blasón de los Arryn representa la luna y el halcón, en plata sobre azur. El lema de los Arryn es: Tan Alto como el Honor.

Robert Arryn, señor del Nido de Águilas, Defensor del Valle, Guardián del Oriente, un niño enfermizo de ocho años;

— su madre, lady Lysa de la casa Tully, tercera esposa y viuda de [lord Jon Arry], difunto mano del rey, y hermana de Catelyn Stark;

— sus sirvientes:

  — maestre Colemon, consejero, sanador e instructor;

  — ser Marwyn Belmore, capitán de la guardia;

  — lord Nestor Royce, mayordomo jefe del Valle;

    — ser Albar, hijo de lord Nestor;

    — Mya Piedra, chica bastarda a su servicio, hija natural del rey Robert;

  — Mord, un carcelero brutal;

  — Marillion, un joven bardo;

— sus señores vasallos, pretendientes y criados:

  — lord Yohn Royce, apodado Yohn Bronce;

    — ser Andar, el hijo mayor de lord Yohn;

- — SER ROBAR, el segundo hijo de lord Yohn, de servicio con el rey Renly, Robar el Rojo, de la Guardia Arcoíris;
- — [SER WAYMAR], el hijo menor de lord Yohn, hombre de la Guardia de la Noche, desaparecido más allá del Muro;

— LORD NESTOR ROYCE, primo de lord Yohn, mayordomo jefe del Valle;

- — SER ALBAR, el hijo y heredero de lord Nestor;
- — MYRANDA, la hija de lord Nestor;

— SER LYN CORBRAY, pretendiente de lady Lysa;

- — MYCHEL REDFORT, su escudero;

— LADY ANYA WAYNWOOD;

- — SER MORTON, el hijo mayor y heredero de lady Anya, pretendiente de lady Lysa;
- — SER DONNEL, el Caballero de la Puerta, el segundo hijo de lady Anya;

— EON HUNTER, señor de Arco Largo, anciano pretendiente de lady Lysa.

CASA FREY

Poderosos, ricos y numerosos, los Frey son vasallos de la casa Tully, y sus espadas están juramentadas al servicio de Aguasdulces, pero no siempre se han mostrado diligentes a la hora de cumplir con su deber. Cuando Robert Baratheon se enfrentó a Rhaegar Targaryen en el Tridente, los Frey no llegaron hasta que la batalla hubo finalizado, y de ahí en adelante, lord Hoster Tully siempre se refirió a lord Walder como *el finado lord Frey.* Lord Frey aceptó apoyar la causa del Rey en el Norte solo después de que Robb Stark se comprometió a casarse con una de sus hijas o nietas cuando terminara la guerra. Lord Walder ha vivido noventa y un días del nombre, pero muy poco tiempo atrás tomó a su octava esposa, una doncella setenta años menor. Se dice de él que es el único señor de los Siete Reinos que puede sacarse un ejército de los calzones.

Walder Frey, Señor del Cruce;

— sus herederos de su primera esposa, [lady Perha de la casa Royce]:
  — ser Stevron, heredero de Los Gemelos;
    — [Corenna Swann], su esposa, muerta de una enfermedad que la consumió;
    — ser Ryman, el hijo mayor de Stevron;
      — Edwyn, hijo de Ryman, casado con Janyce Hunter;
        — Walda, la hija de Edwyn, una niña de ocho años;
      — Walder, apodado Walder el Negro, hijo de Ryman;
      — Petyr, apodado Petyr Espinilla, hijo de Ryman, casado con Mylenda Caron;

— PERHA, la hija de Petyr, una niña de cinco años;
— [JEYNE LYDDEN], su esposa, muerta al caerse de un caballo;
— AEGON, hijo de Stevron, un retrasado mental apodado CASCABEL;
— [MAEGELLE], la hija de Stevron, fallecida durante un parto, casada con ser Dafyn Vance;
— MARIANNE, la hija de Maegelle, doncella;
— WALDER VANCE, hijo de Maegelle, escudero;
— PATREK VANCE, hijo de Maegelle;
— [MARSELLA WAYNWOOD], su esposa, muerta de parto;
— WALTON, hijo de Stevron, casado con Deana Hardyng;
— STEFFON, apodado EL DULCE, hijo de Walton;
— WALDA, apodada WALDA LA BELLA, la hija de Walton;
— BRYAN, hijo de Walton, escudero;
— SER EMMON, casado con Genna de la casa Lannister;
— SER CLEOS, hijo de Emmon, casado con Jeyne Darry;
— TYWIN, hijo de Cleos, un escudero de once años;
— WILLEM, hijo de Cleos, un paje en Marcaceniza;
— SER LYONEL, hijo de Emmon, casado con Melesa Crakehall;
— TION, hijo de Emmon, escudero, prisionero en Aguasdulces;
— WALDER, apodado WALDER EL ROJO, hijo de Emmon, paje en Roca Casterly;
— SER AENYS, casado con [Tyana Wylde], fallecida de parto;
— AEGON EL SANGRIENTO, hijo de Aenys, un bandolero;
— RHAEGAR, hijo de Aenys, casado con Jeyne Beesbury;
— ROBERT, hijo de Rhaegar, un chico de trece años;
— WALDA, apodada WALDA LA BLANCA, la hija de Rhaegar, una niña de diez años;
— JONOS, hijo de Rhaegar, un niño de ocho años;
— PERRIANE, casada con ser Leslyn Haigh;
— SER HARYS HAIGH, hijo de Perriane;
— WALDER HAIGH, el hijo de Harys, un niño de cuatro años;
— SER DONNEL HAIGH, hijo de Perriane;
— ALYN HAIGH, hijo de Perriane, escudero;
— de su segunda esposa, [LADY CYRENNA de la casa Swann]:
— SER JARED, su hijo mayor, casado con [Alys Frey];
— SER TYTOS, el hijo de Jared, casado con Zhoe Blanetree;
— ZIA, la hija de Tytos, una doncella de catorce años;

— ZACHERY, el hijo de Tytos, un niño de doce años, que estudia en el septo de Antigua;

— KYRA, la hija de Jared, casada con ser Garse Goodbrook;

— WALDER GOODBROOK, el hijo de Kyra, un niño de nueve años;

— JEYNE GOODBROOK, la hija de Kyra, de seis años;

— SEPTÓN LUCEON, de servicio en el Gran Septo de Baelor en Desembarco del Rey;

— de su tercera esposa, [LADY AMAREI de la casa Crakehall]:

— SER HOSTEEN, su hijo mayor, casado con Bellena Hawick;

— SER ARWOOD, el hijo de Hosteen, casado con Ryella Royce;

— RYELLA, la hija de Arwood, una niña de cinco años;

— ANDROW y ALYN, los hijos gemelos de Arwood, de tres años;

— LADY LYENTHE, casada con lord Lucias Vypren;

— ELYANA, la hija de Lythene, casada con ser Jon Wylde;

— RICKARD WYLDE, el hijo de Elyana, de cuatro años;

— SER DAMON VYPREN, el hijo de Lythene;

— SYMOND, casado con Betharios de Braavos;

— ALESANDER, hijo de Symond, un bardo;

— ALYX, la hija de Symond, una doncella de diecisiete años;

— BRADAMAR, hijo de Symond, un niño de diez años, acogido en Braavos como pupilo de Oro Tendyris, un mercader de esa ciudad;

— SER DANWELL, casado con Wynafrei Whent;

— [muchos abortos y niños nacidos muertos];

— MERRETT, casado con Mariya Darry;

— AMEREI, llamada AMI, hija de Merrett, viuda de dieciséis años, casada con [ser Pate del Forca Azul];

— WALDA, apodada WALDA LA GORDA, hija de Merrett, una doncella de quince años;

— MARISSA, hija de Merrett, una doncella de trece años;

— WALDER, apodado WALDER EL PEQUEÑO, el hijo de Merrett, un niño de ocho años, acogido en Invernalia como pupilo de lady Catelyn Stark;

— [SER GEREMY], ahogado, casado con Carolei Waynwood;

— SANDOR, el hijo de Geremy, un niño de doce años, escudero de ser Donnel Waynwood;

— Cynthea, la hija de Geremy, una niña de nueve años, pupila de lady Anya Waynwood;
— ser Raymund, casado con Beony Beesbury;
— Robert, hijo de Raymund, de dieciséis años, estudiante en la Ciudadela de Antigua;
— Malwyn, hijo de Raymund, de quince años, aprendiz de alquimista en Lys;
— Serra y Sarra, las hijas gemelas de Raymund, doncellas de catorce años;
— Cersei, apodada Abejita, hija de Raymund, de seis años;
— de su cuarta esposa, [lady Alyssa de la casa Blackwood]:
— Lothar, apodado Lothar el Cojo, su hijo mayor, casado con Leonella Lefford;
— Tysane, hija de Lothar, una niña de siete años;
— Walda, hija de Lothar, una niña de cuatro años;
— Emberlei, hija de Lothar, una niña de dos años;
— ser Jammos, casado con Sallei Paege;
— Walder, apodado Walder el Mayor, hijo de Jammos, un niño de ocho años, acogido en Invernalia como pupilo de lady Catelyn Stark;
— Dickon y Mathis, los hijos gemelos de Jammos, de cinco años;
— ser Whalen, casado con Sylwa Paege;
— Hoster, el hijo de Whalen, un niño de doce años, escudero de ser Damon Paege;
— Merianne, llamada Merry, la hija de Whalen, de once años;
— lady Morya, casada con ser Flement Brax;
— Robert Brax, hijo de Morya, de nueve años, acogido como paje en Roca Casterly;
— Walder Brax, hijo de Morya, un niño de seis años;
— Jon Brax, hijo de Morya, un niño de tres años;
— Tyta, apodada Tyta la Doncella, una doncella de veintinueve años;
— de su quinta esposa, [lady Sarya de la casa Whent]:
— sin descendientes;
— de su sexta esposa, [lady Bethany de la casa Rosby]:
— ser Perwyn, su hijo mayor;
— ser Benfrey, casado con Jyanna Frey, una prima;

— Della, apodada Della la Sorda, la hija de Benfrey, una niña de tres años;
— Osmund, el hijo de Benfrey, un niño de dos años;
— maestre Willamen, de servicio en Arcolargo;
— Olyvar, escudero al servicio de Robb Stark;
— Roslin, una doncella de dieciséis años;
— de su séptima esposa, [lady Annara de la casa Farring]:
— Arwyn, una doncella de catorce años;
— Wendel, su hijo mayor, un chico de trece años, acogido como paje en Varamar;
— Colmar, consagrado a la Fe, de once años;
— Waltyr, llamado Tyr, un niño de diez años;
— Elmar, prometido a Arya Stark, un niño de nueve años;
— Shirei, una niña de seis años;
— de su octava esposa, lady Joyeuse de la casa Erenford:
— todavía sin descendientes;
— hijos naturales de lord Walder, con diversas madres:
— Walder Ríos, apodado Walder el Bastardo;
— ser Aemon Ríos, el hijo de Walder el Bastardo;
— Walda Ríos, la hija de Walder el Bastardo;
— maestre Melwys, de servicio en Rosby;
— Jeyne Ríos, Martyn Ríos, Ryger Ríos, Ronel Ríos, Mellara Ríos, otros.

LOS HOMBRES DE LA GUARDIA DE LA NOCHE

La Guardia de la Noche protege el reino y ha jurado no tomar parte en guerras civiles ni disputas por el trono. Tradicionalmente, en tiempos de rebelión, honran a todos los reyes y no obedecen a ninguno.

en el Castillo Negro:

— JEOR MORMONT, lord comandante de la Guardia de la Noche, apodado EL VIEJO OSO;
  — su mayordomo y escudero, JON NIEVE, el bastardo de Invernalia, apodado LORD NIEVE;
    — el lobo huargo blanco de Jon, FANTASMA;
  — MAESTRE AEMON (TARGARYEN), consejero y sanador;
    — SAMWELL TARLY y CLYDAS, sus mayordomos;
  — BENJEN STARK, capitán de los exploradores, desaparecido al otro lado del Muro;
    — THOREN SMALLWOOD, al mando de los exploradores;
    — JARMEN BUCKWELL, al mando de los oteadores;
    — SER OTTYN WYTHERS, SER ALADALE WYNCH, GRENN, PYPAR, MATTHAR, ELRON, LARK DE LAS HERMANAS, exploradores;
  — OTHELL YARWYCK, capitán de los constructores;
    — HALDER, ALBETT, constructores;
  — BOWEN MARSH, lord mayordomo;
    — CHETT, mayordomo y encargado de las perreras;
    — EDDISON TOLLETT, apodado EDD EL PENAS, un escudero adusto;
  — SEPTÓN CELLADAR, un devoto borracho;
  — SER ENDREW TARTH, maestro de armas;
  — hermanos del Castillo Negro:
    — DONAL NOYE, armero y herrero, manco;
    — HOBB TRESDEDOS, cocinero;
    — JEREN, RAST, CUGEN, reclutas, todavía en adiestramiento;
    — CONWY, GUEREN, «cuervos errantes», reclutadores que buscan niños huérfanos y criminales para el Muro;
    — YOREN, al mando de los «cuervos errantes»;
      — PRAED, CUTJACK, WOTH, REYSEN, QYLE, reclutas, que deben llegar al Muro;

— Koss, Gerren, Dobber, Kurz, Mordedor, Rorge, Jaqen H'ghar, criminales, que deben llegar al Muro;
— Lommy Manosverdes, Gendry, Tarber, Pastel Caliente, Arry, niños huérfanos, que deben llegar al Muro;

en Guardiaoriente del Mar:

— Cotter Pyke, comandante, Guardiaoriente;
  — ser Alliser Thorne, maestro de armas;
  — hermanos de Guardiaoriente:
    — Dareon, mayordomo y bardo;

en la Torre Sombría:

— ser Denys Mallister, comandante, Torre Sombría;
— Qhorin, llamado Mediamano, al mando de los exploradores;
— Dalbridge, anciano escudero y explorador experimentado;
— Ebben, Serpiente de Piedra, exploradores.

PESAS Y MEDIDAS

En la edición española de *Canción de hielo y fuego* se utiliza un sistema de pesas y medidas inspirado en el castellano del siglo XVIII. Las equivalencias de las unidades que aparecen con más frecuencia en la obra son las siguientes:

LONGITUD:

Dedo: 1,74 cm
Palmo: 12 dedos, o algo más de 20 cm
Codo: 2 palmos
Vara y **paso**: ambos equivalentes a 2 codos, o 4 palmos
Legua: 5.000 pasos, o algo más de 4 km

SUPERFICIE:

Fanega: 6.440 m^2, o algo más de ½ hectárea

VOLUMEN:

Cuartillo (líquidos): ¼ de azumbre, o ½ litro
Azumbre (líquidos): 4 cuartillos, o 2 litros
Cuartillo (áridos): ¼ de celemín, o algo más de 1 litro
Celemín (áridos): 4 cuartillos, o 4,625 litros

PESO:

Marco: 0,23 kg
Arroba: 11,5 kg
Quintal: 4 arrobas, o 46 kg

TÍTULOS PUBLICADOS

GIGAMESH FICCIÓN

1. Greg Egan, *Cuarentena*
2. Tim Powers, *Las puertas de Anubis* [5.ª edición]
3. Jack Vance, *Lámpara de Noche*
4. Alfred Bester, *Las estrellas, mi destino* [2.ª edición]
5. Tim Powers, *Esencia oscura* [2.ª edición]
6. Neal Stephenson, *Snow Crash* [4.ª edición]
7. Angélica Gorodischer, *Kalpa imperial*
8. Greg Egan, *El Instante Aleph*
9. Tim Powers, *En costas extrañas* [3.ª edición]
10. Jack Vance, *Maske: Taeria*
11. George R. R. Martin, *Muerte de la luz* [6.ª edición]
12. Steven Brust, *La Guardia Fénix*
13. Rafael Marín, *Lágrimas de luz*
14. George R. R. Martin, *Juego de tronos* (Canción de hielo y fuego/1) [19.ª edición]
15. David Gemmell, *Waylander* (Ciclo de Drenai /1)
16. Karel Čapek, *La guerra de las salamandras*
17. Tim Powers, *Declara*
18. Richard Calder, *Malignos*
19. Arkadi y Borís Strugatski, *Destinos truncados*
20. David Gemmell, *Los dominios del lobo* (Ciclo de Drenai /2)
21. George R. R. Martin, *Choque de reyes* (Canción de hielo y fuego/2) [13.ª edición]
22. Richard Calder, *Chicas muertas*
23. Jack Vance, *El jardín de Suldrun* (Trilogía de Lyonesse /1)
24. Jack Vance, *La perla verde* (Trilogía de Lyonesse /2)
25. Jack Vance, *Madouc* (Trilogía de Lyonesse /3)
26. Arkadi y Borís Strugatski, *Ciudad maldita*
27. Tim Powers, *La fuerza de su mirada*
28. David Gemmell, *Héroe en la sombra* (Ciclo de Drenai/3)
29. Fredric Brown, *Ven y enloquece, y otros cuentos de marcianos* (Ciencia ficción completa/1)
30. Fredric Brown, *Luna de miel en el Infierno, y otros cuentos de marcianos* (Ciencia ficción completa/2)

31. Rodolfo Martínez, *El sueño del Rey Rojo*
32. George R. R. Martin, *Tormenta de espadas* (Canción de hielo y fuego/3) [13.ª edición]
33. Robert Holdstock, *Bosque Mitago* [2.ª edición]
34. David Gemmell, *Las primeras crónicas* (Ciclo de Drenai/4)
35. Philip K. Dick, *La pistola de rayos*
36. Laurell K. Hamilton, *Placeres Prohibidos* (Anita Blake, cazavampiros/1)
37. David Gemmell, *Mensajero de la Muerte* (Ciclo de Drenai/5)
38. Richard Morgan, *Leyes de mercado*
39. David Gemmell, *Leyenda* (Ciclo de Drenai /6)
40. Fredric Brown, *Universo de locos, y otras novelas de marcianos* (Ciencia ficción completa /3)
41. Laurell K. Hamilton, *El Cadáver Alegre* (Anita Blake, cazavampiros /2)
42. George R. R. Martin, *Festín de cuervos* (Canción de hielo y fuego /4) [10.ª edición]
43. David Gemmell, *El Rey Oculto* (Ciclo de Drenai /7)
44. Fredric Brown, *El granuja espacial, y otras novelas de marcianos* (Ciencia ficción completa /4)
45. Laurell K. Hamilton, *Circo de los Malditos* (Anita Blake, cazavampiros /3)
46. George R. R. Martin, *Sueño del Fevre* [3.ª edición]
47. John Brunner, *El jinete de la onda del shock*
48. George R. R. Martin y Lisa Tuttle, *Refugio del Viento*
49. George R. R. Martin, *Danza de dragones* (Canción de hielo y fuego /5) [4.ª edición]
50. George R. R. Martin, *Luz de estrellas lejanas* (Autobiografía literaria /1)

GIGAMESH BREVE

1. Harry Harrison, *Bill, héroe galáctico*
2. Arkadi y Borís Strugatski, *Qué difícil es ser dios*
3. Alfred Bester, *Los impostores*

GIGAMESH ÉXITOS

1. George R. R. Martin, *Juego de tronos* (Canción de hielo y fuego / 1) [5.ª edición]

2. George R. R. Martin, *Choque de reyes* (Canción de hielo y fuego / 2) [4.ª edición]
3. George R. R. Martin, *Tormenta de espadas* (Canción de hielo y fuego / 3) [4.ª edición]
4. George R. R. Martin, *Festín de cuervos* (Canción de hielo y fuego / 4) [3.ª edición]
5. George R. R. Martin, *Danza de dragones* (Canción de hielo y fuego / 5) [3.ª edición]

GIGAMESH BOLSILLO

1. George R. R. Martin, *Juego de tronos* (Canción de hielo y fuego / 1) [7.ª edición]
2. Alfred Bester, *Las estrellas, mi destino*
3. Neal Stephenson, *Snow Crash*
4. Rafael Marín, *Lágrimas de luz*
5. George R. R. Martin, *Choque de reyes* (Canción de hielo y fuego / 2) [6.ª edición]
6. Karel Čapek, *La guerra de las salamandras*
7. George R. R. Martin, *Tormenta de espadas* (Canción de hielo y fuego / 3) [5.ª edición]
8. George R. R. Martin, *Festín de cuervos* (Canción de hielo y fuego / 4) [3.ª edición]
9. George R. R. Martin, *Danza de dragones* (Canción de hielo y fuego / 5)

GIGAMESH OMNIUM

1. George R. R. Martin, *Juego de tronos* (Canción de hielo y fuego / 1)
2. George R. R. Martin, *Choque de reyes* (Canción de hielo y fuego / 2)

FUERA DE COLECCIÓN

Terry Pratchett y Stephen Briggs, *Mort (la obra)*
Corominas, *El arte de Canción de hielo y fuego*